U0944967

1978—2018 中国优秀中篇小说｜上

王干——主编

中国出版集团　现代出版社

图书在版编目（CIP）数据

1978-2018中国优秀中篇小说：全2册 / 王干主编. —北京:现代出版社，2019.1

ISBN 978-7-5143-7467-4

Ⅰ. ①1… Ⅱ. ①王… Ⅲ. ①中篇小说—小说集—中国—当代
Ⅳ. ①I247.5

中国版本图书馆CIP数据核字（2018）第256132号

1978-2018中国优秀中篇小说

主　　编：王　干
组稿编辑：庞俭克
责任编辑：申　晶
出版发行：现代出版社
地　　址：北京市安定门外安华里504号
邮政编码：100011
电　　话：010-64267325　010-64245264（兼传真）
网　　址：www.1980xd.com
电子邮箱：xiandai@cnpitc.com.cn
印　　刷：三河市南阳印刷有限公司

开　　本：710mm×1000mm　1/16
印　　张：44.5
字　　数：797千字
版　　次：2019年1月第1版　2019年1月第1次印刷
书　　号：ISBN 978-7-5143-7467-4
定　　价：98元

版权所有，翻印必究；未经许可，不得转载

目　录

改革的呼唤小说的开放
——论中国改革开放40年的小说

□王　干

改革开放40年（1978—2018）的小说无疑是当代文学史中最浓墨重彩的部分，今天我们来探讨这样一个历史时段的文学，既是近距离，又是远距离。远距离是时间已经过去40年，从1978年开始的新时期文学，已然成为历史。而正在发展变化的文学过程，刚刚过去，又是超近的距离。我在这里重点阐发改革开放这样一个伟大的历史时期对小说的外部和内部的巨大影响，它催发出的小说思潮和小说变革成为五四新文学诞生以来的又一个高光时刻。

“兴废”：改革策动与小说回应

“文变染乎世情，兴废系乎时序”，用刘勰在《文心雕龙》里的这句话描述改革开放与文学创作的关系是非常确切的。改革开放40年来，我们国家在经济、社会、文化等方方面面都取得了很大的发展，文学与改革开放一起呐喊、一起前进，成为改革开放文化中的重要组成部分，因为“文变染乎世情”。中国社会的变革与转型在1978年被推至一个临界点，这一时期既意味着巨大的机遇，也意味着一个持续的“乍暖还寒”的险境。1977年《班主任》的发表也是呼应了时代，1978年十一届三中全会的召开，奠定了从封闭保守、强调意识形态领域的斗争到认同现代化大趋势的对内改革、对外开放的大势。

1978年底，《文艺报》和《文学评论》联合召开了140余人参加的“作家作品落实政策座谈会”。以这次会议为新起点，文艺界才开始“落实政策”，恢复大批作家的名誉和自由，也就是说改革开放为文艺创作提供了良好的社会环境。1979 年第 4 期的《上海文学》推出了李子云和周介人的文章《为文艺正名——驳“文艺是阶级斗争的工具”说》，并提供专栏展开讨论。这是文学对政治过度介入的一次公开的反驳，也是一次对文学艺术审美本质的呼唤。这次“为文艺正名”的讨论具有一种历史性开端的意义。

现在的文学史把“伤痕文学”“反思文学”“改革文学”作为历时性的三股文学思潮，好像是不断进化的一个文学的过程，而今天我们重新来阅读这些作品，发现它们不是直线的进程，三者有时候是相互交叉的。伤痕文学、反思文学作为短暂的文学潮流在一定程度上控诉并释放了大众对于民族灾难和个体创伤的哀怨，接下来需要重新面对新的生活，因此改革文学代替伤痕文学、反思文学的主潮也是时代所需，具有时代历史的必然性。“春江水暖鸭先知”，中国的作家先感受到时代春风的来临。同时，文学也反映出人们的心声，能够及时地传达老百姓对社会变革、对社会进步的诉求。作家通过写作品来呼唤时代变革，呼唤社会进步，呼唤我们对旧有的陋习、旧有的陈规进行变革性的改造，比如王蒙的《说客盈门》、高晓声的《陈奂生上城》、刘心武的《班主任》、何士光的《乡场上》、张抗抗的《夏》都隐隐地昭示着现实的变通的诉求，《说客盈门》带有“问题小说”的直白和真切，它首先感到现实的困局，期待时代的变革，是改革的潜在呼唤。

1979 年 7 月，蒋子龙的《乔厂长上任记》问世，改革文学就此开启，与“伤痕文学”和“反思文学”共时发展。改革文学是一种对中国当代现实的发展变化做出直接回应的文学，不仅客观记录了改革的进程和艰难，也呈现出现实的种种弊端。可以说，改革文学全景式地展现了转型与改革的社会场景，并深刻地书写出中国人对于现代化的期待与渴望，以及对于纠缠于新旧之间的改革的忧与思。如果说改革是一场大戏，那么改革文学则是这场戏剧的生动的脚本，里面记录了民族心理的脉动。《乔厂长上任记》《三千万》《沉重的翅膀》《鲁班的子孙》《花园街五号》《祸起萧墙》《改革者》《燕赵悲歌》《鸡窝洼的人家》《新星》《开拓者》等都是这一时期涌现出来的优秀的改革文学作品。

改革文学之所以受到欢迎和关注，也是因为这种文学真实地展现了民族变革的热望并承载了大众的梦想，作品中改革者的形象为民族提供了可以参照甚至膜拜的偶像，契合了大众对英雄的期待心理。时代造就了英雄，也呼唤着书写英雄的文学，许多作家被时代改革的氛围所感染，陆文夫在创作《围墙》时就说他的目的就是支持改革者。这也说明改革文学的创作者与时代的步伐是休戚相关的，迎合了时代审美的“胃口”。《乔厂长上任记》中的乔光朴、《新星》中的李向南、

《沉重的翅膀》中的郑子云等都是改革文学浪潮中的英雄，作家通过文本建构出一个个有魅力、能产生正向价值影响的改革者形象，这些形象受到了热烈的追捧，反过来也激励着现实改革中的类似形象的现身，因为民族的新生需要偶像的重构。

改革文学热潮四起，但那个时候的作品基本模式还是改革与保守的二元对立。随着改革进入深水区，20世纪90年代初期，河北的“三驾马车”谈歌、何申、关仁山分别写下了《大厂》《信访办主任》《大雪无乡》，这些作品也是以广阔的农村和国有大中型企业为主战场，书写改革进程中的社会阵痛和突围。《大厂》是这一时期改革文学的代表作之一，此时的改革矛盾不再是简单的二元对立，而是涉及形形色色的人物，也不再是依靠个别英雄来完成改革的图景。这一时期的小说呈现出更为复杂、更为交错的原生态。

90年代后期，中国的改革不断推进，改革中出现的矛盾冲突加剧，官场出现了腐败现象，改革与反腐在作家的笔下产生了一种新的联系。原先的改革派和保守派之间的冲突往往还是观念上的差异，到了90年代之后，利益的冲突成为改革文学新的焦点，如柳建伟的“时代三部曲”(《北方城郭》《突出重围》《英雄时代》)、周梅森的“改革三部曲”(《人间正道》《天下财富》《中国制造》)、张平的《抉择》《天网》、陆天明的《苍天在上》。以《英雄时代》为例，小说选取的是党的“十五大”关于国企改革、发展民营经济、政府机关机构改革等一系列政策实施之后，中国在向社会主义市场经济体制转型过程中的艰难历程以及同期人们的生存境遇，重点探讨了价值标准多元无序等现实问题对中国当代人命运的全方位影响。这些作品继承了改革文学的精神，又写出了改革的复杂性。直到今天，反腐文学的生命力依然很旺盛，因为作品触及了改革深处的方方面面，对当下的现实场景有着深刻的描写和真实的呈现。

改革开放促进了社会的发展变化，也带来了生活的急剧动荡，中国现代化的进程改变了中国社会的面貌，各个社会层面都发生了不同程度的变化，而小说家敏锐地捕捉到这些剧烈或细微的生活差异，构成了新的文学板块。

21世纪初，打工文学的出现，意味着改革开放对文学的影响从时代的层面转向对新的社会群体的关注。“打工”是改革开放以后农民进城的一个特定的方式，也是沿海地区最为常见的生存状态。“打工文学”这个定义虽然缺少严密的界定，也经历了一个从模糊到清晰、从边缘到中心的过程。在后来“窄化”的过程中界定为主要创作者和题材内容集中在打工者中，也就是说打工文学主要是打工者写的文学，同时也是写打工者的文学。打工文学拓展了文学的题材写作领域，也打破了传统的文学生产模式，是一种典型的“我写，写我，我看”的模式，门槛低，互动性强，而且是真正地接地气。打工者最早出现于广东省部分地区与长江三角洲一带，他们除了物质生活上的要求之外，还有着强烈的对城市生活方式的渴望，以及对精神生活的追求。后来随着年轻作家王十月、诗人郑小琼等人的作品问世，打工文学在艺术上逐渐成熟，得到了更多认可。王十月的《无碑》《烦躁不安》《31 区》等长篇都具有强烈的批判意识和命运之痛，是打工文学中的代表作品。

比之打工文学更有历史感和生命力的是都市文学的兴起，也是改革开放之后才出现的。1994 年 6 月，《钟山》杂志和德国歌德学院北京分院在南京召开了城市文学研讨会，这是迄今为止第一次大规模的关于城市文学的研讨，意味着中国的城市化进程已经引起了世界的关注。改革开放以来，城市的书写逐渐显现出来，到了 20 世纪 90 年代则有王安忆的《长恨歌》，前几年还有金宇澄的《繁花》，这些都是描写都市的经典作品。现在年轻一代对于城市的书写，已经从城市外在的变化描写转向了对中产阶级或准中产阶级焦虑的表达。

这些新的小说板块的出现，打破原先乡土小说一统天下的格局，另外，乡土小说在近年来也出现“再书写”的转机。一个特征体现在对农民精神家园失落的描写，写回不去的无归宿的苦楚。20 世纪 70 年代末期，高晓声的《陈奂生上城》拉开农民进城的序幕。这序幕是进城小说的序幕，也是生活中中国农民进城的序幕。进入 21 世纪之后，农村城镇化的推进，加深了乡村文明的变迁和动荡。乡村文明的挽歌在作家的笔下缓缓地流了出来。“再书写”的一个特征就是对家园的告别之后的回望，以及回望之后回不去的喟叹。莫言小说中的“恋乡”和“怨乡”，曾打动无数读者。近些年来，大量的小说以“故乡”“还乡”作为书写的主题，和 20 世纪八九十年代的那场“进城”（打工潮）遥相呼应。这从另一个维度表达了改革开放之后人们心灵的波澜。

“文变”：小说观念的开放与更新

今天我们来看待各种各样的小说形态，并不会诧异，但是当初文学界曾经为“三无”小说引起一番不小的争论，“三无”小说指“无情节”“无人物”“无主题”的带有实验性的作品，常常和意识流小说形态相关。而今天，这类“三无”小说显然没有发展成主流，更多的小说还是充满现实主义精神的“三有”之作，再者，这种充满主观情绪的小说出现了，也不会有人大惊失色去指责。这说明，小说观念已经从单一的定于一尊的某种小说模式走向了多元开放的小说价值观。当然，这种价值观的形成也经过了反反复复的校验。

“欲新一国之民，不可不先新一国之小说。”梁启超提出的小说观使小说的地位得到跃升。改革开放后，小说地位的不断调整，与小说观流变相伴的是小说地位的不断变化。改革开放拉开大幕，伤痕文学、反思文学以人道主义反抗极“左”思想，小说获得极强的轰动效应。1984 年之后，在“文本自身建设”的小说观下，先锋小说大量涌现，疏离、解构传统叙事模式。小说观出现分化：伤痕、反思、改革小说创作和政治关系紧密，寻根、先锋、新写实小说等则指向文化和审美。前者注重意识形态导向及社会效应，后者强调文学的审美、拥抱个性、自由。1988 年，王蒙发表了《文学：失去轰动效应之后》，文章揭示了在社会开放、作家分化、“严肃文学”或“纯文学”被边缘化等大趋势面前文学界的反思和期望。经历“文本自身建设”的“先锋”浪潮后，在冷寂中中国作家的小说观继续完善。20 世纪 90 年代后期，先锋作家开始回归现实主义传统，新写实小说家持续开疆辟土，各种流派的小说观多元并存。21 世纪，在商业社会背景下，“主旨在娱”的小说观与互联网新传媒联姻，网络小说大行其道；一种将生存法则、行业潜规则植入小说的类型小说受到大众的热捧。纯文学与网络文学、类型小说的分野，是精英与草根的小说观的分野，也是一次回归或是小说观念的再度更新。

小说观念的变革来自国门的打开。纵观中国改革开放的历史，最早“开放”的来自文学艺术。20 世纪 70 年代末期，大量西方现代主义文学就陆陆续续被翻译出版，西方小说观念重新成为小说家创作的理论资源。

20 世纪 80 年代初，王蒙的《春之声》等一系列小说、茹志娟的《剪辑错了的故事》、宗璞的《我是谁》等都不约而同地显示出“意识流”的痕迹。据洪子诚统计，1978 年到 1982 年短短 5 年间，全国主要报刊登载的译介、评述、讨论现代派文学的文章，约有 400 余篇。1987 年《收获》第五期“先锋作品专号”，余华、苏童、格非、马原、孙甘露等“先锋作家”集体登场。20 世纪 90 年代后，作家“文本意识”普遍增强，不少声名显赫的中国小说家，身后是一个或一批外国小说大师的影子。痛定思痛，小说家开始反思。这种回流场景出现在 1985 年，当时一些年轻的作家在受到拉美魔幻现实主义的冲击之后，有意避开西方文学的路径——路径依赖。

寻根文学的初衷是为了及早地摆脱西方文学现代派的路径，但是由于自身文化的限制，寻根变成了理论的探索而不是小说的探索。“根”最后被一些作家简单地理解为生命的蛮荒和生理的本能，或者理解为文化的原初形态，一些民俗和伪民俗被当作小说的本质充斥在小说里。脱离现实、逃避人生，一味追求小说的异域风光和蛮荒景观。寻根文学最后景观化的展示，经历了短暂的热闹之后很快退潮。“新写实”小说的兴起，在否定之否定之后，1988年，《文学评论》和《钟山》联合召开的“新写实与先锋派”的会议，现在看来是一次转折。重新认识现实主义，当然也重新认识现代派，影响深远。

中国小说家接受全球文学潮流的冲击和影响，小说观念获得前所未有的变异和发展，格局从封闭走向开放，从单一走向多样。小说开放随着改革深入，最终产生一种“文化回流”，世界文学潮流冲击中国，也增强了我们的文化自信。接受“现代主义”而保有中国本色的小说家汪曾祺，其价值因此被重估。独特的中国文化令《红高粱》《白鹿原》《长恨歌》《尘埃落定》等现实主义为主要创作方法的长篇巨制大放异彩，中国作家的文化自信得以迅速增强，这是对文化寻根的一次否定之否定，“开放”之后中国小说回归到民族本土。

硕果：小说探索的深化与优化

改革开放40年的文学创作，硕果累累，尤其在小说创作方面，塑造了一大批我们耳熟能详的典型人物陈奂生、香雪、高加林、巧珍、乔光朴、李向南、倪吾诚、章永璘、许三观、福贵、张大民等，还有王朔笔下的顽主、姜戎笔下的“狼”，都与五四新文学的阿Q、祥林嫂、吴荪甫、老通宝、骆驼祥子以及“红色经典”里的小二黑、朱老忠、林道静、梁三老汉等成为新文学人物画廊中的标志性人物。这些人物的生命力旺盛，至今常常被人们提及。

这一时期的小说摆脱之前的“高大全”模式，写出了人物性格的丰富性和多样性，改革开放之前的小说曾出现大量福斯特所说的“扁形人物”，这类人物是漫画性的，人物某一方面的特点被突出甚至被夸张，形象简单粗糙。而我们上述说到的人物，不再是简单的概念化的人物，而是透露着生活地气的“圆形人物”，人物性格具有成长性和复杂性。他们都堪称典型环境中的典型人物。另一方面，由于小说观念的嬗变，人物也不再是衡量小说成败的唯一标准。改革开放后，在新的小说观的影响下，人物和故事不再是两张皮，而是产生融合，互为表里。一部分小说家尤为注重审美意趣、文化意蕴，他们重返五四时期“现代主义”所开创的小说传统，返回以意境营造为核心的叙事传统，一些小说家淡化了故事情节、消减了人物形象塑造，被称之为“散文化的小说”。王蒙一方面塑造了鲜活的人物，另一方面则着力于意境、意象塑造的尝试，《春之声》《夜的眼》《风筝飘带》

《杂色》蔚然领风气之先。近些年来，王安忆的小说《闪灵》等非常像随笔作品，而迟子建的《候鸟的勇敢》在人物形象塑造上也表现得漫不经心，或许是中国作家对法国新小说“去人物化”写作的某种尝试性呼应。

虽然40年间小说五彩缤纷，创新频频，让写实主义的小说显得有些苍老，但繁华落尽，沉淀下来的好作品依然是那些具有强烈写实精神的作品，《小说选刊》最近和中国小说学会联合举办的“改革开放40年40部最有影响力的小说”评选活动中，入选的40部作品几乎全是《白鹿原》《长恨歌》这样的写实型作品，连余华、苏童、格非这样标签明显的“先锋派”作者，入选的《活着》《妻妾成群》《望春风》也是写实型的作品，而不是实验性强的《在细雨中呼喊》《1934年的逃亡》《青黄》。先锋作家的转型，再次证明了写实主义持久的生命力，形式主义是有限的，而写实主义是无限的。

但今天的写实小说和之前的现实主义有着巨大的变化，就是融进了现代主义甚至后现代主义的很多元素，尤其在叙述主体方面显得更为“写实”。这里不得不说风靡文坛多年的“新写实小说”,80年代末90年代初，方方的《风景》、池莉的《烦恼人生》、王安忆的《小鲍庄》、李锐的《厚土》、刘恒的《伏羲伏羲》、余华的《河边的错误》《现实一种》、刘震云的《塔铺》、朱苏进的《第三只眼》等小说超越了现实主义和现代主义的既有范畴，既体现出了对西方文学流派的借鉴，也显现出对中国小说传统的继承和回归，被命名为“新写实小说”。新写实小说在今天来看，是现实主义在中国踏出的坚实脚印，它为先锋文学的落地和转向提供了强有力的支撑。1985年前后，先锋文学如火如荼，马原、余华、苏童、叶兆言登上文坛，以独特的话语方式进行小说文体形式的实验。毋庸置疑，先锋文学是中国当代文学进程中一个重要的文学现象。从肇始之初的“先锋实验小说”到后来的“返璞归真”，先锋派的作家们走出了一条饶有意味的文学创作之路。《米》《妻妾成群》《活着》《许三观卖血记》等小说发表，意味着先锋作家减弱了形式实验和文本游戏，开始关注人物命运，并以较为平实的语言对人类的生存和灵魂进行感悟，现实深度和人性关注又重归文本。

先锋的转型反过来又影响到原先比较写实的作家，陈忠实、刘恒、刘震云等原本是非常写实的叙述，之后融进了一些新的叙述理念，用一种客观的、没有任何主观意向的叙述语调，将生活原生态进行了还原，因而，小说没有价值观的导向，没有爱憎，人物既不崇高也不卑贱，他们只是本色地活着、存在着。新写实小说不按照某种理想来选取生活现象，也就无须突出什么、回避什么、掩饰什么，正是这种客观还原和零度叙述，使得小说具有了作者和读者“对话”的可能，

“新写实”之后被放大、被泛化，不论是20世纪90年代出现的刘恒的《贫嘴张大民的幸福生活》、刘震云的《一地鸡毛》还是今天马金莲的《长河》、石一枫的《世间已无陈金芳》，无论是90年代的《长恨歌》还是今天的《繁花》，我们都可以看出，作者叙述语调的平和和冷静，可以看出与小说叙述者叙述态度的一脉相承。

或许这正是一种中国特色的现实主义写作，既不同于福楼拜的自然主义倾向的现实主义，也有别于巴尔扎克的批判现实主义，同时也区别于苏联的革命现实主义，更不是法国“新小说派”物化的现实主义，而是融合中国现实精神和传统文化内蕴的新写实精神。同时又是开放的现实主义，对外来的小说精华大胆地拿来。这是开放的小说硕果。

杂　色

王　蒙

对于严冬的回顾，不也正是春的赞歌吗?

这大概是这个公社的革命委员会的马厩里最寒碜的一匹马了，瞧它这个样儿吧：灰中夹杂着白甚至还有一点褐黑的杂色，无人修剪、因而过长而且蓬草般的杂乱的鬃毛，磨烂了的、显出污黑的、令人厌恶的血迹和伤斑的脊梁。肚皮上的一道道丑陋的血管，臀部上的深重、粗笨因而显得格外残酷的烙印……尤其是挂在柱子上的、属于它的那副肮脏、破烂、沾满了泥巴和枯草的鞍子——胡大呀，这难道能够叫作鞍子吗？即使你肯于拿出五块钱做报酬，你也难得找到一个男孩子愿意为你把它拿走，抛到吉尔格朗山谷里去的。鞍子已经拿不成个儿了，说不定谁的手指一碰，它就会变成一洼水、一摊泥或者一缕灰烟的呢。

“又有什么办法呢？武大郎玩夜猫，什么人玩什么鸟嘛。跛驴配瞎磨，一对糟烂货噢。什么人骑什么马，什么马配什么鞍子，这不也是理应该吗？”曹千里含笑自言自语着，又像是与这匹可怜的老马搭讪着，立在灰杂色马的近旁，拍一拍它的脖颈，又亲昵而且友好地在它的颧骨和腮上为它搔搔痒、顺顺毛。这是何等的恩典哟，换一匹别的马，一准会因为舒服和感激摇起尾巴、晃起脑袋来的，有的马还会主动地把脸凑近你，在你的手掌上蹭过来、蹭过去，这样的马可真会拍马——不，应该叫作拍人了吧？这是讨人欢喜的啊。

然而老马一动也不动，包括眼神。老马的眼珠子叫人想起年久污浊的两块表蒙子。难道对于它来说，抚摩和鞭打就没有什么两样吗？它可不像那匹枣红马，枣红马只有三岁口，当你骑上的时候，哪怕无意中你的皮靴后跟碰到了它的肚子，它就会马上一个机灵，一个飞跃。如果你竟敢用鞭杆戳一下它的屁股呢，它会一蹦一蹿，一冲就是一百米，把你甩到山坡上的。而如果你爱抚它，亲热它，摩挲它呢，它就会得意扬扬，昂首阔步，引颈长嘶的……那么，再设想一下，如果你干脆给它一鞭子呢？当然，谁也不会有这个胆量，可是假使你硬是把它打了呢？它会抖擞红鬃、腾空而起，化作神龙吗？它会疼痛愤怒、狼奔豕突，复归山林吗？它会横冲直撞、歇斯底里，最后跌一个粉身碎骨吗？如果，它既没有化作神龙，也没有复归山林，又没有粉身碎骨，那么鞭打一次它就会迟钝一次的吧？那么，皮鞭再乘上岁月，总有一天枣红马也会像这一匹灰杂色的老马一样，萧萧然，噩噩然，吉凶不避，宠辱无惊的吧？

所以，大家都说骑这一匹灰杂色的老马最安全。是啊，当它失去了一切的时候，它却得到了安全。而有了安全就会有一切，没有了安全一切就变成了零。这可真是颠扑不破的金玉良言噢！曹千里眏一眏眼，微微一笑，摇一摇头，深深地吐了一口气，用力地又吸了一口气。经过这么一番自创的“气功”动作之后，他的自我感觉似乎颇有改善，觉得清爽了许多，而周围的一切，包括这匹老马和它的鞍子，也变得可以过得去，可以“凑合”，也还“不赖”的了。

空气清凉，干草味儿和马粪味儿再加上炊烟味儿，令人依依。天已经大亮了，那个曾经带来自己的遥远的慰藉的残月正在失去自己的形体。月光是温顺的，昨夜，在月光下一切都变得模糊、含混因而接近起来；但是此刻，蓝晶晶的天空和红彤彤的太阳又把这个世界的所有的成就和缺陷清理出来、雕刻出来、凸现出来了。从马厩向外望去，干打垒的土墙东倒西歪，接头处裂出了愈来愈宽的缝子，有的缝子里已经长出了耐旱的、多刺的植物了——多可惜，扎根扎错了地方，生命力再强也难以成材！到处是牲畜的，甚至还有人的粪便以及由于饲养人员管理不善而散落的草料，还有丢弃不用了的废木轮、绳子头、皮条、古老而又笨拙的马食槽子……至于把地上的这些乱七八糟的东西融合起来，统一起来的则是“五行”中最伟大的一“行”——土。在这个终年少雨的地方，到处是飞扬的尘土。特别是在饲养牲口的地方，地面被各种铁掌和肉蹄踩踏得松松软软，好像是铺上了厚厚的一层面粉，如果你走在上面，尘土会淹没你的脚脖子，而你的背后，则是一缕尘烟。而如果你往这样的地面上泼下一桶水呢，水立时就无影无踪，只是每一粒水珠都会砸下一个五寸深的小坑，好像霎时间出现了一个麻脸，然后一阵风过去，小坑不见了，铺在地上的，仍然只有柔软松泛的面粉一样的土。

就是这样一个地方，它美吗？很难说它美。然而现在是清晨，是一天的最好的时光。清晨，从马厩的破屋顶边斜着望上去，可以看到几簇抖颤着的树叶，厚重的尘土遮盖不住它的绿色的生机。

要是曹千里早一点出来就好了，但他起床以后只顾了喝奶茶，竟喝了半个多钟点。虽然曹千里来这个公社只有三年，但他处处学着本地人的生活方式、本地人的语言、本地人的饮食。他模模糊糊地觉到，这种本地化的努力不但是改造的一个重要方面，而且是适应、生存、平衡的必需，甚至是尽可能多地获得生活乐趣的最主要的途径。他喝完了一碗奶茶以后，又把烤得黄里透红的油光光的馕饼掰成了碎块儿，一口一口地咂起馕饼的滋味来。馕吃多了口干，更想喝茶，茶喝多了泄里逛荡，就更想吃馕。于是，他又加吃了一碗奶茶和几块干馕。这第二碗奶茶已经不是为了充饥，而是为了享乐了，这也可以叫作为喝奶茶而喝奶茶，为吃馕而吃馕，为艺术而艺术以及什么为活着而活着吧？

在淋漓大汗地喝了三大碗奶茶以后，曹千里来到马厩备马。他骑马去做什么，这是并不重要的，无非是去统计一个什么数字之类，吸引他的倒是骑马到夏牧场去本身。这是不是和伯恩施坦的鬼话有点儿相像呢？去它的，他不无兴致地来到马厩之后，懒洋洋的饲养员哈森巴依含混地向他问了好，说了几个字。曹千里心里有数，以他的地位他不可能得到更好的马用，以他的骑技他也不敢问津，例如那一匹枣红马。毋庸置疑，他走到他的老搭档——灰杂色马的身旁，为它搔着痒痒，觉得倒也是知足者常乐。混吧，凑合吧，怎么还混不到天黑？干什么还不是挣钱养家？骑什么马还不是迈一步再迈一步？比上不足比下有余，这也是命，好死不如赖活着，赖马也比好人走得快……近年来，有那么一些本地人爱说的这些话他已经愈听愈多，愈记愈多了。这些好像有点儿落后的话也有好的一面，至少没有野心家的味道，没有个人英雄主义和向上爬的思想。他自以为，他已经像接受奶茶和馕，接受当地的少数民族的语言一样，接受了这种与世无争、心平气和、谦逊克制的生活哲学了。他自以为真诚地时时这样疏导着自己，安慰着自己，平衡着自己。但是，当他动手去拿起千疮百孔的鞍子的时候，他一眼睄到了老马的脊梁上的血疤，一阵心痛使他的血往上涌了，他用当地的粗话骂了一句。世界上难道还有这样的鞍子吗？难道能够这样对待这样一匹马吗？即使对待一只老鼠也不能这样嘛，如果你竟然有时还要骑一下老鼠的话。这样的鞍子实在是对于马的折磨，也是对于骑这样的马的人的糟蹋！要知道，山里人是根据鞍子而不是根据服装来判断骑马者的社会地位的呀！如果鞍子坏成了这样，连换都不换，连修都不修，那么，为什么不把马宰掉吃肉呢？嗖的一声拔出刀子，向上苍喊一声“比斯敏拉——”（以真主的名义），然后白刀子进，红刀子出，热血喷溅它一大片地面，招惹来一群嗜血的乌鸦……那不也是马的正当出路吗？何况剥下皮来，买一斤酒一斤苞谷面，加上硝、加上碱，鞣好了，卖到外贸收购站，每张两块一毛七分五呢！

全都乱了，全都忘了，全都顾不上了，除了权和线，线和权，夺，反夺，反反夺，反反反夺和最最最最最以外，谁能顾得上别个事情呢？谁能顾得上一匹马和它的鞍子呢？难道这个鞍子坏了会影响权和线吗？难道死一匹马有什么值得大惊小怪的吗？何况灰杂马并没有死，它活着呢！

算了，算了，难道我管得了这么多吗？与其发牢骚，为什么你不去修一修这个鞍具，或者制造一副新鞍具呢？我不会。不会你废什么话？你不过是一个五谷不分、四体不勤的空谈者，没说你是寄生虫还便宜了你。难道你有责任或者有能耐去发愁、去头疼、去生气、去发议论吗？你埋怨哈森巴依吗？这位老饲养员到了夏天还脱不下冬天穿上的破棉袄呢，你为什么不把你身上穿的蓝华达呢干部服脱下来送给他呢？你是一只多么渺小的蚂蚁啊！

当曹千里拼命地贬低自己，把自己想得、说得既渺小又卑贱的时候，他的脸上会不由自主地焕发出一种闪光的笑容，虽然闹不清这笑容是由于自满自足还是自嘲自讽。他甚至于有一点快活了，挖苦自己——如果挖苦得俏皮的话——不是比挖苦别人更多乐趣而更少风险吗？

他学着当地的某些带几分流里流气的青年人的样，眯起了一只眼睛，摇晃着上身，东张西望。

他在寻找一块破毡片，可这儿哪儿来的破毡片呢？失望之中……有了，他大步跨去，走到一把丢在墙角的铡刀旁边。这个铡刀大概从一九六六年的夏天就再也没有人用过了。一九六五年“四清”的时候，推广过细草精养。可等到一九六六年的伟大运动一发生，一乱，不知怎么的哈森巴依便也恢复了旧制，懒办法，抓起一捆苜蓿，连腰子都不解开，远远向牲口一抛，哎，萨拉姆，齐啦。被霉锈吞噬着锋芒，默默地闲置着、消耗着自己的钢质的铡刀，扭扭曲曲地斜躺在尘埃和草叶里。看它那个窝囊样子，你能想到它昔日的威风和锐利吗？你能想到它“唰”地一下，把一切都拦腰斩断、切个整整齐齐的咯嘣利落的气概吗？唉，唉，就是孙悟空的如意金箍棒搁久了不用，也会变成废铁的啊！

但他不是来凭吊铡刀的。天若有情天亦老，人间正道是沧桑，谁知道铡刀的被买来和被遗忘是否一种天经地义的“正道”呢？反正铡刀下面还铺着一小块毡子，这是当年续草的人用它来垫地的。正是这块毡子引来了曹千里。他走过来，抻开毡子，连土也不抖搂，用一种毫不怜惜的蛮横动作撕下了毡子的一角，再回到老马的身边，用这一角毡子盖到了马背的伤疤上，最后放上了那破烂不堪的鞍子。

曹千里把灰杂色马牵出了马号大院，不过他好像不好意思马上备鞍和骑上，却陪着灰杂色马漫步向村口走去。走了一百多米，他觉得双方感情更融洽了，气氛也更自然了，他才拍了拍马背，灰杂马立刻驯服地停下了懒洋洋的步子，漠然地任曹千里紧肚带和顺后鞧。他理好了脚蹬，又用皮绳把一件破棉袄绑在鞍后马胯骨上，轮到上嚼环的时候却有点儿犯起犹豫来！难道这样的马还需要勒嚼子吗？当然，待会儿要走汽车、拖拉机来来往往的公路，还要走狭窄崎岖的山径，以他的骑技来说，放松控制是危险的。而且按照本地人的说法，越是“老实”的马越“拧”，老实马拧起来比调皮的枣红马顽固得多，强有力得多，因为老实马也像老实人一样，有一个致命的弱点：心眼儿死……但他还是下定了决心：不戴嚼子！哪怕是对一匹在名单上排在末尾的、姥姥不疼、舅舅不爱的老瘦马，如果他能给予它一点破例的关怀，如果他有权表现一点点宽容，如果他有可能减轻一点它的无边无涯的痛苦，这也是十分令人安慰的啊！

“唉，我的朋友！哎，我的伙计！哈，你这一匹像老鼠一样胆怯，像蚂蚁一样微小，像泥塑木雕一样麻木不仁的马呀！”曹千里自言自语着，又对马絮叨着，啰唆了半天，最后还是骑到马背上了——马总是要被人骑的嘛，这又有什么法子呢？马若无其事地迈动了它的不紧不慢的步子。曹千里的心里充溢着那么多的对于马的同情，对于马的怜悯，对于马的爱，以至于马的蹄子每举一下，耳朵每抖一下，脊骨每动弹一下，臀部每扭一下，肚皮每收缩一下，包括老马的巨大的鼻孔每张一下、喷一下，曹千里本人的四肢、耳朵、脊背、臀、肚子乃至鼻孔也都跟随着进行同步的运动。他的每一部分器官，每一部分肌肉，都体验到了同样的力量，同样的紧张，同样的亢奋，同样的疲劳与同样的痛楚……也许，并不是他骑着马，而是马骑着他吧？也许，那迈开四蹄，在干燥的灰土和坚硬滚烫的石子上艰难地负重行进的，正是他曹千里自己吧？

好了，现在让曹千里和灰杂色马蹒蹒跚跚地走他们的路去吧。让聪明的读者和绝不会比读者更不聪明的批评家去分析这匹马的形象是不是不如人的形象鲜明而人的形象是不是不如马的形象典型，以及关于马的臀部和人的面部的描写是否完整、是否体现了主流与本质、是否具有象征的意味、是否在微言大义、是否情景交融、寓情于景、一切景语皆情语、恰似“僧敲月下门”“红杏枝头春意闹”和“春风又绿江南岸”去吧，让什么如果是意识流的写法作者就应该从故事里消失，如果不是意识流的写法第一场挂在墙上的枪到第四场就应该打响，还有什么写了心理活动就违背了中国气派和群众的喜闻乐见，就是走向了腐朽没落的小众化，或者越朦胧越好，越切割细碎，越乱成一团越好以及什么此风不可长，一代新潮不可不长的种种高妙的见解也尽情发表以资澄清吧。然后，让我们静下来找个机会听一听对于曹千里的简历、政历与要害情况的扼要的介绍。

姓名：曹千里；现名、曾用名，同上。男。一九三一年十二月二十七日晨三时四十二分生于A省B专区C县D村。家庭出身：小土地出租者，父亲是老中医，母亲读书识字。（是否漏划地主？）本人成分：学生。现在文化程度：大学，书读得愈多愈蠢。汉族。行政二十三级。

一寸半身免冠照片。身高一米七二。体重五十六公斤——显然不胖。发色：黑，但已有白发14—16根。发型，没有及时修剪的平头，由其配偶不时用自备的推子试验整修。

面貌特征：无福的面孔，上宽下窄，后脑像长茄子。左眼比右眼略大，鼻子周正而且轮廓鲜明（唯一可取，但须注意不可因此自傲自满）。嘴大小尚一般，但笑得厉害或哀得无泪的时候嘴角略歪。

表情分类。一、通常型：谦卑，带笑，随和，漠然中仍然包藏着某种自恃。自负躲在谦卑后面，好像星星躲避在薄云的后面。二、思索型：他时有思索，并不一定必须在夜静更深之时，明窗净几之处，焚香沐浴之后。有时他正在和你说笑，正在斟酒猜拳，正在吃饭拉屎……突然，他两眼发直，对周围的一切失去了反应，又似傻呆，又似悲哀，又似苍老——皱纹刹那间布满了全脸，除去下巴依旧光滑；然后又似热情，呆滞的目光中有光、有火、有浩然之气。这种表情往往是转瞬即逝的，别人难以察觉，察觉了也可能以为他是偶犯痴气。三、快乐型或游戏型。多半是在喝了酒、吃了肉之后，天真、幽默、达观、自满自足、饶舌、欢蹦乱跳，如齐白石老人笔下的小鱼小虾。

一九三一年十二月至一九三三年二月该曹在乃母怀里吃奶，在炕上爬，并学叫“爹”“妈”，学用手指在空中抓搔和用腿下蹬，学伸直脖子、伸直腰、伸直腿、站起来和走路。已经因为无缘无故地哭而多次受到劝告、警告和打屁股处分。

一九三三年二月至一九三六年九月，在家赋闲。

一九三六年九月至一九四一年九月。不满五周岁即上小学，泡在资产阶级教育的染缸里，开始受到个人主义、个人英雄主义、名利思想、向上爬思想、白专道路思想等的熏陶。

一九四一年九月至一九四四年九月。该曹随父、母迁至天津，并于一九四一年跳班考入初中，初时喜爱数学，后突然迷上了音乐，曾尝试作曲给同学演唱，曲词均不健康，有“青春一去不复返”之句，违背了永葆革命青春之指示。

一九四四年九月，考入音乐专科学校附属中学。本来考入这个学校只需小学毕业程度，但该曹为了以音乐为途径出人头地，不顾自己已读完初中课程，降级考入音专附中，利欲熏心，司马昭之心，路人皆知。

一九四四年九月至一九四六年九月，随着日本投降后国际、国内形势的变化，开始注意政治，参加反美反蒋的学生运动，成为学生自治会的活跃分子，开始混入革命队伍。

一九四六年九月——一九四八年十一月，在音专附中，曾因在新年联欢会上演唱《兄妹开荒》与《十二把镰刀》被国民党特务机关逮捕，据查尚无动摇叛变自首表现，但不排除今后深入清理中确证其为叛徒的可能性。

一九四八年十一月，不久即转为新民主主义青年团员，并参加南下工作团，至湖北做经济工作。一九五一年终因不安心经济工作和与领导吵架，开小差跑回天津，并因而按自动脱团处理，脱离了革命队伍。

一九五二年考入中央音乐学院，在音乐方面颇有资产阶级才能。所作曲子数度在该院举办的音乐会上上演，日益走上无标题的牙（疑是邪之误）路。一九五五年因读路翎等人的书而受到审查教育。

一九五七年在反右运动中定为“中右”，写检讨79页，态度尚好。自音乐学院毕业后分配至郊区一中学任音乐教师。一九五八年在扫“五气”中，一度被称为应该拔掉的“白旗”，旋即纠正。“大跃进”中曾写《抗旱歌》《誓叫荒山变果园》《我就是龙王》等歌曲，并被文艺黑线所赏识。一九六〇年该曹出于个人目的自愿申请支援边疆，遂调至边疆W市郊区某文化馆。一九六一年因不尊重该文化馆领导被批判。一九六二年精简人事时该曹又自愿申请去小学任音乐、图画、体育和珠算教员。一九六四年“四清”中因家庭成分问题受审查，后一九六五年又调往Y自治州Z市任小学教员。一九六六年被英姿飒爽、屹立在东方地平线上的革命小将们揪出，任老牌牛鬼蛇神。旋即在批判资产阶级反动路线时被平反。该曹一度参加造反队，并贴出了《我也要革命！》《我要自己解放自己》等大字报，不久，变成了逍遥派。一九七〇年，在“一打三反”与“清队”中再受审查，其结论摘要如下：

“虽有反动思想，尚无反革命行为。实属没有改造好的资产阶级知识分子，但主要仍是世界观问题。不过在运动中态度不好，没有主动地交代与检察自己的问题，尤其是拒不揭发他人的问题，但民愤不大。结论：不适于在上层建筑——无产阶级专政的工具中工作，应予调出。”

一九七一年调往D县待分配。四个月后分至Q公社插队劳动。

一九七三年就地分配至公社任文书、统计员，至今。

今是什么？

今天是一九七四年七月四日，曹千里现年四十三岁六个月零八天又五个小时四十二分。

哦，曹千里，这又有什么办法呢？他曾经热情而又单纯，聪明而又自信，任性、漫不经心，却又像一个乐观的孩子。他从来不考虑后果，想怎么说就怎么说，想怎么做就怎么做，甚至在他“开小差”“自动脱团”以后，他仍然觉得自己有理，觉得自己照样可以为革命做出贡献……“原来是我错了呵！”后来他认识到了，五年以后，然后他再毫不考虑地做第二件错事，五年之内仍然不认错……他哪里知道，他将要为他的这种性格付出什么样的代价呢？

甚至直到今天，当别人问到他的经历的时候，他还要强调说：“我是自愿到边疆来的”“我是自愿到基层来的”；他甚至于感到奇怪，为什么人们要用异样的眼光看着他，要用异样的表情听他叙述自己的经历呢？他的经历里，到底有什么可悲、可笑、可耻的东西呢？不是都说到边疆去光荣，到基层去光荣，和劳动人民生活在一起其乐也无穷、大道闪金光、灿烂又辉煌吗？

而且，他又偏偏碰上了这样一匹马！马呀，我对你的好心，你就一点也觉察不到吗？马的规矩，你就一点也不知道吗？如果你正在行走，如果你正在使役，如果你正在拉犁、挽车、驮人，那么，当你小便的时候你是可以停一停的，古往今来，不光是马，而且包括牛、驴、骡，哪有拉一粒粪蛋就停一次的呢？可你……是衰老吗？是孱弱吗？是怨懑吗？是懒惰吗？你现在是怎样地走走停停，停停走走，走中屡停，停多于走噢！

可曹千里又不愿意举起鞭子。放下了鞭子的骑手是软弱的，软弱的骑手要受软弱的马的欺负……这也是活该吧？

终于，他们走近塔尔河了。这河道一年中有大半年是干涸的，是什么都没有的，而现在，却正是它的黄金季节。雪水从高山上融化流泻而下，清凉，干净，急匆匆地冲着沙子，裹着草叶，叫着，跳着，撞着石头，扬起明明灭灭的浪花，展现着一条浩浩荡荡的河流的满溢的鲜活和强力，使得一望无际的灰蒙蒙的戈壁滩也喧闹起来，颤动起来了，谁知道在冷静的、沉默的石头们中间，正蕴藏着、运行着一种什么样的野性的力量呢？曹千里好像振奋了一下，老马已经深一脚浅一脚地踏到河水里去了。只是到了水流当中以后，你才感觉到这流水有多么迅速，多么威严，多么滔滔不绝，势不可当。河水轰轰、沙沙、嘘嘘地作响，这响声充塞于辽阔的天与地之间，已经成为此时此地的惊心动魄的大自然的主旋律。老马摇晃了一下，曹千里并没有感到紧张，他又不是第一次见这河，他又不是第一次骑马过这河，但他仍然像第一次过这河一样不解地思考着同一个问题，这条河究竟在这里奔流了多少年了呢？有多少气势，多少力量，多少波涛，多少浪头就这样白白地消逝在干枯的石头里呢？既没有灌溉的益处，更谈不上提供舟楫的便利，这原始的、仍然处在荒漠的襁褓里的河！你什么时候发挥出你的作用，唱出一首新歌呢？这随着季节而变化的、脾气暴躁却又永不衰老、永不停顿的河！你的耐性又能再保持多久呢？

头上是高高的，没有阴云和烟霭遮拦的白热的太阳。四周是石和沙，沙和土，土和石，稀稀落落的墨绿色的骆驼刺和芨芨草，圆圆的天和圆圆的地，一条季节河，一匹马和一个人，这究竟是什么年代？这究竟是地球的哪个角落？文明和堕落，繁荣和萎靡，革命和动乱，正义和阴谋，标语和口号，交响乐和奏鸣曲，所有的这一切又都在哪里？在这个从洪荒时代就是这样的地方，你又将怎样思想人生和社会上的这些麻烦和乐趣呢？

然而马怎么了？它要喝水？那就请喝吧，请。曹千里放开缰绳。老马伸开脖子了，它的嘴已经够到水了，但它还是拼命向前延伸。它的脖子本来就长，这下子就更长了，长得已经不像一匹马，而像一种丑陋的怪物了。可这使曹千里真的有点儿紧张了，他觉得自己的重心也在往前倾，而前边又是无依无靠，既抓不住鬃毛又不能搂住马脖子了。于是，他夹紧了双腿，难挨地等待着老马快快把水喝完。然而马却偏偏不喝了，它伸着、探着脖子挪动了步子。难道这同一条河里的水还有什么需要选择的吗？这匹该死的马究竟嗅个什么劲儿呢？难道每一朵浪花还都有各自不同的气味儿吗？扑哧，马脚往前一陷，曹千里往前一晃，差点没有喊出声来，这不是诚心要把你甩到水流里去吗？这究竟是安的什么心？只要掉下去就没命，水不算深，却非常急，掉下去就会冲个没影儿。水在曹千里身下流得愈加快了，浪花戏弄着、变化着耀眼的阳光，使人有点儿晕眩。曹千里已经决心勒紧缰绳和踢马肚子，驱赶它快一点离开这个不把牢的地方了，眼角一瞭却看到了远方的雪山。雪山好像在笑他的沉不住气，雪山在阳光下发出一种青蓝色的光。曹千里终于克制住了自己，而且觉得自己未免有点儿可笑。喝吧，马，你就喝吧，你还要走很远很远的路，你还要驮着一个无用人的身躯，如果你借着喝水的机会想放松一下自己，想偷一下懒，趁机忘却一下背上的伤疤，忘却一下你的并不美好的生活，这不也是值得同情、在所难免的吗？喝吧，咱们试试谁更有耐心吧。

当曹千里确定了这样的认识和这样的态度以后，他就不再害怕了。天塌不下来。即使从马上落到水里，地球也照样转，这是多么透彻，真可以说是大彻大悟的真理哟！他不再觉得时间过得慢，不再觉得马喝水的声音在折磨着自己的神经了。当马喝足了水，喜悦地打了两个响鼻，抖了抖鬃，甚至试探地发出了半声嘶鸣（不知为什么刚出声就哑了回去）的时候，曹千里更是喜出望外了！看啊，它还棒着呢！

马的步子迈动得似乎略略轻快了些。不大的工夫，他们就进入了路边的最后一个农业村落了。这个村落的名称叫作“补锅匠”村，其实，现在这里并没有什么特别的需要补的锅和善于补锅的工匠。谁知道几百年甚至是更长的时间以前这里为什么会因为补锅而名扬遐迩呢？那时的锅，也是四只耳朵吗[①]？现在的锅和那时的锅，现在的补锅技术和那时的补锅技术相比，有什么大的变化吗？

还没进村，就看到渠水了，渠埂子上长满了杂草，大渠横在道路中间，只有那种原始的木制高轮大车才走得过。开始出现了低矮的土房子，长长短短的小烟囱，葡萄架，瓜棚，高耸的青杨树。有两只家燕在低飞，根本不避人。迎面有一堆孩子，原来他们正在围观两只在斗架的公鸡。一只鸡是灰白芦花鸡，个儿比较大，歪着僵硬的脖子用一只眼瞪着另一只羽毛金红的，显得有点儿高贵和幼稚的小公鸡。两只鸡开始跳了，争着去占领俯冲的有利高度，孩子们喊叫起来。公鸡胜负未分，又有两只鸭子从渠水里游了过来，好像它们也要参加观战似的。传来了母鸡下蛋以后的咯咯咯的声音，一两声遥远的、兴致不大的狗吠，和突然响起来的，吓人一跳的公驴的粗野鄙陋的叫声。一个拖着鼻涕的、浑身上下光光溜溜而又披满尘土的孩子拿着一角馕饼摇摇摆摆地走了过来，他不顾互相啄住对方的冠子不放的公鸡，却紧紧地盯着曹千里和他的马……

这幅虽然不那么富足，但仍然是亲切暖人的、和平而又快乐的图画使曹千里如释重负。不论有多少恼人的思绪，一到村里来，也就没有了。

曹千里笑着来到了供销社门市部门前。这个门市部的伸向两面的围墙和它的高高的门面上都用黄地红字写满了语录。以致曹千里拴马的时候不得不把缰绳收得很短很短，他很怕这匹麻木不仁的马不在意碰掉了某个金光闪闪的大字。拴好马，他快步走上高台阶。当他走进门市部以后，暗淡的光线使他一时几乎丧失了视觉。这可真有意思，卖货的商店却搞得黑里咕咚，黑里咕咚的环境使人感觉好

---

① 维吾尔谚语，“走到哪里锅也是四只耳朵”，犹言“天下老鸦一般黑”。

像走入了地下室，倒是挺凉快。曹千里嗅见了乡村供销点特有的煤油夹杂着烟草屑，散装白酒夹杂着不太新鲜的米醋，肥皂、香皂夹杂着布匹的染料的混合的气味。这种气味是属于一个特殊的世界，属于农村的最富裕、最闲散也最消息灵通的商业和交际的中心的。慢慢地，曹千里看得清楚一些了，很大的铺面，很大、很宽、很高的柜台，使每个顾客都觉得自己长得未免太矮小。高大的货架子上空荡荡的，商品没有摆满，装潢和色彩都相当暗淡。几年来，新的名词，新的口号，敲锣打鼓迎来的新的“喜讯”是愈来愈多，商店货架子上的东西却愈来愈少了。他扫了一眼，发现某些农牧区特别需要的商品——电池、砖茶、莫合烟、条绒布、蜡烛、马灯、套鞋、短刀……倒还不少，至少比在县城的和公社的门市部的多。人民的购买力确实是提高了，人口确实是增加了，这也是无可辩驳的事实啊！

一个三十多岁的维吾尔族女售货员正在收购一个孩子的鸡蛋，她收下一个蛋，给了孩子五块不包纸的、廉价的水果糖。在这里，鸡蛋好像起着货币的流通作用，当人们需要买什么东西的时候，就从家里拿出几个鸡蛋来。孩子走了，曹千里走近女售货员，他看到了她戴着的绿底儿、小白花点的尼龙纱巾，她的这条薄薄的纱巾比她的店铺里的一切商品都更加鲜艳辉煌，显然，这不是当地的产品，而是她托人从上海或者广州带过来的。头巾下面，同样引人注目的是两道弯弯的，墨绿色的，用“奥斯曼”草染过的眉毛，这两道眉毛使曹千里蓦然心动，这里简直是世外桃源！难道大吵大喊的浪潮就冲不掉这眉毛的深色吗？还有含笑的眼睛。还有布着细小的、可笑的纹路的玲珑的鼻子……真像是看到了昨日的梦里的一朵玫瑰……

所有这些感想不过是转瞬即逝。然而他问明了鸡蛋的收、售价钱。他确信，这里的鸡蛋实在是太便宜了，他打算回程的时候带一些蛋回去，有了蛋也就有了营养，有了健康和幸福，谁说在下面工作不好呢？谁说那匹老马不好呢？如果是那匹枣红马，不把你带的蛋全都磕出黄子来才怪。

曹千里买了一块钱的水果糖和一块钱的莫合烟丝。这才是他在这里下马的目的。作为进山三四天送给你准备叨扰的哈萨克牧人的礼物，这已经是足够的了。

当女售货员把两个用旧报纸包的圆锥形的包包（真奇怪，在这里，不论卖什么东西，不论是茶叶还是铁钉，都不包那种四折的方包的，而是包装成一个上圆下尖的漏斗式的样子。）递给曹千里的时候，谁知道在曹千里的意识里有没有天津的繁华的劝业场和北京的堂皇的百货大楼一闪而过呢？“不，”曹千里说，他不承认。那么，请问，当他现在只是在电影上才能看到北京的王府井大街和天津的工人文化宫的时候，当他在麦场上，在草堆旁甚至是在墙头上或者树杈上和各个少数民族的农牧民在一起，观看这遥远的，好像是幻境一样的不可捕捉、不可挽留的城市风光的时候，就没有些微的惆怅吗？

但是——曹千里争辩说，我爱边疆。我爱这广阔、粗犷、强劲的生活。那些纤细，那些淡淡的哀愁，那些主题、副题、延伸、再现和变奏，那些忧郁的、神妙的、痴诚的、如泣如诉的孤芳自赏与顾影自怜……以及往日的曹千里珍爱它们胜过自己的生命的一切，已经证明是不符合这个时代的要求的了。你生活在一个严峻的时代，你不仅应该有一双庄稼汉的手，一副庄稼汉的身躯，而且应该有一颗庄稼人的纯朴的，粗粗拉拉的，完全摒弃任何敏感和多情的心。在大时代，应该用钢铁铸造自己。所以要改造。所以叫作锻炼——既锻且炼。所以，曹千里继续发挥说，我爱这匹饱经沧桑的老马，远远胜过了爱惜一只鸣叫在春天的嫩柳枝头的黄鹂，远远超过了爱惜青年时代的自己。我爱这严冷的雪山，无垠的土地，坚硬的石头，滔滔的洪水，远远胜过了留恋一架钢琴，一把小提琴，一个小银灯照得纤毫毕显的演奏舞台和一个气派非凡的交响乐队。

但是，你不是也爱这个售货员吗？她用奥斯曼草把眉毛染成了墨绿色，用凤仙花把指甲和手心染成了橙红，她说话的时候细声细气，她的耳朵上有戴红宝石做的耳环，她习惯地吸吮一下娇小的鼻子，露出了鼻尖上的细小的、可笑的皱纹。当她把两个圆锥形的纸包递给你，又从你的手里接过去两张一元钱的纸币的时候，她向你笑了一下。如果不是在这个边远的少数民族地区，你能够看得到这样纯净的笑容吗？一九四四年，他 13 岁的时候，突然被音乐征服了。新来的一位脸上有几粒小麻子，穿一身咖啡色旧西服的音乐教员，在周末组织了一次唱片欣赏会。孩子们听了《桑塔露琪亚》《我的太阳》、德沃夏克的《新世纪交响乐》第二乐章和柴可夫斯基的《第一弦乐四重奏》的第二乐章，还有李斯特的和肖邦的作品。那天晚上，他失眠了，他醉迷了，他发狂了。他从来没有听到过，没有想到过，在人们的沉重的灰色的生活里，还能出现一个如此不同的，光明而又奇妙的世界。他从来不知道人们会想象出、创造出、奏出和发出这样优美、这样动人、这样绝顶清新而又结构井然的作品。他一晚上不睡，看着月亮，试着用自己的喉咙，用自己的发声器官来模拟这些音乐和歌曲，这些音乐和歌曲他只听了一遍，便已经滞留在他的心灵里了。然而不可能，他发出来的声音完全走了调，走了样儿。然后他又试图不出任何声音，只是用自己的耳朵，用自己的想象去捕捉那对于旋律、对于节奏、对于强弱和音质的记忆，去捕捉那将会绕梁不止三日的余音，他希望在冥冥之中再为他自己演奏和演唱一遍他刚刚接受了的——敞开了孩子的心扉无保留地拥抱了和容纳了的歌曲和乐曲，他也失败了。原来他既没有记住，也模拟不出、想象不出这人类的情操与智慧的极致。

现在，在一九七四年，在曹千里已经年逾不惑的时候，他已经很少很少想到这些了。即使想起来，说起来，他也只是不好意思地，淡漠而又哀伤地一笑。他常常充满自嘲意味地说："那都是上辈子的事了……"他想起或者谈论起这些，就像是想起和谈论起另外一个人。在一个人的一生中，在方才40多岁的年纪，他的生活里就已经有了一个"上辈子"，他就能亲身体验到那种本来应该是用来验证轮回与转世的教义的所谓"隔世之感"，幸耶？非耶？令人叹息还是令人一笑？

后来，他成了学生运动的积极分子，成了青年团员，成了南下工作队的队员……而青年团，这是宣告新世纪的黎明的一声嘹亮纯净的圆号……他为什么不懂得珍惜这些呢？他为什么不知道自爱呢？他为什么那样散漫，那样轻狂，那样幼稚而且有那么多劣根性呢？多么迅速呀，这一切像昙花一现一样，然后，就都成了"上辈子"的事了……他的命运的变化，开始是轻易的和急骤的，后来呢，发展却是缓慢的和漫长的，不知所终。要进行到底，要进行到底，你们要关心国家大事，要把无产阶级"文化大革命"进行到底……然而，你在哪儿呵，底？

他梦寐以求那伟大的崭新的乐章的开始，谁知道，他竟然是不属于这个乐章的，他是不被这个乐队所喜欢的……他是一把旧了的、断了好几根弦的提琴？他是一面破了洞、漏了气、煞风景、讨人嫌的鼓？抑或他只是落到清洁整齐的乐谱上的一滴墨、一滴污水？

20多年了，他不断地盼望，不断地希求……然而，工宣队的一位可爱的师傅指着他说："像你这样，还不如吃饱了睡大觉，对人民的危害还少一点！谁让你领了国家发的工资去放毒的？你吃着人民的，喝着人民的，却是一脑子的斯基还有什么芬，弄出来的音乐谁都不懂，吵得人脑子疼，害了青年一代，使国家变了颜色，破坏了……"

他非常歉疚。他呆若木鸡。为了使中国得到重生，为了使人类得到一条新的通向解放和幸福的道路，也为了使他自己变成新人，这一切代价都不算太高，不算太多。看看周围吧，田里、车间里、商店里、住房里、火车和汽车里，到处都是人。人，正常的、健康的、拥挤的和成群的人，在这么多人里，有哪一个傻瓜，有哪一个吃错了药的神经病患者会为五条线上的几个小小的黑蝌蚪而发高烧呢？去它的吧，音乐！滚它的蛋吧，贝多芬和柴可夫斯基！贝多芬有什么了不起，他会唱样板戏吗？还有那个姓柴的，他是红五类？

于是他赞美火车的无数个钢轮碾过钢铁的轨道的时候发出的铿锵的声响，他赞美当火车走出山洞、豁然开朗的时候汽笛所发出的激越的高音，赞美这向前、向前、只是不分昼夜地向前而把地上的一切无情地抛到远远的后面的决绝的行进。

然后，他的眼前没有火车了，他的所在地离铁路是一千公里，他拥有的是一匹疲倦的、对一切都丧失了兴趣的受了伤的马。

进山之前还有一段微乎其微的令人不快的插曲，这是因为一条瘦得让你可以数得出肋骨来的黑狗。在曹千里走出有着可爱的女售货员的供销社门市部，重新骑上马，向山脚方向走去，快要离开这个村落的时候，突然，从一座散了架的破木门后面，冲出来一条肮脏的黑狗。黑狗像发了疯一样连滚带跳地扑向了曹千里和灰杂色马，而且发出了一种即使把别的狗吊起来，用木棍挞伐，也未必能发得出来的那样惨烈的叫声，这是一种变态的、非狗的、叫人听了四肢抽搐而且精神分裂的嗷嗷声，这声音和发声的本体像带着呼啸的肉弹一样射向了曹千里人和马，使曹千里觉得是挨了一刀。曹千里不是初次到牧区来，对于追逐行进中的马、骆驼、驴以至自行车的无聊的狗儿们，他早已司空见惯，它们只是嫉妒个儿比它们大，跑得又比它们耐久的动物，虚张声势，瞎咋呼一阵而已，没有哪匹马，包括那匹入世未深、性情冲动的枣红马会睬它们的。狗儿们的汪汪的叫声甚至会使骑手们有点儿得意，有点儿威风，狗儿们的狂吠不正是宣告骑手的到来吗？所以不论维吾尔人、哈萨克人、塔塔尔人都知道一条共同的谚语：“尽管狗在叫，骆驼队照样行进。”但是，这次，这只瘦骨嶙峋的黑狗的干嗥竟然使形神枯槁的老马也竖了一下耳朵。

黑狗贴近了曹千里和他的马，曹千里看见了狗的稀稀落落的黑毛上的令人恶心的、发绿的污秽和它的小小的通红的眼睛。是疯狗？传播狂犬病？曹千里用膝盖夹紧了马背，用鞋跟磕了磕马肚子，想催促马快跑两步，同时非常懊悔自己没有购置一双长靴。凡存在的都是合理的，为什么本地人夏日也要穿一双长筒的皮靴呢，有它特有的防护作用啊！

然而老马并没有快跑的意思。竖完了耳朵以表明自己还存在、还活着以后，它对黑狗、对曹千里都失去了兴趣和反应能力，看样子，它宁可让狗咬出血来，也不愿意改变自己的慢条斯理的步子。而黑狗，已经毫不客气地叼住了曹千里的一只裤角，曹千里已经感觉到狗牙的撕扯了，其实，如果狗想咬，它就可以咬到曹千里的小腿，留下两个尖尖的犬齿印儿了。来边疆以后，曹千里已经被狗咬过两次了，两次都破了口子，真恨死人！曹千里又惊又怒，他大喝一声翻身下马，他准备赤手空拳与这条恶狗搏战一场了，以他当时的愤怒，他不杀死这条癞皮狗，不把它撕成碎片他是绝不会罢休的。愤怒使他一反常态，变得勇武、强大、威风凛凛、气势磅礴起来。然而，就在曹千里下马的这一瞬间，那条狗尾巴一夹一溜烟似的跑掉了，既没有形迹也没有声息了，追也追不上了，找也找不着了，于是曹千里的泰山压顶式的怒吼、跳下、准备搏斗都变成了无的放矢，都变成了滑稽可笑，多此一举的了。

于是曹千里觉得懊恼和颓唐。女售货员的姣好的笑容所带来的熨帖，恶狗所激起的斗志，全都失去了。

开始进山。刚刚上山的时候一切似乎没有什么不同，见到的只不过是白刺草、绿刺草、红沙土和黑石头。戈壁滩光秃秃，而山坡上呢，秃秃光，同样的尘烟和干燥的风，令人嘴唇干裂，口焦舌燥。而走上坡路的马分明是大大地吃力了，它的脊背扭动得愈来愈厉害了。灰杂色老马的又一个缺点暴露出来了，一匹好的走马，哪里会这样地扭来扭去呢？扭得超过了西方的扭摆舞，扭得你也跟着它扭起来了，好像腰上安装了滚珠轴承……这样骑上几个小时不是会把屁股铲个稀烂吗？幸亏曹千里不是骑马的生手了，他马上把身体的重心移到左面，用左脚踩住镫，把右脚微微抬起，做成一个偏坠和侧悬的姿势。这样，看起来曹千里随着马扭得更厉害了，大摇大摆起来了，但实际上，他的屁股已经基本悬空，脱离了与鞍韂的过分紧密的接触与摩擦，虽然左腿吃一点力，但身体的其他部分却轻松得多了。

但是，且慢！他这样倒是舒服了，但是马呢？有哪一个力学家能算出他这种邪魔外道的姿势——当然，这个姿势他也是向旁人学来的——给马增加了多少倍负载呢？这好比有两个曹千里，你在马的左边，还必须有一个虚拟的曹千里位于马的右边，然后才有平衡，才能稳定，才能前进。但是现在右边空空如也，如果这不是一匹马而是一个木架子的话，重心的偏坠一定会使它倾倒的，但是这匹马呢，它是用了多么大的力气来克服这种倾斜，并且照旧前进，照旧向上行进啊！

不声不响的，不偏不倒的，忍辱负重的马！被理所当然地轻视着，被轻而易举地折磨着和伤害着的马！曹千里想到这里连忙恢复了原来的端坐的姿势，只不过他稍稍在脚上吃了点劲儿，以便抬起一点屁股来。

就在这一歪一正一思一动之时，马已经把他带到了全然不同的天地里来了。移动带来的变化是叫人惊异的，会移动的物体是值得赞美的。你看，他不是来到一个小小的溪谷面前了吗？迎面挂着一缕细细的、银色的瀑布，汇合到活泼跳跃的山溪里。头上有一株野生的胡杨树，小叶子长得密密实实，好像是山路的一个热心的守卫，又像是远来路边欢迎来客的一位殷勤的主人，他向你发出预告，荒凉的戈壁和光秃的山岭已经结束了，前面将是一个葱郁而又丰富的世界。脚下是茂密的、多年生的，因而绿与黄，荣与枯掺杂在一起的野草。野草中长着几株同样是野生的、枝丫歪歪扭扭地伸向天空的山丁子树，树上结满了令人一看就流口水的酸溜溜的小果子。前后路上布满了牛、马、羊的密麻麻的蹄印，象征着人和畜的密集的，群体的生活，大自然变得有生命，有活力了，空气变得潮润和清新了。尤其是那些黑褐色的、似乎能榨出水滴来的泥土，和那些从泥土里挺身出来，又紧紧地护卫着泥土不受洪水的冲刷的灌木，对于一个在荒漠中已经度过了一个多小时的人来说更是迷人！这儿就是山中胜地！这儿就是塞外江南！这儿已经是足够优良的人类环境！曹千里拽了拽缰绳，灰杂色马马上就停下了步子。即使鲁钝如彼，来到这儿，它的自我感觉也会有些不同了吧？它不是已经轻轻地刨开了前蹄了吗？

每次来到这儿他都要停一停，觉得自己是身在画中，觉得荒凉的戈壁和优美的小溪谷是相得益彰。觉得自己是在一个大世界的小世界里。一幅风景画挂在画廊，当然是好看的和幸运的；如果把这幅画挂在例如——锅炉房里呢？那又会怎么样呢？如果它能不受污染，如果它能不失清新，它不是更可爱也更可贵吗？如果每个锅炉房里都挂着一幅迷人的风景画，那么锅炉房的生活不是也会轻松一些吗？

老灰马倏地一蹿，就像突然被一个什么弹簧绷了出去一样。在蹿起的时候，马头突然用力一伸，缰绳从曹千里的手里滑脱了。曹千里完全没有弄清是出了什么事情，马一跃，又一跃，变成了三级跳远运动员，曹千里一个踉跄几乎从马背上甩了下来。他身不由己地东摇西晃着随着马脱离了那风光如画的小瀑布下的山谷，马几乎是竖直地登上了一个陡坡，蹬掉了好几块石头，这时，曹千里才模模糊糊地意识到确乎是听到了某种响动，“蛇！”他想，吃了一惊，耳膜上响起了两秒钟以前就听到了的簌簌的声音，“蛇？”他喊了出来，回首向下望去，什么也看不到，“蛇。”他肯定了，但是马已经稳住了，显然已经脱离了危险区，它抽动一下肚皮，又摇摇头，好像是想对曹千里说些什么，做些解释或者表示一下歉意。它摆摆脖子，又像是催促曹千里把缰绳拾起来。这里使役的马缰绳是又粗又长的，拖在地上会绊住马腿的。

曹千里惊魂初定。但他干脆顾不上惊了，惊还没有来得及反应过来就又过去了，马已经恢复了原状，稳定，麻木，好像什么事情也没有发生。它又垂下了头，甚至连垂口可得的碧绿的青草也引不起它的兴趣。曹千里完全不明白，像这样一匹有形无神的马架子，怎么会从山谷跑到了坡顶，而且，这中间并没有任何道路，它简直是飞上来的。这匹可怜的，羸弱的，困乏的和老迈的马呀，你当真蕴藏着那么多警觉、敏捷、勇敢和精力吗？你难道能跳跃，能飞翔吗？如果是在赛马场上，你会在欢呼狂叫之中风驰电掣吗？如果是在战场上，你会在枪林弹雨之中冲锋陷阵吗？

“让我跑一次吧！”马忽然说话了，“让我跑一次吧，”它又说，清清楚楚，声泪俱下，“我只需要一次，一次机会，让我拿出最大的力量跑一次吧！”

“让它跑！让它跑！”风说。

“我在飞，我在飞！”鹰说着，展开了自己黑褐色的翅膀。

“它能，它能……”流水诉说，好像在求情。

“让它跑！让它跑！让它飞！让它飞！让它跑！让它飞！”

春雷一样的呼啸震动着山谷。

这是一篇相当乏味的小说，为此，作者谨向耐得住这样的乏味坚持读到这里的读者致以深挚的谢意。不要期待它后面会出现什么噱头，会甩出什么包袱，会有个出人意料的结尾。他骑着马，走着，走着……这就是了。每个人和每匹马都有自己的路，它可能是艰难的，它可能是光荣的，它可能是欢乐的，它可能是惊险的，而在很多时候，它是平凡的，平淡的，平庸的，然而，它是必须的和无法避免的，而艰难与光荣，欢乐与惊险，幸福与痛苦，就在这看来平平常常的路程上……

他骑着马，走着，走着，时时要停下来，不断地遇到迎面而来的，或者是从背后赶上的哈萨克牧人。其中大部分他并不太熟悉，但他们都知道他。在这个边远的地方，他作为一个来自关内而且被认为是来自北京甚至是来自“中央”的干部，是非常引人注目的。而哈萨克人又是非常多礼的，只要有一面之交，只要不是十二小时之前互相问过好，那么，不论是在什么地方偶然相遇，也要停下马来，走近，相互屈身，握手，摸脸，摸胡须，互相问询对方的身体、工作、家庭、亲属（要一一列举姓名）、房舍、草场直至马、牛、羊、骆驼和它们下的崽驹，巨细无遗，不得疏漏。所以曹千里这一段走得很慢，因为这是一段交通要道，他时时要停下来和沿路相逢的牧民们问安。而每逢这种时候，两匹马也交错在一起，马头别着马头，前腿碰着前腿，脖颈擦着脖颈，似乎彼此也在做着亲昵的表示。

这种美好的，却又是千篇一律的礼节，换一个时候，也许叫曹千里觉着有些厌烦，有些浪费时间。离开小瀑布才四十多分钟，曹千里已停顿过七次了。但是，现在，在这个天翻地覆、洪水飓风的年月，在他的心灵空空荡荡，不知道何以终日的时候，这一次又一次的问好，这一遍又一遍的握手，这几乎没有受到喧嚣的、令人战栗而又令人眼花缭乱的外部世界的影响的哈萨克牧人的世代相传的礼节，他们的古老的人情味儿，都给了曹千里许多缓解和充实。生活，不仍然是生活吗？

而且，所有的哈萨克人都对他抱有一种意在不言中的同情和怜惜。虽然曹千里根本没有承认过，更没有吹过牛，虽然他还做过许多解释，说明他自己只是一个一般干部，他到这里来是属于正常的工作调动，出于自愿，他的日子过得很愉快，很满足……但是这里盛传着他曾经是一个“大人物”，（老天，你瞧曹千里那个样子，他像吗？）他曾经在中央工作过，（北京就是中央所在地，你否认得了吗？）由于不走运，由于出了点事情，（中国人的政治经验和政治敏感，举世无双！）他被贬到了边疆，（怎么是贬呢？上山下乡最光荣嘛！）变成了和他们差不多，却又不像他们那样根深蒂固、世代相安的可怜人。在少数民族语言中，“可怜”一词充满了亲切和真诚的爱惜，却并没有轻视、小瞧的意思。他越解释他绝不是“大人物”，就越增加了他给当地人的神秘感。“反正你有事情，反正你是个倒霉蛋，反正从北京到我们这个牧业公社，绝不是一条升迁发达之路！”人们听了他的解释以后，翻一翻眼，诡谲地一笑，用表情说着上述无声的语言。

曹千里坚决否认——他害怕承认他需要某种怜惜和慰安。相反，一遇到这种事情，他就要厌烦，觉得这种怜惜是多余的，有害的和——反动的。

好了，他长出了一口气，又是一个气功里的呼吸动作。气功万岁！

这段时时被打断的过程也过去了。曹千里和他的马离开了方才那一段连接着山区与平地、牧业队与农业队的傍山石路，进入了绿色的放牧区，走在与其说是人走出来的，不如说是由羊走出来的草间小路上了。

又是一个世界了，一个无边的大世界，到处是茸茸的绿草，起起伏伏，像是绿色的波浪。这片草地既不平坦，也不陡峭，只是缓缓的斜坡，时而上升，时而下降，马走在这里就像船走在海里。

这一大片草地是冬牧场，背风，向阳，在冬季也不会太冷。现在，牲畜已经转移到高山的夏牧场去了，冬牧场的草地处于休养生息，无拘无束地尽情生长的状态，几所木房子——这是近年来开始兴建的牧民们的定居点——也空起来了，显得安谧，也显得寂寥。由于山里树木多而建筑工人少，这种木房子有一种特别原始的风貌。几棵树锯倒了，按照一定的长度锯成几截，连树皮都不用扒，圆咕隆咚地排在一起，再用粗大的蜈蚣钉把木头——应该叫作树段钉到一块儿，立起来，这就是一面墙了，四面墙，再用同样的方法做一个大木排支撑在顶上，房子就成功了。从第一眼看到这几幢房子起，曹千里就有一种特别亲切，特别温柔而又特别庆幸的感觉。好像会见了一个失去联系多年的老友，好像找到了一件久已丢失的纪念品，他想起儿时，想起狼外婆的故事和格林姆的童话，想起神仙、侠客、兔子、小鱼、玻璃球、蟋蟀和木制手枪，于是……

于是，他闻见了草的香气。前后左右，都是草、草、草。草里有细小的白的，红的，黄的和紫的小花，好像绿毡子上的五彩缤纷的几个洞，又好像绿池水里的几颗星星。新鲜、浓绿而又肥厚的草发出一种叫人觉得清凉的气味，类似薄荷，又有点儿野芹菜的鲜味儿和野葡萄的生味儿，还有点儿像甘蔗，至少像晚秋的玉米秆的甘甜开胃的味儿。几种味儿混合在一起，清新，爽利，却又浓重，醉人。曹千里幸福地闭上眼睛。眼睛只要一闭上，气味就更加香甜了，世界也更加宽广和如意了。

真是可笑。也许完全是无稽之谈。但是曹千里仍然闭着眼睛，闻着世界，想着神仙、侠客、兔子、小鱼、玻璃球、蟋蟀和木制手枪，用鼻子来分析生活到底是动荡不安的还是安恬闲适的，是变化无常的还是静止不动的，是充满烦恼的还是全无所谓的……马一摇一摆地、有节奏地迈着步子。曹千里一摇一摆地、有节奏地颠着身子。非常清晰地传出了马蹄声和马蹄碰到草的时候发出的沙沙声。太阳愈升愈高，已经运行到头顶上了，但是并不热。曹千里时而又睁开眼睛，或者只是微微张一下眼皮，透过睫毛看看世界。一切都是老样子，起伏的绿草和绿草的起伏，远处的雪山和近处的木房子，抬起来的马腿和放下去的马腿……好像什么都停止了、凝固了，时间和空间都冻结成了一种万古不变的状态。一切都不存在了，一切又都永垂不朽……世界上只有草、草、草，马也是草，山也是草，房也是草，人也是草……人们啊，不论是上天的还是入地的，不论是被接见的还是被枪毙的，不论是乐掉了下巴的还是气成肝癌的，你们知道这片草地吗？你们为什么不到这块草地上来练练气功呢？

然而，曹千里吃了一惊。难道是天下雨了？他的脸上有点儿潮湿，有点儿淹，有点儿烫啊。这是什么？幻觉？梦境？错乱？病态？这分明是泪啊，是从他自己的两个眼窝里流下的两行热泪啊！

他挪动了一下，他回到了少年时代。他的舅舅，一个他不喜欢的神气活现的大学生带他去看一场他根本看不懂的、乱七八糟的电影。他肚子饿得咕咕叫了，他也想妈妈了，但是破电影老是不完。但是电影里有一个歌儿，一个他爱听的，像是小女孩子唱的哀婉的歌儿……电影散场了，舅舅带着他走在一条漫长的胡同里，他倒不饿也不怕了，但是腿走得酸酸的，一条胡同怎么比一条铁路还长呢？

他好像终于到了家，妈妈给他做的是羊肉杂面汤，汤里放了辣椒和许多醋，吃得他身上暖起来，吃得他头上冒出了汗。屋子也亮起来了，灯下，他和他最要好的一个同学——这是一个鬈头发的混血儿一起下陆军战棋，他多么想用工兵去挖对方的地雷和用炸弹去炸对方的总司令啊，那将是世界上多么惬意的事啊！然而，又错了，他的工兵撞在了排长身上，他的炸弹被对方的连长拼下去了。然而，他仍然满怀希望，下次，还有下次嘛，等到下一次，他就要料事如神，势如破竹了……

还是少年时代，(a+b)乘上(a–b)，怎么就恰恰等于a^2-b^2，不多又不少呢？而直角三角形的勾的平方加股的平方等于弦的平方，这又是怎样伟大的和谐和神妙的平衡啊！再者，让我们作一支曲子、指挥一个合唱队来赞美各种点、线、面、体的至美至善至精的关系吧！我们的理性，我们的每一个小学生和初中生的石板、石笔、铅笔、圆规和直尺，不就是这个宇宙的完美与合理的证明吗？难道我们不应该终其一生来证明、来实现这个宇宙的完美与合乎理性吗？难道我们不应该，不仅用计算和推理，而且用小号的冲动，琵琶的机巧，小提琴的委婉与马头琴的苍凉，用这些众多的、微妙的线与点的会合，面与体的旋转去创造一个更加完美和合乎理性的世界吗？

然后他长大了，超越这一切的是威严的时代的主旋：革命。复杂啊，怎么愈来愈复杂，愈来愈摸不着头脑了呢？开始的时候不是很好吗？

然而，即使一切都翻了个个儿，再翻了个个儿，即使天变成了折叠伞而地球变成了踢来踢去的足球，这儿仍然有这么大，这么绿，这么温厚而又慷慨无私的草地。曹千里深信，草是有生命的，山是有生命的，大地是有生命的，这生命是不会灭绝的，这生命的力量是不可阻挡的，是终究会发挥出来，创造出奇迹来的，他个人的生命可以是短暂的，可以是真正是无聊的和无用的，但是祖国的每一寸土地的生命是永存的。什么时候，什么时候啊？

草和海。绿色和芳香的海。人们告诉过他，融化就是幸福。那就融化在草的海里，为草的海再增添一点绿色的芬芳吧！草海就像母亲的胸膛，而每一根小草都有顽强的根，坚挺的茎和朴质的叶。而一到八月份，立秋以后，正像俗话说的，“立秋十八晌，寸草也结籽”，所有的草都要拼命结出果实，繁衍生命。每一根草都珍惜夏天，珍惜阳光，急急忙忙，争分夺秒地生长，然后毫无怨言地迎接冰霜和雪花，承担一个漫长的冬天。而在冬天，在它已经枯萎，已经失去了青春的活力和形体以后，它仍然要献给自身，把它贮存的养料供给过冬的牧群。而且，严寒与冰雪之中，它仍然保存着它的微小而又强大的根，不管它怎样被践踏，被芟割，被闲置和被破坏，但是只要春天一到来，在雪还没有化尽，云雀还没有唱歌，燕子还没有归来的时候，它又快快乐乐地钻出头来了，这又是怎样的砍不尽，戕不绝的生机！

曹千里睁开了眼睛，舒了舒喉咙，唱了一首少数民族的歌曲，述说一个人寻找了一辈子，都没有找到自己的花儿一样的情人。这是他从街头的醉汉的夜半高歌中学来的。这是一首曾经叫他落泪的歌曲，落泪之后他又惶惶不安，为自己的感情不健康而深感愧怍。但是，草地鼓起了他的勇气，平息了他的忐忑，他大声唱完了，觉得很痛快，觉得并没有什么灾难会因为这首歌曲而降临。他骑着灰杂色马平稳地行走，就像乘着一叶扁舟在草海里漂浮，“人生在世不称意，明朝散发弄扁舟”，连李白的诗也冒出来了，曹千里更觉到了个人的渺小，觉到了那一时的意气，一时的声威，一时的荣辱的微不足道。

不知道是否已经过了很久，抑或这只是刹那间？若有若无地吹起了温暖的风。这风使得垂挂在空中的，不知从哪儿生出的一道银亮的游丝飘摇起来了，这是一道多么细微的游丝啊！可此刻，偌大的天和地，就靠它联结。它摆得更高了，像闪烁的光线，曹千里注视着它，喜悦着，微笑着。

不知道又过了多少时间，又是一阵风，游丝不见了，脸上感到的是一丝凉意，曹千里不由得四处张望了一下，他的目光一下子被遥远的高天的西北角上的一抹黑色吸住了。

不至于吧？不至于吧？阳光还是这样明亮，天气还是这样晴和，绿草还是这样浓艳而心境又是这样安详。仔细看看，那儿真的是有点儿发黑吗？哪里？哪里看得见？恐怕是因为太阳太好，才使你眼前出现了对于黑影的错觉吧？

然而你的这种善良的愿望立刻就被否定了。像一滴墨汁在清水里迅速蔓延和散开一样，那一抹黑一忽儿工夫就扩大成一片了，西北角的天空已经被黑云封住了，而正北方，又出现了那种灰白灰白的，迷蒙蒙却又有点儿发亮的云——那儿已经下雨了。

怎么办呢？也许云和雨会放过这里，绕过这里，远远扫过？迂回而过？

但他已经不能不相信了，乌云正在像海潮一样全线向这一面推进，连老马也伸起了头，感受了一下天气的变化。糟糕，冬牧场的居民点——原始的木房子已经过去了，而离夏牧场呢，还有至少两个半小时的路程。这里没有躲雨的地方。曹千里下意识地摸了一下绑在马鞍子后面的破棉袄。

风愈吹愈强劲，愈吹愈寒冷了，简直是深秋的，扫除落叶的风，曹千里打了一个寒战，似乎转眼间草原上已经换了一个季节。他立刻抽出棉袄，穿到身上。

在左胳膊向袖子里伸的时候稍稍急了点，结果“吱啦”一声，左腋下已经开绽的地方撕成了一个大口子。这件衣服在城市必然会让人想起以前的叫花子，但在这里，却是出门人的宝贝。“现在就靠你了！”曹千里对破棉袄说。

黑云已经布满了四分之一的天空，黑云覆盖的那一面的草地，连草的颜色都变了，深重，沉郁，甚至有点儿阴森了，好像是戴上了重色墨镜去看那边，而摘下了墨镜去看这边似的。相形之下，这边的晴朗的太阳下的草地也不再是绿色的了，它变成金色的了。一边是褐黑色的，另一边是金黄色的，而褐黑色正在扩展，金黄色正在收缩。黑云的云头飞快地伸长，铺开，推移，曹千里恍恍惚惚听到了来自许多不同的方向的雨声，从远方的已经被灰云吞没了的山头上，时而有电光闪来，然后，过了很久，才传来隆隆的雷吼。

曹千里觉得自己变成了一只被追逐、被包围、被赶得走投无路的猎物，在位于天涯海角、宇宙的边缘的这样一个丘陵草原，他找不到一个同伴，一间房子，一棵大树和哪怕是一个山洞地穴。他无处躲藏，无法逃避，简直像是被胡大抛到了这个莽莽苍苍的地方。

好糊涂的，好一匹不中用的马呀！不仅它的鬃毛，而且它全身的毛都被风吹得飘扬起来，竖直起来了。它似乎也已经感觉到了寒冷，但它没有棉袄好穿，它神经质地不住地抽动着脊背和肚皮，让骑乘它的人很不舒服，不忍。然而它仍旧不紧不慢地迈动着它的步子，没有一点变化。你就不兴紧两步吗？

“然而紧两步又怎么样呢？”马回答说，它歪了歪头，“难道我能帮助你躲过这一场又一场的草原上的暴风雨吗？难道在一个一眼望不见边的草原上，我们能寻找到丝毫的保护吗？让雨淋一淋又有什么不好呢？在那个肮脏和窄小的马厩里，雨水不是照样会透过房顶的烂泥和茅草漏到我的身上吗？而那是泥水、脏水，还不如这来自高天大天的豪雨呢！要不，我能这样脏吗？”

他描写马说话，这使我十分惊异，但我暂时不准备发表评论，因为他还有待于写出更加成熟的作品。向您致敬了，谢谢您！

听到了愈来愈近的沙沙声。这不像雨声，而是更像同时撕裂一千匹布，或是同时射出一千支箭，或者干脆是同时打开一千口沸腾着的开水锅的声音。天更黑了，阴影吞噬着地面和山峰。风呜呜地打着转，吹得草七倒八歪。一个大的闪电，望不到头的草地变成了惨白色。一声劈天砸地的炸雷，曹千里一下子就陷入狂乱的打击之中去了，不知是什么东西忽然蒙头盖脸地打来。开始他以为是石子，甚至以为是枪林弹雨，他受到了猝不及防的袭击。他随即看清了这亮晶晶的、有拇指肚那么大的“子弹”乃是一些个冰球，是雹子！好一场大雹子！霎时间草地上已经铺了一层冰雹，冰雹在闪亮，在滚动，在抖落，在消失。他的头、背、胳膊也被冰雹打了个不亦乐乎，他不由得用手捂住头，标准的抱头鼠窜的姿势，这可是要打破脑袋的呀！噢，马脖子上也出现了冰雹啦，多么威风的草原的天空！他觉得狼狈万分，却又渐渐觉得有点儿有趣，归根结底，人生一世，你又能有几次机会亲身去领教这草原的冰雹呢？

冰雹下了足足有两分钟，曹千里只觉得是在经历一个特异的、不平凡的时代，既像是庄严的试炼，又像是轻松的挑逗；既像是老天爷的疯狂，又像是吊儿郎当；既像是由于无聊而穷折腾，又像是摆架子、装腔作势以吓人，哭笑不得，五味俱全，毕竟难得而且壮观……

然后，这个时代结束了，是叫人放心的，等待已久的正正经经的雨。雨总不会砸破脑袋，也不会毁坏庄稼。大雨落在草地上，迷迷蒙蒙，像是升起了一片片烟雾。立刻，曹千里和他的马都湿透了。雨顺着头发，顺着眉毛和耳朵，顺着脖领子往胸、背、腹部流泻，冰凉冰凉。破棉袄，也变得湿漉漉，沉甸甸的了。这种浇透一切的大雨终于解除了曹千里的一切思想负担。如果是小雨，他还要揪紧领子，缩起头，还要想办法不让雨水进入贴肤的衣服里层，现在倒好了，避也无益，防也白搭，只好放心大胆，随它便。就算冷水浴好了！就算是天浴好了！这不是很畅快吗？哈哈哈，他想高歌，想龙吟虎啸，但嘴刚要张就流进雨水去了，他急忙噗噗地向外啐着雨水，并且笑出了声。

马毛全湿了，湿了以后，便变成了一缕一缕的，像是毛巾或者奖旗的穗，雨水顺着一根一根的穗流淌，更显得丑陋，不成体统，不成其为一匹马了。

又是一个突然，就像交响乐队的指挥用手在空中一抓一样，一切戛然而止，干净利落。东南角的天空还有些乌突突，但世界已经是明亮耀目的了。蔚蓝的天空经过一番冲洗，更加蔚蓝蔚蓝的了。而草上的水珠和带着水迹的绿草，更是妩媚娇艳，仪态万方，一切都上了色，打磨光泽……

太阳一露头季节就又变回来了，草原上的天气就是这样变幻莫测的。老马全身冒着热气，好像刚刚从蒸笼里下锅。曹千里也开始冒气了，脖子上氤氲缭绕。经过了洗礼，格外精神的草地，也开始冒气了，而当马蹄从草丛中扬起的时候，还有一些水花随着马蹄飞溅出来。

但是他身上却更冷了。只有头顶和领口那儿热乎乎。身上太湿了，这要得病的呀！于是他开始解扣子，脱衣服，先脱下棉衣，顺好，搭在鞍子前面，再解衬衫，最后连背心也脱下来了。还不行，腰胯仍然被水渍着，于是他两腿吃力，站在马镫上，脱掉长裤，只剩下了一个裤衩和一双破皮鞋了。他露出了他的虽然不壮，但也还健康，虽然不美，但也还正常，虽然不年轻，但也并没有衰老的身体。转眼之间，四十余年矣！曹千里想象着自己在襁褓中的样子，终于，一天一天，一步一步长到眼下这么一个规模，俗话说，二十三，蹿一蹿，也不过长上二十三年，二十三以后呢？那就是二十年如一日了——无善可陈！它受之于父母，生长于祖国，现在，暴露在光天化日之中，山岭草原之上了……不管怎么说，心、肝、脾、胃、肾、头、颈、手、足、身，它也长得要啥有啥，不缺不短，曹千里呀曹千里，你这一百多斤，难道就是为的吃饭的吗？

日光迅速地暖遍了他的全身，雨后的和风抚摩着他，马蹄溅起的水花偶尔落在他的小腿上。他是多么惬意啊！这种快乐，他想，这不是比指挥一个交响乐队，比完成一部新的作品更自由，更无拘无束也更纯真吗？如果他是音乐学院的教授，乐团的指挥或是从什么什么文工团——现在叫作宣传队了——领工资的作曲家，他能享受这种野人式的快乐吗？他能赤条条地骑着马，在阳光下面，在辽阔的草原上漫游行进吗？说到底，到底有多少人需要交响乐呢？没有交响乐，他不是过得更好，人民也过得更好吗？感谢这时代的风云和生活的巨浪吧，它无情地抛弃了一切多余的东西，但它也创造了新的许多，许多……

他开始觉得有点儿不舒服了，有一点晕。是晒的？刚晒了没有多大一会儿。于是他披上一件衬衫，披上，也就干了。不行，更晕了，于是他又穿上了裤子，裤子比较湿，就穿在腿上让它内外夹攻，干得更快一些吧，但他更晕了，不但晕，而且心里发慌，普罗柯菲耶夫哪一年逝世的？哈萨克人喜欢不喜欢罗密欧吃烧饼？思绪全乱了。刚才想什么来着？吃烧饼，为什么吃烧饼，如果现在有两个烧饼……

他恍然。饿！饿了！原来已经是饿过了劲了。天早已过午了，冰雹和阵雨使胃不敢贸然发出自己的信号，现在呢，风吹雨淋却起了促进消化的作用了。他早就总结出来了，只要一进山，一进草原，胃口就奇好，好像取掉了原来堵在胃里的棉花套子，好像用通条捅透了的火炉子……但是，煤块呢？

等到曹千里明确了这个“饿”字，所有的饿的征兆就一起扑了上来，压倒了他；胳膊发软，腿发酸，头晕目眩，心慌意乱，气喘不上来，眼睛里冒金星，接着，从胃里涌出了一股又苦又咸又涩又酸的液体，一直涌到了嘴里，比吃什么药都难忍……

该死的字典编纂者！他怎么收进了一个“饿”字！如果没有这个“饿”字，生活会多么美好！

估计差了。原先以为，到了午饭时间他就可以赶到一个叫作“独一松”的地方，那儿有一户牧民的毡房，他可以到那里喝点茶，吃点东西，补充休整好了再走的，谁知道，唉，这匹不争气的马，磨磨蹭蹭，直到现在，“独一松”还不见影子呢。

唉，唉，这可怎么说啊？人是铁，饭是钢，一顿不吃饿得慌，可怜的人啊，你硬是每一顿都想吃，而且想吃饱啊！这些年，他愈是下到基层，愈是认识到人必须吃饭这样一个伟大的，有时候又是令人沮丧的真理，人饿了，就直不起腰，抬不起头来呀！有多少人，为吃一口饭而劳碌终身，而去忍受那么多本来不应该忍受的痛楚和侮辱。多少人劳碌终身，又忍受了一切，却仍然没有吃得很饱呀！于是，每一顿饭都给他带来感激和欣喜，总是有愈来愈多的人不愁吃了噢，他想起了以前在街头他看见的饿死的人的佝偻的手……他开始明白，为什么这些信仰伊斯兰教的少数民族同胞，每吃一次饭都要赞美一次安拉了。

马，你不知道我们都已经饿了吗？你就不知道，早一点到达“独一松”，你也可以卸下鞍子，自由自在地饱餐一顿肥美的绿草吗？

然而，马又能怎么样呢？它反正早已经是被看扁了。已就是已就了。而且，又怎么能一切全怪马儿呢？他早上出门就晚了，路上又买东西，又碰见一个又一个握手施礼的老乡，又是风，又是雨，又是雷，又是毒蛇，上坡和下坡，还有背上的伤……像蚂蚁一样渺小的曹千里骑着比老鼠还要渺小的一匹马，又能如何？

如果有那么一天，每一个人都愿意、都敢于宣布自己是伟大的，或者可能是伟大的，或者是愿意变得伟大的；如果在这一天所有的马都能够宣称自己是一匹骏马，千里马，或者将要成为匹骏马，那不好吗？

然而，千真万确的是，遗憾的是，一切伟人与骏马都必须吃饭（草）……

难受了一会儿，现在倒好点儿了，嘴里的那酸、苦、咸、涩的味儿淡一些了，不觉得有什么饿，相反，倒觉得胃口挺满、挺堵、挺实，好像是吃得过多，有点儿存食。心里也不慌了，无所感觉。你瞧，饥饿也是可以克服的。天下没有克服不了的事情。所谓饿，其实是一种条件反射，到了时间，就会分泌胃液，而过了时间呢，胃液也就干了。一切不舒服原来都是胃液在捣乱。念两条语录，把这个饿劲儿顶过去吧，他想，只是脑筋集中不起来。近年来，他愈来愈觉得脑筋不好使、不集中，在退化了，有时候和妻子谈着谈着话却听不懂妻子在说什么，也忘了自己在谈什么。现在，就是再让他去作曲，他其实也是什么也作不出来了。他脑子里空空如也。前几年有人批他是“寄生虫”，那就是蛔虫、绦虫、小线虫什么的。他不是真的变成了寄生虫了吗？

他不可能把思想集中到某一点上，他只是随着马背一颠、一颠，于是山也一颠、一颠，草也一颠、一颠，整个世界都像漂在水上，一颠、一颠，波动着，而他呢，好像被捆在了马背上，他想挣脱，想奋起，想一跳三尺，想大喊大叫，但是他没有那个力气，而他的每一个细胞，每一滴血液，每一根神经和每一个器官，都在傻里傻气地、欲罢不能地一颠、一颠、一颠……

不饿了，不饿了，但是更晕了，就像是晕船的那种晕，想吐，又吐不出来，肚子里扎扎挪挪，“下定决心……”

然后这种晕的感觉也渐渐消失了，只剩下了疲倦，困得睁不开眼睛，疲倦从四肢钻到了肉皮里，骨髓里，霎时间，他的肢体，他的骨骼，都软绵绵，轻飘飘的了，这是不是就叫作“失重”呢？我处于失重状态了吗？曹千里想，心里似乎倒明白了些。只是觉得头顶的太阳更热了，好像在用火烤着自己的脊背。草的颜色也变重了，怎么显得挺假？好像是舞台上的低劣的布景。雨后的蒸发也很讨厌，潮热逼迫得人喘不上气来。他脑门子上沁满了汗珠，一阵风吹过又觉得凉飕飕的，脊椎骨冒凉气，后背收缩，想打个喷嚏却打不出来，怎么他哆嗦起来了，热和冷他也分辨不出了吗？

呵，那久已逝去的青春的岁月，那时候，每一阵风都给你以抚慰，每一滴水都给你以滋润，每一片云都给你以幻惑，每一座山都给你以力量。那时候，每一首歌曲都使你落泪，每一面红旗都使你沸腾，每一声军号都在召唤着你，每一个人你都觉得可亲，可爱，而每一天，每一个时刻，你都觉得像欢乐光明的节日！

经过了一阵饿又一阵满，一阵满又一阵饿，一阵失重又一阵沉重，一阵沉重又一阵失重，不知道是过了半个小时还是半个世纪，伟大坚强的老马终于把他驮到了那个叫作“独一松”的地方。在山顶的乱石当中，在根本没有土，没有水，也没有其他植物的地方，果然有一株雪松。不知道它已经长了多少年了，反正它瘦小扭歪，孤苦伶仃，无依无靠。从高矮来说，远看你还以为是一棵树苗，稍近一点，你就会看到它那干裂的树皮，吃力地拧着身躯的树干，处处显示出在干石头中扎根生长的艰难。有时候，曹千里看到这样的老小树怦然心动，怆然泪下。有时候，他又觉得视野之内唯一的这一株高踞山顶的树，还真有点儿睥睨万物，傲然不群的风节。至少，它是一个天然的路标，远来的旅客会从这里找到通向自己要去的牧场的路。而就在这个山角下面，是一个孤零零的哈萨克毡房，一对没有儿女的老人住在这里，一方面照料着为数不多的病弱的羊只，更主要地为牧业大队起着一个驿站的作用，曹千里一看到这独一株树和独一座毡房，如释重负，“终于到了”，他长出了一口气。

离毡房还有相当的距离，他就下了马。应该让老马打个尖了。也真难得，不套笼嘴，不套嚼环，而且到处是鲜草，它居然忠于职守，只知赶路，不知左右逢源。为了怕马受凉，他没有给马卸鞍子，但他也没有按照惯例给马上绊子。这儿对正在骑乘的间歇的马，都是用短绳把前蹄绊住，这样，马既可自由吃草，又因为四腿三蹄，走起来一蹦一蹦的，不会跑远。但曹千里对于这匹马是完全信任、完全放心的。他拍拍马的屁股，示意它可以自由了，便走了开去。走出几步，一回头，果然灰马已经大口大口地吃起草来了，曹千里更感到欣慰了。

然后，他东张西望，去寻找一根棍子，这是为了防狗。哈萨克的牧羊犬可不像那个村子的乱吠的黑狗，牧人养狗的目的是防狼，都是些高大、剽悍、凶狠，比狼还要厉害的狗。对这样的狗是必须认真对付的。但他还没等到找到棍子，就听到了一声低沉的狗吠。

这是一只白狗，只在左脊背处有一个小小的黑斑，它从帐篷旁边缓缓地走了过来，离曹千里还有五六米远，站住了，用阴沉的、严厉的狗眼看着曹千里这个陌生人，但是并没有扑过来的意思。

曹千里握紧拳头，蹲裆骑马式站好，用同样阴沉和严厉的目光看着狗，做好了迎战的准备。他知道，现在已经没有退路了，只要他表现出些许的畏缩，狗就会判定你不是好人而一跃扑上来。“阿帕！”他用少数民族语言叫了一声：“老妈妈！”狗也随着他的叫声发出了第一声响亮而短促的吠叫。

真得佩服哈萨克老妇人的耳力，只一声她就听见了，慢吞吞地走出帐篷，喝退了狗。当然，曹千里不用怕什么了，他大大方方地走了过去，并且按照惯例把自己的马向老妇人一指，自然，主人会帮助照料这匹马和过一刻钟卸掉它仍然驮着的鞍子的。

曹千里向女主人施完礼后，低头走进虽然有点儿破旧，但仍然很有色彩、花花绿绿的毡房。毡房里热气熏人，银白色的铜茶炊里火还没有熄。整个毡房内部的地上，都铺着花毡子，毡子上面放着一面大大的饭单，饭单上摆着几个茶碗，围坐着三个老头子。四壁上挂着、插着、别着的东西更是琳琅满目，既有皮鞭、未经鞣制的带着刺鼻的腥味儿的生羊皮、割草的大芟镰，也有皮口袋、擀面杖、木盆，还有花绸、头巾、帽子、被面，不知何年何月的一个奖状……而在正面最显眼的地方，是一幅毛主席像，主席像下面是四本书皮红光闪闪的、用彩绸带绑起来的“红宝书”，虽然曹千里知道，这个毡房的主人并不识字，但是有了这几本书，大家都觉得踏实许多。于是，曹千里作为最尊贵的客人，被让到最靠近红宝书的地方坐下了。

三个老头子都是客人，主人老汉出去放牧了，没有回来。老妇人请曹千里坐好后，拿来一个又厚又重的小花瓷碗，给他倒上奶茶，显然，老头子们已经坐了不短的时间了，茶因为一次又一次地兑水，已经没有什么颜色和滋味了，这样，兑进去的奶也是微乎其微，而饭单上竟没有其他的食物。曹千里喝了一口奶茶，等待老妇人拿点馕饼或是包尔沙克（一种油炸的面食）来，等了半天不见动静，而由于喝下了几口茶，由于有茶的味儿，奶的味儿，盐的味儿，水的味儿（水里还有点儿柴灰的味儿）的挑逗与刺激，一阵奇饿又压了上来。他觉得自己已经不存在了，只剩下一张张大了的嘴和一个空空洞洞的胃……但仍然不见有任何东西可以填补空洞。回头找一找，老妇人已经不在了，大概是为那匹老马卸鞍子去了吧？这回马可是比人强喽，马大概已经饱餐上了吧？

“这儿……没有馕了吗？”他干脆直截了当地向三位客人提出了问题。

“你还没有吃饭吧？肚子饿了吗？喂，可怜的人！”一个把胡须修剪得圆圆的白发老牧人回答说，“她（女主人）正在和面，准备打新馕呢，至于原来剩下的那一点点嘛，我们已经吃得差不多了……”他一面说着，一面用那沾满了泥土的暴露着青筋的手，哆哆嗦嗦地在饭单上摸来摸去，提一提这边、又拉一拉那边，最后聚拢起不够一口吃的馕渣儿，捧起来，放到了曹千里手里。然后，他又伸手摸自己的腰围，好不容易从褡裢里摸出半块白里透黑，黑里透绿的酪干——这里的俗话叫作奶疙瘩——来，“吃吧，吃吧，”他关切地对曹千里说。其他两个老人也都叹着气，表示同情、遗憾和毫无办法。

曹千里接受了老人的盛情，先把手里的馕渣扔到奶茶里，又把半块陈年老奶疙瘩放到口边，咬了一下，纹丝不动，反作用力差点没把牙给崩了。真是钢铁一样的食品！他只好把奶疙瘩也放到碗里了。

女主人重新回到了帐篷。曹千里顾不得许多了，他叫了一声“老妈妈”，直言说：“我实在是非常非常地饿了，您能给我点什么充饥的东西吗？如果没有馕，您就给我一点炒糜子米，或者熟肉干，或者干脆来半碗奶油、半碗蜂蜜什么的，都行啊！”

“我的可怜的孩子！”女主人这样叫了一声，倒好像曹千里不是四十一岁而是十四岁似的，“可真不巧，你怎么这么不走运？我这儿，我这儿又有什么能吃的呢？连几块酸奶疙瘩也被过路的兽医要走了，蜂蜜、酥油，都给了汽车司机了。……兽医，你知道吗？我的孩子！他们要什么我们就给什么的……然后他就会给你开一个证明，证明哪一条黑羊已经病重，没办法活了，我们就可以把它宰杀吃掉了……我们就是靠这种办法多弄一点肉吃的……汽车司机呢，那就更不用说了，他们来到牧区，就像胡大来到人间一样……可是你吃点什么呢？饿可是很糟糕的呀！要不你先睡一觉吧，来，我给你抱出枕头来……等睡醒，我的新馕就打得了，老头子也会赶着奶牛回来了，牛奶也就有了……”

曹千里谢绝了老妈妈的好意，他还要赶路呢。再说，那半块钢铁般坚硬的奶疙瘩，已经被他终于弄到了肚里，说也怪，立刻就好过了一点。

“有了，有了！”老妈妈的脸上显出了惊喜的表情，而且嗓音一下子提高了许多，“有马奶子，你喝吗？你喝点马奶子吧，不好吗？”

“好！好！”曹千里连忙点头，马奶还不好？喝了马奶，一头小驹可以长成高头大马，高蛋白食品嘛，何况人呢？小小如曹千里，他的要求，他的需要量，还比不上一匹马呀。

老妈妈开始动手了，她从毡房的支栓上解下了装马奶的羊皮口袋，放在手里揉来揉去，等揉得均匀了，她搬来一个大洗脸盆，（汉族人管它叫洗脸盆，但这个盆在这儿可不是洗脸，而是装吃食用的）然后，她拔起用来堵口袋口的一个用玉米芯做的塞子，汩汩地把马奶子倒满了盆，当她把大奶盆搬到饭单上的时候，四位客人都活跃起来了。“听说革委会发了通知，不让喝马奶了呢。”一位老头子说。“我不信。我不管。我不知道。”另一位老头子满不在乎地回答。

没有人对这种关于政策的讨论感兴趣，他们从女主人手里接过来大碗，开始喝起来了。这种马奶是经过发酵的，很酸，很稀，有点儿腥，又有点儿酒的香味和辣味。曹千里给自己倒满了一碗以后，咕嘟咕嘟像喝凉水一样地喝起来了，顾不上品尝它的滋味是好还是坏了。他的这种喝法立即受到了三位老牧人的称赞：“好样的小伙子！你看他喝起马奶子，真像咱们哈萨克人呢！”他们当着曹千里的面，交口称赞着，竖着大拇指。

老牧人的夸奖使曹千里来了劲儿，他咕嘟咕嘟连喝了三大碗，喝得连气也喘不上来了。他分辨不出任何滋味，也不想分辨，他只是吞咽着，吞咽着，什么也不看，什么也不想地喝着，又不像是喝，而像是一种滑溜溜、凉丝丝的东西（一种活的东西）正在顺着他的口腔、食道自动下行，欲罢不能。

“可真喝了个痛快！”他自言自语，眼睛都憋红了。也就是在这个时候，他开始觉得有点儿不对劲。一下，嘴里翻上来一口马奶，又苦又辣，又一下，他几乎把从胃里逆行冲出来的马奶吐了出去。天啊，我这是做了些什么啊？难道可以空着肚子连喝三大碗马奶吗？每一碗都在一公斤半以上，三碗就是五公斤，也就是十斤了！啊哟，可千万不要吐出来。马奶子是助消化的，就像是豆汁，就像是啤酒，就像是酵母，就像是胃蛋白酶或者胰酶。人们说，吃肉吃多了，再喝点酸马奶，那是最好不过了。可曹千里倒好，他现在肚子里空空如也，他现在是唱的"空肚计"，他根本没有货色可资消化，又哪里会需要什么"助"呢？这么多酸马奶子喝下去了，可叫它去分解什么，溶化什么，吸收什么，输送走什么又排泄掉什么呢？难道去消化自己的肠胃吗？这消化力倒真强，赶明儿上医院一看，胃已经没有了，被胃消化、吸收、排泄掉了，自己把自己吃掉、化掉再拉掉，这又是什么滋味呢？

果然，他的胃一阵痉挛，火辣辣地剧痛，似乎胃正在被揉搓，被浸泡，被拉过来又扯过去。好像他的胃变成了一件待洗的脏背心，先泡在热水里，又泡在碱水里，又泡在洗衣粉溶液里，然后上了搓板搓，上了洗衣石用棒捶打……这就叫作自己消化自己哟！

他痛得面无人色，眉毛直跳。幸好，几个老牧民没有再注意他，他们自己也正喝得不亦乐乎。

曹千里挪动了一下身体，他本以为改变一下姿势可以减轻一点痛苦，缓和一下肚内的局势，谁料想刚把身子向左一偏，就觉得有许多液体在胃里向左一涌，向左一坠。然后他向右一偏，立刻，液体涌向了右方，胃明显地向右一沉。胃变成了苦于负荷的口袋了！往后仰一下试试，稍稍好一点，但好像有什么东西压迫着、阻挡着呼吸，喘不上气来。往前，更不行了，现在只要用一个小指在肚子上压一下马奶就会从口、鼻、七窍喷射出来。天啊，我要完了……

也就是在这个时候，出现了一丝转机，一丝光亮，一丝希望。这是一种轻微的晕眩，一种摇摇摆摆的感觉，从胃里慢慢地向上转移。这和骑在马上饿得发晕时的感觉颇有不同，那时的晕是一阵心慌，而这时的晕却是一种安宁的信息，是肠胃的痛苦的减轻。也许这痛苦只减轻了百分之一个单位（如果痛苦也有计量单位的话），然而他已经敏感到了，他已经听见了自己的心跳，感到了自己的体温，觉得自己的灵魂、自己的生命仍然是在自己的躯壳里边。于是，他笑了：我说过的啊，天无绝人之路，有道是山重水复疑无路，柳暗花明又一村。郭建光在《沙家浜》里道白，念语录说："有的时候有利的情况和主动的恢复，就在这坚持一下的努力"——然后郭建光提高十六度用假嗓念道，"之——中！"

心慢慢定住了，头却更晕了，这就是酒，酒的妙用！人们不是把酸马奶又叫作马奶酒吗？马奶里产生了酒精，酒精开始发挥作用了，身上有点儿飘飘然，有点儿软，但并不酸痛，而且最主要的是，肠胃也渐渐风平浪静了。

一阵清风吹遍了他的全身，好像是酣睡以后睁开了眼睛，好像是儿时的一个伴侣拿着小手枪来叫他去玩，好像他看见了他的共命运的妻子的目光，而且他忽然想默念两句词：

日出江花红胜火，
春来江水绿如蓝，
能不忆江南？

他自己都感到了自己脸上的笑容了。这久违了的轻松的、单纯的、信任的笑容。他觉得自己正在从老鼠变作一只燕子，变作一条鱼了。他正在展开翅膀，他正在穿过碧波，如歌的慢板，然后是小步舞曲……

瞧，我已经不饿了。瞧，我是多么清醒啊！

三个老头子也已经喝饱了马奶子，他们在满足地咂着嘴唇，摸着胡子。但是大盆里还有一点残余。他们齐声向曹千里劝道："请吧！你是小伙子嘛！"

我们的像燕子一样轻盈，像鱼儿一样自由的小伙子没有推辞，他把盆端起来，把剩奶倒到自己碗里，毫不勉强地把它喝下去了，他开始出汗了——不是冷汗虚汗，而是温暖的和健康的人所能出的洁白而光亮的汗水。

"君不见黄河之水天上来。
奔流到海不复回……"

莫非他已经踌躇意满了吗？只因为差点把自己撑死的四海碗酸马奶？这可真有趣。就像贝多芬的交响乐，雍容华贵、富丽堂皇、饱满丰厚、英勇崇高，还是像柴可夫斯基，深沉委婉，丝丝入扣？

李白在醉后宣告：

天生我材必有用，
千金散尽还复来……

而可爱的林黛玉在咏香诗里说：

焦首朝朝还暮暮，

煎心日日复年年……

“给我一个冬不拉！”他向主人索要。主人将信将疑地，好奇地把冬不拉给了他。他拧紧了弦，乒乓地弹起来了。来公社三年了，他从来没有动过任何乐器，一切乐器都是和他的过去联结着的，而他追求的是彻底埋葬他的过去。甚至于慢慢地他自己也相信了，他已经不爱音乐，也不会搞音乐了，他已经分辨不出旋律和节奏，认不出五线谱了，他只觉得茫然。

然而，一接过这破旧的冬不拉，他就弹出了调子。这是一首叫作“初春”的冬不拉乐曲，还是在一九六六年以前，他听过两次，不知道为什么他想起了它，一面凭记忆，一面对记不住的段落给以即兴的修正和补充。他弹起来了，弹得老妈妈和三位老牧人都听呆了，他们根本没想到，来客竟是一位乐师！

然后他唱起来了。他唱了青春，唱了生活，唱了大海，唱了呼啸的风，唱了打铁的手，也唱了姑娘的眼睛。

……曹千里完全不记得他是怎样离开这座毡房的了。他只是不断地提醒着自己，他没有醉，他非常清醒，特别是他的一双眼睛，看什么都分外鲜明、清晰，好像是用水把一切洗了又洗。他看见了哈萨克老妈妈和三位萍水相逢的老牧人眼睛上的泪光。他们四个人一起走出帐篷，恭恭敬敬地送他。他们还说了许多热情和友好的话，他不记得自己回答了什么，但他记得自己是彬彬有礼的，完全符合对于一个晚辈的礼节的要求。

他走出毡房之后一眼就看到了外面的光亮光亮的碧空，娇嫩、多汁、透明的蓝天上有两片薄云在飘浮。而高山的雪冠洁白炫目。洁白中又有一道一道清晰的褐紫色的线条——那大概是无雪的山谷，一切都那么有层次，像刀刻出来的一样。

他甚至看见了山谷中的几丛云杉树。他觉得他看见了哈萨克小孩子爬在树梢上撅柴火。山里有黄羊吗？野鹿、獾和狼？有一个哈萨克大汉，他骑着马去追逐一只狼，竟然徒手捉住了狼，把狼夹在了自己的腋下——夹死了！就是这样的人民，但是他们爱音乐，爱冬不拉，爱唱歌，许多毡房里都有乐器，有留声机，唱匣子……

许是雪山看久了，他的眼睛里出现了一块又一块亮得发黑的斑点，以致他看草地也看成一块黑，一块黄，一块绿的斑斑斓斓的了。但是他的视力很好，他没醉，不信，他看得清楚每一株形状不同，姿势不同，颜色也各异的草。草在动，草在摇，草在互相挨近，低语，抚爱。草也爱听音乐，爱唱歌的吧？是有风吗？

他怎么觉不到？

他一下盯住了毡房前的拴马桩，并且看个不住。一匹大马，被绳索吊起来，说是吊起来吧，又略略挨一点地，然后任凭人们的摆布，说抬蹄就抬蹄，说钉掌就钉掌，这可真是个了不起的、有用的桩架啊！他奇怪，为什么这桩子看着愈来愈小呢，还有点儿弯弯曲曲……他走上一步，打算扶正这根桩子，用力推，用力拉，都不影响木桩分毫，木桩呆呆木木的，一动也不动。他却看见了一个大大的黑蜘蛛，细长的、弓起来的八条腿。蜘蛛可是益虫，向益虫致敬！同时在这一刹那他感到无比的幸福，他竟然不是蜘蛛，不是蚂蚁，不是老鼠，他是一个人，一个堂堂正正的中国人！他有幸作为一个人，一个二十世纪的人来到这个世界，来到中国的这一块奇妙的土地上。他有幸作为一个人，有苦恼，有疑惑，有期待也有希望，又会哭，又会笑，又会唱。他能感知这一切，思索这一切和记住这一切，这难道不是一个奇迹吗？这难道不值得赞美和感谢吗？

并不是每一种元素，每一个个体都有这样的幸运。同样的碳元素，存在在这根木桩子上和存在他的细胞里就会发挥不同的作用。这根桩子也是有用的，然而它不会呼吸，不会做梦，不会叹气也不会同情任何一匹无辜的马。甚至它都不想立得更直一些。立得更直一些不是会更好一些吗？一个点和一个面的最短的距离，乃是从这个点向这个平面所作的垂线……他还没忘记数学呢！他可没有醉，他想连着做五道数学题，但是他要走了，他已经饱了，至少，他已经不饿了，那可以使小小的马驹长成千里马的马奶子，难道不能使他变得强壮和生气勃勃吗？但是，他的马呢？

他寻找着。他没有给马下绊子。他相信它是不会乱跑的，这是一匹安分守己的，不和谁过不去的，沉默而又自重的马。这是他的朋友。他看到了：就在那儿呢！离这儿大概有个四五百米。他模仿着哈萨克牧人打了一个呼哨。过去，他总是学不像，可今天，倒真像那么回事。那匹马立刻就抬起头来了，向他张望了。他的目力可真好，隔得这么远，而且天空和雪山晃着他的眼睛，他却看清了马的耳朵的颤抖和鼻孔的翕动。可爱的老马，你听到了我在叫你吗？你是多么聪明而又多么善良啊！看啊，灰杂色的老马踏着绿草正在一步一步向他走来，这简直是一个有价值的镜头，这简直是一幅画。在空荡的、起伏不平的草原上，一匹神骏，一匹龙种，一匹真正的千里马正在向你走来。它原来是那样俊美、强健、威风！它的腿是长长的，踝骨是粗大的，它的后蹄总是踩在前蹄留下的蹄印的前面，它高扬着那骄傲的头颅，抖动着那优美的鬃毛，它迈步又从容，又威武，又大方，它终于来了，来了，身上分明发着光……

终于，曹千里骑着这匹马唱起来了。他的嘹亮的歌声震动着山谷。歌声振奋了老马，老马奔跑起来了。它四蹄腾空，如风，如电。好像一头鲸鱼在发光的海浪里游泳，被征服的海洋被从中间划开，恭恭敬敬地从两端向后退去。好像一枚火箭在发光的天空运行，群星在列队欢呼，舞蹈。眼前是一道又一道的光柱，白光，红光，蓝光，绿光，青光，黄光，彩色的光柱照耀着绚丽的、千变万化的世界。耳边是一阵阵的风的呼啸，山风，海风，高原的风和高空的风，还有万千生物的呼啸，虎与狮，豹与猿……而且，正是在跑起来以后，马变得平稳了，马背平稳得像是安乐椅，它所有的那些毛病也都没有了，前进，向前，只知道飞快地向前……

即使以后，在今天，在八十年代，在那些年发生的事情又变成了永不复返（一定！）的"上辈子"以后，在曹千里扑到了渴望已久的新的春天里以后，在他真正地和大家一道开始奋飞起来以后，他永远记得这一匹马，这一片草地，这一天路程。他记得在奔跑的时候所见的那绚丽多彩的一片光辉。他怀念这一切，他充满了由衷的谢忱。

1980年9月—10月写于美国艾奥瓦城五月花公寓——时应邀参加"国际写作计划"。1981年2月，回国后略加修改并誊清。

入选理由

这部小说过了近四十年，仍然没有陈旧感。王蒙最早尝试小说的先锋性实验，但由于个人和时代的纠结，让他的实验变成戴上镣铐跳舞。《杂色》是横空出世之作，进入了元小说的层面。没有革命故事，甚至可以说没有故事可言，和当时的作品放在一起，这是一篇注重生活细节，具有诗意，而且幽默的小说，可以说不染流弊。作品的叙事语调，是家常的日常的，没有慷慨激昂之处。新词、新的句法自然而然地从王蒙的笔下流泻出来，明快、流畅，而又新鲜。他不固守语言的陈旧规范，大刀阔斧地开创新的语境。王蒙的《杂色》透露了一种八十年代到来，文学率先到达早春的气息。也是后来先锋文学的先行者。

人　生

路　遥

人生的道路虽然漫长，但紧要处常常只有几步，特别是当人年轻的时候。

没有一个人的生活道路是笔直的、没有岔道的。有些岔道口，譬如政治上的岔道口，事业上的岔道口，个人生活上的岔道口，你走错一步，可以影响人生的一个时期，也可以影响一生。

——柳青

上　篇

第一章

农历六月初十，一个阴云密布的傍晚，盛夏热闹纷繁的大地突然沉寂下来；连一些最爱叫唤的虫子也都悄没声响了，似乎处在一种急躁不安的等待中。地上没一丝风尘；河里的青蛙纷纷跳上岸，没命地向两岸的庄稼地和公路上蹦蹿着。天闷热得像一口大蒸笼，黑沉沉的乌云正从西边的老牛山那边铺过来。地平线上，已经有一些零碎而短促的闪电，但还没有打雷。只听见那低沉的、连续不断的嗡嗡声从远方的天空传来，带给人一种恐怖的信息——一场大雷雨就要到来了。

这时候，高家村高玉德当民办教师的独生儿高加林，正光着上身，从村前的小河里蹚水过来，几乎是跑着向自己家里走去。他是刚从公社开毕教师会回来的，此刻，浑身大汗淋漓，汗衫和那件漂亮的深蓝的确良夏衣提在手里，匆忙地进了村，上了硷畔，一头扑进了家门。他刚站在自家窑里的脚地上，就听见外面传来一声低沉的闷雷的吼声。

他父亲正赤脚片儿蹲在炕上抽旱烟，一只手悠闷地捋着下巴上的一撮白胡子。他母亲颠着小脚往炕上端饭。

老两口见儿子回来，两张核桃皮皱脸立刻笑得像两朵花。他们显然庆幸儿子赶在大雨之前进了家门。同时，在他们看来，亲爱的儿子走了不是五天，而是五年；是从什么天涯海角归来似的。

老父亲立刻凑到煤油灯前，笑嘻嘻地用小指头上专心留下的那个长指甲打掉了一朵灯花，满窑里立刻亮堂了许多。他喜爱地看着儿子，嘴张了几下，也没有说出什么来。老母亲赶紧把端上炕的玉米面馍又重新端下去，放到锅台上，开始张罗着给儿子炒鸡蛋，烙白面饼；她还用她那爱得过分的感情，跌跌撞撞走过来，把儿子放在炕上的衫子披在他汗水直淌的光身子上，嗔怒地说："二杆子！操心凉了！"

高加林什么话也没说。他把母亲披在他身上的衣服重新放在炕上，连鞋也没脱，就躺在了前炕的铺盖卷上。他脸对着黑洞洞的窗户，说："妈，你别做饭了，我什么也不想吃。"

老两口的脸顿时又都恢复了核桃皮状，不由得相互交换了一下眼色，都在心里说：娃娃今儿个不知出了什么事，心里不畅快？一道闪电几乎把整个窗户都照亮了，接着，像山崩地陷一般响了一声可怕的炸雷。听见外面立刻刮起了大风，沙尘把窗户纸打得啪啪价响。

老两口愣怔地望了半天儿子的背影，不知他倒究怎啦？

"加林，你是不是身上不舒服？"母亲用颤音问他，一只手拿着舀面瓢。

"不是……"他回答。

"和谁吵架啦？"父亲接着母亲问。

"没……"

"那倒究怎啦？"老两口几乎同时问。

唉！加林可从来都没有这样啊！他每次从城里回来，总是给他们说长道短的，还给他们带一堆吃食：面包啦，蛋糕啦，硬给他们手里塞；说他们牙口不好，这些东西又有"养料"，又绵软，吃到肚子里好消化。今儿个显然发生什么大事了，看把娃娃愁成个啥！高玉德看了一眼老婆的愁眉苦脸，顾不得抽烟了。他把烟灰在炕栏石上磕掉，用挽在胸前纽扣上的手帕揩去鼻尖上的一滴清鼻涕，身子往儿子躺的地方挪了挪，问："加林，倒究出了什么事啦？你给我们说说嘛！你看把你妈都急成啥啦！"

高加林一条胳膊撑着，慢慢爬起来，身体沉重得像受了重伤一般。他靠在铺盖卷上，也不看父母亲，眼睛茫然地望着对面墙，开口说:“我的书教不成了……”

“什么？”老两口同时惊叫一声，张开的嘴巴半天也合不拢了。

加林仍然保持着那个姿势，说:“我的民办教师被下了。今天会上宣布的。”

“你犯了什么王法？老天爷呀……”老母亲手里的舀面瓢一下子掉在锅台上，摔成了两瓣。

“是不是减教师哩？这几年民办教师不是一直都增加吗？怎么一下子又减开了？”父亲紧张地问他。

“没减……”

“那马店学校不是少了一个教师？”他母亲也凑到他跟前来了。

“没少……”

“那怎能没少？不让你教了，那它不是就少了？”他父亲一脸的奇怪。

高加林烦躁地转过脸，对他父母亲发开了火:“你们真笨！不让我教了，人家不会叫旁人教？”

老两口这下子才恍然大悟。他父亲急得用瘦手摸着赤脚片，偷声缓气地问:“那他们叫谁教哩？”

“谁？谁！再有个谁！三星！”高加林又猛地躺在了铺盖上，拉了被子的一角，把头蒙起来。

老两口一下子木然了，满窑里一片死气沉沉。

这时候，听见外面雨点已经急促地敲打起了大地，风声和雨声逐渐加大，越来越猛烈。窗户纸不时被闪电照亮，暴烈的雷声接二连三地吼叫着。外面的整个天地似乎都淹没在了一片混乱中。

高加林仍然蒙着头。他父亲鼻尖上的一滴清鼻涕颤动着，眼看要掉下来了，老汉也顾不得去揩；那只粗糙的手再也顾不得悠闲地捋下巴上的那撮白胡子了，转而一个劲儿地摸着赤脚片。他母亲身子佝偻着伏在炕栏石上，不断用围裙擦眼睛。窑里静悄悄的，只听见锅台后面那只老黄猫的呼噜声。

外面暴风雨的喧嚣更猛烈了。风雨声中，突然传来了一阵轰隆轰隆的声音——这是山洪从河道里涌下来了。

足足有一刻钟，这个灯光摇晃的土窑洞失去了任何生气，三个人都陷入难受和痛苦中。

这个打击对这个家庭来说显然是严重的。对于高加林来说，他高中毕业没有考上大学，已经受了很大的精神创伤。亏得这三年教书，他既不要参加繁重的体力劳动，又有时间继续学习，对他喜爱的文科深入钻研。他最近在地区报上已经发表过两三篇诗歌和散文，全是这段时间苦钻苦熬的结果。现在这一切都结束了，他将不得不像父亲一样开始自己的农民生涯。他虽然没有认真地在土地上劳动过，但他是农民的儿子，知道在这贫瘠的山区当个农民意味着什么。农民啊，他们那全部伟大的艰辛他都一清二楚！他虽然从来也没鄙视过任何一个农民，但他自己从来都没有当农民的精神准备！不必隐瞒，他十几年拼命读书，就是为了不像他父亲一样一辈子当土地的主人（或者按他的另一种说法是奴隶）。虽然这几年当民办教师，但这个职业对他来说还是充满希望的。几年以后，通过考试，他或许会转为正式的国家教师。到那时，他再努力，争取做他认为更好的工作。可是现在，他所抱有的幻想和希望彻底破灭了。此刻，他躺在这里，脸在被角下面痛苦地抽搐着，一只手狠狠地揪着自己的头发。

对于高玉德老两口子来说，今晚上这不幸的消息就像谁在他们的头上敲了一棍。他们首先心疼自己的独生子：他从小娇生惯养，没受过苦，嫩皮嫩肉的，往后漫长的艰苦劳动怎能熬下去呀！再说，加林这几年教书，挣的全劳力工分，他们一家三口的日子过得并不紧巴。要是儿子不教书了，又不习惯劳动，他们往后的日子肯定不好过。他们老两口都老了，再不像往年，只靠四只手在地里刨挖，也能供养儿子上学“求功名”。想到所有这些可怕的后果，他们又难受，又恐慌。加林他妈在无声地啜泣；他爸虽然没哭，但看起来比哭还难受。老汉手把赤脚片摸了半天，开始自言自语叫起苦来：

“明楼啊，你精过分了！你能过分了！你强过分了！仗你当个大队书记，什么不讲理的事你都敢做嘛！我加林好好地教了三年书，你三星今年才高中毕业嘛！你怎好意思整造我的娃娃哩？你不要理了，连脸也不要了？明楼！你做这事伤天理哩！老天爷总有一天要睁眼呀！可怜我那苦命的娃娃啊！啊嘿嘿嘿嘿嘿……”

高玉德老汉终于忍不住哭出声来，两行混浊的老泪在皱纹脸上淌下来，流进了下巴上那一撮白胡子中间。

高加林听见他父母亲哭，猛地从铺盖上爬起来，两只眼睛里闪着怕人的凶光。他对父母吼叫说：“你们哭什么！我豁出这条命，也要和他高明楼小子拼个高低！”说罢他便一纵身跳下炕来。

这一下子慌坏了高玉德，他也赤脚片跳下炕来，赶忙捉住了儿子的光胳膊。同时，他妈也颠着小脚绕过来，脊背抵在了门板上。老两口把光着上身的儿子堵在了脚地当中。

高加林急躁地对慌了手脚的两个老人说："哎呀呀！我并不是要去杀人嘛！我是要写状子告他！妈，你去把书桌里我的钢笔拿来！"

高玉德听见儿子说这话，比看见儿子操起家具行凶还恐慌。他死死按着儿子的光胳膊，央告他说："好我的小老子哩！你可千万不要闯这乱子呀！人家通天着哩！公社、县上都踩得地皮响。你告他，除什么事也不顶，往后可把咱扣掐死呀！我老了，争不得这口气了；你还嫩，招架不住人家的打击报复。你可千万不能做这事啊……"

他妈也过来扯着他的另一条光胳膊，接着他爸的话，也央告他说："好我的娃娃哩，你爸说得对对的！高明楼心眼子不对，你告他，咱这家人往后就没活路了……"

高加林浑身硬得像一截子树桩，他鼻子口里喷着热气，根本不听二老的规劝，大声说："反正这样活受气，还不如和他狗日的拼了！兔子急了还咬一口哩，咱这人活成个啥了！我不管顶事不顶事，非告他不行！"他说着，竭力想把两条光胳膊从四只衰老的手里挣脱出来。但那四只手把他抓得更紧了。两个老人哭成一气。他母亲摇摇晃晃的，几乎要摔倒了，嘴里一股劲央告说："好我的娃娃哩，你再犟，妈就给你下跪呀……"

高加林一看父母亲的可怜相，鼻子一酸，一把扶住快要栽倒的母亲，头痛苦地摇了几下，说："妈妈，你别这样，我听你们的话，不告了……"

两个老人这才放开儿子，用手背手掌擦拭着脸上的泪水。高加林身子僵硬地靠在炕栏石上，沉重地低下了头。外面，虽然不再打闪吼雷，雨仍然像瓢泼一样哗哗地倾倒着。河道里传来像怪兽一般咆哮的山洪声，令人毛骨悚然。

他妈见他平息下来，便从箱子里翻出一件蓝布衣服，披在他冰凉的光身子上，然后叹了一口气，转到后面锅台上给他做饭去了。他父亲摸索着装起一锅烟，手抖得划了十几根火柴才点着——而忘记了煤油灯的火苗就在他的眼前跳荡。他吸了一口烟，弯腰弓背地转到儿子面前，思思谋谋地说："咱千万不敢告人家。可是，就这样还不行……是的，就这样还不行！"他决断地喊叫说。

高加林抬起头来，认真地听父亲另外还有什么惩罚高明楼的高见。

高玉德头低倾着吸烟，一副老谋深算的样子。过了好一会儿，他才扬起那饱经世故的庄稼人的老皱脸，对儿子说："你听着！你不光不敢告人家，以后见了明楼还要主动叫人家叔叔哩！脸不要沉，要笑！人家现在肯定留心咱们的态度哩！"他又转过白发苍苍的头，给正在做饭的老伴安咐："加林他妈，你听着！你往后见了明楼家里的人，要给人家笑脸！明楼今年没栽起茄子，你明天把咱自留地的茄子摘上一筐送过去。可不要叫人家看出咱是专意讨好人家啊！唉！说来说去，咱加林今后的前途还要看人家照顾哩！人活低了，就要按低的来哩……加林妈，你听见了没？”

“嗯……”锅台那边传来一声几乎是哭一般的应承。

泪水终于从高加林的眼里涌出来了。他猛地转过身，一头扑在炕栏石上，伤心地痛哭起来。

外面的雨不知什么时候停了，只听见大地上淙淙的流水声和河道里山洪的怒吼声混交在一起，使得这个夜晚久久地平静不下来了……

第二章

高加林醒来以后，他自己并不知道时光已经接近中午了。

近一个月来，他每天都是这样，睡得很早，起得很迟。其实真正睡眠的时间倒并不多；他整晚整晚在黑暗中大睁着眼睛。从绞得乱翻翻的被褥看来，这种痛苦的休息简直等于活受罪。只是临近天明，当父母亲摸索着要起床，村里也开始有了嘈杂的人声时，他才开始迷糊起来。他朦胧地听见母亲从院子里抱回柴火，吧嗒吧嗒地拉起了风箱；又听见父亲的瘸腿一轻一重地在地上走来走去，收拾出山的工具，并且还安咐他母亲给他把饭做好一点……他于是就眼里噙着泪水睡着了。

现在他虽然醒了，头脑仍然是昏沉沉的。睡是再睡不着了，但又不想爬起来。

他从枕头边摸出剩了不多几根的纸烟盒，抽出一支点着，贪婪地吸着，向土窑顶上喷着烟雾。他最近的烟瘾越来越大了，右手的两个手指头熏得焦黄。可是纸烟却没有了——准确地说，是他没有买纸烟的钱了。当民办教师时，每月除过工分，还有几块钱的补贴，足够他买纸烟吸的。

接连抽了两支烟，他才感到他完全醒了。本来最好再抽一支更解馋，但烟盒里只剩了最后一支——这要留给刷牙以后享用。

他开始穿衣服。每穿完一件，总要愣怔半天，才穿另一件。

好长时间他才磨磨蹭蹭下了炕，在水瓮里舀了一勺凉水往干毛巾上一浇，用毛巾中间湿了的那一小片对付着擦擦肿胀的眼睛。然后他舀一缸子凉水，到院子里去刷牙。

外面的阳光多刺眼啊！他好像一下子来到了另一个世界。天蓝得像水洗过一般。雪白的云朵静静地飘浮在空中。大川道里，连片的玉米绿毡似的一直铺到西面的老牛山下。川道两边的大山挡住了视线，更远的天边弥漫着一层淡蓝色的雾霭。向阳的山坡大部分是麦田，有的已经翻过，土是深棕色的；有的没有翻过，被太阳晒得白花花的，像刚熟过的羊皮。所有麦田里复种的糜子和荞麦都已经出齐，泛出一层淡淡的浅绿。川道上下的几个村庄，全都罩在枣树的绿荫中，很少看得见房屋；只看见每个村前的打麦场上，都立着密集的麦秸垛，远远望去像黄色的蘑菇一般。

他的视线被远处一片绿色水潭似的枣林吸引住了。他怕看见那地方，但又由不得不看。在那一片绿荫中，隐隐约约露出两排整齐的石窑洞。那就是他曾工作和生活了三年的学校。

这学校是周围几个村子共同办的，共有一百多学生，最高是五年级，每年都要向城关公社中学输送一批初中学生。高加林一直当五年级的班主任，这个年级的算术和语文课也都由他代。他并且还给全校各年级上音乐和图画课——他在那里曾是一个很受尊重的角色。别了，这一切！

他无精打采地转过脸，蹲在硷畔上开始刷牙。

村子里静悄悄的。男人们都出山劳动去了，孩子们都在村外放野。村里已经有零星的吧嗒吧嗒拉风箱的声音，这里那里的窑顶上，也开始升起了一缕一缕蓝色的炊烟。这是一些麻利的妇女开始为自己的男人和孩子们准备午饭了。河道里，密集的杨柳丛中，叫蚂蚱间隔地发出了那种叫人心烦的单调的大合唱。

高加林刷牙的时候，看见他母亲正佝偻着身子，在对面自留地的茄子畦里拔草，满头白发在阳光下那么显眼。一种难受和羞愧使他的胸部一阵绞痛。他很快把牙刷从嘴里拔出来，在心里说：我这一个月实在不像话了！两个老人整天在地里操磨，我怎能老待在家里闹情绪呢？不出山，让全村人笑话！是的，他已经感到全村人都在另眼看他了。大家对高明楼做的不讲理的事已经习以为常了，但对村里任何一个不劳动的二流子都反感。庄稼人嘛，不出山劳动，那是叫任何人都瞧不起的。加林痛苦地想：他可再不能这样下去了！生活是严酷的，他必须承认他目前的地位——他已经是一个地地道道的农民了！

高加林这样想着，正准备转身往回走，听见背后有人说："高老师，你在家哩？"

他转身一看，认出是后川马店村一队的生产队长马拴。

马拴虽然不识字，但是代表马店大队参加学校管理委员会，常来学校开会，他们很熟悉。这是一个老实后生，心地善良，但人又不死板，做庄稼和搞买卖都是一把好手。

他看见平时淳朴的马拴今天一反常态。他推一辆崭新的自行车，车子被彩色塑料带缠得花花绿绿，连辐条上都缠着一些色彩鲜艳的绒球，讲究得给人一种俗气的感觉。他本人打扮得也和自行车一样体面：大热的天，一身灰的确良衬衣外面又套一身蓝涤卡罩衣；头上戴着黄的确良军式帽，晒得焦黑的胳膊上撑一只明晃晃的镀金链手表。他大概自己也为自己的打扮和行装有点儿不好意思，别扭地笑着。加林此刻虽然心情不好，也忍不住为马拴这身扎眼的装束笑了，问："你打扮得像新女婿一样，干啥去了？"

马拴脸通红，笑了笑说："看媳妇去了！人家正给我说你们村刘立本的二女子哩！"

加林这才明白为什么他今天里外一崭新。眼下农民看对象都是这种打扮。他问："是巧珍吗？"

"就是的。"

"那你这把川道里的头梢子拔了！你不听人家说，巧珍是'盖满川'吗？"加林开玩笑说。

"果子是颗好果子，就怕吃不到咱嘴里！"憨厚的马拴笑嘻嘻地说了句粗话。

"看得怎样？成了吧？"

"离城还有十五里！咱跑了几回，看他们家里大人倒没啥意见，就是本人连一次面也不露。大概嫌咱没文化，脸黑。脸是没人家白，论文化，她也和我一样，斗大字不识几升！唉，现在女的心都高了！"

"慢慢来，别着急！"

"对对对！"马拴哈哈大笑了。

"回我们家喝点水吧？"

"不了，在我老丈人家里喝过了！"

这回轮上高加林哈哈大笑了。他想不到这个不识字的农民说话这么幽默。

马拴戴手表的胳膊扬了扬，给他打了告别，便跨上车子，向川道里的架子车路飞奔而去了。

加林靠在硷畔的一棵枣树上，一直望着他的背影没入了玉米的绿色海洋里。他忍不住扭过头向后村刘立本家的院子望了望。

刘立本绰号叫"二能人"，队里什么官也不当，但全村人尊罢高明楼就最敬他。他人心眼活泛，前几年投机倒把，这二年堂堂皇皇做起了生意，挣钱快得马都撵不上，家里的光景是全村最好的。高明楼虽然是村里的"大能人"，但在经济战线上，远远赶不上"二能人"。对于有钱人，庄稼人一般都是很尊重的。不过，村里人尊重刘立本，也还有另外一个原因。立本的大女儿巧英前年和高明楼的大儿子结婚了，所以他的身份在村里又高了一截。“大能人”和“二能人”一联亲，两家简直成了村里的主宰。全村只有他们两家圈围墙，盖门楼，一家在前村，一家在后村，虎踞龙盘，俨然是这川道里像样的大户人家。

从内心说，高加林可不像一般庄稼人那样羡慕和尊重这两家人。他虽然出身寒门，但他没本事的父亲用劳动换来的钱供养他上学，已经把他身上的泥土味冲洗得差不多了。他已经有了一般人们所说的知识分子的“清高”。在他看来，高明楼和刘立本都不值得尊敬，他们的精神甚至连一些光景不好的庄稼人都不如。高明楼人不正派，仗着有点儿权，欺上压下，已经有点儿“乡霸”的味道；刘立本只知道攒钱，前面两个女儿连书都不让念——他认为念书是白花钱。只是后来，才把三女儿巧玲送学校，现在算高中快毕业了。这两家的子弟他也不放在眼里。高明楼把精能全占了，两个儿子脑子都很迟笨。二儿子三星要不是走后门，怕连高中都上不了。刘立本的三个女儿都长得像花朵一样好看，人也都精精明明的，可惜有两个是文盲。

虽然这样，加林此刻站在硷畔上只是恼恨地想：他们虽然被他瞧不起，但他自己现在又是个什么光景呢？

一种强烈的心理上的报复情绪使他忍不住咬牙切齿。他突然产生了这样的思想：假若没有高明楼，命运如果让他当农民，他也许会死心塌地在土地上生活一辈子！可是现在，只要高家村有高明楼，他就非要比他更有出息不可！要比高明楼他们强，非得离开高家村不行！这里很难比过他们！他决心要在精神上，要在社会的面前，和高明楼他们比个一高二低！

他把缸子牙刷送回窑，打开箱子找一件外衣，准备到前川菜园下面的那个水潭里洗个澡。

他翻出一件黄色的军用上衣，眼睛突然亮了。这件衣服是他叔父从新疆部队上寄回的，他宝贵得一直舍不得穿。他父亲唯一的弟弟从小出去当兵，1950 年以后才和家里联系上，几十年没回一次家。一年通几次信，年底给他们寄一点零花钱，关系仅此而已。叔父听说是副师政委，这是他们家的光荣和骄傲，只是离家远，在他们的生活中不起什么作用。

高加林拿起这件衣服，突然想起要给叔父写一封信，告诉一下他目前的处境，看叔父能不能在新疆给他找个工作。当然，他立刻想到，父母亲就他一个独苗儿，就是叔父在那里能给他找下工作，他们也不会让他去的。但他决定还是要给叔父写信。他渴望远走高飞——到时候，他会说服父母亲的。

他于是很快伏在桌子上，用他文科方面的专长，很动感情地给叔父写了一封信，放在了箱子里。他想明天县城遇集，他托人把信在城里很快寄出去。

这个突然冒出来的想法，给他精神上带来很大的安慰。他立刻觉得轻松起来，甚至有点儿高兴。

他把这件黄军衣穿在身上，愉快地出了门，沿着通往前川的架子车路，向那片色彩斑斓的菜园走去。

黄土高原八月的田野是极其迷人的。远方的千山万岭，只有在这个时候才用惹眼的绿色装扮起来。大川道里，玉米已经一人多高，每一株都怀了一到两个可爱的小绿棒；绿棒的顶端，都吐出了粉红的缨丝。山坡上，蔓豆、小豆、黄豆、土豆都在开花，红、白、黄、蓝，点缀在无边无涯的绿色之间。庄稼大部分都刚锄过两遍，又因为不久前下了饱墒雨，因此地里没有显出旱象，湿润润，水淋淋，绿蓁蓁，看了真叫人愉快和舒坦。

高加林轻快地走着，烦恼暂时放到了一边，年轻人那种热烈的血液又在他身上欢畅地激荡起来。他折了一朵粉红色的打碗碗花，两个指头捻动着花茎，从一片灰白的包心菜地里穿过，接连跳过了几个土塄坎，来到了河道里。

他飞快地脱掉长衣服，在那一潭绿水的上石崖上扩胸、下蹲——他已经决定不是简单洗个澡，而要好好游一次泳。

他的裸体是很健美的。修长的身材，没有体力劳动留下的任何印记，但又很壮实，看出他进行过规范的体育锻炼。脸上的皮肤稍有点儿黑；高鼻梁，大花眼，两道剑眉特别耐看。头发是乱蓬蓬的，但并不是不讲究，而是专门讲究这个样子。他是英俊的，尤其是在他沉思和皱着眉头的时候，更显示出一种很有魅力的男性美。

高加林活动了一会儿，便像跳水运动员一般从石崖上一纵身跳了下去，身体在空中划了一条弧线，就优美地没入了碧绿的水潭中。他在水里用各种姿势游，看来蛮像一回事。

一刻钟以后，他从跌水哨的一边爬上来，在上面的浅水里用肥皂洗了一遍身子，然后躲在一个石窝里换了裤子，光着上身回到石崖上面，躺在一棵桃树下。这棵桃树是一辈子打光棍的德顺老汉的。桃子还没熟的时候，好心的老光棍就全摘了分给村里的娃娃。现在这树上只留下一些不很茂密的树叶，倒也能遮一些阴凉。

高加林把衫子铺到地上，两只手交叉着垫到脑后，舒展开身子躺下来，透过树叶的缝隙，无意识地望着水一般清澈的蓝天。时光已经到了中午，但他的肚子也不觉得饿。河道离得很近，但水声听起来像是很远，潺潺地，像小提琴拉出来的声音一般好听。

这时候，在他右侧的玉米地里，突然传来一阵女孩子悠扬的信天游歌声：

上河里（那个）鸭子下河里鹅，
一对对（那个）毛眼眼望哥哥……

歌声甜美而嘹亮，只是缺乏训练，带有一点野味。他仔细听了一下，声音像是刘立本家的巧珍。他一下子记起刚才马拴看媳妇的洋相，又联想到巧珍唱的歌，忍不住笑了，心里说：“你哥哥专门来望你哩，没望见你；他人走了，你现在才望他哩……”

他这样想这件可笑事时，就听见他旁边的玉米林子里响起沙沙的声音。坏了！大概是巧珍从这里过路回家呀。

高加林慌忙坐起来，两把穿上了衣服。他的最后一颗扣子还没扣上，巧珍提一篮子猪草已经站在他面前了。

刘巧珍看起来根本不像个农村姑娘。漂亮不必说，装束既不土气，也不俗气。草绿的确良裤子，洗得发白的蓝劳动布上衣，水红的确良衬衣的大翻领翻在外边，使得一张美丽的脸庞显得异常生动。

她扑闪着一双水灵灵的大眼睛，局促地望了一眼高加林，然后从草篮里摸出一个熟得皮都有点儿发黄的甜瓜递到高加林面前，说：“我们家自留地的。我种的。你吃吧，甜得要命！”接着，她又从口袋里掏出自己洗得干干净净的花手帕，让加林揩一揩甜瓜。

高加林很勉强地接过甜瓜，但没有接她的手帕，轻淡地对她说：“我现在不想吃，我一会儿再……”

巧珍似乎还想和他说话，看他这副样子，犹豫了一下，低着头向上边地畔的小路上走了。

高加林把甜瓜放在一边，下意识地回过头朝地畔上望了一眼，结果发现走着的巧珍也正回过头望他。他赶忙扭过头，烦恼地躺在了地上。他在感情上对这个不识字的俊女子很讨厌，因为她姐姐是高明楼的儿媳妇！

他并不想吃甜瓜，此刻倒很想抽一支烟。他明知道纸烟早已经抽光，卷着抽的旱烟叶子也没带来，但两只手还是下意识地在身上所有的衣袋上都按了按，结果只是失望地叹了一口气。

“加林！加林！快回去吃饭嘛！躺在这儿干啥哩？”他听见父亲在上地畔上叫他。

他站起身，把巧珍送的那个甜瓜装在上衣口袋里，向菜地畔上走去。

他上了地畔，先把父亲的烟锅接过来，点着一锅，拼命吸了一口，立刻呛得他弯下腰咳嗽了半天。

他父亲叹息了一声，说："别抽这旱烟了，劲儿太大！"他把旱烟锅从儿子手里夺过来，说："加林，我在山里思谋了一下，明儿个县里逢集，干脆让你妈蒸上一锅白馍，你提上卖去！咱家里点灯油和盐都快完了，一个来钱处都没有嘛！再说，卖上两个钱，还能给你买一条纸烟哩！"

高加林揩了揩咳嗽呛出的眼泪，直起腰看了看父亲等待他回答的目光，犹豫了半天。他很快想起他给叔父写好的信，觉得明天上一道县城也好，他可以亲自把信发出去——要是托给别人邮，万一丢了怎么办？他于是同意了父亲的这个提议，决定明天到县城赶集去。

第三章

吃过早饭不久，在大马河川道通往县城的简易公路上，已经开始出现了熙熙攘攘去赶集的庄稼人。由于这两年农村政策的变化，个体经济有了大发展，赶集上会，买卖生意，已经重新成了庄稼人生活的重要内容。

公路上，年轻人骑着用彩色塑料缠绕得花花绿绿的自行车，一群一伙地奔驰而过。他们都穿上了崭新的"见人"衣裳，不是涤卡，就是的确良，看起来时兴得很。粗糙的庄稼人的赤脚片上，庄重地穿上尼龙袜和塑料凉鞋。脸洗得干干净净，头梳得光光溜溜，兴高采烈地去县城露面：去逛商店，去看戏，去买时兴货，去交朋友，去和对象见面……

更多的庄稼人大都是肩挑手提：担柴的，挑菜的，吆猪的，牵羊的，提蛋的，抱鸡的，拉驴的，推车的；秤匠、鞋匠、铁匠、木匠、石匠、篾匠、毡匠、箍锅匠、泥瓦匠；游医、巫婆、赌棍、小偷、吹鼓手、牲口贩子……都纷纷向县城拥去了。川北山根下的公路上，蹚起了一股又一股的黄尘。

当高加林挽着一篮子蒸馍加入这个洪流的时候，他立刻后悔起来。他感到自己突然变成一个真正的乡巴佬了。他觉得公路上前前后后的人都朝他看。他，一个曾经是潇潇洒洒的教师，现在却像一个农村老太婆一样，上集卖蒸馍去了！他的心难受得像无数虫子在咬着。

但这一切是毫无办法的。严峻的生活把他赶上了这条尘土飞扬的路。他不得不承认，他现在只能这样开始新的生活。家里已经连买油和盐的钱都没了，父母亲那么大的年纪都还整天为生活苦熬苦累，他一个年轻轻的后生，怎好意思一股劲待下吃闲饭呢？

他提着蒸馍篮子，头尽量低着，什么也不看，只瞅着脚下的路，匆匆地向县城走。路上，他想起父亲临走时安咐他，叫他卖馍时要吆喝。他的脸立刻感到火辣辣地发烧。天啊，他怎能喊出声来！

“可是，”他想，“如果我不叫卖，谁知道我提这蒸馍是干啥哩？”

走到一个小沟岔的时候，高加林突然想：干脆让我先跑到这没人的拐沟里试验喊叫一下，到城里好习惯一些嘛！

他满脸通红朝公路两头望了望，见没什么人，于是就像做一件见不得人的事一样，匆忙地折身走进了公路边的那条拐沟里。

他在这荒沟里走了好一段路，直到看不见公路的时候才站住。

他站住，口张了一下，但没勇气喊出声来。又张了一下口，还是不行。短短的时间里，汗水已经沁满了他的额头。四野里静悄悄的，几只雪白的蝴蝶在他面前一丛淡蓝色的野花里安详地飞着；两面山坡上茂密的苦艾发出一股新鲜刺鼻的味道。高加林感到整个大地都在敛声屏气地等待他那一声“白蒸馍哎——”！

啊呀，这是那么难人！他感到就像要在大庭广众面前学一声狗叫唤一样受辱。

他用手背擦了一下额头的汗水，决心下一声非喊出来不可！他狠狠地咽了一口唾沫，把眼一闭，张开嘴怪叫一声：“白蒸馍哎——”

他听见四山里都在回荡着他那一声演戏般的、悲哀的喊叫声。他牙咬住嘴唇，强忍着没让眼里的泪花子溢出来。

他直愣愣地在这个荒沟野地里站了老半天，才难受地回到公路上，继续向县城走去。从他们村到县城只有十来里路，但他感到这段路是多么漫长和艰难。他知道，更大的困难还在前头——在那万头攒动的集市上！

当他走到大马河与县河交汇的地方，县城的全貌已经出现在视野之内了。一片平房和楼房交织的建筑物，高低错落，从半山坡一直延伸到河岸上。亲爱的县城还像往日一样，灰蓬蓬地显出了它那诱人的魅力。他没有走过更大的城市，县城在他的眼里就是大城市，就是别一番天地。他对这里的一切都是熟悉的，亲切的；从初中到高中，他都是在这里度过。他对自己和社会的深入认识，对未来生活的无数梦想，都是在这里开始的。学校、街道、电影院、商店、浴池、体育场……生活是多么丰富多彩！可是，三年前，他就和这一切告别了……

现在，他又来了。再不是当年的翩翩少年，衣服整洁而笔挺，满身的香皂味，胸前骄傲地别着本县最高学府的校徽。他现在提着蒸馍篮子，是一个普通的赶集的庄稼人了。

往事的回忆使他心酸。他靠在大马河桥的石栏杆上，感到头有点儿眩晕起来。四面八方赶集的人群正源源不绝地通过大桥，进了街道。远处城市中心街道的上空，腾起很大一片灰尘，嘈杂的闹市声听起来像蜂群发出的嗡嗡声一般。

他猛然想到一个更糟糕的问题：要是碰上他在县城的同学怎么办？

他下意识地抬起头，先慌忙朝前后看了看。这时候他才真正反悔赶这趟集了。一般的赶集倒也没什么，可他是来卖蒸馍的呀！

现在折回去吗？可这怎行呢！他已经走到了县城。再说，家里连一点零花钱都没有了，这样回去，父母亲虽然不会说什么，但他们肯定心里会难受的——不仅为这篮没卖掉的蒸馍，更为他的没出息而难受！

“不，”他想，“我既然来了，就是硬着头皮也要到集上去！”当然，他也在心里祈求，千万不要碰上县城里的同学。

他很快提起篮子，过了桥，向街道上走去。他准备穿过街道，到南关里去。那里是猪市、粮食市和菜市，人很稠，除过买菜的干部，大部分都是庄稼人，不显眼。

当他路过汽车站候车室外面的马路时，脸刷地一下白了——白了的脸很快又变得通红。他感到全身的血一下都向脸上涌上来了：他猛然看见他高中时的同班同学黄亚萍和张克南正站在候车室门口。躲是来不及了，他俩显然也看见了他，已经先后向他走过来了。

高加林恨不得把这篮子馍一下扔到一个人所不知的地方。张克南和黄亚萍很快走到他面前了，他只好伸出空着的那只手和克南握了握手。

他俩问他提个篮子干啥去呀？他即兴撒了个谎，说去城南一个亲戚家里走一趟。

黄亚萍很快热情地对他说：“加林，你进步真大呀！我看见你在地区报上发表的那几篇散文啦！真不简单！文笔很优美，我都在笔记本上抄了好几段呢！”

“你还在马店教书吗？”克南问他。

他摇摇头，苦笑了一下说：“已经被大队书记的儿子换下来了，现在已经回队当了社员。”

黄亚萍立刻焦虑地说：“那你学习和写文章的时间更少了！”

高加林解嘲地说：“时间更多了！不是有一个诗人写诗说，‘我们用镢头在大地上写下了无数的诗行’吗？”

他的幽默把他的两个同学都逗笑了。

“你们出差去吗？”加林问他们俩。他隐约地感到，他两个的关系似乎有点儿微妙。在中学时，他俩的关系倒也很一般。

“我不出去。克南要到北京给他们单位买彩色电视机。我是闲逛哩……”黄亚萍说着，似乎有点儿不好意思。

“你还在副食公司当保管吗？”加林问克南。

“不。前不久刚调到副食门市上。”克南说。

“高升了！当了门市部主任！不过，前面还有个副字！”亚萍有点儿嘲弄地看了看克南，不以为然地撇了一下嘴。

“要买什么烟酒一类的东西，你来，我尽量给你想办法。我这人没其他能耐，就能办这么些具体事。唉，现在乡下人买一点东西真难！”克南对他说。

尽管张克南这些话都是真诚的，但高加林由于他自己的地位，对这些话却敏感了。他觉得张克南这些话是在夸耀自己的优越感。他的自尊心太强了，因此精神立刻处于一种藐视一切的状态，稍有点儿不客气地说：“要买我想其他办法，不敢给老同学添麻烦！”

一句话把张克南刺了个大红脸。

黄亚萍也是个机灵人，已经听出他俩话不投机，便对高加林说：“你下午要是有空，上我们广播站来坐坐嘛！你毕业后，进县城从不来找我们拉拉话。你还是那个样子，脾气真犟！”

“你们现在位置高了，咱区区老百姓，实在不敢高攀！”加林的坏毛病又犯了！一旦他感到自己受了辱，话立刻变得非常刻薄，简直叫人下不了台。

张克南已经明显地有点儿受不了了，正好车站的广播员让旅客排队买票，这一下把大家都解脱了。

克南马上和他握了手，先走了。亚萍犹豫了一下，对他说：“……我真的想和你拉拉话。你知道，我也爱好文学，但这几年当个广播员，光练了嘴皮子了，连一篇小小的东西都写不成，你一定来！”

她的邀请是真诚的，但高加林不知为什么，心里感到很不舒服。他对亚萍说：“有空我会来的。你快去送克南吧，我走了。”

黄亚萍的脸刷一下红了，说：“我不是去送他的！我来车站接一个老家来的亲戚……”她显然也即兴撒了个谎。加林心里想：你根本没必要撒谎！

高加林再不说什么，他向她很礼貌地点点头，便转身向大街道上走去。他一边走，一边心里为他和亚萍各自扯的谎感到好笑，忍不住自言自语说：“你去接你的‘亲戚’吧，我也得看我的‘亲戚’去了……”

但是，刚才和克南、亚萍的见面，很快又勾起了他对往日学校生活的回忆。

在学校时，亚萍是班长，他是学习干事，他们之间的交往是比较多的。他俩也是班上学习最好的，又都爱好文学，互相都很尊重。他和克南平时不是太接近的，因为都在校篮球队，只是打球的时候才在一块交往得多一些。

黄亚萍是江苏人，她父亲是县武装部长和县委常委。亚萍是在他刚上高中的那年随父亲调来县上，插入他那个班的。她带有鲜明的南方姑娘的特点，又见过世面；那种聪敏、大方和不俗气，在整个学校都很惹眼了。高加林虽然出身农民家庭，也没走过大城市，但平时读书涉猎的范围很广；又由于山区闭塞的环境反而刺激了他爱幻想的天性，因而显得比一般同学飘洒，眼界也宽阔。黄亚萍很快发现了他的这种气质，很自然地在班上更接近他。他同样也喜欢和她在一块。因为在这之前，他还没有接触过这样的女生。本地女同学和黄亚萍相比，都有点儿不大方，有的又很俗气，动不动就说吃说穿，学习大部分都赶不上男同学，他很少和她们交往。他俩有时在一块讨论共同看过的一本小说，或者说音乐，说绘画，谈论国际问题。班上的同学一度曾议论过他们的长长短短。他当时并不敢想什么出边的事。他和黄亚萍相比，有难以克服的自卑感。这不是说他个人比她差，而是指家庭、经济条件和社会地位这些方面而言。在这些方面，张克南全部有。克南父亲是县商业局长，他母亲也是县药材公司的副经理，在县上都是很像样的人物。当时克南也对亚萍有好感，经常设法和她接近，但看出她并没有和他过多交往的愿望。

很快，高中毕业了。他们班一个也没有考上大学。农村户口的同学都回了农村，城市户口的纷纷寻门路找工作。亚萍凭她一口高水平的普通话到了县广播站，当了播音员。克南在县副食公司当了保管。生活的变化使他们很快就隔开很远了，尽管他们相距只有十来里路，但在实际生活中，他们已经是在两个世界了。

高加林回村后，起初每当听见黄亚萍清脆好听的普通话播音的时候，总有一种很惆怅的感觉，就好像丢了一件贵重的东西，而且没指望找回来了。后来，这一切都渐渐地淡漠了。只是不知什么时候，他隐约听另外村一个同学说，黄亚萍可能正和张克南谈恋爱时，他才又莫名其妙地难受了一下。以后他便很快把这一切都推得更远了，很长时间甚至没有想到过他们……

他刚才碰见他们，感到很晦气。他现在一边提着蒸馍篮子往热闹的集市中间走，一边眼睛灵活地转动着，以防再碰上城里工作的同学。

刚到十字街口，接近人流旋涡的地方，他又碰到了一个熟人！

不过，这回他倒没什么恐慌。当他们城关公社文教专干马占胜有点儿尴尬地过来和他握手时，他这一刻不觉得胳膊上挽的蒸馍篮子丢人了——哼！让他看看吧，正是他们把他逼到了这个地步！

当专干问他干啥时，他很干脆地告诉他：卖蒸馍！他并且从篮子里取出一个来，硬往马占胜手里塞；他感到他拿的是一颗冒烟的、带有强烈报复性的手榴弹！

马占胜两只手慌忙把这个蒸馍捉住，又重新硬塞到篮子里，手在已经有了胡茬的脸上摸了一把，显得很难受的样子说：

“加林！你大概一直在心里恨我哩！我一肚子苦水无处倒哇！有些话，我真想给你说，又不好说！现在你听我给你说。”马占胜把高加林拉在十字街自行车修理部的一个拐角处，又摸了一把脸，放低声音说：

“唉，好加林哩！你不知情！咱公社的赵书记和你们村的高明楼是十几年的老交情了。别看是上下级关系，两人好得不分你我。前几年，明楼家没什么要安排的人，就一直让你教书。今年他二小子高中毕业了，他在公社跑了几回，老赵当然要考虑。你知道，这几年国民经济调整哩，国家在农村又不招工招干，因此农村把民办教师这工作看得很重要。明楼当然想叫他小子干这事嘛！下另外村子的教师，人家谁让哩？因此，就只好把你下了，让三星上。这事虽然是我在会上宣布的，可这不是我决定的嘛！我马占胜哪有这么大的牛皮！因此，好加林哩，你千万不要恨我！”

高加林心不在焉地用手指头理了理头发，对专干说：

“老马，你太多心了。你不说，我也都了解这些情况。我们共事几年了，你应该了解我。”

“我当然了解你！全公社教师里面，你是拔尖的！再说，你这娃娃心眼活，性子硬，我就喜欢这号人。不怕！……噢，我忘记告诉你了，我已经调到县政府的劳动局，算是提拔了，当了个副局长。我前几天还给公社赵书记谈过，叫他有机会就考虑再让你当教师。赵书记满口答应了……不怕！你等着！……你快忙你的，我还要开个会哩。新官上任三把火！咱烧不起来火，最起码得按时给人家应酬嘛！……”

马占胜说完，手在脸上摸了一把，和高加林握了一下手，像逃避什么似的很快就钻到了人群里。

高加林因为一直就对这个公社有名的滑头没有好感，所以基本上没认真听他说了些什么。他现在只知道他离开了城关公社，高升到县政府了。但这些和他有什么关系呢？他现在最要紧的是把胳膊上挽的这篮子蒸馍卖掉！

高加林很快从街道里的人群中挤过，向南关的交易市场走去。

第四章

县城南关的交易市场热闹得简直叫人眼花缭乱。一大片空场地，挤满了各式各样买卖东西的人。以菜市、猪市、牲口市和熟食摊为主，形成了四个基本的中心。另一个最大的人群中心是河南一个什么县的驯兽表演团，用破旧的蓝布围了一个大圈当剧场，庄稼人挤破脑袋两毛钱买一张票，去看狗熊打篮球，哈巴狗跳罗圈。市场上弥漫着灰尘，噪声像洪水声一般喧嚣，到处充满了庄稼人的烟味和汗味。

高加林提着那篮子馍，从本县那条主要的大街上满头大汗地挤过来，就投入这个闹哄哄的人海里了。

他提着篮子在人群里瞎挤了一气，自己也不知道该到哪里去。他是个讲卫生人，雪白的毛巾一直把馍篮子盖得严严的，生怕落进去灰尘。谁也看不出他是个干什么的，有几次他试图把口张开，喊叫一声，但怎么也喊不出声音来。他听见市场上所有卖东西的人都在吆喝，尤其是一些生意油子，那叫卖的声音简直成了一种表演艺术。他以前听见这样的喊叫，只觉得很好笑。可现在他在心里很佩服这种什么也不顾忌的欢畅舒坦的叫喊声；觉得这也是一种很大的本事。他自己明显地感到，他在这个世界里，成了一个最无能的人。

正当他在人堆里茫然乱挤的时候，听见背后有个妇女对旁边一个什么人说："今儿个死老头子又要喝酒，请下一堆客人，热得不想做饭，国营食堂的馍又黑又脏，串了半天，这市场上还没个卖好白馍的……"

高加林一听，赶忙转过身，准备把蒸馍上的毛巾揭开。可他身子刚转过去，马上又转了过来，慌忙躲到一个卖木锨的老汉身后——他看见那个寻找着买馍的妇女正好是张克南他妈！以前上学时，他去过克南家一两次，克南他妈认识他！

可怜的小伙子像小偷一样藏在那个卖木锨的老汉背后，直等到看不见克南他妈才又走动起来。也许克南他妈早认不得他了，但他的自尊心使他不能和这样一个过去认识的人做这笔买卖。

这时候，满城的高音喇叭响了起来。喇叭里传来了黄亚萍预报节目的声音。亚萍的声音通过扩音器，变得更庄重而柔和；普通话的水平简直可以和中央台的女播音员乱真。

高加林疲乏地背靠在一根水泥电杆上，两道剑眉在眉骨上一跳一跳的。他眼睛微微地闭住，牙齿咬着嘴唇。他想到克南此刻也许正在长途汽车上悠闲地观赏着原野上的风光；黄亚萍正坐在漂亮的播音室里，高雅地念着广播稿……而他，却在这尘土飞扬的市场上颠簸着为几个钱受屈受辱，心里顿时翻起了一股苦涩的味道。

他已经完全无心卖馍了。他决定离开这个他无能为力的场所，到一个稍微清静的地方待一会儿。至于馍卖不了怎么办，现在他也不想考虑了。

到哪里去呢？他突然想起了他已经久违的县文化馆阅览室。

他很快又从大街里挤过来，来到十字街以北的县文化馆。因为他爱好文学，文化馆他有几个熟人，本来想进去喝点水，但他很快又打消了这个念头——他今天怕见任何熟人！

他径直进了阅览室，把馍篮放在长椅的角上，从报架上把《人民日报》《光明日报》《中国青年报》《参考消息》和本省的报纸取了一堆，坐在椅子上看起来。这里没什么人。在城市喧嚣的海洋里，难得有这平静的一隅。

他最近由于生活发生了混乱，很多天没看报纸杂志了。他从初中就养成了每天看报的习惯，一天不看报纸总像缺个什么似的。当他好多天以后重新进入报纸的世界，立刻就把所有的一切都忘了个一干二净。

他首先看《人民日报》的国际版。他很关心国际问题，曾梦想过进国际关系学院读书。在高中时，他曾订过一个很大的笔记本，里面虚张声势地写上“中东问题”“欧洲共同体国家相互政治经济关系研究”“东盟五国和印支三国未来关系的演变”“中美苏三角关系中美国的因素”等胡思乱想的“研究”题目。现在他想起来已经有点儿可笑，但当时的“气派”却把同学们吓了一跳！其实他也并没能“研究”什么，只不过剪贴了一点报刊资料而已。

他先把各种报纸翻着浏览了一遍，然后找了一篇长一点的文章“过瘾”。他身子蜷曲在长椅子里，看起了韩念龙在联合国召开的柬埔寨国际会议上的发言。

他把几种大报好多天的重要内容几乎通通看完以后，浑身感到一种十分熨帖舒服的疲倦。

直到阅览室的工作人员来关门的时候，他才大吃一惊：现在已经到城里人吃下午饭的时光了！

他慌忙提起蒸馍篮子，出了阅览室。

太阳已经远远向西边倾斜过去了。市声基本落下，街道上稀稀落落的没有了多少人。

啊呀，他在阅览室待的时间太长了！现在怎么办呢？庄稼人大部分都已经像潮水一样退出了城市，这时候他要是再出现在街上，很容易碰见熟悉的同学。

想来想去，没有什么办法了。他站在阅览室的门口踌躇了半天，最后只好决定提着篮子回家去。

他垂头丧气出了城，向大马河川道那里走去。一切都还是来的样子，篮子里的白馍一个也没少。他赶这回集，连一分钱的买卖都没做。

他走到大马河桥上时，突然看见他们村的巧珍立在桥头上，手里拿块红手帕扇着脸，身边撑着他们家新买的那辆“飞鸽”牌自行车。

巧珍看见他，主动走过来了，并且站在了他的面前——实际上等于把他堵在了路上。

“加林，你是不是卖馍去了？”她脸红扑扑的，不知为什么，看来精神有点儿紧张，身体像发抖似的微微颤动着，两条腿似乎都有点儿站不稳。

“嗯……”高加林应承了一声，很奇怪地看了她一眼，没话寻话地说，“你也赶集去了？”

“嗯……”巧珍用手帕揩着脸上沁出的汗珠，眼睛斜看着她的自行车，但精神却在注意着他，说：“我来赶集，一点事也没……加林，”她突然转过脸看着他说，“我知道你一个馍也没卖掉！我知道哩！你怕丢人！你干脆把馍给我，你在这里把我的车子看住，让我给你卖去！”

巧珍说着，两只手很快过来拿他的篮子。

高加林闷头闷脑地还没反应过来这是怎么一回事，巧珍已经从他胳膊上把篮子夺走了。她什么话也没说，提着篮子就返身向街道上走去了。

高加林望着她远去的苗条的背影，不知该如何是好。他两只手在桥栏杆上摸来摸去，怎么也弄不清楚为什么突然出现了这样的事情。

对于巧珍来说，她今天的行动是蓄谋已久的。不是一天两天，而是多少年埋藏在她心中的感情，已经忍无可忍——她要爆发了！否则，她觉得自己简直活不下去了！

刘立本这个漂亮得像花朵一样的二女子，并不是那种简单的农村姑娘。她虽然没有上过学，但感受和理解事物的能力很强，因此精神方面的追求很不平常。加上她天生的多情，形成了她极为丰富的内心世界。村前庄后的庄稼人只看见她外表的美，而不能理解她那绚丽的精神光彩。可惜她自己又没文化，无法接近她认为“更有意思”的人。她在有文化的人面前，有一种深刻的自卑感。她常在心里怨她父亲不供她上学。等她明白过来时，一切都已经为时过晚了。为了这个无法弥补的不幸，她不知暗暗哭过多少回鼻子。

但她决心要选择一个有文化，而又在精神方面很丰富的男人做自己的伴侣。就她的漂亮来说，要找个公社的一般干部，或者农村出去的国家正式工人，都是很容易的；而且给她介绍这方面对象的媒人把她家的门槛都快踩断了。但她统统拒绝了。这些人在她看来，有的连农民都不如。退一步说，就是和这样的人结婚了，男人经常在门外，一年回不来几次；娃娃、家庭都要她一个人操磨。这样的例子在农村多得很！而最根本的是，这些人里没有她看得上的。如果真正有合她心的男人，她就是做出任何牺牲也心甘情愿。她就是这样的人！

她父亲虽然生了她，养活了她，但根本不理解她。他见她不寻干部、工人，就急着给她找农村的。并且一心看上个马店的马拴。马拴这人前几年公社农田基建会战时，她和他接触不少。他人诚实，心眼也不死，做买卖很利索，劳动也是村前庄后出名的。家里的光景富裕而殷实，拿农村的眼光看，算是上等人家。但她就是产生不了爱马拴的感情。尽管马拴热心地三一回五一回常往她家里跑，她总是躲着不见面，急得她父亲把她骂过好几回了。

其实，她并不是没有自己的心上人。多年来，她内心里一直都在为这个人发狂发痴——这人就是高加林！

巧珍刚懂得人世间还有爱情这一回事的时候，就在心里爱上了加林。她爱他的飘洒的风度，漂亮的体形和那处处都表现出来的大丈夫气质。她认为男人就应该像个男人；她最讨厌男人身上的女人气。她想，她如果跟了加林这样的男人，就是跟上他跳了崖也值得！她同时也非常喜欢他的那一身本事：吹拉弹唱，样样在行；会安电灯，会开拖拉机，还会给报纸上写文章哩！再说，又爱讲卫生，衣服不管新旧，常穿得干干净净，浑身的香皂味！

她曾在心里无数次梦想她和这个人在一起的情景：她把她的手放在他的手里，让他拉着，在春天的田野里，在夏天的花丛中，在秋天的果林里，在冬天的雪地上，走呀，跑呀，并且像人家电影里一样，让他把她抱住，亲她……

可是在现实生活里，她的自卑感使她连走近他的勇气都没有。她时时刻刻在想念他，又处处在躲避他。她怕她的走路、姿势和说话在他面前显出什么不妥当来，惹她心爱的人笑话。但是，她的心思和眼睛却从来也没有离开过他啊！

加林上高中时，她尽管知道人家将来肯定要远走高飞，她永远不会得到他，但她仍然一往情深，在内心里爱着他。每当加林星期天回来的时候，她便找借口不出山，坐在她家院子的硷畔上，偷偷地望对面加林家的院子。加林要是到村子前面的水潭去游泳，她就赶忙提个猪草篮子到水潭附近的地里去打猪草。星期天下午，她目送着加林出了村子，上县城去了，她便忍不住眼泪汪汪，感到他再也不回高家村了。

加林高中毕业没考上大学，灰溜溜地回到村里以后，巧珍高兴得几乎发了疯。她多少次的梦想露出了希望的光芒。她谋算：加林现在成了农民，大概将来就得找个农村媳妇吧？如果他找农村户口的姑娘，她虽然没文化，但她自己有信心让他爱她。她知道她有一个别的姑娘很难比上的长处：俊。

可是，希望的光芒很快黯淡了。加林当了教师。教师现在是唯一有希望进入商品粮世界的。按加林的能力来说，将来完全有把握转成正式教师。

她又陷入了深深的痛苦之中。她常常一个人躲在她们家硷畔上的那棵老槐树后面，向学校那里呆呆地张望。她目送着加林从那条被学生娃踩得白光刺眼的小路上向学校走去；又望着他从那条路上向村里走来……

她是个心眼很活的姑娘，所有这一切做得谁也看不出来。是的，村里谁也不知道这个俊女孩子的梦想和痛苦！只有她在县城正上高中的妹妹巧玲，似乎有一点儿觉察，有时对她麻木的发呆和莫名其妙的焦躁不安，诡秘地一笑，或真诚地为她叹息一声！现在，在高加林又一次当了农民的时候，她那长期被压抑的感情又一次剧烈地复活了。这次就好像火山冲破了地壳，感情的洪流简直连她自己也控制不住了。她为他当了农民而高兴，又同时为他的痛苦而痛苦——为此，她甚至还在她大姐面前骂高明楼不是个人。

她不知道该怎样心疼他。昨天中午，她看见他去游泳的时候，匆忙提了猪草篮在水潭边的玉米地里穿过，顺便摘了自留地的一个甜瓜，想破开脸皮去安慰一下他；今天她看见他上集去了，又骑了个车子撵来了。她今天上集的确什么事也没；她赶这回集，完全是想找机会对他说出她全部的心里话！她今天实际上一直都不远不近地跟着加林在集上的人群里挤。她看见亲爱的人提着蒸馍篮子，在人群里躲躲闪闪，一个也卖不了，后来痛苦地靠在水泥电杆上闭起眼睛的时候，她脸上的泪水也唰唰地淌着，手帕揩也揩不及。

后来，她看见加林进了文化馆，知道他的蒸馍是卖不出去了。她当时很想也进阅览室去，但她想自己不识字，进那里去干什么？再说，那里面人多，她不好和加林说什么话。于是，她就骑车来到大马河桥上，在那里等他过来，从中午一直站到下午……

刘巧珍现在提着一篮子蒸馍，兴奋地走在县城的大街上，感到天地一下子变得非常明亮了；好像街道上所有的人都在咧开嘴巴或者抿着嘴向她笑。迎面过来一群幼儿园刚放了学的娃娃，她抱住一个就亲了一口！

直到过了十字街，穿过城里那条主要街道，来到南关的自由交易市场时，她才停住了脚步，忍不住害臊地笑自己的荒唐：她原来根本不是打算来卖这篮蒸馍的，而准备送给城里她的一个姨姨家。她姨家住在十字街上面的山坡上，她现在却疯头涨脑地跑到了这里！至于馍钱，她不会向姨姨要的，她早已给加林准备好了。她并且还给加林买了一条好烟，已放在自行车的花布提包里了。

她很快又掉转身，向姨姨家走去。巧珍把一篮子蒸馍给姨姨家放下，折转身就起身。她姨和她姨夫硬拉住让她吃饭，她坚决地拒绝了：她怕加林在桥上等她等得不耐烦。

她提着空篮子从姨姨家出来，几乎是跑着向大马河桥上赶去。

第五章

高加林立在大马河桥上，对刚才发生的事半天百思不得其解。

他后来索性把这事看得很简单：巧珍是个单纯的女子，又是同村人，看见他没把馍卖掉，就主动为他帮了个忙。农村姑娘经常赶集上会买卖东西，不像他一样窘迫和为难。

但不论怎样，他对巧珍给他帮这个忙，心里很感谢她。他虽然和刘立本家里的人很少交往，可是感觉刘立本的三个女儿和刘立本不太一样。她们都继承了刘立本的精明，但品行看来都比刘立本端正；对待村里贫家薄业的庄稼人，也不像她们的父亲那般傲气十足。她们都尊大爱小，村里人看来都喜欢她们。三姐妹长得都很出众，可惜巧珍和她姐巧英都没上过学；妹妹巧玲正上高中，听说是现在中学里的“校花”。对于一个农民来说，找到刘立本家的女子做媳妇的确是难得的。高明楼眼疾手快，把巧英给他大儿子娶过去了。现在巧珍的媒人也是踢塌门槛；这一段马店的马拴又里外的确良穿上往刘立本家愣跑哩。高加林想起马拴那天的打扮，又忍不住笑了。

太阳正从大马河西边无垠的大山中间沉落。通往他们村的川道里，已经罩上了暗影；川道里庄稼地的绿色似乎显得深了一些。夹在庄稼地中间的公路上，几乎没有了人迹，公路静悄悄地伸向绿色的深处。东南方向的县城，已经罩在一片蓝色的烟气中了。从北边流来的县河，水面不像深秋那般开阔，平静地在县城下边绕过，向南流去了；水面上辉映着夕阳明亮的光芒。河边上，一群光屁股小孩在泥滩上追逐，嬉耍；洗衣服的城市妇女正在收拾晒在岸边草地上花花绿绿的衣服和床单。

高加林不时回头向县城街道那边张望。他觉得巧珍也不一定能把那篮子馍卖了——因为现在集市都已经散了。

当他终于看见巧珍提着篮子小跑着向他走来时，他认定她没有把馍卖掉——其间的时间太短了！

巧珍来到他面前，很快把一卷钱塞到他手里说：“你点点，一毛五一个，看对不对？”

高加林惊讶地看了看她胳膊上的空篮子，接过钱塞在口袋里，心里对她充满了非常感激的心情。他不知该向她说句什么话。停了半天，才说：“巧珍，你真能行！”

刘巧珍听了加林的这句表扬话，高兴得满脸光彩，甚至眼睛里都水汪汪的。

加林伸出手，说：“把篮子给我，你赶快骑车回去，太阳都要落了。”

巧珍没给他，反而把篮子往她的自行车前把上一挂，说：“咱们一块走！”说着就推车。

加林一下子感到很为难。和同村的一个女子骑一辆车子回家，让庄前村后的人看见了，实在不美气。但他又感到急忙中找不出理由拒绝巧珍的好心。

他略踌躇了一下，对巧珍撒谎说：“我骑车带人不行，怕把你摔了。”

“我带你！”巧珍两只手扶着车把，亲切地看了加林一眼，又不好意思地低下了头。

“啊呀，那怎行呢！”加林一只手在头发里搔着，不知该怎办。

“干脆，咱别骑车，一搭里走着回。”巧珍漂亮的大眼睛执拗地望着他，凸起的胸脯一起一伏。

看来她真诚地要和他相跟着回村了。加林看没办法了，只好说：“行，那咱走，让我把车子推上。”

他伸手要推车，巧珍用肩膀轻轻把他推了一下，说：“你走了一天，累了。我来时骑着车，一点也不累，让我来推。”

就这样，他俩相跟着起身了，出了桥头，向西一拐，上了大马河川道的简易公路，向高家村走去。

太阳刚刚落山，西边的天上飞起了一大片红色的霞朵。除过山尖上染着一抹淡淡的橘黄色的光芒，川两边大山浓重的阴影已经笼罩了川道，空气也显得凉森森的了。大马河两岸所有的高秆作物现在都在出穗吐缨。玉米、高粱、谷子，长得齐楚楚的，都已冒过了人头。各种豆类作物都在开花，空气里弥漫着一股清淡芬芳的香味。远处的山坡上，羊群正在下沟，绿草丛中滚动着点点白色。富丽的夏日的大地，在傍晚显得格外宁静而庄严。

高加林和刘巧珍在绿色甬道中走着，路两边的庄稼把他们和外面的世界隔开，造成了一种神秘的境界。两个青年男女在这样的环境中相跟着走路，他们的心都不由得咚咚地跳。

他俩起先都不说话。巧珍推着车，走得很慢。加林为了不和她并排，只好比她走得更慢一点，和她稍微错开一点距离。此刻，他自己感到了一种从来没有过的精神上的紧张：因为他从来没有单独和一个姑娘在这样悄没声响的环境中走过。而且他们又走得这样慢，简直和散步一样。

高加林由不得认真看了一眼前面巧珍的侧影。他惊异地发现巧珍比他过去的印象更要漂亮。她那高挑的身材像白杨树一般可爱，从头到脚，所有的曲线都是完美的。衣服都是半旧的：发白的浅毛蓝裤子，淡黄色的确良短袖；浅棕色凉鞋，比凉鞋的颜色更浅一点的棕色尼龙袜。她推着自行车，眼睛似乎只盯着前面的一个地方，但并不是认真看什么。从侧面可以看见她扬起脸微微笑着，有时上半身弯过来，似乎想和他说什么，但又很快羞涩地转过身，仍像刚才那样望着前面。高加林突然想起，他好像在什么地方见到过和巧珍一样的姑娘。他仔细回忆了一下，才想起他是看到过一张类似的画。好像是幅俄罗斯画家的油画。画面上也是一片绿色的庄稼地，地面的一条小路上，一个苗条美丽的姑娘一边走，一边正向远方望去，只不过她头上好像拢着一条鲜红的头巾……

在高加林这样胡思乱想的时候，他前面的巧珍内心里正像开水锅那般翻腾着。第一次和她心爱的人单独走在一块，使得这个不识字的农村姑娘陶醉在一种巨大的幸福之中。为了这一天，她已经梦想了好多年。她的心在狂跳着；她推车子的两只手在颤抖着；感情的潮水在心中涌动，千言万语都卡在喉眼里，不知从哪里说起。她今天决心要把一切都说给他听，可她又一时羞得说不出口。她尽量放慢脚步，等天黑下来。她又想：就这样不言不语走着也不行啊！总得先说点什么才对。她于是转过脸，也不看加林，说："高明楼心眼子真坏，什么强事都敢做……"

加林奇怪地看了看她，说："他是你们的亲戚，你还能骂他？"

"谁和他亲戚？他是我姐姐的公公，和我没一点相干！"巧珍大胆地回过头看了一眼加林。

"你敢在你姐面前骂她公公吗？"

"我早骂过了！我在他本人面前也敢骂！"巧珍故意放慢脚步，让加林和她并排走。

高加林一时弄不清楚为什么巧珍在他面前骂高明楼，便故意说："高书记心眼子怎个坏？我还看不出来。"

巧珍一下子停住了脚步，愤愤地说："加林！他活动得把你的教师下了，让他儿子上！看现在把你愁成啥了……"

高加林也不得不停住脚步。他看见他面前那张可爱的脸上是一副真诚同情他的表情。

他没有说什么，只是叹了一口气，就又朝前走了。

巧珍推车赶上来，大胆地靠近他，和他并排走着，亲切地说："他做的歪事老天爷知道，将来会报应他的！加林哥，你不要太熬煎，你这几天瘦了。其实，当农民就当农民，天下农民一茬人哩！不比他干部们活得差。咱农村有山有水，空气又好，只要有个合心的家庭，日子也会畅快的……”

高加林听着巧珍这样的话，心里感到很亲切。他现在需要人安慰。他于是很想和她拉拉家常话了。他半开玩笑地说：“我上了两天学，现在要文文不上，要武武不下，当个农民，劳动又不好，将来还不把老婆娃娃饿死呀！”他说完，自己先嘿嘿地笑了。

巧珍猛地停住脚步，扬起头，看着加林说：

“加林哥！你如果不嫌我，咱们两个一搭里过！你在家里待着，我给咱上山劳动！不会叫你受苦的……”巧珍说完，低下头，一只手扶着车把，另一只手局促地扯着衣服边。

血轰地一下子冲上了高加林的头。他吃惊地看着巧珍，立刻感到手足无措；感到胸口像火烧一般灼疼。身上的肌肉紧缩起来，四肢变得麻木而僵硬。

爱情？来得这么突然？他连一点精神准备都没有。他还没有谈过恋爱，更没有想到过要爱巧珍。他感到恐慌，又感到新奇；他带着这复杂的心情又很不自然地去看立在他面前的巧珍。她仍然害羞地低着头，像一只可爱的小羊羔依恋在他身边。她身上散发出来的温馨的气息在强烈地感染着他；那白杨树一般苗条的身体和暗影中显得更加美丽的脸庞深深地打动了他的心。他尽量控制着自己，对巧珍说：“咱们这样站在路上不好。天黑了，快走吧……”

巧珍对他点点头，两个人就又开始走了。加林没说话，从她手里接过车把，她也不说话，把车子让他推着。他们谁也不知该说什么好。

半天，高加林才问她：“你怎猛然说起这么个事？”

“怎是猛然呢？”巧珍扬起头，眼泪在脸上静静地淌着。她于是一边抹眼泪，一边把她这几年所有的一切一点也不瞒地给他叙说起来……

高加林一边听她说，一边感到自己的眼睛潮湿起来。他虽然是个心很硬的人，但已经被巧珍的感情深深感动了。一旦他受了感动的时候，就立即产生了一种奇异的激情：他的眼前马上飞动起无数彩色的画面；无数他最喜欢的音乐旋律也在耳边响起来；而眼前真实的山、水、大地反倒变得虚幻了……

他在听完巧珍所说的一切以后，把自行车“啪”地支在公路上，两只手神经质地在身上乱摸起来。

巧珍看着他这副样子，突然笑了起来。她一边笑，一边抹去脸上的泪水，一边从车子后架上取下她的花提包，从里面掏出一包“云香”牌香烟，递到他面前。

高加林惊讶地张开嘴巴，说：“你怎知道我是找烟哩？”

她妩媚地对他咧嘴一笑，说：“我就是知道。快抽上一支！我给你买了一条哩！”

高加林走近她，先没有接烟，用一种极其亲切和喜爱的眼光怔怔地看着她。她也扬起脸看着他，并且很快把两只手轻轻地放在他的胸脯上。加林犹豫了一下，轻轻地搂住她的肩背，然后坚决地把他发烫的额头贴在她同样发烫的额头上。他闭住眼睛，觉得他失去了任何记忆和想象……

当他们重新肩并肩走在路上的时候，月光已经升起来了。月光把绿色的山川照得一片迷蒙；大马河的流水声在静悄悄的夜里显得非常响亮。村子就在前边——在公路下边的河湾里，他们就要分手各回各家了。

在分路口，巧珍把提包里的那条烟掏出来，放在加林的篮子里，头低下，小声说：“加林哥，再亲一下我……”

高加林把她抱住，在她脸上亲了一下，对她说：“巧珍，不要给你家里人说。记着，谁也不要让知道！……以后，你要刷牙哩……”

巧珍在黑暗中对他点点头，说：“你说什么我都听……”

“你快回去。家里人问你为啥这么晚回来，你怎说呀？”

“我就说到城里我姨家去了。”

加林对她点点头，提起篮子转身就走了。巧珍推着车子从另一条路上向家里走去。

高加林进了村子的时候，一种懊悔的情绪突然涌上他的心头。他后悔自己感情太冲动，似乎匆忙地犯了一个错误。他感到这样一来，自己大概就要当农民了。再说，他自己在没有认真考虑的情况下就亲了一个女孩子，对巧珍和自己都是不负责任的。使他更难受的是，他觉得他今夜永远地告别了他过去无邪的二十四年，从此便给他人生的履历表上画上了一个标志。不管这一切是愉快的还是痛苦的，他都想哭一场！当他走进自己家门时，他爸他妈都坐在炕上等他。饭早已拾掇好了，可是他们显然还没有动筷子。见他回来，他爸赶忙问他：“怎才回来？天黑了好一阵了，把人心焦死了！”

他妈瞪了他爸一眼：“娃娃头一回做这营生，难肠成个啥了，你还嫌娃娃回来得迟！”她问儿子，“馍卖了吗？”

加林说：“卖了。”他掏出巧珍给他的钱，递到父亲手里。

高玉德老汉嘴噙住烟锅，凑到灯前，两只瘦手点了点钱，说：“是这！干脆叫你妈明早上蒸一锅馍，你再提着卖去。这总比上山劳动苦轻！”

加林痛苦地摇摇头，说：“我不去做这营生了，我上山劳动呀！”

这时候，他妈从后炕的针线篮里拿出一封信，对他说：“你二爸来信了，快给咱念念。”

加林突然想起，他今天为那篮该死的馍，竟然忘了把他给叔父写的信寄出去了——现在还装在他的口袋里！他从他妈手里接过叔父的信，在灯前给两个老人念起来——

大哥、嫂嫂：

你们好！今天写信，主要告诉你们一件事：最近上级决定让我转到地方工作。我几十年都在军队，对军队很有感情，但要听党的话，服从组织安排。现在还没有定下到哪里工作。等定下来后，再给你们写信。

今年咱们那里庄稼长得怎样？生活有没有困难？需要什么，请来信。

加林侄儿已经开学了吧？愿他好好为党的教育事业努力工作。

祝你们好！

弟：玉智

高加林念完，把信又递给他妈，心里想：既然是这样，他给叔父写的信寄没寄出去，现在关系已经不大了。

第六章

刘巧珍刷牙了。这件事本来很平常，可一旦在她身上出现，立刻便在村里传得风一股雨一股的。在村民们看来，刷牙是干部和读书人的派势，土包子老百姓谁还讲究这？高加林刷牙，高三星刷牙，巧珍的妹妹巧玲刷牙，大家谁也不奇怪，唯独不识字的女社员刘巧珍刷牙，大家感到又新奇又不习惯。

“哼，刘立本的二女子能翘得上天呀！好好个娃娃，怎突然学成了这个样子？”

“一天门外也没逛，斗大的字不识一升，倒学起文明来了！”

“卫生卫生，老母猪不讲卫生，一肚子下十几个价胖猪娃哩！”

“哈呀，你们没见，一早上跪蹴在硷畔上，满嘴血糊子直淌！看这洋不洋？”

……

村里少数思想古旧、不习惯现代文明的人，在山里，在路上，在家里，纷纷议论他们村新出现的这个“西洋景”。

刘巧珍根本不管这些议论，她非刷牙不可！因为这是亲爱的加林哥要她这样做的啊！痴情的姑娘为了让心爱的男人喜欢，任何勇气都能鼓起来。她根本不管世人的讥笑；她为了加林的爱情什么都可以忍受。

这天早晨，她端着牙缸，又蹲在他们家的硷畔上刷开了牙。没刷几下，生硬的牙刷很快就把牙床弄破了，情况正如村里人传说的“满嘴里冒着血糊子”。但她不管这些，照样使劲刷。巧玲告诉她，刚开始刷牙，把牙床刷破是正常的，刷几次就好了。

这时候，碰巧几个出山的女子路过她家门前，嬉皮笑脸地站下看她出“洋相”；另外一些村里的碎脑娃娃看见这几个女子围在这里，不知出了啥事，也跑过来凑热闹了；紧接着，几个早起拾粪路过这里的老汉也过来看新奇。

这些人围住这个刷牙的人，稀奇地议论着，声音嗡嗡地响成一片。那几个拾粪老头竟然在她前面蹲下来，像观察一头生病的牛犊一样，互相指着她的嘴巴各抒己见。后面来的一个老汉看见她满嘴里冒着血沫子，还以为得了啥急症，对其他老汉惊呼：“还不赶快请个医生来？”逗得在场的人都哈哈大笑了。

巧珍本来想和周围的人辩解几句，大大方方开个玩笑解脱自己，无奈嘴里说不成话。她也不管这些了，照样不慌不忙刷她的牙。她本来想结束了，但又赌气地想：我多刷一会儿让他们看，叫他们看得习惯着！

她右手很不灵巧地拿牙刷在嘴里鼓弄了好一阵后，然后取出牙刷，喝了一口缸子里的清水，漱了漱口，把牙膏沫子吐在地上，又喝了一口水漱起来。周围一圈人的眼光就从那牙缸子里看到她的嘴上，又从她的嘴上看到土地上。

这时候，巧珍她爸赶着两头牛正从河沟里上他家的硷畔。这个庄稼人兼生意人前几天又买了两头牛，还没转手卖出去，刚才吆着牲口到沟里饮水去了。

立本五十来岁，脸白里透红，皱纹很少，看起来还年轻。他穿一身干净的蓝卡其衣服，不过是庄稼人的式样；头上戴着白市布瓜壳帽。看起来不太像个农民，至少像是城里机关灶上的炊事员。

刘立本吆牛上了硷畔，见一群人围住巧珍看她刷牙，早已气得鬼火冒心了！他发现巧珍这几天衣服一天三换，头梳个没完没了，竟然还能翘得刷起了牙。他前两天早想发火了，但觉得女子大了，怕她吃消不了，硬忍着没吭声。

现在他看见巧珍在一群人面前丢人败兴，实在起火得不行了。

他丢下两头牛不管，满脸通红，豁开人群，大声喝骂道：“不要脸的东西，还不快滚回去！给老子跑到门外丢人来了！”

刘立本一声喝骂，赶散了所有看热闹的人。娃娃女子们先跑了，几个老汉慌忙提起拾粪筐，尴尬地退出了他们本不该来的这个地方。

巧珍手里提着个刷牙缸子，眼里噙着两颗泪珠说：“爸，你为啥骂人哩？我刷牙讲卫生，有什么不对？”

“狗屁卫生！你个土包子老百姓，满嘴的白沫子，全村人都在笑话你这个败家子！你羞先人哩！”

“不管怎样，刷个牙算什么错！”巧珍嘴硬地辩解说，“你看你的牙，五十来岁就掉了那么多，说不定就是因为没……”

“放屁！牙好牙坏是天生的，和刷不刷有屁相干！你爷一辈子没刷牙，活了八十岁还满口齐牙，临殁的前一年还咬得吃核桃哩！你趁早把你那些刷牙家具撇了！”

“那巧玲刷牙你为什么不管？”

“巧玲是巧玲，你是你！人家是学生，你是个老百姓！”

“老百姓就连卫生也不能讲了？”巧珍一下委屈得哭开了。她大声和父亲嚷着说：“你为什么不供我上学？你就知道个钱！你再知道个啥？你把我的一辈子都毁了，叫我成了个睁眼瞎子！今儿个我刷个牙，你还要这样欺负我……”她一下背过身，双手蒙住脸哭得更厉害了。

刘立本一下子慌了。他很快觉得他刚才太过分——他已经好多年不这样对待孩子了。他赶忙过来乖哄她说：“爸爸不对，你别哭了，以后要刷，就在咱家灶火圪塄里刷，不要跑到硷畔上刷嘛！村里人笑话哩……”

“让他们笑话！我什么也不惜！我就要到硷畔上刷！”巧珍狠狠地对父亲说。

刘立本叹了一口气，回头向院子后面看了看，立刻惊叫一声，撒开腿就跑——他的那两头牛已快把他辛苦务养起来的几畦包心菜啃光了！

巧珍擦去泪水，委屈地转身回了家。她先洗了脸，然后对着镜子认真地梳起了头发。她把原来的两根粗黑的短辫，改成像城里姑娘们正时兴的那种发式：把头发用花手帕在脑后扎成蓬蓬松松的一团。穿什么衣服呢？她感到苦恼起来。

自从那晚上以后，巧珍每时每刻都想见加林；想和他拉话，想和他亲亲热热在一块。可是不知为什么，加林好像一直在躲避她，好像不愿意和她照面。她想起加林哥那晚上那么喜爱地亲她，现在又对她这么冷淡，忍不住委屈得眼泪汪汪了。

她看见他这几天已经出山劳动了，一下子穿得那么烂，腰里还束一根草绳，装束得就像个叫花子一样。他每天早上都扛把老镢头，去山上给队里挖麦田塄子，中午也不回来，和众人一块吃送饭。他有新衣服，为什么要穿得那么破烂？昨天她看见他在井边担水，肩背上的衣服已经被什么划破一个大口子，露出的一块皮肉晒得黑红。她站在自家硷畔上，心疼得直掉泪，想跑下去看他，可加林哥好像不愿理她，担着水头也不回就走了——他明明看见了她啊！

她昨个晚上，一夜都没睡好觉。想来想去，不知道加林为啥又不愿理她了。

后来，她突然想道：是不是加林嫌她穿得太新了？这几天，她可是把她最好的衣服都拿出来穿过了。

可能就是因为这！你看他穿得多烂！他大概觉得她太轻浮了！人家是知识人，不像农村人恋爱，首先换新衣服。她太俗气了！她看见加林哥穿那身烂衣服，反而觉得他比穿新衣服还要俊，更飘洒了！可她却正好相反，换了最新的衣服！加林哥一定看见反感了。可她又难受地想：加林哥呀，我之所以这样，还是为了你呀！

现在她决定把那件米黄的确良短袖衫和那条深蓝色的确良裤子换下来，重新穿上平时她劳动穿的那身衣服：半旧的草绿色裤子，洗得发白的蓝劳动布上衣，再把水红衬衣的大翻领翻在外面。

她打扮好后，就掮起锄头向前村走去。今天组里锄玉米，正好加林就在玉米地对面的山坡上挖麦田塄，他肯定会看见她的……

高加林在赶罢集第二天，就出山劳动了。像和什么人赌气似的，他穿了一身最破烂的衣服，还给腰里束了一根草绳，首先把自己的外表“化装”成了个农民。其实，村里还没一个农民穿得像他这么破烂。他参加劳动在村里引起了纷纷议论。许多人认为他吃不下苦，做上两天活说不定就躺倒了。大家都很同情他；这个村文化人不多，感到他来到大家的行列里实在不协调。尤其是村里的年轻妇女们，一看原来穿得风风流流的“先生”变成了一个叫花子一样打扮的人，都啧啧地为他惋惜。

高家村村子并不大，四十多户人家，散落在大马河川道南边一个小沟口的半山坡上。一半家户住在沟口外的川道边，另一半延伸到沟口里面。沟里一股长年不断的细流水，在村脚下淌过，注入了大马河。大马河两岸的一大片川地，是他们主要舀米挖面的地方。川道两边的山上，耕地面积倒比川里大得多，但都是广种薄收，大部分是麦田。

前些年由于村子小，四十多户人家一直是集体生产和统一分配，实际上是大队核算。这两年随着政策的改变，也分成了两个生产责任组。许多社员要求再往小划一些，有的甚至提出干脆包产到户。但高明楼书记暂时顶住了这种压力。他们直到眼下还没有分开。这两年书记心里并不美气。他既觉得现时的政策他接受不了——拿他的话说，“把社会主义的摊子踢腾光了”；另外又觉得他无法抗拒社会的潮流；感到一切似乎都势在必行。他常撇凉腔说：“合作化的恩情咱永不忘，包产到户也不敢挡。”实际上，他目前尽量在拖延，只分成两个“责任组”（实际上是两个生产队），好给公社交差，证明高家村也按新政策办事哩。

高加林家在前村一组。川道里现时正锄玉米，他不太会锄地，就跟山上翻麦田的人去挖地畔。

他的劳动立刻震惊了庄稼人。第一天上地畔，他就把上身脱了个精光，也不和其他人说话，没命地挖起了地畔。没有一顿饭的工夫，两只手便打满了泡。他也不管这些，仍然拼命挖。泡拧破了，手上很快出了血，把镢把都染红了；但他还是那般疯狂地干着。大家纷纷劝他慢一点，或者休息一下再干，他摇摇头，谁的话也不听，只是没命地抡镢头……

今天又是这样，他的镢把很快又被血染红了。

犁地的德顺老汉一看他这阵势，赶忙喝住牛，跑过来把镢头从加林手里夺下，扔到一边，两撇白胡子气得直抖。他抓起两把干黄土抹到他糊血的两手上，硬把他拉到一个背阴处，不让他逞凶了。德顺老汉一辈子打光棍，有一颗极其善良的心。他爱村里的每一个娃娃。有一点好东西，自己舍不得吃，满庄转着给娃娃们手里塞。尤其是加林，他对这孩子充满了感情。小时候加林上学，家境不好，有时连买一支铅笔的钱都没有，他三毛五毛地常给他。加林在中学上学时，他去县城里卖瓜卖果，常留半筐子给他提到学校里。现在他看见加林这般拼命，两只嫩手被镢把拧了个稀巴烂，心里实在受不了。

老汉把加林拉在一个土崖的背影下，硬按着让他坐下。他又抓了两把干黄土抹在他手上，说："黄土是止血的……加林！你再不敢耍二杆子了。刚开始劳动，一定要把劲使匀。往后的日子长着呢！唉，你这个犟脾气！"

加林此刻才感到他的手像刀割一般疼。他把两只手掌紧紧合在一起，弯下头在光胳膊上困难地揩了揩汗，说："德顺爷爷，我一开始就想把最苦的都尝个遍，以后就什么苦活也不怕了。你不要管我，就让我这样干吧。再说，我现在思想上麻乱得很，劳动苦一点，皮肉疼一点，我就把这些不痛快事都忘了……手烂叫它烂吧！"

他抬起乱蓬蓬的头，牙咬着嘴唇，显出一副对自己残酷的表情。

德顺老汉点起一锅旱烟，坐在他旁边，一只手在他落满黄尘的头上摸了一把，无可奈何地摇摇白雪一样的脑袋，说："明天你不要挖地畔了，跟我学耕地。你看你的手，再不敢握镢把了，等手好了再……"

加林坚决地摇摇头："不，我要让镢把把我的烂手再拧好！"他说完就站起来，向地畔走去，向两只烂手上唾了两下，掂起镢头又没命地挖起来。阳光火爆爆地晒着他通红的光脊背，汗水很快把他的裤腰湿透了。

德顺老汉看着他这副犟劲，叹了一口气，把崖根下一罐水提过去，放在离加林不远的地方，说："这罐水都是你的。天热，你不习惯，都喝了……"他叹了一口气，又去犁地去了。

高加林一个人把一道地畔挖完，过来抱住水罐，一口气喝了一半。他本想又一下全喝完，但看了看像个土人似的德顺爷爷，就把水又送到地头回牛的地方。

现在他一屁股坐下来，浑身骨头似乎全掉了，两只手像抓着两把葛针，疼得万箭钻心！

不过，他也感到了一种无法言语的愉快。他让所有的庄稼人看见：他们衡量一个优秀庄稼人最重要的品质——吃苦精神，他高加林也具备。从性格上说，他的确是个强者；而这个优点在某些情况下又使他犯错误。

他用一只烂手摸出一支烟，点着，狠狠吸了一口。他觉得这是他有生以来抽得最香的一支烟。

这时，他突然看见巧珍正站在对面川道里的玉米地畔上，仰起头向他这里张望。他虽然看不清她脸上的表情，但他感到她就像要腾空而起，向他这边飞来了。

他的心立刻感到针扎一般刺疼……

第七章

高加林疲乏地躺在土炕上，连晚饭都累得不想吃了。他母亲愁眉苦脸地把饭端上端下，规劝他，像乖哄娃娃一般絮叨说："人是铁，饭是钢，你不想吃，也要挣扎着吃……"他父亲叫他明天干脆别出山去了，歇息一天，好慢慢让习惯着。

他们说了些什么，加林一句也没听见。此刻他的思想完全集中到巧珍身上了。

赶集那天以后，他一直非常后悔他对巧珍做出的冲动行为。他觉得自己目前的处境，根本不是谈情说爱的时候。他甚至觉得他匆忙地和一个没文化的农村姑娘发生这样的事，简直是一种堕落和消沉的表现；等于承认自己要一辈子甘心当农民了。其实，他内心里那种对自己未来生活的幻想之火，根本没有熄灭。他现在虽然满身黄尘当了农民，但总不相信他永远就是这个样子。他还年轻，只有二十四岁，有时间等待转机。要是和巧珍结合在一起，他无疑就要拴在土地上了。

但是，更叫他苦恼的是，巧珍已经怎样都不能从他的心灵里抹掉了。他尽管这几天躲避她，而实际上他非常想念她。这种矛盾和痛苦，比手被镢把拧烂更难忍受。

巧珍那漂亮的、充满热烈感情的生动脸庞，她那白杨树一般苗条的身体，时刻都在他眼前晃动着。

尤其是晚上劳动回来，他僵硬的身体疲倦地躺在土炕上，这种想念的感情就愈加强烈。他想：如果她此刻要在他身边，他的精神和身体也许马上会松弛下来；她会把他躁动不安的心潮变成风平浪静的湖水。

她是爱他的，爱得那么强烈。他看见她这几天接二连三换衣服，知道这完全是为他的。今天他收工回来，锄地的人都走了，他还看见她站在对面河畔上——那也是在等他。但他却又避开了她。他知道她哭了；也想象得来她一个人在玉米地的小路上往家里走的时候，心情会是怎样难受啊！他太不近人情了！她那样想和他在一起，他为什么要躲开她呢？他自己实际上不是也渴望和她在一起吗？

他在土炕上躺不住了，激情的洪流立刻冲垮了他建立起的理智防堤。眼下他很快把一切都又抛在了一边，只想很快见到她，和她待在一块。

他爬起来，下了炕，对父母亲说他到后村有个事，就匆忙地出了门。

夜静悄悄的。天上的星星已经出齐，月光朦胧地辉耀着，大地上一切都影影绰绰，充满了一种神秘的气氛。

高加林走到后村，在刘立本家的坡底下站住了。他不知道怎样才能把巧珍叫出来。

正当他犹豫地望着刘立本家的高墙大院时，突然看见大门外那棵老槐树背后转出一个人，匆匆地向坡下走来了。啊，亲爱的人！她实际上一直就在那里不抱什么希望地等待着他的出现！

高加林的心咚咚地狂跳着，也不说话，转而下了沟底，沿小河上面的小路，向村外走去。他不时回头看看，巧珍不远不近地跟着他。

他走到村外河对面一块谷地里，在一棵杜梨树下舒服地躺下来，激动地听着那甜蜜的脚步声正沙沙地走近他。

她来了。他马上坐起来。她稍犹豫了一下，就胆怯地、然而坚决地靠着他坐下了。她没说话，先在他胳膊上衣服被葛针划破一道大口子的地方，在那块晒得黑红的皮肤上亲了一口。然后她两只手抱住他的肩头，脸贴在她刚才亲吻过的地方，亲热而委屈地啜泣起来。

高加林侧身抱住她的肩头，把脸紧贴在她头上，两大颗泪珠也忍不住从眼里涌出来，滴进了她黑漆一般的头发里。他现在才感到，这个亲他的人也是他最亲的人！

巧珍头伏在他胸前，哭着问他："加林哥，你这几天为什么不理我？"

"你一定难过了……"高加林用他的烂手抚摸着她的头发。

"你知道人的心就对了……"巧珍抬起头，闪着泪光的眼睛委屈地望着他。

“巧珍，我再也不那样了。”加林在她额头上亲了一下。

巧珍两条抖索的胳膊搂住他的脖子，笑逐颜开地流着泪，说：“加林哥，你给天上的玉皇大帝发个誓！”

加林被逗笑了，说：“你真迷信！巧珍，你相信我……你为什么没穿那件米黄色短袖？那衣服你穿上特别好看……”

“我怕你嫌不好看，才又换上了这身。”巧珍淘气地向他噘了一下嘴。

“你明天再穿上。”

“嗯。只要你喜欢，我天天穿！”巧珍一边说，一边从身后拿出一个花布提包，先掏出四个煮鸡蛋，又掏出一包蛋糕，放在加林面前。

高加林感到惊讶极了。他刚才只顾看巧珍，根本没发现她还给他拿这么多吃的。

巧珍一边给他剥鸡蛋皮，一边说：“我知道你晚上没吃饭。我们这些满年劳动的人，刚回家都累得不想吃饭，别说你了！”她把鸡蛋和一块蛋糕递给他。“蛋糕是我妈前几天害病时，我姐给拿来的，我妈没舍得吃。我今晚是从箱子里偷出来的！”巧珍不好意思地笑了笑，“你要是不来找我，我今晚上非到你家给你送去不可！”

加林咽下去一口蛋糕，赶忙对她说：“千万不敢这样！让你爸知道了，小心把你腿打断！”加林开玩笑地对她说。

巧珍又把一个剥了皮的鸡蛋塞到加林手里，亲切地看着他那副狼吞虎咽的样子，然后手和脑袋一齐贴在他肩膀上，充满柔情地说：“加林哥，我看见你比我爸和我妈还亲……”

“傻话！你真是个傻女子！”高加林把手里的半个鸡蛋塞进嘴里，在她头上轻轻拍了一下，正好手上一个破了的泡碰在巧珍的发卡上，疼得他“哎哟”叫唤了一声。

巧珍像触了电一般抬起头，不知他发生了什么事。很快，她明白了。她手忙脚乱地在提包里翻起来，嘴里说：“看，我倒忘了……”

她从提包里掏出一瓶红药水和一包药棉，把加林的一只手拉过来，放到她膝盖上，给他抹药水。

加林又一次惊讶得张开嘴巴，问她：“你怎知道我手烂了？”

巧珍低着头给他手上擦药水，说：“天上玉皇大帝告诉我的。”她嘿嘿地笑了一声，“村里谁不知道你的手烂了！你们先生的手真是娇气！”她扬起脸朝他亲昵地笑着，微微咧开嘴巴，露出两排刷过的洁白的牙齿，像白玉米籽儿一般好看。

巨大的感情的潮水在高加林的胸膛里澎湃起来。

爱情啊，甜蜜的爱情！它像无声的春雨悄然地洒落在他焦躁的心田上。他以前只从小说里感到过它的魅力，现在这一切他都全部真实地体验到了。而最宝贵的是，他的幸福正是在他不幸的时候到来的！

巧珍把他的两只手涂满药水以后，他便以无比惬意的心情，在土地上躺了下来。巧珍轻轻依傍着他，脸紧紧贴在他胸脯上，像是专心谛听他的心在如何跳动。

他们默默地偎在一起，像牵牛花绕着向日葵。星星如同亮闪闪的珍珠一般撒满了暗蓝色的天空。西边老牛山起伏不平的曲线，像谁用炭笔勾出来似的柔美；大马河在远处潺潺地流淌，像二胡拉出来的旋律一般好听。一阵轻风吹过来，遍地的谷叶响起了沙沙沙的响声。风停了，身边一切便又寂静下来。头顶上，婆娑的、墨绿色的叶丛中，不成熟的杜梨在朦胧的月下泛着点点青光。

他们就这样静静地、甜蜜地躺在星空下，躺在大地的怀抱里……

当爱情在一个青年人身上第一次苏醒以后，它会转变为一种巨大的力量。甚至对生活完全失去信心的人，热烈的爱情也可能会使他的精神重新闪闪发光。当然，奥勃洛摩夫那样的人是例外，因为他实际上已经等于一个死人。

高加林由于巧珍那种令人心醉的爱情，一下子便从灰心丧气的情绪中，重新激发起对生活的热情。爱的暖流漫过了精神上的冻土地带，新的生机便勃发了。

爱情使他对土地重新唤起了一种深厚的感情。他本来就是土地的儿子。他出生在这里，在故乡的山水间度过梦一样美妙的童年。后来他长大了，进城上了学，身上的泥土味渐渐少了，他和土地之间的联系也就淡了许多。现在，他从巧珍淳朴美丽的爱情里，又深深地感到：他不该那样害怕在土地上生活；在这亲爱的黄土地上，生活依然能结出甜美的果实！

高加林渐渐开始正常地对待劳动，再不像刚开始的几天，以一种压抑变态的心理，用毁灭性的劳动来折磨肉体，以转移精神上的苦闷。

经过一段时间，他的手变得坚硬多了。第二天早晨起来，腰腿也不像以前那般酸疼难忍。他并且学会了犁地和难度很大的锄地分苗。后来，纸烟变得不香了，在山里开始卷旱烟吃。他锻炼着把当教师养成的斟词酌句的说话习惯，变成地道的农民语言；他学着说粗鲁话，和妇女们开玩笑。衣服也不故意穿得那么破烂，该洗就洗，该换就换。

中午回来，他主动上自留地给父亲帮忙；回家给母亲拉风箱。他并且还养了许多兔子，想搞点副业。他忙忙碌碌，俨然像个过光景的庄稼人了。

白天是劳苦的，但他有一个愉快的夜晚。正是因为有这么一个幸福的向往，他才觉得其他的熬累不那么沉重了。

夜晚，天黑严以后，他和巧珍就在村外的庄稼地里相会了。他们在密密的青纱帐里，有时像孩子一样手拉着手，默默地沿着庄稼地中间的小路、漫无目的地走着；有时站住，互相亲一下，甜蜜地相视一笑。走累了的时候，他们就找一个僻静的地方，加林躺下来，用愉快的叹息驱散劳动的疲乏，巧珍就偎在他身边，用手梳理他落满尘土的乱蓬蓬的头发；或者用她小巧的嘴巴贴着他的耳朵，轻轻地、轻轻地给他唱那些祖先留传下来的古老的歌谣。有时候，加林就在这样的催眠曲中睡着了，拉起了响亮的鼾声。他的亲爱的女朋友就赶忙摇醒他，心疼地说："看把你累成个啥了。你明天歇上一天！"她把他的手拉过来蒙住她的脸，"等咱结婚了，你七天头上就歇一天！我让你像学校里一样，过星期天……"

高加林每天都沉醉在这样的柔情蜜意里，一切原来的想法都退得很远了。只是有些时候，当他偶尔看见骑自行车的县上和公社的干部们，从河对面公路上奔驰而过，雪白的的确良衫被风吹得飘飘忽忽的惬意身影时，他的心才又猛然感到一种说不出的惆怅；一股苦涩的味道翻上心头，顿时就像吞了一口难咽的中药。他尽量使自己很快从这种情绪中解脱出来。直等到他又看见了巧珍，骚乱的心情才能彻底平息——就像吃完中药，又吃了一勺蜜糖一样。

他现在时时刻刻都想和巧珍在一起。遗憾的是，他们不在一个生产组，白天劳动很难见面，他们都想得要命。有时候，两个组劳动离得很近时，一等休息，他就装作去寻找什么，总要跑到后村组劳动的地方磨蹭一会儿。在这样的场所里，他并不能和巧珍说什么话；他只是用眼睛看看她。这时候，旁的人谁也不知道，只有他们两个心里清楚，这反而更有一种说不出的甜蜜味道。

有时候，他没有什么借口，去不了她那里，她就会用她带点野味的嗓音，唱那两声叫人心动弹的信天游——

土河里（那个）鸭子下河里鹅，
一对对（那个）毛眼眼望哥哥……

他在远处听见这歌声，总忍不住咧开嘴巴笑。

而在巧珍那边，她刚一唱完，姑娘们就和她开玩笑说："巧珍，马拴骑着车子又来了，快用你的毛眼眼望一下！"

她气得又骂她们，又撵着给她们扬土，可心里骄傲地想："我哥哥比马拴强十倍，你们将来知道了，把你们眼红死！"

在高加林和巧珍如胶似漆地热恋的时候，给巧珍说媒的人还在刘立本家里源源不断地出现。刘立本嘴说如今世事不同以往，主意得由女子拿，可他心里有数。他只看下个马拴——他家光景好，马拴人虽老实，但懂生意，将来丈人女婿合伙做买卖，得心应手。只是巧珍看不下这个黑炭一样的后生，得他好好做一番工作。他甚至想请他亲家明楼出面说服巧珍。

在高加林这方面，也有不少庄户人家不时来登门说亲。加林父母一看他们穷家薄业的，还有人给说媳妇，高兴得老两口嘴巴都合不拢。尤其是山背后村里一个不要彩礼就想跟加林的女子，着实使高玉德老两口动了心。但所有他们认为的大喜事都被加林一笑置之了。

这样，加林和巧珍觉得也好，可以掩一下他们的关系。他们暂时还不想公开他们的秘密；因为住在一个村，不说其他，光众人那些粗鲁的玩笑就叫人受不了。他们不愿让人把他们那种平静而神秘的幸福打破。

有一次，加林和德顺爷爷一块犁地的时候，老汉问他："加林，你要媳妇不？"

加林笑了笑说："想要也没合适的。"

"你看巧珍怎样？"老光棍突然问他。

加林的脸唰地红了，一时不知道该说什么。

德顺爷爷笑眯眯地说："我看你们两个最合适！巧珍又俊，人品又好；你们两个天生的一对！加林，你这小子有眼光哩！"

加林有点儿惶恐地说："德顺爷爷，我连想也没想。"

"小子，甭哄我，我老汉看出来了！"

加林向他努了努嘴，说："好爷爷哩，你千万不敢瞎说！"

德顺爷爷两只老皱手抓住他的手说："我嘴牢得铁锹都撬不开！我是为你们两个娃娃高兴啊！好啊！就像旧曲里唱的，你们两个'实实的天配就'……"

中午，他和德顺爷爷犁罢地往回走，在村口突然又碰见了马拴。他还和上次一样，里外的确良，推着那辆花红柳绿的自行车。加林有点儿不愉快地想：他肯定又是到巧珍家去了。

马拴把加林热情地挡在了路上。他先不说什么，等德顺老汉走前一段以后，才开口说："高老师，唉！我在刘立本家都快把腿跑断了，人家巧珍根本不理茬儿嘛！我这见庙就烧香哩，你是这本村人，又是先生，你大概也和立本的女子熟着哩，你能不能也从旁给我出一把力？"

高加林心里很不痛快，但他尽量不在脸上露出来。他勉强笑了笑，对马拴说：

"你别再瞎跑了，巧珍已经看下对象了。"

“谁？”马拴吃惊地问。

“你慢慢就会知道的……”

高加林说完，绕开丧气的马拴，回家去了。

第八章

关于高加林和刘巧珍的谣言立刻在全村传播开来了。

他们的坏名声首先是从庄里几个黑夜出去偷西瓜的小学生那里露出来的。他们说有一晚上，他们看见以前的高老师在村外打麦场的麦秸垛后面，正和后村的巧珍抱在一块亲嘴哩。又有人证实，他看见他俩在一个晚上，一块躺在前川道的高粱地里……

谣言经过众人嘴巴的加工，变得越来越恶毒。有人说巧珍的肚子已经大了；还有人甚至说，她实际上已经刮了一个孩子，并且连刮孩子的时间和地点都编得有眉有眼。

风声终于传到了刘立本的耳朵里。戴白瓜壳帽的“二能人”气得鼻子口里三股冒气！这天午饭时分，他不由分说，先把败坏了门风的女儿在自家灶火圪塄里打了一顿，然后气冲冲地去找前村的高玉德。

“二能人”现在才恍然大悟：这多天来，巧珍能得刷牙，一天衣服三换，黑天半夜在外面疯跑，原来都是为了高玉德那个败家子儿啊！

他先跑到高玉德家的破墙烂院里，站在门外问高玉德在不在。

加林妈在窑里告诉他：老汉不在。

“这亮红晌午，都在家里吃饭哩，他跑到什么地方去了？”立本在院里坚持问。

“大概又到自留地刨挖去了。”加林妈跑出来，让村里这个体面人进窑来坐坐。

立本说他忙，掉转头就走了。

他出了大门，下了小河，拐过一个小山峁，径直向高玉德的自留地走去。一路上他在心里嘲笑：“哼，就知道在土里刨！穷得满窑没一件值钱东西，还想把我女子给你那个寒窑里娶呀！尿泡尿照照你们的影子，看配不配！”

他老远照见高玉德正佝偻着罗锅腰锄糜子，就加快脚步向那边走去。

他上了地畔，尽管满肚子火气，还是按老习惯称呼这个比他大十几岁的同村人：“高大哥，你先歇一歇，我有话要对你说。”

高玉德看见村里这个傲人，在这大热天跑到地里来找他，慌得不知出了什么事，赶忙把锄往地里一栽，向立本迎过来。

他俩跎蹴在土崖影下。玉德老汉把旱烟锅给他递让过去。立本摆摆手，说：

“你吃你的，我嫌那呛！”他说着，从口袋里摸出一根四川出的“工”字牌卷烟噙到嘴里，拿打火机点着，连烟带气长长地吐了一口，拐过头，脸沉沉地说：“高大哥！你加林在外面做瞎事，你为什么不管教？咱这村风门风都要败在你这小子手里了！”

“什么事？”高玉德老汉吃惊地从白胡子嘴里拔出烟锅，脸对脸问立本。

“什么事？”刘立本一闪身站起来，嘴里气愤地喷着白沫子，说，“你那个败家子儿，黑天半夜把我巧珍勾引出去，在外面疯跑，全村人都在传播这丢脸事。我刘立本臊得恨不能把脑袋夹到裤裆里，你高玉德倒心安理得装起糊涂来了！”刘立本说着，夹卷烟的手指头气得直抖。

“啊呀，好立本哩！我的确不知道这码子事！”高玉德老汉冤枉地叫道。

“我现在就叫你知道哩！你要是不管教，叫我碰见他胡骚情，非把他小子的腿打断不可！”

高玉德虽然一辈子窝窝囊囊，但听见这个能人口出狂言，竟然要把他的独苗儿腿往断打，便呼地从地上站起来，黄铜烟锅头子指着立本白瓜壳帽脑袋，吼叫着说：“你小子敢把我加林动一指头，我就敢把你脑壳劈了！”老汉一脸凶气，像一头斗恼了的老犍牛。

乖人不常恼，恼了不得了。刘立本看见这个没本事的死老汉，一下子变得这么厉害，吃惊之中慌忙后退了一步，半天不知该如何对付。

他索性转过身，傲然地背操起两条胳膊，从高玉德的土豆地里穿过去，一边走，一边回过头说：“我和你没完！咱走着瞧吧！我不信没办法治你父子俩！真个没世事了！”

刘立本穿过高玉德正在吐放白花的土豆地，又从来路下了河湾。

这个能人又急又气，站在河湾里竟不知道自己该到哪里去。

他是农村传统道德最坚决的卫道士。平时做买卖，什么鬼都敢捣，但是一遇伤面子的事，他却是看得很重要的。在他看来，人活着，一是为钱，二还要脸。钱，钱，挣钱还不是为了活得体面吗？现在，他那不争气的女子，竟然连体面都不要了，跟个文不上武不下的没出息穷小子，糊弄得满村刮风下雨。此刻，他站在河湾里，把巧珍恨得咬牙切齿：坏东西啊！你做下这等没脸事，叫你老子在这上下川道里怎见众人呀？

刘立本在河湾里踅磨了半天，突然想起了他亲家。他想：好，让明楼出面把他加林小子收拾一顿！他不怕我刘立本，但他怕高明楼！明楼是书记！他小子受不下地里的苦，将来要再谋个民办教师，非得过明楼的关不行！

他于是从河湾里拐到前村的小路上，上了一道小坡，向明楼家走去。

高明楼家和他家一样，一线五孔大石窑，比村里其他人家明显阔得多。亲家不久前也圈了围墙，盖了门楼。但立本觉得他亲家这院地方根本比不上自己的。明楼把门楼盖得土里土气，围墙也是用横石片插起来的；而他的门楼又高又排场，两边还有石刻对联一副。再说，明楼的窑檐接的是石板。石板虽比庄里其他人家的齐整好看，可他家是用一色的青砖砌起，戴了“砖帽”，像城里机关的办公窑一样！更重要的是，他亲家的窑面石都是皮条錾溜的，看起来粗糙多了。而他的窑面石全部是细錾摆过，白灰勾缝，浑然一体。

不过，他今天来这里没心思比较双方院落的长长短短。他今天来是有求于亲家的。在这些方面，不像挣钱和箍窑，他清楚自己不如明楼。

大女儿巧英和亲家母热情地把他招呼着入了中窑。中窑实际上是明楼的“会客室”。里面不盘炕，像公社的客房一样，搁一张床，被褥干干净净地摆着，平时不住人。要是公社、县上来个下乡干部，村里哪家人也别想请去，明楼会把他招待在这里下榻的。靠窗户的地方，摆着两把刚做起的、式样俗气的沙发，还没蒙上布，用麻袋片裹着。

立本坐下来，亲家母手脚麻利地端来一壶茶，放在他面前。立本没喝，抽出一根卷烟点着，问：“明楼上哪儿去了？”

“你还不知道？他到公社开会已经走了好几天。说今天回来呀，现在还不见回来，大概要到后晌了。”亲家母说。

“我前一段去内蒙古草地里买了一匹马，回来这几天也没到哪里去，因此我不知道明楼出去开会……”刘立本轻淡地说。

“有什么事吗？”亲家母问他。

“没什么事。一点小事……他不在家就算了，我走了。”立本站起就准备起身。

巧英掂着两个面手，堵在门口说：“爸爸，我都把面和上了，你就在这里吃！”

他亲家母也竭力留他吃饭。

立本想了想，家里刚闹过架，巧珍和他老婆都正在哭，回去也心烦。再说，他肚子也的确有点儿饿了。这阵回家没人做饭。于是他又重新坐到了明楼家的土沙发上，喝起了茶。他想：吃完饭，我干脆到村前的路上等他明楼回来！

当刘立本重新在高明楼家坐下来的时候，高玉德老汉还下巴支在锄把上，站在他的自留地里发愣怔。

刚才刘立本没头没脑给他发了顿脾气，说他儿子勾引他的女子，实在叫老汉摸不着头脑。

本来，高玉德老汉最近情绪不坏。他看见他的儿子从苦恼中解脱出来，收心务正，已经蛮像一回事了。他已经日薄西山，但儿子正活在旺处。将来娶个媳妇，生儿育女，他就是闭了眼睡在黄土里，也平了心。加林性子比他硬，将来光景肯定能过得去的。

现在他突然听见这码子事，心头感到非常沉痛。乡里人谁不讲究个明媒正娶？想不到儿子竟然偷鸡摸狗，多让人败兴啊！再说，本村邻舍，这号事最容易把人弄臭！

他同时又想：巧珍倒的确是个好娃娃，这川道十几个村子也是数得上的。加林在农村能找这样一个媳妇，那真个是他娃娃的福分。但就是要娶，也应该按乡俗来嘛，该走的路都要走到，怎能黑天半夜到野场地里去呢，如果按立本说的，全村人现在大概都把加林看成个不正相的人了。可怕啊！一个人一旦毁了名誉，将来连个瞎子瘸子媳妇都找不上；众人就把他看成个没人气的人了。不光小看，以后谁也不愿和他共事了。糊涂小子！你怎能这么缺窍？

高玉德老汉已经没心思锄地了。他拖着风湿性关节炎病腿，一瘸一拐从小路上下了河湾。

虽说他还没吃午饭，但此刻肚子一点也不饿。他坐在河边的一棵老柳树下，瘦手摸着赤脚片，思谋这事该怎么办才好。

他虽然老了，但脑筋还灵。他又从巧珍那方面想。他想：说不定这女娃娃真的喜欢我加林呢！要不要正式请个媒人光明正大说这亲事？

但他一想到刘立本，就心寒了。他这个穷家薄业，怎敢高攀人家？别说是他，就是比他光景强的人家，也攀不上刘立本！

太阳已经偏过了头顶，西面的山把阴影投到了沟底，时分已到后晌了。玉德老汉仍坐在树荫下摸他的赤脚片儿，不知这事该怎样处理。

“哎！你一个人坐在这里思谋什么哩？”有一个人在背后说话。

玉德老汉转过头，看见是老光棍德顺。他很想和他拉拉话。他们虽然年龄相差不少，却是一辈子的老朋友了；旧社会扛长工找的常是一个事主家。他招招手说：“德顺，你来坐一坐。我这阵心烦得要命！”

德顺一边往他身边坐，一边把肩上的锄头放下，说：“我还忙着哩！今后晌要赶着把我那块自留地再锄一下，满地又草糊了！”他接过高玉德递过来的烟锅，问他，“熬煎什么事哩？你有那么彪正个好儿子，光景一两年就翻上来了。加林实在是个好娃娃！别看他明楼、立本现在要红火哩，将来他们谁也闹不过加林的世事！”

"唉！"玉德老汉长叹一声，"你还夸他哩！这二杆子已经给我闯下乱子了！"

"什么乱子？"德顺一脸皱纹都缩到了眼角边上。

高玉德犹豫了一下，才说："这小子和刘立本那个二女子一块胡鬼混哩，现在满村都在风一股雨一股地传播，我不信你没听说？"

"我早看出来了！谁说他们鬼混哩？年轻人相好，这有个什么？"

"啊呀，你早知道了，为啥不给我早说？"高玉德生气地对老朋友头一拐，把他瞪了一眼。

"我还以为你知道这事哩！两个娃娃正好配一对！年轻人看见年轻人好嘛！"德顺老汉笑嘻嘻地对恼悻悻的玉德老汉说。

"老不正经！要好，也看怎个好哩！怎能黑天半夜胡逛哩！"

"哎呀，你这个老古板！咱又不是没年轻过！我一辈子没娶过老婆，年轻时候也混账过两天，别说而今的时兴青年了！"

"好你哩，别说诳话了！立本刚刚来给我发了一顿凶，还说要把我加林的腿打断哩！我看要出事呀！你看这该怎么办？"高玉德一脸愁相，一只手不断摸着赤脚片。

"你别管刘立本那两声吓唬话！刚能把狐子吓跑！他再逞强，也强不过他女子！只要巧珍看下加林，谁都挡不定！就是这话，不信你等着看！你甭愁了，你这人就是爱忧愁！我还忙着哩，你快回去吃饭咯！"

德顺老汉把烟锅交给高玉德，站起身一掮锄就走了，嘴里还有上气没下气地哼起信天游小曲。

高玉德看着他远去的背影，觉得他比自己年龄大得多，但身子骨可比自己硬朗。他在心里说：哼！天下光棍没忧愁！一个人饱了全家都饱了。你能说争气话哩！叫你也有个儿子看看吧！把你愁不死才怪哩！小时候急得大不了，大了又急得成不了事；更不要说给娘老子闯下一河滩乱子了！

高玉德老汉感到两腿不光疼，而且已经麻了，就站起来，一瘸一拐往家里走去。

高玉德进了家门，见加林正光上身躺在炕上看书。加林他妈不在，大概到旁边窑里睡觉去了。

老汉把锄往门圪塄里一挂，对正在看书的儿子说："你还看书哩！硬是书把你看坏了！这么大的小子，还不懂人情世故！你什么时候才不叫人操心啊……"

高加林坐起来，摸不着父亲这番话是什么意思。他看着父亲说："我怎啦？"

"怎啦？你做的好事嘛！今儿个刘立本跑到咱自留地找我，说你和巧珍长了短了的，说满村都在议论你们两个的没脸事！"高玉德又蹲在脚地上，用手摸起了脚。

高加林脑子一下子嗡嗡直响。他把手里的书放到炕上，半天才说：“我的事你不要管，众人愿说啥哩！”

高玉德抬起苍白的头，说：“你小子小心着！刘立本说要往断打你的腿哩！”

高加林牙咬住嘴唇，轻蔑地冷笑了一声，说：“既然是这样，我会叫他更不好看！”

高玉德站起来，走前一步，痛心疾首地对儿子说：“你千万不要再给我闯乱子了！你早早死了心！咱这光景怎能高攀人家嘛！人家是什么光景？这一条大马河川都是拔梢的！”

高加林把两条光胳膊交叉帮在结实的胸脯上，对一脸可怜相的父亲说：“谁高攀谁呢？爸，你一辈子真没出息！你甭怕！这事我做的，由我做主！”

高玉德看着儿子那张倔强的脸，痛苦地叫道：

“我的憨娃娃呀，你总有一天要跌跤的……”

第九章

高明楼从公社开罢会，独个儿一人在简易公路上步行往回走——他家的自行车被二小子三星推到学校去了。车子是他主动让儿子推去的。儿子当了教师，各方面都要体面一些，没个车子不行！

高家村的当家人五十岁已出头，但走起路来精神还蛮好。他一身旧蓝卡其布制服，颜色已经灰白；单布帽檐下面，一张红堂堂的脸上，两只眼睛炯炯有神。

明楼此刻走在路上，心情儿不太美气。这次公社召开的还是落实生产责任制的会议。看来形势有点儿逼人了。旁的许多村已经有联产到劳的。公社赵书记一再要叫大队书记们解放思想，能联产到户、到劳的，要尽快实行。

“名词不一样了，可这还不是单干哩？”高明楼心里不满地想。

实际上，他自己也清楚，现时的新政策的确能多打粮，多赚钱。尤其是山区，绝大部分农民都拥护。

他不满意这政策主要是从他自己考虑的。以前全村人在一块，他一天山都不出，整天跄蹴在家里“做工作”，一天一个全劳力工分，等于是脱产干部。队里从钱粮到大大小小的事他都有权管。这多年，村里大人娃娃谁不尊他怕他？要是分成一家一户，各过各的光景，谁还再尿他高明楼！他多年来都是指教人的人，一旦失了势，对他来说，那可真不是个味道。更叫他头疼的是，分给他那一份土地也得要他自己种！他就要像其他人一样，整天得在土地上劳苦了。他已多年没劳动，一下子怎能受了这份罪？

在强大的社会变化的潮流面前，他感到自己是渺小的。他高明楼挡不住社会的潮流。但他想，能拖就拖吧，实在不行了再说，最起码今年是分不成了！

他一路思谋着，不知不觉已经快到村子了。

“明楼，你回来了？”

高明楼听见公路边的山坡上，有人给他打招呼。

他抬头一看，是德顺老汉。德顺虽然比他死去的父亲小六七岁，但两个人年轻时相好过，他一直叫老汉干大。他虽然是村里的领导，面子上的人情世故他都做得很圆滑，因此对德顺老汉常显出尊重的样子。

“干大，你今年自留地的庄稼还不错嘛！能打不少粮哩！”他站下，朝上面的德顺老汉随便这么说。

“多给我一点地，我还能打更多的粮哩！明楼，人家旁的村都往开分哩，咱们村怎还不见动静？这多少年众人交混在一起，都要二流子哩，一个哄一个哩，而今虽说分成两个组，实际上和没分差不多！”

“干大，不要急嘛！咱集体搞了多少年，一下子就能分个净毛干？这几天两个组麦地都快翻完了吧？”明楼转了话题问老汉。

德顺老汉把锄放下，拿着旱烟锅下来了；老光棍大概想给书记建个什么议。他总是这样，爱管个闲事，常动不动给干儿在生产上指拨。明楼一般说来还听他的——一辈子的老庄稼人嘛，说什么都在行。

明楼现在看老汉从坡上下来了，知道他又要给他建议什么了，只好耐下心等他唠叨一阵。

他给德顺老汉抽了一根纸烟，两个人就跄蹴在了路畔上。

德顺老汉在明楼的打火机上吸着烟，说：“明楼，现时麦地都翻完了，马上就是白露，光一点化肥种麦子怎行？往年这时候，都要到城里去拉一些茅粪，今年你怎不抓这件事？”

明楼摇摇头：“往年一个队，说做什么，统一就安排了，今年分成两个组，你长我短的，怎个弄？再说，两个组都还有没锄二遍的地呢，人手怕抽不出来。”

“这有什么难的？这几天先少去两个人嘛！两个组合在一起拉，拉回来两家都能用。”

明楼想了一下，说：“这也行。还像往年一样，你把这事领料上。先套上两个架子车，前村连你先去两个人，再让后村巧珍到城里用她姨家的空窑，给你们晚上做一顿饭。过几天等地里的活儿消停了，再多套几个架子车，两个组多去一些人。你看这行不行？”

“行，我去！前村先叫加林去。队里这一段苦重，娃娃没惯了，叫歇息几天；拉粪活儿总轻一点。”

提起加林，明楼脸有点儿红，嘴里很快“嗯嗯”着同意了德顺老汉的安排。

老汉见他的“建议”被干儿采纳了，就站起身又锄地去了。

明楼也把纸烟把子一丢，思思谋谋又起身往回走。

德顺老汉刚才提起加林，使他又不由得想到这个被他赶回生产队的本村后生了。

加林是高明楼眼看着长大的。他小时候就脾气倔强，性子很硬，人又聪敏，在庄前村后，显得比他同年龄的娃娃都强。高明楼在那时候就对这娃娃很感兴趣。加林城里上学时，每逢星期六回来，他常爱到加林家串门。他虽是个老百姓，还爱关心点国际大事，加林正好这方面又懂得多，常给他说这个国家那个国家的事，把个高明楼听得半夜不回家。他常在心里感叹：高玉德命好！一辈子死没本事，可生养下一个足劲儿子！他自己的两个儿子太平庸了。老大上了两年学，笨得学不进去，老是一年级，最后只好回来当了农民。不是他在村里的威望，刘立本怎能把巧英给他的儿子？三星不是他用队里的东西在公社、县上巴结下几个干部，也怕连初中都上不了。按成绩不行，可那两年是推荐。现在总算把高中混完了。

二儿子高中毕业后，他着实发愁了。旁的工作一眼看见不行——而今入公家的门难！他决心要给儿子谋求个民办教师的位子；他决不愿意两个儿子都当农民。有个教师儿子，他在门外也体面。再说，三星也从没吃过苦，劳动他受不了，弄不好会成个死二流子！

他原来想两全其美，和公社教育专干马占胜商量，看能不能下旁的村一个教师，叫三星上；最好不要叫三星顶加林。他有恻隐之心。他盘算过，别看村里几十户人家，他谁也不怕，但感到加林虽然人小，可心硬人强，弄不好，将来说不定会成为他的仇人，让他一辈子不得安生！再说，他老了，加林还年轻，他就是现在没法自己，但将来得了势，儿孙手里都要出气呀！他的两个儿子明显不是加林的对手！因此他不想惹这后生，尽量不下加林的教师。

可马占胜马上嘲笑他想得太美了！是的，哪个村愿把位置让给他们村呢？就这样，他只好狠着心把加林的教师下了，让三星上。

但这以后，这件事总是他个心病。尽管高玉德老两口比以前更巴结他了，可高加林明显地在仇恨他。加林刚开始劳动，听说手上的血把镢把都染红了，谁也说不下他，照样拼命，说要让手烂得更厉害些！他听后心里忍不住打了个冷战。

心想：妈呀，这小子的心残着哩！他从这件事上，更看出加林不是个松动货。于是他的心病越来越加重了。

高明楼之所以好多年统辖高家村，说明他不是个简单人。他老谋深算，思想要比一般庄稼人多拐好多弯。

高明楼一路低头走着，思谋着这件事，觉得没什么好办法能使他的心灵安宁一些。

他走到大马河河湾的岔路上，抬起头向村里照了照，突然看见他亲家刘立本跄蹴在一棵老枣树下抽卷烟。他心想：大概到内蒙古又买了匹便宜马，等着给他能哩！

刘立本在亲家母家里吃完饭，就跄蹴在这里等上了明楼。

女儿给他做下的丢脸事，使他感到自己的个子都低了几寸。他现在想让明楼先把加林收拾一顿，把这事先镇压下去。然后得马上给巧珍找人家。今年能出嫁就出嫁，最迟不能拖过明年。女子大了，不寻人家，说出事就出事！他还想让明楼出面，说服巧珍和马店的马拴结亲。他是书记，面子大！

高明楼走到枣树下，很自然地蹲在了立本的对面。两亲家先让了一番烟。明楼嫌卷烟太硬，立本嫌纸烟没劲儿，两个人只好各吸各的。

"怎样？又买了便宜货了吧？能挣多少钱？"明楼问他的生意人亲家。

"挣钱顶个屌！"立本粗鲁地叫道，情绪败坏地把头一拐。

"我头一次听你把钱不当一回事。"明楼脸上露出一丝讽刺的笑容，同时也不知道亲家有什么不高兴。看他满脸气呼呼的样子，就问："你有什么不顺心的事？你今年钱挣得快把口袋都撑破了，还不满意吗？而今这政策正是你的好政策！"他又不由得露出讽刺的笑容。

"好你哩，不要挖苦我了。我现在滚油浇心哩！"刘立本两条胳膊朝亲家一摊，脸上显出一副哭相。

高明楼一看他这样子，也认真起来，说："哭了半天还不知道你哭谁哩！你说你倒究出了什么事嘛！"

刘立本把正在抽的半截子卷烟扔到旁边的草地上，难受地说："巧珍给我做下丢脸事了！"

"那么好个娃娃，弄下什么事了？"高明楼惊讶地问。

"唉，真叫人没法提！高玉德那个缺德儿子勾引我巧珍，黑地里在外面疯跑，弄得满村都风风雨雨的。你看我这人现在活成个甚了！"刘立本咽了一口唾沫，难受地把头倒钩了下来。

高明楼一下子笑了："哈呀，我还以为是什么事哩！不就是他们两个谈恋爱吗？"

"狗屁恋爱！连个媒人也没经，黑天半夜在外面鬼混，把先人都羞死了！"刘立本抬起头，气愤地吼叫起来。

高明楼把刘立本溅在他脸上的唾沫星子揩掉，说："立本，你整天走州过县做买卖，思想怎还这么古板？你没吃过猪肉，连猪哼哼都没听过？现在的年轻人还像咱们过去那样吗？你还没见的多着哩！我前几年每年都要到大寨参观一回，路过西安、太原，看见城市的青年男女，在大街上的稠人广众面前胳膊套胳膊走路哩！开始看见还觉得不文明，后来看惯了才觉得人家那才是文明……"

刘立本听了亲家这一番话，又气又失望。他原来还想叫明楼训一顿高加林，想不到明楼竟然指教起他来了。他嘴唇子抖着说："加林是个什么东西？文不上武不下的，糟蹋我巧珍哩！"

高明楼眼一瞪："怕人家加林看不下巧珍哩！只要人家看下了，你能都能不过来哩，还说人家糟蹋你女子哩！"

"加林有个什么出息？又不会劳动，又不会做生意，将来光景一烂包！"

"人家是高中生，你女子斗大字不识一升！"

"高中生顶个屁！还不是要戳牛屁股？"刘立本轻蔑地一撇嘴，并且又加添说，"牛屁股都不会戳！"

高明楼身子往立本旁边挪了挪，开始苦口婆心劝解起亲家来：

"好立本哩，你的目光太短浅了。你根本不能小看加林。不是我说哩，这一条川道里，和他一样大的年轻人，顶上他的不多。他会写，会画，会唱，会拉，性子又硬，心计又灵，一身的大丈夫气概！别看你我人称'大能人''二能人'，将来村里真正的能人是他！他什么学不会？他要是愿意做，怕你骑上马都撵不上他哩！现在我把他的教师下了，为的是叫三星上。这事明说哩，我做得有点儿强。以后有空子，我还要给他找个营生干哩！要是他和巧珍结婚了，不是和我也成亲戚了吗？"

刘立本对他这一番话根本不以为然。他鼻子里哼了一声说："看高玉德那是什么家庭？塌墙烂院，家里没一件值钱东西！高玉德又死没本事，加林他能什么哩？"

"哈呀！值钱东西是哪里来的？还不是人挣的？只要人立得住，什么东西也会有！至于高玉德有本事没本事，那碍不了大事。巧珍是寻女婿哩，又不是寻公公！你别看他家现在穷，加林能把家立起来的！你我当年是什么样子？旧社会，你老子和我老子还不都是给地主刘国璋扛长工吗？"

刘立本仍然没有被他亲家的雄辩折服，反而一闪身站起来，火气十足地说："你别给我灌清米汤了！我长眼睛着哩！难道我自己看不清高玉德家的前程吗？他那不成器的儿子，我看不下！你能说光面子话哩！巧珍是我的女子，我不能把她往黑水坑里垫！"

"你看不下，可巧珍能看下哩！看你还有什么办法！"高明楼也站起来，觉得他亲家已经有点儿可笑了。

"我没办法？我把他龟子孙的腿往断打呀！"

"咦呀？看把你能的！……好亲家哩，你这阵在气头上，我没办法说服你。不过，你也别太逞能了！这而今都是自由恋爱，法律保护婚姻哩！只要娃娃们同意，别说娘老子，就是天王老子也管不住！你敢动手动脚，小心公安局的法绳！"高明楼终究是大队书记，懂得法律政策，立刻将这武器拿出来警告他亲家。

刘立本的确被他这话唬住了。他怔了半天，在自己的脑袋上狠狠拍了一巴掌，转过身丢下明楼，独自一个人扯大步走了。两亲家今天第一次没把话说到一块！

高明楼在他后面慢慢往家里走。他心想：刘立本做生意算个把式，其他方面实在不精明。

按明楼的想法，巧珍最好能和加林结亲。一方面，他觉得巧珍能寻这么个女婿，也的确不错了；另一方面，他很愿意加林和他大儿子成担子，将来和立本三家亲套亲，连成一体，在村里势众力强。这样一来，加林和他成了亲戚，也就不好意思为下了教师而恨他了。本来，高明楼刚听立本说这件事，心里有点儿高兴——他一路上正盘算怎样平息加林仇恨他的火焰哩！现在他看亲家对此事这样坚决地反对，也就摸不来事情的结局倒究会怎样了。

第十章

早晨，太阳已经冒花了，高加林才爬起来，到沟里石崖下的水井上去担水。他昨晚上一夜翻腾得没睡好觉，起来得迟了。

石头围了一圈的水井，脏得像个烂池塘。井底上是泥糊子，蛤蟆衣；水面上漂着一些碎柴烂草。蚊子和孑孓充斥着这个全村人吃水的地方。

他手里的马勺犹豫了半天，终于还是没有舀水。他索性赌气似的和两只桶一起蹲在了井台边。

此刻他的心情感到烦躁和压抑。全村正在用各种各样的风言风语议论他和巧珍的"不正经"；还听说刘立本已经把巧珍打了一顿，事情看来闹得更大了。眼前他又看见水井脏成这样也没人管（大家年年月月就喝这样的水，拿这样的水做饭），心里更不舒畅了。

所有这一切，使他感到沉重和痛苦：现代文明的风啊，你什么时候才能吹到这落后闭塞的地方？

他的心躁动不安，又觉得他很难在农村待下去了。可是，别的出路又在哪里呢？

他抬起头，向沟口望出去，大山很快就堵住了视线。天地总是这么狭窄！

他闭住眼，又由不得想起了无边无垠的平原，繁华热闹的大城市，气势磅礴的火车头，箭一样升入天空的飞机……他常用这种幻想来满足自己的精神需要。

当他睁开眼睛的时候，他仍然在现实中。他看了看水井，脏东西仍然没有沉淀下去。他叹了一口气，想：要是撒一点漂白粉也许会好一点。可是哪来的这东西呢？漂白粉只有县城才能搞到。

他的腿蹲得有点儿麻了，就站起来。

他忍不住朝巧珍硷畔上望了望。他什么人也没看见。巧珍大概出山去了；或者被她父亲打得躺在炕上不能动了吧？要么，就是她害怕了，不敢再站在他们家硷畔上那棵老槐树下望他了——他每次担水，她差不多都在那里望他。他们常无言地默默一笑，或者相互做个鬼脸。

突然，高加林眼睛一亮：他看见巧珍竟然又从那棵老槐树背后转出来了！她两条胳膊静静地垂着，又高兴又害臊地望着他，似乎还在笑！这家伙！

她的头向他们家垴畔上面扬了扬，意思叫加林看那上面。

加林向山坡上望去，见刘立本正在撅着屁股锄自留地。

高加林立刻感到出气粗了。刘立本之所以打巧珍，还放肆地训斥他父亲，实际上是眼里没他高加林！“二能人”仗着他会赚几个钱，向来不把他这一家人放在眼里。

加林决定今天要报复他。他要和巧珍公开拉话，让他看一看！把他气死！

他故意把声音放大一点喊：“巧珍，你下来！我有个事要和你说！”

巧珍一下子惊得不知该怎办。她下意识地先回过头朝她家的垴畔上看了看。刘立本不知听见没听见，但仍然在低头锄他的地。

巧珍终于坚决地从坡里下来了。她甚至连路都不走，从近处的草洼里连跑带跳转下来，径直走向井台。

她来到他面前，鞋袜和裤管被露水浸得湿淋淋的。她忐忑不安地抠着手指头，小声问：“加林哥……什么事？村子上面有人看咱两个呢，我爸……”

“不怕！”加林手指头理了一下披在额前的一绺头发说，“专门叫他们看！咱又不是做坏事哩……你爸打你了吗？”

他有点儿心疼地望着她白嫩的脸庞和亭亭玉立的身姿。

巧珍长睫毛下的眼睛里闪着泪花，含笑咬着嘴唇，不好意思地说：“没打……骂了几句……”

“他再要对你动武，我就对他不客气了！”加林气呼呼地说。

“你千万不要动气。我爸刀子嘴豆腐心，不敢太把我怎样。你别生气，我们家的事有我哩！”巧珍扑闪着漂亮的眼睛，劝解她心爱的人。她看了看他身边的空水桶，问：“你怎不舀水哩？”

加林下巴朝水井里努了努，说：“脏得像个茅坑！”

巧珍叹了一口气，说：“没办法。就这么脏，大家都还吃。”她转而忍俊不禁地失声笑了，“农村有句俗话，说不干不净，吃了没病……”

加林没笑，把桶从井边提下来，放到一块石头上，对巧珍说：“干脆，咱两个到城里找点漂白粉去。先撒着，罢了咱叫几个年轻人好好把水井收拾一下。”

“我也跟你去？一块去？”巧珍吃惊地问。

“一块去！你把你们家的自行车推上，我带你，一块去！咱们干脆什么也别管了！村里人愿笑话啥哩！”加林看着巧珍的眼睛，“你敢不敢？”

“敢！你送桶去！我回去推车子，换个衣服。你也把衣服换一换！你别光给水井讲卫生，看你的衣服脏成啥了！你脱下，明天我给你好好洗一洗。”

加林高兴得脑袋一扬，用农村的粗话对他的情人开了一句玩笑：“实在是个好老婆！”

巧珍亲昵地噘起嘴，朝加林脸上调皮地吹了一口气，说：“难听死了……”

他们各自都怀着无比激动的心情，各回各家去了。

对于巧珍来说，在家里人和村里人众目睽睽之下，跟加林骑一个车子去逛县城，这无疑是一个大胆的挑战。对于她目前的处境来说，这需要多大的勇气啊！她之所以不怕父亲的打骂，不怕村里人笑话，完全是因为她对加林的痴迷的爱情！只要跟着加林，他让她一起跳崖，她也会眼睛不闭就跟他跳下去的！

对高加林来说，他做出这个决定，是对他所憎恨的农村旧道德观念和庸俗舆论的挑战；也是对傲气十足的“二能人”的报复和打击！

加林把空水桶放到家里，从箱子里翻出那身多时没穿的见人衣裳。他拿香皂洗了脸和头发，立刻感到容光焕发，浑身轻轻飘飘的。他对着镜子梳了梳头发，觉得自己强悍而且英俊！

他父亲出了山，母亲上了自留地，家里没人。他在一个小木箱里取出几块钱装在口袋里，就出门在硷畔上等巧珍——后村人出来都要经过他家门前硷畔下的小路。

巧珍来了，穿着那身他所喜爱的衣服：米黄色短袖上衣，深蓝的确良裤子。乌黑油亮的头发用花手帕在脑后扎成蓬松的一团，脸白嫩得像初春刚开放的梨花。

他俩肩并肩从村中的小路上向川道里走去。两个人都感到新奇、激动，谁连一句话也不说，也不好意思相互看一眼。这是人生最富有的一刻。他们两个黑夜独自在庄稼地里的时候，他们的爱情只是他们自己感受。现在，他们要把自己的幸福向整个世界公开展示。他们现在更多的感受是一种庄严和骄傲。

巧珍是骄傲的：让众人看看吧！她一个不识字的农村姑娘，正和一个多才多艺、强壮标致的“先生”，相跟着去县城啰！

加林是骄傲的：让一村满川的庄稼人看看吧！大马河川里最俊的姑娘，著名的“财神爷”刘立本的女儿，正像一只可爱的小羊羔一般，温顺地跟在他的身边！

村里立刻为这事轰动起来。没出山的婆姨女子、老人娃娃，都纷纷出来看他们。对面山坡和川道里锄地的庄稼人，也都把家具撇下，来到地畔上，看村里这两个“洋人”。有羡慕地咂巴嘴的，有敲怪话的，也有撇凉腔的。正人君子探头缩脑地看；粗鲁俗人垂涎欲滴地看。更多的人都感到非常新奇和有意思。尤其是村里的青年男女，又羡慕，又眼红；川道一组锄地的两个暗中相好的姑娘和后生，看着看着，竟然在人背后一个把一个的手拉住了！

高加林和刘巧珍知道这些，但也不管这些，只顾走他们的。一群碎脑娃娃在他们很远的背后，嘻嘻哈哈，给他们扔小土坷垃，还一娃声有节奏地喊：“高加林、刘巧珍，老婆老汉逛县城……”

高玉德老汉在对面山坡上和众人一块锄地。起先他还不知道大家跑到地畔上看什么新奇，也把锄搁下过来看了。当他看见是这码子事时，很快在大家的玩笑和哄笑声中跌跌撞撞退回到玉米地里。他老脸臊得通红，一屁股坐在锄把上，两只瘦手索索地抖着，不住气地摸起了赤脚片。他在心里暗暗叫道：乱了！乱了！刘立本这阵在哪里呢？要是叫“二能人”看见了，不把这两个疯子打倒在地上才怪哩！

刘立本此刻就在他家垴畔上的自留地里。所有这一切“二能人”也都看见了。不过，高玉德老汉的担心过分了。“二能人”正像他女子说的，刀子嘴豆腐心。他此刻虽然又气又急，但终于没勇气在众人的目光下，做出玉德老汉所担心的那种好汉举动来。他也只是一屁股坐到锄把上，双手抱住脑袋，接二连三地叹起了气……

第二天早晨，高家村的水井边发生了一场混乱。早上担水的庄稼人来到井边，发现水里有些东西。大家不知道这是何物，都不敢舀水了，井边一下子聚了好多人。有人证实，这些“白东西”是加林、巧珍和另外几个年轻人撒进去的。有人又解释，这是因为加林爱干净，嫌井水脏，给里面放了些洗衣粉。有的人又说不是洗衣粉，是一种什么“药”。

天老子呀！不管是洗衣粉还是药，怎能随便给水井里放呢？所有的人都用粗话咒骂；高玉德的嫩老子不要这一村人的命了！

有人赶快跑到前村去报告高明楼——让大队书记来看看吧！更多担水的人都在急躁地议论和咒骂。那几个和加林一起“撒药”的年轻庄稼人给众人解释，井里撒的是漂白粉，是为了讲卫生的。众人立刻把他几个骂了个狗血喷头：

“你几个瞎眼小子，跟上疯子扬黄尘哩！”

“你妈不讲卫生，生养得你缺胳膊了还是少腿了？”

“胡成精哩！把龙王爷惹恼了，水脉一断，你们喝尿去吧！”

那几个拥护加林这次卫生革命的人，不管众人怎骂，都舀了水，担回家去了；但他们的父亲立刻把他们担回的水，都倒在了院子里。

水井边围的人越来越多了。而刘立本家里正在打架：刘立本扑着打巧珍；巧珍她妈护着巧珍，和老汉扭打在一起。亏得巧英和她女婿正在他们家，好不容易才把架拉开！刘立本气得连早饭也不吃，出去搞生意去了——他是从自家窑后的小路上转后山走的，生怕水井边的人们看见他。

高加林听说井边发生了事，要出来给乡党们说明情况，结果被他爸他妈一人扯住一条胳膊，死活不让他出门。老两口先顾不上责备儿子，只是怕他出去在井边挨打。

这时候，刘立本的三女儿巧玲从后沟里拿一本书走出来。她刚考完大学，在家里等结果。她起得很早，到后沟里背英语单词去了，因此刚才家里打架的事，她并不知道。现在她看见井边围了这么多人，就好奇地走过来打问出了什么事。

有人马上嘲讽地说：“你二姐和你二姐夫嫌水井脏，放了些洗衣粉。你们家大概常喝洗衣粉水吧？看把你们脸喝得多白！”

巧玲的脸刷地红到了耳根。她虽然还不到二十岁，但个子已经和巧珍一般高。她和她二姐一样长得很漂亮，但比巧珍更有风度。巧玲早已看出她二姐在爱加林——现在知道她真的和加林好了。她对加林也是又喜欢又尊重，因此为二姐能找这么个对象，心里很高兴。昨晚给水井里撒漂白粉的事，她也知道。于是她就试图拿学校里学的化学原理给众人说漂白粉的作用。

她的话还没说完，有人就粗鲁地打断了她：“哼！说得倒美！你趴下先喝上一口！和你二姐夫一样咬京腔哩！伙穿一条裤子！”

众人哄然大笑了。

巧玲眼里转着泪花子，羞得掉转身就跑——愚昧很快就打败了科学。

这时，听到消息的高明楼，赶忙先跑到巧珍家问情况。本来他想去问加林，但想了一下，还是没去，先跑到亲家家里来了。

他一进亲家的院子，看见他们家四个女人都在哭。刘立本已经不见了踪影。他的大儿子正笨嘴笨舌劝一顿丈母娘，又劝一顿小姨子。

明楼叫她们都别哭了，说事情有他哩！

他在巧珍和巧玲嘴里问明情况后，很快折转身出了刘立本家的大门，扯大步向沟底的水井边走去。

高明楼来到井边，众人立刻平静下来；他们看村里这个强硬的领导人怎办呀。

明楼把旧制服外衣的扣子一颗颗解开，两只手叉着粗壮的腰，目光炯炯有神，向井边走去，众人纷纷把路给他让开。

他弯腰在水井里象征性看一看，然后掉过头对众人说：“哈呀！咱们真是些榆木脑瓜！加林给咱一村人做了一件好事，你们却在咒骂他，实实地冤枉了人家娃娃！本来，水井早该整修了，怪我没把这当一回事！你们为什么不担这水？这水现在把漂白粉一撒，是最干净的水了！五大叔，把你的马勺给我！”

高明楼说着，便从身边的一个老汉手里接过铜马勺，在水井里舀了半马勺凉水，一展脖子喝了个精光！

这家伙用手摸了一把胡茬上的水，笑哈哈地说：“我高明楼头一个喝这水！实践检验真理呢！你们现在难道还不敢担这水吗？”

大家都嘿嘿地笑了。

气势雄伟的高明楼使众人一下子便服帖了。大家于是开始争着舀水——赶快担回去好出山呀，太阳已经一竿子高了！

第十一章

高加林在他的“卫生革命”引起一场风波以后，心情便陷入了很大的苦闷中。

夜晚，他有时也不主动去找巧珍了，独自一个人站在村头古庙前那棵老椿树下面，望着星光下朦胧的、连绵不断的大山，久久地出神。全村人都已入了梦乡，看不见一星灯火；夏夜的风把他的头发吹得纷乱。

有时，在一种令人沉重的寂静中，他突然会听见遥远的地平线那边，似乎隐隐约约有些隆隆的响声。他抬头看，天很晴，不像是打雷。啊，在那遥远的地方，此刻什么在响呢？是汽车？是火车？是飞机？不知为什么，他总觉得这声音好像是朝着他们村来的。美丽的憧憬和幻想，常使他短暂地忘记了疲劳和不愉快；黑暗中他微微咧开嘴巴，惊喜地用眼睛和耳朵仔细搜索起远方的这些声音来。听着听着，他又觉得他什么也没有听见；才知道这只不过是他的一种幻觉罢了。他于是就轻轻叹一口气，闭住眼睛靠在了树干上。

巧珍总会在这样的时候，悄悄地来了。他非常喜欢她这样不出声地、悄然地来到他身边。他把他的胳膊轻轻搭在她的肩头。她的爱情和温存像往常一样，给他很大的安慰。但是，已不能完全冲刷掉他心中重新又泛起的惆怅和苦闷了。过去那些向往和追求的意念，又逐渐在他心中复活。他现在又强烈地产生了要离开高家村，到外面去当个工人或者干部的想法——最好把巧珍也能带出去！

他虽然这样想，不知为什么，又不想告诉巧珍。

其实，聪敏的巧珍最近已经看出了他的心思。从内心上讲，她不愿意让加林离开高家村，离开她；她怕失去他——加林哥有文化，可以远走高飞；她不识字，这一辈子就是土地上的人了。加林哥要是工作了，还会不会像现在一样爱她？

但是，当她看见亲爱的人苦闷成这个样子，又很想叫他出去工作。这样他就会高兴和愉快的。要是加林高兴和愉快，她也就感到心里好受一些。她想加林哥就是寻了工作，也再不会忘了她的；她就在家里好好劳动，把娃娃抚养好。将来娃娃大了，有个工作的老子，在社会上也不受屈。再说，自己的男人在门外工作，她脸上也光彩。

这样想的时候，她就很希望加林哥出去工作，好让他少些苦恼。可是，她又认真一盘算，觉得根本没门！现时这号事都要有腿哩！加林哥当个民办教师，都让瞎心眼子高明楼挤掉了，更不要说找正式工作了。

这一天晚上，还是在那棵老椿树下，当她看见加林还是那么愁眉苦脸时，就主动对他说：

“加林哥，你干脆想办法去工作去！我知道你的心思！看把你愁成啥了！我很想叫你出去！”

加林两只手抓住她的肩头，长久地看着她的脸。亲爱的人！她在什么时候都了解他的心思，也理解他的心思。

他看了她老半天，才开玩笑说：“你叫我出去，不怕我不要你了吗？”

“不怕。只要你活得畅快，我……”她一下子哭了，紧紧抱住他，像菟丝子缠在草上一般，说，“你什么时候也甭把我丢下……”

加林下巴搁在她头上，笑着说：“你啊！看你这样子，好像我已经有工作了！”

巧珍也抬起头笑了。她抹去脸上的泪水，说：“加林哥，真的，只要有门道，我支持你出去工作！你一身才能，窝在咱高家村施展不开。再说，你从小没劳动惯，受不了这苦。将来你要是出去了，我就在家里给咱种自留地、抚养娃娃；你有空了就回来看我；我农闲了，就和娃娃一搭里来和你住在一起……”

加林苦恼地摇摇头：“咱们别再瞎盘算了，现在要出去找工作根本不行。咱还是在咱的农村好好打主意……你看你胳膊凉得像冰一样，小心感冒了！夜已经深了，咱们回！”

他们像往常一样，相互亲了对方，就各回各家去了。

高加林进了家门，发现高明楼正坐在他们家炕栏石上，和他父亲拉话。

见他进门来，他父亲马上说：“你到哪里去了？你明楼叔等了你半天！”

高明楼对他咧嘴笑了笑，说：“也没什么事喀！唉，加林！咱这农村，意识就是落后！你好心给水井里放了些漂白粉，人还以为你下了毒药呢！真是些榆木脑瓜！”

他父亲笑嘻嘻地对高明楼说：“全凭你了！要不是你压碴，那一天早上肯定要出事呀！”

他母亲也赶忙补充说：“对着哩！咱村里的事，就看他明楼叔拿哩！”

加林坐在脚地的板凳上，也不看高明楼，说：“也怪我。我事先没给大家说清楚。”

高明楼吐了一口烟，说：“事情已经过去了，再不提了，过两天两个组都抽几个人，把水井整修一下，把石堰再往高垒一些。哈呀！不整修再不行了！我前一个月看见一头老母猪躺在里面洗澡哩！”他两个手指头把纸烟把子捏灭，丢在脚地上，“我今黑夜来是想和你商量个事。是这，咱准备到城里拉一点茅粪，好准备种麦。后组里正锄地，人手抽不出来；准备前组先去两个人。我考虑了一下，想让你和德顺老汉去，不知你愿意不愿意？”

加林没说话。

他父亲赶忙对他说：“你去！你明楼叔给你寻了个苦轻营生嘛！晚上只拉一回，用不了两三个小时，白天一天就歇在家里。往年大家都抢着去做这营生哩！”

高明楼又掏出一根烟，在煤油灯上吸着，看着低头不语的加林说：“你大概怕城里碰上熟人，不好意思吧？年轻人爱面子！其实，晚上嘛，根本碰不上！”

高加林抬起头，只说了两个字：“我去。”

明楼一看他同意了，便从炕栏石上下来，准备起身了。高玉德慌忙赤脚片溜下炕，同时加林他妈也从灶火圪塄里撵出来，准备送书记。

高明楼在门口挡住他们，然后对后面的加林说："你大概还不知道，拉粪去的人还是老规程，在城里吃一顿饭，钱和粮由队里补贴。今年还是巧珍去做饭，城里她姨家有一孔空窑。"

高加林点点头，嗯了一声。

高玉德一听是巧珍去做饭，嘴张了几张，结结巴巴说："明楼！做饭苦轻，最好去个老汉！巧珍年轻，现在劳动正繁忙，后组的地还没锄完哩……"

高明楼想笑又没好意思笑出来。他对玉德老汉说："还是巧珍去合适。城里做饭的窑是她姨家的，生人去了怕不方便……"说完就拧转身走了。

德顺老汉和加林、巧珍在村对面的简易公路上套好架子车，已经临近黄昏；远远近近都开始模糊起来了。对面村子里，收工回来的人声和孩子们的叫闹声，夹杂着正在入圈的羊的咩咩声，组成了乡间这一刻特有的热闹和骚乱气氛。

德顺老汉一巴掌在驴屁股上打掉一只牛虻，过来把草垫子放到车辕上，说："甭怕臭！没臭的，也就没香的！闻惯了也就闻不见了。"他走到前面车子旁边，从怀里掏出一个扁扁的酒壶，抿了一口，诡秘地对加林和巧珍一笑，"你们两个坐在后面车上，我打头。吆牲灵我是老把式了，你们跟着就是。现在天还没黑，两个先坐开些！"他得意地眨眨眼，坐在了前面的车辕上。

后面车上的加林和巧珍被德顺老汉说得很不好意思，也真的别别扭扭一人坐在一个车辕上，身子离得很开。

德顺老汉"嘚儿"一声，毛驴便迈开均匀的步子，走开了。两辆车子一前一后，在苍茫的暮色中向县城走去。

德顺老汉在前面又抿了一口酒，醉意便来了，竟然张开豁牙漏气的嘴巴唱了两声信天游——

> 哎哟！年轻人看见年轻人好，
> 白胡子老汉不中用了……

加林和巧珍在后面车子上逗得直笑。

德顺老汉听见他们笑，摸了一下白胡子，说："啊呀，你们笑什么哩？真的，你们年轻人真好！少男少女，亲亲热热；我老了，但看见你们在一块，心里也由不得高兴啊……"

加林在后面喊："德顺爷，你一辈子为啥不娶媳妇？你年轻时候谈过恋爱没？"

"恋？爱？哼！我年轻时候比你们还恋的爱！"他又抿了一口酒，皱纹脸上泛起红潮，眼睛眯起来，望着东边山头上刚刚升起的月亮，不言传了。

驴儿打着响鼻儿，蹄子在土路上"嘚嘚"地敲打着。月光迷迷蒙蒙，照出一川泼墨似的庄稼。大地沉寂下来，河道里的水声却好像涨高了许多。大马河隐没在两岸的庄稼地之中，只是在车子路过石砭石崖的时候，才看得见它波光闪闪的水面。

高加林又在后面问："德顺爷，你说说你年轻时候的风流事嘛！我不相信你那时还会恋爱哩！"他朝身边的巧珍做了个鬼脸，意思是对她说：我激老汉哩！

德顺老汉终于忍不住了，抿了一口酒，说："哼！我不会恋爱？你爸才不会哩！那时我和你爸，还有高明楼和刘立本的老子，一块给刘国璋揽工，你爸年龄小，人又胆小，经常鼻涕往嘴里流哩！硬是我把你妈和你爸说成的……我那时已经二十几岁了，刘国璋看我心眼还活，农活儿不忙了，就打发我吆牲灵到口外去驮盐，驮皮货。那时，我就在无定河畔的一个歇脚店里，结交了店主家的女子，成了相好。那女子叫个灵转，长得比咱县剧团的小旦都俊样。我每次赶牲灵到他们那里，灵转都计算得准准的。等我一在他们村的前砭上出现，她就唱信天游迎接我哩。她的嗓音真好啊！就像银铃碰银铃一样好听……"

"唱什么歌哩？"巧珍插嘴问。

"听我给你们唱！"老汉得意地头一拐，就在前面醉心地唱起来了——

走头头的那个骡子哟三盏盏的灯，
戴上了那个铜铃子哟哇哇的声；

你若是我的哥哥哟招一招手，
你不是我的哥哥哟走呀走你的路……

老汉唱完，长长吐了一口气，说："我歇进那店，就不想走了。灵转背着她爸，偷得给我吃羊肉扁食，荞面饸饹……到晚上，她就偷偷从她的房子里溜出来，摸到我的窑里来了……一天，两天，眼看时间耽搁得太多了，我只得又赶着牲灵，起身往口外走。那灵转常哭得像泪人一样，直把我送到无定河畔，又给我唱信天游……"

"大概唱的是《走西口》吧？对不对？"加林笑着说。

“对着哩！”说着，老汉又忍不住唱了起来。他的声音是沙哑的，似乎还有点儿哽咽；并且一边唱，一边吸着鼻涕——

哥哥你走西口，
小妹妹实难留；
手拉着哥哥的手，
送你到大门口。

哥哥你走西口，
小妹妹送你走；
有几句知心话，
哥哥你记心头。

走路你走大路，
万不要走小路；
大路上人马稠，
小路上有贼寇。

坐船你坐船后，
万不要坐船头；
船头上风浪大，
操心掉在水里头。

日落你就安生，
天明再登程；
风寒路冷你一个人，
全靠你自操心。

哥哥你走西口，
万不要交朋友；
交下的朋友多，
你就忘了奴——

有钱的是朋友，
没钱的两眼瞅；
哪能比上小妹妹我，
天长日又久……

德顺老汉上气不接下气地唱着。到后来，已经曲不成调，变成了一句一句地说歌词；说到后来，竟然抽抽搭搭哭起来了；哭了一阵，又嘿嘿笑出了声，说：“啊呀，把它的！这是干甚哩！老呀老了，还老得这么不正相！哭鼻流水的，惹你们娃娃家笑话哩……”

巧珍不知什么时候已经靠在了加林的胸脯上，脸上静静地挂着两串泪珠。加林也不知什么时候，用他的胳膊搂住了巧珍的肩头。月亮升高了，远方的山影黑黝黝的，蒙上一层神秘的色彩。路两边的玉米和高粱长得像两堵绿色的墙；车子在碎石子路上碾过，发出轻微的沙沙声；路边茂密的苦艾散放出浓烈清新的味道，直往人鼻孔里钻。好一个夏夜啊！

“德顺爷，灵转后来干啥去了？”巧珍贴着加林的胸脯，问前面车子上黯然神伤的老汉。

德顺老汉叹了一口气：“后来，听说她让天津一个买卖人娶走了。她不依，她老子硬让人家引走了……天津啊，那是到了天尽头了！从此，我就再也没见我那心上的人儿！我一辈子也就再不娶媳妇了。唉，娶个不称心的老婆，就像喝凉水一样，寡淡无味……”

巧珍说：“说不定灵转现在还活着？”

“我死不了，她就活着！她一辈子都揣在我心里……”

车子拐过一个山峁，前面突然亮起了一片灯火，各种建筑物在月亮和灯火交织的光气里，影影绰绰地显露了出来——县城到了。

德顺老汉摸出酒壶抿了一口。他手里虽然不拿鞭子，也还像一个吆牲灵出身的把式那样，胳膊在空中一抡：“嘚儿——”

两辆车子轻快地跑起来，驴蹄子嘚嘚地敲打着路面，拐上了大马河桥，向县城奔驰而去……

第十二章

加林和德顺爷灌满一车子粪以后，老汉体力已经有点儿不支；加上又喝了不少酒，走路都摇摇晃晃的。加林硬把老汉送到巧珍做饭的窑里，让他坐到热炕头上歇着；他就一个人拉着另一个架子车去淘粪。

他拉着车，尽量不走大街，也尽量不走灯光明亮处。虽然已经到夜里，街巷里基本没什么行人，但他仍然紧张地防备着，生怕碰见熟人和同学。

他拉着架子车，在街道北头那边一些分散的机关单位之间转悠。这个季节，乡里来城里淘粪的人很多；有时在一个单位的厕所里，茅坑底上还刮不了一担粪。他已走了几个单位，架子车的大粪桶还没装满一半。

前面就是县广播站。他犹豫地站在了街角一个暗影里。他想起了他的同学黄亚萍。

他站了一会儿，决定还是不去广播站的厕所淘粪。

他远远地绕开路，向车站那边走去——那里过往人多，说不定厕所里粪要多一些。

他在灯光若明若暗的街道上走着，心里忍不住感叹：生活的变化真如同春夏秋冬，一寒一暑，差别甚远！三年前，这样的夜晚，他此刻或者在明亮温馨的教室里读书；或者在电影院散场的人群里，和同学们说说笑笑走向学校。要不，就是穿着鲜红的运动衣，潇洒地奔驰在县体育场的灯光篮球场上，参加篮球比赛，听那不绝于耳的喝彩声……

现在，他却拉着茅粪桶，东避西躲，鬼鬼祟祟，像一个夜游鬼一样。他忍不住转过头，又望了一眼灯光闪烁的广播站。黄亚萍此刻在干什么呢？读书？看电视？喝茶？

他很快觉得自己有点儿可笑了。自己现在这副样子，想这些干啥呢？他现在应该赶快把这车子粪装满才对。是的，人做啥就为啥操心哩！他现在的心思主要在淘粪上。哪个厕所要是没粪，他立刻失望丧气；哪个厕所里粪要是多一点，他高兴得直想笑！因为德顺爷爷就是这个样子，他感染了他，也使得他的心理渐渐自觉地成了这个样子。劳动啊，它是艰苦的，但也有它本身的欢乐！

高加林把粪车放在车站大门外，然后进去看厕所有没有粪。

他在厕所前面看了看，高兴得像发现了金子一般：厕所里的粪多得几乎几架子车也拉不完！

当他转到厕所后面的时候，一下子又不高兴了：不知哪里的生产队，已经在茅坑后面做了一个门，并且还上了锁。

高加林气愤地想：屎尿都有人霸占哩！他妈的，我今天要“反霸”了！

高加林的坏脾气遇到这类事最容易引逗起来。他拾起一块石头片，没有砸锁，而是把锁下面的铁扣环撬起来，打开了门。

他从车子上把粪担子和粪勺取下来，开始在车站厕所的茅坑里舀起了粪。

他刚担了一担粪灌到架子车上的粪桶里，正准备去担第二担，突然有两个壮实的年轻人也来拉粪了。他们一色的的确良裤子，红背心上面印着“先锋”两个黄字。

加林知道，这是城关“先锋”队的人。这个队是蔬菜队，富足是全县有名的。

这两个年轻人一看加林正在担粪，气呼呼地放下架子车，过来了。

“你为什么偷我们的粪？”其中一个已经挡住了加林的路。

“粪是你们的？”加林不以为然地反问。

“当然是我们的！”另一个在旁边喊叫。

“怎能是你们的？这是公共厕所，又不是你们队的人屙尿的！”

“放你妈的屁！”前面那个后生已经破口了。

“把嘴放干净！骂谁哩？”加林浑身的肌肉绷紧了。

“骂你哩！你小子知道不知道？我们为了这点粪，满年四季给车站上的干部供菜，一分钱都不要！你凭什么来偷？”旁边那个人横眉竖眼地朝他喊叫。

“放下两块钱！赔锁子！”前面那人双手叉腰，说。

“赔钱？”加林头一扭，“我还要担哩！你们这些粪霸！”说着就担着粪担往前走。

那两个人都握住了拳头。前面的那个眼明手快，当胸就给了高加林一拳。

加林两眼冒火，把粪担往地上一撂，拉起舀粪的粪勺，就向那后生砍去！

前面的人一跳，躲过去了，后面的那个刹那间也操起了粪勺。于是，三个淘粪的人就在车站的停车场上打了起来；长柄粪勺在空中飞舞，粪点子把三个人都溅了满身。迷蒙的月光静静地照耀着这个骚乱的场面。一个小伙子的脚被加林一粪勺打麻了，叫唤了一声蹲在了地下；而加林自己的脊背上却被另外一个人砍了一粪勺。

直到车站的人跑出来，才把架拉开。光头站长把双方劝说了半天，让加林不要拉了；说车站已经和先锋队订了“合同”，粪只能由他们拉。

加林在心里骂道：“还有脸说！‘合同’哩！拿你这个臭厕所白换着吃菜哩！”

他觉得再要担这粪，肯定还要打架的。人家两个人，他一个人，打不过。再说，他们离队近，要是再叫来一群人，把他打不死才怪哩！

他于是只好把粪担放在车上，拉起架子车离开了车站。

这附近只剩副食公司没去拉了。他原来主要考虑他的另一个同学张克南在那里工作，所以没去。

现在他猛然记起，克南不是已经调到副食门市去工作了吗？他很快决定去副食公司的厕所再看看。

他拉着车子，闻见自己满身的臭气；衣服和头发上都溅满了粪便。脊背上被砍了一粪勺的地方，疼得火烧火燎。他也不管这些；他只想着赶快把这车子粪装满，好早点回村——德顺爷和巧珍大概已经等急了。

他把架子车放在副食公司的大门口上，先进去看厕所有没有粪。

他从来没到过这里，找了半天才把厕所找见。他看了看，粪并不多，也很稀，但还是可以把他的粪桶子装满的。可只有一个不方便处：厕所到大门口路不太好，有几个地方很狭窄，粪车拉不到厕所旁边。

他于是决定一担一担往出担；担出来再倒进车上的粪桶里。

高加林忙碌地从车上取下粪担，到后面的厕所里担出了第一担粪。

担过副食公司院子的时候，在院子东南角一棵泡桐树下坐着的几个人，连连咂巴起了嘴，哼哼唧唧，显然嫌臭味打扰了他们在院子里乘凉。

高加林自己也觉得很抱歉。但这是没法的事。他内心里希望这些干部原谅他。

第二回他把粪担出来的时候，情况仍然是这样。但他还是硬着头皮担。

第三回担出来的时候，有一个妇女出口了，声音很大，是故意说给他听的：“迟不担，早不担，偏偏在这个时候担，臭死人了！”

高加林听见这刺耳话，忍不住脚步停住了。但他想，再有一两回车上的粪桶就装满了，忍着点，赶快装满就走。

当他把这担粪灌完，又担着空担子进了院子的时候，那妇女竟然站起来，朝他这边喊：

“担粪的！你把人臭死了！你到其他地方去担喀，甭在这里欺负人了！”

高加林一下子站在院子里，两只手气得索索抖，牙齿狠狠咬住了嘴唇：明明是她在欺负人，竟然反咬说他欺负人。

火气从他心里冒上来，又被他强压了下去。他刚才已经和别人打了一架，不愿再发生什么冲突和纠葛；而且车子上的粪桶再有一两担就能装满，忍一忍，今晚上的任务就完成了。

于是他就又去担粪了。

等这回担出来的时候，那妇女竟然又站起来，气更大了，嗓门更粗了，话也更难听了：“你这人耳朵坏了？给你说了一遍你不听，还在这里担，讨厌死人了！”

她旁边一个似乎老一点的干部说：“你不要费嘴舌了，叫担去；担完了就不臭了！”

“这些乡巴佬，真讨厌！”那妇女又骂了一句。

高加林这下不能忍受了！他鼻根一酸，在心里想：乡里人就这么受气啊！一年辛辛苦苦，把日头从东山背到西山，打下粮食，晒干簸净，拣最好的送到城里，让这些人吃。他们吃了，屁股一撅就屙就尿，又是乡里人来给他们拾掇，给他们打扫卫生，他们还这样欺负乡下人！

他对这个妇女产生了一种强烈的愤恨心理。

他一下子把一担茅粪放在副食公司的院当中，鼻子口里三股冒气向那棵泡桐树下走去。他要和那个放肆的女人辩几句。

当他快走到那几个人跟前的时候，那妇女先站起来，一下子不知这个愣后生要干什么呀。他旁边的几个老干部也紧张地站起来了。

高加林猛地停住了脚步，立刻感到惶愧不安了：天啊，这妇女竟然是张克南他妈！

他离她十几步远，已清楚地认出是她。他一下子不知如何是好了，前不好前，后不好后，两只手慌乱地抠起了手指头。不论怎样，他不能和克南他妈吵嘴呀！这事太叫人尴尬了！他想：怎办呀？给她道个歉？可他又没惹她！要不说个“对不起”？

正在他进退两难时，克南他妈竟然一指头指住他，问：“你是哪里的？拉粪都不瞅个时候，专门在这个时候整造人呢！你过来干啥呀？还想吃个人？”

她显然已经记不得他是谁了。是的，他现在穿得破破烂烂，满身大粪；脸也再不是学生时期那样白净，变得粗粗糙糙的，成了地地道道的农民。他以前只去过克南家两三次，她怎能把他记住呢？

既然是这样，他高加林也就不想客气了。但他出于对老同学母亲的尊重，还是尽量语气平静地解释说：“您不要生气，我很快就完了。这没有办法。我们在晚上进城拉粪，也是考虑到白天机关工作，不卫生；想不到你们晚上在院里乘凉哩……”

旁边那几个干部都说：“算了，算了，赶快装满拉走……”

但克南他妈还气冲冲地说：“走远！一身的粪！臭烘烘的！”

加林一下子恼了，他恶狠狠地对老同学他妈说：“我身上是不太干净，不过，我闻见你身上也有一股臭味！”

克南他妈一下子气得满脸肉直颤，就要过来拉扯他了；亏得旁边那几个人硬把她挡住，然后叫加林不要闹了，去拉他的粪。

高加林掉转身，过去担起那担茅粪，强忍着泪水出了副食公司的大门。

他把粪倒进车子上的粪桶里，尽管还得两担才能满，他也不去担了，拉起架子车就走。

他拉着架子车，转到了通往街道的马路上，鼻子一阵又一阵发酸。城市的灯光已经渐渐地稀疏了，建筑物大部分都隐匿在黑暗中。只有河对面水文站的灯光仍然亮着，在水面上投下了长长的橘红色的光芒，随着粼粼波光，像是一团一团的火焰在水中燃烧。

高加林的心中也燃烧着火焰。他把粪车子拉在路边停下来，眼里转着泪花子，望着悄然寂静的城市，心里说：我非要到这里来不可！我有文化，有知识，我比这里生活的年轻人哪一点差？我为什么要受这样的屈辱呢？

这时候，他的目光向水文站下面灯火映红的河面上望去，觉得景色非常壮观。他浑身的血沸腾起来，竟扔下粪车子，向那里奔去。

快到河边的时候，他穿过一大片菜地。他知道这是“先锋”队的。想起刚才车站上的斗殴，他便鼻子口里热气直冒，跑过去报复似的摘了一抱西红柿。

他来到河边的一个被灯火照亮的水潭边，先把一抱西红柿抛到水里，然后他自己也跟着一纵身跳了下去。

他在水里憋着气，尽量使自己往下沉；然后又让身体慢慢浮上水面来。

他游了一阵，把西红柿一个个从水面上捞起，洗净，又扔到岸上。他自己也拖着水淋淋的衣服爬上来，一屁股坐下，抓起一个西红柿，狼吞虎咽吃了起来……

高加林折腾了半夜，才和德顺老汉、巧珍拉着两架子车茅粪回到村里。

巧珍先回了家。他和德顺老汉把粪倒在村前的粪坑里，拿土盖起来。

德顺老汉独个儿去经管牲口去了，他便怀着一颗快快不快的心回到了家里。

他父亲在前炕上拉呼噜；他母亲爬起来，问他怎这时候才回来？

他没有回答，在箱子里寻找干衣服。他母亲摸索着，从后炕头的针线篮里取出一封信递给他，说：“你二爸来的。你先看，我睡呀，明早上再给我们念……”说完就躺下睡了。

高加林先没换衣服，赶忙拆开信，凑到煤油灯前看起来——

大哥、嫂嫂：

你们好！

我要告诉你们一个好事：组织已经同意了我的请求，让我转业到咱们地区工作了。现在听地方上来函说，初步决定安排让我在地区专署当劳动局长。

我是很高兴的，几十年离别家乡，梦里都常想回来。现在我也年过半百，俗话说，落叶归根；在家乡度过晚年是我最大的愿望。

我的几个孩子都已在新疆参加了工作，为了不给党增添麻烦，就让他们在当地工作吧，不转回来了。我和孩子妈，再有最小的加平，一共三口人回来。

我要是回到咱地区，等工作定下来，就准备回咱村子一回，看望你们。

余言见面再叙。

弟：玉智

高加林看完信，激动得在炕栏石上狠狠拍了一巴掌，大声喊：

“爸！妈！快醒一醒……”

第十三章

早饭时分，一辆草绿色的吉普车开进高家村，在村子中央那块空场地上停下来。

高玉德当兵走了几十年的弟弟回来了！消息风快就传遍了全村。村里的人，不论大人还是娃娃，纷纷丢下正在吃饭的碗，向高玉德家的破墙烂院里拥来了。

高家村好多年都没有这样热闹过。老婆老汉们拄着拐杖，媳妇们抱着吃奶娃娃，庄稼人推迟了出山的时间，学生娃们背着上学起身的书包，熙熙攘攘，大呼小叫，纷纷跑来看“大干部”。全村的狗不知这里发生了什么事，也吠叫着跟人跑来了。村子里乱纷纷的，比谁家娶媳妇还红火。

高玉德家的窑里已经挤满了人。更多的人都拥在院子里和硷畔上，轮流挤到门口，好奇地看他们村在门外的这个最大的人物。

加林妈在旁边窑里做饭。好多婆姨女子都在帮助她。有的拉风箱，有的切菜，有的擀面。遇到这样的事，所有的邻居都乐意帮忙。

高加林从叔父的提包里拿出许多糖，正给人群里的娃娃们散发。他尽量想保持一种含蓄的态度，但掩饰不住的兴奋仍然使他容光焕发，动作也显得比平时零碎了。

高玉德、高玉智两弟兄被一群年纪大的人包围在他家的脚地当中。玉智已经换上了地方干部的服装，比他哥看上去不是小十岁，而是小二十岁。他身材不高，但挺胖，红光满面，很少有皱纹。头发还是乌黑的，只是两鬓角夹杂几根白发。他笑容满面，辨认他小时候的伙伴们。这些人都已年过半百，又亲切又拘束地接过他双手敬上的纸烟。德顺老汉和另外一些长辈进来的时候，玉智把他们一个个搀扶着坐在炕栏石上，问他们的身体和牙口怎样？这些老汉们又都从炕栏石上溜下来，在他身上摸一摸，或者拍一拍，纷纷张开没牙的嘴抢着嚷嚷：

“啊，好身体……”

“听说你身上挂了不少彩？”

“有一阵子，你杳无音信，还传说你牺牲了呢！”

“哈呀，就听说你而今把官熬大了！”

……

高玉智笑呵呵地回答他们的问话。玉德老汉站在他旁边，嘴里噙着旱烟锅，一边笑，一边用瘦手抹眼泪。

陪同高玉智回村的县劳动局副局长马占胜同志，出去解了个手，就再挤不进高玉德家的院里了。

高加林在硷畔上碰见他，硬拉着他往回挤。但马占胜说：“先等等。你叔父几十年第一次回家，村里人都想看他哩！你要是不忙，咱先到吉普车里坐一坐！”

加林今天很高兴，说他现在没什么事，就和老马向吉普车那边走去。

吉普车里已经挤满了一群娃娃。占胜要赶他们下来，加林拦住他说：“算了，算了，娃娃们没见过这东西，叫坐一坐，咱先就在这树下站一会儿。”

占胜一条胳膊亲热地搂着加林的肩头，对他说：“旁的事我先不和你拉搭；我先只对你说一句话，你的工作我们会很快妥善解决的……”

高加林的心猛一阵狂跳。这句话对他的神经冲击太大了！在他还没有反应过来的时候，高明楼已经站在了他们面前。

明楼笑着说：“加林，你还不回家招呼你二爸去？你爸你妈人老了，手脚不麻利，家里又再没个人……”他说完转过身，热情地和马占胜握起了手。

加林说：“老马挤不到我家里，我陪他在这儿站一会儿。”

明楼说：“你去你的。叫马局长先到我家里坐一坐。另外，你告诉你妈，你叔父头一顿饭在你们家吃，下一顿饭就不要准备了，我们家已经准备上了。啊呀，多不容易呀！玉智几十年闹革命不回家，说什么也得在我家里吃一顿饭！”他转过头对占胜说：“玉智是我们村在门外最大的干部，是整个高家村的光荣！”

“高玉智同志现在是咱们地区的劳动局长，我的直接上级。”马占胜对高明楼说。

“我已经知道了！”高明楼一边说，一边让加林回家忙去，他便拉着马占胜到前村他们家去了。

吃过饭以后，加林跟着父亲和叔父上了祖父祖母的坟地。

祖坟在村子后面一个向阳的山坡上。两座坟堆上长满了茂密的蒿柴茅草——两位老人在这里已经长眠十几年了。

玉德老汉从随手提来的竹篮里取出一些馍和油糕，放在石头供桌上；又拿出一把黄表纸点着烧了；然后拉着玉智和加林跪下磕头。玉智稍犹豫了一下，但看见他哥脸像黑霜打了一般难看，就跟着跪下了。在这样的场合，劳动局长只得入乡随俗。

他们三个连磕了三个头。加林和他叔父站了起来。玉德老汉却一头扑在黄土地上，啊嘿嘿嘿嘿地哭开了，弄得他两个都很尴尬。听见他哥伤心的哭声，玉智也掏出手帕抹着不断涌出来的泪水。他从小离开父母亲，直到他们入土，他也再没见他们。他记起在他小时候老人们受的苦，又想到他以后一直没有在他们身边，也由不得失声痛哭起来。加林皱着眉头在一边看他们哭。

两弟兄哭了一阵后，玉智把他哥搀扶起来。玉德老汉哽哽咽咽说：“咱老人……活的时候……把罪受了……”

高玉智非常内疚地说：“我一直在外，没好好管老人，想起来心里很难过。这已经没法弥补了。现在，我已回到咱家乡工作了，以后我要尽量帮扶你们哩……有什么困难，你就说，哥！我要把对咱老人欠的情，在你和嫂子身上补起来……”

高玉德怔了一阵，说：“我们老两口也是快入土的人，没什么要牵累你的。现在农村政策活了，家里有吃有穿，没什么大熬煎。要说大熬煎，就是你这个侄子！”他朝加林看了看，“高中毕了业，就在村里劳动。人家有腿的，都走后门工作了，他……”

“你不是在村里教书着哩？”玉智转过头问加林。

没等加林回答，玉德老汉赶忙说：“现在学生娃少了，用不了那么多教师，就回来了。”他生怕加林在他兄弟面前告高明楼。他不愿意让玉智知道明楼下了加林的教师。不管怎说，明楼是他们村的领导，不能惹！玉智屁股一拍就走了，但他们要和明楼在一个村生活一辈子哩！

高玉智沉默了一会儿，对他哥说：“好哥哩，按说，你提出什么要求，我都要尊哩！但这件事你千万不要为难我！我任职后，地委和专署领导找我谈了话，说地区劳动局的前任局长，就是走后门招工太多，民愤很大，才撤换了的。领导说我刚从部队下来，又一直是做政治工作的，就让我担任了这个职务。这是信任我哩！我怎能辜负组织的信任，刚上任就做这些违法事呢？其他事怎样都可以，但这种事我可是坚决不能做啊！哥，你要理解我的心情哩……”

高玉德老汉听兄弟这么一说，思谋了半天，说：“既然是这样，也就不能为难你了。唉……”老汉长叹了一口气，拍了拍膝盖上的土，便叫玉智和加林回村；他说走时明楼一再安咐，他们家的饭做好了，专门等着玉智哩……

高明楼此刻正和马占胜在他的“会客室”里拉话。

明楼现在心里很慌，生怕高加林给他叔父告他，说他走后门让自己儿子当了教师，而把他弄回队里参加了劳动。当时这事是他和占胜共同谋划的，因此这两个当事人现在首先就谈这事。

“万一这事让高局长知道了怎办？”明楼问正在喝茶的马占胜。

占胜咧嘴一笑：“有个比教师更好的工作让他干，他还能再对咱说一长二短吗？”

“更好的工作？”明楼瞪起眼，“现时国家又不在农村招工招干，哪有比民办教师更好的工作？”

“正好最近地区给咱县上的小煤窑批了几个指标。当然，这几个指标本来没城关公社的，因为城关以前走的人太多了。”马占胜接过明楼递上的纸烟，点着吸了一口。

“加林恐怕不愿去掏炭！”

“谁让他掏炭哩？现在县委通讯组正缺个通讯干事，加林又能写，以工代干，让他就干这工作，保险他满意！”

“这恐怕要费周折哩！”

“我早把上上下下弄好了。到时填个表，你这里把大队章子一盖，公社和县上有我哩。反正手续做得合合法法，捣鬼也要捣得实事求是嘛！”

马占胜一句不通顺的笑话，不光逗笑了高明楼，他把自己也逗笑了。

两个人哈哈大笑了一番，明楼才问：“高局长提起给加林找工作的事没？”

“啊呀！你就在高家村是个精明人！”马占胜讥讽地看了一眼高明楼，“而今办这类事，哪个笨蛋领导明说哩？这就看手下人的心眼活不活嘛！咱主动给领导把这种事办了，领导表面上还批评你哩，可心里恨不得马上把你提拔了！”

高明楼惊得张开嘴半天合不拢。他心里想：怪不得占胜年纪不大，三十刚出头，就从公社的一般干部提成副局长了！这人不得了，以后的前程大着哩！

正在他俩拉话的时候，三星已经引着高玉智进了院子。

明楼和占胜慌忙迎了出去。

高明楼把地区和县上的两位局长接进“会客室”，他老婆上茶，他的大儿媳妇敬烟点火。

高玉智本不想来这里，但他哥不让；让他一定得去吃这顿饭！说明楼是村里的领导人，不能伤了他的脸。再说，老先人都姓高！他只好来了。

高明楼让占胜先陪高局长喝茶抽烟，他过来在厨房里安咐他老婆和儿媳妇先别忙着上菜。

他出了院子，把正在院墙角里抽烟的三星叫过来，压低声音问：

“你怎不把你高大叔和加林也叫来？”

“你没给我安咐叫他两个嘛！”他儿子困惑地看着他爸恼悻悻的脸。

“糊脑松！实实的糊脑松！你他妈的把书念到屁股里了！你快给我再叫去！”

在上饭的前一刻，高玉德终于被三星捉着胳膊拉来了。

明楼慌忙出去，亲热地扶住他的另一条胳膊，问：“加林怎不来？”

玉德老汉说：“那是个犟板筋，不来就算了！”

高玉德立刻被明楼父子俩簇拥着进了窑，扶在了上席上；高玉智和马占胜分坐在两边。明楼在下席上落了座。

饭菜很快就上来了。偌大的红油漆八仙桌，挤满了碟子、盆子、大碗、小碗，山珍和海味都有，比县招待所的客饭要丰盛得多。这家伙不知从哪里搞来这么多稀罕东西！

明楼起来敬酒。第一杯满上，双手齐眉举起，敬到高玉德面前。

高玉德两只瘦手哆哆嗦嗦接过了酒杯。一杯酒下肚，老汉的五脏六腑搅成了一团！他看看高明楼满脸巴结的笑容，又看看身边的弟弟，老汉内心那无限的感慨，还用在这里细细摆出来吗？

半个月以后，高玉德的独生子高加林就成了国家正式工人；并且只去县煤矿报个到，而后就要在县委大院当干部了。他是怎样走到这一步的？中间经过些什么手续？这些连他自己也不知道。他只填了一张招工表，其余的事都由马占胜一手包办了。

生活在一瞬间就发生了巨大的转折！

村里人对这类事已经麻木了，因此谁也没有大惊小怪。高加林教师下了当农民，大家不奇怪，因为高明楼的儿子高中毕业了。高加林突然又在县上参加了工作，大家也不奇怪，因为他的叔父现在当了地区的劳动局长。他们有时也在山里骂现在社会上的一些不正之风，但他们的厚道使他们仅限于骂骂而已。还能怎样呢？

高加林离开村子的时候，他父亲正病着。母亲要侍候他父亲，也没来送他。

只有一往情深的刘巧珍伴着他出了村，一直把他送到河湾里的分路口上。铺盖和箱子在前几天已运走了，他只带个提包。巧珍像城里姑娘一样，大方地和他一边扯一根提包系子。

他们在河湾的分路口上站住后，默默地相对而立。这里，他曾亲过她。但现在是白天，他不能亲她了。

“加林哥，你常想着我……”巧珍牙咬着嘴唇，泪水在脸上扑簌簌地淌了下来。

加林对她点点头。

“你就和我一个人好……”巧珍抬起泪水斑斑的脸，望着他的脸。

加林又对她点点头，怔怔地望了她一眼，就慢慢转过了身。

他上了公路，回过头来，见巧珍还站在河湾里望着他。泪水一下子模糊了高加林的眼睛。

他久久地站着，望着巧珍白杨树一般可爱的身姿；望着高家村参差不齐的村舍；望着绿色笼罩了的大马河川道；心里一下子涌起了一股无限依恋的感情。尽管他渴望离开这里，到更广阔的天地去生活，但他觉得对这生他养他的故乡田地，内心里仍然是深深热爱着的！

他用手指头抹去眼角的泪水，坚决地转过身，向县城走去了。

在前面，在生活的道路上，他将会怎样走下去呢？

下　篇

第十四章

高加林进县城以后，情绪好几天都不能平静下来。一切都好像是做梦一样。他高兴得如狂似醉，但又有点儿惴惴不安。他从田野上再一次来到城市。不过，这一次进来非同以往。当年他来到县城，基本上还是个乡下孩子，在城市的面前胆怯而且惶恐。几年活跃的学校生活，使他渐渐把自己的思想感情和生活习惯与城市紧密地融合在了一起；他很快把自己从里到外都变成了一个城里人。农村对他来说，变得淡漠了，有时候成了生活舞台上的一道布景，他只有在寒暑假才重新领略一下其中的情趣。

正当他和城市分不开的时候，城市却毫不留情地把他遣送了出来。高中毕业了，大学又没考上，他只得又回到自己已经有些陌生的土地上。当时的痛苦对这样一个向往很高的青年人来说，是可想而知的，也是可以理解的。但这并不是通常人们说的命运摆布人。国家目前正处于困难时期，不可能满足所有公民的愿望与要求。

如果社会各方面的肌体是健康的，无疑会正确地引导这样的青年认识整个国家利益和个人前途的关系。我们可以回顾一下我国二十世纪五十年代和六十年代初期对于类似社会问题的解决。令人遗憾的是，我们当今的现实生活中有马占胜和高明楼这样的人。他们为了个人的利益，有时毫不顾忌地给这些徘徊在生活十字路口的人当头一棒，使他们对生活更加悲观；有时，还是出于个人目的，他们又一下子把这些人推到生活的顺风船上。转眼时来运转，使得这些人在高兴的同时，也感到自己顺利得有点茫然。

高加林现在之所以高兴得如狂似醉，是他认识到，这次进县城，再不是一个匆匆过客了；他已经成了县城的一员。当然，他一旦到了这样的境地，就不会满足一生都待在这里。不过，眼下他能在这个城市占据一个位置，已经完全心满意足了。何况，他现在的这个位置在这个城市是多么令人瞩目啊！通讯干事，就是县上的"记者"；到处采访，又写文章又照相，名字还可以上报纸。县上开个大会，照相机一挎，敢在庄严神圣的主席台上平出平进！

他知道他今天这一切全仰仗马占胜同志。他叔父诚心诚意不给他办事！但是，他不办，有人替他办。他从自己人间天上一般的变化中，才具体地体验到了什么叫"后门"——后门，可真比前门的威力大啊！想到他是从"后门"进来的，心里也不免有些惴惴不安：现在到处都在反这东西！

但他很快又想：查出来的是少数！占胜说，哪个猫都沾腥哩！他让他放心，说出了事有他哩！于是他就尽量不往这方面想了。他觉得他既然已经成了国家干部，就要好好工作，搞出成绩来。这种心情也是真实的。他有时还把他的变化归到了党的关怀上，下决心努力为党工作——并且还庄严地想：干脆，明年就写入党申请书！

他的领导叫景若虹。老景比他大十几岁，瘦高个，戴一副白框眼镜。他"文化大革命"开始那年在省上师范大学中文系毕业。在高加林来之前，老景是县上唯一的通讯干事。

老景初次见面，给人的印象非常和蔼，表面上不多言语，但开口一谈吐，学问很大，性格内涵也很深。高加林很快就喜欢上了他，称他景老师。老景虽然没任命什么官，但不用说是他的当然领导。

上班后的头一两天，老景不让他工作，让他先整顿一下自己的行装和办公室，没事了出去玩一玩。

他和老景的办公室在县委的客房院里，四面围墙，单独开门。他和老景一人占一孔造价标准很高的窑洞。其余五孔窑洞是本县最高级的“宾馆”，只有省上和地委领导偶尔来一次，住几天。把通讯干事安排在这里办公，显示了县委领导对舆论宣传工作的重视。这里条件好，又安静，适合写文章。

高加林在外面晾晒完铺盖，放好了箱子。老景带他去县委办公室领了一套办公用具。桌椅板凳和公文柜在他来的前一天都已经摆好了。

所有这些弄好以后，高加林独个儿在窑里走来走去，这里看看，那里摸摸，忍不住嘴里哼起了他所喜爱的一首苏联歌曲《第聂伯河汹涌澎湃》；或者在镜子里照一会儿自己生气勃勃的脸。

一切都叫人舒心爽气！西斜的阳光从大玻璃窗户射进来，洒在淡黄色的写字台上，一片明光灿烂，和他的心境形成了完美和谐的映照。

全部安排好了。在县委的大灶上吃完下午饭，他就悠然自得地出去散步——先到他的母校县立中学。

正在假期，校园里没什么人。他徜徉在这亲切而熟悉的地方，过去生活的全部事情都浮现在眼前了。手风琴的醉心的声音，学校运动会上的笑语喧哗，也在耳边喧响起来。当年同学们的脸庞一个个都历历在目。最后，他回忆的风帆才在黄亚萍的身边停下来。他和她在哪一块地方讨论过什么问题，说过什么话，现在想起来都一清二楚。

他在他经常去的几个地方分别按当年的姿势坐了坐，或躺一躺，忍不住热泪盈眶了。所有少年时期经历过的一草一木，在任何时候都会非常亲切地保留在一个人的记忆中，并且一想起就叫人甜蜜得鼻子发酸！

从学校里出来，他又去了县体育场——他是体育爱好者，是学校许多项运动队的队员。尤其是篮球，他和克南都是校队的主力。他曾在这里度过许多激动人心的傍晚！

他从体育场转出来，从街道上走了过去，像巡礼似的把城里主要的地方都转悠了一遍，最后才爬上东岗。

东岗长满了一片一片的小树林，有的树还是当年他们在清明节栽下的。山顶上是烈士陵园，埋葬着一百多名为解放这座县城而牺牲了的战士。那已经有些斑驳的石碑告诉人们，从那时到现在已经过去了三十多个年头。

这是县城风景最优美的地方。一般的市民兴趣都在剧院和体育场上。经常来这里的大部分是中学教师、医院里的大夫这样一些本城的知识分子。山岗很大，没几个人来，显得幽静极了。

高加林坐在一棵大槐树下。透过树林子的缝隙，可以看见县城的全貌。一切都和三年前他离开时差不多，只是街面上新添了几座三四层的楼房，显得“洋”了一些。县河上新架起了一座宏伟的大桥，一头连起河对面几个公社通向县城的大路，另一头直接伸到县体育场的大门上。

西边的太阳正在下沉，落日的红晖抹在一片瓦蓝色的建筑物上。城市在这一刻给人一种异常辉煌的景象。城外黄土高原无边无际的山岭，像起伏不平的浪涛，涌向了遥远的地平线……

当星星点点的灯火在城里亮起来的时候，高加林才站起来，下了东岗。一路上，他忍不住狂热地张开双臂，面对灯火闪闪的县城，嘴里喃喃地说：“我再也不能离开你了……”

县城南面的一场暴风骤雨，给高加林提供了第一次工作的机会。

暴雨是早晨开始下的。城里雨也小，但根据电话汇报，雨最大的地方是南马河公社。那里好几个村庄都被洪水淹没。初步统计，有三十多个人被洪水冲走，至今没有一点踪影；窑洞和房屋被水冲垮，许多人无家可归；全公社已经展开紧张的救灾活动……

为了及时报道救灾情况，正在患感冒的景若虹决定当天亲自去南马河公社。高加林坚决不让老景去；因为雨仍然在下着，老景感冒很重，淋雨根本不行。

加林硬不让老景去，而要求老景让他去。他对老景说，他第一次出去搞工作，这正是一个考验，就是稿子写不好。他也可以把材料收集回来让老景写。景若虹只好同意了。

高加林没骑自行车，因为听说南马河的大部分路都被冲坏了。他穿了一件公用雨衣，裤子挽在半腿把上，冒雨向南马河公社赶去。

他一路上热血沸腾。他性格中有一种冒险精神——也可以说是英雄主义品格。这种精神在无聊的斗殴中显得是可悲的，但遇到这样的情况，却显得很可贵了。

他在这种时候，精力充沛，精神集中，动作灵敏，思路清晰，一刹那间需要牺牲什么，他就会献出什么！

他是黄昏前出发的，出城没走几里路，天就黑了。

雨在头上浇盖着，天黑得伸出手看不见巴掌。他尽管路不熟，但仍然几乎是小跑着向南马河走去。嗓门眼渴得像要烧着火，他就随便伏在路边的水坑里喝上几口。脚不知什么时候碰破了，连骨头都感到生疼。但所有这一切反而增加了他的愉快心情——这绝不是夸大的说法！真的，高加林此刻感到他真正像个新闻记者了。他尽管一天记者也没当，但深刻理解这个行业的光荣就在于它所要求的无畏的献身精神。他看过一些资料，知道在激烈的战场上，许多记者都是和突击队员一起冲锋——就在刚攻克的阵地上发出电讯稿。多美！

高加林是县上第一个到达南马河公社的干部。县委副书记率领的救灾队伍比他迟到了整整五个钟头——已经临近天明了。

加林到南马河时，公社干部谁也不认识他。他自己给他们介绍说，他是县上新任通讯干事，赶来采访报道救灾情况的。大家一看这个二十刚出头的青年人浑身糊成个泥疙瘩，脚上还流着血，立刻深受感动，赶忙给他做饭吃。公社干部们也是刚从灾情最重的一个大队回来，吃完饭，准备又起身到另一些大队去。他们一个个也都是浑身透湿，脸被泥糊得只露两只眼睛。公社书记刘玉海浑身负了七处伤，都用纱布缠着，简直就像刚从打仗的火线上下来一般。

他们硬让加林换身衣服，把脚包扎一下，然后由公社文书在家向他汇报情况，其余的人又都出发去做救灾工作了。

加林坚决不依，硬要跟大家一块去。他只从提包里拿出塑料袋包的笔记本和钢笔，就强行跟着他们出发了。公社文书开玩笑说，他要先给县上的通讯干事写一篇报道，表扬他的这种工作精神。

半路上，这支满身泥巴的队伍分成了几组，分别到几个大队去察看情况，组织救灾。

高加林和文书小马跟书记刘玉海到寺佛大队去。一路上，他们谁也看不见谁，摸索着相跟前进。河道里山洪的咆哮声震耳欲聋，雨仍然瓢泼似的倾泻着。公社文书一边跌跌爬爬，一边给他谈全公社已知的受灾情况和公社的救灾措施。高加林在心里记录着。书记刘玉海一声不吭，走在前边。

到寺佛大队后，他们刚一落脚，村里就跑来许多人，一个个哭鼻流泪，纷纷告诉刘玉海塌了多少窑，冲走了多少牲口，毁坏了多少庄稼……

刘玉海胳膊腿都缠着纱布，脸黑苍苍的，大声问队干部："人怎样？"

大家回答："人都在哩！"

刘玉海没受伤的左胳膊一抡，吼雷一般喊道："只要人在，什么也不怕！"

这一声把大家顿时喊得精神振奋了起来。刘玉海马上把队干部们拉在公窑的灶火圪塄里，在地上跄蹴成一圈，商量起了救急的办法。

高加林也被刘玉海这一声喊叫强烈地震动了。他侧过头，看见跄蹴在庄稼人中间的刘玉海，形象就像《红旗谱》里的朱老忠一样粗犷和有气魄。他看到他浑身都带着伤，还这样操心老百姓的事，心里非常感动。生活中有马占胜、高明楼这样的奸猾干部，同时也有刘玉海这样的好干部啊！马占胜虽然给他走了后门，但他在内心里并不喜欢他。刘玉海虽然第一次见面，他就被这个人强烈地吸引住了。

他想起刚才老刘那声喊叫，灵感立刻来了。他把笔记本和钢笔从塑料袋里掏出来，写下了他的第一篇报道的题目:《只要有人在，大灾也不怕》。

他就着公窑里微弱的灯光，专心写起了这篇报道。外面哗哗的大雨和河道里的山洪声喧嚣成了一片巨大的声响，但他都听不见。他激动得笔杆抖颤，在本子上飞快地写着。消息报道的门路架数他都懂得——他经常读报，各种文体早都在心中熟悉了。

写完稿子后，他就跟刘玉海到救灾现场，泥一把水一把地和众人一起干了起来。

第二天早晨，他把他的报道托公社的邮递员送到了老景的手里。

晚上，他和刘玉海、文书一同回到公社，参加了一次紧急会议。会上，各队回来的干部分别汇报了情况。高加林第一次参加这样的会议，但他毫不拘束地向许多人提问，搜集具体的情况和一些英雄模范事迹。

会后，除过值班人员外，刘玉海给大家安排了三个钟头的睡觉时间，然后半夜里又准备出发。

高加林没有睡。他在煤油灯下又连续写了三篇短通讯和一篇综合报道。

他写完后，出来站在公社门前，舒展了一下胳膊腿。

这时候，县上的有线广播开始播音。首先是本县节目，广播上传来了黄亚萍圆润洪亮的普通话:“……社员同志们，现在请听加林采写的报道:《只要有人在，大灾也不怕》……”亚萍的声音听起来有点儿激动，尤其是读到刘玉海那一段事迹时很动感情，播音节奏似乎也比平时要快一点。

高加林站在窑檐下，心咚咚地跳着，一直听完了他的第一篇报道——尊敬的景老师连一个字都没改!

一种幸福的感情立刻涌上了高加林的心头，使他忍不住在哗哗的雨夜里轻轻吹起了口哨。

第二天，加林收到老景一张字条，上面简短写着几个字:你干得很出色。等着你的下一批报道。什么时候回县城，由你决定……

高加林遵照老景的指示，把南马河抗灾的报道一篇又一篇发回到县上。晚上和早晨，有线广播不时传来黄亚萍圆润洪亮的普通话声:“……现在播送加林从南马河抗灾第一线采写的报道……”

一直到第五天，高加林才随县委的慰问团一起回到了城里。

第十五章

高加林从南马河回来以后，倒在床上就什么也不知道了。

他已经整整睡了一个晚上。第二天，他连早饭也没起来吃，继续睡。

他在迷糊中，突然听见好像有人敲门。起先他以为是敲老景的门。仔细一听，却是敲他的门。他想，大概是老景叫他哩！赶忙从床上起来，一边穿衣服，一边对门外说：“景老师，你进来！”

门外传来一阵咯咯的笑声。一听是个女的！

他赶忙又朝门外喊：“先等一等！”

他很快把衣服穿上，前去开门。

门一打开，他惊讶地后退了一步：原来是黄亚萍！

亚萍手扶住门框，含笑望着他。她已不像学校时那么纤弱，变得丰满了。脸似乎没什么变化，不过南方姑娘的特点更加显著：两道弯弯的眉毛像笔画出来似的。上身是一件式样新颖的薄薄的淡水红短袖，下身是乳白色筒裤，半高跟赭色皮凉鞋——这些都是高加林一瞥之中的印象。

黄亚萍走进高加林的办公室，说：“你到县上工作了，为什么不来找我们？当了大记者，把老同学不放在眼里了！”

高加林慌忙解释说，他刚来，比较忙乱；接着很快又去了南马河；说他正准备这两天去看她和克南。

“克南怎没来？”加林一边给老同学倒水，一边问。

黄亚萍说：“人家现在是实业家，哪有串门的心思！”

加林把茶杯放在黄亚萍面前，过去坐在床上，说：“克南的确是个实业家，很早我就看出他发展前途很大，国家现在正需要这样的人才。”

“别说克南了，让他当他的实业家去！”亚萍开玩笑说，“说说你吧！你一定累坏了！南马河那些抗灾报道写得太好了，有几篇我广播录音时都流了泪……”

“没你说的那么好。头一次写这类文章，很外行，全凭景老师修改。”加林谦虚地说，但他心里很高兴。

“你比在学校时又瘦了一些。不过好像更结实了，个子也好像又长高了。”亚萍一边喝茶，一边用眼睛打量他。

加林被她看得有点儿不好意思，搪塞说：“当了两天劳动人民，可能比过去结实一些……”

亚萍很快意识到了加林的局促，自己也不好意思地把目光从加林身上移开，低头喝起了茶水。

他们沉默了一会儿。

黄亚萍低头喝了一会儿茶，才又开口说：“你到了城里，我很高兴，又有个谈得来的人了。你不知道，这几年能把人闷死。大家都忙忙碌碌过日子，天下事什么也不闻不问。很想天上地下地和谁聊聊天，满城还找不下一个人！”

“你说得太过分了。这样的人有的是，可能你不太熟悉的缘故。你太傲气了，一般人不容易接近你。”加林笑着说。

黄亚萍也笑了，说：“可能有这方面的原因，但我的确感到生活过得有点儿沉闷。我希望能有一点浪漫主义的东西。”

“好在有克南哩……”加林自己也不知道为什么顺口说出了这句话。

“克南你又不是不知道！人心眼倒不坏，但我总觉得他身上有情趣的东西太少了。不过，这几年他还是给了我不少帮助……你大概知道我们后来的……情况。”黄亚萍的脸红了。

“从旁听到过一点。”加林说。

“你今天中午到我们家去吃饭吧！”黄亚萍抬起头，热情地邀请他。

加林赶忙说：“不了，不了，我根本不习惯去生人家吃饭。”

“我是生人吗？”黄亚萍有点儿委屈地问他。

“我是说我不认识你父母亲。”

“一回生，二回熟！”

“谢谢你的好意，我不……”

“怕人？”

“嗯……”

“乡巴佬！”黄亚萍咯咯笑了。

高加林并没有为这句嘲笑话生气。他很高兴亚萍这种亲切的玩笑。以前在学校时，她就常开玩笑叫他乡巴佬。

“乡巴佬就乡巴佬。本来就是乡巴佬。”他高兴地看了一眼黄亚萍。

亚萍也看着他说：“你实际上根本不像个乡下人了。不过，有时候又表现出乡里人的一股憨气，挺逗人的……你不去我们家吃饭就算了，但你可要常来广播站，咱们好好聊聊天，像过去在学校一样，行吗？”

高加林一时不知该如何回答。过去学校的生活又一幕一幕在眼前闪过。不过，那时他们还是孩子，都很单纯。而现在，他们都已二十多岁了，还能像过去那样无拘无束地交往吗？说心里话，他很愿意和亚萍交谈。他们性格中共同的东西很多，话也能说到一块。但他知道再很难像学生时期那样交往了。他们都已经成了干部，又都到了一个惹人注目的年龄。再说，她和克南已经是恋爱关系，他必须考虑到这个因素。

他犹豫了一下，见亚萍还看着他，等他说话，便支支吾吾说："有时间，我一定去广播站拜访你。"

"外交部的语言！什么拜访？你干脆说拜会好了！我知道你研究国际问题，把外交辞令学熟练了！"

高加林忍不住大笑了，说："你和过去一样，嘴不饶人！好吧，我一定去广播站找你！"

"你不来也行。我到你这里来！"

加林有点不高兴了，说："亚萍，我请求你不要经常来我这里。我刚工作，怕影响……很对不起……"

黄亚萍也马上觉得，她自己今天已经有点儿失去了分寸，便很快站起来，没什么合适的掩饰话，只好说："我开玩笑哩！你赶快休息吧，我走了……真的，有时间到广播站来拉拉话，咱们从学校毕业后，分别已经三年多了……"

高加林很诚恳地对她点点头。

黄亚萍从县委大院出来后，感到胸口和额头像火烧似的发烫。高加林的突然出现，把她平静的内心世界搅翻了！

中学毕业以后，她在县上参加了工作，加林回了农村，他们从此就分手了。分别后最初的一年，她时不时想起他。过去在学校他们一块那些很要好的交往情景，也常在她眼前闪来闪去。她有时甚至很想念他。她长这么大，跟父亲走过好几个地方上学，所有她认识的男同学，都没有像加林这样印象深刻。她原来根本看不起农村来的学生，认为他们不会有太出色的人。但和加林接触后，她改变了自己的看法。加林的性格、眼界、聪敏和精神追求都是她很喜欢的。

后来，他们分开了，虽然距离只有十来里路，但如同两个世界。毕业时，他们谁也没有相约再见的勇气啊！就这样，一晃就是三年。直到前不久她在车站送克南出差时，才又看见了他。那次见面，弄得她精神好几天都恍恍惚惚的。

高中毕业后，克南比在学校时更接近她了。他经常三一回五一回往广播站跑，给她送吃送喝。来了什么时兴货，也替她买来了。她起先很讨厌他这样。在学校时，克南就常找机会给她献殷勤，她总是避开了——她的交往兴趣主要在高加林身上。但是，现在她工作了，单位上人生地疏，她的傲性子别人又不好接近，也确实感到有点儿孤独。克南总算同学几年，相互也比较了解，后来她就渐渐和克南好起来。她发现克南做啥事有股实干劲儿，心地也很善良，尤其在生活方面，他是一个很周到的人。他身上有些东西她不喜欢，他自己也有所察觉，在她面前尽量克服着。他也真有贤心。她一般生病从不告诉父母亲，常一个人在单位躺着。但瞒不住克南。他立刻就像一个细心的护士和保姆一样守护在她身边。他做一手好菜，一天几换样侍候她吃。

她渐渐受了感动，接受了克南对她的爱情。双方父母也都很满意。这两年，他们的感情已经比较平稳地固定了下来。她对克南也开始喜欢了。他虽然风度不很潇洒，但长得也并不难看。标准的男子汉体格，肩膀宽宽的，这几年在副食部门工作，身体胖了一些，但并不是臃肿，反而增加了某种男子汉气概。她和他一同相跟着看电影，也是全城比较瞩目的一对。

前不久，军分区已基本同意亚萍父亲提出转业到老家江苏地方上工作的请求。父亲在那边的工作地点基本联系好了，在南京市内。亚萍是独生女，按规定，可以在父母身边工作。他父亲的一个老战友在江苏省级机关任领导职务，去年回老家时路过南京，这个叔叔听了她的播音，当时就让她到江苏人民广播电台当播音员。现在她要是回到南京，干这工作基本没问题。问题是克南。但他父亲已经给南京的许多老战友写了信，给克南联系工作单位，准备让克南和他们家一同调过去……

生活本来一切都是在平静、正常和满意中进行的。可是，现在却突然闯进来个高加林！

当亚萍第一次播送加林在南马河采写的抗灾报道时，才从老景那里知道，加林已经是县委的通讯干事了。她念着他那才气横溢的文章，感情顿时燃烧了起来；过去的一切又猛然地出现在她的眼前。她在录广播稿时，面对旋转的磁盘，的确落了泪，但并不完全是稿件的内容使她受了感动，而是她想起了她和加林过去在学校里的那些生活。她现在才清楚，她实际上一直是爱他的！他也是她真正爱的人！她后来之所以和克南好了，主要是因为加林回了农村，她再没有希望和他生活在一块。不必隐瞒，她还不能为了爱情而嫁给一个农民；她想她一辈子吃不了那么多苦！

现在，加林已经参加了工作，那个对她来说是非常害怕的前提已经不复存在。在同等条件下，把加林和克南放在她爱情的天平上称一下，克南的分量显然远远比不上加林了……于是，她今天早晨刚听说加林回来了，就忍不住跑来看望他……

现在她走在返回广播站的小路上，心情又激动又难受。她现在看见加林变得更潇洒了：颀长健美的身材，瘦削坚毅的脸庞，眼睛清澈而明亮，有点儿像小说《钢铁是怎样炼成的》里面保尔·柯察金的插图肖像；或者更像电影《红与黑》中的于连·索黑尔。

“如果我和他一块生活一辈子多好啊！”亚萍一边走，一边心里想。可是，她马上又觉得很难受，因为她同时想起了克南。

“哎呀，走路低着个头，小心跌倒！”

迎面一声话音，惊得亚萍抬起了头：她正想克南的事，克南他妈就在她眼前！她不喜欢克南他妈——药材公司副经理身上有一股市民和官场的混合气息。

克南妈把手里提的几条肥鱼扬了扬，说：“中午来！南方人在咱这里真是受罪，一年都吃不上个鱼！这是副食公司刚从后山公社的水库里捞出来的……”

“伯母，我不去，我在你们家已经吃得太多了。”亚萍尽量笑着说。

“看这娃娃说的！我们家怎么成了你们家！”

亚萍一下子被克南他妈这句饶口的话逗笑了，也马上饶舌说：“你们家怎么成了我们家？”

克南妈也逗得哈哈大笑了。

亚萍对她说：“我今天胃不舒服，不想吃饭。我要赶快回去躺一会儿。”

“要不要药？公司门市上新进了一种胃疼片，效果……”

“我有，不麻烦您了。”

亚萍说完，就匆匆从克南妈身边绕过去，向广播站走去。

她一进自己的房子，一下子就躺在床铺上。她从头下面拉出枕巾，把自己的脸蒙起来。

刚躺下不一会儿，就听见有人敲门。她厌烦地问：“谁？”

“我。”克南的声音。

她烦躁地下去开了门。

克南一进来，高兴地对她说：“中午到我家吃鱼去！刚打出来的鲜鱼！我买了几条，我妈已经提回去了……”

“你们母子就知道个吃！吃！你看你吃得快胖成个猪了！去年新织的毛衣，刚穿一冬，领子就撑得像桶口一般大！”黄亚萍气冲冲地又躺在了床上，拿枕巾把脸盖起来。

这一顿劈头盖脸的冰雹，打得张克南就像折了腰的糜子，蔫头耷脑地站在脚地上，不知如何是好：亲爱的亚萍今天发生了什么事？

他不知所措地两只手互相搓了一会儿，走过去，轻轻把蒙在亚萍脸上的枕巾揭开。

亚萍一把夺过去，又盖在脸上，大声喊叫说：“你走开！”

张克南惶惑地倒退了两步，哭一般说：“你今天倒究是怎了嘛……”

过了好一会儿，亚萍才坐起来，把脸上的枕巾抹下，尽量平静一点地对呆立在脚地上的克南说：“你别生气。我今天身体有点儿不舒服……”

“那今天晚上的电影你能不能去看？”克南一边从口袋里掏电影票，一边说，“听人家说这电影可好哩！巴基斯坦的，上下集，叫《永恒的爱情》。”

黄亚萍叹了一口气，说：“我去……”

第十六章

高加林立刻就在县城成了一个引人注目的人物。他的各种才能很快在这个天地里施展开了。地区报和省报已经发表了他写的不少通讯报道，并且还在省报的副刊上登载了一篇写本地风土人情的散文。他没多时就跟老景学会了照相和印放相片的技术。每逢县上有一些重大的社会活动，他胸前挂个带闪光灯的照相机，就潇洒地出没于稠人广众面前，显得特别惹眼。加上他又是一个标致漂亮的小伙子，更使他具有一种吸引力了。不久，人们便开始纷纷打问：新出现在这个城市的小伙子，叫什么？什么出身？多大年纪？哪里人？……许多陌生的姑娘也在一些场合给他瞟飞眼，千方百计想接近他。

傍晚的时候，他又在县体育场大出风头。县级各单位正轮流进行篮球比赛。高加林原来就是中学队的主力队员，现在又成了县委机关队的主力。山区县城除过电影院，就数体育场最红火。篮球场灯火通明，四周围水泥看台上的观众经常挤得水泄不通。高加林穿一身天蓝色运动衣，两臂和裤缝上都一式两道白杠，显得英姿勃发；加上他篮球技术在本城又是第一流的，立刻就吸引了整个体育场看台上的球迷。

在一个万人左右的山区县城里，具备这样多种才能而又长得潇洒的青年人并不多见——他被大家宠爱是很正常的。

很快，他走到国营食堂里买饭吃，出同等的钱和粮票，女服务员给他端出来的饭菜比别人又多又好；在百货公司，他一进去，售货员就主动问他买什么；他从街道上走过，有人就在背后指画说：“看，这就是县上的记者！常背个照相机！在报纸上都会写文章哩！”或者说：“这就是十一号，打前锋的！动作又快，投篮又准！”

高加林简直成了这个城市的一颗明星。

不用说，他的精神现在处于最活跃、最有生气的状态中。他工作起来，再苦再累也感觉不到。要到哪里采访，骑个车子就跑了。回到城里，整晚整晚伏在办公桌上写稿子。经济也开始宽裕起来了。除过工资，还有稿费。当然，报纸上发的文章，稿费收入远没有广播站的多；广播站每篇稿子两元稿费，他几乎每天都写——“本县节目”天天有，但县上写稿的人并不多。

他内心里每时每刻都充满了一种骄傲和自豪的感觉，自尊心得到了最大的满足。有时候也由不得轻飘飘起来，和同志们说话言辞敏锐尖刻，才气外露，得意的表情明显地挂在脸上。有时他又满头大汗对这种身不由己的冲动，进行严厉的内心反省，警告自己不要太张狂：他有更大的抱负和想法，不能满足于在这个县城所达到的光荣；如果不注意，他的前程就可能要受挫折——他已经明显地感到了许多人在嫉妒他的走红。

这样想的时候，他就稍微收敛一下。一些可以大出风头的地方，开始有意回避了。没事的时候，他就跑到东岗的小树林里沉思默想；或者一个人在没人的田野里狂奔突跳一阵，以抒发他内心压抑不住的愉快感情。

他只去县广播站找过一回黄亚萍。但亚萍“不失前言”，经常来找他谈天说地。起先他对亚萍这种做法很烦恼，不愿和她多说什么。可亚萍寻找机会和他讨论各种问题。看来她这几年看了不少书，知识面也很宽，说起什么来都头头是道；并且还把她写的一些小诗给他看。渐渐地，加林也对这些交谈很感兴趣了。他自己在城里也再没更能谈得来的人。老景知识渊博，但年龄比他大；他不敢把自己和老景放在平等地位上交谈，大部分是请教。

他俩很快恢复了中学时期的那种交往。不过，加林小心翼翼，讨论只限于知识和学问的范围。当然，他有时也闪现出这样的念头：我要是能和亚萍结合，那我们一辈子的生活会是非常愉快的；我们相互之间的理解能力都很强，共同语言又多……

这种念头很快就被另一种感情压下去了——巧珍那亲切可爱的脸庞立刻出现在他的眼前。而且每当这样的时候，他对巧珍的爱似乎更加强烈了。他到县里后一直很忙，还没见巧珍的面。听说她到县里找了他几回，他都下乡去了。他想过一段抽出时间，要回一次家。

这一天午饭后，加林去县文化馆翻杂志，偶然在这里又碰上了亚萍——她是来借书的。

他们在一张椅子上坐下来，马上东拉西扯地又谈起了国际问题。这方面加林比较擅长，从波兰“团结”工会说到霍梅尼和已在法国政治避难的伊朗前总统巴尼萨德尔；然后又谈到里根决定美国本土生产和储存中子弹在欧洲和苏联引起的反响。最后，还详细地给亚萍讲了一条并不为一般公众所关注的国际消息：关于美国机场塔台工作人员罢工的情况；以及美国政府对这次罢工的强硬态度和欧洲、欧洲以外一些国家机场塔台工作人员支持美国同行的行动……

亚萍听得津津有味，秀丽的脸庞对着加林的脸，热烈的目光一直爱慕和敬佩地盯着他。

加林说完这些后，亚萍也不甘示弱，给他谈起了国际能源问题。她先告诉加林，世界主要能源已从煤转变到石油。但二十世纪七十年代以来，能源消费迅速增多，一些主要产油地区的石油资源已快消耗殆尽；新的能源危机必然要在世界出现。另外，据联合国新闻处发表的一份文件说，一九五〇年，世界陆地面积有四分之一覆盖着森林，但到今天一半的森林已经在斧头、推土机、链锯和火灾之下消失了。仅在非洲，每年大约有五百万英亩森林被当作燃料烧掉。联合国粮农组织的调查表明，全世界有一亿多人口深受燃料严重短缺之苦……

黄亚萍口若悬河，侃侃而谈。她接着又告诉加林，除了石油，现在有十四种新能源和可再生能源的复合能源，即太阳能、地热能、风力、水力、生物能、薪柴、木炭、油页岩、焦油砂、海洋能、波浪能、潮汐能、泥炭和畜力……

高加林听她滔滔不绝地讲述着，惊讶得半天合不拢嘴。他想不到亚萍知道的东西这么广泛和详细！

接着，他们又一块谈起了文学。亚萍犹豫了一下，从口袋里掏出一片纸，递给高加林说：“我昨天写的一首小诗，你看看。”

高加林接过来，看见纸上写着：

赠加林

我愿你是生着翅膀的大雁，
自由地去爱每一片蓝天；
哪一块土地更适合你生存，
你就应该把那里当作你的家园……

高加林看完后，脸上热辣辣的。他把这张纸片递给亚萍说：“诗写得很好。但我有点儿不太明白我为什么应该是一只大雁……”

亚萍没接，说："你留着。我是给你写的。你会慢慢明白这里面的意思的。"

他们都感到话题再很难转到其他方面了；而关于这首诗看来两个人也不好再说什么，就都从椅子上站起来，准备分手了。两个人都有点儿兴奋。

亚萍先走了。加林把她送给他的诗装进口袋里，从后面慢慢出了阅览室的门。

他心情惆怅地怔怔站了一会儿；正准备到县水泥厂去采访一件事，一辆拖斗车的大型拖拉机吼叫着停在他身边。

加林惊讶地看见，开拖拉机的驾驶员竟然是高明楼当教师的儿子三星！

三星已从驾驶座上跳下来，笑嘻嘻地站在他面前。

"你怎开起了拖拉机？"加林问。

"你走后没几天，占胜叔叔就把我安排到县农机局的机械化施工队了。现在正在咱大马河上川道里搞农田基建。"

"那你走了，谁顶你教书哩？"

"现在巧玲教上了。"三星说。

"她没考上大学？"

"没……"三星犹豫了一下，说，"巧珍看你来了。她就坐我的拖拉机下来的。我路过咱村，她正在公路边的地里劳动，就让我把她捎来……她在前面邮电局门前下车的，说到县委去找你……"

加林胸口一热，向三星打了个招呼，就转身急匆匆向县委走去。

高加林走到县委大门口的时候，见巧珍正在门口踅摸着朝县委大院里张望。她还没有看见他正从后面走来。

高加林望了一眼她的背影，见她上身仍穿着那件米黄色短袖。一切都和过去一样，苗条的身材仍然是那般可爱；乌黑的头发还用花手帕扎着，只是稍有点儿乱——大概是因为从地里直接上的拖拉机，没来得及梳。看一眼她的身体，高加林的心里就有点儿火烧火燎起来。

当巧珍看见他站在她面前时，眼睛一下子亮了，脸上挂上了灿烂的笑容，对他说："我要进去找你，人家门房里的人说你不在，不让我进去……"

加林对她说："现在走，到我办公室去。"说完就在头前走，巧珍跟在他后面。

一进加林的办公室，巧珍就向他怀里扑来。加林赶忙把她推开，说："这不是在庄稼地里！我的领导就住在隔壁……你先坐在椅子上，我给你倒一杯水。"他说着就去取水杯。

巧珍没有坐，一直亲热地看着她亲爱的人，委屈地说："你走了，再也不回来……我已经到城里找了你几回，人家都说你下乡去了……"

“我确实忙！”加林一边说，一边把水杯放在办公桌上，让巧珍喝。

巧珍没喝，过去在他床铺上摸摸，又揣揣被子，捏捏褥子，嘴里唠叨着：“被子太薄了，罢了我给你絮一点新棉花；褥子下面光毡也不行，我把我们家那张狗皮褥子给你拿来……”

“哎呀，”加林说，“狗皮褥子掂到这县委机关，毛烘烘的，人家笑话哩！”

“狗皮暖和……”

“我不冷！你千万不要拿来！”加林有点儿严厉地说。

巧珍看见加林脸上不高兴，马上不说狗皮褥子了。但她一时又不知该说什么，就随口说：“三星已经开了拖拉机，巧玲教上书了，她没考上大学。”

“这些三星都给我说了，我已经知道了。”

“咱们庄的水井修好了！堰子也加高了！”

“嗯……”

“你们家的老母猪下了十二个猪娃，一个被老母猪压死了，还剩下……”

“哎呀，这还要往下说哩？不是剩下十一个了吗？你喝水！”

“是剩下十一个了。可是，第二天又死了一个……”

“哎呀哎呀！你快别说了！”加林烦躁地从桌子上拉起一张报纸，脸对着，但并不看。他想起刚才和亚萍那些海阔天空的讨论，多有意思！现在听巧珍说的都是这些叫人感到乏味的话；他心里不免涌上了一股说不出的滋味。

巧珍看见他对自己这样烦躁，不知她哪一句话没说对。她并不知道加林现在心里想什么，但感觉他似乎对她不像以前那样亲热了。

再说些什么呢？她自己也不知道了。她除过这些事，还能再说些什么！她决说不出十四种新能源和可再生能源的复合能源！

加林看见巧珍局促地坐在他床边，不说话了，只是望着他。脸上的表情看来有点儿可怜——想叫他喜欢自己而又不知道该怎样才能叫他喜欢！

他又很心疼她了，站起来对她说：“快吃下午饭了，你在办公室先等着，让我到食堂里给咱打饭去，咱俩一块吃。”

巧珍赶忙说：“我一点也不饿！我得赶快回去。我为了赶三星的车，锄还在地里撂着，也没给其他人安咐……”

她从床边站起来，从怀里贴身的地方掏出一卷钱，走到加林面前说：“加林哥，你在城里花销大，工资又不高，这五十块钱给你，灶上吃不饱，你就到街上食堂里买得吃去。再给你买一双运动鞋，听三星说你常打球，费鞋……前半年红利已经决分了，我分了九十二块钱呢……”

高加林忍不住鼻根一酸，泪花子在眼里旋转开了。他抓住巧珍递钱的手说：“巧珍！我现在有钱，也能吃得饱，根本不缺钱……这钱你给自己买几件时兴衣裳……”

“你一定要拿上！”巧珍硬给他手里塞。

他只好说：“你如果再这样，我就恼了！”

巧珍看他脸上真的不高兴了，就只好委屈地把钱收起来，说：“我给你留着！你什么时候缺钱花，我就给你……我要走了。”

加林和她相跟着出了门，对她说：“你先到大马河桥上等我；我到街上有个事，一会儿就来了……”

巧珍对他点点头，先走了。

高加林飞快地跑到街上的百货门市部，用他今天刚从广播站领来的稿费，买了一条鲜艳的红头巾。他把红头巾装在自己随身带的挂包里，就向大马河桥头赶去。

高加林一直就想给巧珍买一条红头巾。因为他第一次和巧珍恋爱的时候，想起他看过的一张外国油画上，有一个漂亮的姑娘很像巧珍，只是画面上的姑娘头上包着红头巾。出于一种浪漫，也出于一种纪念，虽然在这大热的夏天，他也要亲自把这条红头巾包在巧珍的头上。

他赶到大马河桥头时，巧珍正站在那天等他卖馍回来的那个地方。触景生情，一种爱的热流刹那间漫上了他的心头。

他和她肩并肩走下桥头，转向大马河川道。

拐过一个山峁，加林看看前后没人，就站住，从挂包里取出那条红头巾，给巧珍拢在了头上。

巧珍并不明白她亲爱的人为什么这样，但她全身心感到了这是加林在亲她爱她！

她也不说什么，一下子紧紧抱住他，幸福的泪水在脸上唰唰地淌下来了……

高加林送毕巧珍，返回到街上的时候，突然感到他刚才和巧珍的亲热，已经远远不如他过去在庄稼地里那样令人陶醉了！

为了这个不愉快的体会，他抬起头，向灰蒙蒙的天上长长吐了一口气……

第十七章

黄亚萍的精神正处于激烈的动荡之中。她现在内心里狂热地爱着高加林；觉得她无论如何都要和高加林生活在一块。她已经下决心要和张克南中断恋爱关系了。

问题是她父母亲将会怎样看待她的行为呢？她是他们的独生女儿，从小娇生惯养，父母亲抢着亲她，什么事上也不愿她受委屈。但是他们太爱克南了。这几年里，克南几乎像儿子一样孝敬他们；他们也像对待儿子一样对待他。她要是和克南断了关系，肯定会给父母亲的精神带来沉重的打击。再说，两家四个大人的关系也已经亲密得如同一家人一样。她父亲是军人，非常讲义气，一定认为这是天下最不道德的事！

不管怎样，她想来想去，还是决定非和克南断绝关系不可。不管父母亲和社会舆论怎样看，她对这事有她自己的看法。

在这个县城里，黄亚萍可以算得上少数几个“现代青年”之一。在她看来，追求个人幸福是一个人的权利和自由，“我是我自己的”，谁也没权利干涉她的追求，包括至亲至爱的父母亲；他们只是从岳父岳母的角度看女婿，而她应该是从爱情的角度看爱人。别说是她和克南现在还是恋爱关系，就是已经结婚了，她发现她实际上爱另外一个人，她也要和他离婚！

在她这方面，决心已经是下定了。现在她最苦恼的是，高加林是不是爱她呢?

从她个人感觉，高加林是很喜欢她的；而且他们在学校时就比一般同学相好。她想：就她各方面的条件来说，高加林也应该爱她！她长得虽然不像电影明星，但在这个城里就算数一数二的——她对自己的长相基本上是这样估计的。另外，她的家庭在社会上的地位和经济状况都比高加林强。更主要的是，他们很快要到南京去安家；她将会是江苏人民广播电台的播音员。她知道高加林是一个向往很远大的人，将来跟他们家去南京对他肯定有吸引力。不像张克南，在她父母面前不敢说，私下里还单独劝她不要去南京；说这地方已经人熟地熟生活过得很安乐——这人真没出息！

虽然她对加林爱她有一定的把握，但也不全尽然——有时候，他的脾气很古怪，常常有一些特别的行为。

但不管怎样，她要和他把问题谈明。她已经不能忍受了。最近以来，她吃不下去饭，晚上经常失眠，工作已经出了几次差错。大前天早晨，轮她值班，她一晚上失眠，快天明时才睡着，竟然连闹钟都没吵醒她，结果广播时间整整推迟了十五分钟。广播站长带着好几个人愣打门板才把她叫醒。因为这事，领导已经批评了她。

这天中午，她只吃了几口饭。想来想去，再不能拖下去了，于是就准备到县委去找高加林。

她刚要起身，克南却来了，气得她差点要哭出来。

“你怎又不高兴了？”克南自己也马上一脸愁相，“你最近是不是身上什么地方有病哩？干脆，我下午陪你到医院检查一下！”克南愁眉苦脸地看着她说。

“不要检查！我害的是心脏病！”亚萍往床上一躺，赌气地说，也不看他。

“心脏病？”克南慌了，“你什么时候得的？”

“哎呀！谁有心脏病？你真笨！你连个玩笑都听不来嘛！”亚萍又烦又躁地说。

“我看见不像是开玩笑，也就当成真的了。”克南松了一口气，笑着说。

他给自己倒了一杯水，坐在桌前的椅子上，说：“亚萍，加林参加工作，来县上时间已经不短了。我今天才突然想起，咱两个应该请他吃一顿饭。在学校时，咱们关系都不错，你和加林也谈得来，现在在县城里工作的同学也不多……就在国营食堂请他，那里我人熟，一个系统的，方便……”

黄亚萍躺在床上一句话也不说。

克南又问她：“你说行不行？”

躺在床上的黄亚萍转过脸，几乎是央告着说：“好克南哩，你不要扯这些了，我心烦得要命，你不要再折磨我了！你上班去，让我睡一会儿……”

克南见她这样，只好站起来。他走到门前，又折转身，准备亲一下亚萍。黄亚萍一下子把头蒙在被子里，喊叫说：“不要这样了！你快走！”

克南又失望又急躁地叹了一口气，走了。

黄亚萍躺在床上，好长时间爬不起来。她一刹那间觉得很痛苦：克南太老实了，他竟然看不出来她爱加林，还要请加林吃饭！

她觉得她对克南有点儿太残酷了。她暂时决定今天中午不去找加林谈了。

吃下午饭时，她心烦意乱地回到了家里。

他父亲正戴着老花镜，仔细地读报纸上的一篇社论，红铅笔在字行下一道一道划着。她母亲见她回来，赶忙从后边箱子里拿出一件衣服，说：“克南他爸去上海出差给你买的，克南妈才送来的，你试试……”

她把她妈递到手边的衣服一推，说：“先放一边去。我不舒服……”

她爸侧过头，眼睛从镜框上面瞅着她说：“亚萍，我看你最近好像精神不大对，像有什么心事？”

亚萍也不看父亲，拿梳子对着镜子认真地一边梳头发，一边说：“不久，我可能要做出一个重大的决定。不过，现在不告诉你们。”

“是不是要和克南结婚？”她母亲问她。

“不，离婚！”她说完，忍不住为这句话笑了。

她母亲也笑了，说：“永远是个调皮鬼！还没结婚就离婚哩！”

她父亲又低下头看报纸，笑眯眯地，嘴里也嘟囔了一句：“真是个调皮鬼……”

两位老人谁都没认真对待女儿的这句话——他们不久就会知道这句话意味着什么了。

黄亚萍现在进一步认定，她得很快去找加林谈明她的心思。决不能再拖下去了！早一点解决了，所有的当事人精神上也就早一点解脱了。她不能再这样瞒着克南，也不能再这样折磨他了。她梳完头，换了一身深蓝色学生装，晚饭也没吃，就从家里出来，径直向县委走去。

她来到通讯组，高加林不在办公室，门上还吊把锁。

是不是下乡去了？她感到很难受。她很快到隔壁窑洞问景若虹。老景告诉她，加林没有下乡，今天一天都在办公室写稿子，刚才吃完饭出去散步去了。

谁知道他现在在哪里散步呢？这再不好问老景了。

她犹豫了一下，还是开口问：“老景，你知道高加林到什么地方散步去了？”

景若虹机警地看了她一眼，说：“这我一下也说不准。有急事吗？”

“没……”黄亚萍一下子感到脸上热辣辣的。

她正准备转身走，景若虹突然拍了一下脑门，对她说：“可能去东岗了，他常爱去那里溜达。”

“谢谢您。”亚萍向他点点头，便又从县委大院里出来了。

高加林此刻的确在东岗。

他靠在一棵槐树上，手指头夹着一根纸烟。他最近抽烟抽得很厉害。

整整写了一天稿子，头脑一直昏昏沉沉的。现在被野外的风一吹，又加上烟的刺激，脑子很快又清醒了。

他由不得又交替想起了黄亚萍和巧珍。他不知为什么，一闲下来就同时想这两个人。毫无疑问，亚萍已经给了他一些爱情的暗示。但他觉得又有点儿奇怪：她不是一直和克南很好吗？

从内心上说，亚萍以前一直就是他理想中的爱人。过去他不敢想，现在他也许敢想了，但情况又变得复杂了。她和克南已经恋爱了，而他也和巧珍恋爱了。想来想去，一切都好像已经无法挽回，他也就尽力说服自己不要再多考虑这事了。但亚萍一次又一次找他，除过语言的暗示，还用表情、目光向他表示：她爱他！

他已经是恋爱过的人，对这一切都非常敏感；而且亚萍简直等于给他明说了。

他的心潮早已开始激荡；并且感到一场风暴就要来临——他为之激动，又为之战栗！

一切将会怎样发展？什么时候闪电？什么时候吼雷？什么时候卷起狂风暴雨？

高加林靠在树干上，一边吸烟，一边胡思乱想。他觉得他想了许多问题，又觉得他什么也没想。

一场普遍的透雨落过以后，大地很快凉了下来。虽然伏天未尽，但立秋已经近二十天。在山区，除过中午短暂地炎热一会儿，一早一晚已经感到有点儿冷了。

高加林没有穿长袖衫，胳膊已冷得受不了。他于是便起身下山。

一层淡淡的雾气从沟底里漫上来，凉森森地带着一股潮气。他一边慢慢下山，一边向县城瞭望。城里又是灯火一片了。眼下已经没有多少人在外面乘凉，县城的大街小巷变得很清静，像洪水落下的河道。一盏又一盏橘黄色的路灯，静静地照耀着空荡荡的街面。只有十字街头还有一些人，那里不时传来卖小吃的摊贩无精打采的吆喝声……

高加林沿着一条小土路，刚下了一个小坡，看见前面上来了一个人。

他忍不住站下了。直等那人走近，他才大吃了一惊：原来是黄亚萍！

"你怎上这儿来了？"他又兴奋又惊讶地问。

亚萍两只手斜插在衣袋里，笑着说："这又不是你家的祖坟！别人为啥不能上来？"

"一说话就和打枪一样！"加林说，"天这么黑了，你一个人……"

"谁说我一个人？"

加林赶忙又向山下的小路上望了望，说："克南哩？怎不见他？"

"他又不是我的尾巴，跟我干什么？"

"哪还有什么人哩？"

"你不是个人？"

"我？"

"嗯！"

加林一下子感到心跳得像要从胸膛里蹦出来似的。

亚萍声音突然变得非常轻柔地说："加林，你别怕，咱们一块坐一坐。"

高加林犹豫了一下，就和她一起走到旁边一片不太茂密的小杏树林里。

他们坐下来。两个人都摘了几片杏叶，在手里捏着，摸着，撕着，半天谁也没说话。

"我要走了……"亚萍突然开口说。

"到什么地方出差去？"加林转过头问。

"不是出差，是永远离开这里！"亚萍怔怔地望着灯火闪烁的城市，说。

"啊？"加林忍不住失口叫了一声。

"……我父亲很快就要转业到南京工作，我也要调过去。"亚萍转过头对加林说。

"你愿意走吗？"加林的眼睛紧紧盯着她的眼睛。

黄亚萍把脸稍微转开一点，憧憬似的望着星光灿烂的远方，喃喃地说："我当然愿意走！南方，是我的家乡，我从小生在那里，尽管后来跟父母到了北方，但我梦里都想念我的美丽的故乡……"她眼里似乎闪动着泪水，喃喃地念道："江南好，风景旧曾谙：日出江花红胜火，春来江水绿如蓝。能不忆江南！……"

加林忍不住接着她念道："江南忆，最忆是杭州：山寺月中寻桂子，郡亭枕上看潮头。何日更重游？……"

亚萍转过头，热烈地望着加林，说："南京离杭州很近。上有天堂，下有苏杭。苏州就是江苏省的……"

"唉……"加林叹了一口气，"那些地方我这一辈子是去不成了！"

"你想不想去？"亚萍扬起头，脸上露出一种无法描述的微笑。

"我联合国都想去！"加林把手中的树叶一丢，把头扭到一边去。

"我是问你想不想去南京、苏州、杭州，还有上海？"

"不会有到那些地方出差的机会。"

"要是一个人在那些地方玩，也没什么意思！"亚萍说。

"你去不会是一个人，有克南陪你哩……"

"我希望不是他，而是你！"

高加林猛地回过头，眼睛像燃烧似的看着黄亚萍。

黄亚萍眼里泪花闪闪，激动地说："加林！自从你到县里以后，我的心就一天也没有宁静过。在学校时，我就很喜欢你。不过，那时我们年龄都小，不太懂这些事。后来你又回了农村……现在，当我再看见你的时候，我才知道我真正爱的人是你！克南我并不反感，但我实际上对他产生不了爱情。实际上，我父母亲比我更爱他……咱们在一块生活啰！跟我们家到南京去！你是一个很有前途的人，在大城市里就会有大发展。我回去可能在省广播电台当播音员；我一定让父亲设法通过关系，让你到《新华日报》或者省电台去当记者……"

高加林低下头，一只手狠狠从地里拔出一棵羊角草，又随手扔到了坡底下；接着又拔出一棵，自己也跟着站起来。

亚萍也跟着站起来；她闪着泪光的眼睛一直在盯着他的脸。

加林手在自己的光胳膊上摸了一把，说："我冷得实在受不了，咱们走吧……

亚萍，你先别急，让我好好想一想……”

黄亚萍对他点点头。两个人转到小土路上，相跟着一前一后下了山……

第十八章

高加林预感到的暴风雨终于来到了。内心激烈的斗争是不可避免的。他虽然只有二十四岁，但已不是一个马马虎虎的人；而且往往比他同龄的青年人思想感情要更为复杂。

他在进行一场非常严重的抉择。

毫无疑问，黄亚萍和刘巧珍放在一起比较，不平衡是显而易见的——在他最初的考虑中，倾向就有了偏重。

他当然想和黄亚萍结合在一起。他现在觉得黄亚萍和他各方面都合适。她有文化，聪敏，家庭条件也好，又是一个漂亮的南方姑娘。在她身上弥漫着一种对他来说是非常神秘的魅力。像巧珍这样的本地姑娘，尤其是农村姑娘，他非常熟悉，一眼就能看到底。他认为她是单纯的，也往往是单调的。

但是，黄亚萍他又了解又不了解。虽然一块交往很多，但她好像还有无数更多的东西他不知道。家庭出身和经济条件的差别，不同的生活环境和个人经历，使他们天然地隔了一层什么，这反而更增加了他对她的神秘感。他觉得她云雾缭绕，他不能走近她。中学时期的交往像雨后蓝天上美丽的彩虹一般，很快就消失了，变成了一种记忆中的印象。这印象以前也偶然从心头翻上来，叫他若有所失地惆怅一阵；但接着也就很快消失得无踪无影……

现在，这些过去曾幻想过的游丝断缕，突然就变成了一种实实在在的东西。黄亚萍已经向他表示了爱情。只要他现在愿意，他就将和她一块生活啰！生活啊，生活！有时候它把现实变成了梦想，有时候它又把梦想变成了现实！

但他不能不认真考虑他和巧珍的关系。他和她已经热烈地相爱了一段时间。巧珍爱他，不比克南爱亚萍差。所不同的是，亚萍说她对克南没有感情，而他在内心深处是爱巧珍的。巧珍的美丽和善良，多情和温柔，无私的、全身心的爱，曾最初唤醒了他潜伏的青春萌动；点燃起了他身上的爱情火焰。这一切，他在内心里是很感激她的——因为有了她，他前一段尽管有其他苦恼，但在感情生活上却是多么富有啊……

现在，当黄亚萍向他表示了爱情，并准备让他跟她去南京工作的时候，他才把爱情和他的前途联系在一起看了。他想：巧珍将来除了是个优秀的农村家庭妇女，再也没什么发展了。如果他一辈子当农民，他和巧珍结合也就心满意足了。

可是现在他已经是“公家人”，将来要和巧珍结婚，很少有共同生活的情趣；而且也很难再有共同语言：他考虑的是写文章，巧珍还是只能说些农村里婆婆妈妈的事。上次她来看他，他已经明显地感到了苦恼。再说，他要是和巧珍结婚了，他实际上也就被拴在这个县城了；而他的向往又很高很远。一到县城工作以后，他就想将来决不能在这里待一辈子；要远走高飞，到大地方去发展自己的前途……现在，这一切就等他说个“愿意”就行了！

他反复考虑，觉得他不能为了巧珍的爱情，而贻误了自己生活道路上这个重要的转折——这也许是决定自己整个一生命运的转折！不仅如此，单就从找爱人的角度来看，亚萍也可能比巧珍理想得多！他虽然还没和亚萍像巧珍那样恋爱过，但他感到肯定要更好，更丰富，更有色彩！

他权衡了一切以后，已决定要和巧珍断绝关系，跟亚萍远走高飞了！

当然，他的良心非常不安——他还不是一个十恶不赦的坏蛋！克南方面他考虑得很少，主要在巧珍方面。他像一个疯子一样在自己的窑里转圈圈走；用拳头捣办公桌；把头往墙壁上碰……

后来，他强迫自己不朝这方面想。他在心里自我嘲弄地说：“你是一个浑蛋！你已经不要良心了，还想良心干什么……”

他尽量使他的心变得铁硬，并且咬牙切齿地警告自己：不要反顾！不要软弱！为了远大的前途，必须做出牺牲！有时对自己也要残酷一些！

现在，这个已经“铁了心”的人，开始考虑他和巧珍断绝关系的方式。他预想这是一个撕心裂胆的场面，就想用一种很简短的方式向过去告别。使他苦恼的是，巧珍一个字也不识，要不，给她写一封信是最好的断交方式了；这样可以避免双方面对面的痛苦。

他于是一整天躺在床上，考虑他怎样和巧珍断绝关系。

黄亚萍不失时机地来了，问他考虑得怎样？

他犹豫了好一会儿，才把他和巧珍的关系，大略地给亚萍说了一下。

黄亚萍听后，先是半天没说话。后来，她带着一脸的惊讶，说：“你原来在农村想和一个不识字的农村女人结婚？”

“嗯。”加林肯定地点点头。

“这简直是一种自我毁灭！你一个有文化的高中生，又有满身的才能，怎么能和一个不识字的农村女人结婚？我真不理解你当时是怎样想的！”

“住嘴！”加林一下子愤怒地从床上跳起来，“我那时黄尘满面，平顶子老百姓一个，你们哪个城里的小姐来爱我？”

亚萍一下子被他的愤怒吓住了，半天才说："你这么凶！克南可从来都没对我发这么大的火！"

"你找你的克南去！"加林一下子躺在铺盖上，闭住了眼睛。一种新的烦恼涌上了心头。他心里也想："哼！巧珍从来也不这样对我说话……"

没过一会儿，亚萍来到他床边，手轻轻在他肩膀上推了一把。

高加林睁开眼，看见她眼里闪着泪光。

他仍在生气，不理她。

亚萍声音有点儿激动地说："加林！你千万别生气！你给我发火，我心里除不生气，反而很高兴！你不知道，张克南你就是把刀放在他脖颈上都发不起来火！有时，我真想叫这个人愤怒了，美美给我发一通火，把我骂一通，可你怎样骂他，挖苦他，他总是对你笑嘻嘻的，气得人只能流泪。我就喜欢你这种性格！男子汉，大丈夫，血气方刚……"

高加林暂时还不能知道，她这话倒究是真的还是为了与他和好而编的。但他看见亚萍两道弯弯的细眉下，一双眼睛泪汪汪的，心便软了，说："我这人脾气不好……以后在一块生活，你可能要受不了的。"

"加林！"亚萍一把抓住他的肩头，问，"那你是说，你愿意和我一块生活了？"

他恍惚地对她点了点头。

亚萍顺床边坐下，和他挨在一起。加林很快把自己的身子往开挪了挪。不知为什么，他此刻一下子又想起了巧珍。他觉得他这一刻无法接受黄亚萍这种表示感情的方式。

高加林沉默了一会儿，对亚萍说："我得要和巧珍把这事谈清楚……不瞒你说，我心里很不好受……请你原谅，我不愿对你说假话。"

"是的，你应该很快结束你们的不幸！"

"也可能是不幸的结束！"他像宿命论者一样回答她。

"我和克南好办，我给他写一封信就行了。在感情上我没有什么特别痛苦的，只不过同情和可怜他罢了。他倒是真心实意爱我……"

"克南是会很痛苦的……"加林叹了一口气。

"克南我先不考虑，我现在主要考虑我父母亲。他们一心喜欢克南，而且又都是老干部，道德观念完全是过去的……"

"你父亲肯定不会接受我！他们要门当户对的！我一个老百姓的儿子，会辱没他们的尊严！"加林又突然暴躁地喊着说。

亚萍用极温柔的音调说："你看你，又发脾气了。其实，我父母倒不一定是那样的人，关键是他们认为我已经和克南时间长了，全城都知道，两家的关系又很深了，怕……”

“那就算了！”加林打断她的话。

黄亚萍一下子哭了，站起来说：“加林！你别这样发脾气行不行？我的事由我做主哩！我父母最后一定会尊重我的选择……现在我唯一要知道的是，你爱不爱我！是不是要和我好！”她说着，坚决地挨着他的身边坐下来了……

黄亚萍回到家里，按时作息的父母亲早已在他们的房间里睡着了。

她进了自己的房子，扭开灯，先坐在桌前的椅子上，什么也不做，静静地坐着——她的心在欢蹦乱跳！

她即刻又站起来，在镜子前立了一会儿。她看见自己在笑。

她又躺在床上；躺下后又马上坐起来。

她站在脚地当中，不知自己做什么好；思绪像浪花飞溅的流水一般活跃。先是一连串往事的片段从眼前映过；接着是刚才所发生的从头到尾的一切细节，然后又是未来各式各样幻想的镜头……

直到她洗完脸，脑子才稍微冷了一下。

晚上肯定又要失眠。失眠就失眠吧！反正明早上她不值班，另外一个人广播，她可以在家睡觉——至于明天上午能不能睡着，她也没有把握。

那么，现在该做什么呢？给克南写信，还是给父母亲“发表声明”？

父母亲已经睡着了。那么，就给克南先写信！

她刚拿着信纸、信封和钢笔，马上又改变了主意：不！还是先给父母亲谈谈！这是最主要的！让他们早一点知道更好！

于是她开了自己的门，出了院子。

这个睡不着觉的人也决心不让她父母亲睡了。

她敲了敲父母亲的门，叫道：“爸爸，妈妈，你们起来，过我这边来一下！我有个要紧事要给你们说！”

里面的灯开了，听见一阵紧张的唏嘘声。站在外面的任性的女儿这时候抿嘴直笑，回到了自己的房子里。

她母亲先过来了。接着父亲一边穿外套，一边也跌跌撞撞进了她的房间。两个人都先后紧张地问她：“出了什么事？”

黄亚萍看见父母亲都这么紧张，先忍不住笑了，然后又严肃起来，说：“你们别紧张。这事并不很急，但有些震动性！”

父亲瞪起眼看着她，还没反应过来他的这个任性的小宝贝，为什么黑天半夜把他老两口叫起来。

她母亲揉了揉眼睛，也着急地对她说：“哎呀，好萍萍哩！有什么事你就快说！你把人急死了！”

黄亚萍想了一下，说：“事情很复杂，但今晚上我先大概说一下。详细情况将来我不说，你们也会追问的……是这样，我已经和另外一个男同志好了，并且已经在恋爱；因此我要和克南断绝关系……”

“什么？什么？什么？……”

她父母亲都从坐的地方站起来，惊慌失措地看着他们的女儿。

“对我来说，这已经不能改变了。我知道你们对克南很爱，但我并不喜欢他……”

一阵长时间的沉默。

她父亲半天才清醒过来，困难地咽了一口唾沫，悲哀地说：“克南当初不是你引回来的？这已经两年多了，全城人都知道！我和老张，你妈和克南妈，这关系……天啊，你这个任性的东西！我和你妈把你惯坏了，现在你这样叫我们伤心……”老汉捶胸顿足，两片厚嘴唇像蜜蜂翅膀似的颤动着。

她母亲已伏在她的床上哭开了。

她父亲尽管爱她胜过爱自己，但看来今晚实在气坏了，猛烈地发起了火：“你这是典型的资产阶级思想！你们现在这些青年真叫人痛心啊！垮掉的一代！无法无天的一代！革命要在你们手里葬送呀！……”老汉感情过于冲动，什么过分话都往出倒！

黄亚萍一下伏在桌子上哭起来。她父亲从来都没有这样骂过她；她一下子忍受不了。

母亲见女儿哭了，也哭着，过来数说起了老汉：“就是萍萍不对，你也不能这样吼喊我的娃娃……”

“都是你惯坏的！”老军人咆哮着说。

“你没惯？”亚萍她妈也喊叫起来。

亚萍她爸一拧身出去了。出去后，他也没回房子去，站在院子里，掏出一根纸烟，在烟盒上敲得嘣嘣直响，也不往着点。

亚萍站起来，两只手硬把她母亲推出房子，然后关上了门。

她过去拿毛巾把脸上的泪水揩干净，然后坐到桌子前，开始给克南写信——

克南：

为了我们都好，我必须告诉你：我已经和加林相爱了，咱们的恋爱关系现在应该断绝；以后像过去一样，还是要好的同学和同志。

我知道你会很痛苦的。但你应该想想，为一个不爱你的女人而痛苦，是不值得的。你应该寻找真正爱你的人。我相信你会找到这样的人。我愿你得到幸福。

你自己应该知道，我在学校时就和加林感情好。现在我觉得我真正爱的人是他，而不是你。过去咱们两个之所以发展了关系，完全是因为你适时地关怀了我，使我受了感动。但这并不是爱情。

你是好人，也是一个出色的人。不要因为我影响你的发展。你也不要恨加林。如果你认为你受了伤害，这完全是我一个人造成的；是我追求加林，你恨我吧！

我在内心里永远感谢你。我还要告诉你：在我爱情以外所有友爱的朋友中，你是我的第一个朋友。如果你能原谅我，那么我请求你为我祝福。

亚萍写于匆忙中

第十九章

高加林把自行车放到路边，然后伏在大马河的桥栏杆上，低头看着大马河的流水绕过曲曲折折的河道，穿过桥下，汇入县河里去了。

他在这里等着巧珍。他昨天让回村的三星捎话给巧珍，让她今天到县城来一下。他决定今天要把他和巧珍的关系解脱。他既不愿意回高家村完结这件事，也不愿意在机关。他估计巧珍会痛不欲生，当场闹得他下不了台。

前天，老景让他过两天到刘家湾公社去，采访一下秋田管理方面的经验，他就突然决定把这件事放在大马河桥头了。因为去刘家湾公社的路，正好过了大马河桥，向另外一条川道拐过去。在这里谈完，两个人就能很快各走各的路，谁也看不见谁了……

高加林伏在桥栏杆上，反复考虑他怎样给巧珍说这件事。开头的话就想了好多种，但又觉得都不行。他索性觉得还是直截了当一点更好。弯拐来拐去，归根结底说的还不就是要和她分手吗？

在他这样想的时候，听见背后突然有人喊：“加林哥……”

一声喊叫，像尖刀在他心上捅了一下！

他转过身，见巧珍推着车子，已经站在他面前了。她来得真快！是的，对于他要求的事，她总是尽量做得让他满意。

“加林哥，没出什么事吧？昨天我听三星捎话说，你让我来一下，我晚上急得睡不着觉，又去问三星看是不是你病了，他说不是……”她把自行车紧靠加林的车子放好，一边说着，一边向他走过来，和他一起伏在了桥栏杆上。

高加林看见她今天穿了一身新衣服，浑身上下都打扮得漂漂亮亮的，顿时感到有点儿心酸。

他怕他的意志被感情重新瓦解，赶快进入了话题。

“巧珍……”

“嗯。”她抬头看见他满脸愁云，心疼地问，“你怎么？”

加林把头扭向一边，说：“我想对你说一件事，但很难开口……”

巧珍亲切地看着他，疼爱地说：“加林哥，你说吧！既然你心里有话，你就给我说，千万别憋在心里！”

“说出来怕你要哭。”

巧珍一愣。但她还是说：“你说吧，我……不哭！”

“巧珍……”

“嗯……”

“我可能要调到几千里路以外的一个地方去工作了，咱们……”

巧珍一下子把手指头塞在嘴里，痛苦地咬着。过了一会儿，才说：“那你……去吧。”

“你怎办呀？”

“……”

“我主要考虑这事……”

一阵长时间的沉默。两串泪珠静静地从巧珍的脸颊上淌下来了。她的两只手痉挛地抓着桥栏杆，哽咽着说：“……加林哥，你再别说了！你的意思我都明白了！你……去吧！我决不会连累你！加林哥，你参加工作后，我就想过不知多少次了，我尽管爱你爱得要命，但知道我配不上你了。我一个字不识，给你帮不上忙，还要拖累你的工作……你走你的，到外面找个更好的对象……到外面你多操心，人生地疏，不像咱本乡田地……加林哥，你不知道，我是怎样爱你……”

巧珍说不下去了，掏出手绢一下子塞在了自己的嘴里！

高加林眼里也涌满了泪水。他不看巧珍，说：“你……哭了……”

巧珍摇摇头，泪水在脸上唰唰地淌着，一串接一串掉在了桥下的大马河里。

清朗朗的大马河，流过桥洞，流进了夏日浑黄的县河里……

沉默……沉默……整个世界都好像沉默了……

巧珍迅疾地转过身，说：“加林哥……我走了！”

他想拦住她，但又没拦。他的头在巧珍的面前，在整个世界面前，深深地低下了。

她摇摇晃晃走过去，困难地骑上了她的自行车，然后就头也不回地向大马河川飞跑而去了。等加林抬起头的时候，眼前只剩下了满川绿色的庄稼和一条空荡荡的黄土路……

高加林也猛地骑上了他的车子，转到通往刘家湾公社的公路上。他疯狂地蹬着脚踏，耳边风声呼呼直响，眼前的公路变成了一条模模糊糊的、飘曳摆动的黄带子……

他骑到一个四处不见人的地方，把自行车猛地拐进了公路边的一个小沟里。

他把车子摔在地上，身子一下伏在一块草地上，双手蒙面，像孩子一样大声号啕起来。这一刻，他对自己仇恨而且憎恶！

一个钟头以后，他在沟里一个水池边洗了洗脸，才推着车子又上了公路。

现在他感觉到自己稍微轻松了一些。眼前，阳光下的青山绿水，一片鲜明；天蓝得像水洗过一般，没有一丝云彩。一只鹰在头顶上盘旋了一会儿，便像箭似的飞向了遥远的天边……

五天以后，高加林从刘家湾公社返回县城，就和黄亚萍开始了他们新的恋爱生活。

他们恋爱的方式完全是“现代”的。

他们穿着游泳衣，一到中午就去城外的水潭里游泳。游完泳，戴着墨镜躺在河边的沙滩上晒太阳。傍晚，他们就到东岗消磨时间；一块天上地下地说东道西；或者一首连一首地唱歌。

黄亚萍按自己的审美观点，很快把高加林重新打扮了一番：咖啡色大翻领外套，天蓝色料子筒裤，米黄色风雨衣。她自己也重新烫了头发，用一根红丝带子一扎，显得非常浪漫。浑身上下全部是上海出的时兴成衣。

有时候，他们从野外玩回来，两个人骑一辆自行车，像故意让人注目似的，黄亚萍带着高加林，扬扬得意地通过了县城的街道……

他们的确太引人注目了。全城都在议论他们，许多人骂他们是“业余华侨”。

但是他们根本不理睬社会的舆论，疯狂地陶醉在他们罗曼蒂克的热恋中。

高加林起先并不愿意这样。但黄亚萍说，他们不久就要离开这个县城了，别人愿怎样看他们呢！她要高加林更洒脱一些，将来到大城市好很快适应那里的生活。高加林就抱着一种“实习”的态度，任随黄亚萍折腾。

他的情绪当然是很兴奋的，因为黄亚萍把他带到了另一个生活的天地。他感到新奇而激动，就像他十四岁那年第一次坐汽车一样。

他当然也有不满意和烦恼。他和亚萍深入接触，才感到她太任性了。他和她在一起，不像他和巧珍，一切都由着他，巧珍是绝对服从他的。但黄亚萍不是这样。她大部分是按她的意志支配他，要他服从她。

有时正当他们愉快至极的时候，他就猛然会想起巧珍来，心顿时像刀绞一般疼痛，情绪一下子就从沸点降到了冰点，把个兴致勃勃的黄亚萍弄得败兴极了。亚萍一时又猜不透他为什么情绪会这么失常，感到很苦恼。于是，她为了改变他这种状况，有时又想法子瞎折腾，使得高加林失常的现象愈加严重，这反过来又更加剧了她的苦恼。他们有时候简直是一种苦恋！

有一天上午，雨下得很大，县委宣传部正开全体会议。隔壁电话室喊高加林接电话。

加林拿起话筒一听，是亚萍的声音。她告诉他，她的一把进口的削苹果刀子，丢在昨天他们玩的地方了，让高加林赶快到那地方给她找一找。

加林在电话上告诉她，他现在正开会，而且雨又这么大，等中午休息的时候他再去。

亚萍立刻在电话上撒起了娇，说他连这么个事都如此冷淡她，她很难受；并且还在电话里抽抽搭搭起来。

高加林烦恼极了，只好到会议室给主持会的部长撒了个谎，说一个熟人在街上让他下来有个急事，他得出去一下。

部长同意后，他就回到宿舍找了那件风雨衣，骑了个车子就跑。

还没到街上，风雨衣就全湿透了。他冒着大雨，赶到县城南边他们曾待过的那个小洼地里。他下了车，在这地方搜寻那把刀子。

找了半天，他几乎把每一棵草都翻拨过了，还是没有找到。

虽然没有找见，这件事他想他已经尽了责任，就浑身透湿，骑着车子向广播站跑去，告诉她刀子没找见。

他推开亚萍的门，见她正兴奋地笑着，说：“你去了？”

加林说：“去了。没找见。”

亚萍突然咯咯地笑了，从衣袋里掏出了那把刀子。

"找见了？"加林问。

"原来就没丢！我故意和你开个玩笑，看你对我的话能听到什么程度！你别生气，我是即兴地浪漫一下……"

"浑蛋！陈词滥调！"高加林愤怒地骂着，嘴唇直哆嗦。他很快转过身就走了。

黄亚萍这下才知道她的恶作剧太过分了，吓得不知如何是好，一个人在房子里哭了起来。

高加林回到办公室，换了湿衣裳，痛苦地躺在了床铺上。这时候，巧珍的身影又出现在了他的眼前，她那美丽善良的脸庞，温柔而甜蜜地对他微笑着。他忍不住把头埋在枕头里哭了，嘴里喃喃地一遍又一遍叫着她的名字……

第二天，黄亚萍买了许多罐头和其他吃的来找他，也是哭着给他道歉，保证以后再不让他生气了。

加林看她这样，也就和她又和好了。黄亚萍就像烈性酒一样，使他头疼，又能使他陶醉。不过，她对他的所有这些疯狂，也都是出于爱他——这点他是能强烈体验到的。在物质方面，她对他更是非常豁达的。她的工资几乎全花在了他身上；给他买了春夏秋冬各式各样的时兴服装，还托人在北京买了一双三接头皮鞋（他还没敢穿）。平时，罐头、糕点、高级牛奶糖、咖啡、可可粉、麦乳精，不断头地给他送来——这些东西连县委书记恐怕也不常吃。她还把自己进口带日历全自动手表给了他；她自己却戴他的上海牌表。这些方面，亚萍是完全可以做出牺牲的……

很快，他们就又进入了那种罗曼蒂克式的热恋之中。

正在高加林和黄亚萍这样"浪漫"的时候，他父亲和德顺老汉有一天突然来到他的住处。

两位老人一进他的办公室，脸色就都不好看。

高加林把奶糖、水果、糕点给他们摆下一桌子；又冲了两杯很浓的白糖水放在他们面前。

他们谁也不吃不喝。

高加林知道他们要说什么了，就很恭敬地坐在他们面前，低下头，两只手轮流在脸上摸着，以调节他的不安的心情。

"你把良心卖了！加林啊……"德顺老汉先开口说，"巧珍那么个好娃娃，你把人家撂在了半路上！你作孽哩！加林啊，我从小亲你，看着你长大的，我掏出心给你说句实话吧！归根结底，你是咱土里长出来的一棵苗，你的根应该扎在咱的土里啊！你现在是个豆芽菜！根上一点土也没有了，轻飘飘的，不知你上天呀还是入地呀！你……我什么话都敢对你说哩！你苦了巧珍，到头来也把你自己害了……”老汉说不下去了，闭住眼，一口一口长送气。

他爸接着也开了口：“当初，我说你甭和立本的女子牵扯，人家门风高！反过来说，现在你把人活高了，也就不能再做没良心的事！再说，那巧珍也的确是个好娃娃，你走了，常给咱担水，帮你妈做饭，推磨，喂猪……唉，好娃娃哩！甭看你浮高了，为你这没良心事，现在一川道的人都低看你哩！我和你妈都不敢到众人面前露脸，人家都叫你是晃脑小子哩！听说你现在又找了个洋女人，咱们这个穷家薄业怎能侍候下人家？你，趁早散了这宗亲事……”

“人常说，浮得高，跌得重！”德顺老汉接着他爸又指教他说，“不管你到了什么时候，咱为人的老根本不能丢啊……”

“我常不上城，今儿个专门拉了你德顺爷，来给你敲两句钟耳子话！你还年轻，不懂世事，往后活人的日子长着哩！爸爸快四十岁才得了你这个独苗，生怕你在活人这条路上有个闪失啊……”他父亲说着，老眼里已经汪满了泪水。

两个老人一人一阵子说着，情绪都很激动。

高加林一直低着头，像一个受审的犯人一样。

老半天，他才抬起头，叹了一口气说：“你们说得也许都对，但我已经上了这钩杆，下不来了。再说，你们有你们的活法，我有我的活法！我不愿意再像你们一样，就在咱高家村的土里刨挖一生……我给你们买饭去……”他站起来要去张罗，但两个老人也站起来，说他们人老腿硬，得赶快起身上路，要不赶天黑也回不到高家村。他们根本不想吃饭，实际上却还想对他说许多话；但现在一看他们再说什么也不顶事了——这个人已经有了他自己的一套，用他们的生活哲学已经不能说服他了。于是他们就起身告别。

高加林一看他们坚决要走，只好相伴着他们，一直把他俩送到大马河桥头。两位老人心情相当沉重地走了。

高加林自己也很难过。德顺爷和他爸说的话，听起来道理很一般，但却像铅一样，沉甸甸地灌在了他的心里……

不久，一个新的消息突然又使高加林欣喜若狂了：省报要办一个短期新闻培训班，让各县去一个人学习，时间是一个月。县委宣传部已决定让他去。

他听到这个消息后，德顺爷和他爸给他造成的坏情绪很快消失了。他一晚上高兴得没睡着觉——这可是他有生以来第一次出远门，进省会，去逛大城市呀！

走的那天，亚萍和他相跟着去车站。他身上穿的和提包里提的东西，全是她精心为他准备的。亚萍并且坚持让他穿上了那双三接头皮鞋。第一回穿这皮鞋走路，他感到又别扭又带劲……

当汽车从车站门口驶出来，亚萍的笑脸和她挥动的手臂闪过以后，他的心很快就随着疾驰的汽车飞腾起来；飞向了远方无边的原野和那飞红流绿的大城市……

第二十章

高家村的人好几天没有见巧珍出山劳动，都感到很奇怪。因为这个爱劳动的女娃娃很少这样连续几天不出山的；她一年中挣的工分，比她那生意人老子都要多。

不久，人们才知道，可爱的巧珍原来是遭了这么大的不幸！

立刻，全村人都开始纷纷议论这件事了，就像巧珍和加林当初恋爱时一样。大部分人现在很可怜这个不幸的姑娘；也有个别人对她的不幸幸灾乐祸。不过，所有的人都一致认为，刘立本的二女子这下子算彻底毁了：她就是不寻短见，恐怕也要成个精神病人。因为谁都知道，这种事对一个女孩子意味着什么；更何况，她对高玉德的小子是多么迷恋啊！

可是，没过几天，村里人就看见，她又在田野上出现了，像一匹带着病的、勤劳的小牝马一样，又开始了土地上的辛劳。她先在她家的自留地里营务庄稼；整修她家菜园边上破了的篱笆。后来，也就又和大家一起劳动了，只不过一天到晚很少和谁说话；但是却仍然和往常一样，该做什么，就做什么。

刚强的姑娘！她既没寻短见，也没精神失常；人生的灾难打倒了她，但她又从地上爬起来了！就连那些曾对她的不幸幸灾乐祸的人，也不得不在内心里对她肃然起敬！

所有的人都对她察言观色。普遍的印象是，她瘦多了！

她能不瘦吗？半个月来，她很少能咽下去饭，也很难睡上一个熟觉。每天夜半更深，她就一个人在被窝里偷偷地哭；哭她的不幸，哭她的苦命，哭她那被埋葬了的爱情梦想！

她曾想到过死。但当她一看见生活和劳动过二十多年的大地山川，看见土地上她用汗水浇绿的禾苗，这种念头就顿时消散得一干二净。她留恋这个世界；她爱太阳，爱土地，爱劳动，爱清朗朗的大马河，爱大马河畔的青草和野花……她不能死！她应该活下去！她要劳动！她要在土地上寻找别的地方找不到的东西！

经过这样一次感情生活的大动荡，她才似乎明白了，她在爱情上的追求是多么天真！悲剧不是命运造成的，而是她和亲爱的加林哥差别太大了。她现在只能接受现实对她的这个宣判，老老实实按自己的条件来生活。

但是，不论怎样，她在感情上根本不能割舍她对高加林的爱。她永远也不会恨他；她爱他。哪怕这爱是多么苦！

家里谁也劝说不下她，她天天要挣扎着下地去劳动。她觉得大地的胸怀是无比宽阔的，它能容纳了人世间的所有痛苦。

晚上劳动回来，她就悄然地回到自己的窑洞，不洗脸，不梳头，也不想吃饭，靠在铺盖卷上让泪水静静地流。她母亲，她大姐和巧玲轮流过来陪她，劝她吃饭，也和她一起流眼泪。她们哭，主要是怕她想不开，寻了短见。

刘立本睡在另外一个窑里长吁短叹。自从这事发生后，他就病了；头上被火罐拔下许多黑色的印记。他本来对巧珍和加林的事一直满肚子火气未消，但现在看见他娃娃已经成了这个样子，也就再不忍心对她说什么埋怨话了。村里和他家不和的人，已经在讥笑他的女儿，说她攀高没攀上，叫人家甩到了半路上，活该……这些话让仇人们去说吧！做父亲的怎能再给娃娃心上捅刀子呢？但他在心里咬牙切齿地恨高玉德的坏小子，害了他的巧珍！

人世间的事情往往说不来。就在这个时候，马店的马拴竟然正式托起媒人来，要娶巧珍。好几个媒人已经来过了，一看他家这形势，都坐一下就尴尬地走了。

又过了几天，马拴却在一个晚上又自己找上门来了。

刘立本一家看他这样实心，也就在另外一孔窑洞里接待了他。不管怎样说，在巧珍这样不幸的时候，这个小伙子却来求亲，使得刘立本一家人心里都很受感动。至于这事行不行，刘立本现在已不太考虑了。事到如今，立本已经再不愿勉强女儿的婚事。苦命的孩子已经受了委屈，他再不能委屈她了。

他老婆给马拴做饭，他拖着病恹恹的身子，来到巧珍的窑洞。

他坐在炕边上，无精打采地摸出一根卷烟，吸了两口又捏灭，对靠在铺盖卷上的女儿说：

“巧珍，你想开些……高玉德家这个坏小子，老天爷报应他呀！”他一提起加林就愤怒了，从炕上溜下来，站在脚地当中破口大骂，“王八羔子！坏蛋！他妈的，将来不得好死，五雷轰顶呀！把他小子烧成个黑木桩……”

巧珍一下子坐起来，靠在枕头上喘着气说：“爸爸，你不要骂他！不要咒他！不要……”

刘立本住了口，沉重地叹息了一声，说：“巧珍，过去了的伤心事就再不提它了，你也就不要再难过了。高加林，你把他忘了！你千万不要想不开，自己损蹦自己，你还没活人哩……以前爸爸想给你瞅人家，也是为了你好。从今往后，你的事爸爸再不强求你了。不过，你也不小了，你自己给自己寻个人家吧。心不要太高，爸爸害得你没念书，如今你也就寻个本本分分的庄稼人……唉，马拴这几天又托起了媒人往咱家跑，但这事我再不强求你了。你要是不同意，我就直截了当给他回个话，让他不要再来了……他今天又亲自到咱家。”

“他现在还在吗？”巧珍问她父亲。

“在哩……”

“你让他过来一下……”

她父亲看了她一眼，不知道她这是什么意思，就转身出去了。

不一会儿，马拴一个人进来了。

他看了一眼炕上的巧珍，很局促地坐在前炕边上，两只手搓来搓去。

“马拴，你真的要娶我吗？”巧珍问。

马拴不敢看她，说：“我早就看下你了！心里一直像猫爪子抓一般……后来，听说你和高老师成了，我的心也就凉了。高老师是文化人，咱是个土老百姓，不敢比，就死了心……前几天，听说高老师和城里的女子恋上了爱，不要你了，我的心就又动了，所以……”

“我已经在村前庄后名誉不好了，难道你不嫌……”

“不嫌！”马拴叫道，“这有什么哩？年轻人，谁没个三曲两折？再说，你也甭怨高老师，人家现在成了国家干部，你又不识字，人家和你过不到一块儿。咱乡俗话说，金花配银花，西葫芦配南瓜。咱两个没文化，正能合在一块儿哩！巧珍，我不会叫你一辈子受苦的！我有力气，心眼儿也不死；我一辈子就是当牛做马，也不能委屈了你。咱乡里人能享多少福，我都要叫你享上……”粗壮的庄稼人说到这里，已经大动感情了，掏出火柴啪地擦着，才发现纸烟还没从口袋里取出来。

眼泪一下子从巧珍红肿的眼睛里扑簌簌地淌下来了，她说：“马拴，你再别说了。我……同意。咱们很快就办事吧！就在这几天！”

马拴把掏出的纸烟又一把塞到口袋里，跳下炕，兴奋得满面红光，嘴唇子直颤。

巧珍对他说：“你过去叫我爸过来一下。你不要过来了。”

马拴赶忙往出走，在门槛上绊了一下，几乎跌倒。

不一会儿，刘立本黯淡的病容脸上挂着一丝笑意走过来了。

巧珍很快对他说：“爸爸，我已经同意和马拴结婚。我要很快办事！就在这三五天！”

刘立本一下子不知所措了，说：“这……时间这么紧，要不要两家简单地准备迎送一下？”

“爸爸，你告诉马拴，事情完全按咱的乡俗来。咱家里你们也准备一下。你和我妈当年结婚怎样过事，我结婚也就怎样过事！”

“我们那时是旧式的……”

“旧的就旧的！”她痛苦地喊叫说。

刘立本马上退了出来。他过来先把巧珍的意思给马拴说了。马拴说没问题，他即刻回去就准备，订吹手，准备席面，至于其他结婚方面的东西，他前两年就办齐备了。

刘立本送走马拴以后，很快跑到前村去找高明楼。

明楼听说巧珍已经同意和马拴结婚，先吃了一惊。然后对亲家说：“也好！高加林现在位置高了，咱的娃娃攀不上了。马拴在庄稼人里头，也就是像样的……”

“现在主要是巧珍有点儿赌气，要按咱过去的老乡俗行婚礼，这……”

“不怕！”明楼决断地说，“就按娃娃的意思来！现在党的政策放宽了，这又不是搞迷信活动哩！你就按娃娃说的办！这几天要是忙不过来，叫我大小子和刘巧英给你们帮忙去……”

刘巧珍和马拴举行结婚仪式的这一天，高家村和马店两个村都洋溢着一种喜庆的气氛。两个村的大部分庄稼人都没有出山。在高家村这里，除过门中人当然被邀请为宾客以外，村里的一些外姓旁人也被事主家请去帮忙了。村里的大人娃娃都穿起了见人衣裳。即使不参加婚礼的村民，也都换上了干净衣服；因为看红火，在众人面前露脸，总得要体面一些。

高加林的父母亲当然是例外。高玉德老汉一早就躲着出山去了。加林他妈去了邻村一个亲戚家——也是躲这场难堪。

全村只有一个人躺在自己家里没出门。这就是德顺老汉。重感情的老光棍此刻躺在土炕的光席片上，老泪止不住地流。他为巧珍的不幸伤心，也为加林的负情而难过。

娶亲仪式的开头首先在马店那里进行。马拴的一个姨姨和姑姑是引人的主要角色。另一个更主要的角色是马拴他大舅——男女双方的舅家都是属第一等宾客。吹鼓手一行五人走在前面。他们后面是迎新媳妇的高头大马；鞍前鞍后，披红挂彩。黑铁塔一样的马拴现在骑在马上——这叫“压马”，按规程新女婿要“压”到本村的村头，然后再返回自己家里等新媳妇回来。

马拴后面，是他姑和他姨，都骑着毛驴；他姑夫和姨夫分别给自己的老婆牵着驴缰绳。他舅作为“领队”断后，和媒人走在一起——媒人是两家的贵宾，既是引人的，又是送人的。

这支队伍一进高家村，吹鼓手长号一吹，接着便鼓乐齐鸣了；两个吹唢呐的人腮帮子鼓得像拳头一般大，吱里哇啦吹起了“大摆队”。同时，在刘立本家的硷畔上，已经噼噼啪啪响起了欢迎的鞭炮声。

迎亲的人被接下不久后，第一顿饭就开始了；按习俗是吃饸饹。吹鼓手在院墙角里围成一圈，开始吹奏起慢板调。

刘立本家的院子里，硷畔上，窑顶上，此刻都挤满了看红火热闹的人。娃娃们大呼小叫，婆姨女子说说笑笑。

因为要赶时间，第一顿饭刚完，就开始上席。席面是传统的“八碗”，四荤四素，四冷四热；一壶烧酒居中，八个白瓷酒杯在红油漆八仙桌上转边摆开。第一席是双方的舅家；接下来是其他嫡亲；然后是门中人、帮忙的人和刘立本的朋友。吹鼓手们一直在吹着——要等到所有的人吃完之后才能轮上他们……

就在里里外外红火热闹的时候，巧珍正一个人待在她自己的窑里。

她坐在炕头上，呆呆地望着对面墙壁的一个地方，动也不动。外面的乐器声，人的喧哗声，端盘子的吆喝声，都好像离她很远很远。

她想不到，二十二年的姑娘生活，就这样结束；她从此就要跟一个男人一块生活一辈子了。她绝没有想到，她把自己的命运和马拴结合在一起；她心爱过的人是高加林！她为他哭过，为他笑过，做过无数次关于他的梦。现在，梦已经做完了……

她呆呆地坐了一会儿，感到疲乏得要命，就靠在铺盖上，闭住了眼。

渐渐地，她感到迷迷糊糊的，接着便睡着了。

门吱扭一声，把她惊醒了。

她侧转头，见是她妈进来了，手里拿着一摞衣服。

“把衣服换上，再洗个脸，梳个头。快起身了……”她妈轻声对她说。

她用手指头抹去了眼角两颗冰凉的泪珠，慢慢坐起来，下了炕。

这时候，外面的鼓乐突然吹奏得更快更热烈了，这意味着最后一席已经起场，吹鼓手正在结束他们的工作，准备吃饭了。

她妈只好赶紧把她扶在椅子上，给她换衣服。换完衣服，她就又倒了一盆热水，给她洗去满脸泪痕，然后就开始给她梳头。

就在这时，她妹妹巧玲进来了。她刚放学，也没去吃饭，就进来看她二姐。

漂亮的巧玲很像过去的巧珍，修长的身材像白杨树一般苗条，一张生动的脸流露出内心的温柔和多情；长睫毛下的两只大眼睛，会说话似的扑闪着。

巧珍看见她妹妹，便伸出自己的一只手，抓住了巧玲的手，非常动情地说：“巧玲，好妹妹，你不要忘了二姐……你要常来看我。二姐没有念过书，但心里喜欢有文化的人……我现在只有看见你，心里才畅快一点……”

巧玲眼里转着泪花子，说：“二姐，我知道你现在心里很苦……”

巧珍说：“妹妹你放心，不管怎样，我还得活人。我要和马拴一块劳动，生儿育女，过一辈子光景……”

巧玲在巧珍面前蹲下来，两只手捉住巧珍的手说：“二姐，你说得对。我以后一定会经常去看你的。我从小就爱你，虽然你没上过学，但你想的事很多，我虽然上了学，但受了你不少好影响，否则，我的性格很倔，也不会像今天这样开展……二姐！你也不要过分想以往的事了。对待社会，我们常说要向前看，对一个人来说，也要向前看。生活总是这样，不能叫人处处都满意。但我们还要热情地活下去。人活一生，值得爱的东西很多，不要因为一个方面不满意，就灰心。比如说我吧，梦里都想上大学，但没考上，我就不活人了吗？我现在就好好教书，让村里的其他娃娃将来多考几个大学生！就是不能教书，回村劳动了，该怎样还要怎样哩……”

已经在各方面开始成熟的巧玲，这一番话把巧珍说得眼睛亮了起来。她的手紧紧抓着巧玲的手，只是说：“你一定常来看我，常给我说这些话……”

巧玲不住地给她点头，然后突然愤愤地说：“高加林太没良心了！”

巧珍摇摇头，又痛苦地闭住了眼睛。

准备送人的巧英进来了。她让她妈赶紧收拾齐备，说已经准备起身了。

她妈让巧玲去吃饭。巧玲走后，她把窑里其他东西查看了一下，然后从后面箱子里拿出一块红丝绸，用发卡别在了巧珍的头上——这是蒙面的盖头。

太阳西斜的时候，娶亲的人马一摆溜从刘立本家的土坡里下来了。唢呐、锣鼓、号声、鞭炮声响声一片。出村的道路两旁和村里所有人家的硷畔上，都挤满了看热闹的人。娃娃们引着狗，在娶亲队伍的前后乱跑。

吹鼓手们在最前面鼓乐齐鸣，缓缓引路；紧跟着是男方娶亲的人马。新媳妇红丝绸盖头蒙面，骑在披红挂彩的高头大马上，走在中间。后面是送人的女方亲戚，按规矩是引人的一倍，几乎包括了刘立本两口子全部参加婚礼的亲戚。立本按乡俗把这支队伍送到坡下，就返回自己家里了——他一进大门，立刻长长舒了一口气……

娶亲的人马在通过村子的时候，行进得特别缓慢——似乎为了让这热闹非凡的一刻，更深刻地留在村民的记忆里……

巧珍骑在马上，尽量使自己很虚弱的身体不要倒下来；她红丝绸下面的一张脸，痛苦地抽搐着。

在估计快要出村的时候，她忍不住用手撩开盖头的一角：她看见了加林家的硷畔；她曾多少次朝那里张望过啊！她也看见了河对面一棵杜梨树——就在那树下，在那一片绿色的谷林里，他们曾躺在一起，抱过，亲过……别了，过去的一切！

她放下红丝绸，重新蒙住了脸，泪水再一次从她干枯的眼睛里涌出来了……

第二十一章

张克南把他的全部苦恼都发泄在了一根榆木树棒上。这根去了根梢的榆木树棒，就躺在他家院子的石炭和柴垛旁。

他们家现在做饭和今年一个冬天的引火柴，本来早已经绰绰有余，根本不需要劈柴了。就是缺少劈柴，他们向来谁又亲自动过手呢？没了买几担就行了，不需要张克南费这大的劲！

这根粗壮的榆木树棒，谁也不记得是哪一年躺在他们家院子的；也忘了是什么人给他们送来的。反正一直就在那里堵挡柴垛，防止摞好的劈柴倒下来。

张克南在接到黄亚萍断交信的第二天，就从副食门市部后边的院子里，带回一把长柄大斧头，一声不吭地破起了这根榆木棒。

在本地的树木中，榆树的纤维是最坚韧的，一般人谁也不做劈柴烧——因为很难破开。

张克南一下班就劈。他好多天实际上没有劈下来几块柴。他也根本不管劈下来了还是没有劈下来，反正只是劈。满头满身的汗，气喘得像拉风箱一般急促。但他一刻也不停地挥动着那把长柄斧头……

实在累得支持不住了，就回去仰面躺在床铺上，头枕着自己的两个手掌，闭住眼一句话也不说。

他母亲有时过来看他这副样子，也一句话不说，只是沉着脸瞅他两眼。她内心有些什么翻腾看不出来，只是戒了一年的烟又开始抽上了。克南他父亲正在县党校学习，经常不回家。这个独院整天都静得没有一点儿声响。

这一天，他拼命劈了一会儿榆树棒，又闭住眼躺在了床铺上，高大结实的身体像没有了气息似的，动也不动。

他母亲进来了。这次她开了口：“南南，你起来！”

张克南好像没听见，仍然一动不动躺着。

“起来！我有个事要给你说！你像你没出息的父亲一样，二十几岁了，看窝囊成个啥！”

克南睁开眼，看了看母亲的阴沉脸，不说话，仍然躺着。

“我给你说！我前两天已经打问清楚了，高加林那小子是走后门参加工作的！是马屁精马占胜给办的！材料我都掌握了！”她脸上露出一丝捉摸不来的笑影。

张克南仍然没有理他母亲。他不知道这个事和自己的失恋有什么关系，淡淡地说：“前门后门，反正都一样……”

“你这个窝囊废！我给你说，妈前几天已经给地委纪律检查委员会揭发控告了这件事。今天听县纪委你姜叔叔说，地纪委很重视这件事，已经派来了人，今天已经到了县上。他高加林小子完蛋了！”

张克南一闪身爬起来，眼瞪着他妈，喊：“妈！你怎能做这事呢？这事谁要做叫谁做去吧！咱怎能做这事哩？这样咱就成了小人了！”

“放你妈的臭屁！你这个没出息的东西！爱人都叫人家挖走了，还说这一个钱不值的混账话！我为什么不揭发控告他狗日的，一个乡巴佬欺负到老娘的头上，老娘不报复他还轻饶他呀？再说，他走后门，违法乱纪，我一个国家干部，有责任维护党的纪律！”

“妈，从原则上说，你是对的。但从道义上说，咱这样做，就毁了！众人都长眼着哩！决不会认为你党性强，而是报私仇哩！咱不能用错纠错！”

他妈抢前一步，上来啪啪地打了张克南几个耳光，然后一屁股坐在床上哭起来了；嘴里伤心地喊叫说：“我的命真苦啊！生下这么个不成器的东西……”

克南手摸着被母亲打过的脸，眼泪直淌，说：“妈妈！你知道，我非常喜欢亚萍……我心里一直像刀割一般难受，我甚至想死！我也恨过高加林！但我想来想去，这是没有办法的事！俗话说，强扭的瓜不甜。既然亚萍不喜欢我，喜欢高加林，我就是再痛苦也得承认这个现实。你知道，我心善，从小连别人杀鸡我都不敢看。我一生中最害怕和厌恶的就是屠宰场！我一听见猪的号叫，就头发倒竖，神经都要错乱了。因此，我也不愿看见在我的生活周围，在人与人之间，精神上互相屠杀……妈妈！我这人你了解，又不完全了解！我平时是有些窝囊，但我也有自己的生活原则，我虽然才二十五岁，但我已经经历了一些生活；我之所以社会上朋友多，大家也愿意和我交往，就因为我待人诚恳宽厚……我也有我自己的缺点，性格不坚强，在生活中魄力不够，视野狭窄，亚萍正是不喜欢我这些。但她并不知道，我还不至于就是一个堕落的人！亚萍！你不完全了解我啊……”

张克南两只手抓住自己的胸口，先是对他妈说，后来又对他看不见的亚萍说，脸痛苦地扭成了一种可怕的形象。他说完后，一下子倒在了床上，死沉沉的就像谁丢下了一口袋粮食……

很久以后，克南才从床上爬起来。他妈不知道什么时候走了；也不知道她到哪里去了。院子里静得像荒寺古庙一般。

克南出了门，在院墙根下急促地来回走了好长时间。

地上丢了十几根烟把子以后，他出了门，直接向广播站走去。

他找到黄亚萍，很快把他母亲给地纪委写信、地纪委已经派人到县里的情况，统统给亚萍说了，同时也说了他自己的所有心里话。他让亚萍看有没有办法挽救这个局面。

黄亚萍听完后，先顾不上急，出口就骂："你妈是个卑鄙的人！"

然后她眼里闪着泪光，对克南说："克南，你是个好人……"

高加林走后门参加工作的问题，被地纪委和县纪委迅速查清落实了。与此同时，高加林的叔父也知道了这件事，两次给县委书记打电话，让组织坚决把高加林退回去。

眼下，这样的问题一直就是公众最关心的。这事很快就在县城传开；街头巷尾，人们纷纷在议论。

在县委的一次常委会上，这件事被专门列入了议题。调查的人列席了常委会，详细汇报了这个事件的调查情况。

常委会的决定很快做出了：撤销高加林的工作和城市户口，送回所在大队；县劳动局副局长马占胜无视党的纪律，多次走后门搞不正之风，撤销其领导职务，调出劳动局，等候人事部门重新分配工作……

专门的文件很快下达到了有关单位。马占胜急得像热锅上的蚂蚁，到处拜访领导，托人求情，说让他好好检讨，请求县委不要给他处分。

后来，他看一切暂时都无济于事，就只好到处叫冤说："啊呀呀，这下舔屁股舔到他妈的刀刃上了……"

这几天，除了马占胜，另一个事中人黄亚萍也在四处奔跑，打探消息，找她父亲的朋友，看能不能挽回局面，不要让高加林回了农村。

当她看见县委下达的文件后，才知道局面是挽不回来了。

"完了！完了！一切都完了……"她在心里喊叫着，不知该怎么办。

她想不到生活的变化如同闪电一般迅疾；她刚刚开始了愉快，马上又陷入了痛苦！

她揪扯着自己的头发，在床上打滚。她无法忍受这个打击所带来的痛苦。

她痛苦的焦点在哪里呢?

这是不言而喻的：她真诚地爱高加林，但她也真诚地不情愿高加林是个农民！她正是为这个矛盾而痛苦！

如果有一个方面的坚定选择，她也就不会如此痛苦了：假若她不去爱高加林，那高加林就是下了地狱也与她无干；如果她为了爱情什么也不顾，那高加林就是下地狱她也会跟着下去！

矛盾是无法统一的。两个方面她自己认为都很重要：她爱高加林而又怕他当农民啊！

生活对于她这样的人总是无情的。如果她不确立和坚定自己的生活原则，生活就会不断地给她提出这样严峻的问题，让她选择。不选择也不行！生活本身的矛盾就是无所不在的上帝，谁也别想摆脱它！

黄亚萍觉得自己不知如何是好。加林本人不在，她又没有更亲密的朋友和她一块商量。克南倒是可以商量，但他又在他们之间处于这样的位置，根本不能去找。

她于是想起她亲爱的父亲。她现在只能和他谈这件事。

怎样和父亲谈呢？他本来就反对她离开克南而找加林。在这件事上，她已伤了他的心，他会怎样对待她目前的困难处境呢?

不管怎样，她还是去找父亲。

她回家去找他，他不在家。妈妈告诉她：父亲在办公室里。

她就又跑到了他的办公室。

她父亲正戴着老花镜，看《解放军报》。见她进来，就把老花镜摘下，放在报纸上。

“爸爸，高加林的事你知道不知道？”

“我怎不知道？常委会我都参加了……”

“这怎办呀嘛……”

“什么怎办呀？”

“我怎办呀！”

“你？”

“嗯……”

她父亲抬起头，望着窗户，沉默了半天。

他点燃一支烟，也不看她，仍然望着窗户说：

“你们现在年轻人的心思，我很难理解。你们太爱感情用事了。你们没有经受过革命生活的严格训练，身上小资产阶级的东西太多。正是这些东西，导致了你现在的处境……”

“爸爸，你先不要给我上政治课！你知道，我现在有多么痛苦……”

“痛苦是你自己造成的。”

“不！我觉得生活太冷酷了，它总是在捉弄人的命运！”

“不要抱怨生活！生活永远是公正的！你应该怨你自己！”老军人大声说着，激动地从椅子上站起来，长眉毛下的一双眼睛，炯炯有神地望着他的女儿。

黄亚萍跺了一下脚，拉着哭调说：

“爸爸，我想不到你一下子变得对我这样冷酷！我恨你！”

她父亲一下子心软了，走过来用粗大的手掌抚摩了一下她的头发，让她坐在椅子上，掏出手帕揩掉她眼角的泪水。然后他转过身，冲了一杯麦乳精，加了一大勺白糖，给她放在面前，说：“先喝点水，你嗓子都哑了……”

他又坐进他办公桌前的圈椅里，手指头在桌子上嘣嘣地敲着，怔怔地看女儿一小口一小口喝那杯饮料。

半天，他才往椅背上一靠，长长出了一口气说：“我不怀疑你对那个小伙子的感情。我虽然没见他，但知道我女儿爱上的人不会太平庸，最起码是有才华的人。因此，你那么突然地抛开克南，我和你妈妈尽管很难过，也感觉对老张一家人很抱愧，但我们仍然没有强行制止你这样做。爸爸一生在炮弹林里走南闯北，九死一生，多半辈子人了，才得了你这个宝贝。就你我而言，我把你看得比我重要；我不愿使你受一丝委屈。正因为这样，我对你的关心只限于不让你受委屈，而没有更多地教育你树立正确的人生观……”他突然停顿了下来，手在空中一挥，对自己不满地唠叨说，“扯这些干啥哩！一切都为时过晚了！”

他吸了一口烟，回头看了看静静坐着的女儿，说：

“这事我已经考虑过了，这次你最好能听爸爸的。咱们马上要到南京，那个小伙子是农民，我们怎能把他带去呢？就是把他放到郊区农村当社员，你们一辈子怎样过日子，感情归感情，现实归现实，你应该……”

“你让我去和加林断吗？”黄亚萍抬起头，两片嘴唇颤动着。

“是的。听说他现在在省里开会，快回来了，你找他……”

“不，爸爸！别说了！我怎能去找他断绝关系呢？我爱他！我们才刚刚恋爱！他现在遭受的打击已经够重了，我怎能再给他打击呢？我……”

“萍萍，这种事再不能任性了！这种事也不允许人任性了！如果不能在一块生活，迟早总要断的，早断一天更好！痛苦就会少一点……”

“永远不会少！我会永远痛苦的……”

他父亲站起来，低着头在地上慢慢踱着步，接连叹了两口气，说："一生经历了无数苦恼事，哪一件苦恼事也没你这件事叫人这么苦恼……苦恼啊！"他摇摇头，"本来，你和克南好好的，可是……噢，前天我刚收到老战友的信，说南京那里已经给克南联系下工作单位了……"

黄亚萍一下站起来，大声喊："现在你别提克南！别提他的名字……"她走过去，坐在父亲的圈椅里，拉过一张白纸来。

"你要干什么？"父亲站住问她。

"我要给加林写信，告诉他这一切！"

父亲赶忙走到她身边说："你现在千万不要给他写信！这么严重的事！让他知道了，在外面出了事怎办？他不是快回来了吗？"

黄亚萍想了一下，把纸推到一边。父亲的这个意见她听从了，说："按原来省上通知的时间，再一个星期就回来了。"

她走过去，把父亲墙上挂的日历嚓嚓地接连扯了七页。

第二十二章

经过平原和大城市的洗礼，高加林兴致勃勃地回到这个山区县城来了。

他下了公共汽车，出了车站，猛一下觉得县城变化很大，变得让人感到很陌生。城郭是这么小！街道是这么短窄！好像经过了一番不幸的大变迁，人稀稀拉拉，四处静悄悄的，似乎没有什么声响。

县城一点儿也没变。是他的感觉变了。任何人只要刚从喧哗如水的大城市再回到这样僻静的山区县城，都会有这种印象。

高加林出了车站，走在马路上，脚步似乎坚实而又自在。他觉得对他未来的生活更有自信心了。虽然时间很短暂，但他已经基本了解了外边的世界大概是怎么一回事。他把眼前这个小世界和外面的大世界一比较，感到他在这里不必缩头缩脑生活。完全可以放开手脚……他的心情就像一个游了一次大海的人，又回到小水潭里一样。

他出车站没走几步，碰见了他们村的三星。他穿一身油污的工作服，羡慕地过来和他握手，问："回来了？"

高加林对他点点头，问："你干什么哩？"

三星说："我开的拖拉机坏了，今早上来城里修理，晚上就又到咱上川里去呀。"

"咱村和我们家里没什么事吧？"他随便问。

"没……就是……巧珍前不久结婚了……"

“和谁？”高加林感到头嗡地响了一声。

“和马拴……你在！我还忙着哩！”三星一看他脸色变得很难看，就赶忙走了。

高加林听到这个消息，心里一下子涌起一种说不出的难受滋味。他在马路上若有所失地站了好一阵。他想不到巧珍这样快就结婚了。听到一个爱过自己的姑娘和别人结了婚，这总叫人心里不美气。

他马上意识到，这样呆立在马路当中也不合适，就又提着包往县委走。不过，他走得很慢，脚步也有点儿沉重起来。他感到街上的人也都似乎有点儿怪眉怪眼地看他，就像他们知道他心里有什么不愉快似的。

其实，街上的人这样看他，完全是出于另外的原因——这一点要等他回到县委才能明白。

他回到办公室刚把东西放下，老景就过来了。他先问了他这次出去的一些情况，然后突然沉默了起来；脸上的表情也很不自然。高加林很奇怪。他看出了老景好像要和他谈什么，又感到难开口。

老景坐在他的椅子上，又沉默了一会儿，才终于把有关他“走后门”参加工作被揭发、县委已经决定让他回农村的前前后后，全部给他说了。并告诉他，是克南母亲给地纪委写信揭发的；还听说克南和他母亲吵了一架，反对她这样做……

高加林听完后，脑子一下子变成了一片空白。

他麻木地立在脚地当中，甚至不知道自己现在在什么地方。他后来只听见老景断断续续说，他曾找过县委书记，说他工作很出色，请求暂时用雇用的形式继续工作；但书记不同意，说这事影响太大，让赶快给他办清手续，让他立刻就回队；还听说他叔父打了电话，让组织把他坚决退回去……

老景什么时候走的，他不知道。当他确实明白过来他面临的是什么时，一下子反应不过来眼下他该做什么。

他先把烟掏出来，但没抽，扔到了门背后。烟扔掉后，又莫名其妙地掏出了火柴。他把火柴盒抽出来，哗一下全撒在了地上。然后，他又弯下腰，一根一根往火柴盒里拾；拾起以后，又撒在了地上，又拾……

一个钟头以后，他的脑子才恢复了正常。

事情马上变得单纯极了：他不就是又要回到他们村，回到土地上去当社员吗？

紧接着他第一个想到的是巧珍。他在桌子上狠狠砸了一拳，绝望地叫道：“晚了！我这个浑蛋……”

接下来他才想到了黄亚萍。她没有引起他过分的痛苦，只是嘴里喃喃地说了一句：“生活啊，真是开了一个玩笑……”

是生活开了他一个玩笑，还是他开了生活一个玩笑？他不得而知。正像巧珍认为她和高加林的关系是做了一场梦一样，他感觉他和黄亚萍的关系也是做了一场梦。一切都是毫无疑问的：他现在又成了农民，他和黄亚萍中间，也就自然又横上了一条无法逾越的鸿沟。和亚萍结婚，跟她到南京去……这一切马上变成了一个笑话！即使亚萍现在对他的爱情仍然是坚决的，但他自己已经坚定地认为这事再不可能了；他们仍然应该回到各自原来的位置上。他尽管是个理想主义者，但在具体问题上又很现实。

至于他个人生活道路上这个短暂而又复杂的变化过程，他现在来不及更多地思考。他甚至觉得眼前这个结局很自然；反正今天不发生，明天就可能发生。他有预感，但思想上又一直有意回避考虑。前一个时期，他也明知道他眼前升起的是一道虹，但他宁愿让自己把它看作是桥！

他希望的那种"桥"本来就不存在；虹是出现了，而且色彩斑斓，但也很快消失了。他现在仍然面对的是自己的现实。

是的，现实是不能以个人的意志为转移的。谁如果要离开自己的现实，就等于要离开地球。一个人应该有理想，甚至应该有幻想，但他千万不能抛开现实生活，去盲目追求实际上还不能得到的东西。尤其是对于刚踏入生活道路的年轻人来说，这应该是一个最重要的认识。

可是，社会也不能回避自己的责任。我们应该真正廓清生活中无数不合理的东西，让阳光照亮生活的每一个角落；使那些正徘徊在生活十字路口的年轻人走向正轨，让他们的才能得到充分的发展，让他们的理想得以实现。祖国的未来属于年青的一代，祖国的未来也得指靠他们！

当然，作为青年人自己来说，重要的是正确对待理想和现实生活。哪怕你的追求是正当的，也不能通过邪门歪道去实现啊！而且一旦摔了跤，反过来会给人造成一种多大的痛苦；甚至能毁掉人的一生！

高加林的悲剧包含诸方面的复杂因素——关于这一切，就让明断的公众去评说吧！我们现在仍然叙述我们的生活故事。

加林现在还顾不得考虑其他。他现在首先要考虑的是，他怎样处理他和亚萍的关系。

实际上，这件事他已经在心里决定了：他要主动找黄亚萍断绝关系！

他洗了一把脸，把那双三接头皮鞋脱掉，扔在床底下，拿出了巧珍给他做的那双布鞋。布鞋啊，一针针，一线线，那里面缝着多少柔情蜜意！他一下子把这双已经落满尘土的补口鞋捂在胸口上，泪水止不住从眼睛里涌出来了……

他换了鞋，就起身去找黄亚萍——现在中午已经下班了，亚萍肯定在家里。他想他这是第一次上亚萍家，也是最后一次。

正在他刚要出门的时候，克南却突然进了他的办公室。

他们相对而立，一阵长时间的沉默。

半天，高加林才说："你坐……"

克南坐在他办公桌旁边的一把椅子上。他自己也在他的床边坐下来。

"加林，你现在一定很恨我……"克南没有看他，说。

高加林也没有看他，说："不……你应该恨我！"

"你现在心里小看我！认为我张克南是个小人！"

"不，"加林回过头，认真说，"我了解你……这件事，和你没关系。这我已经知道了。实际上，就是你写信揭发我走了后门，我也可以理解。因为是我首先伤害了你……你即使报复我，也是正当的……"

张克南猛地抬起头来，怔怔地看着高加林说："你是一个有血性的人。尽管咱们性格不一样，但我过去一直在内心很尊重你。我现在仍然尊重你。过去的事情已经过去了……我现在不知道眼前我该怎样帮助你。我知道你现在很痛苦，亚萍也在痛苦……我不愿意你们痛苦……"

"你更痛苦！"加林站起来，"现在让我们结束这个不幸的局面吧！你和亚萍仍然恢复你们的一切。我现在唯一要求你的，就是你能谅解我以前给你带来的痛苦……"

"不！"克南也站起来，"尽管我爱亚萍，亚萍实际上是爱你的！我的痛苦已经过去了，一切我也都想通了……亚萍也不会离开你……"

"我要离开她！我要主动和她断绝关系！这我已经决定了！"

"她是爱你的……"

"我真正爱的人实际上是另外一个！"高加林大声说。

张克南惊讶地望着他，半天说不出话来了。

高加林又颓唐地坐在床边上，一绺乱蓬蓬的头发耷拉在他苍白的额头上。

克南沉默了一下，然后走到高加林面前，说："……加林，我们不说这些事了。我现在主要考虑你要回农村，生活会很艰苦的。我原来也知道，你们家并不太富裕……我们家经济情况好一点，你如果需要我……"

克南还没说完，高加林一下子愤怒地站起来，大声咆哮："别污辱我了！你滚出去！滚出去！"

克南一下子呆住了。

他眼里闪着泪花，看了一眼高加林，慢慢转过了身。

高加林又猛然走上前来，用一条胳膊搂住了他的肩膀，用一种亲切低沉的音调说："……克南，对不起。你怎能说这种话呢？如果我不了解你是出于一种真诚，我就马上会把你打倒在这里……原谅我，你走吧！我要马上找亚萍结束我们之间的一切。原谅我……"

他们在门外沉默地握手告别了。

黄亚萍听说高加林回来了，正准备去找他，想不到高加林已经找到她门上来了。

亚萍在大门口把他接回到自己房子里。她父母亲分别拿着糕点、纸烟、茶壶、茶杯，过来放在桌子上，就都退出去了。

亚萍把一杯茶放到他面前，着急地问："你知道了吗？"

高加林喝了一口茶，平静地说："知道了。"

黄亚萍一下子伏在他旁边的桌子上，呜咽着哭开了。

高加林从侧面看着她耸动着的圆润的肩膀，看着她烫过的蓬松柔软的头发，心里又忍不住隐隐作痛起来。他又记起省城的大街上，公园里，那些一对一对挽着胳膊走路的青年男女。当时他曾想过：不久，我和亚萍也会这样手挽着手，徜徉在南京的大街上；去长江边看朝霞染红的浪花；去雨花台捡五颜六色的雨花石……

他一边想着，一边难受地咽着唾沫。他一直向往的理想生活，本来已经就要实现，可现在一下子就又破灭了。他感到胸口一阵剧烈的疼痛，赶忙用拳头抵住。

亚萍抬起头来，满面泪痕说：

"你明天到地区去！找你叔父，让他重新考虑给你找个工作！"

加林点着一支烟，狠狠吸了一口，说：

"他原来就反对这样做。这次他也打了电话，让把我退回去。对他来说，这样做也是对的，我并不抱怨他。现在我更不准备去找他了。说来说去，路还得自己走。现在事情很简单，我只能再回到我们村去……"

"你不能回去！"她认真地叫道。

加林苦笑了："不是能不能回去，而是必须要回去！"

"回去可怎办呀……"亚萍抬起头，脸痛苦地对着天花板，喃喃地念叨着，两只手神经质地捋着头发。

"怎办呀？还能怎办呀！回去当农民！"

"我们怎办呀？"亚萍脸对着他的脸，像是问自己，又像是问加林。

"我已经想好了。我来找你，也就是说这事的！"加林站起来，走过去靠在墙上，“我们现在应该结束我们的关系。你还是和克南一块生活吧！他是非常爱你的……”

“不，我要和你在一块！”黄亚萍也站起来，靠在桌子上。

“这已经是不可能的了，我已经又成了农民，我们无法在一块生活。再说，你很快要到南京去工作了。”

“我不工作了！也不到南京去了！我退职！我跟你去当农民！我不能没有你……”亚萍一下子双手蒙住脸，痛哭流涕了。可怜的姑娘！她现在这些话倒不全是感情用事。她也是一个有个性的人，事到如今，完全可以做出崇高的牺牲。而她现在在内心里比任何时候都要更爱高加林！

高加林一口接一口地吸着烟，说：

“亚萍，怎能这样呢？我根本不值得你做这样的牺牲。就是你真的跟我去当农民，难道我一辈子的灵魂就能安宁吗？你一直娇生惯养，农村的苦你吃不了……亚萍，我知道你对我的感情是真诚的。为了这，我很感激你。我自己一直也是非常喜欢你的。但我现在才深切感到，从感情上来说，我实际上更爱巧珍，尽管她连一个字也不识。我想我现在不应该对你隐瞒这一点……”

亚萍突然惊讶而绝望地望着他的脸，一下子震惊得发呆了。

她麻木地呆立了好长时间，然后用袖口揩去脸上的泪水，向前走了两步，站在高加林面前，缓缓说：“如果是这样，那么……我祝你们……幸福……”她向他伸出手来，两行泪水静静地在脸上流着。

加林握住她的手，说：“巧珍已经和别人结婚了……现在让我来真诚地祝你和克南幸福吧！”

他说完，就把他的手从她的手里抽出来，转过身就往门外走。

亚萍在后边一把扯住他，伤心地说：“你……再吻我一下……”

高加林回过头，在她的泪水脸上吻了吻，然后嘴里含着一股苦涩的味道，匆匆跨出了门槛……

高加林从黄亚萍家里出来以后，先没回自己的办公室，径直去县农机修配厂找来三星，让他把他的全部行李在当天晚上就捎回家里去了。然后他和老景一起把所有该办的手续全部办清，就一个人关住门在光床板上躺了下来……

第二十三章

（并非结局）

在高三星把加林的铺盖行李捎回村的当天晚上，高家村的大部分人都知道了这件事。全村人都很感慨，谁也没有想到小伙子竟然落了这么个下场！

玉德老两口倒平静地接受了三星捎回来的铺盖卷，也平静地接受了儿子的这个命运。他们一辈子不相信别的，只相信命运；他们认为人在命运面前是没什么可说的。

对这事感到满意的是刘立本。他也认为这是老天爷终于睁了眼，给了高加林应得的报应。他当晚就很有兴致地跑到明楼家，向三星打问这件事的根根梢梢。

但他亲家却没有显出多少兴致来。听了这事，明楼反而显得心情很沉重。这倒不是说他同情高加林，而是他从这件事里敏感地意识到，社会对他们这种人的威胁越来越大了！就连占胜这样的精能人都说垮就垮了台，他一个不识字的农村干部又有多少能耐呢？谁知道什么时候，说不定也会清算到他的头上？另外，他的老心病也马上犯了。他认为高加林不管怎样，都已经在心里恨上了他；往后他们又要同在一个村里闹世事，这小伙子将是他最头疼的一个人。从这一点上说，明楼不愿让高加林回来，宁愿他在外面飞黄腾达去！

就在当晚村里各种人对高加林回村进行各种议论的时候，刘立本的老婆和她的大女儿巧英，却正在立本家一孔闲窑里策划一件妇道人家的伎俩……

第二天一大早，立本的大女儿巧英提了个筐子，出了村，来到大马河湾的分路口附近打猪草。这地方并没有多少猪能吃的东西，巧英弄了半天还没把筐底子铺满。

巧英实际上并不是来打猪草的！她要在这里进行她和她妈昨天晚上谋划过的那件事。两个糊涂的女人，为了出气，决定由巧英在今天把回村的高加林堵在这里，狠狠地奚落他一通！因为今天上午村里的男男女女都在这附近的地里劳动，因此在这个地方闹一下最合适。到时候，田野里的人就都会过来看热闹；而且很快就会在大马河上下川道传得刮风下雨！把他高加林小子的名誉弄得臭臭的！叫他再能！

这件事昨天晚上母女俩谋划时，被巧玲在门外听见了。有文化的高中生进去劝母亲和姐姐千万不要这样；说到时人家不会笑话高加林，而丢人的反倒会是她们！但两个不识字的妇道人家却把她臭骂了一通，弄得巧玲当晚上跑到学校另一个女老师那里睡觉去了。

巧英已经有了一个孩子，不像做姑娘时那般漂亮了，但仍然容貌出众。每逢赶集上会，竟然还有一些远地的陌生小伙子以为她是个姑娘，就倾心地向她求爱；她立刻就用农村妇女最难听的粗话把这些人骂得狗血喷头。和两个妹子不大一样，她从里到外都把父母的一切全盘继承了，有时心胸狭窄，精明得有点儿糊涂；但心地倒也善良，还有一股泼辣劲儿。眼下这行为纯粹是一肚子气鼓起来的。

现在她一边心不在焉地打猪草，一边留心望着前川道的公路，心里盘算她怎样给高加林制造这场难看。她一直脸色阴沉，噘着个嘴，早已经像演员一样进入了角色。

她突然听见背后传来一阵慌乱的脚步声。回过头一看，竟然是大妹子巧珍！

这真的是巧珍。她穿一件朴素的印花布衫和一条蓝布裤，脚上是她自己做的布鞋；头发也留成了农村那种普通的“短帽盖”。她一切方面都变成一个农村少妇了，但看起来似乎倒比原来更惹亲，更漂亮。对于本来就美的人，衣着的质朴更能给人增加美感。巧珍的脸上既没有通常新婚妇女那种特别的幸福光彩，但也看不出不久前那场不幸给她留下的阴影。

“你到这儿干啥来了？”巧英问妹子。

“姐姐，快回！你千万不能这样！人家笑话呀！”巧珍扯住巧英的袖口说。

“什么事笑话我哩？”巧英愚蠢地装出一副惊讶的样子。

“好姐姐哩！巧玲昨晚上跑到我那里，把什么事都给我说了。我昨晚上急得一夜没睡着。今早上，我跑到咱家里，把妈妈数说了一番，她也觉得不该；然后我就来……”

“你真是个受罪鬼！”巧英打断了她的话，一下子恨得牙咬住嘴唇，半天不言语了。过了好一会儿，她才愤愤地说：“高加林不光辱没了你，把咱们一家人都拿猪尿泡打了，满身的臊气！你能忍了这口气，你忍着！我们可忍受不了！我今儿个非给他小子难看不可！”

“好姐姐哩！他现在也够可怜了，要是墙倒众人推，他往后可怎样活下去呀……”巧珍说着，泪水已经在眼眶里旋转起来。

巧英执拗地把头一拧，说：“你别管！这是我的事！”说着，把手里的筐子往地上一丢，一屁股坐在一块石头上，双手狠狠把膝盖一抱，像一个粗野的男人一样。

巧珍一下子跪在巧英面前，把头抵在姐姐的怀里，哽咽着说：“我给你跪下了！姐姐！我央告你！你不要这样对待加林！不管怎样，我心疼他！你要是这样整治加林，就等于拿刀子捅我的心哩……”

善良的品格和对不幸的妹妹的巨大同情心，使得巧英一下子心软了。她一只手上去抹自己眼里涌出的泪珠，另一只手亲热地摩挲着巧珍的头，说：“珍珍，你不要哭了！姐姐知道你的心！姐姐不了……”她停了半天，突然又叹了一口气说，“我心里知道你最爱他。唉！这坏小子要是早叫公家开除回来就好了……现在可怎办呀？我看得出来，这坏小子实际上心里也是爱你的！说不定他还要你哩，可现在……”

“不！”巧珍抬起泪水斑斑的脸，“这是不可能的，我已经结婚了。再说，我也应该和马拴过一辈子！马拴是好人，对我也好，我已经伤过心了，我再不能伤马拴的心了……”

巧英又长出了一口气，说：“那你回咯。我也就回呀……”说着就站起来拿筐子。

巧珍也站起来，问：“你公公在不在家？”

“在哩。怎啦？”巧英问。

“是这样的，我昨晚还听巧玲说，公社可能还要叫咱们学校增加一个教师。加林回来一下子又习惯不了地里的劳动，我想看能不能叫他再教书。马拴是校管委会的，他昨晚上说马店村里有他哩，说他一定代表马店村去给公社说。咱村里你公公拿事，我想拉你一块去求求明楼叔，让加林再去教书。你在旁边一定要帮我说话，你是他的儿媳妇，面子比我大……”

巧英惊讶地张开嘴，望着妹妹怔了半天。她一条胳膊挽起筐子，过来用另一条胳膊搂住巧珍的肩头，说：“那咱们回！妹子，你可真有一副菩萨心肠……”

天还没有明时，高加林就赤手空拳悄然地离开了县委大院。

他匆匆走过没有人迹的街道，步履踉跄，神态麻木，高挑的个子不像平时那般笔直，背微微地有些驼了；失神的眼睛深陷在眼眶里，没有一点光气，头发也乱蓬蓬的像一团茅草。整个脸上像蒙了一层灰尘，额头上都似乎显出了几条细细的皱纹。

漂亮而潇洒的小伙子啊，一下子就好像老了许多岁！

到现在，高加林才感觉到自己像个一无所有的叫花子一般。他感觉到自己孤零零的，前不着村，后不靠店。他不知道自己从什么路上走来，又向什么路上走去……”

当他走到大马河桥上的时候，他一下子有气无力地伏在了桥栏杆上。桥下，清清的大马河在黎明前闪着青幽幽的波光，穿过桥洞，汇入了初秋涨宽了的县河里。县河浑黄的流水平静地绕过城下，流向了看不见的远方。

他手抚着桥栏杆，想起第一次卖馍返回的时候，巧珍就是站在这里等他的；想起在这同一个地方，他不久前又曾狠心地和她断绝了关系……眼下他又在这里了，可是他现在还有什么呢？他幻想的工作和未来在大城市生活的梦想破灭了，黄亚萍又退回到了他生活的远景上；亲爱的刘巧珍被他冷酷地抛弃，现在已和别人结了婚。他真想一纵身从这桥上跳下去！

这一切怨谁呢？想来想去？他现在谁也不怨了，反而恨起了自己：他的悲剧是他自己造成的！他为了虚荣而抛弃了生活的原则，落了今天这个下场！他渐渐明白，如果他就这样下去，他躲过了生活的这一次惩罚，也躲不过去下一次惩罚——那时候，他也许就被彻底毁灭了……

严峻的现实生活最能教育人，它使高加林此刻减少了一些狂热，而增强了一些自我反省的力量。他进一步想：假如他跟黄亚萍去了南京，他这一辈子就会真的幸福吗？他能不能就和他幻想的那样在生活中平步青云？亚萍会不会永远爱他？南京比他出色的人谁知有多少，以后根本无法保证她不再去爱其他男人，而把他甩到一边，就像甩张克南一样。可是，如果他和巧珍结了婚，他就敢保证巧珍永远会爱他。他们一辈子在农村生活苦一点，但会活得很幸福的……现在，他把生活中最宝贵的东西轻易地丢弃了！他做了昧良心的事！爸爸和德顺爷的话应验了，他害了别人，也害了自己！他搅乱了许多人的生活，也把自己的生活搅了个一塌糊涂……

黎明不知什么时候已经静悄悄地来临了。县城的灯光先后熄灭，大地万物在一种自然柔和的光亮中脱去了夜的黑衣裳，显出了它们各自的面目。时令已进入初秋，山头和川道里的庄稼、树木，绿色中已夹杂了点点斑黄。

城里已经又开始熙熙攘攘了。一天的生活像往常一样开始了它的节奏。

高加林望了一眼罩在蓝色雾霭中的县城，就回过头，穿过桥面，拐进了大马河川道。

他走在庄稼地中间的简易公路上，心里涌起了一种从未体验过的难受。他已经多少次从这条路上走来走去。从这条路上走到城市，又从这条路上走回农村。这短短的十华里土路，对他来说，是多么的漫长！这也象征着他已经走过的生活道路——短暂而曲折！

他折了一枝柳树梢，一边走，一边轻轻抽打着路边的杂草，心想：他回到村里后，人们会怎样看他呢？他将怎样再开始在那里生活呢？亲爱的巧珍已经不在了！如果有她在，他也就不会像现在这样难受和痛苦了。她那火一样热烈和水一样温柔的爱，会把他所有的苦恼冲洗掉。可是现在……他忍不住一下子站在路上，痛不欲生地张开嘴，想大声嘶叫，又叫不出声来！他两只手疯狂地揪扯着自己的胸脯，外衣上的纽扣嘣嘣地一颗颗飞掉了……

早晨的太阳照耀在初秋的原野上，大地立刻展现出了一片斑斓的色彩。庄稼和青草的绿叶上，闪耀着亮晶晶的露珠。脚下的土路潮润润的，不起一点黄尘。高加林在路上摇摇晃晃地走着，走几步就站下，站一会儿再走……

离村子还有一里路的地方，他听见河对面的山坡上，有一群孩子叽叽喳喳地说话，其中听见一个男孩子大声喊：“高老师回来啰……”他知道这是他们村的砍柴娃娃，都是他过去的学生。

突然，有一个孩子在对面山坡上唱起了信天游——

哥哥你不成材，
卖了良心才回来……

孩子们都哈哈大笑，叽叽喳喳地跑到沟里去了。

这古老的歌谣，虽然从孩子的口里唱出来，但它那深沉的谴责力量，仍然使高加林感到惊心动魄。他知道，这些孩子是唱给他听的。

唉！孩子们都这样厌恶他，村里的大人们就更不用说了。

他走不远，就看见了自己的村子。一片茂密的枣树林掩映着前半个村子；另外半个村子伸在沟口里，他看不见。

他忍不住停下了脚，忧伤地看了一眼他熟悉的家乡。一切都是原来的样子——但对他来说，一切又都不一样了……

就在这时，许多刚下地的村里人，却都从这里那里的庄稼地里钻出来，纷纷向他跑来了。

他不知道这是怎一回事，村里的人们就先后围在了他身边，开始向他问长问短。所有人的话语、表情、眼神，都不含任何恶意和嘲笑，反而都很真诚。大家还七嘴八舌地安慰他哩。

“回来就回来吧，你也不要灰心！”

“天下农民一茬子人哩！逛门外和当干部的总是少数！”

“咱农村苦是苦，也有咱农村的好处哩！旁的不说，吃的都是新鲜东西！”

“慢慢看吧，将来有机会还能出去哩。”

……

亲爱的父老乡亲们！他们在一个人走运的时候，也许对你躲得很远；但当你跌了跤的时候，众人却都伸出自己粗壮的手来帮扶你。他们那伟大的同情心，永远都会给予不幸的人！

高加林忍不住热泪盈眶。他一句话也说不出来，只是掏出纸烟，给大家一人散了一根。

庄稼人们问候和安慰了他一番，就都又下地去了。

当高加林再迈步向村子走去的时候，感到身上像吹过了一阵风似的松动了一些。他抬头望着满川厚实的庄稼，望着浓绿笼罩的村庄，对这单纯而又丰富的故乡田地，心中涌起了一种深厚的情感，就像他离开它已经很长时间了，现在才回来……

当他从公路上转下来，走到大马河湾的分路口上时，腿猛一下子软得再也走不动了。他很快又想起，他和巧珍第一次相跟着从县城回来时，就是在这个地方分手的——现在他们却永远地分手了。他也想起，当他离开村子去县城参加工作时，巧珍也正是在这个地方送他的。现在他回来了，她是再不会来接他了……

他坐在一块石头上，身上像火烧着一般烫热。他用两只手蒙住眼睛，头无力地垂在胸前。他真不知道往后的日子怎么过呀！他嘴里喃喃地说："亲爱的人！我要是不失去你就好了……"泪水立刻像涌泉一般地从指缝里淌出来了……

好久，高加林才抬起头。他猛然发现，德顺爷爷正蹲在他面前。他不知道德顺爷爷是什么时候蹲在他面前的。他只是静静地蹲着，抽着旱烟锅。

他见他抬起头来，便笑眯眯地说："你还有眼泪呢？"接着一脸皱纹一下子缩到眼角边，摇了摇那白雪一般的头颅，痛心地说："娃娃呀，回来劳动这不怕，劳动不下贱！可你把一块金子丢了！巧珍，那可是一块金子啊！"

"爷爷，我心里难过，你先别说这了。我现在也知道，我本来已经得到了金子，但像土坷垃一样扔了。我现在觉得活着实在没意思，真想死……"

"胡说！"德顺爷爷一下子站起来，"你才二十四岁，怎么能有这么些混账想法？如果按你这么说，我早该死了！我，快七十岁的孤老头子了，无儿无女，一辈子光棍一条。但我还天天心里热腾腾的，想多活它几年！别说你还是个嫩娃娃哩！我虽然没有妻室儿女，但觉得活着总还是有意思的。我爱过，也痛苦过；我用这两只手劳动过，种过五谷，栽过树，修过路……这些难道也不是活得有意思吗？——拿你们年轻人的词说叫幸福。幸福！你小子不知道，我把我树上的果子摘了分给村里的娃娃们，我心里可有多……幸福！不是吗，你小时候也吃过我的多少果子啊！你小子还不知道，我栽下一拨树，心里就想，我死了，后世人在那树上摘着吃果子，他们就会说，这是以前村里的光棍老汉德顺栽下的……"

德顺老汉大动感情地说着，像是在教导加林，又像是借此机会总结他自己的人生；他像一个热血沸腾的老诗人，又像一个哲学家；那只拿烟锅的、衰老的手在剧烈地抖动着。

高加林一下子站起来了。傲气的高中生虽然研究过国际问题，讲过许多本书，知道霍梅尼和巴尼萨德尔，知道里根的中子弹政策，但他没有想到这个满身补丁的老光棍农民，在他对生活失望的时候，给他讲了这么深奥的人生课题。他望着亲爱的德顺爷爷那张老皱脸，一双失去光彩的眼睛里重新飘荡起了两点火星。

德顺爷爷用缀补丁的袖口揩了一下脸上的泪水，说:“听说你今上午要回来，我就专门在这里等你，想给你说几句话。你的心可千万不能倒了！你也再不要看不起咱这山乡圪塄了。”他用枯瘦的手指头把四周围的大地山川指了一圈，说，“就是这山，这水，这土地，一代一代养活了我们。没有这土地，世界上就什么也不会有！是的，不会有！只要咱们爱劳动，一切都还会好起来的。再说，而今党的政策也对头了，现在生活一天天往好变。咱农村往后的前程大着哩，屈不了你的才！娃娃，你不要灰心！一个男子汉，不怕跌跤，就怕跌倒了不往起爬，那就变成个死狗了……”

“爷爷，你的话给我开了窍，我会记住的，也会重新好好开始生活的。刚才我在前川碰见庄里的其他人，他们也给我说了不少宽心话。唉，我现在就担心高明楼和刘立本两家人往后会找我的麻烦，另眼看我……”

“啊呀，这你别担心！就是为了这事，我刚才还去明楼家找了他。我和他爸当年是拜把兄弟，我敢指教他哩！我已经把话给他敲明了，叫他再不要捣你的鬼……噢，我倒忘了给你说了！我刚才去明楼家，正碰见巧珍央求明楼，让他去公社做做工作，让你再教书哩！巧珍说得鼻子一把泪一把！明楼当下也应承了。不知为什么，他儿媳妇巧英也帮巧珍说话哩。你不要担心，书教成教不成没什么，好好重新开始活你的人吧……啊，巧珍，多好的娃娃！那心就像金子一样……金子一样啊……”德顺老汉泪水夺眶而出，顿时哽咽得说不下去了。

高加林一下子扑倒在德顺爷爷的脚下，两只手紧紧抓着两把黄土，沉痛地呻吟着，喊叫了一声：

“我的亲人哪……”

1981 年夏天初稿于陕北甘泉，同年秋天
改于西安、咸阳，冬天再改于北京。

入选理由

路遥《人生》中的高加林是在精神归属上遇到了问题。20 世纪 80 年代是中国改革开放的初始时期，也是压抑已久的中国青年最为躁动和跃跃欲试的时期。改革开放的时代环境使青年特别是农村青年有机会通过传媒和其他资讯方式了解了城市生活，城市的灯红酒绿和花枝招展总会轻易地调动农村青年的想象。于

是，他们纷纷逃离农村来到城市。城市与农村看似一步之遥却间隔着千年传统，农村的前现代传统虽然封闭，却有巨大的难以超越的道德力量。高加林对农村的逃离和对农村恋人巧珍的抛弃，示喻了他对现代文明的向往。但城市对“他者”的拒绝是高加林从来不曾想象的。路遥虽然很道德化地解释了高加林失败的原因，却从一个方面表达了传统中国青年迈进“现代”的艰难历程。作家对“土地”或家园的理解，也从一个方面延续了现代中国作家的土地情结，或者说，只有农村和土地才是青年或人生的最后归宿。但事实上，农村或土地，是只可想象而难以经验的，作为精神归属，在文化的意义上只因别无选择。现代文明诞生之后，陶渊明想象的“桃花源”就不再存在了。20世纪90年代以后，无数的高加林涌进了城市，他们会遇到高加林的问题，但不会全部返回农村。“现代性”有问题，但也有它不可阻挡的巨大诱惑。

黑骏马

张承志

也许应当归咎于那些流传太广的牧歌吧，我常发现人们有着一种误解。他们总认为，草原只是一个罗曼蒂克的摇篮。每当他们听说我来自那样一个世界时，就会流露出一种好奇的神色。我能从那种神色中立即读到诸如白云、鲜花、姑娘和醇酒等诱人的字眼儿。看来，这些朋友很难体味那些歌子传达的一种心绪，一种作为牧人心理基本素质的心绪。

辽阔的大草原上，茫茫草海中有一骑在踽踽独行。炎炎的烈日烘烤着他，他一连几天在静默中颠簸。大自然蒸腾着浓烈呛人的草味儿，但他已习以为常。他双眉紧锁，肤色黧黑，他在细细地回忆往事，思想亲人，咀嚼艰难的生活。他淡漠地忍受着缺憾、歉疚和内心的创痛，迎着舒缓起伏的草原，一言不发地、默默地走着。一丝难以捕捉的心绪从他胸中飘浮出来，轻盈地、低低地在他的马儿前后盘旋。这是一种莫名的、连他自己也未曾发现的心绪。

这心绪不会被理睬或抚慰。天地之间，古来只有这片被严寒酷暑轮番改造了无数个世纪的一派青草。于是，人们变得粗犷强悍，心底的一切都被那冷冷的、男性的面容挡住。如果没有烈性酒或是什么特殊的东西来摧毁这道防线，并释放出人们柔软的那部分天性的话——你永远休想突破彼此的隔膜而去深入一个歪骑着马的男人的心。

不过，灵性是真实存在的。在骑手们心底积压太久的那丝心绪，已经悄然上升。它徘徊着，化成一种旋律，一种抒发不尽、描写不完，而又简朴不过的滋味，一种独特的灵性。这灵性没有声音，却带着似乎命定的音乐感——包括低缓的节奏、生活般周而复始的旋律，以及或绿或蓝的色彩。那些沉默了太久的骑马人，不觉之间在这灵性的催动和包围中哼起来了：他们开始诉说自己的心事，卸下心灵的重荷。

相信我：这就是蒙古民歌的起源。

高亢悲怆的长调响起来了，它叩击着大地的胸膛，冲撞着低巡的流云。在强烈扭曲的、疾飞向上和低哑呻吟的节拍上，新的一句在追赶着前一句的回声。草原如同注入了血液，万物都有了新的内容。那歌儿激越起来了，它尽情尽意地向遥远的天际传去。

歌手骑着的马走着，听着。只有它在点着头，默然地向主人表示同情。有时人的泪珠会噗地溅在马儿的秀鬃上：歌手找到了知音。就这样，几乎所有年深日久的古歌就都有了一个骏马的名字：《修长的青马》《紫红快马》《铁青马》等。

古歌《钢嘎·哈拉》——《黑骏马》[①]就是这无数之中的一首。我第一次听到它的旋律还是在孩提时代。记得当时我呆住了，双手垂下，在草地里静静地站着，一直等到那歌声在风中消逝。我觉得心里充满了一种亲切感。后来，随着我的长大成人，不觉之间我对它有了偏爱，虽然我远未将它心领神会。即便现在，我也不敢说自己已经理解了它那几行平淡至极的歌词。这是一首什么歌呢？也许，它可以算一首描写爱情的歌？

后来，当我遇到一位据说是思想深刻的作家时，便把这个问题向他请教。他解释说："很简单。那不过是未开的童心被强大的人性的一次冲击。其实，这首歌尽管堪称质朴无华，但并没有很强的感染力。"我怀疑地问："那么，它为什么能自古流传呢？而且，为什么我总觉得它在我心头徘徊呢？"他笑了，宽厚地捏捏我的粗胳膊："因为你已经成熟。明白吗？白音宝力格，那是因为爱情本身的优美。她，在吸引着你。"

我哪里想到：很久以后，我居然不是唱，而是亲身把这首古歌重复了一遍！

当我把深埋在草丛里的头抬起来，凝望着蓝空，聆听着云层间和草梢上掠过的那低哑歌句，在静谧中寻找那看不见的灵性时，我渐渐感到，那些过于激昂和辽远的尾音，那此世难逢的感伤，那古朴的悲剧故事；还有，那深沉而挚切的爱情，都不过是一些依托或框架。或者说，都只是那灵性赖以音乐化的色彩和调子。而那古歌内在的真正灵魂却要隐蔽得多，复杂得多。就是它，世世代代地给我们的祖先和我们以铭心的感受，却又永远不让我们有彻底体味它的可能。我出神地凝望着那歌声逝入的长天，一个鸣叫着的雁阵掠过，打断了我的求索，我想

---

① 钢嘎哈拉：蒙古语，漂亮的黑马；黑骏马。

起那位为我崇拜许久的作家，第一次感到名人的肤浅……

哦，现在，该重新把这个问题提出来了。我想问问自己，也问问人们，问问那些从未见过面、却又和我心心相印的朋友们:《黑骏马》究竟是一首歌唱什么的歌子呢？这首古歌为什么能这样从远古唱到今天呢？

一

漂亮善跑的——我的黑骏马哟
拴在那门外——那榆木的车上

在远离神圣的古时会盟敖包和母亲湖、锡林河的荒僻草地深处，你能看到一条名叫伯勒根[①]的明净小河。牧人们笑谑地解释说，也许是哪位大嫂子在这里出了名，所以河水就得到这样有趣的名字。然而我曾经听白发的奶奶亲口说过，伯勒根，远在我们蒙古人的祖先还没有游牧到这儿时，已经是出嫁姑娘“给了”那异姓的婆家，和送行的父母分手的一道小河。

我骑着马哗哗地蹚着流水，马儿自顾自地停下来，在清澈的中流埋头长饮。我抬起头来，顾盼着四周熟悉又陌生的景色。二十来年啦，伯勒根小河依旧如故。记得我第一次来到这里时，父亲曾按着我的脑袋，吆喝说:“喂，趴下去！小牛犊子。喝几口，这是草原家乡的水呵！”

前不久，我陪同畜牧厅规划处的几位专家来这一带调查仔畜价值问题，当我专程赶到邻旗人民委员会探望父亲时，他不知为什么又对我发了火:“哼！陪专家？当翻译？哼！牛犊子，你别以为现在就可以不挨我的鞭子……你应当滚到伯勒根河的芦苇丛里去，在河水里泡上三天三夜，洗掉你这股大翻译、大干部的臭味儿再来看我！”

父亲，难道你认为，只有你们才对草原怀着诚挚的爱吗？别忘了:经历不能替代，人人都在生活……

河湾里和湿润的草地上密密地丛生着绒花雪白的芦荻，大雁在高空鸣叫着，排着变换不定的队列。穿行在苇墙里的骑手有时简直无法前进;刚刚降落的雁群吵嚷着、欢叫着，用翅膀扑棱棱地拍溅着浪花，芦苇被挤得哗哗乱响。大雁们在

① 伯勒根:现代蒙语中的含义是“嫂子”，但我们有证据认为它是一个突厥词源的借词。它是一个名词化的形动词，词根是“给”。

忙着安顿一个温暖的窠，它们是不会理睬自然界中那些思虑重重的人的。

我催马踏上了陡峭的河岸，熟悉的景物映入眼帘。这就是我曾生活过的摇篮，我阔别日久的草原。父亲——他一听到我准备来这里看望就息了怒火，可他根本不理解我重返故乡的心境……哦，故乡，你像梦境里一样青绿迷蒙。你可知道，你给那些弃你远去的人带来过怎样的痛苦吗？

左侧山冈上有一群散开的羊在吃草，我远远看见，那牧羊人正歪在草地上晒太阳。我朝他驰去。

“呃，不认识的朋友，你好！呃……好漂亮的黑马哟！”他乜斜着眼睛，瞟着我的黑马。

“您好。这马吗，跑得还不坏——是公社借给我的。”我随口应酬着。

“呃，当然是公社借你的——我认识它。嗯，这是钢嘎·哈拉。错不了，去年它在赛马会上跑第一的时候，我曾经远远地看过它一眼。所以，错不了。公社把最有名的钢嘎·哈拉借给你啦。”

钢嘎·哈拉？！像是一个炸雷在我眼前轰响，我双眼晕眩，骑坐不稳，险些栽下马来。但我还是沉住了气：“您的羊群已经上膘啦，大哥。”我说着下了马，坐在他旁边，递给他一支烟。

哦，钢嘎·哈拉……我注视着这匹骨架高大、脚踝细直、宽宽的前胸凸隆着块块肌腱的黑马。阳光下，它的毛皮像黑缎子一样闪闪发光。我的小黑马驹，我的黑骏马！我默默地呼唤着它。我怎么认不出你了呢？这个牧羊人仅仅望过你一眼，就如同刀刻一样把你留在他的记忆里。而我呢，你是知道的，当你作为一个生命刚刚来到这个世界上时，也许只有我曾对你怀有过那么热烈的希望。是我给你取了这个骄傲的名字：钢嘎·哈拉。你看，十四年过去了。时光像草原上的风，消逝在比淡蓝的远山和伯勒根河源更远的大地尽头。它拂面而过，逝而不返，只在人心上留下一丝令人神伤的感触。我一去九年，从牧人变成了畜牧厅的科学工作者；你呢，成了名扬远近的骏马之星。你好吗，我的小伙伴？你在嗅着我，你在舐着我的衣襟。你像这个牧羊人一样眼光敏锐，你认出了我。那么——你能告诉我，她在哪里吗？我同她别后就两无音讯，你就是这时光的证明。你该明白我是多么惦念着她。因为我深知她前途的泥泞。你在摇头？你在点头？她——索米娅在哪儿呢？

“呃，抽烟。”牧羊人递给我一支他的烟。

“好好。哦……晒晒太阳真舒服！大哥，你是伯勒根生产队的人吗？”我问。

“不是。不过，我们住得很近。”

……那时，父亲在这个公社当社长。他把我驮在马鞍后面，来到了奶奶家。

“额吉！”他嚷着，“这不，我把白音宝力格交给你啦。他住在公社镇子里已经越学越坏了。最近，居然偷武装部的枪玩，把天花板打了一个大洞！我哪有时间管他呢？整天在牧业队跑。”

白头发的奶奶高兴得笑眯了眼。她扔给父亲一个牛皮酒壶，然后亲热地把我揽进怀中，啧的一声在我额上亲了一下。亲得头皮那儿水滑滑的。我使劲挣出她油腻的怀抱，但又不敢坐在父亲身边，于是慢慢蹭到在一旁文静地喝茶的、一个黑眼睛的小姑娘旁边。她望望我，我望望她；她笑了，我也笑了。

“你叫什么名字？”我打听道。

“索米娅。你是叫白音宝力格吗？”她的嗓音甜甜的，挺好听。

父亲喝足了奶酒，微醉地扶着我的肩头，走到外面去抓马。盛夏的草地湿乎乎的，露水珠儿在草尖上沾挂着，闪着一层迷蒙晶莹的微光。我快活地跑着，捉住父亲的铁青走马，使劲解着皮马绊。

“白音宝力格！”父亲一把扳过我的肩头。我看见他满腮的黑胡子在抖着。“孩子，从你母亲死掉那天，我就一直想找这样一个人家……你该知道我有多忙。在这儿长大吧，就像你的爷爷和父亲一样。好好干，小牛犊。额吉家没有男子汉，得靠你啦。要像那些骑马的男人一样！懂吗？”

“骑马？”我向往地问，“我会有自己的马吗？”

父亲不以为然地答道：“当然。可是要紧的是，你不能在公社镇上变成个小流氓。”

这样，我成了一个帐篷里的孩子。我学会了拾粪，捉牛犊，轰赶春季里的带羔羊；学会了套上犍牛去芨芨草丛里的井台上掩水；学会了用自己粗制滥造的小马杆套羯羊和当年的马驹子。我和索米娅同岁，都是羊年生的，也都是白发奶奶的宝贝。我们俩一块干活儿，也一块在小学里念过三年蒙文和算术：夏天在正式的学校里，冬天则在民办教师的毡包里。她喊我作“巴帕”；我呢，有时喊她“沙娜”，有时喊她“吉伽”——至今我也不明白草原小孩怎么会制造出那么多奇怪的称呼来，这些称呼可能会使研究亲属称谓的民族学家大费脑筋吧。

草原那么大，那么美和那么使人玩得痛快。它拥抱着我，融化着我，使我习惯了它并且离不开它。父亲骑着铁青走马下乡时，常常来看我，但我已经不愿缠他。只要包门外响起牛犊偷吃粮食或是狗撞翻水桶的声音，我就立即丢开父亲，撞开门出去教训它们。有时父亲正在朝我大发指示，我听见索米娅在门外吆牛套车，也立即就冲了出去。

当我神气活现地骑在牛背上，驾着木轮车朝远处的水井进发的时候，回头一望，一个骑铁青马的人正孤零零地从我们家离开。不知怎么，我心里升起一种战胜父亲尊严的自豪感。我已经用不着他来对我发号施令了。在这片青青的、可爱的原野上，我已经是个独当一面的男子汉。我望望索米娅，她正小心翼翼地坐在大木缸上，信赖而折服地注视着我。我威风凛凛地挺直身子，顺手给了犍牛一鞭。蓝翅膀的燕子在牛头前面纷纷闪开，粗直的芨芨草在车轮下吧吧地折断。我心满意足地驱车前进，时时扯开嗓子，吼上一两句歌子。

十四年前是羊年：我和索米娅都十三岁了。

十三岁是蒙古儿童第一次得到众人礼遇的年头。过年的时候，奶奶给我和索米娅都穿上用牛粪烟熏得鲜黄的、花边鲜艳的新皮袍。我们套上牛车到处去串门。因为是我们的本命年，所以牧人们照规矩送给我们各式各样的礼物。索米娅高兴地数着自己的礼物，一个个地翻看着那些月饼、花手巾、瓷茶碗。而我，却不免开始有了一丝感慨：在这样重要的节日，我居然和女人家一样，赶着牛车去串门；而其他有畜群人家的孩子，却神气地跨着剪齐鬃毛的高头大马，随着大人的马队，在飞扬的雪雾中吆喊着，从一个蒙古包驰向另一个蒙古包，唉！我什么时候才能有匹马呢？

索米娅安慰我说："别急，会有的。奶奶说，过两年，我们向队里要一群牛放。那时你就有整整五匹乘马啦。"

"哼！两年！"我愤愤地朝她喊道，"可是这两年里怎么办？"

没想到，事情变化得那么快。

春天，热清明前几天的一个夜里，刮了一场天昏地暗的风雪。整夜我们都缩在皮被里，挤在奶奶身边，倾听着嗷嗷的风吼声、包顶咔咔的摇晃声和分辨不清的马群的驰骋。奶奶不安地拖长了声说："嗯，马群被风雪抓跑啦……嗯，怀驹的骒马要死啦……"

第二天清晨，奇迹出现了！

我和索米娅使劲推开被雪封住的木门后，突然看见，在我们包门外站着一匹漆黑漆黑的马驹子。远处依然在刮着白毛风的雪坡上，隐隐可以望见一匹黑骒马的僵尸。

我们惊叫着，又牵又抱地把马驹拉进了包内。它害怕地睁着泪汪汪的眼睛，四肢弯曲着，靠着毡墙打战。炉火烤化了它身上冻硬的毛片，越发显得漆黑闪亮。

奶奶连腰带都顾不上系了，她颤巍巍地搂住马驹，用自己的被子揩干它的身体，然后把袍子解开，紧紧地把小马驹搂在怀里。她一下下亲着露在她袍襟外面的马驹的脑门儿，絮叨叨地说着一套又一套的迷信话。她说，这黑马驹很可能是神打发来的。因为白音宝力格已经到了骑马的年龄。白音宝力格是好孩子，是神给她的男孩，所以神应该记着给白音宝力格一匹好马。如果不是这样，有谁见过骒马在风雪中产驹冻死，而一口奶没吃的马驹子反而能从山坡上走下来，躲到蒙古包门口呢？她还说，她一辈子见过多少马驹子，可是没见过这么漂亮的。看来，把这马驹子养活喂大，是神打发她这把老骨头这辈子干的最后一件事啦……

我和索米娅听得入了迷。我们完全被奶奶的思想征服了。后来，我们看到她在用红布块给黑马驹缝护身符时，我们都忘了老师教过我们的、要反对迷信的教导。

晚雪尚未化净，山野还是一片斑驳。每天，黑马驹喝了一小桶牛奶以后，常在柔软的草地上挺直脖颈，轻轻跃起，又缓缓卧下，久久地凝望着山峦和流云。我和索米娅在山坡上拾粪回来时，总喜欢鼓起腮，尖尖地打个呼哨；或者拖长声音喊一声"嗬——依——"黑马驹会像灵巧的兔子一样，蹦蹦跳跳地，躲闪着它害怕的马莲草丛和牛粪堆，用那让人心疼又美丽无比的步法飞一般朝我们奔来。我们则扔下筐，帮它把弄脏的黑皮毛擦净，把歪了的红布护身符挂正，把我们省下来的月饼块、红糖、油果子，一块块地喂给它吃。远处，奶奶飘着一头银发，勤奋地忙碌着，挤奶、拴牛犊，像是为着一项神圣的使命。我们当然不让它在外面过夜，晚上总是用软羊毛绳把它拴在包里的炉火旁。小马驹加入了我们的家，我们四个愉快地生活着，享受着它给我们带来的无限乐趣。

一天，我们正在逗黑马驹玩呢，蹲在乳牛脚旁的奶奶突然来了兴致。她一面挤着奶，一面哼起了一支歌子，那就是《钢嘎·哈拉》——《黑骏马》。

奶奶旁若无人地干着活儿，唱着。她挤完奶，又把豆饼掰成小块，放进木食槽里，挨个地牵过乳牛和牛犊。她唱着、教训着贪嘴的牛："漂亮善跑的——黑骏马，嗬哟……滚开！白鼻子！还吃不够吗！——拴在……那榆木的车上，嗬哟……"

奶奶在情在意地唱着，没料到，她还是一个歌手呢！在她拖出婉转的长长的尾音时，她的嗓音嘶哑而高亢，似乎她能随便唱出很难唱的花音。也许是我以前听惯了学校教的那些节奏欢快的儿童歌曲吧，这朴直古老的《黑骏马》，使我觉得那么新奇。索米娅和我对望着，连气也不敢出，呆呆地听着奶奶自我陶醉的吟唱。奶奶唱的是一个哥哥骑着一匹美丽绝伦的黑骏马，跋涉着迢迢的路程，穿越了茫茫的草原，去寻找他的妹妹的故事。她总是在一个曲折无穷的尾腔上咏叹不已，直到把我们折磨够了才简单地用一两个词告诉我们这一步寻找的结果。那骑手哥哥一次次地总是找不到久别的妹妹，连我们在一旁听着都为他心急如焚。哦，这是多么新鲜，多么动人的歌啊，它像一道清清的雪水溪，像一阵吹得人身心透明的风，浸漫过我的肌肤，轻抚着我的心……我失神地默立在草地上，握紧拳头听着。神妙的曲调在我心灵中唤起的阵阵感动，渐渐地化成一匹浑身宛如黑缎的、昂首长嘶的骏马；这匹黑马的一举足一甩鬃都在我脑海里印下了那么深、那么逼真的印象。

歌子唱完了。我醒过来。索米娅正搂着黑马驹的脖子，不出声地流着泪。我大喊道："喂，沙娜！我要给这匹马取一个响亮的名字！你知道吗，它就是奶奶唱的那黑马的儿子。我要叫它'钢嘎·哈拉'！它一定会成为一匹真正的快马。嘿，多棒的名字：黑骏马……我要骑着它去追那些讨厌的老牛。我，我要骑着它走遍乌珠穆沁，走遍锡林郭勒，走遍整个草原！"

索米娅惊讶地看着我。她说："当然啦，它会是一匹黑骏马，你看，它刚生下来就有本事穿过风雪跑到咱们家门口……可是巴帕，"她闪着黑黑的眼睛盯着我，"嗯，等你真的走遍了锡林郭勒和全部草原以后，你会像奶奶唱的那样，骑着你的钢嘎·哈拉回到这里来看看我吗？"

"当然！"我毫不迟疑地回答。

"喂！喂！"牧羊人推了我一把，"你怎么，生病了吗？朋友，你的气色很不好！"

我猛然一惊，"噢，没什么，"我回答说，"天气真暖和。"随即，我站起来，拉过钢嘎·哈拉。

二

善良心好的——我的妹妹哟
嫁到了山外——那遥远的地方

十四年光阴如流水。钢嘎·哈拉已经显得骨骼粗大，不再像以前那样修长苗条。它的胸脯虽然显得更加宽厚结实，可是作为一匹在赛会上与精选的好马争一步之短长的骏马来说，它的黄金时光已近结束。就像我们已经成人立业，步入坚实的中年，结束了那充满激动和幻想的青春年华一样。

牧羊人和我并马走着。他显然觉得独自陪伴羊群很无聊，乐意陪我走几步，消磨时间。

伯勒根小河在这里缓缓地绕了一个巨大的半圆。当马儿登上吾伽·古塔尔的阪道，走上山坡时，我看见蓝玻璃般的河水静静地嵌入浓暗的绿草，在远远的大地上画出我的故乡和邻队的界限。望着河湾里影绰可辨的星点毡包，我不觉戴住了钢嘎·哈拉的嚼子。故乡——我默念着这个词。故乡，我的摇篮，我的爱情，我的母亲！河滩右侧的山冈下，那黄石头垒成的牛圈依然如故。在青格尔敖包和曼卡泰·海勒罕之间的狭长山谷里，还是蓝幽幽地开满着马莲花。哦，在这块对我来说是那么熟识、那么亲切的草原上，掩埋着我童年的幸福和青春的欢乐，也掩埋着我和索米娅的美好的爱情……

我离开她整整九年。我曾经那样愤慨和暴躁地离她而去，因为我认为自己要循着一条纯洁的理想之路走向明天。像许多年轻的朋友一样，我们总是在举手之间便轻易地割舍了历史，选择了新途。我们总是在现实的痛击下身心交瘁之际，才顾上抱恨前科。我们总是在永远失去之后，才想起去珍惜往日曾挥霍和厌倦的一切，包括故乡，包括友谊，也包括自己的过去。九年了，那匹刚进五岁的、宽胸细腰的黑马，真的成了夺标常胜的钢嘎·哈拉；而你呢？白音宝力格，你得到了什么呢？是事业的建树，还是人生的真谛？在喧嚣的气浪中拥挤；刻板枯燥的公文；无止无休的会议；数不清的人与人的摩擦；一步步逼人就范的关系门路。或者，在伯勒根草原的语言无法翻译的沙龙里，看看真正文明的生活？观察那些痛恨特权的人也在心安理得地享受特权？听那些准备移居加拿大或美国的朋友大谈民族的振兴？

而索米娅如今又怎么样呢？远处那星星点点的毡帐，哪一座才是她的家呢？

“呃，羊群远啦。老弟，再见吧。”牧羊人打了个哈欠，扯开了马头。

“等等！大哥，”我拦住他，“请指给我，哪个是索米娅和她奶奶的蒙古包？要知道……”

他眯着眼睛想了一阵。“噢——你说的是伯勒根的白发额吉呀！她家已经不在啦。”

“怎么？不在了？”我急了。

“呃，老人早死了，那姑娘嫁了人。”想了想，他又说，“嫁到白音乌拉——很远的地方去啦。”

说罢，牧羊人纵马朝背后的羊群驰去。

暮色已经降临。西方半个天空斜斜地布着暗蓝色的条云。沉没的残阳把那厚重的云层底部烧得蓝里透红。暮霭轻轻飘荡，和远方盆地里的晚炊融成一片。我骑着钢嘎·哈拉，向罩着蓝红色晚霞的西方走着，水一样清凉的风扑入心里，我周身发冷。我心情沉重而坚决地朝西走着，像古代骑手走向自己的末日一样。

在分开伯勒根河流域和外部草原的那条峥嵘的山谷里，我追上了快要逝尽的落霞。这儿是一条人迹罕至的山沟。自古以来，畜群从不来这儿吃草，人家也不靠近这儿居住。如果细细察看的话，可以看见，那高得齐腰的幽深野草中有一簇簇白得晃眼的东西。那就是一代代长辞我们而去的牧人的白骨。他们降生在这草中，辛劳在这草中，从这草中寻求到了幸福和快乐，最后又把自己失去灵魂的躯体还给这片青草。我亲爱的银发额吉，同时给了我以母爱和老人之爱的奶奶，一定也天葬在这里。

她把我从小抚养成人，而我却在羽毛丰满时，就弃她远去，一去不返。我不知道在她死去的时候，她是否想到过我；我只明白，这件送葬老人的事情，本来应当是由我，由她唯一的男孩子来承当的……额吉，饶恕我。你不肖的孙子在为你祈祝安息。

夜幕四合。傍晚时已高悬半空的那弯镰月，此刻显得银光照人。我勒紧马肚带，整理了一下鞍鞯。在上马之前，我默默地单膝跪下，双手拔起一束野草，向这哺育过我的伯勒根草原告别。奶奶已溘然长逝，索米娅又远嫁异乡，我和这片青青草原之间维系的血脉断了。

我跨上马。突然，钢嘎·哈拉猛地竖起前蹄，在空中转了半周，然后用立着的两条后腿一蹬，嗖地冲了出去。正前方，是白音乌拉大山的依稀远影。

哦，白音乌拉，索米娅远嫁的地方！钢嘎·哈拉已经决定我们立刻去看她。我不能再做迟到的悔恨者。也许，我的沙娜正在生活的旋流中呼喊着我，等着我向她伸出救援的手……

索米娅，我来了。黑骏马像箭一样笔直地朝着朦胧的白音乌拉大山飞驰。宁静的夜激动了……

尽管我一本正经地给黑马驹命名为“钢嘎·哈拉”，而且弄得全牧业队的男女老幼都习惯了这样称呼它；但我倒并没有像索米娅那样常常哼着《黑骏马》。对我来说，那支歌子毕竟还是古怪了一些。那时被我喜爱的歌子是《阿洛淖尔》，一支简单明快的骏马赞歌。因为在《阿洛淖尔》里，叙述了一匹神马从一岁开始，到两岁，到长成熟的种种奇迹和本事；一直到“在达赖喇嘛的赛会上，它七十三次跑第一”那样的总结。从黑马驹降临的那个可庆幸的春天开始，我差不多整整一年反复哼着“还是一岁驹哟，你就鞴上鞍”。等到第二年，它的大脑袋刚刚显得小了点，小沙狐般的短尾巴刚刚能甩上几甩，我就眼巴巴地盼它长大，盼它超过全公社的千万马群。那时，早晨在迷糊中被奶奶或索米娅推醒，我揉着发黏的眼皮，打着哈欠。直到端起奶茶碗，还没有清醒过来，只是觉得该说点儿什么。一张口："二岁马哟……像飞箭！"

奶奶笑了。索米娅也咯咯地笑了。

第三个春天——奶奶从棚车深处找出一盘破碎的鞍子，央求附近的牧民修理。她说，这是索米娅的父亲留下的。自他死后，这个只有女人的家里就没有人用它。而现在该收拾齐整啦；钢嘎·哈拉已经成为三岁马，很快就要调教出来；白音宝力格也过了十五岁，是男子汉啦。

十五岁是儿童和青年的分界。对早熟的草原少年更是如此。那时，我正一心钻研畜牧业机械和兽医技术，索米娅则在给邻居家的羊群守夜。我早已不再傻乎乎地把半句《阿洛淖尔》哼个没完了，那时我寡言少语，喜欢思索。父亲来看我时已很少要威风，因为我常常正在安静地读一本图文并茂的《怎样经营牧业》，或者是赤着上身在用镐头刨着圈里的羊粪砖——我的汗水淋淋的两臂肌肉发达，他看看就会明白：白音宝力格已经成人了。

那天天气晴朗，是春季里的一个好天。我束紧腰带，走到草地上，解下钢嘎·哈拉的马绊。昨天晚上我们商量过：如果天气好，就正式给马鞴上鞍，把它调教出来。

索米娅朝我跑来。可能因为天热的缘故吧，也可能是为了帮我调马，她脱去了臃肿的皮袍子，穿着一件奶奶穿旧的、显得很小很窄的旱獭皮薄袍。她气喘吁吁地跑来，阳光直射着她的脸。她抬起手臂擦着汗珠，紧束着的腰带立即勒出了她躯体的曲线。刹那间，我的心动了一下：呵……我说不出心里的滋味儿，只觉得跑来的好像不是那个和我耳鬓厮磨地一块儿生活了六七年的沙娜了。沙娜——那个为我熟悉的小索米娅是多么小、多么胖乎乎，眼睛眯得是多么可笑呵，而差几步就要跑到我面前的，却分明是一个颀长、健壮、曲线分明、在阳光下向我射出异彩的姑娘。

"巴帕，真的今天就骑吗？嘿，真高兴！"她的大眼睛闪着喜悦的光。以前她也常为些小事兴高采烈的，但那时从来没有这样一种奇怪的味道。我的心绪乱了，不知为什么生起气来。我暴躁地把皮马绊摔到地上，粗声吆喝她："喂，收好马绊子！"接着我揪紧马鬃，跃上了马背。

钢嘎·哈拉挣咬着旋转起来。索米娅高喊着："骑稳，巴帕！"她的声音也完全不像从前那样甜甜的；而是那么圆润，扰得人心神不宁。我朝她吼道："别乱嚷！"随即松松马缰，黑马立即发疯般又踢又跳起来。

晚春的三岁马没有多大劲儿。傍晚时，钢嘎·哈拉已经学会在马鞭子的拨弄下，忽左忽右地顺路小跑了。我下了马，把它绊好放开，让它去啃刚冒芽的绿草尖。

已经融得一片斑驳的残雪，在渐渐暗淡的天色里显得白亮亮的。露出去年枯草的土地，在薄暮中颜色很黑。凉风阵阵拂过，使山坳里的积雪、袅袅的炊烟和整个春牧场都涂上了一分纯净的青色。我和索米娅抱着鞍鞯鞭绊，吱吱地踩着含水很多的雪地朝家走去。索米娅快活得很，她总是一面说话，一面朝我转过身子，或者干脆侧着走，说着，哼着什么歌子。

“巴帕，你骑得真不错！我原来以为，恐怕钢嘎·哈拉会把你摔下来。喂，喂！你听着吗？”她像以前一样，扳着我的肩头，摇着我。

“嗯，喂——”我觉得自己在费劲地寻找话题。这是多么奇怪的、异样的感觉哪。“我说，今天晚上，吃什么好呢？”

“吃肉饼！”索米娅欢叫起来，“哈哈，我们吃肉饼！我去取肉！”她一阵风似的向前跑了。我注视着她的背影，惊奇她怎么会用这样婀娜的姿态在草地上奔跑……

哦，成年的日子！当油然而生、连自己也无法理解的那异样的兴奋和萌动，突然间从心田里破土而出的时候，惶惑中的我们究竟能理解它的几分含义呢？我们根本没有理解，甚至不知道这就是青春的来临。我们只记得心中涌起的，那神圣的激动……我真切地感到，自己正在体验着一个纯净透明的世界和一个可怕的、令人羞耻和心跳的世界的啮咬和更替。我在初次爱上了生活的同时，也意识到自己失去的东西。我们再不会在冬夜里一块儿钻进老奶奶的皮被，你捅我一下，我打你一下地瞎闹；再不会在开着蓝花的青草地上滚成一团，争抢一个染红的羊拐骨；再不会一块儿骑在犍牛的背上，后一个扶着前一个的肩，沿着一条被成行的牛群踏出的蜿蜒小道，去水井拉水啦……索米娅穿的那旧袍子太窄了，腰带也束得太紧了。她在明媚的阳光里朝我跑来的时候，突然蜕去了过去的躯壳。她以完全陌生的东西敲击了一下我的心扉，并在一瞬间完成了一次惊人的启蒙。哦，男子汉！我从那么小就盼着长成个男子汉。可是男子汉原来完全不仅仅是拥有一匹骏马。我根本没有料到，也没有理解这一切，我太年轻了。

在我独自咀嚼着这模糊的感受的时候，索米娅似乎也同时悟到什么。第二天，我看见她一个人套上牛车去拉水。她没有骑牛，而是像女人们那样，斜斜地坐在车辕一侧。她没有喊我，我也明白：不该再去插手女人们的家务活儿了。我望着她的影子消失在低洼不平的盐碱地里，然后提着十字镐和斧头走出去。那天，我把家里的木轮车一一修好，并且刨了整整半圈羊粪砖。

新的生活开始了。尽管没有人宣布过它的开始。不觉间，奶奶不太去张罗门口和停列成一排的勒勒车那儿的活计了，她更多的是撑起身子，在昏暗的包内发表着她对里里外外各种事情的看法。在阳光强烈的夏天，她喜欢蹒跚地迈出包门，舒服地晒着太阳，捉捉虱子。过路的牧人向她致意："好舒服呀！额吉！"她乐呵呵地说："当然。两个孩子都大了嘛！没有我干的活儿啰。"我已经成了见习兽医，每天跟着老兽医四处转悠，去对付一些难产的骒马和不要犊的乳牛。没事的时候，我喜欢读书，尤其爱读那本《怎样经营牧业》。那本书是由模范牧民参与讨论、由专家分门别类写成的。我不仅从那里面读到了知识，也从那里窥见了为我不知的、新鲜而博大的世界。当我吃力地读完一段时，就伸手去摸茶碗。"等一下，巴帕。"一个低柔的、姑娘的声音传来，索米娅在给我斟着茶。我看见她低垂着的、微微闪动的黑睫毛和红润的一侧脸颊。我念不下去了。于是推门出来，牵过钢嘎·哈拉。它已经是新四岁的马了。我喊着："喂！拿剪刀来！"索米娅跑出来，递给我剪刀。我给黑马修整着打齐的鬃，时而瞟索米娅一眼，那时，她会对我微微地一笑。

这样，到了我们十七岁的那个秋天。

一天，我们把一秋天拾来晒干的白蘑菇运到公社供销社去卖。索米娅和奶奶赶着装满蘑菇的棚车，我骑着钢嘎·哈拉相随。

在公社耽搁了好久——父亲要招待奶奶和我们吃饭。等我们返回伯勒根河湾的时候，天色已晚。索米娅拾来一些早枯的芦叶和干马粪；我在河畔的硝土岸上架起一口小锅。我们打算架起篝火，用河水煮一锅茶，吃些东西再赶路。

硝土岸旁长着细嫩多盐的碱草。芨芨草丛粗硬的根茎旁，也还有一些没有变白的绿叶。犍牛和钢嘎·哈拉贪婪地嚼着。几乎一步不移，任阵阵浮动的炊烟漫过它们黝黑的身体。我们祖孙三人围坐在篝火旁，随意闲谈着。河湾青蒙蒙的，通红的火焰里溅着橘橙色的火星，烤着我们的胸怀。流水跳跃着磷光，平坦无声地滑过。我们注视着恬静的家乡，心里充满了美好的感觉。

"就是这儿，孩子们，"奶奶啜着茶，用混浊的眼光注视着河湾，"这儿就是出嫁姑娘告别亲人的地方。唉，这一辈子，我看见多少姑娘，唉，就像你一样的年轻姑娘，索米娅。——跨过这条小河，就再也没有见过面呀。我也一样，自从跨过这条河，来到这儿，已经整整五十多年啰……老人们唱过这样的歌：'伯勒根，伯勒根，姑娘涉过河水，不见故乡亲人……'"

我们收拾了锅碗，熄灭了篝火，准备继续赶路时，奶奶突然扯住我们俩。她急急地、紧张地说："索米娅！唉，如果你也跨过这条河，给了那遥远的地方，我，我会愁死的！我看，我看，你们俩就在咱们自己的家里成亲吧！你们结成夫妻！这样，我一个宝贝也不会丢掉……”

我们俩同时从奶奶怀里挣脱出来。我跳上马，连抽几鞭。在呼啸的风声中，黑马一蹦子冲上了山冈。等我勒住马时，身后响起了歌声。我扯转马头，远远看见那银发的老奶奶正精神抖擞地边走边唱，她一手牵着牛车，一手牵着姑娘。她步履坚定，银发在夜风中一飘一飘。她准是看见了一种最实在、最鼓舞她的美景，才滋生了如此蓬勃的精神。

当天夜里，奶奶执拗地躲到蒙古包西侧去睡；炉灶正北的、属于男女主人的那块白垫毡空出来了……

三

走过了一口——叫作“哈莱”的井呵
那井台上没有——水桶和水槽

钢嘎·哈拉顺着黑黝黝的峡谷奔驰着。我紧闭着双眼，伏在马鬃上。河湾、芦苇，整个伯勒根草原，包括那肃穆的天葬沟，对我都已不堪回首。我知道，此刻也许奶奶正在哪丛茅草旁，责备地、目不转睛地注视着我。奶奶，忘掉我吧……我催马更快地跑着。奶奶，忘掉昔日的白音宝力格吧！是他粉碎了你人生留年的最后一个梦想，因为索米娅最终还是跨过了那道河水，给了陌生的异乡。我纵马跑着。夜，延伸着它黑色的温暖怀抱，默默地、同情地跟随着我，仿佛它洞悉我无法倾诉的委屈。当然，只有它，只有这孕育光辉黎明的夜草原才知晓一切。它知道在自己深邃怀抱里往事的细节，知道我——愚蠢而粗野的白音宝力格也曾有过真正温柔和善良的一瞬……

我和索米娅并没有占用炉灶北侧那块最大的白垫毡。奶奶好心的饶舌，反而使我们真的疏远了。我在一心迷入书本和兽医知识以后，已经开始不善言笑和有点儿不像草地上长大的年轻人。索米娅在给羊群下夜时，常常在门口的棚车里过夜。我们彼此间已经短少话语，但我们又都在相互猜测。好像，我们都愿意长久地、这样日复一日地过下去，并悄悄地保护住一株珍奇的、无形的嫩芽。只有在我们一块商议一些生活琐事时，比如，准备给谁缝一件袍子啦，把在公社忙昏了头的父亲接来吃顿羊肉啦——我才发现，索米娅总是非常兴奋。她热心于每一件日常的小小的高兴事，甚至吃一次从公社买来的“酱”，她也那么兴致十足。我清楚地感到：她的身上已经燃起了一股灼人的希望之火。一个像明媚春光一样的幸福未来，已经迫不及待地要闯进我们的破毡包来了。

就在那时，父亲奉命调动工作。在他出发赴邻旗的一个边远公社前，曾来和我们告别。我蹲在外面宰羊时，听到奶奶在和他叽叽咕咕地说些什么。后来听见父亲的声音：“他们还太年轻，刚十七岁多一点……不过，额吉，一切就按你的主意吧。白音宝力格首先是你的孩子啊……咦，有酒吗？应该喝点……我真是个有福气的人哪！”

他临走时，猛地把我搂住了。他浑身的骨节嘎巴嘎巴地响。我很不好意思，可是又推不开他。他喉音浓重地嘟囔着说：

“白音宝力格！我真高兴。你母亲若是活着，唉——算了！我说，你真是个好小子！”

过了些日子，公社兽医站发给我一个通知：旗里准备开办一个牧技训练班，为牧业生产队培养畜牧兽医骨干，为期半年。

几年来，我一直对真正的专业学习向往不已。因为我觉得，如果继续跟着老兽医学下去，很可能会堕入旁门左道。想想看，把拖拉机排气管插进乳牛肛门吹气，医治那些不要犊的乳牛啦；用狗奶灌骒马，打下马肚子里的死胎啦，等等。这套办法虽然经常确是卓有成效，可是难道能用理论来阐明吗？也许，这个训练班将带我走进真正的牧业科学，我决定不放过这对一个牧民孩子来说是得之不易的机会。

我当然想到了索米娅。或者说正是因为她的缘故，我才有了这个抉择。等我半年后回来时，钢嘎·哈拉将是五岁马，真正的大马。我呢，也将满了十八岁。十八岁，成人的、使草原刮目相待的年龄，独立的男人和成家立业的年龄。十八岁的我将带着魁梧的身量和铁块一样的肌肉，还有一身本领回到草原。当然，十八岁的索米娅也会更勤劳、更能干、更善良和更美丽。那时我将以坚毅的神情和成熟的大人气，向她建议我们的生活。我和她将有一个使整个草原羡慕不已的家，在幸福中照顾好我们亲爱的奶奶，让她享受一个充满安慰的晚年。呵，我深深地被自己的计划迷醉了。我渴望走向这样的未来，渴望着那跨着黑缎子般漂亮的黑骏马重归草原的日子。生活已经朝我敞开了大门，那全部的劳动、温暖、充实和休憩正强烈地召唤着我的心。

我喊来索米娅，递给她那张通知书：“喂，我准备去旗里参加学习，帮我收拾一下东西。”

她赶快去找马褡子，我也再没有多说什么——一切都留到将来再说吧。第二天，有一辆卡车来我们生产队拉秋毛，我同司机说好，搭他的车去旗里报到。那司机是个直爽的汉族小伙子，他说，驾驶室里已经有两个人先我一步占了座位，不过，他可以在装羊毛时，用羊毛捆在车顶给我搭一个没有顶的房子。“保险像坐飞机一样舒服。”他说。

我们伯勒根草原离旗所在地很远。为了当天赶到，司机嘱咐我：夜里——也就是凌晨三点钟就要开车。

家里商量，决定由索米娅送我到旗里，帮助我安顿下来，顺便买点儿东西，再乘这辆车返回。

夜里，我俩攀着粗硬的绳索，爬上了装得比一座蒙古包还高的羊毛垛上。顶上，有一个用长方形的毛捆拦成的凹字形，这就是司机讲的房子啦。

汽车轮碾着草地上光滑的海勒格纳草，发出了均匀的密密切切的毕剥声。黑黑的天穹上星光稀疏；上半夜悬在中天的弦月潜进了辨不出形状的一抹暗云。夜，深远而浩渺。卡车偶尔驶上一道山梁时，苍茫的视野中一下子闪出一些橘黄色的光点，那是些帐篷里未熄抑或是早燃的灯火。而车子冲下黑暗的山谷时，神秘跳跃的火光熄灭了，只有座座朦胧的山影四下围合，并迎面向我们送来阵阵袭人的秋寒。

“喏，冷吗？”我裹紧身上的薄皮袍，问她。

“冷。嗯，风太大……”她牙齿在打战。

我想了想，解开腰带，把宽大的袍子平摊开来，盖住我们两人的膝盖和前胸。靠着高高的羊毛捆，后背并不冷。只是冰冷的寒风马上从没盖严的肩头钻进来，我扯住袍角。

“不行，还是穿上吧。你会冻病的。”索米娅转过身来对我说。

“不。”

“你冻病了，奶奶会骂我。她会——”

“住嘴。”我顺嘴训她一句。

“喂！白音宝力格，挤过来些，你太冷啦！”

“我才不怕！”我故意坐得更高些，眺望着暗淡星光下起伏不定的原野。我们的卡车隆隆地吼着前进，路旁惊醒的黄羊从梦里跳了起来，痴呆地盯着我们这庞然大物。当车厢掠过它们伫立不动的侧影时，我觉得这些黄羊简直就像草坡上嶙峋的黑色岩石。伯勒根河上游的很多溪水在这儿汩汩地、昼夜不息地汇集着，流淌着，好像在引导着我们的车子奔向天明。我遐想着，心里突然涌起一阵激情。不是吗？像这些不辞劳苦的溪流一样，我也正在穿过荒僻空旷的漠野，把过去了的幼稚生活长留身后。就在这个宁静的草原之夜，故乡的姑娘正送我走上旅程。我当然不会感到什么冷的，傻丫头。脱下皮袍子又算什么？你知道我将来会怎样保护你和关怀你吗……索米娅正在我身旁可怜巴巴地缩成一团，像只小羊一样躲在我搭在她身上的皮袍下面。在星光下，我看见她的大眼睛在一眨一眨地注视着黑暗，注视着这博大的夜草原。我的心里一下子涨起了一股强烈的、怜爱的潮水，一股要保卫这纯洁姑娘不受欺负和痛苦的决心。我猛然翻身掀起皮袍，把整个袍子都裹到她的身上。我不理睬她吃惊的叫唤和阻挠，起劲地把袍子塞紧在她的肩下、腰下和腿下。虽然寒风立即吹透了我里面穿的绒衣，呛得我喘不过气来，但我却感到那么痛快，不，是满足或者自豪。我从未有过这样的英勇的自豪感。

“不——”索米娅挣扎着跳了起来。“巴帕——白音宝力格……你疯啦？你会冻死的！”她吃惊地喊着，双手举着皮袍扑向我。

这时，汽车忽地一斜，冲进了一条浅浅的小溪，满载的羊毛捆沉重地晃了一下。我坐不稳，一下子倒在“房子”的侧墙上。索米娅叫了一声，重重地栽在我的怀里，她冰凉的脸颊一下碰到了我的脖颈。我胸中轰然掀起了雄壮的波涛，心儿像一面骤然响起的战鼓。我不顾一切地、疯狂地把她搂在自己的怀里，胡乱地抚摩着、亲吻着她。我把她搂得那么紧，以至她低低地呻吟起来。我激动得语无伦次，只顾一个劲儿地嘟囔着：“索米娅，沙娜，沙娜……”

索米娅使劲贴紧我，把头死死地扎在我的怀里，不肯抬起来。等到我贴身的衣服热乎乎地湿了一小片时，我才发现，她哭了。

这时汽车正在一条开阔的、流水纵横的戈壁里行驶。马达轰鸣着，高高的羊毛捆一摇一晃。我摇晃着索米娅的身子，伸手捧起她的腮，我着急地朝她喊着：“索米娅！你这傻瓜别哭！听我说，我早想好啦，等我明年回来，就——结婚！听见吗？半年，结婚！”

索米娅啜泣着，用力地点了点头。

就这样，我们紧紧抱着，用青春的热和更暖人心怀的美好憧憬，驱走了拂晓前秋夜的寒冷。卡车愈开愈快，宛如一匹高大的、黝黑的巨马。茫茫的草地，条条的山梁，都呼啸着从两侧疾疾退去。哦，世界多辽阔！未来多美好！我禁不住小声地哼起歌来。但是索米娅止住了我。她伸出手捂住我的嘴，然后轻柔地摸着我的脸。最后，她把手指插进我的头发，把它弄乱，又抚平。她久久地、一言不发地亲吻着我，吻得那么潮湿、温暖，又使人心酸。黑暗中，她那双大眼睛一眨一眨地凝望着我，眸子深处那么晶莹。我胸中的涛声和鼓点又激越起来，带着幸福的晕眩，莫名的烦乱，和守护神般的、男人式的责任感。我又把皮袍子给索米娅裹紧，然后紧握住她的小手。车轮溅起溪流的水花，飞扬的水珠高高四散，像是碰上了我们灼热的脸。头顶上方可能浮盖着一层厚厚的云，我们看不见它，但可以相信：是它遮住了天上的乔里玛星和那片残月。我们拥抱着，默默地把手握在一起，让手心热得冒汗。东方的天空已经褪去那种夜的清冷。它虽然仍是一片墨蓝，轻缀其中的几簇残星虽然也依旧熠熠闪亮，但是那缀着星星的黑幕后面，已经苏醒般地升起、并悄然朝这儿飘来了一首壮美音乐的最初和声。它听不见，也许根本没有音响，但它确实已经出现并愈来愈近。它使莽莽的长夜失去了均匀的平静。也许它就是爱情吧，它汹涌而来，把不安宁的、富有活力的情绪注入这已经黑暗了太久的夜草原。

索米娅用鬓发触着我的面颊。她用几乎听不见的声音轻轻说道："你真好！巴帕……"

就在这一瞬间，我们大卡车轰鸣着冲上了青格尔敖包一线最高的山口。朝向我的索米娅的脸庞在那一瞬突然变成通红通红的、妩媚的颜色。我吃惊地转向东方一看——

啊，日出……极远极远的、大概在几万里以外的、草原以东的大海那儿吧，耀眼的地平线上，有半轮鲜红欲滴的、不安地颤动的太阳露了出来。从我们头顶上方一直伸延东去的那块遮满长空的蓝黑色云层，在那儿被火红的朝阳烧熔了边缘。熊熊燃烧的、那红艳醉人的一道霞光，正在坦荡无垠的大地尽头蔓延和跳跃，势不可当地在那遥远的东方截断了草原漫长的夜。

呵，话语已不能形容。这是我一生中见到的最美好、最壮丽的一次黎明。

我们已经不觉站立起来，在那强劲而热情地喷薄而来的束束霞光中望着东方。索米娅惊讶万分地睁大眼睛，注视着那天际烧沸的红云，她的脸上久久凝着感动的神情。金红的朝霞辉映着她黑亮的眸子，在那儿变成了一星喜悦的火花。我忍着心跳，屏住了呼吸，牢牢地抓着她的手。那半轮红日转动着，轻跳着，终于整个挣出了大地，跃进了人间。索米娅忽然抱住了我，我也把她紧贴在胸前。我们目不转睛地望着这千载难逢的美景，心里由衷地感激着太阳和大地，感激着我们的草原母亲，感激着她们对我们的祝福。

……哦，黎明，朝霞染红的黎明！你带给我们多么醉人的开始啊！

直至如今，我仍然认为，即使我失去了这美好的一切；即使我只能在忐忑不安中跋涉草原，去找寻我往昔的姑娘，而且明知她已不复属我；即使我知道自己无非是在倔强地决心找到她，而找到她也只能重温那可怕的痛苦——我仍然认为，我是个幸福的人。因为我毕竟那样地生活过。因为生活毕竟给过我一个那样难忘的开始。我将永远回忆那绚美难再的朝霞和那颤动着从大地尽头一跃而出的太阳。我觉得那天的太阳也曾显示过最纯洁、最优美的人间的感情。哪怕我现在正踏在古歌《黑骏马》周而复始、低回无尽的悲怆节拍上，细细咀嚼并吞咽着我该受的和强加于我的罪过与痛苦，我还是觉得：能做个内心丰富的人，明晓爱憎因由的人，毕竟还是人生之幸。

四

路过了两家——当作“艾勒”的帐篷[①]
那人家里没有——我思念的妹妹

钢嘎·哈拉确实是匹好马。尽管它年纪稍嫌老了些，可是跑起来又快又稳。我骑着它，上坡走，下坡跑，一夜一天赶了二百多里路。道路左侧，已经看见白音乌拉大山巍峨的侧影在渐渐移近。

傍晚时分，在这片白音乌拉的草滩上，我信马走着，打量着每一个远远的女人的身影。直到天黑透了，我才下了决心，在一个破烂灰黑的小毡包前下了马。

我推开门，朝昏暗的包内问着好。好久才辨清毡子上端坐着两个默默吸烟的老头儿。简单的交谈中，我打量着这个包。没有女人。从简陋而条条有理的家什用具来看，我明白，这一定是两个过去的喇嘛。这种人家正是我最满意的宿处。

一个老头儿取出一块案板，从案板背的横木里抽出菜刀，慢腾腾地切了些肉，然后在那块尺来方的案板上擀着面条。等他终于把面条下了锅，把案板翻过盖在锅上之后，我谨慎地向他们询问索米娅的消息。煮面条的老头儿说：

“知道啦，你问的是大车老板达瓦仓的老婆。不过，嗯……他们不在草地上住，好像住在公社那边？是吗？”他问另一个老汉。

那老汉又装上一袋烟，点燃。他久久地咂着假玉石的烟嘴，好久才懒懒地说：

“嗯。达瓦仓住在诺盖淖尔。前两天，我还见到过他老婆。”说罢，他伸出腿，仔细地在靴底上磕着烟袋锅里的灰，我没有再问下去。他打了个哈欠，开始收拾枕头皮被，然后躺下了。

油灯熄了。我裹紧毯子，枕着手臂。望着天窗外面的夜空。

---

① 艾勒：ayil，人家，聚落，邻居。元代汉译为“阿寅勒”。

这已经是白音乌拉草原的夜。

索米娅真的在这片夜空之下吗？

那次的牧业技术训练班延长了两个月。等我回到伯勒根草原时，已经是五月初，草皮泛青的季节了。

我学得很好，在小畜改良和兽医这两门课程上，我都得到教师的赞扬。结业式上，我得到了一张奖状和一套奖品——一个装满兽医用的器械的皮药箱。

旗畜牧局李局长说，内蒙古农牧学院畜牧系和兽医系今年都在我们这里招收新生，根据我的学习成绩，如果我愿意的话，旗畜牧局愿意推荐我去其中任何一个系去上学深造。我看了那份表格，又还给了李局长。我说，这实在太诱人啦，但是我不愿离开草原。李局长劝我再考虑考虑。他说："你应当懂得什么叫机会。并不是每一个草原青年都能遇上它的。"而我却在第二天一早，就跨上一匹借来的马，朝伯勒根河湾飞驰而去。

走近家门口时，远远看见奶奶和索米娅都站在门口。风儿正掀得她们的袍角上下翻飞。

呵，这才是千金难买的机会！和心爱的姑娘一起，劳动、生活，迎接一个个红霞燃烧的早晨，做一个真正的男子汉。这样的前景是怎样地吸引着我啊！

奶奶依然饶舌地问这问那，索米娅给我搬出了那么多好吃的东西。我整理着带回来的一大包书籍，心里很快活。我把这些书齐齐地码在箱盖上，觉得我们的家已经焕然一新。一切都要开始啦，我们郑重地、仔细地商量了我和索米娅结婚的事。我们想等到秋天，等到忙完了接羔、剪毛和畜群检疫以后，而且那时父亲也许能有空闲。奶奶准备在夏天给他烧一大桶奶子酒，让他来这儿尽情地喝个痛快。

有了书，我当然更喜欢读书了。我还是习惯地在读完一页以后，就伸手去端茶碗。索米娅还是在那时立刻把热腾腾、香喷喷的奶茶斟进我手中的碗里。

那时，我照旧望她一眼，有时会遇见她出神的、直直地望着我的目光。但是，她的目光和神情非常古怪，甚至可以说是黯然神伤。她小心地、迟疑地盯着我，那眼光不仅使我感到陌生，而且似乎含着敌意的警惕。那是一种女人的眼神。

我奇怪了。难道新娘对她的未婚夫是这么疑心重重吗？我说："索米娅，你怎么啦？喏，过来。"而她却慌忙连连摇头，急匆匆地推门出去。没系腰带的宽大袍子绊着她的脚。

回家几天后的一个傍晚，我出诊去一户牧人家医治几头跛腿的山羊。等我干完后，主人搬出一个塑料桶来，请我喝酒。这时又来了一群闲逛的牧民，于是，大家便围着炉火喝起来。

喝一阵，唱一会儿，大家都醉了。我的兴致很高，歌子唱得也特别响亮。这时，黄头发的希拉醉醺醺地扳过我的肩，问道：

“白音宝力格，你……可真高兴呀，把，把高兴事说给我们……听听嘛！”

“是这样，希拉兄弟。”我兴奋地对他倾吐心曲，“我不久就要……就要和索米娅结婚啦！我不去农牧学院！不去！我要永远和……和索米娅……和额吉，嗯……永远！”我的舌头僵硬，可是心里却满是甜蜜。

“索米娅吗？嘎、嘎、嘎，”希拉怪声怪气地哑笑起来。他端起半碗烈酒，咕咚咚地灌下肚，又凑向我：“那可真是……真是头漂亮的小乳牛哇……嘿嘿，那奶——那奶，甜哟——”他开心得前仰后合，最后竟哼唱起来。

昏暗中，有人厉声呵斥他：“住嘴！希拉！”“你胡说些什么！”“住嘴，你喝醉了！”

“我胡说？”希拉突然蹦起来，呼呼地喷着浓烈的酒气，血红的眼珠乜斜着，恶狠狠地扫视着屋里的人，最后，他盯住了我，盯了好久。接着，他无耻地笑起来：“反正白音宝力格最明白！对吧？你那漂亮的……小乳牛快下犊了吧？对！黄牛犊……嘎嘎嘎……对吧，兄弟？”

我气疯了。我暴跳起来，甩开揪扯着我的牧人，狠狠地抬起靴子，一脚把这个黄毛踢翻在毡子上，随即冲出了包门。

当我气急败坏地扯过钢嘎·哈拉的缰绳，踏住马镫时，包里传出那卑劣的黄毛恶毒的、发狂般的怪吼声：“滚回去吧！摸摸你那头小乳牛……我希拉把她连牛犊子都送给你啦！”

我狠狠地鞭打着马，黑马的四蹄在石头上重重地击出一串串火星。这黄毛鬼的恶毒诅咒气昏了我。自从我生长在这片草原，还从没有听到过这样肮脏的话！我后悔没有揍那张污秽的嘴，或者用头号粗针头给他扎上一针冬眠灵——他居然如此放肆地侮辱和中伤我的爱情，还有我亲爱的索米娅！

黑马在门口猛地停住，我翻身下马，一下子撞开了家门。同时，我听见一声尖厉的惊叫。

索米娅正在换衣服。她还来不及扣上袍子的前襟。我的眼睛被牢牢地吸住了——在她敞开的长袍里面，我看见一个高高凸起的肚子。

我呆住了，手扶着门框一动不动，只顾直直地盯住她那怀孕至少五六个月的、隆起的肚子。刹那间，我似乎突然明白了黄毛希拉那些毒言恶语的含义，也明白了几天来索米娅古怪的神情和敌意的目光。

奶奶在一旁呼呼熟睡着。索米娅惶惑地、害怕地望着我，慢慢朝角落退去。她扣着袍子上的纽扣，可是总扣不上。我看见她睁圆的眼睛里溢满了泪水。酒精和狂怒已经攫住了我，但一种莫名的难过又一下涌来，使我痛苦而悲伤。我一步步地朝她走去，她一步步地退着。我绝望地问：

“真的吗……是黄毛鬼希拉吗？”我听着自己的声音，觉得它简直像是哭。

索米娅紧紧靠着毡墙，颤抖着。她一言不发地死盯着我，脸上已是泪水纵横。

我的眼睛黑了……哦，黄头发希拉是一个真正的恶棍，他要弄过的牧民妇女究竟有多少，没有谁数得清。草原上已经有不少孩子长着一头丑陋的黄发，用呆滞阴沉的眼睛看人，我不止一次地听到人们指着那些孩子说：“哼，都是黄毛希拉的种子！”

我勃然大怒了，可怕的痉挛阵阵袭来，我觉得眼前直冒金星。我猛扑过去，抓住索米娅的衣领，拼命地摇撼着她，要她开口。可她却倔强地越发沉默。我发狂地吼叫起来，更用力地摇着她：“你说！你说呀！为什么……说……你说！那个黄毛恶鬼！”

“松开——”索米娅忽然锐声地尖叫起来，“孩子！我的孩子！你——松开！松开——”她哭叫着，在我死命钳住她的手里挣扎着。突然，她一低头，狠狠地在我僵硬的手上咬了一口！

我痛得倒抽了一口凉气，手瘫软地松开了。索米娅愣怔了一下，一下子捂住脸号啕大哭起来，她撞开我，披头散发地奔到外面去了。

我揩去手上的血，伤口处立即又渗出新的一层血珠。我颓然坐下，猛地看见白发蓬松的奶奶正在一旁神色冷峻地注视着我。原来她早就坐在一旁。我想喊她一声“奶奶”，但是喊不出来。她那样隔膜地看着我，使我感到很不是滋味。一种真正可怕的念头破天荒地出现了：我突然想到自己原来并不是这老人的亲生骨肉。

奶奶慢条斯理地开口了。她讲了很多，但我没有听进去，也不愿听进去。那无非是古老草原上比比皆是的一些过程，是我们久已耳闻并决心在我们这一代结束它的丑恶。这些丑恶的东西就像黑夜追逐着太阳一样，到处追逐着、玷污着，甚至扼杀着过于脆弱的美好的东西。所以，索米娅也无法逃避在打水路上遇见黄毛希拉时的那种厄运。“唉，自从你去学习以后，那个希拉闹腾得叫我们一秋天都不得安宁，”奶奶感慨地说，“这狗东西。”听她的口气，显然也没有觉得事情有多严重。

我沉默了。包里一片寂静。奶奶低下头数着她的那串念珠。门外，在远处传来的声声狗吠中，隐约能听见索米娅在棚车里的啜泣。

我打开箱子，摸出一柄父亲送我的蒙古刀。我悲愤地用力拔出刀子，雪亮的刀光在灯下一闪。奶奶抬起头来，不解地望着我。

“白音宝力格，怎么，”她用充满了奇怪的口吻说，“怎么，孩子，难道为了这件事也值得去杀人吗？”

我生气了。我怨恨地、愤愤地朝她问道：

“怎么？难道那样的坏蛋还配活到明天？”

她不以为然地摇头，然后开始搔着那一头白发。她嘟囔地说：“不，孩子。佛爷和牧人们都会反对你。希拉那狗东西……也没有什么太大的罪过。”她朝我伸过一只瘦骨嶙峋的手来，“给我，好孩子。让我收起你那吓人的玩意儿来吧……有什么呢？女人——世世代代还不就是这样吗？嗯，知道索米娅能生养，也是件让人放心的事呀。”

我气得浑身哆嗦。但我更感到无法忍受的孤独。手里的匕首沉重地落在地上。我一句话也说不出，只是痛苦地、感慨地凝视着这一头银发的老人。我推门走到包外，姣好的银月正静挂中天。我倚门站着，久久注视着这一望迷茫的广袤草原。

钢嘎·哈拉嘶鸣起来。我看见它正披鞍挂镫，精神抖擞地跺着脚，像是等待着我。不，已经用不着我们去复仇啦，我的朋友。我走近它，开始松开它的肚带。那肚带勒得很紧，我解着它。流血的手背一阵疼痛。我感到身心交瘁，就把脸埋在骏马的鬃毛里，马儿不安地打着响鼻，用前蹄刨着草地。

……也许是因为几年来读书的习惯渐渐陶冶了我的另一种素质吧，也许就因为我从根子上讲毕竟不是土生土长的牧人，我发现了自己和这里的差异。我不能容忍奶奶习惯了的那草原的习性和它的自然法律，尽管我爱它爱得是那样一往情深。我在黑暗中搂着钢嘎·哈拉的脖颈，忍受着内心的可怕的煎熬。不管我怎样拼命地阻止自己，不管我怎样用滚滚的往事之河湮灭那一点诱惑的火星，但一种新鲜的渴望已经在痛苦中诞生了。这种渴望在召唤我、驱使我去追求更纯洁、更文明、更尊重人的美好，也更富有事业魅力的人生。

但我决不能没有索米娅！我回忆着远自童年就开始了的那漫长的十几年生活。昔日的生活是那样亲切，就像春季化雪时节在山谷里浸过草根，汩汩淌着的溪流。那溪水清澄又甘甜，浸泡着我心田的一寸一分。我仿佛又看见了那些两小无猜、无忧无虑的日子；又看到索米娅美丽眸子里的明亮火花，和那熊熊燃烧的、使一切自然界和人间的美都相形见绌的绚丽红霞。我走到棚车前面，轻声地呼唤着索米娅。我盼望她能再用湿润的嘴唇吻着我，把手指插进我的头。我等着她把满腹的委屈和痛苦向我诉说。我最终是会原谅她的，而且我坚信会有办法让恶魔希拉一直到死都不得安生。

索米娅已经不再哭了，但她不回答我的呼唤。我又在棚车旁站了许久，才回到包里。那一夜，我彻夜未眠。

两天过去了。索米娅已经恢复了平静。我一直在等着她来向我倾诉。每当我饮马回来，出诊回来，或者在夜里走到棚车附近时，我总以为，她会立即出现在我眼前并扑向我。

但是没有。两天就这样过去了。

第三天早晨，我去伯勒根河湾里赶牛，在一块被芦苇隔开的浅滩草地上，遇上了我的仇人：黄毛希拉。

他骑着一匹棕白相间的小花马，歪戴着一顶软软的鸭舌帽。他见了我，有些手足无措，似乎想搭讪着和我讲些话。可是他的嘴角刚一动，我就看见了那个恶毒下流的笑容。

我的怒火燃烧起来了。痉挛的手几乎握不住缰绳。突然间，钢嘎·哈拉嘶叫着跳了起来，朝着他冲上去。我也用力挥起马鞭，狠狠地朝他那丑恶的嘴脸抽过去。鸭舌帽打飞了，我看见那个焦黄的头倒栽向河滩的盐碱地。我下了马，朝他走去。希拉凶狠地瞪着我，突然一跃而起，朝我扑来。

我和他扭打了好久，踏倒了一大片芦苇。我的小腹被他踢得疼痛难忍，但他最终还是被我一拳打翻在蓝色的河水里，浪花溅得很高很远。

我浑身打着战，忍着小腹的剧疼，跨上黑马，慢慢走回家来。

在门外，我听见包里索米娅正在和奶奶说话。我捂着腹部，艰难地一步步挨到门口。我听见索米娅的声音："奶奶，这布多好看啊。"我的脚步太轻了。她们都没有听见。我口渴得要命，恶心得想呕吐。我想喊索米娅来扶我一下，可是喊不出声来。我费劲地拉开门，索米娅的声音停住了。我看见她正慌忙藏起一双红花绒布缝的婴儿鞋子。她警惕地望着我，把那双为腹中婴儿准备的小鞋子藏在背后，一声不响。

一阵从未体验过的绝望和伤心笼罩了我。我觉得一股酸酸的东西堵住了喉头。我转过脸，把一口黏稠的血吐在外面的草地上——像她们一样，我也没有让她们看见。我无力地倚着门框，缓缓地滑坐在门槛上，目不转睛地望着索米娅。而索米娅却像是想起来什么一样，突然不顾一切地朝门口冲来。我抬起一只手臂，轻轻地说："别到棚车那儿去了……索米娅，这里是你的家啊。"

一句话不知怎样滑了出来。后来，我曾经长久地感到奇怪：自己从哪儿找到了这样的一句话。我说：

“你不要走——是该我走了……索米娅，奶奶，我要走了。”

五

向一个放羊的人打听音讯
他说，听说她运羊粪去了

诺盖淖尔是个深幽幽的小湖，由于白音乌拉山侧面的陡壁斜斜插入湖水，所以从南面看去，这小湖很像融雪蓄成的那种山中湖，而和一般锡林郭勒草原上常见的那种洼地和泉眼生成的浅湖大有不同。由于深，所以湖水并不混浊。清晨，在牧畜前来饮水之前，它平静地、蓝晶晶地在山谷里闪着光。大概就是为着这难得的水源吧，白音乌拉公社的许多单位都移建于此：乳粉厂、皮革作坊、食品公司收购站，还有小学。当我驱马走近这里时，甚至有一种觉得是离开了牧区的陌生感。这儿甚至还有啄食的母鸡和鸭子。索米娅难道会生活在这么一个地方吗？

我找到了赶马车人达瓦仓的小泥屋。

这是一座傍着湖岸修成的、只有三面墙的那种低矮的地窝子式土坯屋。木门旁有一个烧得焦黑的泥炉灶，旁边停放着一辆双辕高高翘起的马车。车上已满载着货物，马轭马套散乱一地。绳子上晾晒着五颜六色的衣服，我还发现尘土里埋着一个廉价的橡皮动物玩具。

我犹豫着，迟迟没有下马。索米娅就在这土屋里面。我是敲门呢，还是喊一声？哦，所谓人生的重逢就要在我眼前出现啦……我的心跳了起来。不远的湖面上，灰蒙蒙的水均匀地一摇一荡，让人如刻如镂地感受着这难熬的时间。

我咬咬牙，把钢嘎·哈拉拴在马车跨杠上，然后踩着门前的羊骨头、牛粪块朝门走去。我俯身拾起一件踩在土里的格子布小衣服，然后用力推开了门。

屋里，充斥视野的是一条大炕。炕沿上的镶木少了一半，露出磨得圆滑的草泥坯。在炕上的皮被、大氅、山羊皮、蒙古式袍子和汉式棉袄中间，我数出三个酣睡着的小孩。他们七横八竖地挤作一团，污垢厚厚的光脚丫乱蹬着那些衣被——没有大人。西墙上还有一个小门，我推开那小门，一眼看见一个蛛网尘封的黝黑的蒙古包木格天窗。旁边堆着折叠的哈那墙，俄尼棍，还有一扇紫红色的小木门。我的眼睛湿润了：这是我们的家，这是我们祖孙三人，不，还有黑马驹曾一块儿生活其中的那个家……

我凝视着这个被拆散了的蒙古包。是的，索米娅真的在这儿。她真的嫁到了这个离我们伯勒根河湾那样遥远的地方。她已经像藏起这架毡包般地藏起了过去，在外面那间临湖的肮脏泥屋里，迎送着沉重的，而又是大家都在过着的生活。

“哟！你找谁？”一个女人的清脆声音在我脑后响起。我吓得浑身哆嗦了一下。

我转过身来。一个穿着西式女上衣，梳着齐耳短发的女人正温和地打量着我——不是她。我吁了口气，用汉语回答说：

“我找索米娅……噢，就是达瓦仓的……老婆。她是我的妹妹，我从伯勒根草原来。”

“啊，白音宝力格同志！”她惊喜地大叫起来，“我知道你！你不是念大学去了吗？”

“嗯，是的。大学——已经毕业了。”我说，心里忐忑不安。她知道我？知道我多少呢？

“上的哪个学校？内大？师院？什么专业？唉，索米娅姐姐总说不清！”她兴致勃勃地问。

“农牧学院，”我回答说，“您是……”

她笑了，扶扶眼镜：“哈，我姓林，是这儿的学校老师。内蒙师院毕业的——真难得啊，我第一次在这儿碰上个大学生。而且是我的小其其格的亲戚！”

“其其格？”我赶快追问了一句。

“怎么，你忘啦？索米娅姐姐的大女儿嘛！已经上二年级啦！一直是我的学生！”

我当然不会忘记。我永远不会忘记那一切的，连同那个万恶的淫棍。哦，在向奶奶天葬的山沟告别的时候，我没有想起来该去见见那个黄毛希拉。我们的账还没有结清……其其格，其其格，我默默念着这个名字。不幸的孩子，可怜的小花啊，你不至于真的长着那种污脏的黄头发吧？女孩总该比男孩纯洁些，就像索米娅比我要纯洁一样。我实心实意地愿这孩子能学好，能爱她的母亲。因为她毕竟是降生于索米娅的怀腹之中。不论我是否愿意，此时此刻我已经决不能否认她的存在了……

“林老师，其其格这孩子……听话吗？我想，嗯，她长得一定很高了？”

“长得很高？哈哈！哪里……看来，你上了大学以后，什么也不知道呀！”女教师叫嚷着，突然想起来什么，“咦，你看，我是来帮忙的！索米娅姐姐今天不回来，要我帮助提水呢！”

她麻利地拎起铁桶，歪着头望着我问：“你呢，是坐在这儿等，还是也帮我去提一桶？”

我提起一对铁桶，在她带领下朝湖畔走去。苍茫天色和薄暮中的湖面融成一片，使我心绪淡凉。我等着她继续讲下去，因为这都是我所不知道的故事。而林老师并没有觉察到我的情绪，兴致勃勃地闲扯了好多才转回原题：

“你猜，其其格刚生下来有多大？哈哈——你猜不着！一只勺子！真的，我是在这孩子已经三岁那年才到这里的，如果现在我不是确实了解我的学生年龄，我怎么也不会相信那时她有三岁……天哪，比别人六个月的婴儿还要小哪！咦，你信吗？白音宝力格同志？”

“嗯。”我含糊地答应着。

“索米娅姐姐告诉我，这孩子生下来时，还不满一尺长！一只小脚比不上你的大拇指！脑袋只——唉！她家一只小猫崽那么小！”这年轻女教师激动了，她耸动着眉毛，用力挥着手，急匆匆地讲着。我拎着两只铁桶，小心不让它们晃响，紧张地听着。

“太小了！可能是不足月……你们伯勒根草原的人都跑去看新鲜，男人们用大拇指比比她的脚，孩子们用拳头比比她的脑袋。她小得出奇，用一张旱獭皮就能包起来。人们都说，不行呀，扔了吧，这样的孩子养不活呀。听说也有人恶言恶语，说索米娅生的不是人，是怪物！可是，索米娅姐姐的老奶奶——喂，白音宝力格同志，你总不会连你奶奶也忘了吧？哈哈！”她开玩笑地问我。

“嗯，没有。”我嘟囔了一声，心里很难受。

“……你们的老奶奶坐在门槛上，对那些牧人说：‘住嘴！愚蠢的东西！这是一条命呀！命！我活了七十多岁，从来没有把一条活着的命扔到野草滩上。不管是牛羊还是猫狗……把有命的扔掉，亏你们说得出嘴！我用自己的奶喂活的羊羔子今天已经能拴成一排！我养活的马驹子成了有名的好马……钢嘎·哈拉，你们这些瞎子难道还没有看见钢嘎·哈拉吗？只怕你们还没有福气骑那样的好马！哼，扔了吧——把这孩子扔给乳牛，乳牛也会舐她。走吧！你们走开吧！别用你们的脏手碰我的小宝贝儿！你们几年别来才好！等我把她养成个人，变成一朵鲜花，再让你们来看看！’”

林老师兴奋地说着，激动得满脸通红。这时我们已经来到湖边。她蹲下来，用手撩着湖水，突然又睁大眼睛朝向我：

“啊，你们的奶奶真好啊。你知道吗？自从听说了这个故事，每当我和小其其格在一块儿，给她讲课的时候，我总觉得自己错过了机会，没能亲眼见见这位老人，这位伟大的女性！”

……我再也听不见什么了。尽管这位热情的汉族姑娘还在抑制不住地谈着她对我奶奶的无限崇拜。暮色中的湖水宁静幽暗，西斜的太阳在这暗色的水面上洒着一些耀眼的、粉末般的光点。我把铁桶浸进水里，荡起的涟漪更使那浮动的波光闪烁无尽。我望着湖水，觉得那闪闪的银光正摇动着，现出奶奶飘拂的银发。我提出盛满的桶，那银发又化成奶奶昏花而又灼人的眼睛。我闭上了眼睛。我真想把这位有点儿学生腔的女教师立即支开，然后纵身跳进湖水，跳进奶奶那微微颤动着的、一闪一闪的呼唤中去，把我满心的痛苦，难言的委屈和悔恨，都埋进她那亲切温暖的银发和混浊而深邃的目光中去。

我没有让林老师帮忙，一个人提着两桶水向小泥屋走去。女教师默默地跟着我，像是在回味刚才那故事的感受，也许，是我的沉默使她感到不解。我抱歉地说：

“林老师，再讲点什么吧。你知道，我离开得太久了，什么都不知道……”

“讲就讲……哼，你呀，真不像话。你还不知道索米娅姐姐有多好。唉，我总觉得，就算我这一辈子扔在这荒草地上，碌碌无为吧，但是认识了她，也可以说是有点儿收获啦……知道吗？我总是摆脱不了这样一种幻觉：我总觉得索米娅姐姐是个刚刚生了孩子的女人。我总觉得，她一连多少年总是抱着一个哇哇哭的婴儿在这条路上慢慢走着。就这种幻觉。后来，有一天她来找我，说：‘林老师，收下我的其其格做学生吧！’我非常奇怪，就问她：‘姐姐，你的其其格能上学么？她顶多才三岁吧！’她急了，说：‘哪里！我女儿已经七岁啦！求求你，收下她吧！我可以每天给你提水、烧茶、做饭！我可以给你挤乳牛，可以到草地上去给你拾牛粪烧！’唉，她说着说着就哭起来了，后来简直是号啕大哭，哇哇的，撕扯着我的衣服。啊，那样子真惨……她为什么那样伤心呢？我想，一定是为了把孩子养大，她熬得太艰难啦……”

女教师低下头，擦了擦眼角，又说下去：

“当时，我把其其格揽到怀里——噢，这哪里像个学龄儿童呀，又瘦又矮，看上去像是刚刚学会走路。可是，索米娅姐姐哭得那么凶，她穿的一件蓝布袍子湿了一大片。头发乱蓬蓬的，脸上又是泪水又是鼻涕。我——唉，也陪着她哭了一顿……就这样，开学了，我把其其格安排在我讲课前面的位子上。我想，这样孩子离我很近，我可以随时发现她的一切。我不敢大意——要知道，索米娅姐姐常常躲在教室窗子外面听着，有时候，外面下着雨，她就那样淋着，呆呆地站在窗子外面呀……”

直到我们回到那熏黑的小泥屋的门口，女教师还在不停地讲着。此时已经不是我要听，而是她自己要讲了。我觉得，她一定是受了太深的感染，才如此对人倾吐。当然，我看得出她是个直肠快语的人，这样的人喜欢用强烈的方式来表达内心。而不像我，只是默默地吞咽一切。从她瞟着我的眼神看，她似乎在怀疑我能否理解她的索米娅姐姐。或许，她的怀疑是对的。因为我实实在在地觉得，她描述的那个女人的作为不像是我的索米娅。我不能想象那一切。我也没有她那种幻觉。我的脑海里只深刻着一个脸颊妩媚的姑娘，她正动情地凝视着一派幸福醉人的红霞……索米娅，你哪里会像她讲叙的那样呢？你是个多么温柔，多么单纯的小姑娘呵。

推开门，我看见一个小姑娘正在忙碌着。

“其其格！”林老师高兴地喊着，“其其格，快喊舅舅！这是白音宝力格舅舅。知道吗？他是你妈妈的哥哥！”

小姑娘停下了手中的活儿，转过身来，目不转睛地盯着我。

看上去，这女孩子只有六七岁。她穿着一件打着补丁的汉族女孩儿那种对襟花布衫和一条蓝布裤子，光脚穿着一双显然尺寸和样式都不合适的黄球鞋，我发现乱七八糟的屋子已经被她收拾干净了。炕上靠里面叠放着一层层码齐的被褥和衣袍。地扫过了，连着土坯炕的灶里，干透的羊粪烧得轰轰响。炕上，三个一律剃成锅盖头的小孩正围着一块案板，跃跃欲试地想把小黑手伸向案板上的面团。

小姑娘拘谨地、慢慢地搓着手上粘着的面屑，忧郁地望着我。这眼光里混杂着惊讶、隔阂和思索。我还无法分辨出它究竟是友善的还是猜忌的。我有些手足无措，半晌，才喃喃地开口说：

“其其格，你好。我是……”

小姑娘的嘴唇轻轻地嚅动了一下——

“巴帕，”她小声叫道。

一股酸酸的滋味猛地涌向我的喉头和鼻尖。

“巴帕，我看见了门口拴的黑马。”小女孩怯生生地说，“妈妈以前说过，我的巴帕会骑着一匹黑骏马来看我们。”

六

朝一个牧牛的人询问消息
他说，听说她拾牛粪去了

门外响起一阵纷沓的马蹄声，伴着一个粗嗓门的吆喝。女教师笑道：“瞧，是达瓦仓回来了。喂——”她朝门外喊着，“车老板！来客人啦！索米娅的哥哥来啦！”

门外那个粗嘎的嗓门大声赞叹着：“哈，好威风的一匹大黑马！”随即，一个四十来岁的魁梧大汉推开门跨进来。

女教师给我们介绍了一番，然后起身告辞。

“我回家啦，白音宝力格同志。你妹妹要明天才能回来——她给学校运煤去了。如果没事，明天到学校来玩吧，还没有听你讲讲城里的事情呢。”说罢，她走了。

大汉拍着我的肩头：“坐，坐。上炕。嘿——”他朝炕上那几个小家伙吼着，“滚下来！让纳合齐[①]上炕坐！狗崽子们，把炕弄成狗窝啦！”一面吼着，他顺手把已经爬到炕沿的两个小孩一拨拉，两个孩子嗵地摔在地上。我慌忙伸手去扶，但那两个小机灵鬼却是司空见惯，打个滚儿爬起来，“赶马去哟！赶马夫啰！”闹嚷着，撞开门朝外面奔去。最小的那个在炕上哇哇哭了，连滚带爬地要追随哥哥们去。大汉一把揪住他的开裆裤，把孩子提溜起来，搂在怀里。

“宝贝——别跑，别跟他们乱跑，给阿爸当宝贝——啧！”他粗鲁地用大嘴在那小孩的屁股上亲了一口，一巴掌抹掉孩子脸上的两道黄鼻涕，又顺手抹在炕褥上。“上炕坐嘛，白音宝力格兄弟……嘿！其其格，愣着干什么？快做饭呀！哼！”

我搭讪地说：“一共这四个孩子吗？”

“就这四个啦。没听说吗，公社卫生院正到处抓女人，连割带阉。哼，妈的！索米娅——你妹妹，去年就给他们——咦，其其格！看我不揍肿你的脸！怎么还愣在那里？等死吗？”他突然又暴怒起来，凶恶地朝小姑娘吼着。

“面条已经擀好了。”女孩子低声说。她靠着炕沿坐着，显得那么矮小。

“那么就去给纳合齐饮马！到房子后面找条绳子，把纳合齐的黑马和我的黄辕马连在一起放去吃草！怎么，你准备让马饿死吗？”他挺着胸，唾沫星子乱溅在怀里的小男孩和我身上。我连忙跳下炕说：“还是我自己去饮马吧，这马不太老实呢。”

“那么就去给纳合齐带路！提上我的帆布水斗，黑马如果不喝湖水就去井台！”他继续盘着腿大吼大叫，神气十足，“喂，白音宝力格兄弟，快去快回！我等你——今天咱们好好喝它一瓶子！”

天还没有黑透。我和其其格默默地走在通向湖畔的路上。这女孩子走路脚步很轻，而且一句话也不说。但是，每当我转脸看她一眼时，她都迅速地和我对视

---

① 纳合齐：母亲系统亲戚的泛称。

一下，并瞟瞟我牵着的钢嘎·哈拉。

“其其格，你妈妈给你讲过这匹马吗？”我小心翼翼地开口问道。

“嗯。讲过的。”她简单地回答。

静静地走了一会儿。这回是她主动开口了：

“巴帕——这马真的名叫钢嘎·哈拉吗？”

“当然。”

她转过身来，轻轻地朝黑马喊道：“钢嘎·哈拉！钢嘎·哈拉！”

黑马猛地扬起头来，呼噜噜地打了一个响鼻。小女孩欣喜地笑了。“多好啊！”她说。

我感动地蹲了下来，轻轻抱起了她。她很轻，像一片羽毛。我把她举起来放到黑马的背上。这样她才差不多和我一样高了。我扶着她的小小的肩头，仔细地端详着她。

我没有在她脸上找到我记忆中的那个少女的痕迹。她不像她的母亲。索米娅没有这样瘦削，也没有这样忧郁的眼神。而她呢，也没有索米娅那红扑扑的脸颊和温柔的表情。不过我还是得承认，这小女孩生得挺好看。昏暗中，她默默地跨在马上，双手抚弄着黑马肩上的长鬃，小小的躯干显得那么单薄和弱小。我想把目光移向她的头发，突然又感到这样很可耻。于是，我提起帆布桶，牵着马，继续朝湖边走去。

钢嘎·哈拉埋头长饮。从它埋入嘴唇的地方，湖水漾起一圈圈次第扩展的波纹，在暗淡的湖面上划出条条闪光的弧线，一直密集地排向对岸轮廓朦胧的陡峭山崖。

其其格蹲在黑马旁边，洗着手上面粉结成的硬垢。“才九岁，已经在给家里做饭了。”我想着，望着她。黑马喝足了，侧过头来，好奇地打量着这个女孩，其其格高兴地伸出小手，触着马儿毛茸茸的嘴唇。

我凑过去问：“你在学校里高兴吗？学习好吗？其其格？”

“昨天算术考坏了。林老师给了我二分。”

“题很难？”

“不，”她抬起脸望着我，“因为妈妈昨天一早就去海拉金山里运煤了。去年她是暑假里去的，所以我也一块去了。那地方很远，我知道。”

“你不该想妈妈，其其格。应当只想着怎样把题算对。”我开导说。

“嗯，是的，”女孩子说，“去年在回来的路上，有一辆勒勒车的轮子散了。妈妈抱着我，在黑地里坐了一夜……今年，牛车会不会又在那里坏了呢？我想着，就把题算错啦。今年她赶了四辆牛车。”

小女孩又沉默了，我也再说不出什么。我们牵着马，朝家走去。走了一会儿，我忍不住又问这孩子：

“其其格，阿爸对你妈妈——我是说，为什么你阿爸不去运煤呢？那么远。”

“不，那是妈妈的事。她在给学校干活儿呢。不光运煤，还挤奶，拉水。学校呢，就每个月都给我们钱。”

天全黑了。其其格把马笼头交给我，自己跑进黑暗中。一会儿，“嘿！嘿！”传来了她的吆喝声。一匹辨不出颜色的高头大马被她赶来。她把一条绳子拴在那马的双腿绊上，然后递给我绳子的另一头。“喏，让钢嘎·哈拉去吃草吧。我也该去煮面条啦。”她说。

我接过那绳头，触着了她凉冰冰的小手。

孩子默默地任我攥着她的手。半晌，她说：

“巴帕，要我明天带你去看妈妈的奶牛吗？可好看啦。”然后，她小心地捏了捏我的手背。

达瓦仓已经脱了上衣，露着肌肉隆起的、黑毛丛丛的胸脯。那个小儿子在他怀里闹腾着，咬着他胸上那个硬硬的乳头。另外两个，则在旁边扭作一团，撕抢着什么东西。“白音宝力格兄弟！”他喜气洋洋地招呼着我，“快上炕！先喝一碗再吃饭！其其格，下面条！”

我们对饮起来。见到大人喝酒，那两个小鬼头更来了劲儿。他们拼命抢着酒瓶子和我们手里的杯盏，一边给我们添酒一边尖声喊叫。下午我曾觉得那么冷清凄凉的小泥屋沸腾起来，弥漫着面汤的蒸汽、呛鼻的酒味儿和孩子们的喊叫。

我想起了一首什么时候读过的小诗。那诗令人感受真切地描写了一个充满橘黄色火苗的温暖的家庭晚餐。和这位虎背熊腰的赶车人一块儿喝着烈酒，我似乎又感受到了那小诗的意境。达瓦仓开心地饮着，说着，时时用粗野难听的骂人话吆喝着三个小狗崽般在炕上闹的小孩。干透的泥草墙吸着熊熊炉火的热，又把这热散向歪斜小屋里的生活。孩子们的吵嚷震着我的耳鼓，我有些微微发醉。车老板舒服地仰面躺着，和我议论着天气、风俗和草场的优劣。我发现，这魁梧大汉尽管粗野，但却也不失为豪爽有力。他无疑是这个家庭的坚强支柱和当然的主人。哦，可以想象，索米娅在这间小屋里度过的日子尽管可能艰难，但绝非是无法容忍和水深火热。如果此刻她也在这间小屋里面，无论是蹲在灶火旁，坐在炕沿上，或躺在被垛上，都只会使这温暖起来的小泥屋增添更多的温暖和亲切。看来，人的热力是能够点燃世界任何冰冷角落的生命的。真正被生活抛弃的，只是像我这样不能随遇而安的人。也许，这就是我的悲剧……

不过，其其格和这热烘烘的天伦之乐也不尽协调。整整一个晚上，她一直坐在屋角的一堆鞍具上，手里揉弄着一本皱巴巴的课本。只要我看她一眼，总是碰上她逃避般慌忙移开的眼睛。整个晚上，尽管我在和达瓦仓谈天论地，但我总觉得那小姑娘在用火辣辣的目光盯着我，那目光好像穿透了我的衣服和肌肤，灼得我的心隐隐作痛。

夜深了。透过窗户框子里嵌着的玻璃，我看见墨蓝的夜空和泛着灰白色的湖浪。不觉之间，那三个淘气鬼已经睡熟了，一个枕着另一个。达瓦仓打了个酒嗝，开始扯住小孩的腿和胳膊，把他们拉成一排。最后他把一条大皮被用力摔在小其其格身上，嘴角泄出一句低沉的咒骂："哼！这鬼老婆今天还不知道死在哪里！呃，连个铺炕的人都没有……"他狠狠地咬得牙响。眼角一瞥，我们的目光相遇了。他马上闭上了嘴。但我在那一瞬却感觉到了些什么。

难堪的寂静只持续了几秒钟。也许是借着酒力吧，我扳住了他粗壮的肩头：

"你大概讨厌我吧？"我问。

赶车人喘着粗气，想了一会儿，又斟上半碗酒。他沉吟了一下，低低地开口了：

"兄弟，我的话可能不好听——说真的，我们早把你忘了。我根本没想到你还会来看看。我以为，城里人就是那么没心肝，亲娘老子死了也不理睬……"

我难堪地低下了头。

达瓦仓和解地递过酒碗，宽容地说："唉，今天我才知道，是我想错了。看看，你这不是骑着马，爬山过河地找到我们白音乌拉来了？来，喝酒，喝酒。"

我看了看这碗苦酒，然后咕咚咚一饮而尽。我能说什么呢？

我俩挨着斜靠着一垛衣被躺着，默默地啜着酒。大车老板自言自语地说起来："唉，兄弟！说真的，那个时候你不该不在哟……那些事，实在不能甩给一个女人家呀！噢，快十年啰……"

我坐起来，缓缓地给他斟上酒。

"那天夜里，我吆着空车在月亮地里赶路。嘿，太困，睡着啦。后来，又不知怎么醒了。我好像听见一个女人的哭号声。说真的，我吓得浑身打战。可是，准是鬼催的——我吆着马，朝那个哭音寻去啦。走近一看，哈！是个女人守着一辆碎了木轮子的牛车，哭得哇哇响。我下了车问她。噢——她是给她奶奶送葬呢！黑夜里，路不好，车坏了，又伤心，就哭开啦。喏，还抱着孩子——那孩子像条剥了皮的猫，小得吓人。见她哭，我也心软啦。我说，姑娘，别哭啦！就算你家额吉有我这个儿子吧！这会儿他刚赶来给老人家送葬……就这样，我把包着老太婆的毡子抱上大车，又把她那辆倒霉的破车拆开，装上大车，把老人家运到了那个山沟里……等我把她们母女送回蒙古包以后，我问她，以后，你们打算怎样过呢？她说，不知道。后来，我就吆上车离开啦。回去以后，我总想起她。越想越觉得她可怜。这样，我就又赶上车，开了张结婚证，第二次去了伯勒根河湾……”

他端起酒，呷了一口。下炕给蜷在炉灶旁睡熟的其其格盖严了皮被，又在我身边躺下来。

“后来，我问过你妹妹。我问她，索米娅，你们家就没有个男人亲戚？送葬——那种事也非要你一个姑娘干？她说，有个哥哥，他上大学进城啦。兄弟，我这才知道还有个你。我又问她，那就一定要抱着个猫崽子自己去送老人？草原上有那么多人家！她说，我不愿意求别人，该我去。唉——真傻呀！”

第二天，天气晴朗。达瓦仓早早起来，把四匹马套上了大车。他在屋子里翻腾了好一阵，大概是没有找到什么像样的干粮吧，最后，他骂骂咧咧地把一壶酒揣进怀里，走出门来。

他拔下那杆大鞭，然后拍拍我的肩头：“兄弟，天不坏，我要出车送货去啦。你饿了就催其其格那小猫崽子烧茶。我半路上能碰上你妹妹，她用不了天黑就能回来。我会催她狠狠地揍着学校那几头懒猪似的老牛跑的。哼，瞧她这个临时工……喂，”他又想起来什么，“你就多住几天吧。等我三五天回来，咱们再一块喝两瓶。你酒量不坏。”

他吆着车走了，顺着一条直直攀上湖畔高高山梁的车道，他赶车很凶，鞭梢尖锐地炸响着，车轮扬起弥漫的黄尘。他挺胸坐在跨杠上，粗声叫骂着，神气十足。“是条好汉子。”我独自想。一阵怅惘又漾上了心头。

学校课间休息的时候，其其格领着我去看了学校的奶牛。原来是我在大学里研究过的荷兰种改良牛。那些长着大块大块黑白相间的毛皮的乳牛优雅地踱着步子，在一个小小院子里晒着太阳。我走进了那稀泥塘一样的院子。污泥在我脚下咕叽咕叽响着。我在那烂泥地里站了好久。是的，索米娅每天都蹲在这片泥地里挤奶……其其格又把我领去看了学校的厨房后院，那儿堆着小山般的冬季燃料：黄褐的牛粪，黑亮的煤。当这女孩子领着我走近湖边的时候，上课铃响起来了，其其格远远地指给我湖畔的一块青石板，就慌忙跑去上课了。

我走到湖旁，在那块青石板上慢慢坐下。在冰封千里的冬天，索米娅就是在这块石头上蹲着，用力凿开诺盖淖尔的坚冰，把一桶桶水汲进水缸，运到学校。

我找到了她留在这片土地上的步步足迹。我看见了她的生活和劳动。一天一夜的耳闻目睹，使我视野里充斥着纷乱炫目的、简直应接不暇的印象。但是我仍然不能相信和接受它们，尽管它们是如此真实。我仍然只是看见她的那个形象：那是一个面对着朝霞的、眸子中闪跳着金红色的憧憬的美好姑娘。我伏在岸边的草丛里，难过地闭上眼睛，竭力不去再想这一切往事。后来，我睡熟了。

很久，我抬起头来。太阳已经偏西。我看见钢嘎·哈拉在我旁边的湖水里站着，它浑身的毛皮在湖水里洗过之后，像纯净的炭一样漆黑，向阳的一面闪着漂亮的漆光。

它笔直地站在清波摇荡的湖水浅滩里，一动不动。它高高地昂着头，箭一般的双耳耸立着——它在注意地眺望着什么。

我忙起身朝那边望去——在那条宛如浮在湖面蒸腾的烟气之上的青灰色的高高山梁上，在那青青山梁上的那条宛如扶摇直上的轻烟般的车道上，有一连串四个小黑点，是四辆首尾相连的牛车，正在朝着这儿蜿蜒而下。

七

我举目眺望那茫茫的四野呵

那长满艾可的山梁上有她的影子

哦，如果我们能早些懂得人生的真谛；如果我们能读一本书，可以从中知晓一切哲理而避开那些必须步步实践的泥泞的逆旅和必须口口亲尝的酸涩苦果，也许我们会及时地抓住幸福，而不致和它失之交臂。可是，哪怕是为着最平凡、微小的追求吧，想完美如愿也竟是那样艰难莫测。也许，正因此人们才交口感叹生活。我们成长着，强壮和充实起来，而感情的重负和缺憾也在增加着，使我们渐渐学会了认真的感慨。而当我们突然觉得在思想上长大了一岁，并实在地看清了前方时，往事却不能追赶，遗恨已无法挽回。我们望着比我们年轻些的后来者，望着他们的无畏、幻想和激情，会有一点儿深沉些的目光。在清风中，在人群里，我们神情平静地走着，暗暗地加快了一点儿步伐……

当见到了索米娅以后，我体会到了上述的这一切。

我们见面时，并没有出现什么戏剧性的情景。索米娅用力拽着牛鼻绳，大步迎面走来。她笑着向我问好：“呵，白音宝力格！我听达瓦仓说你来啦。怎么样，路上累吗？工作好吗？你还是老样子！嗬——嘿！”她使劲拉着缰绳。

她牵着首车的一头红花牛，和我并排走着。她并没有哇地哭出来，更没有一下子扑进我的怀里，甚至也没有喊我“巴帕”。她丝毫没有流露对往事的伤感和这劳苦生涯的委屈。甚至在我挡开她，用力挥着三齿耙和平底锨，替她把那四车煤炭卸在学校伙房后面时，也是一样。她随口说着什么，若无其事。

她变了。若是没有那熟悉的脸庞，那斜削的肩膀和那黑黑的眼睛，或许我会真的认不出她来。毕竟我们已阔别九年。她身上消逝了一种我永远记得的气味；一种从小时、从她骑在牛背上扶着我的肩头时就留在我记忆里的温馨。她比以前粗壮多了，棱角分明，声音暗哑，说话带着一点大嫂子和老太婆那样的、急匆匆的口气和随和的尾音。她穿着一件磨烂了肘部的破蓝布袍子，袍襟上沾满黑污的煤迹和油腻。她毫不在意地抱起沉重的大煤块，贴着胸口把它们搬开，我注意到她的手指又红又粗糙。当我推开她，用三齿耙去对付那些煤块时，她似乎并没有觉察到我的心情，马上又从牛车另一侧再抱下一块。她絮叨叨地和我以及前来帮忙的炊事员聊着天气和一路见闻，又自然又平静。但是，我相信这只是她的一层薄薄的外壳。因为，此刻的我在她眼里也一定同样是既平静又有分寸。生活教给了我们同样的本领，使我们能在那层外壳后面隐藏内心的真实。我们一块儿干着活儿，轰轰地卸着煤块；我们也一定正想着同样的往事，让它在心中激起轰轰的震响。

下午的诺盖淖尔湖边小镇阳光明丽。已经放了学的孩子们像小鸟一样在索米娅周周又吵又嚷。休息的教师们，乳品厂的临时工，还有蹒跚着串门的老汉，都围着这堆刚卸下的煤评头论足地议论。我发觉索米娅在这里人缘很好，她总是被那些人们喊住，谈笑上几句什么。

直到活儿干完了，她领着我回家时，我们还是用这样的方式随意闲谈着。当我们转过学校前面的低缓土坡，顺着湖畔的小路朝那间半地穴式的小泥坯屋走去的时候，突然传来一阵急促的马嘶。钢嘎·哈拉拖着脚绊，一蹦一跳地奔来。直到马儿蹦跳着来到我们跟前，不管不顾地径自把脖颈伸向索米娅、把颤动着的嘴唇伸到她的怀里时，我才明白了这黑马所具备的一切。

我惊奇万分地望着钢嘎·哈拉。它一声不吭地用黑黑的大脑袋在索米娅怀里揉搓着，双耳一耸一耸，不安地睁大着那对琥珀色的眼睛，好像在无言地诉说着什么。

索米娅用沾满煤末的手轻轻搂着黑骏马的头，久久地抚摩着它。我看见，她的眼睛里盈满着泪水，肩膀在微微地发抖。但是她始终背朝着我，一句话也没有说。

她飞快地收拾着屋子，打开窗子，点燃炉火，刷洗所有的锅碗什物，挨个地给三个男孩洗掉脸蛋上的脏污，把其其格支使得团团转。

泥屋里又充满了温暖，但不是昨夜那种热烘烘、乱糟糟。她烧了一大锅浓浓的酽茶，把大茶壶煨在炉灶旁的红灰上。她找出一罐黄油和一包黑砂糖，煎了很多黄澄澄的小面饼。她把炸饼摆在我面前，那散着诱人甜香的饼上，油花在吱吱地响着。

山那边白音乌拉公社没有送过柴油机发的电来，天黑了，屋里一片昏暗。索米娅点燃了煤油灯。又一个傍晚，我一直盼望着、又一直害怕的傍晚降临了。炉灶里的牛粪火闪着橘黄色的火焰。这活泼的暖色点缀了浓暮灰蓝的阴暗色彩，一闪一跳地，把那被严严压实的不安和激动引了出来，像一阵气浪，像一支无声的旋律，在这低矮的小泥屋里愈来愈浓郁地回旋着。

小面饼又甜又香，我吃了好多。这时我才想起：中午我在湖畔睡着了，忘了喝午茶。

孩子们在炕上闹着，争抢着被褥和枕头。

索米娅吩咐其其格给我铺一条新毡子。小姑娘跑进旁边的小屋，很快抱来一块白条毡。她把条毡铺在靠墙的炕头，又麻利地扫净上面的草末。最后，她把一个新皮袍子摊开在条毡上，然后下了炕，站在一旁，默默地望望母亲，又望望我。不知为了什么，我忍不住一把拉过她来，抚摩了一下她的头发。接着，我躺下了。

索米娅一口吹熄了灯。

黑暗中，我睁着眼睛，仔细地倾听着隔着四个孩子的土炕那一头传来的每一点轻微的声响。好久，我都判断不出索米娅是否已经躺下。我茫然望着屋顶，而那里也是混沌一片，数不清究竟有几条椽檩。最小的那个男孩，也就是马车夫的宝贝心肝突然哼了起来。于是我听见索米娅开始小声哄着他。我屏住呼吸，倾听着她低柔的嗓音。她在用那种只有母亲和孩子才懂的、只有在沉睡的蒙古包里才能听到的甜美的、气声很重的絮语在说着什么。这种声音使人近如咫尺地感觉到女人独有的浓郁气息……就这样，我和我昔日的姑娘，和我的沙娜躺在一个低矮的屋顶之下，躺在一条土炕上。我们都竭力使自己弄出的声响小些。我们是那么疏远，那么直似路人。哦，别了，我的草原上的百灵鸟儿，我的披着红霞的、眸子黑黑的姑娘，我已经永远地失去了你……

没有月光。夜空上大概布满了乌云，连窗棂那儿也是昏黑一片。只有炉膛里残存的牛粪火亮着微弱的红光，时而响起一星半点清晰的爆裂声。屋子里响起了均匀的鼾声：孩子们都睡熟了。

这时，我听见索米娅发出一声压低的、长长的叹息。像是一声颤抖的呻吟般的、缓缓舒出的叹息。

像是听见了召唤的号角，我猛地坐了起来。我宁愿去死也不能继续在这沉寂中煎熬。我哧哧喘着，对着黑暗大声说：

“索米娅！不，沙娜！你……你说点什么吧！”

说罢我就使劲闭上眼睛，死命咬着嘴唇。

过了好久，索米娅开口了。她低声说道：

“奶奶死了。”

又是沉默。我明白，该我对那湮没的质问问答了。

我开始艰难地讲起来。自从我跨着黑骏马踏上旅途，这个问题已经不止一次地撕扯着我的心。九年多了，在学院里和机关里，在研究室同事当中和在一切朋友之间，我从来没有想到荒僻草原上有这样一个严厉的法庭，在准备着对我的灵魂的审判。现在由索米娅进行的，也许是最后一次。我费劲地讲着，讲到了那条山石峥嵘的山谷，讲到了天葬的牧人遗骨，讲到了我怎样在那里向亲爱的奶奶告别并请求她的饶恕。我也讲到了赶车人达瓦仓对我的责备。我讲着，泪水止不住哗哗流下。

这是我第一次哭。以前我从来没有流过眼泪。甚至，我曾怀疑这是自己的一种生理缺陷。我总是咬着牙关，皱紧眉头，把一切痛楚强咽而下；人们则常常因此认定我是个冷酷和无情无义的家伙……

我拼命咬着袖子，生怕吵醒沉睡的孩子们。但是这次我忍不住了，我已经说不下去，只管没出息地发出一声声难听的哭声。

“别这样，白音宝力格……”索米娅低声唤着我。她哑声说，“难道有永远活着的老人吗？”

而我已经悲恸难禁。我已经分不清究竟是在为奶奶，还是在为自己而哭泣。我想到自己把匕首扔在地上时对那老人的蔑视，也想到自己捂着被踢伤的小腹挣扎回家的情形。我想到荒凉的天葬沟旁那清冷孤单的感觉，也想到自己把皮袍披在索米娅身上时的柔情。我想到那红霞，那黑马驹，那卑污的希拉，那可怕的分离。又想到了像一柄勺子和一只小猫般大小的婴儿，想到女教师、马车夫和诺盖淖尔湖的清波。我想到自己那已无法分辨的委屈，更想起了那些简直已经无法全部记忆的、使我从一个儿童长成一个青年的许许多多的岁月，想起父亲怎样把幼年丧母的我托付给那个慈祥的老人……“奶——奶！”我伤心极了，只顾把头埋在手里呜呜地哭着。“奶——奶！”我只想拼命拉回那不归的老人，然后对着她痛快地大哭一场。

索米娅轻轻地下了地，往炉膛里添了些牛粪，然后给我端来一碗茶。

她坐在炕沿上，看着我咽着茶水。喝完了茶，我渐渐平静了下来。

炉火在轻轻地闪跳，暗红的火焰摇动着索米娅映在土墙上的影子，无声地和我们一起默送着流逝的时间。

“索米娅。”我谨慎地用这个称呼叫着她。

“嗯？”她刚才仿佛沉入了遐思。

“你给学校干临时工，累吧？”我问。

“不，没什么，反正我也要干活儿的。一个月能挣四十五块钱呢。”

“昨天，一个姓林的女老师给我讲了好多你的事。她可喜欢你啦。”

索米娅淡然笑了，“她心肠好。”她说。

我又说：“达瓦仓昨晚和我喝了好多酒，他也是个好人。”

索米娅没有回答。一会儿，她轻轻地说：

“白音宝力格，你还记得吗？那条伯勒根小河……”

“什么？我们家乡的伯勒根小河吗？”

“嗯。”她的声音低得几乎听不见，“还记得吗，奶奶讲过那样的歌谣：‘伯勒根，伯勒根，姑娘涉过河水，不见故乡亲人……奶奶还说过，希望我永远也不要跨过伯勒根小河嫁到异乡去。可是，看来，我还是没能叫她称心。知道吗，那天，我坐着丈夫的马车，离开了咱们住过那么多年的营盘。那营盘光秃秃的，只留着一层青灰的羊粪。蒙古包拆掉啦，装到了车上。钢嘎·哈拉……因为你走了，我把它卖给了公社。那天风刮得很凶，马车走进伯勒根河的芦苇里，风刮得苇叶哗啦啦地响。后来，我们路过了那个地方，那个咱们曾经和奶奶一块烧茶休息的硝土岸上的地方。那时候，我突然想起了奶奶说过的话，想起了她讲过的那个歌谣……我哭了。呵，我想，我到底还是没能逃开蒙古女人的命运；到底还是跨过了伯勒根的河水，成了这白音乌拉地方的伯勒根……”

索米娅终于讲完了。我听着，什么也没有说。从窗棂子往外望去，好像浮云已经退尽，微微发亮的夜空上，闪着儿颗晶亮的星。我转过身望见索米娅黑暗里的面影，觉得那儿也闪着晶莹的光亮。我想伸出手去替她擦掉那些泪珠，可是我没敢。

这时，索米娅又讲了：“白音宝力格，那时我猜不出你在哪里。我只记得马车一摇一晃地走在河水里，车轮子溅起冰凉的浪头，溅了我一脸一身。我使劲搂紧女儿，把脸藏在她身子后面。哦，那时我多么感激其其格呀，我觉得只有这块小小的血肉在暖和着我……当然，白音宝力格，这样的话你是不愿意听的。我知道，你非常讨厌我有这么一个女儿……”

“不！”我绝望地喊起来。我打断了她的话，激动地分辩说：“沙娜！你错了，我喜欢她，其其格是个好孩子……而且，好像她也、也喜欢我。她喊我‘巴帕’。她还知道钢嘎·哈拉。我发现，和我在一块的时候，这孩子就爱说话……”

索米娅叹了口气，我似乎感到她在暗影里惨然一笑。

“你不知道真情，白音宝力格。”她迟疑着，犹豫了一阵，才继续说道：

“是这样的：我丈夫不喜欢这个女儿。去年他喝醉啦，打其其格，还骂她是……野狗养的。后来，啊，女儿就一直盯着我。天哪，一连几天盯着我，那眼神很吓人。我慌了，就悄悄对她说：其其格，你有一个巴帕，现在正骑着一匹举世无双的漂亮黑马在闯荡世界。我们给这匹马取名叫钢嘎·哈拉——黑骏马。这巴帕就是你父亲，他的名字叫白音宝力格。会有一天，他突然骑着黑骏马来到这里，来看我们……”

我望望炕上，其其格正拥着一角毯子睡着，小手枕在脸颊下面。索米娅疲惫地垂下了头，吁了长长一口气。

“别记恨我吧，白音宝力格！”她用微弱的声音喃喃着，“我实在没有别的办法。我想，反正这一生再也不会见到你啦……”

我鼓足勇气，向她伸出手去，抚摩着她蓬乱的长发。索米娅佝偻着身子，用双手紧紧掩着脸庞。随着我的抚摩，她浑身剧烈地颤抖着。

过了许久，她猛然昂起头来，用一种异样的、嘶哑的声调大声问我：

“为什么你不是其其格的父亲呢？为什么？如果是你该多好啊……哪怕你远走高飞，哪怕你今天也不来看我！”

我木然地、僵硬地坐着，好久答不上话来。后来，我不知是背诵了一句谁的话：

“我不能够……索米娅，你是多么美好呵。”

炉膛里的牛粪火完全熄灭了。灶口那儿早已没有了那种橘黄的或是暗红的火光。可是，这间小泥屋里已经不再那么黑暗，木窗框里乌蒙蒙的玻璃上泛出了一层白亮。不觉之间，我们的周围已经流进了晨曦。

天亮了。

这又是一个难忘的、我们俩的黎明。

八

黑骏马昂首飞奔哟，跑上那山梁

那熟识的绰约身影哟，却不是她

我在索米娅家的小泥屋里一共住了五夜。从那天黎明以后，我们再也没有去回顾那些不堪回首的往事。我想等达瓦仓回来以后再告辞，从各方面来讲，那样都更好些。

在诺盖淖尔湖畔的这个清静的小镇上，我们度过了平和的三天。每天除开照料黑马之外，我就到学校的乳牛圈和伙房后面去，尽力帮助索米娅干点活儿。此外，我把心思都花在其其格身上。我骑马从白音乌拉供销社给她买来新的书包和钢笔，还有一条天蓝色的纱巾。我想暗中帮助索米娅巩固那个谎言。为什么不呢？为什么要让这不满十岁的女孩子心里那一星幻想的火花熄灭呢？就让她继续把我想象成她的父亲吧，我愿一生致力于扮演这个角色。也许，这对于我要比对于她更为重要和迫切。

但是，我已经发现事情将不会那么简单。因为她在更固执地，用那种尖锐的眼睛盯着我。她并没有变得更快乐一些或者更孩子气些。

我想起在城里，我曾在一个朋友那儿看到过一帧他女儿的照片。那是一张寄自美国的、大幅柯达相纸印的彩色照片。照片上那女孩也和其其格差不多大小，她被已经同父亲离了婚的母亲带到了那个极乐世界。在那张彩色照片上，我看到那女孩穿着一件胸前印着“HAPPY”[①]的套头衫，正在起劲地和一群黄发碧眼的小朋友们嬉戏。她笑得真是那么快乐和幸福。我曾感慨，她就那么无忧无虑地忘掉了父亲和自己的祖国。而其其格却完全不同。她衣衫褴褛，乱蓬蓬的头发结成毡片。她吃力地迈着小腿和挥着小手，从湖边提来满桶的水。她令人发笑也使人心疼地抱着比自己小不了多少的弟弟。她默默地接过我买的书包、钢笔和头巾，然后默默地走到一边翻弄课本。她时时用那清澈而严肃的眼神望着我，仿佛在和我的心灵进行着无止无休的辩论。

我懂了，这种留在孩子心灵深处的创伤是不会愈合的，这伤疤将随着他们的渐通世事而流血发疼。我恨透了制造这创伤的丑恶力量，难道还有比这更严重的残害吗？

索米娅从那天天亮以后，也忘却了悲伤。当她来到学校的时候，我看见她脸上满是兴奋的，甚至是喜气洋洋的光彩。她走近那头高贵的黑白花荷兰乳牛，亲切地拍拍它的额头。那奶牛转动着闪着缎光的脖颈，聪慧地睁大温柔的眼睛等着

---

① 英语：快乐。

她。她蹲下，把木桶放稳在袍襟上。唰，唰，雪白的奶浆一股股射向桶底。其余几头奶牛也慢腾腾地踱过来，围着她站成一圈，等着轮到自己。她挥动着双臂，上身一动一动地摇着，用力地挤着，脸上浮着平和的微笑。我站在圈墙外面看着她，看得出神。下课铃响了，一大群孩子喧闹着冲来，小脑袋在圈墙上露出齐齐的一排。他们七嘴八舌地议论着，争执着，用清脆的童声向索米娅问好。索米娅挤满一小桶，孩子们就震耳欲聋地喊成一片，拼命地朝她伸出手臂。她把奶桶递给孩子们，微笑地嘱咐着他们，目送着他们把奶桶送到伙房。铃声又响了，孩子们吵嚷着奔回教室，围墙外面像是飞走了一群乱叫的小鸟。

索米娅闩紧圈门，又走到住宿的牧区孩子的宿舍。在那儿，她已经用我提来的湖水泡上了一大堆要洗的窗帘和被单。早晨的太阳已经高高升上了白音乌拉大山。诺盖淖尔湖畔的这几排简陋的土房子渐渐显出了平稳的秩序和劳动的活力。索米娅洗着衣服，用湿漉漉的手撩着脸上的散发，随口和路过的人们说着话。阳光照着她黧色的面颊和黑黑的眼睛，她显得安详、自信而平静。不久，白杨树干上扯起了一条条绳子，洗好的床单在绳索上迎风飞舞，像是成排的旗子。索米娅吃力地站了起来，轻轻捶着后腰，拖着沉重的步子朝湖畔的泥屋蹒跚走去，随手在地上拾起一段铁丝，几块牛粪和木头。她从邻居的汉族老太婆家里把儿子们吆回来，顺便给那户人家养的一只山羊羔喂了奶。她点燃炉灶，用斧头砸碎茶砖。一家人围坐在炕上，奶茶正在铁锅里沸腾。

我长久地观察着她的一举一动。我觉得自己似乎看见了她过去的日子，也看清了她未来还要继续度过的生活。

我临行的前一天，达瓦仓赶着马车回来了。那天中午，学校的林老师跑来，把我们全家请到她的宿舍去吃午饭。

我们三个大人率领着四个孩子，一一围着她的炕桌坐好。这时，女教师乐不可支地咯咯笑着，满面红光地告诉我们一个消息：

“啊呀，你们听着！学校刚刚开完了会。会上决定，把索米娅姐姐转为正式职工啦！嗯，听说是让你专门管理学生内务。索米娅姐姐，知道吗？以后，孩子们就要喊你‘老师’啦！”她快活地嚷着，一面飞快地把冒热气的白馒头摆在桌上。“嘿，真高兴呀！哈哈！喂——车老板！你瞪什么眼？”

她朝达瓦仓喊着。马车夫不以为然地晃晃脑袋，端起酒杯，对我说道：“喝，白音宝力格兄弟，你瞧，她也能当老师！很可能，明天会派我去当自治区书记。唉！”

女教师摆着菜，骂着达瓦仓说：“不害羞！你算什么？除了赶大车就会喝酒。可索米娅姐姐呢，开会时，有的老师说，只要索米娅在，住宿生就不会想家啦。”

索米娅惶恐地、害羞地坐着，不安地揉弄着筷子，忘记了吃饭。她呆呆地看着几个狼吞虎咽的儿女，好久没有说一句话。后来，她仿佛刚刚醒悟过来般失声叫了起来："哎哟！弄错啦……我怎么能，怎么能喊我老师呢！"

她丢掉筷子，双手捂住了脸。可是，我已经在她的脸上看到了一种复活的美丽神采，那是羞怯和紧张都遮掩不住的、一种难得出现的神采。林老师说笑着，给孩子们添着菜，给我们男人添着酒。其其格一面吃着，一面翻看着一本连环画。达瓦仓喝干一杯酒，就忙着教训一下伺机捣乱的儿子，只有索米娅坐在角落里，独自静静地出神。她在想什么呢？孩子们在吵闹，女教师在谈笑，丈夫在饮酒。她只是茫然向他们投去一瞥，随即又陷入自己的遐思。也许此时她第一次感到了疲乏和劳累，第一次有机会歇息一会儿。她一定正在安详地回想着那难熬的岁月，回想着那些快要淡漠了的酸辛。她的神情松弛了，痴痴的目光像是在注视着什么，那目光里充满了使我感到新奇的怜爱和慈祥。你变了。我的沙娜，我的朝霞般的姑娘。像草原上所有的姑娘一样，你也走完了那条蜿蜒在草丛里的小路，经历了她们都经历过的快乐、艰难、忍受和侮辱。你已一去不返，草原上又成熟了一个新的女人。

在古歌《黑骏马》的终句里，那骑手最后发现，他在长满了青灰色艾可草的青青山梁上找到的那个女人，原来并不是他寻找的妹妹。小时候，当我听着这两句叠唱的长调时，曾经百思不得其解。后来，成年以后，当我为思念索米娅哼起这首歌的时候，我一直认为这首古歌在这儿完成了优美的升华。它用"不是"这个平淡无奇的单词，以千钧之力结束了循回不已的悬念，铸成了无穷的感伤意境和古朴的、悲剧的美。

但是，这一回，当我真的踏着这古歌的节奏，亲身体味了歌中概括的生活以后，我不能不再次沉入了深深的思索。

第二天清晨，我牵着钢嘎·哈拉，告别了达瓦仓、其其格和孩子们。索米娅陪着我，牵马绕过了清澄的、早晨的诺盖淖尔湖水，慢慢地走上直插旗所在地的那条小路。

我尽量开朗地和她闲谈着，讲述着我在自治区畜牧厅的工作和生活。当然也商量了许多事情，包括怎样抚养和教育正在长大的其其格。

那天早晨，湖面上低低地流动着淡白色的浓雾，天上湿润的云彩拉成长长的薄丝，在峡谷的避风处和湖雾连成一片。只有天幕后面那轮巨大的淡红朝日正在无声升起，把一束束微红的光线穿过流雾，斜斜地投向蓝幽幽的水面。

索米娅低着头走在我身旁，露水打湿了她的袍襟。在小路开始向山坡上伸延而去的一片马莲草地上，我转过身来。我决心不再制造那种感伤的离别场面，于是，我说了一声“再见吧，索米娅”，就奋力跃上了马背。

“巴帕！”索米娅突然撼人肺腑地喊了一声。

我浑身一震，猛地收住马缰。这是我第一次，也是最后一次听见她这样亲昵地称呼我。

索米娅急急跑上几步，双手抓住马勒，气喘吁吁地说：

“我有一件心事，不，有一个请求。我不知道是不是该说——”她满怀希望地凝视着我的眼睛，犹豫了一下。突然又用热烈的、兴奋的声调对我说：“如果，如果你将来有了孩子，而且……她又不嫌弃的话，就把那孩子送来吧……把孩子送到我这里来！懂吗？我养大了再还给你们！”她的眼睛里一下涌满了泪水。“你知道，我已经不能再生孩子啦。可是，我受不了！我得有个婴儿抱着！我总觉得，要是没有那种吃奶的孩子，我就没法活下去……我一直打算着抱养一个。啊，你以后结了婚，工作多，答应我，生了孩子送来吧！我养成人再还给你……”

我震惊地听着她的表白。

我想起了我的奶奶。想起了奶奶总是一本正经地讲述而被我挤着鬼脸嘲笑过的、那许许多多的哲理。奶奶已经长眠不醒，但我此刻相信她一定得到了真正的安宁。我几乎要对索米娅冲动地说：“沙娜，我的好姑娘！你将来一定会像奶奶一样慈祥！”可是我没敢说。而且，这样说也许并不正确。我只是僵坐在马鞍上，目瞪口呆地听着她的倾吐。我觉得，像我这样的人是很难彻底理解她们的一切的。我目不转睛地望着索米娅。那个梳着羊犄角小辫和我同骑一牛的小女孩，那个紧束着腰带朝我奔来的少女，那个红霞中的姑娘，还有那个赶车人泥屋里的主妇，都闪电般地从我眼前掠过。我似乎已经从中辨出了一道轨迹，看到了一个震撼人心的人生和人性的故事。——快点成熟吧！我暗暗呼唤着自己。

我放开勒紧的马嚼，钢嘎·哈拉抖动着满颈黑鬃，飞一样地冲向前方，把激动的风儿甩在身后，久久带着一阵远去的呼哨。我驰上了地平线，在高高的山冈上扯转马头。在茫茫的草海里，索米娅微小的背影正在向彼岸踽踽前行。再见吧，我的沙娜，继续走向你的人生。让我带着对你的思念，带着我们永远不会玷污的爱情，带着你给我的力量和思索，也去开辟我的前途……如果我将来能有一个儿子，我一定再骑着黑骏马不辞千里把他送来，把他托付给你，让他和其其格一块生活，就像我的父亲当年把我托付给我们亲爱的白发奶奶一样。但是，我决不会像父亲那样简单和不负责任；我要和你一块儿，拿出我们的全部力量，让我们的后代得到更多的幸福，而不被丑恶的黑暗湮灭。

钢嘎·哈拉沿着开阔的山坡飞驰。畜牧厅规划处的同事们一定已经完成了在旗里的调查。我要快马加鞭去和他们会合，然后去开始新的工作。

此刻，宇宙深处轻轻地飘来一丝音响。它愈来愈近，但难以捕捉，像是在草原上空的浓郁空气中传递着一个不安的消息。等我刚刚辨出它的时候，它突然排山倒海地飞扬而至，掀起一阵壮美的风景。我被它牢牢地吸引住了，黑骏马追赶着它的步伐。接着，从那狂风般的雄浑前奏中，流出了一个优美悲怆的旋律。它激烈而又委婉地起伏着，好像在诉说着草原古老的生活。

那一浪浪涌来的、苍凉古朴的调子叩击着我的心，又伴和着钢嘎·哈拉急骤的蹄音，把我们的心绪向莽莽的大草原传递。在这天宇和大地奏起的浑厚音乐中，我低低地唱起了《黑骏马》，从那古歌的第一节开始，一直唱到终止的“不是”那个词。

当我的长调和全部音乐那久久不散的余音终于悄然逝尽的一刹间，我滚鞍下马，猛地把身体扑进青青的茂密草丛之中。我悄悄地亲吻着这苦涩的草地，亲吻着这片留下了我和索米娅的斑斑足迹和炽热爱情，这出现过我永志不忘的美丽红霞和伸展着我的亲人们生路的大草原。我悄悄地哭了。青绿的草茎和嫩叶上，沾挂着我饱含丰富的、告别昔日的泪珠。我想把已成过去的一切都倾洒于此，然后怀着一颗更丰富、更湿润的心去迎接明天，就像古歌中那个骑着黑骏马的牧人一样。

1982 年

入选理由

张承志的《黑骏马》是一篇游走于大地的理想主义小说。在一首悠长古老的蒙古族民歌的旋律中，那个忧伤的蒙古族青年踏上了漫漫的寻找长途，他要走遍草原去寻找心爱的妹妹。白音宝力格对爱情的寻找，也即对归宿和理想的寻找。但骑着黑骏马的白音宝力格对历史和现实的认知视野似乎更为宽阔。民族文化的深层积淀在这个蒙古族青年的视野和经历中被展现出来。于是他获得了检讨和反省自己肤浅和轻率的意识和能力。对人民和土地的倚重，对古老传统文化的重新认识，使主人公终于找到了能够安放自己心灵的归宿。

棋　王

阿　城

一

车站是乱得不能再乱，成千上万的人都在说话。谁也不去注意那条临时挂起来的大红布标语。这标语大约挂了不少次，字纸都折得有些坏。喇叭里放着一首又一首的语录歌儿，唱得大家心更慌。

我的几个朋友，都已被我送走插队，现在轮到我了，竟没有人来送。父母生前颇有些污点，运动一开始即被打翻死去。家具上都有机关的铝牌编号，于是统统收走，倒也名正言顺。我虽孤身一人，却算不得独子，不在留城政策之内。我野狼似的转悠一年多，终于还是决定要走。此去的地方按月有二十几元工资，我便很向往，争了要去，居然就批了。因为所去之地与别国相邻，斗争之中除了阶级，尚有国际，出身孬一些，组织上不大放心。我争得这个信任和权利，欢喜是不用说的，更重要的是，每月二十几元，一个人如何用得完？只是没人来送，就有些不耐烦，于是先钻进车厢，想找个地方坐下，任凭站台上千万人话别。

车厢里靠站台一面的窗子已经挤满各校的知青，都探出身去说笑哭泣。另一面的窗子朝南，冬日的阳光斜射进来，冷清清地照在北边儿众多的屁股上。两边儿行李架上塞满了东西。我走动着找我的座位号，却发现还有一个精瘦的学生孤坐着，手笼在袖管儿里，隔窗望着车站南边儿的空车皮。

我的座位恰与他在一个格儿里，是斜对面儿，于是就坐下了，也把手笼在袖里。那个学生瞄了我一下，眼里突然放出光来，问："下棋吗？"倒吓了我一跳，急忙摆手说："不会！"他不相信地看着我说："这些细长的手指头，就是个捏棋子儿的，你肯定会。来一盘吧，我带着家伙呢。"说着就抬身从窗钩上取下书包，往里掏着。我说："我只会马走日，象走田。你没人送吗？"他已把棋盘拿出来，放在茶几上。塑料棋盘却搁不下，他想了想，就横摆了，说："不碍事，一样下。来来来，你先走。"我笑起来，说："你没人送吗？这么乱，下什么棋？"他一边码好最后一个棋子，一边说："我他妈要谁送？去的是有饭吃的地方，闹得这么哭哭啼啼的。来，你先走。"我奇怪了，可还是拈起炮，往当头上一移。我的棋还没移到，他的马却"啪"的一声跳好，比我还快。我就故意将炮移过当头的地方停下。他很快地看了一眼我的下巴，说："你还说不会？这炮二平六的开局，我在郑州遇见一个名手，就是这么走，险些输给他。炮二平五当头炮，是老开局，可有气势，而且是最稳的。嗯？你走。"我倒不知怎么走了，手在棋盘上游移着。他不动声色地看着整个棋盘，又把手袖笼起来。

就在这时，车厢乱了起来。好多人拥进来，隔着玻璃往外招手。我就站起身，也隔着玻璃往北看月台上。站上的人都拥到车厢前，都在叫，乱成一片。车身忽地一动，人群"嗡"的一下，哭声四起。我的背被谁捅了一下，回头一看，他一手护着棋盘，说："没你这么下棋的，走哇！"我实在没心思下棋，而且心里有些酸，就硬硬地说："我不下了。这是什么时候！"他很惊愕地看着我，忽然像明白了，身子软下去，不再说话。

车开了一会儿，车厢开始平静下来。有水送过来，大家就掏出缸子要水。我旁边的人才打了水，说："谁的棋？收了放缸子。"他很可怜的样子，问："下棋吗？"要放缸子的人说："反正没意思，来一盘吧。"他就很高兴，连忙码好棋子。对手说："这横着算怎么回事儿？没法儿看。"他搓着手说："凑合了，平常看棋的时候，棋盘不等于是横着的？你先走。"对手很老练地拿起棋子儿，嘴里叫着："当头炮。"他跟着跳上马。对手马上把他的卒吃了，他也立刻用马吃了对方的炮。我看这种简单的开局没有大意思，又实在对象棋不感兴趣，就转了头。

这时一个同学走过来，像在找什么人，一眼望到我，就说："来来来，四缺一，就差你了。"我知道他们是在打牌，就摇摇头。同学走到我们这一格，正待伸手拉我，忽然大叫："棋呆子，你怎么在这儿？你妹妹刚才把你找苦了，我说没见啊。没想到你在我们学校这节车厢里，气儿都不吭一声儿。你瞧你瞧，又下上了。"

棋呆子红了脸，没好气儿地说："你管天管地，还管我下棋？走，该你走了。"就又催促我身边的对手。我这时听出点音儿来，就问同学："他就是王一生？"同学睁了眼，说："你不认识他？哎呀，你白活了。你不知道棋呆子？"我说："我知道棋呆子就是王一生，可不知道王一生就是他。”说着，就仔细看着这个精瘦的学生。王一生勉强笑一笑，只看着棋盘。

王一生简直大名鼎鼎。我们学校与旁边几个中学常常有学生之间的象棋厮杀，后来拼出几个高手。几个高手之间常摆擂台，渐渐地，几乎每次冠军就都是王一生了。我因为不喜欢象棋，也就不去关心什么象棋冠军，但王一生的大名，却常被班上几个棋篓子供在嘴上，我也就对其事迹略闻一二，知道王一生外号棋呆子，棋下得很神不用说，而且在他们学校那一年级里数理成绩总是前数名。我想棋下得好而有个数学脑子，这很合情理，可我又不信人们说的那些王一生的呆事，觉得不过是大家寻逸闻鄙事以快言论罢了。后来运动起来，忽然有一天大家传说棋呆子在串联时犯了事儿，被人押回学校了。我对棋呆子能出去串连表示怀疑，因为以前大家对他的描述说明他不可能解决串联时的吃喝问题。可大家说呆子确实去串联了，因为老下棋，被人瞄中，就同他各处走，常常送他一点儿钱，他也不问，只是收下。后来才知道，每到一处，呆子必然挤地头看下棋。看上一盘，必然把输家挤开，与赢家杀一盘。初时大家看他其貌不扬，不与他下。他执意要杀，于是就杀。几步下来，对方出了小汗，嘴却不软。呆子也不说话，只是出手极快，像是连想都不想。待到对方终于闭了嘴，连一圈儿观棋的人也要慢慢思索棋路而不再支招儿的时候，与呆子同行的人就开始摸包儿。大家正看得紧张，哪里想到钱包已经易主？待三盘下来，众人都摸头。这时呆子倒成了棋主，连问可有谁还要杀？有那不服的，就坐下来杀，最后仍是无一盘得利。后来常常是众人齐作一方，七嘴八舌与呆子对手。呆子也不忙，反倒促众人快走，因为师傅多了，常为一步棋如何走自家争吵起来。就这样，在一处呆子可以连杀上一天，后来有那观棋的人发觉钱包丢了，闹嚷起来。慢慢有几个有心计的人暗中观察，看见有人掏包，也不响，之后见那人晚上来邀呆子走，就发一声喊，将扒手与呆子一起绑了，由造反队审。呆子糊糊涂涂，只说别人常给他钱，大约是可怜他，也不知钱如何来，自己只是喜欢下棋。审主看他呆相，就命人押了回来，一时各校传为逸事。后来听说呆子认为外省马路棋手高手不多，不能长进，就托人找城里名手邀战。有个同学就带他去见自己的父亲，据说是国内名手。名手见了呆子，也不多说，只摆一副据传是宋时留下的残局，要呆子走。呆子看了半晌，一五一十道来，替古人赢了。名手很惊奇，要收呆子为徒。不料呆子却问：“这残局你可走通了？”名手没反应过来，就说：“还未通。”呆子说：“那我为什么要做你的徒弟？”名手只好请呆子开路，事后对自己的儿子说：“你这个同学桀骜不驯，棋品连着人品，照这样下去，棋品必劣。”又举了一些最新指示，说若能好好学习，棋锋必健。后来呆子认识了一个捡烂纸的老头儿，被老头儿连杀三天而仅赢一盘。呆子就执意要替老头儿去撕大字报纸，不要老头儿劳动。不料有一天撕了某造反团刚贴的“檄文”，被人拿获，又被这造反团栽诬于对立派，说对方“施阴谋，弄诡计”，必讨之，而且是可忍，孰不可忍！对立派又阴使人偷出呆子，用了呆子的名义，对先前的造反团反戈一击。一时呆子的大名“王一生”贴得满街都是，许多外省来取经的革命战士许久才明白王一生原来是个棋呆子，就有人请了去外省会一些江湖名手。交手之后，各有胜负，不过呆子的棋据说是越下越精了。只可惜全国忙于革命，否则呆子不知会有什么造就。

这时，我旁边的人也明白对手是王一生，连说不下了。王一生便很沮丧。我说：“你妹妹来送你，你也不知道和家里人说说话儿，倒拉着我下棋！”王一生看着我说：“你哪儿知道我们这些人是怎么回事儿！你们这些人好日子过惯了，世上不明白的事儿多着呢！你家父母大约是舍不得你走了？”我怔了怔，看着手说：“哪儿来父母，都死尿了。”我的同学就添枝加叶地叙了我一番，我有些不耐烦，说：“我家死人，你倒有了故事了。”王一生想了想，对我说：“那你这两年靠什么活着？”我说：“混一天算一天。”王一生就看定了我问：“怎么混？”我不答。待了一会儿，王一生叹一声，说：“混可不易。一天不吃饭，棋路都乱。不管怎么说，你父母在时，你家日子还好过。”我不服气，说：“你父母在，当然要说风凉话。”我的同学见话不投机，就岔开说：“呆子，这里没有你的对手，走，和我们打牌去吧。”呆子笑一笑，说：“牌算什么，瞌睡着也能赢你们。”我旁边儿的人说：“据说你下棋可以不吃饭？”我说：“人一迷上什么，吃饭倒是不重要的事。大约能干出什么事儿的人，总免不了有这种傻事。”王一生想一想，又摇摇头，说：“我可不是这样。”说完就去看窗外。

一路下去，慢慢我发觉我和王一生之间，既开始有互相的信任和基于经验的同情，又有各自的疑问。他总是问我与他认识之前是怎么生活的，尤其是父母死后的两年是怎么混的。我大略地告诉了他，可他又特别在一些细节上详细地打听，主要是关于吃。例如，讲到有一次我一天没有吃到东西，他就问：“一点儿也没吃到吗？”我说：“一点儿也没有。”他又问：“那你后来吃到东西是在什么时候？”我说：“后来碰到一个同学，他要用书包装很多东西，就把书包翻倒过来腾干净，里面有一个干馒头，掉在桌上就碎了。我一边儿和他说话，一边儿就把这些碎馒头吃下去。不过，说老实话，干烧饼比干馒头解饱得多，而且顶时候儿。”他同意我关于干烧饼的见解，可马上又问：“我是说，你吃到这个干馒头的时候是几点？过了当天夜里十二点吗？”我说：“噢，不。是晚上十点吧。”他又问：“那第二天你吃了什么？”讲老实话，我不太愿意复述这些事情，尤其是细节。我说：“当天晚上我睡在那个同学家。第二天早上，同学买了两个油饼，我吃了一个。上午我随他去跑一些事，中午他请我在街上吃。晚上嘛，我不好意思再在他那儿吃，可另一个同学来了，知道我没什么着落，硬拉了我去他家，当然吃得还可以。怎么样？还有什么不清楚？”他笑了，说：“你才不是你刚才说的什么‘一天没吃东西’，你十二点以前吃了一个馒头，没有超过二十四小时。更何况第二天你的伙食水平不低，平均下来，你两天的热量还是可以的。”我说：“你恐怕还是有些呆！要知道，人吃饭，不但是肚子的需要，而且是一种精神需要。不知道下一顿在什么地方，人就特别想到吃，而且，饿得快。”他说：“你家道尚好的时候，有这种精神压力吗？有，也只不过是想好上再好，那是馋。馋是你们这些人的特点。”我承认他说得有些道理，禁不住问他：“你总在说你们、你们，可你算什么人？”他迅速看着其他地方，只是不看我，说：“我当然不同了。我主要是对吃要求得比较实在。唉，不说这些了，你真的不喜欢下棋？何以解忧？唯有象棋。”我瞧着他说：“你有什么忧？”他仍然不看我，说：“没有什么忧，没有。‘忧’这玩意儿，是他妈文人的作料儿。我们这种人，没有什么忧，顶多有些不痛快。何以解不痛快？唯有象棋。”

我看他对吃很感兴趣，就注意他吃的时候。列车上给我们这儿节知青车厢送饭时，他若心思不在下棋上，就稍稍有些不安。听见前面大家拿吃时铝盒的碰撞声，他常常闭上眼，嘴巴紧紧收着，倒好像有些恶心。拿到饭后，马上就开始吃，吃得很快，喉结一缩一缩的，脸上绷满了筋。常常突然停下来，很小心地将嘴边或下巴上的饭粒儿和汤水油花儿用整个儿食指抹进嘴里。若饭粒儿落在衣服上，就马上一按，拈进嘴里。若一个没按住，饭粒儿由衣服上掉下地，他也立刻双脚不再移动，转了上身找。这时候他若碰上我的目光，就放慢速度。吃完以后，他把两支筷子舔了，拿水把饭盒冲满，先将上面一层油花吸净，然后就带着安全抵岸的神色小口小口地呷。有一次，他在下棋，左手轻轻地叩茶儿。一粒干缩了的饭粒儿也轻轻跳着。他一下注意到了，就迅速将那个干饭粒儿放进嘴里，腮上立刻显出筋络。我知道这种干饭粒儿很容易嵌到槽牙里，巴在那儿，舌头是赶它不出的。果然，待了一会儿，他就伸手到嘴里去抠。终于嚼完和着一大股口水，“咕”的一声儿咽下去，喉结慢慢移下来，眼睛里有了泪花。他对吃是虔诚的，而且很精细。有时你会可怜那些饭被他吃得一个渣儿都不剩，真有点儿惨无人道。我在火车上一直看他下棋，发现他同样是精细的。但就有气度得多。他常常在我们还根本看不出已是败局时就开始重码棋子，说：“再来一盘吧。”有的人不服输，非要下完，总觉得被他那样暗示死刑存些侥幸，他也奉陪，用四五步棋逼死对方，说：“非要听‘将’，有瘾？”

我每看到他吃饭，就回想起杰克·伦敦的《热爱生命》，终于在一次饭后他小口呷汤时讲了这个故事，我因为有过饥饿的经验，所以特别渲染了故事中的饥饿感觉。他不再喝汤，只是把饭盒端在嘴边儿，一边不动地听我讲。我讲完了，他呆了许久，凝视着饭盒里的水，轻轻吸了一口，才很严肃地看着我说：“这个人是对的。他当然要把饼干藏在褥子底下。照你讲，他是对失去食物发生精神上的恐惧，是精神病？不，他有道理，太有道理了。写书的人怎么可以这么理解这个人呢？杰……杰什么？嗯，杰克·伦敦，这个小子他妈真是饱汉子不知饿汉子饥。”我马上指出杰克·伦敦是一个如何如何的人。他说：“是呀，不管怎么样，像你说的，杰克·伦敦后来出了名，肯定不愁吃的，他当然会叼着根烟，写些嘲笑饥饿的故事。”我说：“杰克·伦敦丝毫也没有嘲笑饥饿，他是……”他不耐烦地打断我说：“怎么不是嘲笑？把一个特别清楚饥饿是怎么回事儿的人写成发了神经，我不喜欢。”我只好苦笑，不再说什么。可是一没人和他下棋了，他就又问我：“嗯？再讲个吃的故事？其实杰克·伦敦那个故事挺好。”我有些不高兴地说：“那根本不是个吃的故事，那是一个讲生命的故事。你不愧为棋呆子。”大约是我脸上有种表情，他于是不知怎么办才好。我心里有一种东西升上来，我还是喜欢他的，就说：“好吧，巴尔扎克的《邦斯舅舅》听过吗？”他摇摇头。我就又好好儿描述一下邦斯这个老饕。不料他听完，马上就说：“这个故事不好，这是一个馋的故事，不是吃的故事。邦斯这个老头儿若只是吃而不馋，不会死。我不喜欢这个故事。”他马上意识到这最后一句话，就急忙说：“倒也不是不喜欢。不过洋人总和咱们不一样，隔着一层。我给你讲个故事吧。”我马上感了兴趣：棋呆子居然也有故事！他把身体靠得舒服一些，说：“从前哪，”笑了笑，又说，“老是他妈从前，可这个故事是我们院儿的五奶奶讲的。嗯——老辈子的时候，有这么一家子，吃喝不愁。粮食一囤一囤的，顿顿想吃多少吃多少，嘿，可美气了。后来呢，娶了个儿媳妇。那真能干，就没说把饭做糊过，不干不稀，特解饱。可这媳妇，每做一顿饭，必抓出一把米藏好……”听到这儿，我忍不住插嘴：“老掉牙的故事了，还不是后来遇了荒年，大家没饭吃，媳妇把每日攒下的米拿出来，不但自家有了，还分给穷人？”他很惊奇地坐直了，看着我说：“你知道这个故事？可那米没有分给别人，五奶奶没有说分给别人。”我笑了，说：“这是教育小孩儿要节约的故事，你还拿来有滋有味儿地讲，你真是呆子，还不是一个吃的故事。”他摇摇头，说：“这太是吃的故事了，首先得有饭，才能吃，这家子有一囤一囤的粮食，可光穷吃不行，得记着断顿儿的时候，每顿都要欠一点儿。老话儿说‘半饥半饱日子长’嘛。”我想笑但没笑出来，似乎明白了一些什么。为了打消这种异样的感触，就说：“呆子，我跟你下棋吧。”他一下高兴起来，紧一紧手脸，啪啪啪就把棋码好，说：“对，说什么吃的故事，还是下棋。下棋最好，何以解不痛快？唯有下象棋。啊？哈哈哈，你先走。”我又是当头炮，他随后把马跳好。我随便动了一个子儿，他很快地把兵移前一格儿。我并不真心下棋，心想他念到中学，大约是读过不少书的，就问：“你读过曹操的《短歌行》？”他说：“什么《短歌行》？”我说：“那你怎么知道‘何以解忧，唯有杜康’？”他愣了，问：“杜康是什么？”我说：“杜康是一个造酒的人，后来也就代表酒，你把杜康换成象棋，倒也风趣。”他摆了一下头，说：“啊，不是。这句话是一个老头儿说的，我每回和他下棋，他总说这句。”我想起了传闻中的捡烂纸的老头儿，就问：“是捡烂纸的老头儿吗？”他看了我一眼，说：“不是。不过，捡烂纸的老头儿棋下得好，我在他那儿学到不少东西。”我很感兴趣地说：“这老头儿是个什么人？怎么下得一手好棋还捡烂纸？”他很轻地笑了一下，说：“下棋不当饭。老头儿要吃饭，还得捡烂纸。可不知他以前是什么人。有一回，我抄的儿张棋谱不知怎么找不到了，以为当垃圾倒出去了，就到垃圾站去翻，正翻着，这个老头推着筐过来了，指着我说：‘你个大小伙子，怎么抢我的买卖？’我说不是，是找丢了的东西，他问什么东西，我没搭理他。可他问个不停，‘钱？存折儿？结婚帖子？’我只好说是棋谱，正说着，就找着了。他说叫他看看。他在路灯底下挺快就看完了，说‘这棋没根哪’。我说这是以前市里的象棋比赛。可他说，‘哪儿的比赛也没用，你瞧这，这叫棋路？狗脑子’。我心想怕是遇上异人了，就问他当怎么走，老头儿哗哗说了一通谱儿，我一听，真的不凡，就提出要跟他下一盘。老头让我先走。我们俩就在垃圾站下盲棋，我是连输五盘。老头儿棋路猛，听头几步，没什么，可着子真阴真狠，打闪一般，网得开，收得又紧又快。后来我们见天儿在垃圾站下盲棋，每天回去我就琢磨他的棋路，以后居然跟他平过一盘，还赢过一盘，其实赢的那盘我们一共才走了十几步。老头儿用铅丝耙子敲了半天地面，叹一声，‘你赢了’。我高兴了，直说要到他那儿去看看。老头儿白了我一眼，说，‘撑的？！’告诉我明天晚上再在这儿等他。第二天我去了，见他推着筐远远来了。到了跟前，从筐里取出一个小布包，递到我手上，说这也是谱儿，让我拿回去，看瞧得懂不。又说哪天有走不动的棋，让我到这儿来说给他听听，兴许他就走动了。我赶紧回到家里，打开一看，还真他妈不懂。这是本异书，也不知是哪朝哪代的，手抄，边边角角儿，补了又补。上面写的东西，不像是说象棋，好像是说另外的什么事儿。我第二天又去找老头儿，说我看不懂，他哈哈一笑，说他先给我说一段儿，提个醒儿。他一开说，把我吓了一跳。原来开宗明义，是讲男女的事儿，我说这是‘四旧’。老头儿叹了，说什么是旧？我这每天捡烂纸是不是在捡旧？可我回去把它们分门别类，卖了钱，养活自己，不是新？又说咱们中国道家讲阴阳，这开篇是借男女讲阴阳之气。阴阳之气相游相交，初不可太盛，太盛则折。折就是‘折断’的‘折’。”我点点头。“‘太盛则折，太弱则泻。’老头儿说我的毛病是太盛。又说，若对手盛，则以柔化之。可要在化的同时，造成克势。柔不是弱，是容，是收，是含。含而化之，让对手入你的势。这势要你造，需无为而无不为。无为即道，也就是棋运之大不可变，你想变，就不是象棋，输不用说了，连棋边儿都沾不上。棋运不可悖，但每局的势要自己造。棋运和势既有，那可就无所不为了。玄是真玄，可细琢磨，是那么个理儿。我说，这么讲是真提气，可这下棋，千变万化，怎么才能准赢呢？老头儿说这就是造势的学问了。造势妙在契机。谁也不走子儿，这棋没法儿下。可只要对方一动，势就可入，就可导。高手你入他很难，这就要损。损他一个子儿，损自己一个子儿，先导开，或找眼钉下，止住他的入势，铺排下自己的入势。这时你万不可死损，势式要相机而变。势式有相因之气，势套势，小势导开，大势含而化之，根连根，别人就奈何不得。老头儿说我只有套，势不太明。套可以算出百步之远，但无势，不成气候。又说我脑子好，有琢磨劲儿，后来输我的那一盘，就是大势已破，再下，就是玩了。老头儿说他日子不多了，无儿无女，遇见我，就传给我吧。我说你老人家棋道这么好，怎么还干这种营生呢？老头儿叹了一口气，说这棋是祖上传下来的，但有训——‘为棋不为生’，为棋是养性，生会坏性，所以生不可太盛。又说他从小没学过什么谋生本事，现在想来，倒是训坏了他。”我似乎听明白了一些棋道，可很奇怪。就问：“棋道与生道难道有什么不同吗？”王一生说：“我也是这么说，而且魔怔起来，问他天下大势。老头儿说，棋就是这么几个子儿，棋盘就这么大，无非是道同势不同，可这子儿你全能看在眼底。天下的事，不知道的太多。这每天的大字报，张张都新鲜，虽看出点道儿，可不能究底。子儿不全摆上，这棋就没法儿下。”

我就又问那本棋谱。王一生很沮丧地说：“我每天带在身上，反复地看。后来你知道，我撕大字报被造反团捉住，书就被他们搜了去，说是‘四旧’，给毁了，而且是当着我的面儿毁的。好在书已在我的脑子里，不怕他们。”我就又和王一生感叹了许久。

火车终于到了。所有的知识青年都又被用卡车运到农场。在总场，各分场的人上来领我们。我找到王一生，说：“呆子，要分手了，别忘了交情，有事儿没事儿，互相走动。”他说当然。

二

这个农场在大山林里，活计就是砍树，烧山，挖坑，再栽树。不栽树的时候，就种点儿粮食。交通不便，运输不够，常常就买不到煤油点灯。晚上黑灯瞎火，大家凑在一起臭聊，天南地北。又因为常割资本主义尾巴，生活就清苦得很，常常一个月每人只有五钱油，吃饭钟一敲，大家就疾跑如飞。大锅菜是先煮后搁油，油又少，只在汤上浮几个大油花儿。落在后边，常常就只能吃清水南瓜或清水茄子。米倒是不缺，国家供应商品粮，每人每月四十二斤。可没油水，挖山又不是轻活，肚子就越吃越大。我倒是没什么，毕竟强似讨吃。每月又有二十几元工薪，家里没有人惦记着，又没有找女朋友，就买了烟学抽，不料越抽越凶。

山上活儿紧时，常常累翻，就想：呆子不知怎么干？那么精瘦的一个人。晚上大家闲聊，多是精神会餐。我又想，呆子的吃相可能更恶了。我父亲在时，炒得一手好菜，母亲都比不上他。星期天常邀了同事，专事品尝，我自然精于此道，因此聊起来，常常是主角，说得大家个个儿腮胀，常常发一声喊，将我按倒在地上，说像我这样儿的人实在是祸害，不如宰了炒吃。下雨时节，大家都慌忙上山去挖笋，又到沟里捉田鸡，无奈没有油，常常吃得胃酸。山上总要放火，野兽们都惊走了，极难打到。即使打到，野物们走惯了，没膘，熬不得油。尺把长的老鼠也捉来吃，因鼠是吃粮的，大家说鼠肉就是人肉，也算吃人吧。我又常想，呆子难道不馋？好上加好，固然是馋，其实饿时更馋。不馋，吃的本能不能发挥，也不得寄托。又想，呆子不知还下不下棋。我们分场与他们分场隔着近百里，来去一趟不容易，也就见不着。

转眼到了夏季，有一天，我正在山上干活儿，远远望见山下小路上有一个人。大家觉得影儿生，就议论是什么人。有人说是小毛的男的吧。小毛是队里一个女知青，新近在外场找了一个朋友，可谁也没见过。大家就议论可能是这个人来找小毛，于是满山喊小毛，说她的汉子来了。小毛丢了锄，跌跌撞撞跑过来，伸了脖子看。还没待小毛看好，我却认出来人是王一生——棋呆子。于是大叫，别人倒吓了一跳，都问：“找你的？”我很得意。我们这个队有四个省市的知青，与我同来的不多，自然他们不认识王一生。我这时正代理一个管三四个人的小组长，于是对大家说：“散了，不干了。大家也别回去，帮我看看山上可有什么吃的弄点儿。到钟点儿再下山，拿到我那儿去烧。你们打了饭，都过来一起吃。”大家于是就钻进乱草里去寻了。

我跳着跑下山，王一生已经站住，一脸高兴的样子，远远地问：“你怎么知道是我？”我到了他跟前说：“远远就看你呆头呆脑，还真是你。你怎么老也不来看我？”他跟我并排走着，说：“你也老不来看我呀！”我见他背上的汗浸出衣衫，头发已是一绺一绺的，一脸的灰土，只有眼睛和牙齿放光，嘴上也是一层土，干得起皱，就说：“你怎么摸来的？”他说：“搭一段儿车，走一段儿路，出来半个月了。”我吓了一跳，问：“不到百里，怎么走这么多天？”他说：“回去细说。”

说话间已经到了沟底队里，场上几只猪跑来跑去，个个儿瘦得赛狗。还不到下班时间，冷冷清清的，只有队上伙房隐隐传来叮叮当当的声音。

到了我的宿舍，就直进去。这里并不锁门，都没有多余的东西可拿，不必防谁。我放了盆，叫他等着，就提桶打热水来给他洗。到了伙房，与炊事员讲，我这个月的五钱油全数领出来，以后就领生菜，不再打熟菜。炊事员问：“来客了？”我说：“可不！”炊事员就打开锁了的柜子，舀一小匙油找了个碗盛给我，又拿了三只长茄子，说：“明天还来打菜吧，从后天算起，方便。”我从锅里舀了热水，提回宿舍。

王一生把衣裳脱了，只剩一条裤衩，呼噜呼噜地洗。洗完后，将脏衣服按在水里泡着，然后一件一件搓，洗好涮好，拧干晾在门口绳上。我说：“你还挺麻利的。”他说：“从小自己干，惯了。几件衣服，也不费事。”说着就在床上坐下，弯过手臂，去挠后背，肋骨一根根动着。我拿出烟来请他抽。他很老练地敲出一支，舔了一头儿，倒过来叼着。我先给他点了，自己也点上。他支起肩深吸进去，慢慢地吐出来，浑身荡一下，笑了，说：“真不错。”我说：“怎么样？也抽上了？日子过得不错呀。”他看看草顶，又看看在门口转来转去的猪，低下头，轻轻拍着净是绿筋的瘦腿，半晌才说：“不错，真的不错。还说什么呢？粮？钱？还要什么呢？不错，真不错。你怎么样？”他透过烟雾问我。我也感叹了，说：“钱是不少，粮也多，没错儿，可没油哇。大锅菜吃得胃酸。主要是没什么玩儿的，没书，没电，没电影儿。去哪儿也不容易，老在这个沟儿里转，闷得无聊。”他看看我，摇一下头，说：“你们这些人哪！没法儿说，想的净是锦上添花。我挺知足，还要什么呢？你呀，你就是叫书害了。你在车上给我讲的两个故事，我琢磨了，后来挺喜欢的。你不错，读了不少书。可是，归到底，解决什么呢？是呀，一个人拼命想活着，最后都神经了，后来好了，活下来了，可接着怎么活呢？像邦斯那样？有吃，有喝，好收藏个什么，可有个馋的毛病，人家不请吃就活得不痛快。人要知足，顿顿饱就是福。”他不说了，看着自己的脚趾动来动去，又用后脚跟去擦另一只脚的背，吐出一口烟，用手在腿上掸了掸。

我很后悔用油来表示我对生活的不满意，还用书和电影儿这种可有可无的东西表示我对生活的不满足，因为这些在他看来，实在是超出基准线之上的东西，他不会为这些烦闷。我突然觉得很泄气，有些同意他的说法。是呀，还要什么呢？我不是也感到挺好了吗？不用吃了上顿惦记着下顿，床不管怎么烂，也还是自己的，不用蹿来蹿去找刷夜的地方。可我常常烦闷的是什么呢？为什么就那么想看看随便什么一本书呢？电影儿这种东西，灯一亮就全醒过来了，图个什么呢？可我隐隐有一种欲望在心里，说不清楚，但我大致觉出是关于活着的什么东西。

我问他：“你还下棋吗？”他就像走棋那么快地说：“当然，还用说？”我说：“是呀，你觉得一切都好，干吗还要下棋呢？下棋不多余吗？”他把烟卷儿停在半空，摸了一下脸，说：“我迷象棋。一下棋，就什么都忘了。待在棋里舒服。就是没有棋盘、棋子儿，我在心里就能下，碍谁的事儿啦？”我说：“假如有一天不让你下棋，也不许你想走棋的事儿，你觉得怎么样？”他挺奇怪地看着我说：“不可能，那怎么可能？我能在心里下呀！还能把我脑子挖了？你净说些不可能的事儿。”我叹了一口气，说：“下棋这事儿看来是不错。看了一本儿书，你不能老在脑子里过篇儿，老想看看新的。可棋不一样了，自己能变着花样玩儿。”他笑着对我说：“怎么样，学棋吧？咱们现在吃喝不愁了，顶多是照你说的，不够好，又活不出个大意思来。书你哪儿找去？下棋吧，有忧下棋解。”我想了想，说：“我实在对棋不感兴趣。我们队倒有个人，据说下得不错。”他把烟屁股使劲儿扔出门外，眼睛又放出光来：“真的？有下棋的？嘿，我真还来对了。他在哪儿？”我说：“还没下班呢。看你急的，你不是来看我的吗？”他双手抱着脖子仰在我的被子上，看着自己松松的肚皮，说：“我这半年，就找不到下棋的。后来想，天下异人多得很，这野林子里我就不信找不到个下棋下得好的。现在我请了事假，一路找人下棋，就找到你这儿来了。”我说：“你不挣钱了？怎么活着呢？”他说：“你不知道，我妹妹在城里分了工矿，挣钱啦，我也就不用给家寄那么多钱了。我就想，趁这工夫儿，会会棋手。怎么样？你一会儿把你说的那人找来下一盘？”我说当然，心里一动，就又问他：“你家里到底是怎么个情况呢？”他叹了一口气，望着屋顶，很久才说：“穷。困难啊！我们家三口儿人，母亲死了，只有父亲、妹妹和我。我父亲嘛，挣得少，按平均生活费的说法儿，我们一人才不到十块。我母亲死后，父亲就喝酒，而且越喝越多，手里有俩钱儿就喝，就骂人。邻居劝，他不是不听，就是一把鼻涕一把泪，弄得人家也挺难过。我有一回跟我父亲说：'你不喝就不行？有什么好处呢？'他说，'你不知道酒是什么玩意儿，它是老爷们儿的觉啊！咱们这日子挺不易，你妈去了，你们又小。我烦哪，我没文化，这把年纪，一辈子这点子钱算是到头儿了。你妈死的时候，嘱咐了，怎么着也要供你念完初中再挣钱。你们让我喝口酒，啊？对老人有什么过不去的，下辈子算吧。'"他看了看我，又说，"不瞒你说，我母亲以前是窑子里的。后来大概是有人看上了，做了人家的小，也算从良。有烟吗？"我扔过一根烟给他，他点上了，把烟头儿吹得红红的，两眼不错眼珠儿地盯着，许久才说："后来，我妈又跟人跑了。据说买她的那家欺负她，当老妈子不说，还打。后来跟的这个是什么人，我不知道，我只知道我是我妈跟这个人生的，刚一解放，我妈跟的那个人就不见了。当时我妈怀着我，吃穿无着，就跟了我现在这个父亲。我这个后爹是卖力气的，可临到解放的时候儿，身子骨儿不行了，又没文化，钱就挣得少。和我妈过了以后，原指着相帮着好一点儿，可没想到添了我妹妹后，我妈一天不如一天。那时候我才上小学，脑筋好，老师都喜欢我。可学校春游、看电影我都不去，给家里省一点儿是一点儿。我妈怕委屈了我，拖累着个身子，到处找活儿。有一回，我和我母亲给印刷厂叠书页子，是一本讲象棋的书。叠好了，我妈还没送去，我就一篇一篇对着看。不承想，就看出点儿意思来。于是有空儿就到街上看人家下棋。看了有些日子，就手痒痒，没敢跟家里要钱，自己用硬纸剪了一副棋，拿到学校去下。下着下着就熟了。于是又到街上和别人下。原先我看人家下得挺好，可我这一跟他们真下，还就赢了。一家伙就下了一晚上，饭也没吃。我妈找了来，把我打回去。唉，我妈身子弱，都打不疼我。到了家，她竟给我跪下了，说：'小祖宗，我就指望你了！你若不好好儿念书，妈就死在这儿。'我一听这话吓坏了，忙说：'妈，我没不好好儿念书。您起来，我不下棋了。'我把我妈扶起来坐着。那天晚上，我跟我妈叠页子，叠着叠着，就走了神儿，想着一路棋。我妈叹一口气说：'你也是，看不上电影儿，也不去公园，就玩儿这么个棋。唉，下吧。可妈的话你得记着，不许玩儿疯了。功课要是落下了，我不饶你。我和你爹都不识字儿，可我们会问老师。老师若说你功课跟不上，你再说什么也不行。'我答应了。我怎么会把功课落下呢？学校的算术，我跟玩儿似的。这以后，我放了学，先做功课，完了就下棋，吃完饭，就帮我妈干活儿，一直到睡觉。因为叠页子不用动脑筋，所以就在脑子里走棋，有的时候，魔怔了，会突然一拍书页，喊棋步，把家里人都吓一跳。"我说："怨不得你棋下得这么好，小时候棋就都在你脑子里呢！"他苦笑笑说："是呀，后来老师就让我去少年宫象棋组，说好好儿学，将来能拿大冠军呢！可我妈说：'咱们不去什么象棋组，要学，就学有用的本事。下棋下得好，还当饭吃了？有那点儿工夫，在学校多学点儿东西比什么不好？你跟你们老师说，不去象棋组，要是你们老师还有没教你的本事，你就跟老师说，你教了我，将来有大用呢。啊？专学下棋？这以前都是有钱人干的！妈以前见过这种人，那都有身份，他们不指着下棋吃饭。妈以前待过的地方，也有女的会下棋，可要的钱也多。唉，你不知道，你不懂。下下玩儿可以，别专学，啊？’我跟老师说了，老师想了想，没说什么。后来老师买了一副棋送我，我拿给妈看，妈说：‘唉，这是善心人哪！可你记住，先说吃，再说下棋。等你挣了钱，养活家了，爱怎么下就怎么下，随你。’”我感叹了，说：“这下儿好了，你挣钱了，你就能撒着欢儿地下了，你妈也就放心了。”王一生把脚搬上床，盘了坐，两只手互相捏着腕子，看着地下说：“我妈看不见我挣钱了。家里供我念到初一，我妈就死了。死之前，特别跟我说：‘这一条街都说你棋下得好，妈信，可妈在棋上疼不了你。你在棋上怎么出息，到底不是饭碗。妈不能看你念完初中，跟你爹说了，怎么着困难，也要念完。高中，妈打听了，那是为上大学，咱们家用不着上大学，你爹也不行了，你妹妹还小，等你初中念完了就挣钱，家里就靠你了。妈要走了，一辈子也没给你留下什么，只拣人家的牙刷把，给你磨了一副棋。’说着，就叫我从枕头底下拿出一个小布包来，打开一看，都是一小点儿大的子儿，磨的是光了又光，赛象牙，可上头没字儿。妈说，‘我不识字，怕刻不对。你拿了去，自己刻吧，也算妈疼你好下棋。’我们家多困难，我没哭过，哭管什么呢？可看着这副没字儿的棋，我绷不住了。”

我鼻子有些酸，就低了眼，叹道：“唉，当母亲的。”王一生不再说话，只是抽烟。

山上的人下来了，打到两条蛇。大家见了王一生，都很客气，问是几分场的，那边儿伙食怎么样。王一生答了，就过去摸一摸晾着的衣裤，还没有干。我让他先穿我的，他说吃饭要出汗，先光着吧。大家见他很随和，也就随便聊起来。我自然将王一生的棋道吹了一番，以示来者不凡。大家就都说让队里的高手“脚卵”来与王一生下。一个人跑去喊，不一刻，脚卵来了。脚卵是南方大城市的知识青年，个子非常高，又非常瘦。动作起来颇有些文气，衣服总要穿得整整齐齐，有时候走在山间小路上，看到这样一个高个儿纤尘不染，衣冠楚楚，真令人生疑。脚卵弯腰进来，很远就伸出手来要握，王一生糊涂了一下，马上明白了，也伸出手去，脸却红了。握过手，脚卵把双手捏在一起端在肚子前面，说：“我叫倪斌，人儿倪，文武斌。因为腿长，大家叫我脚卵。卵是很粗俗的话，请不要介意，这里的人文化水平是很低的。贵姓？”王一生比倪斌矮下去两个头，就仰着头说："我姓王，叫王一生。"倪斌说："王一生？蛮好，蛮好，名字蛮好的。一生是哪两个字？"王一生一直仰着脖子，说："一二三的一，生活的生。"倪斌说："蛮好，蛮好。"就把长臂曲着往外一摆，说："请坐。听说你钻研象棋？蛮好，蛮好，象棋是很高级的文化。我父亲是下得很好的，有些名气，喏，他们都知道的。我会走一点点，很爱好，不过在这里没有对手。你请坐。"王一生坐回床上，很尴尬地笑着，不知说什么好。倪斌并不坐下，只把手虚放在胸前，微微向前侧了一下身子，说："对不起，我刚刚下班，还没有梳洗，你候一下好了，我马上就来。噢，问一下，乃父也是棋道里的人吗？"王一生很快地摇头，刚要说什么，但只是喘了一口气。倪斌说："蛮好，蛮好。好，一会儿我再来。"我说："脚卵洗了澡，来吃蛇肉。"倪斌一边退出去，一边说："不必了，不必了。好的，好的。"大家笑起来，向外嚷："你到底来是不来？什么'不必了，好的'！"倪斌在门外说："蛇肉当然是要吃的，一会儿下棋是要动脑筋的。"

大家笑着脚卵，关了门，三四个人精着屁股，上上下下地洗，互相开着身体的玩笑。王一生不知在想什么，坐在床里边，让开擦身的人。我一边将蛇头撕下来，一边对王一生说："别理脚卵，他就是这么神神道道的一个人。"有一个人对我说："你的这个朋友要是真有两下子，今天有一场好杀。脚卵的父亲在我们市里，真是很有名气哩。"另外的人说："爹是爹，儿是儿，棋还遗传了？"王一生说："家传的棋，有厉害的。几代沉下的棋路，不可小看。一会儿下起来看吧。"说着就紧一紧手脸。我把蛇挂起来，将皮剥下，不洗，放在案板上，用竹刀把肉划开，并不切断，盘在一个大碗内，放进一个大锅里，锅底蓄上水，叫："洗完了没有？我可开门了！"大家慌忙穿上短裤。我到外边地上摆三块土坯，中间架起柴引着，就将锅放在土坯上，把猪吆喝远了，说："谁来看着？别叫猪拱了。开锅后十分钟端下来。"就进屋收拾茄子。

有人把脸盆洗干净，到伙房打了四五斤饭和一小盆清水茄子，捎回来一棵葱和两瓣野蒜、一小块姜，我说还缺盐，就又有人跑去拿来一块，捣碎在纸上放着。

脚卵远远地来了，手里抓着一个黑木盒子。我问："脚卵，可有酱油膏？"脚卵迟疑了一下，返身回去。我又大叫："有醋精拿点儿来！"

蛇肉到了时间，端进屋里，掀开锅，一大团蒸汽冒出来，大家并不缩头，慢慢看清了，都叫一声好。两大条蛇肉亮晶晶地盘在碗里，粉粉地冒鲜气。我嗖地一下将碗端出来，吹吹手指，说："开始准备胃液吧！"王一生也挤过来看，问："整着怎么吃？"我说："蛇肉碰不得铁，碰铁就腥，所以不切，用筷子撕着蘸料吃。"我又将切好的茄块儿放进锅里蒸。

脚卵来了，用纸包了一小块儿酱油膏，又用一张小纸包了几颗白色的小粒儿，我问是什么，脚卵说："这是草酸，去污用的，不过可以代替醋。我没有醋精，酱油膏也没有了，就这一点点。"我说："凑合了。"脚卵把盒子放在床上，打开，原来是一副棋，乌木做的棋子，暗暗地发亮。字用刀刻出来，笔画很细，却是篆字，用金丝银丝嵌了，古色古香。棋盘是一幅绢，中间亦是篆字：楚河汉界。大家凑过去看，脚卵就很得意，说："这是古董，明朝的，很值钱。我来的时候，我父亲给我的。以前和你们下棋，用不到这么好的棋。今天王一生来嘛，我们好好下。"王一生大约从来没有见过这么精彩的棋具，很小心地摸，又紧一紧手脸。

我将酱油膏和草酸冲好水，把葱末、姜末和蒜末投进去，叫声："吃起来！"大家就乒乒乓乓地盛饭，伸筷撕那蛇肉蘸料，刚入嘴嚼，纷纷嚷鲜。

我问王一生是不是有些像蟹肉，王一生一边儿嚼着，一边儿说："我没吃过螃蟹，不知道。"脚卵伸过头去问："你没吃过螃蟹？怎么会呢？"王一生也不答话，只顾吃。脚卵就放下碗筷，说："年年中秋节，我父亲就约一些名人到家里来，吃螃蟹，下棋，品酒，作诗。都是些很高雅的人，诗作得很好的，还要互相写在扇子上。这些扇子过多少年也是很值钱的。"大家并不理会他，只顾吃。脚卵眼看蛇肉渐少，也急忙捏起筷子来，不再说什么。

不一刻，蛇肉吃完，只剩两副蛇骨在碗里。我又把蒸熟的茄块儿端上来，放少许蒜和盐拌了。再将锅里热水倒掉，续上新水，把蛇骨放进去熬汤。大家喘一口气，接着伸筷，不一刻，茄子也吃净。我便把汤端上来，蛇骨已经煮散，在锅底嘣啦嘣啦地响。这里屋外常有一两处小丛的野茴香，我就拔来几棵，揪在汤里，立刻屋里异香扑鼻。大家这时饭已吃净，纷纷舀了汤在碗里，热热的小口呷，不似刚才紧张，话也多起来了。

脚卵抹一抹头发，说："蛮好，蛮好的。"就拿出一支烟，先让了王一生，又自己叼了一支，烟包正待放回衣袋里，想了想，便放在小饭桌上，摆一摆手说："今天吃的，都是山珍，海味是吃不到了。我家里常吃海味的，非常讲究。据我父亲讲，我爷爷在时，专雇一个老太婆，整天就是从燕窝里拨脏东西。燕窝这种东西，是海鸟叼来小鱼小虾，用口水粘起来的。所以里面各种脏东西多得很，要很细心地一点一点清理，一天也就能搞清一个，再用小火慢慢地蒸。每天吃一点，对身体非常好。"王一生听呆了，问："一个人每天就专门是管做燕窝的？好家伙！自己买来鱼虾，熬在一起，不等于燕窝吗？"脚卵微微一笑，说："要不怎么燕窝贵呢？第一，这燕窝长在海中峭壁上，要舍命去挖。第二，这海鸟的口水是很珍贵的东西，是温补的；因此，舍命，费工时，又是补品；能吃燕窝，也是说明家里有钱和有身份。”大家就说这燕窝一定非常好吃。脚卵又微微一笑，说：“我吃过的，很腥。”大家就感叹了，说费这么多钱，吃一口腥，太划不来。

天黑下来，早升在半空的月亮渐渐亮了。我点起油灯，立刻四壁都是人影子。脚卵就说：“王一生，我们下一盘？”王一生大概还没有从燕窝里醒过来，听见脚卵问，只微微点一点头。脚卵出去了。王一生奇怪了，问：“嗯？”大家笑而不答。一会儿，脚卵又来了，穿得笔挺，身后随来许多人，进屋都看看王一生。脚卵慢慢摆好棋，问：“你先走？”王一生说：“你吧。”大家就上上下下围了看。

走出十多步，王一生有些不安，但也只是暗暗捻一下手指。走过三十几步，王一生很快地说：“重摆吧。”大家奇怪，看看王一生，又看看脚卵，不知是谁赢了。脚卵微微一笑，说：“一赢不算胜。”就伸手抽一支烟点上。王一生没有表情，默默地把棋重新码好。两人又走。又走到十多步，脚卵半天不动，直到把一根烟吸完，又走了几步，脚卵慢慢地说：“再来一盘。”大家又奇怪是谁赢了，纷纷问。王一生很快地将棋码成一个方堆，看着脚卵问：“走盲棋？”脚卵沉吟了一下，点点头。两人就口述棋步。好几个人摸摸头，摸摸脖子，说下得好没意思，不知道谁是赢家，就有几个人离开走出去，把油灯带得一明一暗。

我觉出有点儿冷，就问王一生：“你不穿点我衣裳？”王一生没有理我。我感到没有意思，就坐在床里，看大家也是一会儿看看脚卵，一会儿看看王一生，像是瞧从来没见过的两个怪物。油灯下，王一生抱了双膝，锁骨后陷下两个深窝，盯着油灯，时不时拍一下身上的蚊虫。脚卵两条长腿抵在胸口，一只大手将整个儿脸遮了，另一只大手飞快地将指头捏来弄去。说了许久，脚卵放下手，很快地笑一笑，说：“我乱了，记不得。”就又摆了棋再下。不久，脚卵抬起头，看着王一生说：“天下是你的。”抽出一支烟给王一生，又说：“你的棋是跟谁学的？”王一生也看着脚卵，说：“跟天下人。”脚卵说：“蛮好，蛮好，你的棋蛮好。”大家看出是谁赢了，都高兴得松动起来，盯着王一生看。

脚卵把手搓来搓去，说：“我们这里没有会下棋的人，我的棋路生了。今天碰到你，蛮高兴的，我们做个朋友。”王一生说：“将来有机会，一定见见你父亲。”脚卵很高兴，说：“那好，好极了，有机会一定去见见他。我不过是玩玩棋。”停了一会儿，又说，“你参加地区的比赛，没有问题。”王一生问：“什么比赛？”脚卵说：“咱们地区，要组织一个运动会，其中有棋类。地区管文教的书记我认得，他早年在我们市里，与我父亲认识。我到农场来，我父亲给他带过信，请他照顾。我找过他，他说我不如打篮球。我怎么会打篮球呢？那是很野蛮的运动，要伤身体的。这次运动会，他来信告诉我，让我争取参加农场的棋类队到地区比赛，赢了，调动自然好说。你棋下到这个地步，参加农场队，不成问题。你回你们场，去报名就可以了。将来总场选拔，肯定会有你。”王一生很高兴，起来把衣裳穿上，显得更瘦，大家又聊了很久。

将近午夜，大家都散去，只剩下宿舍里同住的四个人与王一生、脚卵。脚卵站起来，说：“我去拿些东西来吃。”大家都很兴奋，等着他。一会儿，脚卵弯腰进来，把东西放在床上，摆出六颗巧克力，半袋麦乳精，纸包的一斤精白挂面。巧克力大家都一口咽了，来回舔着嘴唇。麦乳精冲成稀稀的六碗，喝得满屋喉咙响。王一生笑嘻嘻地说：“世界上还有这种东西？苦甜苦甜的。”我又把火生起来，开了锅，把面下了，说：“可惜没有调料。”脚卵说：“我还有酱油膏。”我说：“你不是只有一小块儿了吗？”脚卵不好意思地说：“咳，今天不容易，王一生来了，我再贡献一些。”就又拿了来。

大家吃了，纷纷点起烟，打着哈欠，说没想到脚卵还有如许存货，藏得倒严实，脚卵急忙申辩这是剩下的全部了。大家吵着要去翻，王一生说：“不要闹，人家的是人家的，从来农场存到现在，说明人家会过日子。倪斌，你说，这比赛什么时候开始呢？”脚卵说：“起码还有半年。”王一生不再说话。我说：“好了，休息吧。王一生，你和我睡在我的床上。脚卵，明天再聊。”大家就起身收拾床铺，放蚊帐。我和王一生送脚卵到门口，看他高高的个子在青白的月光下远远去了。王一生叹一口气，说：“倪斌是个好人。”

王一生又待了一天，第三天早上，执意要走。脚卵穿了破衣服，捎着锄来送。两人握了手，倪斌说：“后会有期。”大家远远在山坡上招手。我送王一生出了山沟，王一生拦住，说：“回去吧。”我嘱咐他，到了别的分场，有什么困难，托人来告诉我，若回来路过，再来玩儿。王一生整了整书包带儿，就急急地顺公路走了，脚下扬起细土，衣裳晃来晃去，裤管儿前后荡着，像是没有屁股。

三

这以后，大家没事儿，常提起王一生，津津有味儿地回忆王一生光膀子大战脚卵。我说了王一生如何如何不容易，脚卵说：“我父亲说过的，‘寒门出高士’。据我父亲讲，我们祖上是元朝的倪云林。倪祖很爱干净，开始的时候，家里有钱，当然是讲究的。后来兵荒马乱，家道败了，倪祖就卖了家产，到处走，常在荒村野店投宿，很遇到一些高士。后来与一个会下棋的村野之人相识，学得一手好棋。现在大家只晓得倪云林是元四家里的一个，诗书画绝佳，却不晓得倪云林还会下棋。倪祖后来信佛参禅，将棋炼进禅宗，自成一路。这棋只我们这一宗传下来。王一生赢了我，不晓得他是什么路，总归是高手了。”大家都不知道倪云林是什么人，只听脚卵神吹，将信将疑，可也认定脚卵的棋有些来路，王一生既赢了脚卵，当然更了不起。这里的知青在城里都是平民出身，多是寒苦的，自然更看重王一生。

将近半年，王一生不再露面。只是这里那里传来消息，说有个叫王一生的，外号棋呆子，在某处与某某下棋，赢了某某。大家也很高兴，即使有输的消息，都一致否认，说王一生怎么会输呢？我给王一生所在的分场队里写了信，也不见回音，大家就催我去一趟。我因为这样那样的事，加上农场知青常常斗殴，又输进火药枪互相射击，路途险恶，终于没有去。

一天脚卵在山上对我说，他已经报名参加棋类比赛了，过两天就去总场，问王一生可有消息？我说没有。大家就说王一生肯定会到总场比赛，相约一起请假去总场看看。

过了两天，队里的活儿稀松，大家就纷纷找了各种借口请假到总场，盼着能见着王一生。我也请了假出来。

总场就在地区所在地，大家走了两天才到。这个地区虽是省以下的行政单位，却只有交叉的两条街，沿街有一些商店，货架上不是空的，就是“展品概不出售”。可是大家仍然很兴奋，觉得到了繁华地界，就沿街一个馆子一个馆子地吃，都先只叫净肉，一盘一盘地吞下去，拍拍肚子出来，觉得日光晃眼，竟有些肉醉，就找了一处草地，躺下来抽烟，又纷纷昏睡过去。

醒来后，大家又回到街上细细吃了一些面食，然后到总场去。

一行人高高兴兴到了总场，找到文体干事，问可有一个叫王一生的来报到。干事翻了半天花名册，说没有。大家不信，拿过花名册来七手八脚地找，真的没有，就问干事是不是搞漏掉了。干事说花名册是按各分场报上来的名字编的，都已分好号码，编好组，只等明天开赛。大家你望望我，我望望你，搞不清是怎么回事。我说：“找脚卵去。”脚卵在运动员们住下的草棚里，见了他，大家就问。脚卵说：“我也奇怪呢。这里乱糟糟的，我的号是棋类，可把我分到球类组来住，让我今晚就参加总场联队训练，说了半天也不行，还说主要靠我进球得分。”大家笑起来，说：“管他赛什么，你们的伙食差不了。可王一生没来太可惜了。”

直到比赛开始，也没有见王一生的影子。问了他们分场来的人，都说很久没见王一生了。大家有些慌，又没办法，只好去看脚卵赛篮球。脚卵痛苦不堪，规矩一点儿不懂，球也抓不住，投出去总是三不沾，抢得猛一些，他就抽身出来，瞪着大眼看别人争。文体干事急得抓耳挠腮，大家又笑得前仰后合。每场下来，脚卵总是嚷野蛮，埋怨脏。

赛了两天，决出总场各类运动代表队，到地区参加地区决赛。大家看看王一生还没有影子，就都相约要回去了。脚卵要留在地区文教书记家再待一两天，就送我们走一段。快到街口，忽然有人一指："那不是王一生？"大家顺着方向一看，真是他。王一生在街另一面急急地走来，没有看见我们。我们一起大叫，他猛地站住，看见我们，就横过街向我们跑来。到了跟前，大家纷纷问他怎么不来参加比赛？王一生很着急的样子，说："这半年我总请事假出来下棋，等我知道报名赶回去，分场说我表现不好，不准我出来参加比赛，连名都没报上。我刚找了由头儿，跑上来看看赛得怎么样。怎么样？赛得怎么样？"大家一迭声儿说早赛完了，现在是参加与各县代表的比赛，夺地区冠军。王一生愣了半晌，说："也好，夺地区冠军必是各县高手，看看也不赖。"我说："你还没吃东西吧？走，街上随便吃点儿什么去。"脚卵与王一生握过手，也惋惜不已。大家就又拥到一家小馆儿，买了一些饭菜，边吃边叹息。王一生说："我是要看看地区的象棋大赛。你们怎么样？要回去了吗？"大家都说出来的时间太长，要回去。我说："我再陪你一两天吧。脚卵也在这里。"于是又有两三个人也说留下来再耍一耍。

脚卵就领留下的人去文教书记家，说是看看王一生还有没有参加比赛的可能。走不多久，就到了。只见一扇小铁门紧闭着，进去就有人问找谁，见了脚卵，不再说什么，只让等一下。一会儿叫进了，大家一起走进一幢大房子，只见窗台上摆了一溜儿花草，伺候得很滋润。大大的一面墙上只一幅毛主席诗词的挂轴儿，绫子黄黄的很浅。屋内只摆几把藤椅，茶几上放着几张大报与油印的简报。不一会儿，书记出来，胖胖的，很快地与每个人握手，又叫人把简报收走，就请大家坐下来。大家没见过管着几个县的人的家，头都转来转去地看。书记待了一下，就问："都是倪斌的同学吗？"大家纷纷回过头看书记，不知该谁回答。脚卵欠一欠身，说："都是我们队上的。这一位就是王一生。"说着用手掌向王一生一倾。书记看着王一生说："噢，你就是王一生？好。这两天，倪斌常提到你。怎么样，选到地区来赛了吗？"王一生正想答话，倪斌马上就说："王一生这次有些事耽误了，没有报上名。现在事情办完了，看看还能不能参加地区比赛。您看呢？"书记用胖手在扶手上轻轻拍了两下，又轻轻用中指很慢地擦着鼻沟儿，说："啊，是这样。不好办。你没有取得县一级的资格，不好办。听说你很有天才，可是没有取得资格去参加比赛，下面要说话的，啊？"王一生低了头，说："我也不是要参加比赛，只是来看看。"书记说："那是可以的，那欢迎。倪斌，你去桌上，左边的那个桌子，上面有一份打印的比赛日程。你拿来看看，象棋类是怎么安排的。”倪斌早一步跨进里屋，马上把材料拿出来，看了一下，说：“要赛三天呢！”就递给书记。书记也不看，把它放在茶几上，掸一掸手，说：“是啊，几个县嘛。啊？还有什么问题吗？”大家都站起来，说走了。书记与离他近的人很快地握了手，说：“倪斌，你晚上来，嗯？”倪斌欠欠身说好的，就和大家一起出来。大家到了街上，舒了一口气，说笑起来。

大家漫无目的地在街上走，讲起来还要在这里待三天，恐怕身上的钱支持不住。王一生说他可以找到睡觉的地方，人多一点恐怕还是有办法，这样就能不去住店，省下不少钱。倪斌不好意思地说他可以住在书记家。于是大家一起随王一生去找住的地方。

原来王一生已经来过几次地区，认识了一个文化馆画画儿的，于是便带了我们投奔这位画家。到了文化馆，一进去，就听见远远有唱的，有拉的，有吹的，便猜是宣传队在演练，只见三四个女的，穿着蓝线衣裤，胸撅得不能再高，一扭一扭地走过来，近了，并不让路，直脖直脸地过去。我们赶紧闪在一边儿，都有点儿脸红。倪斌低低地说：“这几位是地区的名角。在小地方，有她们这样的功夫，蛮不容易的。”大家就又回过头去看名角。

画家住在一个小角落里，门口鸡鸭转来转去，沿墙摆了一溜儿各类杂物，草就在杂物中间长出来。门又被许多晒着的衣裤布单遮住。王一生领我们从衣裤中弯腰过去，叫那画家。马上就乒乒乓乓出来一个人，见了王一生，说：“来了？都进来吧。”画家只是一间小屋，里面一张小木床，到处是书、杂志、颜色和纸笔。墙上钉满了画的画儿。大家顺序进去，画家就把东西挪来挪去腾地方，大家挤着坐下，不敢再动。画家又迈过大家出去，一会儿提来一个暖瓶，给大家倒水。大家传着各式的缸子、碗，都有了，捧着喝。画家也坐下来，问王一生：“参加运动会了吗？”王一生叹着将事情讲了一遍。画家说：“只好这样了，要待几天呢？”王一生就说：“正是为这事来找你。这些都是我的朋友。你看能不能找个地方，大家挤一挤睡？”画家沉吟半晌，说：“你每次来，在我这里挤还凑合。这么多人，嗯——让我看看。”他忽然眼里放出光来，说：“文化馆有个礼堂，舞台倒是很大。今天晚上为运动会的人演出，演出之后，你们就在舞台上睡，怎么样？今天我还可以带你们进去看演出。电工与我很熟的，跟他说一声，进去睡没问题。只不过脏一些。”大家都纷纷说再好不过了。脚卵放下心的样子，小心地站起来，说：“那好，诸位，我先走一步。”大家要站起来送，却谁也站不起来。脚卵按住大家，连说不必了，一脚就迈出屋外。画家说：“好大的个子！是打球的吧？”大家笑起来，讲了脚卵的笑话。画家听了，说：“是啊，你们也都够脏的。走，去洗洗澡，我也去。”大家就一个一个顺序出去，还是碰得叮当乱响。

原来这地区所在地，有一条江远远流过。大家走了许久，方才到了。江面不甚宽阔，水却很急，近岸的地方，有一些小洼儿。四处无人，大家脱了衣裤，都很认真地洗，将画家带来的一块肥皂用完。又把衣裤泡了，在石头上抽打，拧干后铺在石头上晒，除了游水的，其余便纷纷趴在岸上晒。画家早就洗完，坐在一边儿，掏出个本子在画。我发觉了，过去站在他身后看。原来他在画我们几个人的裸体速写。经他这一画，我倒发现我们这些每日在山上苦的人，却矫健异常，不禁赞叹起来。大家又围过来看，屁股白白的晃来晃去。画家说：“干活儿的人，肌肉线条极有特点，又很分明，虽然各部分发展可能不太平衡，可真的人体，常常是这样，变化万端，我以前在学院画人体，女人体居多，太往标准处靠，男人体也常静在那里，感觉不出肌肉滚动，越画越死。今天真是个难得的机会。”有人说羞处不好看，画家就在纸上用笔把说的人的羞处涂成一个疙瘩，大家就都笑起来。衣裤干了，纷纷穿上。

这时已近傍晚，太阳垂在两山之间，江面上便金子一般滚动，岸边石头也如热铁般红起来。有鸟儿在水面上掠来掠去，叫声传得很远。对岸有人在拖长声音吼山歌，却不见影子，只觉声音慢慢小了。大家都凝了神看。许久，王一生长叹一声，却不说什么。

大家又都往回走，在街上拉了画家一起吃些东西，画家倒好酒量。天黑了，画家领我们到礼堂后台入口，与一个人点头说了，招呼大家悄悄进去，缩在边幕上看。时间到了，幕并不开，说是书记还未来。演员们都化了装，在后台走来走去，抻一抻手脚，互相取笑着。忽然外面响动起来，我拨了幕布一看，只见书记缓缓进来，在前排坐下，周围空着，后面黑压压一礼堂人。于是开演，演出甚为激烈，尘土四起。演员们在台上泪光闪闪，退下来一过边幕，就喜笑颜开，连说怎么怎么错了。王一生倒很入戏，脸上时阴时晴，嘴一直张着，全没有在棋盘前的镇静。戏一结束，王一生一个人在边幕拍起手来，我连忙止住他，向台下望去，书记不知什么时候已经走了，前两排仍然空着。

大家出来，摸黑拐到画家家里，脚卵已在屋里，见我们来了，就与画家出来和大家在外面站着，画家说：“王一生，你可以参加比赛了。”王一生问：“怎么回事儿？”脚卵说，晚上他在书记家里，书记跟他叙起家常，说十几年前常去他家，见过不少字画儿，不知运动起来，损失了没有？脚卵说还有一些，书记就不说话了。过了一会儿书记又说，脚卵的调动大约不成问题，到地区文教部门找个位置，跟下面打个招呼，办起来也快，让脚卵写信回家讲一讲。于是又谈起字画古董，说大家现在都不知道这些东西的价值，书记自己倒是常在心里想着。脚卵就说，他写信给家里，看能不能送书记一两幅，既然书记帮了这么大忙，感谢是应该的。又说，自己在队里有一副明朝的乌木棋，极是考究，书记若是还看得上，下次带上来。书记很高兴，连说带上来看看。又说你的朋友王一生，他倒可以和下面的人说一说，一个地区的比赛，不必那么严格，举贤不避私嘛。就挂了电话，电话里回答说，没有问题，请书记放心，叫王一生明天就参加比赛。

大家听了，都很高兴，称赞脚卵路道粗。王一生却没说话。脚卵走后，画家带了大家找到电工，开了礼堂后门，悄悄进去。电工说天凉了，问要不要把幕布放下来垫盖着？大家都说好，就七手八脚爬上去摘下幕布铺在台上。一个人走到台边，对着空空的座位一敬礼，尖着嗓子学报幕员，说："下一个节目——睡觉。现在开始。"大家悄悄地笑，纷纷钻进幕布躺下了。

躺下许久，我发觉王一生还没有睡着，就说："睡吧，明天要参加比赛呢！"王一生在黑暗里说："我不赛了，没意思。倪斌是好心，可我不想赛了。"我说："咳，管它！你能赛棋，脚卵能调上来，一副棋算什么？"王一生说："那是他父亲的棋呀！东西好坏不说，是个信物。我妈留给我的那副无字棋，我一直性命一样存着，现在生活好了，妈的话，我也忘不了。倪斌怎么就可以送人呢？"我说："脚卵家里有钱，一副棋算什么呢？他家里知道儿子活得好一些了，棋是舍得的。"王一生说："我反正是不赛了，被人做了交易，倒像是我占了便宜。我下得赢下不赢是我自己的事，这样赛，被人戳脊梁骨。"不知是谁也没睡着，大约都听见了，咕噜一声："呆子。"

四

第二天一早儿，大家满身是土地起来，找水擦了擦，又约画家到街上去吃。画家执意不肯，正说着，脚卵来了，很高兴的样子。王一生对他说："我不参加这个比赛。"大家呆了，脚卵问："蛮好的，怎么不赛了呢？省里还下来人视察呢！"王一生说："不赛就不赛了。"我说了说，脚卵叹道："书记是个文化人，蛮喜欢这些的。棋虽然是家里传下的，可我实在受不了农场这个罪，我只想有个干净的地方住一住，不要每天脏兮兮的。棋不能当饭吃的，用它通一些关节，还是值的。家里也不很景气，不会怪我。"画家把双臂抱在胸前，抬起一只手摸了摸脸，看着天说："倪斌，不能怪你。你没有什么了不得的要求。我这两年，也常常犯糊涂，生活太具体了。幸亏我还会画画儿。何以解忧？唯有——唉。"王一生很惊奇地看着画家，慢慢转了脸对脚卵说："倪斌，谢谢你。这次比赛决出高手，我登门去与他们下。我不参加这次比赛了。"脚卵忽然很兴奋，攥起大手一顿，说："这样，这样！我呢，去跟书记说一下，组织一个友谊赛。你要是赢了这次的冠军，无疑是真正的冠军！输了呢，也不太失身份。"王一生呆了呆："千万不要跟什么书记说，我自己找他们下。要下，就与前三名都下。"

大家也不好再说什么，就去看各种比赛，倒也热闹，王一生只钻在棋类场地外面，看各局的明棋。第三天，决出前三名。之后是发奖，又是演出，会场乱哄哄的，也听不清谁得的是什么奖。

脚卵让我们在会场等着，过了不久，就领来两个人，都是制服打扮。脚卵作了介绍，原来是象棋比赛的第二、三名。脚卵说："这就是王一生，棋蛮厉害的，想与你们两位高手下一下，大家也是一个互相学习的机会。"两个人看了看王一生，问："那怎么不参加比赛呢？我们在这里待了许多天，要回去了。"王一生说："我不耽误你们，与你们两人同时下。"两人互相看了看，忽然悟到，说："盲棋？"王一生点一点头，两人立刻变了态度，笑着说："我们没下过盲棋。"王一生说："不要紧，你们看着明棋下。来，咱们找个地方儿。"话不知怎么就传了出去，立刻嚷动了，全场上各县的人都说有一个农场的小子没有赛着，不服气，要同时与亚、季军比试。百十个人把我们围了起来，挤来挤去地看，大家觉得有了责任，便站在王一生身边儿。王一生倒低了头，对两个人说："走吧，走吧，太扎眼。"有一个人挤了进来，说："哪个要下棋？就是你吗？我们大爷这次是冠军，听说你不服气，我来请你。"王一生慢慢地说："不必。你大爷要是肯下，我和你们三人同下。"众人都轰动了，拥着往棋场走去。到了街上，百十人走成一片。行人见了，纷纷问怎么回事，可是知青打架？待明白了，就都跟着走。走过半条街，竟有上千人跟着跑来跑去。商店里的店员和顾客也都站出来张望。长途车路过这里开不过，乘客们纷纷探出头来，只见一街人头攒动，尘土飞起多高，轰轰的，乱纸踏得嚓嚓响。一个傻子呆呆地在街中心，咿咿呀呀地唱，有人发了善心，把他拖开，傻子就倚了墙根儿唱。四五条狗蹿来蹿去，觉得是它们在引路打狼，汪汪叫着。

到了棋场，竟有数千人围住，土扬在半空，许久落不下来。棋场的标语标志早已摘除，出来一个人，见这么多人，脸都白了。脚卵上去与他交涉，他很快地看着众人，连连点头儿，半天才明白是借场子用，急忙打开门，连说"可以可以"，见众人都要进去，就急了。我们几个，马上到门口守住，放进脚卵、王一生和两个得了荣誉的人。这时有一个人走出来，对我们说："高手既然和三个人下，多我一个也不怕，我也算一个。”众人又嚷动了，又有人报名。我不知怎么办好，只得进去告诉王一生。王一生咬一咬嘴说：“你们两个怎么样？”那两个人赶紧站起来，连说可以。我出去统计了，连冠军在内，对手共是十人。脚卵说：“十不吉利的，九个人好了。”于是就九个人。冠军总不见来，有人来报，既是下盲棋，冠军只在家里，命人传棋。王一生想了想，说好吧。九个人就关在场里，墙外一副明棋不够用，于是有人拿来八张整开白纸，很快地画了格儿。又有人用硬纸剪了百十个方棋子儿，用红黑颜色写了，背后粘上细绳，挂在棋格儿的钉子上，风一吹，轻轻地晃成一片，街上人们也喊成一片。

人是越来越多。后来的人拼命往前挤，挤不进去，就抓住人打听，以为是杀人的告示。妇女们也抱着孩子们，远远围成一片。又有许多人支了自行车，站在后架上伸脖子看，人群一挤，连着倒，喊成一团。半大的孩子们钻来钻去，被大人们用腿拱出去。数千人闹闹嚷嚷，街上像半空响着闷雷。

王一生坐在场当中一个靠背椅上，把手放在两条腿上，眼睛虚望着，一头一脸都是土，像是被传讯的歹人。我不禁笑起来，过去给他拍一拍土。他按住我的手，我觉出他有些抖。王一生低低地说：“事情闹大了。你们几个朋友看好，一有动静，一起跑。”我说：“不会。只要你赢了，什么都好办。争口气，怎么样？有把握吗？九个人哪！头三名都在这里！”王一生沉吟了一下，说：“怕江湖的不怕朝廷的，参加过比赛的人的棋路我都看了，就不知道其他六个人会不会冒出冤家。书包你拿着，不管怎么样，书包不能丢。书包里有……”王一生看了看我，“我妈的无字棋。”他的瘦脸上又干又脏，鼻沟儿也黑了，头发立着，喉咙一动一动的，两眼黑得吓人。我知道他拼了，心里有些酸，只说：“保重！”就离了他。他一个人空空地在场中央，谁也不看，静静的像一块铁。

棋开始了。上千人不再出声儿。只有自愿服务的人一会儿紧一会儿慢地用话传出棋步，外边儿自愿服务的人就变动着棋子儿。风吹得八张大纸哗哗地响，棋子儿荡来荡去。太阳斜斜地照在一切上，烧得耀眼。前几十排的人都坐下了，仰起来看，后面的人也挤得紧紧的，一个个土眉土眼，头发长长短短吹得飘，再没人动一下，似乎都要把命放在棋里搏。

我心里忽然有一种很古的东西涌上来，喉咙紧紧地往上走。读过的书，有的近了，有的远了，模糊了。平时十分佩服的项羽、刘邦都在目瞪口呆，倒是尸横遍野的那些黑脸士兵，从地下爬起来，哑了喉咙，慢慢移动。一个樵夫，提了斧在野唱。忽然又仿佛见了呆子的母亲，用一双弱手一张一张地折书页。

我不由得伸手到王一生的书包里去掏摸，捏到一个小布包儿，拽出来一看，是个旧蓝斜纹布的小口袋，上面用线绣了一只蝙蝠。布的四边儿都用线做了圈口，针脚很是细密。取出一个棋子，确实很小，在太阳底下竟是半透明的，像是一只眼睛，正柔和地瞧着。我把它攥在手里。

太阳终于落下去，立刻爽快了。人们仍在看着，但议论起来。里边儿传出一句王一生的棋步，外边儿的就嚷动一下。专有几个人骑车为在家的冠军传送着棋步，大家就不太客气，笑话起来。

我又进去，看见脚卵很高兴的样子，心里就松开一些，问："怎么样？我不懂棋。"脚卵抹一抹头发，说："蛮好，蛮好。这种阵势，我从来也没见过，你想想看，九个人与他一个人下，九局连环！车轮大战！我要写信给我的父亲，把这次的棋谱都寄给他。"这时有两个人从各自的棋盘前站起来，朝着王一生一鞠躬，说："甘拜下风。"就捏着手出去了。王一生点点头儿，看了他们的位置一眼。

王一生的姿势没有变，仍旧是双手扶膝，眼平视着，像是望着极远极远的远处，又像是盯着极近极近的近处，瘦瘦的肩挑着宽大的衣服，土没拍干净，东一块儿，西一块儿。喉结许久才动一下。我第一次承认象棋也是运动，而且是马拉松，是多一倍的马拉松！我在学校时，参加过长跑，开始后的五百米，确实极累，但过了一个限度，就像不是在用脑子跑，而像一架无人驾驶的飞机，又像是一架到了高度的滑翔机，只管滑翔下去。可这象棋，始终是处在一种机敏的运动之中，兜捕对手，逼向死角，不能疏忽。我忽然担心起王一生的身体来。这几天，大家因为钱紧，不敢怎么吃，晚上睡得又晚，谁也没想到会有这么一个场面。看着王一生稳稳地坐在那里，我又替他赌一口气：死顶吧！我们在山上扛木料，两个人一根，不管路不是路，沟不是沟，也得咬牙，死活不能放手。谁若是顶不住软了，自己伤了不说，另一个也得被木头震得吐血。可这回是王一生一个人过沟过坎儿，我们帮不上忙。我找了点儿凉水来，悄悄走近他，在他眼前一挡，他抖了一下，眼睛刀子似的看了我一下，一会儿才认出是我，就干干地笑了一下。我指指水碗，他接过去，正要喝，一个局号报了棋步。他把碗高高地平端着，水纹丝儿不动。他看着碗边儿，回报了棋步，就把碗缓缓凑到嘴边儿。这时下一个局号又报了棋步，他把嘴定在碗边儿，半晌，回报了棋步，才咽一口水下去，"咕"的一声儿，声音大得可怕，眼里有了泪花。他把碗递过来，眼睛望望我，有一种说不出的东西在里面游动，嘴角儿缓缓流下一滴水，把下巴和脖子上的土冲开一道沟儿。我又把碗递过去，他竖起手掌止住我，回到他的世界里去了。

我出来，天已黑了。有山民打着松枝火把，有人用手电照着，黄乎乎的，一团明亮。大约是地区的各种单位下班了，人更多了，狗也在人前蹲着，看人挂动棋子，眼神凄凄的，像是在担忧。几个同来的队上知青，各被人围了打听。不一会儿，“王一生”“棋呆子”“是个知青”“棋是道家的棋”，就在人们嘴上传。我有些发噱，本想到人群里说说，但又止住了，随人们传吧，我开始高兴起来。这时墙上只有三局在下了。

忽然人群发一声喊。我回头一看，原来只剩了一盘，恰是与冠军的那一盘，盘上只有不多几个子儿。王一生的黑子儿远远近近地峙在对方棋营格里，后方老帅稳稳地待着，尚有一“士”伴着，好像帝王与近侍在聊天儿，等着前方将士得胜回朝；又似乎隐隐看见有人在伺候酒宴。点起尺把长的红蜡烛，有人在悄悄地调整管弦，单等有人跪奏捷报，鼓乐齐鸣。我的肚子拖长了音儿在响，脚下觉得软了，就拣个地方坐下，仰头看最后的围猎，生怕有什么差池。

红子儿半天不动，大家不耐烦了，纷纷看骑车的人来没来，嗡嗡地响成一片。忽然人群乱起来，纷纷闪开。只见一老者，精光头皮，由旁人搀着，慢慢走出来，嘴嚼动着，上上下下看着八张定局残子。众人纷纷传着，这就是本届地区冠军，是这个山区的一个世家后人，这次“出山”玩玩儿棋，不想就夺了头把交椅，评了这次比赛的大势，直叹棋道不兴。老者看完了棋，轻轻抻一抻衣衫，跺一跺土，昂了头，由人搀进棋场。众人都一拥而起。我急忙抢进了大门，跟在后面。只见老者进了大门，立定，往前看去。

王一生孤身一人坐在大屋子中央，瞪眼看着我们，双手支在膝上，铁铸一个细树桩，似无所见，似无所闻。高高的一盏电灯，暗暗地照在他脸上，眼睛深陷进去，黑黑的似俯视大千世界，茫茫宇宙。那生命像聚在一头乱发中，久久不散，又慢慢弥漫开来，灼得人脸热。

众人都呆了，都不说话。外面传了半天，眼前却是一个瘦小黑魂，静静地坐着，众人都不禁吸了一口凉气。

半晌，老者咳嗽一下，底气很足，十分洪亮，在屋里荡来荡去。王一生忽然目光短了，发觉了众人，轻轻地挣了一下，却动不了。老者推开搀的人，向前迈了几步，立定，双手合在腹前摩挲了一下，朗声叫道：“后生，老朽身有不便，不能亲赴沙场。使人传棋，实出无奈。你小小年纪，就有这般棋道，我看了，熔道禅于一炉，神机妙算，先声有势，后发制人，遣龙治水，气贯阴阳，古今儒将，不过如此。老朽有幸与你接手，感触不少，中华棋道，毕竟不颓，愿与你做个忘年之交。老朽这盘棋下到这里，权作赏玩，不知你可愿意平手言和，给老朽一点面子？”

王一生再挣了一下，仍起不来。我和脚卵急忙过去，托住他的腋下，提他起来。他的腿仍然是坐着的样子，直不了，半空悬着。我感到手里好像只有几斤的分量，就示意脚卵把王一生放下，用手去揉他的双腿。大家都拥过来，老者摇头叹息着。脚卵用大手在王一生身上、脸上、脖子上缓缓地用力揉。半晌，王一生的身子软下来，靠在我们手上，喉咙嘶嘶地响着，慢慢把嘴张开，又合上，再张开，“啊啊”着。很久，才呜呜地说：“和了吧。”

老者很感动的样子，说：“今晚你是不是就在我那儿歇了？养息两天，我们谈谈棋？”王一生摇摇头，轻轻地说：“不了，我还有朋友。大家一起出来的，还是大家在一起吧。我们到、到文化馆去，那里有个朋友。”画家就在人群里喊：“走吧，到我那里去，我已经买好了吃的，你们几个一起去。真不容易啊。”大家慢慢拥了我们出来，火把一圈儿照着。山民和地区的人层层围了，争睹棋王风采，又都点头儿叹息。

我搀了王一生慢慢走，光亮一直随着。进了文化馆，到了画家的屋子，虽然有人帮着劝散，窗上还是挤满了人，慌得画家急忙把一些画儿藏了。

人渐渐散了，王一生还有些木。我忽然觉出左手还攥着那个棋子，就张了手给王一生看。王一生呆呆地盯着，似乎不认得？可喉咙里就有了响声，猛然“哇”的一声儿吐出一些黏液，呜呜地说：“妈，儿今天……妈——”大家都有些酸，扫了地下，打来水，劝了。王一生哭过，滞气调理过来，有了精神，就一起吃饭。画家竟喝得大醉，也不管大家，一个人倒在木床上睡去。电工领了我们，脚卵也跟着，一起到礼堂舞台上去睡。

夜黑黑的，伸手不见五指。王一生已经睡死。我却还似乎耳边人声嚷动，眼前火把通明，山民们铁了脸，掮着柴火在林中走，咿咿呀呀地唱。我笑起来，想：不做俗人，哪儿会知道这般乐趣？家破人亡，平了头每日荷锄，却自有真人生在里面，识到了，即是幸，即是福。衣食是本，自有人类，就是每日在忙这个。可囿在其中，终于还不太像人。倦意渐渐上来，就拥了幕布，沉沉睡去。

入选理由

阿城的《棋王》虽然也是知青题材的小说，但它发表时知青文学的大潮已过，它是“寻根文学”潮流中的作品。当知青文学经历了大悲大喜之后，阿城从平常人生的角度重新书写了知青生活场景，并在日常生活中衬托了中国传统文化的深厚底色，无论人生境界还是在修辞炼句上，也多从古代传统小说中汲取营养。从而使这部作品一时洛阳纸贵，好评如潮。《棋王》对中国传统文化的皈依，也从一个方面终结了知青文学与社会问题纠缠不清的单向度。从此，知青文学向四方离散，从题材到书写方式，都发生了重大变化。

小鲍庄

王安忆

引 子

七天七夜的雨，天都下黑了。洪水从鲍山顶上轰轰然地直泻下来，一时间，天地又白了。

鲍山底的小鲍庄的人，眼见得山那边，白茫茫地来了一排雾气，拔腿便跑。七天的雨早把地下暄了，一脚下去，直陷到腿肚子，跑不赢了。那白茫茫排山倒海般地过来了，一堵墙似的，墙头溅着水花。

茅顶泥底的房子趴了，根深叶茂的大树倒了，玩意儿似的。

孩子不哭了，娘儿们不叫了，鸡不飞，狗不跳，天不黑，地不白，全没声了。

天没了，地没了。鸦雀无声。

不晓得过了多久，像是一眨眼那么短，又像是一世纪那么长，一棵树浮出来，划开了天和地。树横漂在水面上，盘着一条长虫。

还是引子

小鲍庄的祖上是做官的，龙廷派他治水。用了九百九十九天时间，九千九百九十九个人工，筑起了一道鲍家坝，围住九万九千九百九十九亩好地，倒是安乐了一阵。不料，有一年，一连下了七七四十九天的雨，大水淹过坝顶，直泻下来，浇了满满一洼水。那坝子修得太坚牢，连个去处也没有，成了个大湖。

直过了三年，湖底才干。小鲍庄的这位先人被黜了官。念他往日的辛勤，龙廷开恩免了死罪。他自觉对不住百姓，痛悔不已，扪心自问又实在不知除了筑坝以外还有什么别的做法，一无奈何。他便带了妻子儿女，到了鲍家坝下最洼的地点安家落户，以此赎罪。从此便在这里繁衍开了，成了一个几百口子的庄子。

这里地洼，茅子倒长得旺。这儿一片，那儿一片，弄不好，就飞出蝗虫，飞得天黑日暗。最惧怕的还是水，唯一可做的抵挡便是修坝。一铲一铲的泥垒上去，眼见那坝高而且稳当，心理上也有依傍。天长日久，那坝宽大了许多，后人便叫作鲍山，而被鲍山环围的那一大片地，人们则叫作湖。因此别处都说“下地做活儿”，此地却说“下湖做活儿”。山不高，可是地洼，山把地围得紧。那鲍山把山里边和山外边的地方隔远了。

这已是传说了，后人当作古来听，再当作古讲与后人，倒也一代传一代地传了下来，并且生出好些枝节。比如，这位祖先是大禹的后代，于是，一整个鲍家都成了大禹的后人。又比如，这位祖先虽是大禹的后代，却不得大禹之精神——娶妻三天便出门治水，后来三次经过家门却不进家。妻生子，禹在门外听见儿子哭声都不进门。而这位祖先则在筑坝的同时，生了三子一女。由于心不虔诚，过后便让他见了颜色。自然，这就是野史了，不足为信，听听而已。

1

鲍彦山家里的，在床上哼唧，要生了。队长家的大狗子跑到湖里把鲍彦山喊回来。鲍彦山两只胳膊背在身后，夹了一杆锄子，不慌不忙地朝家走。不碍事，这是第七胎了，好比老母鸡下个蛋，不碍事，他心想。早生三个月便好了，这一季口粮全有了，他又想。不过这是做不得主的事，再说是差三个月，又不是三天，三个钟头，没处懊恼的。他想开了。

他家门口已经蹲了几个老头儿。还没落地，哼得也不紧。他把锄子往墙上一撑，也蹲下了。

“小麦出得还好？”鲍二爷问。

“就那样。”鲍彦山回答。

屋里传来呱呱的哭声，他老三家里的推门出来，嚷了一声：“是个小子！”

“小子好。”鲍二爷说。

“就那样。”鲍彦山回答。

“你不进来瞅瞅？”他老三家里的叫她大伯子。

鲍彦山耸了耸肩上的袄，站起身进屋了。一会儿，又出来了。

“咋样？”鲍二爷问。

“就那样。”鲍彦山回答。

“起个啥名？”

鲍彦山略微思索了一下：“大号叫个鲍仁平，小名就叫个捞渣。”

“捞渣？！”

“捞渣。这是最末了的了，本来没提防有他哩。”鲍彦山惭愧似的笑了一声。

“叫是叫得响，捞渣！”鲍二爷点头道。

他老三家里的又出来了，冲着鲍彦山说：“我大哥，你不能叫我大嫂吃芋干面坐月子。”说完不等回答，风风火火地走了，又风风火火地来了，手里端着一舀小麦面，进了屋。

“家里没小麦面了？”鲍二爷问。

鲍彦山嘿嘿一笑：“没事，这娘儿们吃草都能变妈妈。”此地，把奶叫作妈妈。

大狗子背了一箕草从东头跑来：“社会子死了！”

东头一座小草屋里，传出鲍五爷哼哼唧唧的哭声，挤了一屋老娘儿们，吸吸溜溜地抹眼泪甩鼻子。

“你这个老不死的，你咋老不死啊！你咋老活着，活个没完，活个没头。你个老绝户活着有个啥趣儿啊！”鲍五爷咒着自个儿。

他唯一的孙子直挺挺地躺着，一张脸蜡黄。上年就得了干痨，一个劲儿地吐血，硬是把血呕干死的。

“早起喝了一碗稀饭，还叫我：‘爷爷，扶我起来坐坐。’没提防，就死了哩！”鲍五爷跺着脚。

老娘儿们抽搭着。

队长挤了进来，蹲在鲍五爷身边开口了：

“你老别忒难受了，你老成不了绝户，这庄上，和社会子一辈的，‘仁’字辈的，都是你的孙儿。”

“就是。”

“就是啊！”周围的人无不点头。

“小鲍庄谁家锅里有，就少不了你老碗里的。”

“我这不成吃百家饭的了吗！”鲍五爷又伤心。

“你老咋尽往低处想哇，敬重老人，这可不是天理常伦嘛！”

鲍五爷的哭声低了。

“现在是社会主义，新社会了。就算倒退一百年来说，咱庄上，你老见过哪个老的，没人养饿死冻死的！”

“就是。”

“就是啊！”

鲍五爷抑住啼哭：“我是说，我的命咋这么狠，老娘儿们，儿子，孙子，全叫我撵走了……”

“你老别这么说，生死不由人。”队长规劝道。鲍五爷这才渐渐地缓和了下来。

2

鲍山那边，有个小冯庄，庄上有个大闺女，叫小慧子。一九六〇年，跟着她大往北边要饭，一去去了两三年。回来时，她大没了，却多了个两岁的小小子，说是路边上拾来的。她就叫他拾来，他就叫她大姑。于是，渐渐地，一庄子人都改口叫大姑了。大姑一辈子没嫁人，守着拾来过。大姑疼拾来，疼亲儿似的。拾来吃稠的，大姑喝稀的；拾来穿新的，大姑穿补的。只见大姑对拾来翻过一次脸，倒也不是为什么大事。拾来不知从哪翻出个货郎鼓，坐在门口摇着要，大姑劈手夺过去，给了他一耳巴子。多少好东西叫拾来糟蹋了，大姑也不心疼，也不知这货郎鼓是金打的，还是银打的。倒是有些蹊跷。还有一桩蹊跷事。有一天，几个媳妇姊妹坐在一堆晒太阳纳鞋底，拾来走过来，一头钻进大姑怀里，伸手就掀她的褂子前襟。大姑脸变了，推开拾来，站起身拾了板凳就朝家走，留下拾来呆站着。媳妇们逗拾来：

“想吃妈妈？找你娘去，这是你姑啊！”

拾来扁扁嘴，要哭又没哭。

渐渐地，庄上传出一个怪话，说的什么怪话，从不叫大姑听见，倒是常常有人去问拾来：

“拾来，你大姑那货郎鼓找来让我要要可管？”

“拾来，你大姑的妈妈你吃过吗？”

“拾来，你大姑……”

拾来虽小，却晓得问的不是好话，倒不回去向大姑学嘴，只是一味地沉默。问的人便越发觉着蹊跷，越发地要问。

拾来阴沉沉地看着他，然后一声不作地走了。于是，人们更加觉着这一大一小共同保守着一个什么秘密。而拾来则变得孤寂起来，尽力躲着人，和一切人疏远着，只与他大姑接近。

就这样，大姑带着拾来过。到如今，大姑老了，没人上门提亲了；拾来大了，长得又高又大，堂堂一条汉子，干活儿拿九分五的工了。住的还是大姑她大盖的那间小屋，快趴到地底下去了，拾来要弯下腰才能进门。屋里黑洞洞的，一眼两块砖大的窗，冬天塞团草，夏天把草拔了。灶底下是张案板，案板边上是一张床，床板上一领凉席，凉席上一个枕头一条被。拾来大了，一头睡不下了，大姑缝了个布口袋，塞进麦穰，又做了个枕头，一人一头睡。大姑抱着拾来的脚丫子睡，拾来的脚丫子一直伸到大姑暖暖的怀里，心里才觉着踏实，不一会儿就睡过去了。

初春的夜里，拾来觉着有点儿燥热，忽然睡不着了。一双脚搁在大姑的怀里，暖暖的，软软的。他轻轻地动了一下脚指头，脚指头碰到了一个更加柔软的地方，他头皮麻了一下，不敢再动了。他听见了自己的心跳。风吹进窗洞，窗洞里的草“吱啦啦”轻响了一下。他试探着又动了一下脚，想离那柔软远一些，不料他的脚在那柔软暖和中陷得更深了。拾来这才发现，他的脚是在一个温暖的峡谷里。这双脚已经在这峡谷里沉睡了十五年了。他感觉到那峡谷最底层、最深处，有一颗心在跳动。风吹进窗洞，轻轻地响了一声。

第二天早起，拾来眼皮子耷拉着喝稀饭，不吭一声。大姑问他：

“怎么啦？哪儿不好过？”

他不说话。

大姑去摸他的脑门儿。

他一扭头，让开了。

中午，大姑烧开了锅，才见他扛了个凉床架子回来了。问他从哪儿扛来的，他不吱声，闷着头，扯绳子网床。

夜里，他自个儿睡在凉床上，枕着枕头，裹着一床破棉絮，缩成了一团，直到下半夜才慢慢伸展开来。他梦见自己的一双脚又搁进了温和的峡谷里，岂不知大姑把棉被给他盖上，自己和衣蜷了一宿。

3

鲍仁文缠定了老革命鲍彦荣，要了解他的生平，以著成一部长篇小说。题目已经起定，就叫作《鲍山儿女英雄传》。老革命这一生尽管有过几日峥嵘岁月：跟着陈毅的队伍打了好几个战役，可谓是九死一生，眼下每月还从民政局领取几元津贴，可他极不善于总结自己，也一无自我荣耀的欲望。他最关心的是一家六七张口，如何填得满。见了鲍仁文成天拿了个本本问那早已作了古的事，而且问了一遍又一遍，心下早已烦了，想起身而去，又经不住鲍仁文烟卷的笼络，十分折磨。

“我大爷，打孟良崮时，你们班长牺牲了，你老自觉代替班长，领着战士冲锋。当时你老心里怎么想的？”鲍仁文问道。

“屁也没想。”鲍彦荣回答道。

“你老再回忆回忆，当时究竟怎么想的？”鲍仁文掩饰住失望的表情，问道。

鲍彦荣深深地吸着烟卷：“没得工夫想。脑袋都叫打昏了，没什么想头。”

“那主动担起班长的职责，英勇杀敌的动机是什么？”鲍仁文换了一种方式问。

“动机？”鲍彦荣听不明白了。

“就是你老当时究竟是为什么，才这样勇敢！是因为对反动派的仇恨，还是为了家乡人民的解放……”鲍仁文启发着。

“哦，动机。”他好像懂了，“没什么动机，杀红了眼。打完仗下来，看到狗，我都要踢一脚，踢得它汪汪的。我平日里杀只鸡都下不了手，你大知道我。”

“这是一个细节。”鲍仁文往本子上写了几个字。

“大文子，你赔了这么多工夫，还搭上烟卷，是要干啥哩？”他动了恻隐之心，关切地问道。

“我要写小说。”鲍仁文回答他。

“小说？”

“就是写书。”

“是民政局让你写的？”

“不是。”

“是公社要你写的？”

“不是。”

“那是给谁写的呢？”

问到了文学的目的，鲍仁文作难了。这是历代多少大文豪争辩不清的问题，他小小的鲍仁文作何回答。他只草草地说了一句：“我自己想写呢！”

“写成书能得钱吗？”老革命锲而不舍地问道。

“没得钱。‘文化大革命’了，稿费取消了。”鲍仁文耐着性子解释道。

“那你图啥？”又回到了“文学的目的”的问题上。

鲍仁文不再回答，只是微笑了一下，笑得有点儿忧郁。停了一会儿，他又问：

“我大爷，你老再说说涟水战役可管？”

鲍彦荣沉默了一会儿，从兜里摸出烟袋。

“你老吸这个。”鲍仁文递上烟卷。

“我还是吸这个过瘾。”鲍彦荣执意不接受烟卷，他忽然觉着自己在小辈面前做得有点儿不体面。

鲍仁文只得自己点了一支吸起来。

烟雾缭绕着一盏油灯，一点火光跳跃着，把人的影子投在墙上，鬼似的乱扭着。

影子在霉湿的墙上扭着，忽而缩小，忽而扩张起来，包围住整间屋子。人坐在影子底下，渺小得很。

“我要写一本书。”他心想。他在县中念了二年，晓得苏联有个高尔基，没上过一天学堂，结果成了大作家；他有一本《创业史》，听说那作家是在乡里的；他有一本《林海雪原》，听说那作家是个行伍出身，不识几个字的……古今中外，无穷的事实证明，作家是任何人都能做得的，只要勤奋。“勤奋出天才”，他写在自家床头。

他没日没夜地写着，写在中学里没用完的练习本上，写了有几厚本了。他大他娘要给他说媳妇，他也拒绝了。先著书，后成家，这也是他的座右铭，记在了心里。

人家叫他“文疯子”，这里有着几重的意思。一是他的名字叫仁文；二是他这个疯子是文的，而不像鲍秉德家里的，是武的，要起疯来几个男人也弄不了她；三是这“文疯子”的“文”里还有着一层“文章”的意思。

面对大家善意的讥讽，他不动声色，心里想着他记在本子上的又一句话：“鹰有时飞得比鸡低，而鸡永远也飞不到鹰那么高。”

4

牛棚里，孤老头子鲍秉义坐在凉床上，唱花鼓戏：

> 关老爷门口字两行，古人又留下劝人方。这一字出马一杆枪，二字上横短来下横长。三字立起来像川字，四字好比四堵墙……

老革命鲍彦荣目不转睛地看着他，听得出神。

鲍彦山家老大建设子替他喂牛，铡齐的麦穰子填进槽，唰啦啦地响。

鲍秉义打小跟一个戏班子唱戏，卖过嘴，叫族里人瞧不起。老了，回来了。孤身一人去，孤身一人回。问他在外成过家吗？他微微一摇头。有多事的人，给他说过几回寡妇，他还是微微一摇头。

后来，传出一个怪话，说他在戏班子里，和那挂头牌的女角儿相好了，那女戏子又把他甩了。还有个怪话，说他对东头鲍彦川家里的有点儿意思。鲍彦川死了有四年了，他家里的拖了四个孩子，再嫁也是难。只不过，都是一族里的，论起辈分来，鲍彦川家里的该叫鲍秉义叔，是想也不敢想的。

如今，他单身一人，就让他喂牛，住在牛棚，他有落脚处了，牛也有照应了。

虽瞧不起他干的那行当，可大人小孩都爱听他唱，都叫他作唱古的。一段曲儿能唱遍上下五千年的英雄豪杰：

一字出马一杆枪，韩信领兵去见霸王。
霸王逼在乌江死，韩信死在房未央。
写个二字两条龙，王母娘娘显神通。
花果高山摆下阵，水帘洞里捉妖精。
写一个三字三条街，陈世美求官未回来。
家里撇下他的妻，怀抱琵琶又上长街。
……

一把坠子吱吱嘎嘎地拉着过门。

5

捞渣满地乱爬了。小脸儿黄巴巴的，一根头毛也没有，小鬼似的。就是笑起来的模样好，眼睛弯弯的，小嘴弯弯的，亲热人，恬静人。大人们说他看上去“仁义”。

他没得什么吃，只有他娘的奶。他娘像头老牛——他大说的，吃什么都能变成妈妈。开始是吃红芋，后来红芋也不能吃净的了，要掺红芋秧子。

他大哥建设子过年十九了，还没说上媳妇。媒人还没进门，就吓回去了。黑洞洞的三间屋，给水泡松了，眼看着就要瘫成一堆烂泥。屋里两块床板，两床棉花套子破成渔网了。

这天，门前来了个打莲花落子要饭的，一个十一二岁的小丫头，尖尖的下巴颏儿，圆圆的一对眼睛。他大姐抱着捞渣站在门前玩，那小妮子站定了，打响莲花落子，滴溜溜地打了一转，才开口唱道：

这大嫂，实在好，

抱小孩，也不闹。

……

他大姐还没过门呢，涨红了脸，唾了一声，进屋去了。他娘却乐了，觉着这妮子鬼得喜人，从大锅里舀了一瓢稀饭给她喝。她不喝，倒在一个大瓷碗里，说要端给她娘喝。

“你娘在哪里？”他娘问。

“在庄东头大柳树底下，有病了。”小丫头说着走了。

他娘一顿饭吃得不踏实，心里七上八下的，像是搁进了一桩事。吃罢饭，她把锅撂下，又盛了一满碗稀饭，抓了两张煎饼，往庄东头去了。

庄东头大柳树是小鲍庄最高的地方，那年夏天，下了九天九夜的雨，一整个庄子，全淹在水里，只露出大柳树的梢，一丛子草似的，停了几十只老鼠。

柳树下果然靠了个病病歪歪的女人，蜡黄的脸皮。小妮子偎在她身边自己给自己梳小辫。干巴巴猴儿似的人儿，倒有两条乌黑油亮的大辫子。鲍彦山家里的往这娘儿俩身边一蹲，摸摸丫头的辫子，说：

“早年，我也有这么一头好头毛。那时，只扎一根独辫子，这么长一段红头绳。”她将手指伸成一拃。

后半晌，有人看见鲍彦山家里的，带着外乡人模样的娘儿俩，往家去了。过了两日，那女人脸色滋润了一些，走了。小闺女留下了。每日里，跟着捞渣那十二岁的小哥文化子下湖割猪菜，回到家就抱着捞渣在门前玩，唱小调儿，嗓门又尖又脆，听着喜人，惹得那些二流子似的小伙站在门前不走了：

“小翠子，唱个‘十二月’！”

鲍彦山家里的便从门里蹦出来，先把二流子们骂退了，再骂小翠子：

“甭唱了，没脸没皮的，唱什么！”说急了，还在她身上拍两下。渐渐地，小翠子便不唱了。嗓门也像喑了似的，哑哑的，连说话都懒得说了。她唱，她不唱，捞渣总和和气气地对着她笑，笑得她也只好笑了。

人人喜欢捞渣，独独鲍五爷见了他就来气。为的是捞渣落地的时候，正是他的社会子咽气。于是他便认定他的社会子是叫捞渣抓了替身。如今他被队里“五保”起来了，心中却是很不乐意听说这“五保”两个字。“五保户”在人们心目中，就算是“绝户”的代名词了。鲍五爷脾气倔，见不得自己成了大伙的累赘，总到队里争活儿干。队里便给了他些烂草烂绳头，让他搓绳。于是，他每日里就坐在磨房的墙根下，晒着太阳搓绳。

磨坊里人不断。小驴蹄子嘚嘚打着地；石磨轱辘辘地压着石盘；推磨的娘儿们尖起嗓子吆喝驴；面，沙沙地从筛子上洒下箩。他听着总觉得心窝里暖烘烘的，不那么寂寥了。

小翠子背着捞渣，一手挎着篮子，一手牵着小叫驴，来磨面了。

小叫驴套上了套，戴了眼罩，捞渣被放下了地，坐在太阳下抓石子玩，就在鲍五爷脚边上。鲍五爷斜起眼瞅他，轻轻骂了一声："鬼！"

"鬼"听见了，伸出手拍了一下鲍五爷的大毛窝，笑了。

鲍五爷心里头咯噔一下子，觉得那笑模样实在像他社会子，鼻子一酸，说："你这个鬼吔！"

小叫驴嘚嘚地围着磨盘转，小翠子轻轻吆喝着："吁，吁。"

6

鲍秉德家里的又闹了，爬树上梁的，把锅都砸了。几个大男人拉住她，被她拖了几丈远。最后把她四脚朝天翻倒在地，才捆住了。她龇牙咧嘴地吼着，没人声了。

鲍秉德抱着脑袋蹲着。鲍彦山家里的端了一碗稠得能挑上筷子的芋干子稀饭，夹了两张煎饼，给他送去。他不吃，说心里堵得慌。众人们也没得法子，只能陪他叹气。

鲍秉德家里的疯了有八九年了。她娘家是鲍山那边十里铺的人家，做姑娘时如花似玉。都说鲍秉德交了桃花运，娶了十里铺的一枝花。不料这娘儿们中看却不中用。来的头年怀了一胎，生下是个死孩子，第二年又是一胎，还是个死孩子，怀了有三四胎，胎胎是死的。暗地里就有人说怪话：兴许是做姑娘时不规矩来着。生下第五个死孩子时，疯了。疯了以后，那怪话才没有了。说疯子的怪话就太不厚道了。

刚疯的那阵子，曾经有人劝过鲍秉德，把她离了，再娶一个。鲍秉德一口回绝："我不能这么不仁不义。一日夫妻百日恩，到这份儿上了，我不能不仁不义。"他说不出过多的道理，只是口口声声的"不能不仁不义"。后来，"文疯子"写了一个广播稿，题名大约是"阶级感情深似海"，还是"阶级情义比海深"之类的，投给了公社广播站，给广播了一下。后来，他又往县广播站投，就没投中。不过，鲍仁文的名声还是出去了，知道小鲍庄有了个舞文弄墨的。鲍秉德的名声也出去了。这下子，就是他想离也离不成了。就这么凑合过吧，只是鲍秉德一日比一日话少，成了个哑巴。他心底深处，很奇怪的，暗暗的，总有点儿恨着鲍仁文。好像，他给自己的事情做了包办，后来却又撒手不管，很不负责。而鲍仁文，隐隐地，也有些畏着鲍秉德，似乎觉着自己欠了他些什么。总之，有些尴尬起来。

鲍秉德家里的在地上乱挣着，一会儿，地上就被她歪了一个坑，浮土一蓬一蓬地扬起来。这疯子虽说是武的，却不伤别人，只打她男人，打孙子似的揍。鲍秉德是不怕她揍的，这么捆起来只是为了怕她伤了自己。有一年腊月里，她一股劲儿跑到湖里跳了大沟，鲍秉德忘了自己不会水，也跟着跳了下去，让人一起救了上来。

鲍秉德闷着头，不由得滴下一滴泪来。他遮掩着大声咳了几声，吐出几口痰，把那滴泪盖住了。

“你也别太愁了。”鲍二爷劝他，“啥事都有个头，你又没做过缺德事，凭什么这样难为你。”

“我家里的她娘家，有个疯子，疯得蹊跷，好得也蹊跷。”鲍彦山说，“不知怎么就疯了，疯了有十几年，爬树上梁的。后来，他奶奶死了，棺材一落地，他这边立马就好了。醒过来了哩，就好比做了一场梦。问他是怎么啦！他什么也不知道，这十多年就像是睡过来似的。”

“真是的吗？”大家都问问他，连鲍秉德也抬起眼睛，好像看到了一丝希望。

“现在都有两个儿了，好好的，清泠得很。”

“这是胡诌八扯的。”远远地，蹲着鲍仁文，“说正道的，该送我七奶去城里疯人院。”

“那是不成的。”大家一起反对。

“那么些疯子都关在一起，不打成一堆，撕碎了才怪。”

“听人说，那就像坐大狱似的。”

“大夫都拿着带钉的棍哩！”

“这不是病！”

鲍秉德自己是不用再说什么了，只是恨恨地盯着了鲍仁文。

鲍仁文长叹一声，立起身，走了。傍晚的太阳，落在地沿上，把他的影子拉得细溜溜长，孤孤单单地斜过去了。

7

拾来和他大姑分床睡了，到了夏天，他便把凉床抬出去，在大槐树下睡。等到秋凉了，外面睡不住人了，他把凉床子扛进屋的时候，他大姑猛然发现拾来长成了一条汉子，屋子越发地小了。

拾来越发孤独了，唯一可接近的大姑，这会儿他却疏远起来，比对平常人还要疏远得厉害。一天没有三句话，吃饭只听得喝稀饭响。吃罢饭，对坐着，连喝稀饭的响都没了，只觉得又腻味又不自在，只得早早上了床睡去。夜里听见大姑的磨牙声、打鼾声，睡也睡不踏实。到后来，他见了大姑就要躲，怕似的，又像是恨似的。自己也捉摸不透，只觉得心窝里烦躁得慌。

早起，他大姑和他商议，把猪卖了。

“卖就是了。”他没好气地说，像有一肚子火似的。

“卖了猪，扯几丈布，给你缝个新被窝。”大姑说。

“扯就是了。”

“买个凉床子。”

“买就是了。”

“那凉床，冯大家虽然没说要，可话里那音，总是急着要使的意思。”

“还就是了。”他就好像吃了枪子儿似的，绷着脸，埋着头。

“你向队长告个假，上街一趟。”

“不管。”他一口回绝。

“咋不管？”

“不管就是不管。”他硬邦邦地说。自己也不晓得为啥不管，故意要找别扭。

“你不去我去。”大姑也气了。她也弄不明白，这些日子咋侍弄不好这个侄儿了。

大姑换了一身衣裳，借了一挂平车，把猪捆了，推起就走。她迎着早晨的太阳走去了，蓝白花的褂子裹着她健壮的身子，肩膀头圆滚滚的，轻轻快快地上了路。

拾来眼睁睁看着他大姑上了路，心中又十分地后悔起来。一整天，他心里都不安生，不时抬头看看日头，再往大路上眺一眼。大路上走着一挂平车，却不是他大姑，是个大男人，推着一平车的红芋。

直到收工，他大姑还没回来。拾来烧开了锅，馏上馍，蹲在家门口等着。不晓得怎么回事，这会儿，他想起了他大姑的种种好处。他心里那一团无名火融成了一片热腾腾的东西，像水似的荡漾开来，流遍了他的全身。他想着，该对他大姑好。

上弦月升起来了，碧空上细弯弯的一钩，却把个大地照得明晃晃，白花花。

他心里忽然不安起来，会不会出什么事了？都什么时候啦！他浑身一激灵，站起身，来不及锁门，就往庄头走。迎面过来几个割猪菜的小孩，背上的草箕子比人高，小山似的。走到跟前，让开了道，看着拾来过去，看稀罕似的。拾来总叫人觉得稀罕。而面对这么些探究的眼光，拾来更与人接近不了啦。他成天价虎着个脸，叫人见了害怕，岂不知他心里是害怕人的。

白花花的一条大路，弯弯曲曲盘过一道坝子，没了。

坝子上翻过来一只黑虫，顺着白花花的路爬了过来，越来越大了。定睛一看，是一挂平车哩!

拾来一拍大腿，三步并两步地迎上去。果然见他大姑推着一挂平车，平车上是凉床，凉床底下一只篮子，篮子里，有布，有两斤肉，还有一盒卷烟。拾来眼窝热了一下：她见我吸烟了?

拾来捡了一个烟嘴，拾掇了一个烟袋，背着人吸呢。

他跑上去，接过大姑的车把子，迈开大步，把大姑甩下了二丈远。他的两张大脚片子踩在白花花的大路上，轻轻巧巧地走着。车轱辘“吱咕吱咕”转着，路边一只小虫“嚁嚁”地唱，秫秫“唰唰”地在拔节儿。月亮婆婆把什么都照得明明晃晃，清清白白。拾来心里一片空明，又平静又欢愉。他不明白，事情咋会变得那么好，叫人觉得，活着是一桩多大的美事，受了多大的恩德。

8

小翠子长个儿了。细溜溜的身子，穿了她大姐的紫花布褂子，直拖到膝盖上。烧锅，刷碗，割猪菜割得比谁都多。人喜欢她，她也喜欢人。就是不和建设子说话，建设子也不理她。两人不能搁一个桌上吃饭。有时见了面，隔老远眼皮子就耷拉下来了，像是几百年的仇人似的。鲍彦山家里的倒喜欢，说这才稳重，稳重好。她对小翠样样满意，就是有一桩搁在心里老放不下，这丫头子太聪明了。她时常想起第一次看见小翠的情景：滴溜溜地打着莲花落子，小嘴一张：“这大嫂，实在好，抱小孩，也不闹！”太鬼了！其实，她最怕的也就是当时她最爱的。看看建设子那么蔫，几棍子打不出一个响。这丫头子能乖乖地跟他过吗？鲍彦山家里的心中没有一点数。因此，有时候，她难免觉得自己要吃亏。逢到这种念头上来，她就拼命地使唤小翠子，似乎是要在鸡飞蛋打之前把本给捞回来。

“翠，喂猪了！”

“翠，把你哥的衣裳拿河里洗了！”

“死妮子，水缸见底了。”

小翠给使唤得滴溜溜转。她眼睛里的笑模样一天比一天少，变得十分严肃，下巴颏儿越发地尖，两条乌黑的大辫也有点儿见黄。有人看见她在庄东头大柳树下哭过，不出声，抹抹眼泪，赶紧地又走家了。看见的人自然要叹息，可是大家都晓得，比起别庄上的童养媳，小翠可说是享福了，不挨打，给吃饱。小鲍庄的童养媳是最好做的了，方圆几百里都知晓，这庄的人最仁义，可惜是太穷了。

有了小翠这一把割猪菜的好手，文化子下了晚学，再不必急急忙忙地下湖了。他深感得着了小翠的好处，嘴甜得很，赶着小翠叫“翠姐”。他叫一声，小翠的脸就红一下。文化子不愧是文化人，读着书，晓得男女平等的道理，有着很先进的民主思想，见他娘吆喝小翠吆喝得紧了，他常常会挺身而出：“我去担水。”

他担着桶去了，小翠撵着喊他放下。他不干，飞快地跑，小翠便飞快地追。这么跑着追着到了井沿上，他抢什么似的把桶放了下去，桶脱钩了，漂在水上。傻眼了。

“你看你，慌啥？”小翠说他。

“都是叫你赶的。”文化子说她。

“看你咋办？”小翠说。

“这有啥难的！”文化子弯下腰去，伸下扁担去钩，扁担绳晃悠晃悠。

“看你能的！”小翠撇撇嘴，弯下腰去夺扁担。

“我能行。”文化子不放手。

“给我。”

“不给。”

两人趴在井沿上，水上漂着一只桶，一根扁担钩晃悠晃悠。井底映着两个人影，一个小翠，一个文化子。扁担钩子钩着了桶，却没吊起来，倒把水搅花了，花了一阵，又平了。小翠和文化子又出来了，看电影似的。

“你看你那样儿！”小翠说文化子。

“我看你还怪俊哩，翠姐！”文化子嬉着脸说小翠。

“呸！”小翠唾了他一下。

“怎么，我说错了？”

“错了。”

“你丑吗？”

“不是这个错。”

“那又怎么错了？”文化子纳闷。

“就是错，就是错！”小翠点着他鼻子说，那活泼泼的样子又回来了一点。文化子又傻了眼，不吭气了。

桶，捞上来了，水打满了。两桶水搁中间，文化子在后，小翠在前。文化子把扁担搁上肩，弯着腰，半蹲着，等着小翠上肩。刚要上肩，小翠又直起腰回过头问道：

“你多大，我多大？”

“你属牛，我属鼠。”文化子立即回答。

“那么你咋叫我姐？”

文化子一愣。

“可不是你错了！”小翠直起腰，扁担上了肩，刷溜溜地就走，把文化子拽得一踉跄。

扁担悠着，水在桶里悠着，悠到桶边上，又回来了。

9

捞渣歪歪扭扭地能走了，话也能说不少了。正吃晚饭，鲍五爷拄着拐来了。鲍彦山招呼他：

“五爷，来吃。”

捞渣学嘴：“来七（吃）。”

鲍五爷装没听见，不理会他，在门槛上坐下来，看蚂蚁搬家。

“吃过了吗？”鲍彦山紧问着。

“吃过了。”鲍五爷回答。

“咋吃的？”

“煎饼，稀饭，咸菜。”

“你老要懒得烧锅了，就过来。咱家人多锅大，多一人少一人见不着。”鲍彦山家里的说。

“我能烧。”鲍五爷回答，闷着头看地。天黑了，看不见蚂蚁了，一只蚱蜢蹦跶过去。

什么东西碰了他的嘴，定睛一看，捞渣什么时候到了跟前，小手里攥着一块煎饼，捏成了团，直送到他嘴边。他看看捞渣，捞渣朝他笑着，一脸厚道相。他心里又是咯噔一下，扭过了脸去。

月亮升起了，眼前豁亮了许多。

鲍五爷掉回头，捞渣正坐在他脚边抓土玩，稀稀的黄头毛底下露出了头皮。鲍五爷伸出手在那头皮上胡噜了一下，心想：“我咋像是在哪儿见过这鬼哩。”

前边牛棚里在唱古，坠子吱吱嘎嘎地传得老远：

写一个五字无底洞，薛仁贵跨海又去征东。

征东招够人共马，回马枪挑凤凰城。
写一六字变化开，我配姣娥女裙钗。
带领三千人共马，才把唐王我主救出来……

10

在一千里外的北京，正进行着一场江山属于谁的斗争。

一千里外的上海，整好了装，等着发枪了。

11

里外三新的新被窝，软软和和地裹着拾来。拾来钻在被窝里，舒服得心里发虚，有点儿不实在。翻来覆去，不知怎么舒服才好，反倒睡不踏实了。月光照进堵了一半的窗洞，落在大姑的床上。大姑盖着一床旧棉被，薄得像纸，硬得也像纸。

大姑是真疼自己，拾来想。这世上不会再有像大姑这样疼自己的人了。是媳妇也不能这样，是娘也不能这样，是姐妹更不能这样。拾来这辈子没娘，没姐妹，还没媳妇，他不知娘、媳妇、姐妹的疼是啥味道，他只觉得大姑的疼是天底下最最好，最最好的。

是大姑给铺的被，身下垫一层，身上盖一层，脚后跟还折了一道，紧紧地裹住了脚。脚一暖，浑身都暖了，俗话说："寒从脚底来。"好多日子，脚没这么暖和过了。可是，这暖和又和那暖和不一样。拾来想起那温暖的谷，那柔软的暖和是非常特别地包围着他的脚。

月光移到了大姑的脸上，那脸庞近两年丰腴了起来，只是眼角的皱纹很密。

大姑好像微微地哆嗦了一下，拾来赶紧闭上了眼，等他再睁眼时，大姑已经掉过身去，脸朝里了。月光移到了她的身上，凹下去而又凸起来的地方。

过了几日，有一天，大姑对拾来说：

"拾来，你过年就十八了吧！"

"嗯哪！"拾来生硬地回答。天一亮，他夜里的那些柔情便全退潮似的退去了，不晓得退到什么地方，找也找不见了。

"也该说媳妇了。"她停了一下。

拾来不吭声，心跳了。

"二奶她娘家高庄有个闺女，比你长一岁。啥都好，就是小时出花，脸上落了疤。”她又停了一下。

拾来不吭声，心跳得凶，气都喘不过来了。

“她不嫌咱家穷，愿意跟你过。你要是愿意，明天就上高庄去一下。我让冯大家二小子进城捎了两斤果子。”她停住不再说了。她听见拾来的喘气声，像牛一样。

只听得“砰”的一声，碗碎了。拾来站起身跑了，带倒了案板，带倒了板凳，咸菜碟子掉了，臭豆子撒了一地。

大姑怔怔地望着一地的碗碴子。进来一只鸡，啄着臭豆子。啄啄，又丢下；啄啄，又丢下。

拾来出去一天，直到夜半才回来，三星都偏西了。大姑坐在床沿，没睡，等他。

他一进门，拉开被子，蒙上头就睡倒了。

“拾来。”大姑叫他。

他不动弹。

“拾来，”大姑脸对着窗洞，一字一句地说，“我给你置一副货郎挑子，你走吧！”

他不动弹。

“你成人了，自己过去吧。我不能养你一辈子，你也不能守我一辈子。”

他不动弹，只觉得从头到脚都凉了，就像掉进了冰窟。

一个风和日暖的早晨，拾来挑着一副货郎挑子，上路了。上路前，大姑不知从哪儿摸出一个货郎鼓，她用手抹了抹鼓面，轻轻摇了一下：“叮咚”，货郎鼓响了一下，响得还脆。她看看鼓，又看看拾来，张张嘴，要说什么，又没说，然后把鼓交给了拾来。拾来接过鼓看了看，恍恍惚惚记着小时玩过，为了玩它还挨了一耳巴子。这是他从小长成人，第一次挨耳巴子，就一次，也记得住了。他随手把货郎鼓往货架上一插，径直走了，没有回头。货郎挑子在他宽厚的肩上晃悠着，货郎鼓清清脆脆地响着：

叮咚，叮咚，叮咚，叮咚。

大姑听着那鼓声一步一步远远地去了，眼泪直流了下来。

12

早几天就听说，县上要来个作家，来此地采访治水的事。

这几天又听说，那作家日后就到了，住宿都安排妥了，住县一招。

鲍仁文要去见见那作家。早几天，就把他这些年写的文章拾掇出来，看了几遍，改了几遍。这几天，又重新抄了一遍，整整齐齐地摞在一起，用他娘糊的鞋靠子贴上光溜溜的画报纸，做了个精装的封面，封面上用墨笔写了两个立体的美术字——作品。直弄到夜半，他只眯盹了一小会儿，天就亮了。他起床洗了脸，刷了牙，又用他娘的破梳子沾了点清水梳梳头，穿上他的蓝卡其学生装，夹着“作品”出发了。

他娘撵了他有半里地，要他捎上半篮鸡蛋上街卖了。他装没听见，大步流星地走出了庄子。

太阳很好，把风都暖热了。半个多月没下雨，大路上的浮土有半脚深了。大车过去，平车过去，自行车过去，人走过去，把个浮土踢起来，扬了个半天，遮黄了太阳。

他感到燥热，走过大方家井沿上，向个提水的老头儿讨了半瓢水喝，再接着赶路。

路，向前蜿蜒，看不到头，难得遇见个人。远远地，看见个小黑点。走着走着，渐渐大了，大了，大了，显出人形了，辨清男女了，认出眉眼了。到了跟前，过去了，前边只有一条白生生的路，蜿蜒到看不见的远处去了。太阳到了头顶，踩着自己的影子走。

他觉得困顿，像是睡着了。“作品”的封面滑溜溜的，老往下打滑，他把它搂搂好，向前走。

这是他的宝贝，他的心肝，他的所有的一切，一切的所有。他为它熬了多少夜，熬了多少灯油。他累极了，困极了，难极了，写不出一个字却又非要不停地写下去，写下去，这时候，他便会困惑起来：

“这么苦究竟是为啥？究竟图的啥？会有个什么结果呢？”于是他会一下子委顿下来，心里充满了虚无的情绪。这种心情冲击得最强烈的一次，他竟把他写了九个晚上还没写完的一篇小说撕了。然而，等那一阵狂暴过去之后，他望着一地的碎纸片，落寞地哭了。这时，他特别想往什么上面偎靠一下，温暖一下，安慰一下自己这颗破碎而孤寂的心。他觉得自己苦得很，苦得很。他蜷缩着，自己偎依自己，慢慢地平静下来，又重新摊开一张纸，拿起笔。除此以外，他不明白还有什么能给自己安慰和偎靠的。只有这么写着，他才能够希望着什么，妄想着什么。

路，无穷无尽地延伸着，这是一条寂寂的路。他又觉着渴，却再不能遇上一口井了。

日头偏过正午，他走上了刘庄的地，前边就是县城了。有人担着空挑子往回走，是从街上下来的。

城里很安静。街中央馆子里，一地的鸡骨鱼刺，一个围着稀脏的围裙的娘儿们，正往外扫，招来了两条狗。剃头店里只有一个师傅靠在剃头椅子上打呼噜。一头猪大摇大摆地从百货店走出来。

他走过邮局，走进招待所。他心中忽然有些紧张。他努力回想着“作品”中最叫自己满意激动的段落、语句，想给自己增添一点信心和勇气。然而，却怎么也想不起来，那些绞尽脑汁写下来的章句全消失得无影无踪。他发觉，自己过去的半生的价值，和今后半生的价值，马上就要得到一个裁决。他有些腿软，几乎要掉过头走去了。

传达室的老头在打盹，口水流在衣襟上。一个女人低着头织毛线。没人理会他。

“大姐。”他犹豫了一下，还是叫了。

“大姐”皱着眉头抬起脸，不太耐烦的样子。

“大姐，这里住的可有一位作家？”

“什么‘坐’家，‘站’家，不知道！”她回答。

“就是从外面来的，写文章，写书的。”

“叫什么名儿？”

“不知道。”

“男的女的？”

“不知道。”

她低下头继续织毛线，不再搭理他。

他又恳切地叫了一声“大姐”，没有回应。无奈，只好罢了。他站在招待所门口，思忖了一会儿，掉过身往县委走去。他有个中学里的老同学，在县委宣传部打字。

很顺利地找到了那老同学，她也还认得他。而当他向她打听作家时，她却茫然了好一阵，然后才想起带他去找一位王科长打听。王科长皱皱眉头，抬起手，抖一抖手腕，把袖子抖下去，露出亮晶晶的坦克链表带，然后才去抚摩锃亮的分头：

“听说过这么一件事，不清楚，不清楚，听说过。”

“你去问问张科长嘛！”那老同学微微撒娇地扯扯他的袖管。

原来这位王科长只是个干事，“科长”不过叫叫听听而已。等找着了张科长，真相才大白。是有这么回事，曾经是要来个作家。可是后来不来了。也许是这里治水的事情不够典型吧，犯不着曲里拐弯地到此地来。于是，便不来了。

鲍仁文寂寞地走在大街上，心中不知是喜还是悲。倒像是放下了一块石头，觉得轻了，又觉得空了。他慢慢地走着，觉出了饿，口袋里有一卷夹了大葱的煎饼，他打算出了城就吃它，走过邮局，他站在报栏前看一会儿报纸。他注意到一张报纸的下角有一块目录，是省里一个文艺刊物的目录。何不向它投一稿试试呢？他忽然想到，不由得激动起来，血液向上涌去，脸红了。他镇定了一会儿，默记下那刊物的地址。然后，走进邮局。在角落里坐下，翻开他的“作品”。

他把“作品”放在桌沿底下看，没有人瞅见。邮局里没有人，只有一个老头，在缝一只包裹。那老头儿像是个先生，文质彬彬的样子，戴了一副框架发黄的眼镜，笨手笨脚地拿着一管大针，一针一针缝合着包裹。包裹是寄往青海的——鲍仁文偷看了一眼。

鲍仁文挑了一篇小说，又挑了一篇散文，想想，再挑了一篇小说，卷在一起。

柜台里的人问他：“是什么东西？”

“稿子。”他迟疑了一下，脸红了。

“什么？”那人不明白。

“稿子。”他说，脸又白了，好像在做一桩极见不得人的勾当似的。

那人把稿子往秤上一扔，过了秤，然后又拿起来往一个大筐里一扔。鲍仁文瞅在眼里，怪心疼的，就好像自己亲手养大的孩子要出远门游历去了。

从邮局出来，他心里却又一片恬静。太阳落了，黄黄地照着路边的土墙。有人进了馆子，传出划拳声。猪，哼着。广播里在播放一首快活的曲子。

他算着那稿子的路程，什么时候可以到省城了。他从这一刻起，就在等待了。他从此便有了理由等待，有了东西可希望了。

他觉着很幸福，不由得跟着广播哼了一句，没合上调，哼得难听，赶紧住了嘴。

晚霞在他身后的天空上变幻着。他看不见晚霞，只觉着了那绚烂的光。

13

大姑耳朵跟前，老有一只货郎鼓在响着：

叮咚，叮咚，叮咚，叮咚。

14

太阳落到地边上，割猪菜的孩子都往家走了。小翠和文化子来得晚，草箕子里还差点儿才满。

“文化子，你每日价，在学校，一早晨，一白天，忙的啥呀？”小翠子问道。

“上课呗。语文、算术、地理、历史、自然……学习就是了。”文化子告诉她。

“学啥哩？我看你啥也不懂，桶掉井里也钩不起来，割猪菜割得多笨！”小翠子讥笑文化子。只有在湖里，对着文化子，她才敢撒野。

“哼，我懂的，你不懂的，多着呢！”文化子不服气，他在学校里尽得两分，只有在小翠跟前，才有得显摆。

“你说说看！”小翠斜着眼瞅瞅他。

“你知道，人是打哪儿来的？”文化子问。

小翠扑哧笑了：“娘肚子里生出来的呗！我当你知道什么哩。在学校里就学了这个？躲滑罢了。”

文化子微微一笑，不与她斗嘴，继续深入问道：“娘是打哪儿来的？你会说娘是姥姥肚里生出来的。姥姥打哪儿来的？姥姥的姥姥打哪儿来的？”

小翠果然被问住了，扑闪着大眼睛，不吱声了。

“告诉你吧，人是猴子变的。”文化子压低声音，极其神秘地说道。

小翠轻轻地惊呼了一声。

“你看，猴和人像吧？活像！”

“那，猴又是什么变的呢？”小翠怔怔地问。

“猴子，是鱼变的。”文化子犹豫了一下，最终还是很肯定地说出来了。

“咋是鱼变的？”小翠困惑极了，鱼和人可是一点也不像。

“你知道吧，这地球上……”

“地球？啥球？”

文化子打了个格愣，感到和小翠说话十分困难，由此领会到了进行启蒙教育的必要性：“就是咱们住的这地。”文化子用脚跺跺地，又伸出胳膊画了个圈。

小翠转头看看周围，大地笼罩在苍茫的暮色里。

“这地上，最早，最早，最早，最早，什么也没有，只有水，只有水。”

“哦！”小翠抬起眼睛，望着渐渐暗下去的天，出着神。

“只有水，只有水。”

“那可不就像闹水的时候。”小翠轻轻地说。

“你们那地方也闹水？”文化子问。

“差不多年年闹。我小时候，刚满周岁那一年，闹得可凶。听俺娘说，没天没地了，只有水。”

“你能记得？”

“我记得……有一条长虫。”小翠怔怔地说。暮色越来越浓，她的眼睛在暮色里闪亮着，像两颗星星。

“走家吧。”文化子有点儿害怕。

“割满了就走。”小翠子垂下眼睛割了一棵富富苗。

文化子低下头，割了一棵七七芽：“走家吧！”

“你割不满没事，我割不满可不管。”小翠忽然气了。

“瞧你说的，我娘就这么偏心吗？”文化子有点儿难堪。

“你娘偏心，天底下没有比你娘更偏心的娘了。”

“你咋胡砍哩！”文化子也有点儿气了。

“咋是胡砍？你娘为啥叫你念书，不叫你哥念书？”小翠回过头，一双黑黑的眼睛看定了他。

文化子说不出话了，半天才结结巴巴地说：“我哥人老实哩。”

“谁稀罕他老实。”小翠子提起草箕子，跨过两条芋头趟，又蹲下了。

“老实人靠得住。”文化子又结结巴巴地说了一句。

小翠不理他，手脚麻利地割着猪菜。她眼尖，哪儿有猪菜都逃不过她的眼。她的手快，眼到了，手也到了。过了一会儿，小翠说话了：

“文化子，你往后给我讲讲，你们上的学吧。”

“管。”文化子说，又加了一句，“那还不管。”

小翠说：“我不会亏待你，我唱曲儿给你听。”

“唱个‘十二月’。”文化子立马说。他是从那些二流子嘴里听说有个“十二月”，也不知“十二月”究竟是什么，想得心痒痒的。

小翠子稍停了会儿，唱了一句：

> 正月里来本是个新年……

她调门儿起得很高，声音细细的，尖尖的，颤颤的。文化子觉着，小草抖索了一下。四下，毕静。

> 喜欢笑那哈万象更新。牵挂个美少年。知心人难见，相思对谁言……

她哀哀怨怨地唱着，并不懂一字一句里的意思，听大人唱，她也唱，唱熟了，便觉出那一股凄戚很对她心思。

她凄凄戚戚地唱着，文化子凄凄戚戚地听着。

15

捞渣会给鲍五爷送煎饼了。这倔老头儿才怪，谁送他饭食，他都不要，似乎一吃人家饭，他便真成绝户了。可是捞渣给送去，他便为难了。看看那张小脸，不收就觉着不过意。

捞渣会拉呱了，见鲍五爷一个人孤得慌，晓得同他问长问短地解闷儿。

“吃过了吗？”他问鲍五爷。

“吃过了！你呢？”鲍五爷搭理他。

“吃过了。”

“吃的啥饭食？”鲍五爷问他。

“吃的面条子。”

“不孬。”

“你吃的啥？”他问鲍五爷。

“煎饼，稀饭，臭豆子。”鲍五爷一字一句地回答，毫不含糊。

“蛐蛐儿。”他拿给鲍五爷看。

“是蛐蛐儿。”五爷点头。

“是男的，是女的？”

五爷笑了：“这鬼。蛐蛐儿咋说男女，要说公的，母的。”

“是公的，是母的？”

五爷自己默了一会儿神，感叹道：“要论起来，说男女也没错，也是个生灵。”

“把它放了吧！”捞渣忽然抬头说。

“放就放吧。”五爷说。

一老一小看着那蛐蛐儿一蹦，蹦没影了。

捞渣和鲍仁远家二小子玩“斗老将”。鲍五爷帮着捞渣捋杨树叶子，捋了满满一大鞋壳，一小鞋壳。鲍五爷捂一只鞋，捞渣捂一只鞋，一捂捂两天。捂出来的杨树叶梗子，黑得油亮，比麻还韧。鲍仁远家二小子的杨树叶梗子捂得嫩，拉不过捞渣。斗一个，断一个，斗一个，断一个。急眼了，越急越断。捞渣就把自己的换给了二小子。

然后，二小子便翻本了，斗一个，赢一个，斗一个，赢一个。捞渣输惨了，可他不急不躁，依然是喜眉喜眼的。鲍五爷在边上瞅了这半晌，等二小子走了，他问捞渣：

“捞渣哎，你咋把你的‘老将’全换给二小子了？”

“我看他要哭了。”捞渣说。

“你输了不难受吗？”

“难受。”

“那你还换给他？”

“我看他要哭了。”捞渣又说。

鲍五爷不问了，看看捞渣，在他稀稀拉拉的黄头毛上胡噜了一下，叹了一口气。停了一会儿，自语似的说：

“你也该让他，论起来，你是他叔哩。”

16

大姑老听得见一只货郎鼓响：

叮咚，叮咚，叮咚，叮咚。

17

鲍仁文每天收工都要往庄东大路上走两步，见有没有送信的来。大前天迎到一回，有两封信，一封是鲍彦海家大小子打金华部队上来的；一封是鲍二爷家的，打关外来的，鲍二爷家里的是那年他闯关东从关外带来的。昨天又迎到一次送信的，却没有信，送信的只是打这里路过，往大刘庄去的。

今天他又往大路上走去，远远地听见有什么在响：叮咚，叮咚，像是一只货郎鼓，渐渐地才看见过来一个人，是个走路的，担着货郎挑，慢慢地近了。

他背后是太阳，红通通地停在大路的尽头，他走在大路上，货郎鼓叮咚叮咚响着。

“兄弟，你见没见有骑车子的往这边来？”鲍仁文大声问道。

“没有。”卖货的回答，走近过来了，剃得雪青的头皮，黑黝黝的脸膛上，宽肩大膀，嘴唇上的胡子却还没硬，软软地趴着。

“大哥，前面的庄子叫什么名？”他问道。

“小鲍庄。”鲍仁文回答，慢慢转过身往回走。

“哦，这就是小鲍庄。”小伙子说，和鲍仁文齐着肩走，货郎鼓叮咚叮咚地响。

"怎么，你知道小鲍庄？"鲍仁文瞅瞅他。

"咋不知道？小鲍庄的名声可响哩。都知道这庄上人缘好，仁义。"小伙子说。

"哦。"鲍仁文不再问了。

小伙子东张西望着，早有几个小媳妇听见货郎鼓声音，探出头来了。

"大兄弟，你停一停，让我挑个顶针儿。"有人喊。

回头一看，见是个四十多岁的女人从台子上走下来。她黄白的皮肤，头发在脑后随随便便窝了个纂儿，耳朵边上散落下几绺头发。身上穿的褂子破得可以，好像就前后披了块布，闪闪忽忽，飘飘荡荡，结实的身躯时隐时现着。她走到货郎挑子跟前，低下头，在匣子里挑顶针儿，手腕圆圆的。垂下的眼睑上长着密密长长的眼毛，是个毛乎眼。

"收工啦，大文子？"她招呼鲍仁文。

"买针啊，二婶子？"他招呼鲍彦川家里的。

又来了几个媳妇儿，要买针头线脑儿的。鲍彦川家里的，挑个顶针儿挑个没完了。

"他二婶，你再挑也挑不出金的银的来。"鲍彦山家里的说她。

"我就是买根针，也要挑个可心的。"她回答，耐心地挑着。

"大兄弟，打哪儿来的？"鲍彦山家里的问他。

"打山那边来的。"

"家里有父母吗？"

"没了。"小伙子瓮声瓮气地说。

"有兄弟姐妹吗？"

"没。"

"呀，是个苦命的孩子。"鲍彦山家里的抬起头看他，看他宽鼻大眼，生得厚道，不由得怜惜起来。

鲍彦川家里的正试着一个顶针儿，试戒指似的。这会儿回过头来问：

"你叫个啥名儿？"

"拾来。"他说。他发现这女人的声音好听，低低的，厚厚的，听起来就好像一股温吞吞的河水从心上淌过去。

她终于挑好了，把一个两分的分币递到货郎手里，温乎乎的，有点儿潮。

一群媳妇姊妹围着他，都抬头看他，看得他背上冒冷汗，不自在得很。

"咦唏！"娘儿们同情地叹息着。

拾来脑门上开始冒汗，虽说别扭，可心里却暖和和的。自打走出冯井，他第一次露出了笑脸儿。

那么些媳妇姊妹的手在他匣子里翻江倒海地翻腾，他一点不生气，蹲下来，拔出烟袋。烟荷包里却挖不出烟了。忽然，“啪”的一声响，一样软乎乎的东西掉在他手上，一个烟荷包。抬头一看，那买顶针儿的二婶正看着他，说了声：“吸吧！”转身走了。一件破大褂子挂在身上，飘飘忽忽地上了台子，闪进一扇门里。

这天夜里，拾来宿在牛棚，和唱古的鲍秉义挤一床。晚上，牛棚里照例挤了一屋人，听他唱古：

写一个七字把腿跷，关老爷手提偃月刀。
我问老爷哪儿去，霸王桥上去逮曹操。
写一个八字两边排，八仙随后过海来。
蓝采和撕掉阴阵板，四海龙王又糟糕。
……

18

鲍彦山家里的很纳闷儿：小翠可不是天天在眼皮底下转，怎么猛地一下，开始长身子了？那身板不再是竹竿子似的直溜到底，不知什么时候圆了，结实了，胸脯子满满的，小腿肚子鼓了起来，尖下巴颏子圆了。女大十八变，变俊了，水灵了。

多少人同她说：“该给孩子圆房了。”

她同男人商量：“该给孩子圆房了。”

建设子已经二十四，该圆房了。

小翠子觉出了不对劲。她娘待她和气多了，那天失手打了个碗，也没说她，只叫她扫干净碗碴子，别让捞渣扎了脚，便完事了。文化子却又远着她，不再与她说长道短的了。建设子白天黑夜地收拾里屋，往地上垫土，往墙上抹石灰。而庄上那些大嫂大婶们，都对着她挤鼻弄眼的，诡计得很。

小翠子把捞渣从屋里拽出来，带到井沿上，问他：

“捞渣，翠姐待你好不好？”

“比亲姐还好。”捞渣说。

“那你为啥骗翠姐？”

“我没骗。”

“你骗了。”小翠激将他。

"没骗，真没骗！"捞渣急了。

"好，你不骗我，那你告诉我，这几天，我娘和我大商量啥了？家里要办什么事了吗？"

"俺大哥要娶媳妇了。"捞渣说。

小翠子只觉得头脑子"轰"的一声，炸了似的。她定定神，夸奖捞渣："说实话才是好孩子，你走家吧。"

"你上哪儿，翠姐？"捞渣问。

"我站一会儿。"她说，又改口道，"我上二婶家去借个鞋样子。"

捞渣走了，没走远，站在树影里瞅着小翠，他是个有心眼儿的孩子。

小翠一会儿回转身，慢慢地朝东头走去，越走越快，捞渣撵不上了。

她跑到庄东头大柳树前，一头栽倒在树底下，抱着树号啕大哭起来，一边哭一边嚷，嚷一句话：

"我才十六岁，我才十六岁！"

哭声几乎把全庄的人都招来了，捞渣早已跑去报了信，鲍彦山和他家里的一起跑来了，要把小翠拖回家去。小翠死抱着柳树干不松手，号着：

"我才十六岁，我才十六岁！"

旁边的人都忍不住滴下泪来，特别是刚过门的小媳妇们，更是触景生情，哭成泪人儿了。

鲍彦山家里的流着泪劝小翠："咱娘儿俩一起过了这么些年，有什么话儿不好说，要你这么伤心？"

小翠往树身上撞着头，声泪俱下："我才十六岁，我才十六岁！"

"娘也不瞒你了，你娘你大是想着要给你们圆房了，建设子过年就二十五了……"鲍彦山家里的哭得比小翠还凶，又伤心又忍不住觉得委屈，眼泪像小溪似的流了个满脸。

"我才十六岁，我才十六岁！"小翠号累了，抽抽搭搭地说着。

"建设子虽说生得笨，心眼是好的。丫头，你跟他过，亏不了你的。"

"我才十六岁……"

"你是老大媳妇，这个家就是你当了。丫头，你就不想想娘的心了吗？"

小翠只是摇头，一个字也说不出来，手却牢牢地抱住树干，拖也拖不开。直到鲍彦山当着众人面，宣布圆房再缓二年，她的手才从柳树干上松开了。

事情过去了。小翠子的下巴颏子又削了下去，而身子上圆起来的地方却不再平复下去。她眼睛里的神情越来越严肃，连个笑丝儿也没了。她娘对她又抠起来了，文化子却有点讨好她，见她扫地，就来夺她的扫帚。而她呢，却对文化子结下了仇，把扫帚“啪”地朝地上一扔，转身就走。

终于有一天，文化子在井沿上截住了她：

“小翠，你咋啦，我怎么你了？”

“你没怎么我。”

“那你怄啥？”

“怄你没怎么我。”小翠恶作剧地笑笑，担起扁担要走。

文化子按住扁担，不让她起：“你把话说明白。”

“我的话再明白不过了。”

“我咋听不明白？”

“你没长耳朵，你没长人心。”

“你咋骂人！”

“就骂你，没心没肝没肺没肚肠！”她一猛劲，担起了水桶。

文化子没防备，跌了个四脚朝天，恼了。

小翠子却笑了起来，“咯咯咯咯”，清脆的笑声把树上的鸟儿都惊飞了。打那儿以来，她是第一次笑。

文化子就不好再恼了。

19

早起，鲍秉德家里的忽然清清泠泠地说道：

“也苦了你了。”

鲍秉德心窝里一热，鼻子一酸，不由得落下了泪来。

他家里的也落泪了：“我拖了你半辈子了，也该到头了。”

鲍秉德一听这话不吉祥，赶紧喝住了她：“什么到头不到头的！一日夫妻百日恩，咱们这一辈子好歹都守在一起了。”

她不言声，抹了一把泪，便起身去喂猪。猪食烧得稠稠的，搅得匀匀的。鲍秉德好久没见她这么利索过了。头发梳平了，光溜溜地在脑后窝了个纂儿，海昌蓝的褂子很可体。鲍秉德不由得看呆了。他想起她做姑娘的时候：他提着两包果子去相亲，一上台子就看见一个小姊妹坐在门口纳鞋底。她看看他，他也看看她。她脸庞像一轮满月，额头上一排牙子齐崭崭地盖到眉毛上头，细细的眉，细细的眼，眼梢微微挑了挑。他看呆了，她忽然脸红了，站起身进了偏屋，只见一条大粗辫子在他脸面前扫了过去。他想起她做新娘子那天：大辫子窝成一个硕大的纂儿，小山似勾坠得脑袋往后仰，乌黑的头发里埋着一截红头绳，大红袄儿，脸儿像一朵桃花。她端坐在那里，任人怎么闹她只不言声，也不笑，也不恼。鲍秉德只盼着闹房的快走，快走……他想她刚有喜的那阵子：她想吃酸，他跑到山那边去找杏子。每天夜里，他都要趴在她肚子上听听动静，他听得清清泠泠，有一颗心跳，扑通扑通的。他记得他做了个梦：她生了，下了一个大蛋，再仔细瞅瞅，不是蛋，是个大地瓜。后来，生了个死孩子。他揍过她，关着门揍。她一声不哼，任他拳打脚踹，也不哭，也不叫。揍过了，也不和他怄气，照样地，他要咋，她就咋。他揍过了，也心疼，也后悔，可是急了，便什么都忘了，外人是一点儿也看不出来。渐渐地，她的圆脸变长脸了，红颜色退去了。后来有一天，鲍秉德收工回家，见地没扫，锅没烧，一地的碎碗碴子。正要发火，却见他家里的坐在小凳上拔自己的头发玩儿，一边拔，一边朝他乐……

“上工去吧！”她叫醒了他。他这才听见上工的锣在敲：当当当，当，当。他抹了把眼睛，站起身走了。

在湖里平地，鲍二爷和他挨着趟。他告诉鲍二爷：

“她的病见好哩！今天早起清清泠泠地说话哩！”

“她咋说？”鲍二爷问。

鲍秉德一五一十地把那些话都说了。不料鲍二爷变了脸，锨把子拍了一下地：

“不对啊！秉德。”

“咋了？”鲍秉德头皮一麻，心里咯噔的一下，今儿早起，他心里隐隐地，也有点儿觉着，不对劲儿，只是说不上来。

“我说老七，你还是回去守着她的好。”鲍二爷说。

“她今早清泠得很哩，比往常都要清泠。”他说，心里“怦怦”地乱跳。

“就是这清泠不对啊，她糊涂着倒不怕。”鲍二爷跺跺脚。

众人都围拢过来，纷纷劝鲍秉德回家去守着她。鲍秉德额头上沁出了冷汗，提起铁锨走了。

他快快地抄着大步往庄里跑。平整过的土地一大片，一大片，看不到边。远远的地方有一丛绿树，那就是小鲍庄。他快快地跑着，跑了半天也跑不近。四下里静静的，隐隐传来说笑声。太阳高了，烤得背上发烫。好像有鸟叫。风贴着地过来了，把裤腿灌满了。

他跑进了庄子，庄子里静静的，见不到人。像是有个小孩担着水穿过杨树林子走过来，再一细瞅，又没了。他跑得喘不过气来了，稍稍放慢了脚步，心想：

不会有什么事了。这一庄子都静得睡着了似的，能有什么事？一只狗在喉咙里吼着跑过来，几只鸡悠闲地散着步，啄着土坷垃。太阳，明晃晃地照着。

他吐出一口气，有点儿笑话自己疑神疑鬼。这会儿，再跑回湖里去，也不值得了。他掮起铁锹，慢慢地上了台子。

有一只烟囱冒烟了，不是他家的。

他家的门闩着。他推了推，推不动。里面杠上了。他拍着门，叫"哎——"

他叫她"哎"，她也叫他"哎"。不能像别人那样，叫"孩他大"，"孩他娘"。没个孩子，连个叫头也没了。

她不应声。

他又叫："哎——"

还不应声。

他急了，砰砰地拍着门，脚上来踹了几下，铁锹头拍掉了。招来一群小孩和老娘儿们，一起打门，一起叫。门硬是叫顶开了。进了门，鲍秉德扑通一下坐倒在地上了，只看见一件海昌蓝褂子在眼前晃悠，地上一把踢翻的板凳。他家里的，悬在梁上。

众人七手八脚地把她放了下来，放平在地上。她居然还有气，没勒对地方。鲍秉德上前一把搂住她放声大哭起来，屋里顿时唏嘘一片。

捞渣早已往湖里去喊人了。不一会儿，呼啦啦来了一大下子人。鲍仁文掩开鲍秉德，上来就做人工呼吸，是那年在中学里上生理卫生课时学的。队长那边就招呼人，整好了凉床，把人抬起就走。

"钱！"鲍秉德绝望地叫道，"我兜里半个钱也没啊！"

"队里给你齐。"队长回头对他嚷。

"大伙儿给你齐。"众人对他嚷。他这才踉踉跄跄地跟着跑去了。

两天以后，鲍秉德用挂平车，把他家里的推回来了。他家里的坐在平车上，啃一颗青桃，三岁毛娃似的。像是什么事也不记得了，什么事也不曾有过似的。

20

耕读老师来动员捞渣上学了。捞渣七岁了，该上学了。

可是文化子已经在公社上中学了，一家供不起两个学生。他大说：要就是捞渣上，要就是文化子上。

要早二年，就好办了，文化子巴不得不上学呢！可如今不同了，文化子不知咋的开了窍，一下子学进去了。从班上最后一名蹿到第一名。小鲍庄只有三名考上公社中学的。他就占了一名。他读书上劲多了。家里没得粮票给他带去吃食堂，他就每天来回跑，二十里路哩，中午带一卷煎饼，泡着茶吃，苦死了。

捞渣也想读书。庄上有学校的孩子，脖子上都有一条红围脖，这就叫他羡慕。他虽然还不知晓这红围脖是啥意思，可他知道是叫人学好的。那天二小子的红围脖叫老师要回去了，因为他和人打仗，把人门牙敲掉了。可见，做了坏事是不能得的，反过来，就是做好事才能得红围脖。

他大说，还是让捞渣读吧，文化子能写个信儿记个账就管了，回来做活儿也算是个大半劳力。文化子不干了，又哭又闹还不吃饭，捞渣便说："让我二哥念吧，我不念了。"

文化子这才收了眼泪，下湖去给捞渣逮了一只叫天子，小翠用秫秫秸编了个小笼子。捞渣玩了小半天，就把它给放了。"它自个儿在笼子里，太孤了。"他说。他大摸摸捞渣的头，叹着气："好孩子，过年大一定叫你念。"

捞渣不念书了，成天下湖割猪菜，和着一班小孩子。小孩子都偎他，欢喜和他在一起。谁走得慢，捞渣一定等他。谁割少了，不敢回家，捞渣一定把自己的匀给他。谁们打架了，捞渣一定不让打起来。跟着捞渣，大人都放心。这孩子仁义呢，大家都说。

捞渣能割猪菜了，鲍五爷却连绳头都搓不动了，成天价只能坐在墙根底下晒太阳，一直晒到中午，懒懒起来走回家烧锅。捞渣就不让走了：

"来俺家吃吧！"

鲍五爷也不推了。吃长了，他大就逗捞渣："你老叫五爷来家吃，俺家粮食不够吃了，咋办？"

捞渣认认真真地回答："我少吃一张煎饼，少喝一碗稀饭。可管？"

他大这才笑出来，摸摸老儿子的脑袋。

这天，嫁到山那边的大闺女带着孩子回来了。捞渣就到鲍五爷那里去借一宿，和鲍五爷脚对脚地挤一床。鲍五爷偎着捞渣小猫似的身子，说：

"捞渣，五爷的被窝叫你焐热了。"

"五爷，我每天给你焐被窝。"捞渣说。

鲍五爷偎着捞渣暖暖和和的小身子，心窝里滚烫滚烫的，话也多了：

"捞渣，你来和五爷睡，你大答应吧？"

"我大最依我了。"捞渣说。

"你娘答应吧？"

“我娘也依我。”

“他们要说我这老头子啰唆哩。”

“不会哩。”

“我老不死，自己都活烦了。”

“好日子都在后头哩，”捞渣开导五爷，“二小子每天上学，他说老师说的，好日子都在后头哩！‘四人帮’打倒了，立马有好日子哩！”

“捞渣，你想不想上学？”

“想。”捞渣说，然后又说，“不想。”

鲍五爷看出他是想的：“你们学费要几块钱呢？”

“不老少，三块多哩。”

“五爷给你付了吧。”

“不能，五爷，你的钱是大伙儿的……”

这一句话提醒了鲍五爷：“是啰，我吃的是百家饭，我是个老绝户啾！”

“五爷，你咋是绝户呢！咱都叫你爷爷哩。”捞渣说。

“鬼吔，你的嘴好乖哟！”鲍五爷说，过了一会儿又说，“捞渣，你有点儿像我那社会子哩。”

捞渣没应声，睡着了。

“眉眼像，脾性也像。”鲍五爷说。

捞渣睡得安静，连丝鼻息声都没有。窗洞叫堵上了，屋里黑得伸出手不见五指。

“和社会子一样，都仁义，从不和人吵嘴磨牙……”鲍五爷对着黑暗拉着呱。

墙根有一只虫嘞嚁地叫着。

21

牛棚里在唱古：

> 写一个九字挂金钩，七狼八虎窜幽州。
> 就数十字写得全，刘邦去也没回还……

22

拾来走了两日，又回来了。他把货郎鼓插在腰里，没让它响。他走到他头回停下来卖货的那台子下，对着台子上喊：

“二婶！”

喊了两声，二婶出来了，穿了一件半旧的褂子，不露肉了，两手黄澄澄的大秫秫面：

“大兄弟，咋又回来了！”

“我上回把二婶的烟荷包带走，忘还来了。”拾来从兜里掏出烟荷包，朝她举了举。

“这还值得送回来吗？给你了，不要了。”二婶说。她低低的、哑哑的，又带点甜味儿的声音叫人心里十分舒坦，像喝了一口热茶。

“哪能。”拾来说着走上台子来了，把那烟荷包朝二婶跟前递过去。

“不要了呢。”二婶说，举着两手黄澄澄的面，朝后退着。

“哪能。”拾来朝她走去。

她只能要了，可是两手的面，怎么好拿？她便侧过身子：“替我搁兜里吧！”

拾来把手伸进她斜开的兜，兜里暖暖和和的。他的手停了一下才抽出来，手上带着她的体温。

“进来坐坐，喝碗茶吧！”她说。

“不了，走了。”他说，脚却不动窝。

“坐坐歇歇吧。”她说。

“走了。”他却不走。

“进来坐坐嘛！”她伸出肩膀头子扛了他一下，他顺势进了屋。

屋子不小，有三间。可是空荡荡的，没什么东西。地上爬着两个小孩。一个三岁模样，一个四岁模样。门前架了张鏊子。二婶接着和面，拾来坐在板凳上吸烟。

“这是老几？”拾来问。

“老三老四。”二婶回答。

“怪喜人的。”

“烦人呗。”

他们一句去、一句来地拉呱。不知咋的，他在这个二婶跟前，觉着很自在，很舒坦。

他觉着这二婶虽说是第二次见面，却好像老早就认得了似的。

“他大做活儿还没收工？”他问。

“他大做鬼去了，死了！”她回答。

“哦。”他愣了。过了一会儿，慢慢地说，“二婶也是个苦命人啊！”

“苦惯了。大兄弟，你能帮着烧把火吗？”

“能。”拾来忙不迭地站起来，挪到鏊子跟前去，点了火。

“大兄弟。”二婶叫道。

“嗯哪！”拾来答应道。

“你打山那边来，那边是分地了吗？”

“都吵吵呢，嗷嗷叫，怕是快了。”

“分了地，就够俺娘几个苦的了。”二婶叹气。

“大伙儿会帮忙的，这庄上的人情特好。”拾来安慰她。

“一分地，劳力就是粮，劳力就是钱，谁知道会是咋样哩。”

“都是一个庄一个姓，大家锅里有，不会少你儿张碗的。”拾来说。

“你这个大兄弟嘴怪会说哩。”二婶笑了。

“我嘴最笨了，我说的是实情。”拾来红了脸。

“你说的是实情。”二婶瞅了他一眼，小声说，像是说给自己听的。

面和好了。二婶搬了张小板凳坐到鏊子前，伸手将面团在鏊子上轻轻一抹，吱啦啦的一阵轻烟腾起。拾来忽然心里一咯噔，他咋在这轻烟里看见了大姑的脸。

一只竹劈子将那煎饼一挑，二婶的脸又清澄起来：“别走了，在这儿吃吧。”

“不了。”拾来嗫嚅着，二婶没听见，将面团子在鏊子上一抹，抹得溜溜圆，再一挑。拾来看着二婶的手：手腕圆圆的，手指肚鼓鼓的，手背的皮有点儿起皱，却结结实实的。他见过最多的是媳妇姊妹的手，每日里有多少双媳妇姊妹的手在他眼皮子底下翻腾，挑来拣去。可他却从没觉得有哪双手像这双那样，看着心里就自在，就舒坦，就亲近，就……怎么说呢，心里就暖暖和和的。他像是在哪里见过这么双手，要不，咋这样眼熟呢！

“你也是个苦命的。”二婶抹着面团子，悠悠地说，“往后路过这里了，就进来喝碗茶，吃顿饭，歇歇脚，就算是个落脚的地方吧！”

拾来鼻子酸酸的，不说话。

“有洗的涮的，就搁下，一人在外苦，不容易。”

“二婶！”拾来抬起头喊了一声，眼睛里满满的都是泪。

23

这天夜里，大姑耳朵边没听见货郎鼓响。一夜睡得安恬。

24

地分到户了。不论文化子怎么哭怎么闹，他大都不让他念书了。文化子急得没法，找了鲍仁文来说情。鲍仁文对他大说：

“我叔，你眼光得放长远点。分地了，要多收粮食，就看个人本事了。让文化子上学，学点科学，种田才能种好哩，单凭死力总不行。”

鲍彦山只是吸烟，不搭话。

鲍仁文又翻报纸念给他听：某某地方一个高中生养长毛兔成了万元户；某某地方一个大学生种水稻，也挣了不老少……听得鲍彦山眼珠子都弹起来了，可话一回到文化子身上，他便又泰然下来，似乎文化子与那些人是一无联系的。任凭鲍仁文深入浅出地解释，他亦是不动心，说：

“远水救不了近火啊，大文子！你不知晓。”

“还是多读书好哇！”鲍仁文不放弃努力。文化子在一边抽抽搭搭的，要放弃也放弃不得。

鲍彦山斜过眼瞅瞅鲍仁文，不吱声。其实，鲍仁文来做这个说客是最不合适的了。他自己本身就是一个极有力的反证，证明着读书无用，反要坏事。时时提醒着人们不要步他的后尘，万万别把自己的孩子们弄成这样：赔了工夫赔了钱，弄了一肚子酸文假醋，不中看，不中用，真正是个“文疯子”。

没有任何办法了。文化子晓得哭也是没用，便也不哭了，省些力气吧。倒是小翠背地里说他：

“就这样算了？”

“算了。”文化子垂头丧气地说。

“甩！”小翠子鄙夷地说了一个字。

文化子脸涨红了。在此地，无能、窝囊、饭桶、狗熊，用一个“甩”字就全包了。一个男人最坏的品质怕就是“甩”了，一个男人“甩”，那还怎么做人？还怎么叫人瞧得起？文化子动动嘴唇，没说什么，站起来要走。小翠子上前一把拽住他的袖子：

“你把我唱的曲儿还给我。”

“这怎么还？”文化子朝她翻翻眼。

“你唱还给我，唱个‘十二月’！”小翠搡了他一下。

“我不会唱。”

“不会唱也得唱。”

文化子愣了一会儿，晓得是犟不过小翠的，他总也犟不过小翠，犟不过心里还乐滋滋的，真不知见了什么鬼！“那我唱个别的。”他请求。

“也管。”小翠通融了。

文化子苦着脸想了想，又说：“唱个革命歌曲。”

“唱吧！”

文化子沉吟了一会儿，咳了几声，清清嗓子，开口了：“一条大河波浪宽——”他唱了一句便停下来，偷眼瞅瞅小翠，看看她的反应，他怕她笑。

她没笑，看着他，微微张着嘴，倒有些吃惊似的。

“风吹稻花香两岸，我家就在岸上住——”文化子一边唱一边偷看她，她默着神，像在想什么。

“听惯了艄公的号——”文化子唱得鼓起了喉咙，只好认输，“实在是吊不上去了。”

小翠子像醒过来似的抬起眼睛看看他，轻轻地说：“这个曲儿怪好听的。”

文化子得意起来，雪了耻似的。

文化子不读书的消息一传开，那耕读老师便闻讯而来，动员捞渣上学。不得已，他向鲍彦山兜出了心底话：

“说实在的吧！我这个耕读老师做了这些年，至今也没转正。您让捞渣上学，也是给我脸面。这第一期的学费，我替捞渣缴了吧！”

鲍彦山看看老师，终于点头了。不过学费没让老师缴，他说：“真让他念书了，我就得供他学费，万不能让你老师掏腰包。”

他是说话算话的，一口气缴了学费，还花了六毛七分钱，给捞渣买了个新书包。鲍五爷在拾来的货郎挑子上拣了支花杆铅笔，给放在书包里了。

捞渣上学了，做小学生了。第一学期，就得了个“三好学生”的奖状。

小翠把捞渣的奖状拿在手里，颠来倒去地看个不停，看完了便问文化子：

“你念这些年咋没带回过一张花纸来家？”

文化子不屑地看了一眼奖状：“这不算什么。”

“啥才算什么？”小翠回他嘴。

他俩时常这么一句去一句来地拌嘴，鲍彦山家里的都看在眼里了，慢慢地看出了些个意思，夜里，在枕头上，和男人商量：

“小翠十七了，该给他们圆房了。”

可是就在这时候，小翠忽然不见了。割完最后一垄麦子，小翠说：

“你们先走家，我去沟里涮涮毛巾。”然后就再没回来。

25

现今文艺刊物多起来了，天南海北，总有几十种。鲍仁文往四面八方都寄了稿，那一厚本“作品”已经拆开寄完了。寄出去一份，他就增加一份期待。他的生活里充满了期待，没有空隙去干别的了。他和他老娘那三亩四分地里，苗比别人少，草比别人多，都种不过二婶的地。真不知他是中了什么邪魔了。他娘甚至跑到二十里地外，三里堡的土地庙去烧了一炷香。那土地庙早已被毁了，她就把香插在庙前边的大树上。这个庙的菩萨灵，她认为。

他那在县委宣传部打字的老同学给他个消息，省里要开一个笔会。笔会，就是许多作家聚在一起，谈谈，玩玩，以文会友的意思。笔会先在省城开，然后就要到这鲍山去玩玩。这些年旅游风盛，稍有点儿来历的地方都叫拿出来作胜地了。鲍庄要说起也算有点儿来历的。据说，那上边还有个什么脚印儿，是那位鲍家的先人巡察治水情况时留下的。还有一个洞，洞里有石桌石椅，是那位先人坐镇指挥时用的。据说，那里也要设置旅游点了，当然，眼下只有一座小房子，里面有卖茶的。荒荒的，野野的，作家们就是要看这野味，亭台楼阁，画山秀水看惯了，要换换口味。

于是，这批作家便要来游一下鲍山。

于是，省里早早就通知了县里，要县里早早做好准备。县文联——现在县里都有文联了——计划着请这些作家们和本县的文学青年见见面，座谈座谈，讲讲话，指导指导，以繁荣基层文学创作。海报贴出去了，要听讲座要见面的，得买票。不到两天，票就全卖出去了。现今的文学青年也是非常多的。

那老同学也代鲍仁文买了一张票。鲍仁文早早地就在盼望这一天了。长这么大，读了这么多小说，这么热爱文学，可他却从来没见过一个作家。这实在是太不公道了。

他早早地就在盼这一天了。眼看着这幸福的一天之前的那些不幸福的日子，一日一日熬了过去，那老同学却托人带话来说：讲座见面会取消了，作家们不来鲍山了。因为有的要到西双版纳开笔会，有的要到九寨沟开笔会，还有的要到西藏参观访问，剩下两三个虽没别处的笔会邀请，却也没了兴致，终于没能成行，早早地分散到各地去开笔会了。近来的笔会是非常多的，比起那西双版纳、九寨沟、西藏，这鲍山又野得很不够了。

于是，他又只能继续往各地刊物寄稿子，继续期待着，继续什么也期待不着。

每日里，他在自家那三亩四分地里做活儿，脑子里就像在开锅，种种事情涌上心头，种种滋味充斥在心里。想想年龄是偌大，著书是偌渺茫，没有业，也没有家，这么一日一日过去，实在令人惧怕得很。那一日复一日的单调平凡的生活后面，究竟掩隐着什么？前头的希望究竟什么时候才能到达？他又恨不能马上跨过五年八年，看看那前景是如何锦绣，或者如何暗淡，也好早早死了心。因此，他望着那毒辣辣的日头，就有些为难起来，究竟要它过去得快还是慢呢？

和他的地挨边儿的是鲍彦川家里的地。她每日里带着十一岁的大儿子在地里做活儿，不兴歇歇的。天不亮来了，天黑了还不归。吃饭也不回去，她八岁的闺女提着个篮子给送来，就在地里把张煎饼卷巴卷巴，吃了，喝几瓢凉水，然后再接着干。

“一个人管吗，二婶？”他每日都要招呼她一声。

“管。”她回答。她就是说不管，也不见得有人来帮她忙。这地一到手，人就像疯了似的，恨不能睡在地里，谁也顾不上谁了。这阵子，真是谁也顾不上谁了。

不过，每隔三五日，鲍仁文就看见有个膀大腰圆的外乡小伙子在二婶家地里做活儿。看看不像是雇工，二婶待他像自家兄弟，他待二婶也不外。他干活儿肯下力得很，一点不掺假。再说，这年头，又上哪儿去请雇工。就算有雇工，二婶也未必请得起。

那小伙子最多有二十岁，憨憨厚厚的。要来总是晌午后来，一干干到天黑。有一次，他直起腰左右看了看，正好看到鲍仁文，便龇着牙笑了一下，牙白得耀眼。鲍仁文认出了，就是那天挑货郎挑的弟兄。

小伙子和二婶不外得很。有一次，见他给二婶翻眼皮，二婶眼里进了颗沙子；有一次，见二婶帮他挑手上的刺儿。二婶吸烟，小伙子帮她点火；小伙子吸烟，二婶帮他点火。他叫她“二婶”，她叫他“大兄弟”，孩子们叫他“叔”。瞅不透他们是什么关系，瞅着只觉得怪有趣儿的。

日子过得那么平淡，难挨，看看他俩，倒也解解闷儿。

26

这天，那小伙子正给二婶锄地，却呼啦啦地跑来了一伙子人，为首的正是鲍彦山。他抡起扁担，一家伙把那小伙子掀翻在地上了。接着，一伙人就拥上来，连打带踢，那小伙子抱着头在地上乱滚。

二婶担着一挑水走到地边，来不及搁下桶就朝这边奔过来了。桶翻了，水涓涓地流着。

二婶跑着跑着，绊倒了，爬起来再跑，一边叫道："要打打我，要打打我。"

她跑到跟前，就去拖鲍彦山，鲍彦山给了她一脚："连你一起打。"

她被踢得蹲了一下，又站直了，跑上几步，扑倒在鲍彦山脚边，抱住鲍彦山的膝盖："大哥，你饶了他小命一条吧！"

鲍彦山不由得放下了扁担，瞅了一眼弟妹，叹了一口气，骂道："你这不要脸的娘儿们，还有脸给他说情！"说罢，就一使劲甩脱了她。

二婶翻转身，索性抱住了那小伙子，不管不顾地嚷："是我偷了他汉子，没他的事！是我偷了他汉子，没他的事！"

一阵更加激烈的拳脚交加。二婶和那小伙子紧紧抱成一团，再不作声了。任他们怎么踢，怎么打，怎么骂，只是不作声。

打累了，终于歇了手，在他身上踹了一脚，说道："下次再叫我瞅见你往这庄上跑，没你好果子吃。"

他们抱成一团，一动不动像死过去了似的。人走了，半晌过后，才动了起来。

小伙子哇的一声哭了："二婶，我干了缺德事，败了你家的门风。你揍我吧！"

"这不怪你。"二婶整了整衣衫。眼里没有一滴眼泪，干干的。

"我带累了你，二婶。"

"是我带累了你，拾来。"

"我这就走，再不敢来了。"

"你要走，就走吧。"二婶幽怨地看着他。

他爬起来，要走，却又蹲倒了，脑袋垂在了裤裆里。

"你咋不走？"二婶问他。

"我走了，这地你自己咋锄得完。"拾来说。

"我能锄。"

"那，我走了。"他回过头，犹犹豫豫地对二婶说。

"慢，你的货郎挑子叫他们砸散了，你拿什么去做买卖？"

"我能拾掇。"

两人不再说话，低着头。过了一会儿，二婶慢悠悠地说："我说，拾来。"

"我听着哩。"

"我说，你要不嫌我年岁大，不嫌我孩子多，不嫌我穷，你，你就不走了！"二婶说罢，猛地扭过脸去了。

拾来却抬起了脸，眼睛里流露出欣喜的光芒，他感激涕零地叫了声："二婶！"

"你别叫我二婶了。"

"管。"

"你叫我，孩他娘。"

"管。"

二婶慢慢地转过脸，望着拾来，泪糊糊地笑了。拾来也憨憨地笑了。两张鼻青眼肿的脸，就这么泪眼婆娑地相对着，傻笑着。

拾来留下了，却不敢叫本家兄弟们看见。可是这怎么瞒得过人！鲍彦川的本家兄弟到处寻着拾来。

拾来去找队长。现在分地了，没有队了，也就没队长了，队长叫作村长了。村长不如队长能管事。他说他管不了鲍家兄弟，他心里也是不想管，这事儿不能管。这是小鲍庄百把年来头一桩丑事，真正是动了众怒。

拾来是个五尺高的汉子，不是一只烟袋一只鞋，不能藏着掖着。早晚叫他们瞅见了，便跑不了一顿饱打。拾来叫他们打急了，撒腿就跑。二婶在后边大声地叫：

"往乡里跑，往乡里跑！"

一句话提醒了拾来，拾来抱住脑袋，掉转身子就往乡里跑。一气跑了七八里地。到了乡里，才算有了公断：照《婚姻法》第几第几条，寡妇再嫁是合法的，男方到女方入赘也是合法的。从此，拾来在小鲍庄有个合法的身份，不用躲着人了。

可是，倒插门的女婿难免叫人瞧不起，连三岁小孩都敢在头上动土。干干净净的鲍姓里，忽然夹进一个姓，并且据说这个冯姓也不那么地道、纯净，是硬续上的，来路十分不明，叫众人难以认可。一篓瓜里夹进了葫芦，叫人怎么看得顺眼。再加上拾来和二婶的年龄，总给人落下话把儿。好在，拾来从小是在这种好奇又鄙夷的目光中长大，这对他不新鲜了。而他漂泊了这几年，终于有了个归宿。他一点儿没觉着二婶对他有什么不合适的，他想不出他怎么去和一个大闺女过日子，和着一个小姊妹过日子，那也叫过日子吗？二婶对他，是娘、媳妇、姊妹，全有了。拾来心满意足，胖了，像是又高了一截子，壮壮实实，地里的活儿全包了。

27

今天晚上和明天白天天气预报：

今天晚上，阴有雨，雨量小到中等，局部地区有大到暴雨。预计明天仍有中到大雨。希望有关部门及时做好防汛工作……

县里成立了防汛指挥部。

乡里成立了防汛指挥部。

村里也成立了防汛指挥部。

28

雨下个不停，坐在门槛上，就能洗脚了。西边洼处有几处房子，已经塌了。

县长下来看了一回。

乡长下来看了两回。

村长满村跑，拉了一批人上山搭帐篷，帐篷是县里发下来的。

这天，天亮了一些，云薄了一些，雨下得消沉了一些，心都想着，这一回大概挨过去了。不料，正吃晌饭，却听鲍山西边轰隆隆地响，像打雷，又不像打雷。打雷是一阵一阵地轰隆，而这是不间断地，轰轰地连成一片，连成一团。“跑吧！”人们放下碗就跑，往山东面跑。今年春上，乡里集工修了一条石子路，跑得动了。不会像往年那样，一脚插进稀泥，拔不起来了。啪啪啪的，跑得赢水了。

鲍秉德家里的，早不糊涂，晚不糊涂，就在水来了这一会儿，糊涂了，蓬着头乱跑。鲍秉德越撵她，她越跑，朝着水来的方向跑，撒开腿，跑得风快，怎么也撵不上。最后撵上了，又制不住她了。来了几个男人，抓住她，才把她捆住，架到鲍秉德背上。她在他背上挣着，咬他的肩膀，咬出了血。他咬紧牙关，不松手，一步一步往东山上跑。

鲍彦山一家子跑上了石子路，回头一点人头，少了个捞渣。

“捞渣！”鲍彦山家里的直起嗓门喊。

文化子想起来了：“捞渣给鲍五爷送煎饼去，人或在他家了。”

“他大，你回去找找吧！”鲍彦山家里的说。

水已经浸到大腿根了。

鲍彦山往回走了两步，见人就问：“见捞渣了吗？”

有人说：“没见。”

有人说：“见了，和鲍五爷走在一起呢！”

鲍彦山心里略略放下了一些，还是不停地问后来的人：“见捞渣了吗？”

有人说：“没见。”

有人说：“见了，搀着鲍五爷走哩！”

水越涨越高，齐腰了。鲍彦山望着大水，心想：“这会儿，要不跑出来，也没人了。”

后面的人跑上来：“咋还不跑！”

“找捞渣哩！”

“他早过去了，拖着鲍五爷跑哩！”

鲍彦山终于下了决心，掉回头，顺着石子路往山上跑了。

鲍秉德家里的折腾得更厉害了，拼命往下挣，往水里挣。鲍秉德有点支不住了。

“你不活了吗？”他大叫道。

她居然把绳子挣断了，两只手抱住她男人的头，往后扳。

“狗娘养的！”鲍秉德绝望地号。他脚下在打滑了，他的重心在失去。他拼命要站稳。他知道，只要松一点劲儿，两个人就都完了。水已经到胸口了。

她终于放开了男人的头，鲍秉德稍稍可以喘口气。可还没来得及喘气，她忽然猛地朝后一翻，鲍秉德一个趔趄，不由得松了手。疯女人连头都没露一下，没了。

一片水，哪有个人啊！

水撵着人，踩着石子路往山上跑。有了这一条石子路，跑得赢水了。跑到山上，回头往下一看，哪还有个庄子啊，成汪洋大海了。看得见谁家一只木盆在水上漂，像一只鞋壳似的。

村长点着人头，除了疯子，都齐了，独独少鲍五爷和捞渣。

“捞渣——”他喊。

“捞渣——”鲍彦山家里的跺着脚喊。

鲍彦山到处问：“你不是说见他和鲍五爷了吗？”

“没见，我没说见啊！”回说。

鲍彦山急眼了，到处问：“你不是说见了吗？说他牵着鲍五爷！”

都说没见，而鲍彦山也再想不起究竟是谁说见了的。也难怪，兵荒马乱的，瞅不真、听不真也是有的。

鲍彦山家里的跳着脚要下山去找，几个娘儿们拽住她不放：“去不得，水火无情啊！”

“捞渣，我的儿啊！”鲍彦山家里的只得哭了，哭得娘儿们都陪着掉泪。

“别号了！”村长嚷她们，皱紧了眉头。自打分了地，他队长改作了村长，就难得有场合让他出头了，“还嫌水少？会水的男人，都跟我来。”

他带着十来个会水的男人，砍了几棵杂树，扎了几条筏子，提着下山去了。

筏子在水上漂着，漂进了小鲍庄。哪里还有个庄子啊！什么也没了，只有一片水了。一眼望过去，望不到边。水上漂着木板、鞋壳子。

“捞渣——”他们直起嗓子喊，声音飘开了，无遮无挡的，往四下里一下子散了，自己都听不见了。

“鲍五爷——”他们喊着，没有声，好比一根针落到了水里，连个水花也激不起来。

筏子在水上乱漂着，没了方向。这是哪儿和哪儿哩？心下一点数都没有。

筏子在水上打转，一只鸟贴着水面飞去了，鲍山矮了许多。

“那是啥？”有人叫。

“那可不是个人？”

前边白茫茫的地方，有一丛乱草，草上趴着个人影。

几条筏子一起划过去。划到跟前，才看清，那是庄东最高的大柳树的树梢梢，上面趴着的是鲍五爷。鲍五爷手指着树下，喃喃地说：“捞渣，捞渣！”

树下是水，水边是鲍山，鲍山阴沉着。

男人们脱去衣服，一个接一个跳下了水。一个猛子扎下去，再上来，空着手，吸一口气，再下去……足足有一个时辰。最后，拾来一个猛子下去了好久，上来，来不及说话，大口喘着气，又下去，又是好久，上来了，手里抱着个东西，游到近处才看见，是捞渣。筏子上的人七手八脚把拾来拽了上来，把捞渣放平，捞渣早已没气，眼睛闭着，嘴角却翘着，像是还在笑。再回头一看，鲍五爷趴在筏子上早咽气了。

筏子上比来时多了一老一小，都是不会说话的。筏子慢慢地划出庄子，十来个水淋淋的男人抬着筏子刚一露头，人们就呼啦地围上了。

一老一小静静地躺在筏子上，脸上的表情都十分安详，睡着了似的。那老的眉眼舒展开了，打社会子死，庄上人没再见过他这么舒眉展眼的模样。那小的亦是非常恬静，比活着时脸上还多了点红晕。

鲍彦山家里的瞪着眼，一字不出。大家围着她，劝她哭，哭出来就好了。

村长向人讲述怎么先见到鲍五爷，而后又下水去找捞渣。

拾来结结巴巴地向大家讲述：“我一摸，软软的。再一摸，摸到一只小手。我心里一麻，去拽，拽不动，两只手搂着树身，搂得紧……”

人们感叹着：“捞渣要自己先上树，死不了的。”

“捞渣要自己先跑，跑得赢的。”

“那可不是？小孩儿腿快，我家二小子跑在我们头里哩！”

“捞渣是为了鲍五爷死的哩！”

“这孩子……”

打过孟良崮的鲍彦荣忽然颤颤地伸出大拇指:“孩子是好样儿的！”

“我的儿啊——”鲍彦山家里的这才哭出了声，在场的无不落泪。

捞渣恬静地合着眼，睡在山头上，山下是一片汪洋。鲍秉德蹲在地上，对着白茫茫的一片水，嚯嚯地哭着。

天渐渐暗了，大人小孩都沉默着，守着一堆饼干、煎饼、面包，是县里撑着船送来的，连小孩都没动手去抓一块。

天暗了，水却亮了。

29

这次大水闹得凶，是一百年来没遇到过的大水。可是，全县最洼的小鲍庄只死了一个疯子、一个老人和一个孩子。这孩子本可以不死，是为了救那老人。

水下去了，要办丧事了。大伙儿商议着，不能像发送孩子那样发送捞渣。捞渣人虽小，行的是大仁义，好歹得用一副板子送他，万不能像一般死孩子那样，用条席子卷巴卷巴。

男人们去买板子了，女人们上街扯布。蓝的卡，做一身学生制服，鱼白色的确凉，缝个衬里褂子，还买了一双白球鞋。捞渣打下地没穿过一件整褂子，都是拾他哥哥们穿破穿烂的。要好好地送他，才心安。

全庄的人都去送他了，连别的庄上，都有人跑来送他。都听说小鲍庄有个小孩为了个孤老头子，死了，都听说小鲍庄出了个仁义孩子。送葬的队伍，足有二百多人，二百多个大人，送一个孩子上路了。小鲍庄是个重仁重义的庄子，祖祖辈辈，不敬富，不畏势，就是敬重个仁义。鲍庄的大人，送一个孩子上路了。

小鲍庄只留下了孩子们，小孩是不许跟棺材走的，大人们都去送葬了。

女人们互相拉扯着，嚯嚯地哭，风把哭声带了很远很远。男人们沉着脸，村长领着头，全是彦字辈的抬棺，抬一个仁字辈的娃娃。

刚退水的地，沉默着，默不作声地舔着送葬人的脚，送葬队伍歪下了一长串脚印。

送葬的队伍一直走到大沟边。坑，挖好了，棺材，落下了，村长捧了头一捧土。九十岁的老人都来捧土了:“好孩子哪！”他哭着，“为了个老绝户死了，死得不值啊！”他跺着脚哭。

风吹过大沟边的小树林子，树林子沙啦啦地响。一满沟的水，碧清碧清，把那送葬的队伍映在水上，微微地动。土，越捧越高，越捧越高，堆成了一座新坟。坟映在清泠泠的水面上，微微地动。

他大在坟上拍了两下，哑着嗓子说：

“孩子，大委屈你了，没让你吃过一碗好茶饭！”

刚止住的哭声又起来了，大沟的水哭皱了，荡起了微波，把那坟影子摇摇晃晃的。

天阴阴的，要下似的，却没有下。鲍山肃穆地立着，环起了一个哀恸的世界。

这一天，小鲍庄没有揭锅，家家的烟囱都没有冒烟。人们不忍听他娘的哭声，远远地躲到牛棚里，默默地坐了一墙根，吸着烟袋。唱古的颤巍巍地拉起了坠子：

十字上面搁一撇念作千字，
千里那哈又送京娘。
有九字往里拐念力字，
力大无穷有燕张。
有人字一出头念入字，任堂辉结拜杨天郎……

鲍二爷轻轻问老革命：

“鲍秉德家里的找到没有？”

老革命目不转睛地看着唱古的，轻轻说：“没有。”

“这就怪了。”

“大沟都下去摸过了。”他盯着唱古的回答。

“这娘儿们……兴许……怪了……”鲍二爷摇头。

老革命一字不落地听着：

有五字添一个单人还念五，
伍子胥打马又过长江。
有四字添一横念西字，
西凉年年反朝纲。
……

30

鲍仁文把拾来和二婶的故事，写了一篇文学色彩很浓的广播稿，寄给了广播站。题目叫作“崇高的爱情”。他写拾来不嫌二婶年纪大、孩子多，二婶则不嫌拾来没根底，没地又没房，由于有了崇高的爱情，他们便结为伴侣。白日辛勤地劳动，夜里在灯下制订“致富计划”，等等。不出一星期，就广播了，引起了极大的轰动。有人从十几里外来小鲍庄，为了看一眼拾来和二婶。可是，这并没有改变拾来在小鲍庄的地位，人们还是叫他“倒插门的”。

和他家地连边的还有鲍仁远家。他光天化日之下，犁去二婶两犁地，拾来也不敢作声。因此二婶没有男人时没受过欺负，这会儿有了男人，倒任人欺负了。而没有男人的二婶不是个省油灯，到处敢和人争和人吵，和人理论理论，现如今有了男人倒不敢了，像有了什么短处似的。她总觉得自己这个男人不是明门正道的，自己心里先亏了三分理，便再也嚷不出去了。可不管怎么说，还是有个男人好啊，不论是明道还是暗道。有个男人，心里踏实多了，过日子有个帮手，到底不那么累人了。她从心底里是感激拾来的。可是她又隐隐地觉着，自己也是收容了拾来。所以，她使唤起拾来来，那话里总难免有一种不客气的味道：

“拾来，水缸见底了！”

拾来便去挑水。

“拾来，烧锅！”

拾来便烧锅。

“拾来，锅溢了。”

拾来便不烧。

“拾来，猪跑了。”

“我正吃饭哩！”拾来说。

“你不能吃着撵着吗？”

于是拾来便卷巴一张煎饼跑去了，嘴里“啰、啰”地叫着。

拾来也习惯了，任她使唤。使唤不怕，就怕她嘟囔。有时候，拾来任务完成得不那么圆满，她就会嘟囔个没完。拾来虽说是个倒插门的，毕竟也是个男人，也有脾气，发作起来也是不得了的，于是就要闹。不过，他们闹起来和别人不一样。他们插着门闹，压着声儿闹，打死了也不叫唤。闹完了，打完了，开了门，又像没事人一样了。夜里，两口子还是恩恩爱爱，该干啥还干啥。

拾来隐隐有点儿不满足的是，这个家他做不了主。这个家是二婶的家，有什么事，人家从不找他，而是直接去找二婶。其实，就是来找他，他也会去问二婶的，可人们连这个过场都不记着要走一走。而二婶呢？也常常忘记和他打商量。比如，小三子上学的事。其实，她要来问他，他也会让三子上学的，她的孩子就是他的孩子，他能亏待得了吗？可是二婶问都不来问他，好像他不是这家的男人似的。他心里自然有点儿不自在。心里不自在吧，又不好说出来，憋又憋不住，就在别的事上露出了脸色：

“稀饭咋这么稀，是涮锅水吗？”

“我多放了半瓢水，你凑合喝吧，老爷！”二婶说。

“干一天活儿，喝这个管吗？雇的短工也得管饱饭！”拾来放下碗，搁重了一点，“砰”的一声响。

“你走街串巷卖货的时候，能喝上这个就不错了哩。”二婶撇撇嘴说。

打人不打脸，揭人不揭短，这话说到了拾来的短处，也是痛处，他干脆把碗摔了。

二婶也会摔碗，摔得比他响，“乒乓”的，当然，没忘了先关门。

打一次，闹一次，当时不觉得什么。可一次一次多了，总归要留下一点什么。一点一点地积了起来，自然是个事儿。虽然不大吧，可搁在心里也是个疙瘩，怪不畅快的。不过，过日子嘛，不畅快原来就比畅快多，没什么大不了的，也能过下去。不如人家的有，可人家不如的也有。就是这么回事。

广播稿在乡里广播了不久，又在县广播站广播了。拾来和二婶觉得怪臊的，可毕竟有点儿得意。成了名人了，便也觉得不该闹。想不闹就能不闹了吗？也不能。他们只能把门关得更严，声音压得更低。

鲍仁文听到县广播站广播了，便激动得了不得。要知道，被县广播站选中稿子，这在他的文学生涯中，是一个制高点。他自己都不晓得怎么来的一个印象，就是县广播站广播过的稿子都要在县文联办的一份名叫《文苑》的刊物上发表。他沉住气等着县文联给他寄来有他稿子的《文苑》。等了半个多月，也不见动静，又不好意思问上门去，只好作罢。他又想着再加工成一篇小说，给省里的刊物寄走了。接下来，就又是无穷无尽的等待。至于拾来和二婶在屋里打架，他就不负责了。

31

捞渣死后，文化子叫他娘数落得够呛。样样事情，他娘都要拿捞渣来对照他。而他自己也奇怪起来，怎么相对着自己每一处缺点，捞渣都有一处优点。而他的缺点又那么多，一动弹就露出了马脚。于是，便不时提醒起他娘对捞渣的怀念，数落之后便是哭，哭起来就没个完了。

“文化子，给娘捶捶背。”他娘叫道。

“我在喂猪哩。”他说。

他娘便哭了：“捞渣要在，不用我说，他就给我捶了。捞渣在，我一进门，他就递洗脸水过来了，不要我动弹了。捞渣，你咋走得那么早哩……”

哭得人心里酸酸的，烦烦的。文化子憋得慌。他心里也难受，难受的不仅仅是弟弟死了。当然，弟弟死了，他也难受得像心里剜去一块肉似的。这个弟弟好，虽然比他小许多，却处处让他。要不为让他，也能早一年读书，多挣两张“三好学生”的奖状来家了。可是，难过归难过，死的死了，活着的还得过日子哩。因此，活着的人就不免要多想想活着的人，活着的事。

他想小翠子。自打小翠子走了，他才渐渐明白过来，小翠子是喜欢自己的，而自己也是喜欢小翠子的。并且，小翠子对他的希望，也一日一日地明了起来了。文化子变闷了，比他哥还闷。小翠子走，他哥也难过，难过的是媳妇没了。他哥二十六了，想媳妇呢。而他文化子难过的不是媳妇，她不是他的媳妇。哥哥还没媳妇，他不敢想媳妇。所以，他又盼着他哥快娶媳妇，但是，最好不是小翠子，一定别是小翠子，可千万别是小翠子。哦，小翠子，可千万别回来。可是他又耐不住地想小翠子回来。下湖去，他想着，小翠子跑过来，推了他一个脸朝天；井沿上，他想着，小翠子蹦出来，按住他的扁担：“还我的‘十二月’！”他想起他“还”她的那首歌儿，叫她一下子就唱会了，一丝音儿都不跑。“你该是上学念书的。”文化子叹了一口气。他发现小翠子对他的希望，其实也是她自己的希望。她真该去上学的。而如今，连他自己都没得学上了，还谈什么小翠子呢！

他想学校，想看书了。他常常跑到鲍仁文那里去，借书看，和他拉呱。他自己也觉得出奇，如今和谁都不大能拉得来，却和鲍仁文能拉。

“文哥，你不能老一个人这样过下去吧？”他说。

“我不能像众人那样过下去。”鲍仁文回答。答得莫名其妙，可文化子全懂。

“你不觉得苦？”

“苦倒不怕，只要有盼头。”

“你有盼头吗？”

“想就有，不想就没有。”鲍仁文极其微妙地笑了一下，可文化子全领悟了。

“怎么过不是过一辈子呀，是不是，文哥？”

“只要自己觉得有滋味。”

“各人有各人的过法，是不是，文哥？”

“别看别人怎么过，只管自己，就行。”

“也别管别人怎么看咱们过，只管自己过的，就行。”

他们俩像参禅似的，能拉呱一夜。每次从鲍仁文那破得不成样的屋子里出来，文化子便觉得心里敞亮了一点。

有一天夜里，他从鲍仁文家回来，走到家门口，忽然从黑影地里闪出一个人，站在了他的跟前，一双乌溜溜的眼睛看牢了他。是小翠！他险些儿叫出了声，小翠一把将他的嘴捂住，拖住他，跑到了家后。小翠的手滚烫滚烫，他拽住再不松开了。

两人跑下台子，钻进秫秫地，这才站定。小翠回过头，看着文化子，文化子也看着小翠。小翠的脸盘子瘦了一圈，眼睛更大了，黑洞洞的，深不见底。月光将秫秫叶的影子投在她脸上，影子摇晃着，她的脸一明一暗像在梦里似的。

“你跑哪儿去了？”文化子想去摸摸她的脸，却不敢，倒被这个念头弄得哆嗦起来了。

小翠子不回答，只是看定了他。

文化子不由得害怕起来了，推推她：“你咋又回来了？”

“为你回来的。”小翠子说，眼泪直流了下来，很大很大的泪珠儿，打在秫秫叶儿上，“啪啪”地响。

这下轮到文化子不说话了。

“你不要我回来？”小翠哀怨地问。

“我正想着找你去。”

小翠子一把抱住了文化子的脖子，文化子这才敢抱住她。月亮悄悄地看着他们，看了一会儿，挪了一点儿，再看一会儿，再挪一点儿。下露水了。秫秫在拔节，“唰唰”地轻响着。一只秋虫在“嚁嚁”地唱。秫秫叶子摇晃着，把影子晃到小翠身上，又晃到文化子身上。露水凉凉的，甜甜的。

“翠，别走了。要走，我们一起走。”

“我回来，就是来讨你这句话的。你这么说，我就不怕了。”

“我也不怕，翠。”文化子喃喃地说。

“我就要你这句话，文化子。”小翠喃喃地说。

“我想你想得好苦。”文化子哭了。

“我想你想得好苦。”小翠哭得更伤心了。

“我都想你来骂我，打我。”

“贱骨头！”小翠破涕而笑了。笑了一声，又哭了。

两人轻轻地笑着，又轻轻地哭着，月亮悄悄地看着他们，秫秫叶儿悄悄地拍打着他们。

32

鲍秉德结婚了。娶的是十里铺的一个麻脸大姊妹，虽是麻脸，人长得粗笨，可还是大闺女的好啊！是鲍彦山家里的给做的媒，一说便成了。立马定好了日子，说娶就娶过来了。虽然那疯子才死了不过三个月，但大伙儿都谅解：这男女两头都不能等了。三亩四分地躺在那里了，天天要人侍弄，家里没个做饭的不成。再说，鲍秉德年已过四十，等着抱儿子哩。

庄上有头有脸的，鲍秉德全请，还请了鲍仁文。可是鲍仁文却推托有事，没去。他坐在他那小破屋里，听到鲍秉德家里传过来的划拳喊令声，心中十分怅惘，像是失落了什么。他觉着，有些寂寥。一盏孤灯伴着个孤魂，自己不明白自己究竟在活的个什么。

那边像是更喧哗了，许是在闹房。又静了下来，大约新娘子在唱小曲儿了。静了一阵，又闹起来，大约是唱毕了。鲍仁文屏着气听那边的动静，没提防门开了，进来了一个文化子，把他结结实实地吓了一跳。

“看新娘子了？”鲍仁文问他。

“瞅了一眼。”文化子说。

“咋样？”

“一脸的坑。”文化子坐在床沿上，翻着书。

鲍仁文脑袋枕着胳膊，躺在床上，望着黑洞洞的梁。

“俺娘又在哭，想捞渣了。捞渣去年这个时候，和俺娘坐一条板凳掰大秫秫棒哩。”

“捞渣是个好样儿的，连鲍彦荣这个功臣都敬着他几分。”鲍仁文说。

“文哥，你不能把捞渣的事写个文章吗？”

“写捞渣？”鲍仁文坐了起来。

“捞渣不是为自己死的，是为鲍五爷死的，有写头哩！”

“可不是，可以写个报告文学。”鲍仁文自言自语道。

“俺这弟弟够苦的，才过了九个年，还没做人呢！就没了。”

“他人虽然小，做的是大德行。”

“俺娘一哭就叨叨，没给他吃过一顿好茶饭。今年能收得多，能吃饱肚了，他又不在了。”

鲍仁文下了地，脚在床下边摸着鞋。他完全被激动了起来，浑身充满了一种幸福的战栗。“灵感来了。”他说，“是灵感来了。”他肯定。赶紧地摸笔、摸纸，把文化子完全忘了，撇在一边。

他不理会文化子，文化子也不理会他，脱了鞋，上了床，枕着胳膊躺倒了，和鲍仁文换了地方。他望着黑洞洞的梁。

小翠子今天晚上不知会不会来了，庄上这么大的动静，人来人往走马灯似的，到三更也消停不了。小翠子在十里地以外的柳家子给人做短工，说一得闲就过来。让文化子每天晚上，月到中天了，就到家后台子上去望望。他们约好，咬着牙等，等建设子娶上了媳妇，小翠回来，和文化子成亲。她虽然和建设子一没结婚，二没登记，可全庄的人，所有的人都认定她是建设子的媳妇了。而文化子，则是她的小叔子。所以，她必须等建设子成了家才能露面。

鲍彦山家里的，为建设子的事愁得不行。她明白，建设子说不上媳妇的重要原因，是家里没房子。那三间破泥屋，经这么一场百年不遇的水一泡，又趴下去了一截，屋顶天天往下掉土坷垃，说不定什么时候就全趴下了，把一家几口人全埋在了里面。她和男人筹划着，收了秋，把粮食除了留种，全卖了，盖房子。可是没粮食吃什么呢？这又是要发愁的事。两口子，每天夜里在枕头上烙饼，翻来翻去，翻到鸡叫天亮。

文化子望着屋梁，那屋梁上头像是有个黑不见底的大洞，望着望着，文化子觉着自己好像陷进了那大洞。

那边静下来了，有人打门前走过，说话的声音碰地响：

“麻脸倒不怕，能生养就行。”

“看她那粗腰大腚，能生一窝哩！”

“奶奶的，清泠。”

脚步沓沓地敲着泥地，远去了。

月到中天了。

33

二婶家大小子有十六了，长成个大个儿，黑黑的脸膛子，不笑。去年，还叫拾来“叔”，今年不叫了。拾来叫他，他也爱搭不理的。二婶什么事都跟他商量，就更不和拾来商量了。拾来常常窝气，实在气不过了，他便把那散了架的货郎挑找出来拾掇拾掇，看见了货郎鼓，他拿在手里轻轻一摇：

叮咚，叮咚。

货郎鼓的声音生脆生脆。拾来愣愣着，像是想起了什么，最后又什么也没想起。他把货郎鼓往腰里一插，挑起货挑子走了，也没跟二婶打个招呼。二婶烧好了锅，等拾来吃饭，等等不来，等等不来。庄前庄后找了一遍，人说，没见拾来，倒见有个货郎，打大路上走过去，那模样确是有点儿像拾来。她赶紧跑回家找那散了架的挑子，一找没找到，她便明白了。

“我怕你不回来？贱样！”她撇撇嘴，自己盛碗稀饭，抓张煎饼吃了，把锅刷了睡了。一夜没睡踏实，一有个风吹草动，她就要竖起耳朵听听，是不是有人敲门。没人敲门。

第二天早起，她该干啥还干啥。第三天也这么过了。到了第四天，她有些沉不住气，夜没合眼，围着被坐在床上，吸着烟愣一宿。天亮了，她换了件海昌蓝的半新褂子，决定去找拾来了。

“我娘，你去找啥？找个熊！”大小子粗鲁地对她说。

“我去找你大！你个没良心的杂种！”她乱骂着，大小子不敢作声了，她还骂，“要没他，你早死了，不饿死也得累死。他是你大。别看他大不了你多少岁，也是你大。你敢不叫他大，你看着……”二婶骂着，不由有点儿心酸。她想起拾来刨地的模样，光着脊梁骨，背上的汗珠子亮晶晶的，把裤腰都滚湿了。

拾来挑着货郎挑走在大路上，大路白生生的，翻过了前边的坝子，不见了。他忽然想起了一个月亮夜，这路白花花的，坝子上翻过来一只甲虫，慢慢地近了，近了，是一架平车，一个穿着蓝白花夹袄的女人拉着平车，车上有个凉床架子，一个篮子，篮子里有布，有棉絮，有果子，还有一盒烟卷。他心乱跳着，眼窝里热乎乎的，像有什么东西流了出来，他抬起手摸了一把。庄子里静悄悄的，只有老人和孩子。他走到他家的草屋跟前，那草屋几乎全陷到地底下去了，地面上只剩个烂屋顶了。前前后后的倒有了好些青砖到顶的房子。

门上没锁，虚掩着，推门推不动，再使劲，门倒了。屋子里空空的，一地的碎麦穰子。阳光从窗洞里透进来，卷着几缕灰。屋里只有一眼灶，两个床，一个板床、一个凉床。他站着，头快碰上屋梁了。门口拥着几个小孩儿，愣着眼看他。

“这屋的人呢？”他问小孩儿。

“走了。”小孩儿回答。

“走哪儿了？”

小孩儿面面相觑，一个大点儿的说：“上北边了。”

拾来站了一会儿，走了出来，把门装好，掩上，回过身来。

阳光扎着他眼疼，睁不开。太阳晃眼。

拾来挑着货郎挑走在大路上，走过一片一片的地，这是两个，那是三个，在做活儿。他想着二婶的那地。他想着那地被太阳晒得烫脚，烫到心里去的滋味儿；想着那地腥苦腥苦的气味儿；想着那地种什么收什么，一点儿骗不得，也一点儿不骗人的诚实劲儿；想着二婶刨地时，那破褂子飘飘忽忽的，时隐时现着一双柔软结实的妈妈。他懒懒地走在大路上，货郎鼓无精打采地响：

叮——咚，叮——咚！

进了庄子，有个媳妇儿来挑花线，有个姊妹来拣纽子……各色的手在匣子里翻腾着。他瞅着那些个手，心里闷闷的。好歹等她们挑够了，买了，或是不买了。他整理了一下挑子，上了肩。直起腰，刚迈步，又站住了，离他十来步的地方，站着个娘儿们，脸上又是土，又是汗，成花的了。手掐着腰，恨恨地瞅着他。

"二、二，"他又改口道，"孩、孩他娘。"

"孩他娘死了！被她男人甩了，上吊了，投河了，一头撞在鲍山上撞死了！"

"哪，哪能。"拾来赔着笑脸，心里却像喝了一碗滚烫的茶，舒坦极了。

"她男人找着黄花大姊妹了！找着穿高跟鞋儿，烫狮子头的洋妞了！找着住楼的小姐了！"

"哪，哪能！"拾来走近去，抬起手，碰了碰二婶的肩膀，被二婶一巴掌打掉了。

"她男人死了，她守寡了，她改嫁了，嫁山那边去了！"

"哪，哪能。"拾来把打回来的那只手放到脑袋上，挠着脑袋。

"生了一大嘟噜孩子，有男的、有女的、有长的、有短的、有方的、有圆的……"二婶自己也笑了，赶紧又掩住。

拾来朝前走了两步。

"你走哪去？"二婶嚷道。

"走家呀！"他回答。

"哪是你的家？你还记得家？"

拾来不敢动了，站在那里。

"你是死了吗？还不动弹，你想死在野地喂狗了？"

拾来这才敢走动，跟在她后边。他心里就像放下了一块石头，他问自己：究竟有啥事呢？什么事也没有，啥事也没有。他回答自己。他越走越轻快，不由得走到了二婶头里。

太阳照着土地，风吹着大柳树，柳枝子飘拂来飘拂去，一只雀子唱着。货郎鼓“叮咚叮咚”地响。他走着走着一回头，见二婶在抹眼泪，他又傻了：

“你，这是干啥呢？”

“你这个没良心的！”二婶哽咽着骂。

“我去去就来家了。”

“我不找你，你来家？”

“不找也来家。”

“说瞎话。”

“要是瞎话天打五雷轰！”拾来赌咒发誓。他望着二婶泪糊糊的毛乎眼，鼻子也酸了。

两口子相跟着回了庄，天已到晌午了。二婶开了锁进了屋，一边吆喝拾来：“烧锅！”

拾来还没坐到锅跟前，她又嚷：

“水缸见底了，还不挑水去，这么没眼色的。”

于是，拾来又站起来去挑水。

34

鲍秉德不明白自己咋会有这么多话的。天黑，他脑袋一挨上枕头，就开始对着新媳妇叨叨，叨叨个没完。他告诉她小鲍庄的来历：鲍家祖上做过官，莫看如今贫寒，却是有根底的。他告诉她自己家那些啰啰唆唆的事：自己过去的那女人，那女人怎么变疯了，又怎么想上吊没死成，后来发大水时，又怎么摔下去，淹死了，至今连根头发都没找着。

媳妇总是静静地听着，黑里见不着她脸上的麻子，什么也看不见，只觉着她的脸贴着他的脸，眼睛眨巴着，半天眨巴一下，半天眨巴一下。他知道，她醒着，在听他说呢！

鲍秉德原以为自己是不好说话的哩，他常常一连几天不说一个字。猛一开口，把自己都吓了一跳。如今这么说个没完，连自己都觉着烦人了。可不会是这几年的话全憋在肚里了。说也奇怪，人一说话就像是活过来似的。他像是活过来了。回想那几年，都不知道自己在活个什么劲。他就是觉得自己说得太多了，怕人烦。

她的脸贴着他的脸，半天一眨巴眼，半天一眨巴眼。她醒着，在听他说哩。

她肚里已经有了，不知为啥，他不用趴到她肚子上去听，也晓得一定是个活跳跳的孩子，他这么断定。他觉得这个娘儿们就是专给他生孩子过日子的，就是个不折不扣的娘儿们，家里的。搂着这样的娘儿们睡，睡得踏实，睡得实在。

可是，有时候，他坐在板凳上，脚泡在脚盆里，吸着烟袋，看着她忙活。看着看着，不由得会看到一个苗苗条条的背影，一条大辫子在背上跳着，长虫似的。他的心，就会像刀剜似的一疼。他觉得那疯子是有意跳下水，给这个媳妇儿让路的，也是给他让路的。唉，要是找着她的尸体，埋在地头，也好时常看看，捧捧土，拔拔草，心里的难受也好有个地方发落。可她不知躲哪儿去了，连根头毛也找不见了，连把土也不让他捧，草也不让他拔，连个地头也不占他的，连个难受也不给他。是放他过去，也是叫他放她过去。

鲍秉德心里酸酸地难受。可是天一黑，一搂着那娘儿们，话又来了。耳根子隐隐的好像家后秫秫地里有人唱小曲，声音细细的，风吹似的。再凝神一听，又没了。

35

鲍仁文熬了几宿，写成了捞渣的报告文学。这回，他发了狠。一连抄了四、五、六、七份，发通知似的发给了好几处：省里的、地区的、县文化馆的；刊物、报纸；青年报、少年报……

收过了秋，粮食进了屋，囤了起来。过年了，鲍秉德家里的肚子挺得老高，快生了。

庄前庄后连连响着鞭炮，起屋上梁哩！

这一天，大路上来了一辆吉普车。进庄就问鲍仁文家住在哪里，然后就一径找了过来。

鲍仁文正在地里做活，见一辆吉普车老远地来了。车停了，下来两个人，朝他走过来了，是朝他走过来的，踩着刚出头的麦苗。他站直了腰，用手搭起凉棚望着，心里“怦怦”地跳起来了。他看得出这两个人不是乡里人，其中一个甚至不是此地人。他们是来做什么的？太阳照着眼，眼睁不开。那两个人从太阳照眼的地方走来了。

那两个人一步一步走来了。

两个人一步一步走来了。

两人一步一步走到了跟前，问道：

“你是鲍仁文同志吗？”

“是的。”他说，声音有些打战。

“这是地区《晓星报》的记者老胡同志。”那个像此地人的人指着那个不像此地人的人说，“我是县文化馆的，我姓王。”

老胡同志早已伸出手，握住了他的手。老胡同志戴了副眼镜，嫩相得很，不敢判断他的年龄。城里人的年龄不好说。他热情地摇摇鲍仁文的手，拉他在地头上坐下，好像是他家的地头似的。

他果真是为捞渣的报告文学而来的。他们收到稿子，先是看了一遍，压起来了。后来，过了年，临近三月份了。三月份是礼貌月，领导上要他们好好地抓一个典型，以配合五讲四美的宣传。于是他们又想起了这篇报告文学，重新找出来看了一下，传阅了一下，都觉得事迹是可以的。就是，怎么说呢？文章还要润色，并且要更加充实加强捞渣几年如一日照顾五保户这一情节。要知道，如今老人问题，简直是个世界性的社会问题。所以就派老胡同志来和鲍仁文同志合作，一起完成这篇报告文学。事情很紧急，今天，鲍仁文就要跟他们进城去。要力争在三月以前完成，让老胡同志带着稿子回报社发排，三月一日见报。

鲍仁文听他说着这一切，就好像坠入了五重云雾中。“我不是在做梦吧？”他问自己。“我可不是在做梦吧？”他又问自己。他觉着头晕，觉着身子软软的无力，连微笑也微笑不动了。他看着老胡同志那张嫩生生的脸，听不见他在说什么，就好像放电影出了故障，只有人影没有声音似的。老王同志递过烟卷，他糊里糊涂地接过来，居然让老胡同志点的火，连声谢谢也没说。

最后，老胡同志站起来，拍拍屁股上的土，说：“好，就这样。”

鲍仁文也站起来，拍拍屁股上的土，说：“好，就这样了。”

“我们现在就走吧！”

“好，走吧。”鲍仁文跟着说。恍恍惚惚的，不知要走到哪里去。走出麦地，上了吉普车，一股子臭汽油的味，叫他清泠起来：老胡同志是要上捞渣家去瞅瞅，和他父母拉拉。

鲍彦山家里的在烧锅，见来了两个陌生人，有些着慌，忙不迭地站起来。老王同志说：

“这是地区《晓星报》的记者，专来采访你家鲍仁平的事迹，要写文章报道哩！”

他娘还是惶惑。

“这是县上、地区上的干部，来问问你家捞渣的事，要写文章表扬哩！”鲍仁文解释说。

她便懂了，释然了：“屋里坐，屋里坐！”

屋里漆漆黑，一个粮食囤子占了三分之一的地方。老胡似乎有些吃惊地左右看看，没有说话。有人到湖里把鲍彦山喊来了。

“这是鲍仁平的父亲。”鲍仁文介绍。

两人一齐上前，一人握住了一只手，使劲摇着。鲍彦山惶惑地看着他们，好容易把手解脱出来：

“坐，坐吧！”

各就各位坐下以后，老胡同志扶了扶眼镜，低沉地问道：

“鲍仁平是从几岁开始照料五保户鲍五爷的？”

“打小就跟鲍五爷亲呢。会说话就会邀鲍五爷吃饭；会走路，就会去给鲍五爷送煎饼。”

“他为什么会对鲍五爷这么好呢？”

“他俩有缘分。鲍五爷不理人，倔，就理捞渣，和捞渣亲。”

“鲍仁平生前记不记日记？”

“日记？”

“捞渣活着时每天写不写文章？”鲍仁文解释道，无形中他成了翻译。

“自打他上学，每天放过学，割过猪菜，吃过饭，就趴在桌上写作业。写个不停，冬天手冻麻了，还写；夏天，蚊子咬疯了，还写。叫他，捞渣，明天再写吧！他说：‘明天还有明天的作业哩！’”

“他写的东西还在吗？”

“和他的书包一起烧了。”

“烧了？”老胡同志很吃惊。

“此地的风俗：少年鬼，他的东西不兴留家里，统统都烧，烧不了的就埋了，扔了。”鲍仁文解释。

“哦。”老胡同志轻轻地叹了一口气。

“这孩子命苦，没吃过一顿好茶饭。”他大唏嘘起来，眼泪啪啪地落在了地上。他咳了一声，吐了两口痰，用脚搓搓，搓去了。

老胡同志不再说话，过了半晌，轻轻地说：“走吧。”

鲍仁文带他们到大柳树下去看看。老胡同志仰起头望望那树梢，想象着当时那鲍五爷是怎么趴在那树上的。又低头看看树干，想象着捞渣又是怎么抱住这树干死的。老胡摸摸那粗糙的树身，不说话。

鲍仁文又带他们到大沟边捞渣的坟上去看了看。坟上长了一些青青的草，在和风里微微摇摆着。一只雪白的小羊羔在啃那嫩草，一个小孩在大沟里洗脚，瞪大眼睛严肃地瞅着他们。

“小孩，过来，有话问你。”老王喊他。

他跑上来，牵起小羊羔，转头就跑了，一边跑一边回头看。

“乡里小孩没见过世面。”鲍仁文代他抱歉道。

老王摇摇头，笑了：“我想问问他，鲍仁平的事。”

老胡一直没说话，站在捞渣的坟前。

坟上的草青青嫩嫩的，随着和风微微摇摆。

36

鲍秉德家里的生了，生得毫不费难。人到湖里喊鲍秉德，他忙不迭地往家跑。刚到门口，还没搁下锄子，里面就“嗷”的一声，下地了，是个大胖闺女。

不是小子，鲍秉德也不泄气。闺女小子，他都要，一样的金贵。梦里都做过几回了，有人喊他大。

不过两个月，他家里的又怀上了。乡里来动员计划生育，要他女人去流产，去结扎。他嘴里答应着，第二天就把他家里的送回了娘家。留得青山在，不怕没柴烧。

他一个人从她娘家十里堡走回来，想想要乐，想想要乐。没想到一个人都活到这份儿上了，眼瞅着没什么指望了，不料，山回路转，又行了。他走到了大沟边上，走过了捞渣的坟。风吹过坟头，青草沙沙地响。他腿一软，蹲下了，他想起了那疯女人。他望着小小的坟，坟下黑黝黝的大沟水，不由得生出一个奇怪的念头：

“没准是捞渣把她给拽走了哩，他见我日子过不下去了，拉我一把哩。”

他又望望坟，坟上的草在月光下发亮。

“都说这孩子懂事。这么小，就这么仁义。”

他看看大沟，水，在月光下闪闪发亮。

“这孩子也真奇，仁义得出奇。和鲍五爷的缘分也出奇，这是个小怪孩。”

他抓起一把土，拍在坟头上：

“好孩子，你保佑你七爷生个你这样的好儿子吧！”

他把土拍结实了。又停了一会儿，走了。

庄里噼里啪啦的鞭炮响，起屋上梁哩。

大沟对面，树影地里。有两个人，在说话：

"你家收这么多粮食，还不盖屋？"

"我大说先还账哩！这么些年咱家欠队上的账不少，大说，做人要讲个信义，借了账不能不还。"

"那房子，什么时候盖呢？"

"收了麦，卖了粮食，就盖屋。"

"你家咋不去做生意？光死种粮食。也种点别的，上街卖去。"

"我大说了，最要紧的是粮食。有了粮食，什么也不怕了。再说——"

"再说什么？"

"我大说，咱是本分人，不是生意人。"

"做生意怎么啦？"

"那得会坑人，心要狠才管。"

"一街都是做生意的，一街都是狼了。"

"我不是这个意思。"

一颗石子扔进了大沟，荡起一个水花，水花一圈一圈地荡开了。

"生气了？"

"生什么气？我是怕为了盖房子，把你饿毁了。我知道你是个大肚汉。"

"满地里青的黄的，什么不能吃？灰灰菜，妈妈菜。"

"吃得你生浮肿病。我大是生浮肿病死的。"

"不能。我娘说是把粮食都卖了，总还要留一点儿。"

"这才对了。"

风吹过树林子，一大沟的水微微荡起波纹，闪闪地亮。

"你在想什么，翠？"

"我想，以后来，我带馍馍给你吃。"

37

鲍仁文跟着老胡，在县一招住了三天。说是合作，其实就是鲍仁文提供材料，老胡执笔。写完之后，再让鲍仁文看一遍，看有哪些地方失真，不符合事实的。鲍仁文指出后，老胡就改去。弄了两天，鲍仁文只动了嘴，却没有动笔，心里很是不过瘾的。

而这三天与老胡的接触，却使他打破了一些对记者的神秘感。他没料到记者也是和他一样的人，要吃饭，要睡觉，睡觉还打呼，打得如雷贯耳，害得他两宿没睡踏实。而且他晓得了老胡比他要小三四岁，插过队，然后自学成才，进了报社。他有时请鲍仁文喝酒，喝多了就发牢骚。抱怨自己没有文凭，如何吃不开。房子挤，工资低，奖金制尚在争取之中，等等。鲍仁文只是不明白，从事这么崇高的事业的人，怎么会有这么多俗事的困扰。而有了这许多繁杂俗事的打扰，还怎么能够对人类的灵魂开展工作！

当他从县城往家走的时候，心里充满了一种失落的感觉。不过，等他进了小鲍庄，面对着人们完全改变了的尊敬的目光时，那失落感又消失了，内心渐渐地充实起来。一周以后，《晓星报》上头条登出了文章：《鲍山下的小英雄》。他的名字赫然地用铅字印在了题目下边，老胡后边。他对着那报纸，心跳得厉害，像要从嗓子眼里蹦出来了。镇定了一会儿，他开始看文章，心跳渐渐缓了下来，正常了。文章里没有一句是他写的。他慢慢地平静下来，又从头看了一遍。这一遍，他发现有几句话一定是出自于他最早的原稿。比如："死亡面前，他把生留给他人，把死留给了自己。"这句话在原稿上，他记得就有的。当他看到第五六遍的时候，他从字里行间看到了自己的劳动。他确确实实地认可了，这是老胡的文章，也是他鲍仁文的文章。他的文章终于用铅字印出来了，他的名字，终于用铅字印出来了。这铅字，便是一种认可，一种肯定。他的名字不再是无足轻重的。他的存在像是更加确定、更加切实了。如果说他原本对自己是否存在还有一些怀疑，一些犹豫，一些不敢肯定，那么这会儿，是完完全全放心了。

文化子把这文章念给他大他娘听，不料他大他娘脸上却淡淡的，好像在听一个别人家的故事似的。那些激动人心的话，对他大他娘作用不大似的。文章里的捞渣，离他们像是远了，生分了。只是当文章提到鲍彦山的名字时，鲍彦山才抬起头问了一声：

"提我了？"

"提你了，你是捞渣的大嘛！"

"提我干啥，怪没趣儿的。"

"你是捞渣的大嘛！"

他便不再吱声。

文章里还提了许多人，比如，组织救人的村长，捞起捞渣的拾来，他们都让文化子或别的读过书的孩子念了好几遍。

这文章激动了许多人的心，有人给鲍庄小学写信，有人给捞渣他大他娘写信，也有人给小鲍庄全体乡亲写信。清明那天鲍庄小学全体师生，来给捞渣扫墓。照此地规矩，在坟头上压了块土坷垃。然后献上一只花圈，用野花野草扎的。五颜六色的，在阳光下，灿烂得很。

过了两个月，收毕麦子。小鲍庄又来了一辆吉普车，下了三个人。一个是县文化馆的老王，一个是个小妞，穿着连衣裙，另一个是个男的，有四十来岁。他们一起步入了鲍彦山的家。这是从省里来的省报记者。省里决定，要大力宣传捞渣。

鲍彦山比上回镇定多了，握过手，请客人坐下。然后把捞渣牺牲的前后经过讲了一遍。不免要伤心，掉眼泪。

“鲍仁平生前最尊敬的是哪一位英雄人物？”那女的问道。

鲍彦山有点儿不大明白，可究竟不好意思叫人再三地解释，便点点头，想了一会儿说：“捞渣对大人孩子都很尊敬的，见了老人总问好：‘吃过了吗？’和小孩儿呢，从不打架磨牙。”

那女的便在笔记本上唰唰地记了一阵，又问：“他这样做，是受了谁的影响呢？”

鲍彦山又想了一会儿：“我和他娘打小就对他说：‘见了人要说话，要招呼，比你年长的人，万不可不理会。比你小的呢，要让着，这才是好孩子。’咱这庄上哩，自古是讲究仁义，一家有事大家帮，方圆几十里都知道。这孩子，就是受了这个影响。”

那女的又在笔记本上唰唰地记了一阵，又抬头问道：“他照顾鲍五爷，是不是学校安排的任务？”

“不是。他就是对鲍五爷好。他俩有缘分呢！说实在的，鲍五爷也对他好，两好才能合一好呢！”鲍彦山说。

那男的开口了：“鲍仁平生前用过的书包，能让我们看看吗？”

“全烧了。”鲍彦山说，“此地的规矩，少年鬼的东西不留家，统统烧的烧，埋的埋。”

“他有没有照片呢？”他又问道。

“没有，他没照过照片。”

“哦。”那男的好像吸了一口气。

“这孩子命苦，没吃过一餐好茶饭。”鲍彦山眼圈又红了，指指屋里的粮食囤，“能吃饱了，他又不在了。”他哽咽起来，再也说不下去。

“我们再去找拾来同志谈谈。”他们站起身来，告辞了。

鲍彦山站在门口，目送他们走去，心里凄然地想：捞渣这孩子，活着虽不咋的，可死了，有这么些人来问他，也算是有了福分。心下不觉安慰了一些。

他倚着门站着，好像听见一阵货郎鼓的响：“叮咚、叮咚、叮咚、叮咚！”展目望望，前边村道上，走着一个挑货郎挑的老头儿。

38

拾来正烧锅。见有省里的干部来找，二婶便推起拾来，自己烧了。拾来就吸着烟，和省里的干部说话。

"那天，是你下水去捞上了鲍仁平，是吗？"那男的问。

"大家都下水了，有的捞上来烂鞋壳子，有的捞上来烂棉花套子。最后，我才把捞渣捞上来。"拾来诚实地说。

"你是怎么摸到他的呢？"那男的问。

"我闭着眼一个猛了扎下去。"他正说着，二婶端来了几碗茶，一人一碗，也给拾来端了一碗，拾来赶紧去接。

二婶让开了，放在案板上："别烫着了。"

拾来感激地看了她一眼，接着说："我一个猛子扎下去，手碰到了大柳树，我扶着树干沿着树身摸下去，碰到了一只小手。我的气已经吐完了，浮上来吸了一口，再扎下去，就把他拖上来了。拖不动，他手抱着树，抱得死紧。"

"哦。"那男的吐了一口气，那女的不停地往本子上记。

"他是为鲍五爷死的。"拾来说。

那两人很感动地看看拾来，尤其是那个小妞，眼睛里水汪汪，亮晶晶，像是要哭了。拾来被她看得脸上有点儿发热，低下了头。

"我们再到村长那儿去。是他组织救人的，是吗？"那男的问拾来。

"是他，一听说少了人，立马带我们下山了。"

"他家住在哪里？"

"他家就住在村东，高台子上，有一排……"

"孩他大，你陪二位同志跑一趟不完了。"二婶发话了。

拾来看看二婶，二婶也正看他。他便站起身陪他们去。

不久，省报上登了一大块文章，题目是：《幼苗新风：记舍己为人小英雄鲍仁平》。文章写得很长，很详细，还配了一幅画。大家传着看下来，都说很像捞渣的。文章里提到了拾来，并且进行了一番描写，说他是，纯朴憨厚，身体强壮，几次下水，终于救上了鲍仁平，可是鲍仁平已经在他怀里永远地闭上了眼睛。还把拾来和二婶的事提了一下，说他不嫌二婶穷，把二婶的孩子当自己孩子待。这是作为英雄成长的背景来写的。甚至也提到老革命鲍彦荣，介绍了一番他的光荣历史。说，小英雄从小生长在这么一个地方，前辈们为人民不怕牺牲的精神，无疑对他起了潜移默化的影响作用。

这一段，鲍彦荣找人念了一遍，琢磨了好久，不由得唤起了他早已沉睡的荣誉感。有那么一两天，他寻着鲍仁文，想和他拉拉。可是鲍仁文已经不得闲了，他正在抓紧写一个更长、更富有文学性的作品，他决定写一本小英雄的传记。

文章发表后不久，便有邻庄、邻乡，甚至邻县的小学生，排着队，抬着花圈，来到捞渣的墓上，过队日，凭吊小英雄，向小英雄宣誓。各种各样的花圈盖住了坟上的青青草，渐渐地，堆得高了，把小小的坟也盖住了，远远望过去，只看见一个花包子。像绿海上的一个花岛似的，被太阳照出了五光十色。

这时，省里出版社来了一个作家和一个编辑，为了编辑出版一本《小英雄的故事》。

鲍仁文终于这么贴近地看见了一位作家。

作家是个小矮个子，瘦瘦的，四十岁上下的年纪，抽烟抽得厉害。好像有着极严重的气管炎，坐在那里不说话，也听到他喉咙里咕噜咕噜地响。他看了鲍仁文写的草稿，决定和鲍仁文一起来搞这本《小英雄的故事》。在这“传记”的基础上搞，这“传记”确实收集了小英雄的大量生平材料。他们一起对小英雄的亲人进行了反复采访，然后，又去找拾来。

拾来不在，二婶在。鲍仁文就向作家介绍：“这是拾来家里的。”

“拾来家里的，你上湖里去喊一下拾来吧！”鲍仁文对她说。

拾来家里的便去了。

鲍仁文对作家说：“此地叫妻子都叫家里的。我这么叫给你听，是好让你知道此地的风俗习惯。”作家笑笑。

拾来回到家，先和作家们招呼，然后对家里的吆喝一声：“烧茶！”

于是，家里的便去灶前蹲下，引火烧锅。

拾来便向作家们叙述他捞小英雄的过程：“我一个猛子扎下去，没有。再一个猛子扎下去，也没有。后来，我想，鲍五爷趴在大柳树上，捞渣准保不能离大柳树远。就挨着树又扎下去，手摸着了树。这是庄东头的树，咱们小鲍庄最高的树。那回，水淹得只剩树梢了。你想，还能有别的了吗？”

作家点头，往本子上记。

“我扶着树干，沿着这树干摸下去，碰到了一只小手，冰凉……”他讲述着，渐渐被自己的叙述感动，声音也昂扬起来。这时，二婶端上茶来了。

如今，二婶要敬着拾来三分了，庄上人都要敬着拾来三分了。拾来自己都觉得不同于往日了，走路腰也直溜了一些，步子迈得很大，开始和大伙儿打拢了。

“拾来，今晌午，作家在你家吃晌饭了？”有人找拾来拉呱。

“没有。他们上乡里去吃了。”

“你咋不留作家吃呢？”

“留啦。他们才客气，城里人才客气。”拾来说。

“拾来，你咋不回老家瞅瞅？”

“太远了，不回了。”

“老家还有人吗？”

“就我一人哩。”拾来声音放低了，有些伤感。

过几天，有人给拾来捎了个话：庄口走过一个老货郎，见鲍庄的人就打听拾来，问，他成亲过后好不好？有没有娃娃？鲍庄人待他还说得过去吗？那人一一回答了他。临了，那老货郎让他捎信给拾来，他大姑在北边过得不错，有吃有穿的。问他：“不去看看拾来吗？”老头儿犹犹豫豫地说：“不了。”

这天夜里，拾来做了一个梦，梦里有一只货郎鼓，老在耳边响：“叮咚，叮咚，叮咚！”

39

这天，县上来了一部吉普车，车子停在鲍彦山家门口。车上走下县委书记，一把握住鲍彦山的手，告诉他：“鲍仁平被团省委评为少年英雄了，光荣啊！”

鲍彦山愣愣着，枯树根似的手被县委书记温暖柔软的手包裹着。他不明白，少年英雄究竟意味着什么，只明白被县委书记这般器重是不可多得的。心中激动，一时上什么也说不出来。

县委书记搀着英雄父亲，走进英雄的家，沉默了，半天才说出一句话：“苦了你们。”

“现在不苦了，粮食有了。”鲍彦山指指粮食囤子，“就是捞渣他，不在了。”

“粮食够吃吗？”县委书记摸摸粮食囤。

鲍彦山家里的忽然插了进来：“咱们商议着把粮食卖了，盖房子哩。”

县委书记抬起头，环顾着黑洞洞的房屋，说：“这房子不能住了。”

“没有房子，大孩子二十七了，还说不上媳妇儿。”她抹了一把眼泪。

县委书记望着黑洞洞的房子，说了一句：“粮食万万不能卖。”然后紧紧地握了一下鲍彦山的手，走了。

第二天，村长来告诉鲍彦山，县里批给了他家木材、水泥、砖瓦，给他家盖房子呢。

又过了几天，村长告诉鲍彦山，乡里农机厂派给建设子一个名额，让他转吃商品粮了。

正是捞渣死了一周年，县里决定：迁坟。

县里的小学抬着花圈来了，乡里的小学抬着花圈来了，鲍庄的小学抬着花圈来了。

捞渣的棺材从大沟边起出来，迁到了小鲍庄的正中——场上。填了十几步台阶，砌了一个又高又大的墓，垒上砖，水泥抹上缝，竖起一块高高的石碑，碑上写着：

永垂不朽

现在，鲍庄最高的不再是庄东的大柳树，而是这块碑了。碑，矗立着，后面是青幽幽的鲍山。

队鼓敲起来了，队号吹得嘹亮，县委书记讲了话，献上了第一只花圈……

鲍彦山和他家里的痴愣愣地坐着，想哭又不敢哭。事先，不少人交代过他们："这场合，再哭就不大好了。"

捞渣的墓迁到小鲍庄正中来了，又大又高，像一座房子。砖砌的，水泥抹了缝，再不会长出杂草来了，也不会有羊羔子来啃草吃了。

40

鲍彦山家的新屋上梁了，封顶了。开了大大的窗，粉白墙，洋灰地，敞敞亮亮的四大间屋。

建设子在农机厂上班了。上门提亲的不断，现在轮到他挑人家了。

建设子结婚的那天，小翠子回来了。她进门就在她大她娘脚边跪下，磕了一个响头。不等她大她娘回过神来，爬起来拿了扁担水桶就去挑水，一趟一趟，把两口大缸都挑满了，满得溢到缸沿上了，还挑。文化子叫她别挑了，她还往井沿上跑，文化子去撵她，撵到井沿上。她正把桶放了下去，文化子夺桶，桶落到了井里，两人便趴在井沿上钩桶。

"笨死了！"小翠说他。

“怎么怪我？”文化子很委屈。

“就怪你，就怪你！”小翠对他撒野。

“怪我什么呢？”文化子越发地委屈。

“怪你不是老大是老二。”

“是老大咋了？是老二又咋了？”

“要是老大，我生成是……用得着费这么大周折？”小翠眼圈红了。

文化子眼圈也红了。

两人眼泪都落了下来，啪啪地落在井里，井里横漂着一只桶。

村里开路，把原先的村路拓宽，压平，铺石子。来的人和车一日比一日多，没条路不方便。开路，要开掉拾来家一垄菜地，拾来和他家里的，爽爽快快地答应了，连赔偿也不愿收。拾来说：“我要收了这钱，我的人，就没了。”

县里要在捞渣墓后盖纪念馆，收集遗物时犯了难。小英雄生前用过的穿过的，所有的东西都烧了。后来二小子发现，他家茅房泥墙上，有着捞渣写的字，写的是自己的名字——鲍仁平。

问他，确实是小英雄写的吧？他说：

“没错。那天，我和捞渣一起拉屎，各人写各人的名字玩哩！”

当然，边上还有二小子写的字：鲍兆和。

可那泥墙一碰就烂，起不了，只能放那儿了。

尾　声

捞渣的墓，高高地坐落在小鲍庄的中央，台阶儿干干净净的。不用村长安排，自然有人去扫。他大、他娘、他哥、他嫂自然不必说了。还有鲍仁文、鲍秉德、拾来，也隔三岔五地去扫。只是要求村长买一把公用的扫帚，用自家扫地的扫帚扫坟头，总不大吉利。

太阳照在那碑上，白生生的，耀眼得很。

碑后面是一片新起的瓦房，青砖到顶，瓦房后面是鲍山，青幽幽的，蒙在雾里似的，像是很远，又像是很近。

还是尾声

鲍秉义拉着坠子，曲儿唱到了终了：

有二字添一竖念千字，
秦甘罗十二岁做了宰相。
有一字添一竖带一钩念丁字，
丁郎又刻苦孝敬他的娘。
一二三四五六七八九十，
十九八七六五四三二一，
珍珠倒卷帘那么一小段。

鲍彦荣听着，像是走了神，像是想起了什么。他想着自个儿的那些好样儿的年月：班长死了，他吼了一声："跟我来！"打得只剩两个半人了。那个只剩半拉胳膊半拉腿的战友，现如今也不知在了哪里。

床板上还抱着腿坐了一个人，一个老头儿，罗锅腰，一脸皱皮，是打很远的北边来的一个老货郎，在这里借宿。他坐在墙角里，听着古，两只眼却盯着坐在门槛上的拾来。

拾来觉出有人看他，朝墙角里瞅瞅，看见了一双老眼。他瞅了一眼，又瞅了一眼，心下奇怪，觉着有点儿熟。再瞅了一眼，就挪不开了。两双眼睛远远地对视着。

一把坠子吱吱嘎嘎地拉着。

入选理由

当王安忆的上海书写获得了极高声誉的时候，再回头看《小鲍庄》，才会更清楚地理解王安忆文化视野的广阔和深邃。《小鲍庄》是一个"仁义"之村，长幼尊卑秩序井然，乡村中国的超稳定结构在这里有最权威的印证，一切都彰显着文化"不变"的坚韧甚至决绝。但是，这个被小鲍庄引以为傲的"仁义"背后，还是隐藏着致命的文化秘密。捞渣从降生到死亡，小翠子被压抑的天性，拾来与二婶结合的"伤风败俗"的指认，全村人甚至孩子对"外姓人"的仇视与欺凌，鲍秉德家里的老婆因多次产下死婴而经常招致丈夫毒打，直至被乡村舆论逼疯，等等，仁义村的不仁不义和虚伪的道德就发生在小鲍庄的日常生活中。特别是捞渣之死，它满足了仁义之乡的世俗欲望，乡民各得其所欢欣鼓舞。黑色幽默和悲凉的荒诞在一个人的死亡和"仁义"的背景下不动声色地展开。王安忆就是这样以现代的视野书写了小鲍庄"仁义"的悲剧，它延续也超越了百年来的启蒙主义文学。小说华丽的修辞和从容的叙事，也代表了那个时代文学的最高成就。

透明的红萝卜

莫　言[①]

1

秋天的一个早晨，潮气很重，杂草上，瓦片上都凝结着一层透明的露水。槐树上已经有了浅黄色的叶片，挂在槐树上的红锈斑斑的铁钟也被露水打得湿漉漉的。队长披着夹袄，一手里拤着一块高粱面饼子，一手里捏着一棵剥皮的大葱，慢吞吞地朝着钟下走。走到钟下时，手里的东西全没了，只有两个腮帮子像秋田里搬运粮草的老田鼠一样饱满地鼓着。他拉动钟绳，钟锤撞击钟壁，"嘡嘡嘡"响成一片。老老少少的人从胡同里拥出来，会集到钟下，眼巴巴地望着队长，像一群木偶。队长用力把食物吞咽下去，抬起袖子擦擦被络腮胡子包围着的嘴。人们一起瞅着队长的嘴，只听到那张嘴一张开——那张嘴一张开就骂："他娘的腿！公社里这些狗娘养的，今日抽两个瓦工，明日调两个木工，几个劳力全被他们给零打碎敲了。小石匠，公社要加宽村后的滞洪闸，每个生产队里抽调一个石匠，一个小工，只好你去了。"队长对着一个高个子宽肩膀的小伙子说。

小石匠长得很潇洒，眉毛黑黑的，牙齿是白的，一白一黑，衬托得满面英姿。他把脑袋轻轻摇了一下，一绺滑到额头上的头发轻轻地甩上去。他稍微有点儿口吃地问队长去当小工的人是谁，队长怕冷似的把膀子抱起来，双眼像风车一

---

① 莫　言　原名管谟业，山东高密人，中国作协副主席，著有《莫言文集》(12 卷)。中篇小说《红高粱》获全国中篇小说奖。2011 年 8 月，长篇小说《蛙》获第八届茅盾文学奖。2012 年 10 月获诺贝尔文学奖。

样旋转着，嘴里嘈嘈地说：“按说去个妇女好，可妇女要拾棉花。去个男劳力又屈了料。”最后，他的目光停在墙角上。墙角上站着一个十岁左右的男孩子。孩子赤着脚，光着脊梁，穿一条又肥又长的白底带绿条条的大裤头子，裤头上染着一块块的污渍，有的像青草的汁液，有的像干结的鼻血。裤头的下沿齐着膝盖。孩子的小腿上布满了闪亮的小疤点。

“黑孩儿，你这个小狗日的还活着？”队长看着孩子那凸起的瘦胸脯，说，“我寻思着你该去见阎王了。打摆子好了吗？”

孩子不说话，只是把两只又黑又亮的眼睛直盯着队长看。他的头很大，脖子细长，挑着这样一个大脑袋显得随时都有压折的危险。

“你是不是要干点活儿挣几个工分？你这个熊样子能干什么？放个屁都怕把你震倒。你跟上小石匠到滞洪闸上去当小工吧，怎么样？回家找把小锤子，就坐在那儿砸石头子儿，愿意动弹就多砸几块，不愿动弹就少砸几块，根据历史的经验，公社的差事都是糊弄洋鬼子的干活。”

孩子慢慢地蹭到小石匠身边，扯扯小石匠的衣角。小石匠友好地拍拍他的光葫芦头，说：“回家跟你后娘要把锤子，我在桥头上等你。”

孩子向前跑了。有跑的动作，没有跑的速度，两只细胳膊使劲甩动着，像谷地里被风吹动着的稻草人。人们的目光都追着他，看着他光着的背，忽然都感到身上发冷。队长把夹袄使劲扯了扯，对着孩子喊：“回家跟你后娘要件褂子穿着，嗐，你这个小可怜虫儿。”

他跷腿蹑脚地走进家门。一个挂着两条清鼻涕的小男孩正蹲在院子里和着尿泥，看着他来了，便扬起那张扁乎乎的脸，挓挲着手叫：“可……可……抱……”黑孩弯腰从地上捡起一个浅红色的杏树叶儿，给后母生的弟弟把鼻涕擦了，又把沾着鼻涕的树叶像贴传单一样“吧唧”拍到墙上。对着弟弟摆摆手，他向屋里溜去，从墙角上找到一把铁柄羊角锤子，又悄悄地溜出来。小男孩又冲着他叫唤，他找了一根树枝，围着弟弟画了一个大大的圆圈，扔掉树枝，匆匆向村后跑去。他的村子后边是一条不算大也不算小的河，河上有一座九孔石桥。河堤上长满垂柳，由于夏天大水的浸泡，树干上生满了红色的须根。现在水退了，须根也干巴了。柳叶已经老了，橘黄色的落叶随着河水缓缓地向前漂。几只鸭子在河边上游动着，不时把红色的嘴插到水草中，“呱唧呱唧”地搜索着，也不知吃到什么没有。

孩子跑上河堤，已经累得气喘吁吁。凸起的胸脯里像有只小母鸡在打鸣。

“黑孩！”小石匠站在桥头上大声喊他，“快点跑！”

黑孩用跑的姿势走到小石匠跟前，小石匠看了他一眼，问：“你不冷？”

黑孩怔怔地盯着小石匠。小石匠穿着一条劳动布的裤子，一件劳动布夹克式上装，上装里套一件火红色的运动衫，运动衫领子耀眼地翻出来，孩子盯着领口，像盯着一团火。

“看着我干什么？”小石匠轻轻拨拉了一下孩子的头，孩子的头像货郎鼓一样晃了晃。“你呀，”小石匠说，“生被你后娘给打傻了。”

小石匠吹着口哨，手指在黑孩头上轻轻地敲着鼓点，两人一起走上了九孔桥。黑孩很小心地走着，尽量使头处在最适宜小石匠敲打的位置上。小石匠的手指骨节粗大，坚硬得像小棒槌，敲在光头上很痛，黑孩忍着，一声不吭，只是把嘴角微微吊起来。小石匠的嘴非常灵巧，两片红润的嘴唇忽而嘬起，忽而张开，从他唇间流出百灵鸟的婉转啼声，响，脆，直冲到云霄里去。

过了桥上了对面的河堤，向西走半里路，就是滞洪闸，滞洪闸实际上也是一座桥，与桥不同的是它插上闸板能挡水，拔开闸板能放洪。河堤的漫坡上栽着一簇簇蓬松的紫穗槐。河堤里边是几十米宽的河滩地，河滩细软的沙土上，长着一些大水落后匆匆生出来的野草。河堤外边是辽阔的原野，连年放洪，水里挟带的沙土淤积起来，改良了板结的黑土，土地变得特别肥沃。今年洪水不大，没有危及河堤，滞洪闸没开闸滞洪，放洪区里种植了大片的孟加拉国黄麻。黄麻长得像原始森林一样茂密。正是清晨，还有些薄雾缭绕在黄麻梢头，远远看去，雾下的黄麻地像深邃的海洋。

小石匠和黑孩悠悠逛逛地走到滞洪闸上时，闸前的沙地上已集合了两堆人。一堆男，一堆女，像两个对垒的阵营。一个公社干部拿着一个小本子站在男人和女人之间说着什么，他的胳膊忽而扬起来，忽而垂下去。小石匠牵着黑孩，沿着闸头上的水泥台阶，走到公社干部面前。小石匠说：“刘副主任，我们村来了。”小石匠经常给公社出官差，刘副主任经常带领人马完成各类工程，彼此认识。黑孩看着刘副主任那宽阔的嘴巴。那构成嘴巴的两片紫色嘴唇碰撞着，发出一连串音节：“小石匠，又是你这个滑头小子！你们村真他妈的会找人，派你这个笊篱捞不住的滑蛋来，够我淘的啦。小工呢？”

黑孩感到小石匠的手指在自己头上敲了敲。

“这也算个人？”刘副主任捏着黑孩的脖子摇晃了几下，黑孩的脚跟几乎离了地皮。“派这么个小瘦猴来，你能拿动锤子吗？”刘副主任虎着脸问黑孩。

“行了，刘副主任，刘太阳。社会主义优越性嘛，人人都要吃饭。黑孩家三代贫农，社会主义不管他谁管他？何况他没有亲娘跟着后娘过日子，亲爹鬼迷心窍下了关东，一去三年没个影，不知是被熊瞎子舔了，还是被狼崽子吹了。你的阶级感情哪儿去了？”小石匠把黑孩从刘太阳副主任手里拽过来，半真半假地说。

黑孩被推搡得有点儿头晕。刚才靠近刘副主任时，他闻到了那张阔嘴里喷出了一股酒气。一闻到这种味儿他就恶心，后娘嘴里也有这种味。爹走了以后，后娘经常让他拿着地瓜干子到小卖铺里去换酒。后娘一喝就醉，喝醉了他就要挨打，挨拧，挨咬。

“小瘦猴！”刘副主任骂了黑孩一句，再也不管他，继续训起话来。

黑孩提着那把羊角铁锤，蔫儿吧唧地走上滞洪闸。滞洪闸有一百米长，十几米高，闸的北面是一个和闸身等长的方槽，方槽里还残留着夏天的雨水。孩子站在闸上，把着石栏杆，望着水底下的石头，几条黑色的瘦鱼在石缝里笨拙地游动。滞洪闸两头连接着高高的河堤，河堤也就是通往县城的道路。闸身有五米宽，两边各有一道半米高的石栏杆。前几年，有几个骑自行车的人被马车搡到闸下，有的摔断了腿，有的摔折了腰，有的摔死了。那时候他比现在当然还小，但比现在身上肉多，那时候父亲还没去关东，后娘也不喝酒。他跑到闸上来看热闹，他来得晚了点，摔到闸下的人已被拉走了，只有闸下的水槽里还有几团发红发浑的地方。他的鼻子很灵，嗅到了水里飘上来的血腥味……

他的手扶住冰凉的白石栏杆，羊角锤在栏杆上敲了一下，栏杆和锤子一起响起来。倾听着羊角铁锤和白石栏杆的声音，往事便从眼前消散了。太阳很亮地照着闸外大片的黄麻，他看到那些薄雾匆匆忙忙地在黄麻里钻来钻去。黄麻太密了，下半部似乎还有间隙，上半部的枝叶挤在一起，湿漉漉，油亮亮。他继续往西看，看到黄麻地西边有一块地瓜地，地瓜叶子紫勾勾地亮。黑孩知道这种地瓜是新品种，蔓儿短，结瓜多，面大味道甜，白皮红瓤儿，煮熟了就爆炸。地瓜地的北边是一片菜园，社员的自留地统统归了公，队里只好种菜园。黑孩知道这块菜园和地瓜都是五里外的一个村庄的，这个村子挺富。菜园里有白菜，似乎还有萝卜。萝卜缨儿绿得发黑，长得很旺。菜园子中间有两间孤独的房屋，住着一个孤独的老头儿，黑孩都知道。菜园的北边是一望无际的黄麻。菜园的西边又是一望无际的黄麻。三面黄麻一面堤，使地瓜地和菜地变成一个方方的大井。黑孩想着，想着，那些紫色的叶片，绿色的叶片，在一瞬间变成井中水，紧跟着黄麻也变成了水，几只在黄麻梢头飞蹿的麻雀变成了绿色的翠鸟，在水面上捕食鱼虾……

刘副主任还在训话。他的话的大意是，为了农业学大寨，水利是农业的命脉，八字宪法水是一法，没有水的农业就像没有娘的孩子，有了娘，这个娘也没有奶子，有了奶子，这个奶子也是个瞎奶子，没有奶水，孩子活不了，活了也像那个瘦猴（刘副主任用手指指着闸上的黑孩。黑孩背对着人群，他脊梁上有两块大疤瘌，被阳光照得呼啦呼啦打闪电）。而且这个闸太窄，不安全，年年摔死人，公社革委特别重视，认真研究后决定加宽这个滞洪闸。因此调来了全公社各大队共合二百余名民工。第一阶段的任务是这样的，姑娘、媳妇、半老婆子加上那个瘦猴（他又指指闸上的孩子，阳光照着大疤瘌，像照着两面小镜子），把那五百方石头砸成柏子养心丸或者是鸡蛋黄那么大的石头子儿。石匠们要把所有的石料按照尺寸剥磨整齐。这两个是我们的铁匠（他指着两个棕色的人，这两个人一个高，一个低，一个老，一个少），负责修理石匠们秃了尖的钢钻子之类。吃饭嘛，离村近的回家吃，离村远的到前边村里吃，我们开了一个伙房。睡觉嘛，离村近的回家睡，离村远的睡桥洞（他指指滞洪闸下那几十个桥洞）。女的从东边向西睡，男的从西边向东睡。桥洞里铺着麦秸草，暄得像钢丝床，舒服死你们这些狗日的。

“刘副主任，你也睡桥洞吗？”

“我是领导。我有自行车。我愿意在这儿睡不愿意在这儿睡是我的事，你别操心烂了肺。官长骑马士兵也骑马吗？狗日的，好好干，每天工分不少挣，还补你们一斤水利粮，两毛水利钱，谁不愿干就滚蛋。连小瘦猴也得一份钱粮，修完闸他保证要胖起来……”

刘副主任的话，黑孩一句也没听到。他的两根细胳膊拐在石栏杆上，双手夹住羊角锤。他听到黄麻地里响着鸟叫般的音乐和音乐般的秋虫鸣唱。逃逸的雾气碰撞着黄麻叶子和深红或是淡绿的茎秆，发出震耳欲聋的声响。蚂蚱剪动翅羽的声音像火车过铁桥。他在梦中见过一次火车，那是一个独眼的怪物，趴着跑，比马还快，要是站着跑呢？那次梦中，火车刚站起来，他就被后娘的扫炕笤帚打醒了。后娘让他去河里挑水。笤帚打在他屁股上，不痛，只有热乎乎的感觉。打屁股的声音好像在很远的地方有人用棍子抽一麻袋棉花。他把扁担钩儿挽上去一扣，水桶刚刚离开地皮。担着满满两桶水，他听到自己的骨头“咯嘣咯嘣”地响。肋条跟胯骨连在了一起。爬陡峭的河堤时，他双手扶着扁担，摇摇晃晃。上堤的小路被一棵棵柳树扭得弯弯曲曲。柳树干上像装了磁铁，把铁皮水桶吸得摇摇摆摆。树撞了桶，桶把水洒在小路上，很滑，他一脚踏上去，像踩着一块西瓜皮。不知道用什么姿势他趴下了，水像瀑布一样把他浇湿了。他的脸碰破了路，鼻子尖成了一个平面，一根草梗在平面上印了一个小沟沟。几滴鼻血流到嘴里，他吐了一口，咽了一口。铁桶一路欢唱着滚到河里去了。他爬起来，去追赶铁桶。两个桶一个歪在河边的水草里，一个被河水载着向前漂。他沿着水边追上去，脚下长满了四个棱的他和一班孩子们称为“狗蛋子”的野草。尽管他用脚指头使劲扒着草根，还是滑到了河里。河水温暖，没到了他的肚脐。裤头湿了，漂起来，围在他的腰间，像一团海蜇皮。他呼呼隆隆蹚着水追上去，抓住水桶，逆着水往回走。他把两只胳膊挓挲开，一只手拖着桶，另一只手一下一下划着水。水很硬，顶得他趔趔趄趄。他把身体斜起来，弓着脖子往前用力。好像有一群鱼把他包围了，两条大腿之间有若干温柔的鱼嘴在吻他。他停下来，仔细体会着，但一停住，那种感觉顿时就消逝了。水面忽地一暗，好像鱼群惊惶散开。一走起来，愉快的感觉又出现了，好像鱼儿又聚拢过来。于是他再也不停，半闭着眼睛，向前走啊，走……

“黑孩！”

“黑孩！”

他猛然惊醒，眼睛大睁开，那些鱼儿又忽地消失了。羊角铁锤从他手中挣脱了，笔直地钻到闸下的绿水里，溅起了一朵白菊花一样的水花。

“这个小瘦猴，脑子肯定有毛病。”刘太阳上闸去，拧着黑孩的耳朵，大声说，“过去，跟那些娘们砸石子去，看你能不能从里边认个干娘。”

小石匠也走上来，摸摸黑孩凉森森的头皮，说：“去吧，去摸上你的锤子来。砸几块，算几块，砸够了就耍耍。”

“你敢偷奸磨滑我就割下你的耳朵下酒。”刘太阳张着大嘴说。

黑孩哆嗦了一下。他从栏杆空里钻出去，双手钩住最下边一根石杆，身子一下子挂在栏杆下边。

“你找死！”小石匠惊叫着，猫腰去扯孩子的手。黑孩往下一缩，身体贴在桥墩菱状凸出的石棱上，轻巧地溜了下去。黑孩子贴在白桥墩上，像粉墙上一只壁虎。他哧溜到水槽里，把羊角锤摸上来，然后爬出水槽，钻进桥洞不见了。

“这小瘦猴！”刘太阳摸着下巴说，“他妈的这个小瘦猴！”

黑孩从桥洞里钻出来，畏畏缩缩地朝着那群女人走去。女人们正在笑骂着。话很脏，有几个姑娘夹杂在里边，想听又怕听，脸儿一个个红扑扑的像鸡冠子花。男孩黑黑地出现在她们面前时，她们的嘴一下子全封住了。愣了一会儿，有几个咬着耳朵低语，看着黑孩没反应，声音就渐渐大了起来。

“瞧瞧，这个可怜样儿！都什么节气了还让孩子光着。”

“不是自己腚里养出来的就是不行。”

“听说他后娘在家里干那行呢……”

黑孩转过身去，眼睛望着河水，不再看这些女人。河水一块红一块绿，河南岸的柳叶像蜻蜓一样飞舞着。

一个蒙着一条紫红色方头巾的姑娘站在黑孩背后，轻轻地问："哎，小孩，你是哪个村的？"

黑孩歪歪头，用眼角扫了姑娘一下。他看到姑娘的嘴上有一层细细的金黄色的茸毛，她的两眼很大，但由于眼睫毛太多，毛茸茸的，显出一副睡眼惺忪的样子。

"小孩，你叫什么名字？"

黑孩正和沙地上一棵老蒺藜作战，他用脚指头把一个个六个尖或是八个尖的蒺藜撕下来，用脚掌去捻。他的脚像骡马的硬蹄一样，蒺藜尖一根根断了，蒺藜一个个碎了。姑娘愉快地笑起来："真有本事，小黑孩，你的脚像挂着铁掌一样。哎，你怎么不说话？"姑娘用两个手指戳着孩子的肩头说，"听到了没有，我问你话呢！"

黑孩感觉到那两个温暖的手指顺着他的肩头滑下去，停到他背上的伤疤上。

"哎，这，是怎么弄的？"

孩子的两个耳朵动了动。姑娘这才注意到他的两耳长得十分夸张。"耳朵还会动，哟，小兔一样。"

黑孩感觉到那只手又移到他的耳朵上，两个指头在捻着他漂亮的耳垂。

"告诉我，黑孩，这些伤疤，"姑娘轻轻地扯着男孩的耳朵把他的身体调转过来，黑孩齐着姑娘的胸口。他不抬头，眼睛平视着，看见的是一些由红线交叉成的方格，有一条梢儿发黄的辫子躺在方格布上。"是狗咬的？生疮啦？上树拉的？你这个小可怜……"

黑孩感动地仰起脸来，望着姑娘浑圆的下巴。他的鼻子吸了一下。

"菊子，想认个干儿吗？"一个脸盘肥大的女人冲着姑娘喊。

黑孩的眼睛转了几下，眼白像灰蛾儿扑棱。

"对，我就叫菊子，前屯的，离这儿十里，你愿意的话就叫我菊子姐好啦。"姑娘对黑孩说。

"菊子，是不是看上他了？想招个小女婿吗？那可够你熬的，这只小鸭子上架要得几年哩……"

"臭老婆，张嘴就喷粪。"姑娘骂着那个胖女人。她把黑孩牵到像山岭一样的碎石堆前，找了一块平整的石头摆好，说，"就坐在这儿吧，靠着我，慢慢砸。"她自己也找了一块光滑石头，给自己弄了个座位，靠着男孩坐下来。很快，滞洪闸前这一片沙地上，就响起了"噼噼啪啪"的敲打石头声。女人们以黑孩为话题议论着人世的艰难和造就这艰难的种种原因，这些"娘儿们哲学"里，永恒真理掺杂着胡说八道，菊子姑娘一点都没往耳里入，她很留意地观察着孩子。黑孩起初还以那双大眼睛的偶然一瞥来回答姑娘的关注，但很快就像入了定一样，眼睛大睁着，也不知他看着什么，姑娘紧张地看着他。他左手摸着石头块儿，右手举着羊角锤，每举一次都显得筋疲力尽，锤子落下时好像猛抛重物一样失去控制。有时姑娘几乎要惊叫起来，但什么也没发生，羊角铁锤在空中画着曲里拐弯的轨迹，但总能落到石头上。

黑孩的眼睛本来是专注地看着石头的，但是他听到了河上传来了一种奇异的声音，很像鱼群在唼喋，声音细微，忽远忽近，他用力地捕捉着，眼睛与耳朵并用，他看到了河上有发亮的气体起伏上升，声音就藏在气体里。只要他看着那神奇的气体，美妙的声音就逃跑不了。他的脸色渐渐红润起来，嘴角上漾起动人的微笑。他早忘记了自己坐在什么地方干什么，仿佛一上一下举着的手臂是属于另一个人的。后来，他感到右手食指一阵麻木，右胳膊也不由自主地抽搐了一下。他的嘴里突然迸出了一个音节，像哀叫又像叹息。低头看时，发现食指指甲盖已经破成好几半，几股血从指甲破缝里渗出来。

“小黑孩，砸着手了是不？”姑娘耸身站起，两步跨到孩子面前蹲下，“亲娘哟，砸成了什么样子？哪里有像你这样干活儿的？人在这儿，心早飞到不知哪国去了。”姑娘数落着黑孩。黑孩用右手抓起一把土按在砸破的手指上。

“黑孩，你昏了？土里什么脏东西都有！”姑娘拖起黑孩向河边走去，孩子的脚板很响地扇着油光光的河滩地。在水边上蹲下，姑娘抓住孩子的手浸到河水里。一股小小的黄浊流在孩子的手指前形成了。黄土冲光后，血丝又渗出来，像红线一样在水里抖动，孩子的指甲像砸碎的玉片。

“痛吗？”

他不吱声。这时候他的眼睛又盯住了水底的河虾，河虾身体透亮，两根长须冉冉漂动，十分优美。

姑娘掏出一条绣着月季花的手绢，把他的手指包起来。牵着他回到石堆旁，姑娘说：“行了，坐着耍吧，没人管你，冒失鬼。”

女人们也都停下了手中的锤子，把湿漉漉的目光投过来，石堆旁一时很静。一群群绵羊般的白云从青蓝蓝的天上飞奔而过，投下一团团稍纵即逝的暗影，时断时续地笼罩着苍白的河滩和无可奈何的河水。女人们脸上都出现一种荒凉的表情，好像寸草不生的盐碱地。待了好长一会儿，她们才如梦初醒，重新砸起石子来，锤声寥落单调，透出了一股无可奈何的情绪。

黑孩默默地坐着，目不转睛地看着手绢上的红花儿。在红花旁边又有一朵花儿出现了，那是指甲里的血渗出来了。女人们很快又忘了他，“嘎嘎咕咕”地说笑起来。黑孩把伤手举起来放在嘴边，用牙齿咬开手绢的结儿，又用右手抓起一把土，按到伤指上。姑娘刚要开口说话，却发现他用牙齿和右手又把手绢扎好了。她长长地叹了一口气，举起锤子，沉重地打在一块酱红色的石片上。石片很坚硬，石棱儿像刀刃一样，石棱与锤棱相接，碰出了几个很大的火星，大白天也看得清。

中午，刘副主任骑着辆乌黑的自行车从黑孩和小石匠的村子里蹿出来。他站在滞洪闸上吹响了收工哨。他接着宣布，伙房已经开火，离家五里以外的民工才有资格去吃饭。人们匆匆地收拾着工具。姑娘站起来。孩子站起来。

“黑孩，你离家几里？”

黑孩不理她，脑袋转动着，像在寻找什么。姑娘的头跟着黑孩的头转动，当黑孩的头不动了时，她也把头定住，眼睛向前望，正碰上小石匠活泼的眼睛，两人对视了几十秒钟。小石匠说：“黑孩，走吧，回家吃饭，你不用瞪眼，瞪眼也是白瞪眼，咱俩离家不到二里，没有吃伙房的福分。”

“你们俩是一个村的？”姑娘问小石匠。

小石匠兴奋地口吃起来，他用手指指村子，说他和黑孩就是这村人，过了桥就到了家。姑娘和小石匠说了一些平常但很热乎的话。小石匠知道了姑娘家住前屯，可以吃伙房，可以睡桥洞。姑娘说，吃伙房愿意，睡桥洞不愿意。秋天里刮秋风，桥洞凉。姑娘还悄悄地问小石匠黑孩是不是哑巴。小石匠说绝对不是，这孩子可灵性哩，他四五岁时说起话来就像竹筒里晃豌豆，咯嘣咯嘣脆。可是后来，话越来越少，动不动就像尊小石像一样发呆，谁也不知道他寻思着什么。你看看他那双眼睛吧，黑洞洞的，一眼看不到底。姑娘说看得出来这孩子灵性，不知为什么我很喜欢他，就像我的小弟弟一样。小石匠说，那是你人好心眼儿善良。

小石匠、姑娘、黑孩，不知不觉落到了最后边，他和她谈得很热乎，恨不得走一步退两步。黑孩跟在他俩身后，高抬腿、轻放脚，那神情和动作很像一只沿着墙边巡逻的小公猫。在九孔桥上，刚刚在紫穗槐树丛里耽误了时间的刘太阳骑着车子“嘎嘎啦啦”地赶上来，桥很窄，他不得不跳下车子。

“你们还在这儿磨蹭？黑猴，今天上午干得怎么样？噢，你的爪子怎么啦？”

“他的手让锤子打破了。”

“他妈的。小石匠，你今天中午就去找你们队长，让他趁早换人，出了人命我可担不起。”

“他这是工伤，你忍心撵他走？”姑娘大声说。

“刘副主任，咱俩多年的老交情了，你说，这么大个工地，还多这么个孩子？你让他瘸着只手到队里去干什么？”小石匠说。

“瘦猴儿，真你妈的，”刘太阳沉吟着说，“给你调个活儿吧，给铁匠炉拉风匣，怎么样？会不会？”

孩子求援似的看看小石匠，又看看姑娘。

“会拉，是不是黑孩？”小石匠说。

姑娘也冲着他鼓励地点点头。

2

黑孩在铁匠炉上拉风箱拉到第五天，赤裸的身体变得像优质煤块一样乌黑发亮；他全身上下，只剩下牙齿和眼白还是白的。这样一来，他的眼睛就更加动人，当他闭紧嘴角看着谁的时候，谁的心就像被热铁烙着一样难受。他的鼻翼两侧的沟沟里落满煤屑，头发长出有半寸长了，半寸长的头发间也全是煤屑。现在，全工地的男人女人们都叫他“黑孩”，他谁也不理，连认真看你一眼也不。只有菊子姑娘和小石匠来跟他说话时，他才用眼睛回答他们。昨天中午，工地上的人们全去吃饭了，铁匠师傅的一把小锤和一个淬火用的新水桶被人偷走了。刘太阳在滞洪闸上大骂了半个小时。他分派给黑孩一个新任务：每天中午放工吃饭后，留在工地上看守工具，午饭由铁匠师傅从伙房里带来。刘副主任说，便宜黑孩这个狗小子一顿午饭。

人全走了，喧闹了一上午的工地静得很。黑孩走出桥洞，在闸前的沙地上慢慢踱步。他倒背着胳膊，双手捂着屁股，蹙着眉毛，额头上出现三道深深的皱纹。他翻来覆去地数着桥洞，从两片嘴唇间“叭儿叭儿”地吐出一个个小泡泡儿。在第七个桥墩前，他站住了，然后双腿夹住桥墩的菱状石棱，一耸一耸地往上爬。爬到半截时，他滑了下来，肚皮上擦破了一大块，渗出一层血珠来。他弯腰抓起一把土，按到肚子上。然后倒退几步，抬起手掌打着眼罩，看着桥墩与桥面相接处那道石缝，他放心了。

很快地他又走到了妇女们砸石子的地方，他曾经坐过的那块石头没有了。他很准地找到了菊子姑娘的座位，他认识她那把六棱石匠锤。他坐在姑娘的座位上，不断地扭动着身体，变换着姿势，一直等调整到眼睛跟第七个桥墩上那条石缝成一条直线时，才稳稳地坐住，双眼紧盯着石缝里那个东西……

那天中午，他早早地跑到滞洪闸下，在西边第一个桥洞里蹲下来。他眼睛一遍遍地抚摸红炉、铁钳、大锤、小锤、铁桶、煤铲，甚至每块煤，甚至每块煤渣。快到上工时间了，他右手拿起煤铲，捅开了压住火的红炉，左手用力一拉风箱，煤烟和着煤灰飞起来，迷了眼睛，他使劲揉着，眼眶处充血发了紫。风箱里新勒了鸡毛，很沉，他一只手拉起来有些吃力。右手食指被碰了一下。看手指时才想起那条包着伤指的手绢。手绢已经不白了，月季花还是鲜红的。他转了一个念头，走出桥洞，四下打量着。在第七个桥墩前，他解下手绢用口叼着，费力地爬上去，把手绢塞到石缝里……三捅两戳，火灭了。他的额上沁出一层汗珠。这时桥洞外响起踢踢踏踏的脚步声，他惶恐地倒退着，一直退到脊背贴着凉凉的石壁。黑孩看到一个短腿的青年弯着腰走进桥洞，那姿势好像要证明桥洞很低他人很高。黑孩咧了咧嘴。短腿青年看着被捅灭的火炉和拉出半截的风箱，又看看紧贴石壁站着的他，骂一声："小狗崽子！你来折腾什么？火也捅灭了，风匣也拉歪了，欠揍的小浑蛋。"黑孩听到头上响起一阵风声，感到有一个带棱角的巴掌在自己头皮上扇过去，紧接着听到一个很脆的响，像在地上摔死一只青蛙。

"滚出去砸你的石头子儿，小浑蛋！"青年人骂着。黑孩这才知道这就是小铁匠。小铁匠的脸上布满密集的粉刺疙瘩，鼻子像牛犊的鼻子一样，扁扁的，平平的，上边布满汗珠。黑孩看到小铁匠麻利地清理炉膛。又看着他从桥洞的角上抓过一把金黄的麦秸塞到炉膛里，点燃，轻轻地拉几下风箱，麦秸先冒出又轻又白的烟，紧跟着蹿出火苗。小铁匠铲了一铲湿漉漉的煤，薄薄地撒在正在燃烧的麦秸上，拉风箱的手一直不停。又撒了一层煤。又撒了一层煤。炉里蹿起焦黄的烟，烟里夹带着呛鼻子的煤味。小铁匠用铁铲尖儿把炉中煤一戳，几缕强劲有力的暗红色的火苗蹿了出来，煤着了。

黑孩兴奋地"噢"了一声。

"你还不滚，小浑蛋！"

一个又高又瘦的老头子慢吞吞地走进桥洞，问小铁匠："不是压住火了吗？怎么又生？"他的语声沉闷，声音像是从胸膈以下发出来的。

"被这个小浑蛋给捅灭了。"小铁匠抬起煤铲指指黑孩。

"你让他拉吧。"老头儿说。他把一块蛋黄色的油布围在腰间，把两块蛋黄色的油布绑在脚脖子上护住了脚面。油布上布满了火星烧成的洞洞眼眼。黑孩知道这就是老铁匠了。

"让他拉风匣，你专管打锤，这样你也轻松一点。"老铁匠说。

"让这么个毛孩子拉风匣？你看他瘦得那个猴样，在火炉边还不给烤成干柴棍儿！"小铁匠不满意地嘟哝着。

刘太阳一步闯进来，翻着眼皮说："怎么啦？不是你说的要个拉火的吗？"

"要拉火的不要他！刘副主任，你看看他瘦得那个样子，恐怕连他妈的煤铲都拿不动，你派他来干什么？臭杞摆碟凑样数！"

"我知道你小子的鬼心眼子。你想要个大姑娘来给你拉火是不是？挑个最漂亮的，让那个蒙着紫红色方头巾的来？美得你这个臊包狗蛋！黑孩，拉风箱吧。"刘太阳冲着小铁匠说，"你他妈的好好教教他！"

黑孩畏畏缩缩地走到风箱前站定，目光却期待什么似的望着老铁匠的脸。孩子发现，老铁匠的脸色像炒焦了的小麦，鼻子尖像颗熟透了的山楂。他走上前来，教给黑孩一些烧火的要领。黑孩的耳朵抖动着，把老铁匠的话儿全听进去了。

刚开始拉火时，他手忙脚乱，满身都是汗水，火焰烤得他的皮肤像针尖刺着一样疼痛。老铁匠面部没有表情，僵硬犹如瓦片，连看也不看他一眼。黑孩咬着下嘴唇，不断地抬起黑胳膊擦着流到眼睛上边的汗水。他的鸡胸脯一起一伏，嘴和鼻孔像风箱一样"呼哧呼哧"喷着气。

小石匠送来磨秃的钢钻待修，看着黑孩那副样子，说："能不能挺住？挺不住就吱声，还去砸你的石头子儿。"

黑孩连头都没抬。

"这倔种！"小石匠把钢钻扔在地上，走了。但很快他又折了回来，和菊子姑娘一起。菊子把方头巾扎在脖子上，整个脸显得更加完整。

桥洞里的小铁匠忽然感到眼前一亮，使劲咽了一口唾液，又用肥厚的舌头舔了舔干裂的嘴唇。他的两只眼睛不比黑孩的眼睛小，但右眼里有一个鸭蛋皮色的"萝卜花"遮盖了瞳孔。天长日久地用左眼看东西，养成了脑袋往右歪的习惯。他的头枕在右肩上，左眼里射出一道灼热的光，直盯着姑娘红扑扑的脸膛。十八磅的大铁锤头朝下站在他的两腿间，他手扶锤把子，像拄着一根拐棍。

炉中烟火升腾，黑烟夹带着火星直冲到桥面上，又愤怒地反扑下来。孩子的脸笼罩在烟雾里，他咳嗽着，胸脯里"咝咝"地响。老铁匠冷冷地看了黑孩一眼，从磨得油亮的皮口袋里掏出烟袋，慢吞吞地装上烟，就着炉火点燃，把两股白色烟喷进黑色烟里，鼻孔里两撮黑毛抖动着，他从烟雾里漠然地看了一眼桥洞口的小石匠和菊子，这才对黑孩说："少加煤，撒匀一点。"孩子急促地拉着风箱，瘦身子前倾后仰，炉火照着他汗湿的胸脯，每一根肋巴条都清清楚楚。左胸脯的肋条缝中，他的心脏像只小耗子一样可怜巴巴地跳动着。老铁匠说："拉长一点，一下是一下。"

菊子姑娘看到黑孩的下唇流出深红的血，眼睛里顿时充满泪水。她喊道："黑孩，不给他们干了。走，回去跟我砸石子儿。”她走到风箱前，捏住了黑孩那两条干柴棍一样的细胳膊。黑孩拼命挣扎着，喉咙里呜呜地响着，像一条要咬人的小狗。他身体很轻，姑娘架着他的胳膊把他端出了桥洞，他粗糙的脚趾划着地面，地上的碎石片儿哗哗地响着。

“黑孩，咱不给他们干了，你顶不住烟熏火燎，你这么瘦，流光了汗，就烤成锅巴啦。还是跟姐姐去砸石子儿轻松。”一边说着，一边把他放下，用一只手拖着他往石堆那边走。她的胳膊粗壮有力，手很大很柔软，捏着黑孩的手腕，像捏着一条小山羊腿。黑孩打着坠，脚后跟哗哗啦啦犁着地上的碎石片。“小傻瓜，小拗种，好好跟我走。”姑娘停住脚，回头对他说着，手用力捏捏他的腕子，“看看你这小狗腿，我要一用劲，保准捏碎了，那么重的活儿你怎么干得了？”黑孩恨恨地盯了她一眼，猛地低下头，在姑娘胖胖的手腕上狠狠地咬了一口。她“哎哟”了一声，松开手，黑孩转身跑回了桥洞。

黑孩的牙齿十分锋利，姑娘的手腕上被咬出了两排深深的牙印。他的犬齿是两个锥牙儿，这两个锥牙在姑娘腕上钻出了两个流血的小洞。小石匠关切地走上前去，掏出一条皱巴巴的手绢要给姑娘包扎。她推开他，眼睛也不看他，弯腰从地上抓起一把土，按在伤口上。

“有病菌！”小石匠吃惊地叫喊。

姑娘走回乱石堆前，寻着自己的座位坐下来，呆呆地瞅着河水上层出不穷的波纹，一块石头儿也不砸。

“看看，又傻了一个。”

“黑孩八成会使魔法。”

女人们咬着耳朵低语。

“黑孩，你给我滚出来，狗崽子，狗咬吕洞宾，不识好人心。”小石匠骂着往铁匠炉所在的桥洞里走。

一股脏乎乎、热烘烘的水泼出来，劈头盖脸蒙住了小石匠。小石匠对得正，桥洞里瞄得准，半桶水几乎没浪费一滴。他柔软的黄头发上、劳动布夹克衫上、大红运动衫翻领上，沾满了铁屑和煤灰，脏水像小溪一样从头往脚流。

“瞎了狗眼了！”小石匠大骂着冲进桥洞，“谁干的？说，谁干的？”没有人搭理他。桥洞里黑烟散尽，炉火正旺，紫红色的老铁匠用一把长长的铁钳子把一根烧得发白透亮的钢钻子从炉里夹出来，钻子尖上“噼噼”地爆着耀眼的钢花。老铁匠把钻子放在铁砧上，用小叫锤敲了一下铁砧的边缘，铁砧清脆地回答着他。他的左手操着长把铁钳，铁钳夹着钻子，钻子按着他的意思翻滚着；右手的小叫锤很快地敲着钢钻。他的小锤敲到哪儿，独眼小铁匠的十八磅大铁锤就打到哪儿。老铁匠的小锤像鸡啄米一样迅疾，小铁匠的大锤一步不让，桥洞里习习生出热风。在惊心动魄的锻打声中，钢钻子火星四溅，火星溅到老铁匠和小铁匠围腰护脚的油布上，“吱吱”地冒着白色的烟。火星也飞到了黑孩裸露的皮肤上，他咧着嘴，龇出两排雪白的小狼牙齿。钢火在他肚皮上烫起几个大燎泡，他一点都没有痛的表情，眼睛里跳动着心荡神迷的火苗，两个瘦削的肩头耸起来，脖子使劲缩着，双臂交叠在胸前，手捂着下巴和嘴巴，挤得鼻子上满是皱纹。

秃钻子被打出了尖，颜色暗淡下来——先是殷红，继而是银白。地下落着一层灰白的铁屑，铁屑引燃了一根草梗，草梗悠闲地冒着袅袅的白烟。

“谁他妈的泼了我？”小石匠盯着小铁匠骂。

“老子泼的，怎么着？”小铁匠遍体放光，双手拄着锤把，优雅地歪着头，说。

“你瞎眼了吗？”

“瞎了一个。老爹泼水你走路，碰上了算你运气。”

“你讲理不讲？”

“这年头，拳头大就有理。”小铁匠捏起拳头，胳膊上的肉隆起来。

“来吧，独眼龙！老子今天把你这只狗眼也打瞎。”小石匠怒气冲冲地靠了前，老铁匠好像无意地往前跨了一步，撞了他一下。小石匠猛然觉得老人那双深深地眍着的眼窝里射出了一股物质，好像暗示着什么，他顿时感到浑身肌肉松弛。老铁匠微微扬起脸，极随便地哼唱了一句说不出是什么味道的戏文或是歌词来。

恋着你刀马娴熟通晓诗书少年英武，跟着你闯荡江湖风餐露宿吃尽了世上千般苦。

老铁匠只唱了这一句，声音戛然而止，听得出他把一大截悲怆凄楚的尾音咽进了肚子。老铁匠又看了小石匠一眼，低下头去给刚打出尖的钻子淬火。淬火前，他捋起右手衣袖，把手伸进水桶里试着水温，他的小臂上有一个深紫色的伤疤，圆圆的，中间凸出，尽管这个伤疤不像一只眼睛，但小石匠却觉得这个紫疤像一只古怪的眼睛盯着自己。他撇了一下嘴，恍恍惚惚像中了魔怔，飘飘地出了桥洞，红炉这边，一下午没见到他的影子。

……孩子的眼睛酸了，头皮也晒得发烫。他从姑娘的座位上站起来，踱回到铁匠炉边。桥洞里很暗，他摸摸索索地坐在老铁匠的马扎上，什么都不想的时候，双手便火烧火燎地痛起来，他把手放在凉森森的石壁上，赶快去想过去的事情。

三天前，老铁匠请假回家拿棉衣和铺盖，他说人老了腿值钱，不愿天天往家跑，在红炉边絮个铺，冻不着的（黑孩抬眼看看老铁匠的铺。桥洞的北边已经用闸板堵起来了。几缕亮光从板缝里漏进来，斜照着老铁匠那件油晃晃的棉袄和那条狗毛脱落的皮褥子）。老师傅回了家，小铁匠成了一洞之主。那天上午进桥洞来，他挺着胸，凸着肚，好颜好色地说："黑孩，生火，老东西回家了，咱们俩干。"

黑孩看着他。

"瞪什么眼，兔崽子！你瞧不起老子是不？老子跟着老东西已经熬了整三年啦，他那点把戏我全知道。"小铁匠说。

黑孩懒洋洋地生起火来。小铁匠得意地哼着什么。他把几支头天没来得及修的钢钻插进炉膛烧着。黑孩把火拉得很旺，照着自己的黑脸透出红来。小铁匠忽然笑起来，说："黑孩，你小子冒充老红军准行，浑身是疤。"

孩子使劲拉火。

"这几天怎么也不见你那个浪干娘来看你啦？你咬了她一口，把她得罪啦，狗儿子。她的胳膊什么味儿？是酸的还是甜的？你狗日的好口福。要是让我捞到她那条白嫩胳膊，我像吃黄瓜一样啃着吃了。"

黑孩提起长钳，夹起一根烧透了的钢钻扔到砧子上。"哟，儿子，好快！"小铁匠抄起一把比大锤小比小锤大的中锤，一手掌钳，一手抡锤，狠狠地打起来。黑孩呆呆地看着。小铁匠一身好力气，铁锤耍得出神出鬼，打出的钢钻尖儿棱角分明，像支削好的铅笔。黑孩很悲哀地看着老铁匠那把小叫锤儿。小铁匠用铁钳夹着打好的钢钻到桶边淬火，他淬火的动作跟老铁匠一模一样。黑孩背过脸，又去看那把躺在砧子旁边的小叫锤，小叫锤的木把儿像老牛的角尖一样又光又滑。

小铁匠好马快刀，一会儿工夫就修好十几支钢钻。他得意地坐在师傅的马扎上卷烟。卷好烟，插进嘴。吩咐黑孩夹过一块通红的炭给他点着。

"儿子，看到了吧？没有老梆子我们照样干！"

小铁匠正得意着，刚才拿走钻子的石匠们找他来了。"小铁匠，你淬的什么鸟火？不是崩头就是弯尖，这是剥石头，不是打豆腐。没有弯弯肚子，别吞镰头刀子。等你师傅回来吧，别拿着我们的钢钻练功夫。"

石匠们把那十几支坏钻子扔在地上。走了。小铁匠脸变了色，咋呼着黑孩拉火烧钻子。一会儿工夫他又把钻子打好，淬好，亲自抱着送到工地上。他前脚进了桥洞，石匠们后脚就跟来了。坏钻子扔在地上，脏话扔在小铁匠头上："去你娘的蛋，别耍我们的大头了，看看你淬的火！全崩了你娘的尖啦！"

黑孩看看小铁匠，嘴角上漾出两道纹来，谁也不知道他是高兴还是难过。小铁匠把工具摔得“噼里啪啦”响，蹲到地上，呼呼地吐闷气。他抽了一支烟，那只独眼咕噜噜地转着，射出迷茫暴躁的光线，两条大蝌蚪一样的眉毛急遽地扭动着。他扔掉烟屁股，站起来，说：“妈的，就不信羊不吃蒿子！黑孩，拉火再干！”

黑孩无精打采地拉着风箱，动作一下比一下迟缓。小铁匠催他，骂他，他连头都不抬。钻子又烧好了。小铁匠草草打了几锤，就急不可耐地到桶边淬火。这次他改变了方式，不是像老铁匠那样一点点地淬，而是把整个钻子一下插到水里。桶里的水吱吱地叫着，一股白气绞着麻花冲起来。小铁匠把钢钻提起来，举到眼前，歪着头察看花纹和颜色。看了一阵，他就把这支钻子放在砧子上，用锤轻轻一敲，钢钻断成两半。他沮丧地把锤子扔到地上，把那半截钻子用力甩到桥洞外边去。坏钻子躺在洞前石片上，怎么看都难受。

“去把那根钻子捡回来！”小铁匠怒冲冲地吩咐黑孩。黑孩的耳朵动了动，脚却没有动。他的屁股上挨了一脚，肩膀上被捅了一钳子，耳边响起打雷一样的吼声：“去把钻子捡回来。”

黑孩垂着头走到钻子前，一点一点弯下腰去，伸手把钻子抓起来。他听到手里“吱吱啦啦”地响，像握着一只知了。鼻子里也嗅到炒猪肉的味道。钻子沉重地掉在地上。

小铁匠一愣，紧接着大笑起来：“兔崽子，老子还忘了钻子是热的，烫熟了猪爪子，啃吧！”

黑孩走回桥洞，一眼也不看小铁匠，把烫熟了皮肉的手淹到水桶里泡了泡，又慢悠悠走出桥洞。他弯下腰去，仔细地端详着那半截钢钻子。钢钻是银灰色的，表面粗糙，有好多小颗粒。地上的湿土在钢钻下冒着白气，那白气很细，若有若无。他更低地俯下身去，屁股高高地翘起来，大裤头全褪到屁股上，露出比小腿颜色略浅的大腿。他的一只手捂在背上，一只手从肩前垂下去，慢慢地接近钢钻，水珠沿着指尖滴下去，钢钻子哧啦一声响。水珠在钻子上跳动着，叫着，缩小着，变成一圈波纹，先扩大一下，立即收缩，终于消逝了。他的指尖已经感到了钢钻的灼热，这种灼热感一直传导到他心里去。

“你他妈的在那儿干什么，弯腰撅腚，冒充走资派吗？”小铁匠在桥洞里喊他。

他一把攥住钢钻，哆嗦着，左手使劲抓着屁股，不慌不忙走回来。小铁匠看到黑孩手里冒出黄烟，眼像风瘫病人一样斜着叫：“扔、扔掉！”他的嗓子变了调，像猫叫一样，“扔掉呀，你这个小浑蛋！”

黑孩在小铁匠面前蹲下，松开手，抖了两抖，钻子打了两滚儿躺在小铁匠脚前。然后就那么蹲着，仰望着小铁匠的脸。小铁匠浑身哆嗦起来："别看我，狗小子，别看我。"他拧过脸去。黑孩站起来，走出桥洞……他记得他走出桥洞后望了一会儿西天，天上连一丝云彩也没有，只有半个又白又薄的月亮，像一块小小的云……

他想得很累，耳朵里有蜜蜂的叫声。从马扎子上起来，走到老铁匠的铺前躺下来。头枕着棉袄，眼皮不知不觉合上了。他感到有一个人在抚摩自己的脸，抚摩自己的手，痛，他忍着。有两滴沉甸甸的水珠落下来，一滴落在两片唇间，他咽下了；一滴打到鼻尖上，鼻子被砸得酸溜溜的。

"黑孩、黑孩，醒醒，吃饭啦。"

他觉得鼻子酸得厉害，匆忙爬起来，看着姑娘。有两股水儿想从眼窝里滚出来，他使劲憋住，终于让水儿流进喉咙。

"给你。"姑娘解开那条紫红色头巾。头巾里包着两个窝窝头。一个窝窝头的眼里塞着一根腌黄瓜，一个窝窝头眼里栽着一根大葱。一根长长的梢儿发黄的头发沾在窝窝头上。姑娘用两个指头拈起头发，轻轻一弹，头发落地时声音很响，黑孩听到了。

"吃吧，你这条小狗！"姑娘摸着他的脖子说。

黑孩咬葱咬黄瓜咬窝窝头，一边咀嚼一边看姑娘。

"手是怎么烫的？是不是独眼龙使坏？还咬我吗？看看你的狗牙多快。"

孩子的耳朵使劲忽扇着，左手举起窝窝头，右手举起大葱腌黄瓜，遮住了脸。

3

夜里，莫名其妙地下了一场雷阵雨。清晨上工时，人们看到工地上的石头子儿被洗得干干净净，沙地被拍打得平平整整。闸下水槽里的水增了两拃，水面蓝汪汪地映出天上残余的乌云。天气仿佛一下子冷了，秋风从桥洞里穿过来，和着海洋一样的黄麻地里的窸窣之声，使人感到从心里往外冷。老铁匠穿上了他那件亮甲似的棉袄，棉袄的扣子全掉光了，只好把两扇襟儿交错着掩起来，拦腰捆上一根红色胶皮电线。黑孩还是只穿一条大裤头子，光背赤足，但也看不出他有半点瑟缩。他原来扎腰的那根布条儿不知是扔了还是藏了，他腰里现在也扎着一节红胶皮电线。他的头发这几天像发疯一样地长，已经有二寸长，头发根根竖起，像刺猬的硬毛。民工们看着他赤脚踩着石头上积存的雨水走过工地，脸上都表现出怜悯加敬佩的表情来。

“冷不冷？”老铁匠低声问。

黑孩惶惑地望着老铁匠，好像根本不理解他问话的意思。“问你哩！冷吗？”老铁匠提高了声音。惶惑的神色从他眼里消失了，他垂下头，开始生火。他左手轻拉风箱，右手持煤铲，眼睛望着燃烧的麦秸草。老铁匠从草铺上拿起一件油腻腻的袢子给黑孩披上。黑孩扭动着身体，显出非常难受的样子。老铁匠一离开，他就把袢子脱下来，放回到铺上去。老铁匠摇摇头，蹲下去抽烟。

“黑孩，怪不得你死活不离开铁匠炉，原来是图着烤火暖和哩，妈的，人小心眼儿不少。”小铁匠打了一个百无聊赖的哈欠，说。

工地上响起哨子声，刘副主任说，全体集合。民工们集合到闸前向阳的地方，男人抱着膀子、女人纳着鞋底子。黑孩偷觑着第七个桥墩上的石缝，心里忐忑不安。刘副主任说，天就要冷，因此必须加班赶，争取结冰前浇完混凝土底槽。从今天起每晚七点到十点为加班时间，每人发给半斤粮，两毛钱。谁也没提什么意见。二百多张脸上各有表情。黑孩看到小石匠的白脸发红发紫，姑娘的红脸发灰发白。

当天晚上，滞洪闸工地上点亮了三盏汽灯。汽灯发着白炽刺眼的光，一盏照耀石匠们的工场，一盏照着妇女们砸石子儿的地方。妇女们多数有孩子和家务，半斤粮食两毛钱只好不挣。灯下只围着十几个姑娘。她们都离村较远，大着胆子挤在一个桥洞里睡觉，桥洞两头都堵上了闸板，只在正面留了个洞，钻进钻出。菊子姑娘有时钻桥洞，有时去村里睡（村里有她一个姨表姐，丈夫在县城当临时工，有时晚上不回家睡，表姐就约她去做伴）。第三盏汽灯放在铁匠炉的桥洞里，照着老年青年和少年。石匠工场上锤声叮当，钢钻子啃着石头，不时迸出红色的火星。石匠们干得还算卖劲，小石匠脱掉夹克衫，大红运动衣像火炬一样燃烧着。姑娘们围灯坐着，产生许多美妙联想。有时嘎嘎大笑，有时窃窃私语，砸石子的声音零零落落。在她们发出的各种声音的间隙里，充填着河上的流水声。菊子放下锤子，悄悄站起来，向河边走去。灯光把她的影子长长地投在沙地上。“当心被光棍子把你捉去。”一个姑娘在菊子身后说。菊子很快走出灯光的圈子。这时她看到的灯光像几个白亮亮的小刺球，球刺儿伸到她面前停住了，刺尖儿是红的、软的。后来她又迎着灯光走上去。她忽然想去看看黑孩儿在干什么，便躲避着灯光，闪到第一个桥墩的暗影里。

她看到黑孩儿像个小精灵一样活动着，雪亮的灯光照着他赤裸的身体，像涂了一层釉彩。仿佛这皮肤是刷着铜色的陶瓷橡皮，既有弹性又有韧性，撕不烂也扎不透。黑孩似乎胖了一点点，肋条和皮肤之间疏远了一些。也难怪嘛，每天中午她都从伙房里给他捎来好吃的。黑孩很少回家吃饭，只是晚上回家睡觉，有时候可能连家也不回——姑娘有天早晨发现他从桥洞里钻出来，头发上顶着麦秸草。黑孩双手拉着风箱，动作轻柔舒展，好像不是他拉着风箱而是风箱拉着他。他的身体前倾后仰，脑袋像在舒缓的河水中漂动着的西瓜，两只黑眼睛里有两个亮点上下起伏着，如萤火虫优雅地飞动。

小铁匠在铁砧子旁边以他一贯的姿势立着，双手拄着锤柄，头歪着，眼睛瞪着，像一只深思熟虑的小公鸡。老铁匠从炉子里把一支烧熟的大钢钻夹了出来，黑孩把另一支坏钻子捅到大钢钻腾出的位置上。烧透的钢钻白里透着绿。老铁匠把大钢钻放到铁砧上，用小叫锤敲敲砧子边，小铁匠懒洋洋地抄起大锤，像抡麻秆一样抡起来，大锤轻飘飘地落在钢钻子上，钢花立刻光彩夺目地向四面八方飞溅。钢花碰到石壁上，破碎成更多的小钢花落地，钢花碰到黑孩微微凸起的肚皮，软绵绵地弹回去，在空中划出一个个漂亮的半圆弧，坠落下去。钢花与黑孩肚皮相撞以及反弹后在空中飞行时，空气摩擦发热发声。打过第一锤，小铁匠如同梦中猛醒一般绷紧肌肉，他的动作越来越快，姑娘看到石壁上一个怪影在跳跃，耳边响彻“咣咣咣咣”的钢铁声。小铁匠塑铁成形的技术已经十分高超，老铁匠右手的小叫锤只剩下干敲砧子边的份儿。至于该打钢钻的什么地方，小铁匠是一目了然。老铁匠翻动钢钻，眼睛和意念刚刚到了钢钻的某个需要锻打的部位，小铁匠的重锤就敲上去了，甚至比他想的还要快。

姑娘目瞪口呆地欣赏着小铁匠的好手段，同时也忘不了看着黑孩和老铁匠。打得最精彩的时候，是黑孩最麻木的时候（他连眼睛都闭上了，呼吸和风箱同步），也是老铁匠最悲哀的时候，仿佛小铁匠不是打钢钻而是打他的尊严。

钢钻锻打成形，老铁匠背过身去淬火，他意味深长地看了小铁匠一眼，两个嘴角轻蔑地往下撇了撇。小铁匠直勾勾地看着师傅的动作。姑娘看到老铁匠伸出手试试桶里的水，把钻子举起来看了看，然后身体弯着像对虾，眼瞅着桶里的水，把钻子尖儿轻轻地、试试探探地触及水面，桶里水“嗞嗞”地响着，一股很细的蒸汽蹿上来，笼罩住老铁匠的红鼻子。一会儿，老铁匠把钢钻提起来举到眼前，像穿针引线一样瞄着钻子尖，好像那上边有美妙的画图，老头脸上神采飞扬，每条皱纹里都溢出欣悦。他好像得出一个满意答案似的点点头，把钻子全淹到水里，蒸汽轰然上升，桥洞里形成一个小小的蘑菇烟云。汽灯光变得红殷殷的，一切全都朦胧晃动。雾气散尽，桥洞里恢复平静，依然是黑孩梦幻般拉风箱，依然是小铁匠公鸡般冥思苦想，依然是老铁匠如枣者脸如漆者眼如屎壳郎者臂上疤痕。

老铁匠又提出一支烧熟的钢钻，下面是重复刚才的一切，一直到老铁匠要淬火时，情况才发生了一些变化。老铁匠伸手试水温。加凉水。满意神色。正当老铁匠要为手中的钻子淬火时，小铁匠耸身一跳到了桶边，非常迅速地把右手伸进了水桶。老铁匠连想都没想，就把钢钻戳到小伙子的右小臂上。一股烧焦皮肉的腥臭味儿从桥洞里飞出来，钻进姑娘的鼻孔。

小铁匠"嗷"地号叫一声，他直起腰，对着老铁匠恶狠狠地笑着，大声喊："师傅，三年啦！"

老铁匠把钢钻扔在桶里，桶里翻滚着热浪头，蒸汽又一次弥漫桥洞。姑娘看不清他们的脸子，只听到老铁匠在雾中说："记住吧！"

没等烟雾散尽她就跑了，她使劲捂住嘴，有一股苦涩的味儿在她胃里翻腾着。坐在石堆前，旁边一个姑娘调皮地问她："菊子，这一大会儿才回来，是跟着大青年钻黄麻地了吗？"她没有回腔，听凭着那个姑娘奚落。她用两个手指捏着喉咙，极力不让自己发出声音。

收工的哨声响了。三个钟头里姑娘恍惚在梦幻中。"想汉子了吗，菊子？""走吧，菊子。"她们招呼着她。她坐着不动，看着灯光下幢幢的人影。

"菊子，"小石匠板板整整地站在她身后说，"你表姐让我捎信给你，让你今夜去做伴，咱们一道走吗？"

"走吗？你问谁呢？"

"你怎么啦？是不是冻病啦？"

"你说谁冻病啦？"

"说你哩！"

"别说我。"

"走吗？"

"走。"

石桥下水声响亮，她站住了。小石匠离她只有一步远。她回过头去，看到滞洪闸西边第一个桥洞还是灯火通明，其他两盏汽灯已经熄灭。她朝滞洪闸工地走去。

"找黑孩吗？"

"看看他。"

"我们一块去吧，这小浑蛋，别迷迷糊糊掉下桥。"

菊子感觉到小石匠离自己很近了，似乎能听到他"怦怦"的心跳声。走着，走着。她的头一倾斜，立刻就碰到小石匠结实的肩膀，她又把身子往后一仰，一只粗壮的胳膊便把她揽住了。小石匠把自己一只大手捂在姑娘窝窝头一样的乳房上，轻轻地按摩着，她的心在乳房下像鸽子一样乱扑棱。脚不停地朝着闸下走，走进亮圈前，她把他的手从自己胸前移开。他通情达理地松开了她。

“黑孩！”她叫。

“黑孩！”他也叫。

小铁匠用只眼看着她和他，腮帮子抽动一下。老铁匠坐在自己的草铺上，双手端着烟袋，像端着一杆盒子炮。他打量了一下深红色的菊子和淡黄色的小石匠，疲惫而宽厚地说：“坐下等吧，他一会儿就来。”

……黑孩提着一只空水桶，沿着河堤往上爬。收工后，小铁匠伸着懒腰说：“饿死啦。黑孩，提上桶，去北边扒点地瓜，拔几个萝卜来，我们开夜餐。”

黑孩睡眼迷蒙地看看老铁匠。老铁匠坐在草铺上，像只羽毛凌乱的败阵公鸡。

“瞅什么？狗小子，老子让你去你尽管去。”小铁匠腰挺得笔直，脖子一抻一抻地说。他用眼扫了一下瘫坐在铺上的师傅。胳膊上的烫伤很痛，但手上愉快的感觉完全压倒了臂上的伤痛，那个温度可是绝对舒适，绝对妙。

黑孩拎起一只空水桶，踢踢踏踏往外走。走出桥洞，仿佛“扑通”一声掉下了井，四周黑得使他的眼睛里不时迸出闪电一样的虚光，他胆怯地蹲下去，闭了一会儿眼睛，当他睁开眼睛时，天色变淡了，天空中的星光暖暖地照着他，也照着瓦灰色的大地……

河堤上的紫穗槐枝条交叉伸展着，他用一只手分拨着枝条，仄着肩膀往上走。他的手捋着湿漉漉的枝条和枝条顶端一串串结实饱满的树籽，微带苦涩的槐枝味儿直往他面上扑。他的脚忽然碰到一个软绵绵热乎乎的东西，脚下响起一声“叽喳”，没及他想起这是只花脸鹌，这只花脸鹌就蒙头转向地飞起来，像一块黑石头一样落到堤外的黄麻地里。他惋惜地用脚去摸花脸鹌适才趴窝的地方，那儿很干燥，有一簇干草，草上还留着鸟儿的体温。站在河堤上，他听到姑娘和小石匠喊他。他拍了一下铁桶，姑娘和小石匠不叫了。这时他听到了前边的河水明亮地向前流动着，村子里不知哪棵树上有只猫头鹰凄厉地叫了一声。后娘一怕天打雷，二怕猫头鹰叫。他希望天天打雷，夜夜有猫头鹰在后娘窗前啼叫。槐枝上的露水把他的胳膊濡湿了，他在裤头上擦擦胳膊。穿过河堤上的路走下堤去。这时他的眼睛适应了黑暗，看东西非常清楚，连咖啡色的泥土和紫色的地瓜叶儿的细微色调差异也能分辨。他在地里蹲下，用手扒开瓜垅儿，把地瓜撕下来，“叮叮当当”地扔到桶里。扒了一会儿，他的手指上有什么东西掉下，打得地瓜叶儿哆嗦着响了一声。他用右手摸摸左手，才知道那个被打碎的指甲盖儿整个儿脱落了。水桶已经很重，他提着水桶往北走。在萝卜地里，他一个挨一个地拔了六个萝卜，把萝卜缨儿拧掉扔在地上，萝卜装进水桶……

“你把黑孩弄到哪儿去了？”小石匠焦急地问小铁匠。

“你急什么？又不是你儿子！”小铁匠说。

“黑孩呢？”姑娘两只眼盯着小铁匠一只眼问。

“等等，他扒地瓜去了。你别走，等着吃烤地瓜。”小铁匠温和地说。

“你让他去偷？”

“什么叫偷？只要不拿回家去就不算偷！”小铁匠理直气壮地说。

“你怎么不去扒？”

“我是他师傅。”

“狗屁！”

“狗屁就狗屁吧！”小铁匠眼睛一亮，对着桥洞外骂道，“黑孩，你他妈的去哪里扒地瓜？是不是到了阿尔巴尼亚？”

黑孩歪着肩膀，双手提着桶鼻子，趔趔趄趄地走进桥洞，他浑身沾满了泥土，像在地里打过滚一样。

“哟，我的儿，真够下狠的了，让你去扒几个，你扒来一桶！”小铁匠高声地埋怨着黑孩，说，“去，把萝卜拿到池子里洗洗泥。”

“算了，你别支使他了。”姑娘说，“你拉火烤地瓜，我去洗萝卜。”

小铁匠把地瓜转着圈子垒在炉火旁，轻松地拉着火。菊子把萝卜提回来，放在一块干净石头上。一个小萝卜滚下来，沾了一身铁屑停在小石匠脚前，他弯腰把它捡起来。

“拿来，我再去洗洗。”

“算了，光那五个大萝卜就尽够吃了。”小铁匠说着，顺手把那个小萝卜放在铁砧子上。

黑孩走到风箱前，从小铁匠手里把风箱拉杆接过来。小铁匠看了姑娘一眼，对黑孩说：“让你歇歇哩，狗日的。闲着手痒痒？好吧，给你，这可不怨我，慢着点拉，越慢越好，要不就烤煳了。”

小石匠和菊子并肩坐在桥洞的西边石壁前。小铁匠坐在黑孩后边。老铁匠面南坐在北边铺上，烟锅里的烟早烧透了，但他还是双手捧烟袋，双肘支在膝盖上。

夜已经很深了，黑孩温柔地拉着风箱，风箱吹出的风犹如婴孩的鼾声。河上传来的水声越加明亮起来，似乎它既有形状又有颜色，不但可闻，而且可见。河滩上影影绰绰，如有小兽在追逐，尖细的趾爪踩在细沙上，声音细微如同毳毛纤毫毕现，有一根根又细又长的银丝儿，刺透河的明亮音乐穿过来。闸北边的黄麻地里，“泼剌剌”一声响，麻秆儿碰撞着，摇晃着，好久才平静。全工地上只剩下这盏汽灯了，开初在那两盏汽灯周围寻找过光明的飞虫们，经过短暂的迷惘之后，一起麇集到铁匠炉边来，为了追求光明，把汽灯的玻璃罩子撞得“哗哗啪啪”响。小石匠走到汽灯前，捏着汽杆，“噗唧噗唧”打气。汽灯玻璃罩破了一个洞，一只蝼蛄猛地撞进去，炽亮的石棉纱罩撞掉了，桥洞里一团黑暗。待了一会儿，才能彼此看清嘴脸。黑孩的风箱把炉火吹得如几片柔软的红绸布在抖动，桥洞里充溢着地瓜熟了的香味。小铁匠用铁钳把地瓜挨个翻动一遍。香味越来越浓，终于，他们手持地瓜红萝卜吃起来。扒掉皮的地瓜白气袅袅，他们一口凉，一口热，急一口，慢一口，咯咯吱吱，吸吸溜溜，鼻尖上吃出汗珠。小铁匠比别人多吃了一个萝卜两个地瓜。老铁匠一点也没吃，坐在那儿如同石雕。

“黑孩，回家吗？”姑娘问。

黑孩伸出舌头，舔掉唇上残留的地瓜渣儿，他的小肚子鼓鼓的。

“你后娘能给你留门吗？”小石匠说，“钻麦秸窝儿吗？”黑孩咳嗽了一声。把一块地瓜皮扔到炉火里，拉了几下风箱，地瓜皮卷曲，燃烧，桥洞里一股焦煳味。

“烧什么你？小杂种，”小铁匠说，“别回家，我收你当个干儿吧，又是干儿又是徒弟，跟着我闯荡江湖，保你吃香的喝辣的。”

小铁匠一语未了，桥洞里响起凄凉亢奋的歌唱声。小石匠浑身立时爆起一层幸福的鸡皮疙瘩，这歌词或是戏文他那天听过一个开头。

恋着你刀马娴熟，通晓诗书，少年英武，跟着你闯荡江湖，风餐露宿，受尽了世上千般苦——

老头子把脊梁靠在闸板上，从板缝里吹进来的黄麻地里的风掠过他的头顶，他头顶上几根花白的毛发随着炉里跳动不止的煤火轻轻颤动。他的脸无限感慨，腮上很细的两根咬肌像两条蚯蚓一样蠕动着，双眼恰似两粒燃烧的炭火。

……你全不念三载共枕，如云如雨，一片恩情，当作粪土。奴为你夏夜打扇，冬夜暖足，怀中的香瓜，腹中的火炉……你骏马高官，良田万亩，丢弃奴家招赘相府，我我我我是苦命的奴呀……

姑娘的心高高悬着，嘴巴半张开，睫毛也不眨动一下地瞅着老铁匠微微仰起的表情无限丰富的脸和他细长的脖颈上那个像水银珠一样灵活地上下移动着的喉结。凄婉哀怨的旋律如同秋雨抽打着她心中的田地，她正要哭出来时，那旋律又变得昂扬壮丽浩渺无边，她的心像风中的柳条一样飘荡着，同时，有一种麻酥酥的感觉从脊椎里直冲到头顶，于是她的身体非常自然地歪在小石匠肩上，双手把玩着小石匠那只厚茧重重的大手，眼里泪光点点，身心沉浸在老铁匠的歌里，意里。老铁匠的瘦脸上焕发出夺目的光彩，她仿佛从那儿发现了自己像歌声一样的未来……

小石匠怜爱地用胳膊揽住姑娘，那只大手又轻轻地按在姑娘硬邦邦的乳房上。小铁匠坐在黑孩背后，但很快他就坐不住了，他听到老铁匠像头老驴一样叫着，声音刺耳，难听。一会儿，他连驴叫声也听不到了。他半蹲起来，歪着头，左眼几乎竖了起来，目光像一只爪子，在姑娘的脸上撕着，抓着。小石匠温存地把手按到姑娘胸脯上时，小铁匠的肚子里燃起了火，火苗子直冲到喉咙，又从鼻孔里、嘴巴里喷出来。他感到自己蹲在一根压缩的弹簧上，稍一松神就会被弹射到空中，与滞洪闸半米厚的钢筋混凝土桥面相撞，他忍着，咬着牙。

黑孩双手扶着风箱杆儿，炉中的火已经很弱了，一绺蓝色火苗和一绺黄色火苗在煤结上跳跃着，有时，火苗儿被气流托起来，离开炉面很高，在空中浮动着，人影一晃动，两个火苗又落下去。孩子目中无人，他试图用一只眼睛盯住一个火苗，让一只眼黄一只眼蓝，可总也办不到，他没法把双眼视线分开。于是他懊丧地从火上把目光移开，左右逡巡着，忽然定在了炉前的铁砧上。铁砧踞伏着，像只巨兽。他的嘴第一次大张着，发出一声感叹（感叹声淹没在老铁匠高亢的歌声里）。黑孩的眼睛原本大而亮，这时更变得如同电光源。他看到了一幅奇特美丽的图画：光滑的铁砧子。泛着青幽幽蓝幽幽的光。泛着青蓝幽幽光的铁砧子上，有一个金色的红萝卜。红萝卜的形状和大小都像一个大个阳梨，还拖着一条长尾巴，尾巴上的根根须须像金色的羊毛。红萝卜晶莹透明，玲珑剔透。透明的、金色的外壳里包孕着活泼的银色液体。红萝卜的线条流畅优美，从美丽的弧线上泛出一圈金色的光芒。光芒有长有短，长的如麦芒，短的如睫毛，全是金色……老铁匠的歌唱被推出去很远很远，像一个小蝇子的嗡嗡声。他像个影子一样飘过风箱，站在铁砧前，伸出了沾满泥土煤屑、挨过砸伤烫伤的小手，小手抖抖索索……当黑孩的手就要捉住小萝卜时，小铁匠猛地蹿起来，他踢翻了一个水桶，水汩汩地流着，渍湿了老铁匠的草铺。他一把将那个萝卜抢过来，那只独眼充着血："狗日的！公狗！母狗！你也配吃萝卜？老子肚里着火，嗓里冒烟，正要它解渴！"小铁匠张开牙齿焦黑的大嘴就要啃那个萝卜。黑孩以少有的敏捷跳起来，两只细胳膊插进小铁匠的臂弯里，身体悬空一挂，又嘟噜滑下来，萝卜落到了地上。小铁匠对准黑孩的屁股踢了一脚，黑孩一头扎到姑娘怀里，小石匠大手一翻，稳稳地托住了他。

老铁匠停下了嘶哑的歌喉，慢慢地站起来。姑娘和小石匠也站起来。六只眼睛一起瞪着小铁匠。黑孩头很晕，眼前的一切都在转动。使劲晃晃头，他看到小铁匠又拿着萝卜往嘴里塞。他抓起一块煤渣投过去，煤渣擦着小铁匠腮边飞过，碰到闸板上，落在老铁匠铺上。

“日你娘，看我打死你！”小铁匠咆哮着。

小石匠跨前一步，说：“你要欺负孩子？”

“把萝卜还给他！”姑娘说。

“还给他？老子偏不。”小铁匠冲出桥洞，扬起胳膊猛力一甩，萝卜带着飕飕的风声向前飞去，很久，河里传来了水面的破裂声。

黑孩的眼前出现了一道金色的长虹，他的身体软软地倒在小石匠和姑娘中间。

4

那个金色红萝卜砸在河面上，水花飞溅起来。萝卜漂了一会儿，便慢慢沉入水底。在水底下它慢慢滚动着，一层层黄沙很快就掩埋了它。从萝卜砸破的河面上，升腾起沉甸甸的迷雾，凌晨时分，雾积满了河谷，河水在雾下伤感地呜咽着。几只早起的鸭子站在河边，忧悒地盯着滚动的雾。有一只大胆的鸭子耐不住了，蹒跚着朝河里走。在蓬生的水草前，浓雾像帐子一样挡住了它。它把脖子向左向右向前伸着，雾像海绵一样富于伸缩性，它只好退回来，“呷呷”地发着牢骚。后来，太阳钻出来了，河上的雾被剑一样的阳光劈开了一条条胡同和隧道，从胡同里，鸭子们望见一个高个子老头儿挑着一卷铺盖和几件沉甸甸的铁器，沿着河边往西走去了。老头的背驼得很厉害，担子沉重，把他的肩膀使劲压下去，脖子像天鹅一样伸出来。老头子走了，又来了一个光背赤脚的黑孩子。那只公鸭子跟它身边那只母鸭子交换了一个眼神，意思是说：记得吧？那次就是他，水桶撞翻柳树滚下河，人在堤上做狗趴，最后也下了河拖着桶残水，那只水桶差点没把麻鸭那个臊包砸死……母鸭子连忙回应：是呀是呀是呀，麻鸭那个讨厌家伙，天天追着我说下流话，砸死它倒利索……

黑孩在水边慢慢地走着，眼睛极力想穿透迷雾，他听到河对岸的鸭子在“呷呷呷呷，嘎嘎嘎嘎”地乱叫着。他蹲下去，大脑袋放在膝盖上，双手抱住凉森森的小腿。他感觉到太阳出来了，阳光晒着背，像在身后生着一个铁匠炉。夜里他没回家，猫在一个桥洞里睡了。公鸡啼鸣时他听到老铁匠在桥洞里很响地说了几句话，后来一切归于沉寂。他再也睡不着，便踏着冰凉的沙土来到河边。他看到了老铁匠伛偻的背影，正想追上去，不料脚下一滑，摔了一个屁股蹲，等他爬起来时，老铁匠已经消逝在迷雾中了。现在他蹲着，看着阳光把河雾像切豆腐一样分割开，他望见了河对岸的鸭子，鸭子也用高贵的目光看着他。露出来的水面像银子一样耀眼，看不到河底，他非常失望。他听到工地上吵嚷起来，刘太阳副主任响亮地骂着："娘的，铁匠炉里出了鬼了，老浑蛋连招呼都不打就卷了铺盖，小浑蛋也没了影子，还有没有组织纪律性？"

"黑孩！"

"黑孩！"

"那不是黑孩吗？瞧，在水边蹲着。"

姑娘和小石匠跑过来，一人架着一只胳膊把他拉起来。

"小可怜，蹲在这儿干什么？"姑娘伸手摘掉他头顶上的麦秸草，说，"别蹲在这儿，怪冷的。"

"昨夜里还剩下些地瓜，让独眼龙给你烤烤。"

"老师傅走了。"姑娘沉重地说。

"走了。"

"怎么办？让他跟着独眼？要是独眼折磨他呢？"

"没事，这孩子没有吃不了的苦。再说，还有我们呢，谅他不敢太过火的。"

两个人架着黑孩往工地上走，黑孩一步一回头。

"傻蛋，走吧，走吧，河里有什么好看的？"小石匠捏捏黑孩的胳膊。

"我以为你狗日的让老猫叼了去了呢！"刘太阳冲着黑孩说。他又问小铁匠，"怎么样你？把老头挤对走了，活儿可不准给我误了。淬不出钻子来我剜了你的独眼。"

小铁匠傲慢地笑笑，说："擎好吧，刘头。不过，老头儿那份钱粮可得给我补贴上，要不我不干。"

"我要先看看你的活儿。中就中，不中你也滚他妈的蛋！"

"生火，干儿。"小铁匠命令黑孩。

整整一个上午，黑孩就像丢了魂一样，动作杂乱，活儿毛糙，有时，他把一大铲煤塞到炉里，使桥洞里黑烟滚滚；有时，他又把钢钻倒头儿插进炉膛，该烧的地方不烧，不该烧的地方反而烧化了。"狗日的，你的心到哪儿去啦？"小铁匠恼怒地骂着。他忙得满身是汗，绝技在身的兴奋劲儿从汗珠缝里不停地流溢出来。黑孩看到他在淬火前先把手插到桶里试试水温，手臂上被钢钻烫伤的地方缠着一道破布，似乎有一股臭鱼烂虾的味道从伤口里散出来。黑孩的眼里蒙着一层淡淡的云翳，情绪非常低落。九点钟以后，阳光异常美丽，阴暗的桥洞里，一道光线照着西壁，折射得满洞辉煌。小铁匠把钢钻淬好，亲自拿着送给石匠师傅去鉴定。黑孩扔下手中工具，蹑手蹑脚溜出桥洞，突然的光明也像突然的黑暗一样使他头晕眼光。略微迟疑了一下，他便飞跑起来，只用了十几秒钟，他就站在河水边缘上了。那些四个棱的狗蛋子草好奇地望着他，开着紫色花朵的水芡和擎着咖啡色头颅的香附草贪婪地嗅着他满身的煤烟味儿。河上飘逸着水草的清香和鲢鱼的微腥，他的鼻翅翕动着，肺叶像活泼的斑鸠在展翅飞翔。河面上一片白，白里掺着黑和紫。他的眼睛生涩刺痛，但还是目不转睛，好像要看穿水面上漂着的这层水银般的亮色。后来，他双手提起裤头的下沿，试试探探下了水，跳舞般向前走。河水起初只淹到他的膝盖，很快淹到大腿，他把裤头使劲卷起来，两瓣葡萄色的小屁股露了出来。这时候他已经立在河的中央了，四周的光一起往他身上扑，往他身上涂，往他眼里钻，把他的黑眼睛染成了坝上青香蕉一样的颜色。河水湍急，一股股水流撞着他的腿。他站在河的硬硬的沙底上，但一会儿，脚下的沙便被流水掏走了，他站在沙坑里，裤头全湿了，一半贴着大腿，一半在屁股后漂起来，裤头上的煤灰把一部分河水染黑了。沙土从脚下卷起来，抚摩着他的小腿，两颗琥珀色的水珠挂在他的腮上，他的嘴角使劲抽动着。他在河中走动起来，用脚试探着，摸索着，寻找着。

“黑孩！黑孩！”

他听到小铁匠在桥洞前喊叫着。

“黑孩，想死吗？”

他听到小铁匠到了水边，连头也不回，小铁匠只能看到他青色的背。

“上来呀！”小铁匠挖起一块泥巴，对准黑孩投过去，泥巴擦着他的头发梢子落到河水里，河面上荡开椭圆形的波纹。又一坨泥巴扔过来，正打着他的背，他往前扑了一下，嘴唇沾到了河水。他转回身，“呼呼隆隆”地蹚着水往河边上走。黑孩遍身水珠儿，站在小铁匠面前。水珠儿从皮肤上往下滚动，一串一串的，“嘟噜噜”地响。大裤头子贴在身上，小鸡子像蚕蛹一样硬邦邦地翘着。小铁匠举起那只熊掌一样的大巴掌刚要扇下去，忽然觉得心脏让猫爪子给剐了一下子，黑孩的眼睛直盯着他的脸。

“快去拉火。师傅我淬出的钢钻，不比老家伙差。”他得意地拍拍黑孩的脖颈。

铁匠炉上暂时没有活儿，小铁匠把昨夜剩下的生地瓜放在炉边烤着。黄麻地里的风又轻轻地吹进来了。阳光很正地射进桥洞。小铁匠用铁钳翻动着烤出焦油的地瓜，嘴里得意地哼着："从北京到南京，没见过裤裆里拉电灯。黑孩，你见过裤裆里拉电灯吗？你干娘裤裆里拉电灯哩……"小铁匠忽然记起似的对黑孩说，"快点，拔两个萝卜去，拔回来赏你两个地瓜。"黑孩的眼睛猛然一亮，小铁匠从他肋条缝里看到他那颗小心儿使劲地跳了两下，正想说什么没及开口，孩子就像家兔一样跑走了。

黑孩爬上河堤时，听到菊子姑娘远远地叫了他一声。他回过头，阳光捂住了他的眼。他下了河堤，一头钻出黄麻地。黄麻是散种的，不成垅也不成行，种子多的地方黄麻秆儿细如手指，铅笔；种子少的地方，麻秆如镰柄，手臂。但全都是一样高矮。他站在大堤上望麻田时，如同望着微波荡漾的湖水。他用双手分拨着粗粗细细的麻秆往前走，麻秆上的硬刺儿扎着他的皮肤，成熟的麻叶纷纷落地。他很快就钻到了和萝卜地平行着的地方，拐了一个直角往西走。接近萝卜地时，他趴在地上，慢慢往外爬。很快他就看到了满地墨绿色的萝卜缨子。萝卜缨子的间隙里，阳光照着一片通红的萝卜头儿。他刚要钻出黄麻地，又悄悄地缩回来。一个老头儿正在萝卜垅里爬行着，一边爬一边从口袋里往外掏着麦粒，一穴一穴地点种在萝卜垄沟中间。骄傲的秋阳晒着他的背，他穿着一件白布褂儿，脊沟溻湿了，微风扬起灰尘，使汗溻的地方发了黄。黑孩又膝行着退了几米远、趴在地上，双手支起下巴，透过麻秆的间隙，望着那些萝卜。萝卜田里有无数的红眼睛望着他，那些萝卜缨子也在一瞬间变成了乌黑的头发，像飞鸟的尾羽一样耸动不止……

一个红脸膛汉子从地瓜地里大步走过来，站在老头儿背后，猛不丁地说："哎，老生，你说昨天夜里遭了贼？"老头手忙脚乱地爬起来，垂着手回答："遭了，偷了六个萝卜，缨子留下了，地瓜八墩，蔓子留下了。"

"怕是让修闸的那些狗日的偷去了，加点小心，中饭晚点回去吃。"

"我听着啦，队长。"老头儿说。

黑孩和老头儿一起，目送着红脸汉子走上大堤。老头坐在萝卜地里，面对着孩子。黑孩又慌乱地往后退出一节，这时，密密麻麻的黄麻把他的视线遮住了。

"黑孩！"

"黑孩！"

姑娘和小石匠站在大堤上，对着黄麻地喊着。他们背对着正晌的太阳，阳光照着散工的人群。

"我看到他钻到黄麻地里，我还以为他去撒尿拉屎了呢！"姑娘说。

“独眼龙难道又欺负他了？”小石匠说。

“黑孩！”

“黑孩！”

姑娘和小石匠的男女声二重喊贴着黄麻梢头像燕子一样滑翔，正在黄麻梢头捕食灰色小蛾的家燕被惊吓得高飞，好一会儿才落下来。小铁匠站在桥洞前边，独眼望着这并膀站着的男女，感到肚子越胀越大。方才姑娘和小石匠来找黑孩，那语气那神态就像找他们的孩子。“等着吧，丫头养的你们！”他恨恨地低语着。

“黑孩！黑孩！”姑娘说，“他怕是钻到黄麻地里睡着了。”

“去看看吗？”小石匠乞求地看着姑娘。

“去吗？去吧。”

两个人拉着手下了堤，钻到黄麻地里。小铁匠尾追着冲上河堤，他看到黄麻叶子像波浪一样翻滚着，黄麻秆子“唰啦啦”地响着，一男一女的声音在喊叫黑孩，声音像从水里传上来的一样……

黑孩趴累了，舒了一口气，翻了一个身，仰面朝天躺起来。他的身下是干燥的沙土，沙上铺着一层薄薄的黄麻落叶。他后脑勺枕着双手，肚子很瘪地凹陷着，一个带着红点的黄叶飘飘地落下来，盖住了他满是煤灰的肚脐。他望着上方，看到一缕粗一缕细的蓝色光线从黄麻叶缝中透下来，黄麻叶片好像成群的金麻雀在飞舞。成群的金麻雀有时又像一簇簇的葫芦蛾，蛾翅上的斑点像小铁匠眼中那个棕色的萝卜花一样愉快地跳动。

“黑孩！”

“黑孩！”

熟悉的声音把他从梦幻中唤醒，他坐起来，用手臂摇了一下身边那棵粗大的黄麻。

“这孩子，睡着了吗？”

“不会的，我们这么大声喊。他肯定是溜回家去了。”

“这小东西……”

“这里真好……”

“是好……”

声音越来越低，像两只鱼儿在水面上吐水泡。黑孩身上像有细小的电流通过，他有点儿紧张，双膝跪着，扭动着耳朵，调整着视线，目光终于通过了无数障碍，看到了他的朋友被麻秆分割得影影绰绰的身躯。一时间极静了的黄麻地里掠过了一阵小风，风吹动了部分麻叶，麻秆儿全没动。又有几个叶片落下来，黑孩听到了它们振动空气的声音。他很惊异很新鲜地看到一根紫红色头巾轻飘飘地落到黄麻秆上，麻秆上的刺儿挂住了围巾，像挑着一面沉默的旗帜，那件红格儿上衣也落到地上。成片的黄麻像浪潮一样对着他涌过来。他慢慢地站起来，背过身，一直向前走，一种异样的感觉猛烈冲击着他。

5

一连十几天，姑娘和小石匠好像把黑孩忘记了，再也不结伴到桥洞里来看望他。每当中午和晚上，黑孩就听到黄麻地里响起百灵鸟婉转的歌唱声，他的脸上浮起冰冷的微笑，好像他知道这只鸟在叫着什么。小铁匠是比黑孩晚好几天才注意到百灵鸟的叫声的。他躲在桥洞里仔细观察着，终于发现了奥秘：只要百灵鸟叫起来，工地上就看不见小石匠的影子，菊子姑娘就坐立不安，眼睛四下打量，很快就会扔下锤子溜走。姑娘溜走后一会儿，百灵鸟就歇了歌喉。这时，小铁匠的脸色就变得更加难看，脾气变得更加暴躁。他开始喝起酒来。黑孩每天都要走过石桥到村里小卖部给他装一瓶地瓜烧酒。

这天晚上，月光皎皎如水，百灵鸟又叫起来了。黄麻地里的熏风像温柔的爱情扑向工地。小铁匠攥着酒瓶子，把半瓶烧酒一气灌下去，那只眼睛被烧得泪汪汪的。刘太阳副主任这些天回家娶儿媳妇去了，工地上人心涣散，加夜班的石匠们多半躺在桥洞里吸烟，没有钻子要修理，炉火半死不活地跳动着。

“黑孩……去，给老子拔几个萝卜来……”酒精烧着小铁匠的胃，他感到口中要喷火。

黑孩像木棍一样立在风箱边上，看着小铁匠。

“你，等着老子揍你吗？去……”

黑孩走进月光地，绕着月光下无限神秘的黄麻地，穿过花花绿绿的地瓜地，到了晃动着沙漠蜃影的萝卜地。等他提着一个萝卜走回桥洞时，小铁匠已经歪在草铺上呼呼地睡了。黑孩把萝卜放在铁砧子上，手颤抖着拨亮炉火，可再也弄不出那一蓝一黄升腾到空中的火苗，他变换着角度，瞅那个放在铁砧子上的萝卜，萝卜像蒙着一层暗红色的破布，难看极了，孩子沮丧地垂下头。

这天夜里，黑孩没有睡好。他躺在一个桥洞里，翻来覆去地打着滚。刘副主任不在，民工们全都跑回家去睡觉。桥洞里只剩下一层薄薄的麦秸草。月光斜斜地照进桥洞，桥洞里一片清冷光辉，河水声，黄麻声，小铁匠在最西边桥洞里发出的鼾声，以及其他一些莫名其妙的声音，一起钻进了他的耳朵。石头上的麦草闪闪烁烁，直扎着他的眼睛。他把所有的麦秸草都收拢起来，堆成一个小草岭，然后钻进去，风还是能从草缝里钻进来，他使劲蜷缩着，不敢动了。他想让自己睡觉，可总是睡不着。他总是想着那个萝卜，那是个什么样的萝卜呀。金色的，透明。他一会儿好像站在河水中，一会儿又站在萝卜地里，他到处找呀，到处找……

第二天早晨，太阳还没出来，月亮还没完全失去光彩，成群的黑老鸹惊慌失措地叫着从工地上空掠过，滞洪闸上留下了它们脱落的肮脏羽毛。东边的地平线上，立着十几条大树一样的灰云，枝杈上挂满了破烂的布条。黑孩从桥洞里一钻出来就感到浑身发冷，像他前些日子打摆子时寒战上来一样滋味。刘副主任昨天回来了，检查了工地上的情况，他非常生气，大骂了所有的民工。所以今天人们来得都很早，干活儿也卖力，工地上的锤声像池塘里的蛙鸣连成一片。今天要修的钢钻很多，小铁匠的工作态度也非常认真，活儿干得又麻利又漂亮。来换钢钻的石匠们不断地夸奖他，说他的淬火功夫甚至超过了老铁匠，淬出的钢钻又快又韧，下下都咬石头。

太阳两竿子高的时候，小石匠送来两支钢钻待修。这是两支新钻，每支要值四五块钱。小铁匠瞥瞥神采焕发的小石匠，独眼里射出一道冷光。小石匠没觉察到小铁匠的表情，幸福的眼睛里看到的全是幸福。黑孩儿感到心里害怕：他看出小铁匠要作弄小石匠了。小铁匠把那两支钢钻烧得像银子一样白，草草地在砧子上打出尖儿，然后一下子浸到水里去……

小石匠提着钢钻走了，小铁匠嘴上滑过一个得意的笑容，他对着黑孩睐睐眼，说：“孙子，他妈的也配使老子淬出的钻子？儿子，你说他配吗？”黑孩缩在角落里，使劲打着哆嗦。一会儿，小石匠回到铁匠炉边，他把两支钻子扔到小铁匠跟前，骂道：“独眼龙，你这是淬的什么火？”

“孙子，叫唤什么？”小铁匠说。

“睁开你那只独眼看看！”

“这是你的钻子不好。”

“放屁，你这是成心作弄老子。”

“作弄你又怎么着？爷们看着你就长气！”

“你、你，”小石匠气得脸色煞白，说，“有种你出来！”

“老子怕你不成！”小铁匠撕下腰间扎着的油布，光着背，像只棕熊一样踱过去。

小石匠站在闸前的沙地上，把夹克衫和红运动衣脱下来，只穿一件小背心。

他身材高大，面孔像个书生，身体壮得像棵树。小铁匠脚上还扎着那两块防烫的油布，脚掌踩得地上尖利的石片歘歘地响，他的臂长腿短，上身的肌肉非常发达。

“文打还是武打？”小铁匠不屑一顾地说。

“随你的便。”小石匠也不屑一顾地说。

“你最好回家让你爹立个字据，打死了别让我赔儿子。”

“你最好回家先钉口棺材。”

骂着阵，两个人靠在了一起。黑孩远远地蹲着，一直没停地打着哆嗦。他看到，小铁匠和小石匠最初的交锋很像开玩笑。小石匠卷着舌头啐了小铁匠一脸唾沫，小铁匠扬起长臂，把拳头捅过去，小石匠一退，这一拳打空了。又啐。又一拳。又退。闪空。但小石匠的第三口唾沫没迸出唇，肩头上就被小铁匠猛捅了一拳，他的身体不由自主地转了一圈。

人们惊叫着围拢上来，高喊着：“别打了，别打了。”但没有人上前拉架。后来，连喊声也没有了，大家都睁大眼，屏住气，看着这两个身段截然不同的小伙子比试力气。菊子姑娘脸色灰白，使劲地抓住她身边一个姑娘的肩头。当她的情人吃了小铁匠的铁拳时，她就低声呻唤着，眼睛像一朵盛开的墨菊。

决斗还难分高低，你打我一拳，我也打你一拳，小石匠个头高，拳头打得漂亮潇洒，但显然有点儿飘，有点儿花哨，力量不很足，小铁匠动作稍慢一点，但出拳凶狠扎实，被他蒙上一拳，小石匠就要转一个圈。后来，小铁匠头上挨了一拳，有点儿晕头转向，小石匠趁机上前，雨点般的拳头打得小铁匠的身体嘭嘭地响。小铁匠一猫腰，钻进了小石匠腋下，两只长臂像两条鳗鱼一样缠住了小石匠的腰，小石匠急忙夹住小铁匠的头，两个人前进，后退，后退，又前进，小石匠支持不住，仰面朝天摔在沙地上。

人群里爆发了一阵欢呼。

小铁匠站起来，吐吐口中的血沫子，歪着头，像只斗胜的公鸡。

小石匠爬起来，向着小铁匠扑过去。一白一黑两个身体又扭在一起。这次小石匠把身体伏得很低，保护着自己的下三路不让小铁匠得手，四只胳膊紧紧地纠缠着，有时候，小石匠把小铁匠撩起来，转着圈抡动，但并不能把小铁匠摔出去。小石匠气喘吁吁，满身都是汗水，小铁匠却连一个汗珠都没掉。小石匠体力不支，步伐错乱，眼前出现重影，稍一懈怠，手臂便被拨开，小铁匠抱住他的腰，箍得他出气不匀，他再次仰天倒地。

第三个回合小石匠败得更惨，小铁匠一个癞狗钻裆把他扛起来，摔出去足有两米远。

菊子姑娘哭着扑上去，扶起了小石匠。在菊子姑娘的哭声中，小铁匠脸上的喜色顿时消逝，换上了满面凄凉。他呆呆地站着。小石匠爬起来，拨开菊子的手，抓起一把沙土，对准小铁匠的脸打上去。沙土迷住了小铁匠的独眼，他像野兽一样嗥叫着，使劲搓着眼睛。小石匠趁机扑上去，卡着小铁匠的脖子把他按倒，拳头像擂鼓一样对着小铁匠的脑袋乱打……

这时候，从人们的腿缝里，钻出了一个黑色的影子。这是黑孩。他像只大鸟一样飞到小石匠背后，用他那两只鸡爪一样的黑手抓住小石匠的腮帮子使劲往后扳，小石匠龇着牙，咧着嘴，“噢噢”地叫着，又一次沉重地倒在沙地上。

小铁匠挣扎着坐起来，两只大手摸起地上的碎石片儿，向着四周抛撒。“畜生！狗！”骂声和着石头片儿，像冰雹一样横扫着周围的人群，人们慌乱地躲闪着。菊子姑娘突然惨叫了一声。小铁匠的手像死了一样停住了。他的独眼里的沙土已被泪水冲积到眼角上，露出了瞳孔。他朦胧地看到菊子姑娘的右眼里插着一块白色的石片，好像眼里长出一朵银耳。他怪叫一声，捂着眼睛，躺在地上痛苦地扭动着。

黑孩听到姑娘的惨叫，便松开了自己的手。他的手指把小石匠的腮帮子抓出两排染着煤灰的血印。趁着人们慌乱的时候，他悄悄地跑回桥洞，蹲在最黑暗的角落上，牙齿“咯咯”地打着战，偷眼望着工地上乱纷纷的人群。

6

第二天，滞洪闸工地上消失了小石匠和菊子姑娘的影子，整个工地笼罩着沉闷压抑的气氛。太阳像抽风般颤抖着，一股股肃杀的秋风把黄麻吹得像大海一样波浪起伏，一群群麻雀惊恐不安地在黄麻梢头噪叫。风穿过桥洞，扬起尘土，把半边天都染黄了。一直到九点多钟，风才停住，太阳也慢慢恢复正常。

刚娶完儿媳妇回来的刘太阳副主任碰上了这些事，心里窝着一腔火，他站在铁匠炉前，把小铁匠骂得狗血淋头，并扬言要抠出他那只独眼给菊子姑娘补眼。小铁匠一声不吭，黑脸上的刺疙瘩一粒粒憋得通红，他大口喘着气，大口喝着酒。

石匠们不知被什么力量催动着，玩儿命地干活，钢钻子磨秃了一大批，堆在红炉旁等着修理。小铁匠像大虾一样蜷曲在草铺上，咕咕地灌着酒，桥洞里酒气扑鼻。刘副主任发火了，用脚踹着小铁匠骂：“你害怕了？装孙子了？躺着装死就没事了？滚起来修钻子，这样也许能将功补过。”

小铁匠把手中的酒瓶向上抛起来，酒瓶在桥面上砰然撞碎，碎玻璃掺着烧酒落了刘副主任一头。小铁匠跳起来，一路歪斜跑出去，喊着："老子怕什么，老子天都不怕，死都不怕，还怕什么？"他爬上滞洪闸，继续高叫着，"我谁都不怕！"

他的腿碰到了石栏杆，身子歪歪扭扭，桥下有人喊："小铁匠，当心掉下桥。""掉下桥？"他哈哈大笑起来，笑着攀上石栏杆，一松手，抖抖擞擞地站在石栏杆上。桥下的人都中了魔，入了定，呼吸也不敢用力。

小铁匠双臂挓挲开，一上一下起伏着，像两只羽毛丰满的翅膀。他在窄窄的石栏杆上走起来，身体晃来晃去。他慢走变成快走，快走变成小跑，桥下的人捂住眼睛，又松手露出眼睛。

小铁匠一起一伏晃晃悠悠地在石栏杆上跑着，栏杆下乌蓝的水里映出他变了形的身影。他从西头跑到东头，又从东头跑回来，一边跑一边唱起来："南京到北京，没见过裤裆里拉电灯，格里咙格里格咙，里格咙，里格咙，南京到北京，没见过裤裆里打弹弓……"

几个大胆的石匠跑上闸去，把小铁匠拖了下来。他拼命挣扎着，骂着："别他妈的管我，老子是杂技英豪，那些大妞在电影上走绳子，老子在闸上走栏杆，你们说，谁他妈的厉害……"几个人累得气喘吁吁，总算把他弄回桥洞里。他像块泥巴一样瘫在铺上，嘴里吐着白沫，手撕着喉咙，哭叫着："亲娘哟，难受死了，黑孩，好徒弟，救救师傅吧，去拔个萝卜来……"

人们突然发现，黑孩穿上了一件包住屁股的大褂子，褂子是用崭新的、又厚又重的小帆布缝的。这种布非常结实，五年也穿不破。那条大裤头子在褂子下边露出很短的一截，好像褂子的一个花边。黑孩的脚上穿着一双崭新的回力球鞋，由于鞋子太大，只好紧紧地系住鞋带，球鞋变得像两条丑陋的胖头鲇鱼。

"黑孩，听到了吗？你师傅让你去干什么？"一个老石匠用烟袋杆子戳着黑孩的背说。

黑孩走出桥洞，爬上河堤，钻进黄麻地。黄麻地里已经有了一条依稀可辨的小径，麻秆儿都向两边分开。走着走着，他停住脚。这儿一片黄麻倒地，像有人打过滚。他用手背揉揉眼睛，抽泣了一声，继续向前走。走了一会儿，他趴下，爬进萝卜地。那个瘦老头不在，他直起腰，走到萝卜地中央，蹲下去，看到萝卜垅里点种的麦子已经钻出紫红的锥芽，他双膝跪地，拔出了一个萝卜，萝卜的细根与土壤分别时发出水泡破裂一样的声响。黑孩认真地听着这声响，一直追着它飞到天上去。天上纤云也无，明媚秀丽的秋阳一无遮拦地把光线投下来。黑孩把手中那个萝卜举起来，对着阳光察看。他希望还能看到那天晚上从铁砧上看到的奇异景象，他希望这个萝卜在阳光照耀下能像那个隐藏在河水中的萝卜一样晶莹剔透，泛出一圈金色的光芒。但是这个萝卜使他失望了。它不剔透也不玲珑，既没有金色光圈，更看不到金色光圈里包孕着的活泼的银色液体。他又拔出一个萝卜，又举出阳光下端详，他又失望了。以后的事情就变得很简单了。他膝行一步。拔两个萝卜。举起来看看。扔掉。又膝行一步，拔，举，看，扔……

看菜园的老头子眼睛像两滴混浊的水，他蹲在白菜地里捉拿钻心虫儿。捉一个用手指捏死，再捉一个还捏死。天近中午了，他站起来，想去叫醒正在看院屋子里睡觉的队长。队长夜里误了觉，白天村里不安宁，难以补觉，看院屋子里只能听到秋虫浅吟，正好睡觉。老头儿一直起腰，就听到脊椎骨“叭哽叭哽”响。他恍然看到阳光下的萝卜地一片通红，好像遍地是火苗子。老头打起眼罩，急步向前走，一直走到萝卜地里，他才看得那遍地通红的竟是拔出来的还没有完全长成的萝卜。

“作孽啊！”老头子大叫一声。他看到一个孩子正跪在那儿，举着一个大萝卜望太阳。孩子的眼睛是那么大，那么亮，看着就让人难受。但老头子还是不客气地抓住他，扯起来，拖到看园屋子里，叫醒了队长。

“队长，坏了，萝卜，让这个小熊给拔了一半。”

队长睡眼惺忪地跑到萝卜地里看了看，走回来时他满脸杀气。对着黑孩的屁股他狠踢了一脚，黑孩半天才爬起来。队长没等他清醒过来，又给了他一耳巴子。

“小兔崽子，你是哪个村的？”

黑孩迷惘的眼睛里满是泪水。

“谁让你来搞破坏？”

黑孩的眼睛清澈如水。

“你叫什么名字？”

黑孩的眼睛里水光潋滟。

“你爹叫什么名字？”

两行泪水从黑孩眼里流下来。

“他娘的，是个小哑巴。”

黑孩的嘴唇轻轻嚅动着。

“队长，行行好，放了他吧。”瘦老头说。

“放了他？”队长笑着说，“是要放了他。”

队长把黑孩的新褂子、新鞋子、大裤头子全剥下来，团成一堆，扔到墙角上，说：“回家告诉你爹，让他来给你拿衣裳。滚吧！”

黑孩转身走了，起初他还好像害羞似的用手捂住小鸡儿，走了几步就松开了手。老头子看着这个一丝不挂的男孩，抽抽搭搭地哭起来。

黑孩钻进了黄麻地，像一条鱼儿游进了大海。扑簌簌黄麻叶儿抖，明晃晃秋天阳光照。

黑孩——黑孩——

入选理由

这是莫言的成名作，也是新时期感觉小说的代表作。莫言几乎全是以感觉的灵敏和奇异来映射当代生活的印象，平和的现实生活，似乎满足不了莫言灵魂里所潜藏的野性精神。在主人公黑孩身上，体现了星夜土地湿漉漉的神秘感和人的复杂的迷惘感以及文学特有的造型感，甚至还隐约透现出一股若有若无的东方感，黑孩把莫言对整个世界的积累、经验积累、语言积累全都凝炼地显现出来。《透明的红萝卜》，在当年使我们领略了一种新鲜的、陌生的审美经验。之后的《红高粱》系列都是这种美学的衍生孵化，从而创造了一个时代的文学高峰。

1978—2018 中国优秀中篇小说 |下

王干——主编

中国出版集团 现代出版社

风　景

方　方

……在浩漫的生存布景后面，在深渊最黑暗的所在，我清楚地看见那些奇异世界……

·波特莱尔·

一

七哥说，当你把这个世界的一切连同这个世界本身都看得一钱不值时，你才会觉得自己活到这会儿才活出点滋味来，你才能天马行空般在人生路上洒脱地走个来回。

七哥说，生命如同树叶，来去匆匆。春日里的萌芽就是为了秋天里的飘落。殊路却同归，又何必在乎是不是抢了别人的营养而让自己肥绿肥绿的呢？

七哥说，号称清廉的人们大多为了自己的名声活着，虽未害人却也未为社会及人类作出什么贡献。而遭人贬斥的靠不义之财发富的人却有可能拿出一大笔钱修座医院抑或学校，让众多的人尽享其好处。这两种人你能说谁更好一些谁更坏一些吗？

七哥只要一进家门，就像一条发了疯的狗毫无节制地乱叫乱嚷，仿佛是对他小时候从来没有说话的权利而进行的残酷报复。

父亲和母亲听不得七哥这一套，总是叫着“牙酸”然后跑到门外。京广铁路几乎是从屋檐边擦过。火车平均七分钟一趟，轰隆隆驶来时，夹带着呼啸而过的风和震耳欲聋的噪声。在这里，父亲和母亲能听到七哥的每一个音节都被庞大的车轮碾得粉碎。

依照父亲往日的脾气，七哥第一次这么干时，父亲就会拿出刀割下他的舌头。而现在父亲不敢了。七哥现在是个人物。父亲得忍住自己全部的骄傲去适应这个人物。

七哥已经很高很胖了。他脸上时常地泛出红油油的光。肚子恰如其分地挺出来一点点。很难想象支撑他这一身肉的仍然是他早先的那一副骨架。我怀疑他二十岁那次动手术没有割去盲肠而是换了骨头。否则就不好解释打那以后他越长越胖这个事实了。七哥穿上西装打上领带便仪表堂堂地像个港商。后来又戴了副无边眼镜便酷似教授抑或什么专家。七哥走在大街上常有些姑娘忍不住含情脉脉地凝视他。七哥在外面说话毫无疯狗气。文质彬彬地卖弄他那些据说是哲人也得几十年修炼才能悟出的思想。

七哥住过晴川饭店。起先父亲不信。父亲每天到江边溜达都能看到那高白高白的房子。父亲在汉口活了偌些年从来还没见过这么高的房子，便咬定只有毛主席或者是周总理这个级别的人才能住。母亲说毛主席和周总理来不及住进去就升天了。父亲说那还有胡总书记和赵总理能住哩。父亲说这话时是一九八四年。

七哥解释不清，便说那大楼里的“晴川饭店”写得像“暗”川饭店，不信你们去查证。

父亲和母亲自然是不敢设想自己有机会去那里瞧瞧。直到有一天报上登着个体户住进晴川饭店的消息后，五哥和六哥各带一千块钱去了一趟，第二日回来对父亲说小七子的确在那里住过，那字真的写得像“暗”川饭店。

七哥说去那里总是坐“的士”，每回都有穿红衣服的小侍者为我打开车门，然后还鞠个躬，说：“欢迎您的光临。”

五哥和六哥是坐公共汽车去的，下了大桥，还走了好远的路，无法证实七哥的话。但父亲母亲不必做何证实也完全相信了。

父亲再往江边转悠时，遇见熟人便忍不住说：“那个晴川饭店也就那样，我小七子住过好些回数。”

“哦？就是睡床底下的那个小七子？”熟人常惊叹着问。

父亲说：“是呀，是呀，硬是睡出个人物来了。”父亲说这话时，脸上充满慈爱和骄傲之气。

其实，过去父亲总怀疑七哥不是他的儿子。在母亲肚皮隆起时，父亲才知道有这么回事。父亲蹲在门口推算日期。算着算着便抓过母亲扇了两嘴巴。父亲说那时候他跟一只货船到安庆去了。一个老朋友要死了想再见他一面。他前后去了十五天，而母亲却在这段日子里怀上了七哥。母亲风骚了一辈子，这一点父亲是知道的。他一走半月，母亲如何能耐得住寂寞？父亲觉得隔壁的白礼泉最为可疑。白礼泉精瘦精瘦，眼珠滴溜溜地不怀好意，薄嘴皮能言会道勾引女人还有富余。而最关键的是父亲亲眼见过他和母亲打情骂俏。父亲越想越觉得真理在握。为此在母亲生七哥坐月子的时间里，父亲看都不看七哥一眼，若无其事地坐在屋门口大口喝酒，把下酒的炒黄豆嚼得“吧喀吧喀”地响。

服侍母亲的事全是大哥干的。大哥那时已经十七岁了。他十分庄严地照料这个小肉虫一样软软的七弟。半年后父亲头一次看了七哥。他看得很仔细，然后像扔个包袱一样把七哥朝床上一甩。七哥瘦瘦巴巴的，全然不似高高壮壮的父亲的骨肉。父亲揪住母亲的头发，追问她七哥到底是谁的儿子。母亲声嘶力竭地同他吵闹，骂他是野猪是恶狗是瞎了眼的魔鬼，说他到安庆去为他过去的情人送终还有脸回家吵架。父亲和母亲的喉咙都大得惊人。平均七分钟一趟的火车都没能压住他们的喧闹。于是左邻右舍来看热闹，那时正是晚饭时候，一个个的观众端着碗将门前围得密密匝匝。他们一边嚼着饭一边笑嘻嘻地对父亲和母亲评头论足。母亲朝父亲吐唾沫时，就有议论说母亲这个姿势没有以前好看了。父亲怒不可遏地砸碗时，好些声音又说砸碗没有砸开水瓶的声音好听。不过了解内情的人会立即补充说他们家主要是没有开水瓶，要不然父亲是不会砸碗的。所有人都能证明父亲是这个叫河南棚子的地方的一条响当当的好汉。

这个问题毋庸置疑，父亲的确是条好汉。全家人都崇拜父亲，母亲自然更甚。母亲一辈子唯一值得她骄傲的就是她拥有父亲这么个人。尽管她同他结婚四十年而挨打次数已逾万次，可她还是活得十分得意。父亲打母亲几乎是他们两人生活中的一个重要内容。母亲需要挨完打后父亲低三下四谦卑无比且极其温存的举动。为了这个，母亲在一段时间没挨打后还故意地挑起事端引得父亲暴跳如雷。母亲是个美丽的女人，自然风骚无比。但她的确从未背叛过父亲。她喜欢在男人们面前挑逗和卖弄那是她的天性，仅此而已。母亲说难道世界上还会有比父亲更像男人的吗？母亲说如果有那才是真的见鬼了。母亲说除非父亲先她而死她才会滚到另一个男人怀里。母亲说这话时才二十五岁，而现在她已六十了，父亲仍然健在。母亲毫无疑问地履行着她的诺言。所以父亲怀疑七哥是隔壁白礼泉的崽子显然是不讲道理。白礼泉比母亲小十八岁，母亲常忍不住去逗弄他，偶尔也动手动脚，但七哥绝对无误是父亲的儿子。因为只有父亲这样的人才可能生出七哥这样的儿子。这个道理直到二十五年后七哥突然一天说他被调到团省委当一个什么官了之后父亲才想明白。父亲从七哥那里听说团省委的人下一步就是去党省委，有运气到中央也是不难的。父亲几乎有点儿接受不了这个事实。父亲这辈子连县一级的官都没见过。父亲跟他认识的同样对方也认识他的最大的官员——搬运站的站长一共只说过两句半话。有半句是站长没听完就接电话去了。而现在，他的小七子居然比站长大好些级别且还只有二十来岁。鉴于这点，对七哥一进家门就狂妄得像个无时无刻不高翘起他的尾巴的公鸡之状态，父亲一反常规地宽容大度。

二

父亲带着他的妻子和七男二女住在汉口河南棚子一个十三平方米的板壁屋子里。父亲从结婚那天就是住在这屋。他和母亲在这里用十七年时间生下了他们的九个儿女。第八个儿子生下来半个月就死掉了。父亲对这条小生命的早夭痛心疾首。父亲那年四十八岁。新生儿不仅同他一样属虎而且竟与他的生日同月同日同一时辰。十五天里，父亲欣喜若狂地每天必抱他的小儿子。他对所有的儿女都没给予过这样深厚的父爱。然而第十六天小婴儿突然全身抽筋随后在晚上咽了气。父亲悲哀的神情几乎把母亲吓晕过去。父亲买了木料做了一口小小的棺材把小婴儿埋在了窗下。那就是我。我极其感激父亲给我的这块血肉并让我永远和家人待在一起。我宁静地看着我的哥哥姐姐们生活和成长，在困厄中挣扎和在彼此间殴斗。我听见他们每个人都对着窗下说过还是小八子舒服的话。我为我比他们每个人都拥有更多的幸福和安宁而忐忑不安。命运如此厚待了我而薄了他们这完全不是我的过错。我常常是怀着内疚之情凝视我的父母和兄长。在他们最痛苦的时刻我甚至想挺身而出，让出我的一切幸福去与他们分享痛苦。但我始终没有勇气做到这一步。我对他们那个世界由衷感到不寒而栗。我是一个懦弱的人为此我常在心里请求我所有的亲人原谅我的这种懦弱，原谅我独自享受着本该属于全家人的安宁和温馨，原谅我以十分冷静的目光一滴不漏地看着他们劳碌奔波，看着他们的艰辛和凄惶。

那时是一九六一年。九个儿女都饿得伸着小细脖呆呆地望着父母。父亲和母亲才断然决定终止他们年轻时声称的生他一个排的计划。

小屋里有一张大床和一张矮矮的小饭桌。装衣物的木盆和纸盒堆在屋角。父亲为两个女儿搭了个极小的阁楼。其余七个儿子排一溜睡在夜晚临时搭的地铺上。父亲每天睡觉前点点数，知道儿女们都活着就行了。然后他一头倒下枕在母亲的胳膊上呼呼地打起鼾来。

父亲说这地方之所以叫河南棚子就是因为祖父他们那群逃荒者在此安营扎寨的缘故。河南棚子在今天差不多是在市中心的地盘上了。向南去翻过京广铁路便是车站路。汉口火车站阴郁地像个教堂立在路的尽头。走出车站路向右拐，便上了中山大道。这一段中山大道，几乎有门即是店。铁鸟照相馆老通城饭店首家服装厂扬子街江汉路六渡桥诸如此类汉口繁华处几乎占全。父亲每天越过中山大道一直走到滨江公园去练太极拳。父亲总是骄傲地对他的拳友们说他是河南棚子的老住客。而实际上老汉口人提起“河南棚子”这四个字如果不用一种轻蔑的口气那简直是等于降低了他们的人格。

父亲说祖父是在光绪十二年从河南周口逃荒到汉口的。祖父在汉口扛码头。自他干上这一行后到四哥已经是第三代干这了。三哥总说爷爷若一来便当兵，没准参加辛亥革命，没准还当上一个头领，那家里就发富多了。说不定弟兄姐妹都是北京的高干子弟。父亲便吼放屁。父亲说人若不像祖父那样活着那活得完全没有意思。祖父是个腰圆膀粗力大如牛有求必应的人。祖父老早就加入了洪帮。那时“打码头”风气极盛，祖父是打码头的好手。洪帮所有的龙头拐子都对他倍加赏识。祖父认朋友而不认是非，每有所唤都狂热地冲在最前面。父亲说他十四岁就跟着祖父打码头。他亲眼见过祖父是何等英勇和凶悍。后来祖父在一次恶战中负了重伤。肋骨被打断了好几根，全身血流如注宛若红布裹着一般。祖父被抬到家时已经奄奄一息。尽管如此祖父却一直带着微笑。父亲说大头佬殷其周专门派人为祖父送来了云南白药。殷其周是当时汉口最有名的“码头皇帝”。父亲至今提起他的名字还激动得战栗不已。不过那药仍然没能救活祖父。祖父把手在父亲的肩上拍了两下便咽了气。那时父亲正跪在祖父面前垂泪。他见祖父头一歪便号叫一声扑在他身上。立即所有人都知道祖父已经走了。啜泣声便如远天滚过的雷。为祖父洒泪哀伤的人几乎是一望无边。父亲至今也没想明白究竟是怎么回事。父亲猜测大约是祖父善打码头的缘故。父亲时年二十岁，除了身子比祖父稍稍单薄一点以外差不多同祖父一模一样。父亲安葬了祖父的第三天便被头佬叫去打码头。他虎视眈眈地往那儿一站，对方的人立即目瞪口呆。竟有人颤着声问他是人还是鬼。

父亲每回说到这里都要仰面哈哈大笑。笑罢又大饮一口酒，把十来颗黄豆扔进嘴里嚼得“吧喀吧喀”响。

父亲每回喝酒都要没完没了地讲述他的战史。这时刻他所有的儿子都必须老老实实坐在他的身边听他进行“传统教育”。有一次二哥想上他的朋友家去温习功课以便考上一中，不料刚走到门口，父亲便将一盘黄豆连盘子扔了过去。姐姐大香和小香立即尖声叫起。黄豆撒了一地，盘子划破了二哥的脸，血从额头一直淌到嘴角。父亲说：“给老子坐下，听听你老子当初是怎么做人的。”从此，逢到父亲这种时候谁也不敢把屁股挪动一下。七哥有几回都把尿憋了出来，湿了一裤。

最喜欢听父亲说往事的只有母亲。母亲记忆力比父亲强多了。父亲忘却的日期地点人名字全靠母亲提醒，如果母亲也忘记了，父亲就得使劲地擂着脑袋想，想得一脸痛苦表情。父亲不想出来是绝不往下讲的。遇到这种意外，父亲的儿女们才如同大赦。有一回父亲为了想民国三十六年轰动武汉的徐家棚码头之争的日期整整地想了一星期。一星期后仍没想起便只好用季节代替日期重新召拢他的听众。父亲说那是民国三十六年的冬天，日本人刚跑掉，粤汉铁路通了车，徐家棚码头业务大增油水肥厚，一些头佬都眼馋得发疯，相互寻衅械斗好几次都没有结果，洪帮头子王理松托人约了父亲。父亲那几日正手痒，便一口应允了。父亲为了打徐家棚码头凌晨三点就起了床，过江的时候天还漆黑，凛冽的风横吹过来刺得脸皮一阵阵发麻。父亲穿一件黑袄，搭肩往腰间一扎，显得威风凛凛。他上船前喝了至少八两酒，酒精把他的血烧得一蹿一蹿的周身痒痒，故而他对挤进骨缝的寒风感到莫名的欢喜。他望着浩渺长江，脸上像拿破仑一样毫无惧色。父亲手上拿的是扁担，父亲每次用的都是这根，深棕色油光油光的。他挥动起来得心应手，他觉得这玩意儿不比关公的青龙偃月刀逊色。父亲的同伴熊金苟坐在船舱里瑟瑟发抖。父亲指着他的腿笑得全身抽搐，然后说：“老子恨不得把你这个熊包扔到江里喂鱼。”江水混浊不堪，小船咿呀地摇着一支很媚人的歌，在浅黑色的凌晨显得清丽幽婉。熊金苟总是哆嗦。不管父亲怎么辱骂他都不停止这个活动。这使得他旁边的几个人都一块儿干起这活儿来。熊金苟有个瞎眼的老母和三个细弱如草的小姑娘，第四个又把他老婆的肚子撑得老高老高了。父亲他们抵岸时天还没亮。他们捷足先登立即抢占了徐家棚的上中下码头。父亲他们全都剽悍体壮，吓得对方手足发软。当有人发现华清街的哑巴打手队之后，更是屁滚尿流地边跑边哀号爹妈何故只给了两条腿。华清街的哑巴是鲁老十豢养的一群打手。那时说起“华清街之虎”鲁老十，人们会情不自禁地发抖。他的打手心毒手辣且从来不问为什么出手便打。不过他们也的确不会问为什么。父亲与鲁老十从无交情，哑巴中倒有一二曾崇拜过祖父。父亲他们那次自然打赢了。天亮以后他们把对方丢下的尸体绑上石头沉入江底。父亲是给一个姓张的人系的石头。父亲说他认识这个人。他们在一个码头干过活儿。父亲记得他曾经在父亲趔趄一下时扶了父亲一把。父亲晓得张是很老实的，但不晓得这回死在乱棒之下的怎么恰恰是他。想来想去父亲还是说这是命。父亲的腿在那一天被铁棍撕了个三角口，血流如喷。父亲对流血已经很习惯了，他只用土擦了一下，第二天就去码头干活儿。那道伤痕至今还染着泥土的色彩留在父亲的腿上。打赢了的头佬总是在当夜便灯红酒绿地频频举杯祝捷。而那时，父亲们却在自己的茅棚中擦洗伤口抑或为受伤的同伴寻医，为死去的朋友落泪。打哆嗦的熊金苟连轻伤都没负。他把父亲搀到屋里然后笑盈盈地走了。父亲说没打死他实在是件遗憾的事，因为半个月后的又一次械斗，他被头佬定为“打死”对象。头佬们为了扛着尸体打赢官司悄悄派手下人在混乱中将熊金苟打死了。父亲亲眼看见一根铁棍砸向熊金苟的。父亲喊了他一声。结果在他迟钝地一扭头时，铁棍正砸在他天灵盖上。他连哼也没哼便“噗”地倒地，血浆流淌着把他的头变得像个新品种西瓜。

父亲那一晚喝得酩酊大醉。他揍了母亲一顿然后起誓说他再不去打码头了。不过，父亲自然是要食言的。他打架斗殴像抽了鸦片一样难得戒掉。

父亲的精力过剩。他不这么消耗便会被堵塞在体内而散发不出的精力折磨而死。

那一幕幕悲壮的往事总是能让父亲激动得手舞足蹈。他有时还大口地喝着酒然后叫喊道：“儿子们你们什么时候能像老子这样来点惊险的事呢？”

三

父亲现在落寞得有些痛苦了。而像父亲这样的人能为什么事情产生痛苦感那的确不是件很容易的事。毋庸置疑的是父亲确实痛苦了。父亲还是住在老房子里，而他的儿女们却一个个飞了出去。地铺上起伏的鼾声和讨厌的骚动以及阁楼上无端的娇笑，统统被寂静所替代。房子倒显得空荡起来。过年时，每个儿女各出十块钱为他买了一个沙发。沙发靠着墙壁，父亲从来不坐它。父亲说坐了屁股疼。晴天的时候，父亲便去马路边打牌，而雨天里便靠在床上长吁短叹。父亲说：“只有小八子陪我了。”父亲说这话时让我感动了好几天。后来父亲在我的覆身之土上种了些一串红。父亲对母亲说像小八子的头发。

苍凉的冬天到来的时候，父亲便闷着头默默地喝他的酒。北风吹得门板和窗哐哐地响。火车蓦然鸣一下整个房子在颤动中几乎意欲醉倒。母亲用她满是眼屎的目光凝望父亲。父亲退休之后就再也没揍过母亲，这使得母亲一下子衰老了起来。父亲和母亲之间已经没什么话好谈了，他们只是默契地生活。语言成了多余的东西。

回家次数最多的是七哥。七哥还没有成家。他总是在星期六回来。这天晚上偶尔也有其他弟兄拖儿带女地过来小坐片刻。父亲对他花团锦簇且粉团团的孙辈们毫无兴趣，父亲说人要像这么养着就会有一天会变成猪。这话使父亲所有的媳妇对他恨之入骨。父亲说她们懂个屁。看我们小七子，不就是老子的拳脚教出来的吗。要当个人物就得过些不像人的日子。

父亲每次这么说都令七哥心如刀绞。七哥不想对父亲辩白什么。他想他对父亲的感情仅仅是一个小畜生对老畜生的感情。是父亲给了他这条命。而命较之其他的一切显然重要得多。七哥总是在星期天一早就走，他厌恶这个家。他不想看父亲喝酒骂人然后“叭”地在屋中央吐一口浓绿浓绿的痰。他看不惯骨瘦如柴的母亲一见男人便做少女状，然后张嘴便说谁家的公公与媳妇如何，谁家的岳母勾引女婿。小屋里散发着永远的潮湿气，这气息总是能让七哥不由自主地打寒噤。

七哥在星期天一早出门时多半手里拿根鱼竿。有熟人路遇便说“你可真有闲情逸致啊”，七哥只是笑笑。七哥从河南棚子穿巷走街，总摆一副富态高雅的架势，以显示他并非此地土著。七哥的外貌变化之大如沧海桑田以至人们绝不可能想象他就是十几年前常在这一带转悠着拾破烂捡菜叶的小七子。

七哥表面上很是平静。他抿着嘴一副神态自若的样子。但他的眼睛里却充填着仇恨。倘若仔细地盯着他三分钟，你就会发现他的眼珠宛若两颗炸弹随时可能起爆。而他的生命则正是为了这起爆而存在。

七哥捡破烂的时候是五岁。那是孪生的五哥六哥在一天偷吃了水果铺腐烂的苹果同时患急性痢疾送进医院时，七哥主动提出的。当时父亲正暴跳如雷。住院那一笔开销将他三个月所有的工资贴进去还远不够数。七哥蹲在门槛上看父亲吐着唾沫骂人。七哥感到喉咙痒了便轻咳了一声。父亲听见一步上前，一脚把他踢翻在门外。父亲说你再咳我掐死你。七哥说我不是咳我是想说我去捡破烂。父亲说你早就该去了。老子养了你五年，把你养得不如一条狗。

七哥对于他五岁就敢在河南棚子穿梭于小巷小道中拾破烂的胆略极其诧异。大香姐姐的孩子五岁还每天要叼着大香姐姐的奶头而小香姐姐的孩子五岁却还不会自己蹲下撒尿。七哥记得他捡的第一件东西是一块破了角的手绢。手绢上有些黏黏糊糊的东西。七哥用舌头舔了一下，是甜的，便又舔了好多下，直到那手绢湿漉漉的。七哥相信他至死都不会忘记他蹲在墙根下虔诚地舔手绢的模样。七哥很少说话，有大人指着他的小篮子说些什么他也从来不理。七哥每天要把小篮子装到他提不动为止。他拾的破烂都堆在窗口下。那里因为埋了他的弟弟而有一块空地。七哥见过他的这个小弟弟，见过父亲亲他的小脸。那一刻七哥还摸了摸自己的脸，他不记得父亲在他这儿亲过没有。七哥对小弟弟能永远安宁地躺在那下面羡慕至极。他看见父亲把小弟弟放进一个盒子里然后又盖上了土。他很想让父亲也给他一个盒子让他老是睡在里面动也不动。然而他不敢开口。

七哥常常很饿很饿，看见别人吃东西便忍不住涎水往下巴那儿流。久而久之，下巴处流了两道白印子。那天七哥走过天桥到了火车站。又往前一点还走进了儿童商店。那里面有很多打扮得像画上一样的小娃娃。他们在买衣服和皮鞋。七哥对衣服皮鞋毫无欲望，他看见一个穿粉红衣的小姑娘在吃桃酥。她嚼得沙沙直响。七哥走到她身边，他闻到了那饼的香味，那香使七哥的胃和肠子一起扭动起来。七哥便一伸手抓住了那桃酥。小姑娘“妈呀”一叫松了手，桃酥便在七哥手上了。小姑娘的妈妈瞪着眼说了句“小要饭的”便拉走了她的女儿。七哥简直不敢相信这块小饼归他所有了。他战战兢兢咬了一口，没有任何人干涉，的确是他的。便发了疯一样吞咽下去。七哥从来没有过这样的幸福时刻，那一瞬间获得的快感几乎使他想奔跑回去告诉家里的每一个人。七哥后来就常去儿童商店。他从任何一个小孩手上抓来的东西都归他所有。他吃了许多他根本想不出来应该叫什么名字的东西。儿童商店给了七哥童年中最璀璨的岁月。

七哥七岁上了小学。这是父亲极不情愿的事。父亲自己不识字，但他觉得自己活得也很自在也很惬意。父亲说世界上总得有人不识字才行。要不那些苦力活儿谁去干呢？父亲说这话是针对二哥的。二哥初中毕业坚持要考高中而不肯去帮父亲拉板车。二哥说读完了中学又去扛包完全是浪费人才。二哥同父亲吵了三夜，三哥也为二哥帮忙，父亲才气哼哼地向儿子妥协。这是在父亲做人的历史上极少出现的事情。父亲说政府怎么糊里糊涂的，让人都学了文化码头还办不办？凭良心说父亲的认识还是深刻的。码头要办下去就得有人扛码头。而读过书的人都不肯干这活儿，可不就是得让一些人不读书专门充实码头吗，父亲是不会知道科学能发展到用金属做一个机器人出来的。

七哥终于在政府的要求下去上小学了。七哥对上学不感兴趣。他头一天衣衫褴褛地走进教室就听到有声音说怎么来了这么个脏狗。后来，全班人都叫他脏狗。七哥对学校和同学的厌恶便从第一天就开始了。

七哥不再捡破烂。母亲说破烂卖不了什么钱不如去黑泥湖捡点菜回来。七哥便去捡菜了。七哥每天下午都逃学。一吃过中饭他就挎上篮子往郊外走。他要走过黄浦路从黄家墩穿刘家庙然后到黑泥湖一带。这里地多人少，到处是农民的菜园。有时只走到刘家庙就能拾到很好的菜叶。夏天的时候七哥还得带上叉子。父亲说每天都得叉一串青蛙回来给他下酒。七哥喜欢叉青蛙。他在河沟边跳来跳去敏捷而迅疾地叉中一个青蛙时总是高兴得想笑出声来。七哥在家里却从来没笑过。所有认识他的人都说这孩子天生缺少笑神经。

那一天，七哥走到刘家庙附近，见农民们都坐着小凳在田里给白菜间秧，七哥便静静地蹲在了一个大嫂身后。大嫂间一把秧往自己篮子里扔去时，手边总是要漏掉几棵。这便是属于七哥的了。七哥捡了半篮之后，大嫂身后又跟了一个小姑娘。七哥厌恶地瞥瞥她。她的手比七哥利索，总是先将大嫂漏下的拾进自己的小篮子。七哥几乎为此想砍掉她的手。这时刻大嫂回了头。大嫂问你们这是何苦呢？就这几棵菜？小姑娘说不捡菜就没有吃的。七哥说我也是。大嫂说你们就不累？小姑娘说累比挨打好受多了。七哥说我也是。那大嫂便叹口气扯下许多很好的菜秧给了七哥和小姑娘，把他们的篮子装得满满的。小姑娘高兴得笑个不停。七哥没笑，但心里也高兴极了。

后来七哥认识了小姑娘。她叫够够。够够说她住三眼桥。她是老五。生下她时她父亲一看是个女孩气得大吼她母亲一声：“你够没够？”她母亲慌忙回答：“够，够。”两人吵了一架后，就给她起个名字叫够够。尽管有了够够，她父亲却还是没让她母亲停止生产。够够又添了两个妹妹。够够说她妈妈又要生了，这回大家都说生男孩。她家已有七仙女了。就是八仙过海也得有一个异性。

七哥常常能碰上够够，碰上够够就约她一起走，于是他们总是在铁路边碰头。够够小嘴灵得像鸟儿，七哥总怀疑她是鸟变的。够够叽叽喳喳起来没个完，七哥便安静地听着，刚开始时有些不耐烦，后来就习惯了，再后来就喜欢听她讲。七哥想要是小香姐姐也能像够够这样该多好。够够和七哥的小香姐姐一样大，都比七哥大两岁。小香姐姐却从来不理睬七哥。她要是想起七哥时就是七哥倒霉的时候到了。那天晚上父亲喝酒喝得高兴，小香姐姐连忙凑上去对父亲说七哥见到白礼泉就一面哭一面喊爸爸，还从白礼泉手上接过一块糖。父亲一听勃然大怒，他使劲地放下酒杯，吼着七哥：“给老子过来！”七哥已经吓得站不起来了。他如狗一般爬到父亲脚下。父亲用大脚趾抬起他的下巴，骂道：“你这个杂种。”然后一脚蹬翻了他。父亲令五哥提起七哥，将七哥推到墙壁前面壁而立。之后又指示六哥扒下七哥的裤子，用竹条抽打五十下，五哥和六哥乐呵呵地干这些。父亲赏识他们时才会让他们干这些活儿。小香姐姐坐在床沿边让大香姐姐用红药水给她染指甲。她俩尖声地笑着。七哥忍着全部的痛苦去听她们笑得如歌一般流畅。父亲又坐下喝酒了，嘴唇咂得“叭叭”地响。而母亲自始至终地低头剪着脚指甲，还从脚掌上剪下一条条的破皮。母亲喜欢看人整狗，而七哥不是狗，所以母亲连头都没抬一下。火车轰隆隆从门外驰过。雪亮的光一闪一闪。和它们叠在一起的是竹条以及它挥舞出来的音响。这一切成为七哥脑海中永恒的场景。

铁道线不知从何而来。伸延前去，又不知指向何处。够够在哪儿呢？或许她的灵魂一直在这儿飘荡，引得七哥无法克制自己而一次次走向那里。

这日子，是七哥最美丽和善良的日子。它在无数黑浓黑浓的日子里微弱地闪烁几星绚烂的光点。

四

只要大哥在家的日子，七哥就用他迷迷蒙蒙的眼睛一眨不眨地盯着大哥。大哥不理他，大哥不编造谎言让父亲的拳脚砸得他透不来气。大哥不用最刻薄的语言诅咒他，大哥不把他当白痴般玩物当一头要死没死的癞狗。小时候七哥以为大哥是他的父亲，后来才弄清他只是大哥。大哥和父亲是两类完全不同的东西。

大哥对七哥现在这副不可一世的模样从心底生厌。时间简直是个魔术师。当年睡在父亲床底下的七弟居然蜕掉了他那副可怜巴巴的外表而人模狗样地在小屋中央指手画脚。每逢大哥在家，七哥若酸溜溜地炫耀他的哲言，大哥必定会暴吼一声："小七子，你再动一下嘴皮看我割了你的舌！"

可惜大哥在家时间少极了，少极了。七哥从记事起就知道大哥从来不在家睡觉。弟兄们一天天长大，地铺上已经挤不下七条汉子了。父亲便一脚把七哥踢到了床底下，而大哥则开始成日成月成年地上夜班。

大哥总是在星光灿烂的时刻推门而出。他手里提着一个饭盒，里面有半斤米和一小碟咸菜。清早大哥回到家时，父亲和母亲都上班了，大哥便一头栽到床上呼呼地睡到太阳落山，然后起来同一家人一起吃晚饭。到星光灿烂父亲打长长的呵欠时，大哥便又推门而出，手里拎着那个饭盒。日复一日。年复一年。

大哥小学四年级没读完就进工厂了。大哥曾经留过两级。他跟二哥同了一年学之后又跟三哥同学。大哥比三哥大四岁，几乎高出三哥一个整头。班上同学都如三哥般弱小。他们管大哥叫"刘大爷"。起先大哥还乐呵呵地答应，后来三哥说那是骂他留级生大爷哩，大哥这才一听人如此叫唤便翻下虎脸。大哥打架出奇勇敢，出手迅猛有力，打在兴头上敢抢刀杀人。这是父亲最赏识他的地方。所有的同学对大哥都畏之如虎。其实大哥很少揍他的同学。他们太弱了。大哥不屑于对这种"小萝卜"——大哥的话——动手。大哥说他绝不学父亲。他不打比自己弱小的人。而父亲，打起自己的妻子和儿女像喝酒一样频繁且兴奋。

大哥是被学校开除的。那天上体育课。体育老师油头粉面的，他让大哥抬了跳箱又抬垫子。垫子是给女生翻跟斗的。大哥说他不抬。体育老师便说刘大爷不抬谁又会去抬呢？大哥便走上前，挥起小臂给了老师一肘，只一会儿，那白粉捏的一样的鼻子便淌出了两道红血。所有的学生都吓傻了，女生还有人嘤嘤地哭泣。大哥扫了他们一眼扬长而去。学校原本不想开除大哥，因为在场同学都证明是老师骂了大哥大哥才动的手。晚上，那老师灰着脸跟在教导主任身后来到了河南棚子。父亲在门口堵住了他们。教导主任说是来向大哥道歉并也希望大哥向老师道歉的。父亲一瞪眼骂了几句直指祖宗的脏话然后说："幸亏你撞在我儿子手下，他实在比老子小时候窝囊。换了我，莫说你的鼻子，叫你的牙都一颗剩不下。"父亲说完笑得洪钟一样嘹亮。教导主任和体育老师都不约而同地发起抖来。然后他们连退几步。大惶大惑的一副神态望着父亲，踉跄着远去。

大哥从此不再上学了。这是他第一天背起书包就盼望的事。大哥刚满十五岁。父亲把他送进了铁厂当学徒。大哥当了锻工。父亲说干这行拿钱多而且练身体。果然没多久大哥的胳膊就粗了起来，浑身黑油油的闪着乌光。大哥二十岁的时候已经像父亲那样粗壮了。他的下巴上浮出毛茸茸的胡子。大哥有时就用他这一点可怜的胡子扎七哥的脸。七哥一直等待着大哥的胡子长长。他常想如果长长了不是也可以像小香姐姐那样扎起小辫子吗？

大哥过了二十岁以后，脾气就变大了。晚饭时动不动就发火。进家门总是用大脚轰然一下踢开。大哥对父亲母亲都吵过架，吵得天翻地覆的。七哥总是爬进床底一动不敢动，他不明白大哥为了什么。后来有一天，大哥同父亲打了一场恶架，那以后家里就平安了好多。

大哥和父亲打架，说起来完全是隔壁白礼泉的责任。白天里大哥是回家睡觉的。中午的饭总是母亲从她工作的打包社回来做。那时五哥六哥都刚上小学不久，而七哥还在从事拾破烂的事业。

母亲打包的手脚极利索。母亲的舌头嘴唇都仿佛是蜜做的。打包社的领导都吃她那一套，额外让母亲每天提前半个钟头回家弄饭。母亲洗菜时得去公用水管。母亲在那里经常碰得到白礼泉。白礼泉在武钢上班。三班倒的工作让人觉得他总在家里。母亲跟男人说话老使出一股子风骚劲。她扭腰肢的时候屁股也一摆一摆的像只想下蛋的母鸡。母亲的眼光很独特。从那里面射出来的光能让全世界的男人神魂颠倒。母亲在白礼泉面前从无顾忌。白礼泉的老婆漂亮苗条是他手掌上的明珠。但明珠生不出一个孩子而母亲却一气生了九个。这使得母亲常常嘲笑白礼泉而且一直要笑到他无地自容为止。无地自容的结果便是抬起头来同母亲调情。那天母亲洗完菜同白礼泉一起嘻嘻哈哈地走回屋里。白礼泉调侃着跟在母亲身后也嘻嘻地笑。白礼泉的手指细长细长跟父亲短粗短粗的手指感觉完全不一样。母亲弯下腰切菜时，她的乳房便像两只布袋一样垂了下来。白礼泉站在母亲背后将双手绕着母亲，然后细长的手指便捏揉起那两只布袋。母亲不理会他的动作，只是嘴里假骂道馋猫馋狗馋猪之类。白礼泉挨着骂手指却依然熟练而快速地运动。他的手越来越灵活，活动的地域也越来越广，母亲不由得兴奋得咯咯大笑。就在这个时候躺在床上的大哥醒了。大哥没吭气只是长长地打了一个哈欠。

母亲说："贱货！这时间了还不起？"大哥说："贱货也是你生的。全都一块儿贱也不错。"白礼泉说："哎呀，老大白天就这么睡？下午小五小六小七几个不闹翻天？"大哥说："摊上这样的爹娘，只给了这一点地方，有什么法子。"白礼泉忙说："你要不嫌弃，白天可以睡我屋里。我两口子都上班，你去睡觉还可以看个门。我那个收音机是五灯的，不放心得很哪。"大哥说："这主意倒不坏。"母亲说："那太谢谢你白叔叔了。"

白礼泉倒是言行一致。果然，大哥在白天住到他家里去了。先一段时间日子也过得相安无事。后来那天三八妇女节放假半天，白礼泉的老婆枝姐在家休息，于是日子便有异峰突兀而起了。枝姐在半天的休息时间里要把房间重新摆布一下，大哥便上前帮了忙。一阵折腾，大哥汗流浃背顺手脱下外衣。他露出黧黑的臂膀，凸起的肌肉在黑皮肤下鼓胀。阳光从窗口斜射进来，落在大哥熠熠发光的肩膀上。大哥有几次都不小心碰着了枝姐，让枝姐心里颤抖了好几回。在架床的时候，枝姐的手指叫床板夹了一下，疼得她尖声叫起，眼睛里一下子涌出泪花。大哥便一步上前捉住她的手将她的手指放进嘴里。大哥用他厚软的舌在枝姐手指上舔来舔去。大哥说这是止痛的祖传秘方。枝姐全信了。这之后她就老是夹着手，每次都要大哥动用祖传秘方。

枝姐比大哥大九岁，早过三十了。可是枝姐因为没有生小孩便依旧一副粉脸含春的少女模样。枝姐珠黑睛亮，眉若新月，随意瞟人一眼，便见得柔情如水似的娇羞。这对于青春勃发的大哥自然如铁遇磁。

从那天起，枝姐老是上半天班。不是病假就是调休什么的。最先察觉的是母亲。母亲一字不识但直感却像所有杰出的女人那样灵敏。母亲对大哥说："你小心那骚狐狸。她要勾引你哩。"大哥说："就不会说我在勾引她？"母亲说："你这王八蛋小子简直和你父亲一个样。"大哥说："那女人简直跟你一样。"母亲说："怎么跟我一样？"大哥说："见男人就化了。巴不得上钩。"母亲说："你小心点，她男人别看骨瘦如柴，倒也不是个好惹的货。"大哥说："未必比我父亲还厉害一些？"

母亲说："你那天看见了什么？" 大哥说："什么都看见了。女人不值钱。" 母亲便身体后倾着朗声大笑起来："好小子，有出息。你老娘可没让他占多少便宜。你得比白礼泉高明点才行。" 大哥也笑了，说："那当然。我儿子大概已经在她肚子里了。" 母亲惊喜地问："真的？"

大哥和白礼泉的女人不干不净弄得邻近的人家都晓得了。那都是母亲在外面说的。母亲逢人就夸口，说是别看白礼泉的女人一扭三摆的妖精样，可在我大小子怀里比猫还乖哩。父亲好晚才知道，只是说想不到儿子也到了偷鱼吃的年岁了。

白礼泉最后一个听说。他不敢在枝姐面前逞凶便找上门来同大哥对骂。大哥说："你再骂一句，我叫枝儿跟你离婚。她现在听我的。" 白礼泉说："我离了你想要她？" 大哥说："那当然。" "好吧。那房子是我的，我要收回。你娶她吧，让她住在你们那个猪窝里。跟你的父亲住一起，跟你的弟兄住一起。让你全家人把她从头发根到脚丫都看个一清二楚。还顺便看你俩是怎么过夜的。" 白礼泉的话像是砸在大哥胸口上的石头。大哥突然脸色苍白，眼泪差点没落下来。这副熊样子不光被白礼泉看到了也被刚干完活儿下班回家的父亲以及看热闹的观众们看到了。白礼泉阴险地笑出了声。他嘴上继续说一些刻毒且下流的话。而大哥却默然不语。父亲上前"叭"地扇了大哥一个耳光，大骂大哥窝囊得不如一条虫。然后说："白礼泉的女人看上你这种东西那成色也就跟拉客的窑姐儿没什么两样。" 大哥听完父亲的话便猛虎一样扑向父亲和父亲扭打成一团。大哥咒骂父亲，说世界上像父亲这样愚蠢低贱的人数不出几个。混了一辈子，却让儿女吃没吃穿没穿的像猪狗一样挤在这个十三平方米的小破屋里。这样的父亲居然还有脸面在儿女面前有滋有味地活着。

这场架打得灰尘四起，旁观者皆避之不及。父亲的脸被大哥拳头打得青肿满是，而大哥的门牙叫父亲打脱了，手臂也被父亲用刀砍了一道深口，缝了十四针。

第二日白礼泉没去上班，中午乐滋滋地到家里来对大哥说上午他陪枝姐一起去了医院，只一会儿，就把她肚子里的胎儿打掉了。白礼泉说他虽然想要个小孩，但也不能养着个野种。大哥怒目圆睁暴吼了一声："给老子滚！"

从此大哥再也没理睬枝姐，每当两人路遇，枝姐忧戚戚地频频顾盼大哥，大哥则抱拳当胸，傲然而去。

到大哥同大嫂结婚已是十年以后的事了。十年间，他除了自己家里的女人外，对全世界的女人都摆出一副不屑一顾的架势。母亲曾打算给他说门亲。大哥说："你只要带她进这个家门我就杀了她。"

这十年中的第九年里，枝姐上班时被卡车轧断大腿，流血而尽死去。在场的人都听见她一直叫着“大根”的名字。人们以为那是她丈夫。而实际上，“大根”是大哥的名字。

五

七哥最痛恨他的姐姐大香和小香。七哥从记事起就没同她们说过话。七哥记得他很小很小的时候尿湿了裤子，姐姐大香便用指甲拼命地掐他的屁股。大香为了学有钱人家的女孩，总是把指甲留得尖尖的。而小香更毒。只要她在家里，她就不许七哥站起来走路。小香说七哥是狗投生的，必须爬行。七哥忍气吞声，从不敢违抗。晚上吃饭时，小香则多半会指着七哥的黑膝盖告诉父亲说七哥故意学狗爬不学人走。小香长得像父亲又像母亲。小香伶牙俐齿活泼爱笑却心狠手辣，父亲宠爱她，每次为了让她高兴不惜惩治七哥。小香比七哥大两岁，出生在双胞胎五哥和六哥之后，在家排行也算老八了，故而娇得鼻眼不正。七哥在父亲的拳脚下奄奄一息，而小香则捂着嘴“哧哧”笑个不停，还把七哥麻木地忍受的姿态学给大香看。小香干这样的事一直干到七哥下乡那天。

在大哥同父亲打架之后，家里能给七哥一点温暖的就是二哥了。很久很久，七哥对二哥都没什么印象。二哥总是和三哥一起进出。七哥在他眼里似乎有又似乎无。七哥不记得二哥同他说过话没有，直到那件事发生之前。

那是一个夏天，七哥被父亲揍过之后便爬回到大床底下。他只有到这个黑洞洞的充满他熟悉的潮湿气的地方才感到几分安全。七哥那天浑身火辣辣地疼。他趴在那里一动也不想动。伤痛和闷热闷热的天气几乎让他觉得自己快要死了。他这样趴了一天一夜。屋外每过一列火车都仿佛从他身上碾过。轰隆隆的声音使劲地撞击着他的脑袋，撞得似乎就要爆炸，他想爬出来，可一动弹大腿内侧便如刀剜割一样。七哥想干脆让我死吧，便“呵”了一声死了过去。

等他醒来之时，七哥感到自己被人抱着。他的腿依然如刀剜割。他睁开眼睛见到一个陌生的脸庞，恍惚之中听到滴水之声。水滴了很长时间，七哥才渐渐看清那陌生的脸庞原来是二哥。二哥用毛巾擦着他的身体。七哥温顺地倚在二哥怀中一动不动。他第一次感到生命的安全，第一次认识到人体的温暖。晚上直到父亲回来的时候二哥仍小心地抱着七哥。“怎么搞得像个小少爷？”父亲说。

二哥将七哥放在床上，撩开盖在他腿上的布，对父亲说：“他还是条命。你也不要太狠了。他的腿伤口烂了，长了蛆。你要想让他活，就不能让他再睡床底下。里面又湿又闷，什么虫都有。”父亲看了七哥，冷冷地说：“他是老子养出来的，用不着你来教训。”二哥说：“正因为他是你的儿子也是我的弟弟，我才要求你好好爱护他。”父亲顺手重重地给了二哥一耳光。父亲说：“让你读点书你就邪了，在老子面前咬文嚼字。你给我滚。”

二哥愤怒地盯了父亲一眼，一跺脚出去了。七哥自然又回到了床底下，把他的小棉絮弄成弯的，他想象那是二哥的手臂，他躺在那手臂里宛如在二哥的怀中。

以后，二哥便格外地关照七哥了。每天吃饭时，二哥都有意坐在七哥旁边。二哥一筷子一筷子为七哥夹菜。而在此之前，七哥几乎全靠吃白饭填肚子，尽管家里的菜几乎都是他捡来的。

那年冬天，七哥差不多满十二岁了。母亲说原先小五小六到这时候总能挖一些藕回来，小七子倒好，只会捡些烂菜叶。二哥说何必哩，捡什么吃什么好了。小香立刻叫道妈妈我要吃藕。七哥便用极干瘪的声音说我明天就去挖藕。

第二天刮风，寒飕飕的。七哥一出家门就被风吹斜了身子。他斜斜地行走，小竹篮里还搁了一条麻袋。他一路走一路在算计哪一块藕塘比较好。风把七哥的脸吹得红通通的。左脸颊上的冻疮又鼓胀了起来。七哥并不觉得这日子有什么特殊的苦，他已经习惯这样的生活了。万一哪一天让他安安逸逸地享受一天，他倒是会惊恐不安地以为出了什么大事。七哥在铁路边碰上了够够。够够当时正迎着风尖起嗓门唱歌。那歌子的词是七哥一辈子忘不了的。“美丽的哈瓦那，那里有我的家，明媚的阳光照进屋，门前开红花。”够够总是唱这支歌，一遍又一遍地对七哥说如果有一个新家在哈瓦那，门口种满了鲜艳的花朵那该多好哇。讲得他俩都极羡慕哈瓦那了。

藕塘里的水已经抽干了。大人们已经仔细地挖过一遍。七哥绕着藕塘四周看了看，然后迅疾地扒下棉衣棉裤，等不及够够冲上来劝阻，他便下到了塘里。泥浆一下子淹到了他的胸部。七哥太矮小了。他的脸上现出恐惧状，吓得够够惊呼大叫快来人救命呀。几个路过的中学生把七哥扯了出来，然后把他送进一个牛棚里。牛棚里有一个独眼的老头。他给七哥倒了一杯滚烫的开水。七哥浑身筛糠一般颤抖。够够像大人一样用生气的口吻令七哥脱下泥浆浸透的衣裤。七哥穿着空心棉衣棉裤，和独眼老头一起蜷在屋角的稻草堆中。七哥看着够够拿着脏衣服往湖边走去。在风中她像一只奇怪的大虾，弓着背越走越远。够够为他洗净泥浆，然后在牛棚中的火盆前为他烘烤。她的脸焕发出一层奇特的红光，眼珠嵌在红光之中宛若两块宝石。七哥呆呆地看着她。外面的风刮得干枝干叶噼噼啪啪地响。时而几声呼啸在长天中一划而过。七哥突然感到眼睛潮湿了。他觉得这时刻如若能痛哭一场该是多么愉快。够够无意思地瞟了七哥一眼，七哥便立即装作一副平常的神态。七哥从来不曾把他的心向任何人坦露过。七哥从不愿意让别人能猜测出他心里正想些什么。

天全黑了，够够才将七哥的衣裤烘干。七哥穿上后说了句很舒服。但他心里知道，今天又难逃过一顿毒打了。出门时，独眼老人叹着气从屋里拿出两节藕，分给七哥和够够。

七哥一路无言。分手时，够够将那一节藕也给了七哥说我家里不爱吃藕。七哥默默地接过放入麻袋。够够说你这个人怎么总是有心事的样子。七哥憋了半天终于说明天再告诉你。

七哥刚跨入家门，小香便叫："爸、妈，野种回来了。"母亲冲上来揪住七哥的耳朵吼道："你还晓得回家？你玩得好快活，害得你二哥一晚上去黑泥湖了。"七哥未缓过劲来，迎面又挨了一嘴巴，这是父亲扇过来的。父亲说："你怎么不死？回家干什么？铁路又没有栏杆。为你这个小臭虫全家人都睡不成觉。你以为我们都像你这样舒服？"父亲骂了又打。七哥不语。他挨打从来都不语。他以往常想着长大了他将首先揍父亲还是首先揍母亲这个问题。而这回，他一直在回忆牛棚中红红的火光中够够的脸庞和眼睛。他的表情竟出奇平静，这使得父亲极为恼怒。小香说："爸，你看他还在笑。"父亲立即一脚踢向七哥的小腿，七哥轰然摔倒在地。红光在他的眼前烧成一片红云，腾腾地升起。所有的一切：人、物及声音，都在这红云中弥漫和融化。七哥真的不禁咧嘴笑了一笑。

七哥的腿红肿得无法迈步。他一步也不能行走。几乎在床底下躺了三天。他的视线里的红云依然飘浮和升腾，七哥这三天过得安静极了。二哥几次唤他出来要带他去医院，七哥都没答应。七哥说我是在休息哩。

第四天父亲说我家里的儿子命贱，没有人生病躺好几天这事。母亲弯下腰对着床下叫："你还弄得像个阔少爷哩，你再不去捡菜就休想吃一颗米。"

父亲和母亲上班之后，七哥爬了出来，他摇晃着走出门。他走到那次同够够碰面的那一段铁路上。他坐在铁轨上一边等，一边想把什么都对够够说。等了好久好久，够够没来，七哥只好自己独自捡菜去了。

回来的路上，七哥又遇到牛棚。他想见见那独眼老人，想再去那稻草堆中蜷缩着看奇特的红光。七哥进去时，老人愣了一愣，然后问："跟你一起的小姑娘呢？"七哥说："她没来。我等了她好半天。"老人说："前两天你们都一起回去的？"七哥说："前两天我病了没出来。"老人说："前天下午，一个女孩被火车碾了，不晓得是不是她。"七哥立即呆了。世界上所有的女孩都死掉也不能死够够。七哥拼了全身力气疯狂地向铁路边奔跑。他一声声呼唤"够够"的声音像野地里饿狼凄厉地嚎叫。

那出事的地方已经看不出有什么血迹了。只有在路坡底下，七哥看到一节竹篮上的提把，提把上拴着一根白纱布做的小绳子。这是够够编的，是很久前的一天七哥亲眼看见她编的。

够够永远消逝了。七哥为此大病一场，几乎一星期昏迷不醒。这场病耗去了家里很多钱。父亲答应给大香和小香一人买一条围巾的钱；答应给五哥六哥一人买一双凉鞋的钱；答应为母亲买一双尼龙袜子的钱以及大哥存了多年打算买手表的钱全部被七哥这场病消耗一空。所有人都沉下脸不理睬七哥。连大哥都阴郁着面孔一句话不说。

此后七哥每天还是沿着他和够够的路线去捡菜。他每天都在够够死去的地方默默地坐十几分钟。他坐在这里用心向够够诉说他的一切。

八年的捡菜史给至今二十八岁的七哥留下了深深的印记。他曾尽情地怀念过够够和享受过完全归他所有的孤独。七哥大学毕业回来的第二天便不知不觉去了一趟黑泥湖。那里变化惊人。昔日的菜地上几乎全部覆盖着高低不等的房子。他已经无法辨认哪条路通向哪里了。只有一个地方无论发生什么变化，七哥也能一眼认出。七哥喜欢独自地坐在那里。七哥想够够该有三十了。说不定够够能成为他的妻子。尽管够够比他大两岁，可这又算得了什么呢？只要是够够，就是大十岁大一百岁七哥也不在乎。然而够够永远只能是十四岁。

铁轨纠缠一起又分离开来，蜿蜒着扭曲着延伸向远方。七哥不知道它从何处而来又将指向何处。七哥常想他自己便是这铁轨般的命运。

六

当七哥觉得家里唯一能同他对话的人只有二哥时，二哥却已经死了。七哥想起二哥的死因，心底里总是升出一股冰凉的怜惜之感。

父亲却对二哥的死愤愤然至极。每逢二哥忌日父亲便大骂二哥是世界上最没出息的男人，浑蛋一个，却装得像个情种。然后接下去必然骂这都是读书读木了脑袋。父亲骂二哥时若遇三哥在场二人便有一场恶战。

三哥和二哥关系好得让人难以思议。三哥是个粗鲁得像父亲一般不打人就难受的人，而二哥却文质彬彬的不像是父亲的儿子。二哥只比三哥大一岁。他俩共睡一个枕头几乎直到二哥死去的前夜。二哥是个极细瘦的人，个子高得不那么顺眼。父亲对二哥这副骨架非常之不满，常愤愤然说这哪里像我哪里像我？然后捶着三哥的胸脯说真货是这样的是这样的。母亲为此跟父亲怄过好多回气。母亲疼爱二哥超过她另外六男二女，这原因是二哥救过母亲一条性命。那时二哥才三岁，摇摇晃晃地刚学会小跑步。一天母亲牵着二哥去买盐。行至路口遇见父亲搬运站的几个朋友。母亲便挑逗着同他们打情骂俏。搬运工男女相遇常有骇人之举，这便是扒下对方裤子或伸手到对方裤裆。虽是下流无比却也公开无遗。母亲撇下二哥同他们疯打到一辆货车旁，笑得长一声短一声接不上气。突然二哥颠颠地小跑到母亲身边，极怪异地大叫："妈妈，我要撒尿！"那正是初冬时分，二哥若湿了裤子便没有了穿的。于是母亲立即抱着二哥往背风处跑。母亲刚一跑开，货车上的绳子便断了。货箱垮下来砸死了那群男人中的三个，其中之一刚喊完母亲的绰号还没来得及说完下面的话便脑浆四溅。母亲听得身后巨响如爆几乎魂飞魄散。她抱起二哥放肆地号啕大哭起来。二哥这时说："妈妈，要回家。不尿尿了。"事后母亲想起二哥是临出门时才撒的尿，按正常情况那时他不应该叫撒尿的。而且那声音怪异使母亲在回忆时还感到几丝丝毛骨悚然。父亲说看来是有些莫名其妙。

二哥是一个言语极少的人。他的眼睛凹入脸庞显得阴郁而深沉。倘若不是他的鼻梁挺拔且嘴角的线条很好看的话，他那双眼睛就令人不堪入目了。恰恰上帝给了他相应那对眼睛的鼻子和嘴，这使得他显示出一种很独特的漂亮。邻人常夸双胞胎五哥和六哥算得上河南棚子最英俊的小伙子，而七哥，还有我都认为：五哥六哥同二哥相比还差一个等级。五哥六哥一肚子浅俗的人生哲学和空洞洞的眼睛使他们脸庞上那漂亮的组合毫无生气。

二哥用眼神就能制服父亲用拳头都难以制服的三哥，对这一点父亲始终感到是一种耻辱。尽管耻辱，他却不能不接受这一事实。二哥和三哥结成的是钢铁同盟。这使得父亲想揍他们中的一个时不能不踌躇再三。为此二哥和三哥挨打次数极少。五哥六哥先是嫉妒后来则是献媚，意欲加入二哥三哥的联盟。二哥不置可否而三哥却严词拒绝了。三哥说不能让小七子一个人挨打，你俩得分担一些。三哥是家中的“二霸王”。这绰号是大香姐姐起的。“大霸王”自然是指父亲。三哥比大香姐姐大两岁。在一次争吵中大香姐姐脱口叫出“二霸王”三个字。三哥听了很得意，竟不再与大香姐姐吵闹且俨然是她的一个什么保护人。三哥在相当长一段时间充当河南棚子小年轻的“拐子哥”，名气一直蔓延到球场街及西马路一带。所有知道他的人都尽可能不去惹他。三哥手下有一帮小喽啰。他们在百姓面前虎狼般凶煞恶极蛮不讲理，但在三哥面前低三下四如同猪狗。他们都知道三哥的厉害。三哥曾跟一个走江湖卖狗皮膏药的师傅学过几年武艺。那师傅是父亲早年拜把子的兄弟，对三哥的教导极为尽心。三哥一巴掌砍下能使三块砖同时断裂是河南棚子的小哥们儿亲眼所见。三哥赤手空拳能使十个像他一样粗壮的小伙子在进攻他时全都仰翻在地。三哥威武有力鲁莽无比却能屈服于二哥的眼神。三哥跟二哥好得像一个人。而二哥却是同三哥全然不同的人。

其实若不是一件偶然的事改变了二哥的命运，二哥是不会同家里人有什么质的变化的。那件事的出现使二哥步入一条与家里所有人全然不同的轨道。二哥愉快地在这轨道上一滴一滴地流尽鲜血而后死去。

那一瞬间发生的事还是在七哥刚出生的年月。二哥和三哥每天都去铁路外抑或货场偷煤。家里的煤从来都是这样弄来的。偷窃者对于这么干是否合法不予考虑。家里要煤烧而家里又无钱买煤，无条件地向外界索取便成了自然而然的事。二哥和三哥从多大开始干这活儿已经记不清了，只知道初始只是拾煤渣而已，而后是三哥进行了改革才发展成为后一阶段的用麻袋偷。冬天里，煤块烧得噼噼啪啪响时，父亲便放口称赞三哥聪明能干，是块好料。

那天火车经黄浦路道口时放慢了速度。三哥一挥手便扒了上去。二哥略一迟疑，也上了去。火车轰隆隆地向前开着。他俩在车上将煤装了满满一麻袋。快进煤厂时，三哥将麻袋往下一扔，然后自己飘然而下。二哥又迟疑了一下。待他小心翼翼跳下来时，却没能见到三哥的影子。二哥沿铁路往回走。当他走到一个池塘附近忽听见一个女孩惊恐万状的声音："救命呀！""哥哥，你可别死呀！"二哥便朝那声音奔了去。我知道，就是这个惊恐的颤抖的声音改变了二哥整个的人生，使他本该活八十岁的生命在三十岁时戛然中断，把剩余的五十年变成蒙蒙的烟云，从情人的眼前飘拂而去，无声无息。

池塘里一双手挣扎的姿势像一个优秀的舞蹈演员在用空间线条感召他的观众们。二哥连鞋也没脱便跳了下去。二哥的游泳技术是没话说的，从河南棚子翻过天桥到长江边至多只要半个钟头。夏天里的中午和黄昏，二哥三哥以及许多他们这样的人常去那里玩水。他们游到对岸然后再游回来简直像吃完饭用手抹抹嘴一样容易。尽管每年都有一两个伙伴沉入江底而成为长江的儿子，但这种悲剧一点也没影响他们畅游长江的情绪和兴致。二哥在同伴之中不是游得最好但也不差。这个小池塘对他来说便有澡盆之嫌了。二哥只几下就扑到了溺水者身边。那家伙性急而死死地勒住了二哥的脖子。二哥便只好凶狠地给了他一拳然后托着他的头从容地游到岸边。那家伙的肚子隆得圆圆像个孕妇。二哥拍了拍便一屁股坐在上面一松一压。女孩子尖叫道你不要弄死他你不要弄死他，然后去撕扯二哥衣服，二哥只好又给了她一巴掌。那一下委实重了一点，女孩苍白的脸上顿时起了五条红杠。女孩“哇”地大哭掉头跑了，这动作使二哥呆愣了好一会儿。

女孩再来时身后跟了两个张皇失措的大人。女孩说这是她的父母。他们的儿子此刻已经苏醒了，只是疲惫不堪地躺在地上不想动弹。他见到父母的第一句话是:“没有他我就完了。”然后将目光移向二哥。那眼光中的感激、钦佩、真诚、温情一下子竟使二哥的心好一阵战栗。二哥从来没见过这样的眼光。

二哥以恩人的姿态出现在这个家庭里自然成了最受欢迎的人。溺水的男孩跟二哥一样大，叫杨朦。他的妹妹小三岁，叫杨朗。他们的父亲是市里一所大医院的著名的医生而他们的母亲则是中学里的语文教员。为此他们的家庭显得极洁净且极雅致。他们住在天津路英租界的一幢红楼房里。他们有七间房子，整整占据了一层楼。仅保姆许姨住的房间都比二哥家的屋子大两个平方米。他们一家四口人住四间屋子还剩下一间客厅和一间贮藏室。杨朦说这房子是他的外祖父留下来的。他的祖父的一幢房子更漂亮，前面还有花园，但他父亲老早就把它贡献给国家了。

说实话，这个家庭对二哥来说仿佛是外星来客。二哥是河南棚子长大的。他几乎都认定夫妻打架、父子斗殴、兄妹吵闹是每个家庭中最正常的现象。只有这些纠纷，才使家像个家，使自家人像自家人。否则跟公共场所有什么区别？而杨家却全然另一种活法。一家人这般地相亲相爱，这般地民主平等，这般地文质彬彬，这般地温情脉脉。二哥初次进杨家门时差不多不知道手如何动作脚如何迈步，两三个月后才稍稍适应过来。二哥完全被杨家的气氛所陶醉了。他觉得只有到了这儿他的心才感觉到它是为一个真正的人在跳动。他不知不觉地三天两头闯进杨家。

杨朦准备考到男一中去读高中。他是学校的尖子，胜利在握。而就学于民办中学的二哥学习成绩却平平淡淡。杨朦对自己的恩人极诚恳热情，谈话亦十分投机。于是二人结为莫逆之交。二哥渐渐地学会了喝咖啡。开始他以为那深褐色的水是中药，是杨大夫给他消毒的。后来才明白那玩意儿叫咖啡，上等人都爱喝它。二哥在杨家品尝到许多他从未吃过或见过的东西。有一天喝银耳汤，杨朗牙疼不喝多出一碗。杨朦硬叫二哥喝了。结果二哥一夜浑身燥得无法入睡。半夜里还怀疑汤里是不是放了什么怪药。问杨朦时，叫杨朦哈哈大笑了一阵。

二哥也打算考到男一中去。杨朦帮他补习了几天功课说凭二哥的智力今后考清华问题不大。这使得二哥的生活中陡然地树起了一个目标。

晚上，做完功课，语文老师常常拿出一本书来，轻言慢语地朗读给大家听。她的声音极柔美。缓缓的，像是从天上飘下来的。与二哥幻觉中神仙的声音完全一样。二哥常想母亲若也能这样那该是多么好呵。母亲说话仿佛有只手在她喉管里拼命地撑大她的声音。母亲唾沫横飞常使她旁边的人不得不时时用衣袖抹抹脸。母亲从来不读书，但母亲绝顶聪明。母亲会从许多语言中挑出最俏皮最刻毒且下流得让人发笑的话来骂人，令对方哭笑不得左右不是。而语文老师和她的儿女连最一般的粗话都不曾讲过。有一回二哥讲家里的玻璃窗被人砸了的事时不留意带出一句“他妈的”，立即让一屋人都皱上了眉头。杨朗还捂着耳朵说：“难听死了，像小流氓一样。”二哥当即脸红得像抹了彩，好半天抬不起头来。没人再说他什么，自此他在杨家不敢吐一个脏字。二哥听语文老师读过高尔基的《海燕》，朱自清的《荷塘月色》以及但丁的《神曲》。一个星期六，月亮很好。月光穿透窗外的树影把屋里映得斑驳一片。杨朗让大家都坐在这碎月零光之下，然后把留声机上足发条。音乐轻缓地升起时，杨朗着一身白裙，赤着脚飘然上前，对着月光低吟：

> 我看见，那欢乐的岁月、哀伤的岁月——我自己的年华，把一片片黑影连接着掠过我的身。紧接着，我就觉察（我哭了）我背后正有个神秘的黑影在移动，而且一把揪住了我的发，往后拉，还有一声吆喝（我只是在挣扎）：“这回是谁逮住你？猜！”“死，”我答话。听哪，那银铃似的回音：“不是死，是爱！”

她最后一句爆发出热烈的欢笑，然后房间里的灯大亮。所有人都被她美丽的表演所感染，杨朦跳了起来，大叫：“朗朗太了不起了！”

二哥被月光下飘动的那条白色之影震惊了。那一句一句的诗将他的心一层一层缠绕得紧紧。最外一层显赫地裸露着“不是死，是爱”五个字。在热烈的掌声鼓完后的那一刹那，二哥从心底涌出无限无限的忧伤。这忧伤之泉直到他死都不曾停止过喷涌。二哥咽气的最后一瞬还说的是“不是死，是爱”，然后才垂下他的头。他的眼睛是杨朦去关上的。那两口深奥的洞穴中装着没有人能够理解的忧伤。

二哥开始发奋。借着复习功课的名义，他三天两头到杨家去。他只要一进这家的大门，骚动的心立即变得安宁而平和。

二哥这么做使得三哥颇为不满。三哥不想读书，也觉得二哥犯不着去读。三哥说父亲没文化不也活得挺快活？二哥说可他的儿女们活得并不快活。三哥说我觉得还蛮好嘛。二哥说我觉得像狗一样，特别是小七子，连狗都不如。二哥说这话时，七哥正一脸污垢地坐在门口，把鼻涕往嘴里抹，嘴还啧啧地咂响。

三哥对杨家有一种天生的厌恶。尤其对杨朗。他说这女孩子完全是妖精投胎。他说头一回时二哥只是瞪了他一眼。说第二回时，是二哥在路上碰到杨朗之后。那天是二哥和三哥在去偷煤的路上遇到杨朗和杨朦的。杨朦见二哥和三哥手里拿着麻袋便问你们去哪里。二哥支吾说去弄些煤。二哥回避了“偷”字也回避了“捡”字。杨朦说需要我帮忙吗？杨朦话音刚落，杨朗就拽着他的衣服说：“那怎么行？脏死了，脏死了。”三哥这时板着脸对二哥说：“我一个人先走。”二哥忙对杨氏兄妹说了声：“我走了。”便同三哥匆匆而去。三哥脱口骂了句“臭妖精”。二哥立即站定，眼睛里喷着火，他咬牙切齿说：“你这是第二次骂了，如果我再听到第三次，我跟你的兄弟关系从此了结。”三哥莫名其妙，委屈得很。只得嘴上连连喊叫几句：“我怎么啦？我怎么啦？”

过了好多天，杨朗说“脏死了”的话被她母亲——语文老师知道了。语文老师要杨朗向二哥赔礼道歉。杨朗说“请原谅”时倒是大大方方而二哥却“唰”的一下红了脸。二哥嗫嚅着向语文老师说他和弟弟实际是去偷煤的。语文老师没说什么只是长叹了一口气。那叹声显得那般沉重以致二哥的心被压迫得一阵阵发疼。那一晚复习功课老是走神。临走前，语文老师第一次把二哥送上了马路。月光铺在沥青路上泛起一片白色。语文老师说：“我知道你家里很困难，但人穷要穷得有骨气。这一点你应该理解。”二哥使劲地点了点头。

二哥错就错在他不该把语文教师的话原版说给父亲听。父亲气得当即把手里的酒瓶朝地上一砸，怒吼道：“什么叫没有骨气？叫她来过过我们这种日子，她就明白骨气这东西值多少钱了。”二哥吓得不敢吭气。父亲说：“你小子再敢去什么羊家猪家的，老子定砍了你的腿。”母亲也说：“哼，他们那种人不就是靠我们工人养活的吗？他们是吸我们的血才肥起来的。”二哥说：“他们家是医生，又不是资本家。”母亲说：“你若替他们讲话，就跟他们姓杨好了。”父亲说：“小子，什么叫骨气让我来告诉你。骨气就是不要跟有钱人打交道，让他们觉得你是流着口水羡慕他们过日子。”

二哥叫父亲说得一脸羞愧。他觉得自己的确有点儿像流着口水的角色。二哥果然一连几天没去杨家。他很难受，心口像坠着许多石头沉甸甸地在胸膛内摆来摆去。第七天，二哥和三哥背着煤回来时，遇到了杨朗。杨朗迎上前，说：“你怎么不来了呢？”二哥张了张嘴，答不出。杨朗说：“你恨我了是不是？我不是已经承认错误了吗？”二哥凝神望了她几秒才偏过头低沉地回了一句：“我不配去。”杨朗随二哥进了屋，她第一次看清了这是一个什么样的家。杨朗说：“你晚上还去吧，要不哥哥又要责怪我了。”二哥说：“你告诉杨朦，我家里有事，这几天不能来。”杨朗说：“好吧。”她退出去的时候，手不小心碰着了正往屋里走的七哥。她尖叫一声，迅速跳到门外，然后掏出小手绢一边走一边使劲地擦。直到她人影消失前的最后一个动作还是在擦手。

二哥最终还是没去杨家。他也没能考上一中。但这实在不能怪他没努力。好长一段时间他总是在路灯下复习功课，而临考前的一个星期，天一直下着雨。这使他根本找不到一块读书的地方。只得在家里窝在众弟兄中，一遍又一遍地听父亲讲他当年的故事。八点钟和全家人一起睡觉。

二哥被录取到八中。这在我们家已经是第一个了。如果不是七哥在极偶然的情况下去上了大学，那么，二哥这个高中生就算是家里学历最高的人了。杨朦自然上了一中。这也是二哥早料到的。假期中，杨朦曾经到家里玩过几次。他和二哥坐在门口看着一辆辆火车从眼边掠过，两人谈了很多很多。开学之后，渐渐二哥与杨家日益淡薄以致完全没有了往来。

二哥是一个出色的学生。他的派头和说话的口气同家里人越来越不一样了。他对父亲说他要上大学，他想当一个建筑师。他要让父亲和母亲住进他亲手设计的世界上最美丽的房子里。他说这些话时，深奥的眼睛里放射的光芒能照进所有人的心。父亲和母亲像被电击了一般呆望了他好一会儿。屋外一阵汽笛长鸣，小屋在火车的轰隆中摇摆时，父亲才一下子醒悟。父亲一反常态像一个小孩子一样狂喜狂叫道：“我儿子有出息。像我的种。”然后把二哥横看竖看拍拍打打了好半天。那一天全家人都兴奋之极，只有七哥一如往日小狗般爬进床底睡得死沉。

二哥上大学当建筑师的梦自然和许多许多人的梦一样，叫一场“文化大革命”冲得粉碎。二哥尽可以当红卫兵司令，但他仍然感到心灰无比。他没参加任何一派，他被父亲指示回来干活儿。他有一排半截子大的弟妹，他得为生活劳碌。父亲给二哥弄了一辆板车，二哥每天到黄浦路货场往江边拖货，他能挣不少钱。冬天的时候，他让他的弟妹们都穿上了线袜子。

一天晚上，家里人都睡下了。家里人总是睡得很早，因为明天要干活儿也因为不睡下小屋里便拥挤不堪嘈杂不堪。在屋里的鼾声此起彼伏时，突然门被敲得轰响。所有人都在同一刻被惊醒。这似乎是记忆中未曾有过的事情。父亲首先喊骂起来：“魂掉了？哪有这样个敲法？”不料答话的竟是杨朦。二哥从地铺上一跃而起，他显然有些紧张，仿佛预料到了什么。二哥开了门，他看见杨朦的右手紧紧揽着杨朗而杨朗全身哆嗦着两眼红肿。二哥急问：“出了什么事？”杨朦脸色很冷峻，说话时却很悲哀。他说他们的父母下午双双出去，到现在尚未回来。他们兄妹等到晚上觉得奇怪，便到父亲卧室里看看有没有什么字条。结果发现父母联名给杨朦的信。信上要杨朦对家里所有发生的事都不要太吃惊。他唯一的责任就是照顾好妹妹。然后在最后一行写下“别了，亲爱的孩子们”几个字。杨朦的话还没说完，屋里的父亲立即吼了起来：“蠢猪，还慢慢说什么？他们去找阎王爷了。还不快去找。”杨朦说：“朗朗已经受不了了，许姨上个月就被赶回了老家。我想请你照顾她一下。”二哥说：“我去替你找，你照顾朗朗。”杨朦说：“那怎么行？”此刻父亲已经下了床。他用脚踢着正趴在地铺上听杨朦说话的三哥四哥五哥六哥，嘴上说：“起来起来，今晚都去找人。”父亲转身对杨朦说，“让二小子陪姑娘，这几个小子都派给你，你尽管指使他们。”杨朦说：“伯伯我该怎么感谢您呢？”父亲说：“少说几句废话就行了。”

二哥几乎是将杨朗背回去的。她软弱得无法走路，嘴上喃喃地说些二哥完全听不清楚的话。二哥三天三夜没有合眼。杨朗到家之后便发起了高烧。她的眼泪已经哭干了。脸烧得通红通红，嘴唇上的燎泡使她的模样完全变了。二哥为她请医生为她煮稀饭喂药然后小心地趴在她床边哀声求她一定要坚强些。

第四天杨朦精疲力竭回来说父母找到了。他俩双双跳了长江。他母亲结婚时的一条白纱绸将他们的腰紧紧扎在一起。尸体在阳逻打捞出时已经肿胀得变了形。杨朦说完这些，双腿一软跪在地上痛苦地呕吐起来。他几天没吃什么，呕出一些黄水。脖子上的青筋扭动和鼓胀得令二哥无法直视。如果不是二哥急中生智，突然伏在他耳边说：“千万别这样，朗朗见了，就完了。”杨朦恐怕也挺不住了。朗朗正在屋里昏睡，一切情况都尽可能瞒着她。

一个星期后，丧事在二哥三哥及诸兄弟共同帮助努力下，算是比较顺利地办完了。医生和语文老师的骨灰盒放入一口小小的白坛之中。父亲帮忙在扁担山寻了一块墓地，于是他们便长眠在那座寂寥的山头。二哥站在坟边，望着满山青枝绿叶黑坟白碑，心里陡生凄惶苍凉之感。生似蝼蚁，死如尘埃。这是包括他在内的多少生灵的写照呢？一个活人和一个死者这之间又有多大的差距呢？死者有没有可能在他们的世界里说他们本是活着的而世间芸芸众生则是死的呢？死，是不是进入了生命的更高一个层次呢？二哥产生一种他原先从未产生过的痛苦。这便是对生命的困惑和迷茫而导致的无法解脱的痛苦。这痛苦后来之所以没能长时间困扰他并致使他消沉于这种困扰之中，只是因为他几乎在产生这痛苦的同时也产生了爱情。爱情的强烈和炽热融化了他的生命。在爱情的天空之下，他活得那么坚强自如和坦然。直到一个阴天里爱情突然之间幻化为一阵烟云随风散去，他的生命又重新凝固起来。他的为生命而涌出的痛苦才又顽固地拍击着他的心。他想起扁担山上那幅青枝绿叶黑坟白碑的图景，也蓦然记忆起自己关于生命进入高一层次的思考。那个夜晚他便用刮胡子刀片割断了手腕上的血管。他将手臂垂下床沿，让血潺潺地流入泥土之中。同他挤在一床的三哥到清晨起床时才发现他已命若游丝了。闻讯而来的杨朦杨朗惊骇地看着一地的血水。杨朗失声叫道："为什么非得去死呢？"二哥那一刻睁开了眼睛，清晰地说了一句："不是死，是爱！"然后头向一边歪去。

这是一九七五年在江汉平原东荆河北岸发生的事。迄今业已十个年头了。

七

七哥现在想起来当年他听到二哥的死讯之时完全像听到一个陌生人之死一样，表情很淡泊，尽管二哥曾有一段时间待他相当不错。七哥那时下乡也有一年了。他在大洪山中一座被树围得密密实实的小山村里。他一直没有回去。大哥歪歪倒倒的几个字告诉他二哥已死这个消息。这是他收到家中的唯一的一封信。他没有回信。

七哥下乡那天家里很平静。他一个人悄悄走的。走到巷口时，遇到小香姐姐同一个黑胡子男人。小香姐姐正同那男人搂搂抱抱地迎面而来。这是小香姐姐的第几个男人七哥已经搞不清了。只是不久前听母亲对父亲说小香姐姐要嫁给这个男人。一来她可以不下乡了，二来她已经有了他的孩子。小香姐姐已经不能再打胎了，要不她以后就根本不能生育。这是医生对陪小香姐姐去检查的母亲说的。小香的风骚劲同当年母亲的一模一样。唯一不同的是小香的男人换了许多而母亲的男人却只有父亲一个。七哥见到小香姐姐时忙谦卑地站到路边，让她嬉笑着过去然后自己再踽踽而行。小香姐姐仿佛根本没见到七哥一样，连瞟都没瞟他一眼。七哥最仇恨家里的三个女性，尤其以小香姐姐为最。七哥曾发过一个毒誓：若有报复机会，他将当着父亲的面将他的母亲和他的两个姐姐全部强奸一次。七哥起这个誓时是十五岁。原因是那一天他在床底下睡觉时五哥六哥带了一个女孩到屋里来。一会儿七哥听见那女孩子挣扎着哭泣，床板在七哥上面咯吱咯吱地响得厉害。七哥不知出了什么事便伸出了头。七哥看见五哥和六哥都赤裸着下身。五哥伏在女孩身上面六哥则按着她分开的腿。六哥看见七哥便使劲照他的头击了一下，吼道："你什么也没看见，说！"七哥嗫嚅着说："我什么也没看见！"然后缩回床底。他听见那女孩一阵阵的呻吟声，那呻吟中的痛苦使七哥感到浑身刺痛。他觉得只有眼见着世界灭亡的人才能发出那样的痛苦之声。当即他便想他得让他仇视的人——他的母亲和他的姐姐们也这么痛苦一次。

七哥的誓言当然成了他嘲笑自己的材料。当他后来有无数机会之时，他却毫无这种报复的欲望。

七哥是孤独一人进的小山村。这是七哥自己挑的地方。这里下了汽车还得走整整一天的山路。七哥就是想到这么一个地方，让所有人都不知道他在哪里。

七哥和他房东的儿子共睡一张床。这是他有生以来第一次在正经八百的床上睡觉。油污的床单下垫着玉米秆和稻草。满屋里散发着一股植物的香味。屋后有三棵香果树。七哥仰躺着。两尺之外的空间不再有黑压压的床板和父母翻身而引起的吱嘎之声。三步开外没有他并排躺在地铺上的一排兄长起伏的鼾声和梦呓。空间很大，有老鼠从梁上"唰"地跑过。月光白惨惨地从屋瓦的缝里泻了下来。云遮云开，那光如在屋子里飘忽。七哥突然感到万分恐惧。房东的儿子睡在那一头，死寂一般毫无声响。这让七哥觉得他正躺在人类之外的另一个世界。他从未想到过的关于死的问题在那一晚却想了数次。七哥想是不是他已经死了而他本人还不知道。人们把他埋在这里并告诉他这是到农村去而实际上却是在阴间的一个什么地方。七哥一连许多天都这么想个不停。他还试图在男人中找到他的弟弟——我。他想他的弟弟很可能是在这群人里，只不过他们分别已久彼此认不出来了。七哥他很高兴自己知道很多别人悟不到的东西。他明白他周围的人都是先他而来的阴魂。这些阴魂也不知道自己死了。他们很自豪地认定自己在阳世而且活得很舒服。七哥想只要看他们走路那种飘来飘去的劲儿，就知道换了世界。

七哥不同村里任何一个人交往。不到非说话不可的时候他绝不开口。他像一条沉默的狗，主人叫舔哪儿就乖乖地去哪儿舔上几口。村里人开始都说七哥老实透了，后来又说七哥其实是阴险至极。不叫的狗最为厉害这是老幼皆知的古训。最后大家还是一致认为七哥是个怪物。七哥对那些纷纷繁繁的议论充耳不闻。七哥认定正常的死人是不说话的。

七哥到村里住了三个月后听说村里最近开始闹鬼了。七哥觉得好笑，我们自己不都是鬼吗？七哥对那些越说越惊心动魄的鬼的故事毫不理会。但他倒是希望自己能碰上那鬼。说不定那是小八子，七哥这么想。

房东的儿子每天吃饭时都带回鬼的故事。那鬼是极瘦的。喏，像他那样。他指了指七哥。走起路来像飘一样。鬼每天围着村口的银杏树飘三圈然后就进林子。进了林子鬼就变成了白的。从一棵树飘到另一棵树。每飘到一棵树下就发出一阵凄厉的叫声。那声音极古怪。从林子上空缓缓越过村子然后转一个弯又回到林子里。就这么一直到下半夜，鬼才化作一股烟气消散。

过几日房东儿子又说：鬼现在要在林子很深很深的地方尖叫。那里的野兽都吓跑了。猎民在那里连一只野鸡都打不到。

再几日，房东儿子又报道：村头老鱼头的女儿回娘家，上山时崴了脚，半夜才跛到家。她在林子边遇见了鬼。起先她没发现，是鬼先飘到她跟前的。她吓得使劲把鬼一推拔腿就跑。到家后她说鬼是滑溜溜的。

村里到处都是鬼影，奇怪的是鬼并没有干恶事。便有人商讨是不是把鬼抓来看看究竟是什么样的。这主意自然是青年人出的。七哥原本也想去看看鬼到底是怎么回事，但他那天实在太困便在天一擦黑时倒床睡下了。

那天夜里没有月亮。七八个年轻人都伏在林子里。房东的儿子也去了。他们个个都发着抖。抖得一边的灌木都不断发出簌簌的声音。子夜时分，鬼就围着树绕圈子了。果然极瘦，果然飘一般地走路。进入林子之后发现它果然是白色的。年轻人胆怯着不敢动手。终于其中一个干过猎人的小伙子抛了一根圈套，一下圈住了鬼。鬼凄厉地叫了。一连三声，又长又亮。全村人都听见了。它叫完之后，轰然倒下，不再声响。年轻人用绳子捆住了鬼。手摸上去，那鬼果然滑溜溜的。抬到村边亮处，才发现是一个活人。他均匀地呼吸着。沉睡一般。房东的儿子点了火，他失声叫了起来。人们都认出了，这是七哥。七哥浑身赤裸着。他身上的肌肤极白，他依然平稳地呼吸着，还很随意地翻了一个身。

有人照七哥屁股上狠踢了一脚。七哥“哎哟”一声，突然醒了。他莫名其妙地看着一圈又一圈围着他的男人和女人，眨了眨眼，低下头又发现自己一丝不挂。他低吼一句：“你们要干什么？”那声音沉闷而有力，仿佛是从远天穿过无数山脊之后落在这儿的。于是有人问七哥你是不是天神派来的。七哥说不是，我一直在阴间里老老实实做真正的死人。七哥是按自己的思路回答的，却叫所有的人毛骨悚然。天亮了，人们惶惶惑惑地散去。房东的儿子找回七哥的衣裤，极恭敬和谦卑。

七哥好久不明白到底他那一晚出了什么事。“鬼”仍然每夜出来在林子里飘荡。

七哥是一九七六年突然被推荐上大学的。他去的那所学校叫“北京大学”。在此前，七哥几乎没听过这所学校的名字，更不知道北京大学是中国最了不起的学府。七哥走的是狗屎运。七哥的父亲是苦大仇深的码头工人，这使其他知青望尘莫及。再加上村里人一直吵闹着要将七哥送走，鬼气在他们的生活中已日见浓郁了，为此他们不能再忍受下去。北大不怕鬼，却极欣赏七哥苦大仇深的家史。父亲自七哥出生那天起就与他为敌，这会儿却不期然为他办了件好事。

七哥惆怅着走出那树林密绕的小山村。七哥觉得自己在那里已经活了一个世纪，眼下他又重新投胎回到人间了。七哥走上公路时，太阳已经当顶，光线明亮得让他感到一阵阵晕眩。一阵风过，路旁的树扬起轻松的呼呼声。鸟也叫得十分轻快。七哥喘了口气。他摸摸心口，觉得心跳动得比原先要响亮多了。

七哥要去北京，而且要堂堂正正坐火车去北京，而且火车要耀武扬威地从家门口一驰而过，这消息使得全家人都愤怒得想发疯。就凭癞狗一样的七哥，怎么能成为家里第一个坐火车远行的人呢？七哥到家那晚，父亲边饮酒边痛骂。七哥默默地爬到他的领地——床底下，忍着听所有的一切。

七哥走的那天下着大雨。七哥只有一双洗得发白的球鞋。他怕到了学校没有鞋穿所以光着脚上的路。父亲和母亲一早都上班了，他们连一句话都没说，仿佛眼中并没有七哥这么个人。大哥把七哥送到巷口，然后给了他一毛钱，说雨太大了你坐一段公共汽车吧。七哥没有坐车。他淋着雨穿过大街小巷。他的行李越来越重，衣服紧紧贴在身上。他的骨头凸了出来使得七哥很有立体感。七哥想得很清楚，棉絮打湿了是没什么关系的，夏季的太阳一个下午就能把它晒干。

七哥一走三年未归。家里人简直不知他的死活。没人打听他，他也未曾写信。直到三年后七哥神采奕奕地出现在家门口时，所有在家里见到他的人都大吃了一惊。

“怎么都发呆了？还不是和你们一样的一个脑袋上七个孔。”七哥说。

归来的七哥已经完全是另一副样子了。

八

三哥宽肩细腰上身呈倒三角形，是女人尤为欣赏的体形。三哥在夏日里脱去汗衫，光膀子摇着大蒲扇坐在路边歇凉时，所有路过的女人都忍不住心跳要将他多看几眼。三哥袒臂露胸，肌肉神气活现地凸起，将皮肤撑得饱满。邻居白礼泉那天看了美国电影《第一滴血》后回来吹嘘说：“嗬，那个美国佬好块头，简直快赶上隔壁的小三子了。”弄得河南棚子好些人争相去看史泰龙的好块头。结果回来都说真不错，是快赶上小三子的块头了。但是三哥的相貌不及史泰龙，这也是公认的。三哥原先倒也长得像父亲年轻时一样英俊。但三哥脸上老是露一副凶相，渐渐地，便长出父亲所没有的横肉。那横肉便使三哥的模样不容易叫人接受。

父亲说，心里没有女人的男人才生长出这种霸王肉来。

三哥心里是没有女人的。三哥对女性持有一种敌视态度。三哥尽管已经过了三十五岁几乎奔四十了他却仍然没有结婚。他根本不想结婚。常常有女人去找他去向他献殷勤。三哥也不拒绝，在她们愿意的情况下三哥也留她们过夜。三哥怀着一股复仇的心理与她们厮混。三哥发泄的全是仇恨而没有爱。而女人们要的是三哥的身体倒并不在乎感情是怎样的色彩。三哥是在二哥死后被招到航运公司的。二哥的死给了三哥生命中最沉重的一击。二哥是三哥在人间一睁开眼就朝夕相处的亲哥哥。他爱他甚于超过爱自己是因为三哥清楚记得他小时候莽莽撞撞干的许多坏事都被二哥勇敢地承担了。二哥为此遭过不少毒打但在他长大后从来没对三哥提过一句。三哥把这一切都牢记在心里。三哥正是这样一种人：谁要真心对他好，他也是肝脑涂地以心相报。而二哥除此外，还是与他一脉相承的兄长。二哥却被女人折磨死了。女人从那天起便像一把匕首插在三哥的心口上，使得三哥一见女人心口便痛得渗出血来。他常常愤怒地想女人怎能配得上男人的爱呢？男人竟然愚蠢到要去爱一个女人的地步了吗？每当在街上他看见男人低三下四地拎一大堆包跟在一个趾高气扬的女人身后抑或在墙角和树下什么的地方看见男人一脸胆怯向女人讨好时他都恨不得冲上去将那些男女统统揍上一顿。这种事三哥不是没干过。一天晚上他送醉了酒的他的船长回家，返回时他抄近道走的是龟山上的小路。月光如水，山静如死。三哥打着饱嗝跌撞着乱窜，忽然他看见一棵树下的两个人影。他原本走过去视而不见的。不料人影中之一扑通一下跪到地上。他听见那是个男人的声音。那男人可怜巴巴地说："求求你答应我。没有你我活不下去。"另一个人影只是用鼻子"哼"了一声，这果然是个女人。三哥七孔都冒出怒火。他连犹豫都没有，大吼一声冲上去，朝那熊包一般的男人拳打脚踢。然后回过身将吓傻的女人胸口抓住，用全力横扫几巴掌。巴掌在女人脸颊上撞击得啪啪响。声音清脆悦耳。三哥的心这才舒坦了许多。如此他才丢下那对男女继续打着饱嗝下山了。

三哥在驳船上当水手。他的船长十分赏识他。三哥安心住在船上从不觉得水手是份丢人的职业。三哥身高力大干起活儿来从不耍滑。三哥还能陪船长喝酒。这是船长感到最兴奋的事。船长说三哥是他有生以来最默契的酒友。他们俩在一起能将两斤白酒喝得瓶底朝天。夏天的时候，船长常会冒出些疯狂念头。他叫驳船继续行驶而自己拉了三哥跳入长江一路游去。船长和三哥游泳的本事也不相上下。他俩胆大包天，在长江里宛如两条棕色的龙。船长对三哥说如果掉进漩涡就平摊开身体不要动，漩涡就会把你自动地甩出来。三哥故意激他，说是你又没进去过怎么倒向我传授经验？船长急了说你不信？这是老水手都清楚的。三哥说我没见过的都不信。船长突然指着一个漩涡说那我就叫你见一次。没等三哥阻止他便几下冲了进去。三哥大汗淋漓呆愣愣地踩着水不敢往前。漩涡转得比想象的要快，三哥看不清船长在什么地方。但是一会儿他听见了呼叫。是船长在他的侧面嘻嘻地招手。当三哥游过去后船长说险些丢了命。三哥说如何？船长说像是有许多手把你往江底拽。我已经觉得完了的时候一下子被放出来了。船长说平摊着不动也不行，得看什么时候动。三哥默然不语。忽而他见到一个漩涡立即对船长说了句看我的，便一头扎了进去。三哥在漩涡里身不由己。他被许多只巨手像掷球一样掷来掷去。他的肚皮上有另一种磁力将他往水底吸去。三哥不由失声叫了起来："救命呀。"他没有叫完又喝了好几口水。三哥瞬间想也好，进阴曹地府可能还能见到二哥哩。这一刻三哥被一只手轰地一下抛了出来。三哥傻瓜一样不明了方向。直到船长游到他跟前他才清醒。船长游过去扇了三哥几耳光，大声训斥道："小命也是可以开玩笑的？你死了，我还要受处分哩。"三哥的脸上火辣辣的但他感到很舒服。三哥说："我以漩涡报答漩涡。"

晚上抛锚后船长和三哥在甲板上饮酒。船长敬了三哥三杯酒，连声说一条好汉一条好汉一条好汉。

船长和三哥在甲板对酌时常叹说要有女人就好了。船长有老婆和两个小子，夜里也牵肠挂肚地想。三哥唯在这点上与船长不投。三哥说酒比女人好。最便宜的酒也比最漂亮的女人有味道。三哥说时常咂咂嘴连饮三杯。江上清风徐来，山间明月笼罩。取不尽用不竭。三哥说人生如此当心满意足。船长说你没有女人为你搭一个窝没有女人跟你心贴着心地掉眼泪你做人的滋味就算没尝着。三哥不语。

三哥想他宁愿没尝着做人的滋味。女人害死了他的二哥，他还能跟女人心贴着心么？三哥说这简直是开玩笑。当年二哥对杨朗好到什么地步几乎没人想得出来。二哥原本可以不下乡然而杨朗下乡二哥也就下了。他把板车交给了四哥。三哥为了二哥也一块儿下到杨朗的队里。二哥几乎把该杨朗干的活儿全部揽下了，连杨朦都插不上手。那时间杨朗绕着二哥又是说又是笑。两人在河边草滩上抱着打滚连三哥都不好意思多看几眼。二哥一分一分地存钱。他要买最漂亮的家具布置新房。他要把家弄得像杨朗过去的家一样舒适。三哥也为这个目的同二哥一起奋斗着。一次又一次招工，没有杨朗。二哥一次又一次放弃自己的机会。三哥也陪伴着。每年修水利。二哥一星期都要回村一次。几十里路连夜走哇，只是为了看一眼他心爱的人。每年如此每星期如此。到有一天杨朗终于拿到了表格。杨朗填了表到县里去了。她一去就是三天。回来告诉大家这次必走无疑。职业是护士。二哥几乎将全公社的知青都请来喝了酒。有人告诉他杨朗是用贞操换来的职业。二哥呆愣了，手上的酒瓶落在地上。杨朦转身而去。他揪住了他妹妹的头发。杨朗承认了。但她没说那男人是谁。三哥手上已经拿了刀。三哥准备杀人去的。杨朗说她既然把身子交给了那个男人就打算和那人结婚。二哥让杨朦松开了他的手。他忍受不了他心爱的人被她哥哥揪扯住头发。二哥一缕一缕替杨朗理顺发丝，颤着声说：“我知道你是迫不得已。我不怪你。我不计较那些。但你不能同那人结婚。那是个禽兽。”杨朗说：“你就死了心吧。我不可能嫁给你了。”二哥惊问为什么，杨朗说：“我从来就没爱过你。我只是看你可怜才应付你一下。你千万不要当真。”二哥脸色煞白，他长啸一声冲出门去。三哥扔下刀追了出去。三哥把二哥拖到自己的屋里，他让半昏迷的二哥躺下了。他自己也躺在一边。三哥的怒火一蹿一蹿，他想去狠狠教训一顿杨朗，然而他寸步不敢离开二哥。他知道这给他的二哥是致命的一击。他知道二哥活不长了。三哥忧郁地想着迷迷糊糊睡了过去。他没料到他的二哥失去了爱情连一夜都不打算活。

杨朗终于走了而杨朦留了下来。他在二哥的坟前盖了个草棚。他说他将陪伴他的朋友直到他死。他替他的妹妹赎罪。三哥为此扔掉了那把准备杀死杨朗的刀子。这兄妹俩迥异的表现使三哥猜不透究竟是什么原因。三哥只能去设想：女人天生阴毒。

船长对三哥所说的一切不置可否。他只是对三哥说等你有一天碰上一个好女人时，你就知道男人跟女人比简直是臭虫一个。

可惜船长没能见到三哥碰到好女人的日子。船长对三哥说那一番话不久，驳船在青山岬水道翻了。一船人都沉到江底包括船长而唯独三哥逃了出来。

这是一九八五年的初春时节。三哥从此不敢上船，连游泳都不敢了。于是他辞了职。他像一个孤魂飘飘荡荡来无影去无踪。好多天好多天后，三哥申请了一个执照，添置了一套工具。每天坐在地下商场侧门，见人买了皮鞋便追着问：“钉个掌怎么样？”

九

七哥成天里忙忙碌碌。又是开这个会又是起草那个文件又是接待先进典型又是帮助落后青年。每晚一头倒下床脑袋里混沌一片。他不知道自己究竟在干些什么事和干这些事的意义何在。他只知道如此这般卖命干了就能博得领导好印象。好印象的结果是提拔。而提拔的结果是有社会地位有权力。而有权力的结果是工资高加房子分到手福利优厚以及来自四方的尊敬。如此，一个人的命运才能得到最为彻底的改变。七哥觉得他活着的目的就是为了改变命运。他想象不出来如果不上大学他将是什么样子。

七哥到学校第一个晚上梦游时就被同寝室的同学抓到了。

七哥睡的是上铺。下床时他蹬倒了床边的方凳子。他的下铺立即醒来。他看见七哥一件件脱下背心短裤然后赤裸着往外走，心里甚是骇然。七哥出门后，他便叫醒全屋人一起悄然跟上。他们跟着七哥出了宿舍楼，七哥看见树就绕圈子。绕了几圈后便发出令人毛骨悚然的尖啸。几个同学由害怕到不解，继而终有人悟出，说恐怕是梦游。于是一起上前，几双手拼命摇撼七哥。七哥睁开眼猛眨几下，身体一惊颤。说你们干什么？一同学说：你梦游了，我们想叫你回去。七哥茫然四顾，再低头看自己一身，突然醒悟。他挣脱同学的手，疯狂地奔进房间，爬上床铺，一动不动。七哥想起曾经有过的关于鬼的故事。他想这么说来村子里白色的皮肤光滑的鬼就是他自己了。

七哥自小卑微惯了。入校后依然眉眼中露出怯生生之气，一副极猥琐的样子。梦游的事成为全体同学的话柄，这使七哥愈加缩头缩脑自惭形秽。七哥每天三点一线。宿舍—教室—食堂。无人睬他他也懒睬旁人。如此相安无事几乎一年。

学校的生活自是清苦。而对于七哥是好得不得了的日子。七哥削尖的脸由此而圆润起来。七哥毕竟是父亲的儿子。父亲所有儿子中没有一个不是身架均匀五官搭配极佳的好男儿。七哥猥琐归猥琐，但相貌在那儿搁着。班上有极风流俊雅的女生叹惜说七哥如果有三分洒脱也可称全系的美男子。而七哥嗫嗫嚅嚅的完全与洒脱无缘。美男子的称号只得落在七哥的下铺身上。

七哥的下铺是从苏北一个乡下来的。苏北佬在公社读高中时很能写文章。曾写过好几篇公社书记的先进事迹报道。这些报道通过有线广播弄得全县人都知道了那书记的大名。出了名的书记便在苏北佬毕业一年后乐呵呵地将他推荐到了大学。临走前欢送会上又开了他的入党宣誓会。为此，苏北佬一到学校便成了班上党支部的宣传委员。苏北佬白白净净典型的江南小生模样，大眼小唇温文尔雅故而很得那些女生的喜爱。班上女生大多高干子弟或女干部。自己泼辣能干张牙舞爪成性却对温顺柔弱的男人有兴趣。这当然也是奇怪之至的事情。苏北佬被几个豪放过人的女孩子追得狗一样乱窜却不见他对其中某个产生兴趣。这劲头弄得女生泪眼涟涟男生醋意十足。

不料一日系里召集全系大会，在会上宣读了一封来信。信写得情真意切。写信人是一位女清洁工，说是她因患骨癌对生活感到绝望之时遇上了田水生。七哥想田水生不就是苏北佬？是田水生诚恳的谈话使她放弃了死的计划。这之后田水生常常去看望她鼓励她。陪她去长城饱览万里河山去香山欣赏深秋红叶，教会了她很多做人的真理。于是他们俩相爱了，爱得很深很深。但是近半年来，她的病情恶化得很厉害。癌细胞已遍布全身。水生却对她忠心耿耿百般照顾。为了使她享受到做人的幸福，水生已答应同她结婚。信中说：“我即将告别这个世界走向死亡那遥远的甬道。在我踏上那甬道之前，我有责任将这个青年美好的灵魂展现出来。我渴望向全世界人宣布我的丈夫是一个了不起的人。”

来信引起的反响不啻有人在图书馆放了炸弹且准时爆响了。苏北佬一下子成了英雄。报社记者络绎不绝。每一篇报道都催人泪下。苏北佬出去讲用过好多次。据说每一次讲用效果皆佳。动人心弦的故事给命运套上了极艳丽的花环。苏北佬同清洁工结婚了。半年不到，她死了。而她给苏北佬带来的花环依然栩栩如生大放异彩。

七哥却从苏北佬极诚挚的语言和极慷慨的激情之后看出那一丝丝古怪而诡谲的笑意。那笑意随着女人的离世而愈加明朗。一天早上起来苏北佬竟拿着小梳子对着小圆镜梳头发嘴里却哼着一支极欢快的歌子。房间里同学都去早锻炼了。七哥刷牙回来听见这歌子不由直勾勾地盯着他。苏北佬放下镜子看见了七哥也看见了七哥直勾勾的目光。他尴尬地假咳两声逃也似的出了房门。那女清洁工死了才二十三天。这数字是七哥掐指算了好一会儿才算出的。

苏北佬知道七哥已勾去了他的真正的魂灵。苏北佬对七哥一下子亲善起来。七哥得了阑尾炎住院动了手术。其间只有苏北佬天天来看望他。七哥从来没领教过时时被人记挂的感觉。而对苏北佬的殷勤和关心，七哥苍白的脸上不由自主浮出许多感激之情。苏北佬总是淡然一笑说没什么没什么。

七哥的伤口快愈合的那一天，七哥斜躺在病床上看书。那一堆书都是苏北佬带给七哥解闷的。七哥过去几乎没读过几本文学书籍，倒是这次住院开了一点眼界。窗外干风吹打着树枝啪啪地响。劈栅栏木条的人居然成为美国总统这一事使七哥激动不安，以至苏北佬进门来时七哥仍满额汗珠手指颤抖。

苏北佬坐在七哥床边，无言地也用那直勾勾的目光看着七哥。七哥感到他的魂灵也要被这目光勾走了。七哥突然说我理解了你。苏北佬说理解了就好。七哥说我应该怎么办？苏北佬说换一种活法。七哥说怎么活？苏北佬说干那些能够改变你的命运的事情，不要选择手段和方式。七哥说得下狠心是吗？苏北佬说每天晚上去想你曾有过的一切痛苦，去想人们对你低微的地位而投出的蔑视的目光，去想你的子孙后代还将沿着你走过的路在社会的低层艰难跋涉。

七哥果然想了整整一夜。往事潮水一样涌来而又卷去。七哥惊恐地叫出了声。护士来时他正大汗淋漓地打着哆嗦。伤口又崩裂了。一丝一线地渗着血。护士说：“做噩梦了？”七哥说：“是，做噩梦了。”

一场噩梦已过。当太阳高升之时，七哥突然感到生命的原动力正在他周身集聚感到血液正欢快而流畅地奔涌感到骨骼为了他的青春正吧咯吧咯地作响，他感到由衷的解脱和由衷的轻松。

那一年，七哥二十岁。两年后他分回了武汉。他在汉口一所普通的中学教书。七哥明白这里绝不是他的久留之地。七哥对寂然地活着已经腻味了。七哥渴望着叱咤风云而这种机会只要去寻找和创造总归还是会出现的。

十

七哥现在最难见到面的是他的四哥。七哥对四哥无好感亦无恶感。四哥对七哥也是这般。

四哥是个哑巴。他在六个月时发高烧而父亲那天打码头负了伤母亲为父亲忙碌去了。高烧之后四哥虽然活了下来却丧失了听和说的能力。四哥能吃能喝心情愉快地在这个家庭中生长。只有他从来没挨过父亲的拳脚。这使得四哥对父亲格外亲热。只有四哥在看见父亲下班后才会欣喜地迎上前用他混浊不清的话叫着“爸”……“爸”。四哥只会叫这一个字，他不会叫妈。为此母亲并不因为他的残疾而格外怜爱他。

四哥十四岁就出去干零工了。他先跟泥瓦匠打下手。后来二哥随杨朗下乡后把他名下的板车交给了四哥，四哥便当了装卸工。一直稳定地干到今天。

四哥的经历平凡而顺畅。四哥二十四岁便和一个盲女子结了婚。四哥有眼而她有灵敏的耳和灵巧的嘴。这是一个完整人的家庭。四哥分了间十六平方米的房子。这比父母住了一辈子的那间还要大一点。四哥便在这里和他的妻子生儿育女。四哥先生了一个女儿后来又生了一个儿子。四哥是赶在只许生一个的前面生的这个儿子。四哥的儿女漂亮如父聪明如母。这使得四哥每日咿咿哦哦地兴奋不已。四哥家里已添置了电视机和洗衣机。四嫂说电冰箱的钱也快攒齐了。

七哥到四哥家里去过一次。他看见四哥家的墙壁上贴满了各种奖状。那全是四嫂和侄儿侄女的。没有四哥一张。七哥问四嫂：为什么没有四哥的呢？四嫂说他又不会说甜言蜜语。人家选先进时他又不晓得是干什么。四哥四嫂留七哥吃了饭。四哥拿出一瓶洋河大曲。四哥在这点上同父亲一模一样。只是四哥酒后绝不打他的儿女。七哥想这大约是四哥从未挨过打的缘故吧。

能有几人像四哥这样平和安宁地过自给自足的日子呢？这是因为嘈杂繁乱的世界之声完全进入不了他的心境才使得他生活得这般和谐和安稳的吗？

四哥又聋又哑啊。

十一

七哥在该恋爱的年龄里就自然而然地恋爱了。那女孩比七哥小两岁，长得眉清目秀的。连父亲都诧异万分，说小七子还真有能耐，把这样的姑娘都弄到了手。这是有七哥以来父亲夸奖他的第一句话。女孩教英语，外语学院毕业的。女孩的父亲是大学里的教授。儒雅之家使得女孩天生一股娴静悠然落落大方的风度。这气质使七哥大为倾倒。七哥同她恋爱了两年，便将自己也熏染得如教授之子般温文尔雅。七哥已经同他的女朋友一起商量买家具的事了。但因学校里一直没有房子，买家具和结婚的事就搁了下来。按照工龄和级别，七哥还得等上三年才能有一个小小的单间。这怨不了谁。学校里的老教师也不过如此，更何况小字辈。七哥几乎快没了耐心。

暑假里，七哥出了一趟差，到上海去观摩学习了二十天。回来时船逆流而行，时间极枯燥难熬。七哥认识了他的上铺，一个眼角已叠起鱼尾纹的女士。女士穿着很时髦谈吐不凡与七哥的女朋友比又有另外一番大家气派。三天的路程，七哥同她很聊得来。下船时，她给七哥留了地址和她家的电话号码。七哥看着她写下“水果湖”几个字就知道他遇上的不是一个普通人家的女性，及至她写下电话号码时，七哥心里猛然划过一道闪电。这电光刺得他的心有些隐隐作痛而疼过之后蓦地生出许多的兴奋。七哥含笑说去你那里玩儿欢迎吗？女士说大门永向有识之士敞开。

三天后，七哥给女士打了一个电话。她说她一直在等七哥电话。七哥的心陡地动了一动。于是七哥开始约她散步或吃饭她也约七哥看内部电影或看演出。

七哥已经知道了她的父亲是何许人物。她比七哥大八岁，是老三届的学生。她父亲倒霉时她下了乡。她为了赎罪拼命地干活儿。结果她得了病。她丧失了生育能力。那是一个暴风雨的日子，她不顾月经来临而坚持上大堤抢险。在堤坝有裂缝时她像男人一样跳进水里同大家手挽手地阻止了洪水的冲击。最后她昏倒在了浪里。人们将她拖出来后她住了一个月的医院。出院时医生告诉了她这个对于女人来说最不幸的消息。她当时二十二岁，还没想过找男朋友的事为此对生育问题更不介意。她只是淡淡地笑了笑。随着年龄的增长，这个问题才显得越来越严重。每次结识一个男朋友她都把这个情况诚实地告诉对方。大多人都叹口气终止了同她的交往。她过了三十五岁后，心灵上的创伤已经无法愈合。她想如果四十岁她还是这样孑然一身地生活那么她就到当年使她丧失她最宝贵东西的大堤上去自杀。就在她把这个问题一遍又一遍地考虑时，她认识了七哥。她愿意同七哥接触的初衷仅仅是像所有女人一样喜欢同外貌漂亮而又显得有知识的男人接触，喜欢同陌生的异性谈自己心里深处的东西。但她万没料到半个月后她遭到七哥猛烈的追求。她在告诉七哥她不能为他生育时七哥连惊异的表示都没有。一如既往地出现在她身边，陪她买东西喝咖啡走亲友，在人烟稀少的地方把手臂揽在她的腰上偶尔还微笑着在她额上留一个吻。在她的充满女性气息的房间里七哥总是拥抱着她使她气都喘不上来。这种充满热烈之情的拥抱使她感到迷醉而她的心底却痛苦不堪。在情绪稍稍平静时就有一个声音警钟似的呼叫这个男人感兴趣的不是你而是你的父亲。她想摆脱这个警钟而这声音响得愈加频繁。

有一天她终于忍不住了。她问七哥："如果我父亲是像你父亲一样的人，你会这样追求我吗？"七哥淡淡一笑，说："何必问这么愚蠢的问题呢？"她说："我知道你的动机、你的野心。"七哥冷静地直视她几秒，然后说："如果你还是一个完整的女人你会接受我这样家庭这样地位的人的爱情吗？"她低下了头。

几天后，七哥把她带到了河南棚子，带到了我们的家。七哥掀开床板指着那潮湿幽暗的地方告诉她他曾在那儿睡到他下乡的前一日。七哥搬开新添的沙发用脚划出一块地盘说那是他的五个哥哥睡觉的地方。七哥说他的大哥因为没有地方住便成年累月上夜班。

屋里除了多出一架长沙发和小方桌上的一台黑白电视机外，一切都还是老样子。小屋的窗子因搭厨房而封死了，为此只剩得屋顶上嵌着的那片玻璃瓦。屋里全部的光线都是由那儿透入。墙壁还是当年的报纸糊的。泛黄的纸上还展示着昔日那些极有趣的文章。七哥说："你如果在这样的地方生活过一年，你就明白我所做的一切是多么重要。我选择你的确有百分之八十是因为你父亲的权力。而那百分之二十是为了你的诚实和善良。我需要通过你父亲这座桥梁来到达我的目的地。"七哥说："我还可以告诉你在我认识你之前我有过一个女朋友。她父亲是个大学教授。我同她的关系已经很深了。我在几乎快打结婚证时碰到了你。你和你父亲比她和她父亲对我来说重要得多。"七哥说在中国教授这玩意儿毫不值钱。"他对我就像这些过时的报纸一样毫无帮助。所以我很果断地同原先那个女友分了手。我是带着百倍的信心和勇气走向你的。我一定要得到。"七哥的话语言之凿凿掷地作金石声。她惊愕得使那张青春已逝的脸如被人扭了一般，歪斜得可怖。她跨了一步给了七哥一个响亮的耳光然后抽身逃去。

七哥淡淡地笑了笑没说什么。七哥怀着无限的自信等待她的回心转意。七哥知道她需要他比他需要她更为强烈。有人写了一部小说叫悲剧比没有剧好。七哥没看过那小说但他觉得那题目起得棒极了。有魔鬼比什么都没有要好。七哥想她最终会得出这么个结论的。

七哥的判断像诸葛亮一样准确无误。三天刚过，她红肿着眼泡来找七哥了。她没有别的男人可找。她只有七哥。况且七哥的确还不是个很差的角色。她对七哥说她是一时冲动，没能从七哥的角度去理解七哥。她请求七哥谅解。七哥一言未发，只是上前吻了吻她。她激动得热泪盈盈。七哥固然利用她达到自己的目的而她也一样地利用七哥去获得全新的生活。七哥当天就把她所渴望的给了她。那种生命最彻底的快感使她衰败下去的容颜又焕发出光彩。当她神采奕奕出现在她的朋友们的面前时，人们几乎没法将她同昔日的形象相比。这是七哥为她创造的青春。由此她对七哥更是死心塌地和严加看管。

其实七哥全然不是寻花问柳之辈。七哥全部的用心不在那上面。如果认识不到这一点那就实在小看了七哥。七哥觉得把情欲看得很重是低能动物的水平。七哥不属于这些。七哥的目的在于进入上层社会，做叱咤风云的人物做世界瞩目的人物做一呼百应的人物。七哥想将他的穷根全部斩断埋葬，让命运完整地翻一个身。七哥想拯救自己。他觉得他有责任使自己像别人一样过上极美好的日子。否则他会因为感到世界亏待了他而死后阴魂不散。

七哥调到了团省委，这是七哥提出的去处。七哥看过一张统计表，那上面记有1950年以来历届团干离任后的情况。七哥记不得他们各自都干了些什么具体职业。但他唯一的印象是，从那扇门出来的人几乎全部升上了高处而且还在继续上升着。那些相当级别的职位一个挨一个排列着如一条冰凉的蛇从七哥心头爬过。七哥打了个寒噤然后欣喜若狂。七哥知道他已经找到了他的终南捷径。

七哥分到了很宽敞的房子。在他原先的学校拥有三十年教龄的老师也没资格住上七哥现在的这房子。七哥的房子布置得像宫殿。落地的双层窗帘，先锋的组合音响，遥控的彩色电视还有松软宽大的席梦思。七哥结婚前夕，父亲和母亲相携着去过一次。父亲坚持说那床一定要睡坏骨头的，而母亲则生气地说那窗帘浪费了好几件褂子的衣料。

七哥的蜜月是在广州和深圳度过的。七哥住在深圳湾大酒店的那几夜几乎夜夜都失眠。他的全身如火灼一般难受而又如火灼一般兴奋。他在他的妻子睡着之后还忍不住一次次把脸埋进她的胸脯里。七哥对她感激涕零。七哥有一种预感，那就是她给他带来的幸运，很可能在某一个日子超出他的想象。

那一段日子七哥纵情享受恣意欢笑如入天堂之门，却有另一个女孩子把眼泪哭干了把嘴唇咬破了。她的老父老母只能咬牙切齿地痛骂几句“小人”之类无伤大雅的话然后陪着伤心欲绝的女儿长长地叹气。

十二

五哥辞职干个体户时并不知道六哥也辞职干个体户了。他俩碰面时是在轮船上。五哥进餐厅吃晚饭时看见了正在端菜的六哥，五哥惊叫了一声以致六哥手一滑菜盘掉在了地上。他俩相视片刻哈哈大笑了。五哥到南京去订购一批汗衫而六哥则去南通进货棉纱长袜。

五哥和六哥是一对双胞胎。他俩的心似乎是沟通的。五哥想到的东西六哥也能想到。五哥感冒六哥百分之百也要伤风流鼻涕。最奇特的是小学时一次语文考试，三个造句，他俩造得完全一样而实际上他俩的座位却隔得很远。五哥六哥自小是一对坏种。打架骂人偷盗玩女孩无恶不作。直到各自娶了老婆添了儿子才走上正轨，像模像样地过开了日子。

五哥第一次带女朋友到家里来时，父亲和母亲正在吵架。那是为了母亲买回来的酒是兑过水的，父亲一怒之下连酒壶都扔到了铁路上。恰巧一列火车开过，酒壶碾成了薄铁皮。于是母亲便横着嗓子同父亲吵开了。五哥的女朋友如同巡视大员般，毫不把父亲和母亲放在眼里，只傲慢地将屋子环视一遍，说：“就这屁点破屋？”五哥未曾来得及答话，父亲却撇开母亲朝这边吼开了。父亲说：“嫌老子屋破，这里还没你的地盘哩。”那女朋友也不示弱：“这老家伙吃错了药，怎么见什么人就吼什么人？”说罢扬长而去。气得五哥跳起来对父亲乱叫了一通便又噔噔噔地去追赶那女朋友。父亲发了一会儿呆，摇摇头说：“日月颠倒了，颠倒了。”然后自己找了个空瓶，长吁短叹地打酒去了。

结果是，五哥的女朋友再也不肯来家了，五哥只好做了上门女婿。五哥的女朋友是汉正街的。六哥常陪五哥去那里，于是六哥也找了个汉正街的姑娘。六哥知趣，不敢带女朋友回家，主动对父亲说想要倒插门。父亲大手一挥：“去去去，少废话。你俩反正是一对。”六哥如获大赦，轻松地告别了这个家，住进了老婆屋里。五哥和六哥几乎同时（只差三天呀）各得一子。肥墩墩的，让岳父岳母们欢天喜地。五哥六哥当女婿比当儿子舒服多了。渐渐地不太记得河南棚子的老父老母。

汉正街自古便是商贾云集之处。以谦祥益商店为中心，上自武圣路下至集家嘴，沿街经商的个体户而今已经达两千多户。长街小摊，百货纷呈。五哥问清楚几乎有一千家已经成了万元户，立即心慌意乱头脑混沌了。五哥是建筑队的泥瓦工，工资不算低。即便不低，细细想来辛辛苦苦一个月还不及个体户一天赚的钱多。五哥觉得自己活得窝囊，他得赚大钱过富日子才不枉做人一遭。五哥连同老婆商量一下的情绪都没有，当天便打了辞职报告。六哥只比五哥早一天。六哥的邻居仅从一百五十元的资金起家，不到一年已成了万元富户。这变化是六哥亲眼所见。六哥眼珠都快凸出来了，他想了一夜，辞去了运输公司汽车修理工的职务。

五哥订购的汗衫原本就是积压货。五哥订了一万件却只销出了一千五。钱周转不了，五嫂夜夜指着五哥的鼻尖骂祖宗。五哥怕老婆，五哥在这一点上完全不像父亲。连日里五哥东奔西跑得下巴都尖了，汗衫还是积压着。

那天五嫂又砸杯子扔碗地骂祖宗了，五哥只好溜之乎也。五哥信步溜达到航空路。航空路到商场一带是"飞虎队"的地盘。"飞虎队"是市民给那些流动小贩们的绰号。"飞虎队"的小贩们拉起生意来可以说是死皮赖脸。抬高价短斤两是他们的拿手好戏。圈套也做得像真的。五哥看见几个女子围着一个小贩高声议论羊毛衫的价格。五哥一眼看出他们都是一伙的。假卖假买地哄来一些真正的顾客。一个红衣女子的眉眼不断地向路人扫来扫去。她看到了五哥。她叫了声："哎呀，这羊毛衫要是让这个男的穿上简直可以成为三镇第一美男子。"五哥笑了笑，走过去。问小贩："多少钱一件？"小贩说："看你穿着肯定合适，我心里高兴，就便宜点卖给你，二十六吧，别人我都是卖三十呢。"五哥用手捏了捏，深知毛线中腈纶多于羊毛，便又笑笑说："出厂价，十六块，这我清楚。"然后意味深长地丢下一声笑，甩手而去。他听见小贩和几个女子冲着他的背脊骂骂咧咧的声音。五哥从来都不是好惹的家伙。五哥在家以外的地盘上还从来没输过。这回自然也是。五哥心里暗笑一下，拐到一个稍清静的地方，然后放开嗓子爆喊一声："工商局的人来了！"

这声喊宛如扔下一枚炸弹。五哥的眼前炸窝了。抢收衣服的，逃窜的，装作顾客若无其事地混杂入人群的，互相叮咛的，应有尽有丑态万千。一忽儿，"飞虎队"无踪无影，只丢些空纸盒在路上。五哥看得有趣。不由倚在墙根下捧腹大笑。待五哥笑得上气难接下气时，他的肩膀被一只手拍了一下。五哥回过头，认出了是红衣女子。五哥一笑，说："怎么不跑？"红衣女子冷冷地说："想看看你还有几手。"五哥说："闹着玩玩，何必当真。"红衣女子说："闹着玩也得看地方看人。"五哥呵呵一笑："你们拉客过后又骂人也没有看人看地方呀。"红衣女子打量了一下五哥，说："你还像个人物呀。"五哥说："当然。河南棚子的儿子汉正街的女婿，堂堂正正是个人物。"红衣女子说："汉正街的？万元户？"五哥说："万元户还得过两年。"红衣女子说："这么说是同行了？何必拿一路人开心，不都是端这个饭碗的？"五哥说："那我就道声对不起了。要不要去云鹤酒楼压惊？"红衣女子说："哥们儿还痛快，去就去。"

五哥同红衣女子一道上了三楼，红衣女子拿起菜谱就点。心狠手辣地完全不顾及五哥腰里并没带几块钱。烧甲鱼炖海参炒虾米白斩鸡外带一碗三鲜汤和四瓶青岛啤酒。点得五哥暗叫苦也。

红衣女子问五哥生意做得如何。五哥灌几口啤酒长叹一口气说正在倒霉。红衣女子问缘故。五哥便如实说了汗衫的滞销。红衣女子说："再不好销的东西，只要想好了办法，总是能赚到钱的。"五哥说："有什么好点子？"红衣女子说："就这么白给你出？"五哥说："当然给好处。"红衣女子说："怎么讲？"五哥伸出右手："五十张。"红衣女子说："半千还算钱？如果让你一件汗衫赚一块钱，那你得了多少？给我了多少？简直小气得不像男人。"五哥说："未必给你一千？"红衣女子说："说良心话，这我还不一定要呢。做生意眼光要放长远一点。"五哥默然不语。见啤酒已尽，说："我再去要两罐啤酒来。"五哥在服务台拿了啤酒刚转身欲回饭桌，见红衣女子正背对服务台，不禁心头一转，将啤酒装进裤兜里，自言自语道："再去买两盘冷菜。"便悠悠然地下了楼。五哥下了楼便直奔一路汽车站，一口气坐到了六渡桥，打着饱嗝到朋友家推了一夜麻将，第二日凌晨才摇摇晃晃地回到了家。

五嫂开门第一件事便是送给了五哥几耳光。五哥不动气，慢慢说："跟你讲件滑稽事。"便添枝加叶地将昨日白吃一顿的事细细讲述了一遍。五嫂不由得笑得倒在了床上。大骂女人的愚蠢和男人的狡猾。骂声中不禁为这男人是自己的丈夫而感到自豪起来。五哥这时则歪在沙发上呼呼地大睡开了。

一清早六哥大汗淋漓奔来时五哥还没起来。六哥将五哥打起，愤怒地叫道："今天无论如何帮兄弟一把。"五哥忙问什么事。六哥说："我一早刚把摊子摆出去，一个女的带了几个人，二话不说砸了我的摊子。他们人多，我又不敢对抗。临了，那女的丢下这件汗衫说一千块准备好，我到时来取。"五哥跳起来抓过汗衫细细查看。汗衫的胸前用圆珠笔勾勒了一个霍元甲打拳的形象。五哥心头豁然一亮，眉头舒展，连声叫："妙极了妙极了。"倒将六哥弄得莫名其妙。五哥方将昨日之事一五一十说了一遍，拍着胸脯对六哥说："你今天的损失我负责加倍赔你。绝不放空屁。"

五哥将他积压的近万件汗衫五千件印上了霍元甲三千件印上了陈真。电视连续剧刚放过不久，人们对这二人印象颇深。五哥拿出二十件送给玩武术的小伙子，不到三天，五哥的摊前购者如云。五哥暗暗又抬了三次价，汗衫依然畅销。五哥发了财，五嫂每日见五哥都眉开眼笑，又端茶又打扇还撒娇般地在五哥面前扭来扭去。五哥脑子里却抹不掉那红衣女子的模样。但是那女人一直没有出现。

三个月后，五哥从广州回来，刚出汉口火车站，一个女人朝他嫣然一笑。蓦然他认出那是红衣女子，只不过红衣被一件橄榄绿的棒针衫所代替。五哥立即向她迎去。红衣女子说：“怎么，还认识？”五哥说：“恩人嘛，当然不敢忘。”红衣女子说：“我家在这附近，要不要去坐坐？”五哥说：“当然想，只要你瞧得起。”红衣女子笑道：“你一表人才又聪明又能干，我巴结都来不及哩。”五哥说：“我唯一佩服的女人就是你。”红衣女子眼一斜说：“是吗？”五哥被那一眼望得心乱了。五哥觉得这女人同他老婆比简直像仙女同讨饭婆相比一样。五哥想要是能同这女人享受一场那么他也就宛若神仙了。五哥说：“你家里……还有谁？”红衣女子说：“就我一个。我丈夫到深圳去了。”五哥说：“我刚从南边回。我提前了两天。我老婆还当我是后天到哩。”红衣女子笑了笑。五哥趁机把手放在了她的腰上。

五哥跟着她拐弯抹角。五哥满心欢喜。他几乎是怀着甜蜜的感情打量他身边这个女人的一切，眼睛眉毛嘴唇以及胸脯。五哥都有点儿按捺不住了。

五哥刚跟红衣女子走进家门，后脚便跟进几个彪形大汉。五哥觉出有些不对，忙堆起笑，说：“上次你帮了大忙。我准备了两千块钱酬劳你。”红衣女子冷笑一声：“我说一千就只要一千。钱我已经从你兄弟那儿取来了。不过事情还不那么简单。”五哥出汗了，说：“还有什么，尽管说，尽管说。”红衣女子说：“你姑奶奶不是随便让人耍的。冒充工商局的，是耍第一次；在云鹤酒楼一拍屁股开溜是耍第二次；今日一路不怀好意是耍第三次。我明白告诉你，我今天只想叫人揍你一顿，叫你记清楚闹着玩玩得看人看地方。”

五哥无言以对。五哥自然也不会轻易讨饶。五哥毕竟是父亲的儿子。父亲说过做男人就是把刀架在脖子上也要硬着筋骨。五哥此刻便硬着了筋骨。五哥见几条大汉脱下了衣服，每人都露一件由他摊上卖出去的印有霍元甲的汗衫，不由得心一沉。突然，五哥说：“朋友，我讲几句话。”红衣女子说：“有屁快放。”五哥说：“我们是一账还一账，所以今天这顿打我认了。打伤了我看病，打残了我躺床，打死了我不怪。不过这笔账了结后，我们井水不犯河水，不必死结冤家。生意兴旺靠朋友，互相拆台栽跟头。”红衣女子说：“你还是条汉子。你放心。你死不了残不了。血还是要放一点的。拆台的事我不做，其他的人我不保证。”

红衣女子说罢出了门。五哥立即被拳脚包围了。很快五哥便人事不知地瘫倒在地。五哥醒的时候，天已黑了。屋里亮着灯。红衣女子正哗啦哗啦地滑动着编织机织毛衣。五哥艰难地站起来，一言不发，向门外走去。五哥快要跨出大门。忽飘来那女子软软的声音：“代我跟你兄弟道个歉。说那天我认错了人。”

五哥回家时叫了出租车。一家人见他血淋淋的模样都惊呼大叫。五哥没敢说也没脸皮说挨打之故，只说在汽车上同流氓争吵结果动起手来。五哥躺了整一星期。父亲闻知后，鼻子一嗤说五哥是笨蛋加癞皮狗一个。笨在居然能被人打到这种地步。癞在居然还大大方方地躺上七天。父亲委实感叹一代不如一代。

一切都恍如梦般。五哥伤好之后生意照常做了下去。五哥担心还会有人前来挑衅，结果，一连几个月都相安无事。五哥不由从心底服了那女子。他曾到处打听过红衣女子的下落。五哥想同她交个朋友。可惜五哥至今仍未打听到。

五哥现已是汉正街万元户之一了。六哥自然也不例外。汉正街的万元户说起来只千来户人家而其实远远不止。潜伏在地底下的万元户们至少也有几百。五哥和六哥这种人，发富之后学会的第一桩事便是赌钱。起先是麻将。后来嫌麻将太磨人也太费脑子，便掷骰子。有人读过金庸的小说《鹿鼎记》，知道那里面有个善赌的韦小宝。便在摇骰子时暴喊一声："韦小宝来啦！"五哥六哥均不知韦小宝为何物，但每次轮到他们掷时，也长长地吆喝："韦小宝哇！"

偶尔五哥回河南棚子看看父亲母亲时，见父亲端端地坐在小凳上与一帮老朽们以一毛两毛钱这样的数目打牌，脸红脖子粗地叫喊这个是臭牌那个是霉星，便也如父亲嗤他一样对父亲嗤一鼻子。五哥说他们现在下赌注根本不数钞票的张数。父亲不服便傲然问道那怎么算账？五哥说把钱摞起来用尺量厚薄。五哥说我下得最凶的一次赌注是十个厘米。父亲说十个厘米有多少？未必比一百块还多？五哥说压紧一点也就差不多一千块。父亲"呸"地朝五哥吐了一口浓痰，怒道："吹牛找你孙子去莫找你老子。"五哥大骂着父亲浑蛋透顶而去。而同父亲一起的牌友们直到五哥走得没影儿了惊愕的面孔还没复原。

这回父亲怀疑五哥和六哥是不是他的儿子了。

十三

七哥瞧不起五哥和六哥到了极点。七哥常在肚子里用最恶毒最尖刻的话骂五哥和六哥。童年时代五哥和六哥给七哥的伤害令七哥永生难忘。但七哥在组织个体户们座谈时却每一次都以自豪的口吻提到他有两个哥哥都是个体户。七哥说他对他的这两个哥哥极其敬重，因为他们全靠自己的勤劳和智慧创造自己的生活。七哥鼓励个体户青年不要自卑要自信，要认识到自己这个职业的高尚和伟大。七哥还诙谐地说他们这些搞政治工作的人只能靠嘴皮吃饭，别的什么本事都没有。假如有一天我干腻了这一行就辞职去干个体户。七哥说起码可以到深圳广州跑几趟而这两处他还没去过哩。七哥的话让那些常往南边跑的个体户们都笑了起来。

个体户们都纷纷称赞七哥说这个人难得，便将七哥视为知音。而实际上他们都不知道七哥度蜜月在深圳住了二十天。

元旦时，七哥回了一趟家。恰恰五哥六哥也携子来家了。五哥六哥自小就没把七哥放在眼里，到现在依然是。他们完全不顾七哥是广大个体户的知音这一事实。五哥和六哥你一言我一语大声讥刺七哥费心思往上爬不如费心思赚点钱，然后故意把儿子的胖脸亲得“叭叭”地响。那响声在七哥的心上像是锤子砸下一样，一锤一锤地让他痛苦。

父亲对七嫂极不满意。父亲想这女人大概有妖术。要不凭她那年龄和不能生儿子这罪该万死的毛病怎么能把七哥给勾引上呢？父亲想没有男人愿意讨一个不会生孩子的女人。而女人生不下孩子，父亲想，那还有什么用？父亲说不孝有三无后为大。父亲说现如今又不能讨小，看小七子你今后怎么办？父亲说不如把你那个休掉，再找个年轻漂亮的。七哥说瞎吵什么，你懂个屁。七哥一句话噎得父亲说不上来了。父亲在七哥面前显得很谦卑。父亲常想着七哥是省里头的人。

元旦刚过几天，父亲突然颠颠赶到武昌来找到七哥。父亲说大香和小香都要请七哥吃饭，叙叙姐弟之情。七哥听得大吃一惊，那惊愕的程度不亚于听说里根总统请他赴宴。片刻，七哥冷笑一声：“黄鼠狼给鸡拜年，哪有好心。”父亲说：“她们当不了黄鼠狼，你也不是鸡。”七哥说：“我从来都只当没有姐姐的。”父亲说：“你们都是我养的。都是从你妈一个人肚子里钻出来的，有没有姐姐由不得你。”七哥又是一声冷笑。七嫂说既然请，那就去吧。何况父亲又老远跑来了。七哥听七嫂的，便淡淡地回父亲说：“请就请。有吃的何乐而不为？”

小香姐姐住在黄孝河边。小香姐姐当年嫁的那个黑胡子男人是个无业游民。小香姐姐跟他结婚三个半月后生了一个女孩。那黑胡子要的是男孩而小香姐姐没能办到。小香姐姐在七哥面前可以为所欲为地打骂撕咬，却不能将她的丈夫奈何下去。没等女孩满两岁黑胡子假称回老家将小香卖到了河南。河南乡下的日子清苦，这使小香一次又一次地逃跑，终于三年后跑了回来。到家里怀里又抱着一个男孩。那天母亲几乎以为她是个讨饭的。直到小香姐姐凄苦地喊了声妈妈，母亲才认出这是她的小女儿。

小香姐姐一年不到又结了婚。没有男人小香姐姐是活不下去的。甚至只有一个男人她也依然觉得日子难熬。小香姐姐为这回的丈夫生了一个儿子。小香的丈夫是菜农，因为妻子生了一个女孩而一怒之下与之离婚。这回小香称了他的心愿，便万事百事由着小香姐姐。儿子已经有了，老婆的意义就不大了。逗儿子逗得高兴时，即使小香领了情人来家调情他也无所谓。他抱着儿子给小香做菜还殷勤地问客人味道如何。

小香姐姐有了一女二子。河南带回的那个连户口都没有。小香姐姐想起了七哥。

几乎同时，大香姐姐也在想七哥了。大香结婚甚早。大香有三个小老虎似的儿子。小的也都初中毕业了，而大的业已开始了待业。大香姐姐十八岁就结了婚。大香姐姐丈夫是木匠，木匠比大香大十岁。大香姐姐小日子过得十分富足。大香常常在休假之日坐在门口晒太阳，嗑着瓜子同一帮老娘们扯三拉四地聊天。星期天则提一点吃的或酒回河南棚子看望父母亲，大香姐姐住在三眼桥，这也是汉口下层人历来所居之地。

父亲告诉大香和小香，说是七哥答应去她们那里吃饭。大香说那就先去我那儿吧。小香说不不不，先去我那儿。大香说你那破地方，七弟怎么能踏得进脚。小香说你不要什么都想得到手，你的日子过得够好的了。大香说就是日子过得好了，才要多为子孙后代想。小香说我则是一心为七弟着想。大香说你心肠好，怎么小时候不为七弟想？小香说你比七弟大那么多却从不照顾他。大香姐姐和小香姐姐争吵得互相骂了祖宗，倒没想起她俩是同一个祖宗下的儿女。

父亲说吵个什么名堂，就在我这儿吧。你们俩一起做东，打点好酒来。老子陪小七子喝酒，你俩有什么屁就在饭桌上放。父亲的话令两个女儿皆大欢喜。

七哥那天进门时见到大香姐姐和小香姐姐的笑容几乎当场呕吐。火车依旧哐啷哐啷地从门前开过，震得房子微微颤动。小桌放在了屋中央。桌面上加了一层圆桌面。扩大了的桌面上已摆上了香肠卤牛肉花生米之类冷盘。酒是黄鹤楼牌的。父亲眯着眼边闻边咂着嘴唇。桌上倒了三杯酒。父亲把大哥也叫来了。七哥父亲大哥，三个男人坐在桌旁。而所有的女人——母亲大香小香——都在他们身边忙碌，谦卑地问七哥菜如何酒如何。七哥不知道到底为了什么事。他只觉得自己仿佛在一个陌生人家里做客。

父亲在三杯酒下肚后，舌头便又润滑了起来。父亲说："小七子你这辈子不能光你两口子过。"七哥说："您这是什么意思？"父亲说："得有儿子。要不你费老命奔的前途有谁能接着走下去？"大哥说："小七子，爸爸的话说得对。你的社会地位再高，你一死百事全了。还是得有儿子继承才是。"七哥没言语。他觉得父亲和大哥的话倒是不错。七哥想自己把自己的命运彻底地翻了个面，可又怎么样呢？没有儿孙为自己的这番奋斗自豪。亦没有儿孙能享受到自己的成果。这岂不是有些枉然？父亲说："小七子，你可以过继一个儿子。"小香姐姐立即说："我的老二，你晓得的，身体又结实，长相也不错，为了弟弟到老有依靠，我豁出去把他交给你了。"七哥吃了一惊："你儿子？"小香姐姐夹了一只鸡腿给七哥，说：

“是呀，那是个好小子。”大香姐姐说：“小七子别听她的。那小子是她跟河南乡下农民养的，蠢头蠢脑。我那个老三，一表人才，年龄虽大了点，不过，过继给你也还合适。”七哥又一惊：“你说三毛？”大香姐姐说：“是呀，三毛常说他最佩服的人就是他七舅哩。”小香姐姐说：“三毛十五岁了怎么合适？”大香姐姐说：“那也比杂种要好呀。”大香姐姐和小香姐姐又一顿好吵。七哥心烦意乱毫无吃兴。一桌酒菜便如毒药般让他汗毛耸起。七哥站起来，对父亲和大哥说：“我不吃了。”父亲喝息了大香和小香的战火对七哥说：“再坐坐，你不陪你老子也陪陪你大哥。”大哥说：“七弟要走就让他走。不过话还是得跟你说明白。你小时在家里受够了苦，这我清楚。吃得苦中苦方为人上人。现如今你出息了，再出息的人也得有子嗣。大香和小香的儿子是你的外甥。你们血缘亲近。你过继哪一个可以挑，但最好还是要过继有血缘关系的。否则，我们家不承认那个孙子。”七哥说：“我得想想。”七哥一出家门，大香姐姐和小香姐姐的声音便在身后炸起。走了老远，还能听到她俩尖锐的叫喊。这一切使七哥恍若又回到了他过去的日子。七哥恐惧地加快了脚步，而心底里却一忽儿一个寒噤。七哥终于忍不住了，他扶着一棵树，勾下头将适才的饭菜呕吐一尽。他想将心底的恐惧和寒气一起呕出去。吐完，七哥望着灰蒙蒙的天空，想：家里过去又在什么时候承认过我这个儿子的呢？

三天后七哥回家了一趟。七哥告诉父亲：他已到孤儿院领了一个小男孩子，那孩子刚一岁。七哥说：“不管你们承认不承认他是你们的孙子，但我得说，他是我的儿子！”七哥说完扬长而去。七哥的行为叫父亲目瞪口呆。父亲想骂人而终未骂出。父亲不敢骂七哥。父亲心里的七哥是政府的儿子而不是他的。

十四

河南棚子盖起了好些新房子。那些陈旧的板壁屋便如衣衫褴褛的童养媳夹杂在青枝绿叶般的新娘子之间。据说新火车站要修到建设大道的方向去，教堂般的汉口火车站从此结束它的使命。穿越城市的铁路要改为高质量的公路，公路两边的破旧房屋全部拆除，重新起盖高楼大厦。

邻居们都欢呼雀跃，纷纷盘算旧屋该折价多少，如何向政府讨价还价多分几套房子。只有父亲愁眉不展。父亲说没火车叫他是睡不着觉的。父亲说住楼房沾不到地气人要短寿。父亲说小八子怎么办？那几日父亲常坐在窗口下唠唠叨叨地说：“我只有一个小八子还留在身边。”

我知道我再也不可能和父亲母亲一起了。二十多个幸福的岁月，我享受到了无比无比多而热烈的亲情之爱。那温暖的土层包裹着我弱小的身躯。开放在这热土之上的一串红火一般的艳丽。火车雄壮地隆隆而过，那播撒的光芒雪亮地照耀父亲的小屋。很难想象没有父亲这小屋会是什么样子。

父亲把我挖出的那天是个大晴天。太阳刺眼地照射着大地。父亲叫来了三哥。三哥将小木盒置入一个大纸盒里，然后用绳子捆绑好。三哥说："我把他埋到二哥旁边吧，有个伴儿。"三哥把纸盒架在自行车后，左脚一蹬，右脚飞越过纸盒踩上踏板。三哥的车铃丁零按响的时候，父亲和母亲，相拥着望着我们远去。他们像一对恩爱的老夫妻慈善着面孔望了很远很远，然后一起颓然地坐在门槛上。这一天我才发现，父亲和母亲已经非常苍老非常憔悴非常软弱了。

三哥将我埋在二哥身边，然后抚着二哥的墓碑，阴着面孔长舒了一口气。直到天黑三哥才缓缓地向山下走去。他的脚步是那么沉重和孤独，一声声敲打着地心仿佛告诉这山头所有的朋友，他累极了累极了。

星星出来了。灿烂的夜空没能化解这山头上的静谧，月光惨然地洒下它的光，普照着我们这个永远平和安宁的国土。

我想起七哥的话。七哥说生命如同树叶，所有的生长都是为了死亡。殊路却是同归。七哥说谁是好人谁是坏人直到死都是无法判清的。七哥说你把这个世界连同它本身都看透了之后你才会弄清你该有个什么样的活法。我将七哥的话品味了很久很久，但我仍然没有悟出他到底看透了什么到底作怎样的判断到底是选择生长还是死亡。我想七哥毕竟还幼稚且浅薄得像每一个活着的人。

而我和七哥不一样。我什么都不是。我只是冷静而恒久地去看山下那变幻无穷的最美丽的风景。

1987年3月

入选理由

《风景》出现在1987年，现在看来是非常难得的。对于方方自己来说也是难以逾越的高峰。《风景》展现的生活场景我们后来称为"底层叙事"，但方方的境界远远高于"底层叙事"的境界。她是用悲悯的人道的情怀来打量这个世界。她选择的亡婴这样独特叙事人，就是寻求某种"零度"的可能性。而之后的"底层叙事"则充满了道德优越感，与现代小说的本质渐行渐远。《风景》对苦难叙事那样一种距离感，是浑然天成、妙手偶得，几乎是难以复制的。在叙事形态上，《风景》是现代的，又是写实主义的，所以成为"新写实"标志性的作品。

妻妾成群

苏　童[1]

四太太颂莲被抬进陈家花园时候是十九岁，她是傍晚时分由四个乡下轿夫抬进花园西侧后门的，仆人们正在井边洗旧毛线，看见那顶轿子悄悄地从月亮门里挤进来，下来一个白衣黑裙的女学生。仆人们以为是在北平读书的大小姐回家了，迎上去一看不是，是一个满脸尘土疲惫不堪的女学生。那一年颂莲留着齐耳的短发，用一条天蓝色的缎带箍住，她的脸是圆圆的，不施脂粉，但显得有点儿苍白。颂莲钻出轿子，站在草地上茫然环顾，黑裙下面横着一只藤条箱子。在秋日的阳光下颂莲的身影单薄纤细，散发出纸人一样呆板的气息。她抬起胳膊擦着脸上的汗，仆人们注意到她擦汗不是用手帕而是用衣袖，这一点给他们留下了深刻的印象。

颂莲走到水井边，她对洗毛线的雁儿说，"让我洗把脸吧，我三天没洗脸了。"雁儿给她吊上一桶水，看着她把脸埋进水里，颂莲的弓着的身体像腰鼓一样被什么击打着，簌簌地抖动。雁儿说，"你要肥皂吗？"颂莲没说话，雁儿又说，"水太凉是吗？"颂莲还是没说话。雁儿朝井边的其他女佣使了个眼色，捂住嘴笑。女佣们猜测来客是陈家的哪个穷亲戚。他们对陈家的所有来客几乎都能判断出各自的身份。大概就是这时候颂莲猛地回过头，她的脸在洗濯之后泛出一种更加醒目的寒意，眉毛很细很黑，渐渐地拧起来。颂莲瞟了雁儿一眼，她说，"你傻笑什么，还不去把水泼掉？"雁儿仍然笑着，"你是谁呀，这么厉害？"颂莲搡了

---

① 苏　童　男，汉族，1963 年出生。1984 年北师大中文系毕业，现在南京市《钟山》编辑部工作，著有短篇小说集《1934 年的逃亡》。

雁儿一把，拎起藤条箱子离开井边，走了几步她回过头，说，“我是谁？你们迟早要知道的。”

第二天陈府的人都知道陈佐千老爷娶了四太太颂莲。颂莲住在后花园的南厢房里，紧挨着三太太梅珊的住处。陈佐千把原先下房里的雁儿给四太太做了使唤丫鬟。

第二天雁儿去见颂莲的时候心里胆怯，低着头喊了声四太太，但颂莲已经忘了雁儿对她的冲撞，或者颂莲根本就没记住雁儿是谁。颂莲这天换了套粉绸旗袍，脚上趿双绣花拖鞋，她脸上的气色一夜间就恢复过来，看上去和气许多，她把雁儿拉到身边，端详一番，对旁边的陈佐千说，她长得还不算讨厌。然后她对雁儿说，你蹲下，我看看你的头发。雁儿蹲下来感觉到颂莲的手在挑她的头发，仔细地察看什么，然后她听见颂莲说，“你没有虱子吧，我最怕虱子。”雁儿咬住嘴唇没说话，她觉得颂莲的手像冰凉的刀锋切割她的头发，有一点疼痛。颂莲说，“你头上什么味？真难闻，快拿块香皂洗头去。”雁儿站起来，她垂着手站在那儿不动。陈佐千瞪了她一眼，“没听见四太太说话？”雁儿说，“昨天才洗过头。”陈佐千拉高嗓门喊，“别废话，让你去洗就得去洗，小心揍你。”

雁儿端了一盆水在海棠树下洗头，洗得委屈，心里的气恨像一块铁坠在那里。午后阳光照射着两棵海棠树，一根晾衣绳拴在两根树上，四太太颂莲的白衣黑裙在微风中摇曳。雁儿朝四处环顾一圈，后花园阒寂无人，她走到晾衣绳那儿，朝颂莲的白衫上吐了一口唾沫，朝黑裙上又吐了一口。

陈佐千这年刚好五十挂零。陈佐千五十岁时纳颂莲为妾，事情是在半秘密状态下进行的。直到颂莲进门的前一天，原配太太毓如还浑然不知。陈佐千带着颂莲去见毓如，毓如在佛堂里捻着佛珠诵经。陈佐千说，这是大太太。颂莲刚要上去行礼，毓如手里的佛珠突然断了线，滚了一地，毓如推开红木靠椅下地捡佛珠，口中念念有词，罪过，罪过。颂莲相帮去捡，被毓如轻轻地推开，她说，罪过，罪过，始终没抬眼看颂莲一眼。颂莲看着毓如肥胖的身体伏在潮湿的地板上拣佛珠，捂着嘴无声地笑了一笑，她看看陈佐千，陈佐千说，好吧，我们走了。颂莲跨出佛堂门槛，就挽住陈佐千的手臂说，“她有一百岁了吧，这么老？”陈佐千没说话，颂莲又说，“她信佛？怎么在家里念经？”陈佐千说，“什么信佛，闲着没事干，滥竽充数罢了。”

颂莲在二太太卓云那里受到了热情的礼遇。卓云让丫鬟拿了西瓜子、葵花子、南瓜子还有各种蜜饯招待颂莲。他们坐下后卓云的头一句话就是说瓜子，这儿没有好瓜子，我嗑的瓜子都是托人从苏州买来的。颂莲在卓云那里嗑了半天瓜子，嗑得有点儿厌烦，她不喜欢这些零嘴，又不好表露出来，颂莲偷偷地瞟陈佐千，示意离开，但陈佐千似乎有意要在卓云这里多待一会儿，对颂莲的眼神视若无睹。颂莲由此判断陈佐千是宠爱卓云的，眼睛就不由得停留在卓云的脸上、身上。卓云的容貌有一种温婉的清秀，即使是细微的皱纹和略显松弛的皮肤也遮掩不了，举手投足之间，更有一种大家闺秀的风范。颂莲想，卓云这样的女人容易讨男人喜欢，女人也不会太讨厌她。颂莲很快地就喊卓云姐姐了。

陈家前三房太太中，梅珊离颂莲最近，却是颂莲最后一个见到的。颂莲早就听说梅珊的倾国倾城之貌，一心想见她，陈佐千不肯带她去。他说，这么近，你自己去吧。颂莲说，我去过了，丫鬟说她病了，拦住门不让我进。陈佐千鼻孔里哼了一声，她一不高兴就称病。又说，她想爬到我头上来。颂莲说，你让她爬吗？陈佐千挥挥手说，休想，女人永远爬不到男人的头上来。

颂莲走过北厢房，看见梅珊的窗上挂着粉色的抽纱窗帘，屋里透出一股什么草花的香气。颂莲站在窗前停留了一会儿，忽然忍不住心里偷窥的欲望，她屏住气轻轻掀开窗帘，这一掀差点把颂莲吓得灵魂出窍，窗帘后面的梅珊也在看她，目光相撞，只是刹那间的事情，颂莲便仓皇地逃走了。

到了夜里，陈佐千来颂莲房里过夜。颂莲替他把衣服脱了，换上睡衣，陈佐千说，我不穿睡衣，我喜欢光着睡。颂莲就把目光掉开去，说，随便你，不过最好穿上睡衣，会着凉。陈佐千笑起来，你不是怕我着凉，你是怕看我光着屁股。颂莲说，我才不怕呢。她转过脸时颊上已经绯红。这是她头一次清晰地面对陈佐千的身体，陈佐千形同仙鹤，干瘦细长，生殖器像弓一样绷紧着。颂莲有点儿透不过气来，她说，你怎么这样瘦？陈佐千爬到床上，钻进丝棉被窝里说，让她们掏的。

颂莲侧身去关灯，被陈佐千拦住了，陈佐千说，别关，我要看你，关上灯就什么也看不见了。颂莲摸了摸他的脸说，随便你，反正我什么也不懂，听你的。

颂莲仿佛从高处往一个黑暗深谷坠落，疼痛、晕眩伴随着轻松的感觉。奇怪的是意识中不断浮现梅珊的脸。那张美丽绝伦的脸也隐没在黑暗中间。颂莲说，她真怪。你说谁？三太太，她在窗帘背后看我。陈佐千的手从颂莲的乳房上移到嘴唇上，别说话，现在别说话。就是这时候房门被轻轻敲了两记。两个人都惊了一下，陈佐千朝颂莲摇摇头，拉灭了灯。隔了不大一会儿，敲门声又响起来。陈佐千跳起来，恼怒地吼起来，谁敲门？门外响起一个怯生生的女孩声音，三太太病了，喊老爷去。陈佐千说，撒谎，又撒谎，回去对她说我睡下了。门外的女孩说，三太太得的急病，非要你去呢。她说她快死了。陈佐千坐在床上想了会儿，自言自语说她又要什么花招。颂莲看着他左右为难的样子，推了他一把，你就去吧，真死了可不好说。

这一夜陈佐千没有回来。颂莲留神听北厢房的动静，好像什么事也没有。唯有知更鸟在石榴树上啼啭几声，留下凄清悠远的余音。颂莲睡不着了，人浮在怅然之上，悲哀之下，第二天早早起来梳妆，她看见自己的脸发生了某种深刻的变化，眼圈是青黑色的。颂莲已经知道梅珊是怎么回事，但第二天看见陈佐千从北厢房出来时，颂莲还是迎上去问梅珊的病情，给三太太请医生了吗？陈佐千尴尬地摇摇头，他满面倦容、话也懒得说，只是抓住颂莲的手软绵绵地捏了一下。

颂莲上了一年大学后嫁给陈佐千，原因很简单，颂莲父亲经营的茶厂倒闭了，没有钱负担她的费用。颂莲辍学回家的第三天，听见家人在厨房里乱喊乱叫，她跑过去一看，父亲斜靠在水池边，池子里是满满一池血水，泛着气泡。父亲把手上的静脉割破了，很轻松地上了黄泉路。颂莲记得她当时绝望的感觉，她架着父亲冰凉的身体，她自己整个比尸体更加冰凉。灾难临头她一点也哭不出来。那个水池后来好几天没人用，颂莲仍然在水池里洗头。颂莲没有一般女孩无谓的怯懦和恐惧。她很实际。父亲一死，她必须自己负责自己了。在那个水池边，颂莲一遍遍地梳洗头发，借此冷静地预想以后的生活。所以当继母后来摊牌，让她在做工和嫁人两条路上选择时，她淡然地回答说，当然嫁人。继母又问，你想嫁个一般人家还是有钱人家？颂莲说，当然有钱人家，这还用问？继母说，那不一样，去有钱人家是做小。颂莲说，什么叫做小？继母考虑了一下，说，就是做妾，名分是委屈了点。颂莲冷笑了一声，名分是什么？名分是我这样人考虑的吗？反正我交给你卖了，你要是顾及父亲的情义，就把我卖个好主吧。

陈佐千第一次去看颂莲，颂莲闭门不见，从门里扔出一句话，去西餐社见面。陈佐千想毕竟是女学生，总有不同凡俗之处，他在西餐社订了两个位置，等着颂莲来。那天外面下着雨，陈佐千隔窗守望外面细雨蒙蒙的街道，心情又新奇又温馨，这是他前三次婚姻中从所未有的。颂莲打着一顶细花绸伞姗姗而来，陈佐千就开心地笑了。颂莲果然是他想象中漂亮洁净的样子，而且那样年轻。陈佐千记得颂莲在他对面坐下，从提袋里掏出一大把小蜡烛，她轻声对陈佐千说，给我要一盒蛋糕好吧。陈佐千让侍者端来了蛋糕，然后他看见颂莲把小蜡烛一根一根地插上去，一共插了十九根，剩下一根她收回包里。陈佐千说，这是干什么，你今天过生日？颂莲只是笑笑，她把蜡烛点上，看着蜡烛亮起小小的火苗。颂莲的脸在烛光里变得玲珑剔透，她说，你看这火苗多可爱。陈佐千说，是可爱。说完颂莲就长长地吁了口气，噗地把蜡烛吹灭。陈佐千听见她说，提前过生日吧，十九岁过完了。

陈佐千觉得颂莲的话里有回味之处，直到后来他也经常想起那天颂莲吹蜡烛的情景，这使他感到颂莲身上某种微妙而迷人的力量。作为一个富有性经验的男人，陈佐千更迷恋的是颂莲在床上的热情和机敏。他似乎在初遇颂莲的时候就看见了销魂种种，以后果然被证实。难以判断颂莲是天性如此还是曲意奉承，但陈佐千很满足，他对颂莲的宠爱，陈府上下的人都看在眼里。

后花园的墙角那里有一架紫藤，从夏天到秋天，紫藤花一直沉沉地开着。颂莲从她的窗口看见那些紫色的絮状花朵在秋风中摇曳，一天天地清淡。她注意到紫藤架下有一口井，而且还有石桌和石凳，一个挺闲适的去处却见不到人，通往那里的甬道上长满了杂草。蝴蝶飞过去，蝉也在紫藤枝叶上唱，颂莲想起去年这个时候，她是坐在学校的紫藤架下读书的，一切都恍若惊梦，颂莲慢慢地走过去，她提起裙子，小心不让杂草和昆虫碰蹭，慢慢地撩开几枝藤叶，看见那些石桌石凳上积了一层灰尘。走到井边，井台石壁上长满了青苔，颂莲弯腰朝井中看，井水是蓝黑色的，水面上也浮着陈年的落叶，颂莲看见自己的脸在水中闪烁不定，听见自己的喘息声被吸入井中放大了，沉闷而微弱。有一阵风吹过来，把颂莲的裙子吹得如同飞鸟，颂莲这时感到一种坚硬的凉意，像石头一样慢慢敲她的身体，颂莲开始往回走，往回走的速度很快，回到南厢房的廊下，她吐出一口气，回头又看那个紫藤架，架上倏地落下两三串花，很突然地落下来，颂莲觉得这也很奇怪。

卓云在房里坐着，等着颂莲。她乍地发觉颂莲的脸色很难看，卓云起来扶着颂莲的腰，你怎么啦？颂莲说，我怎么啦？我上外面走了走。卓云说，你脸色不好，颂莲笑了笑说身上来了。卓云也笑，我说老爷怎么又上我那儿去了呢。她打开一个纸包，拉出一卷丝绸来，说，苏州的真丝，送你裁件衣服，颂莲推卓云的手，不行，你给我东西，怎么好意思，应该我给你才对。卓云嘘了一声，这是什么道理？我见你特别可心，就想起来这块绸子，要是隔壁那女人，她掏钱我也不给，我就是这脾气。颂莲就接过绸子放在膝上摩挲着，说，三太太是有点儿怪。不过，她长得真好看。卓云说，好看什么？脸上的粉霜一刮掉半斤。颂莲又笑，转了话题，我刚才在紫藤架那儿待了会儿，我挺喜欢那儿的。卓云就叫起来，你去死人井了？别去那儿，那儿晦气。颂莲吃惊道，怎么叫死人井？卓云说，怪不得你进屋脸色不好，那井里死过三个人。颂莲站起身伏在窗口朝紫藤架张望，都是什么人死在井里了？卓云说，都是上代的家眷，都是女的。颂莲还要打听，卓云就说不上来了。卓云只知道这些，她说陈家上下忌讳这些事，大家都守口如瓶。颂莲愣了一会，说，这些事情，不知道就不知道吧。

陈家的少爷小姐都住在中院里。颂莲曾经看见忆容和忆云姐妹俩在泥沟边挖蚯蚓，喜眉喜眼天真烂漫的样子，颂莲一眼就能判断她们是卓云的骨血。她站在一边悄悄地看她们，姐妹俩发觉了颂莲，仍然旁若无人，把蚯蚓灌到小竹筒里。颂莲说，你们挖蚯蚓做什么？忆容说，钓鱼呀，忆云却不客气地白了颂莲一眼，不要你管。颂莲有点儿没趣，走出几步，听见姐妹俩在嘀咕，她也是小老婆，跟妈一样。颂莲一下蒙了，她回头愤怒地盯着她们看，忆容哧哧地笑着，忆云却丝毫不让地朝她撇嘴，又嘀咕了一句什么。颂莲心想这叫什么事儿，小小年纪就会说难听话。天知道卓云是怎么管这姐妹俩的。

颂莲再碰到卓云时，忍不住就把忆云的话告诉她。卓云说，那孩子就是嘴上没拦的，看我回去拧她的嘴。卓云赔礼后又说，其实我那两个孩子还算省事的，你没见隔壁小少爷，跟狗一样的，见人就咬，吐唾沫。你有没有挨他咬过？颂莲摇摇头，她想起隔壁的小男孩飞澜，站在门廊下，一边啃面包，一边朝她张望，头发梳得油光光的，脚上穿着小皮鞋，颂莲有时候从飞澜脸上能见到类似陈佐千的表情，她从心理上能接受飞澜，也许因为她内心希望给陈佐千再生一个儿子。男孩比女孩好，颂莲想，管他咬不咬人呢。

只有毓如的一双儿女，颂莲很久都没见到。显而易见的是他们在陈府的地位。颂莲经常听到关于对飞浦和忆惠的谈论。飞浦一直在外面收账，还做房地产生意，而忆惠在北平的女子大学读书。颂莲不经意地向雁儿打听飞浦，雁儿说，我们大少爷是有本事的人。颂莲问，怎么个有本事法？雁儿说，反正有本事，陈家现在都靠他。颂莲又问雁儿，大小姐怎么样？雁儿说，我们大小姐又漂亮又文静，以后要嫁贵人的。颂莲心里暗笑，雁儿褒此贬彼的话音让她很厌恶，她就把气发到裙裾下那只波斯猫身上，颂莲抬脚把猫踢开，骂道，贱货，跑这儿舔什么骚？

颂莲对雁儿越来越厌恶，至关重要的一点是她没事就往梅珊屋里跑，而且雁儿每次接过颂莲的内衣内裤去洗时，总是一脸不高兴的样子。颂莲有时候就训她，你挂着脸给谁看，你要不愿跟我就回下房去，去隔壁也行。雁儿申辩说，没有呀，我怎么敢挂脸，天生就没有脸。颂莲抓过一把梳子朝她砸过去，雁儿就不再吱声了。颂莲猜测雁儿在外面没少说她的坏话。但她也不能对她太狠，因为她曾经看见陈佐千有一次进门来顺势在雁儿的乳房上摸了一把，虽然是瞬间的很自然的事，颂莲也不得不节制一点，要不然雁儿不会那么张狂。颂莲想，连个小丫鬟也知道靠那一把壮自己的胆，女人就是这种东西。

到了重阳节的前一天，大少爷飞浦回来了。

颂莲正在中院里欣赏菊花，看见毓如和管家都围拢着几个男人，其中一个穿白西服的很年轻，远看背影很魁梧的，颂莲猜他就是飞浦。她看着下人走马灯似的把一车行李包裹运到后院去，渐渐地人都进了屋，颂莲也不好意思进去，她摘了枝菊花，慢慢地踱向后花园，路上看见卓云和梅珊，带着孩子往这边走。卓云拉住颂莲说，大少爷回家了，你不去见个面？颂莲说，我去见他？应该他来见我吧。卓云说，说的也是，应该他先来见你。一边的梅珊则不耐烦地拍拍飞澜的头颈，快走快走。

颂莲真正见到飞浦是在饭桌上。那天陈佐千让厨子开了宴席给飞浦接风，桌上摆满了精致丰盛的菜肴，颂莲逡巡着桌子，不由得想起初进陈府那天，桌上的气派远不如飞浦的接风宴，心里有点儿犯酸，但是很快她的注意力就转移到飞浦身上了。飞浦坐在毓如身边，毓如对他说了句什么，然后飞浦就欠起身子朝颂莲微笑着点了点头。颂莲也颔首微笑。她对飞浦的第一个感觉是出乎意料地英俊年轻，第二个感觉是他很有心计。颂莲往往是喜欢见面识人的。

第二天就是重阳节了，花匠把花园里的菊花盆全搬到一起去，五颜六色地搭成福、禄、寿、禧四个字，颂莲早早地起来，一个人绕着那些菊花边走边看，早晨有凉风，颂莲只穿了一件毛背心，她就抱着双肩边走边看。远远地她看见飞浦从中院过来，朝这里走。颂莲正犹豫着是否先跟他打招呼，飞浦就喊起来，颂莲你早。颂莲对他直呼其名有点儿吃惊，她点点头，说，按辈分你不该喊我名字。飞浦站在花圃的另一边，笑着系上衬衫的领扣，说，应该叫你四太太，但你肯定比我小几岁呢，你多大？颂莲显出不高兴的样子侧过脸去看花。飞浦说，你也喜欢菊花？我原以为大清早的可以先抢风水，没想你比我还早，颂莲说，我从小就喜欢菊花，可不是今天才喜欢的。飞浦说，最喜欢哪种？颂莲说，都喜欢，就讨厌蟹爪。飞浦说，那是为什么。颂莲说，蟹爪开得太张狂。飞浦又笑起来说，有意思了，我偏偏最喜欢蟹爪。颂莲睃了飞浦一眼，我猜到你会喜欢它。飞浦又说，那又为什么？颂莲朝前走了几步，说，花非花，人非人，花就是人，人就是花，这个道理你不明白？颂莲猛地抬起头，她察觉出飞浦的眼神里有一种异彩水草般地掠过，她看见了，她能够捕捉它。飞浦叉腰站在菊花那一侧，突然说，我把蟹爪换掉吧。颂莲没有说话。她看着飞浦把蟹爪换掉，端上几盆墨菊摆上。过了一会儿，颂莲又说，花都是好的，摆的字不好，太俗气。飞浦拍拍手上的泥，朝颂莲挤挤眼睛，那就没办法了，福禄寿禧是老爷让摆的，每年都这样，老祖宗传下来的规矩。

颂莲后来想起重阳赏菊的情景，心情就愉快。好像从那天起，她与飞浦之间有了某种默契。颂莲想着飞浦如何把蟹爪搬走，有时会笑出声来，只有颂莲自己知道，她并不是特别讨厌那种叫蟹爪的菊花。

你最喜欢谁？颂莲经常在枕边这样问陈佐千，我们四个人，你最喜欢谁？陈佐千说那当然是你了。毓如呢？她早就是只老母鸡了。卓云呢？卓云还凑合着但她有点儿松松垮垮的了。那么梅珊呢？颂莲总是克制不住对梅珊的好奇心，梅珊是哪里人？陈佐千说，她是哪里人我也不知道，连她自己也不知道。颂莲说那梅珊是孤儿出身？陈佐千说，她是戏子，京剧草台班里唱旦角的。我是票友，有时候去后台看她，请她吃饭，一来二去的她就跟我了。颂莲拍拍陈佐千的脸说，是女人都想跟你，陈佐千说，你这话对了一半，应该说是女人都想跟有钱人。颂莲笑起来，你这话也才对了一半，应该说有钱人有了钱还要女人，要也要不够。

颂莲从来没有听见梅珊唱过京戏，这天早晨窗外飘过来几声悠长清亮的唱腔，把颂莲从梦中惊醒，她推推身边的陈佐千问是不是梅珊在唱？陈佐千迷迷糊糊地说，她高兴了就唱，不高兴了就哭，狗娘养的。颂莲推开窗子，看见花园里夜来降了雪白的秋霜，在紫藤架下，一个穿黑衣黑裙的女人且舞且唱着。果然就是梅珊。

颂莲披衣出来，站在门廊上远远地看着那里的梅珊。梅珊已沉浸其中，颂莲觉得她唱得凄凉婉转，听得心也浮了起来。这样过了好久，梅珊戛然而止，她似乎看见了颂莲的眼睛里充满了泪影。梅珊把长长的水袖搭在肩上往回走，在早晨的天光里，梅珊的脸上、衣服上跳跃着一些水晶色的光点，她的绾成圆髻的头发被霜露打湿，这样走着她整个显得湿润而忧伤，仿佛风中之草。

你哭了？你活得不是很高兴吗，为什么哭？梅珊在颂莲面前站住，淡淡地说。颂莲掏出手绢擦了擦眼角，她说也不知是怎么了，你唱的戏叫什么？叫《女吊》。梅珊说你喜欢听吗？我对京戏一窍不通，主要是你唱得实在动情，听得我也伤心起来。颂莲说着她看见梅珊的脸上第一次露出和善的神情，梅珊低下头看看自己的戏装，她说，本来就是做戏嘛，伤心可不值得。做戏做得好能骗别人，做得不好只能骗骗自己。

陈佐千在颂莲屋里咳嗽起来，颂莲有些尴尬地看看梅珊。梅珊说，你不去伺候他穿衣服？颂莲摇摇头说他自己穿，他又不是小孩子。梅珊便有点儿悻悻的，她笑了笑说他怎么要我给他穿衣穿鞋，看来人是有贵贱之分。这时候陈佐千又在屋里喊起来，梅珊，进屋来给我唱一段！梅珊的细柳眉立刻挑起来，她冷笑一声，跑到窗前冲里面说，老娘不愿意！

颂莲见识了梅珊的脾气。当她拐弯抹角地说起这个话题时，陈佐千说，都怪我前些年把她娇宠坏了。她不顺心起来敢骂我家祖宗八代，陈佐千说这狗娘养的小婊子，我迟早得狠狠收拾她一回。颂莲说，你也别太狠心了，她其实挺可怜的，没亲没故的，怕你不疼她，脾气就坏了。

以后颂莲和梅珊有了些不冷不热的交往。梅珊迷麻将，经常招呼人去她那里搓麻将，从晚饭过后一直搓到深更半夜。颂莲隔着墙能听见隔壁洗牌的哗啦哗啦的声音，吵得她睡不好觉。她跟陈佐千发牢骚，陈佐千说，你就忍一忍吧，她搓上麻将还算正常一点，反正她把钱输光了我不会给她的，让她去搓，让她去作死。但是有一回梅珊差丫鬟来叫颂莲上牌桌了，颂莲一句话把丫鬟挡了回去，她说，我去搓麻将？亏你们想得出来。丫鬟回去后梅珊自己来了，她说，三缺一，赏个脸吧。颂莲说我不会呀，不是找输吗？梅珊来拽她的胳膊，走吧，输了不收你钱，要不赢了归你，输了我付。颂莲说，那倒不至于，主要是我不喜欢。她说着就看见梅珊的脸挂下来了，梅珊哼了一声说，你这里有什么呀？好像守着个大金库不肯挪一步，不过就是个干瘪老头儿罢了。颂莲被呛得恶火攻心，刚想发作，难听话溜到嘴边又咽回去了，她咬着嘴唇考虑了几秒钟说。好吧，我跟你去。

另外两个人已经坐在桌前等候了，一个是管家陈佐文，另一个不认识，梅珊介绍说是医生。那人戴着金丝边眼镜，皮肤黑黑的，嘴唇却像女性一样红润而柔情，颂莲以前见他出入过梅珊的屋子，她不知怎么就不相信他是医生。

颂莲坐在牌桌上心不在焉，她是真的不太会打，糊里糊涂就听见他们喊和了，自摸了。她只是掏钱，慢慢地她就心疼起来，她说，我头疼，想歇一歇了。梅珊说，上桌就得打八圈，这是规矩。你恐怕是输得心疼吧，陈佐文在一边说，没关系的，破点小财消灾灭祸。梅珊又说，你今天就算给卓云做好事吧，这一阵她闷死了，把老头儿借她一夜，你输的钱让她掏给你。桌上的两个男人都笑起来。颂莲也笑，梅珊你可真能逗乐，心里却像吞了只苍蝇。

颂莲冷眼观察着梅珊和医生间的眉目传情，她想什么事情都是逃不过她的直觉。当洗牌时掉下一张牌以后，颂莲弯腰去捡，一下就发现了他们的四条腿的形状，藏在桌下的那四条腿原来紧缠在一起，分开时很快很自然，但颂莲是确确实实看见了。

颂莲不动声色。她再也不去看梅珊和医生的脸了。颂莲这时的心情很复杂，有点儿惶惑，有点儿紧张，还有一点幸灾乐祸，她心里说梅珊你活得也太自在了也太张狂了。

秋天里有很多这样的时候，窗外天色阴晦，细雨绵延不绝地落在花园里，从紫荆、石榴树的枝叶上溅起碎玉般的声音。这样的时候颂莲枯坐窗边，睇视外面晾衣绳上一块被雨淋湿的丝绢，她的心绪烦躁复杂，有的念头甚至是秘不可示的。

颂莲就不明白为什么每逢阴雨就会想念床笫之事。陈佐千是不会注意到天气对颂莲生理上的影响的。陈佐千只是有点儿招架不住的窘态。他说，年龄不饶人，我又最烦什么三鞭神油的。陈佐千抚摩颂莲粉红的微微发烫的肌肤，摸到无数欲望的小兔在她皮肤下面跳跃。陈佐千的手渐渐地就狂乱起来，嘴也俯到颂莲的身上。颂莲面色绯红地侧身躺在长沙发上，听见窗外雨珠迸裂的声音，颂莲双目微闭，呻吟道，主要是下雨了。陈佐千没听清，你说什么？项链？颂莲说，对，项链，我想要一串最好的项链。陈佐千说，你要什么我不给你？只是千万别告诉她们。颂莲一下子就翻身坐起来，她们？她们算什么东西？我才不在乎她们呢。陈佐千说，那当然，她们谁也比不上你。他看见颂莲的眼神迅速地发生了变化，颂莲把他推开，很快地穿好内衣走到窗前去了。陈佐千说你怎么了，颂莲回过头，幽怨地说，没情绪了，谁让你提起她们的？

陈佐千怏怏地和颂莲一起看着窗外的雨景。这样的时候整个世界都潮湿难耐起来，花园里空无一人，树叶绿得透出凉意，远远地那边的紫藤架被风掠过，摇晃有如人形。颂莲想起那口井，关于井的一些传闻。颂莲说，这园子里的东西有点儿鬼气。陈佐千说，哪来的鬼气？颂莲朝紫藤架努努嘴，喏，那口井。陈佐千说，不过就死了两个投井的，自寻短见的。颂莲说，死的谁？陈佐千说，反正你也不认识的，是上一辈的两个女眷。颂莲说，是姨太太吧。陈佐千脸色立刻有点儿难看了，谁告诉你的？颂莲笑笑说谁也没告诉我，我自己看见的，我走到那口井边，一眼就看见两个女人浮在井底里，一个像我，另一个还是像我。陈佐千说，你别胡说了，以后别上那儿去。颂莲拍拍手说，那不行，我还没去问问那两个鬼魂呢，她们为什么投井？陈佐千说，那还用问，免不了是些污秽事情吧。颂莲沉吟良久，后来她突然说了一句，怪不得这园子里修这么多井。原来是为寻死的人挖的。陈佐千一把搂过颂莲，你越说越离谱，别去胡思乱想。说着陈佐千抓住颂莲的手，让她摸自己的那地方，他说，现在倒又行了，来吧。我就是死在你床上也心甘情愿。

花园里秋雨萧瑟，窗内的房事因此有一种垂死的气息，颂莲的眼前是一片深深幽暗，唯有梳妆台上的几朵紫色雏菊闪烁着稀薄的红影。颂莲听见房门外有什么动静，她随手抓过一只香水瓶子朝房门上砸去。陈佐千说你又怎么了，颂莲说，她在偷看。陈佐千说，谁偷看？颂莲说是雁儿。陈佐千笑起来，这有什么可偷看的？再说她也看不见。颂莲厉声说，你别护她，我隔多远也闻得出她的骚味。

黄昏的时候，有一群人围坐在花园里听飞浦吹箫。飞浦换上丝绸衫裤，更显出他的倜傥风流。飞浦持箫坐在中间，四面听箫的多是飞浦做生意的朋友。这时候这群人成为陈府上下关注的中心，仆人们站在门廊上远远地观察他们，窃窃私语。其他在室内的人会听见飞浦的箫声像水一样幽幽地漫进窗口，谁也无法忽略飞浦的箫声。

颂莲往往被飞浦的箫声所打动，有时甚至泪涟涟的。她很想坐到那群男人中间去，离飞浦近一点，持箫的飞浦令她回想起大学里一个独坐空室拉琴的男生，她已经记不清那个男生的脸，对他也不曾有深藏的暗恋，但颂莲易于被这种优美的情景感化，心里是一片秋水涟漪。颂莲踟蹰半天，搬了一张藤椅坐在门廊上，静听着飞浦的箫声。没多久箫声沉寂了，那边的男人们开始说话。颂莲顿时就觉得没趣了，她想，说话多无聊，还不是你诓我我骗你的，人一说起话来就变得虚情假意的了。于是颂莲起身回到房里，她突然想起箱子里也有一管长箫，那是她父亲的遗物。颂莲打开那只藤条箱子，箱子好久没晒，已有一点霉味，那些弃之不穿的学生时代的衣裙整整齐齐地摞着，好像从前的日子尘封了，散出星星点点的怅然和梦想。颂莲把那些衣服腾空了，也没有见那管长箫。她明明记得离家时把箫放进箱底的，怎么会没有了呢？雁儿，雁儿你来。颂莲就朝门廊上喊。雁儿来了，说，四太太怎么不听少爷吹箫了？颂莲说，你有没有动过我的箱子？雁儿说，前一阵你让我收拾箱子的，我把衣服都叠好了呀？颂莲说，你有没有见一管箫？箫？雁儿说，我没见，男人才玩箫呢！颂莲盯住雁儿的眼睛看，冷笑了一声，那么说是你把我的箫偷去了？雁儿说，四太太你也别随便糟践人，我偷你的箫干什么呀？颂莲说，你自然有你的鬼念头，从早到晚心怀鬼胎，还装得没事人似的。雁儿说，四太太你别太冤枉人了，你去问问老爷少爷大太太二太太三太太，我什么时候偷过主子一个铜板的？颂莲不再理睬她，她轻蔑地瞄着雁儿，然后跑到雁儿住的小偏房去，用脚踩着雁儿的杂木箱子说，嘴硬就给我打开。雁儿去拖颂莲的脚，一边哀求说，四太太你别踩我的箱子，我真的没拿你的箫。颂莲看雁儿的神色心中越来越有底，她从屋角抓过一把斧子说，劈碎了看一看，要是没有明天给你个新的箱子。她咬着牙一斧劈下去，雁儿的箱子就散了架。衣物铜板小玩意儿滚了一地，颂莲把衣物都抖开来看，没有那管箫，但她忽然抓住一个鼓鼓的小白布包，打开一看，里面是个小布人，小布人的胸口刺着三枚细针。颂莲起初觉得好笑，但很快地她就发觉小布人很像她自己，再细细地看，上面有依稀的两个墨迹：颂莲。颂莲的心好像真的被三枚细针刺着，一种尖锐的刺痛感。她的脸一下变得煞白。旁边的雁儿靠着墙，惊惶地看着她。颂莲突然尖叫了一声，她跳起来一把抓住雁儿的头发，把雁儿的头一次一次地往墙上撞。颂莲噙着泪大叫，让你咒我死！让你咒我死！雁儿无力挣脱，她只是软瘫在那里，发出断断续续的呜咽。颂莲累了，喘着气倏而想到雁儿是不识字的，那么谁在小布人上写的字呢？这个疑问使她更觉揪心，颂莲后来就蹲下身子来，给雁儿擦泪，她换了种温和的声调，别哭了，事儿过了就过了，以后别这样，我不记你仇。不过你得告诉我是谁给你写的字。雁儿还在抽噎着，她摇着头说，我不说，不能说。颂莲说，你不用怕，我也不会闹出去的，你只要告诉我我绝对不会连累你的。雁儿还是摇头。颂莲于是开始提示。是毓如？雁儿摇头。那么肯定是梅珊了？雁儿依然摇头。颂莲倒吸了一口凉气，她的声音有些颤抖了。是卓云吧？雁儿不再摇头了，她的神情显得悲伤而愚蠢。颂莲站起来，仰天说了一句，知人知面不知心哪，我早料到了。

陈佐千看见颂莲眼圈红肿着，一个人呆坐在沙发上，手里捻着一枝枯萎的雏菊。陈佐千说，你刚才哭过？颂莲说，没有呀，你对我这么好，我干什么要哭？陈佐千想了想说，你要是嫌闷，我陪你去花园走走，到外面吃夜宵也行。颂莲把手中的菊枝又捻了几下，随手扔出窗外，淡淡地问，你把我的箫弄到哪里去了？陈佐千迟疑了一会儿，说，我怕你分心，收起来了。颂莲的嘴角浮出一丝冷笑，我的心全在这里，能分到哪里去？陈佐千也正色道，那么你说那箫是谁送你的？颂莲懒懒地说，不是信物，是遗物，我父亲的遗物。陈佐千就有点儿发窘说是我多心了，我以为是哪个男学生送你的。颂莲把手摊开来，说，快取来还我，我的东西我自己来保管。陈佐千更加窘迫起来，他搓着手来回地走，这下坏了，他说，我已经让人把它烧了。陈佐千没听见颂莲再说话，房间里一点一点黑下来。他打开电灯，看见颂莲的脸苍白如雪，眼泪无声地挂在双颊上。

这一夜对于他们两个人来说都是特殊的一夜，颂莲像羊羔一样把自己抱紧了，远离陈佐千的身体，陈佐千用手去抚摩她，仍然得不到一点回应。他一会儿关灯一会儿开灯，看颂莲的脸像一张纸一样漠然无情。陈佐千说，你太过分了，我就差一点给你下跪求饶了。颂莲沉默了一会儿，说，我不舒服。陈佐千说，我最恨别人给我看脸色。颂莲翻了个身说，你去卓云那里吧，反正她总是对人笑的。陈佐千就跳下床来穿衣服，说，去就去，幸亏我还有三房太太。

第二天卓云到颂莲房里来时，颂莲还躺在床上。颂莲看见她掀开门帘的时候打了个莫名的冷战。她佯睡着闭上眼睛，卓云坐到床头伸手摸摸颂莲的额头说，不烫呀，大概不是生病是生气吧。颂莲眼睛虚着朝她笑了笑，你来啦。卓云就去拉颂莲的手，快起来吧，这样躺没病也孵出毛病来。颂莲说，起来又能干什么？卓云说，给我剪头发，我也剪个你这样的学生头，精神精神。

卓云坐在圆凳上，等着颂莲给她剪头发。颂莲抓起一件旧衣服给她围上，然后用梳子慢慢梳着卓云的头发。颂莲说，剪不好可别怪我，你这样好看的头发，剪起来实在是心慌。卓云说，剪不好也没关系的，这把年纪了还要什么好看。颂莲仍然一下一下地把卓云的头发梳上去又梳下来，那我就剪了。卓云说，剪呀，你怎么那样胆小？颂莲说，主要是手生，怕剪着了你。说完颂莲就剪起来。卓云的乌黑松软的头发一绺绺地掉下来，伴随着剪刀双刃的撞击声。卓云说，你不是挺麻利的吗？颂莲说，你可别夸我，一夸我的手就抖了。说着就听见卓云发出了一声尖厉刺耳的叫声，卓云的耳朵被颂莲的剪刀实实在在地剪了一下。

甚至花园里的人也听见了卓云那声可怕的尖叫，梅珊房里的人都跑过来看个究竟。她们看见卓云捂住右耳疼得直冒虚汗，颂莲拿着把剪刀站在一边，她的脸也发白了，唯有地板上是几绺黑色的头发。你怎么啦？卓云的泪已夺眶而出，她的话没说完就捂住耳朵跑到花园里去了。颂莲愣愣地站在那堆头发边上，手中的剪刀当地掉在地上。她自言自语地说了一声，我的手发抖，我病着呢。然后她把看热闹的用人都推出门去，你们在这儿干什么？还不快给二太太请医生去。

梅珊牵着飞澜的手，仍然留在房里。她微笑着对颂莲看，颂莲避开她的目光，她操起芦花帚扫着地上的头发，听见梅珊忽然咯咯笑出了声音。颂莲说，你笑什么？梅珊眨了眨眼睛，我要是恨谁也会把她的耳朵剪掉，全部剪掉，一点不剩，颂莲沉下了脸，你这是什么意思？难道我是有意的吗？梅珊又嬉笑了一声说那只有天知道啦。

颂莲没再理睬梅珊，她兀自躺到床上去，用被子把头蒙住，她听见自己的心怦然狂跳。她不知道自己的心对那一剪刀负不负责任，反正谁都应该相信，她是无意的。这时候她听见梅珊隔着被子对她说话，梅珊说，卓云是慈善面孔蝎子心，她的心眼点子比谁都多。梅珊又说，我自知不是她对手，没准你能跟她斗一斗，这一点我头一次看见你就猜到了。颂莲在被子里动弹了一下，听见梅珊出乎意料地打开了话匣子。梅珊说你想知道我和她生孩子的事情吗？梅珊说我跟卓云差不多一起怀孕的我三个月的时候她差人在我的煎药里放了泻胎药结果我命大胎儿没掉下来后来我们差不多同时临盆她又想先生孩子就花很多钱打外国催产针把阴道都撑破了结果还是我命大我先生了飞澜是个男的她竹篮打水一场空生了忆容不过是个小贱货还比飞澜晚了三个钟头呢。

天已寒秋，女人们都纷纷换上了秋衣，树叶也纷纷在清晨和深夜飘落在地，枯黄的一片覆盖了花园。几个女佣蹲在一起烧树叶，一股焦烟味弥漫开来，颂莲的窗口砰地打开，女佣们看见颂莲的脸因愤怒而涨得绯红。她抓着一把木梳在窗台上敲着，谁让你们烧树叶的？好好的树叶烧得那么难闻。女佣们便收起了笤帚箩筐，一个胆大的女佣说，这么多的树叶，不烧怎么弄？颂莲就把木梳从窗里砸到她的身上，颂莲喊，不准烧就是不准烧！然后她砰地关上了窗子。

四太太的脾气越来越大了。女佣们这么告诉毓如。她不让我们烧树叶，她的脾气怎么越来越大了？毓如把女佣呵斥了一通，不准嚼舌头，轮不到你们来搬弄是非。毓如心里却很气。以往花园里的树叶每年都要烧几次的，难道来了个颂莲就要破这个规矩不成？女佣在一边垂手而立，说，那么树叶不烧了？毓如说，谁说不烧的？你们给我去烧，别理她好了。

女佣再去烧树叶，颂莲就没有露面，只是人去灰烬的时候见颂莲走出南厢房。她还穿着夏天的裙子，女佣说她怎么不冷，外面的风这么大。颂莲站在一堆黑灰那里，呆呆地看了会儿，然后她就去中院吃饭了。颂莲的裙摆在冷风中飘来飘去，就像一只白色蝴蝶。

颂莲坐在饭桌上，看他们吃。颂莲始终不动筷子。她的脸色冷静而沉郁，抱紧双臂，一副不可侵犯的样子。那天恰逢陈佐千外出，也是府中闹事的时机。飞浦说，咦，你怎么不吃？颂莲说，我已经饱了。飞浦说，你吃过了？颂莲鼻孔里哼了一声，我闻焦煳味已经闻饱了。飞浦摸不着头脑，朝他母亲看。毓如的脸就变了，她对飞浦说，你吃你的饭，管那么多呢。然后她放高嗓门，注视着颂莲，四太太，我倒是听你说说，你说那么多树叶堆在地上怎么弄？颂莲说，我不知道，我有什么资格料理家事？毓如说，年年秋天要烧树叶，从来没什么别扭，怎么你就比别人娇贵？那点烟味就受不了。颂莲说，树叶自己会烂掉的，用得着去烧吗？树叶又不是人。毓如说，你这是什么意思，莫名其妙的。颂莲说，我没什么意思，我还有一点不明白的，为什么要把树叶扫到后院来烧，谁喜欢闻那烟味就在谁那儿烧好了。毓如便听不下去了，她把筷子往桌上一拍，你也不拿个镜子照照，你颂莲在陈家算什么东西？好像谁亏待了你似的。颂莲站起来。目光矜持地停留在毓如蜡黄有点儿浮肿的脸上。说对了，我算个什么东西？颂莲轻轻地像在自言自语，她微笑着转过身离开，再回头时已经泪光盈盈，她说，天知道你们又算个什么东西？

整整一个下午，颂莲把自己关在室内，连雁儿端茶时也不给开门。颂莲独坐窗前，看见梳妆台上的那瓶大丽菊已枯萎得发黑，她把那束菊花拿出来想扔掉，但她不知道往哪里扔，窗户紧闭着不再打开。颂莲抱着花在房间里踱着，她想来想去结果打开衣橱，把花放了进去。外面秋风又起，是很冷的风，把黑暗一点点往花园里吹。她听见有人敲门。她以为是雁儿又端茶来，就敲了一下门背，烦死了，我不要喝茶。外面的人说，是我，我是飞浦。

颂莲想不到飞浦会来。她把门打开，倚门而立。你来干什么？飞浦的头发让风吹得很凌乱，他抿着头发，有点儿局促地笑了笑说，他们说你病了，来看看你。颂莲嘘了一声，谁生病啊，要死就死了，生病多磨人。飞浦径直坐到沙发上去，他环顾着房间，突然说，我以为你房间里有好多书。颂莲摊开双手，一本也没有，书现在对我没用了。颂莲仍然站着，她说，你也是来教训我的吗？飞浦摇着头，说，怎么会？我见这些事头疼。颂莲说，那么你是来打圆场的？我看不需要，我这样的人让谁骂一顿也是应该的。飞浦沉默了一会儿说，我母亲其实也没什么坏心，她天性就是固执呆板，你别跟她斗气，不值得。颂莲在房间里来回走着，走着突然笑起来，其实我也没想跟大太太斗气，真的，我也不知道自己是怎么回事，你觉得我可笑吗？飞浦又摇头，他咳嗽了一声，慢吞吞地说，人都一样，不知道自己的喜怒哀乐是怎么回事。

他们的谈话很自然地引到那支箫上去。我原来也有一支箫，颂莲说，可惜，可惜弄丢了。那么你也会吹箫啦？飞浦高兴地问。颂莲说，我不会，还没来得及学就丢了。飞浦说，我介绍个朋友教你怎样？我就是跟他学的。颂莲笑着，不置可否的样子。这时候雁儿端着两碗红枣银耳羹进来，先送到飞浦手上。颂莲在一边说，你看这丫头对你多忠心，不用关照自己就做好点心了。雁儿的脸羞得通红，把另外一碗往桌上一放就逃出去了。颂莲说，雁儿别走呀，大少爷有话跟你说。说着颂莲捂着嘴扑哧一笑。飞浦也笑，他用银勺搅着碗里的点心，说，你对她也太厉害了。颂莲说，你以为她是盏省油灯？这丫头心贱，我这儿来了人，她哪回不在门外偷听？也不知道她害的什么糊涂心思。飞浦察觉到颂莲的不快，赶紧换了话题，他说，我从小就好吃甜食，像这红枣银耳羹什么的，真是不好意思，朋友们都说，女人才喜欢吃甜食。颂莲的神色却依旧是黯然，她开始摩挲自己的指甲玩，那指甲留得细长，涂了凤仙花汁，看上去像一些粉红的鳞片。喂，你在听我讲吗？飞浦说。颂莲说，听着呢，你说女人喜欢吃甜食，男人喜欢吃咸的。飞浦笑着摇摇头，站起身告辞。临走他对颂莲说，你这人有意思，我猜不透你的心。颂莲说，你也一样，我也猜不透你的心。

十二月初七陈府门口挂起了灯笼，这天陈佐千过五十大寿。从早晨起前来祝寿的亲朋好友在陈家花园穿梭不息。陈佐千穿着飞浦赠送的一套黑色礼服在客厅里接待客人，毓如、卓云、梅珊、颂莲和孩子们则簇拥着陈佐千，与来去宾客寒暄。正热闹的时候，猛听见一声脆响，人们都朝一个地方看，看见一只半人高的花瓶已经碎伏在地。

原来是飞澜和忆容在那儿追闹，把花瓶从长几上碰翻了。两个孩子站在那儿面面相觑，知道闯了祸。飞澜先从骇怕中惊醒，指着忆容说，是她撞翻的，不关我的事。忆容也连忙把手指到飞澜鼻子上，你追我，是你撞翻的。这时候陈佐千的脸已经幡然变色，但碍于宾客在场的缘故，没有发作。毓如走过来，轻声地然而又是浊重地嘀咕着，孽种，孽种。她把飞澜和忆容拽到外面，一人掴了一巴掌，晦气，晦气。毓如又推了飞澜一把，给我滚远点。飞澜便滚到地上哭叫起来，飞澜的嗓门又尖又亮，传到客厅里。梅珊先就奔了出来，她把飞澜抱住，睃了毓如一眼，说，打得好，打得好，反正早就看不顺眼，能打一下是一下！毓如说，你这算什么话？孩子闯了祸，你不教训一句倒还护着他？梅珊把飞澜往毓如面前推，说，那好，就交给你教训吧，你打呀，往死里打，打死了你心里会舒坦一些。这时卓云和颂莲也跑了出来。卓云拉过忆容，在她头上拍了一下，我的小祖奶奶，你怎么尽给我添乱呢？你说，到底谁打的花瓶？忆容哭起来，不是我，我说了不是我，是飞澜撞翻了桌子。卓云说，不准哭，既然不是你你哭什么？老爷的喜日都给你们冲乱了。梅珊在一边冷笑了一声，说，三小姐小小年纪怎么撒谎不打愣？我在一边看得清清楚楚，是你的胳膊把花瓶带翻的。四个女人一时无话可说，唯有飞澜仍然一声声哭号着。颂莲在一边看了一会儿，说，犯不着这样，不就是一只花瓶吗？碎了就碎了，能有什么事？毓如白了颂莲一眼，你说得轻巧，这是一只瓶子的事吗？老爷凡事喜欢图吉利，碰上你们这些人没心没肝的，好端端的陈家迟早要败在你们手里。颂莲说，咦，怎么又是我的错了？算我胡说好了，其实谁想管你们的事？颂莲一扭身离开了是非之地，她往后花园去，路上碰到飞浦和他的一班朋友，飞浦问，你怎么走了？颂莲摸摸自己的额头，说，我头疼。我见了热闹场面头就疼。

颂莲真的头疼起来，她想喝水，但水瓶全是空的，雁儿在客厅帮忙，趁势就把这里的事情撂下了。颂莲骂了一声小贱货，自己开了炉门烧水。她进了陈家还是头一次干这种家务活儿，有点儿笨手拙脚的。在厨房里站了一会儿，她又走到门廊上，看见后花园此时寂静无比，人都热闹去了，留下一些孤寂，它们在枯枝残叶上一点点滴落，浸入颂莲的心。她又看见那架凋零的紫藤，在风中发出凄迷的絮语，而那口井仍然向她隐晦地呼唤着。颂莲捂住胸口，她觉得她在虚无中听见了某种启迪的声音。

颂莲朝井边走去，她的身体无比轻盈，好像在梦中行路一般。有一股植物腐烂的气息弥漫井台四周，颂莲从地上捡起一片紫藤叶子细看了看，把它扔进井里。她看见叶子像一片饰物浮在幽蓝的死水之上，把她的浮影遮盖了一块，她竟然看不见自己的眼睛。颂莲绕着井台转了一圈，始终找不到一个角度看见自己，她觉得这很奇怪，一片紫藤叶子，她想，怎么会？正午的阳光在枯井中慢慢地跳跃，幻变成一点点白光，颂莲突然被一个可怕的想象攫住，一只手，有一只手托住紫藤叶遮盖了她的眼睛，这样想着她似乎就真切地看见一只苍白的湿漉漉的手，它从深不可测的井底升起来，遮盖她的眼睛。颂莲惊恐地喊出了声音，手，手。她想返身逃走，但整个身体好像被牢牢地吸附在井台上，欲罢不能，颂莲觉得她像一株被风折断的花，无力地俯下身子，凝视井中。在又一阵的晕眩中她看见井水倏然翻腾喧响，一个模糊的声音自遥远的地方切入耳膜：颂莲，你下来。颂莲，你下来。

卓云来找颂莲的时候，颂莲一个人坐在门廊上，手里抱着梅珊养的波斯猫。卓云说，你怎么在这儿？开午宴了。颂莲说，我头晕得厉害，不想去。卓云说，那怎么行？有病也得去呀，场面上的事情，老爷再三吩咐你回去。颂莲说，我真的不想去，难受得快死了，你们就让我清静一会儿吧。卓云笑了笑，说，是不是跟毓如生气呀？没有，我没精神跟谁生气，颂莲露出了不耐烦的神情，她把怀里的猫往地上一扔，说，我想睡一会儿，卓云仍然赔着笑脸，那你就去睡吧，我回去告诉老爷就是了。

这一天颂莲昏昏沉沉地睡着，睡着也看见那口井，井中那片紫槐叶，她浑身沁出一身冷汗。谁知道那口井是什么？那片紫槐叶是什么？她颂莲又是什么？后来她懒懒地起来，对着镜子梳洗了一番。她看见自己的面容就像那片枯叶一样憔悴毫无生气。她对镜子里的女人很陌生。她不喜欢那样的女人。颂莲深深地叹了一口气，这时候她想起了陈佐千和生日这些概念，心里对自己的行为不免后悔起来。她自责地想我怎么一味地耍起小性子来了，她深知这对她的生活是有害无益的，于是她连忙打开了衣橱门，从里取出一条水灰色的羊毛围巾，这是她早就为陈佐千的生日准备的礼物。

晚宴上全部是陈家自己人了。颂莲进饭厅的时候看见他们都已落座。他们不等我就开桌了。颂莲这样想着走到自己的座位前，飞浦在对面招呼说，你好了？颂莲点点头，她偷窥陈佐千的脸色，陈佐千脸色铁板阴沉，颂莲的心就莫名地跳了一下，她拿着那条羊毛围巾送到他面前，老爷，这是我的微薄之礼。陈佐千嗯了一声，手往边上的圆桌一指，放那边吧。颂莲抓着围巾走过去，看见桌上堆满了家人送的寿礼。一只金戒指，一件狐皮大衣，一只瑞士手表，都用红缎带扎着。颂莲的心又一次咯噔了一下，她觉得脸上一阵燥热。重新落座，她听见毓如在一边说，既是寿礼，怎么也不知道扎条红缎带？颂莲装作没听见，她觉得毓如的挑剔实在可恶，但是整整一天她确实神思恍惚，心不在焉。她知道自己已经惹恼了陈佐千，这是她唯一不想干的事情。颂莲竭力想着补救的办法，她应该让他们看到她在老爷面前的特殊地位，她不能做出卑贱的样子，于是颂莲突然对着陈佐千一笑，她说，老爷，今天是你的吉辰良日，我积蓄不多，送不出金戒狐皮大衣，我再补送老爷一份礼吧。说着颂莲站起身走到陈佐千跟前，抱住他的脖子，在他脸上亲了一下，又亲了一下。桌上的人都呆住了，望着陈佐千。陈佐千的脸涨得通红，他似乎想说什么，又说不出什么，终于把颂莲一把推开，厉声道，众人面前你放尊重一点。

陈佐千这一手其实自然，颂莲却始料不及，她站在那里，睁着茫然而惊惶的眼睛盯着陈佐千，好一会儿她意识到发生了什么，她捂住了脸，不让他们看见扑簌簌涌出来的眼泪。她一边往外走一边低低地碎帛似的哭泣，桌上的人听见颂莲在说，我做错了什么，我又做错了什么？

即使站在一边的女仆也目睹了发生在寿宴上的风波，他们敏感地意识到这将是颂莲在陈府生活的一大转折。到了夜里，两个女仆去门口摘走寿日灯笼，一个说，你猜老爷今天夜里去谁那儿？另一个想了会儿说，猜不出来，这种事还不是凭他的兴致来，谁能猜得到？

两个女人面对面坐着，梅珊和颂莲。梅珊是精心打扮过的，画了眉毛，涂了艳丽的美人牌口红，一件华贵的裘皮大衣搭在膝上，而颂莲是懒懒的刚刚起床的样子，手指上夹着一支烟，虚着眼睛慢慢地吸。奇怪的是两个人都不说话，听墙上的挂钟嘀嗒嘀嗒响，颂莲和梅珊各怀心事，好像两棵树面对面地各怀心事，这在历史上也是常见的。

梅珊说我发现你这两天脾气坏了，是不是身上来了？

颂莲说这跟那个有什么联系，我那个不准，也不知道什么时候来，什么时候又去了。

梅珊说聪明女人这事却糊涂，这个月还没来？别是怀上了吧？

颂莲说没有没有哪有这事？

梅珊说你照理应该有了，陈佐千这方面挺有能耐的，晚上你把小腰儿垫高一点，真的，不诓你。

颂莲说梅珊你嘴上真是没栅栏亏你说得出口。

梅珊说不就这么回事有什么可瞒瞒藏藏的，你要是不给陈家添个人丁，苦日子就在后面了。我们这样人都一回事。

颂莲说陈佐千这一阵子根本就没上我这里来，随便吧，我无所谓的。

梅珊说你是没到那个火候，我就不，我跟他直说了，他只要超过五天不上我那里，我就找个伴。我没法过活寡日子。他在我那儿最辛苦，他对我又怕又恨又想要，我可不怕他。

颂莲说说这事多无聊，反正我都无所谓的，我就是不明白女人到底是个什么东西，女人到底算个什么东西，就像狗、像猫、像金鱼、像老鼠，什么都像，就是不像人。

梅珊说你别尽自己糟践自己，别担心陈佐千把你冷落了，他还会来你这儿的，你比我们都年轻，又水灵，又有文化，他要是抛下你去找毓如和卓云才是傻瓜呢，她们的腰快赶上水桶那样粗啦。再说当众亲他一下又怎么样呢？

颂莲说你这人真讨厌，我不是这个意思，我是说我自己。

梅珊说别去想那事了，没什么，他就是有点儿假正经，要是在床上，别说亲一下脸，就是亲他那儿他也乐意。

颂莲说你别说了真让人恶心。

梅珊说那么你跟我上玫瑰戏院去吧，程砚秋来了，演《荒山泪》，怎么样，去散散心吧？

颂莲说我不去，我不想出门，这心就那么一块，怎么样都是那么一块，散散心又能怎么样？

梅珊说你就不能陪陪我，我可是陪你说了这么多话。

颂莲说让我陪你有什么趣呢，你去找陈佐千陪你，他要是没工夫你就找那个医生嘛。

梅珊愣了一下，她的脸立刻挂下来了。梅珊抓起裘皮大衣和围脖起身，她逼近颂莲朝她盯了一眼，一扬手把颂莲嘴里衔着的香烟打在地上，又用脚碾了一下。梅珊厉声说，这可不是玩笑话，你要是跟别人胡说我就把你的嘴撕烂了。我不怕你们，我谁也不怕，谁想害我都是痴心妄想！

飞浦果然领了一个朋友来见颂莲，说是给她请的吹箫老师。颂莲反而手足无措起来，她原先并没把学箫的事情当真。定睛看那个老师，一个皮肤白皙留平头的年轻男子，像学生又不像学生，举手投足有点儿腼腆拘谨。通报了名字，原来是此地丝绸大王顾家的三公子。颂莲从窗子里看见他们过来，手拉手的。颂莲觉得两个男子手拉手地走路，有一种新鲜而古怪的感觉。

看你们两个多要好，颂莲抿着嘴笑道我还没见过两个大男人手拉手走路呢。飞浦的样子有点儿窘，他说，我们从小就认识，在一个学堂念书的。再看顾家少爷，更是脸红红的。颂莲想这位老师有点意思，动辄脸红的男人不知是什么样的男人。颂莲说，我长这么大，就没交上一个好朋友。飞浦说，这也不奇怪，你看上去孤傲，不太容易接近吧。颂莲说，冤枉了，我其实是孤而不傲，要傲总得有点资本吧。我有什么资本傲呢？

飞浦从一个黑绸箫袋里抽出那支箫，说，这支送你吧，本来也是顾少爷给我的，借花献佛啦。颂莲接过箫来看了看顾少爷，顾少爷颔首而笑。颂莲把箫横在唇边，胡乱吹了一个音，说，就怕我笨，学不会。顾少爷说，吹箫很简单的，只要用心，没有学不会的道理。颂莲说，就怕我用不上那份心，我这人的心像沙子一样散的，收不起来。顾少爷又笑了，那就困难了，我只管你的箫，管不了你的心。飞浦坐下来，看看颂莲，又看看顾少爷，目光中闪烁着他特有的温情。

箫有七孔，一个孔是一份情调，缀起来就特别优美，也特别感伤，吹箫人就需要这两种感情。顾少爷很含蓄地看着颂莲说，这两种感情你都有吗？颂莲想了想说，恐怕只有后一种。顾少爷说有也就不错了，感伤也是一份情调，就怕空，就怕你心里什么也没有，那就吹不好箫了。颂莲说，顾少爷先吹一曲吧，让我听听箫里有什么。顾少爷也不推辞，横箫便吹。颂莲听见一丝轻婉柔美的箫声流出来，如泣如诉的。飞浦坐在沙发上闭起了眼睛，说，这是《秋怨曲》。

毓如的丫鬟福子就是这时候来敲窗的，福子尖声喊着飞浦，大少爷，太太让你去客厅见客呢。飞浦说，谁来了？福子说，我不知道，太太让你快去。飞浦皱了皱眉头说，叫客人上这儿来找我。福子仍然敲着窗，喊，太太一定要你去，你不去她要骂死我的。飞浦轻轻骂了一声，讨厌。他无可奈何地站起来，又骂，什么客人？见鬼。顾少爷持箫看着飞浦，疑疑惑惑地问，那这箫还教不教？飞浦挥挥手说，教呀，你在这儿，我去看看就是了。

剩下颂莲和顾少爷坐在房里，一时不知说什么好。颂莲突然微笑了一声说，撒谎。顾少爷一惊，你说谁撒谎？颂莲也醒过神来，不是说你，说她，你不懂的。顾少爷有点儿坐立不安，颂莲发现他的脸又开始红了，她心里又好笑，大户人家的少爷也有这样薄脸皮的，爱脸红无论如何也算是条优点。颂莲就带有怜悯地看着顾少爷，颂莲说，你接着吹呀，还没完呢。顾少爷低头看看手里的箫，把它塞回黑绸箫袋里，低声说，完了，这下没情调了，曲子也就吹完了。好曲就怕败兴，你懂吗？飞浦一走箫就吹不好了。

顾少爷很快就起身告辞了。颂莲送他到花园里，心里忽然对他充满感激之情，又不宜表露，她就停步按了按胸口，屈膝道了个万福。顾少爷说，什么时候再学箫？颂莲摇了摇头，不知道。顾少爷想了想说，看飞浦安排吧，又说，飞浦对你很好，他常在朋友面前夸你。颂莲叹了口气，他对我好有什么用？这世界上根本就没人可以依靠。

颂莲刚回到屋里，卓云就风风火火闯进来，说飞浦和大太太吵起来了。颂莲先是愣了一下，接着就冷笑道，我就猜到是这么回事。卓云说，你去劝劝吧。颂莲说，我去劝算什么？人家是母子，随便怎么吵，我去劝算什么呢？卓云说，你难道不知道他们吵架是为你？颂莲说，咦，这就更奇怪了，我跟他们井水不犯河水，干吗要把我缠进去？卓云斜睨着颂莲，你也别装糊涂了，你知道他们为什么吵。颂莲的声音不禁尖厉起来，我知道什么？我就知道她容不得谁对我好，她把我看成什么人了？难道我还能跟她儿子有什么吗？颂莲说着眼里又沁出泪花，真无聊，真可恶。她说，怎么这样无聊？卓云的嘴里正嗑着瓜子，这会儿她把手里的瓜子壳塞给一边站着的雁儿，卓云笑着推颂莲一把，你也别发火，身正不怕影子斜，无事不怕鬼敲门，怕什么呀？颂莲说，让你这么一说，我倒好像真有什么怕的了。你爱劝架你去劝好了，我懒得去。卓云说，颂莲你这人心够狠的，我是真见识了。颂莲说，你太抬举我了，谁的心也不能掏出来看，谁心狠谁自己最清楚。

第二天颂莲在花园里遇到飞浦。飞浦无精打采地走着，一路走一路玩着一个打火机。飞浦装作没有看见颂莲，但颂莲故意高声地喊住了他。颂莲一如既往地跟他站着说话。她问，昨天来的什么客人？害得我箫也没学成，飞浦苦笑了一声，别装糊涂了，今天满园子都在传我跟大太太吵架的事。颂莲又问，你们吵什么呢？飞浦摇摇头，一下一下地把打火机打出火来，又吹熄了，他朝四周潦草地看了看，说，待在家里时间一长就令人生厌，我想出去跑了，还是在外面好，又自由，又快活。颂莲说，我懂了，闹了半天，你还是怕她。飞浦说，不是怕她，是怕烦，怕女人，女人真是让人可怕。颂莲说，你怕女人？那你怎么不怕我？飞浦说，对你也有点儿怕，不过好多了，你跟她们不一样，所以我喜欢去你那儿。

后来颂莲老想起飞浦漫不经心说的那句话，你跟她们不一样。颂莲觉得飞浦给了她一种起码的安慰，就像若有若无的冬日阳光，带着些许暖意。

以后飞浦就极少到颂莲房里来了，他在生意上好像也做得不顺当，总是闷闷不乐的样子。颂莲只有在饭桌上才能看他，有时候眼前就浮现出梅珊和医生的腿在麻将桌下做的动作，她忍不住地偷偷朝桌下看，看她自己的腿，会不会朝那面伸过去。想到这件事她心里又害怕又激动。

这天飞浦突然来了，站在那儿搓着手，眼睛看着自己的脚。颂莲见他半天不开口，扑哧笑了，你葫芦里卖的什么药，怎么不说话？飞浦说，我要出远门了。颂莲说，你不是经常出远门的吗？飞浦说，这回是去云南，做一笔烟草生意。颂莲说，那有什么，只要不是鸦片生意就行。飞浦说，昨天有个高僧给我算卦，说我此行凶多吉少。本来我从不相信这一套，但这回我好像有点儿相信了。颂莲说，既然相信就别去，听说那里土匪特别多，割人肉吃。飞浦说，不去不行，一是我想出门，二是为了进账，陈家老这样下去会坐吃山空。老爷现在有点儿糊涂，我不管谁管？颂莲说，你说得在理，那就去吧，大男人整天窝在家里也不成体统。飞浦搔着头沉默了一会儿，突然说，我要是去了回不来，你会不会哭？颂莲就连忙去捂他的嘴，别自己咒自己。飞浦抓住颂莲的手，翻过来，又翻过去研究，说，我怎么不会看手纹呢？什么名堂也看不出来。也许你命硬，把什么都藏起来了。颂莲抽出了手，说，别闹，让雁儿看见了会乱嚼舌头。飞浦说，她敢我把她的舌头割了熬汤喝。

颂莲在门廊上跟飞浦说拜拜，看见顾少爷在花园里转悠。颂莲问飞浦，他怎么在外面？飞浦笑笑说，他也怕女人，跟我一样的。又说，他跟我一起去云南。颂莲做了个鬼脸，你们两个倒像夫妻了，形影不离的。飞浦说，你好像有点儿嫉妒了，你要想去云南我就把你也带上，你去不去？颂莲说，我倒是想去，就是行不通。飞浦说，怎么行不通？颂莲搡了他一把，别装傻，你知道为什么行不通。快走吧，走吧。她看见飞浦跟顾少爷从月牙门里走出去，消失了。她说不清自己对这次告别的感觉是什么，无所谓或者怅怅然的，但有一点她心里明白，飞浦一走她在陈家就更加孤独了。

陈佐千来的时候颂莲正在抽烟。她回头看见他时的第一个反应就是把烟掐灭。她记得陈佐千说过讨厌女人抽烟。陈佐千脱下帽子和外套，等着颂莲过去把它们挂到衣架上去。颂莲迟迟疑疑地走过去，说，老爷好久没来了，陈佐千说你怎么抽起烟来了？女人一抽烟就没有女人味了。颂莲把他的外套挂好，把帽子往自己头上一扣，嬉笑着说，这样就更没有女人味了，是吗？陈佐千就把帽子从她头上捞过来，自己挂到衣架上，他说，颂莲你太调皮了。你调皮起来太过分，也不怪人家说你。颂莲立刻说，说什么？谁说我？到底是人家还是你自己，人家乱嚼舌头我才不在乎，要是老爷你也容不下我，那我只有一死干净了。陈佐千皱了下眉头说，好了好了，你们怎么都一样，说着说着就是死，好像日子过得多凄惨似的，我最不喜欢这一套。颂莲就去摇陈佐千的肩膀，既不喜欢，以后不说死就是了，其实好端端的谁说这些，都是伤心话。陈佐千把她搂过来坐到他腿上，那天的事你伤心了？主要是我情绪不好，那天从早到晚我心里乱极了，也不知道为什么，男人过五十岁生日大概都高兴不起来。颂莲说，哪天的事呀？我都忘了。陈佐千笑起来，在她腰上掐了一把，说，哪天的事？我也忘了。

隔了几天不在一起，颂莲突然觉得陈佐千的身体很陌生，而且有一股薄荷油的味道，她猜到陈佐千这几天是在毓如那里的，只有毓如喜欢擦薄荷油。颂莲从床边摸出一瓶香水，朝陈佐千身上细细地洒过了，然后又往自己身上洒了一些。陈佐千说，从哪儿学来的这一套。颂莲说，我不让你身上有她们的气味。陈佐千踢了踢被子，说，你还挺霸道。颂莲说了一声，想霸道也霸道不起呀。忽然又问，飞浦怎么去云南了？陈佐千说，说是去做一笔烟草生意，我随他去。颂莲又说，他跟那个顾少爷怎么那样好？陈佐千笑了一声，说，那有什么奇怪的，男人与男人之间有些事你不懂的。颂莲无声地叹了一口气，她摸着陈佐千精瘦的身体，脑子里倏而浮现出一个秘不告人的念头。她想飞浦躺在被子里会是什么样子？

作为一个具有了性经验的女人，颂莲是忘不了这特殊的一次的。陈佐千已经汗流浃背了，却还是徒劳。她敏锐地发现了陈佐千眼睛里深深的恐惧和迷乱。这是怎么啦？她听见他的声音变得软弱胆怯起来。颂莲的手指像水一样地在他身上流着，她感觉到手下的那个身体像经过了爆裂终于松弛下去，离她越来越远。她明白在陈佐千身上发生了某种悲剧，心里有一种奇怪的感情，不知是喜是悲，她觉得自己很茫然。她摸了下陈佐千的脸说，你是太累了，先睡一会儿吧。陈佐千摇着头说，不是不是，我不相信。颂莲说，那怎么办呢？陈佐千犹豫了一会儿，说，有个办法可能行，就是不知道你肯不肯？颂莲说，只要你高兴，我没有不肯的道理，陈佐千的脸贴过去，咬着颂莲的耳朵，他先说了一句话，颂莲没听懂，他又说一遍，颂莲这回听懂了，她无言以对，脸羞得极红。她翻了个身，看着黑暗中的某个地方，忽然说了一句，那我不成了一条狗了吗？陈佐千说，我不强迫你，你要是不愿意就算了，颂莲还是不语，她的身体像猫一样蜷起来，然后陈佐千就听见了一阵低低的啜泣，陈佐千说，不愿意就不愿意，也用不到哭呀。没想到颂莲的啜泣越来越响，她蒙住脸放声哭起来，陈佐千听了一会儿，说，你再哭我走了。颂莲依然哭泣，陈佐千就掀了被子跳下床，他一边穿衣服一边说，没见过你这种女人，做了婊子还立什么贞节牌坊？

陈佐千拂袖而去。颂莲从床上坐起来，面对黑暗哭了很长时间，她看见月光从窗帘缝隙间投到地上，冷冷的一片，很白很淡的月光。她听见自己的哭声还萦绕着她的耳边，没有消逝，而外面的花园里一片死寂。这时候她想起陈佐千临走说的那句话，浑身便颤得很厉害，她猛地拍了一下被子，对着黑暗的房间喊，谁是婊子，你们才是婊子。

这年冬天在陈府是不寻常的，种种迹象印证了这一点。陈家的四房太太偶尔在一起说起陈佐千脸上不免流露暧昧的神色，她们心照不宣，各怀鬼胎。陈佐千总是在卓云房里过夜，卓云平日的状态就很好，另外的三位太太观察卓云的时候，毫不掩饰眼睛里的疑点，那么卓云你是怎么伺候老爷过夜的呢？

有些早晨，梅珊在紫藤架下披上戏装重温舞台旧梦，一招一式唱念做都很认真，花园里的人们看见梅珊的水袖在风中飘扬，梅珊舞动的身影也像一个俏丽的鬼魅。

四更鼓哇
满江中啊人声寂静
形吊影影吊形我加倍伤情
细思量啊
真是个红颜薄命
可怜我数年来含羞忍泪
枉落个娼妓之名
到如今退难退我进又难进
倒不如葬鱼腹了此残生
杜十娘啊拚一个香消玉殒
纵要死也死一个朗朗清清

颂莲听得入迷，她朝梅珊走过去，抓住她的裙裾，说，别唱了，再唱我的魂要飞了，你唱的什么？梅珊撩起袖子擦掉脸上的红粉，坐到石桌上，只是喘气。颂莲递给她一块丝帕，说，看你脸上擦得红一块白一块的，活脱脱像个鬼魂。梅珊说，人跟鬼就差一口气，人就是鬼，鬼就是人。颂莲说，你刚才唱的什么？听得人心酸。梅珊说，《杜十娘》，我离开戏班子前演的最后一个戏就是这。杜十娘要寻死了，唱得当然心酸。颂莲说，什么时候教我唱唱这一段？梅珊瞄了颂莲一眼，说得轻巧，你也想寻死吗？你什么时候想寻死我就教你。颂莲被呛得说不出话，她呆呆地看着梅珊被油彩弄脏的脸，她发现她现在不恨梅珊，至少是现在不恨，即使她出语伤人。她深知梅珊和毓如再加上她自己，现在有一个共同的仇敌，就是卓云。颂莲只是不屑于表露这种意思。她走到废井边，弯下腰朝井里看了看，忽然笑了一声，鬼，这里才有鬼呢，你知道是谁死在这井里吗？梅珊依然坐在石桌上不动，她说，还能是谁，一个是你，一个是我。颂莲说，梅珊你老开这种玩笑，让人头皮发冷。梅珊笑起来说，你怕了？你又没偷男人，怕什么，偷男人的都死在这井里，陈家好几代了都是这样。颂莲朝后退了一步，说，多可怕，是推下去吗？梅珊甩了甩水袖，站起来说，你问我我问谁，你自己去问那些鬼魂好了。梅珊走到废井边，她也朝井里看了会，然后她一字一句念了个道白：屈、死、鬼、哪——

她们在井边断断续续说了一会话，不知怎么就说到了陈佐千的暗病上去。梅珊说，油灯再好也有个耗尽的时候，就怕续不上那一壶油哪。又说，这园子里阴气太旺，损了阳气也是命该如此，这下可好，他陈佐千陈老爷占着茅坑不拉屎，苦的是我们，夜夜守空房。说着就又说到了卓云，梅珊咬牙切齿地骂，她那一身贱肉反正是跟着老爷抖，你看她抖得多欢。恨不得去舔他的屁眼说又甜又香，她以为她能兴风作浪，看我什么时候狠狠治她一下。叫她又哭爹又喊娘。

颂莲却走神了，她每次到废井边总是摆脱不了梦魇般的幻觉。她听见井水在很深的地层翻腾，送上来一些亡灵的语言，她真的听见了，而且感觉到井里泛出冰冷的瘴气，湮没了她的灵魂和肌肤。我怕。颂莲这样喊了一声转身就跑，她听见梅珊在后面喊，喂你怎么啦你要是去告密我可不怕我什么也没说过。

这天忆云放学回家是一个人回来的，卓云马上就意识到什么，她问，忆容呢？忆云把书包朝地上一扔说，她让人打伤了，在医院呢。卓云也来不及细问，就带了两个男仆往医院赶。他们回家已是晚饭时分，忆容头上缠着绷带，被卓云抱到饭桌上。吃饭的人都放下筷子，过来看忆容头上的伤。陈佐千平日最宠爱的就是忆容，他把忆容又抱到自己腿上，问，告诉我是谁打的，明天我扒了他的皮。忆容哭丧着脸，说了一个男孩的名字。陈佐千怒不可遏，说他是谁家的孩子？竟敢打我的女儿。卓云在一边抹着眼泪说，你问她能问出什么名堂来？明天找到那孩子，才能问个仔细，哪个丧尽天良的禽兽不如的东西，对孩子下这样的毒手？毓如微微皱了下眉头，说，吃你们的饭吧，孩子在学堂里打架也是常有的事，也没伤着要害，养几天就好了。卓云说，大太太你也说得太轻巧了，差一点就把眼睛弄瞎了，孩子细皮嫩肉的受得了吗？再说我倒不怎么怪罪孩子，气的是指使他的那个人，要不然，没冤没仇的，那孩子怎么就会从树后面蹿出来，抡起棍子就朝忆容打？梅珊只顾往碗里舀鸡汤，一边说，二太太的心眼也太多，孩子间闹别扭，有什么道理好讲？不要疑神疑鬼的，搞得谁也不愉快。卓云冷冷地说，不愉快的事在后面呢，这口气怎么咽得下去？我倒是非要搞个水落石出不可。

谁也想不到的是，第二天吃午饭的时候，卓云领了一个男孩进了饭厅，男孩胖胖的，拖着鼻涕。卓云跟他低声说了句什么，男孩就绕着饭桌转了一圈，挨个看着每个人的脸，突然他就指着梅珊说，是她，她给了我一块钱。梅珊朝天翻了翻眼睛，然后推开椅子，抓住男孩的衣领，你说什么？我凭什么给你一块钱？男孩死命挣脱着，一边嚷嚷，是你给我一块钱，让我去揍陈忆容和陈忆云。梅珊啪地打了男孩一个耳光，骂，放屁，我根本就不认识你个小兔崽，谁让你来诬陷我的？这时候卓云上去把他们拉开，佯笑着说，行了，就算他认错了人，我心中有个数就行了。说着就把男孩推出了吃饭间。

梅珊的脸色很难看，她把勺子朝桌上一扔，说，不要脸。卓云就在这边说，谁不要脸谁心里清楚，还要我把丑事抖个干净啊。陈佐千终于听不下去了，一声怒喝，不想吃饭给我滚，都给我滚！

这事的前后过程颂莲是个局外人，她冷眼观察，不置一词。事实上从一开始她就猜到了梅珊，她懂得梅珊这种品格的女人，爱起来恨起来都疯狂得可怕。她觉得这事残忍而又可笑，完全不加理智，但奇怪的是，她内心同情的一面是梅珊，而不是无辜的忆容，更不是卓云。她想女人是多么奇怪啊，女人能把别人琢磨透了，就是琢磨不透她自己。

颂莲的身上又来了，没有哪次比这回更让颂莲焦虑和烦躁了。那摊紫红色的污血对于颂莲是一种无情的打击。她心里清楚，她怀孕的可能随着陈佐千的冷淡和无能变得可望而不可即。如果这成了事实，那么她将孤零零地像一叶浮萍在陈家花园漂流下去吗？

颂莲发现自己愈来愈容易伤感，苦泪常沾衣襟。颂莲流着泪走到马桶间去，想把污物扔掉。当她看见马桶浮着一张被浸烂的草纸时，就骂了一声，懒货。雁儿好像永远不会用新式的抽水马桶，她方便过后总是忘了冲水。颂莲刚要放水冲，一种超常的敏感和多疑使她萌生一念，她找到一柄刷子，皱紧了鼻子去拨那团草纸，草纸摊开后原形毕露，上面有一个模糊的女人，虽然被水洇烂了，但草纸上的女人却一眼就能分辨，而且是用黑红色的不知什么血画的。颂莲明白，画的又是她，雁儿又换了个法子偷偷对她进行恶咒。她巴望我死，她把我扔在马桶里。颂莲浑身颤抖着把那张草纸捞起来，她一点也不嫌脏了，浑身的血液都被雁儿的恶行点得火烧火燎。她夹着草纸撞开小偏屋的门，雁儿靠着床在打盹。雁儿说，太太你要干什么？颂莲把草纸往她脸上摔过去，雁儿说，什么东西？等到她看清楚了，脸就灰了，嗫嚅着说不是我用的。颂莲气得说不出话，盯视的目光因愤怒而变得绝望。雁儿缩在床上不敢看她，说，画着玩的，不是你。颂莲说，你跟谁学的这套阴毒活儿？你想害死我你来当太太是吗？雁儿不敢吱声，抓了那张草纸要往窗外扔。颂莲尖声大喊，不准扔！雁儿回头申辩，这是脏东西，留着干吗？颂莲抱着双臂在屋里走着，留着自然有用。有两条路随你走。一条路是明了，把这脏东西给老爷看，给大家看，我不要你来伺候了，你哪是伺候我？你是来杀我来了。还有一条路是私了。雁儿就怯怯地说，怎么私了？你让我干什么都行，就是别撵我走。颂莲一笑，私了简单，你把它吃下去。雁儿一惊，太太你说什么？颂莲侧过脸去看着窗外，一字一顿地说，你把它吃下去。雁儿浑身发软，就势蹲了下去，蒙住脸哭起来，那还不如把我打死好。颂莲说，我没劲打你，打你脏了我的手。你也别怨我狠，这叫作以其人之道还治其人之身，书上说的，不会有错。雁儿只是蹲在墙角哭，颂莲说，你这会儿又要干净了，不吃就滚蛋，卷铺盖去吧。雁儿哭了很长时间，突然抹了下眼泪，一边哽咽一边说，我吃，吃就吃。然后她抓住那张草纸就往嘴里塞，发出一阵撕心裂肺的干呕声。颂莲冷冷地看着，并没有什么快感，她不知怎么感到寒心，而且反胃得厉害。贱货。她厌恶地看了一眼雁儿，离开了小偏房。

雁儿第二天就病了，病得很厉害，医生来看了，说雁儿得了伤寒。颂莲听了心里像被什么钝器割了一下，隐隐作痛。消息不知怎么透露了出去，用人们都在谈论颂莲让雁儿吞草纸的事情，说四太太看不出来比谁都阴损，说雁儿的命大概也保不住了。

陈佐千让人把雁儿抬进了医院。他对管家说，尽量给她治，花费全由我来，不要让人骂我们不管下人死活。抬雁儿的时候，颂莲躲在房间里，她从窗帘缝里看见雁儿奄奄一息地躺在担架上，她的头皮因为大量掉发而裸露着，模样很怕人。她感觉到雁儿枯黄的目光透过窗帘，很沉重地刺透了她的心。后来陈佐千到颂莲房里来，看见颂莲站在窗前发呆。陈佐千说，你也太阴损了，让别人说尽了闲话，坏了陈家名声。颂莲说，是她先阴损我的，她天天咒我死。陈佐千就恼了，你是主子，她是奴才，你就跟她一般见识？颂莲一时语塞，过了会儿又无力地说，我也没想把她弄病，她是自己害了自己，能全怪我吗？陈佐千挥挥手，不耐烦地说，别说了，你们谁也不好惹，我现在见了你们头就疼。你们最好别再给我添乱了。说完陈佐千就跨出了房门，他听见颂莲在后面幽幽地说，老天，这日子让我怎么过？阵佐千回过头回敬她说，随你怎么过，你喜欢怎么过就怎么过，就是别再让用人吃草纸了。

一个被唤作宋妈的老女佣，来颂莲这儿伺候。据宋妈自己说，她在陈府里从十五岁干到现在，差不多大半辈子了，飞浦就是她抱大的，还有在外面读大学的大小姐，也是她抱大的，颂莲见她倚老卖老，有心开个玩笑，那么陈老爷也是你抱大的喽。宋妈也听不出来话里的味道，笑起来说，那可没有，不过我是亲眼见他娶了四房太太，娶毓如大太太的时候他才十九岁，胸前佩了一个大金片儿，大太太也佩一个，足有半斤重啊。到娶卓云二太太，就换了个小金片儿，到娶梅珊三太太，就只是手上各戴几个戒指，到了娶你，就什么也没见着了，这陈家可见是一天不如一天了。颂莲说，既然陈家一天不如一天，你还在这儿干什么？宋妈叹口气说，在这里伺候惯了，回老家过清闲日子反而过不惯了。颂莲捂嘴一笑，她说，宋妈要是说的真心话，那这世上当真就有奴才命了。宋妈说，那还有假？人一生下来就有富贵命才命，你不信也得信呀，你看我天天伺候你，有一天即使天塌下来地陷下去，只要我们活着，就是我伺候你，不会是你伺候我的。

宋妈是个愚蠢而唠叨的女佣。颂莲对她不无厌恶，但是在许多穷极无聊的夜晚，她一个人枯坐灯下，时间长了就想找个人说话。颂莲把宋妈喊到房间里陪着她说话，一仆一主的谈话琐碎而缺乏意义，颂莲一会儿就又厌烦，她听着宋妈的唠叨，思想会跑到很远很奇怪的角落去，她其实不听宋妈说话，光是觉得老女佣黄白的嘴唇像虫卵似的蠕动，她觉得这样打发夜晚实在可笑，但又问自己，不这样又能怎么样呢？

有一回就说起了从前死在废井里的女人。宋妈说那最后一个是四十年前死的，是老太爷的小姨太太，说她还伺候过那个小姨太太半年的光景。颂莲说，怎么死的？宋妈神秘地眨眨眼睛，还不是男男女女的事情。家丑不可外扬，否则老爷要怪罪的。颂莲说，那么说我是外人了？好吧，别说了，你去睡吧。宋妈看看颂莲的脸色，又赔笑脸说，太太你真想听这些脏事？颂莲说，你说我就听。这有什么了不得的？宋妈就压低嗓门说，一个卖豆腐的！她跟一个卖豆腐的私通。颂莲淡淡地说，怎么会跟卖豆腐的呢？宋妈说，那男人豆腐做得很出名，厨子让他送豆腐来，两个人就撞上了。都是年轻血旺的，眉来眼去的就勾搭上了。颂莲说，谁先勾搭谁呀？宋妈嘻地一笑说，那只有鬼知道了，这先后的事说不清，都是男的咬女的，女的咬男的。颂莲又问，怎么知道他们私通的？宋妈说，探子！陈老太爷养了探子呀，那姨太太说是头疼去看医生，老太爷要喊医生上门来，她不肯。老太爷就疑心了，派了探子去跟踪。也怪她谎撒得不圆。到了那卖豆腐的家里，挨到天黑也不出来。探子开始还不敢惊动，后来饿得难受，就上去把门一脚踹开了，说，你们不饿我还饿呢。宋妈说到这里就咯咯笑起来，颂莲看着宋妈笑得前仰后合的，她不笑，端坐着说了声，恶心。颂莲点了一支烟，猛吸了几口，忽然说，那么她是偷了男人才跳井的？宋妈的脸上又有了讳莫如深的表情，她轻声说，鬼知道呢？反正是死在井里了。

夜里颂莲因此就添了无名的恐惧，她不敢关灯睡觉。关上灯周围就黑得可怕，她似乎看见那口废井跳跃着从紫藤架下跳到她的窗前，看见那些苍白的泛着水光的手在窗户上向她张开，湿漉漉地摇晃着。

没人知道颂莲对废井传说的恐惧，但她晚上亮灯睡觉的事却让毓如知道了。毓如说了好几次，夜里不关灯？再厚的家底都会败光的。颂莲对此充耳不闻，她发现自己已经倦怠于女人间的嘴仗，她不想申辩，不想占上风，不想对鸡毛蒜皮的小事表示任何兴趣。她想的东西不着边际，漫无目的，连她自己也理不出头绪。她想没什么可说的干脆不说，陈家人后来都发现颂莲变得沉默寡言，他们推测那是因为她失宠于陈老爷的缘故。

眼看就要过年了，陈府上上下下一片忙碌，杀猪宰牛搬运年货。窗外天天是嘈杂混乱。颂莲独坐室内，忽然想起了自己的生日，自己的生日和陈佐千只相差五天，十二月十二，生日早已过去了，她才想起来，不由得心酸酸的，她掏钱让宋妈上街去买点卤菜，还要买一瓶四川烧酒。宋妈说，太太今天是怎么啦？颂莲说，你别管我，我想尝尝醉酒的滋味。然后她就找了一个小酒盅，放在桌上，人坐下来盯着那酒盅看，好像就看见了二十年前那个小女婴的样子，被陌生的母亲抱在怀里。其后的二十年时光却想不清晰，只有父亲浸泡在血水里的那只手，仍然想抬起来抚摩她的头发。颂莲闭上眼睛，然后脑子里又是一片空白，唯一清楚的就是生日这个概念。生日，她抓起酒盅看着杯底，杯底上有一点褐色的污迹，她自言自语，十二月十二，这么好记的日子怎么会忘掉的？除了她自己，世界上就没人知道十二月十二是颂莲的生日了。除了她自己，也不会有人来操办她的生日宴会了。

宋妈去了好久才回来，把一大包卤肺、卤肠放到桌上。颂莲说，你怎么买这些东西，脏兮兮的谁吃？宋妈很古怪地打量着颂莲，突然说，雁儿死了，死在医院里了。颂莲的心立刻哆嗦了一下，她镇定着自己，问，什么时候死的？宋妈说，不知道，光听说雁儿临死喊你的名字。颂莲的脸有些白，喊我的名字干什么？难道是我害死她的？宋妈说，你别生气呀，我是听人说了才告诉你。生死是天命，怪不着太太。颂莲又问，现在尸体呢？宋妈说，让她家里人抬回乡下去了，一家人哭哭啼啼的，好可怜。颂莲打开酒瓶，闻了闻酒气，淡淡地说了一句，也没什么多哭的，活着受苦，死了干净。死了比活着好。

颂莲一个人呷着烧酒，朦朦胧胧听见一阵熟悉的脚步声，门帘被哗地一掀，闯进来一个黑黝黝的男人。颂莲转过脸朝他望了半天，才认出来，竟然是大少爷飞浦。她急忙用台布把桌上的酒菜一股脑儿地全部盖上，不让飞浦看到，但飞浦还是看见了，他大叫，好啊，你居然在喝酒。颂莲说，你怎么就回来了？飞浦说不死总要回家来的。飞浦多日不见变化很大，脸发黑了，人也粗壮了些，神色却显得很疲惫的样子。颂莲发现他的眼圈下青青的一轮，角膜上可见几缕血丝，这同他的父亲陈佐千如出一辙。

你怎么喝起酒来了，借酒浇愁吗？

愁是酒能消得掉的吗？我是自己在给自己祝寿。

你过生日？你多大了？

管它多大呢，活一天算一天，你要不要喝一杯？给我祝祝寿。

我喝一杯，祝你活到九十九。

胡诌。我才不想活那么长，这恭维话你对老爷说去。

那你想活多久呢？

看情况吧，什么时候不想活就不活了，这也简单。

那我再喝一杯，我让你活得长一点，你要死了那我在家里就找不到说话的人了。

两个人慢慢地呷着酒，又说起那笔烟草生意。飞浦自嘲地说，鸡飞蛋打，我哪里是做生意的料子，不光没赚到，还赔了好几千，不过这一圈玩得够开心的。颂莲说，你的日子已经够开心的了，哪有不开心的事？飞浦又说，你可别去告诉老爷，否则他又训人。颂莲说，我才懒得掺和你们家的事，再说，他现在见我就像见一块破抹布，看都不看一眼。我怎么会去向他说你的不是？

颂莲酒后说话时不再平静了，她话里的明显的感情倾向对着飞浦来的。飞浦当然有所察觉。飞浦的内心开放了许多柔软的花朵，他的脸现在又红又热，他从皮带扣上解下一个鲜艳的绘有龙凤图案的小荷包，递给颂莲。这是我从云南带回来的，给你做个生日礼物吧，颂莲瞥了一眼小荷包，诡谲地一笑说，只有女的送荷包给情郎，哪有反过来的道理呀？飞浦有点儿窘迫，突然从她手里夺回荷包说，你不要就还给我，本来也是别人送我的。颂莲说，好啊，虚情假意的，拿别人的信物来糊弄我，我要是拿了不脏了我的手？飞浦重新把荷包挂在皮带上，讪讪说，本来就没打算给你，骗骗你的。颂莲的脸就有点儿沉下来了，我是被骗惯了，谁都来骗我，你也来骗我玩儿。飞浦低下头，偶尔偷窥一下颂莲的表情，沉默不语了。颂莲突然又问，谁送的荷包？飞浦的膝盖上下抖了几下，说，那你就别问了。

两个人坐着很虚无地呷酒。颂莲把酒盅在手指间转着玩，她看见飞浦现在就坐在对面，他低着头，年轻的头发茂密乌黑，脖子刚劲傲慢地挺直，而一些暗蓝的血管在她的目光里微妙地颤动着。颂莲的心里很潮湿，一种陌生的欲望像风一样灌进身体，她觉得喘不过气来，意识中又出现了梅珊和医生的腿在麻将桌下交缠的画面。颂莲看见了自己修长姣好的双腿，它们像一道漫坡而下的细沙向下塌陷，它们温情而热烈地靠近目标。这是飞浦的脚，膝盖，还有腿，现在她准确地感受了它们的存在。颂莲的眼神迷离起来，她的嘴唇无力地启开，嚅动着。她听见空气中有一种物质碎裂的声音，或者这声音仅仅来自她的身体深处。飞浦抬起了头，他凝视颂莲的眼睛里有一种激情汹涌澎湃着，身体尤其是双脚却僵硬地维持原状。飞浦一动不动。颂莲闭上眼睛，她听见一粗一细两种呼吸紊乱不堪，她把双腿完全靠紧了飞浦，等待着什么发生。好像是许多年一下子过去了，飞浦缩回了膝盖，他像被击垮似的歪在椅背上，沙哑地说，这样不好。颂莲如梦初醒，她嗫嚅着，什么不好？飞浦把双手慢慢地举起来，作了一个揖，不行，我还是怕。他说话时脸痛苦地扭曲了。我还是怕女人。女人太可怕。颂莲说，我听不懂你的话。飞浦就用手搓着脸说，颂莲我喜欢你，我不骗你。颂莲说，你喜欢我却这样待我。飞浦几乎是哽咽了，他摇着头，眼睛始终躲避着颂莲，我没法改变了，老天惩罚我，陈家世代男人都好女色，轮到我不行了，我从小就觉得女人可怕，我怕女人。特别是家里的女人都让我害怕。只有你我不怕，可是我还是不行，你懂吗？颂莲早已潸然泪下，她背过脸去，低低地说，我懂了，你也别解释了，现在我一点也不怪你，真的，一点也不怪你。

颂莲醉酒是在飞浦走了以后，她面色酡红，在房间里手舞足蹈、摔摔打打的。宋妈进来按她不住，只好去喊陈老爷陈佐千来。陈佐千一进屋就被颂莲抱住了，颂莲满嘴酒气，嘴里胡言乱语。陈佐千问宋妈，她怎么喝起酒来了？宋妈说我怎么会知道，她有心事能告诉我吗？陈佐千差宋妈去毓如那里取醒酒药，颂莲就叫起来，不准去，不准告诉那老巫婆。陈佐千很厌恶地把颂莲推到床上，看你这副疯样，不怕让人笑话。颂莲又跳起来，勾住陈佐千的脖子说，老爷今晚陪陪我，我没人疼，老爷疼疼我吧。陈佐千无可奈何地说，你这样我怎么敢疼你？疼你还不如疼条狗。

毓如听说颂莲醉酒就赶来了。毓如在门口念了几句阿弥陀佛，然后上来把颂莲和陈佐千拉开。她问陈佐千，给她灌药？陈佐千点点头。毓如想摁着颂莲往她嘴里塞药，被颂莲推了个趔趄。毓如就喊，你们都动手呀，给这个疯货点厉害。陈佐千和宋妈也上来架着颂莲，毓如刚把药灌下去，颂莲就啐出来，啐了毓如一脸。毓如说，老爷你怎么不管她？这疯货要翻天了。陈佐千拦腰抱住颂莲，颂莲却一下软瘫在他身上，嘴里说，老爷别走，今天你想干什么都行，舔也行，摸也行，干什么都依你，只要你别走。陈佐千气恼得说不出话，毓如听不下去，冲过来打了颂莲一记耳光，无耻的东西，老爷你把她宠成什么样子了！

南厢房闹成一锅粥，花园里有人跑过来看热闹。陈佐千让宋妈堵住门，不让人进来看热闹。毓如说，出了丑就出个够，还怕让人看？看她以后怎么见人？陈佐千说，你少插嘴，我看你也该灌点醒酒药。宋妈捂着嘴强忍住笑，走到门廊上去把门。看见好多人在窗外探头探脑的。宋妈看见大少爷飞浦把手插在裤袋里，慢慢地朝这里走。她正想让不让飞浦进去呢，飞浦转了个身，又往回走了。

下了头一场大雪，萧瑟荒凉的冬日花园被覆盖了兔绒般的积雪，树枝和屋檐都变得玲珑剔透、晶莹透明起来。陈家几个年幼的孩子早早跑到雪地上堆了雪人，然后就在颂莲的窗外跑来跑去追逐，打雪仗玩。颂莲还听见飞澜在雪地上摔倒后尖声啼哭的声音。还有刺眼的雪光泛在窗户上的色彩。还有吊钟永不衰弱的嘀嗒声。一切都是真切可感。但颂莲仿佛去了趟天国，她不相信自己活着，又将一如既往地度过一天的时光了。

夜里她看见了死者雁儿，死者雁儿是一个秃了头的女人，她看见雁儿在外面站着推她的窗户，一次一次地推。她一点不怕。她等着雁儿残忍的报复。她平静地躺着。她想窗户很快会被推开的。雁儿无声地走进来了，带着一种头发套子，绾成有钱太太的圆髻。颂莲说，你上哪儿买的头发套子？雁儿说，在阎王爷那儿什么都有。然后颂莲就看见雁儿从髻后抽出一根长簪，朝她胸口刺过来。她感觉到一阵刺痛，人就飞速往黑暗深处坠落。她肯定自己死了，千真万确地死了，而且死了那么长时间，好像有几十年了。

颂莲披衣坐在床上，她不相信死是个梦。她看见锦缎被子上真的插了一根长簪，她把它摊在手心上，冰凉冰凉。这也是千真万确的，不是梦。那么，我怎么又活了呢，雁儿又跑到哪里去了呢？

颂莲发现窗子也一如梦中半掩着，从室外穿来的空气新鲜清冽，但颂莲辨别了窗户上雁儿残存的死亡气息。下雪了，世界就剩下一半了。另外一半看不见了，它被静静地抹去，也许这就是一场不彻底的死亡。颂莲想我为什么死到一半又停止了呢，真让人奇怪。另外的一半在哪里？

梅珊从北厢房出来，她穿了件黑貂皮大衣走过雪地，仪态万千容光焕发的美貌，改变了空气的颜色。梅珊走过颂莲的窗前，说，女酒鬼、酒醒了？颂莲说，你出门？这么大的雪。梅珊拍了拍窗子，雪大怕什么？只要能快活，下刀子我也要出门。梅珊扭着腰肢走过去，颂莲不知怎么就朝她喊了一句，你要小心。梅珊回头对颂莲嫣然一笑，颂莲对此印象极深。事实上这也是颂莲最后一次看见梅珊迷人的笑靥。

梅珊是下午被两个家丁带回来的。卓云跟在后面，一边走一边嗑着瓜子。事情说到结果是最简单了，梅珊和医生在一家旅馆里被卓云堵在被窝里，卓云把梅珊的衣服全部扔到外面去，卓云说，你这臭婊子，你怎么跑得出我的手心？

这天颂莲看着梅珊出去又回来，一前一后却不是同一个梅珊。梅珊是被人拖回北厢房去的，梅珊披头散发，双目怒睁，骂着拖拽她的每一个人。她骂卓云说我活着要把你一刀一刀削了死了也要挖你的心喂狗吃。卓云一声不吭，只顾嗑着瓜子。飞澜手里抓着梅珊掉落的一只皮鞋，一路跑一路喊，鞋掉喽，鞋掉喽。颂莲没有看见陈佐千，陈佐千后来是一个人进北厢房去的，那时候北厢房已经被反锁上了。

颂莲无心去隔壁张望，她怀着异样沉重的心情谛听着梅珊的动静。她很想知道陈佐千会怎么处置梅珊。但是隔壁没有丝毫的动静。一个家丁守在门口，摇着一串钥匙，开锁，关锁。陈佐千又出来了，他站在那里朝花园雪景张望了一番，然后甩了甩手，朝南厢房里走过来。

好大的雪，瑞雪兆丰年哪。陈佐千说。陈佐千的脸比预想的要平静得多。颂莲甚至感觉到他的表现里有一种真实的轻松。颂莲倚在床上，直盯着陈佐千的眼睛，她从中另外看到了一丝寒光，这使她恐惧不安。颂莲说，你们会把梅珊怎么样？陈佐千掏出一支象牙牙签剔着牙，他说，我们能把她怎么样？她自己知道应该怎么样。颂莲说，你们放她一马吧。陈佐千笑了一声，说，该怎么样就怎么样。

颂莲彻夜未眠，心如乱麻。她时刻谛听着隔壁的动静，心里想的都是自己的事情。每每想到自己，一切却又是一片空白，正好像窗外的雪，似有似无，有一半真实，另外一半却是融化的虚幻。到了午夜时分，颂莲忽然又听见了梅珊唱她的京戏，有点不相信自己的耳朵，屏息再听，真的是梅珊在受难夜里唱她的京戏。

叹红颜薄命前生就
美满姻缘付东流
薄幸冤家音信无有
啼花泣月在暗里添愁
枕边泪呀共那阶前雨
隔着窗儿点滴不休
山上复有山
何白里大刀环
那欲化望夫石一片
要寄回文只字难
总有这角枕锦衾明似绮
只怕那孤眠不抵半床寒

整个夜里后花园的气氛很奇特，颂莲辗转难眠，后来又听见飞澜的哭叫声，似乎有人把他从北厢房抱走了。颂莲突然再也想不出梅珊的容貌，只是看见梅珊和医生在麻将桌下交缠着的四条腿，不断地在眼前晃动，又依稀觉得它们像纸片一样单薄，被风吹起来了。好可怜，颂莲自言自语着，听见院墙外响起了第一声鸡啼，鸡啼过后世界又是一片死寂。颂莲想我又要死了。雁儿又要来推窗户了。

颂莲迷迷糊糊半睡半醒着。这是凌晨时分，窗外一阵杂沓的脚步声惊动了颂莲，脚步声从北厢房朝紫藤架那里去。颂莲把窗帘掀开一条缝，看见黑暗中晃动着几个人影，有个人被他们抬着朝紫藤架那里去。凭感觉颂莲知道那是梅珊，梅珊无声地挣扎着被抬着朝紫藤架那里去。梅珊的嘴被堵住了，喊不出声音。颂莲想他们要干什么，他们把梅珊抬到那里去想干什么。黑暗中的一群人走到了废井边，他们围在井边忙碌了一会儿，颂莲就听见一声沉闷的响声，好像井里溅出了很高很白的水珠。是一个人被扔到井里去了。是梅珊被扔到井里去了。

大概静默了两分钟，颂莲发出了那声惊心动魄的狂叫。陈佐千闯进屋子的时候看见她光着脚站在地上，拼命揪着自己的头发。颂莲一声声狂叫着，眼神黯淡无光，面容更像一张白纸。陈佐千把她架到床上，他清楚地意识到这是颂莲的末日，她已经不是昔日那个女学生颂莲了。陈佐千把被子往她身上压，说，你看见什么？你到底看见了什么？颂莲说，杀人。杀人。陈佐千说，胡说八道。你看见了什么？你什么也没有看见。你已经疯了。

第二天早晨，陈家花园爆出了两条惊人的新闻。从第二天早晨起，本地的人，上自绅士淑子阶层，下至普通百姓，都在谈论陈家的事情，三太太梅珊含羞投井，四太太颂莲精神失常，人们普遍认为梅珊之死合情合理，奸夫淫妇从来没有好下场。但是好端端的年轻文静的四太太颂莲怎么就疯了呢，熟知陈家内情的人说，那也很简单，兔死狐悲罢了。

第二年春天，陈佐千陈老爷娶了第五位太太文竹。文竹初进陈府，经常看见一个女人在紫藤架下枯坐，有时候绕着废井一圈一圈地转，对着井中说话。文竹看她长得清秀脱俗，干干净净，不太像疯子，问边上的人说，她是谁？人家就告诉她，那是原先的四太太，脑子有毛病了。文竹说，她好奇怪，她跟井说什么话？人家就复述颂莲的话说，我不跳，我不跳，她说她不跳井。

颂莲说她不跳井。

入选理由

不能说苏童是当代最早书写民国的作家，但《妻妾成群》留下很多民国书写的色彩和痕迹。小说中男主人公陈佐千在张艺谋的电影《大红灯笼高高挂》里被虚化成一个背影，但在小说里确实在场，而且影响着女人们的命运。小说由女学生颂莲的视角开始叙述一个腐朽大家族的隐秘历史，颂莲作为一个窥视者和被窥视者在小说里被双重描写。女性生活在苏童笔下开启了一个新的疆域，影响了之后的小说创作的走势，甚至多年之后的网络文学《后宫》《芈月传》等女性励志小说都有其影子在晃动。在当代文学史上，苏童因这篇小说风格奇崛华彩而不同凡响。

活 着

余 华

我比现在年轻十岁的时候，获得了一个游手好闲的职业，去乡间收集民间歌谣。那一年的整个夏天，我如同一只乱飞的麻雀，游荡在知了和阳光充斥的农村。我喜欢喝农民那种带有苦味的茶水，他们的茶桶就放在田埂的树下，我毫无顾忌地拿起积满茶垢的茶碗舀水喝，还把自己的水壶灌满，与田里干活儿的男人说上几句废话，在姑娘因我而起的窃窃私笑里扬长而去。我曾经和一位守着瓜田的老人聊了整整一个下午，这是我有生以来瓜吃得最多的一次，当我站起来告辞时，突然发现自己像个孕妇一样步履艰难了。然后我与一位当上了祖母的女人坐在门槛上，她编着草鞋为我唱了一支《十月怀胎》。我最喜欢的是傍晚来到时，坐在农民的屋前，看着他们将提上的井水泼在地上，压住蒸腾的尘土，夕阳的光芒在树梢上照射下来，拿一把他们递过来的扇子，尝尝他们的盐一样咸的咸菜，看看几个年轻女人，和男人们说着话。

我头戴宽边草帽，脚上穿着拖鞋，一条毛巾挂在身后的皮带上，让它像尾巴似的拍打着我的屁股。我整日张大嘴巴打着呵欠，散漫地走在田间小道上，我的拖鞋吧嗒吧嗒，把那些小道弄得尘土飞扬，仿佛是车轮滚滚而过时的情景。

我到处游荡，已经弄不清楚哪些村庄我曾经去过，哪些我没有去过。我走近一个村子时，常会听到孩子的喊叫：

“那个老打哈欠的人又来啦。”

于是村里人就知道那个会讲荤故事会唱酸曲的人又来了。其实所有的荤故事所有的酸曲都是从他们那里学来的，我知道他们全部的兴趣在什么地方，自然这也是我的兴趣。我曾经遇到一个哭泣的老人，他鼻青眼肿地坐在田埂上，满腹的悲哀使他变得十分激动，看到我走来他仰起脸哭声更为响亮。我问他是谁把他打成这样的？他用手指挖着裤管上的泥巴，愤怒地告诉我是他那不孝的儿子，当我再问为何打他时，他支支吾吾说不清楚了，我就立刻知道他准是对儿媳干了偷鸡摸狗的勾当。还有一个晚上我打着手电赶夜路时，在一口池塘旁照到了两段赤裸的身体，一段压在另一段上面，我照着的时候两段身体纹丝不动，只是有一只手在大腿上轻轻搔痒，我赶紧熄灭手电离去。在农忙的一个中午，我走进一家敞开大门的房屋去找水喝，一个穿短裤的男人神色慌张地挡住了我，把我引到井旁，殷勤地替我打上来一桶水，随后又像耗子一样蹿进了屋里。这样的事我屡见不鲜，差不多和我听到的歌谣一样多，当我望着到处都充满绿色的土地时，我就会进一步明白庄稼为何长得如此旺盛。

那个夏天我还差一点谈情说爱，我遇到了一位赏心悦目的女孩，她黝黑的脸蛋至今还在我眼前闪闪发光。我见到她时，她卷起裤管坐在河边的青草上，摆弄着一根竹竿在照看一群肥硕的鸭子。这个十六七岁的女孩，羞怯地与我共同度过了一个炎热的下午，她每次露出笑容时都要深深地低下头去，我看着她偷偷放下卷起的裤管，又怎样将自己的光脚丫子藏到草丛里去。那个下午我信口开河，向她兜售如何带她外出游玩的计划，这个女孩又惊又喜。我当初情绪激昂，说这些也是真心实意。我只是感到和她在一起身心愉快，也不去考虑以后会是怎样。可是后来，当她三个强壮如牛的哥哥走过来时，我才吓一跳，我感到自己应该逃之夭夭了，否则我就会不得不娶她为妻。

我遇到那位名叫福贵的老人时，是夏天刚刚来到的季节。那天午后，我走到了一棵有着茂盛树叶的树下，田里的棉花已被收起，几个包着头巾的女人正将棉秆拔出来，她们不时抖动着屁股摔去根须上的泥巴。我摘下草帽，从身后取过毛巾擦起脸上的汗水，身旁是一口在阳光下泛黄的池塘，我就靠着树干面对池塘坐了下来，紧接着我感到自己要睡觉了，就在青草上躺下来，把草帽盖住脸，枕着背包在树荫里闭上了眼睛。

这位比现在年轻十岁的我，躺在树叶和草丛中间，睡了两个小时。其间有几只蚂蚁爬到了我的腿上，我沉睡中的手指依然准确地将它们弹走。后来仿佛是来到了水边，一位老人撑着竹筏在远处响亮地吆喝。我从睡梦里挣脱而出，吆喝声在现实里清晰地传来，我起身后，看到近旁田里一个老人正在开导一头老牛。

犁田的老牛或许已经深感疲倦，它低头伫立在那里，后面赤裸着脊背扶犁的老人，对老牛的消极态度似乎不满，我听到他嗓音响亮地对牛说道：

“做牛耕田，做狗看家，做和尚化缘，做鸡报晓，做女人织布，哪只牛不耕田？这可是自古就有的道理，走呀，走呀。”

疲倦的老牛听到老人的吆喝后，仿佛知错般地抬起了头，拉着犁往前走去。

我看到老人的脊背和牛背一样黝黑，两个进入垂暮的生命将那块古板的田地耕得哗哗翻动，犹如水面上掀起的波浪。随后，我听到老人粗哑却令人感动的嗓音，他唱起了旧日的歌谣，先是咿呀啦呀唱出长长的引子，接着出现两句歌词——

皇帝招我做女婿，路远迢迢我不去。

因为路途遥远，不愿去做皇帝的女婿。老人的自鸣得意让我失声而笑。可能是牛放慢了脚步，老人又吆喝起来：

“二喜、有庆不要偷懒，家珍、凤霞耕得好，苦根也行啊。”

一头牛竟会有这么多名字？我好奇地走到田边，问走近的老人：

“这牛有多少名字？”

老人扶住犁站下来，他将我上下打量一番后问：

“你是城里人吧？”

“是的。”我点点头

老人得意起来：“我一眼就看出来了。”

我说：“这牛究竟有多少名字？”

老人回答：“这牛叫福贵，就一个名字。”

“可你刚才叫了几个名字。”

“噢——”老人高兴地笑起来，他神秘地向我招招手，当我凑过去时，他欲说又止，他看到牛正抬着头，就训斥它：

“你别偷听，把头低下。”

牛果然低下了头，这时老人悄声对我说：

“我怕它知道只有自己在耕田，就多叫出几个名字去骗它，它听到还有别的牛也在耕田，就不会不高兴，耕田也就起劲啦。”

老人黝黑的脸在阳光里笑得十分生动，脸上的皱纹欢乐地游动着，里面镶满了泥土，就如布满田间的小道。

这位老人后来和我一起坐在了那棵茂盛的树下，在那个充满阳光的下午，他向我讲述了自己。

四十多年前，我爹常在这里走来走去，他穿着一身黑颜色的绸衣，总是把双手背在身后，他出门时常对我娘说：

“我到自己的地上去走走。”

我爹走在自己的田产上，干活儿的佃户见了，都要双手握住锄头恭敬地叫一声：

“老爷。”

我爹走到了城里，城里人见了都叫他先生。我爹是很有身份的人，可他拉屎时就像个穷人了。他不爱在屋里床边的马桶上拉屎，跟牲畜似的喜欢到野地里去拉屎。每天到了傍晚的时候，我爹打着饱嗝，那声响和青蛙叫唤差不多，走出屋去，慢吞吞地朝村口的粪缸走去。

走到了粪缸旁，他嫌缸沿脏，就抬脚踩上去蹲在上面。我爹年纪大了，屎也跟着老了，出来不容易，那时候我们全家人都会听到他在村口嗷嗷叫着。

几十年来我爹一直这样拉屎，到了六十多岁还能在粪缸上一蹲就是半晌，那两条腿就和鸟爪一样有劲。我爹喜欢看着天色慢慢黑下来，罩住他的田地。我女儿凤霞到了三四岁，常跑到村口去看她爷爷拉屎，我爹毕竟年纪大了，蹲在粪缸上腿有些哆嗦，凤霞就问他：

“爷爷，你为什么动呀？”

我爹说：“是风吹的。”

那时候我们家境还没有败落，我们徐家有一百多亩地，从这里一直到那边工厂的烟囱，都是我家的。我爹和我，是远近闻名的阔老爷和阔少爷，我们走路时鞋子的声响，都像是铜钱碰来撞去的。我女人家珍，是城里米行老板的女儿，她也是有钱人家出身的。有钱人嫁给有钱人，就是把钱堆起来，钱在钱上面哗哗地流，这样的声音我有四十年没有听到了。

我是我们徐家的败家子，用我爹的话说，我是他的孽子。

我念过几年私塾，穿长衫的私塾先生叫我念一段书时，是我最高兴的。我站起来，拿着本线装的《千字文》，对私塾先生说：

“好好听着，爹给你念一段。”

年过花甲的私塾先生对我爹说：

“你家少爷长大了准能当个二流子。”

我从小就不可救药，这是我爹的话。私塾先生说我是朽木不可雕也。现在想想他们都说对了，当初我可不这么想，我想我有钱啊，我是徐家仅有的一根香火，我要是灭了，徐家就得断子绝孙。

上私塾时我从来不走路，都是我家一个雇工背着我去，放学时他已经恭恭敬敬地弯腰蹲在那里了，我骑上去后拍拍雇工的脑袋，说一声：

“长根，跑呀。”

雇工长根就跑起来，我在上面一颠一颠的，像是一只在树梢上的麻雀。我说一声：

“飞呀。”

长根就一步一跳，做出一副飞的样子。

我长大以后喜欢往城里跑，常常是十天半月不回家。我穿着白色的丝绸衣衫，头发抹得光滑透亮，往镜子前一站，我看到自己满脑袋的黑油漆，一副有钱人的样子。

我爱往妓院钻，听那些风骚的女人整夜叽叽喳喳和哼哼哈哈，那些声音听上去像是在给我挠痒痒。做人哪，一旦嫖上以后，也就免不了要去赌。这个嫖和赌，就像是胳膊和肩膀连在一起，怎么都分不开。后来我更喜欢赌博了，嫖妓只是为了轻松一下，就跟水喝多了要去方便一下一样，说白了就是撒尿。赌博就完全不一样了，我是又痛快又紧张，特别是那个紧张，有一股叫我说不出来的舒坦。以前我是做一天和尚撞一天钟，整天有气无力，每天早晨醒来犯愁的就是这一天该怎么打发。我爹常常唉声叹气，训斥我没有光耀祖宗。我心想光耀祖宗也不是非我莫属，我对自己说：凭什么让我放着好端端的日子不过，去想光耀祖宗这些累人的事？再说我爹年轻时也和我一样，我家祖上有两百多亩地，到他手上一折腾就剩一百多亩了。我对爹说：

“你别犯愁啦，我儿子会光耀祖宗的。”

总该给下一辈留点好事吧。我娘听了这话哧哧笑，她偷偷告诉我：“我爹年轻时也这么对我爷爷说过。”我心想就是嘛，他自己干不了的事硬要我来干，我怎么会答应。那时候我儿子有庆还没出来，我女儿凤霞刚好四岁。家珍怀着有庆有六个月了，自然有些难看，走路时裤裆里像是夹了个馒头似的一撇一撇，两只脚不往前往横里跨，我嫌弃她，对她说：

“你呀，风一吹肚子就要大上一圈。”

家珍从不顶撞我，听了这糟蹋她的话，她心里不乐意也只是轻轻说一句：

“又不是风吹大的。”

自从我赌博上以后，我倒还真想光耀祖宗了，想把我爹弄掉的一百多亩地挣回来。那些日子爹问我在城里鬼混些什么，我对他说：

“现在不鬼混啦，我在做生意。”

他问：“做什么生意？”

他一听就火了，他年轻时也这么回答过我爷爷。他知道我是在赌博，脱下布鞋就朝我打来，我左躲右藏，心想他打几下就该完了吧。可我这个平常只有咳嗽才有力气的爹，竟然越打越凶了。我又不是一只苍蝇，让他这么拍来拍去。我一把捏住他的手，说道：

“爹，你他娘的算了吧。老子看在你把我弄出来的分上让让你，你他娘的就算了吧。”

我捏住爹的右手，他又用左手脱下右脚的布鞋，还想打我。我又捏住他的左手，这样他就动弹不得了，他气得哆嗦了半晌，才喊出一声：

“孽子。”

我说：“去你娘的。”

双手一推，他就跌坐到墙角里去了。

我年轻时吃喝嫖赌，什么浪荡的事都干过。我常去的那家妓院是单名，叫青楼。里面有个胖胖的妓女很招我喜爱，她走路时两片大屁股就像挂在楼前的两只灯笼，晃来晃去。她躺到床上一动一动时，压在上面的我就像睡在船上，在河水里摇呀摇呀。我经常让她背着我去逛街，我骑在她身上像是骑在一匹马上。

我的丈人，米行的陈老板，穿着黑色的绸衫站在柜台后面。我每次从那里经过时，都要揪住妓女的头发，让她停下，脱帽向丈人致礼：

“近来无恙？”

我丈人当时的脸就和松花蛋一样，我呢，嘻嘻笑着过去了。后来我爹说我丈人几次都让我气病了，我对爹说：

“别哄我啦，你是我爹都没气成病。他自己生病凭什么往我身上推？”

他怕我，我倒是知道的。我骑在妓女身上经过他的店门时，我丈人身手极快，像只耗子忽地一下蹿到里屋去了。他不敢见我，可当女婿的路过丈人店门总该有个礼吧。我就大声嚷嚷着向逃窜的丈人请安。

最风光的那次是日本投降后，国军准备进城收复失地。

那天可真是热闹，城里街道两旁站满了人，手里拿着小彩旗，商店都斜着插出来青天白日旗，我丈人米行前还挂了一幅两扇门板那么大的蒋介石像，米行的三个伙计都站在蒋介石左边的口袋下。

那天我在青楼里赌了一夜，脑袋昏昏沉沉像是肩膀上扛了一袋米，我想着自己有半个来月没回家了，身上的衣服一股酸臭味，我就把那个胖大妓女从床上拖起来，让她背着我回家，叫了抬轿子跟在后面，我到了家好让她坐轿子回青楼。

那妓女嘟嘟哝哝背着我往城门走，说什么雷公不打睡觉人，才睡下就被我叫醒，说我心肠黑。我把一块银圆往她胸口灌进去，就把她的嘴堵上了。走近了城门，一看到两旁站了那么多人，我的精神一下子上来了。

我丈人是城里商会的会长，我很远就看到他站在街道中央喊：

“都站好了，都站好了，等国军一到，大家都要拍手，都要喊。”

有人看到了我，就嘻嘻笑着喊：

“来啦，来啦。”

我丈人还以为是国军来了，赶紧闪到一旁。我两条腿像是夹马似的夹了夹妓女，对她说：

“跑呀，跑呀。”

在两旁人群的哄笑里，妓女呼哧呼哧背着我小跑起来，嘴里骂道：

“夜里压我，白天骑我，黑心肠的，你是逼我往死里跑。”

我咧着嘴频频向两旁哄笑的人点头致礼，来到丈人近前，我一把扯住妓女的头发：

“站住，站住。”

妓女哎哟叫了一声站住脚。我大声对丈人说：

“岳父大人，女婿给你请个早安。”

那次我实实在在地把我丈人的脸丢尽了，我丈人当时傻站在那里，嘴唇一个劲地哆嗦，半晌才沙哑地说一声：

“祖宗，你快走吧。”

那声音听上去都不像是他的了。

我女人家珍当然知道我在城里这些花花绿绿的事，家珍是个好女人，我这辈子能娶上这么一个贤惠的女人，是我前世做狗吠叫了一辈子换来的。家珍对我从来都是逆来顺受，我在外面胡闹，她只是在心里打鼓，从不说我什么，和我娘一样。

我在城里闹腾得实在有些过分，家珍心里当然有一团乱麻，乱糟糟的不能安分。有一天我从城里回到家中，刚刚坐下，家珍就笑盈盈地端出四样菜，摆在我面前，又给我斟满了酒，自己在我身旁坐下来伺候我吃喝。她笑盈盈的样子让我觉得奇怪，不知道她遇上了什么好事，我左思右想也想不出这天是什么日子。我问她，她不说，就是笑盈盈地看着我。

那四样菜都是蔬菜，家珍做得各不相同，可吃到下面都是一块差不多大小的猪肉。起先我没怎么在意，吃到最后一碗菜，底下又是一块猪肉。我一愣，随后我就嘿嘿笑了起来。我明白了家珍的意思，她是在开导我：女人看上去各不相同，到下面都是一样的。我对家珍说：

“这道理我也知道。”

道理我也知道，看到上面长得不一样的女人，我心里想的就是不一样，这实在是没办法的事。

家珍就是这样一个女人，心里对我不满，脸上不让我看出来，弄些拐弯抹角的点子来敲打我。我偏偏是软硬不吃，我爹的布鞋和家珍的菜都管不住我的腿，我就是爱往城里跑，爱往妓院钻。还是我娘知道我们男人心里想什么，她对家珍说：

“男人都是馋嘴的猫。”

我娘说这话不只是为我开脱，还揭了我爹的老底。我爹坐在椅子里，一听这话眼睛就眯成了两条门缝，嘿嘿笑了一下。我爹年轻时也不检点，他是老了干不动了才老实起来。

我赌博时也在青楼，常玩的是麻将、牌九和骰子。我每赌必输，越输我越想把我爹年轻时输掉的一百多亩地赢回来。刚开始输了我当场给钱，没钱就去偷我娘和家珍的首饰，连我女儿凤霞的金项圈也偷了去。后来我干脆赊账，债主们都知道我的家境，让我赊账。自从赊账以后，我就不知道自己输了有多少，债主也不提醒我，暗地里天天都在算计着我家那一百多亩地。

一直到后来，我才知道赌博的赢家都是做了手脚的，难怪我老输不赢，他们是挖了个坑让我往里面跳。那时候青楼里有一位沈先生，年纪都快到六十岁了，眼睛还和猫眼似的贼亮，穿着蓝布长衫，腰板挺着笔直，平常时候总是坐在角落里，闭着眼睛像是在打盹。等到牌桌上的赌注越下越大，沈先生才咳嗽几声，慢悠悠地走过来，选一位置站着看，看了一会儿便有人站起来让位：

“沈先生，这里坐。”

沈先生撩起长衫坐下，对另三位赌徒说：

“请。”

青楼里的人从没见到沈先生输过，他那双青筋凸暴的手洗牌时，只听到哗哗的风声，那副牌在他手中忽长忽短，唰唰地进进出出，看得我眼睛都酸了。

有一次沈先生喝醉了酒，对我说：

“赌博全靠一双眼睛一双手，眼睛要练成爪子一样，手要练成泥鳅那样滑。”

日本投降那年，龙二来了，龙二说话时南腔北调，光听他的口音，就知道这人不简单，是闯荡过很多地方、见过大世面的人。龙二不穿长衫，一身白绸衣，和他同来的还有两个人，帮他提着两只很大的柳条箱。

那年沈先生和龙二的赌局，实在是精彩，青楼的赌厅里挤满了人，沈先生和他们三个人赌。龙二身后站着一个跑堂的，托着一盘干毛巾，龙二不时取过一块毛巾擦手。他不拿湿毛巾拿干毛巾擦手，我们看了都觉得稀奇。他擦手时那副派头像是刚吃完了饭似的。起先龙二一直输，他看上去还满不在乎，倒是他带来的两个人沉不住气，一个骂骂咧咧，一个唉声叹气。沈先生一直赢，可脸上一点赢的意思都没有，沈先生皱着眉头，像是输了很多似的。他脑袋垂着，眼睛却跟钉子似的钉在龙二那双手上。沈先生年纪大了，半个晚上赌下来，就开始喘粗气，额头上汗水渗了出来，沈先生说：

“一局定胜负吧。”

龙二从盘子里取过最后一块毛巾，擦着手说：

“行啊。”

他们把所有的钱都押在了桌上，钱差不多把桌面占满了，只在中间留个空。每个人发了五张牌，亮出四张后，龙二的两个伙伴立刻泄气了，把牌一推说：

“完啦，又输了。”

龙二赶紧说：“没输，你们赢啦。”

说着龙二亮出最后那张牌，是黑桃A，他的两个伙伴一看立刻嘿嘿笑了。其实沈先生最后那张牌也是黑桃A，他是三A带两K，龙二一个伙伴是三Q带俩J。龙二抢先亮出了黑桃A，沈先生怔了半晌，才把手中的牌一收说：

“我输了。”

龙二的黑桃A和沈先生的都是从袖管里换出来的，一副牌不能有两张黑桃A，龙二抢了先，沈先生心里明白也只能认输。那是我们第一次看到沈先生输，沈先生手推桌子站起来，向龙二他们作了个揖，转过身来往外走，走到门口微笑着说：

“我老了。”

后来再没人见过沈先生，听说那天天刚亮，他就坐着轿子走了。

沈先生一走，龙二成了这里的赌博师傅。龙二和沈先生不一样，沈先生是只赢不输，龙二是赌注小常输，赌注大就没见他输过了。我在青楼常和龙二他们赌，有输有赢，所以我总觉得自己没怎么输，其实我赢的都是小钱，输掉的倒是大钱，我还蒙在鼓里，以为自己马上就要光耀祖宗了。

我最后一次赌博时，家珍来了，那时候天都快黑了，这是家珍后来告诉我的，我当时根本不知道天是亮着还是要黑了。家珍挺了个大肚子找到青楼来了，我儿子有庆在他娘肚子里长到七八个月了。家珍找到了我，一声不吭地跪在我面前，起先我没看到她，那天我手气特别好，掷出的骰子十有八九是我要的点数，坐在对面的龙二一看点数嘿嘿一笑说：

“兄弟我又栽了。”

龙二摸牌把沈先生赢了之后，青楼里没人敢和他摸牌了，我也不敢，我和龙二赌都是用骰子，就是骰子龙二玩得也很地道，他常赢少输，可那天他栽到我手里了，接连地输给我。他嘴里叼着烟卷，眼睛眯缝着像是什么事都没有，每次输了都还嘿嘿一笑，两条瘦胳膊把钱推过来时却是一百个不愿意。我想龙二你也该惨一次了。人都是一样的，手伸进别人口袋里掏钱时那个眉开眼笑，轮到自己给钱了一个个都跟哭丧一样。我正高兴着，有人扯了扯我的衣服，低头一看是自己的女人。看到家珍跪着我就火了，心想我儿子还没出来就跪着了，这太不吉利。我就对家珍说：

“起来，起来，你他娘的给我起来。”

家珍还真听话，立刻站了起来。我说：

“你来干什么，还不快给我回去。”

说完我就不管她了，看着龙二将骰子捧在手心里跟拜佛似的摇了几下，他一掷出脸色就难看了，说道：

“摸过女人屁股就是手气不好。”

我一看自己又赢了，就说：

“龙二，你去洗洗手吧。”

龙二嘿嘿一笑，说道：

“你把嘴巴子抹干净了再说话。”

家珍又扯了扯我的衣服，我一看，她又跪到地上。家珍细声细气地说：

“你跟我回去。”

要我跟一个女人回去？家珍这不是存心出我的丑？我的怒气一下子上来了，我看看龙二他们，他们都笑着看我，我对家珍吼道：

“你给我滚回去。”

家珍还是说：“你跟我回去。”

我给了她两巴掌，家珍的脑袋像是拨浪鼓那样摇晃了几下。挨了我的打，她还是跪在那里，说：

“你不回去，我就不站起来。”

现在想起来叫我心疼啊，我年轻时真是个乌龟王八蛋。这么好的女人，我对她又打又踢。我怎么打她，她就是跪着不起来，打到最后连我自己都觉得没趣了，家珍头发披散眼泪汪汪地捂着脸。我就从赢来的钱里抓出一把，给了旁边站着的两个人，让他们把家珍拖出去，我对他们说：

“拖得越远越好。”

家珍被拖出去时，双手紧紧捂着凸起的肚子，那里面有我的儿子啊，家珍没喊没叫，被拖到了大街上，那两个人扔开她后，她就扶着墙壁站起来，那时候天完全黑了，她一个人慢慢往回走。后来我问她，她那时是不是恨死我了，她摇摇头说：

“没有。”

我的女人抹着眼泪走到她爹米行门口，站了很长时间，她看到她爹的脑袋被煤油灯的亮光印在墙上，她知道他是在清点账目。她站在那里呜呜哭了一会儿，就走开了。

家珍那天晚上走了十多里夜路回到了我家。她一个孤身女人，又怀着七个多月的有庆，一路上到处都是狗吠，下过一场大雨的路又坑坑洼洼。

早上几年的时候，家珍还是一个女学生。那时候城里有夜校了，家珍穿着月白色的旗袍，提着一盏小煤油灯，和几个女伴去上学。我是在拐弯处看到她，她一扭一扭地走过来，高跟鞋敲在石板路上，滴滴答答像是在下雨，我眼睛都看得不会动了，家珍那时候长得可真漂亮，头发齐齐地挂到耳根，走去时旗袍在腰上一皱一皱，我当时就在心里想，我要她做我的女人。

家珍她们嘻嘻说着话走过去后，我问一个坐在地上的鞋匠：

“那是谁家的女儿？”

鞋匠说：“是陈记米行的千金。”

我回家后马上对我娘说：

“快去找个媒人，我要把城里米行陈老板的女儿娶过来。”

家珍那天晚上被拖走后，我就开始倒霉了，连着输了好几把，眼看着桌上小山坡一样堆起的钱，像洗脚水似的倒了出去。龙二嘿嘿笑个不停，那张脸都快笑烂了。那次我一直赌到天亮，赌得我头晕眼花，胃里直往嘴上冒臭气。最后一把我压上了平生最大的赌注，用唾沫洗洗手，心想千秋功业全在此一掷了。我正要去抓骰子，龙二伸手挡了挡说：

“慢着。”

龙二向一个跑堂挥挥手说：

“给徐家少爷拿块热毛巾来。”那时候旁边看赌的人全回去睡觉了，只剩下我们几个赌的，另两个人是龙二带来的。我是后来才知道龙二买通了那个跑堂，那跑堂将热毛巾递给我，我拿着擦脸时，龙二偷偷换了一副骰子，换上来的那副骰子龙二做了手脚。我一点都没察觉，擦完脸我把毛巾往盘子里一扔，拿起骰子拼命摇了三下，掷出去一看，还好，点数还挺大的。

轮到龙二时，龙二将那副骰子放在七点上，这小子伸出手掌使劲一拍，喊了一声：

“七点。”

那副骰子里面挖空了灌了水银，龙二这么一拍，水银往下沉，抓起一掷，一头重了滚几下就会停在七点上。

我一看那副骰子果然是七点，脑袋嗡的一下，这次输惨了。继而一想反正可以赊账，日后总有机会赢回来，便宽了宽心，站起来对龙二说：

“先记上吧。”

龙二摆摆手让我坐下，他说：

“不能再让你赊账了，你把你家一百多亩地全输光了。再赊账，你拿什么来还？”

我听后一个哈欠没打完猛地收回，连声说：

“不会，不会。”

龙二和另两个债主就拿出账簿，一五一十给我算起来，龙二拍拍我凑过去的脑袋，对我说：

“少爷，看清楚了吗？这可都是你签字画押的。”

我才知道半年前就欠上他们了，半年下来我把祖辈留下的家产全输光了。算到一半，我对龙二说：

“别算了。”

我重新站起来，像只瘟鸡似的走出了青楼，那时候天完全亮了，我就站在街上，都不知道该往哪里走。有一个提着一篮豆腐的熟人看到我后响亮地喊了一声：

“早啊，徐家少爷。”

他的喊声吓了我一跳，我呆呆地看着他。他笑眯眯地说：

“瞧你这样子，都成药渣了。”

他还以为我是被那些女人给折腾的，他不知道我破产了，我和一个雇工一样穷了。我苦笑着看他走远，心想还是别在这里站着，就走动起来。

我走到丈人米行那边时，两个伙计正在卸门板，他们看到我后嘻嘻笑了一下，以为我又会过去向我丈人大声请安，我哪还有这个胆量？我把脑袋缩了缩，贴着另一端的房屋赶紧走了过去。我听到老丈人在里面咳嗽，接着呸的一声一口痰吐在了地上。

我就这样迷迷糊糊地走到了城外，有一阵子我竟忘了自己输光家产这事，脑袋里空空荡荡，像是被捅过的马蜂窝。到了城外，看到那条斜着伸过去的小路，我又害怕了，我想接下去该怎么办呢？我在那条路上走了几步，走不动了，看看四周都看不到人影，我想拿根裤带吊死算啦。这么想着我又走动起来，走过了一棵榆树，我只是看一眼，根本就没打算去解裤带。其实我不想死，只是找个法子与自己赌气。我想着那一屁股债又不会和我一起吊死，就对自己说：

“算啦，别死啦。”

这债是要我爹去还了。一想到爹，我心里一阵发麻，这下他还不把我给揍死？我边走边想，怎么想都是死路一条了，还是回家去吧。被我爹揍死，总比在外面像野狗一样吊死强。

就那么一会儿工夫，我瘦了整整一圈，眼都青了，自己还不知道，回到了家里，我娘一看到我就惊叫起来，她看着我的脸问：

“你是福贵吧？”

我看着娘的脸苦笑地点点头，我听到娘一惊一乍地说着什么，我不再看她，推门走到了自己屋里，正在梳头的家珍看到我也吃了一惊，她张嘴看着我。一想到她昨晚来劝我回家，我却对她又打又踢，我就扑通一声跪在她面前，对她说：

“家珍，我完蛋啦。”

说完我就呜呜地哭了起来，家珍慌忙来扶我，她怀着有庆哪能把我扶起来？她就叫我娘。两个女人一起把我抬到床上，我躺到床上就口吐白沫，一副要死的样子，可把她们吓坏了，又是捶肩又是摇我的脑袋，我伸手把她们推开，对她们说：

“我把家产输光啦。”

我娘听了这话先是一愣，她使劲看看我后说：

“你说什么？”

我说：“我把家产输光啦。”

我那副模样让她信了，我娘一屁股坐到了地上，抹着眼泪说：

“上梁不正下梁歪啊！”

我娘到那时还在心疼我，她没怪我，倒是去怪我爹。

家珍也哭了，她一边替我捶背一边说：

“只要你以后不赌就好了。”

我输了个精光，以后就是想赌也没本钱了。我听到爹在那边屋子里骂骂咧咧，他还不知道自己是穷光蛋了，他嫌两个女人的哭声吵他。听到我爹的声音，我娘就不哭了，她站起来走出去，家珍也跟了出去。我知道她们到我爹屋子里去了，不一会儿我就听到爹在那边喊叫起来：

"孽子。"

这时我女儿凤霞推门进来，又摇摇晃晃地把门关上。凤霞尖声细气地对我说：

"爹，你快躲起来，爷爷要来揍你了。"

我一动不动地看着她，凤霞就过来拉我的手，拉不动我她就哭了。看着凤霞哭，我心里就跟刀割一样。凤霞这么小的年纪就知道护着她爹，就是看着这孩子，我也该千刀万剐。

我听到爹气冲冲地走来了，他喊着：

"孽子，我要剐了你，阉了你，剁烂了你这乌龟王八蛋。"

我想爹你就进来吧，你就把我剁烂了吧。可我爹走到门口，身体一晃就摔到地上气昏过去了。我娘和家珍叫叫嚷嚷地把他扶起来，扶到他自己的床上。过了一会儿，我听到爹在那边像是吹唢呐般地哭上了。

我爹在床上一躺就是三天，第一天他呜呜地哭，后来他不哭了，开始叹息，一声声传到我这里，我听到他唉声说着：

"报应啊，这是报应。"

第三天，我爹在自己屋里接待客人，他响亮地咳嗽着，一旦说话时声音又低得听不到。到了晚上的时候，我娘走过来对我说，爹叫我过去。我从床上起来，心想这下非完蛋不可，我爹在床上歇了三天，他有力气来宰我了，起码也把我揍个半死不活。我对自己说，任凭爹怎么揍我，我也不要还手。我向爹的房间走去时一点力气都没有，身体软绵绵，两条腿像是假的。我进了他的房间，站在我娘身后，偷偷看着他躺在床上的模样，他睁圆了眼睛看着我，白胡须一抖一抖，他对我娘说：

"你出去吧。"

我娘从我身旁走了出去，她一走我心里是一阵发虚，说不定他马上就会从床上蹦起来和我拼命。他躺着没有动，胸前的被子都滑出去挂在地上了。

"福贵啊。"

爹叫了我一声，他拍拍床沿说：

"你坐下。"

我心里咚咚跳着在他身旁坐下来，他摸到了我的手，他的手和冰一样，一直冷到我心里。爹轻声说：

"福贵啊，赌债也是债，自古以来没有不还债的道理。我把一百多亩地，还有这房子都抵押出去了，明天他们就会送铜钱来。我老了，挑不动担子了，你就自己挑着钱去还债吧。"

爹说完后又长叹一声。听完他的话，我眼睛里酸溜溜的，我知道他不会和我拼命了，可他说的话就像是一把钝刀子在割我的脖子，脑袋掉不下来，倒是疼得死去活来。爹拍拍我的手说：

“你去睡吧。”

第二天一早，我刚起床就看到四个人进了我家院子，走在头里的是个穿绸衣的有钱人，他朝身后穿粗布衣服的三个挑夫摆摆手说：

“放下吧。”

三个挑夫放下担子撩起衣角擦脸时，那有钱人看着我喊的却是我爹：

“徐老爷，你要的货来了。”

我爹拿着地契和房契连连咳嗽着走出来，他把房地契递过去，向那人哈哈腰说：

“辛苦啦。”

那人指着三担铜钱，对我爹说：

“都在这里了，你数数吧。”

我爹全没有了有钱人的派头，他像个穷人一样恭敬地说：

“不用，不用，进屋喝口茶吧。”

那人说：“不必了。”

说完，他看看我，问我爹：

“这位是少爷吧？”

我爹连连点头。他朝我嘻嘻一笑，说道：

“送货时采些南瓜叶子盖在上面，可别让人抢了。”

这天开始，我就挑着铜钱走十多里路进城去还债。铜钱上盖着的南瓜叶是我娘和家珍去采的，凤霞看到了也去采，她挑最大的采了两张，盖在担子上，我把担子挑起来准备走，凤霞不知道我是去还债，仰着脸问：

“爹，你是不是又要好几天不回家了？”

我听了这话鼻子一酸，差点掉出眼泪来，挑着担子赶紧往城里走。到了城里，龙二看到我挑着担子来了，亲热地喊一声：

“来啦，徐家少爷。”

我把担子放在他跟前，他揭开瓜叶时皱皱眉，对我说：

“你这不是自找苦吃？换些银圆多省事。”

我把最后一担铜钱挑去后，他就不再叫我少爷，他点点头说：

“福贵，就放这里吧。”

倒是另一个债主亲热些，他拍拍我的肩说：

“福贵，去喝一壶。”

龙二听后忙说：“对，对，喝一壶，我来请客。”

我摇摇头，心想还是回家吧。一天下来，我的绸衣磨破了，肩上的皮肉渗出了血。我一个人往家里走去，走走哭哭，哭哭走走。想想自己才挑了一天的钱就累得人都要散架了，祖辈挣下这些钱不知要累死多少人。到这时我才知道爹为什么不要银圆偏要铜钱，他就是要我知道这个道理，要我知道钱来得千难万难。这么一想，我都走不动路了，在道旁蹲下来哭得腰里直抽搐。那时我家的老雇工，就是小时候背我去私塾的长根，背着个破包裹走过来。他在我家干了几十年，现在也要离开了。他很小就死了爹娘，是我爷爷带回家来的，以后也一直没娶女人。他和我一样眼泪汪汪，赤着皮肉裂开的脚走过来，看到我蹲在路边，他叫了一声：

“少爷。”

我对他喊：“别叫我少爷，叫我畜生。”

他摇摇头说：“要饭的皇帝也是皇帝，你没钱了也还是少爷。”

一听这话我刚擦干净脸眼泪又下来了，他也在我身旁蹲下来，捂着脸呜呜地哭上了。我们在一起哭了一阵后，我对他说：

“天快黑了，长根你回家去吧。”

长根站了起来，一步一步地走开去，我听到他嗡嗡地说：

“我哪儿还有什么家呀。”

我把长根也害了，看着他孤身一人走去，我心里是一阵一阵的酸痛。直到长根走远看不见了，我才站起来往家走，我到家的时候天已经黑了。家里原先的雇工和女佣都已经走了，我娘和家珍在灶间一个烧火一个做饭，我爹还在床上躺着，只有凤霞还和往常一样高兴，她还不知道从此以后就要受苦受穷了。她蹦蹦跳跳走过来，扑到我腿上问我：

“为什么他们说我不是小姐了？”

我摸摸她的小脸蛋，一句话也说不出来，好在她没再往下问，她用指甲刮起了我裤子上的泥巴，高兴地说：

“我在给你洗裤子呢。”

到了吃饭的时候，我娘走到爹的房门口问他：

“给你把饭端进来吧？”

我爹说：“我出来吃。”

我爹三根指头执着一盏煤油灯从房里出来，灯光在他脸上一闪一闪，那张脸半明半暗，他弓着背咳嗽连连。爹坐下后问我：

“债还清了？”

我低着头说：“还清了。”

我爹说：“这就好，这就好。”

他看到了我的肩膀，又说：

“肩膀也磨破了。”

我没有作声，偷偷看看我娘和家珍，她们两个都泪汪汪地看着我的肩膀。爹慢吞吞地吃起了饭，才吃了几口就将筷子往桌上一放，把碗一推，他不吃了。过一会儿，爹说道：

“从前，我们徐家的老祖宗不过是养了一只小鸡，鸡养大后变成了鹅，鹅养大了变成了羊，再把羊养大，羊就变成了牛。我们徐家就是这样发起来的。”

爹的声音咝咝的，他顿了顿又说：

“到了我手里，徐家的牛变成了羊，羊又变成了鹅。传到你这里，鹅变成了鸡，现在是连鸡也没啦。”

爹说到这里嘿嘿笑了起来，笑着笑着就哭了。他向我伸出两根指头：

“徐家出了两个败家子啊！”

没出两天，龙二来了。龙二的模样变了，他嘴里镶了两颗金牙，咧着大嘴巴嘻嘻笑着。他买去了我们抵押出去的房产和地产，他是来看看自己的财产。龙二用脚踢踢墙基，又将耳朵贴在墙上，伸出巴掌拍拍，连声说：

“结实，结实。”

龙二又到田里去转了一圈，回来后向我和爹作揖说道：

“看着那绿油油的地，心里就是踏实。”

龙二一到，我们就要从几代居住的屋子里搬出去，搬到茅屋里去住。搬走那天，我爹双手背在身后，在几个房间踱来踱去，末了对我娘说：

“我还以为会死在这屋子里。”

说完，我爹拍拍绸衣上的尘土，伸了伸脖子跨出门槛。我爹像往常那样，双手背在身后慢悠悠地向村口的粪缸走去。那时候天正在黑下来，有几个佃户还在地里干着活儿，他们都知道我爹不是主人了，还是握住锄头叫了一声：

“老爷。”

我爹轻轻一笑，向他们摆摆手说：

“不要这样叫。”

我爹已不是走在自己的地产上了，两条腿哆嗦着走到村口，在粪缸前站住脚，四下里望了望，然后解开裤带，蹲了上去。

那天傍晚我爹拉屎时不再叫唤，他眯缝着眼睛往远处看，看着那条向城里去的小路慢慢变得不清楚。一个佃户在近旁俯身割菜，他直起腰后，我爹就看不到那条小路了。

我爹从粪缸上摔了下来，那佃户听到声音急忙转过身来，看到我爹斜躺在地上，脑袋靠着粪缸一动不动。佃户提着镰刀跑到我爹跟前，问他：

“老爷你没事吧？”

我爹动了动眼皮，看着佃户嘶哑地问：

“你是谁家的？”

佃户俯下身去说：

“老爷，我是王喜。”

我爹想了想后说：

“噢，是王喜。王喜，下面有块石头，硌得我难受。”

王喜将我爹的身体翻了翻，摸出一块拳头大的石头扔到一旁。我爹重又斜躺在那里，轻声说：

“这下舒服了。”

王喜问：“我扶你起来？”

我爹摇摇头，喘息着说：

“不用了。”

随后我爹问他：

“你先前看到过我掉下来没有？”

王喜摇摇头说：

“没有，老爷。”

我爹像是有些高兴，又问：

“第一次掉下来？”

王喜说：“是的，老爷。”

我爹嘿嘿笑了几下，笑完后闭上了眼睛，脖子一歪，脑袋顺着粪缸滑到了地上。

那天我们刚搬到了茅屋里，我和娘在屋里收拾着，凤霞高高兴兴地也跟着收拾东西，她不知道从此以后就要受苦了。家珍端着一大盆衣服从池塘边走上来，遇到了跑来的王喜，王喜说：

“少奶奶，老爷像是熟了。”

我们在屋里听到家珍在外面使劲喊：“娘，福贵，娘……”

没喊几声，家珍就在那里呜呜地哭上了。那时我就想着是爹出事了，我跑出屋看到家珍站在那里，一大盆衣服全掉在地上。家珍看到我叫着：

“福贵，是爹……”

我脑袋嗡的一下，拼命往村口跑，跑到粪缸前时我爹已经断气了，我又推又喊，我爹就是不理我，我不知道该怎么办，站起来往回看，看到我娘扭着小脚又哭又喊地跑来，家珍抱着凤霞跟在后面。

我爹死后，我像是染上了瘟疫一样浑身无力，整日坐在茅屋前的地上，一会儿眼泪汪汪，一会儿唉声叹气。凤霞时常陪我坐在一起，她玩着我的手问我：

“爷爷掉下来了。”

看到我点点头，她又问：

“是风吹的吗？”

我娘和家珍都不敢怎么大声哭，她们怕我想不开，也跟着爹一起去了。有时我不小心碰着什么，她们两人就会吓一跳，看到我没像爹那样摔倒在地，她们才放心地问我：

“没事吧。”

那几天我娘常对我说：

“人只要活得高兴，穷也不怕。”

她是在宽慰我，她还以为我是被穷折腾成这样的，其实我心里想着的是我死去的爹。我爹死在我手里了，我娘我家珍，还有凤霞却要跟着我活受罪。

我爹死后十天，我丈人来了，他右手提着长衫脸色铁青地走进了村里，后面是一抬披红戴绿的花轿，十来个年轻人敲锣打鼓拥在两旁。村里人见了都挤上去看，以为是谁家娶亲嫁女，都说怎么先前没听说过，有一个人问我丈人：

“是谁家的喜事？”

我丈人板着脸大声说：

“我家的喜事。”

那时我正在我爹坟前，我听到锣鼓声抬起头来，看到我丈人气冲冲地走到我家茅屋前，他朝后面摆摆手，花轿放在了地上，锣鼓息了。当时我就知道他是要接家珍回去，我心里咚咚乱跳，不知道该怎么办。

我娘和家珍听到响声从屋里出来，家珍叫了声：

“爹。”

我丈人看看她女儿，对我娘说：

“那畜生呢？”

我娘赔着笑脸说：

“你是说福贵吧？”

“还会是谁？”

我丈人的脸转了过来，看到了我，他向我走了两步，对我喊：

“畜生，你过来。”

我站着没有动，我哪敢过去。我丈人挥着手向我喊：

“你过来，你这畜生，怎么不来向我请安了？畜生你听着，当初是怎么娶走家珍的，我今日也怎么接她回去。你看看，这是花轿，这是锣鼓，比你当初娶亲时只多不少。”

喊完以后，我丈人回头对家珍说：

“你快进屋去收拾一下。”

家珍站着没动，叫了一声：

“爹。”

我丈人使劲跺了下脚说：

“还不快去。”

家珍看看站在远处地里的我，转身进屋了。我娘这时眼泪汪汪地对他说：

“行行好，让家珍留下吧。”

我丈人朝我娘摆摆手，又转过身来对我喊：

“畜生，从今以后家珍和你一刀两断，我们陈家和你们徐家永不往来。”

我娘的身体弯下去求他：

“求你看在福贵他爹的分上，让家珍留下吧。”

我丈人冲着我娘喊：

“他爹都让他气死啦。”

喊完我丈人自己也觉得有些过分，便缓一下口气说：

“你也别怪我心狠，都是那畜生胡来才会有今天。”

说完丈人又转向我，喊道：

“凤霞就留给你们徐家，家珍肚里的孩子就是我们陈家的人啦。”

我娘站在一旁呜呜地哭，她抹着眼泪说：

“这让我怎么去向徐家祖宗交代？”

家珍提了个包裹走了出来，我丈人对她说：

“上轿。”

家珍扭头看看我，走到轿子旁又回头看了看我，再看看我娘，钻进了轿子。

这时凤霞不知从哪里跑了出来，一看到她娘坐上轿子了，她也想坐进去，她半个身体才进轿子，就被家珍的手推了出来。

我丈人向轿夫挥了挥手，轿子被抬了起来，家珍在里面大声哭起来，我丈人喊道："给我往响里敲。"

十来个年轻人拼命地敲响了锣鼓，我就听不到家珍的哭声了。轿子上了路，我丈人手提长衫和轿子走得一样快。我娘扭着小脚，可怜巴巴地跟在后面，一直跟到村口才站住。

这时凤霞跑了过来，她睁大眼睛对我说：

"爹，娘坐上轿子啦。"

凤霞高兴的样子叫我看了难受，我对她说：

"凤霞，你过来。"

凤霞走到我身边，我摸着她的脸说：

"凤霞，你可不要忘记我是你爹。"

凤霞听了这话咯咯笑起来，她说：

"你也不要忘记我是凤霞。"

福贵说到这里看着我嘿嘿笑了，这位四十年前的浪子，如今赤裸着胸膛坐在青草上，阳光从树叶的缝隙里照射下来，照在他眯缝的眼睛上。他腿上沾满了泥巴，刮光了的脑袋上稀稀疏疏地钻出来些许白发，胸前的皮肤皱成一条一条，汗水在那里起伏着流下来。此刻那头老牛蹲在池塘泛黄的水中，只露出脑袋和一条长长的脊梁，我看到池水犹如拍岸一样拍击着那条黝黑的脊梁。

这位老人是我最初遇到的，那时候我刚刚开始那段漫游的生活，我年轻无忧无虑，每一张新的脸都会使我兴致勃勃，一切我所不知的事物都会深深吸引我。就是在这样的时刻，我遇到了福贵，他绘声绘色地讲述自己，从来没有过一个人像他那样对我和盘托出，只要我想知道的，他都愿意展示。

和福贵相遇，使我对以后收集民谣的日子充满快乐的期待，我以为那块肥沃茂盛的土地上福贵这样的人比比皆是。在后来的日子里，我确实遇到了许多像福贵那样的老人，他们穿着和福贵一样的衣裤，裤裆都快耷拉到膝盖了。他们脸上的皱纹里积满了阳光和泥土，他们向我微笑时，我看到空洞的嘴里牙齿所剩无几。他们时常流出混浊的眼泪，这倒不是因为他们时常悲伤，他们在高兴时甚至是在什么事都没有的平静时刻，也会泪流而出，然后举起和乡间泥路一样粗糙的手指，擦去眼泪，如同掸去身上的稻草。

可是我再也没遇到一个像福贵这样令我难忘的人了，对自己的经历如此清楚，又能如此精彩地讲述自己。他是那种能够看到自己过去模样的人，他可以准确地看到自己年轻时走路的姿态，甚至可以看到自己是如何衰老的。这样的老人在乡间实在难以遇上，也许是困苦的生活损坏了他们的记忆，面对往事他们通常显得木讷，常常以不知所措的微笑搪塞过去。他们对自己的经历缺乏热情，仿佛是道听途说般地只记得零星几点，即便是这零星几点也都是自身之外的记忆，用一两句话表达了他们所认为的一切。在这里，我常常听到后辈们这样骂他们：

“一大把年纪全活到狗身上去了。”

福贵就完全不一样了，他喜欢回想过去，喜欢讲述自己，似乎这样一来，他就可以一次一次地重度此生了。他的讲述像鸟爪抓住树枝那样紧紧抓住我。

家珍走后，我娘时常坐在一边偷偷抹眼泪。我本想找几句话去宽慰宽慰她，一看到她那副样子，就什么话也说不出来了。倒是她常对我说：

“家珍是你的女人，不是别人的，谁也抢不走。”

我听了这话，只能在心里叹息一声，我还能说什么呢？好端端的一个家成了砸破了的瓦罐似的四分五裂。到了晚上，我躺在床上常常睡不着，一会恨这个，一会恨那个，到头来最恨的还是我自己。夜里想得太多，白天就头疼，整日无精打采，好在有凤霞，凤霞常拉着我的手问我：

“爹，一张桌子有四个角，削掉一个角还剩几个角？”

也不知道凤霞是从哪里听来的，当我说还剩三个角时，凤霞高兴得咯咯乱笑，她说：

“错啦，还剩五个角。”

听了凤霞的话，我想笑却笑不出来，想到原先家里四个人，家珍一走就等于是削掉了一个角，况且家珍肚里还怀着孩子，我就对凤霞说：

“等你娘回来了，就会有五个角了。”

家里值钱的东西都变卖光了以后，我娘就常常领着凤霞去挖野菜，我娘挎着篮子小脚一扭一扭地走去，她走得还没有凤霞快。她头发都白了，却要学着去干从没干过的体力活儿。看着我娘拉着凤霞看一步走一步，那小心的样子让我眼泪都快掉出来了。

我想想再不能像从前那样过日子了，我得养活我娘和凤霞。我就和娘商量着到城里亲友那里去借点钱，开个小铺子，我娘听了这话一声不吭，她是舍不得离开这里，人上了年纪都这样，都不愿动地方。我就对娘说：

“如今屋子和地都是龙二的了，家安在这里跟安在别处也一样。”

我娘听了这话，过了半晌才说：

“你爹的坟还在这里。”

我娘一句话就让我不敢再想别的主意了，我想来想去只好去找龙二。

龙二成了这里的地主，常常穿着丝绸衣衫，右手拿着茶壶在田埂上走来走去，神气得很。镶着两颗大金牙的嘴总是咧开笑着，有时骂看着不顺眼的佃户时也咧着嘴，我起先还以为他对人亲热，慢慢地就知道他是要别人都看到他的金牙。

龙二遇到我还算客气，常笑嘻嘻地说：

“福贵，到我家来喝壶茶吧。”

我一直没去龙二家是怕自己心里发酸，我两脚一落地就住在那幢屋子里了，如今那屋子是龙二的家，你想想我心里是什么滋味。

其实人落到那种地步也就顾不上那么多了，我算是应了人穷志短那句古话了。那天我去找龙二时，龙二坐在我家客厅的太师椅子里，两条腿搁在凳子上，一手拿茶壶一手拿着扇子，看到我走进来，龙二咧嘴笑道：

“是福贵，自己找把凳子坐吧。”

他躺在太师椅里动都没动，我也就不指望他泡壶茶给我喝。我坐下后龙二说：

“福贵，你是来找我借钱的吧？”

我还没说不是，他就往下说道：

“按理说我也该借几个钱给你，俗话说是救急不救穷，我啊，只能救你的急，不会救你的穷。”

我点点头说：“我想租几亩田。”

龙二听后笑眯眯地问：

“你要租几亩？”

我说：“租五亩。”

“五亩？”龙二眉毛往上吊了吊，问：“你这身体能行吗？”

我说：“练练就行了。”

他想一想说：“我们是老相识了，我给你五亩好田。”

龙二还是讲点交情的，他真给了我五亩好田。我一个人种五亩地，差点没累死。我从没干过农活儿，学着村里人的样子干活儿，别说有多慢了。看得见的时候我都在田里，到了天黑，只要有月光，我还要下地。庄稼得赶上季节，错过一个季节就全错过啦。到那时别说是养活一家人，就是龙二的租粮也交不起。俗话说是笨鸟先飞，我还得笨鸟多飞。

我娘心疼我，也跟着我下地干活儿，她一大把年纪了，脚又不方便，身体弯下去才一会儿工夫就直不起来了，常常是一屁股坐在了田里。我对她说：

“娘，你赶紧回去吧。”

我娘摇摇头说：“四只手总比两只手强。”

我说：“你要是累成病，那就一只手都没了，我还得照料你。”

我娘听了这话，才慢慢回到田埂上坐下，和凤霞待在一起。凤霞是天天坐在田埂上陪我，她采了很多花放在腿边，一朵一朵举起来问我叫什么花，我哪知道是什么花，就说：

“问你奶奶去。”

我娘坐到田埂上，看到我用锄头就常喊：

“留神别砍了脚。”

我用镰刀时，她更不放心，时时说：

“福贵，别把手割破了。”

我娘老是在一旁提醒也不管用，活儿太多，我得快干，一快就免不了砍了脚割破手。手脚一出血，可把我娘心疼坏了，扭着小脚跑过来，捏一块烂泥巴堵住出血的地方，嘴里一个劲儿地数落我，一说得说半晌，我还不能回嘴，要不她眼泪都会掉出来。

我娘常说地里的泥是最养人的，不光是长庄稼，还能治病。那么多年下来，我身上哪儿弄破了，都往上贴一块湿泥巴。我娘说得对，不能小看那些烂泥巴，那可是治百病的。

人要是累得整天没力气，就不会去乱想了。租了龙二的田以后，我一挨到床就呼呼地睡去，根本没工夫去想别的什么。说起来日子过得又苦又累，我心里反倒踏实了。我想着我们徐家也算是有一只小鸡了，照我这么干下去，过不了几年小鸡就会变成鹅，徐家总有一天会重新发起来的。

从那以后，我是再没穿过绸衣了，我穿的粗布衣服是我娘亲手织的布，刚穿上那阵子觉得不自在，身上的肉被磨来磨去，日子一久也就舒坦了。前几天村里的王喜死了，王喜是我家从前的佃户，比我大两岁，他死前嘱咐儿子把他的旧绸衣送给我，他一直没忘记我从前是少爷，他是想让我死之前穿上绸衣风光风光。我啊，对不起王喜的一片好心，那件绸衣我往身上一穿就赶紧脱了下来，那个难受啊，滑溜溜的像是穿上了鼻涕做的衣服。

那么过了三个来月，长根来了，就是我家的雇工。那天我正在地里干活儿，我娘和凤霞坐在田埂上。长根拄着一根枯树枝，破衣烂衫地走过来，手里挎着那个包裹，还拿一只缺了口的碗，他成了个叫花子。是凤霞先看到的，凤霞站起来叫着他喊：

“长根，长根。”

我娘一看到是从小在我家长大的长根，赶紧迎了上去。长根抹着眼泪说：

“太太，我想少爷和凤霞，就回来看一眼。”

长根走到田间，看到我穿着粗布衣服满身是泥，呜呜地哭，说道：

“少爷，你怎么成这样子了？”

我输光家产以后，最苦的就是长根了。长根替我家干了一辈子，按规矩老了就该由我家养起来。可我家一破落，他也只好离开，只能要饭过日子。

看到长根回来时的模样，我心里一阵发酸，小时候他整天背着我走东逛西，我长大后也从没把他放在眼里。没想到他还回来看我们，我问长根：

“你还好吧？”

长根擦擦眼睛说：“还好。”

我问：“还没找到雇你的人家？”

长根摇摇头说：“我这么老了，谁家会雇我？”

听了这话，我眼泪都要掉出来了。长根却不觉得自己苦，他还为我哭，说道：

“少爷，你哪受得起这种苦。”

那天晚上，长根在我家茅屋里过的。我和娘商量着把长根留在家里，这样一来日子会更苦，我对娘说：

“苦也要把他留下，我们每人剩两口饭也就养活他了。”

我娘点点头说：“长根这么好的心肠。”

第二天早晨，我对长根说：

“长根，你一回来就好了，我正缺一个帮手，往后你就住在这里吧。”

长根听后看着我笑，笑着笑着眼泪掉了出来，他说：

“少爷，我没有帮你的力气了，有你这份心意我就够了。”说完长根就要走，我和娘死活拦不住他，他说：

“你们别拦我了，往后我还要来看你们。”

长根那天走后，还来过一次，那次他给凤霞带来一根扎头发的红绸，是他捡来的，洗干净后放在胸口专门来送给凤霞。长根那次走后，我就再没有见到他了。

我租了龙二的田，就是他的佃户了，便不能再像过去那样叫他龙二，得叫他龙老爷，起先龙二听我这么叫，总是摆摆手说：

“福贵，你我之间不必多礼。”

时间一久他也习惯了，我在地里干活儿时，他常会走过来说几句话。有一次我正割着稻子，凤霞跟在后面捡稻穗，龙二一摇一摆走过来，对我说：

“福贵，我收山啦，往后再也不去赌啦。赌场无赢家，我是见好就收，免得日后也落到你这种地步。”

我向龙二哈哈腰，恭敬地说：

“是，龙老爷。”

龙二指指凤霞，问道：

“这是你的崽子吗？”

我又哈哈腰，说一声：

“是，龙老爷。”

我看到凤霞站在那里，手里拿着稻穗，直愣愣地盯着龙二看，就赶紧对她说：

“凤霞，快向龙老爷行礼。”

凤霞也学我的样子向龙二哈哈腰，说道：

“是，龙老爷。”

我时常惦记着家珍，还有她肚子里的孩子。家珍走后两个多月，托人捎来了一个口信，说是生啦，生了个儿子出来，我丈人给取了个名字叫有庆。我娘悄悄问捎话的人：

“有庆姓什么？”

那人说：“姓徐呀。”

那时我在田里，我娘扭着小脚急匆匆地跑来告诉我，她话没说完，就擦起了眼泪。我一听说家珍给我生了个儿子，扔了手里的锄头就要往城里跑，跑出了十来步，我不敢跑了，想想我这么进城去看家珍她们母子，我丈人怕是连门槛都不让我跨进去。我就对娘说：

“娘，你赶紧收拾收拾，去看看家珍她们。”

我娘也一遍遍说着要进城去看孙子，可过了几天她也没动身，我又不好催她。按我们这里的习俗，家珍是被她娘家的人硬给接走的，也应该由她娘家的人送回来。我娘对我说：

“有庆姓了徐，家珍也就马上要回来了。”

她又说：“家珍现在身体虚，还是待在城里好。家珍要好好补一补。”

家珍是在有庆半岁的时候回来的。她来的时候没有坐轿子，她将有庆放在身后的一个包裹里，走了十多里路回来的。有庆闭着眼睛，小脑袋靠在他娘肩膀上一摇一摇回来认我这个爹了。

家珍穿着水红的旗袍，手挽一个蓝底白花的包裹，漂漂亮亮地回来了。路两旁的油菜花开得金黄金黄，蜜蜂嗡嗡叫着飞来飞去。家珍走到我家茅屋门口，没有一下子走进去，站在门口笑盈盈地看着我娘。

我娘在屋里坐着编草鞋，她抬起头来后看到一个漂亮的女人站在门口，家珍的身体挡住了光线，身体闪闪发亮。我娘没有认出来是家珍，也没有看到家珍身后的有庆。我娘问她：

"是谁家的小姐，你找谁呀？"

家珍听后咯咯笑起来，说道：

"是我，我是家珍。"

当时我和凤霞在田里，凤霞坐在田埂上看着我干活儿，我听到有个声音喊我，声音像我娘，也有些不像，我问凤霞：

"谁在喊？"

凤霞转过身去看一看说：

"是奶奶。"

我直起身体，看到我娘站在茅屋门口弯着腰使劲喊我，穿水红旗袍的家珍抱着有庆站在一旁。凤霞一看到她娘，撒腿跑了过去。我在水田里站着，看着我娘弯腰叫我的模样，她太使劲了，两只手撑在腿上，免得上面的身体掉到地上。凤霞跑得太快，在田埂上摇来晃去，终于扑到了家珍腿上，抱着有庆的家珍蹲下去和凤霞抱在一起。我这时才走上田埂，我娘还在喊，越走近他们，我脑袋里越是晕晕乎乎的。我一直走到家珍面前，对她笑了笑。家珍站起来，眼睛定定地看了我一阵。我当时那副穷模样使家珍一低头轻轻抽泣了。

我娘在一旁哭得呜呜响，她对我说：

"我说过家珍是你的女人，别人谁也抢不走的。"

家珍一回来，这个家就全了。我干活儿时也有了个帮手，我开始心疼自己的女人了，这是家珍告诉我的，我自己倒是不觉得。我常对家珍说：

"你到田埂上去歇会儿。"

家珍是城里小姐出身，细皮嫩肉的，看着她干粗活儿，我自然心疼。家珍听到我让她去歇一下，就高兴地笑起来，她说：

"我不累。"

我娘常说，只要人活得高兴，就不怕穷。家珍脱掉了旗袍，也和我一样穿上粗布衣服，她整天累得喘不过气来，还总是笑盈盈的。凤霞是个好孩子，我们从砖瓦的房屋搬到茅屋里去住，她照样高高兴兴，吃起粗粮来也不往外吐。弟弟回来以后她就更高兴了，再不到田边来陪我，就一心想着去抱弟弟。有庆苦啊，他姐姐还过了四五年好日子，有庆才在城里待了半年，就到我身边来受苦了，我觉得最对不起的就是儿子。

这样的日子过了一年后，我娘病了。开始只是头晕，我娘说看着我们时糊里糊涂的。我也没怎么在意，想想她年纪大了，眼睛自然看不清。后来有一天，我娘在烧火时突然头一歪，靠在墙上像是睡着了。等我和家珍从田里回来，她还那么靠着。家珍叫她，她也不答应，伸手推推她，她就顺着墙滑了下去。家珍吓得大声叫我，我走到灶间时，她又醒了过来，定定地看了我们一阵，我们问她，她也不答应，又过了一阵，她闻到焦煳的味道，知道饭煮煳了，才开口说道：

"哎呀，我怎么睡着了？"

我娘慌里慌张地想站起来，她站到一半腿一松，身体又掉到地上。我赶紧把她抱到床上，她没完没了地说自己睡着了，她怕我们不相信。家珍把我拉到一旁说：

"你去城里请个郎中来。"

请郎中可是要花钱的，我站着没有动。家珍从褥子底下拿出了两块银圆，是用手帕包着的。看看银圆我有些心疼，那可是家珍从城里带来的，只剩下这两块了。可我娘的身体更叫我担心，我就拿过银圆。家珍把手帕叠得整整齐齐重新塞到褥子底下，给我拿出一身干净衣服，让我换上。我对家珍说：

"我走了。"

家珍没说话，跟着我走到门口，我走了几步回过头去看看她，她往后理了理头发向我点点头。自从家珍回来以后，我还是第一次离开她。我穿着虽然破烂可是干干净净的衣服，脚上是我娘编的新草鞋，要进城去了。凤霞坐在门口的地上，怀里抱着睡着的有庆，她看到我穿得很干净，就问：

"爹，你不是下田吧？"

我走得很快，不到半个时辰就走到城里。我已有一年多没去城里了，走进城里时心里还真有点儿发虚，我怕碰到过去的熟人，我这身破烂衣服让他们见了，不知道他们会说些什么话。我最怕见到的还是我丈人，我不敢从米行那条街走，宁愿多绕一些路。城里几个郎中的医术我都知道，哪个收钱黑，哪个收钱公道我也知道。我想了想，还是去找住在绸店隔壁的林郎中，这个老头儿是我丈人的朋友，看在家珍的分上他也会少收些钱。

我路过县太爷府上时，看到一个穿绸衣的小孩正踮着脚，使劲想抓住敲门的铜环。那孩子的年纪就和我凤霞差不多大，我想这可能是县太爷的公子，就走上去对他说：

“我来帮你敲。”

小孩高兴地点点头，我就扣住铜环使劲敲了几下，里面有人答应：

“来啦。”

这时小孩对我说：

“我们快跑吧。”

我还没明白过来，小孩贴着墙壁溜走了。门打开后，一个仆人打扮的男人一看到我穿的衣服，什么话没说就伸手推了我一把。我没料到他会这样，身体一晃就从台阶上跌下来。我从地上爬起来，本来我想算了，可这家伙又走下来踢了我一脚，还说：

“要饭也不看这是什么地方。”

我的火一下子上来了，我骂道：

“老子就是啃你家祖坟里的烂骨头，也不会向你要饭。”

他扑上来就打，我脸上挨了一拳，他也挨了我一脚。我们两个人就在街上扭打起来。这小子黑得很，看看一下子打不赢我，就瞅着我的裤裆抬脚。我呢，好几次踢在他屁股上。我们两个都不会打架，打了一阵听到有人在后面喊：

“难看死啦，这两个畜生打架打得难看死啦。”

我们停住手脚，往后一看，一队穿黄衣服的国民党大兵站在那里，十来门大炮都由马车拉着。刚才喊叫的那个人腰里别着一把手枪，是个当官的。那仆人真灵活，一看到当官的就马上点头哈腰：

“长官，嘿嘿，长官。”

长官向我们两个挥挥手说：

“两头蠢驴，打架都不会，给我去拉大炮。”

我一听这话头皮阵阵发麻，他是拉我当壮丁的。那仆人也急了，走上前去说：

“长官，我是本县县太爷家里的。”

长官说：“县太爷的公子更应该为党国出力嘛。”

“不，不。”仆人吓得连声说，“我不是公子，打死我也不也敢。排长，我是县太爷的仆人。”

“× 你娘。”长官大声骂道：“老子是连长。”

“是，是，连长，我是县太爷的仆人。”

那仆人怎么说都没用，反而把连长说烦了，连长伸手给他一巴掌：

“少他娘的说废话，去拉大炮。”他看到了我。“还有你。”

我只好走上去，拉住一匹马的缰绳，跟着他们往前走。我想到时候找个机会再逃跑吧。那仆人还在前面向连长求情，走了一段路后，连长竟然答应了，他说：

“行，行，你回去吧，你小子烦死我了。”

仆人高兴坏了，他像是要跪下来给连长叩头，可又没有下跪，只是在连长面前不停地搓着手，连长说：

“还不滚蛋。”

仆人说：“滚，滚，我这就滚。”

仆人说着转身走去，这时候连长从腰里抽出手枪来，把胳膊端平了，闭上一只眼睛向走去的仆人瞄准。仆人走出了十多步回过头来看看，这一看把他吓得傻站在那里一动不动，像只夜里的麻雀一样让连长瞄准。连长这时对他说：

“走呀，走呀。”

仆人扑通一声跪在地上，连哭带喊：

“连长，连长，连长。”

连长向他开了一枪，没有打中，打在他身旁，飞起的小石子划破了他的手，手倒是出血了。连长握着手枪向他挥动着说：

“站起来，站起来。”

他站了起来。连长又说：“走呀，走呀。”

他伤心地哭了，结结巴巴地说：

“连长，我拉大炮吧。”

连长又端起胳膊，第二次向他瞄准，嘴里说着：

“走呀，走呀。”

仆人这时才突然明白似的，一转身就疯跑起来。连长打出第二枪时，他刚好拐进了一条胡同。连长看看自己的手枪，骂了一声：

“他娘的，老子闭错了一只眼睛。”

连长转过身来，看到了站在后面的我，就提着手枪走过来，把枪口顶着我的胸膛，对我说：

“你也回去吧。”

我的两条腿拼命哆嗦，心想他这次就是两只眼睛全闭错，也会一枪把我送上西天。我连声说：

“我拉大炮，我拉大炮。”

我右手拉着缰绳，左手捏住口袋里家珍给我的两块银圆，走出城里时，看到田地里与我家相像的茅屋，我低下头哭了。

我跟着这支往北去的炮队，越走越远，一个多月后我们走到了安徽。开始的几天我一心想逃跑，当时想逃跑的不只是我一个人，每过两天，连里就会少掉一两张熟悉的脸，我心想他们是不是逃跑了，我就问一个叫老全的老兵。老全说：

“谁也逃不掉。”

老全问我夜里睡觉听到枪声没有，我说听到了，他说：

“那就是打逃兵的，命大的不让打死，也会被别的部队抓去。”

老全说得我心都寒了。老全告诉我，他抗战时就被拉了壮丁，开拔到江西他逃了出来，没几天又被去福建的部队拉了去。当兵六年多，没跟日本人打过仗，光跟共产党的游击队打仗。这中间他逃跑了七次，都被别的部队拉了去。最后一次他离家只有一百多里路了，结果撞上了这一支炮队。老全说他不想再跑了，他说：

“我逃腻了。”

我们渡过长江以后就穿上了棉袄。一过长江，我想逃跑的心也死了，离家越远我也就越没有胆量逃跑。我们连里有十来个都是十五六岁的孩子，有一个叫春生的娃娃兵，是江苏人，他老向我打听往北去是不是打仗，我就说是的。其实我也不知道，我想当上了兵就逃不了要打仗。春生和我最亲热，他总是挨着我，拉着我的胳膊问：

“我们会不会被打死？”

我说：“我不知道。”

说这话时我自己心里也是一阵阵难受。过了长江以后，我们开始听到枪炮声，起先是远远传来，我们又走了两天，枪炮声越来越响。那时我们来到了一个村庄，村里别说是人了，连牲畜都见不着。连长命令我们架起大炮，我知道这下是真要打仗了。有人走过去问连长：

“连长，这是什么地方？”

连长说：“你问我，我他娘的去问谁？”

连长都不知道我们到了什么地方，村里人跑了个精光，我望望四周，除了光秃秃的树和一些茅屋，什么都没有。过了两天，穿黄衣服的大兵越来越多，他们在四周一队队走过去，又一队队走过来，有些部队就在我们旁边扎下了。又过了两天，我们一炮还未打，连长对我们说：

“我们被包围了。”

被包围的不只是我们一个连，有十来万人的国军全被包围在方圆只有二十来里路的地方里，满地都是黄衣服，像是赶庙会一样。这时候老全神了，他坐在坑道外的土墩上吸着烟，看着那些来来去去的黄皮大兵，不时和中间某个人打声招呼，他认识的人实在是多。老全走南闯北，在七支部队里混过，他嘻嘻哈哈地和几个旧相识说着脏话，互相打听几个人名，我听他们不是说死了，就是说前两天还见过。老全告诉我和春生，这些人当初都和他一起逃跑过。老全正说着，有个人向这里叫：

“老全，你还没死啊？”

老全又遇到旧相识了，哈哈笑道：

“你小子什么时候被抓回来的？”

那人还没说话，另一边也有人叫上老全了，老全扭脸一看，急忙站起来喊：

“喂，你知道老良在哪里？”

那个人嘻嘻笑着喊道：

“死啦。”

老全沮丧地坐下来，骂道：

“妈的，他还欠我一块银圆呢。”

接着老全得意地对我和春生说：

“你们瞧，谁都没逃成。”

刚开始我们只是被包围住，解放军没有立刻来打我们，我们还不怎么害怕，连长也不怕，他说蒋委员长会派坦克来救我们出去的。后来前面的枪炮声越来越响，我们也没有很害怕，只是一个个都闲着没事可干，连长没有命令我们开炮。有个老兵想想前面的弟兄流血送命，我们老闲着也不是个办法，他就去问连长：

“我们是不是也打几炮？”

连长那时候躲在坑道里赌钱，他气冲冲地反问：

“打炮，往哪里打？”

连长说得也对，几炮打出去要是打在国军兄弟头上，前面的国军一气之下杀回来收拾我们，这可不是闹着玩的。连长命令我们都在坑道里待着，爱干什么就干什么，就是别出去打炮。

被包围以后，我们的粮食和弹药全靠空投。飞机在上面一出现，下面的国军就跟蚂蚁似的密密麻麻地拥来拥去，扔下的一箱箱弹药没人要，全往一袋袋大米上扑。飞机一走，抢到大米的国军兄弟两个人提一袋，旁边的人端着枪，保护他们，那么一堆一堆地分散开去，都走回自己的坑道。

没过多久，成群结伙的国军向房屋和光秃秃的树木拥去，远近的茅屋顶上都爬上去了人，又拆茅屋又砍树，这哪还像是打仗，乱糟糟的响声差不多都要盖住前沿的枪炮声了。才半天工夫，眼睛望得到的房屋树木全没了，空地上全都是扛着房梁、树木和抱着木板、凳子的大兵，他们回到自己的坑道后，一条条煮米饭的炊烟就升了起来，在空中扭来扭去。

那时候最多的就是子弹了，往哪里躺都硌得身体疼。四周的房屋被拆光，树也砍光后，满地的国军提着刺刀去割枯草，那情形真像是农忙时在割稻子，有些人满头大汗地刨着树根。还有一些人开始掘坟，用掘出的棺材板烧火。掘出了棺材就把死人骨头往坑外一丢，也不给重新埋了。到了那种时候，谁也不怕死人骨头了，夜里就是挨在一起睡觉也不会做噩梦。煮米饭的柴越来越少，米倒是越来越多。没人抢米了，我们三个人去扛了几袋米回来，铺在坑道当睡觉的床，这样躺着就不怕子弹硌得身体难受了。

等到再也没有什么可当柴煮米饭时，蒋委员长还没有把我们救出去。好在那时飞机不再往下投大米，改成投大饼，成包的大饼一落地，弟兄们像牲畜一样扑上去乱抢，叠得一层又一层，跟我娘纳出的鞋底一样，他们嗷嗷乱叫着和野狼没什么两样。

老全说："我们分开去抢。"

这种时候只能分开去抢，才能多抢些大饼回来。我们爬出坑道，自己选了个方向走去。当时子弹在很近的地方飞来飞去，常有一些流弹蹿过来。有一次我跑着跑着，身边一个人突然摔倒，我还以为他是饿昏了，扭头一看他半个脑袋没了，吓得我腿一软也差一点摔倒。抢大饼比抢大米还难，按说国军每天都在拼命地死人，可当飞机从天那边飞过来时，人全从地里冒了出来，光秃秃的地上像是突然长出了一排排草，跟着飞机跑，大饼一扔下，人才散开去，各自冲向看好的降落伞。大饼包得也不结实，一落地就散了，几十上百个人往一个地方扑，有些人还没挨着地就撞昏过去了，我抢一次大饼就跟被人吊起来用皮带打了一顿似的全身疼。到头来也只是抢到了几张大饼。回到坑道里，老全已经坐在那里了，他脸上青一块紫一块的，他抢到的饼也不比我多。老全当了八年兵，心地还是很善良，他把自己的饼往我的上面一放，说等春生回来一起吃。我们两个就蹲在坑道里，露出脑袋张望春生。

过了一会儿，我们看到春生怀里抱着一堆胶鞋猫着腰跑来了，这孩子高兴得满脸通红，他一翻身滚了进来，指着满地的胶鞋问我们：

"多不多？"

老全望望我，问春生：

"这能吃吗？"

春生说："可以煮米饭啊。"

我们一想还真对，看看春生脸上一点伤都没有，老全对我说：

“这小子比谁都精。”

后来我们就不去抢大饼了，用上了春生的办法。抢大饼的人叠在一起时，我们就去扒他们脚上的胶鞋，有些脚没有反应，有些脚乱蹬起来，我们就随手捡个钢盔狠狠揍那些不老实的脚，挨了揍的脚抽搐几下都跟冻僵似的硬了。我们抱着胶鞋回到坑道里生火，反正大米有的是，这样还免去了皮肉之苦。我们三个人边煮着米饭，边看着那些光脚在冬天里一走一跳的人，嘿嘿笑个不停。

前沿的枪炮声越来越紧，也不分白天和晚上。我们待在坑道里也听惯了，经常有炮弹在不远处爆炸，我们连的大炮都被打烂了，这些大炮一炮都没放，就成了一堆烂铁，我们更加没事可干了。那么一些日子下来，春生也不怎么害怕了，到那时候怕也没有用。枪炮声越来越近，我们总觉得还远着呢。最难受的就是天越来越冷，睡上几分钟就冻醒一次。炮弹在外面爆炸时常震得我们耳朵里嗡嗡乱叫，春生怎么说也只是个孩子，他迷迷糊糊睡着时，一颗炮弹飞到近处一炸，把他的身体都弹了起来，他被吵醒后怒气冲冲地站在坑道上，对前面的枪炮声大喊：

“你们他娘的轻一点，吵得老子都睡不着。”

我赶紧把他拉下来，当时子弹已在坑道上面飞来飞去了。

国军的阵地一天比一天小，我们就不敢随便爬出坑道，除非饿极了才出去找吃的。每天都有几千伤号被抬下来，我们连的阵地在后方，成了伤号的天下。有那么几天，我和老全、春生扑在坑道上，露出三个脑袋，看那些抬担架的将缺胳膊断腿的伤号抬过来。隔上不多时间，就过来一长串担架，抬担架的都猫着腰，跑到我们近前找一块空地，喊一、二、三，喊到三时将担架一翻，倒垃圾似的将伤号扔到地上就不管了。伤号疼得嗷嗷乱叫，哭天喊地的叫声是一长串一长串响过来。老全看着那些抬担架的离去，骂了一声：

“这些畜生。”

伤号越来越多，只要前面枪炮声还在响，就有担架往这里来，喊着一、二、三把伤号往地上扔。地上的伤号起先是一堆一堆，没多久就连成一片，在那里疼得嗷嗷直叫，那叫喊我一辈子都忘不了，我和春生看得心里一阵阵冒寒气，连老全都直皱眉。我想这仗怎么打呀。

天一黑，又下起了雪。有一长段时间没有枪炮声，我们就听着躺在坑道外面几千没死的伤号呜呜的声音，像是在哭，又像是在笑，那是疼得受不了的声音，我这辈子就再没听到过这么怕人的声音了。一大片一大片，就像潮水从我们身上涌过去。雪花落下来，天太黑，我们看不见雪花，只是觉得身体又冷又湿，手上软绵绵一片，慢慢地化了，没多久又积上了厚厚一层雪花。

我们三个人紧挨着睡在一起，又饿又冷，那时候飞机也来得少了，都很难找到吃的东西。谁也不会再去盼蒋委员长来救我们了，接下去是死是活谁也不知道。春生推推我，问：

“福贵，你睡着了吗？”

我说：“没有。”

他又推推老全，老全没说话。春生鼻子抽了两下，对我说：

“这下活不成了。”

我听了这话鼻子里也酸溜溜的。老全这时说话了，他两条胳膊伸了伸说：

“别说这丧气话。”

他身体坐起来，又说：

“老子大小也打过几十次仗了，每次我都对自己说：‘老子死也要活着。’子弹从我身上什么地方都擦过，就是没伤着我。春生，只要想着自己不死，就死不了。”

接下去我们谁也没说话，都想着自己的心事。我是一遍遍想着自己的家，想想凤霞抱着有庆坐在门口，想想我娘和家珍。想着想着心里像是被堵住了，都透不过气来，像被人捂住了嘴和鼻子一样。

到了后半夜，坑道外面伤号的呜咽渐渐小了下去，我想他们大部分都睡着了吧。只有不多的几个人还在呜呜地响，那声音一段一段的，飘来飘去，听上去像是在说话，你问一句，他答一声，声音凄凉得都不像是活人发出来的。那么过了一阵后，只剩下一个声音在呜咽了，声音低得像蚊虫在叫，轻轻地在我脸上飞来飞去，听着听着已不像是在呻吟，倒像是在唱什么小调。周围静得什么声响都没有，只有这样一个声音，长久地在那里转来转去。我听得眼泪都流了出来，把脸上的雪化了后，流进脖子就跟冷风吹了进来。

天亮时，什么声音也没有了，我们露出脑袋一看，昨天还在喊叫的几千伤号全死了，横七竖八地躺在那里，一动不动，上面盖了一层薄薄的雪花。我们这些躲在坑道里还活着的人呆呆看了半晌，谁都没说话。连老全这样不知见过多少死人的老兵也傻看了很久，末了他叹息一声，摇摇头对我们说：

“惨啊。”

说着，老全爬出了坑道，走到这一大片死人中间翻翻这个，拨拨那个，老全弓着背，在死人中间跨来跨去，时而蹲下去用雪给某一个人擦擦脸。这时枪炮声又响了起来，一些子弹朝这里飞来。我和春生一下子回过魂来，赶紧向老全叫：

“你快回来。”

老全没搭理我们，继续看来看去。过了一会儿，他站住了，来回张望了几下，才朝我们走来。走近了他向我和春生伸出四根指头，摇着头说：

“有四个，我认识。”

话刚说完，老全突然向我们睁圆了眼睛，他的两条腿僵住似的站在那里，随后身体往下一掉跪在了那里。我们不知道他为什么这样，只看到有子弹飞来，就拼命叫：

“老全，你快点。”

喊了几下后，老全还是那么一副样子，我才想完了，老全出事了。我赶紧爬出坑道，向老全跑去，跑到跟前一看，老全背脊上一摊血，我眼睛一黑，哇哇地喊春生。等春生跑过来后，我们两个人把老全抬回到坑道，子弹在我们身旁时时忽地一下擦过去。

我们让老全躺下，我用手顶住他背脊上那摊血，那地方又湿又烫，血还在流，从我指缝流出去。老全眼睛慢吞吞地眨了一下，像是看了一会儿我们，随后嘴巴动了动，声音沙沙地问我们：

“这是什么地方？”

我和春生抬头向周围望望，我们怎么会知道这是什么地方？只好重新去看老全。老全将眼睛紧紧闭了一下，接着慢慢睁开，越睁越大，他的嘴歪了歪，像是在苦笑，我们听到他沙哑地说：

“老子连死在什么地方都不知道。”

老全说完这话，过了没多久就死了。老全死后脑袋歪到了一旁，我和春生知道他已经死了，互相看了半晌，春生先哭了，春生一哭我也忍不住哭了。

后来，我们看到了连长。他换上老百姓的衣服，腰里绑满了钞票，提着个包裹向西走去。我们知道他是要逃命了，衣服里绑着的钞票让他走路时像个一扭一扭的胖老太婆。有个娃娃兵向他喊：

“连长，蒋委员长还救不救我们？”

连长回过头来说：

“蠢蛋，这种时候你娘也不会来救你了，还是自己救自己吧。”一个老兵向他打了一枪，没打中。连长一听到子弹朝他飞去，全没有了过去的威风，撒开两腿就疯跑起来，好几个人都端起枪来打他，连长哇哇叫着跳来跳去在雪地里逃远了。

枪炮声响到了我们鼻子底下，我们都看得见前面开枪的人影了，在硝烟里一个一个摇摇晃晃地倒下去。我算计着自己活不到中午，到不了中午就该轮到我去死了。一个来月在枪炮里混下来后，我倒不怎么怕死，只是觉得自己这么死得不明不白实在是冤，我娘和家珍都不知道我死在何处。

我看看春生，他的一只手还搁在老全身上，愁眉苦脸地也在看着我。我们吃了几天生米，春生的脸都吃肿了。他伸舌头舔舔嘴唇，对我说：

“我想吃大饼。”

到这时候死活已经不重要了，死之前能够吃上大饼也就知足了。春生站了起来，我没叫他小心子弹，他看了看说：

“兴许外面还有饼，我去找找。”

春生爬出了坑道，我没拦他，反正到不了中午我们都得死，他要是真吃到大饼那就太好了。我看着他有气无力地从尸体上跨了过去，这孩子走了几步还回过头来对我说：

“你别走开，我找着了大饼就回来。”

他垂着双手，低头走入了前面的浓烟。那个时候空气里满是焦煳和硝烟味，吸到嗓子眼里觉得有一颗一颗小石子似的东西。

中午没到的时候，坑道里还活着的人全被俘虏了。当端着枪的解放军冲上来时，有个老兵让我们举起双手，他紧张得脸都青了，叫嚷着要我们别碰身边的枪，他怕到时候连他也跟着倒霉。有个比春生大不了多少的解放军将黑洞洞的枪口对准我，我心一横，想这次是真要死了。可他没有开枪，对我叫嚷着什么，我一听是要我爬出去，我心里一下子咚咚乱跳了，我又有活的盼头了。我爬出坑道后，他对我说：

“把手放下吧。”

我放下了手，悬着的心也放下了。我们一排二十多个俘虏由他一人押着向南走去，走不多远就汇入一队更大的俘虏里。到处都是一柱柱冲天的浓烟。向着同一个地方弯过去。地上坑坑洼洼，满是尸体和炸毁了的大炮枪支，烧黑了的军车还在噼噼啪啪。我们走了一段后，二十多个挑着大白馒头的解放军从北横着向我们走来，馒头热气腾腾，看得我口水直流。押我们的一个长官说：

“你们自己排好队。”

没想到他们是给我们送吃的来了，要是春生在该有多好，我往远处看看，不知道这孩子是死是活。我们自动排出了二十多个队形，一个挨着一个每人领了两个馒头，我从没听到过这么一大片吃东西的声音，比几百头猪吃东西时还响。大家都吃得太快，有些人拼命咳嗽，咳嗽声一声比一声高，我身旁的一个咳得比谁都响，他捂着腰疼得眼泪横流。更多的人是噎住了，都抬着脑袋对天空直瞪眼，身体一动不动。

第二天早晨，我们被集合到一块空地上，整整齐齐地坐在地上。前面是两张桌子，一个长官模样的人对我们说话，他先是讲了一通解放全中国的道理，最后宣布愿意参加解放军的继续坐着，想回家的就站出来，去领回家的盘缠。

一听可以回家，我的心怦怦乱跳，可我看到那个长官腰里别了一支手枪又害怕了，我想哪有这样的好事。很多人都坐着没动，有一些人走出去，还真的走到那桌子前去领了盘缠，那个长官一直看着他们，他们领了钱以后还领了通行证。接着就上路了。我的心提到了嗓子眼，那个长官肯定会拔出手枪来毙他们，就跟我们连长一样。可他们走出很远以后，长官也没有掏出手枪。这下我紧张了，我知道解放军是真的愿意放我们回家。这一仗打下来我知道什么叫打仗了，我对自己说再也不能打仗了，我要回家。我就站起来，一直走到那位长官面前，扑通跪下后就哇哇哭起来，我原本想说我要回家，可话到嘴边又变了，我一遍遍叫着：

"连长，连长，连长——"

别的什么话也说不出来，那位长官把我扶起来，问我要说什么。我还是叫他连长，还是哭。旁边一个解放军对我说：

"他是团长。"

他这一说把我吓住了，心想糟了。可听到坐着的俘虏哄地笑起来，又看到团长笑着问我：

"你要说什么？"

我这才放心下来，对团长说：

"我要回家。"

解放军让我回家，还给了盘缠。我一路急匆匆往南走，饿了就用解放军给的盘缠买个烧饼吃下去，困了就找个平整一点的地方睡一觉。我太想家了，一想到今生今世还能和我娘和家珍和我一双儿女团聚，我又是哭又是笑，疯疯癫癫地往南跑。

我走到长江边时，南面还没有解放，解放军在准备渡江了。我过不去，在那里耽搁了几个月。我就到处找活儿干，免得饿死。我知道解放军缺摇船的，我以前有钱时觉得好玩，学过摇船。好几次我都想参加解放军，替他们摇船摇过长江去。想想解放军对我好，我要报恩。可我实在是怕打仗，怕见不到家里人。为了家珍她们，我对自己说：

"我就不报恩了，我记得解放军的好。"

我是跟在往南打去的解放军屁股后面回到家里的，算算时间，我离家都快两年了。走的时候是深秋，回来是初秋。我满身泥土走上了家乡的路，后来我看到了自己的村庄，一点都没变，我一眼就看到了，我急匆匆往前走。看到我家先前的砖瓦房，又看到了现在的茅屋，我一看到茅屋忍不住跑了起来。

离村口不远的地方，一个七八岁的女孩，带着个三岁的男孩在割草。我一看到那个穿得破破烂烂的女孩就认出来了，那是我的凤霞。凤霞拉着有庆的手，有庆走路还磕磕绊绊。我就向凤霞有庆喊：

“凤霞，有庆。”

凤霞像是没有听到，倒是有庆转回身来看我，他被凤霞拉着还在走，脑袋朝我这里歪着。我又喊：

“凤霞，有庆。”

这时有庆拉住了他姐姐，凤霞向我转了过来。我跑到跟前，蹲下去问凤霞：

“凤霞，还认识我吗？”

凤霞张大眼睛看了我一阵，嘴巴动了动没有声音。我对凤霞说：

“我是你爹啊！”

凤霞笑了起来，她的嘴巴一张一张，可是什么声音都没有。当时我就觉得有些不对劲，只是我没往细里想。我知道凤霞认出我来了，她张着嘴向我笑，她的门牙都掉了。我伸手去摸她的脸，她的眼睛亮了亮，就把脸往我手上贴，我又去看有庆，有庆自然认不出我，他害怕地贴在姐姐身上，我去拉他，他就躲着我，我对他说：

“儿子啊，我是你爹。”

有庆干脆躲到了姐姐身后，推着凤霞说：

“我们快走呀。”

这时有一个女人向我们这里跑来，哇哇叫着我的名字，我认出来是家珍，家珍跑得跌跌撞撞，跑到跟前喊了一声：

“福贵。”

就坐在地上大声哭起来，我对家珍说：

“哭什么，哭什么。”

这么一说，我也呜呜地哭了。

我总算回到了家里，看到家珍和一双儿女都活得好好的，我的心放下了。她们拥着我往家里走去，一走近自家的茅屋，我就连连喊：

“娘，娘！”

喊着我就跑了起来，跑到茅屋里一看，没见到我娘，当时我眼睛就黑了一下，折回来问家珍：

“我娘呢？”

家珍什么也不说，就是泪汪汪地看着我，我也就知道娘到什么地方去了。我站在门口脑袋一垂，眼泪便唰唰地流了出来。

我离家两个月多一点，我娘就死了。家珍告诉我，我娘死前一遍一遍对家珍说：

“福贵不会是去赌钱的。”

家珍去城里打听过我不知多少次，竟会没人告诉她我被抓了壮丁，我娘才这么说。可怜她死的时候，还不知道我在什么地方。我的凤霞也可怜，一年前她发了一次高烧后就再不会说话了。家珍哭着告诉我这些时，凤霞就坐在我对面，她知道我们是在说她，就轻轻地对着我笑。看到她笑，我心里就跟针扎一样。有庆也认我这个爹了，只是他仍有些怕我，我一抱他，他就拼命去看家珍和凤霞。随便怎么说，我都回到家里了。头天晚上我怎么都睡不着，我和家珍，还有两个孩子挤在一起，听着风吹动屋顶的茅草，看着外面亮晶晶的月光从门缝里钻进来，我心里是又踏实又暖和，我一会就要去摸摸家珍，摸摸两个孩子，我一遍遍对自己说：

“我回家了。”

我回来的时候，村里开始搞土地改革了，我分到了五亩地，就是原先租龙二的那五亩。龙二是倒大霉了，他做上地主，神气了不到四年，一解放他就完蛋了。共产党没收了他的田产，分给了从前的佃户。他还死不认账，去吓唬那些佃户，也有不买账的，他就动手去打人家。龙二也是自找倒霉，人民政府把他抓了去，说他是恶霸地主。被送到城里大牢后，龙二还是不识时务，那张嘴比石头都硬，最后就给毙掉了。

枪毙龙二那天我也去看了。龙二死到临头才泄了气，听说他从城里被押出来时眼泪汪汪、流着口水对一个熟人说：

“做梦也想不到我会被毙掉。”

龙二也太糊涂了，他以为自己被关几天就会放出来，根本不相信会被枪毙。那是在下午，枪决龙二就在我们的一个邻村，事先有人挖好了坑。那天附近好几个村里的人都来看了，龙二被五花大绑地押了过来，他差不多是被拖过来的，嘴巴半张着呼哧呼哧直喘气。龙二从我身边走过时看了我一眼，我觉得他没认出我来，可走了几步他硬是回过头来，哭着鼻子对我喊道：

“福贵，我是替你去死啊。”

听他这么一喊，我慌了，想想还是离开吧，别看他怎么死了。我从人堆里挤出去，一个人往外走，走了十来步就听到“砰”的一枪，我想龙二彻底完蛋了，可紧接着又是“砰”的一枪，下面又打了三枪，总共是五枪。我想是不是还有别的人也给毙掉，回去的路上我问同村的一个人：

“毙了几个？”

他说：“就毙了龙二。”

龙二真是倒霉透了，他竟挨了五枪，哪怕他有五条命也全报销了。

毙掉龙二后，我往家里走去时脖子上一阵阵冒冷气，我是越想越险，要不是当初我爹和我是两个败家子，没准被毙掉的就是我了。我摸摸自己的脸，又摸摸自己的胳膊，都好好的，我想想自己是该死却没死，我从战场上捡了一条命回来，到了家龙二又成了我的替死鬼，我家的祖坟埋对了地方，我对自己说：

“这下可要好好活了。”

我回到家里时，家珍正在给我纳鞋底，她看到我的脸色吓一跳，以为我病了。当我把自己想的告诉她，她也吓得脸蛋白一阵青一阵，嘴里咝咝地说：

“真险啊！”

后来我就想开了，觉得也用不着自己吓唬自己，这都是命。常言道，大难不死必有后福。我想我的后半截该会越来越好了。我这么对家珍说了，家珍用牙咬断了线，看着我说：

“我也不想要什么福分，只求每年都能给你做一双新鞋。”

我知道家珍的话，我的女人是在求我们从今以后再不分开。看着她老了许多的脸，我心里一阵酸疼。家珍说得对，只要一家人天天在一起，也就不在乎什么福分了。

福贵的讲述到这里中断，我发现我们都坐在阳光下了，阳光的移动使树荫悄悄离开我们，转到了另一边。福贵的身体动了几下才站起来，他拍了拍膝盖对我说：

“我全身都是越来越硬，只有一个地方越来越软。”

我听后不由高声笑起来，朝他耷拉下去的裤裆看看，那里沾了几根青草。他也嘿嘿笑了一下，很高兴我明白他的意思。然后他转过身去喊那头牛：

“福贵。”

那头牛已经从水里出来了，正在啃吃着池塘旁的青草，牛站在两棵柳树下面，牛背上的柳枝失去了垂直的姿态，出现了纷乱的弯曲，在牛的脊背上刷动，一些树叶慢吞吞地掉落下去。

老人又叫了一声：

“福贵。”

牛的屁股像是一块大石头慢慢地移进了水里，随后牛脑袋从柳枝里钻了出来，两只圆滚滚的眼睛朝我们缓缓移来。老人对牛说：

“家珍他们早在干活儿啦，你也歇够了。我知道你没吃饱，谁让你在水里待这么久。”

福贵牵着牛到了水田里，给牛套上犁的工夫，他对我说：

“牛老了也和人老了一样，饿了还得先歇一下，才吃得下去东西。”

我重新在树荫里坐下来，将背包垫在腰后，靠着树干，用草帽扇着风。老牛的肚皮耷拉下来，长长一条，它耕地时肚皮犹如一只大水袋一样摇来晃去。我注意到福贵耷拉下去的裤裆，他的裤裆也在晃动，很像牛的肚皮。

那天我一直在树荫里坐到夕阳西下，我没有离开是因为福贵的讲述还没有结束。

我回家后的日子苦是苦，过得还算安稳。凤霞和有庆一天天大起来，我呢，一天比一天老了。我自己还没觉得，家珍也没觉得，我只是觉得力气远不如从前。到了有一天，我挑着一担菜进城去卖，路过原先绸店那地方，一个熟人见到我就叫了：

“福贵，你头发白啦。”

其实我和他也只是半年没见着，他这么一叫，我才觉得自己是老了许多。回到家里，我把家珍看了又看，看得她不知出了什么事，低头看看自己，又看看背后，才问：

“你看什么呀？”

我笑着告诉她：“你的头发也白了。”

那一年凤霞十七岁了，凤霞长成了女人的模样，要不是她又聋又哑，提亲的也该找上门来了。村里人都说凤霞长得好，凤霞长得和家珍年轻时差不多。有庆也有十二岁了，有庆在城里念小学。

当初送不送有庆去念书，我和家珍着实犹豫了一阵，没有钱啊。凤霞那时才十二三岁，虽说也能帮我干点田里活儿，帮家珍干些家里活儿，可总还是要靠我们养活。我就和家珍商量是不是把凤霞送给别人算了，好省下些钱供有庆念书。别看凤霞听不到，不会说，她可聪明呢，我和家珍一说起把凤霞送人的事，凤霞马上就会扭过头来看我们，两只眼睛一眨一眨，看得我和家珍心都酸了，几天不再提起那事。

眼看着有庆上学的年纪越来越近，这事不能不办了。我就托村里人出去时顺便打听打听，有没有人家愿意领养一个十二岁的女孩。我对家珍说：

“要是碰上一户好人家，凤霞就会比现在过得好。”

家珍听了点着头，眼泪却下来了。做娘的心肠总是要软一些。我劝家珍想开点，凤霞命苦，这辈子看来是要苦到底了。有庆可不能苦一辈子，要让他念书，念书才会有个出息的日子。总不能让两个孩子都被苦捆住，总得有一个日后过得好一些。

村里出去打听的人回来说凤霞大了一点，要是减掉一半岁数，要的人家就多了。这么一说我们也就死心了。谁知过了一个来月，两户人家捎信来要我们的凤霞，一户是领凤霞去做女儿，另一户是让凤霞去侍候两个老人。我和家珍都觉得那户没有儿女的人家好，把凤霞当女儿，总会多疼爱她一些，就传口信让他们来看看。他们来了，见了凤霞夫妻两个都挺喜欢，一知道凤霞不会说话，他们就改变了主意，那个男的说：

“长得倒是挺干净的，只是……”

他没往下说，客客气气地回去了。我和家珍只好让另一户人家来领凤霞。那户倒是不在乎凤霞会不会说话，他们说只要勤快就行。

凤霞被领走那天，我扛着锄头准备下地时，她马上就提上篮子和镰刀跟上了我。几年来我在田里干活儿，凤霞就在旁边割草，已经习惯了。那天我看到她跟着，就推推她，让她回去。她睁圆了眼睛看我，我放下锄头，把她拉回到屋里，从她手里拿过镰刀和篮子，扔到了角落里。她还是睁圆眼睛看着我，她不知道我们把她送给别人了。当家珍给她换上一件水红颜色的衣服时，她不再看我，低着头让家珍给她穿上衣服，那是家珍用过去的旗袍改做的。家珍给她扣纽扣时，她眼泪一颗一颗滴在自己腿上。凤霞知道自己要走了。我拿起锄头走出去，走到门口我对家珍说：

“我下地了，领凤霞的人来了，让他带走就是，别来见我。”

我到了田里，挥着锄头干活儿时，总觉得劲使不到点子上。我是心里发虚啊，往四周看看，看不到凤霞在那里割草，觉得心都空了。想想以后干活儿时再见不到凤霞，我难受得一点力气都没有。这当儿我看到凤霞站在田埂上，身旁一个五十来岁的男人拉着她的手。凤霞的眼泪在脸上哗哗地流，她哭得身体一抖一抖，凤霞哭起来一点声音也没有，她时不时抬起胳膊擦眼睛，我知道她这样做是为了看清楚她爹。那个男人对我笑了笑，说道：

“你放心吧，我会对她好的。”

说完他拉了拉凤霞，凤霞就跟着他走了。凤霞手被拉着走去时，身体一直朝我这边歪着，她一直在看着我。凤霞走着走着，我就看不到她的眼睛了，再过一会，她擦眼睛抬起的胳膊也看不到了。这时我实在忍不住了，歪了歪头眼泪掉了下来。家珍走过来时，我埋怨她：

“叫你别让他们过来，你偏要让他们过来见我。”

家珍说：“不是我，是凤霞自己过来的。”

凤霞走后，有庆不干了。起先凤霞被人领走时，有庆瞪着眼睛还不知道出了什么事，直到凤霞走远了，他才挠着头一步一步往回走。我看到他朝我这里张望几下，就是不过来问我。他还在家珍肚子里时我就打过他，他看到我怕。

吃午饭时，桌子旁没有了凤霞，有庆吃了两口就不吃了，眼睛对着我和家珍转来转去。家珍对他说：

“快吃。”

他摇摇小脑袋，问他娘：

“姐姐呢？”

家珍一听这话头便低下了，她说：

“你快吃。”

这小家伙干脆把筷子一放，对他娘叫道：“姐姐什么时候回来？”

凤霞一走，我心里本来就乱糟糟的，看到有庆这样子，一拍桌子说：

“凤霞不回来啦。”

有庆吓得身体抖了一下，看看我没再发火，他嘴巴歪了两下，低着脑袋说：

“我要姐姐。”

家珍就告诉他，我们把凤霞送给别人家了，为了省下些钱供他上学。听到把凤霞送给了别人，有庆嘴一张哇哇地哭了，边哭边喊：

“我不上学，我要姐姐。”

我没理他，心想他要哭就让他哭吧，谁知他又叫了：

“我不上学。”把我的心都叫乱了，我对他喊：

“你哭个屁。”

有庆给吓住了，身体往后缩缩，看到我低头重新吃饭，他就离开凳子，走到墙角，突然又喊了一声：

“我要姐姐。”

我知道这次非揍他不可了，从门后拿出扫帚走过去，对他说：

“转过去。”

有庆看看家珍，乖乖地转了过去，两只手扶在墙上，我说：

“脱掉裤子。”

有庆脑袋扭过来，看看家珍，脱下了裤子后又转过脸来看家珍，看到他娘没过来拦我，他慌了。我举起扫帚时，他怯生生地说：

“爹，别打我好吗？”

他这么说，我心也就软了。有庆也没有错，他是凤霞带大的，他对姐姐亲，想姐姐。我拍拍他的脑袋，说：

“快去吃饭吧。”

过了两个月，有庆上学的日子到了。凤霞被领走时穿了一件好衣服，有庆上学了还是穿得破破烂烂，家珍做娘的心里怪难受的，她蹲在有庆跟前，替他这儿拉拉，那儿拍拍，对我说：

“都没件好衣服。”

谁想到有庆这时候又说：

“我不上学。”

都过去了两个月，我以为他早忘了凤霞的事，到了上学这一天，他又这么叫了。这次我没有发火，好言好语告诉他，凤霞就是为了他上学才送给别人的，他只有好好念书才对得起姐姐。有庆倔劲上来了，他抬起脑袋冲我说：

“我就是不上学。”

我说：“你屁股又痒啦？”

他干脆一转身，脚使劲往地上蹬着走进了里屋，进了屋后喊：

“你打死我，我也不上学。”

我想这孩子是要我揍他，就提着扫帚进去。家珍拉住我，低声说：

“你轻点，吓唬吓唬就行了，别真的揍他。”

我一进屋，有庆已经卧在床上了，裤子褪到大腿一面，露着两片小屁股，他是在等我去揍他。他这样子反倒让我下不了手，我就先用话吓唬他：

“现在说上学还来得及。”

他尖声喊：

“我要姐姐。”

我朝他屁股上揍了一下。他抱着脑袋说：

“不疼。”

我又揍了一下，他还是说：

“不疼。”

这孩子是逼我使劲揍他，真把我气坏了。我就使劲往他屁股上揍，这下他受不了，哇哇地哭，我也不管，还是使劲揍。有庆总还小，过了一会儿，他实在疼得挺不住，求我了：

“爹，别打了，我上学。”

有庆是个好孩子。他上学第一天中午回来后，一看到我就哆嗦一下，我还以为他是早晨被我打怕了，就亲热地问他学校好不好，他低着头轻轻嗯了一下，吃饭的时候，他老是抬起头来看看我，一副害怕的样子，让我心里很不是滋味，想想早晨我出手也太重了。到饭快吃完的时候，有庆叫了我一声：

“爹。”

他说：“老师要我自己来告诉你们，老师批评我了，说我坐在凳子上动来动去，不好好念书。”

我一听火就上来了，凤霞都送给了别人，他还不好好念书。我把碗往桌上一拍，他先哭了，哭着对我说：

“爹，你别打我。我是屁股疼得坐不下去。”

我赶紧把他裤子剥下来一看，有庆的屁股上青一块紫一块，那是早晨揍的，这样怎么让他在凳子上坐下去。看着儿子那副哆嗦的样子，我鼻子一酸，眼睛也湿了。

凤霞让别人领去才几个月，她就跑了回来。凤霞回来时夜深了，我和家珍在床上，听到有人在外面敲门，先是很轻地敲了一下，过了一会又敲了两下。我想是谁呀，这么晚了。爬起来去开门，一开门看到是凤霞，都忘了她听不到，赶紧叫：

“凤霞，快进来。”

我这么一叫，家珍一下子从床上下来，没穿鞋就往门口跑。我把凤霞拉进来，家珍一把将她抱过去呜呜地哭了。我推推她，让她别这样。

凤霞的头发和衣服都被露水沾湿了，我们把她拉到床上坐下，她一只手扯住我的袖管，一只手拉住家珍的衣服，身体一抖一抖哭得都哽住了。家珍想去拿条毛巾给她擦擦头发，她拉住家珍的衣服就是不肯松开，家珍只得用手去替她擦头发。过了很久，她才止住哭，抓住我们的手也松开了。我把她两只手拿起来看了又看，想看看那户人家是不是让凤霞做牛做马地干活儿，看了很久也看不出个究竟来，凤霞手上厚厚的茧在家里就有了。我又看她的脸，脸上也没有什么伤痕，这才稍稍有些放心。

凤霞头发干了后，家珍替她脱了衣服，让她和有庆睡一头。凤霞躺下后，睁眼看着睡着的有庆好一会儿，偷偷笑了一下，才把眼睛闭上。有庆翻了个身，把手搁在凤霞嘴上，像是打他姐姐巴掌似的。凤霞睡着后像只小猫，又乖又安静，一动不动。

有庆早晨醒来一看到他姐姐，使劲搓眼睛，搓完眼睛看看还是凤霞，衣服不穿就从床上跳下来，张着个嘴一声声喊：

“姐姐，姐姐。”

这孩子一早晨嘻嘻笑个不停。家珍让他快点吃饭，还要上学去。他就笑不出来了，偷偷看了我一眼，低声问家珍：

“今天不上学好吗？”

我说：“不行。”

他不敢再说什么，当他背着书包出门时狠狠蹬了几脚，随即怕我发火，飞快地跑了起来。有庆走后，我让家珍拿身干净衣服出来，准备送凤霞回去，一转身看到凤霞提着篮子和镰刀站在门口等着我了，凤霞哀求地看着我，叫我实在不忍心送她回去，我看看家珍，家珍看着我的眼睛也像是在求我，我对她说：

“让凤霞再待一天吧。”

我是吃过晚饭送凤霞回去的，凤霞没有哭，她可怜巴巴地看看她娘，看看她弟弟，拉着我的袖管跟我走了。有庆在后面又哭又闹，反正凤霞听不到，我没理睬他。

那一路走得真是叫我心里难受，我不让自己去看凤霞，一直往前走，走着走着天黑了，风飕飕地吹在我脸上，又灌到脖子里去。凤霞双手捏住我的袖管，一点声音也没有。天黑后，路上的石子绊着凤霞，走上一段凤霞的身体就摇一下，我蹲下去把她两只脚揉一揉，凤霞两只小手搁在我脖子上，她的手很冷，一动不动。后面的路是我背着凤霞走去，到了城里，看看离那户人家近了，我就在路灯下把凤霞放下来，把她看了又看，凤霞是个好孩子，到了那时候也没哭，只是睁大眼睛看我，我伸手去摸她的脸，她也伸过手来摸我的脸。她的手在我脸上一摸，我再也不愿意送她回到那户人家去了，背起凤霞就往回走。凤霞的小胳膊勾住我的脖子，走了一段她突然紧紧抱住了我，她知道我是带她回家了。

回到家里，家珍看到我们怔住了，我说：

“就是全家都饿死，也不送凤霞回去。”

家珍轻轻地笑了，笑着笑着眼泪掉了出来。

有庆念了两年书，到了十岁光景，家里日子算是好过一些了，那时凤霞也跟我们一起下地干活儿，凤霞已经能自己养活自己了。家里还养了两头羊，全靠有庆割草去喂它们。每天蒙蒙亮时，家珍就把有庆叫醒，这孩子把镰刀扔在篮子里，一只手提着，一只手搓着眼睛跌跌撞撞走出屋门去割草，那样子怪可怜的，孩子在这个年纪是最睡不醒的，可有什么办法呢？没有有庆去割草，两头羊就得饿死。到了有庆提着一篮草回来，上学也快迟到了，急忙往嘴里塞一碗饭，边嚼边往城里跑。中午跑回家又得割草，喂了羊再自己吃饭，上学自然又来不及了。

有庆十来岁的时候，一天两次来去就得跑五十多里路。

有庆这么跑，鞋当然坏得快。家珍是城里有钱人家出身，觉得有庆是上学的孩子了，不能再光着脚丫，给他做了一双布鞋。我倒觉得上学只要把书念好就行，穿不穿鞋有什么关系。有庆穿上新鞋才两个月，我看到家珍又在纳鞋底，问她是给谁做鞋，她说是给有庆。

田里的活儿已经把家珍累得说话都没力气了，有庆非得把他娘累死。我把有庆穿了两个月的鞋拿起来一看，这哪还是鞋，鞋底磨穿了不说，一只鞋连鞋帮都掉了。等有庆提着满满一篮草回来时，我把鞋扔过去，揪住他的耳朵让他看看：

“你这是穿的，还是啃的？”

有庆摸着被揪疼的耳朵，咧了咧嘴，想哭又不敢哭。我警告他：

“你再这样穿鞋，我就把你的脚砍掉。”

其实是我没道理，家里的两头羊全靠有庆喂它们，这孩子在家干这么重的活儿，耽误了上学时间总是跑着去，中午放学想早点回来割草，又跑着回来。不说羊粪肥田这事，就是每年剪了羊毛去卖了的钱，也不知道能给有庆做多少双鞋。我这么一说以后，有庆上学就光脚丫跑去，到了学校再穿上鞋。有一次都下雪了，他还是光着脚丫在雪地里吧嗒吧嗒往学校跑，让我这个做爹的看得好心疼，我叫住他：

“你手里拿着什么？”

这孩子站在雪地里看着手里的鞋，可能是糊涂了，都不知道说什么。我说：

“那是鞋，不是手套，你给我穿上。”

他这才穿上了鞋，缩着脑袋等我下面的话。我向他挥挥手：

“你走吧。”

有庆转身往城里跑，跑了没多远，我看到他又脱下了鞋。这孩子让我一点办法都没有。

到了一九五八年，人民公社成立了。我家那五亩地全划到了人民公社名下，只留下屋前一小块自留地。村长也不叫村长了，改叫成队长。队长每天早晨站在村口的榆树下吹口哨，村里男男女女都扛着家伙到村口去集合，就跟当兵一样，队长将一天的活派下来，大伙就分头去干。村里人都觉得新鲜，排着队下地干活儿，嘻嘻哈哈地看着别人的样子笑，我和家珍、凤霞排着队走去还算整齐，有些人家老的老小的小，中间有个老太太还扭着小脚，排出来的队伍难看死了，连队长看了都说：

“你们这一家啊，横看竖看还是不好看。”

家里五亩田归了人民公社，家珍心里自然舍不得，过来的十来年，我们一家全靠这五亩田养活，眼睛一眨，这五亩田成了大伙的了，家珍常说：

“往后要是再分田，我还是要那五亩。”

谁知没多少日子，连家里的锅都归了人民公社，说是要煮钢铁。那天队长带着几个人挨家挨户来砸锅，到了我家，笑嘻嘻地对我说：

“福贵，是你自己拿出来呢，还是我们进去砸？”

我心想反正每家的锅都得砸，我家怎么也逃不了，就说：

“自己拿，我自己拿。”

我将锅拿出来放在地上，两个年轻人挥起锄头就砸，才那么三五下，好端端的一口锅就被砸烂了。家珍站在一旁看着心疼得都掉出了眼泪，家珍对队长说：

“这锅砸了往后吃什么？”

“吃食堂。”队长挥着手说，“村里办了食堂，砸了锅谁都用不着在家做饭啦，省出力气往共产主义跑，饿了只要抬抬腿往食堂门槛里放，鱼啊肉啊撑死你们。”

村里办起了食堂，家中的米盐柴什么的也全被村里没收了，最可惜的是那两头羊，有庆把它们养得肥肥壮壮的，也要充公。那天上午，我们一家扛着米、端着盐往食堂送时，有庆牵着两头羊，低着脑袋往晒场去。他心里是一百个不愿意，那两头羊可是他一手喂大的，他天天跑着去学校，又跑着回来，都是为家里的羊。他把羊牵到晒场上，村里别的人家也把牛羊牵到了那里，交给饲养员王喜。别人虽说心里舍不得，交给王喜后也都走开了，只有有庆还在那里站着，咬着嘴唇一动不动，末了可怜巴巴地问王喜：

“我每天都能来抱抱它们吗？”

村里食堂一开张，吃饭时可就好看了，每户人家派两个人去领饭菜，排出长长一队，看上去就跟我当初被俘虏后排队领馒头一样。每家都是让女人去，叽叽喳喳声音响得就和晒稻谷时麻雀一群群飞来似的。队长说得没错，有了食堂确实省事，饿了只要排个队就有吃有喝了。那饭菜敞开吃，能吃多少就吃多少，天天都有肉吃。最初的几天，队长端着个饭碗嘻嘻笑着挨家串门，问大伙：

“省事了吧？这人民公社好不好？”

大伙也高兴，都说好。队长就说：

“这日子过得比当二流子还舒坦。”

家珍也高兴，每回和凤霞端着饭菜回来时就会说：

“又吃肉啦。”

家珍把饭菜往桌上一放，就出门去喊有庆。有庆有庆地喊上一阵子，才看见他提着满满一篮草在田埂上横着跑过去。这孩子是给两头羊送草去。村里三头牛和二十多头羊全被关在一个棚里，那群牲畜一归了人民公社，就倒霉了，常常挨饿，有庆一进去就会围上来。有庆就对着它们叫：

“喂喂，你们在哪里？”

他的两头羊在羊堆里拱出来，有庆才会把草倒在地上，还得使劲把别的羊推开，一直侍候自己的羊吃完，有庆这才呼哧呼哧满头是汗地跑回家来，上学也快迟到了，这孩子跟喝水似的把饭吃下去，抓起书包就跑。

看着他还是每天这么跑来跑去，我心里那个气，嘴上又不好说，说出来怕别人听到了会说我落后。有一次我实在忍不住了，就说：

“别人拉屎你擦什么屁股？”

有庆听了这话，没明白过来，看了我一会儿后扑哧笑了，气得我差点没给他一巴掌，我说：

“这羊早归了公社，关你屁事。”

有庆每天三次给羊送草去，到了天快黑的时候，他还要去一次抱抱那两头羊。管牲畜的王喜见他这么喜欢自己的羊，就说：

“有庆，你今晚就领回家去吧，明天一早送回来就是了。”

有庆知道我不会让他这么干，摇摇头对王喜说：

“我爹要骂我的，我就这么抱一抱吧。”

日子一长，棚里的羊也就越少，过几天就要宰一头。到后来只有有庆一个人送草去了。王喜见了我常说：

“就有庆还天天惦记着它们，别人是要吃肉了才会想到它们。”

村里食堂开张后两天，队长让两个年轻人进城去买煮钢铁的锅，那些砸烂的锅和铁皮什么的都堆在晒场上，队长指着它们说：

“得赶紧把它们给煮了，不能老让它们闲着。”

两个年轻人拿着草绳和扁担进城去后，队长陪着城里请来的风水先生在村里转悠开了，说是要找一块风水宝地煮钢铁。穿长衫的风水先生笑眯眯地走来走去，走到一户人家跟前，那户人家就得倒吸一口冷气，这弓着背的老先生只要一点头，那户人家的屋子就完蛋了。

队长陪着风水先生来到了我家门口，我站在门前心里咚咚地打鼓。队长说：

“福贵，这位是王先生，到你这儿来看看。”

“好，好。”我连连点着头。

风水先生双手背在身后，前后左右看了一会儿，嘴里说：

“好地方，好风水。”

我听了这话眼睛一黑，心想这下完蛋了。好在这时家珍走了出来，家珍看到是她认识的王先生，就叫了一声。王先生说：

“是家珍啊。”

家珍笑着说：“进屋喝碗茶吧。”

王先生摆了摆手，说道：“改日再喝，改日再喝。”

家珍说：“听我爹说你这些日子忙坏了？”

“忙，忙。”王先生点着头说，“请我看风水的都排着队呢。”

说着王先生看看我，问家珍：

“这位就是？”

家珍说：“是福贵。”

王先生眼睛笑得眯成了一条缝，点着头说：

“我知道，我知道。”

看着王先生这副模样，我知道他是想起我从前赌光家产的事。我就对王先生嘿嘿笑了。王先生向我们双手抱拳说：

“改日再聊。”

说过他转身对队长说：

“到别处去看看。”

队长和风水先生一走，我才彻底松了一口气，我这间茅屋算是没事了，可村里老孙家倒大霉了，风水先生看中了他家的屋子。队长让他家把屋子腾出来，老孙头呜呜地哭，蹲在屋角就是不肯搬，队长对他说：

“哭什么，人民公社给你盖新屋。”

老孙头双手抱着脑袋，还是哭，什么话都不说。到了傍晚，队长看看没有别的法子了，就叫上村里几个年轻人，把老孙头从屋里拉出来，将里面的东西也搬到外面。老孙头被拉出来后，双手抱住了一棵树，怎么也不肯松手，拉他的两个年轻人看看队长说：

“队长，拉不动啦。”

队长扭头看了看，说：

“行啦，你们两个过来点火。”

那两个年轻人拿着火柴，站到凳子上，对着屋顶的茅草划燃了火柴。屋顶的茅草本来就发霉了，加上头天又下了一场雨，他们怎么也烧不起来。队长说：

“他娘的，我就不信人民公社的火还烧不掉这破屋子。”

说着队长卷了卷袖管准备自己动手。有人说：

“浇上油，一点就燃。”

队长一想后说：“对啊，他娘的，我怎么没想到，快去食堂取油。”

原先我只觉得自己是个败家子，想不到我们队长也是个败家子。我啊，就站在不到百步远的地方，看着队长他们把好端端的油倒在茅草上，那油可都是从我们嘴里挖出来的，被他们一把火烧没了。那茅草浇上了我们吃的油，火苗子呼呼地往上蹿，黑烟在屋顶滚来滚去。我看到老孙头还是抱着那棵树，他是眼睁睁看着自己的窝没了。老孙头可怜，等到屋顶烧成了灰，四面土墙也烧黑了，他才抹着眼泪走开，村里人听到他说：

“锅砸了，屋子烧了，看来我也得死了。”

那晚上我和家珍都睡不踏实，要不是家珍认识城里看风水的王先生，我这一家人都不知道要到哪里去了。想来想去这都是命，只是苦了老孙头，家珍总觉得这灾祸是我们推到他身上去的，我想想也是这样。我嘴上不这么说，我说：

“是灾祸找到他，不能说是我们推给他的。”

煮钢铁的地方算是腾出来了，去城里买锅的也回来了。他们买了一只汽油桶回来，村里很多人以前没见过汽油桶，看着都很稀奇，问这是什么玩意儿，我以前打仗时见过，就对他们说：

“这是汽油桶，是汽车吃饭用的饭碗。”

队长用脚踢踢汽车的饭碗，说：

“太小啦。”

买来的人说：“没有更大的了，只能一锅一锅煮了。”

队长是个喜欢听道理的人，不管谁说什么，他只要听着有理就相信。他说：

“也对，一口吃不成个大胖子，就一锅一锅煮吧。”

有庆这孩子看到我们很多人围着汽油桶，提着满满一篮草不往羊棚送，先挤到我们这儿来了，他的脑袋从我腰里一擦一磨地钻出来，我想是谁呀，低头一看是自己儿子。有庆对着队长喊：

“煮钢铁桶里要放上水。”

大伙听了都笑。队长说：

“放上水？你小子是想煮肉吧。”

有庆听了这话也嘻嘻笑，他说：

“要不钢铁没煮成，桶底就先煮烂啦。”

谁知队长听了这话，眉毛往上一吊，看着我说：

“福贵，这小子说得还真对。你家出了个科学家。”

队长夸奖有庆，我心里当然高兴，其实有庆是出了个馊主意。汽油桶在原先老孙头家架了起来，将砸烂的锅和铁皮什么的扔了进去，里面还真的放上了水，桶顶盖一个木盖，就这样煮起了钢铁。里面的水一开，那木盖就扑扑地跳，水蒸气呼呼地往外冲，这煮钢铁跟煮肉还真是差不多。

队长每天都要去看几次，每次揭开木盖时，里面发大水似的冲出来蒸气都吓得他跳开好几步，嘴里喊着：

“烫死我啦。”

等到水蒸气少了一些，他就拿着根扁担伸到桶里敲了敲，敲完后骂道：

“他娘的，还硬邦邦的。”

村里煮钢铁那阵子，家珍病了。家珍得了没力气的病，起先我还以为她是年纪大了才这样的。那天村里挑羊粪去肥田，那时候田里插满了竹竿，原先竹竿上都是纸做的小红旗，几场雨一下，红旗全没了，只在竹竿上沾了些红纸屑。家珍也挑着羊粪，她走着走着腿一软坐在了地上，村里人见了都笑，说是：

“福贵夜里干狠了。”

家珍自己也笑了，她站起来试着再挑，那两条腿就哆嗦，抖得裤子像是被风吹的那样乱动起来。我想她是累了，就说：

“你歇一会儿吧。”

刚说完，家珍又坐到了地上，担子里的羊粪泼出来盖住了她的腿。家珍的脸一下子红了，她对我说：

“我也不知道是怎么了。”

我以为家珍只要睡上一觉，第二天就会有力气的。谁想到以后的几天家珍再也挑不动担子了，她只能干些田里的轻活儿。好在那时是人民公社，要不这日子又难熬了。家珍得了病，心里自然难受，到了夜里她常偷偷问我：

“福贵，我会拖累你们吗？”

我说：“你别想这事了，年纪大了都这样。”

到那时我还没怎么把家珍的病放在心上，我心想家珍自从嫁给我以后，就没过上好日子，现在年纪大了，也该让她歇一歇了。谁知过了一个来月，家珍的病一下子重了，那晚上我们一家守着那汽油桶煮钢铁，家珍病倒了，我才吓一跳，才想到要送家珍去城里医院看看。

那时候钢铁煮了有两个多月了，还是硬邦邦的，队长觉得不能让村里最强壮的几个劳动力整日整夜地守着汽油桶，他说：

“往后就挨家挨户轮了。”

轮到我家时，队长对我说：

“福贵，明天就是国庆节了，把火烧得旺些，怎么也得给我把钢铁煮出来。”

我让家珍和凤霞早早地去食堂守着，好早些把饭菜打回来，吃完了去接替人家，我怕去晚了人家会说闲话。可是家珍和凤霞打了饭菜回来，左等右等不见有庆回来，家珍站在门前喊得额头都出汗了，我知道这孩子准是割了草送到羊棚去了。我对家珍说：

“你们先吃。”

说完我出门就往村里羊棚去，心想这孩子太不懂事了，不帮着家珍干些家里的活儿，整天就知道割羊草，胳膊一个劲地往外拐。我走到羊棚前，看到有庆正把草倒在地上，棚里只有六只羊了，全挤上来抢着吃草，有庆提着篮子问王喜：

“他们会宰我的羊吗？”

王喜说：“不会了，把羊吃光了，上哪儿去找肥料，没有了肥料田里的庄稼就长不好。”

王喜看到我走进去，对有庆说：

“你爹来了，你快回去吧。”

有庆转过身来，我伸手拍拍他的脑袋，这孩子刚才问王喜时的可怜腔调，让我有火发不出。我们往家里走去，有庆看到我没发火，高兴地对我说：

“他们不会宰我的羊了。”

我说：“宰了才好。”

到了晚上，我们一家就守着汽油桶煮钢铁了，我负责往桶里加水，凤霞拿一把扇子扇火，家珍和有庆捡树枝。直干到半夜，村里所有人家都睡了，我都加了三次水，拿一根树枝往里捅了捅，还是硬邦邦的。家珍累得满脸是汗，她弯腰放下树枝时都跪在了地上。我盖上木盖对她说：

“你怕是病了。”

家珍说：“我没病，只是觉得身体软。”

那时候有庆靠着一棵树像是睡着了，凤霞两只手换来换去地扇着风，她是胳膊疼了。我去推推她，她以为我要替她，转过脸来直摇头，我就指指有庆，要她把有庆抱回家去，她这才点着头站起来。村里羊棚里传来咩咩的叫声，睡着的有庆听到这声音咯咯地笑了，当凤霞要去抱他时，他突然睁开眼睛说：

“是我的羊在叫。”

我还以为他睡着了，看到他睁开眼睛，又说是他的羊什么的，我火了，对他说：

"是人民公社的羊，不是你的。"

这孩子吓一跳，瞌睡全没了，眼睛定定地看着我。家珍推推我，说我：

"你别吓唬他。"

说着蹲下去对有庆轻声说：

"有庆，你睡吧，睡吧。"

这孩子看看家珍，点点头闭上了眼睛，没一会儿工夫就呼呼地睡去了。我把有庆抱起来，放到凤霞背脊上，打着手势告诉凤霞，让她和有庆回家去睡觉，别来了。

凤霞背着有庆走后，我和家珍坐在了火前，那时天很凉，坐在火前暖和，家珍累得一点力气都没了，胳膊抬起来都费劲，我就让家珍靠着我，说：

"你就闭上眼睛睡一会儿吧。"

家珍的脑袋往我肩膀上一靠，我的瞌睡也来了，脑袋老往下掉，我使劲挺一会，不知不觉又掉了下去。我最后一次往火里加了树枝后，脑袋掉下去就没再抬起来。

我不知道自己睡了有多久，后来轰的一声巨响，把我吓得从地上一下子坐起来。那时候天都快亮了，我看到汽油桶已经倒在了地上，火像水一样流成一片在烧，我身上盖着家珍的衣服，我立刻跳起来，围着汽油桶跑了两圈，没见到家珍，我吓坏了，吼着嗓子叫：

"家珍，家珍。"

我听到家珍在池塘那边轻声答应，我跑过去看到家珍坐在地上，正使劲想站起来，我把她扶起来时，发现她身上的衣服都湿透了。

我睡着以后，家珍一直没睡，不停地往火上加树枝，后来桶里的水快煮干了，她就拿着木桶去池塘打水，她身上没力气，拿着个空桶都累，别说是满满一桶水了，她提起来才走了五六步就倒在地上，她坐在地上歇了一会儿，又去打了一桶水，这回她走一步歇一下，可刚刚走上池塘人又滑倒了，前后两桶水全泼在她身上，她坐在地上没力气起来了，一直等到我被那声巨响吓醒。

看到家珍没伤着，我悬着的心放下了，我把家珍扶到汽油桶前，还有一点火在烧，我一看是桶底煮烂了，心想这下糟了。家珍一看这情形，也傻了，她一个劲地埋怨自己：

"都怪我，都怪我。"

我说："是我不好，我不该睡着。"

我想着还是快些去报告队长吧，就把家珍扶到那棵树下，让她靠着树坐下。

自己往我家从前的宅院，后来是龙二、现在是队长的屋子跑去，跑到队长屋前，我使劲喊：

“队长，队长。”

队长在里面答应：“谁呀？”

我说：“是我，福贵，桶底煮烂啦。”

队长问：“是钢铁煮成啦？”

我说：“没煮成。”

队长骂道：“那你叫个屁。”

我不敢再叫了，在那里站着不知道该怎么办，那时候天都亮了，我想了想还是先送家珍去城里医院吧，家珍的病看样子不轻，这桶底煮烂的事待我从医院回来再去向队长作个交代。我先回家把凤霞叫醒，让她也去，家珍是走不动了，我年纪大了，背着家珍来去走二十多里路看来不行，只能和凤霞轮流着背她。

我背起家珍往城里走，凤霞走在一旁，家珍在我背上说：

“我没病，福贵，我没病。”

我知道她是舍不得花钱治病，我说：

“有没有病，到医院一看就知道了。”

家珍不愿意去医院，一路上嘟嘟哝哝的。走了一段，我没力气了，就让凤霞替我。凤霞力气比我都大，背着她娘走起路来咚咚响。家珍到了凤霞背脊上，不再嘟哝什么，突然笑起来，宽慰地说：

“凤霞长大了。”

家珍说完这话眼睛一红，又说：

“凤霞要是不得那场病就好了。”

我说：“都多少年的事了，还提它干什么。”

城里医生说家珍得了软骨病，说这种病谁也治不了，让我们把家珍背回家，能给她吃得好一点就吃得好一点，家珍的病可能会越来越重，也可能就这样了。回来的路上是凤霞背着家珍，我走在边上心里是七上八下，家珍得了谁也治不了的病，我是越想越怕，这辈子这么快就到了这里，看着家珍瘦得都没肉的脸，我想她嫁给我后没过上一天好日子。

家珍反倒有些高兴，她在凤霞背上说：

“治不了才好，哪有钱治病。”

快到村口时，家珍说她好些了，要下来自己走，她说：

“别吓着有庆了。”

她是担心有庆看到她这副模样会害怕，做娘的心里就是想得细。她从凤霞背上下来，我们去扶她，她说自己能走，说：

“其实也没什么病。”

这时村里传来了锣鼓声，队长带着一队人从村口走出来，队长看到我们后高兴地挥着手喊道：

“福贵，你们家立大功啦。”

我是丈二和尚摸不着头脑，不知道立了什么大功，等他们走近了，我看到两个村里的年轻人抬着一块乱七八糟的铁，上面还翘着半个锅的形状，和几片耸出来的铁片，一块红布挂在上面。队长指指这烂铁说：

“你家把钢铁煮出来啦，赶上这国庆节的好时候，我们上县里去报喜。”

一听这话我傻了，我还正担心着桶底煮烂了怎么去向队长交代，谁想到钢铁竟然煮出来了。队长拍拍我的肩膀说：

“这钢铁能造三颗炮弹，全部打到台湾去，一颗打在蒋介石床上，一颗打在蒋介石吃饭的桌上，一颗打在蒋介石家的羊棚里。”

说完队长手一挥，十来个敲锣打鼓的人使劲敲打起来，他们走过去后，队长在锣鼓声里回过头来喊道：

“福贵，今天食堂吃包子，每个包子都包进了一头羊，全是肉。”

他们走远后，我问家珍：

“这钢铁真的煮成了？”

家珍摇摇头，她也不知道是怎么煮成的。我想着肯定是桶底煮烂时，钢铁煮成的。要不是有庆出了个馊主意，往桶里放水，这钢铁早就能煮成了。等我们回到家里时，有庆站在屋前哭得肩膀一抖一抖，他说：

“他们把我的羊宰了，两头羊全宰了。”

有庆伤心了好几天，这孩子每天早晨起来后，用不着跑着去学校了。我看着他在屋前游来荡去，不知道该干什么，往常这个时候他都是提着个篮子去割草了。家珍叫他吃饭，叫一声他就进来坐到桌前，吃完饭背起书包绕到村里羊棚那里看看，然后无精打采地往城里学校去了。

村里的羊全宰了吃光了，那三头牛因为要犁田才保住性命，粮食也快吃光了。队长说到公社去要点吃的来，每次去都带了十来个年轻人，打着十来根扁担，那样子像是要去扛一座金山回来，可每次回来仍然是十来个人十来根扁担，一粒米都没拿到。队长最后一次回来后说：

“从明天起食堂散伙了，大伙赶紧进城去买锅，还跟过去一样，各家吃各家自己的。”

当初砸锅凭队长一句话，买锅了也是凭队长一句话。食堂把剩下的粮食按人头分到各家，我家分到的只够吃三天。好在田里的稻子再过一个月就收起来了，怎么熬也能熬过这一个月。

村里人下地干活儿开始记工分了，我算是一个壮劳力，给我算十分，家珍要是不病，能算她八分，她一病只能干些轻活儿，也就只好算四分了。好在凤霞长大了，凤霞在女人里面算是力气大的，她每天能挣七个工分。

家珍心里难受，她挣的工分少了一半，想不开，她总觉得自己还能干重活儿，几次都去对队长说，说她也知道自己有病，可现在还能干重活。她说：

“等我真干不动了再给我记四分吧。”

队长一想也对，就对她说：

“那你去割稻子吧。”

家珍拿着把镰刀下到稻田里，刚开始割得还真快，我看着心想是不是医生弄错了。可割了一道，她身体就有些摇晃了，割第二道时慢了许多。我走过去问她：

“你行吗？”

她那时满脸是汗，直起腰来还埋怨我：

“你干你的，过来干什么？”

她是怕我这么一过去，别人都注意她了，我说：

“你自己留意着身体。”

她急了，说：“你快走开。”

我摇摇头，只好走开。我走开后没过多久，听到那边扑通一声，我心想不好，抬头一看家珍摔在地上了。我走到跟前，家珍虽说站了起来，可两条腿直哆嗦，她摔下去时头碰着了镰刀，额头都破了，血在那里流出来。她苦笑着看我，我一句话不说，背起她就往家里去，家珍也不反抗，走了一段，家珍哭了，她说：

“福贵，我还能养活自己吗？”

“能。”我说。

以后家珍也就死心了，虽然她心疼丢掉的那四个工分，想着还能养活自己，家珍多少还是能常常宽慰自己。

家珍病后，凤霞更累了，田里的活儿一点没少干，家里的活儿她也得多干，好在凤霞年纪轻，一天累到晚，睡上一觉就又有力气有精神了。有庆开始帮着干些自留地上的活，有天傍晚我收工回家，在自留地锄草的有庆叫了我一声，我走过去，这孩子手摸着锄头柄，低着头说：

“我学会了很多字。”

我说：“好啊。”

他抬头看了我一眼，又说：

“这些字够我用一辈子了。”

我想这孩子口气真大，也没在意他是什么意思，我随口说：

“你还得好好学。”

他这才说出真话来，他说：

“我不想念书了。”

我一听脸就沉下了，说：

“不行。”

其实让有庆退学，我也是想过的，我打消这个念头是为了家珍，有庆不念书，家珍会觉得是自己病拖累他的。我对有庆说：

“你不好好念书，我就宰了你。”

说过这话后，我有些后悔，有庆还不是为了家里才不想念书的，这孩子十二岁就这么懂事了，让我又高兴又难受，想想以后再不能随便打骂他了。这天我进城卖柴，卖完了我花五分钱给有庆买了五颗糖，这是我这个做爹的第一次给儿子买东西，我觉得该疼爱疼爱有庆了。

我挑着空担子走进学校，学校里只有两排房子，孩子在里面咿呀咿呀地念书，我挨个教室去看有庆。有庆在最边上的教室，一个女老师站在黑板前讲些什么，我站在一个窗口看到了有庆，一看到有庆我气就上来了，这孩子不好好念书，正用什么东西往前面一个孩子头上扔。为了他念书，凤霞都送给过别人，家珍病成这样也没让他退学，他嘻嘻哈哈跑到课堂上来玩了。当时我气得什么都顾不上了，把担子一放，冲进教室对准有庆的脸就是一巴掌。有庆挨了一巴掌才看到我，他吓得脸都白了，我说：

“你气死我啦。”

我大声一吼，有庆的身体就哆嗦一下，我又给他一巴掌，有庆缩着身体完全吓傻了。这时那个女老师走过来气冲冲问我：

“你是什么人？这是学校，不是乡下。”

我说：“我是他爹。”

我正在气头上，嗓门很大。那个女老师的火也跟着上来，她尖着嗓子说：

“你出去，你哪像是爹，我看你像法西斯，像国民党。”

法西斯我不知道，国民党我就知道了。我知道她是在骂我，难怪有庆不好好念书，他摊上了一个骂人的老师。我说：

“你才是国民党，我见过国民党，就像你这么骂人。”

那个女老师嘴巴张了张，没说话倒哭上了。旁边教室的老师过来把我拉了出去，他们在外面将我围住，几张嘴同时对我说话，我是一句都没听清。后来又过来一个女老师，我听到他们叫她校长，校长问我为什么打有庆，我一五一十地把凤霞过去送人，家珍病后没让有庆退学的事全说了，那位女校长听后对别的老师说：

“让他回去吧。”

我挑着担子走时，看到所有教室的窗口都挤满了小脑袋，在看我的热闹。这下我可把自己儿子得罪了，有庆最伤心的不是我揍他，是当着那么多老师和同学出丑。我回到家里气还没消，把这事跟家珍说，家珍听完后埋怨我，她说：

“你呀，你这样让有庆在学校里怎么做人？”

我听后想了想，觉得自己确实有些过分，丢了自己的脸不说，还丢了我儿子的脸。这天中午有庆放学回家，我叫了他一声，他理都不理我，放下书包就往外走，家珍叫了他一声，他就站住了，家珍让他走过去。有庆走到他娘身边，脖子就一抽一抽了，哭得那个伤心啊。

后来的一个多月里，有庆死活不理我，我让他干什么他马上干什么，就是不和我说话。这孩子也不做错事，让我发脾气都找不到地方。

想想也是自己过分，我儿子的心叫我给伤透了。好在有庆还小，又过了一阵子，他在屋里进出脖子没那么直了。虽然我和他说话，他还是没搭理，脸上的模样我还是看得出来的，他不那么记仇了，有时还偷偷看我。我知道他，那么久不和我说话，是不好意思突然开口。我呢，也不急，是我的儿子总是要开口叫我的。

食堂散伙以后，村里人家都没了家底，日子越过越苦，我想着把家里最后的积蓄拿出来，去买一头羊羔。羊是最养人的，能肥田，到了春天剪了羊毛还能卖钱。再说也是为了有庆，要是给这孩子买一头羊羔回来，他不知道会有多高兴。

我跟家珍一商量，家珍也高兴，说你快去买吧。当天下午，我将钱揣在怀里就进城去了。我在城西广福桥那边买了一头小羊，回来时路过有庆他们的学校，我本想进去让有庆高兴高兴，再一想还是别进去了，上次在学校出丑，让我儿子丢脸。我再去，有庆心里肯定不高兴。

等我牵着小羊出了城，走到都快能看到自己家的地方，后面有人噼噼啪啪地跑来，我还没回头去看是谁，有庆就在后面叫上了：

“爹，爹。”

我站住脚，看着有庆满脸通红地跑来，这孩子一看到我牵着羊，早就忘了他不和我说话这事，他跑到跟前喘着气说：

“爹，这羊是给我买的？”

我笑着点点头，把绳子递给他说：

“拿着。”

有庆接过绳子，把小羊抱起来走了几步，又放下小羊，捏住羊的后腿，蹲下去看看，看完后说：

“爹，是母羊。”

我哈哈地笑了，伸手捏住他的肩膀，有庆的肩膀又瘦又小，我一捏住不知为何就心疼起来。我们一起往家里走去时，我说道：

“有庆，你也慢慢长大了，爹以后不会再揍你了，就是揍你也不会让别人看到。”

说完我低头看看有庆，这孩子脑袋歪着，听了我的话，反倒不好意思了。

家里有了羊，有庆每天又要跑着去学校了，除了给羊割草，自留地里的活儿他也要多干。没想到有庆这么跑来跑去，到头来还跑出名堂来了。城里学校开运动会那天，我进城去卖菜，卖完了正要回家，看到街旁站着很多人，一打听知道是那些学生在比赛跑步，要在城里跑上十圈。

当时城里有中学了，那一年有庆也读到了四年级。城里是第一次开运动会，念初中的孩子和念小学的孩子都一起跑。我把空担子在街旁放下，想看看有庆是不是也在里面跑。过了一会儿，我看到一伙和有庆差不多大的孩子，一个个摇头晃脑跑过来，有两个低着脑袋跌跌撞撞，看那样子是跑不动了。

他们跑过去后，我才看到有庆，这小家伙光着脚丫，两只鞋拿在手里，呼哧呼哧跑来了，他只有一个人跑来。看到他跑在后面，我想这孩子真是没出息，把我的脸都丢光了。可旁边的人都在为他叫好，我就糊涂了，正糊涂着看到几个初中学生跑了过来，这一来我更糊涂了，心想这跑步是怎么跑的。我问身旁一个人：

“怎么年纪大的跑不过年纪小的？”

那人说：“刚才跑过去的小孩把别人都甩掉了几圈了。”

我一听，他不是在说有庆吗。当时那个高兴啊，是说不出来的高兴。就是比有庆大四五岁的孩子，也被有庆甩掉了一圈。我亲眼看着自己的儿子，光着脚丫，鞋子拿在手里，满脸通红第一个跑完了十圈。这孩子跑完以后，反倒不呼哧呼哧喘气了，像是一点事情都没有，抬起一只脚在裤子上擦擦，穿上布鞋后又抬起另一只脚。接着双手背到身后，神气活现地站在那里看着比他大多了的孩子跑来。

我心里高兴，朝他喊了一声：

“有庆。”

挑着空担子走过去时我大模大样，我想让旁人知道我是他爹。有庆一看到我，马上不自在了，赶紧把背在身后的手拿到前面来，我拍拍他的脑袋，大声说：

“好儿子啊，你给爹争气啦。”

有庆听到我嗓门这么大，急忙四处看看，他是不愿意让同学看到我。这时有个大胖子叫他：

“徐有庆。”

有庆一转身就往那里去，这孩子对我就是不亲。他走了几步又回过头来说：

“是老师叫我。”

我知道他是怕我回家后找他算账，就对他挥挥手：

“去吧，去吧。”

那个大胖子手特别大，他按住有庆的脑袋，我就看不到儿子的头，儿子的肩膀上像是长出了一只手掌。他们两个人亲亲热热地走到一家小店前，我看着大胖子给有庆买了一把糖，有庆双手捧着放进口袋，一只手就再没从口袋里出来。走回来时有庆脸都涨红了，那是高兴的。

那天晚上我问他那个大胖子是谁。他说：

“是体育老师。”

我说了他一句：“他倒是像你爹。”

有庆把大胖子给他的糖全放在床上，先是分出了三堆，看了又看后，从另两堆里各拿出两颗放进自己这一堆，又看了一会儿，再从自己这堆拿出两颗放到另两堆里。我知道他要把一堆给凤霞，一堆给家珍，自己留着一堆，就是没有我的。谁知他又把三堆糖弄到一起，分出了四堆，他就这么分来分去，到最后还是只有三堆。

过了几天，有庆把体育老师带到家里来了，大胖子把有庆夸了又夸，说他长大了能当个运动员，出去和外国人比赛跑步。有庆坐在门槛上，兴奋得脸上都出汗了。当着体育老师的面我不好说什么，他走后，我就把有庆叫过来，有庆还以为我会夸他，看着我的眼睛都亮闪闪的，我对他说：

“你给我、给你娘你姐姐争了口气，我很高兴。可我从没听说过跑步也能挣饭吃，送你去学校，是要你好好念书，不是让你去学跑步，跑步还用学？鸡都会跑。”

有庆脑袋马上就垂下了，他走到墙角拿起篮子和镰刀，我问他：

“记住我的话了吗？”

他走到门口，背对着我点点头，就走了出去。

那一年，稻子还没黄的时候，稻穗青青的刚长出来，就下起了没完没了的雨，下了有一个来月，中间虽说天气晴朗过，没出两天又阴了，又下上了雨。我们是看着水在田里积起来，雨水往上涨，稻子就往下垂，到头来一大片一大片的稻子全淹没到了水里。村里上了年纪的人都哭了，都说：

“往后的日子怎么过呀？”

年纪轻一些的人想得开些，总觉得国家会来救济我们的，他们说：

“愁什么呀，天无绝人之路，队长去县里要粮食啦。”

队长去了三次公社、一次县里，他什么都没拿回来，只是带回来几句话：

“大伙放心吧，县长说了，只要他不饿死，大伙也都饿不死。”

那一个月的雨下过去后，连着几天的大热天，田里的稻子全烂了，一到晚上，风吹过来是一片片的臭味，跟死人的味道差不多。原先大伙还指望着稻草能派上用场，这么一来稻子没收起，稻草也全烂光了，什么都没了。队长说县里会给粮食的，可谁也没见到有粮食来，嘴上说说的事让人不敢全信，不信又不敢，要不这日子过下去谁也没信心了。

大伙都数着米下锅，积蓄下来的粮食都不多，谁家也不敢煮米饭，都是熬粥喝，就是粥也是越来越稀。那么过了两三个月，也就坐吃山空了。我和家珍商量着把羊牵到城里卖了，换些米回来，我们琢磨着这羊能换回来百十来斤大米，这样就可以熬到下一季稻子收割的时候。

家里人都有一两个月没怎么吃饱了，那头羊还是肥肥的，每天在羊棚里咩咩叫时声音又大又响，全是有庆的功劳，这孩子吃不饱整天叫着头晕，可从没给羊少割过一次草，他心疼那头羊，就跟家珍心疼他一样。

我和家珍商量以后，就把这话对有庆说了。那时候有庆刚把一篮草倒到羊棚里，羊沙沙地吃着草，那声响像是在下雨，他提着空篮子站在一旁，笑嘻嘻地看着羊吃草。

我走进去他都不知道，我把手放在他肩上，这孩子才扭头看了看我，说：

“它饿坏了。”

我说：“有庆，爹有事要跟你说。”

有庆答应一声，把身体转过来。我继续说：

“家里粮食吃得差不多了，我和你娘商量着把羊卖掉，换些米回来，要不一家人都得挨饿了。”

有庆低着脑袋一声不吭，这孩子心里是舍不得这头羊，我拍拍他的肩说：

“等日子好过一些了，我再去买头羊回来。”

有庆点点头，有庆是长大了，他比过去懂事多了。要是早上几年，他准得又哭又闹。我们从羊棚里走出来时，有庆拉了拉我的衣服，可怜巴巴地说：

“爹，你别把它卖给宰羊的好吗？”

我心想这年月谁家还会养着一头羊，不卖给宰羊的，去卖给谁呢？看着有庆那副样子，我也只好点点头。

第二天上午，我将米袋搭在肩上，从羊棚里把羊牵出来，刚走到村口，听到家珍在后面叫我，回过头去看到家珍和有庆走来。家珍说：

“有庆也要去。”

我说：“礼拜天学校没课，有庆去干什么？”

家珍说：“你就让他去吧。”

我知道有庆是想和羊多待一会儿，他怕我不答应，让他娘来说。我心想他要去就让他去吧，就向他招了招手，有庆跑上来接过我手里的绳子，低着脑袋跟着我走去。

这孩子一路上什么话都不说，倒是那头羊咩咩叫唤个不停，有庆牵着它走，它时时脑袋伸过去撞一下有庆的屁股。羊也是通人性的，它知道是有庆每天去喂它草吃，它和有庆亲热。它越是亲热，有庆心里越是难受，咬着嘴唇都要哭出来了。

看着有庆低着脑袋一个劲地往前走，我心里怪不是滋味的，就找话宽慰他，我说：

“把它卖掉总比宰掉它好。羊啊，是牲畜，生来就是这个命。”

走到了城里，快到一个拐弯的地方时，有庆站住了脚，看看那头羊说：

“爹，我在这里等你。”

我知道他是不愿看到把羊卖掉，就从他手里接过绳子，牵着羊往前走，走了没几步，有庆在后面喊：

“爹，你答应过的。”

我回头问：“我答应什么？”

有庆有些急了，他说：

“你答应不卖给宰羊的。”

我早就忘了昨天说过的话，好在有庆不跟着我了，要不这孩子肯定会哭上一阵子。我说：

“知道。”

我牵着羊拐了个弯，朝城里的肉铺子走去。先前挂满肉的铺子里，到了这灾年连个肉屁都看不到了，里面坐着一个人，懒洋洋的样子。我给他送去一头羊，他没显得有多高兴。我们一起给羊上秤时，他的手直哆嗦，他说：

“吃不饱，没力气了。”

连城里人都吃不饱了。他说他的铺子有十来天没挂过肉了，他的手往前指了指，指到二十米远的一根电线杆，说：

“你等着吧，不出一个小时，买肉的排队会排到那边。”

他没说错，才等我走开，就有十来个人在那里排队了。米店也排队，我原以为那头羊能换回百十来斤米，结果我只背回家四十斤米。我路过一家小店时，掏出两分钱给有庆买了两颗硬糖，我想有庆辛辛苦苦了一年，也该给他甜甜嘴。

我扛着四十斤大米往回走，有庆在那地方走来走去，踢着一颗小石子。我把两颗糖给他，他一颗放在口袋里，剥开另一颗放进嘴里。我们往前走去，有庆将糖纸叠得整整齐齐拿在手上，然后抬起脑袋问我：

“爹，你吃吗？”

我摇摇头说：“你自己吃。”

我把四十斤米扛回家，家珍一看米袋就知道有多少米，她叹息一声，什么话也没说。最难的是家珍，一家四张嘴每天吃什么，愁得她晚上都睡不好觉。日子再苦也得往下熬，她每天提着篮子去挖野菜，身体本来就有病，又天天忍饥挨饿，那病真让医生说中了，越来越重，只能拄着根树枝走路，走上二十来步就要满头大汗。别人家挖野菜都是蹲下去，她是跪到地上，站起来时身体直打晃。我见了心里不好受，对她说：

“你就别出门了。”

她不答应，拄着树枝往屋外走，我抓住她的胳膊一拉，她身体就往地上倒。家珍坐到地上呜呜地哭上了，她说：

“我还没死，你就把我当死人了。”

我是一点办法都没有。女人啊，性子上来了什么事都干，什么话都说。我不让她干活儿，她就觉得是在嫌弃她。

没出三个月，那四十斤米全吃光了。要不是家珍算计着过日子，掺和着吃些南瓜叶、树皮什么的，这些米不够我们吃半个月。那时候村里谁家都没有粮食了，野菜也挖光了，有些人家开始刨树根吃了。村里人越来越少，每天都有拿着个碗外出去要饭的人。队长去了几次县里，回来时都走不到村口，一屁股坐在地上直喘气，在田里找吃的几个人走上去问他：

“队长，县里什么时候给粮食？”

队长歪着脑袋说：“我走不动了。”

看着那些外出要饭的人，队长对他们说：

“你们别走了，城里人也没吃的。”

明知道没有野菜了，家珍还是整天拄着根树枝出去找野菜，有庆跟着她。有庆正在长身体，没有粮食吃，人瘦得像根竹竿。有庆总还是孩子，家珍有病路都走不动了，还是到处转悠着找野菜，有庆跟在后面，老是对家珍说：

“娘，我饿得走不动了。”

家珍上哪儿去给有庆找吃的，只好对他说：

“有庆，你就去喝几口水填填肚子吧。”

有庆也只能到池塘边去咕咚咕咚地喝一肚子水来充饥了。

凤霞跟着我，扛着把锄头去地里掘地瓜。那些田地不知道被翻过多少遍了，可村里的人还都用锄头去掘，有时干一天也只是掘出一根烂瓜藤来。凤霞也饿得慌，脸都青了，看她挥锄头时脑袋都掉下去了。这孩子不会说话，只知道干活儿。我往哪儿走，她就往哪儿跟，我想想这样不行，我得和凤霞分开去挖地瓜，老凑在一起不是个办法。我就打着手势让凤霞到另一块地里去。谁知道凤霞一和我分开，就出事了。

凤霞和村里王四在一块地里挖地瓜，王四那人其实也不坏，我被抓了壮丁去打仗那阵子，王四和他爹还常帮家珍干些重活儿。人一饿就什么缺德事都干得出来，明明是凤霞挖到一个地瓜，王四欺负凤霞不会说话，趁凤霞用衣角擦上面的泥时，一把抢了过去。凤霞平常老实得很，到那时她可不干了，扑上去要把地瓜抢回来。王四哇哇一叫，旁边地里的人见了都看到是凤霞在抢。王四对着我喊：

“福贵，做人得讲良心啊，再饿也不能抢别人家的东西。”

我看到凤霞正使劲掰他捏住地瓜的手指，赶紧走过去拉开凤霞，凤霞急得眼泪都出来了，她打着手势告诉我是王四抢了她的地瓜，村里别的人也看明白了，就问王四：

“是你抢她的，还是她抢你的？”

王四做出一副委屈的样子，说：

“你们都看到的，明明是她在抢。”

我说：“凤霞不是那种人，村里人都知道。王四，这地瓜真是你的，你就拿走。要不是你的，你吃了也会肚子疼。”

王四用手指指凤霞，说道：

“你让她自己说，是谁的。”

他明知道凤霞不会说话，还这么说，气得我身体都哆嗦了。凤霞站在一旁嘴巴一张一张没有声音，倒是泪水唰唰地流着。我向王四挥挥手说：

“你要是不怕雷公打你，就拿去吧。”

王四做了亏心事也不脸红，他直着脖子说：

“是我的我当然要拿走。”

说着他转身就走，谁也没想到凤霞挥起锄头就朝他砸去，要不是有人惊叫一声，让王四躲开的话，可就出人命了。王四看到凤霞砸他，伸手就打了凤霞一巴掌，凤霞哪有他有力气，一巴掌就把凤霞打到地上去了。那声音响得就跟人跳进池塘似的，一巴掌全打在我心上。我冲上去对准王四的脑袋就是一拳，王四的脑袋直摇晃，我的手都打疼了。王四回过神来操起一把锄头朝我劈过来，我跳开后也挥起一把锄头。

要不是村里人拦住我们，总得有一条命完蛋了。后来队长来了，队长听我们说完后骂我们：

“他娘的，你们死了让老子怎么去向上面交代。”

骂完后队长说：“凤霞不会是那种人，说是你王四抢的也没人看见，这样吧，你们一家一半。”

说着队长向王四伸出手，要王四把地瓜给他。王四双手拿着地瓜舍不得交出来，队长说：

“拿来呀。”

王四没办法，哭丧着脸把地瓜给了队长。队长向旁人要过来一把镰刀，将地瓜放在田埂上，咔嚓一声将地瓜切成两半。队长的手偏了，一半很大，另一半很小。我说：

“队长，这怎么分啊？”

队长说：“这还不容易。”

又是咔嚓一声将大的切下来一块，放进自己口袋，算是他的了。他拿起剩下的两块地瓜给我和王四，说：

“差不多大小了吧？”

其实一块地瓜也填不饱一家人的肚子，当初心里想的和现在不一样，在当初那可是救命稻草。家里断粮都有一个月了，田里能吃的也都吃得差不多了，那年月拿命去换一碗饭回来也都有人干。

和王四争地瓜的第二天，家珍拄着根树枝走出了村口，我在田里见了问她去哪儿，她说：

“我进城去看看爹。”

做女儿的想去看爹，我想拦也不能拦，看着她走路都费劲的模样，我说：

“让凤霞也去，路上能照应你。”

家珍听了这话头也不回地说：

“不要凤霞去。”

那些日子她脾气动不动就上来，我不再说什么，看着她慢慢吞吞往城里走，她瘦得身上都没肉了，原先绷起的衣服变得松松垮垮，在风里荡来荡去。

我不知道家珍进城是去要吃的，她去了一天，快到傍晚时才回来。回来时都走不动路了。是凤霞先看到她，凤霞拉了拉我的衣服，我转过身去才看到家珍站在那条路上，身体撑在拐杖上向我们招手，她抬起胳膊时脑袋像是要从肩膀上掉下去了。

我赶紧跑过去，等我跑近了，她身体一软跪在了地上，双手撑着拐杖声音很轻地叫：

“福贵，你来，你来。”

我伸手去扶她起来，她抓住我的手往胸口拉，喘着气说：

“你摸摸。”

我的手伸进她胸口一摸，人就怔住了，我摸到了一小袋米，我说：

“是米。”

家珍哭了，她说：

“是爹给我的。”

那时候的一袋米，可就是山珍海味了。一家人有一两个月没尝过米的味道了，那种高兴劲啊，实在是说不出来。我让凤霞扶着家珍赶紧回家，自己去找有庆。有庆那时正在池塘旁躺着，他刚喝饱了池水，我叫他：

“有庆，有庆。”

这孩子脖子歪了歪，有气无力地答应了一声。我低声对他说：

“快回家去喝粥。”

有庆一听有粥喝，不知哪来的力气，一下子坐了起来，叫道：

“喝粥。”

我吓了一跳，急忙说：

“轻点。”

可不能让别人家知道，家珍是把米藏在胸口衣服里带回来的。等一家人回到了家里，我关上门插上木销，家珍这才从胸口拿出那一小袋米，往锅里倒了半袋，加上水后凤霞就生火熬粥了。我让有庆站在门后，从缝里看着有没有村里人走来。水一开，米香就飘满了屋子，有庆在门后站不住了，跑到锅前凑上去鼻子闻了又闻，说：

“好香啊。”

我把他拉开，说：

“去门后看着。”

这孩子猛吸了两口热气才回到门后，家珍笑起来，说道：

“总算能让你们吃上一顿好的了。”

说着家珍掉出了眼泪，她说：

“这米是从我爹牙缝里挤出来的。”

这时外面有人走来，走到门口叫：

“福贵。”

我们吓得气都不敢出了，有庆站在那里弓着腰一动不动，只有凤霞笑嘻嘻地往灶里添柴，她听不到。我拍拍她，让她手脚轻一点。听着屋里没有声音，外面那人很不高兴地说：

“烟囱呼呼地冒烟，里面没人答应。”

过了一会儿，那人像是走开了，有庆又在门后往外望了一阵，才悄悄地告诉我们：

“走啦。”

我和家珍总算舒了一口气。粥熬成后，我们一家四口人坐在桌前，喝起了热腾腾的米粥。这辈子我再没像那次吃得那么香了，那味道让我想起来就要流口水。有庆喝得急，第一个喝完，张着嘴大口大口地吸气，他嘴嫩，烫出了很多小泡，后来疼了好几天。等我们吃完后，队长他们来了。

村里人也都有一两个月没吃上米了，我们关上门，烟囱往外呼呼地冒烟，他们全看到了。刚才有人来叫门，我们没答应，他回去一说，来了一伙人，队长走在前头。他们猜到我们有好吃的，都想来吃一口。

队长一进屋鼻子就一抖一抖了，问：

“煮什么吃啦，这么香。”

我嘿嘿笑着没说话，我不说话队长也不好再问。家珍招呼着他们坐下，有几个人不老实，又去揭锅又掀褥子，好在家珍将剩下的米藏在胸口了，也不怕他们乱翻。队长看不下去了，他说：

“你们干什么，这是在别人家里。出去，出去，他娘的都出去。”

队长把他们赶走后，起身关上门，也不先和我们套套近乎，一下子就把脸凑过来说：

“福贵，家珍，有好吃的分我一口。”

我看看家珍，家珍看看我，平日里队长对我们不错，眼下他求上我们了，总不能不答应。家珍伸手从胸口拿出那个小袋子，抓了一小把给队长，说：

“队长，就这么多了，你拿回去熬一锅米汤吧。”

队长连声说“够了，够了”。

队长让家珍把米放在他口袋里，然后双手攥住口袋嘿嘿笑着走了。队长一走，家珍眼泪马上就下来了，她是心疼那把米。看着家珍哭，我只能连连叹气。

这样的日子一直熬到收割稻子以后，虽说是歉收，可总算又有粮食了，日子一下子好过多了。谁知家珍的病越来越重了，到后来走路都走不了几步，都是那灾年把她给糟蹋成这样的。家珍不甘心，干不了田里活儿，她还想干家里的活儿。她扶着墙到这里擦擦，又到那里扫扫，有一天她摔倒后不知怎么爬不起来了，等我和凤霞收工回到家里，她还躺在地上，脸都擦破了。我把她抱到床上，凤霞拿了块毛巾给她擦掉脸上的血，我说：

“你以后就躺在床上。”

家珍低着头轻声说道：

“我不知道会爬不起来。”

家珍算是硬的，到了那种时候也不叫一声苦。她坐在床上那些日子，让我把所有的破烂衣服全放到她床边，她说：

“有活儿干心里踏实。”

她拆拆缝缝给凤霞和有庆都做了件衣服，两个孩子穿上后看起来还很新。后来我才知道她把自己的衣服也拆了，看到我生气，她笑了笑说：

“衣服不穿，坏起来快。我是不会穿它们了，可不能跟着我糟蹋了。”

家珍说也给我做一件，谁知我的衣服没做完，家珍连针都拿不起了。那时候凤霞和有庆睡着了，家珍还在油灯下给我缝衣服，她累得脸上都是汗，我几次催她快睡，她都喘着气摇头，说是快了。结果针掉了下去，她的手哆嗦着去拿针，拿了几次都没拿起来，我捡起来递给她，她才捏住又掉了下去。家珍眼泪流了出来，这是她病了以后第一次哭，她觉得自己再也干不了活儿了，她说：

“我是个废人了，还有什么指望？”

我用袖管给她擦眼泪，她瘦得脸上的骨头都突了出来。我说她是累的，照她这样，就是没病的人也会吃不消。我宽慰她，说凤霞已经长大了，挣的工分比她过去还多，用不着再为钱操心了。家珍说：

“有庆还小啊。”

那天晚上，家珍的眼泪流个不停，她几次嘱咐我：

“我死后不要用麻袋包我，麻袋上都是死结，我到了阴间解不开，拿一块干净的布就行了，埋掉前替我洗洗身子。”

她又说：“凤霞大了，要是能给她找到婆家我死也闭眼了。有庆还小，有些事他不懂，你不要常去揍他，吓唬吓唬就行了。”

她是在交代后事，我听了心里酸一阵苦一阵，我对她说：

“按理说我是早就该死了，打仗时死了那么多人，偏偏我没死，就是天天在心里念叨着要活着回来见你们，你就舍得扔下我们？”

我的话对家珍还是有用的，第二天早晨我醒来时，看到家珍正在看我，她轻声说：

“福贵，我不想死，我想每天都能看到你们。”

家珍在床上躺了几天，什么都不干，慢慢地又有点儿力气了，她能撑着坐起来，她觉得自己好多了，心里高兴，想试着下地，我不让，我说：

“往后不能再累着了，你得留着点力气，日子还长着呢。”

那一年，有庆念到五年级了。俗话说是祸不单行，家珍病成那样，我就指望有庆快些长大，这孩子成绩不好，我心想别逼他去念中学了，等他小学一毕业，就让他跟着我下地挣工分去。谁知道家珍身体刚刚好些，有庆就出事了。

那天下午，有庆他们学校的校长，那是县长的女人，在医院里生孩子时出了很多血，一只脚都跨到阴间去了。学校的老师马上把五年级的学生集合到操场上，让他们去医院献血，那些孩子一听是给校长献血，一个个高兴得像是要过节了，一些男孩子当场卷起了袖管。他们一走出校门，我的有庆就脱下鞋子，拿在手里就往医院跑，有四五个男孩也跟着他跑去。我儿子第一个跑到医院，等别的学生全走到后，有庆排在第一位，他还得意地对老师说：

“我是第一个到的。”

结果老师一把把他拖出来，把我儿子训斥了一通，说他不遵守纪律。有庆只得站在一旁，看着别的孩子挨个去验血，验血验了十多个没一个血对上校长的血。有庆看着看着有些急了，他怕自己会被轮到最后一个，到那时可能就献不了血了。他走到老师跟前，怯生生地说：

“老师，我知道错了。”

老师嗯了一下，没再理他，他又等了两个进去验血，这时产房里出来一个戴口罩的医生，对着验血的男人喊：

“血呢？血呢？”

验血的男人说："血型都不对。"

医生喊："快送进来，病人心跳都快没啦。"

有庆再次走到老师跟前，问老师：

"是不是轮到我了？"

老师看了看有庆，挥挥手说：

"进去吧。"

验到有庆血型才对上了，我儿子高兴得脸都涨红了，他跑到门口对外面的人叫道：

"要抽我的血啦。"

抽一点血就抽一点，医院里的人为了救县长女人的命，一抽上我儿子的血就不停了。抽着抽着有庆的脸就白了，他还硬挺着不说，后来连嘴唇也白了，他才哆嗦着说：

"我头晕。"

抽血的人对他说：

"抽血都头晕。"

那时候有庆已经不行了，可出来个医生说血还不够用。抽血的是个乌龟王八蛋，把我儿子的血差不多都抽干了。有庆嘴唇都青了，他还不住手，等到有庆脑袋一歪摔在地上，那人才慌了，去叫来医生，医生蹲在地上拿听筒听了听说：

"心跳都没了。"

医生也没怎么当回事，只是骂了一声抽血的：

"你真是胡闹。"

就跑进产房去救县长的女人了。

那天傍晚收工前，邻村的一个孩子，是有庆的同学，急匆匆跑过来，他一跑到我们跟前就扯着嗓子喊：

"哪个是徐有庆的爹？"

我一听心就乱跳，正担心着有庆会不会出事，那孩子又喊：

"哪个是他娘？"

我赶紧答应："我是有庆的爹。"

孩子看看我，擦着鼻子说：

"对，是你，你到我们教室里来过。"

我心都要跳出来了，他这才说：

"徐有庆快死啦，在医院里。"

我眼前立刻黑了一下，我问那孩子：

“你说什么？”

他说：“你快去医院，徐有庆快死啦。”

我扔下锄头就往城里跑，心里乱成一团。想想中午上学时有庆还好好的，现在说他快要死了。我脑袋里嗡嗡乱叫着跑到城里医院，见到第一个医生我就拦住他，问他：

“我儿子呢？”

医生看看我，笑着说：

“我怎么知道你儿子？”

我听后一怔，心想是不是弄错了，要是弄错可就太好了。

我说：

“他们说我儿子快死了，要我到医院。”

准备走开的医生站住脚看着我问：

“你儿子叫什么名字？”

我说：“叫有庆。”

他伸手指指走道尽头的房间说：

“你到那里去问问。”

我跑到那间屋子，一个医生坐在里面正写些什么，我心里咚咚跳着走过去问：

“医生，我儿子还活着吗？”

医生抬起头来看了我很久，才问：

“你是说徐有庆？”

我急忙点点头，医生又问：

“你有几个儿子？”

我的腿马上就软了，站在那里哆嗦起来，我说：

“我只有一个儿子，求你行行好，救活他吧。”

医生点点头，表示知道了，可他又说：

“你为什么只生一个儿子？”

这叫我怎么回答呢？我急了，问他：

“我儿子还活着吗？”

他摇摇头说：“死了。”

我一下子就看不见医生了，脑袋里黑乎乎一片，只有眼泪哗哗地掉出来，半晌我才问医生：

“我儿子在哪里？”

有庆一个人躺在一间小屋子里，那张床是用砖头搭成的。我进去时天还没黑，看到有庆的小身体躺在上面，又瘦又小，身上穿的是家珍最后给他做的衣服。我儿子闭着眼睛，嘴巴也闭得很紧。我“有庆有庆”叫了好几声，有庆一动不动，我就知道他真死了，一把抱住了儿子，有庆的身体都硬了。中午上学时他还活生生的，到了晚上他就硬了。我怎么想都想不通，这怎么也应该是两个人，我看看有庆，摸摸他的瘦肩膀，又真是我的儿子。我哭了又哭，都不知道有庆的体育教师也来了。他看到有庆也哭了，一遍遍对我说：

“想不到，想不到。”

体育老师在我边上坐下，我们两个人对着哭，我摸摸有庆的脸，他也摸摸。过了很久，我突然想起来，自己还不知道儿子是怎么死的。我问体育老师，这才知道有庆是抽血被抽死的。当时我想杀人了，我把儿子一放就冲了出去。冲到病房看到一个医生就抓住他，也不管他是谁，对准他的脸就是一拳，医生摔到地上乱叫起来，我朝他吼道：

“你杀了我儿子。”

吼完抬脚去踢他，有人抱住了我，回头一看是体育老师，我就说：

“你放开我。”

体育老师说：“你不要乱来。”

我说：“我要杀了他。”

体育老师抱住我，我脱不开身，就哭着求他：

“我知道你对有庆好，你就放开我吧。”

体育老师还是死死抱住我，我只好用胳膊肘拼命撞他，他也不松开，让那个医生爬起来跑走了。很多的人围了上来，我看到里面有两个医生，我对体育老师说：

“求你放开我。”

体育老师力气大，抱住我我就动不了，我用胳膊肘撞他，他也不怕疼，一遍遍地说：

“你不要乱来。”

这时有个穿中山服的男人走了过来，他让体育老师放开我，问我：

“你是徐有庆同学的父亲？”

我没理他，体育老师一放开我，我就朝一个医生扑过去，那医生转身就逃。我听到有人叫穿中山服的男人县长，我一想原来他就是县长，就是他女人夺了我儿子的命，我抬腿就朝县长肚子上蹬了一脚，县长哼了一声坐到了地上。体育老师又抱住了我，对我喊：

“那是刘县长。”

我说：“我要杀的就是县长。”

抬起腿再去蹬，县长突然问我：

“你是不是福贵？”

我说：“我今天非宰了你。”

县长站起来，对我叫道：

“福贵，我是春生。”

他这么一叫，我就傻了。我朝他看了半晌，越看越像，就说：

“你真是春生。”

春生走上前来也把我看了又看，他说：

“你是福贵。”

看到春生我怒气消了很多，我哭着对他说：

“春生你长高长胖了。”

春生眼睛也红了，说道：

“福贵，我还以为你死了。”

我摇摇头说：“没死。”

春生又说：“我还以为你和老全一样死了。”

一说到老全，我们两个都呜呜地哭上了。哭了一阵我问春生：

“你找到大饼了吗？”

春生擦擦眼睛说：“没有，你还记得？我走过去就被俘虏了。”

我问他：“你吃到馒头了吗？”

他说：“吃到的。”

我说：“我也吃到了。”

说着我们两个人都笑了，笑着笑着我想起了死去的儿子，我抹着眼睛又哭了，春生的手放到我肩上，我说：

“春生，我儿子死了，我只有一个儿子。”

春生叹口气说：“怎么会是你的儿子？”

我想到有庆还一个人躺在那间小屋里，心里疼得受不了，我对春生说：

“我要去看儿子了。”

我也不想再杀什么人了，谁料到春生会突然冒出来，我走了几步回过头去对春生说：

“春生，你欠了我一条命，你下辈子再还给我吧。”

那天晚上我抱着有庆往家走，走走停停，停停走走，抱累了就把儿子放到背脊上，一放到背脊上心里就发慌，又把他重新抱到了前面，我不能不看着儿子。眼看着走到了村口，我就越走越难，想想怎么去对家珍说呢？有庆一死，家珍也活不长，家珍已经病成这样了。我在村口的田埂上坐下来，把有庆放在腿上，一看儿子我就忍不住哭，哭了一阵又想家珍怎么办？想来想去还是先瞒着家珍好。我把有庆放在田埂上，回到家里偷偷拿了把锄头，再抱起有庆走到我娘和我爹的坟前，挖了一个坑。

要埋有庆了，我又舍不得。我坐在爹娘的坟前，把儿子抱着不肯松手，我让他的脸贴在我脖子上，有庆的脸像是冻坏了，冷冰冰地压在我脖子上。夜里的风把头顶的树叶吹得哗啦哗啦响，有庆的身体也被露水打湿了。我一遍遍想着他中午上学时跑去的情形，书包在他背后一甩一甩的。想到有庆再不会说话，再不会拿着鞋子跑去，我心里是一阵阵酸疼，疼得我都哭不出来。我那么坐着，眼看着天要亮了，不埋不行了，我就脱下衣服，把袖管撕下来蒙住他的眼睛，用衣服把他包上，放到了坑里。我对爹娘的坟说：

“有庆要来了，你们待他好一点，他活着时我对他不好，你们就替我多疼疼他。”

有庆躺在坑里，越看越小，不像是活了十三年，倒像是家珍才把他生出来。我用手把土盖上去，把小石子都拣出来，我怕石子硌得他身体疼。埋掉了有庆，天蒙蒙亮了，我慢慢往家里走，走几步就要回头看看，走到家门口一想到再也看不到儿子，忍不住哭出了声音，又怕家珍听到，就捂住嘴巴蹲下来，蹲了很久，都听到出工的吆喝声了，才站起来走进屋去。凤霞站在门旁睁圆了眼睛看我，她还不知道弟弟死了。邻村的那个孩子来报信时，她也在，可她听不到。家珍在床上叫了我一声，我走过去对她说：

“有庆出事了，在医院里躺着。”

家珍像是信了我的话，她问我：

“出了什么事？”

我说：“我也说不清楚，有庆上课时突然昏倒了，被送到医院，医生说这种病治起来要有些日子。”

家珍的脸伤心起来，泪水从眼角淌出，她说：

“是累的，是我拖累有庆的。”

我说：“不是，累也不会累成这样。”

家珍看了看我又说：

“你眼睛都肿了。”

我点点头：“是啊，一夜没睡。”

说完我赶紧走出门去，有庆才被埋到土里，尸骨未寒啊，再和家珍说下去我就稳不住自己了。

接下去的日子，白天我在田里干活儿，到了晚上我对家珍说进城去看看有庆好些了没有。我慢慢往城里走，走到天黑了，再走回来，到有庆坟前坐下。夜里黑乎乎的，风吹在我脸上，我和死去的儿子说说话，声音飘来飘去都不像是我的。坐到半夜我才回到家中，起先的几天，家珍都是睁着眼睛等我回来，问我有庆好些了吗？我就随便编些话去骗她。过了几天我回去时，家珍已经睡着了，她闭着眼睛躺在那里。我也知道老这么骗下去不是办法，可我只能这样，骗一天是一天，只要家珍觉得有庆还活着就好。

有天晚上我离开有庆的坟，回到家里在家珍身旁躺下后，睡着的家珍突然说：

“福贵，我的日子不长了。”

我心里一沉，去摸她的脸，脸上都是泪，家珍又说：

“你要照看好凤霞，我最不放心的就是她。”

家珍都没提有庆，我当时心里马上乱了，想说些宽慰她的话也说不出来。

第二天傍晚，我还和往常一样对家珍说进城去看有庆，家珍让我别去了，她要我背着她去村里走走。我让凤霞把她娘抱起来，抱到我背脊上。家珍的身体越来越轻了，瘦得身上全是骨头。一出家门，家珍就说：

“我想到村西去看看。”

那地方埋着有庆，我嘴里说好，腿脚怎么也不肯往村那地方去，走着走着走到了东边村口。家珍这时轻声说：

“福贵，你别骗我了，我知道有庆死了。”

她这么一说，我站在那里动不了，腿也开始发软。我的脖子上越来越湿，我知道那是家珍的眼泪，家珍说：

“让我去看看有庆吧。”

我知道骗不下去，就背着家珍往村西走，家珍低声告诉我：

“我夜夜听着你从村西走过来，我就知道有庆死了。”

走到了有庆坟前，家珍要我把她放下去，她扑在了有庆坟上，眼泪哗哗地流，两只手在坟上像是要摸有庆，可她一点力气都没有，只有几根指头稍稍动着。我看着家珍这副样子，心里难受得要被堵住了，我真不该把有庆偷偷埋掉，让家珍最后一眼都没见着。

家珍一直扑到天黑，我怕夜露伤着她，硬把她背到身后。家珍让我再背她到村口去看看，到了村口，我的衣领都湿透了，家珍哭着说：

“有庆不会在这条路上跑来了。”

我看着那条弯曲着通向城里的小路，听不到我儿子赤脚跑来的声音，月光照在路上，像是撒满了盐。

那天下午，我一直和这位老人待在一起，当他和那头牛歇够了，下到地里耕田时，我丝毫没有离开的想法，我像个哨兵一样在那棵树下守着他。

那时候四周田地里庄稼人的说话声飘来飘去，最为热烈的是不远处的田埂上，两个身强力壮的男人都举着茶水桶在比赛喝水，旁边年轻人又喊又叫，他们的兴奋是他们处在局外人的位置上。福贵这边显得要冷清多了，在他身旁的水田里，两个扎着头巾的女人正在插秧，她们谈论着一个我完全陌生的男人，这个男人似乎是一个体格强壮有力的人，他可能是村里挣钱最多的男人，从她们的话里我知道他常在城里干搬运的活儿。一个女人直起了腰，用手背捶了捶，我听到她说：

“他挣的钱一半用在自己女人身上，一半用在别人的女人身上。”

这时候福贵扶着犁走到她们近旁，他插进去说：

“做人不能忘记四条，话不要说错，床不要睡错，门槛不要踏错，口袋不要摸错。”

福贵扶着犁过去后，又扭过去脑袋说：

“他呀，忘记了第二条，睡错了床。”

那两个女人嘻嘻一笑，我就看到福贵一脸的得意，他向牛大声吆喝了一下，看到我也在笑，对我说：

“这都是做人的道理。”

后来，我们又一起坐在了树荫里，我请他继续讲述自己，他有些感激地看着我，仿佛是我正在为他做些什么，他因为自己的身世受到别人重视，显示出了喜悦之情。

我原以为有庆一死，家珍也活不长了。有一阵子看上去她真是不行了，躺在床上喘气都是呼呼的，眼睛整天半闭着，也不想吃东西，每次都是我和凤霞把她扶起来，硬往她嘴里灌着粥汤。家珍身上一点肉都没有了，扶着她就跟扶着一捆柴火似的。

队长到我家来过两次，他一看家珍的模样直摇头，把我拉到一旁轻声说：

“怕是不行了。”

我听了这话心直往下沉，有庆死了还不到半个月，眼看着家珍也要去了。这个家一下子没了两个人，往后的日子过起来可就难了，等于是一口锅砸掉了一半，锅不是锅，家不成家。

队长说是上公社卫生院请个医生来看看，队长说话还真算数，他去公社开会回来时，还真带了个医生回来。那个医生很瘦小，戴着一副眼镜，问我家珍得了什么病，我说：

“是软骨病。”

医生点点头，在床边坐下来，给家珍切脉，我看着医生边切脉边和家珍说话，家珍听到有人和她说话，只是眼睛睁了睁，也不回答。医生不知怎么搞的没找到家珍的脉搏，他像是吓了一跳，伸手去翻翻家珍的眼皮，然后一只手捧住家珍的手腕，另一只手切住家珍的脉搏，脑袋像是要去听似的歪了下去。过了一会，医生站起来对我说：

“脉搏弱得都快摸不到了。”

医生说：“你准备着办后事吧。”

做医生的只要一句话，就能要我的命。我当时差点没栽到地上，我跟着医生走到屋外，问他：

“我女人还能活多久？”

医生说：“出不了一个月。得了那种病，只要全身一瘫也就快了。”

那天晚上家珍和凤霞睡着以后，我一个人在屋外坐到天快亮的时候，先是呜呜地哭，哭了一阵我就开始想从前的事，想着想着又掉出了眼泪，这日子过得真是快，家珍嫁给我以后一天好日子都没过上，眼睛一眨就到了她要去的时候了。后来我想想光哭光难受也没用，事到如今也只好想些实在的事，给家珍的后事得办得像样一点。

队长心好，他看到我这副样子就说：

“福贵，你想得开些，人啊，总是要死的，眼下也别想什么了，只要让家珍死得舒坦就好。这村里的地，你随便选一块，给家珍做坟。”

其实那时候我也想开了，我对队长说：

“家珍想和有庆待在一起，他俩得埋在一个地方。”

有庆可怜，包了件衣服就埋了。家珍可不能再这样，家里再穷也要给她打一口棺材，要不我良心上交代不过去。家珍当初要是嫁了别人，不跟着我受罪，也不会累成这样，得这种病。我在村里挨家挨户地去借钱，我也不知道自己怎么了，一说起给家珍打口棺材，就忍不住掉眼泪。大伙都穷，借来的钱不够打棺材，后来队长给我凑了些村里的公款，才到邻村将木匠请来。

凤霞起先不知道她娘快去了，她看到我一闲下来就往先前村里的羊棚跑，木匠就在那里干活儿。我在那里一坐就是半晌，都忘了吃饭。凤霞来叫我，叫了几次看到棺材的形状出来了，她才觉察到了一些，睁圆了眼睛做手势问我，我心想凤霞也该知道这些，就告诉了她。

这孩子拼命地摇头，我知道她的意思，就用手势告诉她，这是给家珍准备的，是给家珍以后用的。凤霞还是摇头，拉着我就往家里走。回到了家中，凤霞还拉着我的袖管，她推推家珍，家珍眼睛睁开来。她就使劲摇我的胳膊，让我看家珍活得好好的。然后右手伸开了往下劈，她是要我把棺材劈掉。

凤霞心里根本就没想她娘会死，就是这样告诉她，她也不会相信。看着凤霞的样子，我只好低下头，什么手势都不做了。

家珍在床上一躺就是二十多天，有时觉得她好些了，有时又觉得她真的快去了。后来有一个晚上，我在她身旁躺下准备熄灯时，家珍突然抬起胳膊拉了拉我，让我别熄灯。家珍说话的声音跟蚊子一样大，她要我把她的身体侧过来。我女人那晚上把我看了又看，叫了好几声：

"福贵。"

然后笑了笑，闭上了眼睛。过了一会，家珍又睁开眼睛问我：

"凤霞睡得好吗？"

我起身看看凤霞，对她说：

"凤霞睡着了。"

那晚上家珍断断续续地说了好些话，到后来累了才睡着。我却怎么都睡不着，心里七上八下的，家珍那样子像是好多了，可我老怕这是不是人常说的回光返照。我的手在她身上摸来摸去，还热着我才稍稍放心下来。

第二天我起床时，家珍还睡着，我想她昨晚上睡得晚，就没叫醒她，和凤霞喝了点粥下地去干活儿。那天收工早，我和凤霞回到家里时，我吓了一跳，家珍竟然坐在床上了，她是自己坐起来的。家珍看到我们进去，轻声说：

"福贵，我饿了，给我熬点粥。"

当时我傻站了很久，我怎么也想不到家珍会好起来了，家珍又叫了我一声，我才回过神来，我眼泪哗哗地流了出来，我忘了凤霞听不到，对凤霞说：

"全靠你，全靠你心里想着你娘不死。"

人只要想吃东西，那就没事了。过了一阵子，家珍坐在床上能干些针线活儿了，照这样下去，家珍没准又能下床走路。我提着的心总算可以放下了，心里一踏实，人就病倒了。其实那病早就找到我了，有庆一死，家珍跟着是一副快去的样子，我顾不上病，也就不觉得。家珍没让医生说中，身体慢慢地好起来，我脑袋是越来越晕，直到有一天插秧时昏倒了地上，被人抬回家，我才知道自己是病了。

我一病倒，凤霞可就苦了，床上躺着两个人，她又服侍我们又要下地挣工分。过了几天，我看着凤霞实在是太累，就跟家珍说好多了，拖着个病身体下田去干活儿，村里人见了我都吃了一惊，说：

“福贵，你头发全白了。”

我笑笑说：“以前就白了。”

他们说：“以前还有一半是黑的呢，就这么几天你的头发全白了。”

就那么几天，我老了许多，我以前的力气再也没有回来，干活儿时腰也酸了背也疼了，干得猛一些身上到处淌虚汗。

有庆死后一个多月，春生来了。春生不叫春生了，他叫刘解放。别人见了春生都叫他刘县长，我还是叫他春生。春生告诉我，他被俘虏后就当上了解放军，一直打到福建，后来又到朝鲜去打仗。春生命大，打来打去都没被打死。朝鲜的仗打完了，他转业到邻近一个县，有庆死的那年他才来到我们县。

春生来的时候，我们都在家里。队长还没走到门口就喊上了：

“福贵，刘县长来看你啦。”

春生和队长一进屋，我对家珍说：

“是春生，春生来了。”

谁知道家珍一听是春生，眼泪马上掉了出来，她冲着春生喊：

“你出去。”

我一下子愣住了。队长急了，对家珍说：

“你怎么能这样对刘县长说话。”

家珍可不管那么多，她哭着喊道：

“你把有庆还给我。”

春生摇了摇头，对家珍说：“我的一点心意。”

春生把钱递给家珍，家珍看都不看，冲着他喊：

“你走，你出去。”

队长跑到家珍跟前，挡住春生，说：

“家珍，你真糊涂，有庆是事故死的，又不是刘县长害的。”

春生看家珍不肯收钱，就递给我：

“福贵，你拿着吧，求你了。”

看着家珍那样子，我哪敢收钱。春生就把钱塞到我手里，家珍的怒火立刻冲着我来了，她喊道：

“你儿子就值两百块？”

我赶紧把钱塞回到春生手里。春生那次被家珍赶走后，又来了两次，家珍死活不让他进门。女人都是一个心眼，她认准的事谁也不能让她变。我送春生到村口，对他说：

“春生，你以后别来了。”

春生点点头，走了。春生那次一走，就几年没再来，一直到“文化大革命”的时候，他才又来了一次。

城里闹上了“文化大革命”，乱糟糟的满街都是人，每天都在打架，还有人被打死，村里人都不敢进城去了。村里比起城里来，太平多了，还跟先前一样，就是晚上睡觉睡不踏实，毛主席的最新最高指示总是在深更半夜里来，队长就站在晒场上拼命吹哨子，大伙听到哨子便赶紧爬起来，到晒场去听广播。队长在那里喊：

“都到晒场来，毛主席他老人家要训话啦。”

我们是平民百姓，国家的事不是不关心，是弄不明白，我们都是听队长的，队长是听上面的。只要上面怎么说，我们就怎么想，怎么做。我和家珍最操心的还是凤霞，凤霞不小了，该给她找个婆家。凤霞长得和家珍年轻时差不多，要不是她小时候得了那场病，说媒的早把我家门槛踏平了。我自己是力气越来越小，家珍的病看样子要全好是不可能了，我们这辈子也算经历了不少事，人也该熟了，就跟梨那样熟透了该从树上掉下来。可我们放心不下凤霞，她和别人不一样，她老了谁会管她？

凤霞说起来又聋又哑，可她也是女人，不会不知道男婚女嫁的事。村里每年都有嫁出去娶进来的，敲锣打鼓热闹一阵，到那时候凤霞握着锄头总要看得发呆，村里几个年轻人就对凤霞指指点点，笑话她。

村里王家三儿子娶亲时，都说新娘漂亮。那天新娘被迎进村里来时，穿着大红的棉袄，咻咻笑个不停。我在田里望去，新娘整个儿是个红人了，那脸蛋红扑扑特别顺眼。

田里干活儿的人全跑了过去，新郎从口袋里摸出飞马牌香烟，向年长的男人敬烟，几个年轻人在一旁喊：

“还有我们，还有我们。”

新郎嘻嘻笑着把烟藏回到口袋里，那几个年轻人冲上去抢，喊着：

“女人都娶到床上了，也不给根烟抽。”

新郎使劲捂住口袋，他们硬是掰开他的手指，从口袋里拿出香烟后一个人举着，别的人跟着跑上了一条田埂。

剩下的几个年轻人围着新娘，嘻嘻哈哈肯定说了些难听的话，新娘低头直笑。女人到了出嫁的时候，是什么都看着舒服，什么都听着高兴。

凤霞在田里，一看到这种场景，又看呆了，两只眼睛连眨都没眨，锄头抱在怀里，一动不动。我站在一旁看得心里难受，心想她要看就让她多看看吧。凤霞命苦，她只有这么一点看看别人出嫁的福分。谁知道凤霞看着看着竟然走了上去。走到新娘旁边，痴痴笑着和她一起走过去。这下可把那几个年轻人笑坏了，我的凤霞穿着满是补丁的衣服，和新娘走在一起，新娘穿得又整齐又鲜艳，长得也好，和我凤霞一比，凤霞寒碜得实在是可怜。凤霞脸上没有脂粉，也红扑扑的和新娘一样，她一直扭头看着新娘。

村里几个年轻人又笑又叫，说：

“凤霞想男人啦。”

这么说说我也就听进去了，谁知没一会儿工夫难听的话就出来了，有个人对新娘说：

“凤霞看中你的床了。”

凤霞在旁边一走，新娘笑不出来了，她是嫌弃凤霞。这时有人对新郎说：

“你小子太合算了，一娶娶一双，下面铺一个，上面盖一个。”

新郎听后嘿嘿地笑，新娘受不住了，也不管自己新出嫁该害羞一些，脖子一直就对新郎喊：

“你笑个屁。”

我实在是看不下去，走上田埂对他们说：

“做人不能这样，要欺负人也不能欺负凤霞，你们就欺负我吧。”

说完我拉住凤霞就往家里走。凤霞是聪明人，一看到我的脸色，就知道刚才出了什么事，她低着头跟我往家走，走到家门口眼泪掉了下来。

后来我和家珍商量着怎么也得给凤霞找一个男人，我们都是要死在她前面的，我们死后有凤霞收作，凤霞老这样下去，死后连个收作的人都没有。可又有谁愿意娶凤霞呢？

家珍说去求求队长，队长外面认识的人多，打听打听，没准还真有人要我们凤霞。我就去跟队长说了，队长听后说：

“也是，凤霞也该出嫁了，只是好人家难找。”

我说："哪怕是缺胳膊断腿的男人，只要他想娶凤霞，我们都给。"

说完这话自己先心疼上了，凤霞哪点比不上别人？就是不会说话。回到家里，跟家珍一说，家珍也心疼上了。她坐床上半晌不说话，末了叹息一声，说：

"事到如今也只能这样了。"

过了没多久，队长给凤霞找着了一个男人。那天我在自留地上浇粪，队长走过来说：

"福贵，我给凤霞找着婆家了，是县城里的人，搬运工，挣钱很多。"

我一听条件这么好，不相信，觉得队长是在和我闹着玩，我说：

"队长，你别哄我了。"

队长说："没哄你，他叫万二喜，是个偏头，脑袋靠着肩膀，怎么也起不来。"

他一说是偏头，我就信了，赶紧说：

"你快让他来看看凤霞吧。"

队长一走，我扔了粪勺就往自己茅屋跑，没进门就喊：

"家珍，家珍。"

家珍坐在床上以为出了什么事，看着我眼睛都睁圆了。我说：

"凤霞有男人啦。"

家珍这才松了口气，说：

"你吓死我了。"

我说："不缺腿，胳膊也全，还是城里人呢。"

说完我呜呜地哭了，家珍先是笑，看到我哭，眼泪也流了出来。高兴了一阵，家珍问：

"条件这么好，会要凤霞吗？"

我说："那男的是偏头。"

家珍这才有些放心。那晚上家珍让我把她过去的一些衣服拿出来，给凤霞做了件衣服，家珍说：

"凤霞总得打扮打扮，人家都要来相亲了。"

没出三天，万二喜来了，真是个偏头，他看我时把左边肩膀翘起来，又把肩膀向凤霞和家珍翘翘，凤霞一看到他这副模样，咧着嘴笑了。

万二喜穿着中山服，干干净净的，若不是脑袋靠着肩膀，那模样还真像是城里来的干部。他拿着一瓶酒一块花布，由队长陪着进来。家珍坐在床上，头发梳得很整齐，衣服破了一点，倒很干净，我还专门在床下给家珍放了一双新布鞋。凤霞穿着水红衣服低着头坐在她娘旁边。家珍笑嘻嘻地看着她未过门的女婿，心里高兴着呢。

万二喜把酒和花布往桌上一放，就翘着肩膀在屋里转一圈，他是在看我们的屋子。我说：

“队长，二喜，你们坐。”

二喜嗯了一声在凳子上坐下，队长摆摆手说：

“我就不坐了，二喜，这是凤霞，这是她爹和娘。”

凤霞双手放在腿上，看到队长指着她，就向队长笑，队长指着家珍，她转过去向家珍笑。家珍说：

“队长，你请坐。”

队长说：“不啦，我还有事，你们谈吧。”

队长转身要走，留也留不住，我送走了队长，回到屋中指指桌上的酒，对二喜说：

“让你破费了，其实我有几十年没喝酒了。”

二喜听后嗯了一声，也不说话，翘着个肩膀在屋里看来看去，看得我心里七上八下。家珍笑着对他说：

“家里穷了一点。”

二喜又嗯了一声，翘着肩膀去看家珍。家珍继续说：

“好在家里还养着一头羊几只鸡，福贵和我商量着等凤霞出嫁时，把鸡羊卖了办嫁妆。”

二喜听后还是嗯了一下，我都不知道他心里想什么。坐了一会儿，他站起来说要走了。我想这门亲事算是完了。他都没怎么看凤霞，老看我们的破烂屋子。我看看家珍，家珍苦笑一下，对二喜说：

“我腿没力气，下不了地。”

二喜点点头走到了屋外。我问他：

“聘礼不带走了？”

他嗯了一下，翘着肩膀看看屋顶的茅草，点了点头后就走了。

我回到屋里，在凳子上坐下，想想有些生气，就说：

“自己脑袋都抬不起来，还挑肥拣瘦的。”

家珍叹了口气说：

“这也不能怪人家。”

凤霞聪明，一看到我们的样子，就知道人家没看上她，站起来走到里面的房间，换了身旧衣服，扛着把锄头下地去了。

到了晚上，队长来问我：

“成了吗？”

我摇摇头说：“太穷了，我家太穷了。”

第二天上午，我在耕田时，有人叫我：

“福贵，你看那路上，像是到你家相亲的偏头来了。”

我抬起头来，看到五六个人在那条路上摇摇摆摆地走来，还拉着一辆板车，只有走在最前面那人没有摇摆，他偏着脑袋走得飞快。远远一看我就知道是二喜来了，我是一点也想不到他会来。

二喜见了我，说道：

“屋顶的茅草该换了，我拉了车石灰粉粉墙。”

我往那板车一望，有石灰有两把刷墙的扫帚，上面搁着个小方桌，方桌上是一个猪头。二喜手里还提着两瓶白酒。

那时候我才知道二喜东张西望不是嫌我家穷，他连我屋前的草垛子都看到眼里去了。屋顶的茅草我早就想换了，只是等着农闲到来时好请村里人帮忙。

二喜带了五个人来，肉也买了，酒也备了，想得周到。他们来到我们茅屋门口，放下板车，二喜像是进了自己家一样，一手提着猪头，一手提着小方桌，走了进去，他把猪头往桌上一放，小方桌放在家珍腿上。二喜说：

“吃饭什么的都会方便一些。”

家珍当时眼睛就湿了，她是激动，她也没想到二喜会来，会带着人来给我家换茅草，还连夜给她做了个小方桌，家珍说：

“二喜，你想得真周到。”

二喜他们把桌子和凳子什么的都搬到了屋外，在一棵树下面铺上了稻草，然后二喜走到床前要背家珍，家珍笑着摆摆手，叫我：

“福贵，你还站着干什么？”

我赶紧过去让家珍上我背脊，我笑着对二喜说：

“我女人我来背，你往后背凤霞吧。”

家珍敲了我一下，二喜听后嘿嘿直笑。我把家珍背到树下，让她靠着树坐在稻草上。看着二喜他们把草垛子分散了，扎成一小捆一小捆，二喜和另一个人爬到屋顶，下面留着四个，替我家翻屋顶的茅草。我看一眼就知道二喜带来的人都是干惯这活儿的，手脚都麻利。下面的用竹竿挑着往上扔，二喜和另一个人在上面铺。别看二喜脑袋靠着肩膀，干活儿一点都不碍事，茅草扔上去他先用脚踢一下，再伸手接住。有这本领的人，在我们村里是一个都找不出来。

没到中午，屋顶的活儿就干完了。我给他们烧了一桶茶水，凤霞给他们倒茶水，跑前跑后忙个不停，她也高兴，看到家里突然来了这么多干活儿的人，凤霞笑开的嘴就没合上。

村里很多人都走过来看，一个女的对家珍说：

“女婿没过门就干活儿啦，你好福气啊！”

家珍说：“是凤霞好福气。”

二喜从屋顶上下来，我对他说：

“二喜，歇一会儿。”

二喜用袖管擦擦脸上的汗说：

“不累。”

说完又翘起肩膀往四处看，看到左边一块菜地问我：

“这是咱家的地吗？”

我说：“是啊！”

他就进屋拿了把菜刀，下到地里割了几棵新鲜的菜，又拿进屋去。不一会儿，他在里面切猪头了，我去拦他，让他把这活儿留给凤霞，他还是用袖管擦着汗说：

“不累。”

我只好出来去推凤霞，凤霞站在家珍旁边，我把她往屋里推的时候，她还不好意思地扭着头看家珍，家珍笑着挥手让她进去，她这才进了茅屋。

我和家珍陪着二喜带来的人喝茶说话，中间我走进去一次，看到二喜和凤霞像是两口子，一个烧火，一个做饭炒菜。两个你看看我，我看看你，看过后都咧着嘴笑了。

我出来和家珍一说，家珍也笑了。过了一会儿，我忍不住又想去看看，刚站起来家珍就叫住我，偷偷说：

“你别进去了。”

吃过午饭，二喜他们用石灰粉起了墙，我家的土墙到了第二天石灰一干，变成白晃晃一片，像是城里的砖瓦房子。粉完了墙天还早着，我对二喜说：

“吃了晚饭再走吧。”

他说：“不吃了。”

就着肩膀向凤霞翘了翘，我知道他是在看凤霞。他低声问我和家珍：

“爹，娘，我什么时候把凤霞娶过去？”

一听这话，一听他叫我和家珍爹娘，我们欢喜得合不上嘴。我看看家珍后说：

"你想什么时候就什么时候。"

接着我又轻声说：

"二喜，不是我想让你破费，实在是凤霞命苦，你娶凤霞那天多叫些人来，热闹热闹，也好叫村里人看看。"

二喜说："爹，知道了。"

那天晚上凤霞摸着二喜送来的花布，看看笑笑，笑笑看看。有时抬头看到我和家珍在笑，心里一慌，脸就红了。看得出来凤霞喜欢二喜，我和家珍高兴，家珍说：

"二喜是个实在人，心眼好，把凤霞给他，我心里踏实。"

我们把家里的鸡羊卖了，我又领着凤霞去城里给她做了两身新衣服，给她添置了一床新被子，买了脸盆什么的。凡是村里别人家女儿有的，凤霞都有，拿家珍的话说：

"不能委屈凤霞了。"

二喜来娶凤霞那天，锣鼓很远就闹过来了，村里人全挤到村口去看。二喜带来了二十多个人，全穿着中山服，要不是二喜胸口戴了朵大红花，那样子像是什么大干部下来了呢。十几面锣同时敲着，两个大鼓擂得咚咚响，把村里人耳朵震得嗡嗡乱响，最显眼的是中间有一辆披红戴绿的板车，车上一把椅子也红红绿绿。一走进村里，二喜就拆了两条大前门香烟，见到男子就往他们手里塞，嘴里连连说：

"多谢，多谢。"

村里别人家娶亲嫁女时，抽的最好的香烟也不过是飞马牌，二喜将大前门一盒一盒送人，那气派把谁家都比下去了。拿到香烟的赶紧都往自己口袋里放，像是怕人来抢似的，手指在口袋里摸索着抽出一根放在嘴上。

跟在二喜身后那二十来人也卖力，锣鼓敲得震天响，还扯着嗓子喊，他们的口袋都鼓鼓的，见到村里年轻的女人和孩子，就把口袋里的糖果往他们身上扔。这样大手大脚把我都看呆了，心想扔掉的都是钱啊。

他们来到我家茅屋前，一个个进去看凤霞，锣鼓留在外面，村里的年轻人就帮着敲上了。凤霞那天穿上新衣服可真漂亮，连我这个做爹的都想不到她会这么漂亮，她坐在家珍床前，在进来的人里挨个找二喜，一看到二喜赶紧低下了头。

二喜带来的城里人见了凤霞都说：

"这偏头真有艳福。"

后来过了好多年，村里别的姑娘出嫁时，他们还都会说凤霞出嫁时最气派。

那天凤霞被迎出屋去时，脸蛋红得跟番茄一样，从来没有那么多人一起看着她，她把头埋在胸前都不知道该怎么办，二喜拉着她的手走到板车旁，凤霞看看车上的椅子还是不知道该干什么。个头比凤霞矮的二喜一把将凤霞抱到了车上，看的人哄地笑起来，凤霞也哧哧笑了。二喜对我和家珍说：

“爹，娘，我把凤霞娶走啦。”

说着二喜自己拉起板车就走。板车一动，低头笑着的凤霞急忙扭过头来，焦急地看来看去。我知道她是在看我和家珍，我背着家珍其实就站在她旁边。她一看到我们，眼泪哗哗流了出来，她扭着身体哭着看我们。我一下子想起凤霞十三岁那年，被人领走时也是这么哭着看我，我一伤心眼泪也出来了，这时我脖子也湿了，我知道家珍也在哭。我想想这次不一样，这次凤霞是出嫁，我就笑了，对家珍说：

“家珍，今天是办喜事，你该笑。”

二喜是实心眼，他拉着板车走时，还老回过头去看看他的新娘，一看到凤霞扭着身体朝我们哭，他就不走了，站在那里也把身体扭着。凤霞是越哭越伤心，肩膀也一抖一抖了，让我这个做爹的心里一抽一抽，我对二喜喊：

“二喜，凤霞是你的女人了，你还不快拉走。”

凤霞嫁到了城里，我和家珍就跟丢了魂似的，怎么都觉得心慌。往常凤霞在屋里进进出出也不怎么觉得，如今凤霞一走，屋里就剩我和家珍，两个人看来看去，都看了几十年了，像是还没看够。我还好，在地里干活儿能分掉点想凤霞的心思。家珍就苦了，整天坐在床上，整天闲着，没有了凤霞，做娘的心里能不慌张？先前她在床上待着从不说什么，这么一来她可就难受了，腰也酸了背也疼了，怎么都不舒服。我也知道那滋味，整天在床上，比下地干活儿还累，身体都活动不了。我就在黄昏的时候背着她到村里去走走。村里人见了家珍，都亲热地问长问短，家珍心里也舒畅多了，她贴着我耳朵问：

“他们不会笑话我们吧？”

我说：“我背着自己的女人有什么好笑话的。”

家珍开始喜欢提一些过去的事，到了一处，她就要说起凤霞，说起有庆从前的事，说着说着就笑。来到了村口，家珍说起那天我回来的事，家珍在田里干活儿，听到有个人大声叫凤霞，叫有庆，抬头一看看到了我，起先还不敢认。家珍说到这里笑着哭了，泪水滴在我脖子上，她说：

“你回来就什么都好了。”

按规矩凤霞得一个月以后回来，我们也得一个月以后才能去看她。谁知凤霞嫁出去还不到十天，就回来了。那天傍晚我们刚吃过饭，有人在外面喊：

“福贵，你到村口去看看，像是你家的偏头女婿来了。”

我还不相信，村里人都知道我和家珍想凤霞都快想呆了，我觉得村里人是在捉弄我们，我跟家珍说：

“不会吧，才十来天工夫。”

家珍急了，她说：

“你快去看看。”

我跑到村口一看，还真是二喜，翘着左边的肩膀，手里提着一包糕点，凤霞走在他旁边，两个人手拉着手，笑眯眯地走来。村里人见了都笑，那年月可是见不到男女手拉着手的，我对他们说：

“二喜是城里人，城里人就是洋气。”

凤霞和二喜一来，家珍高兴坏了；凤霞在床沿上一坐，家珍拉住她的手摸个没完，一遍遍说凤霞长胖了，其实十来天工夫能长多少肉？我对二喜说：

“没想到你们会来，一点准备都没有。”

二喜嘿嘿地笑，他说他也不知道会来，是凤霞拉着他，他糊里糊涂地跟来了。

凤霞嫁出去没过十天就回来，我们也不管什么老规矩了，我是三天两头往城里跑，说起来是家珍要我去的，我自己也想着要常去看看他们。我往城里跑得这么勤快，跟年轻时一样了，只是去的地方不一样。

去的时候，我就在自留地里割上几棵青菜，放在篮子里提着，穿上家珍给我做的新布鞋。我割菜时鞋上沾了点泥，家珍就叫住我，要我把泥擦掉。我说：

“人都老了，还在乎什么鞋上有泥。”

家珍说：“话可不能这么说，人老了也是人，是人就得干净一些。”

这倒也是，家珍病了那么多年，在床上下不了地，头发每天都还是梳得整整齐齐的。我穿得干干净净走出村口，村里人见我提着青菜，就问：

“又去看凤霞？”

我点点头：“是啊。”

他们说：“你老这么去，那偏头女婿不赶你走？”

我说：“二喜才不会呢。”

二喜家的邻居都喜欢凤霞，我一去，他们就夸她，说她又勤快又聪明。扫地时连别人家的屋前也扫，一扫就扫半条街，邻居看到凤霞汗都出来了，走过去拍拍她，让她别扫了，她这才笑眯眯地回到自己屋里。

凤霞以前没学过织毛衣，我们家穷，谁也没穿过毛衣。凤霞看到邻居的女人坐在门前织毛衣，手穿来插去的，心里喜欢她就搬着把凳子坐到跟前看，一看就看半天，人都看呆了。邻居家的女人看着凤霞这么喜欢，便手把手教她。这么一教可把她们吓一跳，凤霞一学就会，才三四天，凤霞织毛衣和她们一样快了。她们见了我就说：

“要是凤霞不聋不哑有多好。”

她们也在心里可怜凤霞。后来只要屋里的活儿一忙完，凤霞便坐到门前替她们织毛衣。整条街的女人里就数凤霞毛衣织得最紧最密，这下可好了，她们都把毛线送过来，让凤霞替她们织。凤霞累是累了一些，可她心里高兴。毛衣织成了给人家，她们向她跷跷大拇指，凤霞张着嘴就要笑半天。

我一进城，邻居家的女人就过来挨个告诉我，凤霞这儿好，那儿好，我听到的全是好话，听得我眼睛都红了，我说：

“城里人就是好，在村里是难得听到说我凤霞好。”

看到大家都这么喜欢凤霞，二喜又疼爱她，我心里高兴啊。回到家里，家珍总是埋怨我去得太久。这也是，家珍一个人在家里伸直了脖子等我回去说些凤霞的新鲜事，左等右等不见我回来，心里当然要焦急，我说：

“一见了凤霞就忘了时间。”

每次回到家里，我都要坐在床边说半晌，凤霞屋里屋外的事，她穿什么颜色的衣服，家珍给她做的鞋穿破了没有。家珍什么都知道，她是没完没了地问，我也没完没了地说，说得我嘴里都没有唾沫了，家珍也不放过我，问我：

“还有什么忘了说了？”

一说说到天黑，村里人都差不多要上床睡觉了，我们都还没吃饭，我说：

“我得煮吃的了。”

家珍拉住我，求我：

“你再给我说说凤霞。”

其实我也愿意多说说凤霞，跟家珍说我还嫌不够，到田里干活儿时，我又跟村里人说了，说凤霞又聪明又勤快，在城里怎么好，怎么招人喜爱，毛衣织得比谁都快。村里有些人听了还不高兴，对我说：

“福贵，你是老昏了头，城里人心眼坏着呢，凤霞整天给别人家干活儿还不累死。”

我说：“话可不能这么说。”

他们说：“凤霞替她们织毛衣，她们也得送点东西给凤霞，送了吗？”

村里人心眼就是小，尽想些捡便宜的事。城里的女人可不是他们说的那么坏，我有两次听到她们对二喜说：

“二喜，你去买两斤毛线来，也该让凤霞有件毛衣。”

二喜听后笑笑，没作声。二喜是实在人，娶凤霞时他依了我的话，钱花多了，欠下了债。到了私下里，他悄悄对我说：

“爹，我还了债就给凤霞买毛线。”

城里的“文化大革命”是越闹越凶，满街都是大字报，贴大字报的人都是些懒汉，新的贴上去时也不把旧的撕掉，越贴越厚，那墙上像是有很多口袋似的鼓了出来。连凤霞、二喜他们屋门上都贴了标语，屋里脸盆什么的也印上了毛主席他老人家的话，凤霞他们的枕巾上印着：千万不要忘记阶级斗争；床单上的字：在大风大浪中前进。二喜和凤霞每天都睡在毛主席的话上面。

我每次进城，看到人多的地方就避开，城里是天天都在打架，我就见过几次有人被打得躺在地下起不来。难怪队长再不上城里开会了，公社常派人来通知他去县里开三级干部会议，队长都不去，私下里对我们说：

“城里天天都在死人，我吓都吓死了，眼下进城去开会就是进了棺材。”

队长躲在村里哪里都不去，可他也只是过了几个月的安稳日子，他不出去，别人找上门来了。那天我们都在田里干活儿，远远地看到一面红旗飘过来，来了一队城里的红卫兵。队长也在田里，看到他们走来，当时脖子就缩了缩，提心吊胆地问我：

“该不会来找我的吧？”

领头的红卫兵是个女的，他们来到了我们跟前，那女的朝我们喊：

“这里为什么没有标语，没有大字报？队长呢？队长是谁？”

队长赶紧扔了锄头跑过去，点头哈腰地说：

“红卫兵小将同志。”

那个女的挥挥手臂问：

“为什么没有标语和大字报？”

队长说：“有标语，有两条标语呢，就刷在那间屋子后面。”

那女的看上去最多只有十六七岁，她在我们队长面前神气活现，眼睛斜了斜就算是看过队长了。她对几个提着油漆桶的红卫兵说：

“去刷上标语。”

那几个红卫兵就朝村里的房子跑去，去刷标语了。领头的女孩对队长说：

“让全村人集合。”

队长急忙从口袋里掏出哨子拼命吹，在别的田里干活儿的人赶紧跑了过来。

等人集合得差不多了，那女的对我们喊：

“你们这里的地主是谁？”

大伙一听这话全朝我看上了，看得我腿都哆嗦了，好在队长说：

“地主解放初就毙掉了。”

她又问：“有没有富农？”

队长说：“富农有一个，前年归西了。”

她看看队长，对我们大伙喊：

“那走资派有没有？”

队长赔着笑脸说：

“这村里是小地方，哪有走资派？”

她的手突然一伸，都快指到队长的鼻子上了，她问：

“你是什么？”

队长吓得连声说：

“我是队长，是队长。”

谁知道她大喊一声：

“你就是走资本主义道路的当权派！”

队长吓坏了，连连摆手说：

“不是，不是，我没走。”

那女的没理他，朝我们喊：

“他对你们进行白色统治，他欺压你们，你们要起来反抗，要砸断他的狗腿。”

村里人都看傻了，平日里队长可神气了，他说什么我们听什么，从没人觉得队长说得不对。如今队长被这群城里来的孩子折腾得腰都弯下去了，他连连求饶，我们都说不出口的话他也说了。队长求了一会儿，转身对我们喊：

“你们出来说说呀，我没欺压你们。”

大伙看看队长，又看看那些红卫兵，三三两两地说：

“队长没有欺压我们，他是个好人。”

那个女的皱着眉看我们，说：

“不可救药。”

说完她朝几个红卫兵挥挥手：

“把他押走。”

两个红卫兵走过去抓住队长的胳膊。队长伸直了脖子喊：

“我不进城，乡亲们哪，救救我，我不能进城，进城就是进棺材。”

队长再喊也没用，被他们把胳膊扭到后面，弯着身体押走了。大伙看着他们喊着口号杀气腾腾地走去，谁也没上去阻拦，没人有这个胆量。

队长这么一去，大伙都觉得凶多吉少，城里那地方乱着呢，就算队长保住命，也得缺条胳膊少条腿的。谁知没出三天，队长就回来了，一副鼻青脸肿的模样，在那条路上晃晃悠悠地走来。在地里的人赶紧迎上去，叫他：

"队长。"

队长眼皮抬了抬，看看大伙，什么话没说，一直走回自己家，呼呼地睡了两天。到了第三天，队长扛着把锄头下到田里，脸上的肿消了很多，大伙围上去问这问那，问他身上还疼不疼，他摇摇头说：

"疼倒没什么，不让我睡觉，他娘的比疼还难受。"

说着队长掉出眼泪，说：

"我算是看透了，平日里我像护着儿子一样护着你们，轮到我倒霉了，谁也不来救我。"

队长说得我们大伙都不敢去看他。队长总还算好，被拉到城里只是吃了三天的拳脚。春生住在城里，可就更惨了。我还一直不知道春生也倒霉了，那天我进城去看凤霞，在街上看到一伙戴着各种纸帽子、胸前挂着牌牌的人被押着游街。起先我没怎么在意，等他们来到跟前，我吓了一跳，走在最前头的竟是春生。春生低着头，没看到我，从我身边走过去后，春生突然抬起头来喊：

"毛主席万岁！"

几个戴红袖章的人冲上去对春生又打又踢，骂道：

"这是你喊的吗？他娘的走资派。"

春生被他们打倒在地，身体搁在那块木牌上，一只脚踢在他脑袋上，春生的脑袋像是被踢出个洞似的咚的一声响，整个人趴在了地上。春生被打得一点声音都没有，我这辈子没见过这么打人的，在地上的春生像是一块死肉，任他们用脚去踢。再打下去还不把春生打死了，我上去拉住两个人的袖管，说：

"求你们别打了。"

他们用劲推了我一把，我差点摔到地上，他们说：

"你是什么人？"

我说："求你们别打了。"

有个人指着春生说：

"你知道他是什么人，他是旧县长，是走资派。"

我说："这我都不知道，我只知道他是春生。"

他们一说话，也就没再去打春生，喊着要春生爬起来。春生被打成那样了，怎么爬得起来，我就去扶他，春生认出了我，说：

“福贵，你快走开。”

那天我回到家里，坐在床边，把春生的事跟家珍说了，家珍听了都低下头，我就说：

“当初你不该不让春生进屋。”

家珍虽然嘴上没说什么，其实她心里想的也和我一样。

过了一个多月，春生偷偷地上我家来了，他来时都深更半夜，我和家珍已经睡了，敲门把我们敲醒，我打开门借着月光一看是春生，春生的脸肿得都圆了，我说：

“春生，快进来。”

春生站在门外不肯进来，他问：

“嫂子还好吧？”

我就对家珍说：

“家珍，是春生。”

家珍坐在床上没有答应，我让春生进屋，家珍不开口，春生就不进来，他说：

“福贵，你出来一下。”

我回头又对家珍说：

“家珍，是春生来了。”

家珍还是没理我，我只好披上衣服走出去，春生走到我家屋前那棵树下，对我说：

“福贵，我是来和你告别的。”

我问：“你要去哪里？”

他咬着牙齿狠狠地说：

“我不想活了。”

我吃了一惊，急忙拉住春生的胳膊说：

“春生，你别糊涂，你还有女人和儿子呢。”

一听这话，春生哭了，他说：

“福贵，我每天都被他们吊起来打。”

说着他把手伸过来：

“你摸摸我的手。”

我一摸，那手像是煮熟了一样，烫得吓人，我问他：

“疼不疼？”

他摇摇头：“不觉得了。”

我把他肩膀往下按，说道：

“春生，你先坐下。”

我对他说，“你千万别糊涂，死人都还想活过来，你一个大活人可不能去死。”

我又说：“你的命是爹娘给的，你不要命了也得先去问问他们。”

春生抹了抹眼泪说：

“我爹娘早死了。”

我说：“那你更该好好活着，你想想，你走南闯北打了那么多仗，你活下来容易吗？”

那天我和春生说了很多话，家珍坐在屋里床上全听进去了。到了天快亮的时候，春生像是有些想通了，他站起来说要走了，这时家珍在里面喊：

“春生。”

我们两个都怔了一下，家珍又叫了一声，春生才答应。我们走到门口，家珍在床上说：

“春生，你要活着。”

春生点了点头。家珍在里面哭了，她说：

“你还欠我们一条命，你就拿自己的命来还吧。”

春生站了一会说：

“我知道了。”

我把春生送到村口，春生让我站住，别送了，我就站在村口，看着春生走去。春生都被打瘸了，他低着头走得很吃力。我又放心不下，对他喊：

“春生，你要答应我活着。”

春生走了几步回过头来说：

“我答应你。”

春生后来还是没有答应我，一个多月后，我听说城里的刘县长上吊死了。一个人命再大，要是自己想死，那就怎么也活不了。我把这话对家珍说了，家珍听后难受了一天，到了夜里她说：

“其实有庆的死不能怪春生。”

到了田里的活儿一忙，我就不能常常进城去看凤霞了。好在那时是人民公社，村里人在一起干活儿，我用不着焦急。只是家珍还是下不了床，我起早摸黑，既不能误了田里的活儿，又不能让家珍饿着，人实在是累。年纪大了，要是年轻他二十岁，睡上一觉就会没事，到了那个年纪，人累了睡上几觉也补不回来，干活儿时手臂都抬不起来，我混在村里人中间，每天只是装装样子，他们也都知道我的难处，谁也不来说我。

农忙时凤霞来住了几天，替我做饭烧水，侍候家珍，我轻松了很多。可是想想嫁出去的女儿就是泼出去的水，凤霞早就是二喜的人了，不能在家里待得太久。我和家珍商量了一下，怎么也得让凤霞回去了，就把凤霞赶走了。我是用手一推一推把她推出村口的，村里人见了嘻嘻笑，说没见过像我这样的爹。我听了也嘻嘻笑，心想村里谁家的女儿也没像凤霞对她爹娘这么好，我说：

"凤霞只有一个人，服侍了我和家珍，就服侍不了我的偏头女婿了。"

凤霞被我赶回城里，过了没多久又回来了，这次连偏头女婿也来了。两个人在远处拉着手走来，我很远就看到了他们，不用看二喜的偏脑袋，就看拉着手我也知道是谁了。二喜提着一瓶黄酒，咧着嘴笑个不停。凤霞手里挎着个小竹篮子，也像二喜一样笑。我想是什么好事，这么高兴？

到了家里，二喜把门关上，说：

"爹，娘，凤霞有啦。"

凤霞有孩子了，我和家珍嘴一咧也都笑了。我们四个人笑了半晌，二喜才想起来手里的黄酒，走到床边将酒放在小方桌上，凤霞从篮里拿出碗豆子。我说：

"都到床上去，都到床上去。"

凤霞坐到家珍身旁，我拿了四只碗和二喜坐一头。二喜给我倒满了酒，给家珍也倒满，又去给凤霞倒，凤霞捏住酒瓶连连摇头，二喜说：

"今天你也喝。"

凤霞像是听懂了二喜的话，不再摇头。我们端起了碗，凤霞喝了一口皱皱眉，去看家珍，家珍也在皱眉，她抿着嘴笑了。我和二喜都是一口把酒喝干，一碗酒下肚，二喜的眼泪掉了出来，他说：

"爹，娘，我是做梦也想不到会有今天。"

一听这话，家珍眼睛马上就湿了。看着家珍的样子，我眼泪也下来了，我说：

"我也想不到，先前最怕的就是我和家珍死了凤霞怎么办，你娶了凤霞，我们心就定了，有了孩子更好了，凤霞以后死了也有人收作。"

凤霞看到我们哭，也眼泪汪汪的。家珍哭着说：

"要是有庆活着就好了，他是凤霞带大的，他和凤霞亲着呢，有庆看不到今天了。"

二喜哭得更凶了，他说：

“要是我爹娘还活着就好了，我娘死的时候捏住我的手不肯放。”

四个人越哭越伤心，哭了一阵，二喜又笑了，他指指那碗豆子说：

“爹，娘，你们吃豆子，是凤霞做的。”

我说：“我吃，我吃，家珍，你吃。”

我和家珍看来看去，两个人都笑了，我们马上就会有外孙了。那天四个人哭哭笑笑，一直到天黑，二喜和凤霞才回去。

凤霞有了孩子，二喜就更疼爱她。到了夏天，屋里蚊子多，又没有蚊帐，天一黑二喜便躺到床上去喂蚊子，让凤霞在外面坐着乘凉，等把屋里的蚊子喂饱，不再咬人了，才让凤霞进去睡。有几次凤霞进去看他，他就焦急，一把将凤霞推出去。这都是二喜家的邻居告诉我的，她们对二喜说：

“你去买顶蚊帐。”

二喜笑笑不作声，瞅空儿才对我说：

“债不还清，我心里不踏实。”

看着二喜身上被蚊子咬得到处都是红点，我也心疼，我说：

“你别这样。”

二喜说：“我一个人，蚊子多咬几口捡不了什么便宜，凤霞可是两个人啊！”

凤霞是在冬天里生孩子的，那天雪下得很大，窗户外面什么都看不清楚。凤霞进了产房一夜都没出来，我和二喜在外面越等越怕，一有医生出来，就上去问，知道还在生，便有些放心。到天快亮时，二喜说：

“爹，你先去睡吧。”

我摇摇头说：“心悬着睡不着。”

二喜劝我：“两个人不能绑在一起，凤霞生完了孩子还得有人照应。”

我想想二喜说得也对，就说：

“二喜，你先去睡。”

两个人推来推去，谁也没睡。到天完全亮了，凤霞还没出来，我们又怕了，比凤霞晚进去的女人都生完孩子出来了。我和二喜哪还坐得住，凑到门口去听里面的声音，听到有女人在叫唤，我们才放心，二喜说：

“苦了凤霞了。”

过了一会儿，我觉得不对，凤霞是哑巴，不会叫唤的，这么对二喜说，二喜的脸一下子白了，他跑到产房门口拼命喊：

“凤霞，凤霞。”

里面出来个医生朝二喜喊道：

“你叫什么？出去！”

二喜呜呜地哭了，他说：

“我女人怎么还没出来。”

旁边有人对我们说：

“生孩子有快的，也有慢的。”

我看看二喜，二喜看看我，想想可能是这样，就坐下来再等着，心里还是咚咚乱跳。没多久，出来一个医生问我们：

“要大的？还是要小的？”

她这么一问，把我们问傻了，她又说：

“喂，问你们呢。”

二喜扑通跪在了她跟前，哭着喊：

“医生，救救凤霞，我要凤霞。”

二喜在地上哇哇地哭，我把他扶起来，劝他别这样，这样伤身体，我说：

“只要凤霞没事就好了，俗话说留得青山在，不怕没柴烧。”

二喜呜呜地说：

“我儿子没了。”

我也没了外孙，我脑袋一低也呜呜地哭了。到了中午，里面有医生出来说：

“生啦，是儿子。”

二喜一听急了，跳起来叫道：

“我没要小的。”

医生说：“大的也没事。”

凤霞也没事，我眼前就晕晕乎乎了，年纪一大，身体折腾不起啊。二喜高兴坏了，他坐在我旁边身体直抖，那是笑得太厉害了。我对二喜说：

“现在心放下了，能睡觉了，过会再来替你。”

谁料到我一走凤霞就出事了，我走了才几分钟，好几个医生跑进了产房，还拖着氧气瓶。凤霞生下了孩子后大出血，天黑前断了气。我的一双儿女都是生孩子上死的，有庆死是别人生孩子，凤霞死在自己生孩子。

那天雪下得特别大，凤霞死后躺到了那间小屋里，我去看她一见到那间屋子就走不进去了，十多年前有庆也是死在这里的。我站在雪里听着二喜在里面一遍遍叫着凤霞，心里疼得蹲在了地上。雪花飘着落下来，我看不清那屋子的门，只听到二喜在里面又哭又喊，我就叫二喜，叫了好几声，二喜才在里面答应一声，他走到门口，对我说：

"我要大的，他们给了我小的。"

我说："我们回家吧，这家医院和我们前世有仇，有庆死在这里，凤霞也死在这里。二喜，我们回家吧。"

二喜听了我的话，把凤霞背在身后，我们三个人往家走。

那时候天黑了，街上全是雪，人都见不到，西北风呼呼吹来，雪花打在我们脸上，像是沙子一样。二喜哭得声音都哑了，走一段他说：

"爹，我走不动了。"

我让他把凤霞给我，他不肯，又走了几步他蹲了下去，说：

"爹，我腰疼得不行了。"

那是哭的，把腰哭疼了。回到了家里，二喜把凤霞放在床上，自己坐在床沿上盯着凤霞看，二喜的身体都缩成一团了。我不用看他，就是去看他和凤霞在墙上的影子，也让我难受得看不下去。那两个影子又黑又大，一个躺着，一个像是跪着，都是一动不动，只有二喜的眼泪在动，让我看到一颗一颗大黑点在两个人影中间滑着。我就跑到灶间，去烧些水，让二喜喝了暖暖身体，等我烧开了水端过去时，灯熄了，二喜和凤霞睡了。

那晚上我在二喜他们灶间坐到天亮，外面的风呼呼地响着，有一阵子下起了雪珠子，打在门窗上沙沙乱响。二喜和凤霞睡在里屋子里一点声音也没有，寒风从门缝冷飕飕地钻进来，吹得我两个膝盖又冷又疼，我心里就跟结了冰似的一阵阵发麻，我的一双儿女就这样都去了，到了那种时候想哭都没有了眼泪。我想想家珍那时还睁着眼睛等我回去报信，我出来时她一遍一遍嘱咐我，等凤霞一生下来赶紧回去告诉她是男还是女。凤霞一死，让我怎么回去对她说？

有庆死时，家珍差点也一起去了，如今凤霞又死到她前面，做娘的心里怎么受得住？第二天，二喜背着凤霞，跟着我回到家里。那时还下着雪，凤霞身上像是盖了棉花似的差不多全白了。一进屋，看到家珍坐在床上，头发乱糟糟的，脑袋靠在墙上，我就知道她心里明白凤霞出事了，我已经连着两天两夜没回家了。我的眼泪唰唰地流了出来，二喜本来已经不哭了，一看到家珍又呜呜地哭起来，他嘴里叫着：

"娘、娘……"

家珍的脑袋动了动，离开了墙壁，眼睛一动不动地看着二喜背脊上的凤霞。我帮着二喜把凤霞放到床上，家珍的脑袋就低下来去看凤霞，那双眼睛定定的，像是快从眼眶里突出来了。我是怎么也想不到家珍会是这么一副样子，她一颗泪水都没掉出来，只是看着凤霞，手在凤霞脸上和头发上摸着。二喜哭得蹲了下去，脑袋靠在床沿上。我站在一旁看着家珍，心里不知道她接下去会怎么样。那天家珍没有哭也没有喊，只是偶尔地摇了摇头。凤霞身上的雪慢慢融化了以后，整张床上都湿淋淋了。

凤霞和有庆埋在了一起。那时雪停住了，阳光从天上照下来，西北风刮得更凶了，呼呼直响，差不多盖住了树叶的响声。埋了凤霞，我和二喜抱着锄头铲子站在那里，风把我们两个人吹得都快站不住了。满地都是雪，在阳光下面白晃晃刺得眼睛疼，只有凤霞的坟上没有雪，看着这湿漉漉的泥土，我和二喜谁也抬不动脚走开。二喜指指紧挨着的一块空地说：

“爹，我死了埋在这里。”

我叹了口气对二喜说：

“这块就留给我吧，我怎么也会死在你前面的。”

埋掉了凤霞，孩子也可以从医院里抱出来了。二喜抱着他儿子走了十多里路来我家，把孩子放在床上。那孩子睁开眼睛时皱着眉，两个眼珠子瞟来瞟去，不知道他在看什么。看着孩子这副模样，我和二喜都笑了。家珍是一点都没笑，她眼睛定定地看着孩子，手指放在他脸旁，家珍当初的神态和看死去的凤霞一模一样，我当时心里七上八下的，家珍的模样吓住了我，我不知道家珍是怎么了。后来二喜抬起眼来，一看到家珍他立刻不笑了，垂着手臂站在那里不知怎么才好。过了很久，二喜才轻声对我说：

“爹，你给孩子取个名字。”

家珍那时开口说话了，她声音沙沙地说：

“这孩子生下来没有了娘，就叫他苦根吧。”

凤霞死后不到三个月，家珍也死了。家珍死前的那些日子，常对我说：

“福贵，有庆、凤霞是你送的葬，我想到你会亲手埋掉我，就安心了。”

她是知道自己快要死了，反倒显得很安心。那时候她已经没力气坐起来了，闭着眼睛躺在床上，耳朵还很灵，我收工回家推开门，她就会睁开眼睛，嘴巴一动一动，我知道她是在对我说话，那几天她特别爱说话，我就坐在床上，把脸凑下去听她说，那声音轻得跟心跳似的。人啊，活着时受了再多的苦，到了快死的时候也会想个法子来宽慰自己，家珍到那时也想通了，她一遍一遍地对我说：

“这辈子也快过完了，你对我这么好，我也心满意足，我为你生了一双儿女，也算是报答你了，下辈子我们还要在一起过。”

家珍说到下辈子还要做我的女人，我的眼泪就掉了出来，掉到了她脸上。她眼睛眨了两下微微笑了，她说：

“凤霞、有庆都死在我前头，我心也定了，用不着再为他们操心，怎么说我也是做娘的女人，两个孩子活着时都孝顺我，做人能做成这样我该知足了。”

她说我：“你还得好好活下去，还有苦根和二喜，二喜其实也是自己的儿子了，苦根长大了会和有庆一样对你好，会孝顺你的。”

家珍是在中午死的。我收工回家，她眼睛睁了睁，我凑过去没听到她说话，就到灶间给她熬了碗粥。等我将粥端过去在床前坐下时，闭着眼睛的家珍突然捏住了我的手，我想不到她还会有这么大的力气，心里吃了一惊，悄悄抽了抽，抽不出来，我赶紧把粥放在一把凳子上，腾出手摸摸她的额头，还暖和着，我才有些放心。家珍像是睡着一样，脸看上去安安静静的，一点都看不出难受来。谁知没一会，家珍捏住我的手凉了，我去摸她的手臂，她的手臂是一截一截地凉下去，那时候她的两条腿也凉了，她全身都凉了，只有胸口还有一块地方暖和着，我的手贴在家珍胸口上，胸口的热气像是从我手指缝里一点一点漏了出来。她捏住我的手后来一松，就瘫在了我的胳膊上。

“家珍死得很好。”福贵说。那个时候下午即将过去了，在田里干活儿的人开始三三两两走上田埂，太阳挂在西边的天空上，不再那么耀眼，变成了通红一轮，涂在一片红光闪闪的云层上。

福贵微笑地看着我，西落的阳光照在他脸上，显得格外精神。他说：

“家珍死得很好，死得平平安安、干干净净，死后一点是非都没留下，不像村里有些女人，死了还有人说闲话。”

坐在我对面的这位老人，用这样的语气谈论着十多年前死去的妻子，使我内心涌上一股难言的温情，仿佛是一片青草在风中摇曳，我看到宁静在遥远处波动。

四周的人离开后的田野，呈现了舒展的姿态，看上去是那么的广阔，天边无际，在夕阳之中如同水一样泛出片片光芒。福贵的两只手搁在自己腿上，眼睛眯缝着看我，他还没有站起来的意思，我知道他的讲述还没有结束。我心想趁他站起来之前，让他把一切都说完吧。我就问：

“苦根现在有多大了？”

福贵的眼睛里流出了奇妙的神色，我分不清是悲凉，还是欣慰。他的目光从我头发上飘过去，往远处看了看，然后说：

“要是按年头算，苦根今年该有十七岁了。”

家珍死后，我就只有二喜和苦根了。二喜花钱请人做了个背篼，苦根便整天在他爹背脊上了，二喜干活儿时也就更累，他干搬运活儿，拉满满一车货物，还得背着苦根，呼哧呼哧的气都快喘不过来了。身上还背着个包裹，里面塞着苦根的尿布，有时天气阴沉，尿布没干，又没换的，只好在板车上绑三根竹竿，两根竖着，一根横着，上面晾着尿布。城里的人见了都笑他，和二喜一起干活儿的伙伴都知道他苦，见到有人笑话二喜，就骂道：

“你他娘的再笑？再笑就让你哭。”

苦根在背篼里一哭，二喜听哭声就知道是饿了，还是撒尿了，他对我说：

“哭得声音长是饿了，哭得声音短是屁股那地方难受了。”

也真是，苦根拉屎撒尿后哭起来嗯嗯的，起先还觉得他是在笑。这么小的人就知道哭得不一样。那是心疼他爹，一下子就告诉他爹他想干什么，二喜也用不着来回折腾了。

苦根饿了，二喜就放下板车去找正在奶孩子的女人，递上一毛钱轻声说：

“求你喂他几口。”

二喜不像别人家孩子的爹，是看着孩子长大。二喜觉得苦根背在身上又沉了一些，他就知道苦根又大了一些。做爹的心里自然高兴，他对我说：

“苦根又沉了。”

我进城去看他们，常看到二喜拉着板车，汗淋淋地走在街上，苦根在他的背篼里小脑袋吊在外面一摇一摇的。我看二喜太累，劝他把苦根给我，带到乡下去。二喜不答应，他说：

“爹，我离不了苦根。”

好在苦根很快大起来，苦根能走路了，二喜也轻松了一些，他装卸时让苦根在一旁玩，拉起板车就把苦根放到车上。苦根大一些后也知道我是谁了，他常常听到二喜叫我爹，便记住了。我每次进城去看他们，坐在板车里的苦根一看到我，马上尖声叫起来，他朝二喜喊：

“爹，你爹来了。”

这孩子还在他爹背篼里时，就会骂人了，生气时小嘴巴噼噼啪啪，脸蛋涨得通红，谁也不知道他在说些什么，只看到唾沫从他嘴里飞出来，只有二喜知道，二喜告诉我：

“他在骂人呢。”

苦根会走路会说几句话后，就更精了，一看到别的孩子手里有什么好玩的，嘻嘻笑着拼命招手，说：

“来，来，来。”

别的孩子走到他跟前，他伸手便要去抢人家手里的东西，人家不给他，他就翻脸，气冲冲地赶人家走，说：

“走，走，走。”

没了凤霞，二喜是再也没有回过魂来，他本来说话不多，凤霞一死，他话就更少了，人家说什么，他嗯一下算是也说了，只有见到我才多说几句。苦根成了我们的命根子，他越往大里长，便越像凤霞，越是像凤霞，也就越让我们看了心里难受。二喜有时看着看着眼泪就掉了出来，我这个做丈人的便劝他：

“凤霞死了也有些日子了，能忘就忘掉她吧。”

那时苦根有三岁了，这孩子坐在凳子上摇晃着两条腿，正使劲在听我们说话，眼睛睁得很圆。二喜歪着脑袋想什么，过了一会才说：

“我只有这点想想凤霞的福分。”

后来我要回村里去，二喜也要去干活儿了，我们一起走了出去。一到外面，二喜贴着墙壁走起来，歪着脑袋走得飞快，像是怕人认出他来似的，苦根被他拉着，走得跌跌撞撞，身体都斜了。我也不好说他，我知道二喜是没有了凤霞才这样的。邻居家的人见了便朝二喜喊：

“你走慢点，苦根要跌倒啦。”

二喜嗯了一下，还是飞快地往前走。苦根被他爹拉着，身体歪来歪去，眼睛却骨碌骨碌地转来转去。到了转弯的地方，我对二喜说：

“二喜，我回去啦。”

二喜这才站住，翘了翘肩膀看我。我对苦根说：

“苦根，我回去了。”

苦根朝我挥挥手尖声说：

“你走吧。”

我只要一闲下来就往城里去，我在家里待不住，苦根和二喜在城里，我总觉得城里才像是我的家，回到村里孤零零一人心里不踏实。有几次我把苦根带到村里住，苦根倒没什么，高兴得满村跑，让我帮他去捉树上的麻雀，我说我怎么捉呀，这孩子手往上指了指说：

“你爬上去。”

我说：“我会摔死的，你不要我的命了？”

他说：“我不要你的命，我要麻雀。”

苦根在村里过得挺自在，只是苦了二喜，二喜是一天不见苦根就受不了，每天干完了活儿，累得人都没力气了，还要走十多里路来看苦根，第二天一早起床又进城去干活儿了。我想想这样不是个办法，往后天黑前就把苦根送回去。家珍一死，我也就没有了牵挂，到了城里，二喜说：

“爹，你就住下吧。”

我便在城里住上几天。我要是那么住下去，二喜心里也愿意，他常说家里有三代人总比两代人好，可我不能让二喜养着，我手脚还算利索，能挣钱，我和二喜两个人挣钱，苦根的日子过起来就阔气多了。

这样的日子过到苦根四岁那年，二喜死了。二喜是被两排水泥板夹死的。干搬运这活儿，一不小心就磕破碰伤，可丢了命的只有二喜，徐家的人命都苦。那天二喜他们几个人往板车上装水泥板，二喜站在一排水泥板前面，吊车吊起四块水泥板，不知出了什么差错，竟然往二喜那边去了，谁都没看到二喜在里面，只听他突然大喊一声：

“苦根。”

二喜的伙伴告诉我，那一声喊把他们全吓住了，想不到二喜竟有这么大的声音，像是把胸膛都喊破了。他们看到二喜时，我的偏头女婿已经死了，身体贴在那一排水泥板上，除了脚和脑袋，身上全给挤扁了，连一根完整的骨头都找不到，血肉跟糨糊似的粘在水泥板上。他们说二喜死的时候脖子突然伸直了，嘴巴张得很大，那是在喊他的儿子。

苦根就在不远处的池塘旁，往水里扔石子，他听到爹临死前的喊叫，便扭过去叫：

“叫我干什么？”

他等了一会儿，没听到爹继续喊他，便又扔起了石子。直到二喜被送到医院里，知道二喜死了，才有人去叫苦根：

“苦根，苦根，你爹死啦。”

苦根不知道死究竟是什么，他回头答应了一声：

“知道啦。”

就再没理睬人家，继续往水里扔石子。

那时候我在田里，和二喜一起干活儿的人跑来告诉我：

“二喜快死啦，在医院里，你快去。”

我一听说二喜出事了被送到医院里，马上就哭了，我对那人喊：

“快把二喜抬出去，不能去医院。”

那人呆呆看着我，以为我疯了。我说：

“二喜一进那家医院，命就难保了。”

有庆、凤霞都死在那家医院里，没想到二喜到头来也死在了那里。你想想，我这辈子三次看到那间躺死人的小屋子，里面三次躺过我的亲人。我老了，受不住这些。去领二喜时，我一见那屋子，就摔在了地上。我是和二喜一样被抬出那家医院的。

二喜死后，我便把苦根带到村里来住了。离开城里那天，我把二喜屋里的用具给了那里的邻居，自己挑了几样轻便的带回来。我拉着苦根走时，天快黑了，邻居家的人都走过来送我，送到街口，他们说：

“以后多回来看看。”

有几个女的还哭了，她们摸着苦根说：

“这孩子真是命苦。”

苦根不喜欢她们把眼泪掉到他脸上，拉着我的手一个劲地催我：“走呀，快走呀。”

那时候天冷了，我拉着苦根在街上走，冷风呼呼地往脖子里灌，越走心里越冷，想想从前热热闹闹一家人，到现在只剩下一老一小，我心里苦得连叹息都没有了。可看看苦根，我又宽慰了，先前是没有这孩子的，有了他比什么都强，香火还会往下传，这日子还得好好过下去。

走到一家面条店的地方，苦根突然响亮地喊了一声：

“我不吃面条。”

我想着自己的心事，没留意他的话，走到了门口，苦根又喊了：“我不吃面条。”

喊完他拉住我的手不走了，我才知道他想吃面条，这孩子没爹没娘了，想吃面条总该给他吃一碗。我带他进去坐下，花了九分钱买了一碗小面，看着他哧溜哧溜地吃了下去，他吃得满头大汗，出来时舌头还在嘴唇上舔着，对我说：

“明天再来吃好吗？”

我点点头说：“好。”

走了没多远，到了一家糖果店前，苦根又拉住了我，他仰着脑袋认真地说：

“本来我还想吃糖，吃过了面条，我就不吃了。”

我知道他是在变个法子想让我给他买糖，我手摸到口袋，摸到个两分的，想了想后就去摸了个五分出来，给苦根买了五颗糖。

苦根到了家说是脚疼得厉害，他走了那么多路，走累了。我让他在床上躺下，自己去烧些热水，让他烫烫脚。烧好了水出来时，苦根睡着了，这孩子把两只脚架在墙上，睡得呼呼的。看着他这副样子，我笑了。脚疼了架在墙上舒服，苦根这么小就会自己照顾自己了。随即心里一酸，他还不知道再也见不着自己的爹了。

这天晚上我睡着后，总觉得心里闷得发慌，醒来才知道苦根的小屁股全压在我胸口上了，我把他的屁股移过去。过了没多久，我刚要入睡时，苦根的屁股一动一动又移到我胸口，我伸手一摸，才知道他尿床了，下面湿了一大块，难怪他要把屁股往我胸口上压。我想就让他压着吧。

第二天，这孩子想爹了。我在田里干活儿，他坐在田埂上玩，玩着玩着突然问我：

“是你送我回去，还是爹来领我？”

村里人见了他这模样，都摇着头说他可怜，有一个人对他说：

“你不回去了。”

他摇了摇脑袋，认真地说：

“要回去的。”

到了傍晚，苦根看到他爹还没有来，有些急了，小嘴巴翻上翻下把话说得飞快，我是一句也没听懂，我想着他可能是在骂人了，末了，他抬起脑袋说：

“算啦，不来接就不来接，我是小孩认不了路，你送我回去。”

我说：“你爹不会来接你，我也不能送你回去，你爹死了。”

他说：“我知道他死了，天都黑了还不来领我。”

我是那天晚上躺在被窝里告诉他死是怎么回事，我说人死了就要被埋掉，活着的人就再也见不到他了。这孩子先是害怕得哆嗦，随后想到再也见不到二喜，他呜呜地哭了，小脸蛋贴在我脖子上，热乎乎的眼泪在我胸口流，哭着哭着他睡着了。

过了两天，我想该让他看看二喜的坟了，就拉着他走到村西，告诉他，哪个坟是他外婆的，哪个是他娘的，还有他舅舅的。我还没说二喜的坟，苦根伸手指指他爹的坟哭了，他说：

“这是我爹的。”

我和苦根在一起过了半年，村里包产到户了，日子过起来也就更难。我家分到一亩半地。我没法像从前那样混在村里人中间干活儿，累了还能偷偷懒。现在田里的活儿是不停地叫唤我，我不去干，就谁也不会去替我。

年纪一大，人就不行了，腰是天天都疼，眼睛看不清东西。从前挑一担菜进城，一口气便到了城里，如今是走走歇歇，歇歇走走，天亮前两个小时我就得动身，要不去晚了菜会卖不出去，我是笨鸟先飞。这下苦了苦根，这孩子总是睡得最香的时候，被我一把拖起来，两只手抓住后面的箩筐，跟着我半开半闭着眼睛往城里走。苦根是个好孩子，到他完全醒了，看我挑着担子太沉，老是停住歇一会，他就从两只箩筐里拿出两棵菜抱到胸前，走到我前面，还时时回过头来问我：

“轻些了吗？”

我心里高兴啊，就说：

“轻多啦。”

说起来苦根才刚满五岁，他已经是我的好帮手了。我走到哪里，他就跟到哪里，和我一起干活儿，他连稻子都会割了。我花钱请城里的铁匠给他打了一把小镰刀，那天这孩子高兴坏了，平日里带他进城，一走过二喜家那条胡同，这孩子忽地一下蹿进去，找他的小伙伴去玩，我怎么叫他，他都不答应。那天说是给他打镰刀，他扯住我的衣服就没有放开过，和我一起在铁匠铺子前站了半晌，进来一个人，他就要指着镰刀对那人说：

“是苦根的镰刀。”

他的小伙伴找他去玩，他扭了扭头得意扬扬地说：

“我现在没工夫跟你们说话。”

镰刀打成了，苦根睡觉都想抱着，我不让，他就说放到床下面。早晨醒来第一件事便是去摸床下的镰刀。我告诉他镰刀越使越快，人越勤快就越有力气，这孩子眨着眼睛看了我很久，突然说：

“镰刀越快，我力气也就越大啦。”

苦根总还是小，割稻子自然比我慢多了，他一看到我割得快，便不高兴，朝我叫：

“福贵，你慢点。”

村里人叫我福贵，他也这么叫，也叫我外公。我指指自己割下的稻子说：“这是苦根割的。”

他便高兴地笑起来，也指指自己割下的稻子说：

“这是福贵割的。”

苦根年纪小，也就累得快，他时时跑到田埂上躺下睡一会儿，对我说：

“福贵，镰刀不快啦。”

他是说自己没力气了。他在田埂上躺一会儿，又站起来神气活现地看我割稻子，不时叫道：

“福贵，别踩着稻穗啦。”

旁边田里的人见了都笑，连队长也笑了，队长也和我一样老了，他还在当队长，他家人多，分到了五亩地，紧挨着我的地。队长说：

“这小子真他娘的能说会道。”

我说：“是凤霞不会说话欠的。”

这样的日子苦是苦，累也是累，心里可是高兴，有了苦根，人活着就有劲头。看着苦根一天一天大起来，我这个做外公的也一天比一天放心。到了傍晚，我们两个人就坐在门槛上，看着太阳落下去，田野上红红一片闪亮着，听着村里人吆喝的声音，家里养着的两只母鸡在我们面前走来走去，苦根和我亲热，两个人坐在一起，总是有说不完的话，看着两只母鸡，我常想起我爹在世时说的话，便一遍一遍去对苦根说：

“这两只鸡养大了变成鹅，鹅养大了变成羊，羊养大了又变成牛。我们啊，也就越来越有钱啦。”

苦根听后咯咯直笑，这几句话他全记住了，多次他从鸡窝里掏出鸡蛋来时，总要唱着说这几句话。

鸡蛋多了，我们就拿到城里去卖。我对苦根说：

“钱积够了我们就去买牛，你就能骑到牛背上去玩了。”

苦根一听眼睛马上亮了，他说：

“鸡就变成牛啦。”

从那时以后，苦根天天盼着买牛这天的来到，每天早晨他睁开眼睛便要问我：

“福贵，今天买牛吗？”

有时去城里卖了鸡蛋，我觉得苦根可怜，想给他买几颗糖吃吃，苦根就会说：

“买一颗就行了，我们还要买牛呢。”

一转眼苦根到了七岁，这孩子力气也大多了。这一年到了摘棉花的时候，村里的广播说第二天有大雨，我急坏了，我种的一亩半棉花已经熟了，要是雨一淋那就全完蛋。一清早我就把苦根拉到棉花地里，告诉他今天要摘完，苦根仰着脑袋说：

“福贵，我头晕。”

我说：“快摘吧，摘完了你就去玩。”

苦根便摘起了棉花，摘了一阵他跑到田埂上躺下，我叫他，叫他别再躺着，苦根说：

“我头晕。”

我想就让他躺一会儿吧，可苦根一躺下便不起来了，我有些生气，就说：

“苦根，棉花今天不摘完，牛也买不成啦。”

苦根这才站起来，对我说：

"我头晕得厉害。"

我们一直干到中午，看看大半亩棉花摘了下来，我放心了许多，就拉着苦根回家去吃饭，一拉苦根的手，我心里一怔，赶紧去摸他的额头，苦根的额头烫得吓人。我才知道他是真病了，我真是老糊涂了，还逼着他干活儿。回到家里，我就让苦根躺下。村里人说生姜能治百病，我就给他熬了一碗姜汤，可是家里没有糖，想往里面撒些盐，又觉得太委屈苦根了，便到村里人家那里去要了点糖，我说：

"过些日子卖了粮，我再还给你们。"

那家人说："算啦，福贵。"

让苦根喝了姜汤，我又给他熬了一碗粥，看着他吃下去。我自己也吃了饭，吃完了我还得马上下地，我对苦根说：

"你睡上一觉会好的。"

走出了屋门，我越想越心疼，便去摘了半锅新鲜的豆子，回去给苦根煮熟了，里面放上盐。把凳子搬到床前，半锅豆子放在凳上，叫苦根吃，看到有豆子吃，苦根笑了，我走出去时听到他说：

"你怎么不吃啊？"

我是傍晚才回到屋里的，棉花一摘完，我累得人架子都要散了。从田里到家才一小段路，走到门口我的腿便哆嗦了，我进了屋叫：

"苦根，苦根。"

苦根没答应，我以为他是睡着了，到床前一看，苦根歪在床上，嘴半张着能看到里面有两颗还没嚼烂的豆子。一看那嘴，我脑袋里嗡嗡乱响了，苦根的嘴唇都青了。我使劲摇他，使劲叫他，他的身体晃来晃去，就是不答应我。我慌了，在床上坐下来想了又想，想到苦根会不会是死了，这么一想我忍不住哭了起来。我再去摇他，他还是不答应，我想他可能真是死了。我就走到屋外，看到村里一个年轻人，对他说：

"求你去看看苦根，他像是死了。"

那年轻人看了我半晌，随后拔脚便往我屋里跑。他也把苦根摇了又摇，又将耳朵贴到苦根胸口听了很久，才说：

"听不到心跳。"

村里很多人都来了，我求他们都去看看苦根，他们都去摇摇，听听，完了对我说：

"死了。"

苦根是吃豆子撑死的，这孩子不是嘴馋，是我家太穷，村里谁家的孩子都过得比苦根好，就是豆子，苦根也是难得能吃上。我是老昏了头，给苦根煮了这么多豆子，我老得又笨又蠢，害死了苦根。

往后的日子我只能一个人过了，我总想着自己日子也不长了，谁知一过又过了这些年。我还是老样子，腰还是常常疼，眼睛还是花，我耳朵倒是很灵，村里人说话，我不看也能知道是谁在说。我是有时候想想伤心，有时候想想又很踏实，家里人全是我送的葬，全是我亲手埋的，到了有一天我腿一伸，也不用担心谁了。我也想通了，轮到自己死时，安安心心死就是，不用盼着收尸的人，村里肯定会有人来埋我的，要不我人一臭，那气味谁也受不了。我不会让别人白白埋我的，我在枕头底下压了十元钱，这十元钱我饿死也不会去动它的，村里人都知道这十元钱是给替我收尸的那个人，他们也都知道我死后是要和家珍他们埋在一起的。

这辈子想起来也是很快就过来了，过得平平常常，我爹指望我光耀祖宗，他算是看错人了，我啊，就是这样的命。年轻时靠着祖上留下的钱风光了一阵子，往后就越过越落魄了，这样反倒好，看看我身边的人，龙二和春生，他们也只是风光了一阵子，到头来命都丢了。做人还是平常点好，争这个争那个，争来争去赔了自己的命。像我这样，说起来是越混越没出息，可寿命长，我认识的人一个挨着一个死去，我还活着。

苦根死后第二年，我买牛的钱凑够了，看看自己还得活几年，我觉得牛还是要买的。牛是半个人，它能替我干活儿，闲下来时我也有个伴，心里闷了就和它说说话。牵着它去水边吃草，就跟拉着个孩子似的。

买牛那天，我把钱揣在怀里走着去新丰，那里是个很大的牛市场。路过邻近一个村庄时，看到晒场上围着一群人，走过去看看，就看到了这头牛，它趴在地上，歪着脑袋吧嗒吧嗒掉眼泪，旁边一个赤膊男人蹲在地上霍霍地磨着牛刀，围着的人在说牛刀从什么地方刺进去最好。我看到这头老牛哭得那么伤心，心里怪难受的。想想做牛真是可怜，累死累活替人干了一辈子，老了，力气小了，就要被人宰了吃掉。

我不忍心看它被宰掉，便离开晒场继续往新丰去。走着走着心里总放不下这头牛，它知道自己要死了，脑袋底下都有一摊眼泪了。

我越走心里越是定不下来，后来一想，干脆把它买下来。我赶紧往回走，走到晒场那里，他们已经绑住了牛脚，我挤上去对那个磨刀的男人说：

“行行好，把这头牛卖给我吧。”

赤膊男人手指试着刀锋，看了我好一会儿才问：

“你说什么？”

我说：“我要买这牛。”

他咧开嘴嘻嘻笑了，旁边的人也哄地笑起来。我知道他们都在笑我，我从怀里抽出钱放到他手里，说：

“你数一数。”

赤膊男人马上傻了，他把我看了又看，还搔搔脖子，问我：

“你当真要买？”

我什么话也不去说，蹲下身子把牛脚上的绳子解了，站起来后拍拍牛的脑袋，这牛还真聪明，知道自己不死了，一下子站起来，也不掉眼泪了。我拉住缰绳对那个男人说：

“你数数钱。”

那人把钱举到眼前像是看看有多厚，看完他说：

“不数了，你拉走吧。”

我便拉着牛走去，他们在后面乱哄哄地笑，我听到那个男人说：

“今天合算，今天合算。”

牛是通人性的，我拉着它往回走时，它知道是我救了它的命，身体老往我身上靠，亲热得很，我对它说：

“你呀，先别这么高兴，我拉你回去是要你干活儿，不是把你当爹来养着的。”

我拉着牛回到村里，村里人全围上来看热闹，他们都说我老糊涂了，买了这么一头老牛回来，有个人说：

“福贵，我看它年纪比你爹还大。”

会看牛的告诉我，说它最多只能活两三年的，我想两三年足够了，我自己恐怕还活不到这么久。谁知道我们都活到了今天，村里人又惊又奇，就是前两天，还有人说我们是——

“两个老不死。”

牛到了家，也是我家里的成员了，该给它取个名字，想来想去还是觉得叫它福贵好。定下来叫它福贵，我左看右看都觉得它像我，心里美滋滋的，后来村里人也开始说我们两个很像，我嘿嘿笑，心想我早就知道它像我了。

福贵是好样的，有时候嘛，也要偷偷懒，可人也常常偷懒，就不要说是牛了。我知道什么时候该让它干活儿，什么时候该让它歇一歇，只要我累了，我知道它也累了，就让它歇一会，我歇得来精神了，那它也该干活儿了。

老人说着站了起来，拍拍屁股上的尘土，向池塘旁的老牛喊了一声，那牛就走过来，走到老人身旁低下了头。老人把犁扛到肩上，拉着牛的缰绳慢慢走去。

两个福贵的脚上都沾满了泥，走去时都微微晃动着身体。我听到老人对牛说：

"今天有庆、二喜耕了一亩，家珍、凤霞耕了也有七八分田，苦根还小都耕了半亩。你嘛，耕了多少我就不说了，说出来你会觉得我是要羞你。话还得说回来，你年纪大了，能耕这么些田也是尽心尽力了。"

老人和牛渐渐远去，我听到老人粗哑的令人感动的嗓音在远处传来，他的歌声在空旷的傍晚像风一样飘扬，老人唱道——

少年去游荡，中年想掘藏，老年做和尚。

炊烟在农舍的屋顶袅袅升起，在霞光四射的空中分散后消隐了。

女人吆喝孩子的声音此起彼伏，一个男人挑着粪桶从我跟前走过，扁担吱呀吱呀一路响了过去。慢慢地，田野趋向了宁静，四周出现了模糊，霞光逐渐退去。

我知道黄昏正在转瞬即逝，黑夜从天而降了。我看到广阔的土地袒露着结实的胸膛，那是召唤的姿态，就像女人召唤着她们的儿女，土地召唤着黑夜来临。

一九九二年九月三日

入选理由

《活着》出现之前，"新写实"小说已经广为人知。《活着》出现之后，"新写实"的模版才诞生。新写实强调写生存，注重生存的本相。《活着》是关于生存状态最零度最本真的书写，这篇小说摆脱之前主流文学话语对生存理念的影响。小说通过书写一个地主家族的衰落，叙述了一个又一个亲人死去的过程，与死亡对应的是社会生活面貌的变化风云。作品以冷静、幽默的笔法，写命运的残酷和诡谲，呈现了一个人遭遇无尽痛苦后活下去的勇气和毅力。主人公福贵，它可以作为中国普通百姓面对生存艰难的象征和缩影。这部小说在中国写实主义的维度上创造了一个零度叙述的可能空间，作家与人物的距离的隔离效果堪称典范。

黄金时代

王小波

一

我二十一岁时，正在云南插队。陈清扬当时二十六岁，就在我插队的地方当医生。我在山下十四队，她在山上十五队。有一天她从山上下来，和我讨论她不是破鞋的问题。那时我还不大认识她，只能说有一点知道。她要讨论的事是这样的：虽然所有的人都说她是一个破鞋，但她以为自己不是的。因为破鞋偷汉，而她没有偷过汉。虽然她丈夫已经住了一年监狱，但她没有偷过汉。在此之前也未偷过汉。所以她简直不明白，人们为什么要说她是破鞋。如果我要安慰她，并不困难。我可以从逻辑上证明她不是破鞋。如果陈清扬是破鞋，即陈清扬偷汉，则起码有一个某人为其所偷。如今不能指出某人，所以陈清扬偷汉不能成立。但是我偏说，陈清扬就是破鞋，而且这一点毋庸置疑。

陈清扬找我证明她不是破鞋，起因是我找她打针。这事经过如下：农忙时队长不叫我犁田，而是叫我去插秧，这样我的腰就不能经常直立。认识我的人都知道，我的腰上有旧伤，而且我身高在一米九以上。如此插了一个月，我腰痛难忍，不打封闭就不能入睡。我们队医务室那一把针头镀层剥落，而且都有倒钩，经常把我腰上的肉钩下来，后来我的腰就像中了霰弹枪，伤痕久久不褪。就在这种情况下，我想起十五队的队医陈清扬是北京医学院毕业的大夫，对针头和钩针大概还能分清，所以我去找她看病。看完病回来，不到半个小时，她就追到我屋里来，要我证明她不是破鞋。

陈清扬说，她丝毫也不藐视破鞋。据她观察，破鞋都很善良，乐于助人，而且最不乐意让人失望。因此她对破鞋还有一点钦佩。问题不在于破鞋好不好，而在于她根本不是破鞋。就如一只猫不是一只狗一样。假如一只猫被人叫成一只狗，它也会感到很不自在。现在大家都管她叫破鞋，弄得她魂不守舍，几乎连自己是谁都不知道了。

陈清扬在我的草房里时，裸臂赤腿穿一件白大褂，和她在山上那间医务室里装束一样。所不同的是披散的长发用个手绢束住，脚上也多了一双拖鞋。看了她的样子，我就开始捉摸：她那件白大褂底下是穿了点什么呢，还是什么都没穿。这一点可以说明陈清扬很漂亮，因为她觉得穿什么不穿什么无所谓。这是从小培养起来的自信心。我对她说，她确实是个破鞋。还举出一些理由来：所谓破鞋者，乃是一个指称，大家都说你是破鞋，你就是破鞋，没什么道理可讲。大家说你偷了汉，你就是偷了汉，这也没什么道理可讲。至于大家为什么要说你是破鞋，照我看是这样：大家都认为，结了婚的女人不偷汉，就该面色黝黑，乳房下垂。而你脸不黑而且白，乳房不下垂而且高耸，所以你是破鞋。假如你不想当破鞋，就要把脸弄黑，把乳房弄下垂，以后别人就不说你是破鞋。当然这样很吃亏，假如你不想吃亏，就该去偷个汉来。这样你自己也认为自己是个破鞋。别人没有义务先弄明白你是否偷汉再决定是否管你叫破鞋，你倒有义务叫别人无法叫你破鞋。陈清扬听了这话，脸色发红，怒目圆睁，几乎就要打我一耳光。这女人打人耳光出了名，好多人吃过她的耳光。但是她忽然泄了气，说：好吧，破鞋就破鞋吧。但是垂不垂黑不黑的，不是你的事。她还说，假如我在这些事上琢磨得太多，很可能会吃耳光。

倒退到二十年前，想象我和陈清扬讨论破鞋问题时的情景。那时我面色焦黄，嘴唇干裂，上面沾了碎纸和烟丝，头发乱如败棕，身穿一件破军衣，上面好多破洞都是橡皮膏粘上的，跷着二郎腿，坐在木板床上，完全是一副流氓相。你可以想象陈清扬听到这么个人说起她的乳房下垂不下垂时，手心是何等的发痒。她有点神经质，都是因为有很多精壮的男人找她看病，其实却没有病。那些人其实不是去看大夫，而是去看破鞋。只有我例外。我的后腰上好像被猪八戒筑了两耙。不管腰疼真不真，光那些窟窿也能成为看医生的理由。这些窟窿使她产生一个希望，就是也许能向我证明，她不是破鞋。有一个人承认她不是破鞋，和没人承认大不一样。可是我偏让她失望。

我是这么想的：假如我想证明她不是破鞋，就能证明她不是破鞋，那事情未免太容易了。实际上我什么都不能证明，除了那些不需证明的东西。春天里，队长说我打瞎了他家母狗的左眼，使它老是偏过头来看人，好像在跳芭蕾舞。从此后他总给我小鞋穿。我想证明我自己的清白无辜，只有以下三个途径：

1. 队长家不存在一只母狗；

2. 该母狗天生没有左眼；

3. 我是无手之人，不能持枪射击。

结果是三条一条也不成立。队长家确有一棕色母狗，该母狗的左眼确是后天打瞎，而我不但能持枪射击，而且枪法极精。在此之前不久，我还借了罗小四的气枪，用一碗绿豆做子弹，在空粮库里打下了二斤耗子。当然，这队里枪法好的人还有不少，其中包括罗小四。气枪就是他的，而且他打瞎队长的母狗时，我就在一边看着。但是我不能揭发别人，罗小四和我也不错。何况队长要是能惹得起罗小四，也不会认准了是我。所以我保持沉默。沉默就是默认。所以春天我去插秧，撅在地里像一根半截电线杆，秋收后我又去放牛，吃不上热饭。当然，我也不肯无所作为。有一天在山上，我正好借了罗小四的气枪，队长家的母狗正好跑到山上叫我看见，我就射出一颗子弹打瞎了它的右眼。该狗既无左眼，又无右眼，也就不能跑回去让队长看见——天知道它跑到哪儿去了。

我记得那些日子里，除了上山放牛和在家里躺着，似乎什么也没做。我觉得什么都与我无关。可是陈清扬又从山上跑下来找我。原来又有了另一种传闻，说她在和我搞破鞋。她要我给出我们清白无辜的证明。我说，要证明我们无辜，只有证明以下两点：

1. 陈清扬是处女；

2. 我是天阉之人，没有性交能力。

这两点都难以证明。所以我们不能证明自己无辜。我倒倾向证明自己不无辜。陈清扬听了这些话，先是气得脸白，然后满面通红，最后一声不吭地站起来走了。

陈清扬说，我始终是一个恶棍。她第一次要我证明她清白无辜时，我翻了一串白眼，然后开始胡说八道。第二次她要我证明我们俩无辜，我又一本正经地向她建议举行一次性交。所以她就决定，早晚要打我一个耳光。假如我知道她有这样的打算，也许后面的事情就不会发生。

二

我过二十一岁生日那天，正在河边放牛。下午我躺在草地上睡着了。我睡去时，身上盖了几片芭蕉叶子，醒来时身上已经一无所有（叶子可能被牛吃了）。亚热带旱季的阳光把我晒得浑身赤红，痛痒难当，我的小和尚直翘翘地指向天空，尺寸空前。这就是我过生日时的情形。

我醒来时觉得阳光耀眼，天蓝得吓人，身上落了一层细细的尘土，好像一层爽身粉。我一生经历的无数次勃起，都不及那一次雄浑有力，大概是因为在极荒僻的地方，四野无人。

我爬起来看牛，发现它们都卧在远处的河汊里静静地嚼草。那时节万籁无声，田野上刮着白色的风。河岸上有几对寨子里的牛在斗架，斗得眼珠通红，口角流涎。这种牛阴囊紧缩，阳具直挺。我们的牛不干这种事。任凭别人上门挑衅，我们的牛依旧安卧不动。为了防止斗架伤身，影响春耕，我们把它们都阉了。

每次阉牛我都在场。对于一般的公牛，只用刀割去即可。但是对于格外生性者，就须采取棰骟术，也就是割开阴囊，掏出睾丸，一木棰砸个稀烂。从此后受术者只知道吃草干活，别的什么都不知道，连杀都不用捆。掌棰的队长毫不怀疑这种手术施之于人类也能得到同等的效力，每回他都对我们呐喊：你们这些生牛蛋子，就欠砸上一锤才能老实！按他的逻辑，我身上这个通红通红、直不棱登、长约一尺的东西就是罪恶的化身。

当然，我对此有不同的意见。在我看来，这东西无比重要，就如我之存在本身。天色微微向晚，天上飘着懒洋洋的云彩。下半截沉在黑暗里，上半截仍浮在阳光中。那一天我二十一岁，在我一生的黄金时代，我有好多奢望。我想爱，想吃，还想在一瞬间变成天上半明半暗的云。后来我才知道，生活就是个缓慢受棰的过程，人一天天老下去，奢望也一天天消失，最后变得像挨了棰的牛一样。可是我过二十一岁生日时没有预见到这一点。我觉得自己会永远生猛下去，什么也棰不了我。

那天晚上我请陈清扬来吃鱼，所以应该在下午把鱼弄到手。到下午五点多钟我才想起到戽鱼的现场去看看。还没走进那条小河汊，两个景颇族孩子就从里面一路打出来，烂泥横飞，我身上也挨了好几块，直到我拎住他们的耳朵，他们才罢手。我喝问一声：

“鸡巴，鱼呢？”

那个年纪大点的说：“都怪鸡巴勒农！他老坐在坝上，把坝坐鸡巴倒了！”

勒农直着嗓子吼：“王二！坝打得不鸡巴牢！”

我说：“放屁！老子砍草皮打的坝，哪个鸡巴敢说不牢？”

到里面一看，不管是因为勒农坐的也好，还是因为我的坝没打好也罢，反正坝是倒了，戽出来的水又流回去，鱼全泡了汤，一整天的劳动全都白费。我当然不能承认是我的错，就痛骂勒农。勒都（就是那另一个孩子）也附和我。勒农上了火，一跳三尺高，嘴里吼道：

“王二！勒都！鸡巴！你们姐夫舅子合伙搞我！我去告诉我家爹，拿铜炮枪打你们！”

说完这小兔崽子就往河岸上蹿，想一走了之。我一把薅住他脚脖子，把他揪下来。

“你走了我们给你赶牛哇？做你娘的美梦！”

这小子哇哇叫着要咬我，被我劈开手按在地上。他口吐白沫，杂着汉话、景颇话、傣话骂我，我用正庄京片子回骂。忽然间他不骂了，往我下体看去，脸上露出无限羡慕之情。我低头一看，我的小和尚又直立起来了。只听勒农啧啧赞美道：

“哇！想日勒都家姐哟！”

我赶紧扔下他去穿裤子。

晚上我在水泵房点起汽灯，陈清扬就会忽然到来，谈起她觉得活着很没意思，还说到她在每件事上都是清白无辜。我说她竟敢觉得自己清白无辜，这本身就是最大的罪孽。照我的看法，每个人的本性都是好吃懒做，好色贪淫，假如你克勤克俭，守身如玉，这就犯了矫饰之罪，比好吃懒做好色贪淫更可恶。这些话她好像很听得进去，但是从不附和。

那天晚上我在河边上点起汽灯，陈清扬却迟迟不至，直到九点钟以后，她才到门前来喊我：“王二，浑蛋！你出来！”

我出去一看，她穿了一身白，打扮得格外整齐，但是表情不大轻松。她说道：你请我来吃鱼，做倾心之谈，鱼在哪里？我只好说，鱼还在河里。她说好吧，还剩下一个倾心之谈。就在这儿谈吧。我说进屋去谈，她说那也无妨，就进屋来坐着，看样子火气甚盛。

我过二十一岁生日那天，打算在晚上引诱陈清扬，因为陈清扬是我的朋友，而且胸部很丰满，腰很细，屁股浑圆。除此之外，她的脖子端正修长，脸也很漂亮。我想和她性交，而且认为她不应该不同意。假如她想借我的身体练开膛，我准让她开；所以我借她身体一用也没什么不可以，唯一的问题是她是个女人，女人家总有点小气。为此我要启发她，所以我开始阐明什么叫作“义气”。

在我看来，义气就是江湖好汉中那种伟大友谊。水浒中的豪杰们，杀人放火的事是家常便饭，可一听说及时雨的大名，立即倒身便拜。我也像那些草莽英雄，什么都不信，唯一不能违背的就是义气。只要你是我的朋友，哪怕你十恶不赦，为天地所不容，我也要站到你身边。那天晚上我把我的伟大友谊奉献给陈清扬，她大为感动，当即表示道：这友谊她接受了。不但如此，她还说要以更伟大的友谊还报我，哪怕我是个卑鄙小人也不背叛。我听她如此说，大为放心，就把底下的话也说了出来：我已经二十一岁了，男女间的事情还没体验过，真是不甘心。她听了以后就开始发愣，大概是没有思想准备。说了半天她毫无反应。我把手放到她肩膀上去，感觉她的肌肉绷得很紧。这娘儿们随时可能翻了脸给我一耳光，假定如此，就证明女人不懂什么是交情。可是她没有。忽然间她哼了一声，就笑起来。还说：我真笨！这么容易就着了你的道儿！

我说：什么道儿？你说什么？

她说：我什么也没有说。

我问她我刚才说的事儿你答应不答应？她说呸，而且满面通红。我看她有点不好意思，就采取主动，动手动脚。她搡了我几把，后来说，不在这儿，咱们到山上去。我就和她一块到山上去了。

陈清扬后来说，她始终没搞明白我那个伟大友谊是真的呢，还是临时编出来骗她。但是她又说，那些话就像咒语一样让她着迷，哪怕为此丧失一切，也不懊悔。其实伟大友谊不真也不假，就如世上一切东西一样，你信它是真，它就真下去。你疑它是假，它就是假的。我的话也半真不假。但是我随时准备兑现我的话，哪怕天崩地裂也不退却。就因为这种态度，别人都不相信我。我虽然把交朋友当成终生的事业，所交到的朋友不过陈清扬等二三人而已。那天晚上我们到山上去，走到半路她说要回家一趟，要我到后山上等她。我有点怀疑她要晾我，但是我没说出来，径直走到后山上去抽烟。等了一些时间，她来了。

陈清扬说，我第一次去找她打针时，她正在伏案打瞌睡。在云南每个人都有很多时间打瞌睡，所以总是半睡半醒。我走进去时，屋子里暗了一下，因为是草顶土坯房，大多数光从门口进来。她就在那一刻醒来，抬头问我干什么。我说腰疼，她说躺下让我看看。我就一头倒下去，扑到竹板床上，几乎把床砸塌。我的腰痛得厉害，完全不能打弯。要不是这样，我也不会来找她。

陈清扬说，我很年轻时就饿纹入嘴，眼睛下面乌黑。我的身材很高，衣服很破，而且不爱说话。她给我打过针，我就走了，好像说了一声谢了，又好像没说。等到她想起可以让我证明她不是破鞋时，已经过了半分钟。她追了出来，看见我正取近路走回十四队。我从土坡上走下去，逢沟跳沟，逢坎跃坎，顺着山势下得飞快。那时正逢旱季的上午，风从山下吹来，喊我也听不见。而且我从来也不回头。我就这样走掉了。

陈清扬说，当时她想去追我，可是觉得很难追上。而且我也不一定能够证明她不是破鞋。所以她走回医务室去。后来她又改变了主意去找我，是因为所有的人都说她是破鞋，因此所有的人都是敌人。而我可能不是敌人。她不愿错过了机会，让我也变成敌人。

那天晚上我在后山上抽烟。虽然在夜里，我能看见很远的地方。因为月光很明亮，当地的空气又很干净。我还能听见远处的狗叫声。陈清扬一出十五队我就看见了，白天未必能看这么远。虽然如此，还是和白天不一样。也许是因为到处都没人。

我也说不准夜里这片山上有人没人，因为到处是银灰色的一片。假如有人打着火把行路，那就是说，希望全世界的人都知道他在那里。假如你不打火把，就如穿上了隐身衣，知道你在那里的人能看见，不知道的人不能看见。我看见陈清扬慢慢走近，怦然心动，无师自通地想到，做那事之前应该亲热一番。

陈清扬对此的反应是冷冰冰的。她的嘴唇冷冰冰，对爱抚也毫无反应。等到我毛手毛脚给她解扣子时，她把我推开，自己把衣服一件件脱下来，叠好放在一边，自己直挺挺躺在草地上。

陈清扬的裸体美极了。我赶紧脱了衣服爬过来，她又一把把我推开，递给我一个东西说：

“会用吗？要不要我教你？”

那是一个避孕套。我正在兴头上，对她这种口气只微感不快。套上之后又爬到她身上去，心慌气躁地好一阵乱弄，也没弄对。忽然她冷冰冰地说：

“喂！你知道自己在干什么吗？”

我说当然知道。能不能劳你大驾躺过来一点？我要就着亮儿研究一下你的结构。只听啪的一声巨响，好似一声耳边雷，她给我一个大耳光。我跳起来，拿了自己的衣服，拔腿就走。

三

那天晚上我没走掉。陈清扬把我拽住，以伟大友谊的名义叫我留下来。她承认打我不对，也承认没有好好待我，但是她说我的伟大友谊是假的，还说，我把她骗出来就是想研究她的结构。我说，既然我是假的，你信我干吗。我是想研究一下她的结构，这也是在她的许可之下。假如不乐意可以早说，动手就打不够意思。后来她哈哈大笑了一阵说，她简直见不得我身上那个东西。那东西傻头傻脑，恬不知耻，见了它，她就不禁怒从心起。

我们俩吵架时，仍然是不着一丝。我的小和尚依然直挺挺，在月光下披了一身塑料，倒是闪闪发光。我听了这话不高兴，她也发现了。于是她用和解的口气说：不管怎么说，这东西丑得要命，你承不承认？

这东西好像个发怒的眼镜蛇一样立在那里，是不大好看。我说，既然你不愿意见它，那就算了。我想穿上裤子，她又说，别这样。于是我抽起烟来。等我抽完了一支烟，她抱住我。我们俩在草地上干那件事。

我过二十一岁生日以前，是一个童男子。那天晚上我引诱了陈清扬和我到山上去。那一夜开头有月光，后来月亮落下去，出来一天的星星，就像早上的露水一样多。那天晚上没有风，山上静得很。我已经和陈清扬做过爱，不再是童男子了。但是我一点也不高兴。因为我干那事时，她一声也不吭，头枕双臂，若有所思地看着我，所以从始至终就是我一个人在表演。其实我也没持续多久，马上就完了。事毕我既愤怒又沮丧。

陈清扬说，她简直不敢相信这件事是真的：我居然在她面前亮出了丑恶的男性生殖器，丝毫不感到惭愧。那玩意也不感到惭愧，直挺挺地从她两腿之间插了进来。因为女孩子身上有这么个口子，男人就要使用它。这简直没有道理。以前她有个丈夫，天天对她做这件事。她一直不说话，等着他有一天自己感到惭愧，自己来解释为什么干了这些。可是他什么也没说，直到进了监狱。这话我也不爱听。所以我说：既然你不乐意，为什么要答应？她说她不愿被人看成小气鬼。我说你原本就是小气鬼。后来她说算了，别为这事吵架。她叫我晚上再来这里，我们再试一遍。也许她会喜欢。我什么也没说。早上起雾以后，我和她分了手，下山去放牛。

那天晚上我没去找她，倒进了医院。这事原委是这样：早上我到牛圈门前时，有一伙人等不及我，已经在开圈拉牛。大家都挑壮牛去犁田。有个本地小伙子，叫三闷儿，正在拉一条大白牛。我走过去，告诉他，这牛被毒蛇咬了，不能干活。他似乎没听见。我劈手把牛鼻绳夺了下来，他就朝我挥了一巴掌。我当胸推了他一把，推了他一个屁股蹲儿。然后很多人拥了上来，把我们拥在中间要打架。北京知青一伙，当地青年一伙，抄起了棍棒和皮带。吵了一会儿，又说不打架，让我和三闷儿摔跤。三闷儿摔不过我，就动了拳头。我一脚把三闷儿踢进了圈前的粪坑，让他沾了一身牛屎。三闷儿爬起来，抢了一把三齿要砍我，别人劝开了。

早上的事情就是这样。晚上我放牛回来，队长说我殴打贫下中农，要开我的斗争会。我说你想借机整人，我也不是好惹的。我还说要聚众打群架。队长说他没想整我，是三闷儿的娘闹得他没办法。那婆娘是个寡妇，泼得厉害。他说此地的规矩就是这样。后来他说，不开斗争会，改为帮助会，让我上前面去检讨一下。要是我还不肯，就让寡妇来找我。

会开得很乱。老乡们七嘴八舌，说知青太不像话，偷鸡摸狗还打人。知青们说放狗屁，谁偷东西，你们当场拿住了吗？老子们是来支援边疆建设，又不是充军的犯人，哪能容你们乱栽赃。我在前面也不检讨，只是骂。不提防三闷儿的娘从后面摸上来，抄起一条沉甸甸的拔秧凳，给了我后腰一下，正砸在我的旧伤上，登时我就背过去了。

我醒过来时，罗小四领了一伙人呐喊着要放火烧牛圈，还说要三闷儿的娘抵命。队长领了一帮人去制止，副队长叫人抬我上牛车去医院。卫生员说抬不得，腰杆断了，一抬就死。我说腰杆好像没断，你们快把我抬走。可是谁也不敢肯定我的腰杆是断了还是没断，所以也不敢肯定我会不会一抬就死。我就一直躺着。后来队长过来一问，就说：快摇电话把陈清扬叫下来，让她看看腰断了没有。过了不一会儿，陈清扬披头散发眼皮红肿地跑了来，劈头第一句话就是：你别怕。要是你瘫了，我照顾你一辈子。然后一检查，诊断和我自己的相同。于是我就坐上牛车，到总场医院去看病。

那天夜里陈清扬把我送到医院，一直等到腰部 X 光片子出来，看过认为没问题后才走。她说过一两天就来看我，可是一直没来。我住了一个星期，可以走动了，就奔回去找她。

我走进陈清扬的医务室时，身上背了很多东西，装得背篓里冒了尖。除了锅碗盆瓢，还有足够两人吃一个月的东西。她见我进来，淡淡地一笑，说你好了吗？带这些东西上哪儿？

我说要去清平洗温泉。她懒懒地往椅子上一仰说，这很好。温泉可以治旧伤。我说我不是真去洗温泉，而是到后面山上住几天。她说后面山上什么都没有，还是去洗温泉吧。

清平的温泉是山坳里的一片泥坑，周围全是荒草坡。有一些病人在山坡上搭了窝棚，成年住在那里，其中得什么病的连说都不敢啦。

关于北京要来人视察知青的事，当地每个人都知道，只有我不知道。这是因为我前些日子在放牛，早出晚归，而且名声不好，谁也不告诉我，后来住了院，也没人来看我。等到我出院以后，就进了深山。在我进山之前，总共就见到了两个人，一个是陈清扬，她没有告诉我这件事。另一个是我们队长，他也没说起这件事，只叫我去温泉养病。我告诉他，我没有东西（食品、炊具等），所以不能去温泉。他说他可以借给我。我说我借了不一定还，他说不要紧。我就向他借了不少家制的腊肉和香肠。

陈清扬不告诉我这件事是因为她不关心，她不是知青。队长不告诉我这件事，是因为他以为我已经知道了。他还以为我拿了很多吃的东西走，就不会再回来。所以罗小四问他王二到哪儿去了时，他说：王二？谁叫王二？从没听说过。对于罗小四等人来说，找到我有很大的好处，我可以证明大家在此地受到很坏的待遇，经常被打晕。对于领导来说，我不存在有很大的便利，可以说明此地没有一个知青被打晕。对于我自己来说，存在不存在没有很大的关系。假如没有人来找我，我在附近种点玉米，可以永远不出来。就因为这个原因，我对自己存不存在的事不太关心。

我在小屋里也想过自己存不存在的问题。比方说，别人说我和陈清扬搞破鞋，这就是存在的证明。用罗小四的话来说，王二和陈清扬脱了裤子干。其实他也没看见。他想象的极限就是我们脱裤子。还有陈清扬说，我从山上下来，穿着黄军装，走得飞快。我自己并不知道我走路是不回头的。因为这些事我无从想象，所以是我存在的证明。

还有我的小和尚直挺挺，这件事也不是我想出来的。我始终盼着陈清扬来看我，但陈清扬始终没有来。她来的时候，我没有盼着她来。

四

我曾经以为陈清扬在我进山后会立即来看我，但是我错了。我等了很久，后来不再等了。我坐在小屋里，听着满山树叶哗哗响，终于到了物我两忘的境界。我听见浩浩荡荡的空气大潮从我头顶涌过，正是我灵魂里潮兴之时。正如深山里花开，龙竹笋剥剥地爆去笋壳，直翘翘地向上。到潮退时我也安息，但潮兴时要乘兴而舞。正巧这时陈清扬来到草屋门口，她看见我赤条条坐在竹板床上，阳具就如剥了皮的兔子，红通通亮晶晶足有一尺长，直立在那里，登时惊慌失措，叫了起来。

陈清扬到山里找我的事又可以简述如下：我进山后两个星期，她到山里找我。当时是下午两点钟，可是她像那些午夜淫奔的妇人一样，脱光了内衣，只穿一件白大褂，赤着脚走进山来。她就这样走过阳光下的草地，走进了一条干河沟，在河沟里走了很久。这些河沟很乱，可是她连一个弯都没转错。后来她又从河沟里出来，走进一个向阳的山洼，看见一间新搭的草房。假如没有一个王二告诉她这条路，她不可能在茫茫荒山里找到一间草房。可是她走进草房，看到王二就坐在床上，小和尚直挺挺，却吓得尖叫起来。

陈清扬后来说，她没法相信她所见到的每件事都是真的。真的事要有理由。当时她脱了衣服，坐在我的身边，看着我的小和尚，只见它的颜色就像烧伤的疤痕。这时我的草房在风里摇晃，好多阳光从房顶上漏下来，星星点点落在她身上。我伸手去触她的乳头，直到她脸上泛起红晕，乳房坚挺。忽然她从迷梦里醒来，羞得满脸通红。于是她紧紧地抱住我。

我和陈清扬是第二次做爱，第一次做爱的很多细节当时我大惑不解。后来我才明白，她对被称作破鞋一事，始终耿耿于怀。既然不能证明她不是破鞋，她就乐于成为真正的破鞋。就像那些被当场捉了奸的女人一样，被人叫上台去交代那些偷情的细节。等到那些人听到情不能持，丑态百出时，怪叫一声：把她捆起来！就有人冲上台去，用细麻绳把她五花大绑，她就这样站在人前，受尽羞辱。这些事一点也不讨厌。她也不怕被人剥得精赤条条，拴到一扇磨盘上，扔到水塘里淹死。或者像以前达官贵人家的妻妾一样，被强迫穿得整整齐齐，脸上贴上湿透的黄表纸，端坐着活活憋死。这些事都一点也不讨厌。她丝毫也不怕成为破鞋，这比被人叫作破鞋而不是破鞋好得多。她所讨厌的是使她成为破鞋那件事本身。

我和陈清扬做爱时，一只蜥蜴从墙缝里爬了进来，走走停停地经过房中间的地面。忽然它受到惊动，飞快地出去，消失在门口的阳光里。这时陈清扬的呻吟就像泛滥的洪水，在屋里蔓延。我为此所惊，伏下身不动。可是她说，快，浑蛋。还拧我的腿。等我“快”了以后，阵阵震颤就像从地心传来。后来她说，她觉得自己罪孽深重，早晚要遭报应。

她说自己要遭报应时，一道红晕正从她的胸口褪去。那时我们的事情还没完。但她的口气是说，她只会为在此之前的事遭报应。忽然之间我从头顶到尾骨一齐收紧，开始极其猛烈地射精。这事与她无关，大概只有我会为此遭报应。

后来陈清扬告诉我，罗小四到处找我。他到医院找我时，医院说我不存在。他找队长问我时，队长也说我不存在。最后他来找陈清扬，陈清扬说，既然大家都说他不存在，大概他就是不存在吧，我也没有意见。罗小四听了这话，禁不住哭了起来。

我听了这话，觉得很奇怪。我不应该因为尖嘴婆打了我一下而存在，也不应该因为她打了我一下而不存在。事实上，我的存在乃是不争的事实。我就为这一点钻了牛角尖。为了验证这不争的事实，慰问团来的那一天，我从山上奔了下去，来到了座谈会的会场上。散会以后，队长说，你这个样子不像有病。还是回来喂猪吧。他还组织人力，要捉我和陈清扬的奸。当然，要捉我不容易，我的腿非常快。谁也休想跟踪我。但是也给我添了很多麻烦。到了这个时候我才悟到，犯不着向人证明我存在。

我在队里喂猪时，每天要挑很多水。这个活计很累，连偷懒都不可能，因为猪吃不饱会叫唤。我还要切很多猪菜，劈很多柴。喂这些猪原来要三个妇女，现在要我一个人干。我发现我不能顶三个妇女，尤其是腰疼时。这时候我真想证明我不存在。

晚上我和陈清扬在小屋里做爱。那时我对此事充满了敬业精神，对每次亲吻和爱抚都贯注了极大的热情。无论是经典的传教士式、后进式、侧进式、女上位，我都能一丝不苟地完成。陈清扬对此极为满意。我也极为满意。在这种时候，我又觉得用不着去证明自己是存在的。从这些体会里我得到一个结论，就是永远别让别人注意你。北京人说，不怕贼偷，就怕贼惦记。你千万别让人惦记上。

过了一些时候，我们队的知青全调走了。男的调到糖厂当工人，女的到农中去当老师。单把我留下来喂猪，据说是因为我还没有改造好。陈清扬说，我叫人惦记上了。这个人大概就是农场的军代表。她还说，军代表不是个好东西。原来她在医院工作，军代表要调戏她，被她打了个大嘴巴。然后她就被发到十五队当队医。十五队的水是苦的，也没有菜吃，待久了也觉得没有啥。但是当初调她来，分明有修理一下的意思。她还说，我准会被修到半死。我说过，他能把我怎么样？急了老子跑他娘。后来的事都是由此而起。

那天早上天色微明，我从山上下来，到猪场喂猪。经过井台时，看见了军代表，他正在刷牙。他把牙刷从嘴里掏出来，满嘴白沫地和我讲话，我觉得很讨厌，就一声不吭地走掉了。过了一会儿，他跑到猪场里，把我大骂了一顿，说你怎么敢走了。我听了这些话，一声不吭。就是他说我装哑巴，我也一声不吭。然后我又走开了。

军代表到我们队来蹲点，蹲下来就不走了。据他说，要不能从王二嘴里掏出话来，死也不甘心。这件事有两种可能的原因，一是他下来视察，遇见了我对他装聋作哑，因而大怒，不走了。二是他不是下来视察，而是听说陈清扬和我有了一腿，特地来找我的麻烦。不管他为何而来，反正我是一声也不吭，这叫他很没办法。

军代表找我谈话，要我写交代材料。他还说，我搞破鞋群众很气愤，如果我不交代，就发动群众来对付我。他还说，我的行为够上了坏分子，应该受到专政。我可以辩解说，我没搞破鞋。谁能证明我搞了破鞋？但我只是看着他。像野猪一样看他，像发傻一样看他，像公猫看母猫一样看他。把他看到没了脾气，就让我走了。

最后他也没从我嘴里套出话来，他甚至搞不清我是不是哑巴。别人说我不是哑巴，他始终不敢相信，因为他从来没听我说过一句话。他到今天想起我来，还是搞不清我是不是哑巴。想起这一点，我就万分的高兴。

五

最后我们被关了起来，写了很长时间的交代材料。起初我是这么写的：我和陈清扬有不正当的关系。这就是全部。上面说，这样写太简单。叫我重写。后来我写，我和陈清扬有不正当关系，我干了她很多回，她也乐意让我干。上面说，这样写缺少细节。后来又加上了这样的细节：我们俩第四十次非法性交。地点是我在山上偷盖的草房。那天不是甲历十五就是阴历十六，反正月亮很亮。陈清扬坐在竹床上，月光从门里照进来，照在她身上。我站在地上，她用腿圈着我的腰。我们还聊了几句，我说她的乳房不但圆，而且长得很端正，脐窝不但圆罗，而且很浅。这些都很好。她说是吗，我自己不知道。后来月光移走了，我点了一根烟，抽到一半她拿走了，接着吸了几口。她还捏过我的鼻子，因为本地有一种说法，说童男的鼻子很硬，而纵欲过度行将死去的人鼻子很软。这些时候她懒懒地躺在床上，倚着竹板墙。其他的时间她像澳大利亚考拉一样抱住我，往我脸上吹热气。最后月亮从门对面的窗子里照进来。这时我和她分开。但是我写这些材料，不是给军代表看。他那时早就不是军代表了，而且已经复员回家去了。他是不是代表，反正犯了我们这种错误，总是要写交代材料。

我后来和我们学校人事科长关系不错。他说当人事干部最大的好处就是可以看到别人写的交代材料。我想他说的包括我写的交代材料。我以为我的交代材料最有文采。因为我写这些材料时住在招待所，没有别的事可干，就像专业作家一样。

我逃跑是晚上的事。那天上午，我找司务长请假，要到井坎镇买牙膏。我归司务长领导，他还有监视我的任务。他应该随时随地看住我，可是天一黑我就不见了。早上我带给他很多酸葚果，都是好的。平原上的酸葚果都不能吃，因为里面是一窝蚂蚁。只有山里的酸葚果才没蚂蚁。司务长说，他个人和我关系不坏，而且军代表不在。他可以准我去买牙膏。但是司务长又说，军代表随时会回来。要是他回来时我不在，司务长也不能包庇我。我从队里出去，爬上十五队的后山，拿个镜片晃陈清扬的后窗。过一会儿，她到山上来，说是头两天人家把她盯得特紧，跑不出来。而这几天她又来月经。她说这没关系，干吧。我说那不行。分手时她硬要给我二百块钱。起初我不要，后来还是收下了。

后来陈清扬告诉我，头两天人家没有把她盯得特紧，后来她也没有来月经。事实上，十五队的人根本就不管她。那里的人习惯于把一切不是破鞋的人说成破鞋，而对真的破鞋放任自流。她之所以不肯上山来，让我空等了好几天，是因为对此事感到厌倦。她总要等有了好心情才肯性交，不是只要性交就有好心情。当然这样做了以后，她也不无内疚之心。所以她给我二百块钱。我想既然她有二百块钱花不掉，我就替她花。所以我拿了那些钱到井坎镇上，买了一条双筒猎枪。

后来我写交代材料，双筒猎枪也是一个主题。人家怀疑我拿了它要打死谁。其实要打死人，用二百块钱的双筒猎枪和四十块钱的铜炮枪打都一样。那种枪是用来在水边打野鸭子的，在山里一点不实用，而且像死人一样沉。那天我到井坎街上时，已经是下午时分，又不是赶街的日子，所以只有一条空空落落的土路和几间空空落落的国营商店。商店里有一个售货员在打瞌睡，还有很多苍蝇在飞。货架上写着“吕过吕乎”，放着铝锅铝壶。我和那个胶东籍的售货员聊了一会儿天，她叫我到库房里看了看。在那儿我看见那条上海出的猎枪，就不顾它已经放了两年没卖出去的事实，把它买下了。傍晚时我拿它到小河边试放，打死了一只鹭鸶。这时军代表从场部回来，看见我手里有枪，很吃了一惊。他唠叨说，这件事很不对，不能什么人手里都有枪。应该和队里说一下，把王二的枪没收掉。我听了这话，几乎要朝他肚子上打一枪。如果打了的话，恐怕会把他打死。那样多半我也活不到现在了。

那天下午我从井坎回队的路上，涉水从田里经过，曾经在稻棵里站了一会。我看见很多蚂蟥像鱼一样游出来，叮上了我的腿。那时我光着膀子，衣服包了很多红糖馅的包子（镇上饭馆只卖这一种食品），双手提包子，背上还背了枪，很累赘。所以我也没管那些蚂蟥。到了岸上我才把它们一条条揪下来用火烧死。烧得它们一条条发软起泡。忽然间我感到很烦很累，不像二十一岁的人。我想，这样下去很快就会老了。

后来我遇上了勒都。他告诉我说，他们把那条河汊里的鱼都捉到手了。我那一份已经晒成了鱼干，在他姐姐手里。他姐姐叫我去。他姐姐和我也很熟，是个微黑俏丽的小姑娘。我说一时去不了。我把那一包包子都给了勒都，叫他给我到十五队送个信，告诉陈清扬，我用她给我的钱买了一条枪。勒都去了十五队，把这话告诉陈清扬，她听了很害怕，觉得我会把军代表打死。这种想法也不是没有道理，傍晚时我就想打军代表一枪。

傍晚时分我在河边打鹭鸶，碰上了军代表。像往常一样，我一声不吭，他喋喋不休。我很愤怒，因为已经有半个多月了，他一直对我喋喋不休，说着同样的话：我很坏，需要思想改造。对我一刻也不能放松。这样的话我听了一辈子，从来没有像那天晚上那么火。后来他又说，今天他有一个特大好消息，要向大家公布。但是他又不说是什么，只说我和我的“臭婊子”陈清扬今后的日子会很不好过。我听了这话格外恼火，想把他就地掐死，又想听他说出是什么好消息以后再下手。他却不说，一直卖着关子，只说些没要紧的话，到了队里以后才说，晚上你来听会吧，会上我会宣布的。

晚上我没去听会，在屋里收拾东西，准备逃上山去。我想一定发生了什么大事，以致军代表有了好办法来收拾我和陈清扬，至于是什么事我没想出来，那年头的事很难猜。我甚至想到可能中国已经复辟了帝制，军代表已经当上了此地的土司。他可以把我棰骟掉，再把陈清扬拉去当妃子。等我收拾好要出门，才知道没有那么严重。因为会场上喊口号，我在屋里也能听见。原来是此地将从国有农场改做军垦兵团。军代表可能要当个团长。不管怎么说，他不能把我阉掉，也不能把陈清扬拉走。我犹豫了几分钟，还是把装好的东西背上了肩，还用砍刀把屋里的一切都砍坏，并且用木炭在墙上写了：“×××（军代表名），×你妈！”然后出了门，上山去了。

我从十四队逃跑的事就是这样。这些经过我也在交代材料里写了。概括地说，是这样的：我和军代表有私仇，这私仇有两个方面：一是我在慰问团面前说出了曾经被打晕的事，叫军代表很没面子。二是争风吃醋，所以他一直修理我。当他要当团长时，我感到不堪忍受，逃到山上去了。我到现在还以为这是我逃上山的原因。但是人家说，军代表根本就没当上团长，我逃跑的理由不能成立。所以人家说，这样的交代材料不可信。可信的材料应该是，我和陈清扬有私情。俗话说，色胆包天，我们什么事都能干出来。这话也有一点道理，可是我从队里逃出来时，原本不打算找陈清扬，打算一走算了。走到山边上才想到，不管怎样，陈是我的一个朋友，该去告别。谁知陈清扬说，她要和我一起逃跑。她还说，假如这种事她不加入，那伟大友谊岂不是喂了狗？于是她匆匆忙忙收拾了一些东西跟我走了。假如没有她和她收拾的东西，我一定会病死在山上。那些东西里有很多治疟疾的药，还有大量的大号避孕套。

我和陈清扬逃上山以后，农场很惊慌了一阵。他们以为我们跑到缅甸去了。这件事传出去对谁都没好处，所以就没向上报告，只是在农场内部通缉王二和陈清扬。我们的样子很好认，还带了一条别人没有的双筒猎枪，很容易被人发现，可是一直没人找到我们。直到半年以后，我们自己回到农场来，各回各的队，又过了一个多月，才被人保组叫去写交代。也是我们流年不利，碰上了一个运动，被人揭发了出来。

六

人保组的房子在场部的路口上，是一座孤零零的土坯房。你从很远的地方就能看见，因为它粉刷得很白，还因为它在高岗上。大家到场部赶街，老远就能看见那间房子。它周围是一片剑麻地，剑麻总是暗绿色，剑麻下的土总是鲜红色。我在那里交代问题，把什么都交代了。我们上了山，先在十五队后山上种玉米，那里土不好，玉米有一半没出苗。我们就离开，昼伏夜行，找别的地方定居。最后想起山上有个废水碾，那里有很大一片丢荒了的好地。水碾里住了一个麻风寨跑出来的刘大爹。谁也不到那里去，只有陈清扬有一回想起自己是大夫，去看过一回。我们最后去了刘大爹那里，住在水碾背后的山洼里，陈清扬给刘大爹看病，我给刘大爹种地。过了一些时候，我到清平赶街，遇上了同学。他们说，军代表调走了，没人记着我们的事。我们就回来。整个事情就是这样的。

我在人保组里待了很长时间。有一段时间，气氛还好，人家说，问题清楚了，你准备写材料。后来忽然又严重起来，怀疑我们去了境外，勾结了敌对势力，领了任务回来。于是他们把陈清扬也叫到人保组，严加审讯。问她时，我往窗外看。天上有很多云。

人家叫我交代偷越国境的事。其实这件事上，我也不是清白无辜。我确实去过境外。我曾经打扮成老傣的模样，到对面赶过街。我在那里买了些火柴和盐。但是这没有必要说出来。没必要说的话就不说。

后来我带人保组的人到我们住过的地方去勘查。我在十五队后山上搭的小草房已经漏了顶，玉米地招来很多鸟。草房后面有很多用过的避孕套，这是我们在此住过的铁证。当地人不喜欢避孕套，说那东西阻断了阴阳交流，会使人一天天弱下去。其实当地那种避孕套，比我后来用过的任何一种都好。那是百分之百的天然橡胶。

后来我再不肯带他们去那些地方看，反正我说我没去国外，他们不信。带他们去看了，他们还是不信。没必要做的事就别做。我整天一声不吭。陈清扬也一声不吭。问案的人开头还在问，后来也懒得吭声。街子天里有好多老傣、老景颇背着新鲜的水果蔬菜走过，问案的人也越来越少。最后只剩了一个人。他也想去赶街，可是不到放我们回去的时候，让我们待在这里无人看管，又不合规定。他就到门口去喊人，叫过路的大嫂站住。但是人家经常不肯站住，而是加快了脚步。见到这种情况，我们就笑起来。

人保组的同志终于叫住了一个大嫂。陈清扬站起来，整理好头发，把衬衣领子折起来，然后背过手去。那位大嫂就把她捆起来，先捆紧双手，再把绳子在脖子和胳膊上扣住。那大嫂抱歉地说，捆人我不会呀。人保组的同志说，可以了。然后他再把我捆起来，让我们在两张椅子上背靠背坐好，用绳子拦腰捆上一道，然后他锁上门，也去赶集。过了好半天他才回来，到办公桌里拿东西，问道：要不要上厕所？时间还早，一会儿回来放你们。然后又出去。

到他最后来放开我们的时候，陈清扬活动一下手指，整理好头发，把身上的灰土掸干净，我们俩回招待所去。我们每天都到人保组去，每到街子天就被捆起来，除此之外，有时还和别人一道到各队去挨斗。他们还一再威胁说，要对我们采取其他专政手段——我们受审查的事就是这样的。

后来人家又不怀疑我们去了国外，开始对她比较客气，经常叫她到医院去，给参谋长看前列腺炎。那时我们农场来了一大批军队下来的老干部，很多人有前列腺炎。经过调查，发现整个农场只有陈清扬知道人身上还有前列腺。人保组的同志说，要我们交代男女关系问题。我说，你怎知我们有男女关系问题？你看见了吗？他们说，那你就交代投机倒把问题，我又说，你怎知我有投机倒把问题？他们说，那你还是交代投敌叛变的问题。反正要交代问题，具体交代什么，你们自己去商量。要是什么都不交代，就不放你。我和陈清扬商量以后，决定交代男女关系问题。她说，做了的事就不怕交代。

于是我就像作家一样写起交代材料来。首先交代的就是逃跑上山那天晚上的事。写了好几遍，终于写出陈清扬像考拉。她承认她那天心情非常激动，确实像考拉。因为她终于有了机会，来实践她的伟大友谊。于是她腿圈住我的腰，手抓住我的肩膀，把我想象成一棵大树，几次想爬上去。

后来我又见到陈清扬，已经到了九十年代。她说她离了婚和女儿住在上海，到北京出差。到了北京就想到，王二在这里，也许能见到。结果真的在龙潭湖庙会上见到了我。我还是老样子，饿纹入嘴，眼窝下乌青，穿过了时的棉袄，蹲在地上吃不登大雅之堂的卤煮火烧。唯一和过去不同的是手上被硝酸染得焦黄。

陈清扬的样子变了不少，她穿着薄呢子大衣，花格呢裙子，高跟皮靴，戴金丝眼镜，像个公司的公关职员，她不叫我，我绝不敢认。于是我想到每个人都有自己的本质，放到合适的地方就大放光彩。我的本质是流氓土匪一类，现在做个城里的市民，学校的教员，就很不像样。

陈清扬说，她女儿已经上了大二，最近知道了我们的事，很想见我。这事的起因是这样的：她们医院想提拔她，发现她档案里还有一堆东西。领导上讨论之后，认为是“文革”时整人的材料，应予撤销。于是派人到云南外调，花了一万元差旅费，终于把它拿了出来。因为是本人写的，交还本人。她把它拿回家去放着，被女儿看见了。该女儿说，好哇，你们原来是这么造的我！

其实我和她女儿没有任何关系。她女儿产生时，我已经离开云南了。陈清扬也是这么解释的，可是那女孩说，我可以把精液放到试管里，寄到云南让陈清扬人工授精。用她原话来说就是：你们两个浑蛋什么干不出来？

我们逃进山里的第一个夜晚，陈清扬兴奋得很。天明时我睡着了，她又把我叫起来，那时节大雾正从墙缝里流进来。她让我再干那件事，别戴那劳什子。她要给我生一窝小崽子，过几年就耷拉到这里。同时她揪住乳头往下拉，以示耷拉之状。我觉得耷拉不好看，就说，咱们还是想想办法，别叫它耷拉。所以我还是戴着那劳什子。以后她对这件事就失去了兴趣。

后来我再见陈清扬时，问道，怎么样，耷拉了吧？她说可不是，耷拉得一塌糊涂。你想不想看看有多耷拉。后来我看见了，并没有一塌糊涂。不过她说，早晚要一塌糊涂，没有别的出路。

我写了这篇交代材料交上去，领导上很欣赏。有个大头儿，不是团参谋长就是政委，接见了我们，说我们的态度很好。领导上相信我们没有投敌叛变。今后主要的任务就是交代男女关系问题。假如交代得好，就让我们结婚。但是我们并不想结婚。后来又说，交代得好，就让我调回内地。陈清扬也可以调上级医院。所以我在招待所写了一个多月交代材料，除了出公差，没人打搅，我用复写纸写，正本是我的，副本是她的。我们有一模一样的交代材料。

后来人保组的同志找我商量，说是要开个大的批斗会。所有在人保组受过审查的人都要参加，包括投机倒把分子、贪污犯，以及各种坏人。我们本该属于同一类，可是团领导说了，我们年轻，交代问题的态度好，所以又可以不参加。但是有人攀我们，说都受审查，他们为什么不参加。人保组也难办。所以我们必须参加。最后的决定是来做工作，动员我们参加。据说受受批斗、思想上有了震动，以后可以少犯错误。既然有这样的好处，为什么不参加？到了开会的日子，场部和附近生产队来了好几千人。我们和好多别的人站到台上去。等了好半天，听了好几篇批判稿，才轮到我们王陈二犯。原来我们的问题是思想淫乱，作风腐败，为了逃避思想改造，逃到山里去。后来在党的政策感召下，下山弃暗投明。听了这样的评价，我们心情激动，和大家一起振臂高呼：打倒王二！打倒陈清扬！斗过这一台，我们就算没事了。但是还得写交代，因为团领导要看。

在十五队后山上，陈清扬有一回很冲动，要给我生一群小崽子，我没要。后来我想，生生也不妨，再跟她说，她却不肯生了。而且她总是理解成我要干那件事。她说，要干就干，没什么关系。我想纯粹为我，这样太自私了，所以就很少干。何况开荒很累，没力气干。我所能交代的事就是在地头休息时摸她的乳房。

旱季里开荒时，到处是热风，身上没有汗，可是肌肉干疼。最热时，只能躺在树下睡觉。枕着竹筒，睡在棕皮蓑衣上。我奇怪为什么没人让我交代蓑衣的事。那是农场的劳保用品，非常贵。我带进山两件，一件是我的，一件是从别人门口顺手拿来的。一件也没拿回来。一直到我离开云南，也没人让我交还蓑衣。

我们在地头休息时，陈清扬拿斗笠盖住脸，敞开衬衣的领口，马上就睡着了。我把手伸进去，有很优美的浑圆的感觉。后来我把扣子又解开几个，看见她的皮肤是浅红色。虽然她总穿着衣服干活，可是阳光透过了薄薄的布料。至于我，总是光膀子，已经黑得像鬼一样。

陈清扬的乳房是很结实的两块，躺着的时候给人这样的感觉。但是其他地方很纤细。过了二十多年，大模样没怎么变，只是乳头变得有点大，有点黑。她说这是女儿作的孽。那孩子刚出世，像个粉红色的小猪，闭着眼一口叼住她那个地方狠命地吃，一直把她吃成个老太太，自己却长成个漂亮大姑娘，和她当年一样。

年纪大了，陈清扬变得有点敏感。我和她在饭店里重温旧情，说到这类话题，她就有恐慌之感。当年不是这样。那时候在交代材料里写到她的乳房，我还有点犹豫。她说，就这么写。我说，这样你就暴露了。她说，暴露就暴露，我不怕！她还说是自然长成这样，又不是她捣了鬼。至于别人听说了有什么想法，不是她的问题。

过了这么多年我才发现，陈清扬是我的前妻哩。交代完问题人家叫我们结婚。我觉得没什么必要了。可是领导上说，不结婚影响太坏，非叫去登记不可。上午登记结婚，下午离婚。我以为不算呢。乱秧秧的，人家忘了把发的结婚证要回去。结果陈清扬留了一张。我们拿这二十年前发的破纸头登记了一间双人房。要是没有这东西，就不许住在一间房子里。二十年前不这样。二十年前他们让我们住在一间房子里写交代材料，当时也没这个东西。

我写了我们住在后山上的事。团领导要人保组的人带话说，枝节问题不要讲太多，交代下一个案子吧。听了这话，我发了犟驴脾气：妈妈的，这是案子吗？陈清扬开导我说：这世界上有多少人，每天要干多少这种事，又有几个有资格成为案子。我说其实这都是案子，只不过领导上查不过来。她说既然如此，你就交代吧。所以我交代道：那天夜里，我们离开了后山，向作案现场进发。

七

我后来又见到陈清扬，和她在饭店里登记了房间，然后一起到房间里去，我伸手帮她脱下大衣。陈清扬说，王二变得文明了。这说明我已经变了很多。以前我不但相貌凶恶，行为也很凶恶。

我和陈清扬在饭店里又做了一回案。那里暖气烧得很暖，还装着茶色玻璃。我坐在沙发上，她坐在床上，聊了一会儿天，逐渐有了犯罪的气氛。我说，不是让我看有多奋拉吗，我看看。她就站起来，脱了外衣，里面穿着大花的衬衫。然后她又坐下去，说，还早一点。过一会儿服务员来送开水。他们有钥匙，连门都不敲就进来了。我问她，碰上了人家怎么说？她说，她没被碰上过。但是听说人家会把门一摔，在外面说：真他妈的讨厌！

我和陈清扬逃进山以前，有一次我在猪场煮猪食。那时我要烧火，要把猪菜切碎（所谓猪菜，是番薯藤、水葫芦一类东西），要往锅里加糠添水。我同时做着好几样事情。而军代表却在一边喋喋不休，说我是如何之坏。他还让我去告诉我的“臭婊子”陈清扬，她是如何之坏。忽然间我暴怒起来，抡起长刀，照着梁上挂的盛南瓜子的葫芦劈去，把它劈成两半。军代表吓得一步跳出房去。如果他还要继续数落我，我就要砍他脑袋了。我是那样凶恶，因为我不说话。

后来在人保组，我也不大说话，包括人家捆我的时候。所以我的手经常被捆得乌青。陈清扬经常说话。她说：大嫂，捆疼了。或者：大嫂，给我拿手绢垫一垫。我头发上系了一块手绢。她处处与人合作，苦头吃得少。我们处处都不一样。

陈清扬说，以前我不够文明。在人保组里，人家给我们松了绑。那条绳子在她的衬衣上留下了很多道痕迹。这是因为那绳子平时放在烧火的棚子里，沾上了锅灰和柴草。她用不灵活的手把痕迹掸掉，只掸了前面。掸不了后面。等到她想叫我来掸时，我已经一步跨出门去。等到她追出门去，我已经走了很远。我走路很快，而且从来不回头看。就因为这，她根本就不爱我，也说不上喜欢。

照领导定的性，我们在后山上干的事，除了她像考拉那次之外，都不算案子。像我们在开荒时干的事，只能算枝节问题。所以我们没有继续交代下去。其实还有别的事。当时热风正烈，陈清扬头枕双臂睡得很熟。我把她的衣襟完全解开了。这样她袒露出上身，好像是故意的一样。天又蓝又亮，以致阴影里都是蓝黝黝的光。忽然间我心里一动，在她红彤彤的身体上俯身下去。我都忘了自己干了些什么了。我把这事说了出来，以为陈清扬一定不记得。可是她说，“记得记得！那会儿我醒了。你在我肚脐上亲了一下吧？好危险，差一点爱上你。”

陈清扬说，当时她刚好醒来，看见我那颗乱蓬蓬的头正在她肚子上，然后肚脐上轻柔的一触。那一刻她也不能自持。但是她还是假装睡着，看我还要干什么。可是我什么都没干，抬起头来往四下看看，就走开了。

我写的交代材料里说，那天夜里，我们离开后山，向作案现场进发，背上背了很多坛坛罐罐，计划是到南边山里定居。那边土地肥沃，公路两边就是一人深的草。不像十五队后山，草只有半尺高。那天夜里有月亮，我们还走了一段公路，所以到天明将起雾时，已经走了二十公里，上了南面的山。具体地说，到了章风寨南面的草地上，再走就是森林。我们在一棵大青树下露营，拣了两块干牛粪生了一堆火，在地上铺了一块塑料布。然后脱了一切衣服（衣服已经湿了），搂在一起，裹上三条毯子，滚成一个球，就睡着了。睡了一个小时就被冻醒。三重毯子都湿透了，牛粪火也灭了。树上的水滴像倾盆大雨往下掉。空气里飘着的水点有绿豆大小。那是在一月里，旱季最冷的几天。山的阴面就有这么潮。

陈清扬说，她醒时，听见我在她耳边打机关枪。上牙碰下牙，一秒钟不只一下。而且我已经有了热度。我一感冒就不容易好，必须打针。她就爬起来说，不行，这样两个人都要病。快干那事。我不肯动，说道：忍忍吧。一会儿就出太阳。后来又说：你看我干得了吗？案发前的情况就是这样的。

案发时的情形是这样：陈清扬骑在我身上，一起一落，她背后的天上是白茫茫的雾气。这时好像不那么冷了，四下里传来牛铃声。这地方的老傣不关牛，天一亮水牛就自己跑出来。那些牛身上拴着木制的铃铛，走起来发出闷闷的响声。一个庞然大物骤然出现在我们身边，耳边的刚毛上挂着水珠。那是一条白水牛，它侧过头来，用一只眼睛看我们。

白水牛的角可以做刀把，晶莹透明很好看。可是质脆容易裂。我有一把匕首，也是白牛角把，却一点不裂，很难得。刃的材料也好，可是被人保组收走了。后来没事了，找他们要，却说找不到了。还有我的猎枪，也不肯还我。人保组的老郭死乞白赖地说要买，可是只肯出五十块钱。最后连枪带刀，我一样也没要回来。

我和陈清扬在饭店里作案之前聊了好半天。最后她把衬衣也脱下来，还穿着裙子和皮靴。我走过去坐在她身边，把她的头发撩了起来。她的头发有不少白的了。

陈清扬烫了头。她说，以前她的头发好，舍不得烫。现在没关系了。她现在当了副院长，非常忙，也不能每天洗头。除此之外，眼角、脖子下有不少皱纹。她说，女儿建议她去做整容手术。但是她没时间做。

后来她说，好啦，看吧。就去解乳罩。我想帮她一把，也没帮上。扣在前面，我把手伸到后面去了。她说看来你没学坏，就转过身来让我看。我仔细看了一阵，提了一点意见。不知为什么，她有点脸红，说，好啦，看也看过了。还要干什么？就要把乳罩戴上。我说，别忙，就这样吧。她说，怎么，还要研究我的结构？我说，那当然。现在不着急，再聊一会儿。她的脸更红了，说道：王二，你一辈子学不了好，永远是个浑蛋。

我在人保组，罗小四来看我，趴窗户一看，我被捆得像粽子一样。他以为案情严重，我会被枪毙掉，把一盒烟从窗里扔进来，说道：二哥，哥们儿一点意思。然后哭了。罗小四感情丰富，很容易哭。我让他点着了烟从窗口递进来，他照办了，差点肩关节脱臼才递到我嘴上。然后他问我还有什么事要办，我说没有。我还说，你别招一大群人来看我。他也照办了。他走后，只有一帮孩子爬上窗台看，正看见我被烟熏得睁一眼闭一眼，样子非常难看。打头的一个不禁说道：要流氓。我说，你爸你妈才要流氓。他们不流氓能有你？那孩子抓了些泥巴扔我。等把我放开，我就去找他爸，说道：今天我在人保组，叫人像捆猪一样捆上。令郎人小志大，趁那时朝我扔泥巴。那人一听，揪住他儿子就揍。我在一边看完了才走。陈清扬听说这事，就有这种评价：王二，你是个浑蛋。

其实我并非永远是浑蛋。我现在有家有口，已经学了不少好。抽完了那根烟，我把她抱过来，很熟练地在她胸前爱抚一番，然后就想脱她的裙子。她说：别忙，再聊会儿。你给我也来支烟。我点了一支烟，抽着了给她。

陈清扬说，在章风山她骑在我身上一上一下，极目四野，都是灰蒙蒙的水雾。忽然间觉得非常寂寞，非常孤独。虽然我的一部分在她身体里摩擦，她还是非常寂寞，非常孤独。后来我活过来了，说道：换换，你看我的。我就翻到上面去。她说，那一回你比哪回都浑蛋。

陈清扬说，那回我比哪回都浑蛋，是指我忽然发现她的脚很小巧好看。因此我说，老陈，我准备当个拜脚狂。然后我把她两腿捧起来，吻她的脚心。陈清扬平躺在草地上，两手摊开，抓着草。忽然她一晃头，用头发盖住了脸，然后哼了一声。

我在交代材料里写道，那时我放开她的腿，把她脸上的头发抚开。陈清扬猛烈地挣扎，流着眼泪，但是没有动手。她脸上有两点很不健康的红晕。后来她不挣扎了，对我说，浑蛋，你要把我怎么办？我说，怎么了？她又笑，说道，不怎么。接着来。所以我又捧起她的双腿。她就那么躺着不动，双手平摊，牙咬着下唇，一声不响。如果我多看她一眼，她就笑笑。我记得她脸特别白，头发特别黑，整个情况就是这样的。

陈清扬说，那一回她躺在冷雨里，忽然觉得每一个毛孔都进了冷雨。她感到悲从中来，不可断绝。忽然间一股巨大的快感劈进来。冷雾，雨水，都沁进了她的身体。那时节她很想死去。她不能忍耐，想叫出来，但是看见了我她又不想叫出来。世界上还没有一个男人能叫她肯当着他的面叫出来。她和任何人都格格不入。

陈清扬后来和我说，每回和我做爱都深受折磨。在内心深处她很想叫出来，想抱住我狂吻，但是她不乐意。她不想爱别人，任何人都不爱；尽管如此，我吻她脚心时，一股辛辣的感觉还是钻到她心里来。

我和陈清扬在章风山上做爱，有一只老水牛在一边看。后来它哞了一声跑开了，只剩我们两人。过了很长时间，天渐渐亮了。雾从天顶消散。陈清扬的身体沾了露水，闪起光来。我把她放开，站起来，看见离寨子很近，就说：走。于是离开了那个地方，再没回去过。

八

我在交代材料里说，我和陈清扬在刘大爹后山上作案无数。这是因为刘大爹的地是熟地，开起来不那么费力。生活也安定，所以温饱生淫欲。那片山上没人，刘大爹躺在床上要死了。山上非雾即雨，陈清扬腰上束着我的板带，上面挂着刀子。脚上穿高筒雨靴，除此之外不着一丝。

陈清扬后来说，她一辈子只交了我一个朋友。她说，这一切都是因为我在河边的小屋里谈到伟大友谊。人活着总要做几件事情，这就是其中之一。以后她就没和任何人有过交情。同样的事做多了没意思。

我对此早有预感。所以我向她要求此事时就说：老兄，咱们敦敦伟大友谊如何？人家夫妇敦伦，我们无伦可言，只好敦友谊。她说好。怎么敦？正着敦反着敦？我说反着敦。那时正在地头上。因为是反着敦，就把两件蓑衣铺在地上，她趴在上面，像一匹马，说道：你最好快一点，刘大爹该打针了。我把这些事写进了交代材料，领导上让我交代：

1. 谁是“敦伦”；
2. 什么叫“敦敦”伟大友谊；
3. 什么叫正着敦，什么叫反着敦。

把这些都说清以后，领导上又叫我以后少掉文，是什么问题就交代什么问题。

在山上敦伟大友谊时，嘴里喷出白汽。天不那么凉，可是很湿：抓过一把能拧出水来。就在蓑衣旁边，蚯蚓在爬。那片地真肥。后来玉米还没熟透，我们就把它放在捣臼里捣，这是山上老景颇的做法。做出的玉米粑粑很不坏。在冷水里放着，好多天不坏。

陈清扬趴在冷雨里，乳房摸起来像冷苹果。她浑身的皮肤绷紧，好像抛过的大理石。后来我把小和尚拔出来，把精液射到地里。她在一边看着，面带惊恐之状。我告诉她：这样地会更肥。她说：我知道。后来又说：地里会不会长出小王二来——这像个大夫说的话吗？

雨季过去后，我们化装成老傣，到清平赶街。后来的事我已经写过，我在清平遇上了同学。虽然化了装，人家还是一眼就认出我来。我的个子太高，装不矮。人家对我说：二哥，你跑哪儿去了？我说：我不会讲汉话哟！虽然尽力加上一点怪腔，还是京片子。一句就露馅了。

回到农场是她的主意。我自己既然上了山，就不准备下去。她和我上山，是为了伟大友谊。我也不能不陪她下去。其实我们随时可以逃走，但她不乐意。她说现在的生活很有趣。

陈清扬后来说，在山上她也觉得很有趣。漫山冷雾时，腰上别着刀子，足蹬高筒雨靴，走到雨丝里去。但是同样的事做多了就不再有趣。所以她还想下山，忍受人世的摧残。

我和陈清扬在饭店里重温伟大友谊，说到那回从山上下来，走到岔路口上。那地方有四条岔路，各通一方。东西南北没有关系，一条通到国外，是未知之地；一条通到内地；一条通到农场；一条是我们来的路。那条路还通到户撒。那里有很多阿昌铁匠，那些人世世代代当铁匠。我虽然不是世世代代，但我也能当铁匠。我和那些人熟得很，他们都佩服我的技术。阿昌族的女人都很漂亮，身上挂了很多铜箍和银钱。陈清扬对那种打扮十分神往，她很想到山上去当个阿昌。那时雨季刚过，云从四面八方升起来。天顶上闪过一缕缕阳光。我们有各种选择，可以到各方向去。所以我在路口上站了很久。后来我回内地时，站在公路上等汽车，也有两种选择，可以等下去，也可以回农场去。当我沿着一条路走下去的时候，心里总想着另一条路上的事。这种时候我心里很乱。

陈清扬说过，我天资中等，手很巧，人特别浑。这都是有所指的。说我天资中等，我不大同意。说我特别浑，事实俱在，不容抵赖。至于说我手巧，可能是自己身上体会出来的。我的手的确很巧，不光表现在摸女人方面。手掌不大，手指特长，可以做任何精细的工作。山上那些阿昌铁匠打刀刃比我好，可是要比在刀上刻花纹，没有任何人能比得上。所以起码有二十个铁匠提出过，让我们搬过去，他打刀刃我刻花纹，我们搭一伙。假如当初搬了过去，可能现在连汉话都不会说了。

假如我搬到一位阿昌大哥那里去住，现在准在黑洞洞的铁匠铺里给户撒刀刻花纹。在他家泥泞的后院里，准有一大窝小崽子，共有四种组合形式：

1. 陈清扬和我的；

2. 阿昌大哥和阿昌大嫂的；

3. 我和阿昌大嫂的；

4. 陈清扬和阿昌大哥的。

陈清扬从山上背柴回来，撩起衣裳，露出极壮硕的乳房，不分青红皂白，就给其中一个喂奶。假如当初我退回山上去，这样的事就会发生。

陈清扬说，这样的事不会发生，因为它没有发生。实际发生的是，我们回了农场，写交代材料出斗争差。虽然随时都可以跑掉，但是没有跑。这是真实发生了的事。

陈清扬说，我天资平常，她显然没把我的文学才能考虑在内。我写的交代材料人人都爱看。刚开始写那些东西时，我有很大的抵触情绪。写着写着就入了迷。这显然是因为我写的全是发生过的事。发生过的事有无比的魅力。

我在交代材料里写下了一切细节，但是没有写以下已经发生的事情：

我和陈清扬在十五队后山上，在草房里干完后，到山涧里戏水。山上下来的水把红土剥光，露出下面的蓝黏土来。我们爬到蓝黏土上晒太阳。暖过来后，小和尚又直立起来。是刚发泄过，不像急色鬼。于是我侧躺在她身后，枕着她的头发进入她的身体。我在饭店里，后来也是这么重温伟大友谊。

我和陈清扬侧躺在蓝黏土上，那时天色将晚，风也有点凉。躺在一起心平气和，有时轻轻动一下。据说海豚之间有生殖性的和娱乐性的两种搞法，这就是说，海豚也有伟大友谊。我和陈清扬连在一起，好像两只海豚一样。

我和陈清扬在蓝黏土上，闭上眼睛，好像两只海豚在海里游动。天黑下来，阳光逐渐红下去。天边起了一片云，惨白惨白，翻着无数死鱼肚皮，瞪起无数死鱼眼睛。山上有一股风，无声无息地吹下去。天地间充满了悲惨的气氛。陈清扬流了很多眼泪。她说是触景伤情。

我还存了当年交代材料的副本，有一回拿给一位搞英美文学的朋友看，他说很好，有维多利亚时期地下小说的韵味。至于删去的细节，他也说删得好，那些细节破坏了故事的完整性。我的朋友真有大学问。我写交代材料时很年轻，没什么学问（到现在也没有学问）。不知道什么是维多利亚时期地下小说。我想的是不能教会了别人。我这份交代材料不少人要看，假如他们看了情不自禁，也去搞破鞋，那倒不伤大雅，要是学会了这个，那可不大好。

我在交代材料里还漏掉了以下事实，理由如前所述。我们犯了错误，本该被枪毙，领导上挽救我们，让我写交代材料，这是多么大的宽大！所以我下定决心，只写出我们是多么坏。

我们俩在刘大爹后山上时，陈清扬给自己做了一件筒裙，想穿了它化装成老傣，到清平去赶街。可是她穿上以后连路都走不了啦。走到清平南边遇到一条河，山上下来的水像冰一样凉，像腌雪里蕻一样绿。那水有齐腰深，非常急。我走过去，把她用一个肩膀扛起来，径直走过河才放下来。我的一边肩膀正好和陈清扬的腰等宽，记得那时她的脸红得厉害。我还说，我可以把你扛到清平去，再扛回来，比你扭扭捏捏地走更快。她说，去你妈的吧。

筒裙就像个布筒子，下口只有一尺宽。会穿的人在里面可以干各种事，包括在大街上撒尿，不用蹲下来。陈清扬说，这一手她永远学不会。在清平集上观摩了一阵，她得到了要扮就扮阿昌的结论。回来的路是上山，而且她的力气都耗光了。每到跨沟越坎之处，她就找个树墩子，姿仪万方地站上去，让我扛她。

回来的路上扛着她爬坡。那时旱季刚到，天上白云纵横，阳光灿烂。可是山里还时有小雨。红土的大板块就分外的滑。我走上那块烂泥板，就像初次上冰场。那时我右手扣住她的大腿，左手提着猎枪，背上还有一个背篓，走在那滑溜溜的斜面上，十分吃力：忽然间我向左边滑动，马上要滑进山沟，幸亏手里有条枪，拿枪拄在地上。那时我全身绷紧，拼了老命，总算支持住了。可这个笨蛋还来添乱，在我背上扑腾起来，让我放她下去。那一回差一点死了。

等我刚能喘过气来，就把枪带交到右手，抡起左手在她屁股上狠狠打了两巴掌。隔了薄薄一层布，倒显得格外光滑。她的屁股很圆，感觉非常之好的啦！她挨了那两下登时老实了。非常的乖，一声也不吭。

当然打陈清扬屁股也不是好事，但是我想别的破鞋和野汉子之间未必有这样的事。这件事离了题，所以就没写。

九

我和陈清扬在章风山上做爱时，她还很白，太阳穴上的血管清晰可见，后来在山里晒得很黑，回到农场又变得白皙。后来到了军民共建边防时期，星期天机务站出一辆大拖拉机，拉上一车有问题的人到砖窑出砖。出完了砖再拉到边防线上的生产队去，和宣传队会齐。我们这一车是历史反革命，贼，走资派，搞破鞋的，等等，敌我矛盾人民内部都有，干完了活到边境上斗争一台，以便巩固政治边防。出这种差公家管饭，武装民兵押着蹲在地上吃。吃完了我和陈清扬倚着拖拉机站着，过来一帮老婆娘，对她品头论足。结论是她真白，难怪搞破鞋。

我去找过人保组老郭，问他们叫我们出这种差是什么意思。他们说，无非是让对面的坏人知道这边厉害，不敢过来。本来不该叫我们去，可是凑不齐人数。反正我们也不是好东西，去去也没什么的。我说去去原是不妨，你叫人别揪陈清扬的头发。搞急了老子又要往山上跑。他说他不知道有这事，一定去说说。其实我早想上山，可是陈清扬说，算了，揪揪头发又怎么了。

我们出斗争差时，陈清扬穿我的一件学生制服。那衣服她穿上非常大，袖子能到掌心，领子拉起来能遮住脸腮。后来她把这衣服要走了。据说这衣服还在，大扫除擦玻璃她还穿。挨斗时她非常熟练，一听见说到我们，就从书包里掏出一双洗得干干净净用麻绳拴好的解放鞋，往脖子上一挂，等待上台了。

陈清扬说，在家里刚洗过澡，她拿我那件衣服当浴衣穿。那时她表演给女儿看，当年怎么挨斗。人是撅着的，有时还得抬脸给人家看，就和跳巴西桑巴舞一样。那孩子问道：我爸呢？陈清扬说：你爸爸坐飞机。那孩子就咯咯笑，觉得非常有趣。

我听见这话，觉得如有芒刺在背。第一，我也没坐飞机。挨斗时是两个小四川押我，他俩非常客气，总是先道歉说：王哥，多担待。然后把我撅出去。押她的是宣传队的两个小骚货，又撅胳膊又揪头发。照她说的好像人家对我比对她还不好，这么说对当年那两个小四川不公平。第二，我不是她爸爸。等斗完了我们，就该演节目了。把我们撵下台，撵上拖拉机，连夜开回场部去。每次出过斗争差，陈清扬都性欲勃发。

我们跑回农场来，受批判，出斗争差。这也是一阵阵的。有时候团长还请我们到他家坐，说起我们犯错误，他还说，这种错误他也犯过。然后就和陈清扬谈前列腺。这时我就告辞，除非他叫我修手表。有时候对我们很坏，一礼拜出两次斗争差。这时政委说，像王二陈清扬这样的人，就是要斗争，要不大家都会跑到山上去，农场还办不办？平心而论，政委说的也有道理，而且他没有前列腺炎。所以陈清扬书包里那双破鞋老不扔，随时备用。过了一段时间，不再叫我们出斗争差，有一回政委出去开会，团长到军务科说了说，就把我放回内地去了。

有关斗争差的事是这样的：当地有一种传统的娱乐活动，就是斗破鞋。到了农忙时，大家都很累。队长说，今晚上娱乐一下，斗斗破鞋。但是他们怎么娱乐的，我可没见过。他们斗破鞋时，总把没结婚的人都撵走。再说，那些破鞋面黑如锅底，奶袋低垂，我不爱看。

后来来了一大批军队干部，接管了农场，就下令不准斗破鞋。理由是不讲政策。但是到了军民共建时期，又下令说可以斗破鞋。团里下了命令，叫我们到宣传队报到，准备参加斗争。马上我就要逃进山去，可是陈清扬不肯跟我走。她还说，她无疑是当地斗过的破鞋里最漂亮的一个。斗她的时候，周围好几个队的人都去看，这让她觉得无比自豪。

团里叫我们随宣传队活动，是这么交代的：我们俩是人民内部矛盾，这就是说，罪恶不彰，要注意政策。但是又说，假如群众愤怒了，要求狠狠斗我们，那就要灵活掌握。结果群众见了我们就愤怒。宣传队长是团长的人，他和我们私交也不坏，跑到招待所来和我们商量：能不能请陈大夫受点委屈？陈清扬说，没有关系。下回她就把破鞋挂在了脖子上。但是大家还是不满意。他只好让陈清扬再受点委屈。最后他说，大家都是明白人，我也不多说。您二位多担待吧。

我和陈清扬出斗争差的时候，开头总是待在芭蕉树后面。那里是后台。等到快轮到我们时，她站起来，把头上的发卡取下来衔在嘴里，再一个个别好，翻起领口，拉下袖子，背过双手，等待受捆了。

陈清扬说，他们用竹批绳、棕绳来捆她，总把她的手捆肿。所以她从家里带来了晾衣服的棉绳。别人也抱怨说，女人不好捆。浑身圆滚滚，一点不吃绳子。与此同时，一双大手从背后擒住她的手腕，另一双手把她紧紧捆起来，捆成五花大绑。

后来人家把她押出去，后面有人揪住她的头发，使她不能往两边看，也不能低下头，所以她只能微微侧过头去，看汽灯青白色的灯光。有时她正过头来，看见一些陌生的脸，她就朝那人笑笑。这时她想，这真是个陌生的世界！这里发生了什么，她一点不了解。

陈清扬所了解的是，现在她是破鞋。绳子捆在她身上，好像一件紧身衣。这时她浑身的曲线毕露。她看到在场的男人裤裆里都凸起来。她知道是因为她，但为什么这样，她一点不理解。

陈清扬说，出斗争差时，人家总要揪着她头发让她往四下看。为此她把头发梳成两绺，分别用皮筋系住，这样人家一只手捉住她的手腕，另一只手揪她的头发就特别方便。她就这样被人驾驶着看到了一切，一切都流进她心里。但是她什么都不理解。但是她很愉快，人家要她做的事她都做到了，剩下的事与她无关。她就这样在台上扮演了破鞋。

等到斗完了我们，就该演文艺节目了。我们当然没资格看，就被撵上拖拉机，拉回场部去。开拖拉机的师傅早就着急回家睡觉，早就把机器发动起来。所以连陈清扬的绑绳也来不及松开。我把她抱上拖拉机，然后车上颠得很，天又黑，还是解不开。到了场部以后，索性我把她扛回招待所，在电灯下慢慢解。这时候陈清扬面有酡颜，说道：敦伟大友谊好吧？我都有点等不及了！

陈清扬说，那一刻她觉得自己像个礼品盒，正在打开包装。于是她心花怒放。她终于解脱了一切烦恼，用不着再去想自己为什么是破鞋，到底什么是破鞋，以及其他费解的东西：我们为什么到这个地方来，来干什么，等等。现在她把自己交到了我手里。

在农场里，每回出完了斗争差，陈清扬必要求敦伟大友谊。那时总是在桌子上。我写交代材料也在那张桌子上，高度十分合适。她在那张桌上像考拉那样，快感如潮，经常禁不住喊出来。那时黑着灯，看不见她的模样。我们的后窗总是开着的，窗后是一个很陡的坡。但是总有人来探头探脑。那些脑袋露在窗台上好像树枝上的寒鸦。我那张桌子上老放着一些山梨，硬得人牙咬不动，只有猪能吃。有时她拿一个从我肩上扔出去，百发百中，中弹的从陡坡上滚下去。这种事我不那么受用，最后射出的精液都冷冰冰。不瞒你说，我怕打死人。像这样的事倒可以写进交代材料，可是我怕人家看出我在受审查期间继续犯错误，给我罪加一等。

十

后来我们在饭店里重温伟大友谊，谈到各种事情。谈到了当年的各种可能性，谈到了我写的交代材料，还谈到了我的小和尚。那东西一听别人谈到它，就激昂起来，蠢动个不停。因此我总结道，那时人家要把我们棰掉，但是没有棰动。我到今天还强硬如初。为了伟大友谊，我还能光着屁股上街跑三圈。我这个人，一向不大知道要脸。不管怎么说，那是我的黄金时代。虽然我被人当成流氓。我认识那里好多人，包括赶马帮的流浪汉，山上的老景颇，等等。提起会修表的王二，大家都知道。我和他们在火边喝那种两毛钱一斤的酒，能喝很多。我在他们那里大受欢迎。

除了这些人，猪场里的猪也喜欢我，因为我喂猪时，猪食里的糠比平时多三倍。然后就和司务长吵架，我说，我们猪总得吃饱吧。我身上带有很多伟大友谊，要送给一切人。因为他们都不要，所以都发泄在陈清扬身上了。

我和陈清扬在饭店里敦伟大友谊，是娱乐性的。中间退出来一次，只见小和尚上血迹斑斑。她说，年纪大了，里面有点薄，你别那么使劲。她还说，在南方待久了，到了北方手就裂。而蛤蜊油的质量下降，抹在手上一点用都不管。说完了这些话，她拿出一小瓶甘油来，抹在小和尚上面。然后正着敦，说话方便。我就像一根待解的木料，躺在她分开的双腿中间。

陈清扬脸上有很多浅浅的皱纹，在灯光下好像一条条金线。我吻她的嘴，她没反对。这就是说，她的嘴唇很柔软，而且分开了。以前她不让我吻她嘴唇，让我吻她下巴和脖子交界的地方。她说，这样刺激性欲。然后继续谈到过去的事。

陈清扬说，那也是她的黄金时代。虽然被人称作破鞋，但是她清白无辜。她到现在还是无辜的。听了这话，我笑起来。但是她说，我们在干的事算不上罪孽。我们有伟大友谊，一起逃亡，一起出斗争差，过了二十年又见面，她当然要分开两腿让我趴进来。所以就算是罪孽，她也不知罪在何处。更主要的是，她对这罪恶一无所知。

然后她又一次呼吸急促起来。她的脸变到赤红，两腿把我用力夹紧，身体在我下面绷紧，压抑的叫声一次又一次穿过牙关。过了很久才松弛下来。这时她说很不坏。

很不坏之后，她还说这不是罪孽。因为她像苏格拉底，对一切都一无所知。虽然活了四十多岁，眼前还是奇妙的新世界。她不知道为什么人家要把她发到云南那个荒凉的地方，也不知为什么又放她回来。不知道为什么要说她是破鞋，把她押上台去斗争，也不知道为什么又说她不是破鞋，把写好的材料又抽出来。这些事有过各种解释，但没有一种她能听懂。她是如此无知，所以她无罪。一切法律书上都是这么写的。

陈清扬说，人活在世上，就是为了忍受摧残，一直到死。想明了这一点，一切都能泰然处之。要说明她怎会有这种见识，一切都要回溯到那一回我从医院回来，从她那里经过进了山。我叫她去看我，她一直在犹豫。等到她下定了决心，穿过中午的热风，来到我的草房前面，那一瞬间，她心里有很多美丽的想象。等到她进了那间草房，看见我的小和尚直挺挺，像一件丑恶的刑具。那时她惊叫起来，放弃了一切希望。

陈清扬说，在此之前二十多年前一个冬日，她走到院子里去。那时节她穿着棉衣，艰难地爬过院门的门槛。忽然一粒砂粒钻进了她的眼睛。这是那么的疼，冷风又是那样的割脸，眼泪不停地流。她觉得难以忍受，立刻大哭起来，企图在一张小床上哭醒。这是与生俱来的积习，根深蒂固。放声大哭从一个梦境进入另一个梦境，这是每个人都有的奢望。

陈清扬说，她去找我时，树林里飞舞着金蝇。风从所有的方向吹来，穿过衣襟，爬到身上。我待的那个地方可算是空山无人。炎热的阳光好像细碎的云母片，从天顶落下来。在一件薄薄的白大褂下，她已经脱得精光。那时她心里也有很多奢望。不管怎么说，那也是她的黄金时代，虽然那时她被人叫作破鞋。

陈清扬说，她到山里找我时，爬过光秃秃的山岗。风从衣服下面吹进来，吹过她的性敏感带，那时她感到的性欲，就如风一样捉摸不定，它放散开，就如山野上的风。她想到了我们的伟大友谊。想起我从山上急匆匆地走下去。她还记得我长了一头乱蓬蓬的头发，论证她是破鞋时，目光笔直地看着她。她感到需要我，我们可以合并，成为雄雌一体。就如幼小时她爬出门槛，感到了外面的风。天是那么蓝，阳光是那么亮，天上还有鸽子在飞。鸽哨的声音叫人终生难忘。此时她想和我交谈，正如那时节她渴望和外面的世界合为一体，融化到天地中去。假如世界上只有她一个人，那实在是太寂寞了。

陈清扬说，她到我的小草房里去时，想到了一切东西，就是没想到小和尚。那东西太丑，简直不配出现在梦幻里。当时陈清扬也想大哭一场，但是哭不出来，好像被人捏住了喉咙。这就是所谓的真实，真实就是无法醒来。那一瞬间她终于明白了在世界上有些什么，下一瞬间她就下定了决心，走上前来，接受摧残，心里快乐异常。

陈清扬还说，那一瞬间，她又想起了在门槛上痛哭的时刻。那时她哭了又哭，总是哭不醒。而痛苦也没有一点减小的意思。她哭了很久，总是不死心。她一直不死心，直到二十年后面对小和尚。这已经不是她第一次面对小和尚。但是以前她不相信世界上还有这种东西。

陈清扬说，她面对这丑恶的东西，想到了伟大友谊。大学里有个女同学，长得丑恶如鬼（或者说，长得也是这个模样），却非要和她睡一个床。不但如此，到夜深人静的时候，还要吻她的嘴，摸她的乳房。说实在的，她没有这方面的嗜好。但是为了交情，她忍住了。如今这个东西张牙舞爪，所要求的不过是同一种东西。就让它如愿以偿，也算是交友之道。所以她走上前来，把它的丑恶深深埋葬，心里快乐异常。

陈清扬说，到那时她还相信自己是无辜的。甚至直到她和我逃进深山里去，几乎每天都敦伟大友谊。她说这丝毫也不能说明她有多么坏，因为她不知道我和我的小和尚为什么要这样。她这样做是为了伟大友谊，伟大友谊是一种诺言。守信肯定不是罪孽。她许诺过要帮助我，而且是在一切方面。但是我在深山里在她屁股上打了两下，彻底玷污了她的清白。

十一

我写了很长时间交代材料，领导上总说，交代得不彻底，还要继续交代。所以我以为，我的下半辈子要在交代中度过。最后陈清扬写了一篇交代材料，没给我看，就交到了人保组。此后就再没让我们写材料。不但如此，也不叫我们出斗争差。不但如此，陈清扬对我也冷淡起来。我没情没绪地过了一段时间，自己回了内地。她到底写了什么，我怎么也猜不出来。

从云南回来时我损失了一切东西：我的枪，我的刀，我的工具。只多了一样东西，就是档案袋鼓了起来。那里面有我自己写的材料，从此不管我到什么地方，人家都能知道我是流氓。所得的好处是比别人早回城，但是早回来没什么好，还得到京郊插队。

我到云南时，带了很全的工具，桌拿子、小台钳都有。除了钳工家具，还有一套修表工具。住在刘大爹后山上时，我用它给人看手表。虽然空山寂寂，有些马帮却从那里过。有人让我鉴定走私表，我说值多少就值多少。当然不是白干。所以我在山上很活得过。要是不下来，现在也是万元户。

至于那把双筒猎枪，也是一宝。原来当地卡宾枪老套筒都不稀罕，就是没见过那玩意。筒子那么粗，又是两个管，我拿了它很能唬人。要不人家早把我们抢了。我，特别是刘老爹，人家不会抢，恐怕要把陈清扬抢走。至于我的刀，老拴在一条牛皮大带上。牛皮大带又老拴在陈清扬腰上。睡觉做爱都不摘下来。她觉得带刀很气派。所以这把刀可以说已经属于陈清扬。枪和刀我已说过，被人保组要走了。我的工具下山时就没带下来，就放在山上，准备不顺利时再往山上跑。回来时行色匆匆，没顾上去拿，因此我成了彻底的穷光蛋。

我对陈清扬说，我怎么也想不出来在最后一篇交代里她写了什么。她说，现在不能告诉我。要告诉我这件事，只能等到了分手的时候。第二天她要回上海，她叫我送她上车站。

陈清扬在各个方面都和我不同。天亮以后，洗了个冷水澡（没有热水了），她穿戴起来。从内衣到外衣，她都是一个香喷喷的lady。而我从内衣到外衣都是一个地道的土流氓。无怪人家把她的交代材料抽了出来，不肯抽出我的。这就是说，她那破裂的处女膜长了起来。而我呢，根本就没长过那个东西。除此之外，我还犯了教唆之罪，我们在一起犯了很多错误，既然她不知罪，只好都算在我账上。

我们结了账，走到街上去。这时我想，她那篇交代材料一定淫秽万分。看交代材料的人都心硬如铁，水平无比之高，能叫人家看了受不住，那还好得了？陈清扬说，那篇材料里什么也没写，只有她真实的罪孽。

陈清扬说她真实的罪孽，是指在清平山上。那时她被架在我的肩上。穿着紧裹住双腿的筒裙，头发低垂下去，直到我的腰际。天上白云匆匆，深山里只有我们两个人。我刚在她屁股上打了两下，打得非常之重，火烧火燎的感觉正在飘散。打过之后我就不管别的事，继续往山上攀登。

陈清扬说，那一刻她感到浑身无力，就瘫软下来，挂在我肩上。那一刻她觉得如春藤绕树，小鸟依人。她再也不想理会别的事，而且在那一瞬间把一切都遗忘。在那一瞬间她爱上了我，而且这件事永远不能改变。

在车站上陈清扬说，这篇材料交上去，团长拿起来就看。看完了面红耳赤，就像你的小和尚。后来见过她这篇交代材料的人，一个个都面红耳赤，好像小和尚。后来人保组的人找了她好几回，让她拿回去重写，但是她说，这是真实情况，一个字都不能改。人家只好把这个东西放进了我们的档案袋。

陈清扬说，承认了这个，就等于承认了一切罪孽。在人保组里，人家把各种交代材料拿给她看，就是想让她明白，谁也不这么写交代。但是她偏要这么写。她说，她之所以要把这事最后写出来，是因为它比她干过的一切事都坏。以前她承认过分开双腿，现在又加上，她做这些事是因为她喜欢。做过这事和喜欢这事大不一样。前者该当出斗争差，后者就该五马分尸千刀万剐。但是谁也没权力把我们五马分尸，所以只好把我们放了。

陈清扬告诉我这件事以后，火车就开走了。以后我再也没见过她。

入选理由

《黄金时代》无疑是王小波最好的作品，这部作品不只因获台湾《联合报》文学大奖而使王小波名重一时，同时也为大陆读者格外重视。小说话语讲述的年代我们不仅有过亲历，而且还在不同的叙事中部分地强化或部分地改变着我们的记忆。那段历史时而光荣时而惨烈，对它的讲述，也时而时尚时而成为身份的表征，就如同它既像贫下中农的一件血衣，又像老战士弹洞累累的身躯，这是知青主流文学对那段历史的主要表达方式。但王小波不同。作为一个政治年代，它的如火如荼、激情万丈在作者的叙事中仅仅成为一种底色或背景，他没有历史了然于心之后的说教或控诉，也没有青春无悔式的徒然悲壮。在这个意义上，《黄金时代》同所有的知青文学和“反‘文革’”文学都不同，仅此一点，就足以说明王小波作为一个小说家的地位和价值。许多年过去之后，知青文学大浪淘沙，但《黄金时代》仍然放射着光辉。

贫嘴张大民的幸福生活

刘 恒

他叫张大民。他老婆叫李云芳。他儿子叫张树，听着不对劲，像老同志，改叫张林，又俗了。儿子现在叫张小树。张大民 39 岁，比老婆大 1 岁半，比儿子大 25 岁半。他个子不高。老婆 1 米 68。儿子 1 米 74。他 1 米 61。两口子上街走走，站远了看，高的是妈，矮的就是个独生子。去年他把烟戒了，屁股眨眼就肥了一倍。穿着鞋 84 公斤，比老婆沉 50 斤，比儿子沉 40 斤，等于多了半扇儿猪。再到街上走走，矮的在高的旁边慢慢往前滚，看不着腿，基本上就是一个球了。

张大民不是聪明人。李云芳了解他。他 3 岁才说话，只会说一个字，“吃”！6 岁了数不清手指头，没长六指，却回回数出 11 个来。小学晚上了一年，还蹲了一班，听不懂四则运算。中学又蹲了一班，不会解方程，经常求不出未知数。不聪明也没耽误高考，那是七十年代的事了。语文 47 分。数学 9 分。历史 44 分。地理 63 分。政治 78 分。张大民感到骄傲。李云芳也考了，总分只比他多 5 分。政治不及格。人家问马克思主义的三个组成部分，她写的是《为人民服务》《纪念白求恩》《愚公移山》。这么胡说八道是很能说明问题的。李云芳也不是聪明人。张大民太了解她了。

他们是青梅竹马。张大民的父亲是保温瓶厂的锅炉工，李云芳的父亲是毛巾厂的大师傅，同属无产阶级，又是邻居兼酒友，没事儿就蹲在大树底下杀棋。文化不高，脾气也柴，杀着杀着能揪着脖领子打起来。

“老子拿笼屉蒸了你！”

“老子拿锅炉涮了你！”

孩子们就跟着吐唾沫。张大民很早就明白，李云芳的唾沫星子是酸的。蒸完了涮完了吐完了，两个老浑蛋加臭棋篓子又和好了。孩子们蜂拥到沙土堆上继续玩耍。张大民垒碉堡，挖壕沟，李云芳嘻嘻一蹲，半泡尿就把炮楼给端了。后来的新婚之夜，两个人穿着衣服酝酿第一次性生活，张大民开玩笑说你大腿根儿紧里边有个痦子，现在还有吗？吓得李云芳差点儿从床上掉下去，捂着小肚子看了他半天。

“你怎么知道？”

“我琢磨它都琢磨了二十年了。”

“……真流氓！”

痦子大了，黑黑的像趴着个土鳖。童年往事如梦，他们本应成为流氓无产者的，不知何故，竟双双成了安分守己而又感情细腻的人。她敞着大痦子，喷着酸酸的唾沫星子说话。

“大民，你爱我吗？”

张大民都快晕过去了。

张大民的父亲是让开水烫死的。他站在离锅炉房八丈远的地方跟人说话，轰隆一声，锅炉黑乎乎地蹿出了房顶，一边飞一边洒开水，像一架灭火的直升机。锅炉工哎哟妈哎，就给浇趴下了。

那时候张大民不爱说话，死淘死淘的。看着父亲像汆丸子一样的脑袋，灵魂突变，变成了黏黏糊糊的人。话也多了，而且越来越多，等到去保温瓶厂接班，已经是彻头彻尾的耍贫嘴的人了。不变的是身高。锅炉爆炸以前是 1 米 61，一炸就愣住了，再也不长了。

李云芳晚一年接班，爱上了毛巾厂的技术员。张大民很难过，心想恋爱了也不跟哥们儿打声招呼，什么东西！假小子越长越苗条，越长越妩媚，不光唾沫星子是酸的，连套着高跟儿鞋一撇一撇的脚丫子都是酸的了。张大民找碴儿跟她说话，有话没话都想办法一句挨一句地跟她说话，不说憋得慌。他拎着塑料桶站在公共水龙头旁边，像看珠穆朗玛峰一样看着她，自己都听不清自己在说什么。

“你们厂夜班费 6 毛钱，我们厂夜班费 8 毛钱。我上一个夜班比你多挣 2 毛钱，我要上一个月夜班就比你多挣 6 块钱了。看起来是这样吧？其实不是这样。问题出在夜餐上面。你们厂一碗馄饨 2 毛钱，我们厂一碗馄饨 3 毛钱，我上一个夜班才比你多挣 1 毛钱。我要是一碗馄饨吃不饱，再加半碗，我上一个夜班就比你少挣 5 分钱了。不过你们厂一碗馄饨才给 10 个，我们厂一碗馄饨给 12 个，我吃过一碗 14 个的，这样一算咱俩上一个夜班就挣得差不多了，就没有什么区别了。可是你们厂的馄饨馅儿肉搁得多，算来算去还是我们厂亏了。表面看起来你们厂的夜班费少几毛钱，实际上1分钱都不少！云芳，你觉得呢？”

“我觉得我都糊涂了。”

“哪儿糊涂了？我帮你算。”

“大民，你说点儿别的吧。”

“夏天到了，你爸爸都穿上大裤衩儿了，你妈也穿上大裤衩儿了，你……”

李云芳心想，他怎么这么啰唆呀！又想他爸爸烫死以后，他们家的生活确实困难多了，连一碗馄饨都要数着吃了，太惨了。她的目光一软，他的嘴皮子就受了刺激，硬邦邦的越说越来劲了。

“你爸爸的大裤衩儿用绿毛巾缝的，是吧？你妈的裤衩儿是粉毛巾缝的，对不对？你两个弟弟的裤衩儿是白毛巾，你姐姐和你的大裤衩子是花毛巾，我没说错吧？吃了晚饭，你们一家子去大马路上乘凉，我觉得挺那个的。你自己琢磨琢磨，花花绿绿是不是挺……”

李云芳红着脸笑了。“我们一家子穿开裆裤，你管得着吗？”

“你看你看，你根本没明白我的意思。我觉得花花绿绿挺……挺温馨的。真的！你别笑。我就是不认识你们家，一看这打扮也知道起码有三个人在毛巾厂上班。这能赖你们吗？不发奖金老发毛巾，你们家柳条包都撑得关不上了，这能赖你爸爸，能赖你吗？我要是毛巾厂的，就用花格子毛巾做套西装，整天穿着上班，看看厂领导高兴不高兴。他们要不高兴，我就用白毛巾做一套白大褂，在他们眼皮子底下走来走去，看看最后谁给谁做手术！”

“大民，你贫不贫呀！”

“其实我也没别的意思。你们一家子穿着毛巾在屋里待着，我就什么都不说了。上了街还是应该注意影响。缝裤衩儿的时候应该把字儿缝起来。每个屁股蛋儿都印着一行‘光华毛巾厂’，不雅观，好像你们全家走到哪儿都忘不了带着工作证一样。你说呢？让你妈改改吧。”

“快闭嘴吧，水都溢了。”

“我的话还没完呢！”

“你少说两句不行吗？”

“不行，不说够了我吃不下饭。”

“那你就饿着呗！”

李云芳不当回事，闪着细腰嘻嘻哈哈地走开了。他嘴唇发干，嗓子眼儿里塞满了自知之明，知道一堆废话她一句也没听进去。他自卑得睡不着觉，摸着两条短腿，想着两条长腿，发现自己跟她没什么好说的了。

天下的王八蛋都是一样的。聪明的技术员去了美国，走前说不吹，走后来了一封信，说还是吹了吧。李云芳得了忧郁症，开始几天不说话，随后就不吃东西了。她披着一块粉色的缎子被面，在自己的床上坐了三天，谁劝也不下来。她母亲的哭声在大杂院上空久久回荡。张大民很高兴，心说该，该！大半夜睁开眼，接着说该，活该！鼻子突然一紧，眼窝儿就湿了。

李云芳的姐姐找到张大民，流着泪嘟哝，好话有一万句了，死马当活马医，你也给几句试试？张大民矜持了一下，她姐姐忙说我们没别的意思，这么没出息谁还要她呢。张大民又矜持了一下，咱想说什么说什么，你们谁也别管。她姐姐说你别打她就行了。张大民梳了梳头发，漱了漱口腔，换了一双厚底儿鞋就跟着去了。

他吓了一大跳。李云芳脸色苍白，两腮深陷，肿眼像两只烂桃子，目光凝视着桌子底下的一个地方。他坐在她对面，半天不知道说什么。她的小虎牙以前特别好看，现在凶狠地龇着，像野猪的牙一样。

“云芳，你知道你披着什么东西吗？”

她一点儿反应都没有。

“你披着一块杭州出的缎子被面，你知道吗？它是你妈给你缝结婚的被子用的，你把它披在后背上了，你还给披反了。你看过变魔术的没有？你现在的样子就像个变魔术的，不是台上的，是天黑了马路边儿那种，你觉着自己挺高级是不是？”

还是一点儿反应都没有。

“你为什么不说话？江姐不说话是有原因的，人家有革命秘密，你有什么革命秘密？你要是再不吃饭，再这么拖下去，你就是反革命了！你没什么出路，饿死了算！人家董存瑞黄继光都是没办法，不死也得死，逼到那份儿上了，不死说不过去了。你呢？裹着被面咽下最后一口气，你以为他们会给你评个烈士当当吗？这是不可能的。顶多从美国给你发来一份唁电就完事了。你还不明白吗？”

李云芳眼珠儿一动，把脸转过来了。张大民擦擦脑门子上的汗粒子，扭头说有烟吗？李云芳的弟弟颠颠地跑进来，给他点了一支烟，悄声说“你接着说，我爸让你接着说”，又颠颠地跑出去了。张大民暗叫说个屁！这是美丽活泼的假小子李云芳吗？他的心都碎了。

“云芳，我帮你算一笔账。你不吃饭，每天可以省 3 块钱，现在你已经省了 9 块钱了。你如果再省 9 块钱，就可以去火葬场了。你看出来没有？这件事对谁都没有好处。你饿到你姥姥家去，也只能给你妈省下 18 块钱。你知道一个骨灰盒多少钱吗？我爸爸的骨灰放在一个坛子里，还花了30块钱呢！你那么漂亮，腿那么长，肉那么白，不买一个80块钱的骨灰盒怎么好意思装你！这样差不多就一个月不能吃东西了。你根本坚持不了一个月，所以你也用不着坚持了，这件事就这么算了，该吃什么吃什么吧。这笔账你清楚了吗？你还没挣够盒儿钱呢！云芳，西院小山他奶奶都98岁了。她听说你披着被面坐在床上想过来看看热闹儿，可是她走不动了。要不然我把她背过来？没有人背她她就没有机会了。你才23岁，再活75年才98岁，还有75年的大米饭等着你吃呢，现在就不吃了你不害臊吗！我都替你害臊！我要能替你吃饭我就吃了，可是我吃了有什么用？穿鞋下地，云芳，你吃饭吧。世界上最好的东西就是饭了，吃吧。”

李云芳嘴唇动着，要笑了。外边传来叽叽喳喳兴奋的声音，似乎要急着喝彩了。张大民举着一只手，不知要干什么，大家静下来，静得能听见李云芳肠子的声音，咕儿咕咕儿咕咕咕儿咕咕咕咕儿。

“云芳，你有什么话就直说吧。你想上茅房吗？我刚坐这么一会儿就想上茅房了。可是我现在不去。等你吃了第一口饭我再去。实话对你说吧，你不吃我就不去。我不信你能眼睁睁地看着我憋死。别装模作样了，我早知道你为什么不吃不喝了。不就是怕上茅房吗？你嘴唇哆嗦什么？你是不是尿裤子了？没尿裤子你捂着被面干什么？你不说话也没用，你不说话说明你心虚，说明你的裤子早就湿了。别以为你捂着被面我们就什么也看不见了。我们什么都能看见。快把被面扔了吧，充什么大花蛾子，你不烦我们早就烦了。你换一个花样儿行不行？你头上顶个脸盆行不行？不顶脸盆顶个酱油瓶子行不行？我们烦你这个破被面了。”

李云芳忍着笑，嘴唇都咬白了。张大民欠欠身子，从晾衣绳上揪了一条毛巾，又从床上揪了一条枕巾，他把枕巾蒙在脑袋上，把毛巾递给李云芳，用鬼鬼祟祟的目光看着她，口气有点儿伤感。

“我拿你一点儿办法都没有了。你把它蒙上，我领着你偷地雷去吧。你知道哪儿有地雷吗？”

李云芳张着大嘴，没笑，哇一声巨响就把一切悲愤和忧伤都哭出来了。她扑倒了张大民，喷了他一脸唾沫，一边号啕一边连咬带掐，把他做了爱和恨的朦胧替身。李云芳的家人冲进来，找不着那两位人物，只看见粉晃晃的缎子被面摊在床上，像飘来飘去的旗子。旗子底下漾着哭声和胡言乱语，是跑调跑得厉害却非常诱人的男女声二重唱了。

“大民，你怎么这么贫呀！”

“云芳，没人要你我要你！”

“大民，你怎么这么矮呀！”

“云芳，我是个土豆儿我也要娶你！”

“大民，你怎么这么坏呀！”

“云芳，我不坏你就好不了啦！”

“大民，你怎么……这么好呀！”

“云芳，恕我直言，你的腿你的腿你的腿腿腿……怎么这么这么这么长呀！”

听着听着，李云芳的母亲也号啕了。李云芳的姐姐也跟着号啕了。病人思路清晰，爱憎分明，不用担惊受怕了。李云芳的父亲跑到小厨房悄悄抹眼泪，一个人嘟嘟囔囔，多好的一对儿呀！贫了点儿，也矬了点儿，可是这俩小兔崽子一公一母是多么合适的一对儿呀！

李云芳不治而愈，嫁给了张大民。从此，两个人就过上幸福的生活了。

张大民家的房子结构啰唆，像一个掉在地上的汉堡包，捡起来还能吃，只是层次和内容有点儿乱了。第一层是院墙、院门和院子。院墙不高，爬满了牵牛花，有虚假的田园风光，可以骗骗花了眼的人。院门松松垮垮，是拼成一体的两扇旧窗户，钉着几块有弧度的五合板，号码都在，告诉来人它不是一般的木头，它是大礼堂的椅子背儿。推开院门，里面是半米深的大坑，足有 4 平方米。左边支着油毡棚，摞满了蜂窝煤，右边支着一辆自行车，墙上挂着两辆自行车，自行车旁边还挂着几辫儿紫皮蒜，蒜辫儿底下搁着一个装满垃圾的油漆桶。张大民家的人管这个填满了的大坑叫——院子。第二层便是厨房了，盖得不规矩，一头宽一头窄，像个酱肘子。这是汉堡包出油的地方。前后窗，左右墙，头顶上，脚底下，全是黑的和黏的，怎么擦也没用。灯泡永远毛茸茸的，吊在电线上，像个长不大也烂不掉的瘪茄子。厨房的门槛不错，有膝盖那么高，水泥很厚，怪怪的像一道水坝。穿过厨房就进了第三层，客厅兼主卧室，10.5 平方米，摆着一张双人床和一张单人床，一张三屉桌和一张折叠桌，一个脸盆架和几把折叠凳。后窗不大，朝北，光淡淡的，像照着一间菜窖。最后一层是里屋，6 平方米，摆着一张单人床和一张双层床，猛一看像进了卧铺车厢一样。墙上没窗户，房顶上有个窗户，白光直着照下来，更像菜窖了。这个多层的汉堡包掉在地上，掉在城市的灰尘里，又难看又牙碜，让人怎么吃它呢？

张大民嚼了一百遍，还是咽不进去。婚前一个月，锅炉工的长子召集了家庭会。大家腿碰腿挤在客厅里，像一堆蒜辫儿凑成了一颗大头蒜一样。李云芳坐在门口，孤零零的，像大蒜旁边的一粒葱花儿。张大民兄妹五个。弟弟是单数，三民五民。妹妹是双数，二民四民。几个民都不爱说话，话都让最大的民说了。做母亲的也不爱说话，她有病。锅炉工一死她就病了。不是脑子的病，是烧心。当胃病治了多年，还是烧心。她爱喝凉水，有了冰箱就改吃冰块儿了。相框里的锅炉工心情不好，愁眉苦脸地看着他的老婆和一窝孩子们，嘴角撇着，像刚刚骂完了一句脏话似的。李云芳的心情也不好，未来的婆婆咔嚓咔嚓地嚼着冰块儿，让她后脊梁直冒冷气。幸好未来的丈夫令人愉快，耍贫嘴都耍到她的心坎儿和胳肢窝里去，多难的事听着也不难了。

“再过一个月我就要结婚了。本来说好再过三个月结婚，可是我等不及了。水不是一下子烧开的，不小心一下子烧开了，也只好灌暖壶了。有些事你们不懂。妈是过来人，妈懂。把开水灌到暖壶里，盖上盖儿就踏实了，沏茶还是洗脚，就随你的便了。明白吗？这是我第一次结婚。我整夜整夜睡不着，老想我还缺哪几样东西，越想越睡不着。人我是不缺了，在门口坐着呢。我就缺个结婚的地方。有些事你们不懂。妈是过来人，妈懂。结婚跟睡觉根本不是一码事。睡觉哪儿不行？钻到箱子里都能睡。结婚行吗？躺在马路边也能睡。结婚试试？不行。结婚还是应该有一张双人床，有一间摆双人床的房子，还得挂上比较厚的窗帘和门帘，被子和褥子最好也是新的，两个人舒舒服服地钻进去，神不知鬼不觉地就结婚了。他们都是这么干的。你们将来也会这么干。等你们这么干的时候就会明白你们的哥哥和嫂子为什么要这么干了。妈，弟弟们，妹妹们，我和云芳要在咱们家里屋结婚。我们找不着别的地方结婚，只好委屈你们在外屋挤一挤了。我整夜整夜睡不着觉，就是说不出这句话。现在我把它说出来了。听懂了没有？我们两个人睡里屋，你们五个人睡外屋。这么干你们同意吗？我和云芳没意见，你们要是没意见就这么定了。下午我就可以收拾屋子了。四民你想说什么？你是不是反对我结婚？”

四民嘴唇动了动，不说了。她是护校的走读生，一说话就脸红，在家里也改不了。张大民笑着，东看看西看看，脸皮有城墙那么厚，骨子里却惭愧得不得了，汗都贴着耳朵一股一股地流下来了。

“结婚就结婚呗。这院儿里结婚的多了！说那么多废话干吗？”

二民冷冷地说着，顿了顿，站起来出去了。她在肉联厂下水车间大肠组做清洗工，身上老带着说不清楚的味道，脾气也差些。她一出去，空气立刻不一样了。三民做了个深呼吸，咳嗽了几声，朝左右笑了笑，挪挪屁股，又没有动静了。母亲咽了一口冰，对三民说老三，你放屁了吗？你哥等你话呢。三民是邮差，在平安里一带给人送信送报纸，在家里烦了也常常冒出一句报——哩，嗓门儿蛮大的。

“三民，你也反对我结婚吗？”

“我不反对。我凭什么反对？”

“你心里有话，我看出来了。”

“不说了。都是自己的事。”

“说吧。你不说我结婚都不踏实。”

“我第一个女朋友要是不吹，我就在你前边了。第二个女朋友要是不吹，还能赶你前边。现在……我什么都不说了。”

“你要有现成的，我先紧着你。”

“哥，你不用客气了。”

“谈几个了？”

“六个。”

“慢慢挑，别着急。”

“急也没用。住哪儿？”

“也别挑花了眼。”

“谁挑上我谁才是老花眼呢！”

“不过挑细点儿对谁也没坏处。”

“哥，我先挑着，您结婚吧。”

母亲说老三，是挑萝卜呢还是挑冬瓜呢？又说老三，给我拿块冰，挑瓷实的，不瓷实不凉。老三给母亲取了一块冰，似笑非笑地钻到里屋去了。李云芳闷头坐着，心想一个个看着挺老实，都不是省油的灯啊。

“五民，我结婚你反对吗？”

五民不吭声，读着破旧的数学课本。五民是家里的知识分子，戴眼镜，穿运动鞋，擦正规的护肤霜，是兄妹中的异类。去年高中毕业没考上大学，人深沉了不少，今年摩拳擦掌准备再来一次。看他不屑的眼光，结婚似乎是件昆虫界的事情。

“问你呢，你反对我结婚吗？”

“真没意思。我本来不想说话，你逼着我说话。其实你的本意是想堵别人的嘴，不让别人说话。谁有资格反对你结婚？这种问题你应该问爸爸。可惜爸爸死了。我觉得除了你的情敌，没人反对你结婚。你问我根本就是问错了对象。我就说这么多。哥，你别不高兴。你应该占一间房子。我们知道此地有银三百两，你就别啰唆了。我只想知道你让我睡哪儿？”

“是啊，睡哪儿？洗洗都不方便。”

四民跟着嘟囔，脸红得像西红柿。张大民叹了口气，觉得小弟的说法实在有理，废话太多了，应当说点儿实质性的问题了。

“早替你们想好了。我能白白睡不着觉吗？总的原则是少花钱多办事，做到增加一个李云芳，不增加一件新家具。除了东西要摆得合适，我们还得给人留出下脚的地方，屁股撞脑袋是免不了的，都是一家人也就无所谓了。我争取一碗水端平，除了云芳，咱都是一个妈生的，我……”

母亲说你快说，说完完了，我烧心！

“里屋的单门衣柜不动，外屋的双人床和三屉桌搬到里屋。镜子搁在三屉桌上，代替梳妆台用，李云芳对此没有意见。里屋的双层床搬到外屋东北角，三民睡下铺，五民睡上铺。上铺离窗户近离灯也近，读书方便。五民呀，哥是真心为你好，你要明白。里屋的单人床架在外屋的单人床上，变成一个新的双层床，摆在靠门口的西南角，进出方便，在屋里洗不成的可以到小厨房洗。四民，你要心疼姐姐你就睡上铺。二民胖，还要赶肉联厂的早班……”

“我愿意睡上铺，可是，哥，我觉着床都睡满了。你让咱妈睡哪儿呢？”

“箱子！双人床底下有两个箱子，单人床底下有一个箱子，里屋单人床底下还塞着一个箱子，加起来是四个木头箱子。拼起来刚好是一张床，宽 90 厘米，长 200 厘米，高 50 厘米，放在外屋西北角分毫不差。我早就量好了。我真想睡这几个箱子。要不是结婚，要不是非得跟云芳睡一块儿，我真想睡箱……二民，别在厨房嘟囔，进来说。”

“箱子不平，你想硌死妈！”

“用砖头和木头铺平。”

“砖都下来了，你就是想硌死妈！”

“嚷嚷什么？我还没往箱子上放东西呢！瞎嚷嚷什么？你以为我心里好受吗？妈，您少吃点儿冰，听我说。我不让您睡箱子，我让您睡席梦思。我买一张弹簧垫子搁在箱子上，这能叫睡箱子吗？二民，你说说看，我让咱妈睡席梦思，你心里是不是还硌得慌？你要还硌得慌就是你自己的事了，跟箱子就没关系了。”

二民不响了。

五民撩开床单，看看床下的箱子，直起腰来，什么也没说。四民也跟着看了看，把手搁在母亲腿上，似乎表示着没法子了，只能这样了。

母亲说瞎花钱，给弄个草垫子吧。

张大民笑着，羞愧地搓了半天手，好像上面打满了肥皂一样。

“妈，咱就席梦思了……咱该摆桌子了。折叠桌直径 90 厘米，三民的床和妈的床隔着60厘米，二民的床离门口只有30厘米，摆在哪儿呢？告诉你们吧，我把它摆在三张床的接合部，离二民的床更近一些。你们不用看，也别怀疑，我早就画过图了。我把鞋盒子剪成卡片，代表缩小的家具，摆过108遍了。晚上，中间是一块布帘，外边男里边女。白天，把布帘拉开，支上折叠桌，吃饭的吃饭，做功课的做功课，高兴了还可以打打牌。又到了晚上，把折叠桌折起来，把折叠凳也折起来，统统放在门后头去。这样，夜里起来就不会绊倒了，也不会因为绕来绕去踩到尿盆上面了。真的，你们听我的吧！我摆过108遍了。”

“折叠桌放在门后头……门后头的冰箱放哪儿呢？”

五民目光真诚，充满信服与困惑。

“五民，这就牵扯到敏感的问题了。你往这里看。你和三民的双层床摆好以后，到这个地方。那边是里屋的门框。中间的距离是55厘米。你知道冰箱的宽度吗？55厘米！什么叫活见鬼？这就是活见鬼了！我不把它摆在这个地方都对不起它了。可是冰箱不是五斗柜，它是要出声儿的。过一会儿嗡一下，牌子又老，嗡得越来越勤了。听，又嗡了，还哆嗦！太敏感。你和三民只好委屈一下了。尤其是三民，喜欢头朝外睡，以后不得不脚朝外了。如果他不怕嗡，脚心怕着凉，继续头朝外也没有什么不可以。不过我还是建议三民脑袋离冰箱远一点儿。嗡一家伙，你知道什么东西冒出来了。三民，你说是不是？”

里屋没有动静。大家的注意力刚放松，咚一声，三民的脑袋从里屋伸到外屋，脸有点儿白，气有点儿粗，受了辱的样子。他嗓门儿很高，不过没提冰箱，提的是另一件家用电器。

“电视放哪儿？”

张大民愣住了。

“你把三屉桌搬到里屋当梳妆台，我没意见。你把电冰箱搁我脑门子上，我也没意见！可是，三屉桌上的电视放哪儿？放哪儿！”

张大民真的愣住了。他把18英寸的昆仑牌彩色电视机干干净净地忽略掉了。他在心里朝自己怒喝，比三民的声音还大，放哪儿放哪儿放哪儿哪儿哪儿，满腹回声不绝。

“三民，急什么？不就是嗡一下吗？”

“……电视放哪儿？”

“我天天拿手抱着它，都解气了吧？”

张大民在切菜板的四个角上紧了四条螺栓，在四条螺栓上拧了四根铁丝，然后在切菜板的四条螺栓和四根铁丝之间摆上了电视机。然后……然后，张大民就把这个黑乎乎的呆头呆脑的东西挂在外屋的房梁上了。

婚礼比较寒酸，但是这台空中电视机成了众人惊喜和赞美的中心。张大民撇开新娘子，站在切菜板底下讲解了半个小时。他一会儿拔掉天线，一会儿拔掉电源线，就像忙着给自己挑选合适的上吊绳似的。

曲终人散，新人入了洞房。终于结婚了。终于把所有人挡在门外，赤条条地爬上只属于两个人的双人床了。张大民跪在床脚，像急等着跑百米，又像刚刚跑完了马拉松，百感交集，眼神儿像做梦一样。李云芳在床头徐徐劈叉，不久便把自身劈开在咫尺之间了。

"大民，你爱我吗？"

"我不爱你，我费这么大劲干吗？"

两个人扎扎实实地过上幸福的生活了。

第二年七月，下了三场大雨。下第二场大雨的时候，大杂院的下水道让一只死猫堵住了。三民用雨衣罩着第十一位女朋友，情意绵绵地湿乎乎地来到家门口。哇！女的尖叫了一声，跳起来足有半尺。张大民正在舀水，屁股上坠着三角裤衩，像一块破抹布，听到声音连忙蹲下了。小院儿变成了游泳池，中间横着一块跳板，跳板旁边的水面上浮着一个洗脸盆和一颗脑袋。脑袋水淋淋的，没有表情，仿佛脱离了身体而单独漂在那个地方。只凭一声叫唤，三民的第十一位女朋友就给张大民留下了十二分恶劣的印象。挑来挑去，八亩地的萝卜都挑遍了，就挑了个这！哇，不是味儿。

三民牵着女友踏上跳板，像离船走向码头，更像离开码头登船。屋里黑洞洞的。雨声轰鸣，水势悄悄上涨，小船就要在风雨飘摇中沉没了。哇！张大民又听到一声尖叫。小姐刚上船就把接雨漏儿的尿盆踩翻了。

三民来到雨中，一边帮着舀水，一边报告了一个沉重的消息。他说哥，我在家具店订了一张双人床，钱已经交了。空中一串儿炸雷滚过，张大民缩着脖子哆嗦了好几下，就像双人床正从天上轰轰隆隆地砸下来一样。三民的裤衩是白的，跟光着屁股差不多。张大民不想说话，只想狠狠地踹这个屁股，把它踹出去，踹到摆着双人床的家具店里去！

"哥，帮我想想办法，摆哪儿啊？"

"不接着挑了？累了？"

"怎么挑也是剩下的，好赖就是她了。"

"一惊一乍的，行吗？"

“习惯了，还行。”

“看着挺妖的。”

“长的就那德行，其实不妖，挺懂事的。看电影老掉眼泪。我不跟她好，她就钻汽车轱辘，挺重感情的。这是缘分。反正双人床已经买了。我睡外边，睡里边的肯定就是这位了。她是巫婆是蛤蟆，我也不换人了。”

“买床急什么，家具店又塌不了。”

“我的水也开了，我也要灌暖壶。哥，你选好了地方，明天我雇辆三轮儿把它拉回来，后面的事就不用你操心了。”

“别雇三轮儿，贵着呢。我替你把床背回来，你自己找地方得了，行不行？”

“不行。运的事你别管。你就管摆，一家子数你会摆。你让我摆哪儿我就摆哪儿。你不给我摆，你不管我，我就不结婚。”

“废话，摆茅房去，你去吗？”

“不去。”

“你不去我去。明儿我上茅房住去。茅房不让住我住耗子洞，耗子洞不让住我住喜鹊窝，鸟窝不让我住我住下水道！我他妈钻下水道找死猫就伴儿去！我……”

“哥你冲我发火，你冲着大街嚷嚷什么！”

“我乐意！”

张大民跳到门口，在风雨中大喊大叫。他的无名火来势汹汹，满口胡说八道，三角裤衩朝膝盖方向慢慢滑去，半个黑不溜秋的屁股都露在外边了。

“明儿我睡茅房睡警察楼子，我乐意！”

屋里咣当一声，然后是——哇！小姐不长眼，也不长记性，又在相同的地方把那个接雨漏儿的倒霉的尿盆踢翻了。

哇！

让暴风雨来得更猛烈一些吧！

有人要住茅房啦！

事后，张大民向邻居解释，他说的是气话。他明白茅房是干什么用的，总而言之不是睡觉用的。如果是自己家的茅房，住一住倒也罢了，用双人床堵塞公众的出口，不合适，也不道德。他真的不想住茅房！大家别担心，天一亮，茅房挂上绣花窗帘了，或者挂上锁头了，这种霸道事根本不会发生。母亲可以做证，从小到大，只有憋不住了他才去茅房，但凡能撒在尿盆里，撒在墙旮旯，他根本不去那个大家都爱去的地方。他怎么可能住在那儿呢？

母亲搭腔说这是实话，他怕蛆。

茅房问题解决了。双人床问题搁在老地方，谁也没有办法。第三场大雨倾盆而下的时候，张大民半夜醒来，眼珠儿一转，想出了一个办法，打了个哈欠，又想出了一个办法。他揉揉李云芳的肚子，不醒，又捏捏她的奶头儿，还是不醒。他就不想跟她讨论了。他等着第三个办法从灵魂深处爬出来，默默地躺了一会儿，没有动静。他睡不着觉了。他摸到厨房喝水，没摸到暖瓶，摸到了一把头发。闪电在雨夜中划过，头发下面是三民的脸，发呆，发绿，还有点儿发蓝，像一颗刚刚摘下来的挂着绒儿的大冬瓜。张大民刚要发作，嗓子突然一堵，觉得再这样愁下去，三民就要出人命了，双人床就要杀死他可怜的弟弟了。

“干什么呢你，不睡觉？”

“不敢睡，一闭眼全是腿儿。”

“什么腿儿？女的？”

“不是……是马。一大群马跑过来，扑棱扑棱的，全是马腿儿。一闭眼没别的，全是咖啡色的马腿儿！”

“三民，你有病了。”

“跑近了一看，不是马腿儿。”

“什么腿儿？”

“床腿儿，数都数不清。”

“三民，你真的有病了。”

“哥，我没病。”

张大民给三民点了一支烟，自己也点了一支烟，一边抽一边叹气，听着风声和雨声，觉得生活——幸福的生活——让一群长了蹄子的奔腾的双人床给破坏了。

“我没病，可是我很难受。”

“你哪儿难受？”

“我说不出来。”

“得说出来，憋着不说就长瘤子了。”

“就这儿……两根眉毛中间，偏上一点儿，裂了一条缝儿，很难受。昨天下午，我找我们领导谈话，我找我们领导借房子，我……我找我们领导谈借房子的事，我找我们领导……找我们领导……”

三民掉泪了，抽搭了几下。

“快说，别憋着！”

“领导对我很好，问我你排队了吗？我说我排队了。他说好同志，好青年，你慢慢排着吧，如果中间没有人加塞儿，到21世纪上半叶你一定可以分到自己的房子了。我一听，我的两个眉毛中间……就裂开了！”

“张着嘴请人往里塞大粪，你自找的！”

“……我说我可以加个塞儿吗？领导说你是好同志，好青年，你不能加塞儿。我说小王怎么就加塞儿了，来得比我晚，干得没我好？领导说……领导说你知道小王的爸爸是谁吗？我一听脑门子咔吧一下，两个眉毛中间就完全裂开了。哥，我难受极了。”

三民又落泪了。

“我也难受。可是，让咱妈现给你找一个长翅膀的爸爸，好像是来不及了。你当时就跪下来，认你们领导当干爸爸，人家未必就缺儿子，好像也来不及了。有本事你好好干，有朝一日让他们给你当孙了，你就有房子了，也就不难受了。那时候，好同志，好青年，我的好弟弟，已经是21世纪的下半叶了，你还知道什么叫难受什么叫不难受吗？”

“我脑袋都裂两半儿了。”

“我给你治。”

“你怎么治？”

“我铆足了劲拿大嘴巴抽你！”

三民不吱声了，狠狠地撸了一把鼻涕。张大民挪到厨房门口，隔着水坝似的门槛朝外看了看，积水不多，离警戒线还早着呢。他把烟屁股丢在雨里，小火头儿哧一下就不见了。

“三民，我有办法了。”

“你有什么办法。”

“我想的不成熟。我一直在琢磨要不要告诉你。想来想去，我决定还是告诉你。这样对你的心情有好处。你老想床腿儿凳子腿儿，钻进牛角尖儿就出不来了。你应当钻到别的地方试一试。下水道堵了一只死猫，那是死猫，你一钻说不定就钻过去了。不是真钻，是打个比方，说明一种态度。咱们这种人不能靠别的，靠别的也靠不上。只能靠东钻钻西钻钻，上钻钻下钻钻。本来没有路也让咱们钻出一条路来了，本来没有地方搁双人床，使劲儿一钻，搁双人床的地方就钻到了。三民，我的办法其实很简单，我都不好意思说出口。咱们家不是有双层的单人床吗？”

“你的意思是……”

“把两张双人床摞起来。”

“把两张双人床摞起来？”

“对，把两张双人床摞起来！”

“我做梦也没想到……”

“我没做梦就想到了。”

“……摞起来？”

三民小声笑着，自己问着自己，很兴奋，搓了半天手。不过，他很快就沉默了，大概看清了摞起来是件很严峻的事，一点儿也不值得高兴。他摇头，叹气，抱紧两条胳膊，好像刚刚被奔驰而来的床腿儿踩了肚子一样。张大民也沉默了。他闻到了一股馊味儿。摞起来确实不是一个好主意。初想也还不错，似乎大大地节约了面积。深入地想一想就不行了。摞起来的双人床不光摇摇欲坠，一关电灯它还没完没了地叫唤，咯吱咯吱咯吱的，粗俗，没有教养，还下流！两口子独自咯吱也罢了。关上门，悠着点儿，是一种本分。四口子一块儿咯吱，上咯吱下也咯吱，自己不咯吱也得听别人咯吱。多么无耻，多么伤神，而且成何体统啊！张大民直纳闷，这么不要脸的办法是怎么想出来的？他真想铆足了劲给自己一个大嘴巴了。

“三民，我这儿还有一个办法。”

“你还有什么办法？”

三民捂紧脑门儿，好像有点儿害怕。张大民给三民续了一支烟，自己也续了一支烟，一边抽一边问自己，说好呢还是不说好呢？不说吧，好歹也算一个办法，说了吧，还是一个不要脸的办法！床没地儿摆，身子没地儿放，单单要张脸搁哪儿呢！说了算了。不要脸就不要脸了。豁出去了。

“摞着摆不合适，咱挨着摆！”

“挨着摆？”

“我们的床挨着你们的床。咱不摞着了，不分上下了。咱分里外。你们是新婚，你们在里边。我们在外边。我们是老夫老妻了，脸皮有冰箱那么厚了。我们把双人床摆在你们的双人床旁边，不知你们的心里怎么想，反正我们是不在乎了。真的，你嫂子我不敢打包票，我本人没问题，我的脸皮已经很厚很厚了，什么场面都那么回事儿了。”

“挨着摆不就成大通铺了吗？”

“你这么理解也不算错。”

“……不挨着不行吗？”

“你以为我们愿意挨着吗？”

“不挨着不会不行吧？”

“行不行，你听我给你分析。我的左手是我们的床，我的右手是你们的床，你看明白喽。里屋只有这么大，摞着摆可以，挨着摆塞不进去，只能摆在外屋。外屋也只有这么大，右手摆在里边，左手摆在外边，中间不挨着，你看怎么样，左手这里出了什么事？”

“出了什么事？”

“我们的床把门口堵住了！”

“……我懂了。”

“你真懂了吗？”

夜雨茫茫，张大民的手在三民眼前上下翻飞，代表着两张不幸的双人床，像两只饥饿的野兽的爪子。又一道闪电划过去，照亮了张大民的脸，是淡紫色的，也照亮了三民的脸，是深绿色的。彼此恐惧地望着，至少在一瞬之间生了怀疑，怀疑对方也怀疑自己到底还是不是人。不是人，是什么东西呢？是人，又算哪路人呢？张大民的脑袋深处又咯吱咯吱咯吱地发出声音来了。

三民的婚礼很热闹。出了风头儿的不是新郎，不是新娘，是五民。五民苦读三载，考中了西北农大，喝完喜酒便要远走高飞了。众人给新人敬酒，也给五民敬酒，都捎带着问一句，为什么考农大呢？考农大也要考北京的农大，为什么考西北的农大呢？五民含笑不语，咕咚咕咚地往嗓子里灌酒，灌着灌着就出语惊人了。

“我受够了！我再也不回来了。毕了业我上内蒙，上新疆，我种苜蓿种向日葵去！我上西藏种青稞去！我找个宽敞地方住一辈子！我受够了！蚂蚁窝憋死我了。我爬出来了。我再也不回去了。哥，我有奖学金，你们别给我寄钱！我不要你们的钱！你们杀了我我也不回去了。我自由了！妈，你想我了到新疆去找我，我上天山的北边儿种苜蓿种向日葵去了，我给您炖羊肉炒瓜子吃！我……”

五民起初傻乎乎地笑着。众人也跟着笑，后来就不笑了。五民泪流满面，舌头发硬，眼神儿完全不对了。众人连忙打圆场，别喝啦别喝啦，再喝就该想媳妇啦！张大民把五民搡到没人的地方，想给他几下。五民脑袋一低，扎在张大民肚子上就失声了。

“家里缺钱花。你们别给我寄钱！”

“你是亲生的，不是妈在大街上捡的！”

“把我的床拆下来。别让妈睡箱子了，让妈睡我的单人床吧！”

“妈睡箱子睡舒服了，睡别的睡不惯了。”

“反正我再也不睡那张破床了！”

“学生宿舍都是这种床，八个人挤呢。”

“咱们家太憋了，喘不过气来。”

“吃两勺胡椒面儿就不憋了。”

“哥，我都快憋死了！”

“你自己不找死，谁也憋不死你。”

“我想吐！”

“别吐！把后脑勺对着我你再吐！”

婚礼圆满结束了。太阳落山了。新郎张三民搀着新娘毛小沙姗姗而来，翩然如在梦中。他们推开了钉着椅子背儿的院门，走过大坑似的院子，跨过高高的门槛兼挡水坝，穿过厨房的菜味儿和油烟味儿，蹭过大哥和大嫂的床头，绕过用三合板钉的像厕所挡板似的隔断，眼前豁然一亮，不由长长地长长地长长地出了一口气。他们终于看见自己的双人床了。它在新郎的心里奔腾过。它在新郎的眼睛里奔腾过。现在，它安静了。

在三合板隔断的南边，张大民仰面躺着，比床还安静。他一只手搂着李云芳的脖子，另一只手摸着李云芳的肚子。肚子很饱满。一分钟比一分钟饱满。他们的孩子已经四个多月了。在三合板隔断的北边，贴着的都贴着，绕着的都绕着，含着的也含上了。起初是多么安静。月亮正悄悄地升上来，可是，且慢！这片黑洞洞的诗意顷刻之间就出了问题。不是咯吱咯吱。没有咯吱咯吱。甜蜜地诗意是被另一种声音蛮横地彻底地粉碎了。

哇！

这不是晴天霹雳么？

哇！

接下来就一发而不可收了。

哟！

啊！

咦！

呜！

呀！

噢！

妈！

她敢叫妈？那位小姐居然敢叫妈！张大民抱着脑袋，好像被人用大棒子砸蒙了一样。李云芳使劲儿往他的胳肢窝里钻，出气儿都哆嗦了。张大民先用一只手，紧接着用两只手死死地捂住了她的肚子，似乎生怕里面的孩子受到惊吓。大人都听傻了！

“这种胎教可怎么得了啊！”

张大民暗自呻吟，再一次深深地感到生活——幸福生活——让弟媳妇一连串莫名其妙的声音破坏了。他想起了五民的抱怨。憋得慌？喘不过气来？他觉得自己也快憋死了。他叮嘱自己，只要还剩一口气，必须找三民好好谈一谈了，不能再这样继续下去了。

哇！

天哪，又他妈来了。

张大民在小饭铺请三民吃饭。他点了炒腰花儿、熘肥肠儿、拍黄瓜、煮花生，又要了四两白酒。他有点儿心疼。他挣钱不多，所以很爱钱，花钱的时候特别难受。他从来不请别人吃饭，也不请自己吃饭。只有别人请他吃饭的时候他才去。吃别人请的饭，他不难受，也不心疼，胃口特别好。现在，他一点儿胃口都没有了。看着三民有滋有味细嚼慢咽的样子，自愧弗如的感觉又一次撞疼了他的心头。他应当怎样表达自己的不满呢？本想等三民度完了蜜月再请这顿饭，可是情况愈演愈烈，不得不提前破费了。

“三民，婚后感觉如何？”

“还行。哥，怎么臊乎乎的？”

“腰花儿洗得不干净。”

“我感觉还行，就是挺累的。”

“是累。有多大劲也别想一次使完。日子还长着呢，悠着点儿。”

三民红着脸得意地笑了。

“我是心累。哥，怎么臭烘烘的？”

“肥肠儿就是这味儿。”

“哥，真的，我就是心累。”

“别的地方不累？”

“不累。”

“你不是心累。三民，我了解你。你小时候的脸色就跟别人不一样。我一直在观察你，一直观察到现在。你瞒不了我。心累，你脸是绿的。干活儿累了你脸白。你脸要黑了就是吃多了，撑着了。你能瞒我吗？快撒泡尿照照你的脸，看看它现在什么色儿？”

“什么色儿？”

“跟你的床一个色儿，咖啡色的！床是咖啡色很正常，人没晒着没烫着的，凭什么跟咖啡一个色儿？你看看你的下眼皮，是发了霉的咖啡，都长蓝毛儿了。三民，我再给你点一个炒腰花儿，臊乎乎的你也得吃，多吃。你得好好补补你的肾。我认为你的心不累，你的肾太累了，搞不好已经累坏了。小姐，再来一个腰花儿，炒嫩点儿，夹点儿生最好，快啊。三民，我对你说，我是过来人，我的话你要听进去。人，不能为了一时痛快，连自己的腰子都不顾了！不顾脑袋都没事，不顾腰子，到时候你后悔可来不及了。吃吧，多吃。”

三民依旧吃着笑着，却不敢得意了。

张大民咂了一口白酒，很苦，没有他的心情苦。他应当怎样表达自己的不满呢？他还是拿不定主意。他是长子，管弟弟可以，管弟弟的媳妇可以不可以？管弟弟的媳妇的……声带可以不可以？好像不可以。但是，不管行吗？这算不算干涉别人的私生活？算不算干涉别人的性生活？可是，不干涉他们的屌生活，别人还生活不生活？他要郑重地通知三民，从今以后，谨请您的媳妇闭嘴。不许她叫唤！不许她故弄玄虚！严禁她忘乎所以地制造这种奇怪的噪声。总之，这是受害者最低最低的要求了。她哪怕唱京剧说快板儿他都可以不管她，他和云芳可以装听不见，呜呼哀哉妈呀之类的无论如何是不行了，再也不行了。

我们受不了了！

张大民含着酒，像含了一口别人的尿。三民吃得很香，满面春风，根本不考虑请他吃饭的人的心情。张大民想把尿喷在三民的鼻梁上，咕咚一声，自己给咽进去了。

“哥，再给我来一个腰花儿。”

“我带的钱……算了！来一个就来一个。”

“刚开始臊，吃着吃着就不臊了。”

“这就叫身在臊中不知臊啊！”

“哥，你什么意思？”

“三民，你见过公鸡踩蛋儿吗？”

“听说过，没见过。”

“咕咕咯咯的，热闹着呢。”

“是吗？”

“你们比公鸡踩蛋儿还热闹。”

“哥……你到底什么意思？”

“公鸡往母鸡背上一踩，母鸡吱吱嘎嘎胡叫唤，就跟有谁要宰它似的，德行大了。”

“哥，你到底想说什么？”

三民慢慢放下筷子，笑得很难看，从耳朵到胳膊全红了。张大民不动声色，目光坦然，心里很紧张，手心儿和脚心儿都在冒汗，尾巴骨也隐隐作痛，有点儿坐不住椅子了。本想说三合板隔断北边的房事，怎么说到公鸡踩蛋儿上去了？这么说合适吗？合理吗？张大民语重心长地看着三民，给三民夹了一片半生不熟的腰花儿，觉得自己顾不了那般许多了。

“三民，你觉得幸福不幸福？”

“挺幸福的。怎么了？”

“不管多幸福，眼里也不能没别人。”

“我们怎么了？”

“大家都是过来人。吃过猪肉，见过猪跑，也跟着一块儿跑过，谁瞒谁呀？可是，为什么我们能做到的，你们就做不到呢？”

“你们做到什么了？”

“我们从来不叫唤！”

张大民很压抑，嗓音猛了些。三民木呆呆的，似乎没听懂，嘴唇上挂着一片腰花儿，就像刚刚咬掉了一块舌头。小饭铺静了片刻，不多几个人都朝这边看着。张大民有点儿不自在，压低了嗓音，眼睛却盯着别处。

“我们从来不出声儿。你嫂子什么时候叫唤过？不是不想叫唤。节骨眼儿上高兴了，脑瓜子晕了，谁还不会叫唤？高级动物么，叫唤叫唤是正常的，也是允许的。可是……三民，我得正正经经告诉你，这么叫唤，不符合国情，也不符合咱的身份。您要在外国有一大别墅，别外国了，您就是在郊区弄一小别墅，您和您媳妇都可以随便叫唤，你们把手拢在嘴上大声嚷嚷也不碍事，高兴么，舒服么，嗓子眼儿痒痒么！可是，如果七八口子挤在一间半破屋子里，我看咱们还是得慎重。不管多高兴，咱们在心里高兴。哪怕两口子都飞起来了，上不着天下不着地了，咱也别随便叫唤。你说是不是？高级动物么，只要明白了叫唤的不是地方，忍一忍，也就不叫唤了。我和你嫂子已经挺过来了。你们打算怎么办？你能不能跟你媳妇好好谈一谈，照顾一下大局，告诉她不出声儿为什么，请她别那么干了，行不行？”

张大民的目光追着一只苍蝇，飞飞停停，最后很不情愿地落在三民的脸上。三民的脸发紫，嘴唇更紫，有点儿缺氧。他闭着嘴，牙疼似的皱紧眉毛，夹起一片炒腰花儿看了看，又放下了。

“我们叫唤了吗？”

“当然叫唤了。”

“真的叫唤了吗？”

“确实叫唤了。”

“那能算叫唤吗？”

“不算叫唤算什么？”

“我觉得那不算叫唤。”

“算打喷嚏？算诗朗诵？”

“我觉得我们没叫唤。”

“谁叫唤了？驴吗？”

“哥，你别激动。我还没激动呢。按你的说法，好像我们特别不懂事，特别牲口。我们的情况你了解吗？每天上床我们都互相叮嘱，小声点儿小声点儿千万小声点儿，你知道吗？我趴在那儿像趴在一块豆腐上面，脑袋上顶着一碗水，屁股上也顶着一碗，好像一动弹水就洒出来了。我们容易么！我们小心得不能再小心了，我们又不是木头，控制不住了哼哼几声都不许吗？”

“那也叫哼哼？真会哼哼！”

“哥，你别激动。”

“只许你们哼哼，不许我激动？你们把自己的幸福建立在别人的痛苦之上，你们激动得连自己的叫唤都听不出来了，还不许我激动？我们也是人，我们不是木头，我们都有耳朵，我们倒想不激动，行吗？人家让吗？小姐，再来一盘炒腰花儿，别洗，越臊越好。”

“哥，我不吃了，我够了。”

“我吃！我的肾还没补呢！”

三民不说话了，捂着脑门儿叹气。张大民一边吃一边激动，一边激动一边算着花了几个钱，越算越心疼，越心疼越激动得受不了，胳膊和手抖得厉害，下巴也跟着抖，筷子说什么也夹不住东西了。

“哥，你别这样。”

“我生气。”

“你生气，我也没办法。”

“你有办法。”

“我有什么办法？”

"剥个煮鸡蛋放在盘子里，把盘子放在枕头旁边。她一叫唤，你就用煮鸡蛋堵上她的嘴，不就完了？用松花蛋也可以！她一出声儿，你赶紧拿松花蛋塞上她的嘴，不就没声儿了吗？你在枕头底下藏一根胡萝卜也行……"

"哥，你醉了！"

回家的路上，张大民几次想吐没吐出来。他不让三民搀着，三民一松手，他就笔直地奔着马路中间去了。三民追上去拽他，他不让拽，打三民的手，冲着鸣笛的公共汽车大声嚷嚷，还笑。

"你丫叫唤什么？给你丫一松花蛋！"

回家就上床了，翻来覆去的，怎么也睡不着。他口中念念有词，听不清说什么。李云芳推他问他，他一概不理，继续嘟囔。月到中天的时候，他推醒了李云芳，想说什么半天没说出来。月光映着他的额头，表情非常痛苦，好像他整个肚子里的东西都被人挖走了。

"你怎么了？"

"云芳，亏了。"

"亏什么了？"

"他们多收了一盘腰花儿钱！"

"闹了半天你算账呢！"

"怎么算怎么不对，多收了我 7 块钱！"

"我给你 7 块钱。睡吧。"

张大民还是睡不着。三合板隔断的北边静悄悄的，静得让人不放心，好像有人故意跟他捣鬼似的。他又一次推醒了李云芳，小声说你听你听，神秘兮兮的样子令人恼火。

"听什么？什么也听不见。"

"这就对了。云芳，这说明花钱花得值，我们一点儿也不亏。我不心疼。他们多收两盘炒腰花儿的钱，我也不心疼。我们花钱买的是什么东西，他们谁也不知道，只有我们自己心里明白。多花 7 块钱又算得了什么呢？云芳，我真的不心疼。我就是有点儿堵得慌，这儿，就是这儿……堵得慌。不是腰花儿，好像是一个特别大的猪腰子，整着堵这儿了。"

张大民指了指脖子下边的某个地方。李云芳敷衍了事地给他揉了揉，知道他醉着，也知道他是心疼钱，又好气又好笑，真想把他从床上掀下去。

"你别嘟囔起来没完没了，快睡！"

"我睡我睡，值了太值了……这就睡。"

可惜，他想睡也睡不成了。

战斗突然之间就打响了。

哇！

噢！

张大民一骨碌爬起来，三步两步跑到院子里，一摸便摸到了垃圾桶，埋头就吐。钱白花了。他吐得很仔细，把一肚子腰花儿和一腔悲愤全都吐出来了。李云芳跟到院子里给他捶背，听见他满嘴臊哄哄的却还在不停地嘟囔，好像跟那个垃圾桶有说不完的悄悄话似的。

“没辙了。就是这个品种。谁也没辙了。人家就是这个叫唤的品种！我们得想想别的办法了。不让人家叫唤是不行了。我们要想不出好办法只好跟着人家一块儿叫唤了。云芳，你会叫唤吗？我反正不会叫唤。我跟他们不是一个品种。我是人，我不是鸟，我多高兴也叫唤不出来。怎么吐不完了？哪儿来这么多腰花儿？我想起来了，他们没有多收钱，是我多吃了一盘腰花儿。我吃了好多腰花儿，我一点儿没亏，是他们亏了。云芳，我好不容易算明白了。我花了很多钱，等于一分钱没花，你明白我意思了吗？我好像赚大了……”

李云芳把一桶凉水浇在他脑袋上。张大民嗷地怪叫一声就蹲在那儿不动了，陷入了沉思。这声叫唤响彻了大杂院，就像远处飞来了一只猫头鹰，刚一落地就踩在耗子夹上了。这个倒霉的品种也太倒霉了。

第二天早晨，张大民爬上了墙头，在上边呆立了半个小时。墙外是一棵石榴树，没有石榴，长着密密麻麻的树叶。墙皮上爬满了牵牛花，开着俗气的粉色的花朵，一些花朵开到树上去了。石榴树外面是过道，邻居们走进走出，纷纷昂起下巴，看着墙头上的人，猜不透他要干什么。他老婆有毛病。他也有毛病了吧？张大民抱着胳膊，眯缝着睡眼，不屈不挠地盯着前方偏下的某个地方，一副做梦做不醒要永远做下去的样子。往他胳膊上缝两个翅膀，这小子呼扇儿下，说不定就迷迷瞪瞪飞起来了，说不定就像大蚂蚱一样飞到无边的美丽的原野里去了！总之，他要不想往外飞，戳在墙头上摆那个臭架势干什么用呢？

半个钟头之后，张大民爬下了墙头，找了一把铁锹，开始拆他们家的院墙。他把院门整着卸下来，发现墙体很松，拿肩膀头一顶，半堵墙轰隆一声就塌到外面了。一股烟尘笼罩了石榴树，就像有人在天上瞄准儿，很凑巧地往那儿丢了一颗大炸弹。张大民真的飞起来了。他不是蚂蚱。他是一架轰炸机。不知道从哪儿载了那么多仇恨，轰轰隆隆，咚咚锵锵，只几下就把他们家的院墙炸平了。家里人很默契。没有谁阻拦他，也没有谁帮助他，似乎在遵循某种秘密的部署。果然不出所料，对门儿邻居家的大儿子跳出来了。

“你丫干吗呢你？”

“我拆墙呢。亮子，你有事儿吗？”

“你丫拆墙干吗？”

“憋得慌，透透气。”

“有你丫这么拆的么？”

“拆慢了，怕你跑出来帮忙。快点儿拆，等你跑出来帮忙，已经拆完了，想帮忙也帮不上了。没别的意思。亮子，我是不想麻烦你。屁大的事儿，我自己撅撅屁股就干了，不麻烦你了，你快点儿回家歇着去吧。”

“谁跟你丫贫呢？”

“你不歇着，帮我捡砖头得了。”

“捡你丫的鸡巴头儿！”

“别！你给捡了我上哪儿撒尿去？”

“你丫到底想干吗？”

“不好意思，想盖间小房儿。”

“你丫是蛆呀还是屎巴橛子？茅坑儿大的地方也想盖房！石榴树戳这儿，你丫往哪儿盖？我看你丫往哪儿盖！”

“亮子，您就别操心了。”

“想砍树是不是？你前脚砍我后脚就告办事处去，罚个千八百的，罚死你丫的！大民，我说话算话，你丫信不信？”

“我信，我怕你。”

“怕我就别砍树。”

“我不砍树。”

“怕我就别往我们家这边盖！”

“怕你我也得盖。离你们家还远着呢。我不砍树。我真的不砍树。我把石榴树盖在房子里，让它从房顶中间穿过去。我整个早晨都在想这件事。这件事对谁都没有坏处，对你也没有坏处。你快点儿告到办事处去，就说这个爱树的绝招儿是你琢磨的，他们一感动说不定能奖你个千八百的。我一分都不要。我的目的不是钱，我只想盖一间4平方米的小屋，把我的双人床摆进去。亮子，我说的是真心话。办事处和居委会每年都评爱树模范。这个荣誉我不要，我让给你了。一棵破石榴树，看把你急的，眼珠子都快瞪出来了。亮子，我觉得不管办事处给你点儿什么，不管给多给少，哪怕他们不搭理你呢，你都是当之无愧的了！我不砍树。我把它盖在我的房子里。这个主意就像你给我出的一样。我觉得咱们俩完全想到一块儿去了。我要替这棵石榴树请你喝啤酒，我……”

“傻×！我抽你丫的你信不信？”

“你抽我干吗？”

“我这就抽你丫的你丫信不信？”

“咱别急，咱先抽支烟吧。”

张大民递出一支烟，被打飞了。他追过去弯腰拾起来，吹了吹土，自己点上，愉快地吸了一口，又愉快地吸了一口。他笑得很友好，心说你才傻×呢，你不抽我事情还麻烦了呢。亮子高高大大，在轧钢厂做翻砂工，是个塔一样的人。两个人站在一起，就像一头驴和一头象站在一起，前景很不美妙。张大民略微有些担心，他要真抽我，我受得了吗？把我牙打掉了怎么办？把我鼻子打歪了怎么办？他一边抽烟一边得出了结论，受不了也得受着，打成什么样儿是什么样儿，为了双人床为了安宁为了受罪的耳朵根子，豁出去了。他故意把烟屁股扔在对方脚边，抬眼看了看蔚蓝色的天空，就像抓紧时间抒发最后一下的烈士一样。

我……我我我要豁出去了！

“亮子，知道什么叫主航道中心线吗？”

“我知道你媳妇裤裆里的中心线！”

“嘴这么糠，你不抽我我都得抽你了。”

“抽我？你丫敢！”

“我不敢，你敢。你不是想抽我吗？我站在这儿，我让你抽，你随便抽，我要哼哼一声儿我都不是人！可有一样儿，咱俩现在就说清楚，你抽完就完了，我转过身儿去盖房，你可别吱声儿。你要吱一声儿你都不是人养的，你就是王八蛋！”

“我拿砖头花了你丫的！”

翻砂工终于暴跳起来了，真的捡了半块砖头。张大民心头一惊。他用砖头拍我脑袋怎么办？他把我拍成了大傻子怎么办？翻砂工的眼神儿稍稍往旁边躲了一下。张大民备受鼓舞，脑袋又烈士一样昂起来了。

“你花！我把脑袋搁这儿，你快花！”

“……我拍死你丫的！”

“拍扁了我我也得盖房。树南边2米多，我占1米，还剩1米多，长两条腿儿的长俩轱辘的都能过去，你有什么不乐意的？这棵石榴树是我爸种的，我把它盖在屋里，是对我爸的纪念，你凭什么说三道四？”

“废话！我妈胖，你丫装不知道！”

“你妈胖跟我有什么关系？”

“废话！我妈胖，我妈过不去！”

“1米多，你妈过不去？汽油桶都能过去，你妈过不去？你妈腰围4尺4，是腰围！展开了量摊平了量，4尺4当然过不去，一围不就过去了吗？4尺4也甭除4，也甭除了，你就除以2，能过不去？两个你妈都过去了！当然，其中一个得侧着身子……亮子，你认为我分析的有道理吗？”

翻砂工站在废墟上浑身哆嗦。

“我妈腰围多少？”

“4尺4，胡同口儿裁缝说的。”

“你丫再说一遍！”

“不是4尺4？4尺6？”

“你丫敢再说一遍？”

“4尺8？”

“我他妈……”

翻砂工要哭出来了。

“真是4尺8？那就不好办了，两个妈都得侧着身子才能过去了。”

“我他妈碎了你杂种 × 的！”

啪！

不轻不重，犹犹豫豫，却发出了很乖巧的一声——啪！张大民脑袋嗡，跟有回声一样。他记得躲了一下，可能没躲好，躲到砖头上去了。黏糊糊的东西淹住了一只眼，他用另一只眼哀怨地看来看去，看见了许多胳膊和许多腿，发现自己不知何时已经躺平了。他真的把我给拍了。他怎么真的把我给拍了，像拍一个生西瓜一样？张大民听见了亮子的胖母亲在骂人，没骂别人，是骂自己的儿子不是东西不是人揍的，骂得很纯朴，听不出有指桑骂槐的味道。血还在流。完了，他把我的主要血管给拍破了，我要死了！听见有人想去派出所，张大民拼命挣扎，睁大了那只独眼，像扭亮了一个电灯泡，照照这边，照照那边。

“谁想去派出所？去派出所干吗？谁去派出所我跟谁急！谁报案我跟谁玩儿命……”

许多只手把他抬起来了。这些手要把这个英雄人物抬到医院的急诊科里面去了。张大民听见了母亲的哭声和李云芳的几声抽泣。他从那些手上抬起头来，把那只血淋淋的眼睛和那只干净的眼睛一块儿转过去，鬼使神差地摇着一条胳膊，就像革命者要远走他乡了。

“没关系！一切都会好起来，明天就开始干！妈，你把砖头挑出来，摞在树旁边儿。云芳，把你们家那袋水泥也搬过来，上小山子他家借两个瓦刀……等我回来！我没事。我感觉很好。你们抓紧时间准备吧……”

不到两个小时他就自己走回来了。他脑袋特别大，有篮球那么大，缠满了纱布，只露着前面一些有眼儿的地方，别的地方都包着，连脖子都包着了。其实只破了一个小口子。医生不给缝，他偏要缝，医生就不缝。不光不给缝，还不给包，打算用纱布和橡皮膏糊弄他。他偏要包，医生就不包，他死活也要包，不包不走，医生一着急，就把他的脑袋恶狠狠地彻底地包起来了。他要再不走，医生就把他的屁股也一块儿包上了。张大民很高兴，进了大杂院就跟人寒暄，做出随时都准备晕倒的样子。

“没事！就缝了 18 针，小意思。别扶我！摔了没事，摔破了再缝 18 针，过瘾！我再借他俩胆儿，拿大油锤夯我，缝上 108 针，那才真叫过瘾呢！你问他敢吗？我是谁呀！我姓张，我叫张大民，姥姥！”

他一头撞进亮子家的屋门，示威似的举着大白脑袋，把亮子肥硕无比的母亲吓得倒吸了一口凉气。

“大妈，亮子呢？”

“上夜班了。”

“回来吗？”

“不回来了，住集体宿舍了。”

“哟，我这儿还缺个和泥的呢。”

“把他叫回来？”

“算了，别吓着他。”

“今儿这事儿……”

“大妈，我们闹着玩儿呢您看不出来？”

“大民子，你说我裤腰 4 尺 8，不是寒碜我吗！记住喽，我的裤腰不是 4 尺 8，是 3 尺 6！往后别胡咧咧。”

“太好了，来三个您也过去了！”

张大民的宫殿就这样落成了。床架子勉勉强强塞进去，放不下床屉，让石榴树挡住了。张大民抽了半盒烟，想出了一个好办法。他把床屉竖着锯开，在两边各挖了一个半圆，像古代用刑的木枷，往床架子上咔嚓一合，犯人的脖子——那石榴树就从双人床中间长长地伸出来了。为了适应这种独特性，李云芳对褥子、床单等床上用品进行了适度的改造。她还往石榴树上糊了一层白纸，让树干与墙皮保持近似的颜色。屋里剩了窄窄的一条儿，什么也放不下，就搁了一盆绿萝，顿时春意盎然。邻居们过来参观的时候，张大民正趴在床底下，两条腿伸到门外边。大家问你干什么呢，他不说话。又问你趴在那儿干什么呢，他才轻轻地叹了一口气。

“我给石榴树浇水呢。”

两口子躺在这张床上怎么也睡不着觉。第一个晚上成了节日。张大民躺在外边，李云芳躺在里边，中间是那棵石榴树。他们说呀，笑呀，说到要紧处，李云芳还掉了几滴眼泪。他们坐起来，躺下，又坐起来，再躺下，还是丢不开这棵石榴树。它愣磕磕地竖在两个腰之间，真是太奇怪了，也太有趣了。李云芳把一条长腿搭在树上，用手指头寻找张大民的伤疤，在头发里摸了半天也没摸着。

“你那 18 针呢？”

“我也找呢，我的 18 针哪儿去了？”

“坏！半夜，这棵树可别吓死我。”

“一睁眼，嘿，插了个第三者！它要是男的，我哪儿打得过它呀！”

两个人叽叽咕咕笑到小半夜。张大民把手放在李云芳肚皮上，发现又鼓了不少，儿子正茁壮成长呢。他的手像一只挂了帆的小船，沿着主航道中心线向下游驶去，向美丽的湍急的下游驶去，驶去，驶去了。

哇！

怎么回事？张大民问李云芳你跟谁学的，你也有毛病了吗？两个人抱着脑袋，无声地笑成了一团。张大民甜蜜地叹息着，把李云芳的耳垂儿叼住了。

噢！

“云芳，学坏可太容易啦！”

两个人又过上幸福的生活了。

有了自己的房子，房子里还有一棵树，张大民和李云芳就觉得万事俱备只欠东风了。他们为肚子里的孩子取名——张树，然后踏踏实实地等着张树准点儿爬出来，与肚子外面的这棵树会合。等得无聊的时候，张大民又有了新的牵挂，发现两个人挣钱两个人花和两个人挣钱三个人花不是一回事，是完全不同的两回事了。他把死期存单摆在床单上，把活期存折放在枕头上，左手拿着现金，右手攥着国库券，依照不同的顺序一遍一遍往上加，越加越无法控制情感，对钱的热爱像潮水一样涌进胸膛，一直涌到了嗓子眼儿，让他数着数着就数不出声音来了。钱真好，真是好，就是好，只是太少了，再多一点点就好了，不过多那么一点点一点点也还是太少了。

他们的积蓄很分散，加起来只有980元，颠三倒四加了无数遍还是980元，世上有那么多公母，钱却没有公母，否则处境就会大不一样了。张大民盯着李云芳奇妙的大肚子，承认了自己的限度，知道自己没有别的本事了。不过他又立刻安慰自己，钱是有公母的，钱要没有公母，利息从哪儿来呢？他想算算980元的利息，算不出来，小家伙难产了。

钱好是好，少了就不好了。

他们婚前没有积蓄。他们跟多数穷孩子差不多，挣了薪水交给父母，自己不留钱，花多少要多少。张大民和李云芳稍有不同，是两种风格。李云芳娇气，想花就要，随花随要。张大民不是这样。张大民是这样——他根本就不花钱！除了买饭票，他连根冰棍儿都不买。不想花当然不想要，不想要想花也不要。他对钱的珍惜是从骨子里来的，又渗到血管里去了。后来上夜班熬不住，染了烟瘾。烟德却不好，从来不敬烟，又染了蹭烟的瘾，比烟瘾还大。他只抽四毛钱以下的烟，通货膨胀以后他自己也没有膨胀，长时间在一块钱以内一盒的水平伤感地徘徊。他为花钱抽烟难受，在别的方面就更不肯花钱了。

婚后他们建立了自己的财政系统。先由李云芳负责，她也爱钱，可是爱得不深，钱也不知都逃到哪儿去了。后来张大民篡权，把爱洒向每一个角落，像磁铁一样，一分钱一分钱又一分钱，纷纷被他吸过去嘬过去，情况就大为改观了。只攒了980元，不是不狠心，是挣得不多的缘故。一个月不到100块，拿了多少年？每月每人交伙食费30元；孝敬双方老人各20元；支援五民读书15元；他抽烟不到15元；她怀了孩子每个礼拜吃一只鸡腿儿加起来绝对不止15元；洗个澡1元；剃个头又1元；她的头不止1元；她去医院让大夫摸肚子，骑不了车，坐公共汽车公共电车再换地铁，来回多少元？他不能不陪她去医院让大夫摸肚子，也骑不了车，来回又是多少元？如果挤不上车打出租车，再碰上个比你还爱钱的司机拉着你兜圈子，那可真要了人的命了，那就是血流不止了，什么也剩不下了。

980元，是一堆金子。

第二年春天，天气还有点儿凉，张树先来到医院，然后就回到那棵石榴树身边去了。他大声哭着，特别不高兴，对生活特别有意见，闭着眼就是不睁开。张大民扒张树的眼皮，先扒开一只，扒了扒，又扒开一只，把他乐得嘴都合不上了。

“我儿子是个天才，他拿眼斜我呢！”

天才更愤怒了。大杂院的猫循声凑过来，五、六只，七、八只，高高低低挤了一窗台儿，都歪着脑袋往里看，想研究研究这只猫凭什么跟自己不一样，凭什么叫得这么傻，想吃老鼠了吗？

“真是个天才，眼珠儿还动呢！”

眼珠儿要不动这位就是棵死树了。

李云芳不下奶。那么好的身材，该凹的凹，该凸的凸，就是不下奶。张大民心里直哆嗦，花钱如流水的岁月终于来到啦！他买了五条鲫鱼，五个猪蹄儿，熬呀熬呀，把李云芳的脖子都给灌长了，还是不下奶。母牛不下奶，能叫母牛吗？张大民很纳闷，只好向真牛求救，给儿子订了几袋儿鲜奶。不行，张树拉稀，拉一种像芥末油一样的稀。马上换奶粉，还不行，改拉一种白色儿的像色拉油一样的稀了。张大民在商店里痛苦地转来转去，把钱包都攥出汗来了。这不是欺负我吗？这不是欺负我不趁钱吗？他一咬牙一闭眼，买了一桶很贵很贵的美国奶粉，捧回家刚刚迈进家门的时候，整个人看上去都快不行了。

“我让你拉！我让你拉！”

他如丧考妣，像捧着一个骨灰盒。张树还算争气，也有良心，没往死里逼他爸爸。他吃了这种奶粉就踏实了。他停止拉稀，开始拉黄酱，灿灿的，软软的，黏黏的。懂行的都说，这是好屎，是屎中最正常的一种屎，谨向你们表示最衷心的祝贺了。

“我儿子是个天才，都会拉人屎了！”

张大民想笑，一捏钱包，发现还没到笑的时候，且得哭一阵儿呢。吃中国奶粉拉稀，吃美国奶粉不拉稀，什么肠子！三天吃半桶，五天吃一桶，九天吃两桶，什么肚子！崇洋媚外不说，一桶桶吃下去，哪天断了顿儿，就该吃他的中国爸爸了。

张大民蹲在地上算账，把钱没完没了地扔给美国的牛奶公司，不如把钱一次性地扔给自己家的奶牛。他握握李云芳左边的乳房，又握握李云芳右边的乳房，就像给自己挑馒头，又嫌馒头太大，生怕一口把自己给噎死。奶牛绝对是好奶牛，只不过哪个零件出了问题，有根筋没有转过来。他又买了五条鲫鱼，五个猪蹄儿，炖啊炖啊，灌哟灌哟，两个乳房像两个乳白色的气球一样胀起来，还是不下奶。他气势汹汹地拎回来一个王八，摔在菜墩子上，举刀就剁，大卸了八块也不住手，接着剁，咚咚咚咚，就像什么也没剁，只是砍菜墩子，砍一个怎么砍也砍不动的菜墩子。李云芳一听就明白了，王八便宜不了。

母亲说我菜墩子还要哪。

二民也给震得不高兴了。

“你媳妇不下奶，你拿王八撒什么气呀！王八招你惹你了，剁那么碎干吗？”

“知道多少钱一斤吗？”

“多少钱一斤也没听说拿王八吃馅儿的。”

“我还吃它骨头呢！”

“有这么节约的吗？”

“它没长毛，它长毛我连毛一块儿吃！”

“知道的是剁王八，不知道的还以为你剁媳妇呢。不就是不下奶么。你剁王八王八也不下奶，王八就是王八。明儿我给我外甥儿买几桶美国奶粉，贵就贵，谁让他倒霉呢，摊上个没奶的。”

“二民，你别来劲！”

李云芳在床上想，不是省油的灯啊。

张大民不剁了，端着刀运气。母亲说剁差不多行了，得有二两木头沫子了。二民躲进屋里，还嘴硬，嘟嘟囔囔不肯罢休。

“本来就是！整天鱼啊鱼啊，吃了多少鲫瓜子了？你给咱妈买过吗？咱妈半年都吃不上一回鱼！又来王八了，成皇后了！你心那么细，买好的吃也想着妈点儿，比什么不强！我来什么劲了？我就是看不惯！”

张大民哑口无言。他看着菜刀，想把它举起来，在自己后脖颈上狠狠地来一下。他脑袋一昏，就说起胡话来了。

“妈又不下奶！”

“可妈是妈！”

“我上个月刚买过一回鱼！”

“那不叫鱼！”

“就是鱼，是带鱼！”

“比表带儿宽点儿有限！”

“那也是带鱼！”

“还是臭的！”

“不赖我，我钱不够！”

“买王八够！”

“二民，你跟我来劲！”

“你媳妇才来劲呢！”

母亲说小兔崽子你们都给我闭嘴！

张大民和他的妹妹张二民都不想闭嘴。张大民发现张二民越来越古怪了。张大民急了。张大民知道应该说什么了。

“二民，你不就是嫉妒云芳吗？你从小儿就恨她，闹了半天现在还恨她，恨得连虎牙都快长到门牙这边儿来了。小时候，别人叫她大美妞儿，叫你丑八怪，你就哭。哭有什么用？哭得眼泡儿都大了，到现在也没消肿。她腿长点儿，你腿短儿，有什么关系？长的短的不都得骑着自行车上班吗，她骑 28，你骑不了 26 骑 24，腿再短点儿有 22，你怕什么？你嘴大点儿，她嘴小点儿，这有什么要紧？她嘴小吃东西都困难，恨我了想咬我都张不开牙，哪儿像你呀，一嘴能把我脑门儿给咬没喽，她应该嫉妒你，你说是不是？你头发比她黄，比她少，再黄再少也是头发，也没人拿它当使了八年的笤帚疙瘩……”

母亲说给我闭上臭嘴！

二民趴在床上哇呀一声就哭起来了。

张大民听着，又回到了童年，回到早已消逝的无忧无虑的甜蜜岁月中去了。

“二民，你还跟我来劲吗？”

“活该活该！没奶活该！”

“二民，你还买美国奶粉吗？”

“没钱活该！报应报应！”

“二民，你别买。你敢买我们也不敢吃。我还怕你往里边儿掺耗子药呢！”

二民哇呀呀呀哭得更加惨痛。母亲说老大，你个混账东西，越说越没谱儿了！张大民耷拉着脑袋，拎着菜刀，盯着被剁成肉酱的王八，喘气越来越粗，越来越急，似乎要当着母亲的面抹脖子剖肚子以表明心迹，让母亲亲眼看看他的赤胆忠心和满腹柔肠了。

“妈，冰箱里还剩一条鲫瓜子。您想红烧还是清蒸还是糖醋？我这就给您做。”

母亲说把我奶打下来你喝吗？

张大民热泪盈眶，什么也不想说了。他把煮好的王八端给李云芳，她老半天不敢张嘴。它颜色发红，稠糊糊的，像山楂酱或草莓酱一样，散发着生猛的腥味儿，里面还掺杂了一小股清新的甜丝丝的菜墩子的味道。

“吃吧，这就是偏方上说的王八膏子了。”

“对不起。大民，真对不起。”

“对不起我没事，你得对得起这个王八。”

“要是还不下奶怎么办？”

“你说呢？让张树嘬嘬我的奶头儿试试？”

“真对不起了！”

一夜无话。天快亮的时候，张大民被哭声惊醒。他翻身爬起来，发现不光孩子在哭，孩子的妈也在哭。李云芳楚楚动人地看着他，表演似的把手往乳房上一搭，嗖，一股奶射到石榴树上，再一搭，嗖嗖，两股奶白花花的一块儿射到石榴树上，整个屋子都让浓烈的奶香塞满了。张大民抱紧李云芳，觉得不妥，分开又舍不得，就用自己的手换掉她的手，嗖嗖嗖，把奶水喷了一脸。本来有跟着哭一鼻子的念头，这么一闹分散了注意力，也弄不清湿乎乎的鼻梁上有没有自己的泪珠儿了。

“您的下水道堵的时间也太长啦！”

“大民，真对不起你。”

“别往树上滋了，快换一棵树吧。”

张树叼住奶头就不撒嘴了。

“真是天才！我还没教他他自己就会了。”

“大民，我想吃鸡腿儿。”

“知道我兜里还剩多少钱吗？”

“多少钱？”

“4 块钱。买鸡爪子可能还够。”

“那就给我买两个凤爪吧！”

“凤爪也贵。云芳，你吃鸡脑袋吗？”

“鸡脑袋有毛。”

“我给你买两根鸡脖子吧？”

“不用了，我一想就没有食欲了。”

“我也是。我都起鸡皮疙瘩了。”

“我现在不想吃鸡腿儿了。”

“我赞成，想吃以后再吃。”

两个人头挨着头，亲嘴儿，叹气，接着亲嘴儿，继续叹气，显露了幸福过后的疲乏。张大民仍然平静不下来，为李云芳湿润的奶头儿激动，也为李云芳想吃鸡腿儿的念头而困惑。他自己什么都不想吃。现在，有张树一个人吃就够了。亲娘的奶水终于把美国奶粉打败了。不对！是一只中国的王八,一只变成了糨糊的大王八，把美国的牛奶托拉斯给彻底击溃了。它们再也别指望从张大民的裤兜里往外掏钱了。谢天谢地，孩子的妈通啦！

我们自己有奶了！

两个人亲嘴儿亲得牙床子都疼了。

“我不想吃鸡腿儿了。”

“鸡皮疙瘩刚下去。”

“大民，我想……”

“你想喝白开水吗？”

“我……”

“我早就给你晾好了。”

“好吧。那就来一杯白开水吧。”

“……味道好极了。”

张大民自己先喝了两口，然后把杯子递给李云芳，相信她必有同感。张大民很舒服地闭上眼睛，听见白开水在李云芳喉咙里发出咕咕的声音，暗自想道，除了不花钱的白开水，她还需要点儿什么呢？这个儿子要吃奶母亲想吃鸡腿儿父亲打算舔掉碗底儿的王八渣子的家庭，到底还需要点儿什么呢？

张树过满月那天，张大民做了一锅卤，请全家吃了一顿捞面条。吃到半截儿，张大民用筷子捅了捅张三民，我跟你说件事。张三民笑着说，怎么这么寸哪，我也想跟你说件事。两个人躲在小厨房谦让起来，你先说，你先说，还是你先说，我先说就我先说。张大民凑近张三民的脑袋，压低了声音，像一只哼哼着的大蚊子，要在三民的耳朵上叮一下。他说你能借我200块钱吗？张三民僵住了，含着一嘴面条，就像十几条蛔虫正从牙缝里爬出来。张大民连忙解嘲，算了，算了，就算我什么都没说，该你说了。张三民把蛔虫咽回去，很困难地闭着嘴，似乎生怕它们再钻出来，过了半天才从牙缝儿里挤出几个字。我们看中了一台音响，钱不够，想跟你借300块钱。张大民挥挥手，算了，算了，就算咱们俩什么都没说，就算你放了一个屁，我也放了一个屁，一风吹了，行了，没有味儿了。

回到屋子里继续吃面条。张大民看见张二民去厨房加卤，也装着要加卤，蹑手蹑脚地跟到灶台旁，脸上洋溢着谄媚的笑容。张二民越来越古怪了，大脸浓妆艳抹，像扑了三层没加水的淀粉，眉毛又粗又黑，像两条毛毛虫，一犯犟毛毛虫就一耸一耸地动起来了。张大民轻轻地笑着，二民，我想跟你说个事。话一出口便有些后悔，不行呀，太直露啦，赶快绕个弯子补救一下吧！

“二民，你的妆化得越来越地道了。”

“我没钱！有钱也不借给你！”

张二民突然张开大嘴，要吃了他，至少是要把他的脑门子咬下来。张大民被彻底噎住，明白自己被人民币遮住了双眼，又一次错误地估计了形势了。不错，血浓于水，可卤还浓于血呢，只要自己吃着合适，还把血做成血豆腐拌在卤里呢！不错，人嘴能说人话，可说着说着高兴了或不高兴了，这张嘴还会放屁呢，比真屁都劲大，还能砸人一溜儿跟头呢，能砸得你半天爬不起来哭不出来明白不过来呢！张大民真的蒙了。不过，他迅速地爬起来，掸掸身上的土，擦擦脸上的唾沫星子，沿着自己的思路继续摸索着前进了。

“二民，不是钱的事儿，是你搞对象的事。听说你在肉联厂搞了个临时工，大家很关心你。听说临时工是个农村户口，还是山西的农村户口，大家更关心你了。我们知道你在恋爱上遇到很多挫折，不是一般的多，还净碰上有眼无珠的人，里边儿还有几个狼心狗肺的人，这都不是你的责任呀！而且也无损于你的形象呀！你还是你。你还叫张二民。你还像从前一样，朴素、善良、丰满、坚强……话不多，句句都能说到点儿上；不爱笑，在心里笑也有办法让人看出来；爱哭，哭一会儿就不哭了，哭完了比哭以前更懂事儿了。你有这么多优点，凭什么不自信呢？你应该好好想想，是把这么多优点交给一个有户口的人呢，还是交给一个从山西冒出来的爱吃醋的人呢？我要是你，我就张开大嘴告诉他，别往前凑，离老娘远点儿！二民，你可千万别糊涂。早市上萝卜3毛一斤，到中午2毛一斤，天一黑就1毛一斤了。这时候过来个家伙，问你5分卖吗，你一不耐烦心一软，说不定就卖了。你不能卖！你得等着。这时候又来了一个家伙，问你1毛5卖吗，你就可以考虑考虑了。不管天多黑了，你都得凑近了看看他的脸，看看他是谁，闻闻他嘴里有没有醋味儿有没有蒜味儿。二民，我敢跟你打包票，这家伙是个有城市户口的人，别说1毛5，8分也应该卖了。可是你看你，你看你，5分就卖了。太贱了！二民，我们都很难过。我们不是为自己难过。5分钱里没有1分钱是我们的。你白给人家我们也没有办法。我们就是觉得不能这么早就泄气，价儿高一点儿不碍事，从早上就都到晚上了，再蹲两个小时怕什么？你蹲不了我们替你蹲。怎么拍拍屁股就跟人走了呢？你也太不自信了。你看我，我都蹲到后半夜了，我就不走，怎么样，李云芳还不是自己爬到我秤盘子里来了。你好好等等，说不定能等个什么东西呢。二民，我就说这个事，我不说钱的事。你还有一个优点，刚才忘说了。你喜欢攒钱，谁也不知道你攒了多少钱。慢慢攒吧，我们根本不想知道，又不是我们的钱。不过我还是要提醒你，千万别告诉山西人你的存折放在什么地方！也别带在身上，他摸你的时候顺手给摸走了就惨了。让他给摸走了，还不如自己花呢，还不如借给别人花呢，还不如借给……”

张二民眼含泪花，把面条全戳烂了。

“张大民，我谢谢你。”

声音很低，然后突然抬高了八度。

“张大民，我有钱也不借给你！”

停顿了片刻，轰隆，又抬高一个八度。

“张大民，我嫁给一只山西猴儿，你管得着吗？我乐意！我拿存折喂一头山西的大叫驴，我气死你，张大民！”

母亲说怎么了怎么又掐上了！

张大民说没事没事醋瓶子掉卤里了。

张树一辈子只有一个满月，本想吃一次胜利的面条，团结的面条，朝气蓬勃的面条，结果吃成了一次失败的面条，分裂的面条，垂头丧气的面条。面条堵在张大民的心口上，像铁丝一样支棱着，半个月都没有消化。他在保温瓶厂申请了困难补助。补助有三挡，50元，40元，30元。申请很踊跃，比申请入党还踊跃。他怕打破脑袋，没申请50元，申请了40元。班组筛了一道，工段筛了一道，筛到车间这一道40元一挡的只剩下两个人。张大民和那个人去工会介绍情况，一边走一边生了幻觉，看见自己捡了个钱包。钱包瘪瘪的，以为什么也没有，打开一看，是40块钱，10块钱一张，一共4张。他看四下无人，就把钱包偷偷揣起来，心里很高兴。他在工会的椅子上坐下来的时候，脸都红了。那个人开始介绍情况，父亲偏瘫，母亲白内障，岳父糖尿病，岳母让车撞了，老婆心动过速，大儿子多动症，二儿子血色素偏低，还缺钙，半夜老抽筋儿……张大民站起来，扭头向外走。工会干事叫他，该你了，你干吗去？他说你们爱给谁给谁吧，我钱包丢路上了，我得捡钱包去了！

过了一些日子，李云芳老在家里闻到油漆味儿。起初不在意；不料油漆味儿越来越浓，半夜醒过来闻闻，呛眼睛，还呛鼻子。她把脸贴在墙上，贴在床单上，闻着闻着就闻到张大民的头发里去了。她推醒他，让他坦白，他不坦白。她使劲儿拧他，让他说，他就不说。她就用两个指甲片掐住他米粒儿大的一块肉，慢慢往起提溜。他说哎哟，饶命啊，我说我说，油漆商店一个站柜台的大美妞儿看上我了，她老拿手摸我头发，还摸我别的地方，不信你闻，味儿都串到后臀尖上去了。哎哟！李云芳，把我掐死了有你什么好儿啊！有本事掐我一嘟噜，掐我的汗毛眼儿算干吗呀！张树，张树，醒醒，快咬你妈奶头！快点儿，咬一个抓一个，别撒嘴，儿子！咱俩一人咬一个，别跟我抢！哎哟，给我报仇啊，你妈把你爸掐死了，你妈把你爸的麻筋儿都给掐出来了，你妈把你爸的水儿都给挤出来了……

闹累了，夫妇俩静静地躺着，谁也不说话。李云芳给张大民揉着刚刚掐过的地方，张大民丝丝地往嘴里吸气，像吃多了辣椒一样。

“云芳，我调到喷漆车间去了。”

那边不言语。

“有岗位补贴，每个月多挣34块。”

还是不言语。

“都说有毒。我看没毒。喷漆车间都是农民工，一个个壮得驴似的，有什么毒？我才不怕呢！人家都没事，我能有什么事？有人说我有病，他才有病呢！我没病。我就是想多挣钱。多挣钱也算病，我愿意天天得病，只要别病死，一辈子有病才好呢！云芳，34块！一个人生活费有了，鸡腿儿也有了，不是挺合适么！漆味儿怕什么？闻几天就闻惯了。我刚进喷漆车间老头晕，一个礼拜就不晕了。油漆有股苹果味儿，有的有股栗子味儿，闻惯了不闻都不行，不闻头晕。云芳，你别拦着我。我要想挣钱，老虎都拦不住我。我就是老虎，我是玩儿命挣钱的老虎，谁拦着我，我吃谁！你要拦着我，我天天晕俩大马趴给你看，我晕在大街上不起来，你得乖乖地把我抬到喷漆车间去。云芳，我说话算话，你信不信？”

“我把你抬到火葬场去！”

李云芳笑着，扑噜一声，终于哭了。

“烧一次给我多少钱？便宜了不干。”

“你有病！”

“我没病。”

“你就是有病！”

“咱俩都有病就等于谁也没病了。”

“大民，你真傻呀！”

“你知道了？祝贺祝贺。”

“你真蠢呀！”

“再说我蠢我把你鼻子咬下来！”

李云芳轻轻抽泣，无力说话了。张大民笨拙地抱着她，一遍一遍地给她胡撸背，往她的眼睛上鼻子上嘴上眉毛上耳朵上吹气，一遍一遍地吹气，轻轻吹气，像一个被吓坏了的仍在顽强嬉戏的孩子。

“明天拿洗衣粉洗头试试，再有味儿就没办法了。他们说用碱也可以。你说行吗？我记得蒸窝头才用碱呢。云芳，我是不是记错了？我记得碱是发面用的，不是洗头用的。倒不妨试一试。往头发上撒点儿碱面儿再上班，下了班拿水一冲，没味儿了更好，有味儿肯定也不是过去的味儿，说不定满脑袋都是窝头味儿了。云芳，你爱吃棒子面儿吗？我……”

李云芳睡着了。张大民一手搂着李云芳，一手搂着张树，陷入了一股绵绵不绝的油漆的清香之中。他沉醉地闭上眼睛，幻想着一个满身碱味儿的张大民昂首阔步地走在挣钱的路上，突然捡到了一个钱包，数了数有34块钱。他把钱包据为己有，一点儿也没脸红，继续昂首阔步地向前迈进了。从此以后，他们又过上幸福的生活了。用了很多肥皂，用了很多洗衣粉，还用了不少碱面儿。可是有什么用呢？什么东西能阻挡幸福的脚步呢？谁也无法阻止张大民用五彩油漆来粉刷他们的幸福生活了。

他们的幸福生活是油漆味儿的了。

张树周岁那年，张二民结婚了。全家人都不赞成她的婚事，她收拾了自己的东西，冷冰冰地扫了全家人每人一眼，扬长而去，去了便很少回来了。她先跟着山西人去了山西，在一个叫霍县的地方完了婚事。霍县是什么地方，全家人谁也没听说过，是个每人每顿儿都得来一碗醋的好地方吧？后来山西人在顺义包了个猪场，她就辞了工作，跟着喂猪去了。据说发了，发了跟全家人也没有什么关系了。张大民老想，哪天她赶着一头大肥猪回娘家，我就把她连人带猪一块儿轰出去！可是她始终不露面，说明发了——所谓发了，不过是没安好心的谣言罢了。我们还没发呢，她凭什么就发了！没错，谣言罢了。

张树2岁那年，张四民从护校毕业，实习也结束了，分到九院的妇产科做了助产士。她还在家里住，在家里吃早饭和晚饭，中午带饭盒。饭盒上老有一种淡淡的来苏水味儿，身上和床铺上也有这种味儿。张四民也越来越古怪了。她和张二民不一样，不往脸上扑粉儿，不画眉毛，也不涂嘴。她不让别人坐她的床，也不让别人碰她的被子，坐了碰了，她就不高兴。她不高兴别人看不出来，脸上平平静静的，只是不说话。也不是完全不说话，只是不主动说话，别人跟她说话她还是很有礼貌的，她的不高兴便十分隐蔽。那天张大民堵在大门口想心事，忘了给张四民让路，她就那么悄悄地站着，不说话，等了有十分钟。张大民醒悟之后连忙闪开，她笑了笑，侧着身子过去了，还是不言语。张大民奇怪，哪儿得罪她了？事后才知道，他用了她的擦脸毛巾。张大民向李云芳哀叹，她跟你属于同一个品种，比你还瘆人！李云芳指点他，这叫洁癖。张大民由哀叹转向哀鸣，咱们这种破家也出这号儿人？洁……洁癖？这不等于从下水道里蹦出个卫生球儿吗！张大民由此卫生了不少，变得格外小心了。除了洁癖，张四民还有工作癖，业务上很钻研。她交际少，不贪玩儿，老看产科方面的书，还弄来一个塑料骨盆，没事儿就拨拉拨拉，很投入。骨盆像一个树墩子，平时搁在铺底下，下面垫块板儿，上面罩个塑料袋儿。那天家里没人，张大民拿开塑料袋儿，吓了一跳。怎么跟从哪儿剁下来的一块碎尸一样？唇呀，蒂呀，道呀，毛呀，什么都有，还挺全，真的似的！正看得有趣，李云芳不知何时来到背后，铆足了劲照他屁股就是一脚，差点儿把他踹到床底下去。张大民爬起来嘻嘻笑着，不好意思不好意思，跟赤脚医生手册不一样，闹不明白闹不明白，好像跟你也不一样……李云芳追上去，一脚把他踹到厨房里去了。那一年，张四民做了先进工作者，以后她便年年都是先进工作者了。

张树3岁那年，张五民从西北农大来了一封信，信不长，每个字有枣儿那么大。信的开头说，他仍旧不回来过暑假，他要去体验民情。母亲说什么叫体验民情，张大民说我也不知道，是到村儿里看看热闹吧。母亲叹息一声，他就不想看看我？信的中间说，他补选了学生会副主席，半年以后，争取竞选正主席。母亲乐了，主席的官儿有多大？张大民说没多大，跟居委会主任差不多吧。母亲撇撇嘴，不乐了。信的结尾说，我要考研究生，我需要很多书，书是知识的海洋，我迫切需要在里面自由地游泳。然后笔锋一转，信的最后一句话豁然写道——听说你们都长了两级工资，请每个月多给我寄30块钱，切切！母亲停了一会儿才说，我管10块钱，剩下的你们管。张大民说我也管10块钱，剩下的三民管。张三民说我不管，我正攒钱买摩托车呢，在食堂吃咸菜都吃了一年了。张四民说我管吧。母亲叹息一声，你才挣几个钱？先进工作者微微一笑，我一个人花不了多少钱，又微微一笑，30块钱都让我管吧，就算五民替我读研究生了。张大民很难过，他从小就喜欢这个妹妹，现在更喜欢这个妹妹了。母亲问自由地游泳是什么意思，看样子对五民很不放心。张大民说自由地游泳就是游自由泳，就是狗刨儿，当主席了，大风大浪了，学会狗刨儿了！年底，主席来信报捷，竞选已经成功，开始全面地总地负责学生会的具体工作了。这一次没提钱。张大民松了口气，只要别加钱，您开始负责全国全党全军全国人民的工作我们也管不着您哪！母亲还老跟邻居显摆，我儿子当主席了，好像家里出了个居委会头儿多光荣似的，多不容易似的，多给祖宗脸上贴金似的！太愚昧了。

张树四岁那年，张三民的媳妇毛小莎不知动了哪根儿筋，开始频频地调工作。先从百货商店调到轻工局，又从轻工局跳到文化馆，最后在文化馆一拧屁股，又踅到哪个旅游公司里去了。张三民对着家人疑惑的目光，乱挑大拇哥，我媳妇有路子！不久借到一套楼房，一室一厅，搬家的时候，张三民牛气得不行，连大拇脚指头都挑起来了，我媳妇有路子！张大民心说，整天跳槽，不老老实实在一个地方撒尿，有路子也是屎路子。一天下午，张大民正在喷漆车间喷漆，传话说外边有人找，连忙跑出去，一看是张三民。喝了不少酒，舌头转不动，眼珠儿转不动，傻子一样转着一只大拇哥，眼泪唰一下子就下来了。他说哥，就说不下去了。他说哥，又说不下去了。张大民心里一紧，谁死了？他摇晃三民的肩膀，拧三民的左耳朵，最后给了三民一个大嘴巴，啪嚓！三民的喉头跳了一下，就哭出声音来了。

“我媳妇……”

“你媳妇怎么了？”

三民继续晃着那只大拇哥。

“我媳妇……”

“你媳妇有路子，我知道。”

“我媳妇……”

“我明白，她有路子。”

“路子……婊子！”

“你媳妇……”

“我媳妇是个婊子！”

张三民哭倒在大哥的肩膀上。张大民不知为什么，有点儿欣慰。早就听出来了，不是一只好鸟，是一只浪鸟！张大民在张三民的后腰上拍了拍，想起了儿时的情景，三民脖子里让人灌了沙土，跑回家也是这样哭的。现在，他无法领着三民追出去，灌对方一脖子沙土了。鸟固然不是好鸟，可毕竟是一只鸟啊！歌喉婉转，羽毛美丽，是做小婊子，还是竖大牌坊，人家有人家的自由啊！张大民说别哭了，挺起来，擤擤鼻涕，说说，怎么好好的就成了婊子了？张三民说了两个小时也没说清楚。大意是肚子疼，请了半天假，打开单元门一看，媳妇正领着一个男的穿裤子呢，跟军训时候的紧急集合一样。张大民劝他想开点儿，别以为就自己倒霉。这种鸟很多，有越来越多的趋势，随便挑一座居民楼看看，隔一个笼子一只，可能邪火点儿，隔两个笼子一只，那是一定不会错的，不信就拉出来遛遛。张三民没想到有这么多战友，听大哥一说，觉得有道理，慢慢就平静了。他底气不足地嘟囔，真恨不得杀了她。张大民说千万别杀她，你要么放了她，爱飞哪儿飞哪儿，要么就给她拔拔毛，告诉她不老实，拔光了算，别让她不知道你是谁！我建议你重找一只。不会叫唤都没关系，关键是要品德优良，死蹲一个茅坑儿不起来，得是真正的好品种，就像我媳妇那样。张三民没有正面回答他，走的时候只是连连叹息，早一点儿给她拔毛就好了，早一点儿拔就好了。晚上刚回家，张三民就来了传呼电话。张大民没有醒过味儿来，兴冲冲地说怎么着，你给她拔毛了吗？

“哥，我们和解了。”

张大民差点儿没背过气去。

“哥，别告诉咱妈。”

手能从电话线伸过去，就抽他了！

“哥，我原谅小莎了。”

“什么鸟儿东西！”

张大民摔了电话，气得眼冒金星。那只鸟往三民嘴里拉了一摊屎，吧噔儿一下，丫没给吐出来，丫给吃进去了！妈怎么给生了这么一个弟弟呀，生得太没水平了，早知道这样，直接给生个小王八不就完了吗！爸早晚得从骨灰盒里爬出来，没别的，给气活了，让吃鸟粪的儿子给气活了。

秋天，张五民回来了。完全变了一个人。个子高大，肩膀结实，眉清目朗，谈笑自如，嗓音嗡嗡的，听着特别厚实，特别舒服。母亲一见他就哭了，抱着不撒手。他很得体，显然见了不少大世面，不怕别人哭，用低沉的喉音说道，老人家，身体怎么样，这几年您受苦啦！张大民站在旁边纳闷，又钻出一只，是哪儿飞来的呆鸟呢？不论从内容到形式，这一位怎看怎么不一般，颠过来倒过去，揉开了掰碎喽，怎么看怎么不是凡人，也不是张大民他们家的人。他没有考研究生，直接参加分配，准备到农业部下边的一个司下边的一个处里去做事。他很快就去报到，并很快住进部里的单身宿舍了。他用浑厚的嗓音提出建议，家里要尽快装个电话，否则多不方便，有事都没法儿通知你们。张大民的脑袋嗡一声就大了。

“不是正等着您挣钱交初装费呢吗。”

张五民一愣，很有风度地笑了笑，没有接话。主席不白当，会察言观色了。

“你不用通知我们，部长想接见了，你直接把他拉咱家来不就完了么。”

“大哥，你越来越风趣了。”

“你不是想去新疆种苜蓿种向日葵么？怎么不去了？人家给种满了，新疆没你地儿了吧？新疆没地儿了，扭头儿奔内蒙古呀，怎么一脑袋扎到水泥大楼里去了，不嫌憋得慌了？”

“那时候我的想法很幼稚，很可笑。”

“怎么也没考研究生啊？”

“大家都认为我适合走仕途。”

“身上多带俩保险钩儿。”

“怎么呢？”

“爬两步就挂一个，小心别掉下来！”

“我借大哥的吉言了。”

小子向外走的时候，脚步咚咚直颤，好像是一辆坦克开到社会上去了。母亲说我们老五最有出息了，又问仕途是什么意思，什么叫仕途，是泥道儿吗？张大民说您甭问我们，您肯定看见过。场子中间戳一根杆儿，一敲锣，一群猴儿抢着往上爬，中间那根杆儿就叫仕途。咱家老五的出息大了去了。

母亲说比喷漆的活儿强点儿不？

“您寒碜我干吗？”

张大民灰溜溜地找石榴树就伴儿去了。石榴树样子没变，粗了不少，撑裂了屋顶的油毡。外面一落雨，树皮就跟着流水，缠上毛巾不管用，把儿子的毛巾被裹上，居然管用了。张大民看着水淋淋的石榴树，觉着一个人的眼泪在流，永远也流不完了。

张树 5 岁那年，家里出了一件大事。除夕下午，全家人包饺子。母亲拿了 10 块钱，上街买醋，买蒜。张树像小尾巴儿一样跟着她。先到副食店买醋，然后拎着醋瓶子去菜市买蒜。蒜挑好了，搁在秤盘里也约好了，一摸没钱。赶紧回副食店，我买了一瓶醋，你们没找钱。那边说不可能，您的醋呢？赶紧回蒜摊儿，我的醋呢？那边说啥醋，俺们就卖蒜，俺们不卖醋。母亲回到家里，失魂落魄，喃喃自语，老糊涂了把钱给丢了把醋也给丢了。张大民说没事没事，丢了就丢了，张树呢？母亲哼哼了一声，就坐在地上了。

张树没有走远。李云芳哭天抹泪地来到街上，发现儿子正在菜市溜达，背着小手儿，看看茄子看看扁豆，视察得正来劲呢！他不慌不忙地向众人汇报，奶奶跑了，奶奶没影儿了。后来奶奶回来了，奶奶又往那边跑了，奶奶又没影儿了。奶奶上哪儿了？

奶奶一个人儿回家了。

大家笑过之后，没有当回事。老人记性不好不是一天两天了，多了个笑话而已。上街别带孩子，买东西少带钱，炒菜别忘了关火，还能让老太太怎么样呢？总不能让她和孙子一块儿上幼儿园吧？半个月之后，母亲失踪了。

那天正好张五民回来，母亲说你爱吃茄子，我给你做烧茄子，我给你上街买茄子去。谁也没拦她，一去便失了踪影。起初都不在意，张大民还开玩笑，妈买俩茄子，丢了一个，正满世界找呢，找什么，自己给吃了！后来过了吃饭时间，突然觉得不妙了。晚上，大家坐在派出所走廊里等消息，张大民把张五民骂了个狗血喷头。吃什么烧茄子？不吃烧茄子你烧得慌？不吃烧茄子你拉不出屎来？不吃烧茄子你爬不上去是不是？想吃自己烧去！妈丢了，我看你吃什么！妈要找回来，你爱吃什么吃什么！妈要找不回来，我……我吃你！我烧了你个大瘪茄子，我吃你！哥儿俩都哭了。大学生，知识分子，机关工作人员，仕途的跋涉者——张五民同志无法忍受羞辱与悲伤，终于跳起来了。

“这是命运！能赖我吗？”

“不赖你赖谁！”

“应该诅咒的是命运！”

“拉不出屎赖茅房！你不馋烧茄子，命运能这样儿吗？你不在家，妈命运挺好的，你一回家，妈就不走运了，你还说什么呀？赖人命运干吗呀？这事儿从头到尾我都看着，不赖命运，就赖你！一听吃烧茄子，哈喇子都下来了，您还仕途呢您，快找个小饭铺跑堂儿去吧！您不嫌寒碜，我们还嫌寒碜呢。命运跟谁过不去，也应该找你这样儿的，找爱吃烧茄子的，找咱妈干吗？”

“我不就这一种爱好吗！”

“一种爱好就把妈弄没了，多俩爱好，把大家都弄没了，你就踏实了！”

“你不能这样跟我说话！”

“我还能跟谁这么说话？”

“我现在是科长，不许你伤害我！”

“爬得够快的！科……长，好好，很好，科长……我没别的爱好，我就爱吃科长！我现在就烧了你！我吃红烧科长！还真拿自己当道菜呢？你给我边儿待着去吧，还科科科……科长呢！茄茄茄……茄子！大生茄子！”

值班民警推门出来，很不高兴，吵什么吵什么，分遗产早点儿了吧？张大民抓住民警一条胳膊，哈着满嘴酒气，凑近了往人家脸上喷，露着一脸套近乎的纯朴的傻笑。

“拜托了！说什么也得帮我们找回来，不找回来我们不答应！人民的警察爱人民，人民的警察找母亲！我们兄妹几个就这么一个妈……我们的妈也是你们的妈，你们得快点儿找，不快点儿找，碰上人口贩子，把咱妈卖了，咱们还对得起人民吗？同志……”

“灌了几泡尿？有一百个妈也让你丢了！”

“我就一个妈，加上你的妈才俩妈。”

“我妈是我妈，瞎扯什么！”

“谁瞎扯了？我妈不是你妈是谁妈？”

民警把他搡开，与五民小声说话。

“这小子是谁？”

“……我大哥。”

“平时对老妈不上心，丢了又装洋蒜？”

“……他就那德行！”

“酒鬼？把老妈的钱偷着喝了，是不是？”

“……他人就那德行！”

“他会不会找个没人的地方……我的意思是，他会不会把你妈给扔了？”

“那倒不会！”

张五民脸红了，又补了一句。

“他还没有坏到那种程度。”

“没准儿，去年我办过一个，跟我这儿装洋蒜，拉着我认干妈，让我一眼看穿了。”

“我向您保证，我大哥是好人。”

“是好人？”

“好人！”

“……怎么看不大出来呀？”

民警朝张大民的傻脸摇摇头，回屋去了。兄弟俩在派出所的长椅上睡了一夜。没有消息。爱吃冰的母亲说话短促有力的母亲——真的失踪了，张大民找到母亲的相片，放在相框里，摆到冰箱上。全家人围着圆桌坐着，不敢看母亲的笑容，都看着冰箱。张五民很难过，朝冰箱鞠了三个躬就出去了。

“妈，我再吃一口烧茄子我就不是人。”

张大民不信，狗改不了吃屎，张五民改不了吃烧茄子。农业部食堂一出味儿，汪汪汪，头一个冲上去的不是别人，肯定是年轻有为的张科长。部长爱吃烧茄子那就另说了。

张大民也给母亲鞠了三个躬。

“妈，您就这样走了。您为了让小五儿吃一顿烧茄子，就这样匆匆地离开了我们。哪儿都能找到茄子，找不到鲜茄子也能找到茄子干儿，可是我们上哪儿去找您呢……”

张四民说别说了，就趴在桌子上哭了。

五天以后，在河北省的一条乡间公路上，风尘仆仆走着一个老太太。她满头草屑，一步三摇，像啃苹果一样啃着一个茄子，网兜儿里还拎着一个茄子。巡警把车停下来问她，大娘，这是去哪里呀？老太太一嘴京腔儿，我们家搬家了，我找不着家了。老太太一上车便催，快走，我儿子等着吃烧茄子呢！

“您儿子是谁呀？”

“我儿子是主席。”

“什么主席？”

“正主席，什么都管。”

巡警们互相看了看。

“……是政协主席吗？”

“是。”

“他叫什么名字？”

“老五。”

巡警们又互相看了看。

“您家在哪儿住？”

“前边儿，房子里长棵石榴树的就是。”

巡警们就什么都不说了。

第二天上午，保温瓶厂厂长办公室接到一个电话，公安局打来的。先问有没有一台会飞的锅炉，又问有没有一个人让这台锅炉给弄死了，最后说有这么一个老太太……办公室的老干事跳起来，我 ×，这不是张大民他妈吗！干事像鹰一样飞进喷漆车间，落在迷迷瞪瞪干活的张大民背后。

“你妈没丢！你妈在河北呢！”

张大民差点儿栽到油漆桶里去。母亲被搀进家门的时候，连自己的相片都认不出来了。她扒着冰箱看了又看，老问这是谁家的闺女呀，真俊！医院下了诊断书，二期老年进行性痴呆症，据说到三期就该吃自己拉的屎了。母亲的病情没有恶化，时好时坏，好的时候比好人差不远，坏的时候比最坏的孩子都差得多了。她没事老开冰箱，不拿东西，打开看一看，歪着脑袋想一想，再关上。过五分钟又打开，还不拿东西，想一想，看一看，笑一笑，就关上。张大民很恼火。他去电器修理部打听，能不能给冰箱上把锁？人家小心翼翼地看着他，您有非常贵重的食品需要保存吗？他说没有，就是点儿剩菜。人家就用蔑视的目光看着他了。

“您想把冰箱改保险箱？”

“不是。我就是想省电。”

“省电？您把插销拔下来不就行了么。”

“拔下来我找你干吗？”

“谁知道你找我干吗，吃多了！”

张大民生了一肚子气，回家找根行李绳子，捆犯人一样把冰箱给捆上了。添了许多麻烦，省电省了不少，也算不是法子的法子，好歹把母亲玩儿冰箱的毛病给治住了。晚上，没人敢陪她睡觉，张大民就陪她睡觉。她半夜爬起来，四处摸索，不知要干什么。找尿盆吗？张大民不说话，想找找规律。母亲摸进了厨房，摸完了水缸摸锅，不是找尿盆。母亲把铝锅放在地上，窸窸窣窣弄了半天，然后哗，撒了一泡尿。还是找尿盆去了！

张大民操心的事情便越来越多了。

张树 6 岁那年，家里又出了一件大事。张二民不生孩子，让山西人打得鼻青脸肿，自己跑回来了。母亲不认识她老问你是谁呀，哪庙的，老在这儿坐着干吗？二民脾气强多了，说话不梗脖子，三五句说到伤心处，便闷着头儿吧嗒吧嗒掉眼泪。张大民陪着她一块儿叹气，你看你，不听我的，非要嫁一山西猴儿，让猴儿给挠了吧？非要拿存折喂一山西大叫驴，还要气死我，我还没气死呢，山西大叫驴一尥蹶子，把您给踢背过去了。现在怎么办？我倒想杀驴卖肉，给我妹妹出口气，可是法律不允许我那么做呀！嫁狗随狗，你嫁了一头驴，也只能随他去了吧？从他屁股后头过的时候，离他远点儿，我看也就这样了。

“大哥，我的命好苦啊！”

这是过去那个张二民吗？不过，尽管她左手俩戒指，右手仨戒指，胳膊上一根镯子，脖子上一条链子，金灿灿的一嘟噜，身上却还是原先那股味道。在肉联厂大肠组的时候，都说是肠子味儿，那是客气。现在猪场的干活，八格牙路，用不着客气，就直说那是猪粪是臭大粪的味道了！金子都冒出屎味儿来了，她的命能不苦吗？张大民还有一个意思不跟别人说，只在半夜扪着心口跟自己说，戴多少金子也是鼻青脸肿，我们云芳一粒金子没有，我们云芳不鼻青脸肿！再者说了，那是金子吗？谁敢保证那是金子？拿几块烂铜充数罢了！

罢了。

山西人来了。灰西服，大戒指，大镏子，大链子，也是一片金光，那叫土！一张嘴，出来俩大金牙，土上添土！他把点心和水果放在桌子上，把酒放在冰箱上，把两条烟放在凳子上，突然不知道应该坐那儿了。他朝老太太鞠了一躬，妈！口音很浓，舌头上像勒着两根儿线一样。妈不理他，只是郑重地发问，你是谁？哪庙的？他立刻不知所措，脸红脸白，像进了校长室的小学生了。这个山西人给张大民留下了非常美好的印象。最美好的印象便是，山西人也鼻青脸肿，比张二民鼻还青脸还肿，真是彼此彼此，女貌郎才，皆大欢喜啦！张大民看张二民不理他，便把他请到自己的小屋里，缓和一下气氛，也想顺便跟他谈一谈。山西人吃惊地看看石榴树，小心地在床边坐下了。

“先生贵姓？”

“免贵，姓李。”

“怎么称呼？”

“李木勺。”

“勺儿？什么勺儿？”

“舀蜂蜜的勺儿，我爹是养蜂的。”

“木勺先生……”

“你就叫我勺子吧，二民叫我勺子。”

“勺子……咱俩是头一回见面。上次你把我妹妹娶走了，也没打招呼，我就不追究了。这回你把我妹妹脑门子打个大包，都青了，跟白洋淀的咸鸭蛋似的，我可就不想饶你了。我这当哥哥的要好好批批你了。”

“该批该批！打也不冤！”

张大民对他的印象便越发美好了。

“贫下中农爱打老婆，这我们知道。可是，你跑到工人阶级家里来打老婆，这合适吗？你也不问问，我们工人阶级同意吗？想打人，上了街看谁不顺眼，你打谁不行，干吗躲在屋里打自己的老婆呀？工人阶级一专政，往死里打你一顿，你受得了吗？往后别打老婆，手痒痒了给自己几个大嘴巴，舍不得打嘴巴就扇自己的屁股蛋子，又解了自己的气，还过了打人的瘾，也没什么后遗症，多好！实在憋不住，你拿脑袋撞电线杆子，你跳到水库里喝一肚子水，你哪怕拎根棍子跳到猪圈里揍老母猪一顿，把它揍残废喽……你也别打老婆！老婆是谁呀？陪你干活儿，给你做饭，帮你出主意，甜的留给你吃，苦的留给自己吃，剩一口饭了也给你多半口，她吃小半口，老婆容易吗？白天忙够了，晚上还陪你乐呵，她自己不乐呵都装得比你还乐呵，好让你乐呵。你乐呵够了，爬起来就打老婆，你算什么东西？你还是个人么你？你要再打我妹妹，我把你木头勺子撅两截儿喽！我上山西霍县刨你们家祖坟去！”

山西人的眼睛闪烁着悔恨的泪光。

“该刨该刨！你是个好嘴！道理明，道理通。悔死啦，对不下二民，她是个好老婆！大哥，你是不知道……我打她可比不上……比不上她干我凶哩！”

“我妹妹揍你了吗？”

“我不说。我丢人！”

“女的打男的我就管不着了。跟自卫有关的事我也不管。你们两口子的事还是得你们两口子管，我说多了就不合适了。”

“你会说！说得明！大哥，你说说看……她扬着铁锹追我，我绕了三排猪圈也躲不过。我一追她，她一翻就翻到猪场墙外面去哩！你给说说看……”

“上蹿下跳的，都着什么急呢？”

“我们俩都想孩子！”

“想能想出来？打能打出来？得踏踏实实做工作，还得碰运气，蛮干不行。”

“运气赖！她赖我，我赖她。”

“给二民瞧过病吗？”

“瞧过三个医院，都没有病。”

“那就是你的毛病了。”

“我没有病。我家伙好使！”

“你得瞧病去。”

“我不瞧，我这里好使得不得行！”

“好使也不行。骡子好使，管什么？光撒种不长东西。想孩子就赶紧瞧病！”

“你好嘴。你说咋着就咋着。”

山西人答应瞧病。张大民答应陪山西人瞧病。两个人脾气相投，分手之际像刚刚拜了把子的兄弟一样。出门的时候，李木勺指指石榴树，屋子不大，咋还下个柱？张大民谦虚地告诉他，那不是柱，那是棵树。李木勺不胜唏嘘，你们城里人的日子真是不容易啊！

贫下中农终于觉悟了。

张大民在鼓楼附近打听了一家医院。第一次去，居然没挂上号。第二次俩人天不亮就去了，又差点儿没挂上号。骡子太多啦！进诊室的时候，李木勺腿肚子转筋，非要拉着张大民一块儿进去不可。张大民先好言相劝，见说不通，就把他往门里一推，玩儿去！不久便出来了，捏着一个手指头粗细的玻璃管儿，探头探脑地四处找茅房。

“验尿？”

“……他们要我的𣲽。”

“查精液？管儿太细了，进得去吗？”

“你可说哩？”

俩人一进公共厕所就傻眼了。每一段墙壁都对着一个人，肩膀挨着肩膀，叹息跟着喘息，摇头伴着点头，都在垂首努力，目标对准了同样的细细的玻璃管儿。天哪，太不文明啦，太惨无人道啦。怎么背着人干的事情，竟然当着人干呢？骡子们想儿子想疯啦！李木勺对着拖把弄了片刻，脸似猪肝，筛糠一样抖着脚后跟，都快哭了。

“大哥，我不行。我当着大伙儿说啥也不行，弄不惯。去旅社开个房吧，我慢慢弄。”

“来不及了。这儿有一坑儿，快来！”

张大民把李木勺塞进了木头隔断，听他在里面叹气，呻吟，又叹气，嘬牙花子，对他充满了同情和怜悯。为了有个孩子，妹夫你辛苦啦，别着急慢慢弄吧。李木勺咚一声推开门，满头大汗，眼神儿绝望了。

“不行，说啥也不行！去旅社开个房吧，把二民接来……”

“黄花菜都凉了！挂个号容易吗？进去，接着来。连这都不会，长这么大都干吗了！”

张大民把李木勺关回去，跳到大街上买了一本电影杂志。女明星看着还顺眼，估计李木勺看着也不会不顺眼，就是她了。他把她从隔断下边送进去，小声说这回看你的了，再不行鬼都帮不上忙了。李木勺行了，出来了。他一只手端着试管儿，一只手攥着杂志，露出软绵绵的笑容，人基本上已经虚脱了。

“还不快扔了！你扔它干吗，我让你把杂志扔喽！把管儿拿好。我算知道愚公怎么移山了，太他妈伟大了！兄弟，咱们走！”

女明星躺在纸篓子里，对肮脏的男人们发出了蔑视的嘲讽的深恶痛绝的微笑。男人们从厕所逃出去了。但是，男人们胜利了。晶莹的玻璃管儿里已经充满了温柔的液体了。

四个月之后，李木勺领着张二民来报喜。他先给岳母鞠了一个躬，然后扑通跪下了，抱着张大民的大腿就不停眨巴眼睛，想掉眼泪。张树在一边看着，突然冒了一句，卑躬屈膝！把众人吓了一跳，这叫什么话？

“天才！我儿子会说大人话了！”

“大哥，他不是天才，是天才的娃儿，你是天才！大哥，二民怀上了，我谢谢你啦！”

“她怀上了你谢我干吗？”

“没有你她就怀不上！”

“闭嘴！怎么连屁都不会放了！”

“我嘴笨……”

“我知道你笨。我见过。”

“没有你，我吃不上神仙药。他们吃 600 服药都怀不上，我吃了 60 服就怀上了！没有你就没有我，这事就咱俩知道……没有我，她就怀不上。大哥，我不给你磕头让我给纸上的小娘们儿磕头啊？大哥，受我一拜！”

咚，真磕了一个头。爬起来，掏出了一把戒指，有五六个。张大民只看了一眼，眼就花了。他想干吗？全给我吗？

“大哥，拿着！你家三口人，六只手，一手一个。没啥送，小意思，多喂几只猪就有了，圈里几千口，卖不清！这东西不赖，我看你们哪个手都空着，就缺它。大哥，你嫌少？你嫌少我给你换几个金镯子，我……”

“我倒不嫌少……不是铜的吧？”

李木勺急得张嘴就咬，挨着咬。

“铜的？大哥，咱俩是生死之交！铜的？大哥，你救了我一条命啊！铜的？大哥，你还救了我老婆一条命啊！铜的？大哥……”

“别咬了！别咬坏喽！真不是铜的，我……我就挑一个，就一个！剩下的，你爱给谁给谁。你看老母猪顺眼，愿意给它套蹄子上，我也管不着。我的话你别不爱听，什么东西多了都不行，多了就俗了。我就挑一个。”

“你不贪。大哥，你是一个善人！”

“勺子，这回算你舀到本质了。”

张大民挑了一个小巧的，夜里往李云芳的手指上一箍，严丝合缝，蓬荜生辉。云芳高兴得不得了，却小声嘟囔，这合适吗？张大民说这是我的报酬，用仁慈和智力换来的，我一说你就明白了……便叙述了一切细节，李云芳笑得要死，捂着肚子喘不上气来了。

勤俭节约外带抠门儿的张大民让艰苦朴素外带寒酸的李云芳戴上金光灿灿的9999成色的大戒指了！他们的脸上露出了满足而欣喜的笑容。他们过上更加幸福的生活了。不仅如此，他们让妹妹和妹夫也过上幸福的生活了。

普天之下皆幸福了。

张树是高才生，不是天才，也差不多了。他功课好，爱琢磨事，喜欢刨根问底儿。小学二年级的时候，拿着语文书，问了爸爸两个近义词，也许是两个同义词。

“爸，赤条条是什么意思？”

“赤条条就是光膀子。”

“那赤裸裸呢？”

“赤裸裸……就是光屁股。”

张树耸耸鼻梁便走开了。

几年来，经常守着病母过夜，耽误了张大民的性生活。从前比较勤，是因为新鲜，身体好。如今是王小二过年，一年不如一年，一月不如一月，一次不如一次了。张大民便有些担心，不知是云芳老了，还是自己老了。想弄个究竟，看看到底谁老了，次数竟又勤了起来，大有返老还童之状了。那天，张大民吩咐张树，跟奶奶睡吧，爸爸跟妈妈说个事。

半夜，张大民正和李云芳说事，说咱俩真年轻啊，张树推门进来了。张大民来不及下来，又够不着灯绳，连忙抓了条毛巾被遮上屁股，连脚后跟儿都凉了。

“爸，你刚才是赤裸裸。”

两口子屏住呼吸听着。

“现在又赤条条了。”

张树替他们把灯关上了。

“爸，你在吃奶吗？”

“我……回奶奶屋吧，明儿再告诉你！”

“我都不吃奶了。”

张树鼻子嗤了一下就出去了。两口子彻夜无眠，后悔不迭。一个怪一个瘾大，没事找事，一个怪一个没记性，开灯不算，还忘了关门。埋怨够了，把没说完的事接着说完，静下来想明天怎么办，怎么跟孩子对付。一想怎么也没法儿说，又嘟嘟哝哝地埋怨起来了。

张树的眼神儿跟大人一样，让张大民不敢张嘴。吃了晚饭，他领着张树上街，给儿子买了一个冰激凌。吃得高兴了，父子俩在便道上追着跑，相互胳肢。张大民认为机会来了。

“树儿，爸昨晚胳肢你妈来着。”

张树的笑声一下就低了，过一会儿就不笑了。张大民暗想，知道我骗他呢，真他妈天才，小嘎巴豆子什么都懂了，以后的日子没法儿过了。后来，张大民在电视里看到一个老红军，三天两头儿给学生们做报告，表情非常凝重。老红军也叫张树。张大民再看儿子，看儿子那双早熟的眼睛，就有点儿浑身不自在了。两口子商量妥当，给张树改名张林。张大民去派出所改户口本儿，半道进厕所小便。小便池的墙上写着——张林是我儿！又写着——张林是……不写是什么，直接画了一只四条腿的小王八！不行。不能叫这个惨名儿。张大民从厕所出来的时候，他儿子已经叫张小树了。

张小树有一个好朋友，是张四民。张四民不爱说话，跟张小树却有说不完的话。吃饭的时候，张小树老使唤别人。妈，给我姑盛一碗饭，爸，给我姑舀一碗汤。举着一双小筷子，老给他姑夹粉条儿。云芳逗他，不给我夹我不要你了！他说我姑爱吃粉条儿，你爱吃肉，妈，我给你夹肉。敷衍了事地夹了一块肉，又忙着去扒拉粉条儿了。张四民很疼这个孩子，老给他买这买那，让张大民很不高兴。

“你老给他买。我们老不给他买。我们诚心不买，就等着你买，不就是这样吗？”

“下次不买了。这孩子真好，知道心疼别人。你和嫂子好福气……”

下次接着买。张大民有时探她的口风，让她把男朋友带家来，给大伙儿看看，参谋参谋。她就红了脸，半天不说话。等别人把这个话茬儿忘了，她才小声说，我哪儿有男朋友啊，就像自己跟自己叹气似的。张大民认为她有，这么好的女孩儿不可能没有，只是脸皮儿薄，不熟不摘罢了。

第九次被评为先进工作者之后，张四民晕倒在九院的产房里。起初以为是贫血，深入地一查，却是白血病，已经到不易救治的程度了。自从锅炉工被烫死之后，家庭再一次迎来了严重的危机。痴呆症救了母亲，使她看不懂发生的灾难，也没有一丝痛苦。她到了嗜睡的阶段，离吃屎的阶段已经为期不远了。剩下的人轮流到医院看护，老大三天，老二两天，老三一天。老五忙，只在星期天与全家聚到医院，陪姐姐坐半个小时，说几句伤感话，或者说几句转移注意力的话，说的听的都很难受。家里早就装了电话，老五出了一部分钱，别人出了一部分钱。电话很好使，没有杂音，老五厚实的声音嗡嗡地传过来，就像没走远，就躲在冰箱后头说话似的。装了这个电话之后，张副处长——他又爬上去一截儿——就很少回那个叫作家的令人憋闷的地方了。

张三民坐在病房外边的走廊里，有医院的酒精味儿挡着，身上的酒气稍稍降低了一些，脸却是酗酒者的脸，无论如何也是遮挡不住的了。这个没有出息的弟弟呀！张大民可怜他，又恨他，懒得管他家里那些丑事。见了面就心软，不知道能不能帮帮他了。

“还不离？”

“不离。我耗死她！”

“耗死你自己了。”

“死也不离！”

“有什么劲哪？”

“我不离，她就是我老婆。”

“管什么用？”

“管用，是我老婆就得跟我睡觉！”

“恶心不恶心！”

“睡婊子不掏钱，挺好。”

“不怕得病？”

“都他妈烂了才好呢！”

“三民，跟她离了吧。她这么欺负你都不像欺负一个人了！揍她一顿，让她滚蛋吧！”

“哥……我离不开她。”

他用布满血丝的眼睛看着哥哥，就像一个输光了的赌徒，随时准备伸手借钱。张大民懒得搭理他了。三民朝四民的病房那边偏了偏头，玩世不恭地哼哼着，人活着有什么劲呀，想明白喽，混一天算一天完了！张大民心说滚你的蛋吧，思路却跟着顿了一下，是呀，人活着有什么劲呢？该死的不死，不该死的却眼睁睁地要死去了！

人活着有什么意思呢？

张二民和李木勺给病房带来了清新的味道，猛一闻好像医院没有人味儿，倒是健康的猪粪散发着人间的气息了。李木勺把张大民拉到一边，说一些把兄弟的心窝子话，吃什么好药，吃什么好东西，跟我说，我买！张大民难过得不行，拍着木勺的胳膊肘子只想哭，兄弟，吃什么也没有用了。

张四民却很平静，只要家人在，只要同事在，脸上永远挂着苍白的笑容，像灿烂的纸扎的花朵。生命正从她年轻的眼角悄悄溜走，她大睁着眼睛，要不停地凝视人间，让目光多多地留下来。她拉着张小树的小巴掌，反反复复地摩挲，眼神儿令人不忍目睹，像告诉爱子的亲娘一样。每逢此时，李云芳便拉着张大民出去，在走廊里乱转，不说话，怕一说话失声哭出来。

张小树对病没有意识，以为小姑住几天便要回家，去过几次便知道事情严重了。毕竟是聪明孩子，很直接很有力地触到了生死，一举一动都含着深深的畏惧了。

“姑，你不会死吧？”

“你说呢？”

“姑不会死！”

“为什么？”

“姑是好人！”

“好人就不死吗？”

“好人都不死！”

“说得对！好人永远活着！”

张小树振奋了片刻，又害怕了。

“姑，你要死了怎么办？”

“姑不死。”

“万一死了怎么办？”

“那姑就永远没有男朋友了。”

“姑，你有了男朋友再死，行吗？”

“行。我男朋友是谁呀？”

“我还没想好呢。”

张四民亲着张小树的手背，湿润的眼睛盯着孩子的小指甲，叮嘱自己别忘了告诉嫂子，该给孩子剪剪指甲了。

“姑，你觉得我爸怎么样？”

“挺好的。”

“你喜欢他这样儿的吗？”

“他话太多了。”

“那你喜欢什么样儿的？”

“姑喜欢个子高高的。”

张小树点点头？

“姑喜欢说话少的人。”

张小树陷入了沉思。

“姑，我要长得高高的高高的，行吗？”

“行！”

“姑，我要做说话少的人，行吗？”

“行！”

“姑，我要做你的男朋友，行吗？”

“行！”

“你喜欢我吗？”

“喜欢！好孩子……”

“姑，我永远喜欢你！”

“姑也是……姑忘不了你！”

张四民忍了多时的泪水缓缓地流下来，滴在孩子的手背上。这冰凉的泪水惊吓了孩子，恐惧和哀伤终于爆发了。

“姑，你别死！”

"姑不死。"

"姑，你别死呀！姑！"

孩子在病房中号啕大哭，显得十分突然。李云芳赶来拽走他，哭声更大了。李云芳低叫怎么这么不懂事呀，把他拽得跌跌撞撞，一进电梯却抱紧了孩子的脑袋，给你姑争口气呀，给你姑争口气呀，说着说着自己也号啕了。

灾祸降临之际，也伴随着两件喜事。车间领导找张大民谈话，说干得年头儿不短了，嘴损点儿，活儿地道，准备提他做副段长，已经报上去了。张大民芝麻大的官儿都没当过，一听便有点儿晕头转向，连干不了让别人干吧之类的客气话都没说出来。走开以后颇为后悔，觉得自己显得太馋了一点儿，好像盼当官盼了八百辈子了，实际上确实一次也没有想过，戴红领巾的时候想当小队长没当上，明显是不算数的。一想自己也要当官了，没有任何不舒服，哪儿也不难受，脚丫子好像比过去还轻点儿了。正品着这件好事，突然想到天命不定，生死无常，官儿算个屁呀！再大的官也是屁，是大屁！更何况一个破工段长，还是副的，领着一群人一天到晚撅着屁股喷漆罢了！

另一件好事却不同，张大民先是震惊，随后便心花怒放，整夜没睡踏实，中间笑醒了好几次。居民区要拆迁了。从消息下来，到户户落实，像一场秋风荡过，街墙上到处都是拆、拆、拆的白灰大字，像往昔皇朝令人惊心动魄的斩、斩、斩了！

拆迁公司到家里来过四回，和蔼可亲，似乎处处都想为住户着想，做出要和住户联合起来，一块儿占国家便宜的样子。量完了面积，核定了户口，给张大民家标定了一个三层的三居室。老人一间，大龄女青年一间，三口之家一间。大家都说结局很好，不可能再好了，张大民却不干。他的标准是一套三居室加一套一居室，或两套两居室。人家说你没有根据。他说我有根据。人家问你有什么根据。他说我的根据是这样的——我儿子是天才，他已经跳了一级，我准备让他再跳两级，他得找个地方踏踏实实地温功课，我儿子需要一间……书房。说到书房，张大民觉得绕嘴，话一出口便羞羞答答的了。人家说国家没有给天才儿童准备书房，他一生下来就大学毕业也没有用。再说他才 12 岁。张大民一着急竟然说了实话，我儿子都碍事了！都 1 米 66 了，比我还高！人家就笑了，他身高 2 米，你们两口子也得跟他在一个屋里对付。张大民非常痛心，这么对付天才，国家迟早得后悔啊！拆迁公司的人深表同感，咱们先把合同签了，让他们后悔去吧！张大民坐下来签合同，真实的念头只是略感不足而已。三居室是烙饼，书房是大葱，天上掉烙饼卷大葱固然很美妙，光掉个大烙饼也可以了，总算比饿肚子要强得远了。

好消息带到病房，引出了始料不及的后果。明明知道住不成了，张四民却描绘了未来的房间，叮嘱周围的人为她布置。看不见的屋子成了美景，在临终前深深地吸引了她，也满足了她。弥留之时，心中已经没有别的事物，只有断断续续的两个字，窗帘。买了贵重的窗帘拿来，她摸着，轻轻摇头。突然想到她喜欢绿色，赶紧换了绿丝绒的一种，她小心摸着，又轻轻摇头。李云芳心思细微，去布店撕了一块最便宜的混纺布，淡淡的绿色，很薄，几乎要透明。张四民手指一触便不撒手了，抓到离眼睛很近的地方一寸一寸地看着，就像看自己度过的一个又一个平凡的日子一样。她说不出话，只露出一丝淡淡的笑容，似乎与淡淡的布融为一体了。死前回光返照，竟然清晰地吐出了几个字。那是她一生的总结，也是赠给张小树最真切的遗言了。

“姑走了以后，你要帮我打扫房间啊！”

张小树拉着姑的手，已经不会哭了。追悼会很隆重，来了很多人，净是不认识的人。张大民没有让母亲去，怕她出丑，结果却是自己出了丑。家人在医院哭的时候，他没有哭。往围满鲜花的遗体身旁一站，他觉得不对劲了。来了那么多人，却没有人是她的男朋友。他总认为她是嘴上说没有男朋友，他还认为她没有男朋友也没什么。现在他知道她是真的没有男朋友，而没有男朋友对她来说真是太不公平了，对这么好的女孩儿太不公平了，对我妹妹太不公平了！张大民像村妇一样大哭起来。他看着妹妹苍白凄苦的侧脸，哭得昏天黑地，把张小树都吓坏了。

事后，九院的同事们纷纷议论，张四民挺漂亮的，她哥怎么长那样呀，矮得跟坛子似的。还有人说，那人是谁呀，是她乡下的大表哥吧，哭得跟傻帽儿似的！张大民确实出尽了丑。然而，秀丽而不幸的先进工作者，毕竟在哥哥高亢而粗鲁的哭声中平静地远去了。她哥哥对得起她了。

拆迁公司的人来到家里，先给活人鞠了一躬，又给死人的相片鞠了一躬，然后说对你们的不幸表示最衷心的慰问，谨请节哀，坐下来签合同吧。张大民一愣，签什么合同？不是签过合同了吗？

“那是草签，不算数的。”

“够啰唆的，签就签吧，签哪儿？”

“……把名字写这儿。”

“等等……什么时候三间变变变变……变两两两……两两两间了！ × 你们的姥姥，我们还没销户口呢！我妹妹骨灰还烫手呢！”

没有家里人拦着，张大民就把那穿西装的黄口小儿剁了。邻居们也很吃惊。

张大民举着菜刀满院乱追，拆迁公司的小伙子满世界乱窜，大皮鞋都跑掉了。这不像大民子干的事儿呀，他是砖头拍脑袋上都不知道还手的主儿，今天这是怎么了？明白了，心疼她妹妹呢，受刺激了！

强制拆迁那天，张大民抱着石榴树不下来。推土机把小房都推塌了，他还挂在树枝上摇晃，像一只死心眼儿不开窍的土猴子。他像煽动暴乱一样慷慨陈词，一字一泪——我妹妹把沙发都挑好了；我妹妹把壁挂都挑好了；我妹妹把窗帘布都挑好了；我妹妹……你们不能这样对待我妹妹呀！你们把房子还给我妹妹吧！同志们；我妹妹死不瞑目呀！

强制人员一点儿也不生气，不慌不忙地凑过来，都笑话他。活人的房子都不够住，还给死人要房子，做什么梦呢！把糊涂虫从树上捏下来，让丫好好醒醒！五六个大小伙子揪住四肢，七手八脚地把他给抬下来了。张大民找不着台阶，索性破釜沉舟，鲤鱼打挺儿，杀猪一样嚎起来了。

"你们不能夺我妹妹房子！把三居室还给我们！那棵石榴树是我爸爸种的，你们不能铲了她！把三居室还给我们吧！您就让我们住个三居室吧，我儿子是天才，我得给我儿子拾掇一间书房呀……求求你们啦！大叔大爷祖宗哎，可怜可怜我们吧……"

强制人员更笑话他了。待会儿妹妹，待会儿爸爸，待会儿儿子，您惦记得还挺全，有本事惦记点儿自己的脸面呀？这会儿求爷爷告奶奶了，晚了！舔我们脚丫子也没用了！吃窝头去吧，你！

恰好一位视察的领导干部在场，远远地看着，十分忧虑。这个同志怎么这么不懂法！怎么这么不懂法！你们要加强普法宣传，重在教育，重在和风细雨，雨露滋润。当然，对那些害群之马和胡搅蛮缠的人，绝不能心慈手软，要毫不留情，加强力度，狠狠打击，从而发展大好形势，维护安定局面，把我们的各项工作推向前进，向……献礼！哗，鼓掌！

害群之马张大民咎由自取，被行政拘留，给关到黑乎乎的铁笼子里去了。哗，鼓掌！进了笼子冷静一想，觉得实在出丑，比在追悼会上还丑，不胜懊悔。笼子里有人问他，犯了什么事儿？他说我宰了一人儿。你宰了个什么人儿？我宰了这么这么这么一个人儿。你怎么宰的？我那么那么那么宰的。你怎么进来的？我这么这么这么就进来了。人家懒得问他了，准是一大骗子，揣了 200 多公章满天飞，骗到中南海才让人逮着了。没错，丫就是一大骗子，唾沫星子都是假的！

两个礼拜之后，害群之马兼大骗子姗姗归巢，面孔微黑，胳膊稍细，两眼炯炯有神，就像刚从海滨度假归来一样。他担心老婆会披着被面儿迎接他，结果发现两居室井井有条，老婆正扎着围裙给他做鱼呢！老婆用锅铲杵他的脑门子，恨得咬牙切齿，你一个小蚂蚱，乱蹦什么呀！

“就算我乱蹦，就算我蹦水里了！可是……谁也没告诉我那水是开的呀！”

张大民坐下来，老觉得屋子里缺东西。噢，想起来了，石榴树不见了。今非昔比，在一间没有树的屋子里过日子，是一件多么无聊多么无趣的事情啊！张大民想他亲爱的树了。

车间领导又把张大民叫去了。张大民正襟危坐，叮嘱自己别当回事，不就是个副段长吗？领导说你要正确对待。他耸耸肩膀，我尾巴再长也翘不到天上去。领导说你一定要正确对待。他心说，×，您看我像骄傲自满目空一切自以为是贪污腐败的人吗？我要当了副段长，我首先……

“张大民同志，我现在正式通知你，经车间领导研究决定，并报请厂长办公室批准，从即日起……您下岗了！”

张大民让雷给劈死了。

半个月之后，北城一带的居民小区里出现了一个神秘的人物。他身材短粗，满面愁容，用一个特制的网袋挎着一大堆暖壶，前胸五六个，后背五六个，品种还不一样。他见了老太太就凑过去，露出巴结的笑容，像受够了邪气的小媳妇一样。

“我们厂快倒闭了，积压了很多暖壶。您要要我给您便宜点儿，就算您发善心，就算您支援我了。我们厂开不出支来，每人发了700个暖壶，其他什么都不管了。您说孙子不孙子？一个暖壶还没卖呢，先得租厂子里的地儿搁它们。您说缺德不缺德？您看这暖壶多好，像胖娃娃不像，您还不抱一个回去，就算捡个搭拉孙儿跟您就伴儿了……”

“不要！我们家有。”

“来一个，多一个是一个！”

“是真的吗？”

“依您的意思是纸糊的？”

“有胆吗？”

“哟！我摔一个您看看？”

“不要！要买商店买去。”

“我比他们便宜！”

“便宜没好货，不要！”

“不要我也不生气，我生气也没用。大妈，您走好，赶明儿暖壶瓶了找我！”

“还不撂下歇歇，一脑袋汗。”

“不敢歇。我得找个坎儿再歇着，撂这儿我就拎不起来了。您要真心疼我，别买这个大的，你买个小点儿的吧。”

“不要不要！”

张大民终于把老太太吓跑了。他钻进塔楼，谎称给领导送礼品，蹭电梯到顶层，然后逐户敲门，一层一层往下敲。敲开一扇门扉，里面站着一位英俊少年，比儿子大不了多少。

“我是新兴技术开发研究所的，我们发明了一种新型的保温产品，质量优良，品种繁多，花色齐全，实行三包……”

“……去去去去去去去！”

再敲开一扇门，站着个美丽少妇，比老婆年轻多了，漂亮多了，漂亮多了。

“我是……”

“滚！”

张大民逃到黑洞洞的楼梯里，实在不想动了，真有身心交瘁之感。他放下暖壶，坐在台阶上吃面包，一个挎着十几个鸟笼子的人悄悄走过去。大哥，你要鸟笼不？张大民看见了自己，轻声说伙计，刚才谁骂你了？

“狗汪汪怕甚，能咬俺一嘴不中？”

张大民填饱了肚子，又继续袭击剩下的屋门去了。他从北城转到西城，给许多人留下了新鲜的印象，以至一栋楼丢了一袋大米，人们立刻想到他。肯定是那小子，他把大米灌在暖壶里背走了！人们布下天罗地网，等他吃回头草，他却不屈不挠地转到东城去了。

两个月卖了十四个暖壶。他把烟戒了，缩头缩脑，又矮了一大块。李云芳怕他自卑，鼓动他去香山爬山，带全家一块儿去。他说不想爬山，没脸爬山，让香山爬我吧，把我这个废物点心埋了吧！李云芳逗他，天塌了个儿高的顶着，你那么矬，怕什么？他也逗李云芳，天塌了个儿高的全趴下了，我趴不下去，我背着一嘟噜暖壶，不砸我砸谁呀！两口子还像从前那样畅快地笑着，却含了酸酸的味道了。

那年夏末，毛巾厂的技术员回来了。可能有衣锦还乡的意思吧，要请厂里的朋友吃饭，也请了李云芳。她不想去，同事们说你必须去，给他一个面子，他敢来劲，我们帮你掀桌子，不信他不把尾巴夹起来。李云芳告诉了张大民，问去还是不去，满以为他会说又不是没吃过饭，吃他的饭干吗，不去！听到的却恰恰相反，去！快去！干吗不去！挑最贵的菜点，好好敲他一顿！平时逮不着美国鬼子，好不容易逮着一个，死吃！菜不够，把他也蘸酱油咽喽！别忘了给我带条胳膊，我想嚼他不是一天两天了，我倒满了酒杯等你！张大民嘻嘻哈哈，像往日一样没正经，李云芳就不再说什么，开始打开柜门儿给自己找裙子了。她的后脑勺没长眼睛，没看见他的脸一下子阴云密布，目光也暗下去，灰下去，惶惶然如丧家之犬了。

“……在哪儿请？”

“鸿宾楼。”

李云芳前脚走，张大民后脚就跟出来了。没干过这种事，知道是丑事，知道不该干，可还是硬着头皮干下去了。盯梢儿吗？吃醋吗？怕最后一根稻草离开自己漂走吗？下起了小雨。不久便下大了，变成了瓢泼大雨。张大民落汤鸡一样站在树底下，看着鸿宾楼的灯光和大玻璃后面的红男绿女，陷入了一生中最大的精神危机。折腾了半辈子，三十六拜都拜了，最后一哆嗦也哆嗦了，还是一事无成啊！

张大民在雨中走到半夜，一推家门发现李云芳在客厅坐着，饭桌上搁着一叠钱，绿不叽的，不是中国钱。

“你干什么去了？”

“看你们吃饭去了。”

“你……”

“钱都付了？”

“急死我！真有你的！”

“他想买你什么？”

“你……”

“还是你已经卖了？”

“……你浑蛋！”

李云芳给了张大民一个嘴巴。那叠外国钱，把张大民残存的最后一点儿自尊给击碎了。怪就怪技术员自作多情，把888美金放在礼品衬衣里，要给受赠人一个惊喜，殊不料吓坏了李云芳，还打碎了她们家的醋坛子，把男主人逼得悲痛欲绝，差点儿打开窗户从阳台跳下去。长夜难眠，夫妻俩倾心长叙，一个扒开肋骨让对方看心脏红不红，一个扒开肚子让对方看肠子直不直，不免相拥而泣，说了哭，哭了笑，笑了再说。晕头转向的当口，又不免目邪神移，颠鸾倒凤，效尽于飞之乐，云雨直冲霄汉了。悲乎哉？极乐也！这时候突然咚咚咚，有人敲卧室的门。

“爸，你们干吗呢？”

“……你妈胳肢我呢。”

“妈胳肢你，你哭什么？”

“……乐极生悲啦。”

“小点儿声。”

“你妈不胳肢了，睡去吧。”

“……注意点儿影响！”

天才！这日子没法儿过了。

张大民和技术员在京伦饭店大堂见面的时候，离飞机起飞的时间不多了。技术员接过装钱的信封，十分腼腆，脸涨得通红，一边看表一边吞吞吐吐的不知要说什么。张大民没想到对方是这种风格，正所谓见了阶人压不住火，一张嘴，嗓子眼儿蹿出一只狗，汪汪汪汪，连他自己都不知道叫的是什么了。

“在美国年头儿不短了吧？学会刷盘子了么？美国人真不是东西，老安排咱们中国人刷盘子。弄得全世界一提中国人，就想到刷盘子，一提刷盘子，就想到中国人。英文管中国叫瓷器，是真的么？太孙子了！中文管美国叫美国，国就得了，还美！太抬举他们了！你现在是美国人，你心里最清楚，那儿美吗？是人待的地方吗？他们叫咱们瓷器，咱们管美国叫盘子得了！赶明儿多去点儿中国人，好好刷他们丫挺的，让丫美！”

“对不起，我要去赶飞机了。”

“我送送你。以后别这么随便给人钱。你要塞给这儿的一位小姐，她就跟您钻耗子洞了。你塞给我们云芳，我们云芳都哭了，觉得受了侮辱，以为您想怎么着似的。我知道你对不起她，心里有愧，想补偿补偿，可是这点儿钱拿不出手呀。等您发了大财，拿出十万八万的，用红带子扎上，单腿儿一跪，把它们当面交给云芳，不比你现在藏着掖着的强？这点儿钱你留着回美国买汽油使吧，别瞎耽误工夫了。赶明儿钱不够花了跟我说，我让云芳寄给你，咱就甭客气了，谁跟谁呀？哪儿跟哪儿呀？你说是不是！”

“对不起，车来了，再会！”

“我给您开门。上飞机小心点儿，上礼拜哥伦比亚刚掉下来一架，人都烧焦了，跟木炭儿似的。到了美国多联系，得了艾滋病什么的，你回来找我。我认识个老头儿，用药膏贴肚脐，什么病都治……回纽约上街留点儿神，小心有人用子弹打你耳朵眼儿，上帝保佑你，阿门了。保重！妈了个巴子的！”

出租车开出老远了，他才住嘴。嗓子眼儿发干，太阳穴嘣嘣直跳。张四民去世以来，下岗以来，吃醋以来，一切一切的憋闷都随着这通胡说八道吐出去了。天蓝了，云白了，走在大街上两只脚一颠一颠地又飘起来了。

“大民，你怎么跟他说的？”

“我说很高兴认识你，欢迎您下次来家中做客，拜拜！”

“真的？”

“骗你我是王八蛋。”

“总算会说人话了！”

中秋节前夕，张大民在一位厂长家里一口气推销了600个暖壶。他怕那位厂长有脚气，否则就趴下来亲吻那两只大脚丫子了。普通的居民楼，普通的单元门，普通的肥头大耳的汉子，看不出脑袋上有什么光环。张大民一边防备挨踹，一边念经似的发布广告词，我是保温瓶厂的推销员，我们的保温瓶举世无双……

“卖暖壶的么？进来进来！”

张大民的生活由此掀开了新的一页。厂长说他们厂水质有污染，刚刚更换了输水设备，职工家属贪几个小钱却不肯换暖壶，他要扣他们的奖金买暖壶，他要逼他们换暖壶！张大民确实看了看厂长的脚，他颤抖着说，我敲了足有一万个门了，终于看见了一个人，一个真正的人，一个伟大的人。中国有救了。中国的工人阶级有救了。我们靠暖壶吃饭的人有救了！出门的时候他跟厂长开玩笑，我打了一年猎，就指望哪天逮只兔子，今天一进山，撞上个熊猫儿！厂长哈哈大笑！

“国宝啊？不敢当！也就是一狗熊吧！”

张大民领着全家去爬香山了。在鬼见愁下面的索道站，他又犯了抠门儿的毛病。单程多少钱。双程多少钱。大人多少钱。儿童多少钱。掰着手指头算乱了套。李云芳不理他，越理他越乱，干脆走到一边，等着他从雾里走出来。他爬出来了。

“让妈和小树坐缆车，咱俩爬吧？”

“你不怕掉下一个去？”

“可也是。那你跟他们坐，我自己爬？”

“仨人坐得下吗？”

“可也是。那你跟妈坐，我和小树爬？”

“小树惦记坐缆车惦记多少口子了？”

“可也是。那你跟小树坐，我和妈爬？”

“怎么爬？”

“我背着我妈爬。”

“大民，别抠那几个钱啦！”

“我不是怕吓着咱妈么！”

李云芳和张小树坐着缆车不见了。张大民背着老母亲攀上了林间石道，省了几个钱令人欣慰，后背让母亲的身体偎着，更让他心胸舒泰。母亲能看见什么呢？一想到母亲的目空一切，不免又嘲笑自己的孝心之迂了。他大声说，妈，那片树都烧红了，您看见了么？

母亲一语不发。

四个人在山顶聚合了。风很大，黄栌的颜色已经到了暗淡的时辰，那一片一片的大火不久便要熄灭了。张大民又大声说，妈，您看见那片大火了么？树林都着起来了，过一会儿就烧过来了，您看见了么？

母亲说了两个字，锅炉。

锅……炉！

母亲念起遥远的父亲来了。

张小树托着腮帮，看远山的云影，进了天才必人的境界，目光正摇上去摇上去，跃然于云端之外了。

“爸，人为什么会死呢？”

“我也不太懂，问你妈。”

“妈，人活着有什么意思呢？”

“有时候没意思，刚觉得没意思又觉得特别有意思了。真的，不信问你爸。”

“爸，人活着没意思怎么办？”

“没意思，也得活着。别找死！”

“爸，为什么？”

“我说不大清楚，我跟你打个比方吧。有人枪毙你，你再死。只要没人枪毙你，你就活着。我的意思你明白了吗？”

“请重复一遍。”

“有人枪毙你，没辙了，你再死，死就死了。没人枪毙你，你就活着，好好活着。儿子，我的儿子，你懂了吗？”

“OK！爸爸你真棒！我懂啦！”

“云芳，你懂了么？”

“没懂！”

“那我再揉碎了给你说一遍……”

“就你懂？德行！”

“我也是刚刚弄明白的。都是天才闹的！守着个天才，长学问了。”

母亲用清晰的声音说道——锅炉！张大民恍惚看到父亲和四民在云影里若隐

若现，老的问日子好过吗？小的问孩子可爱的孩子幸福吗？待要端详却又飘然不见了。日子好过极了！孩子幸福极了！有我在，有我顶天立地的张大民在，生活怎么能不幸福呢！张小树雀跃着在林火中引路，红叶如一片血海。张大民背起白发苍苍的母亲，由李云芳在一旁小心翼翼地搀护着，缓缓向山下走去。母亲朝着迷茫的远方再一次重复了两个字——锅炉！

他们消失在幸福的生活之中了。

一九九七年七月十四日夜

入选理由

刘恒是新写实的代表作家，他的作品以直面生存而著称。《贫嘴张大民的幸福生活》是书写小人物世俗生活的直面生活的代表作。改革开放后，社会发生了重大变化，从集体到个体、从公家到个人，小人物跃升为小说的主人公的作品变得多起来。刘恒把原生态的小人物张大民现实生活中面对着的坎坷与苦难书写得淋漓尽致。在英雄逐渐少的年代，刘恒塑造了张大民这个平民英雄的形象，他不高大但平易近人，他携带大众的生活的信息，影响着大众生活的价值取向。这个中篇传达一种新的幽默美学，可以称之为带着泪水的笑或者是笑声中的苦，都是浓缩了的同时代小说美学特征。

永远有多远

铁 凝

你在北京的胡同里住过吧？你曾经是北京胡同里的一个孩子吧？胡同里那群快乐的、多话的、有点缺心少肺的女孩子你还记得吧？

我在北京的胡同里住过，我曾经是北京胡同里的一个孩子。胡同里那群快乐的、多话的、有点缺心少肺的女孩子我一直记着。我常常觉得，要是没了她们，胡同还能叫胡同吗？北京还能叫北京吗？我这么说话会惹你不高兴——什么什么？你准说。是啊，如今的北京已不再是从前，她不再那么既矜持又恬淡、既清高又随和了。她学会了拥抱，热热闹闹、亦真亦假的拥抱，她怀里生活着多少北京之外的人啊。胡同里那些带点咬舌音的、嘎嘣利落脆的贫北京话也早就不受待见了——从前的那些女孩子，她们就是说着这样的一口贫北京话出没在胡同里的。她们头发干净，衣着简朴（却不寒酸），神情大方，小心眼儿不多，叫人觉得随时都可能受骗。二十多年过去了，每当我来到北京，在任何地方看见少女，总会认定她们全是从前胡同里的那些孩子。北京若是一片树叶，胡同便是这树叶上蜿蜒密布的叶脉。要是你在阳光下观察这树叶，会发现它是那么晶莹透亮，因为那些女孩子就在叶脉里穿行，她们是一座城市的汁液。胡同为北京城输送着她们，她们使北京这座精神的城市肌理清明，面庞润泽，充满着温暖而可靠的肉感。她们也使我永远地成为北京一名忠实的观众，即使再过一百年。

当我离开北京，长大成人，在B城安居乐业之后，每年都有一些机会回到北京。我在这座城市里拜访一些给孩子写书的作家，为我的儿童出版社搜寻一些有趣的书稿，也和我的亲人们约会，其中与我见面最多的是我的表妹白大省（音xǐng）。白大省经常告诉我一些她自己的事，让我帮她拿主意，最后又总是推翻我的主意。她在有些方面显得不可救药，可我们还是经常见面，谁让我是她表姐呢。

现在，这个六月的下午，我坐在出租车上，窗外是迷蒙的小雨。我和白大省约好在王府井的“世都”百货公司见面，那儿离她的凯伦饭店不远。她大学毕业后就分配在四星级的凯伦饭店，在那儿当过工会干事，后来又到销售部做经理。有一回我对她说，你不错呀刚到销售部就当领导。她叹了口气说哪儿呀，我们销售部所有的人都是经理，销售部主任才是领导呢，主任。我明白了，不过这种头衔印在名片上还是挺唬人的：白大省，凯伦饭店销售部经理。

出租车行至灯市西口就走不动了，前方堵车呢。我想我不如就在这儿下来吧，“世都”已经不远。我下了车，雨大了，我发现我正站在一个胡同口，在我的脚下有两级青石台阶；顺着台阶向上看，上方是一个老旧的灰瓦屋檐。屋檐下边原是有门的，现在门已被青砖砌死，就像一个人冲你背过了脸。我迈上台阶站在屋檐下，避雨似的。也许避雨并不重要，我只是愿意在这儿站会儿。踩在这样的台阶上，我比任何时候都更清楚我回到了北京，就是脚下这两级边缘破损的青石台阶，就是身后这朝我背过脸去的陌生的门口，就是头上这老旧却并不拮据的屋檐使我认出了北京，站稳了北京，并深知我此刻的方位。“世都”“天伦王朝”“新东安市场”“老福爷”“雷蒙”……它们谁也不能让我知道我就在北京，它们谁也不如这隐匿在胡同口的两级旧台阶能勾引出我如此细碎、明晰的记忆——比如对凉的感觉。

从前，二十多年前那些夏日的午后，我和我的表妹白大省经常奉我们姥姥的吩咐，拎着保温瓶去胡同南口的小铺买冰镇汽水。我们的胡同叫驸马胡同，胡同北口有一个副食店，店内卖糕点罐头、油盐酱醋、生熟肉豆制品、牛羊肉鲜带鱼。店门外卖蔬菜，蔬菜被售货员摆在淡黄色竹板拼成的货架上，夜里菜也那么摆着不怕被人偷去。干吗要偷呢？难道有人急着在夜里吃菜吗？需要菜，天一亮副食店开了门，你买就是了。胡同南口就有我说的那个小铺。如果去北口副食店，我们一律简称“北口”；要是去南口小铺，我们一律简称“南口”。

“南口”其实是一个小酒馆，台阶高高的，有四五级吧，让我常常觉得，如果你需要登这么多层台阶去买东西，你买的东西定是珍贵的。南口不卖油盐酱醋，它卖酒、小肚、花生米和猪头肉，夏天也兼卖雪糕、冰棍和汽水。店内设着两张小圆桌，铺着硬挺的、脆得像干粉皮一样的塑料台布的桌旁，永远坐着一两位就着花生米或小肚喝酒的老头。我觉得我喜欢小肚这种肉食就是从“南口”开始的。你知道小肚什么时候最香吗？就是售货员将它摆上案板，操刀将它破开切成薄片的那一瞬间。快刀和小肚的摩擦使它的清香“噗”地迸射出来，将整间酒馆弥漫。那时我站在柜台前深深吸着气，我坚信这是世界上最好闻的一种肉。直到售货员问我们要买什么时，我才回过神儿来。“给我们拿汽水！”这是当年北京孩子买东西的开场白，不说“我要买什么”，而说：“给我们拿……”“给我们拿汽水！”“冰镇的还是不冰镇的？”“给我们拿冰镇的，冰镇杨梅汽水！”我和白大省一块儿说，并递上我们的保温瓶。我已从小肚的香气中回过神儿来了，此时此刻和小肚的香气相比，我显然更渴望冰凉甘甜的杨梅汽水。在切小肚的柜台旁边有一只白色冰柜，一只盛着真冰的柜。当售货员掀开冰柜盖子的一刹那，我们及时地奔到了冰柜跟前。嘀，团团白雾样的冷气冒出来，犹如小拳头一般打在我们的脸上痛快无比，冰柜里有大块大块的白冰，一瓶瓶红色杨梅汽水就东倒西歪地埋在冰堆里。售货员把保温瓶灌满汽水，我和白大省一出小酒馆，一走下酒馆的台阶——那几级青石台阶，就迫不及待地拧开保温瓶的盖子。通常是我先喝第一口，虽然我是白大省的表姐。以后你会发现，白大省这个人几乎在谦让所有的人，不论是她的长辈还是她的表姐。这样，我毫不客气地先喝了第一口，那冰镇的杨梅汽水，我完全不记得汽水是怎样流入我的口中在我的舌面上滚过再滑入我的食道进入我的胃，我只记得冰镇汽水使我的头皮骤然发紧，一万支钢针在猛刺我的太阳穴，我的下眼眶给冻得一阵阵发热，生疼生疼。啊，这就是凉，这就叫冰镇。没有冰箱的时代人们知道什么是冰凉，冰箱来了，冰凉就失踪了。冰箱从来就没有制造出过刻骨的、针扎般的冰凉给我们。白大省紧接着也猛喝一大口，我看见她打了一个冷战，她胖乎乎的胳膊上起了一层鸡皮疙瘩。她有点喘不过气似的对我说，她好像撒了一点尿出来！我哈哈笑着从白大省手中夺过保温瓶又喝了一大口，一万支钢针又刺向我的太阳穴，我的眼眶生疼生疼，人就顿时精神起来。我冲白大省一歪头，她跟着我在僻静的胡同里一溜儿小跑。我们的脚步惊醒了屋顶上的一只黄猫，是九号院的女猫妞妞，常蹿上房顶去找我们家的男猫小熊的。我们在地上跑着，妞妞在房顶上追着我们跑。妞妞呀，你喝过冰镇汽水吗？哼，一辈子你也喝不着。我们跑着，转眼就进了家门。啊，这就是凉，这就叫冰镇。

白大省从来也没有抱怨过在路上我比她喝汽水喝得多，为什么我从来也不知道让着她呢？还记得有一次为了看电影《西哈努克访问中国》，我和白大省都要洗头，水烧开了，我抢先洗，用蛋黄洗发膏。那是一种从颜色到形状都和蛋黄一样的洗发膏，八分钱一袋，有一股柠檬香味。我占住洗脸盆，没完没了地又冲又洗，到白大省洗时，电影都快开演了。姥姥催她，洗好头发的我也像煞有介事地催她，好像她的洗头原本就是一个无理的举动。结果她来不及冲净头发就和我们一道看电影去了。我走在她后边，清楚地看到她后脑勺的一绺头发上，还挂着一块黄豆大的蛋黄洗发膏呢。她一点儿也不知道，一路晃着头，想让风快点把头发弄干。我心里知道白大省后脑勺上的洗发膏是我的错误。二十多年过去，我总觉得那块蛋黄洗发膏一直在她后脑勺上粘着。我很想把这件往事告诉她，但白大省是这样一种人：她会怎么也弄不明白这件事你有什么可对她不起的，她会扫你要道歉的兴。所以你还是闭嘴吧，让白大省还是白大省。

我就这样站在灯市西口的一条胡同里，站在一个废弃的屋檐下想着冰镇汽水和蛋黄洗发膏，直到雨渐渐停了，我也该就此打住，到“世都”去。

我在“世都”二楼的咖啡厅等待白大省。我喜欢“世都”的咖啡厅。临窗的咖啡座，通透的落地玻璃使你仿佛飘浮在空中，使你生出转瞬即逝的那么一种虚假的优越感。你似乎视野开阔，可以扬起下颏看远处夕阳照耀下的玻璃幕墙和花岗岩组合的超现实主义般的建筑，也可以压着眼皮看窗外那些出入“世都”的人流在脚下静静地淌。我的表妹白大省早晚也会出现在这样的人流里。

现在离约定时间还早，我有足够的时间在这儿稳坐。喝完咖啡我还可以去二楼女装区和四楼的家庭用品部转转，我尤其喜欢各种尺寸和不同花色的毛巾、浴巾，一旦站在这些物质跟前，便常有不能自拔之感。我要了一份“西班牙大碗”，这厚墩墩的大陶杯一端起来就显得比“卡布奇诺”之类更过瘾。我喝着“西班牙大碗”，有一搭无一搭地看身边过往的逛“世都”的人，想起白大省告诉过我，她看什么东西都喜欢看侧面。比如一座楼，比如一辆汽车、一双鞋、一只闹钟，当然也包括人，一个男人或一个女人。白大省的这个习惯有点让我心里发笑，因为这使她显得与众不同。其实她有什么与众不同呢，她最大的与众不同就是永远空怀着一腔过时的热情，迷恋她喜欢的男性，却总是失恋。从小她就是一个相貌平平的乖孩子，脾气随和得要死。用九号院赵奶奶的话说，这孩子仁义着哪。

二

白大省在七十年代初期，当她七八岁的时候，就被胡同里的老人评价为“仁义”。在七十年代初期，这其实是一个陌生的、有点可疑的词，一个陈腐的、散发着被雨水洇黄的顶棚和老樟木箱子气息的词，一个不宜公开传播的词，一个激发不起我太多兴奋和感受力的词，它完全不像另外一些词汇给我的印象深刻。有一次我们去赵奶奶家串门，我读了她的孙女、一个沉默寡言的初中生的日记。当时她的日记就放在一个黑漆弓腿茶几上，仿佛欢迎人看似的。她在日记中有这样几句话：“虽然我的家庭出身不好，但我的革命意志不能消沉……”是的，就是那“消沉”二字震撼了我，在我还根本不懂消沉是什么意思时，我就断定这是一个奇妙不凡的词，没有相当的学问，又怎能把这样的词运用在自己的日记里呢？我是如此珍视这个我并不理解的词，珍视到不敢去问大人它的含义。我要将它深埋在心，让时光帮助我靠近它明白它。白大省仁义，就让她仁义去吧。

白大省也确实是仁义的。她上小学一年级的时候，就曾经把昏倒在公厕里的赵奶奶背回过家（确切地说，应该是搀扶）。小学二年级，她就担负起每日给姥姥倒便盆的责任了。我们的姥姥不能用公厕的蹲坑，她每天坐在屋里出恭。我们的父母当时也都不在北京，那几年我们与姥姥相依为命。白大省小学三年级的时候，中国很多城市都在放映一部名叫《卖花姑娘》的朝鲜电影，这部电影使每一座电影院都在抽泣。我和白大省看《卖花姑娘》时也哭了，只是我不如她哭得那么专注。因为我前排的一个大人一边哭，一边痛苦地用自己的脊梁猛打椅子背，一副歇斯底里的样子。他弄出的响动很大，可是没有人抱怨他，因为所有的人都在忙着自己哭。我左边那个大人，他两眼一眨不眨地盯着银幕，任凭泪水哗哗地洗着脸，一条清鼻涕拖了一尺长他也不擦。我的右边就是白大省，她好像让哭给呛着了，一个劲儿打嗝儿。就是从看《卖花姑娘》开始，我才发现我的表妹有这么一个爱打嗝儿的毛病。单听她打嗝儿的声音，简直就像一个游手好闲的老爷们儿。特别当她在冬天吃了被我们称为“心里美”的水萝卜之后，她打的那些嗝儿呀，粗声大气的，又臭又畅快。“老爷们儿”这个比喻使我感到难过，因为白大省不是一个老爷们儿，她也不游手好闲。可是，就在《卖花姑娘》放映之后，白大省的同学开始管她叫“白地主”了，只因为她姓白，和《卖花姑娘》里那个凶狠的地主一个姓。有时候一些男生在胡同里看见白大省，会故意大声地说：“白地主过来喽，白地主过来喽！”

这绰号让白大省十分自卑，这自卑几乎将她的精神压垮。胡同里经常游走着一些灰色的大人，那是一些被管制的“四类分子”。他们擦着墙根扫街，哈着腰扫厕所。自从看过《卖花姑娘》，白大省每次在胡同里碰见这些人，都故意昂头挺胸地走过，仿佛在告诉所有的人：我不是白地主，我和他们不一样！她还老是问我：哎，除了和白地主一个姓，你说我还有哪儿像地主啊？白大省哪儿也不像地主，不过她也从未被人比喻成出色的人物比如《卖花姑娘》里的花妮，那个善良美丽的少女。我相信电影《卖花姑娘》曾使许多年轻的女观众产生幻想，幻想着自己与花妮相像。这里有对善良、正义的追求，也有使自己成为美女的渴望。当我看完一部阿尔巴尼亚影片《宁死不屈》之后，我曾幻想我和影片中那个宁死不屈的女游击队员米拉长得一样，我唯一的根据是米拉被捕时身穿一件小格子衬衣，而我也有一件蓝白小格子衬衣。我幻想着我就是米拉，并渴望我的同学里有人站出来说我长得像米拉。在那些日子里我天天穿那件小方格衬衣，矫揉造作地陶醉着自己。我还记住了那电影里的一句台词，纳粹军官审问米拉的女领导——那个唇边有个大黑痞子的游击队长时，递给她一杯水，她拒绝并冷笑着说：“谢谢啦，法西斯的人道主义我了解！”我觉得这真是一句了不起的台词，那么高傲，那么一句顶一万句。我开始对着镜子学习冷笑，并经常引逗白大省与我配合。我让她给我倒一杯水来，当她把水杯端到我眼前时，我就冷笑着说：“谢谢啦，法西斯的人道主义我了解！”

白大省痴痴地笑着，评论说“特像特像”。她欣赏我的表演，一点儿也没有因无意之中她变成了“法西斯”就生我的气，虽然那时她头上还顶着“白地主”的“恶名”。她对我几乎有一种天然生成的服从感，即使在我把她当成“法西斯”的时刻她也不跟我翻脸。“法西斯”和“白地主”应当是相差不远的，可是白大省不恼我。为此我常做些暗想：因为她被男生称作“白地主”，日久天长她简直就觉得自己已经是个地主了吧？地主难道不该服从人民么？那时的我就是白大省的“人民”。并且我比她长得好看，也不像她那么笨。姥姥就经常骂白大省笨：剥不干净蒜，反倒把蒜汁沤进自己指甲缝里哼哼唧唧地哭；明明举着苍蝇拍子却永远也打不死苍蝇；还有，丢钱丢油票。那时候吃食用油是要凭油票购买的，每人每月才半斤花生油。丢了油票就要买议价油，议价花生油一块五毛钱一斤，比平价油贵一倍。有一次白大省去北口买花生油，还没进店门就把油票和钱都丢了。姥姥骂了她一天神不守舍：“笨，就更得学着精神集中，你怎么反倒比别人更神不守舍呢你！”姥姥说。

在我看来，其实神不守舍和精神集中是一码事。为什么白大省会丢钱和油票呢，因为九号院赵奶奶家来了一位赵叔叔。那阵子白大省的精神都集中在赵叔叔身上了，所以她也就神不守舍起来。这位姓赵的青年，是赵奶奶的侄子，外省一家歌舞团的舞蹈演员，在他们歌舞团上演的舞剧《白毛女》里饰演大春的。他脖颈上长了一个小瘤子，来北京做手术，就住在了赵奶奶家。“大春”是这胡同里前所未有的美男子，二十来岁吧，有一头自然弯曲的鬈发，乌眉大眼，嘴唇饱满，身材瘦削却不显单薄。他穿一身没有领章和帽徽的军便服，那本是“样板团”才有资格配置的服装。他不系风纪扣，领口露出白得耀眼的衬衫，洋溢着一种让人亲近的散漫之气。女人不能不为之倾倒，可与他见面最多的，还是我们这些尚不能被称作女人的小女孩。那时候女人都到哪儿去了呢，女人实在不像我们，只知道整日聚在赵奶奶的院子里，围绕着“大春”疯闹。那“大春”对我们也有着足够的耐心，他教我们跳舞，排演《白毛女》里大春将喜儿救出山洞那场戏。他在院子正中摆上一张方桌，桌旁靠一只略矮的杌凳，杌凳旁边再摆一只更矮的小板凳。这样，山洞里的三层台阶就形成了。这场戏的高潮是大春手拉喜儿，引她一步高似一步地走完三层“台阶”，走到“洞口”，使喜儿见到了洞口的阳光，惊喜之中，二人挺胸踢腿，做一美好造型。这是一个激动人心的设计，这是一个激动人心的场面，是我们的心中的美梦。胡同里很多女孩子都渴望着当一回此情此景中的喜儿，洞口的阳光对我们是不重要的，重要的在于我们将与这鬈发的“大春”一道迎接那阳光，我们将与他手拉着手。我们躁动不安地坐在院中的小板凳上等待着轮到我们的时刻，彼此妒忌着又互相鼓励着。这位“大春”，他对我们不偏不倚，他邀请我们每人至少都当过一次喜儿。唯有白大省，唯有她拒绝与“大春”合作，虽然她去九号院的次数比谁都多。

为了每天晚饭后能够尽快到九号院去，白大省几次差点和姥姥发火。因为每天这时候，正是姥姥出恭的时刻。白大省必得为姥姥倒完便盆才能出去。而这时，九号院里《白毛女》的“布景”已经搭好了。啊，这真是一个折磨人的时刻，姥姥的屎拉得是如此漫长，她抽着烟坐在那儿，有时候还戴着花镜读大三十二开本的《毛主席语录》。这使她显得是那么残忍，为什么她一点儿也不理会白大省的心呢？站在一边的我，一边庆幸着倒便盆的任务不属于我，又同情着我的表妹白大省。“我可先走了。”——每当我对白大省说出这句话，白大省便开始低声下气而又勇气非常地央求姥姥：“您拉完了吗？您能不能拉快点儿？”她隔着门帘冲着里屋。她的央求注定要起反作用，就因为她是白大省，白大省应当是仁义的。果然门帘里姥姥就发了话，她说这孩子今天是怎么啦，有这么跟大人说话的吗，怎么养你这么个白眼儿狼啊，拉屎都不得消停……

白大省只好坐在外屋静等着姥姥，而姥姥仿佛就为了惩罚白大省，她会加倍延长那出恭的时间。那时我早就一溜烟似的跑进了九号院，我内疚着我的不够仗义，又盼望着白大省早点过来。白大省总会到来的，她永远坐在一个不起眼的角落，虽然她是那么盼望“大春”会注意到她。只有我知道她这盼望是多么强烈。有一天她对我说，赵叔叔不是北京户口，手术做完了他就该走了吧？我说是啊，很可惜。这时白大省眼神发直，死盯着我，却又像根本没看见我。我碰碰她的手说，哎哎，你怎么啦？她的手竟是冰凉的，使我想起了冰镇杨梅汽水，她的手就像刚从冰柜里捞出来的。那年她才十岁，她的手的温度，实在不该是一个十岁的温度，那是一种不能自已的激情吧，那是一种无以言说的热望。此时此刻我望着坐在角落里的白大省，突然很想让“大春”注意一下我的表妹。我大声说，赵叔叔，白大省还没演过喜儿呢，白大省应该演一次喜儿！赵叔叔——那鬈发的“大春”就向白大省走来。他是那么友好那么开朗，他向她伸出了一只手，他在邀请她。白大省却一迭声地拒绝着，她小声地嘟囔：“我不，我不行，我不会，我不演，我不当，我就是不行……”这个一向随和的人，在这时却表现出了让人诧异的不大随和。她摇着头，咬着嘴唇，把双手背到身后。她的拒绝让我意外，我不明白她是怎么了，为什么她会拒绝这盼望久已的时刻。我最知道她的盼望，因为我摸过她的冰凉的手。我想她一定是不好意思了，我于是鼓动似的大声说：“你行你就行”，其他几个女孩子也附和着我。我们似乎在共同鼓励这懦弱的白大省，又共同怜悯这不如我们的白大省。“大春”仍然向白大省伸着手，这反而使白大省有点要恼的意思，她开始大声拒绝，并向后缩着身子。她的脑门沁出了汗，她的脸上是一种孤立无援的顽强。她僵硬地向后仰着身子，像要用这种姿态证明打死也不服从的决心。这时“大春”将另一只手也伸了出来，他双臂伸向白大省，分明是要将她从小板凳上抱起来，分明是要用抱起她来鼓励她上场。我们都看见了赵叔叔这个姿态，这是多么不同凡响的一个姿态，白大省啊你还没有傻到要拒绝这样一个姿态的程度吧。白大省果然不再大声说“不”了，因为她什么也说不出来了，“咕咚”一声她倒在地上，她昏了过去，她休克了。

很多年之后白大省告诉我，十岁的那次昏倒就是她的初恋。她分析说当时她恨透了自己，却没有办法对付自己。直到今天，三十多岁的白大省还坚持说，那位赵叔叔是她见过的最好看的中国男人。长大成人的我不再同意白大省的说法，因为我本能地不喜欢大眼睛双眼皮的男人。但我没有反驳白大省，只是感叹着白大省这拙笨之至又强烈之至的“初恋”。那个以后我们再也未曾谋面的赵叔叔，他永远也不会知道，当年驸马胡同那个十岁的女孩子白大省，就是为了他才昏倒。他也永远不会相信，一个十岁的女孩子，当真能为她心中的美男子昏死过去。他们那个年纪的男人，是不会探究一个十岁的女人的心思的，在他眼里她们只是一群孩子，他会像抱一个孩子一样去抱起她们，他却永远不会知道，当他向她们伸出双臂时，会掀起她们心中怎样的风暴。他在无意之中就伤了胡同里那么多女孩子的心，当他和三号院西单小六的事情发生后，那些与他“同台”饰演喜儿的小女孩才知道，他其实从来就没有注意过她们，他倾心的是胡同里远近闻名的那个西单小六。为什么一个十岁的小女孩能为一个大男人昏过去呢，而西单小六，却几乎连正眼都不看一下那“大春”，就能弄得他神魂颠倒。

二

西单小六那时候可能十九岁，也可能十七岁，她和她的全家前几年才搬到驸马胡同。她们家占了三号院五间北房，北房原来的主人简先生和简太太，已被勒令搬到门房去住，谁让简先生以前开过药铺呢，他是个小资本家，而西单小六的父亲是建筑公司的一名木匠。

西单小六的父母长得矮小干瘪，可他们是多么会生养孩子啊，他们生的四男四女八个孩子，男孩子个个高大结实，女孩子个个苗条漂亮。他们是一家子粗人，搬进三号院时连床都没有，他们睡铺板。他们吃得也粗糙，经常喝菜粥，蒸窝头。可他们的饮食和他们的铺板却养出了西单小六这样一个女人。她的眉眼在姐妹之中不是最标致的，可她天生一副媚入骨髓的形态，天生一股招引男人的风情。她的土豆皮色的皮肤光润细腻，散发出一种新鲜锯末的暖洋洋的清甜；她的略微潮湿的大眼睛总是半眯着，似乎是看不清跟前的东西，又仿佛故意要用长长的睫毛遮住那火热的黑眼珠。她蔑视正派女孩子的规矩：紧紧地编结发辫，她从来都是把辫子编得很松垮，再让两鬓纷飞出几缕柔软的碎头发，这使她看上去胆大包天，显得既慵懒又张扬，像是脑袋刚离开枕头，更像是跟男子刚有过一场鬼混。其实她很可能只是刚刷完熬了菜粥的锅，或者刚就着腌雪里蕻吃下一个金黄的窝头。每当傍晚时分，她吃完窝头刷完锅，就常常那样慵懒着，在门口靠上一会儿，或者穿过整条胡同到公共厕所去。当她行走在胡同里的时候，她那蛊惑人心的身材便得到了最充分的展示。那是一个穿肥裆裤子的时代，不知西单小六用什么方法改造了她的裤子，使这裤子竟敢曲线毕露地包裹住她那紧绷绷的弹性十足的屁股。她的步态松懈，身材却挺拔，她就用这松懈和挺拔的奇特结合，给自己的行走带出那么一种不可一世的妖娆。她经常光脚穿着拖鞋，脚指甲用凤仙花汁染成恶俗的杏黄——那时候，全胡同、全北京又有谁敢染指甲呢，唯有西单小六。她就那么谁也不看地走着，因为她知道这胡同里没什么人理她，她也就不打算理谁。她这样的女性，终归是缺少女朋友的，可她不在乎，因为她有的是男朋友。她加入着一个团伙，号称西单纵队的，“西单小六”这绰号，便是她加入了西单纵队之后所得。究其本名，也许她应该被称为小六吧，她在兄弟姐妹中排行老六。“西单小六”的这个团伙，是聚在一起的十几个既不念书（也无书可念）、又不工作的年轻人，都是好出身，天不怕地不怕的，专在西单一带干些串胡同抢军帽、偷自行车转铃的事。然后他们把军帽、转铃拿到信托商店去卖，得来的钱再去买烟买酒。那个时代里，军帽和转铃是很多年轻人生活中的向往，那时候你若能得到一顶棉制栽绒军帽，就好比今日你有一件质地精良的羊绒大衣；那时候你的自行车上若能安一只转铃，就好比今日你的衣兜里装着一只小巧的手机。“西单小六”在这纵队里从不参加抢军帽、偷转铃，据说她是纵队里唯一的女性，她的乐趣是和这纵队里所有的男人睡觉。她和他们睡觉，甚至也缺乏这类女人常有的功利之心，不为什么，只是高兴，因为他们喜欢她。她最喜欢让男人喜欢，让男人为她打架。

她的种种荒唐，自然瞒不过家人的眼，她的木匠父亲就曾将她绑在院子里让她跪搓板。这西单小六，她本该令她的兄弟姐妹抬不起头，可她和他们的关系却出奇好。当她跪搓板时，他们抢着在父亲面前替她求情。她罚跪的时间总是漫长的，有时从下午能跪到半夜。每一次她都被父亲剥掉外衣，只剩下背心裤衩。兄弟姐妹的求情也是无用的，他们看着她跪在搓板上挨饿受冻，心里难受得不行。终于有一次，她的那些同伙，西单纵队的哥们儿知道了她正在跪搓板，他们便在那天深夜对驸马胡同三号搞了一次"偷袭"。他们翻墙入院，将西单小六松了绑，用条红白相间的毛毯裹住扛出了院子。然后，他们骑上每人一辆的凤凰18型锰钢自行车，再铆足了劲，示威似的同时按响各自车把上那清脆的转铃，紧接着就簇拥着西单小六在胡同里风一样地消失了。

那天深夜，我和白大省都听见了胡同里刺耳的转铃声，姥姥也听见了，她迷迷瞪瞪地说，准是西单小六他们家出事了。第二天胡同里就传说起西单小六被"抢"走的经过。这传说激起了我和白大省按捺不住的兴奋、好奇，还有几分紧张。我们奔走在胡同里，转悠在三号院附近，希望能从方方面面找到一点证实这传说的蛛丝马迹。后来听说，给西单纵队通风报信的是西单小六的三哥，西单小六本人反倒从不向她那些哥们儿讲述她在家里所受的惩罚。谁看见了他们是用条红白相间的毛毯裹走了西单小六呢，谁又能在半夜里辨得清颜色，认出那毛毯是红白相间呢？这是一些问题，但这样的问题对我们没有吸引力。我们难忘的，是曾经有这样一群男人，他们齐心协力，共同行动，抢救出了一个正跪在搓板上的他们喜爱的女人。而他们抢她的方式，又是如此震撼人心。西单小六仿佛就此更添了几分神秘和奇诡，几天之后她没事人似的回到家中，又开始在傍晚时分靠在街门站着了。她手拿一只钩针，衣兜里揣一团白线，抖着腕子钩一截贫里贫气的狗牙领子。很可能九号院赵奶奶的侄子、那鬈发的"大春"就是在这时看见了西单小六吧，西单小六也一定是在这样的时候用藏在睫毛下的黑眼珠瞟见了"大春"。

这一男一女，命中注定是要认识的，任什么也不可阻挡。听赵奶奶跟姥姥说，那鬼迷心窍的"大春"手术早就做完了，单位几次来信催他回去，他理也不理，不顾赵奶奶的劝阻，竟要求西单小六嫁给他，跟他离开北京。西单小六嘻嘻哈哈地不接话茬儿，只是偷空跟他约会。后来，西单纵队的那伙人，就是在赵奶奶的后院把他俩抓住的。照例是个夜晚，他们照例翻墙进院，用毛毯将裸体的西单小六裹了走，又把那“大春”痛打一顿，以匕首威胁着将他轰出了北京。

胡同里有人传说，说这回西单纵队潜入赵奶奶家后院，是西单小六故意勾引来的。她一挑动，男人就响应。她是多么乐意让男人在她眼前出丑啊。这传说若是真的，西单小六就显得有点卑鄙了。美丽而又卑鄙，想来该是伤透了“大春”的心。

赵奶奶哭着对姥姥说，真是作孽啊，咱们胡同怎么招来这么个狐狸精。姥姥陪着赵奶奶落泪，还嘱咐我们，不许去三号院玩，不许和西单小六家的人说话。她是怕我们学坏，怕我们变成西单小六那样的女人。

我就在这个时期离开了北京，回到了B城父母的身边。那时我的父母刚刚结束在一座深山里的五七干校的劳动，他们回家之后第一件事就是把我从姥姥家接回来，要我在B城继续上学。他们是那样重视与我的团聚，而我的心，却久久地留在北京的驸马胡同了。我知道胡同里那些大人是不会想念我这样一个与他们无关的孩子的，可我总是专心致志地想念胡同里一些与我无关的大人：鬈发的“大春”，西单小六，赵奶奶，甚至还有赵奶奶家的女猫妞妞。我曾经幻想如果我变成妞妞，就能整日整夜与那“大春”在一起了，我还能够看见他和西单小六所有的故事。我听说西单纵队的人去赵奶奶家后院抓“大春”和西单小六时，妞妞在房顶上好一阵尖叫。她是喊人救命呢，还是幸灾乐祸地欢呼呢？而我想要变成妞妞，究竟打算看见“大春”和西单小六的什么故事呢？以我那时的年龄，我还不知道一个男人和一个女人在一起要做什么事。我的心情，其实也不是嫉妒，那是一团乱七八糟的惆怅和不着边际的哀伤。因为我没像白大省那样“爱”上赵奶奶的侄子，我也不厌恶被赵奶奶说成狐狸精的西单小六。我喜欢这一男一女，更喜欢西单小六。我不相信那天夜里她是有意让“大春”出丑，就算是有意让“大春”出丑又怎样？我在心里替她开脱，这时我也显得很卑鄙。这个染着恶俗的杏黄色脚指甲的女人，她开垦了我心中那无边无际的黑暗的自由主义情愫，张扬起我渴望变成她那样的女人的充满罪恶感的梦想。十几年后我看伊丽莎白·泰勒主演的《埃及艳后》，当看到埃及妖后吩咐人用波斯地毯将半裸的她裹住扛到恺撒大帝面前时，我立刻想到了驸马胡同的西单小六，那个大美人，那个艳后一般的人物，被男男女女口头诅咒的人物。

在很长的时间里我都没把对西单小六的感想告诉我的表妹白大省，我以为这是一个忌讳：当年是西单小六“夺”走了白大省为之昏过去的“大春”。再说，到了八十年代初期，三号院那五间大北房又回到了住门房的简先生手中，西单小六一家就搬走了。她已经消失在驸马胡同，我又有什么必要一定要对白大省提起西单小六呢。直到有一次，大约两年前，我和白大省在三里屯一个名叫“橡木桶”

的酒吧里见到了西单小六。她不是去那儿消遣的，如今她是“橡木桶”的女老板。

那是一间竭力模仿异国格调的小酒吧，并且也弥漫着一股异国餐馆里常有的人体的膻气和肉桂、香叶、咖喱等调料相混杂的味道。酒吧看上去生意不错，烛光幽暗，顾客很多——大都是外国人。墙上挂着些兽皮、弓箭之类，吧台前有两个南美模样的女歌手正弹着西班牙吉他演唱《吻我，吉米》。我就在这时看见了西单小六。尽管二十多年不见，在如此幽暗的烛光下我还是一眼就把她认了出来。我为此一直藐视那些胡编乱造的故事，什么某某和某某十几年不见就完全不认识了并由此引出许多误会什么的，这怎么可能呢，反正我不会。我认出了西单小六，她有四十多岁了吧？可你实在不能用“人老珠黄”来形容她。她穿一条低领口的黑裙子，戴一副葵花形的钻石耳环；她的身材丰满却并不臃肿，她依旧美艳并对这美艳充满自信；她正冲着我们走过来，她的行走就像从前在驸马胡同一样，步态悠然，她的神情只比从前更多了几分见过世面的随和。她看上去活得滋润，也挺满足，虽然有点俗。我对白大省说，嗨，西单小六。这时西单小六也认出了我们，她走到我们跟前说，从前咱们做过邻居吧。她笑着，要侍者给我们拿来两杯“午夜狂欢”——属于她的赠送。她的笑有一种回味故里的亲切，不讨厌，也没有风尘感。我和白大省也对西单小六笑着，我们的笑里都没有恶意，我们对她能一下子认出从前胡同里的两个孩子感到惊异。我们只是不知道怎样称呼她，只好略过称呼，客气又不失真实地夸赞她的酒吧。她开心地领受这称赞，并扬扬手叫过来一个正在远处忙着什么的宽肩厚背的年轻人，那年轻人来到我们面前，西单小六介绍说这是她的先生。

那个晚上我和白大省在“橡木桶”过得很愉快。西单小六和她那位至少小她十岁的丈夫使我们感慨不已。我们感叹这个不败的女人，谜一样的不败的女人。白大省就在那个晚上告诉我，她从来就没有憎恨过西单小六。她让我猜猜她最崇拜的女人是谁，我猜不着，她说她最崇拜的女人是西单小六，从小她就崇拜西单小六。那时候她巴望自己能变成西单小六那样的女人，骄傲，貌美，让男人围着，想跟谁好就跟谁好。她常常站在梳妆镜前，学着西单小六的样子松散地编小辫，并三扯两扯扯出鬓边的几撮头发。然后她靠住里屋门框垂下眼皮愣那么一会儿，然后她离开门框再不得要领地扭着胯在屋里走上那么几圈。她看着镜子里的自己，亢奋而又鬼祟，自信而又气馁。她是多么想如此这般地跑出家门跑到街上，当然她从来就没有如此这般地跑出过家门跑到过街上，也从没有人见过她模仿西单小六的怪样，包括我。

那个晚上我望着走在我身边显得人高马大的白大省，我望着她的侧面，心想我其实并不了解这个人。

三

我的这位表妹白大省，她那长大之后仍然傻里傻气的纯洁和正派，常常让我觉得是这世道仅有的剩余。在中学和大学里她始终是好学生。念大三时她还当过校学生会的宣传部长。她天生乐于助人，热心社会活动，不惜为这些零零碎碎的活动耽误学习。我窃想也许她本来就不太喜欢学习本身。她念的是心理系，有时候她会在上课时溜回宿舍睡大觉，不过这倒也没有妨碍她顺利毕业。她毕了业，进了四星级的凯伦饭店，后来就一直固定在销售部。在那儿得卖房，单凭散客和旅行社的固定客户是不够的，得主动出击寻找客源。她的目标是京城的合资、独资企业以及外国公司的代表处，她须经常在这些企业的写字楼里乱窜，登门入室，向人家推销凯伦的客房，并许以一些优惠条件。凯伦的职员把这种业务形式统称为“扫楼”。听上去倒是有一种打击一大片的气势，扫视或者扫射吧，这可不是闹着玩儿的。我简直想不出白大省拿什么来作为她“扫楼”的公关资本，或者换个说法，白大省简直就没有什么赖以公关的优势。她相貌一般，一头粗硬的直短发，疏于打扮，爱穿男式衬衫。个子虽说不矮，但是腰长腿短，过于丰满的屁股还有点下坠，这使她走起路来就显得拙笨。可是她的“扫楼”成绩在她们销售部还是名列前茅的，凭什么呢白大省？难道她就是凭了由小带到大的那份“仁义”么？凭了她那从里到外的一股子莫名其妙的待人的真情？我领教过白大省待人的真情。那年她念大二，到我们 B 城一所军事指挥学院参加封闭式的大学生军训。军训结束时，我给她打电话，让她先别回北京，在B城留两天，到我家来住。那时我刚结婚，幸福得不得了，我愿意让白大省看看我的新家，认识我对她说过一百遍的我的丈夫王永。白大省欣然答应，在电话里跟王永姐夫长姐夫短的好不亲热。我们迎她进门，给她做了一大堆好吃的。回想起小时候在驸马胡同南口买冰镇汽水的时光，我还特意买来了小肚，这曾经是我和白大省小时候最爱吃的东西。我的父母——白大省的姨父和姨妈也赶来我家和我们一起吃饭。大家异口同声地说军训使白大省黑了，也结实了。话题由此开始，白大省就对我们说起了她的军训时光。毫无疑问她是无限怀恋这军训的，她详细地向我们介绍她每天的活动，从早晨起床到晚上睡觉，背包怎么打，迷彩服怎么穿，部队小卖部都卖些什么，她们的排长人怎么怎么好，对她们多么严格。可是大家多么服他的气，那排长是山东人。有口音，可是一点儿也不土，你们不知道他是多么有人情味儿啊，别以为他就会“立正”“稍息”“向右转”，就会个匍匐前进，就会打个枪什么的，那个排长啊，他会拉小提琴，会拉《梁祝》，噢，对了，还有指导员……

整整一顿饭，白大省沉浸在军训的美妙回味中。她看不见眼前的饭菜，看不见我特意为她买来的小肚，看不见她的姨父姨妈，看不见她的姐夫王永，看不见我们明快、舒适的新家。除了军训、排长、指导员，她对一切都视而不见。此时此刻仿佛她身在何处、与谁在一起都是不重要的，哪怕你就是把她扔到街上，只要能允许她讲她的军训，她也会万分满足。到了晚上，白大省去卫生间洗澡时，我给她送进去一块浴巾，谁知这浴巾竟引得她把自己关在卫生间里哭了一场。我隔着门问她怎么啦怎么啦，她也不答话。一会儿，她红头涨脸、眼泪汪汪地出来了，她说我告诉你吧，我现在见不得绿颜色，什么绿颜色都能让我想起部队，想起解放军。话没说完，她把脸埋在那块绿浴巾里又哭起来，好像那就是他们排长的军服似的。

白大省这种不加克制的对几个军人的想念，实在叫人心烦，也使她看上去显得特别浑不知事。我不想再听她的军训故事，我也担心王永不喜欢我的这位表妹。第二天早饭后我提议和白大省上街转转，她还不知道 B 城什么样呢。白大省答应和我一起上街，可是紧接着她就问我附近有邮局么，她说她昨天夜里给排长他们写了几封信，她要先去邮局把信发出去。她说告别时她答应了他们一回去就写信的，她说要说话算数。我说可是你还没有回到北京啊，她说在当地发信他们不是收到得更快么——唉，这就是白大省的逻辑。幸亏不久以后驸马胡同发生了一系列变化，要不然她对亲人解放军的思念得持续到何年何月啊！

先是我们的姥姥去世了，姥姥去世前已经瘫痪了三年。姥姥一直跟着白大省的父母，也就是我的姨父和姨妈生活，可是因为姨父和姨妈八十年代初才从外地调回北京，所以姥姥和白大省在一起的时间最长。在我的记忆里，她指责、呲打白大省的时间也就最长。特别当她瘫痪之后，她就把指责白大省当成了她生活中一项重要的乐趣。她指责的内容二十多年如一日，无非是我从小就听惯的“笨”呀、“神不守舍”什么的，而这些时候，往往正是白大省壮工似的把姥姥从床上抱上抱下给她接屎接尿的时候。白大省的弟弟白大鸣从不伸手帮一帮白大省，可是姥姥偏袒他，几个舅舅每月寄给姥姥的零花钱，姥姥全转赠给了白大鸣。白大鸣什么时候往姥姥床前一栖乎，姥姥就从枕头底下掏钱。有一次我对白大省说，姥姥这人最大的问题就是偏心眼儿，看把白大鸣惯的，小少爷似的。再说了，他要真是小少爷，你不还是大小姐吗。白大省立刻对我说，她愿意让姥姥护着白大鸣，因为白大鸣小时候得过那么多病。可怜的大鸣！白大省眼圈儿又红了，她说你想想，他生下来不长时间就得了百日咳；两岁的时候让一粒榆皮豆卡住嗓子差点儿憋死；三岁他就做了小肠疝气手术；五岁那年秋天他掉进院里那口干井摔得头破血流；七岁他得过脑膜炎；十岁他被同学撞倒在教室门口的台阶上磕掉了门牙……十一岁……十三岁……为什么这些倒霉事儿都让大鸣碰上了呢？为什么我一件都没碰上过呢？一想到这些我心里就一阵阵疼，哎哟疼死我了……

白大省的这番诉说叫人觉得她一直在为自己是个健康人而感到内疚，一直在为她不像她的弟弟那么多灾多病而感到不好意思。我还有什么可说的呀，我再说下去几乎就成了挑拨他们姐弟的关系了，尽管我一百个看不上白大鸣。

姥姥死了，白大省哭得好几次都背过气去。我始终在猜想她哭的是什么呢，姥姥一生都没给过她好脸子，可留在她心中的，却是姥姥的一万个好。有一回她对我说，姥姥可是个见过大世面的老太太。那会儿，七十年代末，商店的化妆品柜台刚出现指甲油的时候，白大省买了一瓶，姥姥就说，你得配着洗甲水一块儿买，不然你怎么除掉指甲油呢？白大省这才明白，洗指甲和染指甲同样重要。她又去商店买洗甲水，售货员说什么洗甲水，没听说过。白大省对我说，哼，那时候她们连洗甲水都不知道，可是姥姥知道。你说姥姥是不是挺见过世面？我心说这算什么见过世面，可我到底没说，我不想扫白大省的兴。我只是觉得一个人要想得到白大省的佩服太容易了。

姥姥死后，姨妈的单位——市内一所重点中学又分给他们一套两居室的单元房，属于教师的安居工程。全家作了商量：姨父姨妈带着白大鸣搬去新居，驸马胡同的老房留给白大省。从今往后，白大省将是这儿的主人，她可以在这儿成家立业，结婚生子（或女），永远永远地住下去。在寸土寸金的北京西城商业区，这是招人羡慕的。白大省就在这时开始了她的第二场恋爱（如果十岁那次算是第一场的话）。那时她念大四，她的很多同学都知道她有两间自己的房子。有时候她请一些同学来驸马胡同聚会，有时候外地同学的亲戚朋友也会在驸马胡同借住。同班男生郭宏的母亲来北京治病，就在白大省这儿住了半个月。后来，郭宏就和白大省谈恋爱了。郭宏家是大连的，这人我见过，用白大省的话说，“长得特像陈道明或者陈道明的弟弟”。这人话不多，很机灵，凭直觉我就觉得他不爱白大省。可我怎么能说服白大省呢，那阵子她像着了魔似的。你只要想一想她怀念军训的那份激情，就能推断出在这样的一场恋爱里她的情感会有怎样的爆发力。

四

那时候白大省经常问我，要是你和一个男人结婚，你是选择一个你们俩彼此相爱的呢，还是选择一个他爱你比你爱他更厉害的呢，还是选择一个你爱他比他爱你更厉害的呢——当然，你肯定选择彼此相爱，你和王永就是彼此相爱。白大省替我回答。我问她会选什么样的，她说，也许我得选择我爱他比他爱我更……更……她没再往下说。但我从此知道，事情一开始她给自己制定的就是低标准，一个忘我的、为他人付出的、让人有点心酸的低标准。她仿佛早就有一种预感，这世上的男人对她的爱意永远也赶不上她对他们的痴情。问题是我还想接着残忍地问下去问我自己，这世上的男人又有谁对白大省有过真的爱意呢？郭宏和白大省交朋友是想确定了恋爱关系毕业后他就能留在北京。我早就看出了这一层，我提醒她说郭宏在北京可没家，她说我们结了婚他不就有家了吗。

也许郭宏本是要与白大省结婚的，他们已经在一块儿过起了日子。白大省把伺候郭宏当成最大的乐事，她给他买烟，给他洗袜子，给他做饭，招一大帮同学在驸马胡同给他开生日 party，让所有的人都知道他们的恋爱是认真的，是往结婚的路上走的那种。郭宏家的人来北京她是全陪，管吃管住还管掏钱买东西。她开始厚着脸皮跟家里多要钱，有一次为了给郭宏的小侄子买一只“沙皮狗”，她居然背着姨父和姨妈卖了家里一只旧电扇。真是何苦呢。可是忽然间，就在临近毕业时，郭宏又结识了学校一个日本女留学生，打那儿以后郭宏就不到驸马胡同来了。他是想随了那日本学生到日本去的，郭宏一好友曾经透露。这是一个打定了主意要吃女人饭的男人，当他能够去日本的时候，为什么还要留在北京呢？用不着留在北京，他就不必和白大省结婚。

直到今天我还记得白大省向我哭诉这一切时的样子，她膀眉肿眼，奓着头发，盘腿坐在她的大床上，咬着牙根（我刚发现白大省居然也会咬牙根）说我真想报复郭宏啊我真想报复他，让他留不成北京，让他回他们东北老家去！接着她便计划出一大串报复他的方式，照我看都是些幼稚可笑没有力量的把戏。说到激动之处她便打起嗝儿来，凄切而又嘹亮，像是历经了大的沧桑。可是，当我鼓动她无论如何也要出这口恶气时，她却不说话了。她把自己重重地往床上一砸，扯过一条被子，便是一场蒙头大睡。我看着眼前的这座“棉花山”，想着在有些时候，棉被的确是阻隔灾难的一件好东西，它能抵挡你的寒冷，模糊你的仇恨，缓解你的不安，掩盖你的哀伤。白大省在棉被的覆盖下昏睡了一天，当她醒来之后就再也不提报复郭宏的事了。遇我追问，她就说，唉，我要是有西单小六那两下子就好了，可我不是西单小六啊，问题是——我要真是西单小六也就不会有眼前这些事儿了。郭宏敢对西单小六这样么？他敢！这话说得，好像郭宏敢对她白大省这样反倒是应当应分的。

白大省就在失去郭宏的悲痛之中迎来了她的毕业分配，在凯伦饭店，她开始了人生的又一番风景。她工作积极，待人热诚，除了在西餐厅锻炼时（去餐厅锻炼是每个员工进店之后的必修课）长了两公斤肉，别处变化不大。她还是像个学生，没有沾染大酒店假礼貌下的尖刻和冷漠之气。偶尔受了同事的挤对，她要么听不出来，要么哈哈一笑也就过去了。她赢了个好人缘，连更衣室的值班大妈都夸她：别看咱们饭店净漂亮妞儿，我还就瞧着白大省顺眼。多咱见了我们都打招呼，大妈长大妈短，叫得人心里热乎乎的。不怕您笑话呀，现如今我儿媳妇叫我一声妈都费老劲了，哎，我说白大省，今儿个你干吗往衬衫领子下头围一块小绸巾呀，绸巾不是该往脖子上系的吗……更衣室大妈不拿白大省当外人，逮着她就跟她穷聊。

过了些时候，白大省开始了她的又一次恋爱。这一回，对方名叫关朋羽，凯伦饭店客房部的，比白大省小一岁，个子和白大省差不多。他俩是在饭店圣诞晚会的排练时熟起来的，关朋羽演唱美声的《长江之歌》，白大省的节目是民歌《回娘家》。这首《回娘家》白大省大学时就唱熟了。她还有一个优点就是不憷台，这跟在学生会做过宣传部长有关。只是在排练过程中她总是出一些小麻烦，比如当唱到“左手一只鸡，右手一只鸭，身上还背着一个胖娃娃”时，她理应先伸左手再伸右手，她却总是先伸右手后伸左手。麻烦虽不大，但让人看着别扭。那时坐在台下的关朋羽就悄悄地冲她打手势，提醒她“先左，先左”。白大省看见了关朋羽的手势，也听见了他的提醒，他的小动作使她心中涌起一种莫可名状的感动，也就像有了靠山有了仗势一样地踏实下来，她遵照关朋羽的指示伸对了手——“先左”。到了后来，再遇排练，还没唱到“左手一只鸡，右手一只鸭”时她就预先把眼光转向了台下的关朋羽，有点像暗示，又有点像撒娇。她暗示关朋羽别忘了对她的暗示：我可快要出错儿了呀，你可别忘了提醒我呀。到了伸手的关键时刻，她其实已经可以顺利地“先左”了，可她还假装着犹豫，假装着不知道她的手该怎么伸。台下的关朋羽果真就急了，他腾地向她伸出了左手。白大省就喜欢看关朋羽着急的样子，那不是为别人着急，那是专为她白大省一人的着急。白大省乐不可支，她的“调情”技巧到此可说是达到了一个小高潮——也仅此而已，她再无别的花招。

关朋羽和郭宏不同，他是一种天生喜欢居家过日子的男人，注意女性时装，会织毛衣，能弹几下子钢琴，还会铺床。第一次随白大省到驸马胡同，他就向她施展了来自客房部的专业铺床和“开床”技术。他似乎从未厌烦过他平凡的本职工作，甚至还由此养成了一种职业性的嗜好：看见床就想铺它、“开”它。他吩咐白大省拿给他一套床单被单，他站在床脚双手攥住床单两角，哗啦啦地抖开，清洁的床单波浪一般在他果断的手势下起伏涌动，瞬时间就安静下来端正地舒展在床垫上。然后他替白大省把枕头拍松，请她在床边坐下，让她体味他的技术和劳动。他们——关朋羽和白大省，此刻就和床在一起，却谁也没有意识到他们能和这床发生点什么事情，叫人觉得铺床的人总是远离床的，就像盖房的人终归是远离房。白大省只从关朋羽脸上看到了一种劳动过后的天真和清静，没有欲望，也没有性。

他们还是来往了起来。饭店淘汰下一批家具，以十分便宜的价格卖给员工。三件套的织锦缎面沙发才一百二十块钱。白大省买了不少东西，从沙发、地毯、微波炉，到落地灯、小酒柜、写字台，关朋羽就帮她重新设计和布置房间。白大省想到关朋羽喜欢弹琴，还咬咬牙花五百块钱买了饭店一架旧钢琴（外带琴凳）。白大省向父母要钱或者偷着卖老电扇的时代过去了，她远不是富人，可她觉得自己也不算缺钱花。她在新布置好的房间里给关朋羽过了一次生日，这回她多了个心眼儿，不像给郭宏过生日那回请一堆人。这回她谁也没请，就她和关朋羽两个人。她从饭店西餐厅订了一个特大号的“黑森林”蛋糕，又买了一瓶价格适中的“长城干红”。那天晚上，他们吃蛋糕、喝酒，关朋羽还弹了一会儿琴。关朋羽弹琴的时候白大省就站在他身边看他的侧面。她离他很近，他的一只耳朵差不多快要蹭到她胸前的衣襟。他的耳朵红红的，像兔子。白大省后来告诉我，当时她很想冲那耳朵咬一口。关朋羽一直在弹琴，可是越弹越不知自己在弹什么。身边的一团热气阻塞了他的思维，他不知道是一直看着琴键，还是应该冲那团热气扭一下头，后来他还是冲白大省扭了一下头。当他扭头的时候，不知怎么的，他的头连同他那只红红的耳朵就轻倚在白大省的怀里了。这是一个让白大省没有防备的姿势，也许她是想双手搂住怀中这个脑袋的，可是她膝盖一软，却让自己的身子向下滑去，她跪在了地上。她跪在地上的躯体和坐在琴凳上的关朋羽相比显得有点肉大身沉，尽管这样看上去她已经比他显得低矮。她冲他仰起头，一副要承接的样子。他也就冲她俯下身子，亲了亲她的嘴，又不着边际地在她身上抚摸了一阵。她双手勾住了他的不算粗壮的脖子，她是希望一切继续的，他应该把她抱起来或者压下去。可是他显然有点胆怯，他似乎没有抱起她的力气，也没有压住她的分量。很可能他已经后悔刚才他那致命的一扭头了。他好像是再也没事干了才决定要那么一扭头的，又仿佛正是这一扭头才让他明白眼前的白大省其实是如此巨大，巨大得叫他摆布不了。或者他也为自己的身高感到自卑，为自己的学历感到自卑？白大省是大本文凭，他念的是旅游中专。也许这些原因都不是，关朋羽，他始终就没有确定自己是不是爱上了白大省。他终于从白大省的胳膊圈儿里钻了出来。他坐回到桌旁，白大省也坐回到桌旁，两个人看上去都很累。

忽然白大省说，要是咱们俩过日子，换煤气罐这类的事肯定是我的。

关朋羽就说，要是咱们俩过日子，换灯泡这类的事肯定是我的。

白大省说，要是咱们俩过日子，我什么都不让你干。

关朋羽就说，你真善良，我早看出来了。

他说的是真话，他明白并不是每个男人都能碰见这份善良的。就为了他早就发现的白大省这份赤裸裸的善良，他又亲了她一次。然后他们平静、愉快地告了别。

他们还没有谈到结婚，不过两人都是心照不宣的样子。销售部的同事问起白大省，她只是笑而不答。白大省到底积累了点经验，她忍耐住了她自以为的幸福。要是我们的另一位表妹小玢不来北京，我判断关朋羽会和白大省结婚的。可是小玢来了。

小玢是我们舅舅的女儿，家住太原。一连三年没考上大学，便打定主意到北京来闯天下。她的理想是当一名时装设计师，为此她选择了北京一家没有文凭、不管食宿、也不负责分配的服装学校。她花钱上了这学校，并来到驸马胡同要求和白大省同住。她理直气壮，不由分说。

五

小玢没来过北京，她却到哪儿也不憷，与人交往，天生的自来熟。她先是毫不忸怩地把驸马胡同当成了自己的家，她打开白大省的衣橱，唰啦啦地把白大省挂在衣杆上的衣服“赶”到一边，然后把自己带来的“时装”一挂一大片。她又打量了一阵写字台，把白大省戳在桌面上的几个小镜框往桌角一推，接着不同角度地摆上了几只嵌有自己玉照的镜框，其中一帧二十四寸大彩照，属于影楼艺术摄影那种格调的，她将它悬在了迎门，让所有人一进白大省家，先看见墙上被柔光笼罩的小玢在做妩媚之笑。最后她考虑到床的问题，她看看里屋唯一一张大床，对白大省说她睡觉有个毛病，爱睡“大”字，床窄了她就得掉下去。她要求白大省把大床让给她，自己再另支折叠床。白大省没有折叠床，只好到家具店现买了一张。剩下吃饭的问题，小玢也自有安排：早饭自己解决；晚饭谁早回来谁做（小玢永远比白大省回家晚）；午饭呢，小玢说她要到凯伦饭店和白大省一块儿吃，她说她知道白大省他们的午饭是免费的。白大省对此有些为难，毕竟小玢不是饭店的员工，这是个影响问题。小玢开导白大省说，咱们不要双份，咱俩合吃你那一份就行，难道你不觉得你该减肥了么？再不减肥，以后我给你设计服装都没灵感了。白大省看看自己不算太胖、可也说不上婀娜的身材，一刹那还想起了比她文弱许多的关朋羽，就对小玢做了让步。女为悦己者瘦啊，白大省要减肥，小玢的中饭就固定在了凯伦饭店。说是与白大省合吃，实际每顿饭她都要吃去一多半，饿得白大省顶不到下午下班就得在办公室吃饼干。

凯伦饭店的午饭开阔了小玢的视野，她认识了白大省所有的同事，抄录下他们所有的电话、BP 机号码。到了后来，她跟他们混得比白大省跟他们还熟。她背着白大省去饭店美容厅剪头发做美容（当然是免费）；让客房部的哥儿们给她干洗毛衣大衣；销售部白大省一个男同事，自己有一辆“富康”轿车的，居然每天早上开车到驸马胡同接小玢，然后送她去服装学校上学，说是顺路。这样，小玢又省出了一笔乘坐中巴的钱。她心安理得地享受着这些方便，当然她也知道感谢那些给她提供方便的人。她的习惯性感谢动作是拍拍他们的大腿，之后再加上这么一句：“你真逗！”男人被她拍得心惊肉跳的，“你真逗”这个含意不清的句子也使他们乐于回味，可他们又绝不敢对她怎么样。动不动就拍男人大腿本是个没教养的举动，可是发生在小玢身上就不能简单地用没教养来概括。她那一米五五的娇小身材，她那颗剪着“伤寒式”短发的小脑袋瓜，她那双纤细而又有力的小手，都给人一种介乎于女人和孩子之间的感觉，粗鲁而又娇蛮，用意深长而又不谙世事。她人小心大，旋风一般刮进了驸马胡同，她把白大省的生活搅得翻天覆地，最后她又从白大省手中夺走了关朋羽。

那是一个下午，白大省和福特公司的客户在民族饭店见面之后没再回到班上，就近回了驸马胡同。这次见面是顺利的，那位客户，一个谢顶的红脸美国老头已经答应和凯伦签合同，他们代表处将在凯伦饭店包租一年客房。这也意味着白大省可以从租金中得到千分之二的回扣。白大省这天的确用不着再回班上了，白大省实在应该回家好好庆祝庆祝。她回家开了门，看见小玢和关朋羽躺在她的大床上。

不能用鬼混来形容小玢和关朋羽，真要是鬼混，事情倒还有其他的一些可能。问题是小玢不想和关朋羽鬼混，关朋羽也觉得他应该娶的原来是小玢。这样，本来可能是白大省丈夫的关朋羽，没出两个月就变成了白大省的表妹夫。

想来想去，白大省不像恨郭宏那样恨关朋羽。让她感到揪心疼痛的是，她和关朋羽交往一年多了都没打过床的主意。可关朋羽和小玢没见过几次面就上了床。那是她的床啊，她白大省的床！

小玢搬出了驸马胡同，一句道歉的话也没跟白大省说，只给她留下一件她亲自为遮掩白大省那下坠的臀部而设计制作的一件圆摆衬衫，还忘了锁扣眼儿。倒是关朋羽觉得有些对不住白大省，有一天他跟小玢要了驸马胡同的钥匙——还没来得及还给白大省的钥匙，趁白大省上班，他找人拉走了白大省的旧床，又给白大省买来一张新双人床，还附带买了床罩、枕套什么的。他认真为她铺好床，认真到比铺他和小玢的婚床更多一百分的小心。他不让床单上有一道褶痕，不让床裙上有一粒微尘。接着他又为她开了床，就像他在饭店客房里每天都做的那样，拍松枕头，把罩好被单的薄毯沿枕边规矩地掀起一角，再往掀起的被角上放一枝淡黄色的康乃馨。就像要让白大省忘却在这个位置上发生的所有不快，又像是在祝福白大省开始崭新的日子。

白大省下班回来看见了新床和床上的一切，那是关朋羽技术和心意的结合，是他这样一个男人向她道歉的独特方式。白大省坐在折叠床上遥望这新大床一阵阵悲伤，因为她怀念的其实正是关朋羽让人搬走的那张旧床，那张深深伤害了她的旧床。倘若她能重返旧床，哪怕夜夜只她单独一人，至少她也能体味关朋羽曾经在过这床上的那一部分——就算不是和她。另一部分，小玢占据的那一部分她甚至可以遮起来不想。在旧床上她的心和身体都会感到痛的，可那是抓得住的一种伤痛，纵然痛，也是和他在一起的。眼前的新床又算什么呢，一堆没有来历的木头罢了。

关朋羽的新床带给驸马胡同的是更多的凄清。好比一个男人，早就打定了主意要背离爱他的女人，告别之前却非要给这女人擦一遍桌子，拖一拖地板，扶正墙上的一个镜框，再把漏水的龙头修上一修。这本是世上最残忍的一种殷勤，女人要么在这样的殷勤里绝望，要么从这样的殷勤里猛醒。

我的表妹白大省，她似乎有点绝望，却还谈不上就此猛醒，她只是久久不在那新床上睡觉就是了。第一次睡她那新大床的是我。那次我来北京参加一个少儿读物研讨会，有天晚上住在了驸马胡同。我躺在白大省的新床上，她躺在那张折叠床上，脸朝天花板跟我讲着小玢和关朋羽。她说小玢和关朋羽结婚后就不念那个服装学校了，两人也没房，就和关朋羽的父母一起住。他家住在一幢旧单元楼的一楼，辟出一间临街开了个门，小玢开起了成衣店，生意还挺不错。白大省说他们结婚时她没去，她是想一辈子不搭理他们的，那时候天天下班回家就发誓。白大鸣为了支持白大省，自己先作了姿态，他不与他们来往。可也不知怎么的，临近婚礼时白大省还是给他们买了礼物，一只消毒碗柜，托客房部的人转给了关朋羽。白大省说关朋羽又托客房部的人给她送了一袋喜糖。她说你猜我把那喜糖放哪儿去了，我说你肯定没吃。她指指房顶说我告诉你吧，让我站在院里都给扔到房上去了。

我闭眼想着我们头上那滋生着干草的灰瓦屋顶，屋顶依旧，只是女猫妞妞和男猫小熊早已不在了，不然那喜糖定会引起它们的一阵欢腾。最后白大省又埋怨起自己，她说全怪她警惕性不高啊，一不留神啊……我说这和留神不留神有什么关系，白大省说那究竟和什么有关系呢？

我没法回答白大省的问题，我于是请她看电影。那次我们看了一个没有公演的美国电影《完美的世界》，研讨会上发的票。看电影时我们都哭了，虽然克制但还是泪流满面。我们尽量默不作声，我们都长大了，不像从前看《卖花姑娘》的时候那么抽抽搭搭的。白大省偶尔还打一个嗝儿，憋成很细小的声音，只有我这么亲近的人才能觉察出她是在打嗝儿。《完美的世界》，那个罪犯和充当人质的孩子之间从恐惧憎恨到相亲相近的故事使白大省激动不已，仅在销售部，她就把这部电影给同事讲了四遍。我回 B 城后还接到过她的一个长途电话，她说她从来没有像看了《完美的世界》以后那样热爱孩子，她第一次有点从心里羡慕我的职业了，她问我有没有可能托关系把她调到一个儿童出版社，她已经开始考虑改行了。我劝她说别神神经经的，出版社的活儿也不是那么好干。白大省后来没再坚持改行，她不是听了我的劝，那是因为，她仿佛又开始恋爱了。

六

白大省认识夏欣是在驸马胡同，夏欣骑车拐弯时撞了正在走路的白大省。撞得也不重，小腿擦破了一点皮，夏欣一个劲儿向白大省道歉，还从衣兜里掏出一片创可贴，非要亲手按在白大省小腿上不可。后来白大省听夏欣说，那天他是去三号院看房的，三号院的简先生要把他那间八平方米的门房租出去。本来夏欣有意要租，希望简先生在租金上做些让步，但简先生分毫不让，他也就放弃了。

夏欣认为自己是一个才华横溢的人，只是生不逢时，社会上的好机会都让别人占了去。他毕业于一所社会大学，多年来光跟人合伙办公司就办过八九个，开过彩扩店，还倒腾过青霉素。样样都没长性，干什么也没赚了钱，跟父母的关系又不好，索性就想从家里搬出来。他让白大省帮他物色价格合理的房，他说他简直一天也不想再看见他父母的脸。白大省给夏欣提供了几则租房信息，有两次她还陪他一道去看房。看完了房，夏欣要请白大省吃饭，白大省说还是我请你吧，以后你发了财再请我。

白大省把夏欣领进了驸马胡同，从此夏欣就隔长补短地在白大省那儿吃饭。

他吃着饭，对她说着他的一些计划，做生意的计划，发财的计划，拉上两个同学到与北京相邻的某省某县开化工厂的计划……他的计划时有变化，白大省却深信不疑。比方说到开化工厂缺资金，白大省甚至愿意从自己的积蓄里拿出一万块钱借给夏欣凑个数。后来夏欣没要白大省的钱，因为他忽然又不想开化工厂了。

我非常反感白大省和夏欣的交往，我不喜欢一个大老爷们儿坐在一个无辜的女人家里白吃白喝外加穷“白话”。我对白大省说夏欣可不值得你这么耽误工夫，白大省说我不如她了解夏欣，说别看夏欣现在一无所有，她看中的就是夏欣的才气。噢，夏欣居然有才气，还竟然已被白大省“看中”。我让白大省将夏欣的才气举出一二例，她想了想说，他反应特快，会徒手抓苍蝇。我向她说，你们俩现在究竟是一种什么关系呢？她说还谈不上什么关系，夏欣人很正派，有天晚上他们聊天聊到半夜，夏欣就没走，白大省在里屋睡大床，夏欣在外屋睡折叠床，两人一夜相安无事。

这样的相安无事，可以说洁如水晶，又仿佛是半死不活。是一男一女至纯的友谊呢，还是更像两个男人的哥们儿义气？白大省也许终生都不会涉足这样的分析。她渴望的，只是得到她看中的男人的爱。夏欣无疑被她看中了，她却怎么也拿不准他那一方的态度。有了郭宏和关朋羽的教训，加上我对她的毫不掩饰的警告，她是要收敛一下自己的，很可能她也假模假式地伪装过矜持。她告诫过自己：要慢一点慢慢的斯斯文文的；她指点过自己：要沉稳千万别显出焦急；她也打算像个会吸引人的女人那样修饰自己：小玢的娇蛮、西单小六的风骚，都来上那么一点……可惜的是，理论与实践的结合总是不妥帖的时候居多。当她想慢下来的时候她却比从前更快；当她打算表演沉稳的时候她却比从前更抓耳挠腮；当她描眉打鬓、涂胭脂抹粉时，她在镜子里看见的是一个比平常的自己难看一千倍的自己。她冲着镜子“温柔”地一笑，类似这样的“温柔”并非白大省与生俱来，它就显得突兀而又夸张，于是白大省自己先就被这突兀的温柔给吓着了。

转眼之间，白大省和夏欣已经认识了大半年，就像从前对待郭宏和关朋羽一样，她又在驸马胡同给夏欣过了一次生日。白大省这人是多么容易忘却，又显得有点死心眼儿。谁也弄不清她为什么老是用这同一种方式企图深化她和男性的关系。这次和前两次一样，是她要求给夏欣过生日，夏欣是一个答应的角色，他答应了，还史无前例地对她说了一声：“你真好。”“你真好”使白大省预感到当晚的一切将至关重要，她暗中给自己设计了一个从容、懂事、不卑不亢的形象，可事到临头，她却比以往更加手忙脚乱并且喧宾夺主。没准儿正是“你真好”那三个字乱了她的手脚。那是一个星期六，她几乎花了一整天给自己选择当晚要穿的衣服。她翻箱倒柜，对比搭配。穿新的她觉得太做作；穿旧的又觉得提不起精神；穿素了怕夏欣看她老气；穿艳了又唯恐降低品位。她在衣服堆里择来择去，她摔摔打打，自己跟自己赌气。最后她痛下决心还是得出去现买。燕莎、赛特都太远无论如何去不成，最近的就是西单。她去了西单商场，选中一件黑红点儿的套头毛衣才算定住了神。她觉得这毛衣稳而不呆，闹中有静，无论是黑是红，均属打不倒的颜色。哪知回家对着镜子一穿，怎么看自己怎么像一只“花花轿”。眼看着夏欣就要驾到了，饭桌还空着呢。她脱了毛衣赶紧去开冰箱拿蛋糕，拿她头天就烹制好的素什锦，结果又撞翻了盛素什锦的饭盒，盒子扣在脚面上，脏污了她的布面新拖鞋。她这是怎么了，她想干什么？疯了似的。

好不容易餐桌上的那一套就了绪，她才发现原来自己一直戴着个胸罩在屋里乱跑。她就顺便低头看了一眼自己的胸，她总是为自己的胸部长成这样而有些难为情。不能用大或者小来形容白大省的乳房，她的乳房是轮廓模糊的那么两摊。有点拾掇不起来的样子，猛一看胸部也有起伏，再细看又仿佛什么都没有。这使她不忍细看自己，她于是又重返她那乱七八糟的衣服堆，扯出一件宽松的运动衫套在了身上。

那个晚上夏欣吃了很多蛋糕，白大省喝了很多酒。气氛本来很好，可是，喝了很多酒的白大省，她忽然打乱自己那“沉着、矜持”之预想，她忽然不甘心就维持这样的一个好气氛了。她的焦虑，她的累，她的没有着落的期盼，她的热望，她那从十岁就开始了的想要被认可的心愿，宛若噼里啪啦冒着火花的爆竹，霎时间就带着响声、带着光亮释放了出来。她开始要求夏欣说话，她使的招数简陋而又直白，有点强迫的意思。仿佛过生日的回报必是夏欣的表态，而且刻不容缓。她就没有想到，这么一来，他人并不曾受损，而她自己却已再无退路。

说点什么吧，白大省对夏欣说，总得说点什么。夏欣就说，我有一种预感，我预感到你可能是我这一生最想感谢的人。白大省追问道：还有呢？夏欣就说，真的我特感谢你。他的话说得诚恳，可不知怎么总透着点儿不吉利。白大省穷追不舍地又发问道：除了感谢你就没有别的话要说了吗？夏欣愣了一会儿说，本来他不想在生日这天说太多别的，可是他早就明白白大省想要听见的是什么。本来他也想对他们的关系作个展望什么的，不是今天，可能是明天、后天……可是他又预感到今天不说就过不去今天，那么他也就顾不了许多了干脆就说了吧。这时他一反吞吐之态，开始滔滔不绝。他说他和白大省的关系不可能再有别的发展，有一件事给他留下的印象太深刻了：那天他来这儿吃晚饭，白大省烧着油锅接一个电话，那边油锅冒了烟她这边还慢条斯理地进行她的电话聊天；那边油锅着了她仍然放不下电话，结果厨房的墙熏黑了一大片，房顶也差点着了火。夏欣说他不明白为什么白大省不能告诉对方她正烧着油锅呢，本来那也不是什么重要的电话。她也可以先把煤气灶关掉再和电话里的人聊天。可是她偏不，她偏要既烧着油锅又接着电话。夏欣说这样一种生活态度使他感觉很不舒服……白大省打断他说油锅着火那只不过是她的一时疏忽，和生活态度有什么关系啊？夏欣说好吧就算这是一时的疏忽，可我偏就受不了这样的疏忽。还有，他接着说，白大省刚跟他认识没多久就要借给他一万块钱开化工厂，万一他要是个坏人呢是想骗她的钱呢？为什么她会对出现在眼前的陌生男人这样轻信，他实在不明白……

夏欣的话闸一开竟难以止住，他历数的事实都是事实，他的感觉虽然苛刻却又没错儿。他，一个连稳定的工作都没有的男人，一个连养活自己都还费点劲的男人，一个坐在白大省家中，理直气壮地享用她提供的生日蛋糕的男人，在白大省面前居然也能指手画脚，挑鼻子挑眼。那可怜的白大省竟还执迷不悟地说：我可以改啊我可以改！

他们到底无法谈到婚姻。夏欣在这个生日之后就离开了白大省。白大省哭着，心里一急，便冲着他的背影说，你就走吧，本来我还想告诉你，驸马胡同快要拆迁了，我这两间旧房，至少能换一套三居室的单元，三居室！夏欣没有回头，聪明的男人不会在这时候回头。白大省心里更急了，便又冲着他的背影说，你就走吧，你再也找不到像我这么好的人了！你听见了没有？你再也找不到像我这么好的人了！听了这话，夏欣回头了，他回过身来对白大省说："其实我怕的也是这个，很可能再也找不到了。"这是一句真话，不过他还是走了。白大省这叫卖自己一般的挽留只加快了夏欣的离开。他不欠她什么，既不属于说了买又不买的顾客，也不属于白拿东西不给钱的顾客，他连她的手都没碰过。

很长一段时间，白大省既不收拾饭桌也不收拾床，她和夏欣吃剩的蛋糕就那么长着霉斑摆在桌上，旁边是两只油渍麻花的脏酒杯。夏欣生日那天她翻腾出来的那些衣服也都在里屋她的床上乱糟糟地摊着，晚上下班回来她就把自己陷在衣服堆里昏睡。有一天白大鸣来驸马胡同找白大省，进门就嚷起来："姐，你怎么啦！"

七

白大鸣对白大省当时的精神状态感到吃惊，可他并无太多的担心。他了解他的姐姐白大省，他知道他这位姐姐不会有什么真想不开的事。白大省当时的精神只给白大鸣想要开口的事情增设了一点小障碍，他本是为了驸马胡同拆迁的事而来。

白大鸣已经先于白大省结了婚，女方咪咪在一所幼儿师范教音乐，白大省是两人的介绍人。白大鸣结婚后没从家里搬出去。他和咪咪的单位都没有分房的希望，两人便打定主意住在家里，咪咪也努力和公婆搞好关系，虽然这样的居住格局使咪咪觉出了许多不自如，可现实就是这样的现实，她只好把账细算一下：以后有了孩子，孩子顺理成章得归退休的婆婆来带，她和白大鸣下班回家连饭也用不着做。想来想去还是划算的。也不能叫作自我安慰。要是没有驸马胡同拆迁的信息，白大鸣和咪咪就会在家中久住下去。咪咪已经摸索出了一套与公婆相处的经验和技巧。偏在这时驸马胡同面临着拆迁，而且信息确凿。白大省已经得到通知，像她这样的住房面积能在四环以内分到一套煤气、暖气俱全的三居室单元。一时间驸马胡同乱了，哀婉和叹息、兴奋和焦躁弥漫着所有的院落。大多数人不愿挪动，不愿离开这守了一辈子的北京城的黄金地段。九号院牙都掉光了的赵奶奶对白大省说，当了一辈子北京人，老了老了倒要把我从北京弄出去了。白大省说四环也是北京啊赵奶奶，赵奶奶说，顺义还是北京呢！

三号院的简先生也是逢人就说，人家跟我讲好了，我们家能分到一梯一户的四室两厅单元房，楼层还由着我们挑。可我院里这树呢，我的丁香树我的海棠树，我要问问他们能不能给我种到楼上去！简先生摇晃着他那一脑袋花白头发，小资本家的性子又使出来了。

白大省对驸马胡同深有感情，可她不像赵奶奶、简先生他们，她打定主意不给拆迁工作出一点难题。新的生活、敞亮的居室、现代化的卫生设备对白大省来说，比地理方位显得更重要。况且她在那时的确还想到了夏欣，想到他四处租房，和房东讨价还价的那种可怜样儿，白大省在心中不知说了多少遍呢：和我结婚吧，我现在就有房，我将来还会有更好的房！

驸马胡同的拆迁也牵动了白大鸣和咪咪的心，准确地说，最先反应过来的是咪咪。有天晚上她翻来覆去睡不着觉，就把白大鸣也叫醒说，早知道驸马胡同会这样，不如结婚时就和白大省调换一下了，让白大省搬回娘家住，她和白大鸣去住驸马胡同。这样，拆迁之后的三居室新单元自然而然便归了他们。白大鸣说现在说什么也晚了，再说咱们这样不也挺好吗。咪咪说好与不好，也由不得你说了算。敢情你是你爸妈的儿子，我可怎么说也是你们家的外人。你觉着这么住着好，你知道我费了多少心思和技巧？一家人过日子老觉着得使技巧，这本身就让人累。我就老觉着累。我做梦都想和你搬出去单过，住咱们自己的房子。按咱们自己的想法设计、布置。白大鸣说那你打算怎么办呀，咪咪说这事先不用和爸妈商量，先去找白大省说通，再返回来告诉爸妈。就算他们会犹豫一下，可他们怎么也不应该反对女儿回家住。白大鸣打断咪咪说，我可不能这么对待我姐，她都三十多岁了，老也没谈成合适的对象，咱们不能再让她舍弃一个自己的独立空间啊。咪咪说，对呀，你姐一个人还需要独立空间呢，咱们两个人不更需要独立空间么？再说，她老是那么一个人待着也挺孤独，如果搬回来和爸妈住，互相也有个照应。白大鸣被咪咪说动了心，和咪咪商量一块儿去找白大省。咪咪说，这事儿我不能出面，你得单独去说。你们姐弟俩说深了说浅了彼此都能担待，我要在场就不方便了。白大鸣觉得咪咪的话也对，但他仍然劝咪咪仔细想想再做决定。咪咪坚决不同意，她说这事儿不能慎着，得赶快。她那急迫的样子，恨不得把白大鸣从床上揪起来半夜就去找白大省。又耗了几天，白大鸣在咪咪的再三催促下去了驸马胡同。

白大鸣坐在白大省一塌糊涂的床边，屁股底下正压着她那团黑红点点的毛衣。他知道他的姐姐遭了不幸，他给她倒了一杯水。白大省喝了水，按捺不住地对白大鸣说起了夏欣。她说着，哭着，眼泪像断了线的珠子，白大鸣看着心里很难过。他想起了姐姐对他几十年如一日的疼爱，想起小时候有一次他往院子里扔了一串香蕉皮，姥姥踩上去滑了一跤，吓得他一着急，就说香蕉皮是白大省扔的。姥姥骂了白大省一整天，还让白大省花了一个晚上写了一篇检讨书。白大省一直默认着自己这个“过失”，没有揭穿也没有记恨过白大鸣对她的“诬陷”。白大鸣想着小时候的一切，实在不知道怎么把换房的事说出口。后来还是白大省提醒了他，她说大鸣你是不是有什么事来找我？

白大鸣一狠心，就把想和白大省换房的事全盘托出。白大省果然很不高兴，她说这肯定是咪咪的主意，一听就是咪咪的主意，咪咪天生就是个出这种主意的人。她说她早就后悔当初把咪咪介绍给白大鸣，让咪咪变成了他们白家的人。她质问白大鸣，问他为什么与咪咪合伙欺负她——难道没看见她现在的样子吗？还是假装不知道她从前的那些不如意。她说大鸣你真可恶真没良心你真气死我了你是不是以为我这人从来就不会生气呀你！她说你要是这么想你可就大错特错了现在我就告诉你我会生气我特会生气我气性大着呢，现在你就回家去把咪咪给我叫来，我倒要看看她当着我的面敢不敢再重复一遍你们俩合伙捏鼓出的馊主意！

白大省的语调由低到高，她前所未有地慷慨激昂滔滔不绝，她就像换了一个人似的言辞尖刻忘乎所以。她不知道什么时候白大鸣已经悄悄地走了，当她发现白大鸣不见之后，才慢慢使自己安静下来。白大鸣的悄然离去使白大省一阵阵地心惊肉跳，有那么一会儿她觉得他不仅从驸马胡同消失了，他甚至可能从地球上消失了。可他究竟犯了什么错误呢她的亲弟弟？他生下来不长时间就得了百日咳；两岁的时候让一粒榆皮豆卡住嗓子差点憋死；三岁他就做了小肠疝气手术；五岁那年秋天他掉进院里那口干井摔得头破血流；七岁他得过脑膜炎；十岁他摔在教室门口的台阶上磕掉了门牙……可怜的大鸣！为什么这些倒霉事儿都让他碰上了呢？从来没碰上过这些倒霉事儿的白大省为什么就不能让她无比疼爱的弟弟住上自己乐意住的新房呢？白大省越想越觉得自己对不住白大鸣，她是在欺负他是在往绝路上逼他。她必须立刻出去找他，找到他告诉他换房的事不算什么大事，她愿意换给他们，她愿意搬回家去与父母同住……

她在白大鸣的单位找到了白大鸣，宣布了她的决定。想到数落咪咪的那些话她也觉得不好意思，就又给咪咪打电话，重复了一遍她愿意和他们换房的决定。她好言好语，柔声细气，把本来是他们求她的事，一下子变成了她在央告他们，甚至他们答复起来若稍有犹豫，她心里都会久久地不安。

她献出了自己的房子，驸马胡同拆迁之日，也就是她回到父母身边之时。这念头本该伴随着阵阵凄楚的，白大省心中却常常升起一股莫名的柔情。每天，她走在胡同里都能想起很多往事，从小到大，在这里发生的她和一些“男朋友”的故事。她很想在这胡同消失之前好好清静那么一阵，谁也不见，就她一个人和这两间旧房。谁敲门她也不理，下班回家她连灯也不开，她悄悄地摸黑进门，进了门摸黑做一切该做的事，让所有的人都认为屋里其实没人。有一天，当她又打着这样的主意走到家门口时，一个男人怀抱着一个孩子正站在门口等她。是郭宏。

郭宏打碎了白大省谁也不见的预想，他已经看见了她，她又怎么能假装屋里没人？她把他让进了门，还从冰箱里给他拿了一听饮料。

这么多年白大省一直没有见过郭宏，但是她知道他的情况。他没去成日本，因为那个日本女生忽然改变主意不和他结婚了。可他也没回大连，他决意要在北京立足。后来，工作和老婆他都在北京找到了，他在一家美容杂志社谋到了编辑的职务，结婚几年之后，老婆为他生了一个女儿。郭宏的老婆是一家翻译公司的翻译，生了女儿之后不久，有个机会随一个企业考察团去英国，她便一去不复返了，连孩子也扔给了郭宏。这梦一样的一场婚姻，使郭宏常常觉得不真实。如果没有怀里这活生生的女儿，郭宏也许还可以干脆假装这婚姻就是大梦一场，一切都可以重新开始，作为一个男人他还算不上太老。可女儿就在怀里，她两岁不到，已经认识她的父亲，她吃喝拉撒处处要人管，她是个活人不是梦。

此时此刻郭宏坐在白大省的沙发上喝着饮料。让半睡的女儿就躺在他的身边。他对白大省说，你都看见了，我的现状。白大省说，我都看见了，你的现状。郭宏说我知道你还是一个人呢。白大省说那又怎么样。郭宏说我要和你结婚，而且你不能拒绝我，我知道你也不会拒绝我。说完他就跪在了白大省眼前，有点像恳求，又有点像威胁。

这是千载难逢的一个场面，一个仪表堂堂的大男人就跪在你的面前求你。渴望结婚多年了的白大省可以把自己想象成骄傲的公主，有那么一瞬间，她心中也真的闪过一丝丝小的得意，一丝丝小的得胜，一丝丝小的快慰，一丝丝小的晕眩。纵然郭宏这“跪”中除却结婚的渴望还混杂着难以言说的诸多成分，那也足够白大省陶醉一阵。从没有男人这样待她，这样的被对待也恐怕是她一生所能碰到的绝无仅有的一回。一时间她有点糊涂，有点思路不清。她低头看着跪在地上的郭宏，她闻见了他头发的气味，当他们是大学同学时她就熟悉的那么一种气味。这气味使此刻的一切显得既近且又遥远，她无法马上作答，只一个劲儿地问着：为什么呢这是为什么？

跪着的郭宏扬起头对白大省说，就因为你宽厚善良，就因为你纯、你好。从前我没见过，今后也不可能再遇见你这样一种人了你明白吗？

白大省点着头忽然一阵阵心酸。也许她是存心要在这眩晕的时刻，听见一个男人向她诉说她是一个多么美丽的女人，多么难以让他忘怀的女人，就像很多男性对西单小六、对小玢、对白大省四周很多女孩子表述过的那样，就像我的丈夫王永将我小心地拥在怀中，贪婪地亲着我的后脖颈向我表述过的那样。可是这跪着的男人没对白大省这么说，而她终于又听见了几乎所有认识她的男人都对她说过的话，那便是他们心目中的她。就为了这个她不快活，一种遭受了不公平待遇的情绪尖锐地刺伤着她的心。她带着怨愤，带着绝望，带着启发诱导对跪着的男人说，就为这些吗？你就不能说我点别的吗你？

跪着的男人说，我说出来的都是我真心想说的啊，你实在是一个好人……我生活了这么些年好不容易才悟透这一点……白大省打断他说，可是你不明白，我现在成为的这种“好人”从来就不是我想成为的那种人！

跪着的男人仍然跪着，他只是显得有些困惑。于是白大省又说，你怎么还不明白呀？我现在成为的这种“好人”根本就不是我想成为的那种人！

跪着的男人说，你说什么笑话呀白大省，难道你以为你还能变成另外一种人吗？你不可能，你永远也不可能。

永远有多远？！白大省叫喊起来。

我坐在“世都”二楼的咖啡厅等来了我的表妹白大省。我为她要了一杯冰可可，我说，我知道你还想跟我继续讨论郭宏的事，实话跟你说吧，这事儿很没意思，你别再犹豫了你不能跟他结婚。白大省说，约你见面真是想再跟你说说郭宏，可你以为我还像从前那么傻吗？哼，我才没那么傻呢，我再也不会那么傻了。噢，他想不要我了就把我一脚踢开，转了一大圈，最后怀抱着一个跟别人生的孩子又回到我这儿来了，没门儿！就算他给我跪下了，那也没门儿！

我惊奇白大省的“觉悟”，生怕她心一软再变卦，就又加把劲儿说，我知道你不傻，人都会慢慢成熟的。本来事情也不那么简单，别说你不同意，就是你同意，姨父姨妈那边怎么交代？再说，你把自己的房都给了大鸣，就算你真和郭宏结婚，姨父姨妈能让你们——再加上那个孩子在家里住？白大省说，别说我们家不让住，郭宏他们一直住他大姨子的房，他大姨子现在都不让他们爷儿俩住。所以，我才不搭理他呢。我说，关键是他不值得你搭理。白大省说，这种人我一辈子也不想再搭理。我说，你的一辈子还长着呢。白大省说，所以我要变一个人。她说着，咕咚咕咚将冰可可一饮而尽，让我陪她去买化妆品。她说她要换牌子了，从前一直用“欧珀莱”，她想换“CD”或者“倩碧”，可是价格太贵，没准儿她一狠心，从今往后只用婴儿奶液，大影星索菲娅·罗兰不是声称她只用婴儿奶液吗。

我和白大省把“世都”的每一层都转了个遍，在女装部，她一反常态地总是揪住那些很不适合她的衣服不放：大花的，或者透得厉害的，或者弹力紧身的。我不断地制止她，可她显得固执而又急躁，不仅不听劝，还和我吵。我也和她吵起来，我说你看上的这些衣服我一件也看不上。白大省说为什么我看上的你偏要看不上？我说因为你穿着不得体。白大省说怎么不得体，难道我连自己做主买一件衣服的权利也没有啊？我说可是你得记住，这类衣服对你永远也不合适。白大省说什么叫永远也不合适什么叫永远？你说说什么叫永远？永远到底有多远？

我就在这时闭了嘴，因为我有一种预感，我预感到一切并不像我以为的那么简单。果然，第二天中午我就接到白大省一个电话，她告诉我她是在办公室打电话，现在办公室正好没人。她让我猜她昨晚回家之后在沙发缝里发现了什么，她说她在沙发缝里发现了一块皱皱巴巴、脏了巴叽的小花手绢，肯定是前两天郭宏抱着孩子来找她时丢的，肯定是郭宏那个孩子的手绢。她说那块小脏手绢让她难受了半天，手绢上都是馊奶味儿，她把它给洗干净了，一边洗，一边可怜那个孩子。她对我说郭宏他们爷儿俩过的是什么日子啊，孩子怎么连块干净手绢都没有。她说她不能这样对待郭宏，郭宏他太可怜了太可怜了……白大省一连说了好多个可怜，她说想来想去，她还是不能拒绝郭宏。我提醒她说别忘了你已经拒绝了他，白大省说所以我的良心会永远不安。我问她说，永远有多远？

电话里的白大省怔了一怔，接着她说，她不知道永远有多远，不过她可能是永远也变不成她一生都想变成的那种人了，原来那也是不容易的，似乎比和郭宏结婚更难。

那么，白大省终于要和郭宏结婚了。我不想在电话里和她争吵或者再规劝她，我只是对她说，这个结果，其实我早该知道。

这个晚上，我和我丈夫王永在长安街上走路，他是专门从B城开车来北京接我回家的。我从来也没有像今天这样渴望见到王永，我对我丈夫心存无限的怜爱和柔情。我要把我的头放在他宽厚沉实的肩膀上告诉他“我要永远永远待你好”。我们把车存在民族饭店的停车场，驸马胡同就在民族饭店的斜对面。我们走进驸马胡同，又从胡同出来走上长安街。我们没去打搅白大省。我没有由头地对王永说，你会永远对我好吧？王永牵着我的手说我会永远永远疼你。我说永远有多远呢？王永说你怎么了？我对王永说驸马胡同快拆了，我对王永说白大省要和郭宏结婚了，我对王永说她把房也换给白大鸣了，我还想对王永说，这个后脑勺上永远沾着一块蛋黄洗发膏的白大省，这个站在水龙头跟前给一个不相识的小女孩洗着脏手绢的白大省是多么不可救药。

就为了她的不可救药，我永远恨她。永远有多远？

就为了她的不可救药，我永远爱她。永远有多远？

就为了这恨和爱，即使北京的胡同都已拆平，我也永远会是北京一名忠实的观众。

啊，永远有多远啊。

入选理由

铁凝的小说大多温婉平和，这既和作家的性格、修养有关，也与作家对文学的理解和处理方式有关。《永远有多远》讲述的是一个生活在北京胡同里的青年女性白大省的个人生活：她在童年时代就经常被胡同的老人赞誉为“仁义”，这种生活的意识形态簇拥着白大省长大成人。她单纯得近乎愚钝，“仁义”或“善”几乎是她与生俱来的内心要求。即便是选择丈夫，她也是“选择一个爱他比他爱你更厉害”的人。她乐于助人乐此不疲，但总是受到无尽的伤害。她的“仁义”和“善”总是被利用，她没有能力处理自己与周边世界的关系，她的愿望和处境形成的反差，给人彻骨的绝望。铁凝在现代的意义上，以形象的方式对传统伦理的“仁义”“善”等做了深刻的反省和检讨，对人的主体性、主体价值以及尊严等做了深刻的追问。小说塑造的女性形象也深得读者和评论界的好评。

长 河

马金莲[①]

1

秋天的一个下午，我和母亲在厨房炕边剥玉米棒子。

秋天是个令人陶醉的季节，莫说那漫天成熟得弯腰低头的糜子谷子，那埋在土里成串的土豆，单是门外麦场旁那一片玉米，就能让我们充分享受丰收的喜悦。

这一年的玉米秆子分外甜，只要母亲说晚饭咱们煮玉米吧，父亲就带着我去剁玉米，他用镰刀或者铲子将那些棒子成熟的玉米秆子剁倒，我就蹦蹦跳跳往家里拖。拖回屋，母亲已经坐起来，靠坐在窗户边，等着给我们剥玉米呢。她剥棒子，我就剥秆子，将玉米秆子上的叶子一片片剥去，露出光溜溜的身子骨儿来，像鞭杆一样。折下一节，用嘴啃着剥下皮，一口一口嚼里面的芯儿，满口清脆的甜香，可好吃了。尤其外面看上去发红的那种秆子，直往人心里甜呢。我脆生生地嚼着，母亲是不吃的，她剥棒子。一个个大棒子沉甸甸的，抓在手里，人心里就有一股喜悦水一样往外溢。其实，煮玉米棒子更好吃，想想吧，揭开热气腾腾的锅，只见半锅棒子胖乎乎热腾腾，金黄金黄的，咬一口，又软又甜又黏牙，就算你刚刚吃过饭，吃得很饱，也会禁不住淌口水，拿起来啃上一两个。

然而这一天我们没有吃上煮玉米。我和母亲还没剥完玉米，就有一个人噔噔

---

① **马金莲** 女，回族，宁夏人。中国作协会员。发表作品一百余万字，部分作品入选《小说选刊》《新华文摘》等刊物以及各种年度选本。著有中短篇小说集《父亲的雪》《碎媳妇》。

跑进我家大门，冲我母亲慌慌张张说：不得了呀，伊哈出事了！

撂下话，她就噔噔跑出门，不见踪影了。有一小股风随着她的脚后跟奔跑，很快被她踩在脚底下带走了。我看见母亲把一个大棒子已经掰开了，听了这一番突兀的话，她停下了。接着慌忙将掰开的叶片合上，合上才发现不对，忙又掰开，一把揪掉老汉胡须般的玉米缨子，扔到我脸上，母亲拧过身双手扒住窗台，扯长脖子向外望。我本来用牙齿咬着一截玉米秆，准备剥开了嚼。听了来人的话就愣住了，好半天觉得嘴上有东西热乎乎的，一摸，摸下一手心的血，我才醒悟是玉米秆的老皮划破了唇。疼痛随之明显起来。我哪里顾得上哭呢，撒开脚丫子就往伊哈家跑去。身后母亲的目光追着我，我知道她要是有着一双健全的腿，能够下地奔跑，这会儿她肯定跑得比我还快。正是夕阳将落未落时分，我迎着夕阳跑了一阵，发现错了，伊哈的家在村子东头，该向东跑，我怎么向着西边跑呢？明白过来后我就掉了头，向着伊哈家的方向狂奔。奔跑的过程中我看见好多男女老少，他们也正往东边赶。大家的后背上落满了夕阳的余晖。一张张劳作了一天的脸上尘土还在，还没来得及洗去，由于背着夕阳，在万丈的余晖反衬下，这些面孔灰沉沉的，带着惊讶、痛苦和一些难以说清的表情。

伊哈家的院子里一片金黄。我刹住狂奔中的脚步，傻愣愣地看。院子门外的庄稼、土地、黄土路，还有远处的山头，一律披上了金黄的色彩。我不知道这个傍晚的夕阳是怎么了，以从未有过的辉煌气势将我们庄子整个笼罩在一片无比富丽的金黄色之中。

我听到了哭声。哭声从院子里飞出来，从高高的土墙上、洞开的大门口飘出来，在向晚的余晖里飘散。我抬头望望天上，天空一片湛蓝，这种蓝，清澈得像刚用水洗过一样。有几朵云在远离夕阳的地方飘游，夕阳的余光斜射过去，云朵便恰似披上了辉煌的金缕衣，好看得惊人。

天气真是好啊，这样的好天气似乎只适合办喜气洋洋的事，怎么也不该出丧事呀。可是，真有人口唤了，是二十九岁的伊哈。等我赶进伊哈家的大门，院子里已经聚集了好多人。女人们三三五五聚成堆，悄声讨论着什么，一个个神情怪怪的。连向来大方稳重的男人们也一个个蔫头耷脑的。德高望重的乡老马三立老汉向来是料理丧葬的带头人，这类事情他经见得最多，最是能做到神态安详、稳重，处事不惊。按常理这会儿他应该带头和大伙商议埋体送葬的具体事宜。然而，我看到这老人坐在一个木墩子上，神情苦巴巴的，用青汗衫的袖子抹着眼泪。满院子的人，一张张熟悉的脸上换了颜色，写满了深沉的疼痛、惊讶、惋惜、惶惑，还有很深的我说不上来的东西。

我觉得这些神情熟悉又陌生。庄子里每当有人离世，大家原本平静或喜悦的脸上就会露出这样的神情，有人甚至显得恍惚，似乎每一个生命的结束都在提醒活着的人，这样的过程每一个人都得经历，这条路，是每一个人都要去走的，不管你富有胜过支书马万江，高贵比过大阿訇，还是贫贱不如傻瓜克里木，但是在这条路面前，大家都是平等的。

这个傍晚，我敢肯定乡亲们又一次想到了这件事。他们每一个人的脸上，最初的讶然之后，换成了凄然、悲痛。特别在那些不善于流露感情的脸庞上，内心的悲伤外化成外表的冷淡、漠然，然而我觉得这种冷漠远比明显的沉痛更让人看着心惊。

当然，那是大人们的表现。

我们娃娃就不一样了，我们和大人完全相反。孩子们都兴冲冲地，此刻，我敢说，除了伊哈的那三个娃娃，所有的孩子都是高兴的。高兴是有缘由的，因为一旦有人去世，第二天或者第三天，埋体就会下葬，我们叫作送埋体。送埋体是庄子里的大事。不管有多忙，一般情况下男女老少都会来，集体送亡人上路。送埋体是行善的好事，想想吧，一个人在我们的村庄里出生、成长，与我们共同呼吸着村庄里的空气，晒着同一个太阳，吃一样的五谷杂粮，这一天他走了，不是去某个亲戚家走动，也不是去县城看病，是永远的别离，这一去啊，往后的岁月里再也无法见到他了，所以得送送，无论如何也是该送一送的。我奶奶说过一句话：百人送一人，不上百年都成灰。意思是今天我们在送别人，百年之后，我们自己也不会存在了，永远离开这个世界。所以我们村庄里的人都很看重送埋体这件事。一旦有谁无常，消息传开，呼啦啦大伙全来了。这时候娃娃们的节日到了，我们大家挤在大人的缝隙间，这里瞅瞅，那里瞧瞧，互相打打闹闹，吵吵嚷嚷，平时不常见面的人也都能见到了。还有个好处呢，送埋体就会散海底耶，亡人的家人拿出的埋葬费，一部分扯来白布给亡人穿，另一部分换成零钱分散给大众。前来送埋体的人，不管是大人小孩儿，人人有份。大人们接过钱，心思还沉浸在对亡人的缅怀或伤感里，随意装进口袋就是了。我们娃娃就不一样了，平日里我们的大人是从不会给我们一毛零花钱的，而送埋体这会儿散的钱是两毛，富裕点的人家便会是五毛。每个小孩都拥有了自己的钱，那是什么感觉？说不出的高兴啊，完全忘了送埋体本身是无限伤悲的事，捏着钱兴冲冲去找独眼。

独眼非常好找，他就在人家大门外的场地边或者一棵大树下。你只要发现哪里簇拥着一堆孩子，哪里就有独眼。他被无数小脑袋包围了，像众多星星围拱在中间的月亮。其实我们的目标不是独眼这个人，而是他自行车后座上的那个大木箱子。木箱里装满了好吃的，还有好玩的，全是我们做梦都想得到的好东西。我们擎着自己的小手，把刚刚散来的钱纷纷递给独眼，换成了豆豆糖、爆米花、泡泡糖之类。等到我们把这些东西吃下肚子，舔着嘴巴，这才记起应该看看亡人的亲人们哭送亡人起身的最后场面。

伊哈的亲人哭得十分悲痛，看得出来，他们是真正在痛，真心地哭泣，没有掺杂一丝的作假，因为大家都觉得伊哈太年轻了，远远没有到应该无常的年龄。还有，他是猝然遇难的，仓促得让人惊讶。他本来活得好好的，凭他那结实得犍牛一样的身板，谁都觉得他能活到八十岁。他本来在挖井。我们村庄地势偏高，吃水一直是个令人头疼的难题，得去水沟里担泉水，通往沟底的台阶弯弯绕绕一个挨一个蜿蜒至沟底，一共九十三个，抬水时我和姐姐数过。担上两桶水一口气登上九十三个台阶，就算是身强力壮的大男人也会累出一身臭汗来。台阶很陡，很危险，因为台阶的一边是高高的土崖，另一边是悬空的深崖。就因为这个，我们村庄吃水困难在远近出了名，所以附近的人家大多不愿把女儿嫁给我们庄里的小伙子。

伊哈是个孝子，本来他的父母靠双肩担水，把大半辈子都应付过去了，继续这样凑合估计也是过得下去的。但是伊哈说父母上了年纪，他要为双亲打一口井，把吃水苦难的问题给彻底解决了，这样他出去打工就能放得下心了。他在自家后院的南墙下选中了一片地，划出个井口，然后就像地老鼠一样钻进去挖，女人在上面吊土。伊哈的女人也很壮硕，性情和丈夫一样老实厚道。他们两口子就这样一个挖，一个吊，挖呀吊呀，一筐子一筐子的泥土吊上来，在井口边堆成了一座小小的山。眼看快要出水了，正是这个下午，我和母亲坐在炕沿边剥玉米的时候，伊哈女人摇着辘轳，费力地往上吊。一笼子土就要吊出井口来了，忽然啪的一声响，绳子断了，伊哈女人手底一轻，身子受不住，猛地向后来了个坐墩子，一屁股坐在了泥地上，她还没明白怎么回事，断线的筐子带着泥土呼啸着冲向井底，井底传来一声哀号，伊哈就这样送了命。

从前，我可从没见过伊哈的娘悲伤的模样，因为她是个乐呵呵的人，粗嗓门儿笑起来全庄子都能听到。这一天，她在哭，哭声粗粗的，沉沉的，给人感觉这个女人一直乐观惯了，不怎么会哭的。但正是这种悲伤看着最真实、惨痛，她给每一个走近她身边的人哭诉着儿子出事的过程。她一把抓住人的胳膊就说起来，边说边一把一把抹着鼻涕眼泪。袖子早就湿透了，再也擦不净眼泪了，她干脆撩起衣襟擦，有时候鼻涕眼泪一大包，她就用手狠劲地擤一下，再顺手甩掉。好几回我看见她出手力道不足，那黏糊糊的鼻涕就甩在她自己的脚面上了。她哪里顾得上这些呢，她本来是个邋遢的女人，这一来彻底垮了，她不厌其烦地说本来好好儿的，她的伊哈在南墙下打井哩，媳妇儿在上头吊土，谁能想到那绳子会断了呢？年轻轻的娃，就这样殁了。

人们不断掀开上房的门帘进去看伊哈。走出来的人脸上饱含着惊悸与悲伤。有人把感觉压在心底，只是脸色复杂难看。有的人忍不住连连感叹说真是惨啊，真是可怜。

我没有进去看。母亲吩咐过，说我们娃娃家太小，只怕看了夜里就会想起来，做噩梦呢。我看见好些同龄的孩子跟在大人的衣襟下进去了。

身上全是血，血把人糊了，看不出人的模样来！有个小女孩出来后蜡黄着脸给我比画。

就这样，伊哈离开我们这些活着的人群，加入到村庄里无数亡故者当中去了。

在我们的意识里，一个人从出生到长大到慢慢变老，老了无常了，那是正常的，活着的人可以平心静气地接受。而那些鲜活的年轻人，上有老下有小的中年人，不管是没病没灾地离开，还是寻了短见比如上吊、跳崖、跳井或者喝毒药、抹脖子等，还是被车碰死等意外亡故，都是叫人很惋惜的。尤其正从青年往中年过渡的那些人，上有老人下有家小，最叫人痛惜。伊哈正在这个行列，他这一走啊，撂下的担子分外重，他女人肯定不会长期守寡，迟早会改嫁。留下三个儿子谁拉扯呢？父母都这么老了，家里的光景又那么困难，真正是倒了顶梁柱哇，往后一家老小的日子肯定不好熬啊。我听见女人们一边瞅着伊哈一家人哭，一边悄声议论着感叹着。她们中有的脸上挂着大颗的泪珠子，有的感慨万端地摇着头，喃喃说不好熬啊，老的老小的小，日子咋会不凄惶呢？

伊哈的三个儿子站在房门口，从大到小，挨个站着，就像高房的台阶一样。一个女人指着他们说才这么小呀，啥时候长成大人哩？不知道得受多少罪呀。顿时无数同情的目光聚在这哥三个身上。

在这弟兄三人当中，老大懂事了，脸上呆呆的，盯着一个地方一个劲儿出神，看来他心里装满了悲伤；老二也乖乖站着；只有老三他显得很兴奋，时不时挖眼睛抠鼻子，伸手在头上摸一把，再摸一把，把衣襟扯歪，拉平，再扯歪，隔会儿就拧着身子冲身旁的小伙伴挤眉弄眼。他滑稽而不合时宜的举动并没有招来斥责，相反，引得不少女人抹起了眼泪，她们说看看吧，还这么小，这么瓜，就没有亲大大了，可怜他还啥都不明白。

送埋体时我们小孩子是很忙的，可以大摇大摆在主人家进进出出地自由活动，到他们的上房、厨房、仓房等平时没机会进去的地方游逛一番，看看他们家的摆设咋样，仓房里堆着多少口粮，柴房里积攒了多少干柴和牛粪。我们甚至还会借着解手的机会，跑进人家的茅房看看。看他们的茅房收拾得干净不，这可是最能体现一个家庭的卫生状况的地方。还会顺便看看人家的尿盆子，我们无聊而认真地干着这些事，大人们当然不会知道我们的心思，也没有空闲来过问。所以他们不会知道我们的内心是多么焦急，盼望埋体早一点抬出门，早一点散海底耶，这样我们就能快一点儿拿到那几毛钱。

遗憾的是这一天伊哈家没有散海底耶，这完全出乎了我们的意料。当村庄里的小孩们还有外庄的孩子们，我们密密麻麻挤在伊哈家的麦场上，跪成一行一行，主事的人开始散海底耶，一摞一摞的孝帽子散发到了大伙的手上，大家都戴上了，一时间麦场地里的人头由黑压压变成了白花花一大片，这时候我们发现只散了帽子，没有钱。当孩子们确认没有散钱的迹象时，人群里起了一阵细微的骚动。大伙儿掉头转脸互相之间查看着，全是这样，没有为大伙散钱。我觉得跪在地上原本发麻的腿这会儿疼起来，就站起来，好多的孩子站起来了，还有一些坚持跪着，似乎在等待散钱。大人们说话了，冲着孩子们喊：起来起来，就这样了，今儿不散海底耶啦。接着我就听到了不散海底耶的原因，伊哈家太穷，散不起！

我觉得有一个小手将我的心揪了一下，我敢肯定同伴们的心都被这样揪了一把，因为我看到许多小脸上写满了失望。不过我觉得今天我们不能有一丝怨言，我早就知道伊哈家是很穷的，然而百闻不如一见，今天亲自来看了，我发现现实远比听说的还要严重。伊哈家里除了一双老迈的父母，一个老实得出了名的红脸颊女人，三个娃娃外，最值钱的家产可能就只有土院子里的一间土房子，一眼窑洞，除此之外你找不出更值钱的来。那房子也已经很破旧了，四堵土墙撑起个屋顶，屋顶上铺了一层瓦片，看来只是遮挡住了风雨，从屋里看，墙壁上光秃秃的，除了一层泥坯，连一片纸都没有糊。而那土炕上除了一面席子，连一片最破的毡都没有铺。什么叫家徒四壁，这就是真正的家徒四壁。在这灰秃秃的房里，给人感觉连光线都是黯淡晦涩的。抬伊哈的埋体时，马乡老喊：拿新毡来，快拿一页新毡来！伊哈的父母听了呆呆站着，就像忽然间被什么惊吓了，又好像在费神地寻思什么，好像他家本来是有新毡的，只是这会儿他们记不起放在了什么地方。大家四下里帮忙寻找，堆放在炕角的除了几个荞麦皮装得鼓囊囊的枕头，两床破被子外，没有新毡，哪怕是旧毡也没有。

大家很快就确定这家人没有羊毛毡。没有毡怎么行？我们有一个习惯，要把亡人的埋体裹在新毡里再徐徐抬起来，这毡子必须是没有铺过的崭新而干净的。清水洗浴过的埋体是最为洁净高贵的，大伙觉得只有洁净的毡子才配得上包裹。

可怜的伊哈苦了半辈子，竟然穷到了这地步，真是叫人看着心酸哪，女人们纷纷感叹起来，伊哈的娘哭得晕了过去。

邻居王老汉赶紧跑回去抱来了他家的一页新毡，才算解决了难题。

因这事葬礼稍稍停顿了一会儿。这足够我们将这家人的光景看得更为清楚。同时，一些和他家有关的往事也记起来了。

伊哈的大儿子和我们都在邻村的小学里念书，学生娃都是每天背着馍馍去学校的，家长疼孩子，大家的馍馍不是香喷喷的花卷儿，就是烙得油汪汪的饼子，伊哈的儿子大半时间书包瘪瘪的，很显然只有书没有馍馍。我们在念书念乏了课间休息时拿着各式各样的馍馍大口吃，伊哈的儿子有时候默默看着，有时候趁人不备猛地扑上去抢某个小娃娃手里的馍馍，小娃娃被吓得哇哇哭，再看手里的馍馍已经被伊哈的儿子塞进了嘴里，大口大口吞咽着，那样子活活就是个饿死鬼。最后自然会引来一顿老师的饱揍。伊哈的儿子油皮是出了名的，一贯被我们瞧不起，可是今天亲眼看到他家的境况，我忽然觉得心里很不是滋味。

活着时候的伊哈，常年披一件灰衫子，光着脚去地里干活，手里攥着农具，默默地下苦，从不偷懒，也极少打骂别家人娃娃，是村庄里最老实厚道的人。

想起这些，我们就算是不懂事的娃娃，也知道伊哈家散不起海底耶是可以谅解的，这样的家境哪里拿得起这笔钱呢？

这样的人家，我们还能奢望给我们散钱吗？

独眼早就来了，候在一棵大树下。他将木箱子放在身旁，打开来，露出里面花花绿绿的小零食。独眼本来想和以往一样，趁着送埋体的机会，诱惑我们这些小孩子一个个捏着刚得到手的几毛钱，一哄而上挤在他身边，用小手中还没焐热的小票子换取他木箱里的一块糖一个气球一截花头绳或者一包玉米花。独眼手里的钱会越来越多，积成那么厚一沓子，给人感觉他成了村里最有钱的人。独眼在人心里是个复杂的角色，我们觉得他可爱又可憎。一方面我们渴望得到他箱子里的零食，可当钱花完后舔着嘴里渐渐消融的糖块，我们常常禁不住后悔，刚到手的钱就这样容易地花出去了，等回到家免不了被母亲好一顿责骂，说我们这些馋嘴的孩子是败家子，而且这样的责骂会延续相当一段日子。

今天的独眼显然是扑了个空，兴冲冲谋算着来弄钱的，可他看到了，孩子们除了发干的嘴唇失望的眼神，小手手无一例外都是空着的。没有捏着预期中的钱，五毛或者两毛，花花绿绿的。独眼站在那里就显得分外尴尬，甚至是有些孤单的。他眨巴着唯一的那只眼，茫然地瞅着四周的孩子们，孩子们在他身边留恋一会儿，怀着遗憾离去，重新把注意力转移到送埋体上面。这时候阿訇已经站完了者那则，几个年轻力壮的小伙子抬起卷在新毡中放在门板上的伊哈，迅速向伊哈家的老坟院赶去。那里有一个已经挖好的坟坑在等着伊哈。男人们随着埋体集体起身了，身后女人的哭声响成了一条河。伊哈的娘晕死过去，有人端来一马勺凉水往嘴里灌，还是不顶事。一个大个子女人急了，一把夺过马勺，满满噙一口水，对着伊哈娘失去血色的脸噗的一口喷出，再喷，不断地喷，伊哈娘终于醒来了，悠悠地睁开眼，茫然地看着眼前，过一会儿，重新记起了什么，嘴一张又哭起来。

伊哈的小儿子始终没有哭。他抽空儿就转过脸来，在人群里寻找平时的玩伴，找到了就冲对方挤眉弄眼，狡黠地笑。在他幼小的意识里，可能觉得父亲的去世和以往我们送过的那些埋体没什么区别，和他自己没有关系，他甚至想和别人家娃娃一样在人丛里蹿来蹿去，但是旁边的伯伯大爷们用凌厉的目光镇住了他，将他限制在伊哈的亲人圈子里，他只能待在哥哥们身畔，听着枯燥的哭声。我们看得出来，他很受罪，过一会儿就不安地扭动着身子，脸上写满不耐烦。当男人们抬着伊哈起身，走向坟地时，这小子被他一个姑姑抓紧手，怕这孩子跑丢似的，他姑姑哭着试图去抱他的头，用悲切的哭声一遍遍说：娃娃呀，从今儿起你就没大了，你成了耶提目。这小子则茫然地不耐烦地甩着头，一次次挣扎着想要挣脱姑姑的束缚。过后我们又在一起玩耍时，他说自己那天差点儿急死了。野惯的一个人一旦被管束起来，而且是一整天，那真的很难受。

伊哈家的贫寒致使他们家念不起接下来的苏热。自打亡人入土之后，活人就得对他进行搭救，头七、二七、三七、四十日、百日、一年……宰上牲灵，炸上油香，把阿訇满拉请来，上个坟，跪在家里的炕上念一阵《古兰经》，就算是完成了一个苏热，这样后世的亡人就能得到搭救。牲灵有牛有羊，小了就是鸡鸭鹅，实在不行可以不宰，甜念一个。可是，海底耶总是要散的。伊哈活着时候老实，死得这么惨，于是马乡老带头向村庄里的每户人家收了些白面和清油，凑了一些钱，散给伊哈家。这样，伊哈在他的忌日里得到了和别人一样的搭救。

半年后，伊哈媳妇改嫁了。这个脸色粗红的女人，竟然嫁给了川道里的一户人家，据说家里光景不错。庄里的女人们就禁不住感叹，说伊哈女人好福气，以前还真没看出来她是个命大的人，这回算是苦尽甘来，要过好日子了。

伊哈女人出门时，我们重新记起和伊哈有关的往事，当她红着脸湿着眼睛低头走出伊哈家大门时，她的三个儿子，老大老二没有哭，老三瞪着红红的眼睛，想哭，看到好多人在看，就没有哭。三个娃脚上都穿着新崭崭的鞋子，衣服也浆洗缝补得很整洁，看来他们的母亲在临走前将他们精心打扮了一番。他们站成一排，看着母亲坐上一个陌生男人的自行车，车子走远了，被车轮卷起的土雾飞起来，向着后面的人群落下，我们的视线就模糊了。

伊哈女人改嫁了，我们说起来还是称她伊哈女人。刚嫁过去那会儿，隔些日子，她会赶到这里来看娃娃。给三个儿子带来新鞋子新衣裳，有时还有白馒头，油炸的糕点，都是很叫我们垂涎三尺的贵重东西。我们看着真是眼馋哪，就有人感叹说为啥我大不完，他完了我妈就能改嫁，她改嫁了我不就过上好日子了？

我们真诚地盼望那样的好日子也落在自己的头上。

然而，他们的好日子很快就画上了句号。半年后吧，那是伊哈女人最后一次出现在村庄里，奇怪的是这一回她只带来几个馒头，看过了孩子，胳肢窝下夹个包袱就匆匆离去，之后女人们议论说看她那笨笨的吃力样儿，八成有身子了。

从这以后似乎再没来过。

我们像淡忘伊哈一样慢慢地淡忘了他的女人。

女人们倒是常常提起来，只要看到伊哈的三个儿子一天比一天可怜，大家就情不自禁地提念起那个女人来。是啊，这女人有半年时间没来了吧。有一年没来了吧。有三年没露面了吧。连音讯也没有捎回来一个。她难道不知道，公公婆婆老两口拉扯三个孙子有多艰难？日子是越来越凄惶了啊。娃娃们早穿光了她留下的鞋子，常年光着脚丫子到处跑，天暖的时候还没什么，到了三九寒天，那手和脚都冻肿了，肿成了发面馒头，到了开春，河里的冰还没有完全融化，这哥几个的冻疮早早消了，破了，淌着腥臭的脓水。

女人们谁不摇着头说可怜呢，都说可怜，便提起那个女人来，免不了说她狠心，一定是又生了娃娃就把这前房的给忘了。有人说不一定吧，可能婆家管得严，不让她和这边继续来往也说不定呢。总之是彻底地没了音信儿。

也有女人会将自家娃娃穿过的旧鞋子送给伊哈的儿子穿，你一双她一双，弟兄三个就那么凑合着度过一个个漫长的寒冬。

那是十几年后吧，伊哈的大儿子已经长大成人，媳妇也娶了。一天小两口拉家常，新媳妇说她有个姨娘嫁在北山里，她去那里浪过亲戚。男人一听北山，禁不住问你听说过北山里有个叫李有禄的人吗？媳妇想了想说知道，这个人命不太好，前后娶了两房女人都没长久，前一个害病完了，后一个是个寡妇，领进门半年多，倒是个很乖的女人，肚子里娃娃也怀上了，一天两口子往山顶上拉粪，半路上架子车翻了，满满一车粪土全压女人身上了，当时就把命要了。

这个女人是不是说话慢声慢气，左眼皮上有个肉瘊子？

男人一把扯住女人问。

女人被扯疼了，也吓了一跳。忙说就是的就是的，我姨娘也这么说过，你怎么知道得这么清楚?

媳妇看见男人的身子靠住墙慢慢往下溜，最后坐在地上了，竟然半天不吭声。她扳起他的头，惊讶地看见男人脸上的眼泪清水一样往下漫呢。

2

春天来了，脚步轻轻的，我却不知道。那时候我压根就不知道一年里有四季，而春夏秋冬是完全不一样的季节。不知道枯燥乏味的冬天过尽，万物竞生的春天就会降临。季节的更替，候鸟的来去，万物的复苏，都是很美好的。那时候我却不知道这一切。

我混混沌沌地活着，直到有一天，有一个扎着小辫子的姑娘走进了我们的生活。正是她告诉我，冬天的尾巴后面跟着的就是春天，而只有到了春天花儿才会开，青草才会绿起来。

她看见人的时候总是很害羞，但不胆怯，总是迎着你轻轻地笑，圆脸蛋上有两个浅浅的窝儿，一笑，出来了，不笑就消失了。那时候我不知道这叫作酒窝，但是觉得好看。

她叫素福叶，是田寡妇带来的。田寡妇嫁给了上庄的光棍麻雀，素福叶就成了麻雀的后女儿。

麻雀为什么有这么古怪的一个外号呢？大概是因为他嘴巴特别爱说话，说起来就不愿意停下，叽叽喳喳，像树上吵闹不休的麻雀吧。麻雀的后女儿可一点不像麻雀，她话很少，与人打交道的方式就是轻轻地笑，老远便在小脸上露出怯怯的害羞的笑。麻雀前半辈子一直打光棍，所以把田寡妇很稀罕，像个宝一样地稀罕着，那程度，都过头了，村庄里的女人们看不惯了，说麻雀哪里是娶了个老婆，简直是接了位皇姑娘娘嘛。

田寡妇的女儿麻雀同样很稀罕。可是，素福叶不怎么喜欢她的后爸。

素福叶刚来的那个春天里的那个中午，我们眼前都亮了一下。当时我们在村口的大路上刨土土玩耍。这路常年被人畜践踏，车轮滚碾，积了厚厚一层虚土。一个人就是轻轻地走过去，裤脚上也会落一层尘土。而我们这帮孩子是不怕土的，就在路上跑过来跑过去不停地嬉闹着，常常把自己弄得满身满脸都是土。这天我们正玩得起兴，锵啷啷——一阵铃声传来，越来越近，有自行车过来了，我们纷纷躲到路旁给来人让路。

来者是麻雀。他只是按响了车铃，却没有和别人那样骑着车一溜烟过去，他从车上下来了，后座上的女人也下来了，正是田寡妇。车前的横梁上坐着个小女孩，她没有下来，保持着原来的姿势，微微蜷着身子坐在那里。麻雀推着车子一步一步走来，距我们越来越近。我们一直盯着他们看。麻雀脸上喜气洋洋的，老远就冲我们喊道：你们这一伙碎球球子呀，在这里害啥着哩？！转过头向身后的女人笑道：这都是咱庄的娃娃，你看看，多害哪！一个个成了土猴儿啦——嗨嗨——说完又伸长脖子给前面的小女孩说：今后你可不敢学他们哪。

田寡妇没搭话，只是矜持地笑了笑。她穿着干净大方，脸白白的，细巧的身材，走路不像踩在土上，而是踩在了云朵上，每一步都轻飘飘的，带着股说不出是什么味道的味道。这女人，怎么说呢，第一眼就让人觉得她身上有着一种与众不同的地方。

麻雀似乎兴奋得不行，叽叽喳喳说着，还腾出一只手摸了摸小女孩的头发。

其实，不用他显摆，我们早就注意到这姑娘了，并且一个个看呆了。她明显和我们不一样。怎么说呢？把我们比作一团灰头土脸的野生狗尿苔的话，那么这姑娘就是一朵花。还不是路边杂生的无名野花，就是富贵人家养在花园里的一朵牡丹花。我被自己奇异巧妙的联想震惊了。同时自惭形秽起来，同伴们也都惭愧得不行，大伙甚至不敢正视这突然出现的小姑娘了。

麻雀却不容我们多看看，推车走了。他小心地迈着步子，显然生怕惊起尘土来呛着这娘儿俩。他嘴里还一个劲儿嘟囔：看看，这叫啥路嘛，简直就算不成个路嘛，叫人没法走嘛……田寡妇依旧抿着嘴角浅浅地笑着。终于走出那一段浮土了，她伸手拍拍裤脚，拍拍衣襟，又拍拍后背，给人感觉她身上落满了土。其实并没有多少土，我们庄子里的人平日里走过去，可不会这么拍拍打打地讲究，我们都是一身泥一身汗地活着，很少有空闲讲究这些。我们就发现这田寡妇和村庄里的女人们不一样。这不同究竟在哪儿呢？一时说不清楚，但是真正存在着。

就在我们略感失望的时候，麻雀记起了什么，停下车子，把小女孩抱了下来，放在路边，回头看着我们，说：把我们的素福叶领上耍去！又拍拍素福叶的头，笑笑地说：过去吧，和这伙土猴子混混也好。

素福叶拘谨地站着，她妈弯腰扯扯女儿的衣襟，说：去吧，不要怕。

麻雀吩咐我们：不准欺生！谁敢欺负我们素福叶回头我挑断他脚筋！

我们的头像被大风吹过的谷子头一样，齐刷刷忙乱地点着，做着应承。是啊是啊，谁会欺负这么个小姑娘呢？谁又会舍得呢？同时我们内心里有着说不出的欢欣，好像麻雀把一个巨大的礼物馈赠给了我们，我们一时不敢相信这是事实，就傻呵呵愣着，看着小姑娘。我们小心翼翼地打量她，从头上看到脚底下，又从脚到头往上看。呵，这小姑娘，身上有一种我们从来没有见过的美！你看，她小小的清瘦的脸上两弯儿眉毛细溜溜的，下面是一对明亮羞怯的眼睛。这双眼多么像清亮的月牙儿啊，闪着清澈透底的光。鼻子细细的高高的，鼻子下面的嘴巴更是小得让人担心，这样的小嘴巴怎么吃饭呢？她的脸、脖子、手，所有露在外面的皮肤一律很白，和我们不一样的白，像白面，是那种娇弱的苍凉的白。她站在那里，两只手背在身后向着我们看，迎上谁的目光，就对着谁浅浅地一笑。这种笑，一下子就把人的心抓住了，紧紧地，让人情不自禁在心里颤抖。她穿的是紫花衬衫粉色裤子，都很新。这时候我们不由得低下头打量自己的身上，再互相看看，我们整天在土里打滚，浑身上下全是土，头上脸上甚至连眼窝鼻孔耳朵眼里也几乎被尘土填满。

这个叫素福叶的小女孩，一个人把我们全都比下去了。奇怪的是，我们心里没有嫉妒的成分，一点儿也没有，有的只是惊叹、艳羡和爱慕。这样好看纯净的女孩儿世上真的有？而且来到我们的身边了？

一个叫癞头的小子瓮声瓮气地说：这、这不会是仙女下凡了吧？比大白脸还好看哪！说完，害羞地吐了吐舌头。

哎呀呀，癞头这出了名的厚脸皮，竟然也有害羞的时候，真是日头要从灶眼里出来啦。

大伙愣了一阵儿，接着就哗啦啦笑起来。

你知道大白脸是谁？正是癞头他妈，我们村庄的第一美人儿。

随着大笑，大家绷紧的神经放松下来，一个个变得自如了，恢复到素福叶出现之前的状态了。大伙开始叽叽喳喳地嘲笑癞头，说他不知天高地厚，他妈也就是一张脸大些，白些，比别的女人麻子少了些，可也不敢拿来和素福叶相比啊。

一个高个头男娃娃愤怒了，盯住癞头呸了一口，问：你妈那屁股比磨盘大，腰比水缸还粗，两根腿像柱子，凭啥和素福叶比？你说说，凭的啥？

哈哈哈……大伙儿又笑起来，有人笑得眼泪也下来了，经这男娃一提醒，我们才发现事情真是太可笑了，可笑到不可思议的地步了。因为大白脸和这小姑娘，根本就没办法比。一个是人高马大的女人，另一个是文弱娇小的小姑娘。前者只能让人从她身上看到柴米油盐的熏染，鸡狗牛羊的味道，甚至还有股子奶水的腥臊，就是个长了张大白脸的乡下婆娘嘛，已经是四个孩子的妈了。而这个素福叶，从她身上看不到人间烟火的气息。她站在那里，风吹过，轻轻掀动她额前的细发，那一溜儿黑头发就飘荡着，像有一个小手在抚着她的小脸。她显得那么单薄、孤瘦，弱不禁风。让人看着就对她产生出说不出的怜惜，想要冲上前去保护她，不让她受到任何一种欺负。

素福叶就这样走进了我们的童年生活。

素福叶和我们是不一样的，虽然她很快就赢得了大家的好感，成为我们中的一员，可她不能和我们一起疯子般的玩耍，我们打闹追逐时往往弄得尘土飞扬，她只能远远站着看，要么在树荫下看蚂蚁搬家。她从小就有病，叫心脏病。这是个什么病呢，有多严重，我们并不明白，庄里的大人几乎都告诫过自家的孩子，说不准欺负田寡妇的女儿，她有病。

听了大人的话，再仔细看素福叶，就真看出了病容。她苍白苍白的皮肤，怯怯的神色，有些倦倦的目光，眼睛望着远处时会浮起一层泪的薄雾。她纤细的手指像竹棍儿，细长的脖子那里有一根脉管高高突起，有时候在突突地跳跃着。

素福叶多可怜呀，大人们说那不是一般的病，稍不留意就会要了命，还说这孩子活不过十二岁，很早之前医生就这么说了。

我们这帮野孩子基本上没人欺负素福叶，对她敬而远之，或者小心翼翼地交往，尽量耍一些简单文静的游戏，也还是处处让着她，绝少和她起纠纷。在我们心中，这个小姑娘就是一件珍贵而脆弱的瓷器，谁都怕一不小心给打碎了。所以，很多时候，素福叶显得很孤单，像一个影子，在远离我们的地方无声无息地存在着。

有一天下庄子马云会的大儿子开蹦蹦车去丈人家相亲，半途上车翻人亡。送埋体时，大人们照旧哭声震天，我们娃娃则穿梭在大人的间隙，盼望快一点儿散海底耶，好拿那几毛钱去独眼那里买零嘴儿解馋。

素福叶也在人群里，这么多人，场面又这么乱，她自然不敢跟上我们混，跟在她妈身后，安安静静站在上房门口看马云会女人一把鼻涕一把泪地哭儿子。

哭亲人的场面我们见多了，司空见惯了，所以不觉得有什么稀奇。可是素福叶一直盯着看，看着看着，她眼里腾起一层泪雾，凝成水珠，扑簌簌往下掉，摔碎在脚面上，过一会儿，又有一些水珠滚落而下。一般情况下，别人家完了人，大人都会哭上一哭，我们这些小娃娃是不屑于参与的，即便有时听着那哭声实在凄凉，心里也忍不住难过，但眼泪是不能让别人看到的，同伴们见了会笑话，怪难为情的。

素福叶和我们不一样，她像个大人那样站在那里，怔怔地落着泪，也不见她擦一擦，任由那亮晶晶的泪珠儿在苍白的小脸上挂着。这让我们震惊，发现这个文弱的小女孩比我们谁都强，她竟然敢于在大众面前像大人一样地落泪。

埋体抬起来赶往坟地时，马云会的女人哭晕了，被女人们用凉水激活，她歪着头看了看眼前，又晕过去了。出事的是她唯一的儿子，这时候她的心里不仅仅是悲痛，肯定还有一种巨大的惊恐与茫然。她后半辈子的靠山倒了，她的生活里突然塌出一个洞，叫她如何应对接下来的日子呢?

看着这白发人送黑发人上路的惨景，送埋体的女人们都落了泪，这时候素福叶不哭了，她伸出一只手来，紧紧捏住我的手，她的手一片冰凉。

她望着男人们抬着埋体向坟地走去，忽然给我说：我大，我大也是叫蹦蹦车碰坏的。说完紧紧咬着嘴唇不再吭声。我默然了，不知道说什么好，悄悄打量她的神情，发现那苍白的小脸上泛起微微的潮红，眼里闪着泪花，我没敢追问她大的具体死亡过程。

过了三五天，马云会儿子坟头的新鲜黄土就被风吹得陈旧了。我们在玩耍时偶尔留心一下身后，素福叶规规矩矩坐着，眼睛望着马家老坟的方向。我们马家是庄里的大门户，坟院在北山的山腰里，那里面密密麻麻地坐落着好几十个土堆，每一个土堆下都有一个人曾经在这世上活过，现在离开了，长眠在那里。

这些人当中，有上至清朝末年从陕甘一带逃难过来的太祖父，太祖母，下至刚出生的婴儿。早年亡故的那些人我都没有见过，他们在世上活了一遭，竟然连一张相片也没有留下。最早的是因为当时还没有照相技术，而后来者呢，可能是家里贫穷，花不起钱照相，而那些小孩子是因为来不及长大一点到集市上的照相馆里去照相。对于这些早就睡在黄土下的人，他们的容颜、身材、性格、品行等，在我们内心里是一片空白，没有想象的依据，随着年岁推移，就连那一个个坟头也都越发低矮了，被野草淹没了。我们只能凭着那一个个低矮的土堆知道，有一个我们的亲人，在世上来过，坟堆是他留在世界的唯一凭证。

日常时候看着那些土堆儿，我们的内心很平静，甚至是淡漠的。死亡离我们很遥远，而在送埋体时，最让我们动心的是散到手里的海底耶。可是有一天闲得无聊和素福叶一起看风时，素福叶告诉我，她很害怕，只要一想到有一天自己会和那些亡人一样，也要离开，离开她妈，在黑乎乎的坟坑里，一个人睡着肯定很害怕。

我不知道该怎么劝慰她。

这时候我们都想到了死亡。

离素福叶很近很近的死亡。

而我，还要一天一天一年一年地往下活，慢慢长大，像村庄里的每一个女子一样，长成大姑娘，嫁人，生娃娃，经历做母亲做奶奶的漫长人生，等这副身躯老成了一把干柴才会离开世界。这是每一个身体健康的人要走的路，除非半途遭遇不测，才能将这一常规打乱。按这一常规来说，我的人生还很漫长。所以死亡对我来说很遥远，遥远到人们从来不会将死亡和我这样的孩子联系在一起。可是素福叶不一样，所以，我想不起合适的话语来劝慰忧伤的素福叶。我的健康和想起来漫长得让人迷茫的后半辈子生命，使得我和素福叶没法相提并论。

迎面吹来的风里带着寒冬残留的气息，也有春天特有的味道。土地正在解冻，小河里的冰已经化开，向阳的田埂上，冰草芽儿顶破地皮，露出羞怯而调皮的嫩脸。杨树皮由僵硬的白色转为淡淡的青绿，显示着生命的迹象。杏树枝头的硬痂破裂了，挤出一簇簇鲜嫩的苞芽来，一朵朵鲜花正在那里面孕育着。性子急的人已经将春小麦种上了，还在盘算着挑个暖和日子将胡麻也给播种了。

有一天，起风了，西北风呼呼叫嚣着吹了一天一夜，天亮后窗玻璃上结着厚厚的霜花，门外的狗食盆子里有一层薄冰。给人感觉冬天没有走，重新回来了。大人说这叫倒春寒。倒春寒的危害非常大，当天看不出什么，等过上几天，寒冷褪尽，天气转暖，太阳暖洋洋晒上一天，你再看看吧，灾害的结果显现出来了，那些刚刚顶破地皮冒出头来的庄稼苗苗，本来正往上长呢，现在全蔫了，霜打了。再过几天，完全萎靡下去，干枯了，正是倒春寒冻死的。最不经冻的就是胡麻，这种作物刚出土时真是比初生的婴儿还娇嫩，轻微一冻就会死。所以每当到了春天，胡麻出苗这几天，庄里的人最担心了，连觉也睡不踏实的。

然而，就算大家整夜不睡地熬煎着担忧着，天气却是谁也无法左右的，倒春寒照例来了。这一年的气势要比任何一年都猛，连着三个凌晨都下了青霜，第四天，风停了，太阳出来了，人们纷纷上山去看胡麻，刚探出身子的小苗苗们，前几天还嫩嫩的翠翠的绿着，现在变成了青绿。几天后天气彻底暖起来，但人们的心情糟透了，还能干什么呢？除了抱怨这鬼气候外，就是赶紧补种。重新找来种子和肥料，吆上牲口，扛起耧，去把那胡麻拆了，第二次播下胡麻。

补种等于又花费了一笔种子和化肥，还把人累得不轻。

这一年的春天，我们村庄的胡麻地几乎全部经过了补种，连那些轻易冻不到的山旮旯里的青苗也难以幸免。补种的人们都很沮丧，胡麻种子一下子贵了许多，有的人干脆不种胡麻了，换成了糜子或洋芋。

等那些补种的苗儿探出地皮，羞怯怯地看着地面上玩耍的我们时，野草已经漫山洼绿起来了，向阳的地方尤其浓密，我们都可以赶着羊上山放牧了。

早春出生的羊羔能自己跑路，跟在母羊身后出山了。它们身上的毛细细的，软软的，还打着无数的细卷儿，跑起来时那满身雪白的小卷儿呼呼地抖，波浪一样好看呢。姐姐她们出山时很乐意带上我们，有了我们这班小跟屁虫，她们当然会轻松不少，羊跑了，她们继续抓石子儿玩，有我们跑腿赶羊呢。不过，大家不想带上素福叶。几个大女子像商量过一样，只要看到素福叶在我们当中，就不约而同地皱起眉头。然而，这个她们不想带的人要是我们中的任何一个，她们肯定就挥着手中的鞭子说去去去，不想领你，趁早滚蛋吧！但是对于素福叶，她们不一样了，这个女娃娃站在那里文文弱弱的，一双盯着大伙的眼睛清澈纯净得泉水一样，直映得人心里打战，叫你怎么拒绝呢。再说，她不会继续纠缠，就那么呆呆站着，神情平静而忧伤。女子们禁不住怜惜起来，没有谁能硬得起心肠对着她发脾气喊一声滚蛋。

当素福叶和我手拉着手要跟上姐姐她们上山时，几个大女子作难了，其中一个稍大的嘴巴抖了半天，就是没说出一句话来。素福叶不说话，也没开口求她们，只是站在一边用左手绞着右手，右手绞着左手，晚春的小风儿掀动着她的裤脚，裤子在轻轻地抖动不停，她真是太瘦弱了，裤子显得分外宽大，裤管里空荡荡的，整个人就要随着风飘起来了似的。

你们得答应个事儿！最后姐姐她们同意了，但是有条件的，一个大女子指着我说你负责领上素福叶，你们走慢点，千万别累着了，记下了啊，你今儿一天不用赶羊了，就陪着素福叶要，记住啊！

我高兴得几乎蹦起来。这可是美差，啥也不干，就陪素福叶要，这轻松的活儿谁不愿意摊上呢。谁都愿意！

我拉上素福叶，我俩避开乱哄哄的羊群，拣了一条更小的路慢慢向山上走。

哎，要是你妈晓得我把你领上山了咋办？不会怪我吧？

半道上，我担心起来，问素福叶。因为我记起母亲告诫过我的话，她说你们和素福叶要的时候要千万小心，那娃娃的病很严重，万一伤到了她，给咱家闯出大祸，我要你的小命儿！

她万一追究起来我就说是自个儿上山的，谁都没领我，再说上山的路就放在这里，难道我一个人就找不到了？素福叶调皮地眨巴着眼睛说，说完提议我们坐下缓一缓。

我发现走了这一段上坡路，她累得张着口喘气，脸也在发红。我们不敢快走，走走停停，等赶到山上，别人早就到了，羊群已经从山的这一边跑到另一边啃青草去了。女子们分成了几摊子，有抓石子儿的，有弹口弦的，还有几个是姐姐抱着妹子的头给抓虱子呢。

青草一片片的，顺山坡往下望，满坡都是绿意，有些野花儿性子急，赶在别人前头开了，星星点点散落在草丛里，给单调的绿意添了些明媚的色彩。我和素福叶开始摘花儿，黄的蒲公英，浅白的星星花，淡紫的鸡冠花，还有些是说不上名字来的。现在开放的都是不畏寒冷初春时节就开始结蕾的花儿，它们已经开得这样热烈了，其余的植物们才伸着懒腰慢腾腾准备开花的事情。

素福叶带着我专门找一种叫作马兰的花儿。这种花我以前没留心过，所以不认识。素福叶说那是花当中顶好看的花儿，折一朵插头发上好看，拿回家插花瓶里再倒点水能鲜灵灵开上好几天呢。

听她这么说，我就急不可耐地想见到马兰花了。我们在山洼上走呀走，找呀找，不断地走，不停地四处寻找，渴望看到马兰花。日头渐渐升高了，我们感到身上燥热起来，可我俩还在坚持寻找，心里焦急，脚底下不由得小跑起来，恨不能将整片山洼全给搜索一遍。素福叶说等找到了她折几朵拿回去，我不赞同，说插头发上吧，我俩都梳着小辫子，插辫子缝里多好。为此我们争执起来，甚至到了激烈的程度，互不相让，嘴巴争吵着脚底下也没闲下来，一刻不停地赶着路，爬上一道坡，再爬上一道坡，山洼其实是由无数道大小不一的陡坡连接而成的。我感到口干得厉害，嗓子眼里在冒烟，我说素福叶素福叶等找到马兰花咱们去山下沟里喝水吧，那里有我挖的渗渗泉，那水可清凉了，喝在口里甜兮兮的，可舒服了。

素福叶嘤了一声。

我说咱俩喝饱了还可以把马兰花插进泉里叫它们也吸点水分，这样就不容易蔫了。

素福叶没说话。

我回头看，素福叶落在后面，她双手在慌乱地抓着自己的胸口，嘴巴大张着，在呼喊什么，可是喊不出来，显得十分艰难，苍白的脸完全是青紫色的了。

素福叶素福叶你咋啦？你要干啥？我惊恐地喊。

她的手痉挛着胡乱地抓扯着，仿佛要扒开胸口，挖出那里的脏腑来。

姐呀——大姐呀——你们快来！呜呜——

我大喊大哭起来。顿时，辽阔的山洼上响彻着我的哭喊。

玩耍的女子们纷纷朝这边奔来，她们连身上的土都忘了打，随着狂奔那些土就扑簌簌往下飞舞，我看见每个人的屁股后面都带着一股子白色的尘雾，尘雾追赶着她们，急速而仓皇。

大家很快赶到了，我大姐一把抱住素福叶，但是素福叶软成了一团，像风中的嫩草叶子，怎么也扶不起来。大伙儿慌乱地呼喊着素福叶的名字，素福叶的眼瞪得很大，看着我们，似乎那眼珠要突破眼眶，奔到外面来。她的脸完全变成了青紫的颜色。

素福叶——素福叶啊——你咋啦？你咋啦啊——

几个大女子惊恐地呼喊着，但是素福叶撕扯着胸口的手松开了，软软地垂下来，脖子挣了几挣，断了气。

羊群仿佛受到了惊吓，不再好好吃草，乱纷纷往一起挤，大姐派一个腿长的女子奔跑去山下给麻雀报信。长腿女子号哭了一声，一溜烟下山去了。

我们一个个木头一样呆着，没有人说话也没有人哭泣，连呼吸的气息都静悄悄的，山洼睡着了一样。几个大女子给素福叶把眼睛和嘴巴合上，要下一个女子头上的干净头巾，苫在素福叶脸上。

素福叶的埋体当天就下葬了。大人们说亡人奔土如奔金，这么小一个娃娃，更得及早入土。麻雀骑上自行车去集上扯了些白洋布，等他回来，坟已经挖好了，晚春的泥土是活的，松软柔和，挖一个小孩子的坟一点也不费事。女人们议论着说医生当年预料得真准，这女子还真没活过十二岁的门槛。我们跟在大人身后看素福叶下葬。麻雀和田寡妇留在家里，马乡老抱起白布卷着的素福叶，到了坟上，阿訇接过去，把她轻轻地放进了坟坑下的一个小窑洞里。小洞里黑乎乎的，我想素福叶她睡在里面冷吗？刚挖的泥土还带着湿气呢。阿訇用几页大胡基插了窑洞口。阿訇和满拉们大声念着经文，同时另几个人挥着大铁锨铲土填进坟坑。坟坑很快就填平了，然后在上面堆了个小坟堆。

我们离开了，把素福叶一个人留下。

时间过去两年后，我才见到了马兰花，它是紫色的，开在一条荒僻的小路畔。当姐姐告诉我这就是马兰花时，我望着它们瞅了瞅，想折几朵，终究没忍心下手，这天夜里我梦到了素福叶，她和我一样也长高了，一张脸迎着我笑，要给我说什么，奇怪的是不等我走近，她的脸一闪，闪远了，模糊了，我慌忙追上去，哪里有素福叶的脸呢，只有一朵马兰花开在那里，我呆住了，望着花儿，这时候来了一阵风，轻轻一吹，花儿就随上风走了，越走越远，一直到消失在尘埃里。

3

夏天，各种各样的花儿开了。村庄的山洼、沟坡、田埂、地头等到处都是花儿。麦子豌豆胡麻洋芋，每一样庄稼都在开花，每一块田地都被花儿装扮起来了。蓝莹莹的胡麻花儿，紫莹莹的洋芋花儿，紫白相间相映的豌豆花儿，隐秘内敛的麦子花儿，还有各种各样的野花儿呢，也在争先恐后地开放起来了。村庄像一个忽然苏醒的女人，从头到脚都被花儿装扮了，装扮得艳丽而妖娆。我在野外放羊时拔了些狗尾巴花儿编了顶环形的帽子戴在头上，一路嗅着花香回到了家。母亲见了要过去，嗅了嗅，闭上眼说真香。其实它们被我戴在头上一个下午，经过阳光烤晒，花儿已经蔫了，只有那一股朴素的花香还残留着。

舍儿，母亲看着我，目光里满是恳求，说：下次回来给我拔一把豌豆，我想看看豆花儿。我顺从地点着头，不用质疑，母亲她一年四季下不了炕，自然出不了门去田间地头，当然见不上开放的花儿，闻不上花香。再回家时，我在一块豆地里拔了把开花的豌豆。豌豆是十分可爱的植物，嫩嫩的秆儿，嫩嫩的叶片，拔下来握在手心里感觉嫩生生毛茸茸的。我拔出的有白花儿的，也有紫花的。我赶着羊匆匆往家里赶，我想让母亲看到还带着泥土的嫩生生的豆花。果然，母亲笑吟吟的，伸手摩挲着豆蔓，又摸摸我的头，笑着点点头。我给她讲，今年雨水广泛，庄稼都长得很好，不管是阴洼还是向阳的陡坡地里，哪里的庄稼都长得很好，开花了，一片比一片好看，各样花儿像铺在地上的画布，把山村严严实实地围裹起来了，让人看着就有做梦的感觉。

母亲欠起身，扶着窗台向外望，透过玻璃，越过一道土墙，几棵杨树的枝叶，她也看到了好景象，远处，南山上的庄稼正在开花。美中不足的是太远了，只能看到满山的绿意，难以看到被绿色淹没的花儿。

母亲看了许久，叹一口气，溜倒睡下了。

我不知道母亲在遗憾什么，今年以来，母亲的变化越来越大，不仅仅是病情加重了，一双腿完全失去了知觉，她想从上炕挪到下炕也成为一件很艰难的事。更明显的是她的脾气越来越坏，动不动就对着人发脾气，莫名其妙的。尤其对父亲，好端端的，她就会来脾气，有时候我们简直摸不着头脑，不明白父亲错在哪里。她发脾气不是打骂我们，她从来不打骂我们的，连一巴掌也没有打过。她生气的前兆是脸黑下来，忽然不说话了，说明她生气了。

对父亲，母亲往往能一整天地黑着脸，不和他说话，甚至还拒绝吃饭。父亲把饭端到母亲面前，她不接，父亲就放在窗台上，然后坐在母亲身边望着她恳求说：娃他妈，你就吃一口吧，好歹吃一口。母亲不看父亲，眼睛看着窗外远处的山头。碗里的热气袅袅地缭绕着，落在窗玻璃上，玻璃模糊了，过一会儿化成水，一些小小的水珠儿汇成了一道细细的河流，女人的眼泪一样缓缓地往下滑落。母亲还是不吃。我们吧唧吧唧吃着，她看着我们吃完了，吩咐姐姐把窗台上那一碗也撤下去。碗里的饭已经凉透了，姐姐说：再换碗热的吧，妈你得吃一点。

母亲眼一瞪：端去喂狗！我饿不死的！

守在门口的大黑狗好像听懂了，乐得跳了个蹦子，喜滋滋冲门内的我们拼命摇尾巴。

但是它高兴得太早了，姐姐哪里会真的给它吃呢。她把饭扣在锅巷里，洗过锅灶出去忙别的了。母亲蜷在被窝里悄悄抹眼泪。我们吃过饭就蹦出家门，放羊的放羊，拔草的拔草，不会干活的可以满庄子疯了般地玩耍去。

那碗饭母亲最后吃了吗，我不知道，奇怪的是等我们晚上回到家，发现母亲父亲已经和好了，两个人轻轻地说着话，好像是在开一个玩笑，父亲端来一碗水伺候母亲吃药，母亲明明能够上，但她装作够不上，要父亲近一点儿，再近一点儿，等父亲近到跟前，母亲忽然伸出手，狠狠捣了父亲一拳。两个人哗啦啦笑了。笑什么呢？我们就不明白了。但是我们很高兴，老窑里除了那股常年不散的药丸味道和母亲的愁苦外，这又添了点儿亲密、热火，这才是家的味道，只有在这样的气氛里我们才觉得心里踏实。

但是保不定哪一天，母亲忽然又会发了脾气。她似乎看到父亲就来气，父亲要是去赶集或上山放羊，大半天没回来，她就不断扒在窗玻璃上向外张望，嘴里念叨个没完没了。怕父亲饿了，渴了，累了，一会儿又说他没有戴草帽，日头这么毒，把人热坏了咋办。给人的感觉，出门的父亲就是母亲唯一的牵挂，她无时不在牵念。可是等到父亲高大的身影终于出现，晃进屋子来，出现在父亲眼前的母亲已经完全换了一个人，她千方百计寻找茬口与父亲拌嘴，处处拿刻薄的话来挤对父亲。

父亲显得沉稳而麻木。母亲多年的瘫痪让他学会了如何应付这种生活现状，他不看母亲的脸，默默地喂牛、担水，接过姐姐双手递上的饭碗，埋头一个劲儿扒拉饭。黑瘦的手背上一个个血管鼓鼓地暴露着。母亲看着他吃完两碗饭，放下碗出去给牛添夜草，她叹一口气，说：真主呀，这么老实的人咋就摊上了我这样一个病秧子呢，我们的命真是苦到家了。

我们去山上拔草，背着背篼上北山，经过上庄的坟院，我看见素福叶的坟堆上长草了，密密的一层，几乎将整个坟头染成了碧绿色，她的坟头和几年前下葬的那些坟堆没什么两样了，她融入了那些亡者当中，要不是我亲眼看着那个坟包堆起来并记下了那个位置，可能就会分不清谁是谁，找不出素福叶的坟头了。

在北山上是自由的，风无拘无束地吹着，庄稼和野草在风里起伏着摇晃着，这时候我就会忘了家里的郁闷。事实上这些年来，每当农忙的季节，我们大半时间在野外，在父亲的带领下忙于播种、除草、收割、碾打。村庄四面的山头上到处落满了我们的浸透汗水的脚印。

替我们守家的是母亲。最初那几年，她还勉强能够下地，站在门口扶住墙，看大门外山上的人，干些力所能及的家务，这几年下不来了，只能永远留在那面土炕上，眼巴巴看着窗外空荡荡的天空里日头从东边挪到西边，日子一天一天重复着。想起来，母亲也够可怜的，常年下不了地，这跟坐监狱有什么区别呢？

于是，背着一背篼青草回家的途中，我会忘不了顺手摘几朵野花儿，拿回去插在窗台上的玻璃瓶里给母亲看。我想看着这些花儿，闻着花香，就当母亲她亲自上了一回山。

夜里父亲和母亲开始吵架，把我们几个娃娃都吵醒了。我们醒了不敢出声，悄悄听着。基本上是母亲一个人在吵，她像在哭，说：我知道、我就知道，我成了这个模样，这么多年，你受不了，我不恨你，我只恨我自个儿，恨命！这样死人一样瘫着，倒不如早一天死了干净！嚷着嚷着，她的嘴被什么堵上了，吵闹变成了暗泣。过一会儿，父亲沉声说：给你说多少回了你还不信，我和那女人真没啥，你活着，我没那心思。母亲声调忽然提高了：这么说是我挡了你的道？好好好，我死，明儿就死！

不不不，我不是那意思，父亲慌忙辩解。但是母亲不依不饶，坚持说父亲就是这心思，她哭了起来。最后父亲翻起身，挨了过去。黑夜里，隐约看得见两个模糊的身影拥抱到一起，合成一个臃肿的黑影子。黑暗像薄纱一样轻轻摇曳着。母亲的哭声变成了如泣如诉的声响。

第二天，等我们醒来，看见母亲坐在窗口看外面，晨起的风吹得杨树叶子哗哗响，我跟过去向外细看，那些叶子真是奇怪，一会儿正面向着窗户，一树深绿。一会儿随风翻了身，一律是浅白的绿，像一张张善变的面孔，在不停地转换着脸上的表情，喜怒交替。多么像我们吵架的父母啊，就这样吵个没完没了，没完没了。

母亲却一脸平静，吩咐姐姐把刚做熟的早饭舀出一瓦盆，放在锅巷里热着，一会儿父亲回来也好吃口热的。姐姐不大情愿，鼻子里哼了一声，小声说：那个坏了良心的，让他吃饱了好去勾搭那些娼妇吗？眉来眼去的，不害臊！

母亲怒了，喝问道：你在嘀咕啥？再说一遍我听听！你这小婊子越来越没教养了，好歹他是你老子，再说我还活着哩，还轮不到你来数落他！

姐姐绿了脸，吐吐舌头不敢吱声。母亲望着外面的世界出神，许久许久，饭在枕头边放凉了，她都忘了吃。

父亲母亲的关系时好时坏，有时吵嘴有时相安无事。要我看啊，是好是坏完全取决于母亲，父亲没多大能耐左右局面。母亲的情绪呢，时好时坏，极不稳定，而且是越来越不好，糟糕透了。她常常趴在枕头上暗自伤心，抹泪。有时候我悄悄望着这个女人，想她这一对眼睛是不是一对泉眼呢，里头的泪水怎么就淌不完呢？今儿淌，明日流，永远没个尽头。

在山上拔草的时候，我常常会想到母亲，猜测她忧愁远远大过了欢乐的心情，她为什么不高兴？她的心事究竟是怎样的？我做着猜想，一遍遍。有时候能摸出一点儿头绪，有时候发现那完全是一个谜，很难摸得透。有一个大概的规律倒是谁都有体会的，就是：每当父亲忙于农活，苦得昏天黑地时，母亲对他分外疼惜，夜里喊我们老早给父亲铺被褥摆枕头，叫他早早地歇息。等到农事闲暇时候，父亲喜欢穿得整齐一点，去集市上走动，在村庄里串门子，一去就是一整天，直到擦黑才进门，这时候母亲十有八九会不高兴，问：一天没见你的人影儿，干啥去了？父亲搓着手笑笑，说在上庄口看一伙年轻人打牌；有时候说在马文义家门口看几个老汉下四码。看得出来，父亲是在心里做了准备的，他并不怕母亲的盘问。

母亲脸上慢慢地腾起一片阴云来，这一整天，这么长，她坐在炕头上教姐姐做鞋，大人和孩子的算起来，一共粘了十来双，手上糊满了油渣糊糊。

难道真看了一整天热闹？谁能保证你没有中途溜进哪个女人的家？说不定还在炕头上陪着人家说了一天的贴心话呢。母亲期期艾艾地说。接着眼里起了雾，雾凝结成了水珠，水珠变大，眼睛里装不下，撑破眼皮，一粒一粒滚落下来，她无声地哭了。父亲装作没看见，接过姐姐递上的饭，蹲在灶台前呼噜呼噜往嘴里刨。

时光慢了下来。黑夜的大幕早已落下，慢慢包围了世界。姐姐点亮油灯，昏暗的一盏灯，像母亲的眼，含着淡淡的幽怨和愁苦，那束昏沉沉的光芒背后的窑墙上，落着几个巨大的影子，在绰绰地晃动着。

我觉得父亲可怜，母亲也可怜，作为他们的儿女，我们同样很可怜。我们的日子是一天天往过熬的。从前的时候，我们都太小，母亲病倒了，父亲在为我们做父亲的同时，把母亲该挑的担子也挑起来了。在这个家里，他简直是既当男人又当女人，男人女人的活计都压在他肩膀上。这些年他的背驼成这样，母亲看不到吗？母亲她为什么要一直刁难父亲呢？女人的心思真是难猜呀，即便这女人是我们的亲娘。

一面土炕，我们是这样安睡的，姐姐在窗户跟前，紧跟着是我、大弟、大妹子、母亲，父亲在最边上，这样便于他半夜给母亲接送尿盆。白天里母亲的尿盆是我们接送的，最早是姐姐，后来轮到我，大弟弟调皮，嫌脏，他一次都没伺候过，现在轮到了大妹子。夜里我们睡得贼死，所以一直由父亲伺候母亲起夜。

这天半夜里，母亲挣扎着要起身，要自己下炕去小解。这可吓坏了父亲，他爬起来要点灯，摸索了半天就是摸不到火柴，借着窗口透进的微光看见母亲已经挪到炕沿边了，他慌了，一抱子抱住她，往炕上拖。母亲倔强地反抗着，两个人打架一样扭在一起，扭成了麻花。母亲在低低地哭泣，父亲压低声说着什么。我想侧耳去听这两个人究竟在说什么，可是实在太困了啊，瞌睡的波浪席卷了我，我就迷迷糊糊重新睡死过去。睡梦的间隙，似乎听到父母醒着，在悄悄嘀咕什么。

天亮了，母亲催促说：快起快起，日头都出来了，还敢睡懒觉！

我们就一个个爬起来，揉着眼窝看看炕上，父亲早就起来了，母亲腿上盖着的红绸被子，正是他们夫妇夜晚共同使用的。母亲在为我们其中的一个娃娃补衣衫，看一眼她的脸，风平浪静，一派祥和，丝毫没有昨天的风暴。我觉得疑惑，昨夜还鼓足了劲地闹呢，只一夜工夫，她就原谅父亲了？门外传来吱儿吱儿的声响，门口一暗，父亲担着一对桶子进来了，桶里的水清凌凌的，水花微微晃着。母亲横一眼父亲，娇嗔地说：说了多少回了，叫你别担这么满，这是对大桶子，这两桶水能把人压死，你咋就不听呢！

父亲回头冲她一笑，说：没啥，我没你想的那么娇气嘛。拍拍后裤脚上的泥巴，又出去忙活了，喂牛、扫院、铲粪，一大堆活计排着队等他去干呢。

这一年的夏天，母亲分外爱花儿，我每天放牧归来时就拔一把开花的庄稼，母亲把各种花儿看遍了，就不要我再拔了，说那是要长粮食的，拔了可惜，我就改拔野花儿。山里的野花种类多得数也数不清，我拔了铃铛形的牛铃花，它们的花瓣毛茸茸的，瓦蓝瓦蓝的，擎一把在手里，似乎摇一摇这些缀着的小铃铛就会叮叮当当响起来。还有一种无名的花儿，样子像喇叭花，但比喇叭花大，也是蓝色的，花瓣细薄，颈部细长而高，像天鹅高高扬起的脖子。还有黄盈盈的野大豆花，蜜罐罐花，真是太多了，我每天拔一束带回家，母亲笑吟吟接过花儿凑近鼻子嗅嗅，然后放在窗台上。夜里，我在睡梦里闻到淡淡的花香在幽幽地飘散。母亲的心情慢慢好起来，不再动辄找父亲的晦气，有时候喊我们姐妹过去，坐在炕边上，她爬着给我们梳头发，篦头发丛里的虱子和虮子。有一回还给我扎了个老汉背娃娃的辫子，左鬓边还插了一朵野花儿。

母亲的病情在一天天恶化，甚至不能靠墙坐了，只得躺下睡着，吃饭时勉强爬起来坐一会儿，吃完饭就喊疼，需要我们赶紧扶她睡下。母亲躺着的时间越来越长，很快连爬起来解手也成为万分困难的了，终于有一天父亲抱着母亲帮她解手，累红了父亲的脸，父亲说你就睡着解决吧，这么经常抱不是个办法，要是我不在家，娃娃们就没辙了。母亲默默点着头，过一会儿，说我想尿一个。我将一个早就准备好的小瓦盆伸进母亲的身子下，用手捉住等她小解。母亲憋红了脸，就是尿不出来。我等不耐烦了，催她快点。母亲闭上眼用力挣，终于唰啦啦尿出来了，母亲的眼泪同时流出一长串，她拧过头来看着尿盆，叹一口气说，唉，我这样子活在世上有啥用处，成你们的大累赘了，还不如早一天完了去。

父亲买回跌打丸，母亲不吃了，说你就别再买了，买了这些年，冤枉钱没少花，我苦巴巴吃了好几年，一点效都没见，现在倒好，全瘫了，早知道有这一天，我当初就一丸也不该吃。

母亲果然从此就不吃药了。这跌打丸，她从前天天吃，她吃过的药丸盒我们收起来玩耍，这种黑色的塑料圆盒，我们每人收着一大包，还给亲戚邻居的娃娃送出不少，我大姨娘家那几个娃娃，隔些日子就会来我家走动，其实并不是想念我母亲跑来看望她，而是为得到一些药丸盒拿回去玩耍。我想要是把我母亲吃过的所有药盒收集到一起，摆在院子里，足够摆出半院子的吧。

父亲不听母亲劝，照旧去保健员老袁那里买回药丸，母亲看到熟悉的跌打丸，脸黑了，几把撕碎包装盒子，将里面的十丸药全扔到地下，药盒骨碌碌满地滚，母亲哭了，说我这个药罐子，把你们害得少吗，这些年一直拖累着，你一个大男人过的啥日子，人不人鬼不鬼的，我盼着早点儿走，你也好再娶一个进门来，过几天舒心日子。

母亲怎么说出这样不吉利的话来，我和姐姐顿时哭了。

父亲跺了跺脚，一声未吭走出门去了。

夏天很快就结束了，忙碌万分的秋收开始了，母亲说“夏天忙不算忙，七月八月秀女请下床”，什么意思呢？说的是麦黄六月的忙要是和七八月份的秋收比起来，那就是小巫见大巫了，七八月的秋收有多忙呢？整整一个多月的时间，白天我们都没有在家里吃过饭，在何时何地吃呢？早饭是顶着星星起来做的，姐姐蒸一锅洋芋或玉米棒子，洋芋上面是馒头，出锅了给母亲枕边放一碟子，其余的装进一个大笼子，我们带到地里去，挖洋芋、割高粱、割糜子等，肚子饿了，坐在地里就吃。秋天天气短，没有午休，中午也不回家，一直在地里干活。等晚上回到家，头顶上又是一片星星，天早黑了，所以晚饭是摸着黑做的，在灯火地里吃，每人端起碗来摸着往嘴里扒拉就是了。这一种忙啊，真是叫人晕头转向。

我们在外忙碌的时候，那一个个乏味枯燥的日子母亲是怎么打发的，我们几乎没时间去想这问题，满山洼都是熟透的庄稼，我们哪里有时间照顾一个整日瘫在炕上的人呢，所以我们几乎遗忘了母亲。只有晚上回到家，进门闻到一股屎尿的臭味，才恍然记起家里还有一个病在炕上的活人。

母亲的饭量越来越少，有一天姐姐说她早晨出门前放在枕边的洋芋馒头，到晚上还好好儿放着，母亲吃什么呢？母亲说饱饱的，不想吃。晚饭只吃了两口就推开了饭碗。这样连续了几天，母亲吃得少，屎尿自然少了，被窝里干净多了。可是母亲连支起脖子的力气也没有了。父亲慌了，亲自端着饭要喂母亲，母亲睁眼看看，笑笑，说你个老东西啊，这些年还没被我折腾怕吗？今年收成好，我万一走了，你们记着给我念苏热，百日过了你就给自己张罗一个人，你这个年纪女儿亲自然是娶不上了，只能问寡妇了，你可千万打听好了，娶一个心肠好点的寡妇来，不然我这几个娃可就要受罪呢。

父亲说你胡说啥呢，忙过了这阵儿我就拉你去医院看病。

割完了糜子，割荞麦，荞麦收完，接着是秋燕麦，所有的庄稼收割完，就往家里拉，父亲用架子车一车一车往回拉。等我们将所有的秋粮碾完，装进口袋，将牲口的草料拉回来，已经是初冬了。

父亲在架子车前套上黑驴，将一张被子铺在车厢里，把母亲拉在车上，我们向着县城的方向进发。这是我平生头一回进县城，母亲也是，所以母亲和我都很兴奋，我们一路观看着沿途的风景，其实哪里有什么好风景呢？无非是光秃秃的树和光秃秃的山，都是我们再熟悉不过的黄土的颜色罢了。母亲睡着，我坐着，这样母亲看不到的一些风景我能看到，我就一惊一乍地给母亲讲述，父亲跟在架子车旁赶着驴子，甩开一对大脚板踢踢踏踏赶路。到了县城，父亲把我留在一个僻静的巷子里看车子和驴，他雇了辆三轮摩托，拉着母亲去找医院。

毛驴饿了，我拿出车上备用的草料袋子套在它脖子下，黑驴就嘁嘁喳喳吃起来。我坐在车辕上等父母，我等啊等啊，肚子咕咕地叫起来，我们带着干粮的，可是它们在路上给风吹了一路，又干又硬，我摸了摸，没心思吃，觉得又冷又饿，毛驴吃完了料，闭上眼睡觉。我爬上车钻进被子里，被子里留着母亲的味道，这是我熟悉的，这叫我觉得心里踏实多了，就闭上眼和驴子一起睡觉。

迷迷糊糊中，我想要是有一碗热汤就好了，喝下去可能全身就会热起来的。

也不知道过了多久，父母来了，父亲把母亲抱上车子，父亲赶着驴车上路了，我们向着来时的方向往回走。午后的天气变了，浅灰色的天空中凝聚了一些发黑的云朵，起风了，冷飕飕的，我坐在被子里也觉得冷，不知道风是从什么地方跑来的，不断掀起我们的被子，吹疼我的眼睛。

母亲显得困恹恹的，缩成一团在被子里躺着，我像早晨那样一惊一乍地给她讲述沿途的风景，可她根本就没兴趣，只是抬起眼皮看看我，又垂下眼皮，显得疲倦极了。我打量父亲，父亲背对着我们一心赶路，黑驴四个蹄子敲击在沙石路上，嗒嗒作响，车轱辘放欢了向前滚，父亲放开了步子噔噔噔小跑着才能赶上车速。风吹着，由于太快，到了脸上就像小刀子的刃片，劈得人脸上生疼。

我不知道父亲他疼不疼，我把脸埋在被子上，耳边听着风声呜呜地叫，车轮不断碾过石头，车厢里颠簸得厉害，我就在这颠簸中睡着了。

腊月二十七，正滴水成冰的时候，又下了厚厚一场雪，母亲病故了。

前来送埋体的人不多，大雪封了路，只有村庄里的男女老少都来了，我们那些远路上的舅舅姨娘姑姑等亲戚冒着风雪赶来了。哭得最泼实的是我的两位姨娘，母亲很小就没有娘，是孤儿，所以姊妹三个感情要比一般的姐妹深厚些，大姨娘哭晕了两回，碎姨娘哭哑了嗓子还在哭，她拉着我姐姐的手，边哭边诉说，说姐姐呀可怜的姐姐呀，你的几个娃娃都还这么小，没有一个长大成人的，你这一走，叫他们咋活哩？你就算趴在炕上不能干活，好歹是家里的主心骨啊，你这一走，娃娃们靠谁呢？

女人们有的观看，有的陪着掉眼泪，有的议论着这个亡人一辈子的旧事。我跟在姐姐身后，我没有哭，我嗓子沙哑了，说不出话来，不是今天哭的，早在母亲无常前哭的，自打从县城看病回来，母亲的病情就一天天恶化了。父亲要变卖粮食牛羊，带母亲去更大一点的医院看病，母亲坚决不同意，说人家医生说得很清楚了，我吃了这么多年的药，五脏六腑早就朽了，苦撑了这些年已经不容易了，既然真主的口唤到了，我就走，我高高兴兴地走，剩下你们好好儿活着。她叫我们姐弟几个过去，挨个儿摸我们的脸，摸完了看着我们的眼睛，说娃娃呀你们要好好儿活着，听你大的话，娘把你们闪在半路上，你们不要恨娘……

我们一起哭起来。

那是母亲对我们说的最后的话，说完不久她就说不出话来了。

母亲不吃不喝躺在炕上咽气，这样的过程足足延续了一天一夜，阿訇等在一边，要在最后时刻给她念临危，可是母亲就像一只高高飘在云端的风筝，牵着生命的那根线早就细若游丝，可是没有断裂，吊着一口气，悠悠的，这是多么熬煎人的时刻啊，看着母亲命若游丝的痛苦情景，我甚至暗暗祈求真主，叫我的母亲早一点儿走，少受些疼痛。我睡在黑暗里一直哭，哭着哭着睡着了，一会儿惊醒过来，接着哭。脸上被泪水一遍遍冲刷，变得干巴巴紧绷绷的，舔一舔嘴唇，咸咸的，记不起有多少眼泪淌进了嘴里，有多少流进了衣领。

当母亲在阿訇大声诵念清真言的声音中咽下最后一口气，我已经哭哑嗓子。我没有放出声音哭过一声，可我的嗓子哑了，眼泪干了，眼皮干巴巴的，就是想挤出一滴眼泪，也做不到了。

我看到我的同伴们来了，跟在大人身后打打闹闹，嬉笑着，追逐着，一会儿工夫他们每人拿到了五毛钱，然后他们捏着钱包围了我家麦场地边的老杨树，杨树下独眼早就守候着了，他和他自行车后的木箱子还有箱子里那些花花绿绿的零食早就候着了。

看着同龄的娃娃们吃着零食，我忽然觉得嘴里说不出的苦涩。

我眼睛干巴巴站在寒冬的冷风里，看着来来往往的乡亲们送我母亲离开。

母亲的坟坑是什么样儿，我没有去看，我曾经跟着小伙伴们看过无数亡人的坟坑，老人的中年人的，男人的女人的，八九岁孩子的，刚出世的婴儿的，大大小小，我都记不清有多少了。

我从来没有想过，有一天，我们家中的某一个人会离开我们，睡进那黑洞洞的土坑里去，总觉得那是很遥远很遥远的事情，所以当这一天真正来临了，我觉得不是真的，肯定是一场梦。

姐姐拿着一些白线，给每个女人散一束白线几苗针，意味着我们的母亲生前可能借过别人的针头线脑而忘了归还，我们借着送埋体一并给人家归还了，这样在后世的母亲就不会欠着别人的账债了。女人们神情庄重地接过针线，手上落满了雪，身上也都是雪，母亲活着喜爱的几只母鸡在院子里慢慢走过，它们的脊背上也落满了雪。

送母亲入土后，村庄里的男男女女都回去了，他们各有各的家，各家有各家的骨肉亲情，他们回去了。

我走进家门，看看院子。看看屋子。看看地下。看看炕上。看看窗台。看看枕头。我觉得恍惚，一阵恍惚过后，清醒过来了，这几天家里亲戚邻人来来往往的，家里凄凉而热闹，现在，结束了，人群散了，留下我们一家独自面对结局，我觉得有人拿着一把刀子，猛然捅进了我的心脏，我感到疼痛了，那么真切。

院子还是那个院子，屋子里还是原来的样子，可是，你知道吗，炕上的被子叠起来了，再也没有一个人睡在枕头上，窗台也空落落的，那个挣扎着爬起来趴在窗户上向外张望的人不见了，那一张我们进门就迎着我们笑的面容不见了，永远不见了，这辈子都见不到了。在这个世上，有那么多的女人那么多的母亲，可是，人海茫茫，我在哪里能再看到母亲的面容和那一脸慈祥的微笑呢?

第二天，姐姐说她站在近处看了，母亲的坟后面是素福叶的坟，这样好啊，给人感觉她们就像亲生的母女俩睡在一起，这样母亲就不会孤单了。

过了几天，我上北山放羊时也留心看了，真的，母亲在前，素福叶在后，一大一小两个坟堆离得很近，真的就像是一对儿母女呢。

我忽然觉得心里很不是滋味，我发现自己在羡慕素福叶，甚至是嫉妒的，我痴痴地想，为什么睡在那里的不是我呢？

真的，只要能陪伴着母亲，我愿意睡到冰冷的黄土里面去。

4

冬天来了，风雪来了，寒冷来了。

每个冬天，或多或少都要落几场雪，那西北风嘛，老牛一样，常常是没日没夜地吼着。今年的雪似乎比往年多一点，进入三九，最寒冷的季节，开始下雪，谁知这一下就难以收住脚步，只见雪花断断续续地落了八九天，出了三九，进入四九，才算渐渐转晴。村庄被一层辽阔的白雪覆盖了，山峦、峡谷、水沟、树木、房屋都消失了。每一处的脊梁上都驮着雪，就像披着被子在酣睡的懒汉。只是这被子也太巨大了，无边无际，一片茫茫的白，向着四面延伸开去，一直蜿蜒出村庄，到我们看不到的远方去了。

穆萨老爷爷无常了。

他的两个孙子拄着铁锨，踏着积雪走出村庄去街市上扯孝布。我们站在大门口目送他俩走在白雪的世界里，越走越小，直到消失在白茫茫的深处。

男人们集体行动，扫开了村庄主干道上的积雪，为穆萨老汉准备葬礼。

这是一个很隆重的葬礼。尽管大雪封门，阻断了道路，附近村落的人没法儿赶来，只有我们一个村庄的人在送埋体，但是场面一点也不冷清。

大伙都来了。脸上挂着笑，乐呵呵打着招呼，互相问候着，无不喜悦地赞叹着这一场好雪。

整个葬礼的过程是肃穆庄重而又弥漫着一层喜悦意味的。

亡人停放在上房地下，谁要愿意就可以进去探望。

我见大家都进去，也就随姐姐进去了。

地上只铺了一层干麦草，人就睡在麦草上，身上苫着一片干净的线单子。脸上苫了一块白布。儿孙们围绕着老人坐在脚底下。进来的人有谁想看看遗容也是允许的，有个老奶奶轻轻揭开了那片布，我就看到了亡人的面目。和平时见到的穆萨爷爷没什么两样，只是这会儿他闭上了眼，似乎是睡着了。

穆萨爷爷活了九十一岁，生前身子一直健壮，九十一还能直着腰板，拄着拐棍自己下地来坐到大门口晒暖暖，见了人老远就打招呼，他的眼睛不行了，据说像蒙了一层纱布那样，看什么都模模糊糊的，可是他能分辨出村庄里每一个人来，连四五岁的小娃娃也能猜出是谁的后代来。他是靠耳朵听，从声音上辨别的。

我们小孩子喜欢凑成一大群，呼啦啦跑到穆萨爷爷家大门口，老远问爷爷你猜我是谁家的娃娃？穆萨爷爷呵呵笑着，捋捋胸口那一大把白雪一般的胡子，说你嘛，叫我好好儿想想，嗯，没错的话应该是马文义的后人，是他的孙子吧！这个女娃娃嘛，声音这么好听，像雀儿一样，肯定是黑女子的女儿。最后那个娃嘛，有些磕巴，是结子二牛的儿子错不了……

这让我们觉得神奇又好玩。有一回一个娃娃调皮，故意捏住鼻子变了声调说话，穆萨爷爷侧着耳朵听了会儿，呵呵地笑了，说你碎狗日的，就是把嘴用牛粪糊上我也知道你是胡塞的孙子！我们一听顿时哗啦啦笑起来。那捣鬼的娃娃红了脸，不得不向穆萨爷爷讨饶。

穆萨爷爷这辈子经历的世事很多，近代中国农村的各种变革他都亲身经历了。真主是不会亏待忠厚老实人的，他一生养育了六个儿女，长大了都品行端正，为人正派，是村庄里最受尊重的人家。

他还干过一件让村里的人一直称赞不已的大事呢。

那是五八年“社教”的时候，全公社的阿訇大满拉都被抓起来，分散在附近的农场砖瓦厂等地方进行劳动改造。有一天，有人从远路上带来个口信，说柯家老阿訇不堪凌辱，上吊了，死身子扔在个烂窑里，再不去收尸只怕要被野狗吃了。听到这个消息，村里人沉默了，一天一夜过去了，没有人说一句话。柯家在我们庄里是单门独户，老阿訇唯一的儿子早在老阿訇之后也被抓走了，现在生死不明，剩在家里的只有孤儿寡母，谁出面去找老人的遗体呢？

第二天夜晚，年轻人穆萨敲开了队长马三元家大门。

随即两个人起了争执。

马三元坚决反对：这事正在风头上，千万不敢管，万一走漏了风声，我这队长没法当是小事，闹不好你娃娃连命也得搭牵上。再说，这是柯家的事，你不要把事情往咱马家人身上扯，别人躲还来不及呢。

最后穆萨默默离开了队长家。那一夜没有月亮，黑漆漆的，穆萨记起自己小时候，父亲无常得早，家里穷，连个苏热也念不起，柯家老阿訇不嫌弃他家的穷，带着人来他家里念苏热，并且在主麻日讲卧尔兹时一遍遍强调，说不管是穷人还是富人，无常后都是平等的，都是尊贵的，都应该得到活人的搭救，作为阿訇更应该一视同仁。

有一年是父亲的五年，五年是个大忌日，可他母亲改嫁走了，剩下他一个在大伯家混肚子，整天饿得死去活来的，他甚至把父亲的日子都给忘了。那天他在山上给队里放羊，趴在草丛里看着山下，忽然听到山腰里传来念《古兰经》中关于上坟那个章节的声音，他漫不经心地往下看，看见马家的老坟院里跪着一个人，头戴白帽，一身青色衣裳，正朗朗地念诵着。那不是柯家老阿訇吗？他怎么一个人到马家老坟院里上坟来了，请他的主儿家呢？按村庄里的常理，只有主儿家去请了，老阿訇才会洗上大小净，穿戴整齐去主儿家的坟地里上坟。穆萨看着看着，呆了，老阿訇的眼前，不正是他父亲的坟头吗？

他才恍然记起，今天是父亲的五年忌日。

他目送着老阿訇慢慢离去，泪水迷离了眼睛，然后翻过身趴在草地上低低地痛哭起来。

现在，时间过去了很多年，穆萨长成大小伙子了，老阿訇却遭遇了这样的灾难，穆萨觉得如果自己再不出面，可能一辈子都要良心不安。

他一户户去敲马家人的门，苦苦地劝说。

夜深了，一行人出发了，清一色青壮年男人，背着几根绳子，肩扛几根椽子，悄悄越过村庄东边的山口，向着东北方向走去。

天快亮时他们赶到了一个砖厂，几经打听，才在一个废弃的砖窑里找到了几个死人，门口的一个已经被野狗吃掉了半个身子。他们借着微弱的曙光一具一具往过辨认，在第六具尸身上，他们看到了一把乱蓬蓬的白胡子，再一具具看，别人没有胡子或者没有这么白，同伴还犹豫着，穆萨早趴下哭开了，他断定这就是尊敬的老阿訇。

白天他们不敢公然抬埋体走，就躲在破窑里等天黑，外面是呜呜的西北风，天气冷得要命，四个年轻人蜷作一团，又冷又饿，熬到了天黑，用椽子绑成个简易架子，将老阿訇搬上去。怕剩下的尸身再遭野物的侵害，他们临走找了些破砖头将窑门稍稍堵住了些，然后抬起架子匆匆往回赶。

这一路上真是说不尽的艰难，几个人一天一夜没进一点水米，天气阴沉沉的，路黑得什么都看不清，他们只能摸着走。走了一段平路，翻过了一座山，爬了一道沟，又翻了四座山，斜斜跨过一道大河铺满冰的床子，翻过最后一道山，这才来到我们的村庄。

进了村口，听到了鸡叫声。几个人不敢声张，径直来到柯家门前，可是柯家人早就被运动吓破了胆，外面怎么拍门，就是不开门，最后穆萨越墙进去，在窗户上说清来意，柯家老奶奶才打开了门，一看不是搞运动的积极分子，真是老汉的埋体回来了，老奶奶顿时哭成了泪人。

大家不敢歇缓，忙赶到坟地里去打坟，老奶奶这边拿出存在箱底的几丈白粗布给亡人做穿戴，穆萨又去村东头马明礼家请来马明礼为老阿訇站者那则，鸡叫最后一遍的时候，老阿訇的坟已经挖成，大家抬着洗过大小净的埋体赶到了坟上。

天刚刚亮，队长马三元就吹着哨子喊大伙儿上工，寒冬腊月的上什么工呢，男人们去附近的水库上打坝，女人和娃娃们把饲养院门口的一大堆粪土往各个山头的地里背送，大家带着蒙眬睡意，提着饥饿的肚子，捆紧腰里的麻绳子，摇摇晃晃往上工的地方走去。

这一天竟是个分外晴朗的天气，日头出来了，第一道光芒照耀在村庄的各个山头上，一会儿移到了山腰，不久就照到了柯家的坟院里，大伙儿才惊奇地发现，柯家的坟院里多出了一个坟堆，一行凌乱的脚印中间是一个黄土堆，坟头上的泥土很新鲜，在阳光的照耀下还冒着淡淡的热气呢。

两年后，老阿訇的儿子回来了，可是一双腿废了，据说是砖窑塌了打坏的，胳肢窝下拄一对木叉才能蹦跳着挪动，下地劳动是万万不能了。柯家五个娃娃都还是光屁股的年纪，能下地劳动挣工分的只有柯家媳妇一人。柯家儿子不忍心在家里吃闲饭，试图跳井，被媳妇发现了。事情闹得庄里人都知道了，就都感叹这一家人可怜，然而可怜终归是可怜，人人都饿着肚子，面对那一家人的困境，别人只能是爱莫能助空自叹息罢了。

一九六二年春天，三月里，大伙儿集体在北山上种豆子，队长马三元说柯家媳妇老是偷吃豌豆种子，不叫她撒种子了，抱着个子去打胡基。第二天，这女人打着打着被一个大胡基一绊，晕倒了。大伙儿揪着耳朵呼喊了半天，她才悠悠醒转过来。大家才知道她家里已经连清水一样的面汤汤也喝不起了。几个娃饿得趴在炕上起不来，就是起来，出门也是顺墙根走，风一吹就栽跟头。

女人们纷纷议论起来，队上的口粮是按劳动的工分分配的，柯家劳力最少，自然分到的口粮最少，家里有三五个劳力的人家都挨着饿，柯家就更不用去想了。

这天夜里，柯家老奶奶睡下了，听到院子里咚的一声响，接着她的门口有脚步声，门环响了几下，她穿上衣裳出来看，门口放着一个毛线口袋，她赶紧拖进屋，里面是半口袋莜麦。老奶奶惊呆了，出门再看，大门好好儿关着，院子里月光清亮亮的，没有一个人影子。

老奶奶顾不上多想，当即叫醒儿媳，将莜麦炒了，在石磨上推了，连夜给一家人烧了一锅面汤。

那真是半口袋救命的粮啊，柯家人靠它度过了最艰难的时候。

这一年村庄里饿死了好几个人，穆萨一个三岁的儿子也在其中。

后来柯家老奶奶无常的时候给儿孙交代，要世世代代记着马家穆萨的恩情。

后来，大家日子好过了，能吃饱肚子了，秋后碾完粮食，柯家大孙子用架子车拉了几袋子麦子来到穆萨门上，说奶奶交代过，等日子好过了一定给您补还一下心意，就算现在用多少粮食也无法补上当年的大恩，现在只是表达一下心意。穆萨已经胡子一大把，是年过半百的人了，他拉着柯家孙子的手，说粮食我收下，我看上你这个娃了，如不嫌弃我的小女儿就许给你了，这粮食就当作彩礼，算我提前把彩礼给收下了。

柯家孙子傻了，瞅着穆萨老汉，好半天，才明白过来这是真的，没有开玩笑，他高兴得当时跳了几个蹦子，惊得穆萨老汉身后的狗也蹿了几个蹦子，它要不是被铁绳拴着，说不定蹿出门在柯家孙子腿上满满咬一口呢。

柯家孙子早就看上穆萨的小女儿了，苦于家境贫寒，一直不敢上门求亲，这一回穆萨主动提出来，可把这小伙子乐糊涂了。

现在，在穆萨爷爷的葬礼上，站在亲属行列里的，除了穆萨的子孙，还有柯家的后人。穆萨老汉的抬埋费马家出了一半，另一半柯家坚持要出，最后由他们出了。

穆萨老人的海底耶很丰厚，大人娃娃每人两块，这是我这些年见过的最丰厚的海底耶。女人们都在啧啧地赞叹，说穆萨老汉一辈子没干过歹事，老了德高望重受人尊敬，无常了照旧受人尊敬，这埋体送得多好啊。

我捏着钱，混在孩子堆里，到独眼跟前买了两块钱的麦板糖，一口气全给吃完了，嘴里的甜蜜残留了好久，我觉得把自己幼年时候难以实现的一个愿望给实现了。

然后，我踏着积雪慢慢往回走，我已经长大了，再也不适宜混在男孩子当中跑到坟地上看亡人下葬的过程了，我遥遥看着，看一大群人高高抬着一扇门板做成的床子，那上面的白孝布下睡着我们尊敬的穆萨老爷爷。男人们的大脚在白雪上踏出一道雪白的路，这路直通向马家的老坟院，也通向了另一个世界。

在白雪的映衬下，男人们头上的白帽子像一盏盏明灯，擦过漫长的生死路途，照亮了我们的眼睛。

我回来后坐在自家门口，一直看着他们埋完亡人，堆起一个高高的土堆，然后一个不剩地离去。我一直看着，觉得心里出现了从未有过的平静，像清水一样缓缓流淌着，冲刷着淤积的泥土和砂石。我忽然觉得从前我们对死亡的认识太过片面，存在着误解，死亡的内容不仅仅是疼痛和恐惧，一定包含了更多我们没有认识到的内容，比如高贵、美好，还有宁静。我想象此刻穆萨老爷爷在黄土下面的模样，他一定像平时睡觉一样，微微蜷缩着身子，眼睛轻轻闭着，我们拿一根狗尾巴草凑过去在眼皮上扫一扫，他极力装着，再扫，装不住了，呵呵地笑……到了坟院里，还有人和他逗着玩吗？他会觉得寂寞吗？

天空里重新落起了雪，雪花大而稀疏，一片一片轻飘飘沉甸甸落下来，落在山头上，屋顶上，秃树上，枯草上，落在一切能够落脚的事物上。我肩上头上眉毛上也都毛茸茸挂了一层。纯粹的洁白把人们留下的脚印淹没了，把刚刚堆起的黄土包淹没了，世界一片寂静，我看着暮色透过白雪缓缓降落，像一个女人的怀抱，用无尽苍茫把村庄包裹住拥进她宽阔温暖的胸膛。

尾声

日子一天一天过着，一年一年过着，春天我和姐姐跟在父亲身后下地劳动，父亲犁地，我们撒种子。收获的季节我们像大人一样挥着镰刀收割。冬天白雪覆盖了村庄的同时也把坟院覆盖了，等到残雪化尽，春草发芽，又一年拉开了帷幕。我把牛粪柴火背到场地上晾晒的时候，在菜园子里拔葱的时候，骑在杏树枝杈上摘杏吃的时候，目光偶尔会撞上坟院里母亲的坟堆，有时候我会认真地看一会儿，有时候我不叫目光停留，轻轻地划过去，移到别处去。

后来我长成了大姑娘，有了婆家，在出嫁前的最后一个傍晚，我家里挤满了帮忙的亲戚和邻里，榆木劈的硬柴在灶火里可劲地燃烧，柴烟像一首婉转的山歌，在我家老厨房的烟囱里盘旋而上，牛肉在大锅里咕嘟咕嘟煮着。我借着出门抱柴的空闲，在麦场边站了会儿，我看着不远处的坟院，明天是我大喜的日子，我就要离开生养了我的村庄，母亲她能看到这些吗？

这些年母亲的坟堆在慢慢变化，低矮下去，当初的那个土包缩小了。坟头上长满了草，密密的，把黄土都包裹住了，很难看到黄土了。

她身后的那个小坟，已经完全矮下去，不知道的人甚至不会想到那也是一个坟头，曾埋下过一个名叫素福叶的小姑娘。

时间过得多快啊，它裹挟着我们，活着的，亡故的，我们像一粒粒尘埃，无不汇集在时间的长河里。

初冬的风干燥凛冽，迎着风，我抬头四下里望，村庄里的几个坟园都静悄悄的，里面那些大大小小的坟堆静静安卧着，没有一丝喧嚣。

只见远处的山洼上起风了，卷起干燥的黄土，慢慢地飞舞着，升腾起一束束苍黄的尘烟，像花朵在开放，开得寂寥，安静，悄无声息。

我长吁一口气，我的父老乡亲，在泥土里劳作一辈子然后到泥土下面安睡，睡得沉稳，内敛，静谧，一如他们生前所具有的品行和经历的生活。

我们来到世上，最后不管以何种方式离开世界，其意义都是一样的，那就是死亡。

村庄里的人，以一种宁静大美的心态迎送着死亡。

死亡是洁净的，崇高的。

我想起很多亡故的人，从我记事起到如今出嫁，其间有多少人离开了我们呢，我从来没有好好去想过这个问题，总之是时间的河水裹挟上他们，汇入了长长的河流。在奔流过程中，偶尔，他们中的一个，面容鲜活地涌在眼前，感觉就像一个浪花翻上来，打了一个滚儿，又消失了，随着激流奔向远方。

入选理由

马金莲是一位来自西海固的回族女作家。《长河》可以说浓缩了她小说的全部美学特征。贫困的西海固，穆斯林的精神世界，女性叙事的视角，在这里整合成为史诗性的格局。就当代女性叙事价值而言，这篇小说可以说是一部当代的《呼兰河传》，马金莲和萧红一样写出了家乡父老乡亲的苦难中的人性美，写出了死亡的洁净和生命的尊严。作品在平淡叙述中蕴藏着一股力量，这种力量来自信仰，来自优美而质朴的语言，也来自对人性、对自然、对灵魂的无限关怀。《长河》无愧那些历史上的经典之作。